श्याम बिहारी श्यामल

श्याम बिहारी श्यामल का जन्म 20 जनवरी, 1965 को झारखंड के पलामू जिले के डालटनगंज में हुआ।

पहली किताब 'लघुकथाएँ अँजुरी भर' सत्यनारायण नाटे के साथ साझे में 1984 में प्रकाशित।

प्रमुख कृतियाँ : *धपेल, अग्निपुरुष* (उपन्यास); *चना चबेना गंग-जल* (कहानी-संग्रह); *वे दिन जो कभी ढले नहीं* (संस्मरण); *श्यामलकदा* (ग़ज़ल-संग्रह); *प्रेम के अकाल में* (काव्य-पुस्तिका) प्रकाशित।

फ़िलहाल, भारतेन्दु हरिश्चन्द्र के मनोसंघर्ष पर आधारित उपन्यास के सृजन में रत।

सम्प्रति : वाराणसी में *दैनिक जागरण* के मुख्य उप-सम्पादक।

सम्पर्क : राम भवन, सी-27/156, जगतगंज, वाराणसी–221002 (उ.प्र.)।

ई-मेल : shyambiharishyamal1965@gmail.com

कंथा

जयशंकर प्रसाद के जीवन और
युग पर केन्द्रित उपन्यास

श्याम बिहारी श्यामल

राजकमल पेपरबैक्स

राजकमल पेपरबैक्स में
पहला संस्करण : 2021

राजकमल पेपरबैक्स : उत्कृष्ट साहित्य के जनसुलभ संस्करण

राजकमल प्रकाशन प्रा.लि.
1-बी, नेताजी सुभाष मार्ग, दरियागंज
नई दिल्ली-110 002
द्वारा प्रकाशित

शाखाएँ : अशोक राजपथ, साइंस कॉलेज के सामने, पटना-800 006
पहली मंजिल, दरबारी बिल्डिंग, महात्मा गांधी मार्ग, प्रयागराज-211 001
36 ए, शेक्सपियर सरणी, कोलकाता-700 017
वेबसाइट : www.rajkamalprakashan.com
ई-मेल : info@rajkamalprakashan.com

बी.के. ऑफसेट
नवीन शाहदरा, दिल्ली-110 032
द्वारा मुद्रित

मूल्य : ₹599

KANTHA
Novel by Shyam Bihari Shyamal

ISBN : 978-93-90971-97-8

बाबूजी द्वारिका नाथ सिंह
और
माई लालमुनी देवी को

दो हजार रातों का सवेरा

जनवरी की सिहरती धुँधली होती शाम। अर्से बाद बनारस आना हुआ था। इच्छा हुई, महाकवि जयशंकर प्रसाद की देहरी तक पहुँचा जाए। गोदौलिया के पास गिरजाघर चौराहे के निकट धर्मशाला से निकलते हुए मन में कुछ ऐसा पूर्वाकलन कौंधा कि सरायगोवर्द्धन इलाका यहीं कहीं आसपास ही होना चाहिए। नई सड़क पर पूछते-पूछते कुछ दूर जाने के बाद एक गली के सामने पता चला, यही है वह क्षेत्र। इसी में आगे है सुँघनी साहू का परिसर!

कुछ डग के बाद मन्दिर का गुंबद दिखने लगा। पुस्तकों में बार-बार देखे होने के कारण यह एक झटके में पहचान में आ गया। मन आह्लाद से जैसे झंकृत! पैरों में बिजली की-सी गति जाग गई। बाहर से बड़ा-सा ऊँचा अहाता पार करने के बाद लोहे का पुराना बड़ा-सा गेट। खोलकर मैं भीतर।

चित्रों में देखे महाकवि के भवन को सामने से निहारने का सुख ही अलग। शाम ढल चली थी। मन्दिर के बगल और लम्बे-से भवन के सामने गहराते अँधेरे में डूबता हुआ बड़ा-सा मैदान। गेट के बगल में कुछ झाड़-झंखाड़ और खड़े किये हुए कई दोपहिया-चरपहिया वाहन, व्यक्ति कहीं कोई नहीं। आगे बढ़ने पर दाहिने पुराने किन्तु विशिष्ट नक्काशीदार चौड़े चौखटों वाले कम ऊँचाई के दो दरवाजे : एक बंद, दूसरा खुला लेकिन अँधेरी सुरंग जैसा। हाँक लगाने पर उत्तर में भीतर से पदचाप के साथ समीप आता स्वर।

कुछ ही पलों में धोती-कुर्ते में एक मध्यम कद मेरे सामने। उनके व्यक्तित्व में अकड़ लेकिन स्वर में थोड़ी लड़खड़ाहट। प्रसाद के बारे में जिज्ञासा लेकर आने की बात बताने पर रूखा-सा वाक्य : 'किसी भी जानकारी के पैसे लगेंगे।'

बात सन्न कर देनेवाली। बातचीत में पता चला, वह महाकवि के पौत्र किरणशंकर प्रसाद हैं। आगे परिचय बढ़ने पर हँसते हुए कहने लगे कि अभी जो कुछ उन्होंने कहा है, वह दरअसल मजाक रहा। कारण भी बताया, यहाँ अक्सर अधकचरे कॉलेजी शोधार्थी पहुँच जाते हैं और परेशान किया करते हैं।

आँगन के किसी ओझल भीतरी दरवाजे से निकलते हल्के प्रकाश की आंशिक प्रच्छाया छलककर बाहर तक आ रही थी। यह पूछने पर कि महाकवि के निधन के लगभग छह दशक बाद अब ऐसे कितने लोग बचे हैं, जिन्होंने उन्हें प्रत्यक्ष देखा-सुना हो, वह अपनी जानकारी के नाम बताने लगे। मैं कागज पर दर्ज करने लगा :

आचार्य जानकीवल्लभ शास्त्री, सीताराम चतुर्वेदी, राजेन्द्र नारायण शर्मा, विश्वनाथ त्रिपाठी, राय आनन्दकृष्ण, मैत्रेयी सिंह और स्वयं प्रसाद-पुत्र रत्नशंकर प्रसाद। इनमें रत्नशंकर व राजेन्द्र नारायण शर्मा तो सरायगोवर्द्धन में ही रहे जबकि बाकी अन्यत्र। तय हुआ कि वह ऐसे बुजुर्गों से मिलने मेरे साथ भी चलने का प्रयास करेंगे।

सरायगोवर्द्धन में बार-बार आने-जाने के दौरान हर बार मैं किरणशंकर तक अटक जाता। आगे उनके पिता रत्नशंकर जी तक पहुँचने का संयोग ही नहीं बन पा रहा था। दोनों में सहज बर्ताव नहीं दिखता था लेकिन कभी कुछ पूछते भी नहीं बन पा रहा था।

प्रसाद-परिसर पहुँचने पर वयोवृद्ध डॉ. राजेन्द्र नारायण शर्मा अक्सर रिक्शे पर बैठे आते-जाते दिख जाते। उनका आवास निकट ही। उनसे मिलना-जुलना हो जाता। वह डॉ. एच. सिंह के सहायक रह चुके थे और महाकवि की अन्तिम बीमारी और चिकित्सा के साक्षी भी। वह भी अलग से तो कुछ नहीं बताते लेकिन देखे प्रसाद का विवरण रखने लगते तो हर बार व्यक्तित्व की कुछ अलग झमक, कुछ भिन्न छवियाँ मिलतीं। मुझे महाकवि के व्यक्तित्व के ऐसे शेड्स गहरे बाँधते चले गए।

एक दिन पियरी पर मैत्रेयी सिंह के यहाँ पहुँचा गया। प्रसाद-पौत्र किरणशंकर प्रसाद के साथ। उनके चिकित्सक पिता डॉ. एच. सिंह प्रसाद के अभिन्न मित्र थे और माता कमलाकुमारी चौहान हिन्दी की विख्यात कवयित्री सुभद्राकुमारी चौहान की छोटी बहन। डॉ. सिंह ने ही अपने क्लीनिक में प्रसाद का प्रेमचन्द से प्रथम परिचय करवाया था। अन्तिम बीमारी के समय वह उन्हें बचाने को अथक प्रयास करते रहे : दिन-रात उनके निकट रहकर। कहा जाता है कि डॉ. सिंह ने जब भरी आँखों से ताकते हुए रुँधे स्वर में पूछा था : 'प्रसाद जी, आपके पास समय कम है, क्या आप कुछ कहना चाहते हैं?' तो महाकवि ने जीवन का आखिरी वाक्य कहा था : 'डॉक्टर, मैं जीवन भर तो कहता ही रह गया, क्या अब भी कुछ कहने को शेष रह गया है?'

उनका 'मैत्रेयी' नामकरण महाकवि ने ही किया था। हमें बिठाया गया। कुछ ही देर बाद वह आईं। प्रदीर्घ जीवनानुभव के उजाले बालों में गहरे चमक रहे थे लेकिन बॉब कट अंदाज जैसे आधुनिकता से कदमताल कर रहा हो! पता चला कि वह अँगरेजी में लिखती हैं।

पूर्वपरिचित होने के चलते किरणशंकर से वह खुलकर बतियाने लगीं। इसी बीच मैंने प्रसाद के बारे में कुछ सामान्य प्रश्न उनके सामने रख दिये। वह कहने लगीं, "मैंने जब उन्हें देखा, तब मैं बहुत छोटी थी। अब ज्यादा कुछ नहीं, बहुत हल्की यादें हैं, जिन्हें लिख भी चुकी हूँ, सब छप चुका है।"

किरणशंकर ने उन्हें मेरे बारे में संक्षेप में बताया कि कैसे मैं प्रसाद के जीवन के साक्षी रहे लोगों से मिल-मिलकर उनके बारे में कुछ नये तथ्य जुटाने का प्रयास कर रहा हूँ और इस क्रम में डॉ. राजेन्द्र नारायण शर्मा से कई बार विशद चर्चा कर चुका हूँ, आदि-आदि।

अचानक वह असहज हो उठीं। बोलीं, "लेकिन ध्यान रखिएगा, कोई भी तथ्य किसी से भी मिले, उसकी अच्छी तरह से जाँच-परख अवश्य हो। ऐसा इसलिए क्योंकि यहाँ एक-से-एक लोग हैं। यहाँ कोई कुछ भी बोल-बता सकता है और इससे कभी भी

सीधे मुकर सकता है। इस सिलसिले में मैं आपको एक जानकारी दूँ कि महाकवि के निधन के बाद कुछ दिनों तक बनारस में डॉ. राजेन्द्र नारायण शर्मा ने एक घनघोर प्रचार चलवाया, जानते हैं क्या?"

मैंने सविस्मय जिज्ञासा जताई। वह आवेगपूर्वक आगे बोलीं, "यही कि 'कामायनी' असल में जयशंकर प्रसाद की नहीं, बल्कि उनकी यानी राजेद्र नारायण शर्मा की रचना है!"

स्तब्ध कर देनेवाली बात। हम दोनों चकित लेकिन दूसरे ही पल ठहाके। मैत्रेयी आगे बोलीं, "ऐसे-ऐसे लोग भो हैं इस दुनिया में। जिस समय 'कामायनी' लिखी गई, वह उस समय कितनी आयु-समझ के थे, यह नहीं देखते लेकिन बात बेऔकात।"

कुछ देर बातें होती रहीं। चलते समय वह बोलीं, "प्रसाद जी के बारे में फिर कुछ याद करने की कोशिश करूँगी। हो सका तो लिखकर रखूँगी। एक-दो हफ्ते बाद आइएगा, कुछ जरूर आपको दूँगी।"

हम लोग लौट आए।

बाद में किरणशंकर से मैत्रेयी के घर पुन: चलने का कार्यक्रम कई बार बनता व टलता रहा।

मैं एक दिन अस्सी पर पहुँचकर खोजते हुए भदैनी में विश्वनाथ त्रिपाठी से मिला। वह नब्बे को छू रहे थे। गम्भीर रूप से बीमार बिस्तर पर पड़े मिले। वह वस्तुत: रहे तो नागरी प्रचारिणी के प्रेस में प्रूफरीडर लेकिन संस्कृत भाषा-साहित्य के विद्वान थे और संगीत के विशिष्ट जानकार। मुझे पता चला था कि प्रसाद ने नाटकों के लेखन के दौरान उनसे स्वर-लिपियों की जानकारी ली थी। उनके रचनाकार होने की कोई सूचना मुझे तो नहीं मिली किन्तु अफसोस यह कि प्रत्यक्ष भेंट करके भी मैंने उनसे उनके बारे में कुछ नहीं पूछ सका। कारण था, प्रसाद-धुन में मेरा आपादमस्तक लीन होना। मैं जिससे भी मिलने पहुँचता, उससे सिर्फ महाकवि के बारे में प्रश्न पर प्रश्न पूछता और अधिक से अधिक जानकारी ले लेने की कोशिश करता।

विश्वनाथ जी शुरू में तो बिस्तर पर लेटे हुए धीमे-धीमे संक्षिप्त उत्तर देते रहे लेकिन कुछ देर बाद उनकी आवाज और अंदाज, दोनों में आई संजीदगी देखने लायक थी। इसे उनके परिजनों ने भी महीन मुदित भाव से अनुभूत किया। वह, पूछने पर, संक्षेप में ही लेकिन ऐसा जीवंत बोले, जैसे अभी-अभी प्रसाद से मिलकर आए हों!

सीताराम चतुर्वेदी के बारे में पूछने पर उनके पुत्र धर्मशील चतुर्वेदी ने मुजफ्फरनगर का पता दिया और बोले कि जाते समय मैं उन्हें बता दूँ ताकि वह उन्हें फोन कर देंगे। मैंने किरणशंकर से चर्चा की तो उन्होंने साथ चलने की इच्छा तो जता दी लेकिन वह ठहरे पक्के बनारसी। मस्तमौला और हर झंझट को भरसक टालते चलनेवाले। कहीं जाने से पहले दसियों बार सोचने वाले। मुजफ्फरनगर का कार्यक्रम वह बनाते और बिसार देते।

इसी दौरान एक दिन अचानक पता चला कि मैत्रेयी सिंह नहीं रहीं। बहुत धक्का लगा। अभी कुछ दिन पहले ही उनसे मिलना हुआ था, लिहाजा उनका चेहरा सामने से हटने का नाम ही न ले!

डॉ. राजेन्द्र नारायण शर्मा से जब भी मिलना होता, मैं प्रसाद के बारे में ही पूछता। तरह-तरह के सवाल : प्रसाद कैसे हँसते थे, कैसे गुस्सा होते, उनका उल्लास कैसे व्यक्त होता, कभी गाते-गुनगुनाते भी थे क्या, तंज कैसे कसते थे और समकालीन रचनाकारों में किसकी-कैसे चर्चाएँ करते थे, आदि-आदि। वह सवालों पर अक्सर चौंकते। बहुत सोच-समझकर प्रसंग खोलते हुए उत्तर दिया करते। हर बात मैं डायरी में नोट कर लेता। एक दिन ऐसे ही किसी सवाल पर वह अचानक बिगड़ गए, "आप हमेशा प्रसाद-प्रसाद ही करते रहेंगे या कभी मुझसे मेरे लेखन के बारे में भी कुछ पूछेंगे?"

मैं सन्न।

दूसरे दिन प्रेस फोटोग्राफर को साथ लेकर मैं उनके पास पहुँचा। उसने उनकी कई तसवीरें उतारीं और मैंने विधिवत् उनका इंटरव्यू लिया। अगले ही दिन अखबार में प्रमुखता से यह सब प्रकाशित हुआ।

इसके कुछ ही दिन बाद विश्वनाथ जी के निधन की सूचना आ गई। उनसे दोबारा नहीं मिल पाने का गहरा दुख हुआ। उन्हें गम्भीर अवस्था में देख आया था, मन को शान्त करना पड़ा।

धुआँधार अखबारी दिनचर्या में साहित्य की जिद जब कभी जरा-भी कमजोर पड़ती है तो देखते-ही-देखते अंतराल लम्बा खिंच जाता है। कई महीने धर्मशालाओं में बिताने के बाद लक्सा के रामापुरा में आ गया था। कुशवाहा भवन के तिनतल्ले पर घोंसले में सजा सविता-लोक। दुछत्ती वाला घर। छत और फर्श के बीच में एक और छत। नीचे के दोनों कमरों के बराबर ऊपर कम ऊँचाई का एक और बड़ा-सा झरोखेदार कक्ष। दुछत्ती पर खूब झर-झर हवा आती। दफ्तर के लिए दोपहर में निकलना और आधी रात के बाद भोर का स्पर्श करते हुए लौटना। ऐसे में सरायगोवर्द्धन जा नहीं पा रहा था। दफ्तर में एक दिन देर शाम किसी ने फोन कर बताया कि डॉ. राजेन्द्र नारायण शर्मा नहीं रहे। रिपोर्टर-फोटोग्राफर को तुरन्त रवाना किया गया। गहरा आघात पहुँचा।

प्रसाद-सखा रायकृष्ण दास के पुत्र कलाविद आनन्दकृष्ण लंका पर रहते थे। किरण-शंकर और उनके मित्र डीपी अग्रवाल के साथ जाकर उनसे कई बार मिल आया था। वह संस्मरण खूब सुनाते लेकिन पहले ही बता देते कि यह कहाँ छपा है।

एक दिन घर में कार्यक्रम बना कि रत्नशंकर जी से चलकर सीधे मिला जाए। छुट्टी के दिन हम लोग बच्चों को साथ लिये सुबह ही सरायगोवर्द्धन पहुँच गए। किरणशंकर के पहले पड़ने वाले कमरे की ओर ताके बगैर हम लोग आगे उनके पिता के कक्ष की ओर बढ़ गए। रत्नशंकर बाहर ही बैठे मिल गए। बहुत अपनेपन के साथ मिले और बच्चों को देख प्रसन्न हुए। तब विशाल और वीर, दोनों बहुत छोटे थे। वह हमें भीतर ले गए। पुराने जमाने की नक्काशीदार चौकी, पीतल के बड़े-बड़े बर्तन और महाकवि के व्यवहार में आ चुका ऐतिहासिक पलंग। प्रसाद का कक्ष। सब कुछ मुग्ध कर देनेवाला।

रत्नशंकर जी से सविता जी ने उनके लेखन के बारे में पूछा तो वह हँसकर बोले, "रक्तदोष तो मुझमें भी है ही, लेकिन मैं कुछ खास नहीं कर पा रहा।"

वह अस्सी को पार कर चुके थे लेकिन व्यक्तित्व चुस्त-दुरुस्त और आवाज में टनक। कैमरे से उनकी कई तसवीरें उतारी गईं। प्रसन्न भाव से वह चित्र खिंचवाते रहे। वह बातचीत के क्रम में महाकवि के अन्तिम दिनों का प्रसंग बताने लगे।

महाकवि के लिए 'पिताजी' शब्द का जब-जब वह प्रयोग करते, मन में कुछ मौलिक आनन्दप्रद अनुभूति होती। कुछ यों, जैसे हमारे सामने प्रसाद के प्रत्यक्ष अंश (आत्मज) विद्यमान हैं! हम 'कामायनी'कार को तो नहीं देख सके लेकिन उनके अंश से बोल-बतिया रहे हैं, आदि-आदि। वह बताते चल रहे थे कि 'पिताजी' कैसे बीमार पड़े, कैसे उनका इलाज चला, कैसे महाप्रस्थान हुआ...मार्मिक। 'कामायनी' के लिखे जाने से लेकर प्रकाशित होने तक के जाने-अनजाने विवरण-प्रसंग। जानकीवल्लभ शास्त्री से मेरी निकटता का पता चला तो वह उनसे जुड़े अपने संस्मरण बताने लगे। मुजफ्फरपुर जाकर वह जानकीवल्लभ से कई बार मिल आए थे। आयु में उनसे रत्नशंकर छह साल छोटे थे। उन्होंने बताया कि महाकवि से अन्तिम दिनों आकर मुलाकात करने वालों में जानकीवल्लभ भी रहे।

चर्चा के दौरान मेरे मुँह से औचक निकल गया, "महाकवि प्रसाद को देखे लोगों से मिल रहा हूँ। इस बीच मैत्रेयी जी, विश्वनाथ जी और राजेन्द्र नारायण शर्मा जी से मिलना हुआ था। उसके बाद कुछ ही दिनों के भीतर एक-एक कर तीनों का निधन हो गया।"

रत्नशंकर की अंगुलियों को जैसे एक साथ कई बिच्छुओं ने छू लिया हो! दोनों हाथ उठाकर वह पंजे हवा में तेज-तेज हिलाने लगे, "अरे, तो आप हमसे अब मत मिलिएगा, एकदम नहीं! यहाँ आइए ही नहीं...मैं अभी धरती पर रहना चाहता हूँ भाई!"

हम हँसते हुए लोटपोट लेकिन रत्नशंकर जी जरा भी ढीले नहीं पड़े। चाय-वाय के बाद कुछ अलग ही अनुभूति गूँथते हुए हम लोग वहाँ से लौटे। उनकी बातें कई दिनों तक मन में गूँजती रहीं।

सीताराम चतुर्वेदी से मिलने जाने का कार्यक्रम बनता ही रह गया। इस बीच नौकरी के बवंडर ने एक बार फिर उड़ाया, बनारस छूट गया। एक दिन देवघर में, दफ्तर में बैठा था कि मुजफ्फरनगर डेटलाइन से उनके महाप्रस्थान की खबर आ गई। कुछ ही महीनों के बाद काशी में पुन: प्रवेश मिला लेकिन हफ्ते-पखवारे के भीतर किरणशंकर ने सरायगोवर्द्धन से फोन कर पिता के तिरोधान की सूचना दी। फोटोग्राफर भेज फोटो मँगवाया। जाकर अन्तिम दर्शन किये। सामने वह चिरनिद्रा में लेटे थे और आँखों के सामने उनके दोनों हिलते पंजे जैसे कुछ और ही संकल्प-बोध जगा रहे थे। लगा, प्रसाद के साक्षी एक-एक कर विदा हो रहे हैं और यह दायित्व सौंपते जा रहे हैं कि महाकवि की अनकही कहानी को आकार दिया जाए।

प्रसाद के जीवन-काल में उन पर बहुत कम लिखा गया है। उन्होंने कभी इसके लिए न किसी को प्रोत्साहित किया, न कोई सहयोग। विनोदशंकर व्यास ने एक बार मैथिलीशरण गुप्त की ओर से हो रहे उन पर हमलों के उत्तर के रूप में कुछ लिखा था। यह जानकारी होते ही प्रसाद ने अपनी तीव्र असहमति जताई और बोले कि किसी के

आरोप-प्रत्यारोप से कुछ नहीं होता। रचना में बल होगा तो वही स्वयं उत्तर देगी और आगे जिएगी। उन्होंने व्यास का लिखा फड़वा दिया था। निधन के छह दशक बाद, जब मैंने प्रसाद के जीवन-संदर्भों की पड़ताल शुरू की तो परिदृश्य यह था कि प्रेम-सम्बन्ध से लेकर आर्थिक स्थिति तक, उनके बारे में हवा में भाँति-भाँति की भ्राँतियाँ व्याप्त थीं। जैसे : प्रेमिका का निधन हो गया तो उन्होंने 'आँसू' लिख दिया। दालमंडी में उस समय जो रेडलाइट एरिया था, उसमें उनके सम्बन्ध कइयों से थे, आदि-आदि। इसी तरह कई बहुचर्चित प्रसंगों में भी अतिरंजना ही अतिरंजना।

आम तौर पर समकालीनों के संस्मरण को विश्वसनीय सूचनाओं का सबसे प्रामाणिक स्रोत मान लिया जाता है। मैंने पाया कि प्रसाद के तिरोधान के बाद उनके अंतरंग मैथिलीशरण गुप्त तक के लिखे संस्मरण में भी सूचनाएँ अधूरी या गलत हैं। यथा, अपने संस्मरण 'प्रसाद जी' में उन्होंने लिखा है : 'उन्होंने होमियोपैथिक चिकित्सा का आश्रय लिया। चिकित्सक श्री राजेन्द्र नारायण शर्मा उनके मित्र थे। उनकी चिकित्सा पर उन्हें भी विश्वास था।'

यह संस्मरण करुणापति त्रिपाठी व कृष्णदेव प्रसाद गौड़ द्वारा संपादित पत्रिका 'प्रसाद' की पृष्ठ-संख्या 7 से 17 पर प्रकाशित है जिसमें उक्त उल्लेख पृष्ठ 16 पर है। पत्रिका के उक्त 'प्रसाद अंक' की दोबारा बँधवाई हुई। उपलब्ध प्रति में मुद्रित अक्षरों में प्रकाशन-काल तो कहीं नहीं दिख रहा लेकिन कलम से दर्ज हस्ताक्षर में '12.5.1955' लिखा हुआ है। संस्मरण में मैथिलीशरण गुप्त ने प्रसाद के अन्तिम दौर की बीमारी के चिकित्सक का जो नामोल्लेख किया है, यह सटीक नहीं है। प्रसाद की चिकित्सा डॉ. एच. सिंह ने की थी, राजेन्द्र नारायण शर्मा ने नहीं। राजेन्द्र डॉ. सिंह के सहायक मात्र थे। राजेन्द्र नारायण को प्रसाद का मित्र बताया जाना भी गलत है। उनसे इन पंक्तियों के लेखक की कई-कई मुलाकातें व लम्बी वार्ताएँ सम्भव हुई हैं। वह दरअसल प्रसाद-पुत्र रत्नशंकर प्रसाद के मित्र थे और प्रसाद को पितृ-तुल्य स्वीकारते भी थे।

मैथिलीशरण गुप्त के संस्मरण की त्रुटियों ने ही मुझे उपलब्ध हर सूचना, उल्लेख, प्रसंग व संदर्भ की बारीकी से पुष्टि को प्रेरित किया। मैंने ऐसे सभी प्रसंगों की किसी न्यूज स्टोरी या हाई प्रोफाइल केस की तरह जमीनी पड़ताल शुरू की। प्रसाद के पूर्वज गाजीपुर से बनारस में सबसे पहले मोहनसराय आए थे। तदुपरान्त टेढ़ीनीम पर। उसके बाद सरायगोवर्द्धन। सब जगह आना-जाना शुरू हुआ। स्थलों का बार-बार प्रत्यक्षीकरण और तथ्यों का हर बार कुछ न कुछ विशेष उत्खनन-प्रयास।

धर्मशील चतुर्वेदी के सहयोग से पियरी के एक घर के कुछ कागजात मिले। उनसे निकला श्यामा की किराएदारी का कागज। इससे यह तथ्य सामने आया कि श्यामा, जिसे प्रसाद की प्रेमिका कहा जाता है, उनके निधन के बाद दशकों तक इसी घर में रही। कई बुजुर्ग उसे देखने की गवाही देने लगे। इस तरह 'आँसू' के सृजन को लेकर व्याप्त प्रचार सिरे से गलत निकला। आर्थिक पक्ष यह कि उनका आधा जीवन पिता व अग्रज के समय का ऋण चुकाने में ही बीत गया। इसीलिए उन्होंने अपनी अन्तिम बीमारी का निर्दिष्ट रूप में इलाज तक नहीं कराया ताकि परिवार को फिर किसी ऋण-जाल में न फँस जाना पड़े।

आचरण को लेकर बात सामने आई कि व्यक्तिगत जीवन में वह अनुशासन के इतने पक्के व कड़े रहे कि उनके सामने कोई अन्य व्यक्ति कभी हल्के व्यवहार की हिम्मत तक नहीं जुटा पाता था। भगवती नाम की जिस नर्तकी के साथ उनका नाम जोड़ा जाता रहा, उसे बड़े भाई से सम्बद्ध मानते हुए उन्होंने सदा आदर-सम्मान दिया। अंत समय में उसकी इच्छा के अनुसार व्यवस्था करके उसे वृंदावन भिजवा दिया और वहीं वास की पूरी व्यवस्था भी करा दी।

शोध व पड़ताल के काम तो भाग-दौड़कर पूरे किये जाते रहे। असल परीक्षा तब शुरू हुई जब डायरी और पुर्जे-पुर्जियों के ढेर से तथ्य-सूचनाओं का अर्क निकालने और इसे आख्यान में ढालने की बारी आई।

अखबारी नौकरी की अपनी तबाह दिनचर्या। जहाँ रातें और दिन, दोनों धज्जी-धज्जी हों, वहाँ अलग से कुछ घंटे भी निकाल पाना आसान कहाँ है! दूसरी ओर जिद और जुनून भला किसी बाधा से कब बँध सके हैं! मन में एक नया सम्बल आकार लेने लगा—प्रसाद-संकल्प। रात में डेढ़-दो बजे लौटने के बाद भी खा-पीकर लिखने बैठने में कभी कोई परेशानी महसूस नहीं हुई। जाड़े में कंबल लपेटकर तो गर्मी में पीछे पंखा रखकर, कुर्सी पर एक बार जम जाने के बाद कभी तीन-चार घंटे यानी सुबह के छह-सात तो कभी गति न थम पाने की स्थिति में आठ-दस घंटों अर्थात् दिन के बारह-एक बजे तक भी लेखन-क्रम चलता चला जाता। कई बार रात से दोपहर तक के सरपट लेखन के बाद उठकर भोजन और सीधे पुन: कार्यालय का रास्ता भी पकड़ना पड़ जाता। लौटने पर फिर वही क्रम, अबाध।

ऐसा भी हुआ कि कई रातें बैठे-बैठे भावों के इन्तजार में बीत गईं, कोई एक वाक्य भी नहीं उतरा। इसके बावजूद यह कह सकते हैं कि कोई छह वर्ष का यह लंबा सृजन-काल अपने महान सर्जकों के सीधे संसर्ग-सुख में बीता है। कभी लगता कि प्रसाद के साथ घूम रहा हूँ। कभी सामने बोलते हुए प्रेमचन्द आ जाते तो कविता बाँचते निराला दिखने लगते। महावीर प्रसाद द्विवेदी हों, शिवपूजन सहाय हों, रायकृष्ण दास हों या विनोदशंकर व्यास—इनमें से कोई ऐसा नहीं जो अनदेखा लगे या सहयुगीन अनुभूत न हो रहा हो। यह अद्भुत अनुभूति-सुख सदा बचा रहे, यह कामना बनी हुई है।

'नवनीत' में धारावाहिक प्रकाशन के बाद इसे सीधे छपाया न जा सका। नौकरी में स्थानान्तरणों ने चार साल तक ऐसा अस्थिर रखा कि इसके बारे में कुछ सार्थक सोच पाना तक सम्भव नहीं हुआ। इसमें जोड़-घटाव का मोह हमेशा बना रहा और इसने बहुत लम्बा समय खींच लिया। अब यह जैसा बन सका है, सामने है। दो हजार जागती रातों का यह चहचहाता सवेरा सचमुच मन में अभूतपूर्व उजास लेकर आ रहा है।

—श्याम बिहारी श्यामल

1

अष्टभुजी शैलशिखर की उन्नत, उत्कंठ और उदग्र ऊँचाई। नभ-निमग्न। हरे-भरे फैले-फूले वन का खूब खुला-खिला मन। सुबह-ए-बनारस के जीयतार घाटों जैसा, जंगम-जुड़ाया हुआ। जितना सन्नद्ध व सान्द्र, उतना ही तरल-ताल। अपने ही अनन्त अंतरंग आदिम आलाप में रागायित, गुंजायमान।

पर्वत से जिधर भी, जहाँ तक उत्तप्त दृष्टि जा पा रही, तरंगित हो रहा नवल-नील विस्तार। हृदय का कोमल संस्पर्श और उसे संपुष्ट-संतृप्त करता हुआ। अंतर के अछोर आयतन में धड़कते अनन्त अनुभूति-अंतरिक्ष जैसा। बिछल रहे अगणित बलते आलोक-वलयों से भरा। निरंजन-निरभ्र। नीचे गुनगुनाती तद्भव तराई, ऊपर ध्यानस्थ तत्सम आकाश। बीच के विराट विस्तार में लहरा रही हैं विन्ध्यानील की विरल, विमल व विशिष्ट वेगवती धाराएँ। निर्मल, निर्जल लेकिन तब भी तरल। जितनी उद्दीप्त-उद्दाम, उतनी ही प्रशान्त-तृषान्त। डालों पर झूलते-उचरते, फुर-फुर फुदकते, चिरई-चुरूंग। नव्य विचारों से पुलकित पंछी-पखेरू। गुमसुम मानस की हताश-चुप शाखाओं को हिलाते-जगाते और ऊर्जस्वित-गतिमान बनाते। अथाह उचाट उदासी को भंग करने और उसकी जगह निर्दोष चंचलता के राग-रंग भरने में प्राणपण से जुटे हुए। कूदते-कुलाँचते, छरकते मृगछौने। कोमल कमनीय काया, स्पंदन-स्फूर्ति की शीतल बूँदें छिटकाती। झुरमुटों से हुलकते-झाँकते झक खरगोश। चपर-चपर मुँह और झपर-झपर नेत्र। अगले नन्हे पाँव सिकोड़े-उठाए ठिठकीं-ठहरीं गिलहरियाँ। मखमली गर्दन को खुजलाते-खुरखुराते उनके लघु पंजे। पीछे ऊपर उठी हिलती गुच्छेदार-गुलगुली पूँछ। सर्प-सरीसृप, लपकते-लपलपाते। पथार पड़े सूखे पिलियाए पत्ते, खर-पतवार, वृक्ष-परछाईं व सांध्य-झाँइयों को गाँथते-धाँगते आगे बढ़ते, सरकते हुए। वनस्पतियों का खनकता खुशहाल वृहत् संयुक्त पीत-हरित परिवार, वन-पवन से कंधे जोड़े झूम-झूमकर झूमर पारता, डोलता हुआ। समृद्ध संकुल डालियों-लताओं में रूपायित, मुदित। अंतस से आत्मा का अखंड राग जोड़े।

प्रकृति में जीवन-लीला का मंचित हो रहा यह दृश्य दैनिक-दैनंदिन ही, किन्तु गेरुआ वस्त्रधारी उनतीस वर्षीय युवक जयशंकर इसे निहार रहा है भौचक। अपलक। मग्न-मुग्ध। कई दिनों का खट्टुरुस मन जैसे उचाट उदासी को झाड़-झटकार कर नये भावास्वाद में रँगने-ढलने लग गया हो! काव्यानन्द जैसी अनुभूति, ब्रह्मानन्द-वितान। सर्जना से सम्पुष्ट, व्यंजना-विकीर्ण। चुप-चंचल आँखों में प्रकृति-छवि झर-उतर रही है : झर्-झर्, झर्-झर्। फेनिल धवल प्रपात-प्रवाह बनकर। सृष्टि का यह सुभग शृंगार

अपनी शीतलता में भी कैसा आग्नेय! आभा अकृत्रिम-अखंड, चुँधिया देनेवाली। आश्चर्य चरम सुखद, किन्तु असहज कर देनेवाला। रूपश्री का उद्विग्न-उद्वेलित कर देनेवाला यह गुण-सूत्र इस नव संन्यासी के लिए सर्वथा प्रथम अनुभव। विस्मय का ऐसा विस्फोट कि मस्तिष्क में तीव्र आवर्तन व आलोड़न उत्पन्न। हताशा-निराशा का मोटा आवरण पल भर में जैसे अंतस से पूर्णतः हवा। संन्यस्त मन में सुषुप्त-विन्यस्त कई-कई भाव-व्यक्तित्व एक साथ जाग्रत हो उठे, आँधी-आवेग बनकर : 'कानन कुसुम' का कवि! 'छाया' का कथा-शिल्पी! और 'करुणालय', 'राज्यश्री' का नाटककार!

तीव्र मानसिक उथल-पुथल। व्यग्रता से जैसे औचक अप्रत्याशित मुक्ति मिल गई हो!

ध्यान खिंचा, उग्र हवा तेज-तेज झपट्टे मार रही है लेकिन गेरुआ परिधान अद्‌भुत दुर्द्धर्षता के साथ उसके हर आक्रमण को विफल कर रहा है : लगातार जूझता हुआ। उसका फड़फड़ाना-तड़फड़ाना और रह-रहकर कातर भाव से देह को पकड़कर चिपक जाना, हर क्रिया-कलाप मर्म को छू ले रहा है। लगा कि छाती के भीतर संन्यास-संकल्प भी पृथ्वी की तरह डोलने लगा है! आत्मा की अतल गहराई तक धँसा जो अब तक अडिग-अडोल रहा, वह अचानक जैसे परिवर्तित हो गया हो उधियाते-चकराते किसी डाल-च्युत निराधार पत्ते में!

कलेजे पर कटार बनकर घूमने लगा वैराग्य पर झुका यह आसन्न अस्तित्व-संकट। मुग्धता का अनन्त चमकता विस्तार पल भर में गायब। उसकी जगह अब व्यग्रता-बेचैनी की उमड़ती मेघ-मालाएँ। गगन-रणस्थल में उमड़ते-दौड़ते पहाड़ों की बौखलाई टोली जैसी। कौंधती-तड़तड़ाती अग्नि-रेखा को खींचती-तानती और ऐंठती-तोड़ती हुईं। केशरहित वृत्त के भीतर ऊष्मा का उग्र उफान, तापमान का तीव्र तूफान। सरसराती-रेंगती वक्र-तिर्यक रेखाओं से अदबदाया-भरा प्रशस्त चिन्ता-पृष्ठ। उद्विग्नता से लोहा लेते, दो चमकते निर्निमेष कमल-दल। पुतलियों में दृढ़ता सँजोये, प्रतिकूलताओं को नकारने और अल्पना-कल्पना बुनने-कातने का अन्तर्संघर्ष झेलते हुए। अडिग वृषभ-स्कन्ध, कैसी भी प्रतिकूलताओं के बावजूद न झुकने को दृढ़प्रतिज्ञ।

एक ओर संन्यास-संकल्प को अक्षुण्ण बनाए रखने की गाढ़ी चिन्ता तो दूसरी तरफ सामने फैले अनोखे प्रकृति-वैभव में स्वयं को विलीन कर देने की वेगवती-बलवती इच्छा। मस्तिष्क में द्वन्द्व-दुविधाओं का तेज बवंडर। वन और मन के बीच इस सामंजस्य-विफलता से लगातार क्षोभ। द्वन्द्व से तनाव। दिमागी रस्साकशी जारी। इससे अब रह-रहकर भय की अनुभूति। तेज उद्विग्नता। मस्तिष्क अब अवसन्न हो चला है।

अचानक आश्चर्य। यह क्या? दृष्टि पल भर के लिए फिसली, मन-प्राण झंकृत हो उठे। पहाड़ से नीचे फैले विस्तीर्ण तराई प्रक्षेत्र में सामने अद्‌भुत दृश्य। मोदक, मुग्धकारी। मन के तार फिर आविष्ट हो झंकार से रच गए। अनुभूति ने ऐसा राग विच्छुरित किया कि आनन्द की वेगवती फुहार-धार छलक-छलछला उठी। औचक जैसे आत्मा-तल तक आप्यायित!

मन का विकट वैराग्य पुनः डोलने लगा—डगमग-डगमग।

मीरजापुर का यह हरित विन्ध्य शैल-क्षेत्र, कैसी विरल अकल्पनीय वाचकता से भरा हुआ है! राग-रंग से रंजित इसका यह जीवंत तराई-प्रदेश। कैनवास पर

टटके चटक रंगों से खिंचे नवजात प्रकृति-चित्र जैसा। नयनाभिराम, मनोरम, तुष्टिकर और तृप्तिकर।

ऐसा प्रदीर्घ-प्रच्छन्न प्रक्षेत्र एकल कैनवास पर इकट्ठे दृष्टि-दीप्त होना मुग्धकारी, आह्लादकारी। सबसे ज्यादा आनन्दित-तरंगित करने लगी समक्ष प्रवहमान गंगा, नवल-धवल पुष्प-प्रवाह जैसी। दूर-दूर तक फैला वह अकूत बालुका-विस्तार, शशि-सौरभ के दानेदार रूपांतरण जैसा। सविता-सम्पन्न मधुर धाराएँ, किरणों-विकिरणों से रंजित। चमचम-चटक, नीरदाभ-नीलाभ और फुर्तीली-फेनिल। नीलकंठ के निकट दोलित श्यामल जटाओं के-से गति-क्रम में लहराती बढ़ती, लिपटी-सकुचाई-सी। अर्द्धचंद्राकार! सप्राण गीत-गति और सतरंगे शिव-संगीत से आप्यायित। धाराओं से फूटता सत्-चित-आनन्द मग्न सप्तस्वर, जीवन का तरंगित महासंगीत। रोम-रोम राग-रंजित, अंग-अंग पवन-पुलकित। इधर, यहाँ से उधर अछोर तक लहराती-सी बढ़ी हुई विंध्य शिखर-मालाएँ। जैसे अपनी सर्वाधिक प्रिय-प्रेम लटें खोल-समेट नीलकंठ-वृत्त से सरसराकर उतर फणधर काशी से साष्टांग-सर्वांग रँगता आ पहुँचा हो यहाँ, विंध्यवासिनी महादेवी के दर्शन को! मूर्च्छा-मुर्दनी व मुर्दा सन्नाटे को डसता, एकान्त के रेशे-रेशे को आनन्द-विचरण के स्वर-शब्द से रँगता-रचता हुआ। टुकुर-टुकुर ताकते उद्ग्रीव पर्वत-शिखर जैसे सजग फण हिलने लगे हों! धूसर धरती और निर्धूम आकाश को जोड़ते हुए। वर्षों पहले की लिखी पंक्तियाँ अचानक जैसे दिशाकाश में गूँज उठीं :

जिस मन्दिर का द्वार सदा उन्मुक्त रहा है
जिस मन्दिर में रंक नरेश समान रहा है
जिसके हैं आराम प्रकृति कानन ही सारे
जिस मन्दिर के दीप इन्दु दिनकर औ' तारे
उस मन्दिर के नाथ को, निरुपम निरमय स्वस्थ को
नमस्कार मेरा सदा पूरे विश्व गृहस्थ को!

क्यों इतने वर्षों बाद विश्व गृहस्थ की यह कल्पना अभी फिर आँखों के सामने लहरा उठी है? इस तरह सर्वथा नये रूपाकार में? क्या यह गृहस्थी-भंग के दंश की संभ्रम प्रतिच्छाया है या, इस गेरुआ-विद्रोह की अविकल अवचेतन प्रतिक्रिया? विश्व को विष-दशा और विषम-दिशाओं से उबारने के लिए ही तो की थी कभी यह नवल-धवल कल्पना। जो तब जितनी ही जीवनमर्मी लगी थी, उससे कहीं अधिक संततिधर्मी। तो अपनी ही ऐसी विरल कल्पना का गला आज इस तरह स्वयं के ही हाथों घोंटना, क्या है यह? कहाँ तक, कितना न्यायसंगत?

आत्मप्रश्नों ने आत्मा तक को झिंझोड़कर रख दिया है। जैसे पूरा ब्रह्मांड सरककर आ गया हो धब्ब-से नीचे! तेज घूम रहे आदिसर्जक चाक के धुरी-केन्द्र के ऊपर। तेज-तेज गोल-गोल नाचता हुआ। गहरे अँधेरे मन-गह्वर से फूट पड़ीं तेज-तेज निर्बाध निर्मल धाराएँ। कलकल-छलछल। तभी लगा, जैसे इसी तीव्र धारा के साथ अचानक कोई ऐंठता-सा काला-लम्बा विचार-द्वंद्व निकल बाहर आ गया हो! पतली लाल जीभ निकालता-लपलपाता हुआ। अरे, यह क्या? पलक झपकते ही उसने चेतन-पृष्ठ पर चुभो दी अपनी जहरीली जिह्वा। दर्दनाक दंश। आवेग और उन्माद से भरी बेचैनी। सामने यह

कैसा आत्महंता समय उपस्थित है! सारे अनुभव आहत-रक्तरंजित और हत्चेत। एक-एक अनुभूति कितनी दग्ध, तीव्र-तिक्त और वेदना से व्यग्र! इस स्वदृष्टिपात से लगा, जैसे भीतर का भूमंडल डोल रहा हो! जैसे देह के भीतर अस्थियों का अन्तर्मज्जा-त्वचा से विद्रोह!

आँखें तो आँखें, पर्वत-प्रक्षेत्र को छलाँगकर भूतल के उस सुदूर गंगा-प्रक्षेत्र तक उड़ती हुई जा रही लहराती दृष्टि-दीप्ति भी जैसे धू-धू कर जलने-चिलकने लगी हो! बारूदी सुतली की तरह। सामने लकीर-रूप में बढ़ती और आगे जाकर क्रमशः गोलार्द्ध बनी बह रही जाह्नवी प्रश्नचिह्न बन गई। सिहरन का एक छोटा-सा, किन्तु समग्र त्रासद धारदार भाव-स्पर्श आकर गब्ब-से खुभ गया। सामने उभरा दिखता प्रश्न आँखों में चुभने-उतरने लगा। लहराती जा रही दृष्टि-डोर अचानक सुदूर संसर्ग से टूटी-विलगी और खिंच-सिमटकर क्षणांश में ही लौट आई। पहले तो सिर गोल-तिरछे हिला-डुला फिर पूरा शरीर गनगना उठा। तन पर लिपटा गेरुआ आवरण अब हृदय-प्रदेश को झकझोर रहा है। आँखों में जैसे चिनगारी घुस आई हो!...यह क्या, रोम-रोम में लगातार सिहरन?

देह से दिमाग तक पर छाया गेरुआ रंग फड़फड़ा-उधिया रहा है। उसका संकल्पबद्ध अंतरतम तेज-तेज दोलित-प्रकम्पित।

ऐसे में कैसे पुष्ट होगा यह नवजात संन्यास? घर-आँगन से लेकर जीवन-जगत तक का समस्त राग-रंग छोड़ यहाँ आने का अपना ही निर्णय अब क्यों इस तरह संदिग्ध लगने लगा है? ऐसे कैसे चलेगा? आत्म-सजगता ने तुरन्त आँखों में अँगुली चुभो दी : यहाँ भी कवि-सुलभ भावुकता-विचलन? इस तरह संशय-संभ्रम बुनते रहने से अब काम नहीं चलनेवाला। किसी एक स्थान पर तो खुद को कड़ा-खड़ा करना ही होगा। गृहस्थ-धर्म क्यों नहीं निभाया? क्यों घर छोड़ा? दुखों से डरकर? घर तो अपने प्रतीक रूपार्थ में ही दीवार-छत-प्रांगण की षट्भुज सीमा-संकल्पबद्धता की सर्वोच्च कसौटी है। यही तो गृहस्थ-धर्म है। गृह-मूल्यों का सँवरण और मर्यादा-निर्वहन क्यों सम्भव नहीं हुआ? क्यों उत्पन्न नहीं हो सका गृहस्थ-धैर्य? और, जब माया-मोह त्याग गेरुआ पहन अब जंगल में आ ही पहुँचे, तो अब अपने संकल्प को स्वयं ही क्योंकर संदिग्ध बनाना?

भँवर बने घूमते प्रश्न-प्रतिप्रश्न। चक्करघिन्नी ने विचार-तंतु को दबोच लिया है। सिर चकराने लगा। ओफ्फ, यह दुविधा-दमन! तो, क्या सचमुच यह संन्यास असंदिग्ध नहीं?

प्रश्न गरजा और सामने से तेज दहाड़ के साथ उछलकर जैसे देह पर कूद पड़ा हो! बघनक्खे ताने, बड़े-बड़े दाँतोंवाला जबड़ा खोले हुए। दूसरे ही क्षण सद्यःवैराग्य अपने पूरे अस्तित्व के साथ उसके सर्वग्रासी जबड़ों के बीच। अंगारों जैसे प्रश्न-नेत्र, उनमें लुकवारी जैसी हिंस्र कौंध। आतंक। चेतना तक स्याह और निर्वाक्।

मन के भीतर से कोई स्वर कौंधा : कानों ने राग-स्वाद को बिसारा नहीं, नेत्र रंगों की पहचान-परिधि छोड़ने को तैयार नहीं, मन से कोमल काव्यानुभूतियाँ विदा नहीं हो पा रहीं, आत्मा आतंक-आक्रमण-संक्रमण से मुक्त नहीं यानी इस देह ने सरायगोवर्द्धन की वह छत-चहारदीवारी भर छोड़ी है, ज्ञानेन्द्रियाँ अपने पंचभूत-गृह में यथाविलास-यथाचित्त रमणरत् हैं। तब तो सचमुच यह एक भूगोल का परित्याग भर सम्भव हुआ है; अर्थात् 'व्यक्ति' ने अपने गुरुतर पारिवारिक दायित्व से मुँह भर मोड़ा है? 'वह' अनिकेत भर हुआ है, वैरागी नहीं? तो, यह कैसा संन्यास? यह कर्तव्य-घात नहीं तो और क्या? भाभी

लखरानी देवी जो माता-पिता-भैया का एकल समुच्च्य-रूप हैं, मैंने उनका स्नेह-बंधन तोड़ दिया। मेरे बचपन को जिन्होंने क्षीर-सागर जैसा धवल स्नेहांक दिया और हर क्षण सिर पर कल्पतरु की शीतल छाँह, उन्हें धोखे में रख मैंने छल से छुपकर किया है यह गृह-बहिर्गमन। सर्वथा अक्षम्य! नितान्त जघन्य आत्म-अपराध! तब तो निस्सन्देह यह संन्यास नहीं, छद्म विन्यास है? वैराग्य-विधान की तो यह सर्वज्ञात अनिवार्यता है कि माता का आदेश पहले, संन्यास का अनुमोदन उसी के बाद सम्भव। लेकिन, मेरे इस कृत्य में न तो मातृ-आज्ञा निहित है, न इसे पाने की मानक पात्रता ही। यहाँ तो साफ-साफ चमक रही हैं मातृ-घात की गुजगुजी बिल्लौरी आँखें! आत्मक्षरक संत्रास!

विचार-द्वन्द्व की धुन्ध चीरता जैसे अचानक कोई तीर आकर कलेजे में खुभ गया हो : रक्तधार फोड़ता हुआ!

भीतर अब तर्क-बुद्धि ने मोर्चा सँभाल लिया : काशी में, वैसी विपरीत परिस्थितियों में अब और आखिर कैसे बैठकर थामे रखी जा सकती थी गृहस्थी की डोर? काल का यह कैसा अत्याचार! गृहस्थी उजड़ गई तो पुन: किया ही घर बसाने का प्रयास, लेकिन फिर वही हश्र। दोनों बार श्मशान का मुँह देखना पड़ा। बार-बार जीवनसंगिनी तय करना और अन्तत: उसकी चिता सजाना, कैसा दारुण संताप! एक ओर ऋण-शोधन में रक्त-हानि, दूसरी ओर गृहकलह से लगातार दमघोंटू हालात। परिवार के विग्रह से लेकर अनेकश: आतप संताप-प्रसंग तक, सारी स्थितियाँ-परिस्थितियाँ तो जैसे गला ही दबा देने पर आमादा हों!

अपनी हत्या को असहाय हो चुपचाप देखना जैसा असह्य, आत्महत्या का वरण वैसा ही महापाप। ऐसे में इस गेरुये की शरण के अलावा दूसरा विकल्प भी क्या बचा था? जब ईश्वर ही नहीं चाहता कि मेरा घर-बार बसे-बिहँसे, तो कोई करे तो क्या? अदना-सा मैं अन्तत: क्या करता? क्या शोक-संताप ओढ़े बैठकर आँसू बहाता रहता? कब तक मुर्दफुँकवा बना फिरता? रही बात अब मातृ-आदेश की, तो वह प्राप्त कर लेना होगा। दूसरे साधु-वैरागी जिस तरह परिजनों की स्मृति-शिथिलता की प्रतीक्षा करते हैं और लम्बे अंतराल बाद त्यागे हुए घर के दरवाजे पर जा खड़े होते हैं, वैसी ही युक्ति की जा सकती है। अपने बदले वेश में जैसे वह आसानी से मातृ-हस्त से भिक्षाशीष-आदेश निर्विघ्न पा लेते हैं, मुझे भी ऐसी सफलता मिल ही जाएगी।

जब से आँखें स्मृतिधर्मा बनी हैं, कैसे-कैसे दिन देखने को न मिले! परिवार तो जैसे हमेशा दुख के भँवर में ही फँसा रहा, एक के बाद एक लगातार मौतें। मैंने दस बसंत ही देखे थे कि पिता देवीप्रसाद सुँघनी साहु चल बसे। पाँच वर्ष बाद ही माता मुन्नी देवी भी। साल-डेढ़ साल बीतते न बीतते अग्रज साहु शम्भुरत्न ने भी साथ छोड़ दिया। जीवन की डगर पर अभी डग भरना ही सीख रहा था कि सिर से सभी बड़ों की छाया समाप्त। इसके बाद एक पर एक लगातार दो बार दाम्पत्य का ध्वंस।

आँखों में कौंधा भाभी लखरानी देवी का चेहरा। पिता-माता या भैया, कब किसकी कमी महसूस होने दी है उन्होंने? उन्हें छोड़कर यहाँ आ जाना कहाँ तक उचित है? क्या उनके प्यार को नकार कर यह गेरुआ-वरण और यह अष्टभुजी-वास ममताघात नहीं? मन काँप उठा।

घर में अकेली वह अभी विपत्ति-विकल ही तो होंगी, कौन उन्हें सँभाल रहा होगा? कोई स्वजन-परिजन भी तो नहीं है घर में। किसी को भगवान छोड़ कहाँ रहे हैं।

सोचते-सोचते मन क्रमश: लरजता चला गया। लगा, यादें ही अब शत्रु बनकर पेश हो रही हैं। यही हैं जो नये संकल्प की बुनियाद हिला रही हैं। जब समूचा साकार साम्प्रत अस्वीकार कर यह गेरुआ रंग धारण कर चुका और जंगल तक आ पहुँचा हूँ, तो फिर अब अस्तित्वहीन अतीत को गींजने का क्या औचित्य? इससे मुक्ति ही अब आगे का मार्ग प्रशस्त करेगी। लेकिन संन्यास के इस कालारम्भ में क्या केवल और केवल परलोक का ही भविष्यत् चिन्तन खंगालना चाहिए?...और, परलोक सुधारने की चिन्ता क्या दैनंदिन स्वार्थ से भी बड़ा अग्रिम महास्वार्थ नहीं? सामने खड़े ऐसे साकार समकाल को इस तरह अनदेखा कर देना क्या सत्य की अवहेलना नहीं? प्रत्यक्ष सत्य की हत्या के साथ किया जानेवाला कोई भी परलोक-चिन्तन क्या रक्तिम नहीं होगा? यह निष्कलंक कैसे होगा? वह भी ऐसा प्रत्यक्ष सत्य जिसमें मातृ-पीड़ा लहरा रही हो! जिसके परिधि-आँगन में खड़ी हों मातृसमा भाभी लखरानी! आँखों में समूची गंगा समेटे, खड़ी टुकुर-टुकुर ताकती।

नहीं, नहीं, अब किसी भी माया-मोह में पड़कर यह संकल्प नहीं तोड़ा जा सकता। लेकिन इस विरल मातृत्व को ठोकर मारकर आगे बढ़े हुए कदम किस लक्ष्य तक पहुँच सकेंगे? ऐसा कैसे होगा? यह तो आत्मा का हनन होगा! किसी सीमा तक परमात्मा की अवहेलना! ऐसी हत्या और अवहेलना के बल पर कैसी परम-प्राप्ति-सिद्धि सम्भव होगी? भला, कैसे? प्रश्न जैसे विद्युत-कौंधों के साथ गरज-गरजकर सिर पर गिर रहे हों : मस्तिष्क में ज्वालामुखी फोड़ते और शरीर को अंगारे में बदलते हुए। आश्चर्य हुआ कि यह सब किस बल के बूते सहन हो रहा है?

अष्टभुजी के घने वन से साँझ सिमट रही है। आकाश से खिंचता उजाला। नीचे पेड़ों-झाड़ियों की जड़ों से निकलकर फैलता धाराप्रवाह अँधेरा। धुएँ की धार जैसा। रात की धमक पर सभी उदास। पक्षी, जीव-जन्तु, पेड़-पौधे, लताएँ, सब। अब ध्यान में आया कि यहाँ तो दूर-दूर तक कहीं कोई मनुष्य नहीं। तुरन्त प्रश्न उठा—यह निर्जनता भला अलग से कैसे सूझ रही है? क्यों? यानी कि मन में अभी भीषण प्राणि-भेद विद्यमान है। कोलाहल का रंजक स्वाद और आत्यंतिक आकर्षण भी। अनेकश: ऐसे खिंचाव यानी चाह की उद्दाम चकाचौंध। अन्यथा साधु के लिए निर्जनता क्या, अनिर्जनता क्या! दृष्टि में यह भेद बचा होना नितान्त आपत्तिजनक। घोर चुनौतीपूर्ण। माया-मोह की विराट् उपस्थिति का प्रत्यक्ष प्रमाण। इसे तो निस्सन्देह अब तक न्यून हो चुका होना चाहिए था।

कदम आगे बढ़ चले। पक्षियों के मद्धिम पड़ते सांध्यगीत आगोश में लपेट रहे हैं। मन अथाह वायु-सागर में डैने छपका रहा है। नन्ही चोंच घुमाता, असीम आसमान निरखता हुआ। फिर स्वयं सतर्क। यह कलरव, यह उड़ान, इनसे मिलता आनन्द। यह सब क्या है? यह आनन्द भी तो संन्यास-राग को रौंद रहा है। एकान्त पथ में चंचलता ही तो बिछा रहा है।

अब कहीं रात के लिए आसन जमाना होगा। लेकिन कहाँ? जयशंकर ने रुककर इस दृष्टि से आसपास के क्षेत्र का मुआयना किया। कहीं तो ऐसा स्थान जँच नहीं रहा। इसे

लेकर भी मन में विचार-प्रतिविचार टकराने लगे : रात के लिए कैसी जगह चाहिए? कोई भी सिर छुपाने का सुरक्षित स्थान। क्यों, सिर को रात में छुपाने की जरूरत ही भला क्यों? वह भी सुरक्षित स्थान में? मनुष्य का यह तन जंगल के कई जीवों का सर्वोत्तम आहार भी तो है। यानी कि रात में ऐसे जीवों को उनके नैसर्गिक आहार से वंचित करने का उपाय हो रहा है। किसी भी जीव को उसके नियत-नैसर्गिक भोजन से वंचित करना कहाँ तक न्यायसंगत है? और, ऐसा अन्याय चलाने वाला व्यक्ति भला साधु कैसे हो सकता है?

स्वत:स्फूर्त प्रश्नों से फिर तिलमिलाकर रह गया संन्यस्त गेरुआ मन। बड़ी अजीब लीला है। चलो तो पीछे छूटता पग धरती पर पहले विपरीत चाप लगाता है। इसी की प्रतिगति के बराबर व उलट आगे डग का बढ़ पाना सम्भव। वातावरण में जितनी हवा को काटो, उतनी ही दूरी का तय होना निर्धारित। जितनी क्षुधा, उसके अनुपात में पहले उतने भोज्य का संहार, इसके बाद ही शान्ति-तृप्ति की उपलब्धि। अन्न से लेकर फल-फूल और दुग्ध-जल। किसमें नहीं है जीवन? चौरासी हजार योनियों में तो पल-पल साँसों में पिसती हवा भी सम्मिलित है। जीवन को जगाए रखने के लिए इन सबका समाहार-संहार हिंसा से अलग कैसे? यहाँ तो हर होना किसी-न-किसी को 'होने' से वंचित करने के बाद ही सम्भव हो रहा है। प्रत्येक उपस्थिति अपने समानान्तर समतुल्य अनुपस्थिति को निगलती हुई ही साकार हो रही है। सामने टँगे दर्पण तक में समानान्तर किन्तु सर्वथा विपरीत छवि! गोकि यह स्व-दर्शन तभी आनन्दकारी है जब अपनी समानान्तर विपरीत छवि सहज सहनीय हो। वैषम्य का ऐसा अगम गणित। एक ही तन के अभिन्न हिस्से होकर भी हाथ से पैर सर्वथा विपरीत। आँखों से कान एकदम अलग। मारक, तीक्ष्ण, कठोर और मजबूत दाँतों के बीच जीभ कैसी कोमल और कमजोर। लेकिन, डरती-सहमती हुई भी यही 'कमजोर' तमाम 'मजबूतों' का जन्म भी देखती है, उन्माद-उत्पात भी और एक-एक का दर्द के साथ हिलना-उखड़ना या क्रमश: विदा होना भी। आग से पानी कितना भिन्न! सीधे-सीधे विलोम। लेकिन आग में पानी और पानी में आग की चिरन्तन उपस्थिति। जो जल का सबसे बड़ा नील भंडार है, न जाने कब से स्वयं उसी का कंठ चटक रहा है! अनादिकाल से अंजुरी भर तृप्ति-जल के लिए कैसा तड़प रहा है सागर! जो दुनिया की सबसे मशहूर-खूबसूरत इमारतों में शुमार है, उसकी बदकिस्मती भी अजूबा। ताजमहल में न कोई नन्ही किलकारी, न पायलों की रुनझुन, न नींद की चहलकदमी, न जीवन का घूमता हुआ कोई अपना पहिया। विपरीतता और वैषम्य का कैसा अटूट संग-साथ! कितना सघन संजाल!

दृष्टि सामने जाकर अटक गई है। चंचल हिरणों का व्यग्र समूह आकर ठिठक गया है सामने। दर्जनाधिक छोटी-बड़ी नन्ही आँखें ताके जा रही हैं एक साथ। कम होते जा रहे प्रकाश में भी अपनी चमक बढ़ाती जाग्रत, करुण और निर्दोष जिज्ञासाएँ। गुजगुज पुतलियों को घेरे घूम रहे हैं सनसनाते संशय और भिंचे हुए भय-भ्रम। झटका-सा दिया एक प्रश्न ने : जो उपस्थिति सामने खड़ी किसी भी इकाई के मन में संशय और भय भरे, वह भला निष्कलुष कैसे? छूटे अश्व पर उठी अँगुली कैसी भी हो, अश्वमेध यज्ञ तो सफल होने से रहा।

कातर हो उठा प्रश्नबिद्ध मन—बड़ा कठिन है यह संन्यास-विन्यास।

हिरणों का ठिठककर यह टकटक ताकना मन को सम्पन्न कर रहा है, विरल दृष्टि-संस्पर्श की अनुभूति से। रोम-रोम को छू रही नन्ही-निर्दोष झप्-झप् पलकें। पुतलियाँ, जैसे तिरते अधखुले सीपों के भीतर करवट बदलते चमचमाते दाने! मोती से निकलती इसी दृष्टि-दीप्ति ने जैसे सीधे-सावेग मन और आत्मा पर हथेलियाँ धर दी हों। सूक्ष्मतम अनुभूति-रन्ध्र तक इस अनोखी-अपूर्व छुअन से स्पंदित। नाभि के पाताल-तल से छूटते पुष्ट बुलबुले, जैसे पृथ्वी-गगन-ब्रह्मांड-मंडल तक को शब्दमय-रागमय-रसमय बनाने लगे हों!

दृष्टि चपल झुंड पर टिक गई है। सिर पर आकर खास ढंग से कभी सीधे खड़े तो कभी झप्पर-झप्पर हिल-डुल रहे कान। स्पंदन से भरे पीतवर्णी तन। उन पर लिपटी साफ-साफ दिख रही है मुलायमियत और मासूमियत। मन हुलसित हो उठा। इस पर भी भीतर कुछ खड़का, लेकिन यहाँ ये सब 'विशिष्टताएँ' अभी क्यों इस तरह सूझ-जँच रही हैं? घर में ममतामूर्ति भाभी का स्नेह क्या इससे कम कोमल-कमल था? जब वह नकारा जा चुका है, तो फिर यह क्यों स्वीकार्य लग रहा है? विराग-काल का यह सौंदर्य-आस्वादन कवित्व-काल के अनुभूति-उत्सव से भला भिन्न कहाँ? कैसा यह वैराग्य?

दूसरे ही पल स्वयं यह आत्म-सतर्कता जागी : कहीं छल के साथ जन्मे इस नवजात वैराग्य पर दशक-डेढ़ दशक वय का कलकल-छलछल कवित्व-स्वत्व ही तो आरोहित नहीं हो रहा?

तत्क्षण प्रखर प्रतिस्वर उठा : कवित्व का एकबारगी विलोम भी कहाँ है वैराग्य! ऋषि और कवि, दोनों की साधना के एकल राग में क्या समालाप नहीं? दोनों में से भला कौन नहीं है सरल साधन-रथ का निषेधी या कठिन साधना-पथ का अन्वेषी? किसकी साधना किससे कम है? कदाचित् समाज-हित के निमित्त एकान्त चिन्तन के लिए ही किसी काल में वैराग्य का विधान हुआ हो! निस्सन्देह, गार्हस्थ से पलायित कायरों का आश्रय-परिसर तो नहीं ही रहा होगा वानप्रस्थ। सृजन के लिए झंझा से जूझता कवि भी तो झेलता-जीता है वही एकान्त। वैसा ही स्व-निर्वासन। वही-वही ध्यान-संधान।

2

भीतर एक-एक कर कौंधने लगे : सरायगोवर्द्धन से कालीमहाल, पानदरीबा, हड़हासराय, छोटी पियरी और दालमंडी तक के स्मृति-स्नेह संकुल गली-इलाके। क्वींस कॉलेज का साथी-संगी संकुल परिसर। नारियल बाजार वाले पुश्तैनी सुँघनी साहु प्रतिष्ठान की साहित्य-वाणिज्य संकुल दैनंदिनी। छुटपन से इस उनतीस तक की वय-परिधि में 'कलाधर' से 'प्रसाद' तक की संज्ञा-यात्रा और शब्द-समाधि के संघर्ष-संदर्श संकुल दिन। टिमटिमाते-झिलमिलाते। स्याह-सफेद।...और घर-आँगन, नगर-गली में गूँजने वाले स्वयं के दुख-सुख संकुल प्रसंग-किस्से।

भाभी लखरानी ने बताया था, चूड़ाकर्म तो वैद्यनाथ धाम वाले मुंडन से दो वर्ष पूर्व ही केदारक्षेत्र, काशी और विन्ध्यक्षेत्र में भी हुआ और सात साल बाद नैमिशारण्य में भी,

किन्तु नामकरण किया गया वैद्यनाथ धाम वाले बाबा से जोड़कर। ऐसा क्यों? क्योंकि पिता देवीप्रसाद सुँघनी साहु ने झारखंड के बाबा वैद्यनाथ से मन्नत माँगी थी। प्रसाद-प्राप्ति जब हुई तो उन्हें विश्वास हो गया कि उन्हीं की कृपा से यह द्वितीय पुत्र-उपलब्धि हुई है। इसलिए उन्होंने 'झारखंडी' नाम चुन लिया। इस नाम से पुकार के साथ ही स्वाभाविक रूप से स्मरण हो जाता बाबा वैद्यनाथ का। गहन झारखंड में विराजते रावणेश्वर वैद्यनाथ। सम्बोधन और स्मरण की यह संगति सबको बहुत अच्छी लगने लगी। पिता को भी, भैया को भी, भाभी को भी। छुटपन और किशोर काल में की गई मुंडन-यात्राओं की यह पता नहीं मौलिक स्मृति है या घर में कभी न थमने वाली चर्चाओं से मानस पटल पर रच-बस चुकी भावप्रवण दृश्यावली? कभी तेज-टहक तो कभी धीमी-धुँधली, जब-तब मध्य भारत और बिहार प्रदेश के दक्षिणी वन-क्षेत्र की यात्राएँ आँखों के सामने चित्रबद्ध चलने-रेंगने लगतीं।

जबलपुर से अमरकंटक तक नर्मदा-लहरों पर वह प्रदीर्घ जल-विहार। चैत की चटक चाँदनी में बारह वर्षीय किशोर मन की वह मगन-मुग्धता। ऐन उसी रौ में एक रोमांचक घटना। खतरनाक जल-जीवों वाली उफनती फेनिल धाराओं में अचानक बन्दूकधारी अंगरक्षक जा गिरा। जल-वाहन से उसके फिसलते ही बिना देर किये उसे बचाने के लिए लगाई गई वह छलाँग लोमहर्षक प्रसंग। ...और, इधर देवघर में बाबा धाम के वे घने वन। कहीं हरित-हर्षित उमगती हुई तो कहीं म्लान-मंथर अलसायी-सी उपत्यकाएँ-अधित्यकाएँ। स्मरण मात्र से आज भी मन को उमगा-जगा देनेवाली। सम्भव है, इन्हीं स्मृतियों ने यह प्रभाव-आस्वाद रच दिया हो कि प्रकृति का कोई भी छटा-छंद मन को कुछ यों छू-पकड़ लेता है, जैसे उँगलियों को घी की चिकनाई, जैसे नासिकाग्र को नम्र-मधु सुगंध।

उज्जैन के नदी-तटों के वे घुमावदार रम्य मार्ग, महाकाल मन्दिर के कुंड और गुफा। मालवा का वह करुण अकाल दृश्य। हृदय-विदारक। मारवाड़ के अकाल पीड़ितों ने ली थी मालवे में शरण। हे ईश्वर, कैसी दारुण दशा! इन विवश जनों के बीच बँटवाने के लिए शक्कर के बोरे मँगवाकर रख लिये गए थे। वितरण देख कैसे टूट पड़े थे वे! आपस में एक-दूसरे को धक्का देते, धसोरते हुए। आत्मा-पृष्ठ पर नुकीले अनुभवाग्र ने लाल अनुभूति-रंग में डुबोकर यहीं लिपिबद्ध किया था यह दग्ध रक्त-वाक्य : 'अन्न पर स्वत्व है भूखों का!' इतने सारे लोगों की दारुण दशा देख स्वयं को रोकना मुश्किल हो गया। कदम अनायास ही दुखियों की ओर बढ़ गए। व्यथा-कथा देखी-सुनी-समझी। उनके दुख में सहभागी बने। सम्पन्न-समर्थों के लिए तृप्ति-मार्ग बनकर सामने बिछी फिरने वाली भूख इन अन्न-वंचितों के समक्ष गजब मौत की अँधेरी-अंतहीन सुरंग बनी लेटी हुई है। अछोर अजगर जैसी, काला-अँधेरा मुँह खोले-फैलाए। कंटीली-कटारी जिह्वा लपलपाती हुई। सर्वग्रासी।

धरती पर मानव-जीवन का एक पक्ष-परिदृश्य यह भी है। पता चला, अकाल के जबड़ों में फँसे लोग जीवन-रक्षा के लिए क्या-क्या नहीं कर रहे! पत्ते कूटकर खा रहे हैं। चूहों और चींटियों के बिल खोजते फिरते हैं। आपस में होड़ के साथ। उलझते-सुलझते हुए। मिलते ही जल्दी-जल्दी खोद डालते हैं। कहीं मुट्ठी भर अनाज मिल गया तो कहीं कुछ ज्यादा भी। पानी में फुलाकर चावल-गेहूँ तुरन्त खा लेने लायक। कहीं-कहीं तो

इतना अनाज भी निकल आता है कि मुँह में जा पाते हैं दस-बीस कौर भी। कई-कई दिनों की भीषण भूख के बाद। इसमें भी आपसी छीनाझपटी। और, इस सूचना ने तो हिलाकर ही रख दिया कि उदरपूर्ति के लिए वे अपने बच्चे तक बेच रहे हैं।

वह दृश्य भी आँखों के सामने आ गया, जो वहाँ शिप्रा ब्रिज स्टेशन पर देखा था—रेलगाड़ी की गति टूट गई है। यह धीरे-धीरे रेंग रही है। देखते-ही-देखते ब्रिज से शुरू होकर लम्बी दूरी तक रेलवे लाइन की दोनों ओर भूख-अकाल पीड़ितों की नग्न-अर्द्धनग्न कतारें डोलने लगीं। कराहती-कलपती डोलतीं ठठरी औरतें। साँय-साँय की आवाज के साथ बिलखते, नेत्र मींचते-लरजते बच्चे। पत्ते-डंठलों जैसे सूखे-टटाये। रोटी के रूप में अपनी जिन्दगी की भीख माँगती असंख्य बदहाल जिन्दगियाँ। कुछ पा लेने का ऐसा उतावलापन कि चलती रेल में भी चढ़ने के लिए धक्कामुक्की। मारामारी। भयावह आत्महंता आवेग। न रेल से कट जाने का डर, न प्राण-हानि का भय। हाल बेहाल। आक्रामकता की सीमा में घुसी बेसब्री। सहयोगियों के साथ मिलकर जल्दी-जल्दी दोनों ओर कटोरे से शक्कर बाँटते-बाँटते बाँह चढ़ आई किन्तु हर प्रदान के साथ संतोष-सुख की अनोखी उपलब्धि।

देवघर की वह मुंडन-यात्रा। पता नहीं, किस स्मृति-बल से, आयु के पाँचवें वर्ष में ही देखे दृश्य अब भी आँखों के सामने झूल रहे हैं : बया का घोंसला बनकर। रेलवे स्टेशन से उतरकर कितना लम्बा जंगल का रास्ता! शीतल और सुखकर हरियाली। दृश्य जितना ही सुरम्य, पसरी हुई निर्जनता-दुर्गमता वैसी ही भयोत्पादक। वाहन बने थे सिर झुकाए दुलुक-दुलुक चल रहे चुप्पे-विनम्र छोटे पशु, जो अपने पालक के पीछे-पीछे कतारबद्ध भागे जा रहे थे।

दीर्घ यात्रा के बाद मिली थी एक छोटी-सी बस्ती। उसके कुछ ही बाद वन-प्रक्षेत्र। उसी के बीच रावणेश्वर बाबा वैद्यनाथ का दिव्य मन्दिर। बगल में एक वृहत् कुंड। पास ही मुंडन के दौरान पिता ने प्रसंग बताया था, "यही वह स्थान है जहाँ अपने समय के सबसे बड़े महापंडित को मिला था ज्ञान में छल मिश्रित करने का दंड। यह महापंडित कोई और नहीं, स्वयं लंका-नरेश भक्त-प्रवर रावण था। लेकिन, कैसा संयोग! जैसा भक्त, वैसा ही भ्रष्ट। जितना बली, उतना ही छली। तो ऐसे छली को भगवान ने विवेक-बल से परास्त किया था। दरअसल, वह बाबा को भी भ्रष्ट करने पर तुल गया था न!"

"कैसे?" नन्ही आँखों से बड़ी-सी जिज्ञासा ने झाँका था।

"कहते हैं, लंकाधिपति ने अनेक देवी-देवताओं को अपने किले में कैद कर रखा था और अब बाबा को भी बंदी बना लेना चाहता था। अपनी इसी दूरगामी रणनीति के तहत उसने हिमालय पर जाकर विधिपूर्वक ऐसी प्रदीर्घ पूजा-अर्चना की कि भगवान शंकर प्रकट हो गए व वर माँगने को कहा। अब देखो उसका छल कि उसने वरदान में उनसे लंका चल चलने का वचन ले लिया। जब ऐसा वचन उसने ले लिया तब भगवान को लगा कि इसने तो छल से ऐसा वर माँगा है, अब क्या हो?

"लंका में कैद देवी-देवताओं के साथ वह जैसा अनुचित व्यवहार चला रहा था, यह किसी से छुपा नहीं था। तो भगवान ने तत्क्षण एक युक्ति सोची। उन्होंने लंका चलने के लिए एक शर्त रख दी। वह यह कि शिवलिंग-रूप में चलेंगे और रास्ते में उसके हाथों से कहीं नहीं उतरेंगे यानी लंका से पहले बीच में कहीं भूमि-स्पर्श नहीं होना

चाहिए। यदि रास्ते में कहीं भूमि-स्पर्श हो गया तो फिर वहीं सदा के लिए स्थापित हो जाएँगे। रावण तो महाबली था, उसने बड़े घमंड के साथ शर्त को स्वीकार कर लिया व शिवलिंग उठाकर चल पड़ा। उसे अपने ऊपर पूरा विश्वास था कि अब सीधे लंका पहुँचकर ही उसके पाँव रुकेंगे।

"इधर, देवताओं को जब यह बात समझ में आ गई कि रावण ने तो अब भगवान शंकर को भी लंका ले जाने का प्रबंध बना लिया है तो भगवान विष्णु के पास त्राहिमाम् करते पहुँचे। श्रीलक्ष्मीनारायण ने एक युक्ति सोची। इसी के तहत उन्होंने गंगा से आग्रह किया। माता गंगा रावण के पेट में समाहित हो गईं। अब रास्ते में रावण को जलत्याग की तीव्र आवश्यकता महसूस होने लगी। वह बेचैन हो उठा। जंगल का रास्ता, दूर-दूर तक कहीं कोई मानुष नहीं, अब क्या हो? वह व्यग्रता से चारों ओर दृष्टि दौड़ाने लगा। वह ऐसे किसी व्यक्ति को तलाशने लगा जो कुछ क्षणों के लिए यह शिवलिंग थाम ले ताकि वह हल्का हो सके। अपनी रणनीति के तहत ऐन इसी समय भगवान विष्णु वहाँ गरीब ब्राह्मण के रूप में आ गए। लंकापति ने दीन ब्राह्मण से शिवलिंग थामने का अनुनय किया। ब्राह्मण ने अपनी व्यस्तता बताई और जल्दी आगे निकलने की विवशता भी। उसने अपनी दशा का उल्लेख करते हुए केवल कुछ पलों के लिए इसे थामने की प्रार्थना की।

"ब्राह्मण ने केवल कुछ पलों के लिए थामे रहने का वचन देकर शिवलिंग ग्रहण कर लिया। रावण बगल में चला गया। हल्का होने लगा। लेकिन उसके पेट में तो गंगा समायी थीं, उसका यह काम पूरा होने का नाम ही नहीं ले रहा था। इधर, ब्राह्मण का धैर्य टूट रहा था। वह उससे शिवलिंग शीघ्र वापस लेने का अनुरोध दुहराए जा रहा था। रावण जनेऊ धारण करने के चलते उत्तर भी नहीं दे पा रहा था। कई बार बोलने-चिल्लाने के बाद ब्राह्मण ने अब शिवलिंग को धरती पर रखकर चले जाने तक की चेतावनी दे डाली। इस पर लंकेश चिन्तित तो हुआ किन्तु जलत्याग-क्रिया थमे तब तो वह कुछ बोले या करे!

"अन्ततः ब्राह्मण ने चिल्ला-चिल्लाकर उसे कोसते हुए शिवलिंग को धरती पर रख दिया और कुछ डग आगे जाकर अंतर्धान! इसके तत्काल बाद रावण जलत्याग से मुक्त तो हो गया किन्तु तब तक उसकी मंशा पर पानी फिर चुका था। बताते हैं, इसके बाद उसने अपने बल का प्रयोग कर शिवलिंग को उठा लेने का भरपूर प्रयास किया, लेकिन वह टस से मस भी नहीं हुआ। अब रावण का क्रोध जाग उठा। उसने चीखते हुए इस पर एक लात जमा दी। कहते हैं, यहाँ देवघर में जो शिवलिंग है, उस पर रावण के पद-प्रहार का बलाघात-चिह्न आज भी विद्यमान है। तो, इस तरह लंका जाने से बचकर बाबा ने उससे अपना पिंड तो छुड़ा लिया किन्तु इस स्थान पर अपने को उसी के नाम से जोड़ लिया। यहाँ बाबा को रावणेश्वर वैद्यनाथ कहा जाता है।"

ऊपर नापित का छुरा बाल छील रहा था और कानों में पिता की कथा-वाणी अमृत टपका रही थी, "बच्चा, इहाँ बाबा के एक नाम झारखंडी महादेव भी हौ। बाबा के इहे नाम पर तोहार नाम झारखंडी रखल गल हौ।"

याद आया देवघर धाम का वह अद्भुत भव्य-दिव्य मन्दिर। वहीं किसी ने बताया कि पर्वताकार इकलौती चट्टान को काटकर तराशते हुए निकाला गया था यह समूचा

मन्दिर-आकार। बिना किसी जोड़ का—बेजोड़। एकल, विरल। श्रेष्ठ वास्तुकला की अनोखी बानगी। छोटे-से प्रवेश-द्वार के बाद भीतर अच्छा-भला बड़ा-सा गर्भ-गृह, जहाँ है बाबा का दिव्य अलौकिक ज्योतिर्लिंग-स्वरूप।

कुछ ही देर पहले पिता के मुख से सुनी रावणेश्वर वैद्यनाथ-कथा ऐन बाबा के दर्शन के समय कौंधकर मन-मस्तिष्क पर छा-सी गई। दृष्टि विकल भाव से शिवलिंग के ऊपर रावण के पद-प्रहार के चिह्न खोजने लगी। झुककर दोनों हाथों से बेलपत्र-फूल आदि ज्योंही हटाया, शिवलिंग के ऊपरी हिस्से पर एक धँसा हुआ प्रहार-चिह्न साफ-साफ गोचर होने लगा। रोम-रोम गनगना गए थे। आँखें छलछल-छलछल। आज इतने वर्षों बाद स्मरण के साथ ही पुन: लौट आई है वही गनगनाह। वही, एकदम वही आँसू। अविरल तृप्ति की विरल अनुभूति।

इससे पहले, आयु के तीसरे ही वर्ष में, केदार तीर्थ और यहीं इसी विंध्यक्षेत्र में भी हुए थे मुंडन संस्कार। काशी के केदार तीर्थ के मुंडन-संस्कार की बातें भी मन में बसी हैं, किन्तु स्वगत नहीं, कही-सुनी। भाभी ने बताया था, केदारखंड में तो सरायगोवर्द्धन से सारे संगी-साथी भी पहुँचे थे। मन्दिर से लेकर घाट तक खूब मची थी धमाचौकड़ी। साथियों के किल्लोल-शब्द देर तक दिक्-दिगन्त में फैलते चले गए थे। आकाश चढ़ी थी धमाल की धूल।

धमाचौकड़ी पर पिता रह-रहकर बच्चों को टोकते। बताया था भाभी ने कि वह प्रत्यक्षत: तो डाँट रहे थे लेकिन मन उनका अति प्रसन्न था। उन्होंने कहा था, "अरे, शम्भू! इन बच्चों के मुँह में कुछ सुस्वादु पदार्थ डालो, नहीं तो ये इसी तरह शोर मचाते रहेंगे!"

भैया शम्भूरत्न ने लड्डू-मिठाइयाँ बँटवाई थीं। कई-कई बार। अंत में सबको खिलाई गई थी पुआ-पुड़ी।

व्रजचन्द्र, महावीर उपाध्याय उर्फ बचनू महराज और लक्ष्मी नारायण सिंह जैसे बालसखाओं के साथ बीते शरारत और मस्ती के अपरिमित क्षण। अक्षरारम्भ संस्कार तो बाबा शैवध्वज गिरि के हाथों कराया गया था किन्तु पहली पाठशाला बनी थी पड़ोस के कालीमहाल में मोहिनीलाल गुप्त उर्फ 'रसमय सिद्ध कवि' की कक्षा। बरामदे में पंक्तिबद्ध होकर कोई ढाई से तीन दर्जन बच्चे पढ़ते। दोस्तों की शरारतें और गुरुजी का पढ़ाने का अपना ही खास अंदाज। पढ़ाते-पढ़ाते तन्मय हो जाते तो लगता कि पूरी कक्षा को अपनी वाणी पर बिठाए वायुमंडल में उड़ रहे हों! बच्चों की ही शब्दावली में जीवन के बड़े-बड़े रहस्य व दर्शन उलीचने लगते। पास की गली से आता-जाता कोई भी परिचित या सहकर्मी टोकता, "अरे गुरुजी, बच्चों को अभी से गुरु-गम्भीर ज्ञान? ऐसे तो उनका स्वाभाविक बचपन संकट में पड़ जाएगा!"

वह बहुत तल्खी से कहते, "मैं किसी भूल-गलती के तहत ऐसा नहीं कर रहा। मेरा निश्चित मत है कि बच्चों के मन में अभी जो बीज हम डालेंगे, भविष्य में वही तो अंकुरित और पल्लवित-पुष्पित होंगे। व्यक्ति के मानसिक रचाव का असली समय यही बचपन है। इसी दौरान पूरे जीवन की दिशा-दशा तय होती है। भविष्य की बुनियाद पड़ती है। ऐसे में बच्चों में अपने देश-समाज का गौरव-ज्ञान डालना कहाँ से अपराध है? मैं

आज कहे देता हूँ, देखना, इन्हीं कक्षाओं में से कल कोई कालिदास और तुलसीदास भी निकलेगा, तो अर्जुन-भीम भी।"

मोहिनीलाल की कक्षा में पाठ्यक्रम व पुस्तक की निर्धारित विषय-परिधि या पाठ-सीमा कभी भी टूट जाती। पढ़ाते-पढ़ाते वह कब गणित से इतिहास और वहाँ से सीधे पुराण-उपनिषदों में प्रविष्ट हो जाते, यह स्वयं उन्हें भी पता नहीं चल पाता। कथा-धारा प्रवाहित करने लगते। ऐसे-ऐसे प्रसंग छेड़ देते कि बच्चों को कक्षा और पढ़ाई के पाम्परिक तनाव से मुक्ति मिल जाती। घर में दादी-नानी से कहानियाँ सुनने जैसा घरेलू सुख भिगोने लगता। वह जब खुश होते तो खूब हँसा-खेलाकर पढ़ाते। इतना कि हँसते-हँसते सबके पेट में बल। बच्चों को पिता की तरह दुलारते लेकिन भौंहें तन जाने के बाद किसी की खैर नहीं। पढ़ाते समय उनकी तन्मयता ऐसी एकाग्र हो जाती कि सामने से उठकर कोई छात्र चला भी जाए तब भी उनका ध्यान नहीं टूटता, लेकिन कुछ देर बाद जब तंद्रा टूटती तो अचानक खाली स्थान देखकर चीखने लगते। बीच-बीच में जब कभी ऐसा कोई गायब छात्र पकड़ में आ जाता, उसकी जमकर कुटाई हो जाती। ऐसी कि वह तो कुछ दिन के लिए सीधा हो ही जाता, दूसरे भी सहम-सँभल जाते। सोंटे की तरह।

उस दिन की बात। बहुत डूबकर पढ़ा रहे थे गुरुजी। बीच-बीच में बोलकर प्वाइंट भी नोट कराते चल रहे थे। भूगोल का पाठ था। सभी शान्त होकर पढ़ रहे थे, लेकिन झारखंडी और लक्ष्मीनारायण के मन में तो कोई दूसरा ही भूगोल गोल-गोल घूम रहा था। दोनों अपनी कानाफूसी में बालक व्रजचन्द्र को भी समेटने का प्रयास करने लगे। किन्तु वह गुरुजी की ओर देखकर सहम जाता। जब दोनों ने उसे कई बार खोदा तो वह खिसककर दूर जा बैठा। उसके खिसकते ही लक्ष्मीनारायण ने फुसफुसाकर कहा, "बिरिज, येतना डेरात काहे हउवाऽ? ई कौनो चोरी-डकैती जइसन अपराध हौ काऽ? तोहरे चच्चा भारतेन्दु बाबू हरिश्चन्द्र तऽ सबसे बड़का कवि रहलन।"

भोला-भाला व्रजचन्द्र सहम गया। लगभग भयाक्रान्त। झारखंडी को इस पर हँसी आ गई किन्तु फिर दूसरे ही पल दया के भाव। लगा, जब यह डर रहा है तो जबरन समेटने की भला क्या जरूरत? उसने लक्ष्मीनारायण को संकेत कर उसे तंग नहीं करने की ठोस हिदायत दी।

इन गतिविधियों पर गुरुजी का तो नहीं किन्तु आसपास के सहपाठियों का ध्यान अवश्य खिंच गया। आगे के दो लड़के जरा-जरा-सा मुड़ गए व रह-रहकर पीछे की झलक लेने लगे। लक्ष्मीनारायण का इस पर ध्यान गया, तो उसकी त्योरी चढ़ गई। उसने मौका देखकर उन्हें ऐसी आँख दिखाई कि दोनों सहमकर सीधे हो गए। लक्ष्मीनारायण और झारखंडी भी स्थिर होकर सामने ताकने लगे। मोहिनीलाल की वाणी झमाझम बरसती रही। हवा में ध्वनियों से रचे दृश्य आकार लेते रहे जिसके सम्मोहन-पवन पर ज्यादातर बच्चे गुब्बारों की तरह उड़ते रहे।

लक्ष्मीनारायण और झारखंडी को चैन कहाँ! कुछ ही अंतराल के बाद दोनों फिर सक्रिय हो गए। उनके चेहरों पर विशेष चमक व चहल-पहल। दोनों ने जल्दी-जल्दी अपनी-अपनी कॉपी पर कुछ लिखना शुरू किया। तीव्र गति और विशिष्ट गतिविधि। आसपास के कुछ दोस्तों ने फिर ध्यान तो दिया लेकिन किसी ने न बार-बार ताका, न

कुछ कहा। अब तक दोनों इतने मगन हो गए थे कि उन्हें सचमुच यह स्मरण ही नहीं रहा कि वे कक्षा में बैठे हैं।

इस क्रम में शब्द होने लगे तो स्वाभाविक रूप से गुरुजी का ध्यान खिंच आया। उन्होंने दृष्टि डाली। दोनों खास कानाफूसी करते दिख गए। कॉपी पर लिखते हुए उनके चेहरों पर विशेष पुलक व आनन्द की अनन्त-अंतरंग तरंगें। उन्होंने देखा—दोनों हँस-मुस्कुरा भी रहे हैं और अपनी-अपनी कॉपी एक-दूसरे को दिखा भी रहे हैं। उन्हें यह लग गया कि उनकी कॉपियों में वही सब नहीं है जो अन्य सभी बच्चे उन्हें सुनते हुए लिखते चल रहे हैं। तो उनकी कॉपियों में आखिर है क्या? ऐसा क्या वह लिखकर एक-दूसरे को दिखा रहे हैं जिससे दोनों को ऐसी परम प्रसन्नता मिल रही है?

मोहिनीलाल ने सन्देहमिश्रित स्वर में पूछा, "अरे झारखंडी बेटा! देखावा, कॉपी में काऽ लिखले हउवा कि येकरे देख-देखके दुनों के हँस्सी आवत हौ?"

दोनों स्याह। पूरी कक्षा का ध्यान इधर ही केन्द्रित। झारखंडी ने चुप्पी साध ली। लक्ष्मीनारायण सटक सीताराम! आँखों में खरगोशी सिहरन। भय। जल्दी-जल्दी अपनी कॉपी को छुपाने का भरसक प्रयास, लेकिन विफल। अब सिर को नीचे कर लिया और चुप्पी साध ली।

मोहिनीलाल की आवाज धीप गई,"काऽ हौ? देखइब्बा कि हमहीं तोहरे लग्गे आईं?"

झारखंडी कॉपी पकड़े हुए उठा। उनके पास जा खड़ा हुआ। मोहिनीलाल ने झटके के साथ कॉपी हाथ में ले ली और पन्ने खोल देखने लगे। उनका स्वर गर्म रेत की तरह तपने लगा, "ई काऽ हौ? ई कइसन कवित्त हौऽ? कहाँ से उतरले हउवाऽ?"

झारखंडी चुप। मोहिनीलाल कॉपी को उसी तरह आँखें फाड़े देखते हुए फिर बिगड़े। झारखंडी ने मुँह खोला, "गुरुजी, कहीं से उतरले नइखी। ई हमार आपन लिखल कवित्त हौ...अबहियें इहईं तऽ लिखले हईं।"

"आंय! ई तोहार लिखल हौ?"

झारखंडी ने स्वीकार में सिर हिलाया।

"अच्छा, तऽ तूं इहाँ कवित्त रचे आइल हउवाऽ? अबहिंये से इहे सब करबाऽ? पढ़ाई-लिखाई नाइ होई? ई तऽ बहुते चिन्ता के बात हौ। चलाऽ, हम सुँघनी साहु के पास तोहार तारीफ पहुँचाईं। ई बात पर हम तोहके मारब तऽ ना, काहे कि ई तऽ बड़का रोग बुझात हौ। ई मारपीट से ना ठीक होई। येकर इलाज घरे में होई तऽ होई, नहीं तऽ आपन बेड़ा डुबले जाना।"

उन्होंने कॉपी पर फिर नजर डाली। चेहरे के भाव बदलने लगे। मुखमंडल पर जैसे पौ फटने लगा हो। मद्धिम से मध्यम और क्रमश: चरम की ओर बढ़ती उदयाचली लाली। दिव्य प्राची-प्रभाष। कॉपी के पृष्ठ से दृष्टिगत शब्द नेत्रों से प्रविष्ट हो भीतर समाने लगे तो हृदय खिलने लगा। पंक्तियाँ बार-बार हृदय का स्पर्श कर रही हैं : 'हारे सुरेस रमेस धनेस गनेसहु सेष न पावत पारे/पारे हैं कोटिक पातकी पुंज 'कलाधर' ताहि दिनि लिखितारे/तारेन की गिनती सम नाहि तरे प्रभु पापी बिचारे/चारे चलेन विरंचिहु के जो दयालु ह्वै संकर नेक निहारे।'

उन्होंने कॉपी पर से दृष्टि उठाकर झारखंडी पर रखी। वह हँस रहा है। आँखों में निश्छलता। खिली हुई कोमल दृष्टि के भीतर से फूट रही है चाँदनी जैसी धवलता। तृप्तिकर शीतलता। दूसरे ही पल उन्होंने सप्रयास क्रोध उत्पन्न किया और दाँत पीसते हुए ताकने लगे।

झारखंडी के नन्हे-से चेहरे पर असमंजस व भय भर आए जो पल भर में मिट भी गए। अब उसके मुखमंडल पर प्रसन्नता, चहचहाती हुई। यह निर्मल-धवल ताजा मुस्कान देख पल भर के लिए सहम गया है मोहिनीलाल का क्रोध। एक संक्षिप्त किन्तु जटिल अंतराल लाँघकर उन्होंने आगे पूछा, "सच-सच बतावाऽ, ई कवित्त तोहार लिखल हौ?"

झारखंडी के चेहरे पर अगम सौम्य व प्रवहमान शान्ति। स्वर में मिठास, "हाँ।"

मोहिनीलाल ने फिर कॉपी पर नजर डाली। बड़े गौर से कुछ पल तक ताकते रहे। आँखों में आँखें डाले चकित स्वर में पूछा, "यह कलाधर कौन है?"

लक्ष्मीनारायण सामने अपनी जगह खड़ा हो गया, "गुरुजी, झारखंडी ने अपना साहित्यिक उपनाम 'कलाधर' रख लिया है और मैंने अपना 'ईश'।"

"तुम चोप्प! एकदम चुप रहो! बैठ जाओ! कायदे से रहो नहीं तो..."

लक्ष्मीनारायण सहमकर बैठ गया। मोहिनीलाल ने कुछ सोचते हुए उसे पुनः खड़ा होने का इशारा किया, "तूहों देखावा तऽ! देखीं कि तोहरे कॉपी में काऽ हौ?"

उसने तुरन्त ले जाकर कॉपी उन्हें दे दी।

पन्नों पर नजर डालते ही उनका चेहरा खिंच-सा गया। आवाज में तीक्ष्ण व्यंग्य चमका, "अच्छा तो आप भी हो गए हैं कवि!"

वह बहुत ध्यानपूर्वक कॉपी का अन्तिम पन्ना देखने लगे। उसमें भी ब्रजभाषा का एक ताजा पद लिखा हुआ। मोहिनीलाल खीझ दर्शाने लगे, "बेटो! तुम लोग यही सब कर रहे हो? यह बहुत अच्छी बात नहीं कि तुम लोग अभी से कवित्त लिखने में जुट गए हो। तुम्हारे लिए यह पढ़ाई-लिखाई का समय है, छंद-पिंगल जोड़ने का नहीं। इसके लिए तो पूरा जीवन पड़ा हुआ है। यह काम तो तुम लोग जीवन में आगे कभी भी कर सकते हो लेकिन पढ़ाई का यह क्रम अगर अभी गड़बड़ा गया तो जीवन में फिर कभी शायद ही सहजता से पटरी पर आ सके। वैसे, मैं स्वयं कविता का प्रेमी हूँ, कुछ-कुछ लिखता भी रहता हूँ। भविष्य में यदि सचमुच तुममें से कोई कवि-महाकवि निकल जाए तो मेरी तो आत्मा ही तृप्त हो जाएगी किन्तु यह सब समय से हो तभी अच्छा लगेगा। अभी तुम लोग लेखनी पकड़ना सीख रहे हो। पहले ज्ञान का प्राथमिक पाठ-आधार तो तुम्हारा बन जाए, साहित्य-साधना के लिए जीवन का अनुभव सबसे पहले जरूरी है जो स्वाभाविक रूप से तुम्हें आगे ही हासिल होगा, इसलिए अभी तो तुम सबका पूरा ध्यान पढ़ाई पर ही केन्द्रित होना चाहिए। इसलिए कक्षा के दौरान पढ़ाई छोड़कर किये गए इस कार्य को अभी मैं तुम दोनों की बदमाशी ही मानूँगा।"

झारखंडी व ईश दोनों काठ। कक्षा में पीछे बैठे महावीर उपाध्याय ने अपनी तोतली बोली में गुरुजी को भड़काया, "दुलुजी, दुन्नो तो छली से पीतिये, नहीं तो बाहल नितलतल ईलोद आपती ही हंछी उलायेंदे। बहुत हंछोल हैं दुनों, छबती हंछी उलाते लहते हैं।"

(गुरुजी, दोनों को छड़ी से पीटिए, नहीं तो बाहर निकलकर ये लोग आपकी ही हँसी उड़ाएँगे। बहुत हँसोड़ हैं दोनों, सबकी हँसी उड़ाते रहते हैं।)

तैश में आ गए मोहिनीलाल। लगभग चीख उठे, "अच्छा, तो दोनों यह सब भी करते हैं? लोगों का मजाक उड़ाते हैं?" उन्होंने आँखें नचाते हुए दोनों की ओर फिर दृष्टि चलाई, "हम अब्बे जात हई सुँघनी साहु के लग्गे। इनके तऽ खूब जोरदार ठोंकाई आजे करा देल जाई।"

3

कॉपी पकड़े मोहिनीलाल कोठी पर आ पहुँचे।

देवीप्रसाद सुँघनी साहु तख्त पर बैठे हैं। सामने रखे हैं दो मोटे-मोटे लाल कवर वाले रजिस्टर। खुले हुए। चश्माधारी बुजुर्ग मुनीम और हृष्ट-पुष्ट दो युवा कारखाना-कर्मी झुके-झुके कुछ निर्देश प्राप्त कर रहे हैं। सामने मोहिनीलाल को देखते ही उन्होंने स्वागती प्रसन्नता व्यक्त की। साग्रह भीतर बुलाया।

तख्त पर थोड़ी दूरी बनाकर बैठे मोहिनीलाल, "बाबू साहेब, हम्मे कुछ जरूरी बात करे के हौ। कुछ समय दाऽ।"

"गुरुजी, जे बात होखे, बेखटके बतावाऽ!" देवीप्रसाद मुस्कुराए, "इहाँ सब्ब अपन्ने आदमी हउवन।"

मुनीम और कारखाना-कर्मी रजिस्टर समेटकर जल्दी-जल्दी वहाँ से हट गए।

"झारखंडी के तऽ ई हाल हौऽ..." मोहिनीलाल ने कॉपी खोलकर पन्ने उनके सामने फैला दिये, "देक्खाऽ, कक्षा में पढ़ाई से ध्यान हटा के कवित्त लिखे में लागल हउवन तोहार बच्चा। बाबू साहेब, बतावाऽ, हम काऽ करी अब?"

बड़े भाई शम्भुरत्न लम्बे डग भरते हुए बाहर से आए। पास खड़े हो गए। बात कुछ-कुछ कानों में पड़ चुकी है। सामने खुली कॉपी के पृष्ठ पर छंद भी दिख ही रहा है। इसी क्रम में मोहिनीलाल का यह शिकायती लहजा। मामला समझने में देर नहीं हुई। उनके चेहरे पर बल पड़े, "मास्टर साहेब, झारखंडी के ई रोग कइसे लाग गल? हम्मे तऽ इहे पूछे बदे आपके लग्गे आवे के रहल। असल में नरियरी बाजारो जब झारखंडी जात हउवन तऽ दुकान में बइठल-बइठल इहे सब काम करत हउवन। सभन बही-खाता पर आजकल इहे सब लिक्खे में लागल हउवन। हम का करीं? कुछ उपाय हौ तऽ कराऽ! इनके दिमाग जगह पर ले आवाऽ, नहीं तऽ ई तऽ पूरा कारोबारे बूड़ा दीहें!"

शम्भुरत्न ने बरामदे में दृष्टि दौड़ाई। झारखंडी के दिखते ही तेज-तेज हाँक लगाने लगे।

देवीप्रसाद ने मुस्कुराते हुए मोहिनीलाल व शम्भुरत्न पर क्रमशः दृष्टि डाली।

झारखंडी आकर सामने खड़ा हो गया।

अनुज की ओर क्षुब्ध भाव से देखा शम्भुरत्न ने, "देखाऽ, बच्चा, तोहार पढ़ेके मन ना हौ तऽ साफ-साफ बतावाऽ, पाठशाला से मुक्ति के हम अब्बे इन्तजाम करीं। तोहरे आपने घरवां केतना बड़हन कारबार हौ, जानत हउवा नऽ? हिसाब-किताब लिखे भर जान गइला, बहुत हो गल। अब चलाऽ, सुँघनी साव के कारबार सँभालाऽ।"

गहरी पीड़ा उभर आई झारखंडी के मुखमंडल पर। उसने पिता की ओर कातर दृष्टि उठाई। अग्रज ने इस पर भी टिप्पणी की, "देक्खाऽ, सुनाऽ, बाऊ अलग से कुछ ना कहिहें। देखत हउवा नऽ, तोहरे इहाँ कारखाना चलत हौ? पचासन कर्मचारी लागल हउवन। ई सबन के कामकाज देखे बदे अउर प्रोडक्ट के चेक करे के खातिर घरे के आदमी केहु चाहीं कि नाहीं? चलाऽ, तूं अब आपन इहे काम सँभालाऽ।"

झारखंडी ने देखा, पिता मुस्कुरा रहे हैं। दूसरे ही पल वह एकदम निर्लिप्त। अब न कोई आलोड़न, न उत्ताप। नेत्रों में असीम धैर्य और गाम्भीर्य। मोहिनीलाल ने एक नजर गौर से देखा फिर झारखंडी को बाहर जाने का इशारा कर दिया। वह गौरैये की तरह बाहर उड़ गया।

मोहिनीलाल अतिरिक्त संजीदा हो उठे हैं, "देखाऽ बाबू साहेब, तूं दुनो मालिक लोग इहाँ एके संगे बइठल हउवाऽ, तऽ एक बात हम बता दीं!...ई बच्चा जे कवित्त लिखले हउवन, ओकर स्तर साधारण ना हौ। बड़ा सधल छंद हौ। भाव पक्ष भी प्रबल। येह सबसे बच्चा के बड़हन प्रतिभा के संकेत मिलत हौ। बस, हम्मर एक्के चिन्ता हौ कि इहे धुन में ई कहीं पढ़ाई-लिखाई ना ढील देवें!" उन्होंने करीब आकर अपेक्षाकृत धीमे स्वर में आगे समझाया, "झारखंडी पढ़हुँ में बढ़िये हउवन। ई तऽ जानते हउवा कि पाणिनी के अष्टाध्यायी इनकर कंठ पर चढ़ गल हौ? बहुत संवेदनशील हउवन। उनके जादे डंटिहा-उटिहा मत, हम उनुके सँभाल लेब।"

देवीप्रसाद बड़े बेटे की ओर मुड़े, "बेटा शम्भु, तुम काहे परेशान होते हो? मैंने ही मोहिनीलाल जी को यह दायित्व सौंपा है कि वह झारखंडी में संस्कृत, हिन्दी और उर्दू-फारसी की सर्वोत्तम योग्यता भरें और उसमें साहित्यिक अभिरुचि भी जगाएँ। लगता है, यह कवित्त इसी का फल है।"

मोहिनीलाल जोर-जोर से इनकार में सिर हिलाने लगे, "नाऽ, नाऽ! बाऊसाहब, एकदम नाऽ! हमने अभी तक ऐसा कोई प्रयास नहीं किया। मैं तो अभी सोच ही रहा था कि पहले यह प्राथमिक कक्षाएँ दक्षता के साथ उत्तीर्ण हो ले, उसके बाद उसमें साहित्यिक अभिरुचि जगाई जाए लेकिन यह बच्चा तो अद्‌भुत मेधावी।"

शम्भुरत्न के चेहरे पर मुस्कान। आवाज में आश्वस्ति के भाव, "मास्टर साहेब, पहिले तऽ हम्मर माथे ठनक गल रहल। चिन्ता हो गल रहल। खैर, चला, जब बाऊ चाहत हउवन कि छोटा बेटा आगे चलके नाम कमाये, कुल-खानदान के प्रतिष्ठा में चार चाँद लगावे, तऽ ई हमरा लागी अब आदेश हो गल नऽ!"

अगला दिन।

कक्षा में झारखंडी और लक्ष्मीनारायण अलग-अलग बैठे हैं। मोहिनीलाल की नजर बार-बार इधर ही उठ जा रही है। वह गौर कर रहे हैं—दोनों बच्चे एक-दूसरे की ओर कभी देख-ताक भी नहीं रहे। मन को धक्का लगा—कहीं कल की डाँट-फटकार ने ही तो नहीं बिलगा दिया दोनों उदीयमान कोमल काव्य-पौधों को? कल कैसे विरल-पौढ़ कवित्त रचे थे दोनों ने! कक्षा में पढ़ाते हुए मोहिनीलाल का मन जैसे स्वयं को धिक्कारने लगा : ऐसी भूल आखिर मैंने क्यों की? क्यों इस बात को शिकायत का रूप देकर जा

पहुँचा सुँघनी साहु के यहाँ? क्या यहीं कक्षा में दी हुई झिड़की कम थी? आखिर उन्हें पढ़ाई के प्रति गाफिल होने से बचाना ही तो लक्ष्य है। अब क्या करें? कैसे मिटाएँ इन मासूमों के दिलों पर पहुँची ठेस के गहरे काले दाग को?

कक्षा में सभी पढ़ाई में तल्लीन हैं। आत्ममंथित-व्यथित मोहिनीलाल के स्वर में अतिरिक्त स्नेह छलक उठा, "बेटा झारखंडी, तुम क्या लिख रहे हो?"

उसने तत्काल उठकर वहीं से कॉपी के पन्ने फैलाकर दिखाए। उसके चेहरे पर तमतमाया हुआ भय था। धक्का लगा। यह तमतमाहट बाल-कवित्व की स्वयं के ऊपर कल के प्रहार की ही प्रतिक्रिया तो नहीं? दूसरे ही पल मन ने कहा—प्रतिक्रिया नहीं, यह शुद्ध प्रतिकार है। इसका अर्थ तो यही कि यह बाल-कवित्व जीवित भी है, जाग्रत भी और पराक्रमी भी। मन दीर्घ आश्वासनों और प्रदीर्घ आशाओं से दीप्त हो उठा। हुलसकर बोले, "ठीक है बेटा, ठीक है।" उन्होंने हाथ से उसे बैठने का इशारा करते हुए पूछा, "क्या बात है, हमारे दोनों प्रिय बालकवि आज अलग-अलग क्यों बैठे हैं?"

प्रश्न से दोनों की आँखें पहले अचकचाईं, फिर चमकीं और अन्ततः भर उठीं। मोहिनीलाल चलकर झारखंडी के निकट आए, "मैंने कल जो समझाना चाहा था, उसका आशय सिर्फ यही रहा कि अभी तुम बच्चों को जो पढ़ाई करनी है, वह अब के बाद फिर कभी इस तरह नहीं की जा सकती जबकि कविता या कोई भी कला-साधना करने के अवसर तो जीवन भर हाथ में रहेंगे। इसलिए अभी तुम लोगों को पढ़ाई के पथ से भटकने से बचना ही चाहिए।" ध्वनि में अपराधबोध। आत्मपीड़ा और पश्चात्ताप भी।

अब लक्ष्मीनारायण की ओर उन्मुख हुए वह। उसकी इधर ही तकती आँखों में जैसे उमड़ता हुआ मेघाच्छन्न विकल आकाश झाँक रहा हो! मन आहत हुए बगैर नहीं रह सका। लगा, सचमुच दोनों बच्चे विशिष्ट संवेदनशील हैं। इनकी अनुभूति प्रज्वलित है, तभी तो अभिव्यक्ति है इतनी प्रभाषित! बोले, "तुम दोनों उठो और वहाँ चलो।"

ब्लैकबोर्ड के पास पहुँचे वह। पीछे से दोनों बच्चे भी जाकर सामने खड़े हो गए। मोहिनीलाल का स्वर कुछ और कोमल हो गया, "क्या तुम दोनों कल की डाँट के चलते ही आज एक-दूसरे से रूठे-से अलग-अलग बैठे हो?"

"हाँ, ताकि आपको यह नहीं लगे कि हम दोनों आज भी मिलकर कवित्त रच रहे हैं।" झारखंडी की वाणी में निश्चय की चमक थी।

"हाँ, आपने जब मना कर दिया तो अब हमें यहाँ ऐसा कुछ नहीं करना।" लक्ष्मीनारायण की आवाज पीड़ा से भीगी हुई थी।

मोहिनीलाल दोनों के प्रति पितृ-भाव से भर उठे, "जाओ, तुम लोग फिर वैसे ही साथ बैठो जिस तरह कल तक बैठते रहे हो। मैंने न आपसी प्रेम कम करने को कहा है, न कविता से दुराव पालने को। बस, मेरा कहना सिर्फ यही है कि पढ़ाई में कोई ढिलाई न होने पाए, बस! अब तुम दोनों जाकर साथ-साथ बैठकर पढ़ो।"

कक्षा की समाप्ति के समय पास बुलाया गुरुजी ने। उनकी बोली-बानी तरल और स्नेहिल, "बेटो, सुनो। मैं भी कविता का गुणग्राही हूँ। स्वयं भी कुछ लेखन-प्रयास करता हूँ।"

दोनों ने बहुत भरोसे से उनकी ओर दृष्टि उठाई। वह आगे बोलते चले गए, "जैसे कविता के तुम कलाधर हो और तुम ईश, वैसा ही मैं भी हूँ 'रसमय सिद्ध कवि'। यह सब तुम्हें इसलिए बता रहा हूँ ताकि यह समझा सकूँ कि मैं न कविता-विरोधी हूँ, न तुम्हें सृजनशील देखने से क्रुद्ध।" उनके शब्द-शब्द ओस से भीगी दूब की तरह।

झारखंडी ने हँसते हुए उनके पाँव छू लिये। लक्ष्मीनारायण ने भी तत्क्षण उसका अनुसरण किया। मोहिनीलाल आगे बढ़े और तुरन्त रुक गए। मुड़े। बच्चों ने ठहरकर उनकी ओर देखा। उनका मुखमंडल तो सख्त-संजीदा किन्तु स्वर अब भी मीठा, "घर में भी पढ़ाई पर ही ध्यान लगाना।"

4

क्वींस कॉलेज के वे कोमल-कंकरीले दिन! सरायगोवर्द्धन से लहुराबीर तक कुलाँचे भरते आने की इच्छा रहती लेकिन भैया का कड़ा फरमान एकदम उलट। हर हाल में घोड़ागाड़ी से ही जाना है। अब इस सख्ती को बेसख्त करने की हिम्मत भला कौन जुटाता? सरायगोवर्द्धन से गाड़ी चलती तो पलक झपकते कुछ ही मिनटों में क्वींस कॉलेज का गेट सामने आ जाता। इतनी जल्दी पहुँच जाना निराशाजनक लगता। जब तक कहीं आते-जाते पसीना न चुहचुहाए या पाँव न दुखे, जगह-जगह रुक-झुककर खेल-तमाशा नहीं हो, तब तक क्या कहीं आना-जाना! यह क्या कि गाड़ी में बैठो और एक ही साँस में गंतव्य उपस्थित!

लहुराबीर में क्वींस कॉलेज के पास उतरने के बाद झारखंडी पहले गाड़ी के वापस लौट जाने का इन्तजार करता। बाद में साथियों सहित पीछे लौट पड़ता। साथ में और कोई नियमित हो न हो, ठठेरी गली से चलकर आया व्रजचन्द्र और अपने ही सरायगोवर्द्धन से पहुँचे बचनू महराज और ईश अवश्य होते। तीनों साथी अक्सर पहले से गेट पर प्रतीक्षा करते ही मिलते। चारों फिर उसी रास्ते पर बढ़ जाते। हँसते-खेलते या बात-बात में आपस में उलझते-सुलझते हुए। कभी सड़क के किनारे रुककर उछल-कूद तो कभी जमकर खदेड़ा-खदेड़ी।

व्रजचन्द्र धमाचौकड़ी तो कम करता किन्तु साथ में लगा अवश्य रहता। ईश को बचनू की तुतली बोली की नकल करने में मजा आता। ऐसे मौकों पर बचनू का गुस्सा सातवें आसमान पर। जवाब में बचनू के पास एक तीखा औजार था। वह चिल्लाकर कहता, "अले इछवा, तूं तऽ चिलकुत!" (अरे ईशवा, तुम तो चिरकुट!) इसके बाद तो कुछ देर के लिए ईश का मुँह पूरी तरह बंद। चेहरे पर तमतमाहट और होंठों पर बुदबुदाहट। यह देख इस बात पर विश्वास करना मुश्किल हो जाता कि यह वही ईश है जो कुछ देर पहले इस कदर हँसी-ठठा मचाए हुए था। बचनू और ईश में आपस में तो ठनी रहती लेकिन दोनों का झारखंडी पर अटूट विश्वास बना रहता। दोनों अपना हृदय उसी के सामने खोलकर रखते। पास ही खड़ा व्रजचन्द्र मन्द-मन्द मुस्कुराता रहता। झारखंडी ऐसे वक्त सबकी भावनाओं का बारीक खयाल रखता चलता।

उस दिन गणित की कक्षा चल रही थी। अचानक बुलावा आया तो शिक्षक उधर प्रिंसिपल के कमरे की ओर लपके और इधर कक्षा में ईश और बचनू भिड़ गए। ईश ने

गिरेबान पकड़कर बचनू पर दो हाथ जमा दिये। सामने के दो बटन टूट गए। आगे से कमीज भी फट गई। बचनू ने अपने गाल को छुआ और जलती हुई चोट को सहलाने लगा। जिन्दगी में यह पहला मौका था जब बाऊ (पिता) के अलावा किसी और ने हाथ उठाया था। इसका गहरा मलाल पैदा हुआ बचनू के मन में। तभी उसे सन्देह हुआ कि जोर से पकड़ी जाने के चलते कहीं कमीज तो नहीं फट गई है? नजर डाली तो पहले फटा हिस्सा सूझा, फिर टूटे बटन। वह खुद को सँभाल नहीं सका, रोने लगा।

झारखंडी यह सब देख परेशान हो गया। हाथ जोड़कर वह सानुरोध उसे शान्त कराने लगा। बचनू की आँखों में तो करुणा लरज रही थी लेकिन पूरे चेहरे पर डभकता हुआ गुस्सा। वह ईश को धमकाने लगा, "तूं हम्मले तमीज फाल देलाऽ, हम तोंते ना छोलब। देथ लेब!" (तुमने मेरी कमीज फाड़ दी, मैं तुम्हें नहीं छोड़ूँगा। देख लूँगा!)

पूछने पर उसने आगे बताया था, "तीन छाल पहिले ता छिला यह इतलौता ऐछा तपला है जो अभी भी ताम आता है। इछते बाद तोई तपला नहीं छिलाया है। अब कब नया तपला बन छतेगा, तोई नहीं जानता।" (तीन साल पहले का सिला यह इकलौता ऐसा कपड़ा है जो अभी भी काम आता है। इसके बाद कोई कपड़ा नहीं सिलाया है। अब कब नया कपड़ा बन सकेगा, कोई नहीं जानता।)

भावार्द्र हो उठा झारखंडी। उसने जेब से निकालकर पाँच रुपये बचनू की जेब में डाल दिये। सभी आँखें फाड़े देखते रहे। अब हाथ जोड़कर उसने बचनू से कहा, "देखा गुरु, अइसन हौ कि..." इसी बीच शिक्षक की आवाज आने लगी, वह तत्क्षण चुप हो गया। शोर गायब, पूरी कक्षा शान्त। सभी मूर्तिवत्। सभी सामने उन्मुख।

ब्लैक बोर्ड के पास खड़े होकर शिक्षक बोलने लगे, "मैं दो मिनट के लिए उधर गया और तुम लोगों ने कक्षा में मारपीट कर ली! कौन-कौन मारपीट कर रहा था? कौन लोग थे? जल्दी नाम बताओ!"

सभी चुप। कहीं से किसी की जबान तक के हिलने का संकेत नहीं। उन्होंने आगे कहा, "मुझे वहीं सब रिपोर्ट मिल चुकी है कि यहाँ कक्षा में कौन किससे भिड़ा और किस-किसने दोनों को अलग किया। लेकिन मैं तुम लोगों के मुँह से सुनना चाहता हूँ।"

फिर वही सन्नाटा। अब उनकी आवाज से चिनगारी छिटकने लगी, "मैं सबको दंडित कर दूँगा। मेरे इतना कहने के बाद भी कोई जबान नहीं खोल रहा! अभी इसकी रिपोर्ट प्रिंसिपल साहब को दे दूँ तो तुम लोगों को कोई नहीं बचा पाएगा। सीधे निकाले जाओगे। सभी।"

चौखंबा से व्रजचन्द्र के साथ आनेवाला विजय सोनी खड़ा हो गया। सभी उसे ताकने लगे। उसकी आवाज से भय भी झाँकता रहा, "सर, महावीर उपाध्याय और लक्ष्मीनारायण सिंह आपस में उलझ गए थे, दोनों में हाथापाई भी हुई। इसी में महावीर की कमीज आगे से ही फट गई और बटन भी टूट गए। इस पर उसने आपा खो दिया। सभी बच्चे तो दूर खड़े ताकते रहे किन्तु आगे बढ़ा जयशंकर। उसने दोनों को समझाया-बुझाया और महावीर को पाँच रुपये प्रदान किये।"

'प्रदान' शब्द ने खिलखिलाहटें बिखेर दीं। हँसकर बच्चे तुरन्त चुप।

शिक्षक ने कहा, "विजय, तुम बैठ जाओ।"

वह बैठ गया। शिक्षक ने तेज-तेज सिर हिलाते हुए हाथ से इशारा किया, "चलो, तुम तीनों खड़े हो जाओ!"

डरते-झेंपते हुए तीनों खड़े हो गए। उन्होंने खास ढंग से सिर हिलाया, "मैंने सुना है कि तुम तीनों आपस में गहरे मित्र हो और तीनों के तीनों एक जैसे उर्फ भी?"

'उर्फ' पर फिर खिलखिलाहटों की एक लहर। शिक्षक के आँख दिखाने पर सभी चुप। उन्होंने आगे पूछा, "तुम?"

"जी, मेरा नाम जयशंकर।"

"उर्फ?"

"..."

"तुम्हारा कोई और नाम भी है न?"

"जी, घर का पुकारू नाम झारखंडी। देवघर के बाबा वैद्यनाथ को झारखंडनाथ कहते हैं। मैं वहीं की मन्नत की बदौलत अपने माता-पिता को मिला था न, इसीलिए।"

"यहाँ अपना इतिहास-गान नहीं, बस! और तुम?"

"जी, मैं लक्ष्मीनारायण सिंह।"

"उर्फ?"

"ईश।"

"हाँ, और तुम?"

"महावील उपाद्या।" (महावीर उपाध्याय) तुतले उच्चारण पर जोरदार ठहाका।

"उर्फ?" ठहाके के दौरान शिक्षक संयमित रहे। तुरन्त ही भयमिश्रित सन्नाटा।

"बतनु महलाज!" (बचनू महराज) मुँह से यह निकलते-निकलते ठिठक गया। ठहाका।

"तो तुम तीनों आपस में साथी भी हो और तीनों के तीनों एक जैसे उर्फ भी? वाह भई, वाह! लेकिन आपस में यह भिड़ंत क्यों हो गई?"

"..."

"..."

"..."

"यार, तुम लोग मुझे यह बताओ कि यह उर्फ का चक्कर क्या है? अच्छा-भला नाम होने के बाद भी तुम लोगों ने यह उर्फ वाला पुछल्ला क्यों जोड़ रखा है? कितना तो अच्छा नाम है जयशंकर! इसके साथ अब झारखंडी का यह पुँछल्ला क्यों?"

"सर, इसने जयशंकर नाम के साथ 'झारखंडी' नहीं जोड़ रखा है, यह तो इसके घर का पुकारू नाम है। वैसे इसने भी एक पुँछल्ला अवश्य जोड़ लिया है—कलाधर। यह कविनाम है। यह कवि जो ठहरा!"

"अच्छा, तो यह कवि है और तुम दो बाकी उर्फजन?"

"..."

"तुम लक्ष्मीनारायण...उर्फ ईश! तुम सबसे ज्यादा शरारती हो। एक-दो बार ही नहीं, कई-कई मर्तबा मैंने देखा है तुम्हें खुराफात करते। सँभल जाओ। आखिरी वॉर्निंग है। तुम पक्के खुराफाती हो। और आप जनाब सुँघनी साहु जी महाराज! आपका तो ठाठ

ही अलग है। यहाँ स्कूल में साथियों के बीच भी खैरात बाँटते रहते हैं। वाह, क्या जोड़ी है!" भरी कक्षा के गाढ़े सन्नाटे में शिक्षक के शब्द टहक तैर रहे हैं। सबकी निगाहें कभी झारखंडी, कभी ईश, तो कभी शिक्षक को खंगाल रही हैं। उन्होंने आगे इसे ठीक से जोड़ा, "तो एक साथी खुराफाती मियाँ और दूसरा खैराती मियाँ!" वाक्य पूरा होते ही सबका मौन-धैर्यव्रत टूट गया। जोरदार ठहाका।

हँसी से बेहाल छात्रों को सँभलने में कुछ देर लगी। शिक्षक के चेहरे पर भी हँसी का गाढ़ा रंग पुत गया। आगे बोले, "और आप...श्रीमान बचनू जी महाराज उर्फ बतनु महलाज! आप खुराफाती मियाँ और खैराती मियाँ के पक्के साथी हैं न? तो आप हुए हकलाती मियाँ!"

स्थिर हो रहा माहौल फिर ठहाकों से गमगमाने लगा। पूरी कक्षा गूँजती रही। थोड़ी स्थिरता आई तो शिक्षक की आवाज लोहे जैसी ठोस हो गई, "अब लगे हाथ एक बात मैं यहीं साफ कर दूँ कि आप लोगों ने आज अभी पर्याप्त हँसी-ठट्ठा कर लिया है। इसे ठीक से याद रखिएगा। मैंने अभी इसीलिए किसी को नहीं टोका कि मन-मर्जी चलाने का आज यह आखिरी मौका आपको पूरा का पूरा मिल जाए। बगैर किसी कटौती के। अब आज के बाद यदि इस तरह की मसखरेबाजी या अनुशासनहीनता फिर कभी मेरे सामने आई तो आप सब जानिए और आप लोगों का काम। मैं कड़ा एक्शन ले लूँगा। किसी को नहीं छोड़ूँगा।"

5

मानस-पटल पर फड़फड़ा रहे हैं स्मृति-पृष्ठ। तेज-तेज खड़खड़ाते, कालखंड-कण उड़ाते हुए।

आँखों के सामने दृश्यमान हो उठी है कार्तिक शुक्ल की वह धुंधुआती आठवीं तिथि जिसका रंचमात्र स्मरण-स्पर्श भी दम को घोंटने लगता है। काला दिवस, जब पिता देवीप्रसाद सुँघनी साहु सन्निकट साकार-संरक्षक पर्वत से सुदूर वायवीय आकाशगंगा में तब्दील हो गए थे। पल भर में पूरा परिवार हिल गया। आन्तरिक ढाँचा तक डाँवाँडोल। उनकी चिता ठंडी होने से पहले ही घर में दूसरी ही आग सुलग उठी। अनुकूल अवसर देख लालची पट्टीदारों के दिल बहकने-मचलने लगे।

कलह का तुमुल कोलाहल-हलाहल लम्बे समय तक फैलता-पसरता रहा। दो साल बाद पंचायती में हल निकला। संयुक्त वृहद परिवार का तीन शाखाओं में विभाजन हुआ। इस दौरान सभी पट्टीदारों ने एकमत यह स्वीकार किया कि सुँघनी साहु का पुश्तैनी व्यवसाय सँभालने में सिर्फ और सिर्फ साहु शम्भुरत्न सक्षम हैं। तीन लाख के कर्ज के बोझ से दबा पूरा व्यवसाय उनके सिर पड़ गया। खनखनाती थैली मिल रही हो, तो किसी भी तिजारती आदमी के लिए इससे ज्यादा अच्छी बात भला दूसरी क्या हो सकती है! दो हिस्सेदारों ने अपना हिस्सा नकदी में प्राप्त कर लिया और अलग हो गए।

विग्रह के बाद परिवार जैसे वज्रपात की उत्तर-व्यथा से गुजरने लगा।

एक दिन सुबह-सुबह शम्भुरत्न ने अनुज को बुलाया, "झारखंडी, देखो, हम लोग भीषण विपत्ति में घिरे हुए हैं। तुम्हें ग्यारह वर्ष की इसी आयु में अब बड़ा हो जाना होगा, तभी हम अपने अस्तित्व को बचाये रख सकेंगे। अन्यथा हमें मिटना होगा।"

जयशंकर के उमड़ते नेत्र ठिठके और धधकती परिस्थितियों के ताप में डूब गए। अग्रज ने इसे अनुभूत किया। उनकी वाणी पर इसके चिह्न गोचर होने लगे, "हमारे ऊपर कर्ज का भारी-भरकम बोझ है और मुकदमे का मँडराता घना-दमघोंटू जाल भी। लड़खड़ाते व्यवसाय को जिलाये रखना सबसे बड़ी चुनौती है। ऐसे में हम दोनों को ही यह तय कर लेना होगा कि इस भीषण समय का सामना कैसे किया जाए। तुम नाम से ही संकटमोचक हो। झारखंडी यानी बाबा वैद्यनाथ और जयशंकर यानी भगवान शिव का विजय-स्वरूप। तुम्हें अपने ये दोनों नाम सार्थक करने हैं।"

"भैया, आप भी तो स्वयं शम्भुरत्न हैं, मेरे से बड़े। बाऊ (पिता जी) के जाने के बाद आपके होने मात्र से मुझे अब तक किसी चिन्ता ने छुआ तक नहीं। मुझे अब भी कुछ नहीं सोचना, सिर्फ आपका आदेश धारण करूँगा।" ताप ने जयशंकर के आँसू सोख लिये।

"बाऊ की तो यही इच्छा रही कि बड़ा बेटा यानी मैं व्यवसाय सँभालता और छोटा यानी तुम विद्यार्जन कर किसी विषय में शिखर के ज्ञाता बनते।" शब्द भीगे हुए।

"लेकिन ऐसे में क्या ऐसा सम्भव होगा? आप व्यवसाय में फँस जाएँगे तो मुकदमे कौन सँभालेगा? जरा भी ढिलाई हुई तो मुकदमे तक्षक साबित हो सकते हैं।"

"तो?"

"आपका आदेश हो तो व्यवसाय में मैं स्वयं को आजमाऊँ। सिर के ऊपर आपकी छत्रच्छाया तो है ही।...कभी यदि लड़खड़ाने लगा तो ऐसे में आपका साथ रहेगा ही।"

"मतलब?"

"आप कोर्ट-कचहरी देखें, मुकदमों को सँभालें। बाहरी सारे मामले आप ही देख सकते हैं। ऐसा होने पर हम लोगों के लिए आगे का रास्ता आसान हो सकता है।"

"अभी तुम कक्षा छह के छात्र हो। इससे तो पढ़ाई में ढिलाई हो जाएगी।"

"ज्ञान के लिए क्वींस कॉलेज की छत की छाया-सीमा ही अनिवार्य नहीं। यह तो जंगल-पहाड़ या गुफा-कंदराओं में कहीं भी अर्जित हो सकता है। ऐसा हर काल में हुआ है। आप चाहें तो यह उपलब्धि मैं दुकान की गद्दी पर बैठकर भी प्राप्त कर सकता हूँ।"

अग्रज के नेत्र उमड़ने लगे। वाणी निथरी हुई, "अनुज, तुम तो एक क्षण में बड़े हो गए? तपती परिस्थितियों के पहले संस्पर्श ने तुम्हें कच्चे घड़े से पकाकर खनखनाता कलश बना डाला! मुझे तुम्हारी इसी समझदारी ने बहुत भरोसा दिया है। मुझे लग रहा है कि अब हमें कोई भी प्रतिकूलता एक झपट्टे में दबोच तो कदापि नहीं सकती। हम हालात से जीतें या हारें, यह तो अब तय ही हो गया कि इस मुकाबले में हम पीछे कदापि नहीं हटेंगे।"

क्वींस कॉलेज छूट गया। नारियल बाजार में दादा सुँघनी साहु की गद्दी ही विद्याध्ययन का केन्द्र भी बनी और व्यवसाय-स्थल भी। किशोर जयशंकर की मेहनत और प्रतिभा ने रंग दिखलाया। उसके नवीनता-खोजी दृष्टिकोण ने कमाल कर दिया। सुँघनी की निर्माण-शैली में धड़ाधड़ कई परिवर्तन। उसके स्वयं के खोजे नये-नये सूत्र अचूक साबित होने

लगे। सुबह कारखाने में घंटों उसकी स्वयं की उपस्थिति असर दिखाने लगी। कर्मियों के साथ मिलकर श्रम करते हुए वह जैसे काम में खो जाता।

वह अपने हाथों स्वनिर्धारित मात्रा में रसायन तैयार करता और प्रयोग पर सन्तुष्ट हो लेने के बाद इसी को व्यवहृत करने-कराने की व्यवस्था सुनिश्चित कर देता। सुँघनी निर्माण में स्वाविष्कृत सूत्रों की मौलिकता के प्रति ऐसा मोह कि इनके प्रयोग के समय सह-कर्मियों की आँखों पर पट्टी बँध जाती। सूत्रों का प्रयोग कर लेने के बाद ही आँखें खुलतीं। अग्रज कभी-कभी इस कार्य-शैली पर चुटकी लेते, "वाह, जयशंकर! तुमने तो अपनी ऐसी बिजनेस सीक्रेट बना ली है कि मुझे भी इसे लेकर जितनी जिज्ञासा महसूस होती है, उससे कहीं अधिक डर। क्या पता, तुम मुझे भी यह सब बताना स्वीकार करो या नहीं!"

"भैया, बिजनेस सीक्रेट तो टॉप सीक्रेट है। स्वयं से अलग किसी को भी बता देने से यह बात भला सीक्रेट कैसे रह पाएगी?"

"ठीक है बाबा, यह मुझे नहीं जानना है। वैसे मुझे इस बात की तो बहुत अधिक खुशी है कि व्यवसाय की गम्भीरता तुम्हारे मन-प्राणों में आकार ले चुकी है।"

जयशंकर के नये निर्माण-सूत्रों ने सुर्ती की परंपरागत सुगंध में नया स्वाद रचा। किमाम के लिए भी आविष्कृत नये मात्रिक छंदों ने अलग से शोर पैदा किया। सुँघनी के उत्पाद की गुणवत्ता उत्तरोत्तर बढ़ती चली गई। इसके साथ ही ग्राहकों से जयशंकर के पद्यमय रससिक्त बोल-व्यवहार अचूक खाद-पानी साबित होने लगे।

मुरझाता खानदानी व्यवसाय हरा हो चला। सूखती-टटाती शाखाएँ रस से भर गईं। उन पर नये-नम्र कोमल-कमनीय ललौंहे-हरे पत्ते अदबदाकर भर गए। नारियल बाजार में गद्दी पर जयशंकर की उपस्थिति कंठ खोलकर बोलने लगी। व्यवसायगत श्रम-सक्रियता के कठोर छिलके के भीतर सृजन का श्वेत सजल कोमल फल आकार-प्रकार ग्रहण करने लगा। मोहिनीलाल के पाठशाला-काल के काव्य-झकोरे भँवराते हुए आते और मन को पंखों पर बिठाकर जैसे अंतरिक्ष में उड़ा ले जाते। अद्‌भुत रोमांच और सर्जना का अजाना-अदेखा अथाह आनन्द। अंतरतम समृद्ध और आलोक से सम्पन्न होता चला गया। व्यावसायिक हिसाब-किताब के खाते के पिछले-बिचले पृष्ठों पर रह-रहकर लेखनी बरसने लगी। अक्षर-वर्षा कभी फुहार तो कभी मूसलधार। रचना उतर आती तभी मन विराम पाता। ग्राहकों की सेवा चलती रहती। अवकाश-अंतराल पाते ही कविता झमाझम बरसने लगती :

विलसत सांध्य दिवाकर की किरनैं माला सी।
प्रकृति गले में जो खेलति हैं बनमाला सी॥
तुंग लसैं गिरिशृंग भरयो कानन तरुगन ते।
जिनके भुज मैं अरुझि पवनहू चलत जतन ते॥
निर्भय औ' स्वच्छंद जहाँ पै खग मृग डोलत।
करि नाना विधि खेल मेल मनमाने बोलत॥
कल-कल नादिनि स्वच्छ सुधा सरिताहू सोहै।
गिरि के गरे लगी-सी जो अति मन को मोहै॥

बरसत अमित अमन्द अमल सुखमा चहुँओरैं।
विकसत कुसुमन चितै तितै मधुकर गन दौरैं॥
कहूँ निकुंजन में कूजत कोकिल कलबानी।
पपिहा करत पुकार काहु को आगम जानी॥
कहूँ लोल लतिका पर निरतत मधुकरगन जुरि।
मंजु मंजरी ते बरसत मकरंद गंध भरि॥
मलयानील लहि नव मल्लिका परागहि सुख सों।
बहत सदा आमोद सहित वा बन के रुख सों॥

काशी में राजघाट फोर्ट पर देश भर के आन्दोलनधर्मी जुटे। कांग्रेस का बारहवाँ राष्ट्रीय अधिवेशन शुरू हुआ। लाल-बाल-पाल समेत मातृभूमि के प्राय: सभी योद्धा सपूत पहुँचे। जयशंकर के मन में लाल-बाल-पाल और गोपालकृष्ण गोखले के प्रति विशेष आकर्षण रहा। ऐसे नेताओं के नगर में पहुँचने की जानकारी मिली तो मन उनसे मिलने को मचलने लगा।

इधर, घर में विपरीत परिस्थितियाँ तपती रहीं। माता की अस्वस्थता से घर से लेकर मन तक उदासी की धुन्ध। उधर के आकर्षण और इधर की चिन्ताजनक दशा में द्वन्द्व। उदास मन गाढ़े ऊहापोह में डूबता-उतराता रहा।

अग्रज ने द्वन्द्व को पढ़ लिया, "क्या बात है? तुम्हारी आँखों में यह दुविधा कैसी खुबी दिख रही है?"

"भैया, काशी में कांग्रेस का अधिवेशन शुरू हो रहा है।"

"हाँ, तो?"

"लाल-बाल-पाल और गोखले भी आ रहे हैं।"

"मैं कुछ समझ नहीं पा रहा कि तुम कहना क्या चाह रहे हो?"

"इधर घर में हमारी माता जी बीमार पड़ी हुई हैं।"

"कांग्रेस के अधिवेशन से माता की बीमारी का भला क्या ताल्लुक?"

"है न! ताल्लुक तो है ही। मैं ऐसे नेताओं को समीप से देखना-सुनना चाह रहा हूँ लेकिन घर में ऐसा माहौल है। बीमार माता को छोड़कर मैं भला अधिवेशन-स्थल की ओर कैसे चल दूँ?" जयशंकर ने मन की गठीली गाँठ खोली।

"मैं यहाँ हूँ न! तुम्हें अधिवेशन-स्थल की ओर जाना चाहिए। तुम वहाँ चले ही जाओ। मुझे तुम्हारा यह जाना बहुत अच्छा लगेगा।" अग्रज ने समझाया।

जयशंकर अचकचाकर ताकने लगे। जैसे वह अग्रज में स्वयं को ही निरख रहे हों!

अग्रज की वाणी गंगा की तरह बहती रही, "मातृभूमि की स्वतंत्रता का ताना-बाना बन रहा है। वहाँ जाकर तुम एक बड़ी मातृ-सेवा करोगे। एक वृहत्तर दायित्व का निर्वहन।"

जयशंकर ने मन को कड़ा किया। कदम अधिवेशन स्थल की ओर बढ़ चले। राह में चलते हुए मन उद्वेलित। आलोड़न चलता-मचलता रहा। आदर्श नेताओं के प्रति मन में छाये आकर्षण के ऊपर माता की रोगग्रस्त अवस्था के आँखों के सामने बनते-बिगड़ते

दृश्य भारी साबित होने लगे। बीच रास्ते में ही मन घबराने लगा। जैसे शय्या पर पड़ी-पड़ी बीमार माता कराहती-काँपती कमजोर आवाज में हाँक लगा रही हों! चित्त काँपने-छटपटाने लगा। स्थल के बहुत निकट पहुँच चुके थे लेकिन पाँव अचानक डगमगाने लगे। कदम अब आगे की ओर उठ ही नहीं रहे थे। मन के कोलाहल से भरे मौन में प्रश्न कौंधते रहे। क्या करें? अब क्या करें?

अचानक कदम पीछे मुड़ गए।

सरायगोवर्द्धन की गली में घुसते ही हवा के रेशे-रेशे पर पीड़ा छलछलाई-सी दिखी। घर के बाहर पहुँचते ही विलाप के स्वर कानों में पड़ने लगे। कलेजा धक्क-से रह गया। आँखों के आगे अँधेरा। गहन और गरजता-गड़गड़ाता हुआ।

भीतर पहुँचते ही अग्रज लिपटकर फफक पड़े, "अनुज, विधना ने फिर हम पर वज्रपात कर दिया।"

बरामदे में माता सीधे लेटी थीं, चिरनिद्रा में लीन। मुखमंडल पर महाशान्ति, शेष काया पर चादर।

लिपटकर अग्रज विलाप करते रहे, "जयशंकर, अब हम किसकी छाया में जियेंगे? सिर के ऊपर से पहले आकाश हटा और अब नीचे से धरती! पिता के बाद माता ने भी हमें तज दिया..."

दोनों के विलाप से दिशाएँ दहल उठीं।

शम्भुरत्न ने नारियल बाजार की गली में घुसते ही दुकान की ओर दृष्टि डाली। कोई ग्राहक तो नहीं, किन्तु जयशंकर रजिस्टर में डूबा कुछ लिखता अवश्य दिख गया। बात समझते देर नहीं लगी—अनुज का मन व्यवसाय-कार्य में अब पूरी तरह रम चुका है। तभी तो अकेले में भी हिसाब-किताब में ही डूबा है!

उन्होंने दुकान में प्रवेश किया। जयशंकर की तन्मयता अबाध बनी रही। रजिस्टर पर झुके मुखमंडल पर कंचन हरीतिमा लहलहा रही है। यह अभूतपूर्व कृषि-लीला है। कलम का गति-क्रम हल की तरह। आश्चर्य तो यह कि पृष्ठ से संस्पर्श के साथ ही अक्षर-बीज काव्य-पौध में तब्दील हो रहे हैं। इतना ही नहीं, इसके साथ ही कवि-कृषक के मुख पर झरझराकर भर-पसर रहे हैं सृजन-सुख के चमकते-खनखनाते नवान्न!

शम्भुरत्न निकट पहुँचकर सामने खड़े हो गए। जयशंकर की सृजन-समाधि अब भी निर्विघ्न। उन्होंने सामने से रजिस्टर पर दृष्टि डाली। पिछले कवर पृष्ठ पर उतरती कविता को देख वह चौंक उठे। जैसे औचक आकाश से फिसलकर लुढ़क पड़े हों! यह क्या? मन-मस्तिष्क धधक उठे। मुखमंडल पर चिन्ता धुँधुआने लगी। वह स्वयं को संयत करने का प्रयास करने लगे। नील-नवल कवि-मानस से सघन काव्य-मेघ झमाझम उतरते रहे। निर्बाध, मूसलधार।

अग्रज ने अपनी उपस्थिति का अहसास हमेशा की तरह हल्के-से खाँसकर कराया।

जयशंकर की जैसे गहरी नींद टूट गई हो! अचकचाकर दृष्टि उठाई। सामने अग्रज को खड़ा देख जैसे कँपकँपी छूटने लगी हो! जल्दी-जल्दी रजिस्टर के पृष्ठ बंद कर हकलाते खड़े हो गए, "भ्-भ् भैया, आप! क्-क् किधर से? क्-क् कब आए?"

शम्भुरत्न के नेत्रों में जैसे आतिशी चकरी घूम रही हो। संशय, जिज्ञासा, पड़ताल और रोष के मिश्रित भाव। जयशंकर का तन नये झर्-झर् पत्तों की तरह काँपने लगा। हाथ से रजिस्टर छूट गया। तुरन्त झुककर कँपकँपाते हाथों से इसे उठाया। तख्त पर रखना चाहा, तो अग्रज ने हाथ बढ़ाकर ले लिया। जयशंकर के मुखमंडल पर जैसे आँधी मचल रही हो।

पन्ने पलटते हुए उन्होंने पिछले कवर पृष्ठ के भीतरी भाग पर दृष्टि गड़ा दी :

बाल विभाकर सोहत, अरुण किरण अवली सों।
कृष्णा क्रीडत निजनव तरलित जल लहरी सों॥
मलयज धीरपवन बन उपवन महँ संचरहीं।
कोकिल कुल कलनाद करत अति मधुर विहरहीं॥

× × ×

आसन तेरे अमोल कपोल मनोरथ को तेहि पै बिठलायो।
नैन के आसव चारु गुलाबी छकाय के ही मतवालो बनायो॥
कुतलदाम में फाँसि के ताहि भले विधि ही पुनि नाच नचायो।
बाहर जान न पावत रूप रहै अंग में औ परै उफनायो॥

कीन्हीं कठोरता जो हमते तऊ हाय की हूक हिये रहि जायगी।
दीठी बचाय के फेरत जो रुख तौ हू कबौं न कबौं मिलि जायगी॥
नीके बिचारि ले ये मनमाहि 'कलाधर' हू की कला घटि जायगी।
प्रेमी की राह को छोड़िबे की सिल तेरी निसानी हिये धरि जायगी॥
तोरि के नेह को काँचो तगा तुम कीन्हीं दगा यह नीक ना कीन्हीं।
जो यह तेरे रहि मन माहिं तो क्यों पहिले ही नहीं कहि दीन्हीं॥
नैन की हाला छकाय बेहाल कै फेरि ले कुंतल में कसि दीन्हीं।
बेबस कै के 'कलाधर' को दिल दागि के काहे प्रिय तजि दीन्हीं॥

अग्रज के मुखमंडल पर कोमल काव्य-पंक्तियों से परावर्तित प्रसन्नता बिछलने लगी, उषा की कोमल मुस्कान-सी। सवैये की ध्वन्य-धवल आभा मुग्ध-दुग्ध हो नेत्रों में फैल गई। यह देख सहमे जयशंकर पहले अचकचाए फिर राहत महसूस करने लगे। सूखता-चटकता कवि-कंठ रस-न्यस्त हुआ।

शम्भुरत्न काव्य-पंक्तियों को जैसे हृदय हस्त से बार-बार सहलाते चले जा रहे हों : पुलकित और उत्फुल्ल। किन्तु यह क्या? दूसरे ही पल उनके मुखमंडल का रंग अचानक उलट गया। वाणी भी कठोर, "अच्छा, तो तुम यहाँ गद्दी पर बैठकर कवित्त और पिंगल रच रहे हो? वाह, क्या बात है! इसी तरह तो सुँघनी साहु का यह व्यापार कर्ज के जाल से मुक्त होकर बाहर निकल सकेगा! एकदम सटीक उपाय कर रहे हो, बहुत सही, वाह! एकदम हरिश्चन्द्र की राह चल रहे हो। उन्हीं की तरह तुम भी अपने परिवार को..."

जयशंकर फिर आहत। मन जैसे पिघल-टघरकर आँखों से बूँद-बूँद टपकने लगा : टप्-टप्, टप्-टप्, टप्-टप्! गालों पर चम-चम चमकता हुआ।

शम्भुरत्न बैठे हैं। घर के बाहर धूप में, तख्त पर। सामने खड़े हैं दो कारखाना-कर्मी। वह कुछ बोल रहे हैं और दोनों सुन रहे हैं, विनम्र भाव से। बचनू महराज ने आते ही दोनों हाथ आकाश की ओर उठाकर अभिवादन-घोष किया, "महादेव, महादेव!"

दोनों कर्मी जाने के लिए पीछे मुड़ गए। शम्भुरत्न ने मुस्कुराकर उसी तरह हाथ उठाए, "महादेव, महादेव! आइए ब्राह्मण देवता, आइए! क्या बात है, हाथ में पोथी-पत्तरा पकड़े हुए हैं, कोई विशेष बात है क्या? किसी ने बुलाया है?"

"तील्थ पुलोहित बुलाए नहीं दाते, तबी-तबी वे अपने मन छे तहीं पहुंत दाते हैं।" (तीर्थ पुरोहित बुलाए नहीं जाते, कभी-कभी वे अपने मन से कहीं पहुँच जाते हैं।) बचनू की मीठी तुतलाहट छलकी।

पास आकर दूसरे तख्त पर सामने ही बैठ गए वह। शम्भुरत्न मुस्कुरा रहे हैं। बचनू आगे बोले, "यह पोथी-पतला नहीं है, 'भालतेंदु' नाम ती पतलिता है।" (यह पोथी-पत्तरा नहीं है, 'भारतेन्दु' नाम की पत्रिका है।)

"पत्रिका? 'भारतेन्दु' पत्रिका का नाम है? कहाँ से छपती है? क्या है इसमें? कोई खास बात?"

"हाँ, यह पतलिता ही है। वही, चोथम्बा वाले बाबू हलिश्चंद्ल ते नाम पल हुआ है इछता नामतरण। थास बात यही ति मेला मित्ल झलथंदी अब तवि हो देया है। एकदम पत्ता तवि। इछमें उछती तविता छप दयी है। वैछे तो वह मोहिनीलाल की पाथछाला के छमय छे ही लिथ लहा है। लेतिन उछकी लचना अब जाकर छपी है इछमें।" (हाँ, यह पत्रिका ही है। वही, चौखंबा वाले बाबू हरिश्चन्द्र के नाम पर हुआ है इसका नामकरण। खास बात यही कि मेरा मित्र झारखंडी अब कवि हो गया है। एकदम पक्का कवि। इसमें उसकी कविता छप गई है। वैसे तो वह मोहिनीलाल की पाठशाला के समय से ही लिख रहा है लेकिन उसकी रचना अब जाकर छपी है इसमें।) बचनू का अंदाज व्यंग्य से भरा हुआ।

शम्भुरत्न ने पत्रिका ले ली। पलटने लगे। बीच में अलग से एक कागज खुँसा होने के चलते वही पृष्ठ आसानी से सामने आ गया। उन्होंने देखा, यह एक कविता थी। रचनाकार का नाम—जयशंकर और उपनाम—कलाधर, काशी। कविता का शीर्षक—'सावन पंचक'। शुरू की सोलह पंक्तियाँ रोला-छन्द में। शम्भुरत्न मन-ही-मन पढ़ने लगे :

तड़िता तड़पन लगी चहुँदिसि ते चितछावन।
जगमग जुगनू लगे चमकि चित आग लगावन॥
सिखरन पर चढ़ि मत्तमयूर लगे कल गावन।
मलय मंजु मारुत हिय धीरहिं लगे नसावन॥
विरह सिंधु में मग्न लगे अति ही दुखपावन।
नयनन तें झरि लगी बूँद जिमि भादों सावन॥
काम कहर चपला सी हिय लागे चमकावन।
जगत सबै रस पागे हा! लागे अब सावन॥

नवल तमालन पै लतिका लागी चढ़ि छावन।
बदरा ये नभ में नवनील भ्रमैं सुभयावन॥
बाल भुजंगम-सी बेनी लागी लहरावन।
लखि के सब यह कहै अहै झर सावन-सावन॥
जुगनू चौकीदार चमकि कै लगै चेतावन।
गरजि-गरजि के मेघ लगे दुन्दुभी बजावन॥
चपला चमकि-चमकि लागी निसान फहरावन।
सजग होहु सब जीव लगे अब सावन-सावन॥

इसके साथ ही नीचे 'सवैया' उपशीर्षक से है :

सावन आयो वियोगिनी को तन आली अलंग लगै अति तावन॥
तावन होय लगी अबला तड़पै जब बिज्जु छटा अति छावन॥
छावन कैसे कहौं मैं बिदेस लगै जुगनू हिय आग लगावन॥
गावन लागे मयूर 'कलाधर' झाँपि कै मेघ लगै बरसावन॥

काव्यांश पढ़ लेने के बाद भी वह देर तक पत्रिका के पृष्ठ पर डूबते-उतराते रहे। मन में कोलाहल। अंतस में हर्ष उठा कि पिता का स्वप्न तो साकार हुआ। जहाँ होंगे, उन्हें तर्पण-लाभ हो रहा होगा कि छोटे पुत्र ने उनकी इच्छा के अनुरूप ज्ञान के मार्ग पर कम-से-कम एक डग तो आगे बढ़ाया! दूसरे ही पल यह विषाद भी प्रकट हुआ—आह, यह दिन देखने के लिए पितृदेव स्वयं धरती पर उपस्थित न रह सके! लगे हाथ इसके ठीक विपरीत एक नुकीले रोष ने भी सिर उठाया—मेरे लाख समझाने के बाद भी छंद-पिंगल क्यों नहीं छोड़ रहा अनुज? क्या इसी दीवानगी की बलि चढ़ जाएगा सुँघनी साहु का यह परंपरागत व्यवसाय-क्रम?

बचनू ने टोका, "त्या बात है भैया? आप तुप (चुप) त्यों हो दये हैं?"

उन्होंने पत्रिका को यों ही खुले रूप में सामने तख्त पर रख दिया। सब कुछ समझते हुए भी उन्होंने पूछा, "ई कलाधर के हौ?"

"अले, इहे अपने झालखण्दी! यानी जयछंकल! इहे नांव छे तविता लिखत हउवन नऽ! ई छपल हौ पहिलकी बार बाकिर इहे नांव छे उ लिखत हउवन ढेल दिन से।"

"अच्छा!" कुछ पल चुप रहकर वह आगे बोले, "अरे, हमार बोल्ती तऽ इहे झारखंडी बन्द करावत हउवन, अब हम का करी? ई तऽ एकदमे उहे हरिश्चन्द्र के राह पकड़ लेले हउवन। ई तऽ भारी चिन्ता के बात हौ, एकदमे गम्भीर!"

"देखा भइया, इनके लोका? ई कविता-फविता फालतू बात हौ। इहे छब कलत लहिहें तऽ बाप-दादा के छब कइल-धइल बूल जाई। येकर नशा बहुते खराब होला। लिखला के लत लाग जाई तऽ फिल छूती ना।" बचनू ने दुखती रग को सहला दिया।

"अले कविजी महलाज!" जयशंकर को घर से निकलते देख बचनू ने हँसकर हाँक लगाई, "बधाई हो! बधाई! तोहाल तऽ कविता अब छपे लगल इयार!"

जयशंकर के कदम एक पल को ठिठके। एक दृष्टि अग्रज, तो दूसरी मित्र पर। बचनू ने खड़े होकर दोनों हाथ तेज-तेज हिलाकर बुलाया।

आते हुए जयशंकर के चेहरे और चाल में संकोच। शम्भुरत्न तमतमाकर उठ खड़े हुए और पाँव पटकते वहाँ से हट गए। जयशंकर ने सहमकर दृष्टि उठाई। बचनू बहुत बलपूर्वक मुँह के भीतर हँसी दबाए मटर-मटर ताकते रहे।

अग्रज की तमतमाहट और मुँह फेरकर जाने के अंदाज ने जयशंकर को गहरा झटका दिया। उन्हें लगा कि आँखों के आगे अँधेरा छा रहा है। मन घायल हो गया।

बचनू की तुतलाहट शुरू, "भइया, बहुत गलम हो गल हउवन!" स्वर में शरारत की झाँस बढ़ गई, "अमहुँ उनके तनिक अउल गलमा देले हई। ई पतिलका में तोहाल छपल कविता उनके देखा देली। येकला देखके ऊ तुलंते खउले लगलन। तोहाल अब खैल ना हौ, तूं उनके हाथे अब पितइबा।"

जयशंकर को मित्र की मूर्खता पर गुस्सा नहीं, दया आने लगी। वह लगातार उसकी ओर ताकते रहे।

बचनू ने स्वयं के मुखपृष्ठ पर जयशंकर की दृष्टि को बिच्छू की तरह रेंगते हुए महसूस किया। उनकी आँखों में भय के भाव उभरने लगे।

जयशंकर ने दूसरे ही पल एक बारीक मुस्कान दिखाई, "तुमने वही किया जो तुम कर सकते थे। इससे अलग कुछ अच्छा तुम भला कर ही क्या सकते हो?"

सकपकाकर रह गए बचनू।

जयशंकर ने फिर एक अपेक्षया पुष्ट मुस्कान-रेखा खींची, "जो काव्यहीन और हृदय-वंचित है, स्वाभाविक रूप से उसके लिए कविता तो उपहास की ही वस्तु होगी। तुमने आज यह जो कुछ भी किया, इसके लिए तुम्हें धन्यवाद।"

बचनू ने ढिठाई से हँसते हुए मुँह ऐंठा, "ई कविता-फविता छे कुछ ना होई, बनिया के बेता हउवा, कुछ कमाये-धमाये वाला पक्का धंधा कला।"

कर्मी ने आकर कहा, "भैया आपके बोलावत हउवन—कारखाने में।"

जयशंकर ने बचनू की ओर अब हँसकर देखा, वह ठठा पड़े।

"तुमने इन्तजाम बिठा ही दिया है तो लो, अब मैं चला डाँट खाने।" जयशंकर के स्वर में अपनी ओर से तो लाचारगी किन्तु बचनू के प्रति लाइलाजगी का तोहमती अंदाज, "खैर, कोई बात नहीं। तुम अभी जाना नहीं। ठंडई ला रहा है चेखुरा, पीकर ही यहाँ से खिसकना। मैं तब तक भैया के पास से लौटकर आता हूँ।"

कारखाने में जलती भट्ठी के ताप पर शम्भुरत्न का डभकता मौन भारी पड़ रहा है। जलती कड़ाह की ही तरह धीपा हुआ लाल मुखमंडल। दहकता हुआ। आँखें तेज लपटों जैसी। जयशंकर के पहुँचते ही शम्भुरत्न ने लौ-सी दृष्टि उठाकर देखा। यह दृष्टिपात अग्नि-संस्पर्श जैसा लगा। उन्होंने अब तक अपने मुँह को मोड़ लिया था। वह भाप छोड़ते कड़ाह की ओर निरीक्षणी अंदाज से ताकने लगे। ताजा किमाम की फैलती सुगंध हवा पर सहमी खड़ी थी। सभी कर्मी शम्भुरत्न पर ध्यान टिकाए डरे-सहमे-से काम में लगे चुपचाप। जयशंकर ने गला तर करते सप्रयास खाँसा। वह अब भी इससे गाफिल रहे।

"भैया, आपने हमें बुलाया है?"

"बुलाया तो है लेकिन तुम्हें मेरी पुकार सुनाई पड़े तब तो।"

"..."

"जयशंकर, यह मैं क्या देख रहा हूँ?"

"क्या भैया?"

"तुम व्यवसाय में गहरे उतरने की बजाय छंद-पिंगल के जाल में स्वेच्छया फँसते चले जा रहे हो।"

"..."

"घर की संघर्ष-दशा को तुम अपनी आँखों देख-समझ रहे हो, ऐसे में क्या अभी यही होना चाहिए? क्या तुम जैसे व्यक्ति को मौजूदा परिस्थितियों में यही करना चाहिए?"

जयशंकर ने सिर झुका लिया।

अग्रज की वाणी का तापमान चढ़ता गया, "देखो, बँटवारे में तुम्हारे ही भरोसे मैंने खांडव-प्रदेश जैसी दशा स्वीकार की है। यही सोचकर कि हम दोनों भाई मिलकर अपनी हाड़ तोड़ेंगे, जी-जान से श्रम करेंगे और इसे हस्तिनापुर से भी श्रेष्ठ इन्द्रप्रस्थ बना डालेंगे। यों भी अब तक तुम्हारी ही सोच-समझ मेरी आँखें खोलती रही है। तुम यह सच मानो कि मुझे स्वयं से भी अधिक तुम्हारी ही सोच-समझदारी पर भरोसा रहा है। यों भी मेरा क्या है—न कोई अपनी संतान-संतति, न वृति-आवृति! जो भी दो-एक निजी व्यक्तिगत पसंद-शौक थे, एक झटके के साथ सबको नमस्कार कह चुका हूँ। मैंने पिता के प्रस्थान से पहले सोचा तक नहीं था कि कभी महफिलें छूटेंगी और गुलाब-बाड़ी या बुढ़वा मंगल से भी अचानक मन हट जाएगा। लेकिन ऐसा ही हुआ। मैं सबसे किनारा कर चुका हूँ, ऐसा सिर्फ इसीलिए क्योंकि मेरे सामने तुम और सिर्फ तुम झिलमिलाते रहे—चाँद-सूरज की तरह। तुम्हें देखकर कभी लगा ही नहीं कि मैं नि:संतान हूँ। मैंने यही सोचा था कि हम दोनों मिलकर प्रतिकूल परिस्थितियों को हरा देंगे। सारा कर्ज चुकाकर डगमगाते खानदानी व्यवसाय को नई बुलंदी देंगे। और तुमसे वंश की कीर्ति-परम्परा आगे बढ़ेगी। तुम जरा सोचो कि ऐसे में तुम्हारा यह छंद-पिंगल देख मेरे मन पर क्या बीत रही होगी। क्या इसी से हमारे सपने साकार हो सकेंगे?"

जयशंकर के मन-तन पर अग्रज के एक-एक भींगे-ऊदे शब्द दहकते अग्नि-खंड की तरह गिरते और चिपकते रहे। दोनों के नेत्र जलमग्न। अग्रज की उमड़ती भावनाओं ने सारे कोर-किनारे तोड़ डाले हैं। हवा के कतरे-कतरे पर करुणा फैल रही है, "मैं तो इसके बावजूद तुम्हें मना करने के पक्ष में नहीं। तुम्हें यदि सचमुच छंद-पिंगल ही गढ़ना हो तो खूब मजे से जमकर गढ़ो। लेकिन क्यों न इससे पहले जायदाद बेचकर कर्जा उतार लिया जाए? तुम अपने जी को जुड़ाओ और बाबू हरिश्चन्द्र बनकर नाम कमाओ लेकिन यह तय है कि तुम्हें हश्र भी अन्ततः उन्हीं का उठाना होगा। परन्तु इससे पहले जरा यह भी सोच लेना कि हमारे साथ रहकर जो सैकड़ों परिवार दाल-रोटी कमा पा रहे हैं, उनका क्या होगा? तुम्हारा यह छंद-पिंगल क्या उन्हें दाल-रोटी दे सकेगा? अपने दोनों हाथों से लुटाते हुए भी हम लोग तो पुश्त-दो पुश्त तक आराम से बैठे-बिठाए समय काट लेंगे। लेकिन हमारे कर्मी और हमसे अपेक्षा रखनेवाले गुणीजन या पहलवानगण फिर क्या करेंगे? उनका सत्कार-संरक्षण कौन करेगा? उनसे बचते—मुँह छिपाते हुए हम कहाँ जाएँगे? और यह छंद-पिंगल कोई साधारण खेल भी नहीं। कहते हैं, अगिया-अक्षर

कहीं उलटकर लग जाए तो सब कुछ जलकर खाक हो जाता है।" अग्रज बोलते-बोलते वहीं पास के तख्त पर धब्ब से बैठ गए हैं। उन्होंने दोनों हाथ से अपना झुका हुआ सिर कुछ यों थाम लिया है गोया वह इसे निचोड़ कर शिराओं में सुरसुराते दुख को गार-कचारकर निकाल डालना चाह रहे हों, "सोचो बच्चा, सोचो। ठीक से सोच-समझकर बताओ कि क्या चाहते हो तुम?"

कलेजा धक-से रह गया जयशंकर का। अग्रज को इससे पहले कभी ऐसा क्लेश-विह्वल कहाँ देखा गया है! उस दिन भी नहीं, जिस दिन सामने पिता का शव रखा हुआ था। जिस दिन माता ने सबसे मुख मोड़कर आँखें मूँद ली थीं, उस दिन भी नहीं। मानसपटल पर दुख चींटियों की तरह रेंगने लगा है।

जयशंकर के थरथराते पाँव पीछे मुड़ गए हैं। धड़धड़ाते हुए कदम शयन-कक्ष में गए। उसी गति से फिर लौट आए। हाथ में कागज के दोनों गोलियाये-बँधे भारी-भरकम बंडल हिमालय की तरह भारी लग रहे हैं। कभी अंगारों की तरह दहकते हुए, तो कभी ऐसे कनकनाते बर्फीले कि जैसे उनके स्पर्श से हड्डियाँ तक हिलने-कँपकँपाने लग गई हों। किमाम वाली भट्ठी के निकट पहुँचकर जयशंकर ने बंडल आगे किये। आँखें दृश्य-शून्य होने लगीं। मन हाहाकार में डूबने लगा।

उद्वेलित अन्तर्ब्रह्मांड में गूँजा—स्वाहा!

अभूतपूर्व विरल काव्य-ग्रास पाकर अग्नि भभक पड़ी। लपटें स्वादसिक्त हो तृप्ति-तप्त जिह्वा लहराने लगीं। पकते किमाम की फूट रही सुगंध पर काव्योत्सर्ग का वैभव तिरने लगा।

शम्भुरत्न ने चौंककर सिर उठाया, सामने खड़ा अनुज तो जैसे एकदम अग्निस्नात! जयशंकर का तन-मन दहकता-पिघलता रहा। अग्नि-पृष्ठ पर कलाधर-काल अमर हो रहा है।

7

महासरस्वती धाम से लौट रहे हैं बचनू। हाथ खाली, लेकिन मन दुख-दर्द से भरा हुआ। विफलता से उत्पन्न मलाल और उसके छींटों से भड़क-भभककर फफाती निराशा : अंग-अंग को शिथिल-श्लथ बनाती हुई। अष्टभुजी की ढलान पर पाँव जैसे डग भरने की विधि भूल गए हों। किसी अनन्त-अँधेरी खाई में अनियंत्रित होकर फिसलने जैसी डरावनी अनुभूति। तलाश, तलाश और केवल तलाश। और, हर बार इसका अंत निष्फलता और हताशा से। कब तक चलेगा यह त्रासद क्रम? असफलता का अहसास तो अब रोम-रोम को काँटों में ही तब्दील कर रहा है। अहरौरा से लेकर यहाँ तक, जंगल-जंगल लगातार लम्बे भटकाव का दर्द जैसे अब इकट्ठा होकर शिराओं में टघरने-बहने लगा हो, पिघले लाल लोहे जैसा! अथाह उदासी। रह-रहकर पाँवों को जाल बनकर छानती-सी गाढ़ी थकान, कमर में थक्का-थक्का जमती हुई-सी। पता नहीं, झारखंडी कहीं किसी गुफा-कंदरा में छुपा संन्यास-वास कर रहा है या उसका पवन-बिहारी कल्पनाशील कवि-मन उसे सदेह उड़ाकर किसी गगन-गाँव में जा पहुँचा है!

चलते हुए रुक-रुक, मुड़-मुड़कर पीछे छूटते पर्वत-प्रदेश पर दृष्टिपात। फिर-फिर निराशा के उसी तिक्त स्वाद से उत्पन्न तीव्रतम तिलमिलाहट। यह अनुक्रम टूट ही नहीं रहा। कदम बढ़ाते हुए मन में तरह-तरह की बातें। रह-रहकर कौंध रहा है अहरौरा के जंगलों का भी ऐसा ही बेधक अनुभव। इच्छा होने लगी कि अब चिल्ला-चिल्लाकर हाँक लगाना शुरू कर दें—मित्र झारखंडीऽऽऽ...तुम कहाँ हो? तुम्हारा संन्यास हम सबके लिए संत्रास बन गया हैऽऽ...जहाँ भी हो, वहाँ से तुरन्त बाहर निकलोऽऽ...मित्र, अब घर लौट चलोऽऽऽ!

मन भला क्यों न खट्टा हो! तीन दिन, दो रातें यहाँ और हफ्ता भर पहले लगातार पूरा एक पखवारा अहरौरा के वन प्रक्षेत्रों में, अब तक भटकते हुए ही तो बीत रहा है समय। सारा दर्द आज जैसे संकलित होकर एक साथ कलेजे को मथने लगा हो!

झारखंडी के गायब होने के बाद भाभी लखरानी ने पूरे विश्वास के साथ कहा था, "अरे, हमार बच्चा कवि हउवन न! उनके अहरौरा के जंगल-झरना बहुते पसन्द हौ। हो न हो, ऊ उहैं पहुँच गल होइयन! हर साल बच्चा उहाँ जालन। कौनो साल नागा कहाँ होलाऽ। अइसे कोई दू-चार दिनों बदे काशी छोड़के कहे, तो उनके कब्बो स्वीकार ना होई लेकिन हर साल जइसहीं बरसात शुरू होले, ऊ फुर्र-से उड़के उहैं पहुँच जाऽलन अउर दू-दू तीन-तीन हप्ता तक जमल रह जालन! उहाँ उनके सब कोई माथे पर उठवले घूमऽलन नऽ। उनके बाऊ के बुआ उहैं तऽ बिआहल रहलिन! साहु बेचूलाल कन्हैयालाल के गद्दी के बारे में केऽ नाऽ जानेऽ! बच्चा के उहाँ खूब खातिर-बात होले। इनके उहैं जंगलन में कब्बो झरना तो कब्बो नदी के लग्गे घूमल खूब पसन्द हौ!"

बचनू ने पुष्टि करते हुए विस्तार से बताया था कि कैसे झारखंडी को दोस्तों के बीच भी अहरौरा के जंगल-क्षेत्र की दुर्गमता और वहाँ के प्राकृतिक सौष्ठव की दुर्लभता के बारे में बातें करना पसंदीदा विषय रहा है। साथ ही यह भी कि एक बार वह भी उनके साथ वहाँ की यात्रा कर चुके हैं।

इसके बाद तो लखरानी ने खोजने के लिए वहाँ जल्दी से जल्दी जाने की जिद ही पकड़ ली। बचनू ने अहरौरा वालों की सम्पन्नता और भारी-भरकम प्रभाव का हवाला देते हुए जब यह कहा कि उन्हें केवल समाचार भिजवा देना ही काफी होगा, वे लोग चप्पा-चप्पा छान मरवाएँगे तो इस पर वह जैसे गिड़गिड़ा उठीं, "ऐ पंडित जी, तूं अस्कत मत कराऽ, खुदे चलि जाऽ। अहरौरा के सम्बन्धी लोग तऽ खोजे में जुटिये जइयन, येह में हमें कौनो सन्देह नाहीं हौ लेकिन उनके संगे तोहरे रहले के मतलबे कुछ और होई। तूं हमार बच्चा के साथी न हउवाऽ, तूं ही उनके खोज अउर हाथ पकड़के संगे खींच के ला सकऽतऽ हौ।"

भाभी लखरानी की इसी बात ने तो दिल को छू लिया। लगा कि जीवन की राह भटके ऐसे साथी को बेशक सँभाला जाना चाहिए। उसे खोजने के लिए वन-क्षेत्र को खंगाला भी जा सकता है। लेकिन इतना-इतना तलाशने के बाद भी कहाँ मिला वह : न वहाँ, न यहाँ।

अपने ही भीतर दो स्वरों का भीषण वाद-प्रतिवाद शुरू हो गया।

एक स्वर अष्टभुजी के इस जंगल की प्रदीर्घता का हवाला देने लगा—यहाँ तो तीन ही दिन भटकना हुआ है। सम्भव है, वन के कुछ क्षेत्र तलाश-अभियान से अभी अनछुए रह गए हों, इसलिए पूरे क्षेत्र को नये सिरे से एक बार फिर खंगालना ही चाहिए।

इसके विपरीत मोर्चे पर अड़ा दूसरा स्वर अपने अंदाज में तर्क पर तर्क पेश करता रहा—जंगल-पहाड़ को तो छान मारा है, यदि झारखंडी यहाँ कहीं होता तो अब तक जरूर कहीं मिल गया होता। वह यहाँ आया रहा हो तब भी अब तक शायद कहीं और निकल चुका है : 'रमता जोगी बहता पानी...'

तत्क्षण पहले स्वर का फिर पुरजोर हस्तक्षेप—कुछ भी सम्भव है। उसका यहाँ से आगे बढ़ जाना जितना ही सम्भव, यहीं दुर्गम वन-प्रभाग में कहीं विद्यमान होना भी उतना ही मुमकिन। इसलिए पीछे लौटकर दो-चार दिन और उसकी तलाश चलाई जानी चाहिए।

दूसरा स्वर चुप। लेकिन तर्क से नहीं, दर्द से। देह ने जैसे नियंत्रण नकार दिया हो! पीड़ा अंग-अंग पर घने लिपटे रस्से की तरह कसने लगी। पूरा शरीर जैसे घाव में तब्दील। पाँव अनियंत्रित-से, जैसे हवा के धक्के से यों ही आगे घिसटने लगे हों! शरीर की हालत किसी ऐसे खटारा पहिये जैसी जिसने धुरी की कील तोड़ दी हो और नियंत्रण-द्रोह पर उतर आया हो! जो खड़खड़ाता-उधियाता-सा तेज-तेज ढुलकता-टघरता बदहवास बढ़ता चला जा रहा हो! तभी ऊपर ध्यान गया—धुलता हुआ आसमान। लगा, मन के भीतर चाहे जैसी हताशा हो, बाहर तो अँधेरे की धज्जियाँ उड़ रही हैं। छिजते अंधकार से तेजी के साथ उबर रहे हैं तमाम जंगल-पहाड़। चौकन्ना अंतरतम ने प्रश्न उठाया—यह भोर-भर है या कोई दूरगामी शुभकामना-संकेत?

विन्ध्यानील का यह लहराता बहुरंग अंतरंग सागर। ऊपर उजास के फव्वारे से क्षण-क्षण प्रच्छन्न हो रहा गगन का असीम मन और नीचे अँधेरे को नेस्तनाबूद करता, हरित परिधानों में सजी धरती का क्रमशः साफ दृष्टिगत हो रहा चमकता मुखमंडल, सोने जैसा। पक्षियों का स्वागत-सप्तस्वर छिड़क रहा है चिरप्रथम चिरंतन-गान, समस्त दिशाओं में।

दर्द भूलकर यह सब मुग्ध भाव से देख-महसूस रहे हैं बचनू। इस निष्कर्ष पर पहुँचकर कि भीतर के अँधेरे में डुबकी लगाने से अच्छा है कि बाहर के इस भास्वर परिदृश्य का ही अवलम्ब लिया जाए।

दूसरे ही पल लगा, जैसे यह अद्भुत भोर सामने विद्यमान-भर है, हृदय-मन इसका निर्द्वन्द्व स्पर्श करने से वंचित हो रहे, बार-बार। नेत्र इसे सामने साक्षात् देख तो रहे हैं किन्तु तत्क्षण मस्तिष्क के आक्रामक बवंडर इससे फूटते दृश्य-सुख को फूँक मारकर उड़ा दे रहे। पीड़ा की प्रत्यंचा हर टंकार के साथ छाती पर जैसे एक लम्बोतरा-नुकीला विषैला प्रश्न खोब दे रही है। सीने पर चिपका हुआ बीती रात का प्रत्येक तीखा क्षण जैसे अपने तेज दाँत चुभो रहा हो! कुछ यों, जैसे त्वचा को छेदकर भीतर घुस जाने और कलेजे तक पहुँच उसे नोच खाने पर आमादा हों, काली जहरीली मक्खियों की तरह।

ऐसी ही डरावनी अनुभूतियों की दलदल में धँसते हुए तो बीती है मन्दिर के बाहर बरामदे में पिछली एक पूरी रात। भटकाव की निरर्थकता ने जैसे अपने नुकीले पंजों में दबोच लिया हो, किसी आदमखोर पशु की तरह। आँखों पर नींद की जगह बार-बार

आकर गिरते रहे दुख और निराशा, धुन्ध के धुने हुए पहाड़ की तरह। सोए तो रहे गमछा-भर बिछाकर किन्तु जमीन की कठोरता का जरा भी भान नहीं।

क्या हताशा मन को इतना तोड़ देती है कि अनुभूति-तंत्र निष्क्रिय और देह पत्थर हो जाए? सोचते-सोचते सिर फटने लगता। स्वयं की मानसिक अवसन्नता का सिहरा देनेवाला यह अहसास हृदय-मुख पर विष-बूँद की तरह टपक पड़ता। रात से गरज-तड़क के साथ आग्नेय प्रश्नपात जारी थे—आखिर झारखंडी के लिए मन में ऐसी बेचैनी क्यों है? जिस मित्र के साथ हमेशा नोकझोंक के ही दौर-पर-दौर चलते रहे, उसके लिए अब यह इतनी व्यग्रता क्यों? क्या यह भाभी लखरानी के दुख और विलाप से उत्पन्न सहानुभूति की प्रतिक्रिया है या झारखंडी के लिए मन के केन्द्र-स्थल में धँसे स्थायी सहचर-भाव का अंतहीन प्रभाव? लेकिन, यह झारखंडी भी कैसा पाषाण-हृदय! कहाँ तो ज्ञानी कवि बना वह लगातार फिरता रहा और कहाँ अब पूरे परिवार को ऐन संकट-काल में छोड़ गेरुआ गाँथकर काशी से पलायन कर गया!

वैधव्य, सन्तानविहीनता और अपार दुर्भाग्य झेल रही मातृसमा भाभी को इतने बड़े घर में अकेला छोड़ आखिर क्या सोचकर भागा वह? यह संन्यास है या सनक? क्या उसे यह बात समझ में ही नहीं आ सकी कि उसका पलायन बीच मँझधार में फँसे डगमगाते जहाज जैसे व्यवसाय के लिए कौन-सी नियति नियत करेगा? जिस मातृ-सत्ता ने उसके बचपन को स्वर्ग जैसी गोद दी और फुनगते किशोर भविष्य के ऊपर निस्सीम-निष्कलंक आँचल का आकाश, उसे इस संरक्षण-काल में उसने कैसा गहन अँधेरा सौंप दिया? अंधकार का यह प्रसार भला किसी संन्यासी का प्रस्थानपूर्व उपक्रम कैसे हो सकता है?

पीठ पर पोटली लटकाये बचनू पहाड़ के नीचे से गुजर रहे हैं। कदम खुद-ब-खुद धीमे। एक बार फिर लगा कि पुनः लौटकर ऊपर जाना चाहिए। दूसरे ही क्षण मन में निराशा ने उबाल लिया—पूरा क्षेत्र छाना जा चुका है, अब यहाँ भटकना व्यर्थ है। आत्मछलावे के अलावा कुछ और नहीं। कदम तेज हो गए, पाँव रास्ते पर आगे बढ़ते चले गए। फिर गति में बाधा। दृष्टि घूम-घूमकर पहाड़ की चढ़ाइयों-ढलानों पर मँडराने लग जा रही है। व्यग्र दृष्टि की यह सतर्क परिक्रमा शुरू तो हो रही जिज्ञासा और आशा के मीठे स्पर्श के साथ किन्तु कुछ ही क्षणों में यह शून्य आकार में घूमकर निराशा के प्रहार से आहत हो गत हो जा रही।

मन के भीतर तक गहरी धँसी उदासी अचानक बाईं ओर उभरी खास आवाज से टूटी : अरे, उधर कदमों के ये शब्द कैसे? चर्र-चर्र, मर्र-मर्र! पहले तो डर ही लगा—दबे पाँव घात लगाए कहीं कोई हिंसक पशु तो नहीं आ रहा? दूसरे ही क्षण नजर चली गई—हवा से खेलते-उधियाते लम्बे बिखरे बाल। कंधों से नीचे तक लटकता कम्बल, हाथ में सोंटा। टेक ले-लेकर झुका-झुका पहाड़ चढ़ता एक साधु।

बुद्धि ने तर्क किया—लेकिन इस बने-बनाए सुलझे हुए पर्वत-पथ को छोड़कर उधर ऊबड़-खाबड़ की ओर से क्यों चढ़ाई चढ़ रहा है यह शख्स? उस ओर का क्षेत्र तो निरा उदग्र पर्वत-प्रभाग है, पाँव रोपने या खड़ा होने भर की मोहलत तक नहीं देनेवाला। धकेलकर ढुलका देने वाले ऊबड़-खाबड़ पथरीले उभार। पेड़-झाड़ भी अपेक्षया कम।

कोई कदम यदि जरा भी गलत पड़ जाए तो पाँवों का फिसल जाना स्वाभाविक। ऐसे में लुढ़कता हुआ कहाँ जाकर रुकेगा वह सिरफिरा?

प्रश्न ने पल भर में मस्तिष्क को झकझोर कर रख दिया। तुरन्त मन में, पहले कभी-कहीं का पढ़ा हुआ एक वाक्य कौंधा : 'लीक छोड़ तीन चलें—शायर-सिंह-सपूत'!

बुद्धि को जैसे विद्युत-संस्पर्श मिल गया हो। मन ने तुरन्त जोर देकर कहा—अपना झारखंडी तो कवि भी है, सिंह जैसा बहादुर भी और कुल मिलाकर सुँघनी साहु-वंश का सपूत भी। और, उसका मन चाहे भले संन्यस्त हुआ हो, कदम तो अब भी नई लीक के ही अभ्यस्त होंगे। चाल भला चंद महीनों में क्या बदल सकी होगी? अब तो सन्देह और गहरा हो गया। देखते-ही-देखते यह विश्वास में बदलने लगा।

बेचैन बचनू ने आँखें मल-मलकर देखा। सचमुच जैसे चमत्कार हो गया हो : आश्चर्य, घोर आश्चर्य! अरे, यह क्या? सामने जो दिख रहा है, यह सच है या कोई संभ्रम? यह व्यक्ति तो बगल के कोण से एकदम झारखंडी ही दिख रहा है!

अब एक पल की भी देर भला कैसे सम्भव हो पाती?

पाँवों में जैसे बिजली की गति उत्पन्न हो गई हो। उसकी ओर तेज दौड़ शुरू। ऊबड़-खाबड़, खंदक-खूँटे, झाड़-झंखाड़, टीले-टप्पे—किसी का न कोई भय-भास, न जरा भी फिक्र-परवाह।

दौड़ते हुए हाँफ तो उत्पन्न होने लगी किन्तु मुँह से जो हाँक निकली, उसने जंगल के उस पूरे हिस्से को जैसे झिंझोड़-झकझोर कर रख दिया, "ओऽ...छाधु (साधु) बाबाऽ...! ओऽ...ऽ...ओऽ...ऽ...छाधु जीऽ...!"

कम्बल से ढकी पीठ टेढ़ी हुई। झब्बर-झब्बर बालों वाला सिर धीरे से पीछे मुड़ा। चेहरा पूरी तरह दिखा, तो कलेजा जोर से धड़क उठा। सहसा विश्वास करना कठिन। आँखें मल-मलकर देखा, पलकों के नीचे जैसे चिनगारियाँ घुस आई हों। हाँफते हुए भी पूरी ताकत बटोरकर तेज आवाज लगाई, "छाव, तुम!" (साव, तुम!)

कुछ ही लम्बे कदमों में दूरी काफी सिमट चुकी है। जयशंकर को लेकर अब दुविधा नाम की कोई चीज नहीं। खब्बर-खब्बर दाढ़ी-बाल। गर्दोगुब्बार में गुम चेहरा। पीछे-नीचे घिसटता माटी-पानी से सना गंदला कम्बल। जैसे पूरा व्यक्तित्व धूल से नहाया हुआ हो! केवल आँखें ही हैं जो पूर्ववत् लौ जैसी हिल रही हैं।

बात को समझते ही जयशंकर में घबराहट। बचनू ने दौड़ते हुए उँगली दिखाकर बरजा, "छाव, तीन दिन्ने छे हम जंदल-पहाल में भुक्खल-पियाछल थात छानत हईं। तूं भागे नईं, उहैं थाला लहेऽ। हम्मे अपने लग्गे आवे दाऽ" (साव, तीन दिनों से जंगल-पहाड़ में भूखा-प्यासा खाक छान रहा हूँ। तुम भागना नहीं, वहीं खड़े रहना। मुझे अपने पास आ जाने दो।)

"शिकारी कुक्कुर की तरह यहाँ भी पहुँच गए?" जयशंकर के क्लांत धूसर मुखमंडल पर अपार पीड़ा तिर आई है। पूरा जंगल प्रक्षेत्र जैसे कसैलेपन से असहज हो उठा है।

"जे छेल (शेर) ते थदेल ते पतल ले, ऊ तुत्तुल तैछे होई?" (जो शेर को खदेड़ कर पकड़ ले, वह कुत्ता कैसे हो सकता है?)

पता नहीं, बचपन से कानों में बसी और हर बार गुदगुदा देनेवाली इस तुतली बोली ने यह असर डाला या 'कुक्कुर' के समानान्तर 'शेर' का बिम्ब प्रस्तुत करने के बचनू के अप्रत्याशित प्रत्युत्पन्नमतित्व ने, जयशंकर के क्लांत-व्यथित धूसर मुखमंडल पर असम्भव-सी मुस्कान की पतली रेखा खींच दी।

दौड़ते हुए बचनू एकदम पास। तेज हाँफ के बावजूद आवाज में वही आवेग, "चलाऽ, तूं हमते छितारी तुत्तुले मान लाऽ लेतिन ई बात छोच-छमझ लाऽ ति ई पतल लेला ते बाद तब्बो छोल ना सतेऽ! आज इहौं ना छोली।" (चलो, तुम मुझे शिकारी कुत्ता ही मान लो, लेकिन सोच-समझ लो कि यह पकड़ लेने के बाद फिर कभी छोड़ता नहीं है। आज यहाँ भी नहीं छोड़ेगा।)

जयशंकर फिर गम्भीर।

बचनू का आवेग अबाध, "लेतिन छाव, यह त्या है भैये! तुमने अपनी ऐथी हालत त्यों बना ली? औल, तुम्हें यह पता है ति नहीं? तुम तो घल में माता-छमान भाभी तो अतेले छोलतल चले आए थे न, तुच्छे महीने में अब हालत उलत दयी है। अब ई दुनिया में तुम्हले अतेले पल जाने ता थतला है, त्योंति भाभी दम्भील लूप छे बीमाल पली हुई हैं।" (लेकिन साव, यह क्या है भैये? तुमने अपनी ऐसी हालत क्यों बना रखी है? और तुम्हें यह पता है कि नहीं? तुम तो घर में माता समान भाभी को अकेले छोड़कर चले आए थे न, कुछ ही महीने में अब हालत उलट गई है। अब इस दुनिया में तुम्हारे ही अकेले पड़ जाने का खतरा है, क्योंकि भाभी गम्भीर रूप से बीमार पड़ी हुई हैं।)

"यह फरेब है। सफेद झूठ।" ठोस चट्टानी प्रतिवाद के अंत:स्थल से शीतल-निर्मल कोमल कुनमुनाती संवेदना छलके बगैर न रह सकी, "ऐसा न कहो! इसे झूठ जानते हुए भी सुनना कलेजा दहला देनेवाला है।"

बचनू ध्यान से बालसखा के अवयस्क हठ और वयस्क प्रतिवाद को देख-माप रहे थे। जयशंकर का भावनात्मक आलोड़न अंग-अंग से सूचित हो रहा था।

दुख के इस हल्के स्पर्श-मात्र ने अनायास संन्यास के समूचे विन्यास को हिलाकर रख दिया। सूखे पत्तों जैसी पपड़ियायी पलकों के नीचे आँखों में दृढ़ता लड़खड़ा रही है। वाणी का प्रकम्पन मुखर, "उन्हें कुछ नहीं हो सकता। उन्हें किसी अनिश्चय या अभाव में छोड़कर नहीं आया हूँ। उनके लिए इतना कुछ छोड़कर आया हूँ कि दोनों हाथों से धन लुटाकर भी पूरा जीवन सुख से गुजार सकेंगी, इसके बाद भी धन बचा रहेगा जो किसी संस्था के काम आएगा।"

"यह झूठ है ति छत्थ, यह तो उहाँ तलने पल ही पता तल छतेगा। भाभी धन के भाव-अभाव छे नहीं, बल्ति घल छे तुम्हाले तले जाने ते तालन ई हाल में पहुंती हैं, यह छोलह आने छच है। यह काछी के पिछाचमोचन का तील्थपुलोहित बतनू महलाज बोल लहा है, तोई ऐला-गैला झूथा-लब्बाल नहीं। क्या बचपन छे लेतल अब तत ता तोई ऐछा पल्छंग याद है जिछछे तुम्हें ऐछा लदा हो ति मैं तभी ऐच्छा झूथ भी बोल छतता हूँ।" (यह झूठ है कि सच, यह तो वहाँ चलने से ही पता चल सकेगा। भाभी धन के भाव-अभाव से नहीं बल्कि घर से तुम्हारे चले जाने के कारण इस हाल में पहुँची हैं, यह सोलह आने सच है। यह काशी के पिशाचमोचन का तीर्थ-पुरोहित बचनू महराज

बोल रहा है, कोई ऐरा-गैरा झूठा-लब्बार नहीं। क्या बचपन से लेकर अब तक का कोई ऐसा प्रसंग याद है जिससे तुम्हें ऐसा लगा हो कि मैं कभी ऐसा झूठ भी बोल सकता हूँ?) बचनू ने जीवन में पहली बार जयशंकर के सामने ऐसी संजीदगी से कोई दावा पेश किया है।

बालसखा की शब्दावली ने मन को कातर कर दिया। अपने ही इस अविश्वास-भाव से भीतर तक दहलकर रह गया है जयशंकर का मन। तब तो इतने दिनों का यह जंगल-जंगल भटकना सचमुच निरा भटकाव ही बना रह गया। आत्मा के ऊपर से संशय-अविश्वास की अब तक कोई एक परत भी कहाँ उतर सकी है! पाप-विचारों का महासमुद्र तो मन में अब भी उसी तरह ठाठें मार रहा है। इस तरह सब पर संशय ही संशय हो रहा है। ऐसे में कैसे व कौन ईश्वर पहचान में आएगा? इच्छा उमड़ी कि अपने इसी सोंटे से स्वयं को सोंटना शुरू कर दे। दूसरे ही पल स्वयं को सँभालना पड़ा किन्तु अब यह आत्मनियंत्रण स्वयं को गड़ने लगा। यह भी तो सांसारिक भोंडी चतुराई ही हुई। अहसास कलेजे पर तेज चुभ गया। जैसे आह बुलबुले की तरह बनी और बिला गई। ग्लानि के साथ इनकार में सिर हिलाने लगे, "यह तो है कि आज तक तुमने कभी कोई ऐसा सफेद झूठ नहीं बोला, जिससे तुम पर से पूरी तरह विश्वास ही हट जाए। लेकिन मित्र, भाभी को हुआ क्या है? तुममें और मुझमें क्या कभी कोई अन्तर रहा है? तुम यहाँ क्यों चले आए, क्यों नहीं वहीं उनकी सेवा में जुटे रहे?"

"उनते तोई लोद नाहीं भैल हौ, तोहले तलायेन छे धत्ता पहुँतल हौ। ऊ तउनो दवा छे नाहीं, तोहरे आँखि से देथला के बादे थीत होइहें।" (उन्हें कोई रोग नहीं हुआ है, तुम्हारे पलायन से धक्का पहुँचा है। वह किसी दवा से नहीं, तुम्हें अपने सामने देखने के बाद ही ठीक होंगी।) उन्होंने हाथ जोड़े।

जयशंकर खीझे, "अब ऐसा धर्मसंकट मेरे सामने क्यों खड़ा कर रहे हो? मैं अब भला यहाँ से घर कैसे...?"

"तऽ मत दा न! हमते तऽ तोहाल दिद पते हौ, येतरे बादो ई छोंच ते तल इहाँ तोहरे थोदत आ गइल हई ति तूं थन्याछी तऽ बन दइल हउवा तिंतु अबहीं तोहाल दृष्टि येतने थिद्ध नाहीं भइल होई ति इहैं ते तोहले आपन घल के दाथा देथाई पल जाए! इहो छोचली ति तोहले बाद में पथतावे ते ना पले। अब बाद में तोहले ई तहे ते मोता तऽ ना मिली ति तोई भाबी ते थोद-थबल ना लेलस या तोहले छही छमय पल तोई उनते बेमाली के छूचना ना देलस।" (तो मत जाओ न! मुझे तो तुम्हारी जिद पता ही है, इसके बावजूद यही सोचकर यहाँ तुम्हें खोजते हुए चला आया हूँ कि तुम संन्यासी तो बन गए हो किन्तु अभी तुम्हारी दृष्टि इतनी सिद्ध नहीं हुई होगी कि तुम्हें यहीं से अपने घर की दशा दिखाई पड़ जाए। यह भी सोचा कि तुम्हें बाद में पछताना न पड़े। अब तुम्हें बाद में यह कहने का मौका तो नहीं मिलेगा कि किसी ने भाभी की खोज-खबर नहीं ली या तुम्हें सही समय पर किसी ने उनकी बीमारी की सूचना न दी।)

बचनू के नेत्र टटोलती जयशंकर की आँखों का संयम टूटने लगा। शब्द भीग गए, "नहीं, नहीं, यह सुनकर तो मैं यहाँ अब एक पल भी नहीं रुक सकता! अब ईश्वर मुझे क्षमा करें!"

8

सरायगोवर्द्धन की गली में लौट रहे हैं जयशंकर। दाढ़ी-बाल बेतरतीब बढ़े और धूल-गर्द से भरे हुए। खौराए-खबराए जैसे। शरीर सीधा तना लेकिन काठ जैसा सूखा-अकड़ा हुआ। चाल में निस्संगता। बेमन से चलते, सामने निरुद्देश्य-से ताकते वह डग भर रहे हैं। दोनों ओर दीवारों की तरह खड़े हैं स्त्री-पुरुष और बच्चे। ज्यादातर विस्मित। चिन्ता-विस्मय से सहमे पलकें झपकाते हुए। चारों ओर गाढ़ी और व्यग्र बेचैनी का खौलता हुआ ताप।

जयशंकर की देह पर लिपटे कम्बल का ऐसा गंदा होना किसे नहीं अखर रहा। पीछे कंधे से लटकता इसका सिरा रास्ते को जैसे बुहारता चल रहा हो! सिर झुकाए पीछे चल रहे बचनू का मौन, जयशंकर की चुप्पी से सर्वथा अलग। पूरा माहौल संशय और भय से भरा हुआ।

अहाते में घुसते ही शिवाले से उतरती भाभी सामने पड़ गईं।

अकस्मात् इस रूप में जयशंकर को सामने पाकर वह हक्का-बक्का। साँसें उधियाती हुई जैसे कहीं ऊपर फँस-अटक गई हों! उठी हुई आँखें जहाँ की तहाँ टँगीं-खुँसी डबडब। हाथ से पूजा की पीली डलिया छूटकर झन्न्-से नीचे। पुष्प-दीप और नैवेद्य, सब भू-लुंठित। मुँह से फूटा, "बच्चा, ई काऽ! तोहार ई दशा?"

जयशंकर एकदम मूर्तिवत्। भाभी की आवेगपूर्ण प्रतिक्रिया से जैसे पूरी तरह असूचित। कोई स्पंदन तक नहीं। गति-विमुख, शब्द-मुक्त। उठती-गिरती पलकों के बीच टुकुर-टुकुर ताकते नेत्रों में खूब गाढ़ा शून्य चढ़ा हुआ। भाभी की वाणी गंगा हो गई, "देखाऽ, तोहरे संन्यासे लेवे के हौ तो कोई तोहरे इहाँ बाँध के तऽ रख ना सकी। लेकिन तूं जइसे सब काम अधूरा छोड़ के चोर जइसन भाग गइला, ई बहुत गलत बात हौ। येह तरीके भागके तो तूं अपराधी बन गइला, अइसे तूं संन्यासी कइसे हो सकबा?"

जयशंकर चौंके, भाभी की आँखों में ही नहीं, उपवन के काँपते पत्ते-पत्ते और एक-एक पंखुड़ी तक पर भी ऐसे ही शीतोष्ण प्रश्न टँके दिख रहे हैं। मन को पहुँची ठेस ने झकझोर कर रख दिया। मुँह से स्वयमेव फूटा, "मेरा कौन-सा काम अधूरा है? क्या बचा हुआ दायित्व है, जो मुझे पूरे करके ही यहाँ से निकलना चाहिए था?"

"पहिले तूं ई कम्बल अउर लोटा-सोंटा सब इहैं रक्खाऽ। ई सब केहु दुखिया के काम आ जाई। चलके नहा-धो के पहिले खा-पी के आराम कराऽ अउर स्वस्थ हो लाऽ। देह-दिमाग सब दुरुस्त हो जाई, तबे हम्मर बात तोहरे दिमाग में जा सकी। हम जे कुछ बता देब, ऊ सब दायित्व तूं पूरा कर दिहा। ओकरे बाद तोरा जहाँ मन करे, चल जइहाऽ। हम तोरा रोकब ना।" लखरानी ने झुककर डलिया को उठाया और पूजन-सामग्री चुन-चुनकर रखने लगीं।

"भाभी, इस लोटा-कम्बल ने क्या बिगाड़ा है? और क्या मैं दुखिया नहीं?"

"ना, तूं दुखिया नइखाऽ। अब चला, बेकार के बहस मत कराऽ। जल्दी कुइयाँ के लग्गे जाऽ, ई सब उदड़ी-गुदड़ी उतार के उहैं रक्खा अउर नहा-धो के कपड़ा बदलके आवाऽ। खा-पी के थोड़ा आराम कर लाऽ। ओकरा बाद हम जे कुछ बताइला, ओहसब के पूरा करके फिर आपन जे मन होये से, कराऽ।" वह बेचैन खड़ी दृढ़ता से ताकती रहीं।

"काऽ खाना बनल हौ?" हठ के अनन्त रेतीले-विस्तार में जैसे औचक ही खोई हुई रस-तृष्णा जाग उठी और उफनाने लगी।

"चलाऽ, तूं पहिले नहाऽ। हम तोहरे पसंदे के खाना के जोगाड़ अब्बे बनावत हई न!"

चौखट पर कदम रखते ही स्मृति-पृष्ठ फड़फड़ाने लगे। बरामदे में कदम डालते जैसे ही भीतर का दरवाजा दिखा, कलेजे को जैसे तेज धक्का लगा।

मन में धँसा हताश अँधेरा जैसे 'चिच्चआंऽऽ...' की लोमहर्षक ध्वनि से दहल उठा हो!

अतीत का भारी-भरकम नक्काशीदार कपाट चिंचियाता हुआ खुलता चला गया।

आँखों के आगे चिनगारियों की तरह उड़ने-लहराने लगे दृश्य-दर-दृश्य। इसी दरवाजे से तो उठाकर बाहर लाई गई थी चिरनिद्रित देवी विन्ध्यवासिनी! आह, अन्तिम सिंगार का वह सौंदर्य! सिर पर आँचल का गोलार्द्ध अडोल विन्यास, माँग में दहकता हुआ सिन्दूर और 'नित' का भ्रम फैला रहा 'चिर' स्थैर्य। लग ही नहीं रहा था कि पंखुड़ियों-सी कोमल दमकती पलकों ने सदा के लिए आँखों को निगल लिया है। विपत्ति का वह क्षण पुन: दृश्यायित हो घूम गया। हाँ-हाँ, इसी दरवाजे से होकर ही तो उसे उठाकर बाहर लाया गया था! सामने जमीन पर बाँस का अन्तिम 'रथ' बनकर तैयार था। वह लिटाई गई थी चितान, अरथी उठाने वाले चार कंधों में एक यह भी था। दहलता हुआ लोमहर्षक सफेद मौन अन्तत: चार कंधों से चल पड़ा था मणिकर्णिका के लिए।

सामने चिता धधकती रही, आत्मा के अनन्तर अंतरिक्ष-पृष्ठ पर विन्ध्यवासिनी के आठ वर्षों का संग-साथ अनन्त कथा-नीलिमा बन टंकित होता गया। दो ही साल बाद फिर वही, वैसा ही वज्रपात! बड़े अरमान के साथ घर में आई थी देवी सरस्वती, लेकिन फिर वही कहानी पुनरावृत्त। प्रसूति-ज्वर ने ले ली जान। उसे भी उसी तरह मणिकर्णिका पहुँचाना पड़ा। कुछ ही देर बाद नवजात भी चल बसा था। पीछे-पीछे उसे भी लाया गया। श्मशान पर पहुँचा शव देख मुँह से निकल गया था : "माँ को ढूँढ़ते-ढूँढ़ते यहाँ तक आ गए? गोद में सो जाओ!' माता और शिशु का एक ही चिता में हुआ था दाह।

अचानक पहुँचीं लखरानी स्तब्ध। यह क्या? उन्होंने सामने देखा—जयशंकर दोनों हाथों से जैसे हवा को टो-टटोल रहे हैं। वह भीतर तक हिलकर रह गईं। माथा झन्-झन्। आवाज में तीव्र बेचैनी के साथ ही संशय और भय भी, "बच्चा, तूं ई काऽ करत हउवा?"

जयशंकर पर कोई असर नहीं। हाथ वैसे ही हवा से खेलते रहे। लखरानी का स्वर तेज हो गया किन्तु इसी अनुपात में भय के कण भी पुष्ट, "ई काऽ करत हउवा, बच्चा? अइसे मत कराऽ। ये सबसे कौनो फायदा ना होई, सिर्फ माहौल खराब होई।"

वह जैसे सोए से जाग उठे हों, "खराबे के तऽ मिटावे के प्रयास करत हईं लेकिन अतीत के चिह्न मिटे के बजाय उल्टे एकदम दृश्य बनके सामने आ गल हौ। हमर आँखिन के आगे एक-एक करके सबके शव घर से निकलत हौ। बाऊ के, अम्मा के, भैया के, विन्ध्यवासिनी के, सरस्वती के अउर नवजात के हम्में देक्खाऽ, दरवज्जे पर हम मुर्दफुँकवा बनल खड़ा हई!"

डबडबा गई हैं लखरानीं, "जे बीत गइल से बात गइल। बीतल के आपन गति अउर आपन विधान होला। बीतले के बिसारल जाला। येकरे पर केहु के जोर ना चले।

येह से आदमी के हमेशा आगे के बारे में सोचे के चाहीं। हम भला तोहरे काऽ समझाई! तूं हमरे से अधिके सोचे-समुझे वाला आदमी हउवा। आपन होश मत खोवाऽ। जहाँ भी रहल कराऽ या चाहे जे काम कराऽ, हमेशा सही तरीके से सोचल कराऽ।"

भोजन करने बैठे हैं जयशंकर।

मोटे आसन पर बैठना हवा पर उड़ने जैसा अनुभव दे रहा है। अनुभूति कुछ यों, जैसे पहली बार ऐसे सुखद आसन का संसर्ग मिल रहा हो! पालथी में मुड़े हुए पाँवों की हड्डियों के भीतर थकान-टीस हल्के-हल्के रेंगती हुई महसूस होती रही। सामने से लखरानी भरी थाली लेकर आती दिखीं। आश्चर्य कि दूर से ही दिख रहे खाद्य-पदार्थों की सुगंध नथुनों में भर गई। सम्पूर्ण रस-स्वाद जिह्वा पर रेंगने लगे। इस अनुभूति ने चकित करके रख दिया। लगा, तपती तृष्णा का कलेजा जब उत्ताप से फटता होगा तो इसी की कोख से फूटती होगी तृप्ति की धारा। अष्टभुजी के जंगल-पहाड़ पर अटकते-भटकते हुए फाकाकशी ने सचमुच गंध-स्वाद के समस्त रन्ध्रों को मिटा डाला था। अब यहाँ दृष्टि के एकल संसर्ग और गंध के स्पर्श भर से पूरा मानसिक परिदृश्य ही उलट-पुलट होकर रह गया है।

सजी-भरी हुई थाली सामने रखी है। चावल का उठा हुआ लम्बा थाक, जैसे मोती की चमकती पर्वत-श्रृंखला! तराई में भरी हुई हिलती दाल-राशि। इसे देखना मन को दीप्त कर गया, जैसे आसमान से उतरती मीठी धूप मन बना रही हो पहाड़ पर चढ़ने का! भावों की एक अनोखी भोर बाँसुरी की लहराती तान-सी तैरने लगी है। मन-प्राणों में जीवन के नये आस्वाद जगाती हुई।

सिर पर पल्लू रखे खड़ी लखरानी ताक रही हैं, टुकुर-टुकुर। माँ की तरह। जयशंकर को भोजन करते हुए लगने लगा, जैसे वह रचना-समाधि में बैठे हों! अंग-अंग में नई से नई रस-अनुभूतियों से सम्पन्न-संतृप्त होने की अनुभूति। यह ध्यान पड़ते ही चौंक जाना पड़ा कि थाली जब दूर से दिखी थी तो सारे रस-गंध-स्वाद जैसे तत्क्षण उपलब्ध हो चुके हों किन्तु अब यह क्या? भोजन ग्रहण करते हुए क्यों जिह्वा लगभग निष्क्रियप्राय? क्यों अब आत्मा और मन की अनुभूति-सक्रियता ही प्रज्वलित हो उठी है?

देखते-ही-देखते थाली साफ। जयशंकर ने सिर उठाया—अरे, यह क्या? वह तो अब भी मूर्तिवत् खड़ी हैं! लगा, धँसे हुए चमकते नेत्र शीतलता फैला रहे हैं, किन्तु एक दूरी बुनते और ध्वनित करते हुए। इस अनुभव ने कलेजे पर घनचोट-सी की।

"कुछ मीठा है क्या?" जयशंकर की इच्छा तो बालकवत् ही कौंधी-उभरी किन्तु आग्रह में निस्संगता झलकी। लखरानी के मन को फिर धक्का लगा।

"कुछ भी, यदि बनाकर रखा हो।" अनुनय की अतिशयता में फिर बाहरीपन।

"बच्चा, तुम्हीं जब घर से निकल गए थे तो यहाँ कोई मिठास भला बचती कैसे? किसके लिए कुछ बनाकर रखती?" आवाज और नेत्र भर आए।

जयशंकर के ताकने में अब भी तटस्थता, अप्रभावित होने के संकेत-चिह्न। उनके स्वर पर भाभी के आँसू की एक बूँद भी नहीं पड़ी है। लखरानी यह महसूस कर स्तब्ध, अवसन्न। मन में प्रश्न बिजली की तरह कौंधने लगे—क्या सचमुच इस व्यक्ति के मन-प्राण बदल चुके हैं? यदि हाँ, तो यह बचनू के पीछे-पीछे चलकर यहाँ वापस कैसे आ गया?

"अब तो आप मुझे यह बता दें कि मेरा क्या दायित्व शेष है। इसे पूरा करके ही मैं अब यहाँ से निकलूँगा।" जयशंकर के स्वर की दृढ़ता भय जगा रही है।

लखरानी ने चौंककर ताका, प्रश्नाकुल आँखों में नुकीले काँटों जैसा चुभता हुआ परायापन तना हुआ है। न नम्र हरापन, न छलछलाता मीठा रस और न कहीं किसी डाली या गुच्छों सरीखे अपने पुराने मन-मीतों से कोई लगाव-जुड़ाव ही। टूटकर गिरे सूखे-टटाये पत्ते जैसा उभरता ठस्स और खरखरा व्यक्तित्व। टूटन और कटान की बेहिसाब टूट-फूट से भरा हुआ। ठीक उसी कम्बल जैसा धूल-धूसर और नुचा-चुँथा, जो बरामदे के कोने में लोटा-सोंटा के साथ पड़ा है। बोली-बानी में सर्वथा अपरिचित चिड़चिड़ी टीस। तनिक भी घरेलूपन नहीं, एकदम उद्वेलित करके रख देनेवाली उग्रता। इस अनुभूति ने उनके मातृ-भाव को भीतर तक दहला कर रख दिया, "संन्यास के अइसन जल्दी काहे? पहले आपन पितृ-ऋण से तऽ मुक्ति पावाऽ। पितृ-ऋण के रहते कौनो संन्यास सफल ना हो सकी।"

"तात्पर्य?"

"पहिले हम मिसरी लेके आईं तब बात समझावत हईं।"

लौटकर थाली में मिसरी के टुकड़े डालती हुई समझाने लगीं, "पितृ-ऋण उतारे के लागी गया-श्राद्ध करेके पड़ी। गया जाके उहाँ पिंड-दान करबा ओकरा बाद इहाँ आके श्राद्ध होई। येह में सब जाति-बंधु-बान्धव आके शामिल होइहें, तब पितृ-ऋण उतरी।"

दाँतों के नीचे मिश्री टूटने के शब्द से अंतस्थल में धँसे गहन सन्नाटे के धुर्रे उड़ने लगे। मिठास मन पर जमी तिक्तता की परतों को धोने-बहाने लगी।

9

गया-श्राद्ध के लिए पौष की प्रतीक्षा हो रही है। आश्चर्य यह कि घर में जयशंकर की उपस्थिति-अनुपस्थिति से जरा भी अलग नहीं। न किसी से कुछ कहते-पूछते हैं, न घर या व्यवसाय की किसी बात में कोई रुचि-जिज्ञासा दिखा रहे। मुखमंडल पर हमेशा अजनबीपन पुता हुआ। आँखों में ऊब और तीव्र प्रतिवाद के तैरते धुएँ बनते-बिगड़ते रहते हैं, जो रह-रहकर सजल बादल भी बन जा रहे।

वह कभी बरामदे में तख्त पर किसी फरियादी की तरह डबडबाये बैठे दिख रहे तो कभी उपवन में कहीं एक ओर अपरिचित आगन्तुक की तरह खड़े हैं : मटर-मटर ताकते हुए। कुछ इस तरह, जैसे किसी से मिलने आए हों और प्रतीक्षा करते-करते थक चुके हों! चेहरे पर लौटने की जल्दी भी उभर ही जा रही। उन्हें हमेशा यही लग रहा, जैसे मन में जंगल वैसे ही हरा-भरा है और पहाड़ उतना ही अडोल-बुलंद। हाव-भाव ऐसे, जैसे भीड़ के बीच भी अकेली कोई आत्मरत मूर्ति! कोई पुराना संगी-साथी या साहित्यिक जन आ रहा तब भी कोई फर्क नहीं। चुपचाप उसके निकट जाकर बैठ जा रहे। कुछ भी कहने-पूछने पर कोई उत्तर नहीं। अभेद्य चुप्पी। बहुत कहने-पूछने पर कभी 'हाँ-हूँ', बस। किसी के लिए भी उनका यह बदला हुआ मन देखना-महसूसना असम्भव नहीं। आने-जाने वाला हर व्यक्ति निराश लौट जा रहा है।

चिन्ता में डूबी लखरानी उनकी मनोदशा पर सतर्क नजर रखे हुए हैं। हमेशा यही सोचती-मथती रह रही हैं कि कैसे उन्हें सहज बनाया जाए। सतर्कतापूर्वक उन्होंने अभी तक अपनी ओर से ऐसा कोई प्रयास जाहिर नहीं होने दिया जिससे यह लगे कि वह उन्हें घर या समाज की मुख्य-धारा में फँसाना चाह रही हों।

एक सुबह। वह पूजन-अर्चन के बाद मन्दिर की सीढ़ियों से उतर रही हैं। सामने उपवन में जयशंकर खड़े हैं : उदास दृष्टि से मन्दिर का गुम्बद ताकते हुए। कुछ यों, जैसे उसी से संवाद बना रहे हों!

लखरानी पास पहुँचीं, "बच्चा, चलाऽ, तोंके परसादी देईं।"

"परसादी तो यहाँ भी दी या ली जा सकती है। फिर कहीं और कहाँ चलूँ?"

"हाँ, हाँ, लेकिन हमार मन हौ कि तोंके बैठकखाने में बइठा के तश्तरी में भरपूर परसादी देके खिला देंऊँ।" वह गौर से उनका मुँह ताके जा रही हैं।

"परसादी तो परसादी है, एक तश्तरी में भरके मिले या सिर्फ एक दाना।"

"अब हर बात के एकदमे गींज के मत रख दाऽ, हमरो बात कभी-कभी मानल करा।"

"भाभी, कभी-कभी ही क्यों, आपकी बातें तो मैं जीवन भर कदम-कदम पर मानूँगा। यह मेरे लिए ईश्वर के आदेश से कम नहीं।" बच्चा सचमुच बच्चा हो गए हैं।

डबडबा गईं लखरानी। पल्लू के कोर से आँखें छिपाती आगे बढ़ने लगीं। आवाज जरा भी नहीं भीगी है, "चलाऽ, अब आवाऽ, बात मत बनावाऽ। हमहुँ इनसान हईं। मुँह से कब्बो कुछ गलत भी निकल सकलाऽ। तूं विद्वान हउवा, जे कराऽ ठीक से सोच-समझ के कराऽ। हम कुछ अलग से कहे-सुने में विश्वास ना करी।"

जयशंकर बरामदे में तख्त पर बैठे परसादी ग्रहण कर रहे हैं।

सामने खड़ी लखरानी स्नेहिल दृष्टि से उन्हें ताक रही हैं।

भाभी के आदेश-निर्देश पर जयशंकर ने गया-तीर्थ जाकर श्राद्ध का अनुष्ठान किया। लौटे तो बिरादरी और भाई-बन्धुओं को भोज दिया गया। पूरा परिसर चहल-पहल से भर गया।

लखरानी पुरोहित के पास पहुँचीं। कान में कुछ कह दिया। दूसरे ही क्षण पुजारी ने घोषणा की : "हवन की पूजा-प्रक्रिया अब कल पूरी की जाएगी। आज काफी देर हो चुकी है। समय भी कल का ही अनुकूल होगा।"

जयशंकर चौंकते हुए खड़े हो गए। आवाज तेज, "क्यों? क्या आज का समय ठीक नहीं?"

"यजमान, समय तो आज भी अनुकूल ही है लेकिन आखिर स्वर्गवास कर रहे पुरखों के निमित्त यह सब हो रहा है। जितने इत्मीनान और विस्तार से पूरा किया जा सके, उतना अच्छा। इस दृष्टि से कल करना अधिक प्रभावी होगा, इसीलिए मैंने अभी-अभी अपना निर्णय बदल लिया और हवन-पूजन के लिए कल की ही तिथि को नियत कर लिया।"

पुरोहित ने समझाते हुए अपने निकट खड़े मुस्कुराते बचनू की ओर झल्लाकर ताका। वह मुँह पर हाथ रखे फिस्स-फिस्स हँसते हुए खिसक कर जयशंकर के निकट आ गए।

सामने लखरानी गम्भीर मुख-मुद्रा में खड़ी ताक रही हैं। जयशंकर ने पास आकर खड़े बचनू की ओर तीक्ष्ण दृष्टि उठाई। वह सकपका गए, "अले भइया, तूं एक दिन के लिए काहे उकता लहे हो? छब अनुछ्ठान तो पाल लग ही गया न। अब कल्ह हवन-भोज भी पूला हो ही जाएगा। उछके बाद अपना लोटा-छोंटा औल कम्बल फिल छे उठा लेना औल चल देना, जहाँ मन आए, वहाँ।" (अरे भइया, तुम एक दिन के लिए क्यों उकता रहे हो? सब अनुष्ठान तो पार लग ही गया न। अब कल हवन-भोज भी पूरा हो ही जाएगा। उसके बाद अपना लोटा-सोंटा और कम्बल फिर से उठा लेना और चल देना, जहाँ मन आए, वहाँ।)

जयशंकर को बचनू की तुतलाहट ने पल भर में सहज बना दिया। मुस्कुराए, यह देख बचनू सामने आ गए और मुँह के पास हाथ नचा-नचाकर खास अंदाज में सिर हिलाने लगे, "वैछे इछ बाल किधल निकलने की बात सोच रहे हो? हो छके तो मेले कान में बता देना। फिल अगल इहाँ कोई पलेछानी पैदा हुई औल भाभी जी का हुक्म हुआ तो मुझे तुम्हें खोजने के लिए तो निकलना ही होगा न! लेकिन देखना, छच-छच बताना। संन्यासी बनने जा लहे हो, झूथ मत बताना। औल हाँ, इस बार चोल की तरह मत भागना।" (वैसे इस बार किधर निकलने की बात सोच रहे हो? हो सके तो मेरे कान में बता देना। फिर अगर यहाँ कोई परेशानी पैदा हुई और भाभी जी का हुक्म हुआ तो मुझे तुम्हें खोजने के लिए तो निकलना ही होगा न! लेकिन देखना, सच-सच बताना। संन्यासी बनने जा रहे हो, झूठ मत बताना। और हाँ, इस बार चोर की तरह मत भागना।)

सबके चेहरों का तनाव हल्का हो गया। बचनू ने इससे उत्साहित होते हुए सिर हिलाकर जयशंकर की आँखों में झाँकते हुए पूछा, "भई, आज तुम चाहे भले छाधु बन लहे हो, हो तो तुम पुलाने छ्वादु। जाने से पहले एक-दो दिन कछकल मालपुये-मक्दल औल अपनी पछंद के छाले व्यंजन बनवा-बनवाकल चाभ लो ताकि बाद में जंगल में पछताना न पले।" (भई, आज तुम चाहे भले साधु बन रहे हो, हो तो तुम पुराने स्वादु। जाने से पहले एक-दो दिन कसकर मालपुये-मक्दल और अपनी पसन्द के सारे व्यंजन बनवा-बनवाकर चाभ लो ताकि बाद में जंगल में पछताना न पड़े।)

जयशंकर ने कृत्रिम गुस्सा दिखाते हुए बचनू के दोनों कान पकड़ लिये। वह केंकियाने लगे। लखरानी सस्मित निकट आकर बचनू को छुड़ाने लगीं, "बच्चा, ई काऽ, छोड़ाऽ! इनकर कान काहे पकड़ लेलाऽ, छोड़ाऽ! ब्राह्मण के साथ अइसन व्यवहार भूल के भी ना करेऽ। ई तीर्थ-पुरोहित हउवन, छोड़ाऽ।"

"अरे, यह मेरा मित्र है। बचपन का संगतिया।" बचनू को छोड़ते हुए जयशंकर ने भाभी की ओर सहज भाव से ताका।

लखरानी को इस दृष्टि में पुराने जयशंकर की घरेलू झारखंडी-छवि की एक पुष्ट झलक मिली। तपते जिह्वा-तालू के बीच जैसे एक शीतल बूँद अकस्मात् टपक पड़ी हो! मन सुखद आश्चर्य से झंकृत हो बेचैन-सा हो उठा किन्तु उन्होंने अपने इन मनोभावों पर बलपूर्वक नियंत्रण बनाए रखा।

बचनू जयशंकर की पकड़ से मुक्त होने के बाद देह-गर्दन और कपड़े ठीक कर रहे हैं। लखरानी को लगा, बचनू के इस अभिनय ने यह बड़ा काम तो किया कि

जयशंकर के मिजाज को उलट-पलट डाला। उसके मन के विराग में राग की एक कौंध तो प्रविष्ट हुई!

बचनू एक कदम पीछे। फिर उसी तीव्र अपनापे के साथ मुँह हिलाकर-हिलाकर लहकाने का उपक्रम, "तुम जब छंन्यासी बनने पल तुले हो औल देवी जैछी माता-तुल्य भाभी तत तो अपने हाल पल छोल देने पर आमादा, तो ऐसे में फिर काहे का बचपन और कैसी दोस्ती!" (तुम जब संन्यासी बनने पर तुले हो और देवी जैसी माता-तुल्य भाभी तक को अपने हाल पर छोड़ देने पर आमादा, तो ऐसे में फिर काहे का बचपन और कैसी दोस्ती!)

लखरानी फिर भावुक हो उठी हैं, "आपन-आपन भाग्य के बात हौ।"

दोनों संजीदा हो गए हैं। वह जैसे आत्मविलाप में डूब गई हैं, "भगवान ने जब मेरी गोद को ही खाली छोड़ दिया और सुहाग को भी उठा लिया, तो इसके बाद अपनी ओर से किसी पर मैं क्यों कोई अपेक्षा लादूँ? जिसे मेरा साथ देना होगा, खुद देगा। कोई न देना चाहे, तो यह उसकी मर्जी और मेरा दुर्भाग्य। असल में यह सब मेरे प्रारब्ध का फेर है, इसमें किसी अन्य का कोई दोष नहीं।"

"प्रारब्ध-वब्ध कुछ नहीं होता।" जयशंकर को जैसे जलते लाल लोहे ने छू दिया हो, शब्द-शब्द ताप-भाप छोड़ते हुए-से, "मैं यह सब नहीं मानता।"

बचनू ने एक कदम और पीछे खिसकते हुए फिर मुँह बिचकाया, "वाह जी ध्यानी जी, त्या थूब तही! एत तलफ तो इतने आधुनित बन लहे हो ति प्रालब्ध-वब्ध तो थेंगा दिथा लहे हो औल दूसली ओल थोले-छे दुख छे इतने धबला दये हो ति जीवन-जदत छे ही लिछता तोल छंन्यास ले लेने पल आमादा हो! हम लोदों तो तो तुम थूब पत्ती पल्हा लहे हो! एतदम हमें बेवकूफे मानते तल लहे हो त्या?" (वाह जी ज्ञानी जी, क्या खूब कही! एक तरफ तो इतने आधुनिक बन रहे हो कि प्रारब्ध-वब्ध को ठेंगा दिखा रहे हो और दूसरी ओर थोड़े-से दुख से इतने घबरा गए कि जीवन-जगत से ही रिश्ता तोड़ संन्यास ले लेने पर आमादा हो! हम लोगों को तो तुम खूब पट्टी पढ़ा रहे हो! एकदम हमें बेवकूफ मानकर चल रहे हो क्या?)

जयशंकर एक पल के लिए सख्ती से बचनू की ओर मुखातिब। चुहल का भाव देख दूसरे क्षण आँखें मूँद होंठ बिचका दिये। अब कुछ सहज होते हुए आगे बोले, "प्रकृति जिसे व्यष्टि-सीमा से परे और समष्टि-विस्तार के अनुकूल समझती है, उसे ही समूचे समाज को अपना समझने का मौका उपलब्ध कराती है। आप तो मेरी ही क्यों, सरायगोवर्द्धन-भर के मेरे जैसे दर्जनों लोगों के लिए मातृवत् हैं। किसे मुझसे कम स्नेह देती हैं? है कोई इस पूरे इलाके में आप जैसी, इतने-इतने पूतोंवाली?"

लखरानी की आँखें गोमुख बन गई हैं। कपोलों पर दो पतली धार वेग से बहने-चमकने लगीं। पूरे माहौल पर संवेदना छलछला उठी है।

बचनू ने माहौल के भारीपन को खुरचना शुरू किया, "अले भैये, ज्ञानी जी! बातें न बनाओ। हंछना औल गाल फुलाना एक साथ न कलो। छंन्यासी बन लहे हो तो फिर लगे हाथ गाल बजाकल आधुनित भी न बनो। तुम्हाले मुँह से ऐछी बातें अब नकली औल प्ललाप लग लही हैं।" (अरे भैये, ज्ञानी जी! बातें न बनाओ। हँसना और गाल फुलाना एक साथ न करो। संन्यासी बन रहे तो फिर लगे हाथ

गाल बजाकर आधुनिक भी न बनो। तुम्हारे मुँह से ऐसी बातें अब नकली और प्रलाप लग रही हैं।)

बचनू का व्यंग्य जयशंकर को छू गया, "मैं जो कह रहा हूँ, यह सब मेरे अपने विचार हैं—नितान्त व्यक्तिगत और स्वानुभूत धारणा। इसमें कोई बनावटीपन नहीं है।"

लखरानी भी ध्यान से देख-सुन रही हैं और बचनू भी। उन्होंने बचनू पर प्रदीर्घ दृष्टि गड़ाई, "तुम जिसे मेरा संन्यास समझ रहे हो, यह कोई आध्यात्मिक क्रिया-प्रक्रिया तो कदापि नहीं है। दुख से थुराये हुए एक व्यक्ति का रुदन-प्रवास है। यह मन अब पल-पल रोना चाहता है। घर हो या समाज, कहीं कोई ऐसा नहीं दिखता जो इस दुख के दौर को बिलकुल उसी गहराई से महसूस करे और मेरे सिर को सहलाये—बिना किसी दाहक सन्देह या बोझिल सलाह के। वे जंगल और पहाड़ ही हैं जो बिना किसी आग्रह-दुराग्रह या अविश्वास के दुख में शामिल हो सकते हैं और समान पीड़ा के साथ सिर पर हाथ फिराते हैं, इसलिए जंगल-पहाड़ की शरण न लूँ तो क्या करूँ? मैंने अपने ही घर में मृत्यु की ऐसी-ऐसी मुद्राएँ देखी हैं कि मेरा मन अब छत के नीचे दहलने लग रहा है। सचमुच अब तो जीवन से दहशत हो रही है।"

लखरानी भरी आँखों से ताक रही हैं। बचनू चुप। जयशंकर बाहर निकल गए। उपवन में पत्थर के तख्त पर जा बैठे।

10

घर-आँगन-द्वार भरे हुए हैं बन्धु-बान्धवों से। जयशंकर किसी के प्रति जरा भी उन्मुख नहीं। लोग भी उनकी ओर से उदासीन। कोई-कोई ही उनके पास आकर एकाध शब्द में संवाद बनाने का प्रयास कर रहा है। ऐसी किसी भी बात या प्रणाम-पाती पर वह न केवल चुप-तटस्थ बल्कि एक फीकी-सी निगाह उठाकर सामने वाले को ऐसे ताकने लग जा रहे, जैसे पहचान ही नहीं पा रहे हों! चेहरे पर तनाव-दबाव की आती-जाती रंग-रेखाएँ। इस दौरान मुँह से कभी-कभी सिर्फ 'हाँ-हूँ' जैसे शब्द और तुरन्त सिर नीचे। स्वयं में ही खो जाते हुए। रह-रहकर आँखें बन्द कर मुँह भींचने का ऐसा अंदाज, जैसे शरीर में कहीं कोई असह्य पीड़ा उठ रही हो! यह सब देख कई लोग पास आने की इच्छा रखते हुए भी दूर से ही कटकर दूसरी ओर निकल ले रहे हैं : भय-संशय में डूबते-उतराते हुए।

भीड़ से भरे आँगन में यज्ञ-मंडप में अनुष्ठान शुरू हुआ। जयशंकर सिर झुकाए बैठे हैं।

हवन आरम्भ हुआ। वह पुरोहित के आदेशों का यंत्रवत् पालन करने लगे। जरा भी चूँ-चापड़ नहीं। सब भले-भले अपनी गति से सम्पन्न भी हो गया।

वह आसन से उठ गए। सिर झुकाए बगीचे में निकल आए। तख्त पर बैठते हुए उन्होंने अचानक दोनों हाथों से अपना सिर भींचा और मुँह को नीबू की तरह निचोड़ने लगे। आसपास कुछ लोगों ने सविस्मय-ससंशय ताका। दूरी बनाते-खिसकते हुए।

पुरोहित पास आ गए, "झारखंडी जी, हवन के तुरन्त बाद उठकर आप यहाँ क्यों चले आए?"

बैठे-बैठे वह पुरोहित का मुँह ताकने लगे : विस्मय और उकताहट से। पुरोहित ने अपनी बात जारी रखी, "हवन से उठकर सबसे पहले आपको अपने बड़ों का आशीर्वाद लेना चाहिए, ताकि आपको सबकी मंगल-कामनाएँ एवं आशीष मिल सकें। इसके बाद ही आपके पितरों को महातृप्ति मिल सकेगी, अन्यथा नहीं।"

हड़बड़ाकर उठ गए जयशंकर। तीव्र गति से। लपकते हुए भाभी के पास जा खड़े हुए। सिर पर पल्लू सँभालती वह तनिक आश्चर्य के साथ ताकने लगीं। जयशंकर ने झुककर चरणों का स्पर्श किया, "हवन-पूजन सब अच्छी तरह सफल हो चुका है। आप मेरी सर्वेसर्वा और सर्वोच्च हैं। अब आपका उन्मुक्त आशीष चाहिए ताकि मेरे पुरखों को महातृप्ति की उपलब्धि हो सके।"

लखरानी जैसे ऊर्जा और उत्साह की विद्युत-तरंगों से भर उठी हों। नेत्र चमकने लगे। उन्होंने झुककर जयशंकर के शीश पर दोनों हाथ धर दिये। वह अभिभूत। लखरानी की वाणी में आदिवीणा की महाझंकार उतर आई है, "जिआऽ...जागाऽ...अमर होके वंश के विस्तार कराऽ!"

जयशंकर के शीश पर जैसे वज्रपात हो गया हो! पीड़ा-बेचैनी से भरा आश्चर्य—यह क्या? झुके-झुके ही गर्दन उठाकर ऊपर की ओर ताका। नेत्र विस्फारित। लखरानी ने आगे अपनी बात पूरी की, "जेसेकि सच्चोके ई अनुष्ठान के सार्थक परिणाम मिल सके अउर पुरखन के महातृप्ति के उपलब्धि होवे!"

वह छिटककर अलग जा खड़े हुए, "भाभी, आपने यह क्या किया? यह क्या कह दिया? ऐसा क्यों?"

"तुमने जो माँगा, वही तो दिया!" लखरानी जैसे भाव-भूमि से बाहर निकल आई हों। घर की बोली-बानी अपने-आप खड़ी बोली में तब्दील, "तुमने ही तो पुरखों के लिए महातृप्ति की बात की और आशीष माँगा—पुरखों को तृप्ति वंश-ध्वंस से नहीं, वंश-विस्तार से मिलती है।"

जयशंकर के नेत्र डबडबा गए। मुँह खुला का खुला। लखरानी के मुँह से काल का अकाल स्वर फूट रहा है, "तुम समझदार हो, स्वयं सोचकर देखो, आशीष में मैंने जो कुछ तुम्हें अभी दिया, इसके बदले कुछ और भला क्या दे सकती थी?...पैर छूते ही स्वयमेव आशीष-भाग नियत हो जाता है। अब इसमें कोई भी दिमागी उद्यम और फेरबदल हो तो यह चालबाजी होगी, आशीष तो कदापि नहीं।"

घेरा बनाए आसपास खड़े लोग चुप। बचनू के चेहरे पर चुहल रेंगने लगी किन्तु उन्होंने मुँह को बन्द ही रखा। जयशंकर का विस्मय जस-का-तस। लखरानी आगे बोलती गईं, "मैं तो अनाड़ी हूँ, केवल दुर्गा सप्तशती और रामायण-महाभारत तक सीमित हूँ। तुम्हीं विद्वान हो, ग्रंथ पर ग्रंथ मथते-रचते रहे हो। तुम अभी केवल मेरे एक प्रश्न का उत्तर दे दो, सम्भव है, तुम्हारे जवाब से बात पलट जाए।"

जयशंकर के विस्फारित नेत्रों में नई जिज्ञासा सक्रिय हो उठी है।

लखरानी ने प्रश्न सामने रखा, "अभी जो तुमने आसन पर बैठकर किया, वह क्या था?"

"पितृ-यज्ञ!"

"बिलकुल सही। यह इसीलिए तो किया गया ताकि कुल-खानदान के जो पूर्व-पुरुषगण रहे, उन्हें सद्गति मिले और स्वयं को कर्तव्य-निर्वहन का संतोष। कुल में आज जो लोग हैं, भविष्य में वे भी पूर्व-पुरुष बनेंगे। तब उनके निमित्त यह सब कौन करेगा?...तुम्हें इन बातों में विश्वास हो या न हो, मुझे तो है। मेरे विश्वास की रक्षा तुम्हारे सिवा दूसरा कौन कर सकता है?"

जयशंकर आँखें फाड़े मूर्तिवत् ताक रहे हैं। लखरानी की करुणा वाणी में बदलकर उमड़ पड़ी है, "तुमको देखते हुए मुझे कभी इस बात का भान ही नहीं हुआ कि मैं संतान-विहीन हूँ। आँखें मूँदते समय तुम्हारे भैया ने तुम्हें मुझे सौंपा था और मुझे तुम्हारे हाथ। देखो, आज हमारे द्वार पर पूरा समाज खड़ा है और ताक रहा है। आज पूरा समाज यह देखेगा कि तुमने अपने वंश, भैया और मेरे साथ कहाँ तक न्याय किया।"

हवन-मंडप में लखरानी का मुखमंडल अग्नि-दीप्ति से नहाया हुआ है। जयशंकर की समूची उपस्थिति तर्क-युद्ध में पराजित योद्धा जैसी। खुले मुँह में हल्की-सी गति आई, "तब?"

"तब नहीं, अब और अभी।"

"तात्पर्य?"

"देवरिया से बाबू रघुवरदयाल जी आए हैं। बाहर बैठे हैं। वह ही तुम्हारे भावी ससुर हैं। अलग से किसी को निमंत्रण देकर बुलाना नहीं है, यहाँ समस्त जाति-बान्धव भी विद्यमान हैं। हवन की अग्नि में पुरखों की भी साक्षात् उपस्थिति है। तुम तनिक भी विलम्ब न करो, शुद्ध और उन्मुक्त मन से आगे आ जाओ। बाबू रघुवरदयाल जी इसी अग्नि के समक्ष अपनी कन्या के निमित्त तुम्हें विधिवत् जामाता वरण कर लेंगे। विवाह फाल्गुन में होगा।"

जयशंकर भाभी के चरणों पर पुनः नवे, "मैंने तो आशीष माँगा था, आपने आदेश दे डाला। इसे कौन टाल सकता है!"

लखरानी के मुखमंडल पर अरुणिम आभा तैरने लगी। बचनू ने लखरानी की ओट में आकर मुँह बिचकाया, "क्यों कवि जी, छाला ब्लम्ह-ग्यान चुक गया न!" (क्यों कवि जी, सारा ब्रह्म-ज्ञान चुक गया न!)

जयशंकर ने झल्लाकर बचनू की ओर दृष्टि उठाई। वह मुँह चिढ़ाते पीछे की ओर भागे, "अरे भैये! तुम तवि-भल हो, हमाली भाभीजी तो छाच्छात् वाणी की देवी हैं।" (अरे भैये, तुम कवि-भर हो, हमारी भाभी जी तो साक्षात् वाणी की देवी हैं।)

यज्ञ-मंडप में फिर चहल-पहल। इस बार माहौल में कुछ अलग ही तरह का उत्साह और उछाह। आँगन में सभी चेहरों पर हँसी-मुस्कान।

पीले रंग का रेशमी कुर्ता और दपदप सफेद पाजामा पहने आसन पर बैठे हैं जयशंकर। मुख-मुद्रा गम्भीर। तिलकहरुओं के मंडप में आने की प्रतीक्षा चल रही है।

लखरानी आईं। उन्होंने मंडप में बैठे बचनू की पीठ पर पीछे से हाथ रखा। बचनू ने गर्दन मोड़ सिर टेढ़ा कर पीछे ताका और हड़बड़ाकर खड़े हो गए। वह उन्हें बुला ले गईं।

थोड़ी ही देर में बचनू लौट आए। जयशंकर की गम्भीर मुख-मुद्रा उन्हें खल रही है। उन्होंने पीछे से धीरे-धीरे चुहल शुरू कर दी, "हाँ, तो छ्लीमान् कवि जी महालाज, अभी आप किछी कविता-लचना की छमाधि में नहीं बैथे हैं। यदि मुछकुलाना भूल न गए हों तो बाकायदा मुछकुला छकते हैं। यह आपकी छादी की पल्किलिया के आलम्भ का अवछल है। आपकी एक हल्की मुछकान छे इछ अवछल का छिंगाल हो जाएगा। माघ के इछ मौन मौछम के मुख पल बछन्त का लाग-लंग लच छकता है—लूज की तलह। इछछे यहाँ का माहौल लस-लंग औल उल्लास से भल उथेगा।" (हाँ, तो श्रीमान् कविजी महाराज, अभी आप किसी कविता-रचना की समाधि में नहीं बैठे हैं। यदि मुस्कुराना भूल न गए हों तो बाकायदा मुस्कुरा सकते हैं। यह आपकी शादी की प्रक्रिया के आरम्भ का अवसर है। आपकी एक हल्की मुस्कान से इस अवसर का सिंगार हो जाएगा। माघ के इस मौन मौसम के मुख पर वसंत का राग-रंग रच सकता है—रूज की तरह। इससे यहाँ का माहौल रस-रंग और उल्लास से भर उठेगा।)

जयशंकर ने पीछे मुड़कर बघुआकर ताका। बचनू सटक सीताराम।

जयशंकर के मुख पर बारीक स्मिति तिरी और तुरन्त छुप गई। वह फिर पूर्ववत् सीधे होकर बैठ गए। बचनू खिसककर फिर थोड़ा आगे। पीछे से फुलझड़ी छोड़ी, "देखो बच्चू, अब अगल फिल कभी छंन्याछ-फन्याछ की बात मुँह छे निकाली तो देखना, मैं तुम्हाला क्या हाल कलता हूँ। बहुत छकाये हो मुझे। तुम्हाली तलाछ में कितना जंगल-जंगल औल पहाल-पहाल भतकना पला है मुझे, यह मैं ही जानता हूँ।" (देखो बच्चू, अब अगर फिर कभी संन्यास-फन्यास की बात मुँह से निकाली तो देखना, मैं तुम्हारा क्या हाल करता हूँ। बहुत छकाए हो तुम। तुम्हारी तलाश में कितना जंगल-जंगल और पहाड़-पहाड़ भटकना पड़ा है मुझे, यह मैं ही जानता हूँ।)

जयशंकर फिर उसी संजीदगी से मुड़े। बचनू फिर सटक गए। आसपास के लोग दोनों की इस ठिठोली पर मुदित होते रहे। कुछ पल के मौन के बाद बचनू फिर शुरू हो गए, "अब तुम छंन्याछ-फन्याछ एकदम भूल जाओ औल उल्लास-हुल्लास की बात सोचो।" (अब तुम संन्यास-फन्यास एकदम भूल जाओ और उल्लास-हुल्लास की बात सोचो।)

रघुवरदयाल ने अपने चार अन्य परिजनों के साथ आँगन में प्रवेश किया तो शोर स्वयमेव थम गया। वे लोग मंडप में आकर बैठने लगे थे। जयशंकर ने बगैर मुड़े पीछे की ओर टेढ़ा झुककर धीमे स्वर में चेताया, "देखो पंडित, अब कुछ भी बकबक न करना, चुपचाप बैठे रहो। वे लोग यहाँ आ चुके हैं।"

"जो लोग कहीं छे आए हैं, वे तो कल वहीं लौत जाएँगे तिंतु छरायगोवल्धन छे फिलहाल हमें तो तहीं और नहीं जाना है, इछलिए दलना है तो मुझी छे दरो।" (जो लोग कहीं से आए हैं, वे तो कल वहीं लौट जाएँगे किन्तु सरायगोवर्द्धन से फिलहाल हमें तो कहीं और नहीं जाना है, इसलिए डरना है तो मुझी से डरो।)

जयशंकर ने दाँत पीसे, "अब्बे, तुम्हें मुँह बन्द करना आता है या नहीं? कहो तो मैं गर्दन को ऐंठकर तुम्हें अभी अच्छी तरह चुप करा दूँ?"

जवाब में बचनू ने ऐसी झिरझिरी हँसी बिखेरी कि वह कसमसाकर रह गए।

देवरिया के लिए बारात निकलने वाली है। घर में गहमागहमी। खुले-खिले माहौल पर चमक रही है हँसी-खुशी : ओस-बूँदों की तरह। अतिथियों और आसपास के आमंत्रितों की अच्छी-खासी उपस्थिति। ढेर सारे बच्चे झुंड के झुंड आँगन से बाहर और बाहर से आँगन मथ रहे हैं। सजी-धजी औरतें आ-जा रही हैं। रह-रहकर भीतर से संस्कार-गीत के समवेत स्वर उठ रहे हैं। भादों के किसी लगातार भीग रहे दिन में अचानक झलका सूरज देख कुलाँचते मेघ-शावकों की तरह। इस माहौल से एकदम उलट जयशंकर के मन पर रह-रहकर झांईं-सी आकर छा जा रही।

इसी बीच जयशंकर को दूल्हे का वस्त्र पहनाया जाने लगा। इस काम में कतिपय परिजनों का साथ दे रहे बचनू का ध्यान चला गया : दूल्हे की मुख-मुद्रा पर रह-रहकर यह चिन्ता-निमग्नता कैसी? निकट से निरखते हुए उनके मनोभावों को वह ताड़ गए। इसी बीच आँखों में बूँदें चमकीं तो बचनू ने यत्नपूर्वक स्वयं को उथला बनाया, "अले, कवि महलाज, तविता-उविता अभी भूल दाओ। ताहे दबदबा गए? तोई तरुण ताव्य-अनुभूति थूद दयी त्या?" (अरे, कवि महराज, कविता-उविता अभी भूल जाओ। काहे डबडबा गए? कोई करुण काव्य-अनुभूति सूझ गई क्या?)

जयशंकर चिहुँके और अचकचाकर ताकने लगे। यह देख उन्होंने बात को तुरन्त मोड़ा, "याल, तुम न तो कोई बितिया-वितिया हो, न इछ आँगन छे तुम्हाली कोई दोली उथने जा लही है। इछलिए यह उदाछी औल यह आँछू बेताल हैं।... भैये, बात तो थीत छे छमझ लो, आज तुम दूल्हा हो औल बालात लेतल दुलहनिया तो लाने दा लहे हो। तुम्हें अभी छिल्फ औल छिल्फ प्रछन्न होना है।" (यार, तुम न तो कोई बिटिया-विटिया हो, न इस आँगन से तुम्हारी कोई डोली उठने जा रही है। इसलिए यह उदासी और ये आँसू बेकार हैं।...भैये, बात को ठीक से समझ लो, आज तुम दूल्हा हो और बारात लेकर दुलहनिया को लाने जा रहे हो। तुम्हें अभी सिर्फ और सिर्फ प्रसन्न होना है।)

बचनू के कथन का अंदाज ऐसा ठिठोली-भरा कि जयशंकर को हँसी आने लगी किन्तु उन्होंने इस पर नियंत्रण बनाए रखने की कोशिश शुरू की। वह जितनी ही दबा रहे थे, हँसी बुलबुले की तरह छूटती ही चली जा रही थी। बचनू को अपना प्रयास सार्थक होता देख खुशी हुई, "ऐछा है दोछ्थ, तुम्हें अदल अभी अपने भैया छाहू स्वल्गीय शम्भूरत्न या छिमल्तीछेछ पिता भी याद आ लहे हों, तब भी दुथी होने ता भला क्या तुत! स्वल्ग में पुल्खे अभी ता यह क्षण देथकल गद्‌गद ही हो लहे होंगे ति छुँघनी छाहू तुल तो अब चिलाग मिलने ती तैयाली हो लही है। ऐछे में तुम्हें दुथी होने ती तोई आवछ्यकता ही नहीं।" (ऐसा है दोस्त, तुम्हें अगर अभी अपने भैया साहु स्वर्गीय शम्भूरत्न या स्मृतिशेष पिता भी याद आ रहे हों, तब भी दुखी होने का भला क्या तुक! स्वर्ग में पुरखे अभी तो यह क्षण देखकल गद्‌गद ही हो रहे होंगे कि सुँघनी साहु कुल को अब चिराग मिलने की तैयारी हो रही है। ऐसे में तुम्हें दुखी होने ती कोई आवश्यकता ही नहीं।)

शरमाते हुए सस्मित जयशंकर ने कृत्रिम झपट्टा मारा। बचनू शोर करते पीछे भागे।

बारात में काशी से देवरिया तक बचनू ने हँसी-ठिठोली की मिठास बनाए रखी। बचनू कभी सहबाला बने मुकुन्दीलाल गुप्त को लेकर कोई ठिठोली कर देते तो कभी जयशंकर से जोड़कर कोई मजाक। लक्ष्मीनारायण सिंह 'ईश', कालीशंकर व्यास और व्रजचन्द्र सरीखे बचपन के साथियों की हँसते-हँसते हालत खराब हो चली थी। पहुँचने पर बारात की खूब खातिरदारी हुई।

बारात गाँव के प्रवेश-स्थल पर ही स्थित प्राथमिक विद्यालय परिसर में टिकाई गई। कुछ देर के विश्राम के बाद बाराती तैयार हो रहे थे। द्वारपूजा का मुहूर्त एक घंटे बाद था। जयशंकर तैयार होकर मित्रों के बीच बैठे थे।

लड़की-पक्ष के एक सज्जन सामने आए। महीन रेशमी कुर्ता और बढ़िया धोती। सिर पर महीन रेशमी पगड़ी। उन्होंने दोनों हाथ जोड़कर अनुरोध किया, "सरकार, हुक्म हो तो मैं एक अर्ज करूँ?"

जयशंकर चुप रहे। उनका संकेत पाकर ईश ने हाथ जोड़ लिये, "सबसे पहले तो आपका परिचय जानना चाहूँगा।"

"मैं इसी गाँव का हूँ। नाम है इकबाल अहमद। बस, यों समझ लीजिए कि मैं बाबू रघुवरदयाल का छोटा भाई सरीखा हूँ। यहीं रहता हूँ। थोड़ी-सी खेती-बाड़ी है।"

ईश ने सिर हिलाकर स्वीकारात्मक संकेत दिया। इकबाल अहमद ने थोड़ा आगे आकर अपनी आवाज को और मर्यादित-संयमित कर लिया, "हुजूर, मैं कोई कमी नहीं निकालने आया हूँ बल्कि एक अर्ज पेश करना चाहता हूँ। वह यह कि सादगी से बड़ी तो कोई बात नहीं होती किन्तु जैसे रंग और खुशबू से ही गुलों का वजूद बनता है, वैसे ही बारात में भी कुछ रंग-रौनक होनी ही चाहिए। गाँव-गिराँव के तमाम लोग आँखें मटमटाकर ताकनेवाले होते हैं। कोई सामने भले कुछ मत कहे, किन्तु आगे-पीछे जुबान नचाने में कोई पीछे नहीं रहता। हुक्म हो तो मैं धीरे से अपनी ओर से बाजे का कुछ और इन्तजाम जुड़वा लूँ और यहाँ की महफिल के लिए नाच भी? गोरखपुर की एक पार्टी मेरे एक इशारे का इन्तजार कर रही है। मैंने उसे पहले से कह छोड़ा है। आप सबकी इजाजत हो जाए तो मैं अभी खबर भिजवा दूँ। वे लोग यहीं बगल के गाँव में ही पिछली रात एक बारात में आए थे, अभी वे वहीं हैं भी।"

सभी चुप। प्रसाद ने बहुत हल्के इनकार में सिर हिलाया। ईश ने हाथ जोड़ लिये, "माफ कीजिएगा जनाब! हमें अगर यह वाजिब लगा होता तो यह सारा इन्तजाम हम लोग बनारस से अपने साथ लेकर ही चले होते।"

इकबाल थसककर दरी पर बैठ गए। ईश ने आगे कहा, "एक तो यही कि यह शादी बहुत खास हालात में हो रही है। हमारे मित्र जयशंकर इसके लिए तैयार नहीं थे। लेकिन चूँकि इनके लिए भाभीश्री का हुक्म ईश्वर के आदेश से जरा भी कम नहीं है, इसलिए बस, उसी हुक्म को अमली जामा भर पहनाया जा रहा है। दूसरी बात यह कि यों भी हमारे मित्र अदब और इल्म की दुनिया से ताल्लुक रखनेवाले शख्स हैं, जहाँ ऐसी नाच-वाच जैसी चीजों को अच्छी निगाह से नहीं देखा जाता, इसलिए यह सब उन्हें जरा भी कुबूल नहीं। आप मेरी बात को सही-सही समझ गए होंगे।"

इकबाल अहमद ने फिर दोनों हाथ जोड़ लिये, "मुझे आप लोग माफ कर देंगे। मैंने यों ही अपनी तरफ से नेकनीयती के साथ अपनी यह बात रखी थी, लेकिन आप लोगों के ऐसे खयालात जानकर मुझे अब बहुत खुशी हो रही है। यह नजरिया तो वाकई काबिलेतारीफ है—काबिलेअमल और काबिलेनकल भी।"

व्रजचन्द्र ने जोड़ा, "वैसे, आपने सचमुच अपनी ओर से ठीक ही सोचा, लेकिन क्या करें, इधर हमारी भी वैचारिक बाध्यता है।"

वैवाहिक प्रक्रिया के दौरान जयशंकर की मुख-मुद्रा खास गुरु-गम्भीर। सादगी के साथ रस्में पूरी की जाती रहीं। विदाई के समय एक सज्जन ने सामने आकर हाथ जोड़े, "बाबू साहब, एक अनुरोध है।"

"बोलिए, बिना किसी भूमिका के बोल जाइए। आपके अनुरोध को हमारी ओर से भला क्या अवरोध है!"

जयशंकर की कथन-भंगिमा से सभी के चेहरों पर मुस्कान खिल गई। बचनू की आँखें चमकने लगीं। फुसफसाए, "वाह, गुलु, छादी छम्पन्न हो गल तऽ मूड बन गल? अबहीं तक तऽ मुँह लततवले लहलऽ! (वाह, गुरु, शादी सम्पन्न हो गई तो मूड बन गया? अभी तक तो मुँह लटकाये हुए थे!)"

सज्जन ने अपनी बात रखी, "मैं हरिहरलाल हूँ—रघुवरदयाल जी का रिश्तेदार हूँ। रहने वाला यहीं देवरिया के रुद्रपुर का हूँ। मेरी इच्छा है कि आपके यहाँ दुहरा रिश्ता हो जाए।"

जयशंकर चौंके। सभी अचकचाकर उन्हीं को ताके जा रहे थे। उन्होंने अपनी बात आगे बढ़ाई, "मेरी भी बिटिया विवाह-योग्य है। यह आपकी साली ही लगेगी। आप यदि स्वीकृति दे दें तो इन सहबाला साहब से रिश्ता पक्का हो जाए।"

अपनी ओर संकेत पाकर मुकुन्दीलाल की हालत देखने लायक। जैसे किसी खिले हुए बैलून का मुँह खुल गया हो! सकुचाकर सिमट गए। जयशंकर ने मुस्कुराकर एक दृष्टि मुकुन्दीलाल पर डाली फिर सज्जन की ओर उन्मुख हो गए, "बेशक, इन्हें देखकर असलियत का पता नहीं चल पा रहा होगा क्योंकि यह महाशय कलकतिया बाबूमोशाय हैं न—चिकने-चुपड़े! दरअसल यह कुँवारा नहीं, भूतपूर्व कुँवारा हैं!"

सभी हँसने लगे। सज्जन झेंप गए। बचनू ने तुरन्त जोड़ा, "औल दुहली छादी का इनमें छाहछ नहीं है।" (और दुहरी शादी का इनमें साहस नहीं है।) हँसी फिर झमझमा गई।

12

बारात लौटी। घर जगर-मगर करने लगा।

लखरानी देवी ने देवरानी का स्वागत जेठानी होकर नहीं, सास बनकर किया। रस्मों के दौरान उनकी आँखों से खुशी के जल कभी अनुपस्थित नहीं हुए। जयशंकर भाभीश्री की यह प्रसन्नता देख लगातार विचारमग्न बने रहे। पौष से फाल्गुन के बीच पिंडदान से लेकर विवाह तक की यह यात्रा मन को अब अष्टभुजा के बियाबान से खींचकर फिर से काशी में नये सिरे से रोप रही थी।

उत्सव का उन्माद चढ़ी हुई नदी की तरह उतरने लगा। तीसरे-चौथे दिन तक तो घर विवाह की गहमागहमी से लगभग बाहर निकल आया था लेकिन आँगन-देहरी नई दुलहन के मधुर कदमों की रुनझुन से अपना सिंगार कर इठलाने लगी।

13

जयशंकर को स्वयं में ऊर्जा और उत्साह के नया संचार की विरल अनुभूति। वह मन-ही-मन चकित किन्तु प्रसन्न। बैठकखाने में आए। दीवारें जैसे अंकवार में समेट लेने को उतावली मिलीं। अष्टभुजी से लौटने के बाद से जो स्थान लगातार काटने को दौड़ता रहा, वहाँ की हवा अब सिर पर कैसे अपना स्नेहिल आँचल फैला रही है! दीवारें, छत और घर की एक-एक चीज, जैसे सभी मस्तक पर सस्नेह हाथ फेर रहे हों!

अनुभूति की इस परिवर्तन-नियति पर जयशंकर चकित। मन भी कैसे आकाश की तरह रंग बदलता है!

गंगाराम ने आकर गिलास में पानी रखा और तुरन्त चला गया। उन्होंने समीप आकर भरे हुए गिलास पर दृष्टि डाली। हिलता जल-वृत जैसे अन्तरात्मा तक को भिगो गया। औचक ही जैसे अकारण आनन्द-सागर लहराने लगा हो! अचानक लगा कि भीतर कोई विकराल काला आकार ढह रहा हो : ध्वंस-गरज और विसर्जन-गर्जन के साथ। फटता-बिखरता हुआ। और, अथाह जल लहरें बनकर जैसे इसे लपककर निगल जाने को बेताब! उन्होंने आँखें बन्द कीं तो अनुभूतियाँ दृश्यमान हो उठीं। ब्रह्मांड व्यग्र और आन्दोलित। मन अधभीगी महीन धोती की तरह हवा में लहरें खाता रहा।

बहुत जुगत और संयम-प्रयास के बाद नियंत्रण में आया भावोदग्र मन। वह आहिस्ता से उठे। सामने दीवार की अलमारी के सामने जाकर खड़े हो गए। पुस्तकों पर दृष्टि के संस्पर्श मात्र ने अद्‌भुत तनाव-मुक्ति की सुखानुभूति दी—आनन्द हास बाँधे उमड़ पड़ा है। यह क्या, अब तो स्फुरण और स्फुलिंग से भरा विराट् कवि-मन भी अंगड़ाई लेने लगा है! अरे, यह क्या? स्थगन को झाड़-नकार कर यह तो अब झटके से उठकर खड़ा भी हो गया! आलस और गतिरोध की परतें उघारता-उड़ाता हुआ। आत्मा और प्राण गजब दिपदिपा उठे हैं। स्फूर्ति-गति और ऊर्जा-उन्मेष का नव संचार।

मानस-प्रांतर में कई-कई भाव-प्रपात झरझराने-बहने-उमड़ने लगे हैं। दीर्घ अंतराल के बाद अब कुछ लिखने-पढ़ने की इच्छा अचानक सामने आकर फुदकने लगी है। सतरंगे पंख झपकाती, हवा पर चमकीली-चटकीली चीं-चीं टाँकती हुई। महीनों से अनछुए पड़े कलम-कागज कैसे मटर-मटर ताक रहे हैं, स्नेहाकांक्षी अतृप्त दृष्टि से! दुलार-वंचित शिशुओं की तरह। प्रदीर्घ कातर भावों से धीरे-धीरे उबरते हुए, लेकिन, उनका भाव-स्वर अब भी मर्म को छू लेने को बेताब, 'ओ मेरे कवि-नायक, क्या अब भी हमें हाथ नहीं लगाओगे?'

प्रश्न-गूँज जैसे अन्तरात्मा तक पर छा गई हो! चकित हैं जयशंकर। भाव-स्वर में विह्वल व्यथा की तेज ताप से भरी डभक, 'तुमने आखिर सोचा क्या था कि अपने गुरुतर दायित्वों से मुँह मोड़कर भागे व्यक्ति का वन-पर्वत स्वागत करेंगे? जीवन से

भागे व्यक्ति को जंगल भला किस नैतिकता के तहत शान्ति की शीतल चाँदनी से नहला पाता? वह भला तृप्ति-संतोष की अपनी गाढ़े की हरियाली कैसे ओढ़ा देता?... क्या तुम इतना भी नहीं समझ सके कि तुम्हारी शान्ति सुदूर बियाबान के किसी निर्जन वन-अरण्य में नहीं बल्कि निज के ही भीतर फैले मन-अरण्य में छितरायी-बिखरी हुई है, जिसका अनुसंधान तुम्हें कहीं बीहड़ में बैठकर नहीं, बल्कि जन-जीवन में पैठकर करना था?'

हाथ स्वयमेव आगे की ओर बढ़ गया है। कागज-कलम का स्पर्श होते ही लगा, जैसे विद्युत-गति से तीव्र प्रकाश-तरंग दौड़ गई है : तलवे से शीश-तली तक के सम्पूर्ण देह-भूगोल में!

आँखें झपकीं, सामने जैसे दृश्य-परिदृश्य झिलमिलाया। लगा, सामने कमला आ गई हैं। ऊपर से गोल होकर नीचे की ओर उतरे हुए आँचल के दोनों चमचमाते पाढ़ और उनके ऊपरी गोलार्द्ध के बीच अधढका शशि-मुख। स्वर्ण-रेखाओं के बारीक कामों वाली ललौंही आभा छिटकाती कत्थई रंग की भारी बनारसी साड़ी में प्रकम्पन से छिटकती अद्‌भुत छटा। जैसे कृतज्ञता जताते बादल अपनी ही चमक का मर्म-महत्त्व ठीक से समझ लेने की पुष्टि कर रहे हों! उनका यह इस तरह आना कहीं से कोई अवरोध नहीं बना, उल्टे इससे जैसे अनुभूति की लौ और प्रज्वलित हो उठी हो! कागज पर एक पल के लिए ठिठकी कलम बिना किसी अवरोध के फिर दौड़ने लगी।

"बाबू साहब, प्रणाम!" दातव्य औषधालय के भीतर से आवाज।

जयशंकर ने मुड़कर देखा। सामने वैद्य पंडित महावीर मिश्र। अभिवादन-मुद्रा में खड़े।

"प्रणाम-प्रणाम!" उत्तर देते हुए प्रसाद मुस्कुराए।

"जरा-सा समय चाहिए आपका।"

"जरा-सा? लम्बोदर महाराज को 'जरा-सा' से क्या होगा?"

"आपका 'जरा-सा' भी सामान्य 'ढेर सारा' से कम तो होगा नहीं!"

"यानी कि इस पर भी लम्बोतरा विवाद?...खैर, बताएँ, क्या सेवा करूँ?"

"बाबू साहब, इस बच्चे को आप देखिए।"

"हाँ, देख रहा हूँ।" प्रसाद ने औषधालय में बैठे दोनों पर नजर डाली, "लेकिन मुझे तो दिख रहे हैं दो—एक किशोर और दूसरा युवक।"

"यह बैठा हुआ युवक हौसिला है। और जो खड़ा है, यह चेखुरा है—हौसिला का छोटा भाई। मैं इसी की बात कर रहा हूँ।"

"बहरहाल, स्वाभाविक रूप से मेरी जिज्ञासा दोनों के प्रति है। कायदे से आपको सबसे पहले दोनों का परिचय देना चाहिए।"

"हाँ-हाँ!" वैद्य ने अपना सिर खुजलाया, "हौसिला को मैं अच्छी तरह जानता हूँ, बहुत ही अच्छा आदमी है, लेकिन बेचारा गरीब आदमी है। इधर छोटा भाई पुलिस के चक्कर में पड़ गया था, इससे परेशान है।"

"पुलिस के चक्कर में! क्यों?"

"जौनपुर के डाफी गाँव का है। वहीं के कुछ क्रांतिकारियों के सम्पर्क में था।" बोलते हुए वैद्य बाहर आ गए, "इसी के चलते पुलिस वालों ने दबोच लिया। दस-ग्यारह दिन जेल में रहकर अभी-अभी तो छूटकर आया है। पुलिस वाले अब भी पीछे पड़े-लगे हैं।"

"अच्छा! यानी कि यह जंगेआजादी में शामिल है? यह तो अच्छी बात है। लेकिन घर के बाकी सदस्य?"

"माता-पिता रहे नहीं, इसलिए छोटे भाई को लेकर परेशान है। क्या करे, उनसे बचता फिरे या घर में बैठकर इसे पाले?"

"और, परिवार के बाकी सदस्य?"

"माता-पिता गुजर चुके हैं, इसलिए चाहता है कि इसे बनारस में कहीं काम पर लगा दे। मेहनत-मजूरी करके अपना पेट तो चला लेगा! यह गरीब तो है किन्तु है बहुत मेधावी।"

"मेधा और प्रतिभा अमीरी-गरीबी देखकर तो आती नहीं।"

"लेकिन समय पर समुचित पोषण नहीं मिलने से पौधे सूख जाते हैं।"

"हाँ, यह तो है। ऐसा अक्सर देखा गया है।...लेकिन आपको हमसे अपेक्षा क्या है, पहले यह तो जानूँ!"

"काम तो इसे कहीं और भी मिल सकता है, लेकिन मुझे लगा कि आपसे अनुरोध करूँ। यहाँ सुरक्षित भी रहेगा और इसकी मेधा-प्रतिभा को खाद-पानी मिल सकेगा।"

जयशंकर चुप। कुछ सोच रहे हैं।

वैद्य ने अपनी बात जारी रखी, "बाबूसाहब, आप इन बच्चों की विवशता का अंदाजा लगा सकते हैं। हौसिला पर अँगरेजी हुकूमत के कोप का काला साया झूल रहा है, इसलिए पास-पड़ोस वाले किनारा कर चुके हैं। पट्टीदार पहले से दुश्मन बने हुए हैं। जो शुभचिंतक लोग हैं, वे ज्यादातर क्रांतिकारियों के ही परिवार वाले हैं जो स्वयं ही पुलिस के निशाने पर हैं। ऐसे में वहाँ कोई इनसे बात तक करनेवाला नहीं। भला कौन जानबूझकर हुकूमत की नजर में चढ़ने की भूल करे?"

टेबुल से उठंग दीन-हीन चेखुरा मुड़कर मटर-मटर पलकें झपकाये जा रहा है। बेंच पर बैठा बड़ी-बड़ी चमकती आँखों वाला हौसिला भी मुड़कर ताक रहा है।

"वाह, भई, लम्बोदर जी महाराज, मैं तो अब तक यही समझता रहा कि इस लम्बी-अँधेरी गुफा के भीतर बैठकर आप लोगों के दाँत ही दुरुस्त करते रहते हैं लेकिन..."

"लम्बी-अँधेरी गुफा हो या गहरा-अँधेरा पाताल, यह अन्ततः है किसका?" वैद्य ने मुड़कर औषधालय की ओर संकेत किया, "लेकिन एक ही बात कहूँगा, यह कमरा माँगते समय मैंने सुँघनी साहु शम्भुरत्न जी से जो वायदा किया था, वह इस कदर पूरा हो सकेगा, मैंने तब सोचा भी न था।"

"दातव्य औषधालय बनारस में नहीं, तो भला और कहाँ सफल होगा! यहाँ तो गली-गली में ऐसे दर्जनों चिकित्सा केन्द्र खुल जाएँ तब भी कम पड़ेंगे।"

"अच्छा, ऐसा?"

"और नहीं तो क्या! बनारसी आदमी सुबह आँखें खुलने से लेकर रात में बंद होने तक एक ही काम तो भरपूर मुस्तैदी और शान से करता है—अपने दाँतों की धुआँधार दुर्गति!"

वैद्य हँसने लगे, "यानी कि हम बनारसी दातव्य चिकित्सक पनखोरों के सेवक मात्र हैं?"

"मेरे कहने पर न जाएँ, स्वयं सोचकर देख लें न!"

जयशंकर इतर चर्चा करते हुए भी हौसिला और चेखुरा के बारे में ही सोचते रहे। अचानक मूल बात पर लौटे, "बुलाइए दोनों को।" बोलते हुए उन्होंने दूर से ही दोनों पर दृष्टि डाली।

वैद्य ने हाँक लगाई। दोनों एक साथ लपककर बाहर आ गए।

हौसिला ने हाथ जोड़े, चेखुरा ने पाँव छू लिये।

"वाह, दोनों भाई तो खूब संजीदा और सलीकेदार हैं!" उन्होंने हौसिला के कंधों पर हाथ रखा, "तुम्हें देख-जानकर मेरा यह विश्वास आज दृढ़ हो चला है कि इस देश को अब ज्यादा दिन तक कोई गुलाम बनाकर नहीं रख सकता। ऐसे में जबकि हमारे गाँव-जवार और मेंड़-पगडंडियों तक की त्योरी चढ़ चुकी हो, अँगरेज भला कितने दिन यहाँ टिके रह सकते हैं? अर्थात् गोरे अब ज्यादा दिन के मेहमान नहीं।" उन्होंने दृढ़ता से आगे कहा, "युवा मित्र, तुम निश्चिन्त हो जाओ, तुम्हारा भाई हमारे यहाँ कोई कर्मचारी नहीं, बल्कि पारिवारिक सदस्य बनकर रहेगा। यह चाहे तो यहाँ रहकर अपनी पढ़ाई भी आगे बढ़ा सकता है।"

"आपके बारे में मैंने बहुत सुना था, आज मिलकर लगा कि जितना सुना था, वह बहुत कम था।" हौसिला की आँखें भर आईं, आवाज भी भीगी-सी।

जयशंकर से स्नेह-भाव पाकर हौसिला तनावमुक्त। पूछने पर उसने अपनी कहानी शुरू की :

"मैं बहुत छोटा ही था तभी बाऊ का अचानक निधन हो गया। दो बिग्घा जमीन रही जिस पर पट्टीदारों ने नजर गड़ा दी। अम्मा इसे बचाने के प्रयास में परेशान-परेशान। गाँव के बड़े-बड़े लोगों के चौखटों पर मत्था टेकने लगीं। हमारे डाफी इलाके में कुछ बाऊस्साब लोग बहुत रौब-कड़क वाले हैं। ज्यादातर अच्छे-खासे काश्तकार हैं। एक-दो को छोड़कर उनमें से अधिकतर हैं तो हम जैसे गरीबों के मददगार ही, किन्तु हमारी पट्टीदारी में एक चाचा वकील के यहाँ मुंशीगीरी करते हैं, वही बेईमानी पर उतर आए।

"बाऊस्साब लोगों ने हमारे परिवार की मदद करने की कोशिश की किन्तु मुंशी चाचा ने मामला ले जाकर कचहरी में फँसा दिया। इसके बाद तो कचहरी की ऐसी दौड़ शुरू हो गई कि कुछ न पूछिए। कचहरी कैसे साधारण आदमी का कचूमर निकाल देती है, यह अनुभव मैंने इसी कम उम्र में हथेली पर अंगारे की तरह महसूस किया।

"तारीख पर तारीख पड़ती थी। बड़ी बहन और हम दोनों भाइयों को घर में बंद करके अम्मा मुँह अँधेरे ही गाँव से जौनपुर के लिए निकल पड़तीं। कंधे पर छाता रख, इसके छोर से झोला लटकाये। पूरा दिन बीत जाने के बाद जब अँधेरा झुक आता तब वह लौटतीं। ताला खोल भीतर आते ही हम लोगों से लिपटकर रोने-बिलखने लगतीं। चेहरा, पाँव और बाल सब धूल से जैसे सने होते। आँखें पीली और कीच से भरी हुईं। वह जमीन में ही बिखर-सी जातीं। एक ओर छाता गिरता तो दूसरी ओर झोले से झाँकते कागज-पत्तर और नून-आटा आदि खर्ची के पुड़िया-ठोंगे।

"दीदी जल्दी-जल्दी झोला-छाता उठा-समेटकर एक ओर रखती और माँ के पाँव पोंछने व तेल लगाने में जुट जाती। हम दोनों भाई रुआँसा होकर उसके हाथ-पीठ और सिर को दबाने-मीसने लगते। एकाध घंटे बाद वह जैसे सारे दुख-दर्द झाड़कर खड़ी हो जातीं, दीदी को चूल्हे के पास से हटाकर खुद रोटी बेलने-सेंकने में जुट जातीं। ऐसे में हमारी पढ़ाई भला कैसे आगे जारी रह पाती? बहन तो पहले ही स्कूल छोड़ चुकी थी, कचहरी की किचकिच शुरू होते ही हम दोनों की पढ़ाई भी छूट गई। यह तीसरी कक्षा का ही मुँह देख सका और मैं नौवीं का।

"तो यह असर हुआ पट्टीदारों के बखेड़े का। गाँव के बाऊस्साब लोग तो आगे भी कुछ न कुछ मदद करते रहे जिससे लगातार बहुत बल और संरक्षण मिलता रहा बल्कि इसी के चलते पट्टीदार हमारा सीधे कुछ बिगाड़ नहीं सके, वरना वह तो हमें कब का रौंद चुके होते। किन्तु कचहरी का चक्कर दो-ढाई साल बाद ही खत्म हुआ। अन्तत: झूठे मामले हवा तो हुए किन्तु तब तक हमारा सब कुछ टूट-बिखर चुका था। स्कूल एक बार छूटा सो फिर छूटा ही रह गया। हम दोनों भाई फिर कॉपी-किताब का मुँह नहीं देख सके। बड़ी बहन की शादी के प्रयास में भी तीन साल निकल गए, फिर तो अम्मा के कंधों को आराम देने की नीयत से मुझे घर का बोझ ओढ़ना ही पड़ गया। ऐसे हालात ने कम उम्र में ही मुझे वयस्क बना दिया।

"अब मेरा यह दुर्भाग्य देखिए कि बहन की डोली उठने के ठीक दसवें दिन अम्मा चल बसीं। मौत ने भी गजब घात किया। उन्हें रात में हल्का-सा बुखार हुआ, जैसे अक्सर हो जाया करता था। लगा कि हमेशा की तरह वह फिर अगले दिन सब रोग-दुख नकारकर उठ खड़ी होंगी और काम में जुटी दिखेंगी। किन्तु सुबह वह हुआ, जो कभी नहीं हुआ था।" बोलते-बोलते वह फफक पड़ा।

प्रसाद गमगीन।

सँभलते हुए उसने आगे बताया, "मुँह-अँधेरे उठकर खटर-पटर करने में जुट जानेवाली माँ देर तक खटिया पर चादर ओढ़े पड़ी थीं। मैं ही जगाने गया। चेहरे से चादर हटाते ही मेरी चीख निकल गई। उसकी आँखें खुली और पथरायी हुई थीं, मुँह भी बवाया हुआ।" वह रोने लगा।

वैद्य ने सिर पर हाथ रखा। समझाने लगे।

"देखो, सच तो यही है कि इस पूरी सृष्टि में माता-पिता का कोई विकल्प सम्भव ही नहीं है। स्वयं ईश्वर भी किसी की यह कमी कभी पूरी नहीं कर पाते। यह अभाव जब पैदा हो जाता है तो फिर लगातार जीवन भर टीसता रह जाता है। किन्तु यही टीस अन्तत: एक महान प्रेरणा पैदा करती है—स्वयं को वैसा ही सदय पिता या वैसी ही ममतामयी माँ बना डालने की।" जयशंकर ने उसके कंधों पर हाथ रख दिये हैं, "तो तुम इसकी ओर से बेफिक्र होकर जा सकते हो। यह यहाँ अपने घर में होने की तरह ही रहेगा।"

"हम इहाँ घरे जइसने रहब लेकिन काम काहे ना करब?" चेखुरा प्रश्नवाचक हो उठा, "बिना काम कइले हम खाऽब कइसे? हम आज तक अइसन ना कइले हई। बिना काम कइले हम अन्न मुँह में कभी डाल ना सकत हई।"

"तुम्हारे काम करने पर कोई रोक नहीं लगाई जा रही बल्कि हम तुम्हें यह सुविधा देना चाहते हैं, ताकि तुम चाहो तो अपनी पढ़ाई को आगे बढ़ा सको। ऐसा इसलिए भी ताकि हौसिला को कभी यह महसूस न हो कि वह जिस मुल्क की आजादी की लड़ाई लड़ रहा है, वहाँ उसके दुख-दर्द का भागी बनने वाला कोई नहीं है।"

"हम्में डीएम बनेले के कउनो जरूरत ना हौ! दाल-रोटी मिल जाए, बस्स!"

"ठीक हौ, ठीक हौ!" हौसिला ने उसे समझाना शुरू किया, "अपने बारे में तोरे अब चिन्तित होलेके जरूरत ना हौ। अब तूं उहे करा, जे तोहें बाऊस्साब कहैं।"

14

न्याय शब्द स्वयं में गजब विचित्र है। लिपि-स्थापत्य से लेकर ध्वनि-बोध और अर्थ-अनुगूँज तक, सभी मामलों में चक्करदार। कान में पड़ते ही माथे के भीतर मथनी नचाना शुरू कर देनेवाला। मस्तिष्क-मंडल में तीखे भ्रम के असह्य धुएँ भरने लग जाते हैं। सबसे पहले तो काँटा बनकर चुभता है 'न्याय' का अर्द्ध 'न' अर्थात् 'न'। इसके साथ ही मन पर घनचोट करने लगता है 'न' का नकार। उसके बाद शुरू हो जाता है डंके की चोट पर यह उद्घोष—'न आय'! अब प्रश्न यह कि 'न आय' का असली तात्पर्य क्या है? क्या यह नकारात्मक कामना नहीं है कि 'जो आनेवाला हो, वह नहीं आए?' कामना से भिन्न यह यदि सूचना-भर भी हो, तब तो इसके छायार्थ से साफ फूटता है निराशा का तप्त प्रवाह। इसके विपरीत यदि 'न आय' का तात्पर्य 'आय नहीं' हो, तब तो इससे सर्वथा इतर ही एक भिन्न अर्थ-ध्वनि। आय के 'न' होने का मतलब क्या 'व्यय' के समीप ही ले जाकर नहीं पटक देता? इस तरह, 'न्याय अर्थात् न आय' और 'न आय' अर्थात् 'आय-हीनता' या 'व्यय-वृत्ति'। व्यय अर्थात् व्यर्थ के आसपास ही घटित होने वाला कोई विलोम या एक झटके में अंतर्धान कर देने जैसा कोई प्रहार। साम्प्रतिक इस 'सफेद हाथी दौर' में आज देशप्रेमियों के साथ शासन का जो व्यवहार सामने आ रहा है, इससे परावर्तित होकर 'न्याय' शब्द से तो ऐसा ही कुछ अग्निमय अर्थ-विकिरण हो रहा है। सारी अनुकूलता शासन के अनुकूलों के लिए ही न्योछावर है जबकि आम जन पग-पग पर आहत। उसके लिए सब कुछ कितना दिखावटी और कैसा बनावटी है!

जयशंकर कचहरी से लौटे तो आहत मन में कुछ ऐसे ही भाव उठते रहे। 'जूरी' का आज का अनुभव मन को झुलसा रहा है। रह-रहकर अब से कुछ घंटे पहले का दृश्य आँखों के सामने तैर जा रहा। मन आहत।

'जूरी' में नामित होने के नाते जयशंकर जज के बगल में कुर्सी पर विराजमान हुए। आज पहला ही मामला एक 'बागी' का पेश हुआ। पुलिस ने उसे क्रान्तिकारियों का खास सहयोगी बताकर पकड़ा था। इस दावे के साथ कि वह स्वयं भी एक खूंखार बागी है। शासन के लिए भारी चुनौती। पुलिस के दावे के मद्देनजर तो मामला गम्भीर था लेकिन सामने कठघरे में जब अभियुक्त पेश हुआ तो घोर आश्चर्य हुआ। यह 'खूंखार बागी' एकदम दीन-हीन और गँवार दिखा। शरीर निचुड़े हुए भीगे कपड़ों जैसा और

आँखों में भरी हुई भूख-प्यास और अशिक्षा की धूल-गर्द। वह सहमा-डरा चारों ओर बचा-बचाकर नजरें उठा-फिरा रहा था। कुछ इस तरह, जैसे कत्लगाह में रक्तरंजित चाकू-छुरे ताकता बँधा बकरा! उसे स्वतंत्रता के लिए चल रहे संघर्ष का अर्थ भी पता था या नहीं, यह भी संदिग्ध लग रहा था। लग तो यही रहा था, जैसे उसके लिए सबसे बड़ा प्रश्न रोटी ही होगी, कुछ अन्य शायद ही। ऐसे व्यक्ति को प्रत्यक्ष देखने के बाद भी जज ने कुछ बघुआकर ताका, जैसे वह उसे जिन्दा चबा जाएँगे। ताकने के इस अंदाज में न कोई जिज्ञासा, न विमर्श और न ही कोई विचार-मंथन जैसी ही कोई चीज। बचाव पक्ष के वकील ने जैसे ही जज की यह मुद्रा देखी, तुरन्त सटक गया। जमानत की अर्जी सामने थी। इसे हाथ में उठाते हुए जज ने तुरन्त एक वाक्य कुछ यों रगड़ दिया, जैसे वह कुछ लिख नहीं रहे बल्कि कोई आक्रमण कर रहे हों! ऐसा करते हुए जज के चेहरे पर आई तल्खी ने जयशंकर को भीतर तक दरकाकर रख दिया। इस पीड़ा ने अवसाद नहीं, उन्माद-सा जगा दिया, "मेरे विचार से यह मामला पुलिस ने ठीक से तजवीज नहीं किया। जाँच जब पूरी होगी तो सचाई अवश्य सामने आएगी। यह व्यक्ति जो इस तरह दरिद्र व अशिक्षित दिख रहा है, यह बड़ा से बड़ा अपराधी से लेकर हत्यारा तक कुछ भी हो सकता है, किन्तु खूंखार बागी या क्रान्तिकारी तो कदापि नहीं। इसलिए इसकी जमानत मंजूर की जा सकती है।"

जज ने अपनी कलम को कुछ इस पराक्रम के साथ ऊपर उठाकर देखा, गोया यह कोई ऐसा कारगर हथियार हो जिससे उन्होंने कोई बड़ा शिकार कर लिया हो, "आप जैसे कवि-लेखकों के साथ यही तो परेशानी है कि आप लोग दिमाग से कम और दिल से ही अधिक सोचते हैं। पुलिस की दूसरी चाहे कोई बात संदिग्ध हो सकती है किन्तु बागियों के बारे में उसकी कोई कार्यवाही गलत हो ही नहीं सकती।"

"लेकिन, यह किस कोण से खूंखार दिख रहा है? न तो उसकी हिलती हुई इस ठठरी काया में कोई उन्माद दिख रहा है, न गँवार परेशानहाल आँखों में समय-संदर्भ का कोई आलोड़न। यह एक फटेहाल और परेशान आदमी के अलावा दूसरा कुछ हो ही नहीं सकता है।" धीमे स्वर में जयशंकर ने न्याय-तख्त पर अपनी तीव्र असहमति दर्ज की।

"किसी को सिर्फ एक नजर देखकर उसका अतीत कैसे जाना जा सकता है?" भूरी आँखों में तपती हुई लाल रेखाएँ ऐंठने लगीं।

"यह तो दृष्टि की अन्वेषण-क्षमता पर निर्भर है। राह चलते कालदर्शी चाणक्य ने तो बच्चों के बीच खेलते एक साधारण बालक में भविष्य का सम्पूर्ण प्रतापी असाधारण सम्राट् चन्द्रगुप्त देख लिया था और उसके हाथों नंद-वंश के विनाश की अपनी पूरी सफल व्यूह-रचना भी। यह सत्य घटना तो इसी भारतभूमि और इन्हीं दिशाओं ने अपनी आँखों देखा है। अदालत को साक्ष्य या गवाह ही तो चाहिए। यह साक्ष्य ऐसा है जिसे दुनिया जानती है और इसका गवाह स्वयं परम अनुभवी वयोवृद्ध इतिहास है।"

जज का गोरा मुखमंडल एक पल के लिए स्याह हो उठा। दूसरे ही क्षण भूरे पटल पर लाल रेखाओं की तिर्यक ऐंठन। प्रसाद ने अपने स्वर को कहीं से कमजोर नहीं होने दिया, "इसलिए कल, आज और कल को एक ही दृष्टि से देख पाना बिलकुल सम्भव है, वह भी लगभग शत-प्रतिशत। शर्त सिर्फ यही है कि आँखें ऐसी शिखाधर्मा हों जो क्षण

भर की विद्युत-कौंध से परत-दर-परत अँधेरे को भेदकर गत-आगत-अनागत में अपने लक्षित दृश्य अन्वेषित और ज्ञात कर ले।"

"आपकी बातें दार्शनिक सम्मति भर हैं। इनका कोई तार्किक आधार नहीं। नो, नेवर! इट इज नॉट विलिएबल।" जज की धीमी आवाज में तेज रोष है।

अदालत के कार्य-व्यापार अपनी गति चलते रहे। जयशंकर ने सामने ताका, पुलिस ने हाथ पकड़कर कठघरे से अभियुक्त को नीचे खींच लिया। वह लरजता हुआ धब्ब से फर्श पर गिरते-गिरते सँभलकर खड़ा हो गया। दोनों ओर से जवानों ने उसकी काँखों में हाथ घुसाकर उसे दबोच लिया। वह दबोचे जा चुके किसी खाद्य पशु की तरह आतंकित-अशक्त। जैसे अपनी मौत को सामने साफ-साफ देख रहा हो! साक्षात् झुका-झुका पाँव घसीटता वह चारों ओर असहाय दृष्टियाँ फैलाता रहा। उसे घेरे-घसीटते जवान बाहर जाने लगे।

"मेरा काम है समय पर अपनी सम्मति दे देना, इसलिए मैंने अपना काम किया।"

"लेकिन इस आधार पर मैं निर्णय नहीं बदलूँगा। पुलिस ने इसे बागी बताकर पेश किया तो मैं फिलहाल इसे कोई राहत नहीं दूँगा।"

"निस्सन्देह आप वही करें जो आपको न्यायोचित लगे किन्तु मैं एक बार फिर यह कहूँगा कि एक दृष्टि देखकर किसी का भी अतीत, प्रतीत और अप्रस्तुत, तीनों बाँचा जा सकता है, एकदम सामने खुले पृष्ठों की तरह। जैसे मैं इस व्यक्ति के बारे में अभी यह पूरी बात बता सकता हूँ कि इसका अतीत और वर्तमान भूख और गरीबी से तबाह है किन्तु यदि इस झूठे मामले में इसे रौंद डाला गया और इसके बाद एक बार यह किसी तरह जेल से बाहर निकल आया तो सचमुच यह भविष्य में हुकूमत का एक खूंखार बागी ही होगा। दंड पाए हुए निर्दोष व्यक्ति की शिराओं में अग्नि बहने लगती है। उसके मस्तिष्क में ज्वालामुखी का प्रवेश हो जाता है। अन्याय ही बगावत का उत्स है।" जयशंकर के शब्द दहक उठे।

"ऐसा!" जज ने अपने सिर को खुजलाया, "चलिए, इसमें अब आगे सुनवाई के समय इस बात का खयाल रखा जाएगा कि इसके साथ ज्यादती न हो।" वाक्य पूरा होने से पहले ही लाल होंठों पर मुस्कान रक्तिम लकीर-सी खिंच गई।

तख्त पर लेटे हैं जयशंकर। मन चाक की तरह चक्कर खा रहा है। जज की वह रक्तिम मुस्कान इतने घंटों बाद भी लाल कटार की तरह मन में खुबी चुभ-चुभ हिलडुल रही है। पता नहीं, कब से सामने आकर भाभीश्री खड़ी हैं। अचानक ध्यान गया तो वह लेटे-लेटे सँभले और चौंक उठे, "आप? इस तरह चुप क्यों खड़ी हैं? कब से?"

"बच्चा, बात काऽ हौ? हमके तूं सब बतावाऽ। तूं बहुत परेशान काहे हउवाऽ?" उनकी आँखों से व्यग्र मन बाहर झाँक रहा है।

जयशंकर कसमसाकर रह गए। कुछ न बोले। वह और पास आ गईं, "कचहरी में कौनो बात तऽ ना भल?"

"हम्मर मन कोर्ट के ई फालतू काम में लागत ना हौ। अँगरेजन के हुकूमत हौ, उन्हने खातिर कोर्ट भी एक हथियार बन गल हौ। ई बहुत दुख के बात हौ कि इहाँ के

नागरिकन के न्याय के मन्दिर में भी रौंदल जात हौ। हमार मन ई सब देखके बेचैन हो जात हौ।" जयशंकर के शब्द बेचैनी से भरे हुए, "हमरे लिए 'जूरी' के ई सदस्यता तऽ बड़हन परेशानी बन गल हौ।"

लखरानी देवी ने गौर से ताका, "देखिहाऽ, तूं कचहरी में कोई अइसन बात ना कर दीहाऽ जेसे कौनो परेशानी ना पैदा हो जाए। अब तोहार भइया नइखन।" पति का स्मरण होते ही उनकी आँखें छलछला गईं। स्वर भर्रा उठा, "अब ई घर के पतवार तोरे हाथ में हौ। कौनो काम करत समय आपन घर और जिम्मेवारी के हमेशा ध्यान में रखिहाऽ।"

लखरानी देवी के संक्षिप्त किन्तु भावपूर्ण उद्बोधन ने पल भर में ही अवसाद-तंद्रा को धो-पोंछ डाला है। वह तख्त पर उठ बैठे। वह मौन रहे किन्तु मुख-मुद्रा की संजीदगी यह व्यक्त करती रही कि उन्हें अपनी स्थिति और सीमा-चौहद्दी का अता-पता अवश्य है और पूरी तरह।

पीछे दरवाजे के पास शब्द होने पर लखरानी देवी का ध्यान गया। परदे के उस पार कमला दिखीं। उन्होंने हाँक लगा दी, "बहू, आवाऽ। काहे उहैं रुक गइलु?"

वह घूँघट किये निकल आईं। जयशंकर मुस्कुराए, "तूं भाभी से लजाए लगलु काऽ?...ई हमार भाभी से अधिका माता हइन। तोहार जेठानी से भी ऊपर सास भइलिन!"

कमला समीप आ गईं। विनम्रता, निरभ्रता और निमग्नता की प्रकट प्रतिमा। लखरानी देवी ने स्नेहिल दृष्टि डाली, "बहू आपन नामे के अनुकूल एकदमे देवी हइन—साक्षात् महालक्ष्मी-स्वरूपा! शान्त, सुशील और शुभ! ई घर में इनकर पाँव पड़ले दू महीना हो गल, अभी तक इनकर मुँह से कब्बो ऊँचा आवाज नइखे निकलऽल! इनके कुच्छो समझावे के ना हौ, सब बात बहुत गहराई से समझऽलिन! ई दरवज्जा पर इहे लागी खड़ा हो गल होइहें कि हम लोग घर के कौनो जरूरी गम्भीर बात बतिआवत होब! काऽ हो, इहे तोहार मन में बात रहल नऽ?"

घूँघट आम्र-पल्लव-सा हिला। अधढके मुखमंडल पर तन्वंगी गंगा की महीन लहर-सी तरंगित हुई, "हुंऽ।"

"तूं अब इहाँ के गृहिणी भइलु, तोहें एक बात हम बता देईं—ई हमार सिर्फ भाभी ना हइन, माता-पिता और भइया सब कुछ इहें हइन।" जयशंकर ने निर्णायक दृढ़ता के साथ हाथ हिलाया, "इनकी गोद में हम्मर बचपन बीतल हौ। अउर दस वर्ष की आयु में पितृ-शोक, पन्द्रहवें साल में मातृ-विछोह तथा सत्रहवें में अग्रज-हानि—अइसन लगातार झंझावात के दौरान इहे हमार माता-पिता-भइया सब बन गइलिन अउर महान भूमिका निभवले हइन। ई घर के कौनो जरूरी बात अइसन नाऽ हौ जे में हमार भागीदारी जरूरिये होखे। इहाँ के असली अउर सबसे बड़का मालिक-मलकिन सब इहे भाभी हइन। जे इनकर मुँह से निकली, उहै ई घर में होई। येकरा बाद तऽ हम सब लोग संगे हईं। सब केहु मिलके जे उचित समुझब, उहे कइल जाई।"

लखरानी देवी ने अभिभावकीय दृढ़ता दिखाई, "अइसन हौ, तूं अब पिंगिल मत पढ़ऽ। हम तऽ मेहरारू जात हईं, घरे में नऽ जे देख सकब से देखब, बाहर-भीतर काम तऽ सब तुंही सँभलबऽ नऽ! येसे कब्बो आपन जिम्मेवारी के कम करके मत समुझल कराऽ।"

प्रसाद झेंप गए। कमला अपनी हँसी को विनम्रता से ढकने लगीं। लखरानी देवी का स्वर बदल गया, "चला बच्चा, तूं कौनो उल्टा-सीधा मामिला सोच के आपन दिमाग मत खराब कराऽ। अब इहाँ तूं मरद-मेहरारू बइठा-बतिआवाऽ, हम कुछ खाये-पिये के भेजवावत हईं...।"

वह चली गईं तो कमला आकर बैठ गईं, "दीदी के दिल सचमुच एकदमे माई वाला दिल बाऽ।"

जयशंकर मुस्कुराए, "वाह! भाभी ओने गइलिन अउर तूं आपन गोरखपुरी भोजपुरी शुरू कर देलु?"

वह हँसने लगीं, "काऽ जाने आपन बोली के ई कौन नियम बाऽ कि इहाँ के कौनो दोसर लोगिन के आगे आपन गाँव-जवार के बोली ना निकलेला, लेकिन रउवा लगे हमार मुँह से इहे आपने आँगन वाली बोली निकलेले।"

जयशंकर संजीदा हो गए, "बोली या भाषा तो आत्मा के आलाप-संलाप हैं। अभिव्यक्ति-क्षण में सामने उपस्थित पात्र के अनुरूप इनकी रंग-गन्ध और शब्दाकृति स्वयमेव बनती-ढलती चली जाती है। भावप्रवणता की दशा में तो यह आलाप सर्वथा प्राकृत ही हो उठता है। कोई बहुत सुख या आनन्द का क्षण हो अथवा तीव्र दुख या भय के औचक विस्फोट की दशा, ऐसे में आत्मा यह आलाप अद्भुत अकृत्रिम निःसृत करती है। तुम्हीं सोचकर देखो न, यदि तुम्हारे हाथ में औचक कोई अत्यन्त सुन्दर-सुगंधित सुडौल गुलाब आ जाए या राह चलते कोई काला विषधर एकबारगी सामने फण उठाए हिलता खड़ा हो जाए तो ऐसे में क्या तुम सोच-सोचकर मुँह से शब्द निकाल सकोगी? अब यह तुम्हीं बताओ कि मुझे सामने पाकर तुम्हें कोई सुन्दर-सुगंधित सुडौल गुलाब हिलता दिखता है या काले विषधर का डोलता फण? क्योंकि तुम्हारे मुँह से शब्द तो ऐसे ही निकलते हैं जो भावप्रवण-दशा के सूचक होते हैं।"

"भक्क! ऐसा क्यों बोल रहे हैं?...बाप रे, विषधर?" वह हिलते फण की कल्पना मात्र से सिहर उठीं। भिंच गए चेहरे और काँपे कंधों से गनगनाहट प्रकट हो गई।

"इसमें कोई असम्भव बात तो है नहीं। विषधर के नाम पर तुम भला ऐसे क्यों मुँह बनाने लगीं? नाम तो मेरा जयशंकर है ही, और इसके साथ जटाजूट, त्रिनेत्र वाला मुखमंडल और नीले कंठ में लिपटे ऐसे ही विषधर का भाव-चित्र तो अनादि काल से सम्बद्ध है।"

लखरानी थाली पकड़े आ गईं। मगदल और मलाई-पुड़ियों की सुगंध से कमरा भर गया किन्तु चर्चा में मगन दम्पती का ध्यान नहीं टूटा। मनोनुकूल चर्चा सुनती वह खड़ी रहीं। विन्ध्यवासिनी विचारान्दोलित होती रहीं, "आपके नाम के साथ तो बाबा की कोई एक-दो नहीं, असंख्य-अनन्त छवियाँ जुड़ी हुई हैं। आवश्यक नहीं कि क्षणविशेष में सबके मन में जटा से लेकर गले तक की एक ही छवि उभरे। किसी को उनकी अधमुँदी आँखों की योग-शीतलता का स्मरण हो सकता है, किसी को जटा-शिखर से झाँकते गंग-मुख से फूटती धार का, तो किसी को उनके सम्पूर्ण शिव-सुशान्त सस्मित श्यामल मुखमंडल का। कोई ऐसा भी हो सकता है जिसके मन में आपका नाम आते ही पहले त्रिशूल-डमरू ही स्मरण हो जाते हों!"

"जयशंकर के नाम सुनके तो हमार आँखिन के सामने आजो उहे छोट बच्चा के रूप आ जाला जे हमार गोद में ऊ पहिलका दिन दिहल गल रहलन, जब ई घर में हम्मर पहिला कदम पड़ल रहे।" लखरानी देवी के मुँह से जैसे बेला के फूल झड़ने लगे और आँखों से टप्-टप् मोती, "इनकर आँखिन में हमरा आजो उहे किलकारी देखाऽला।"

कमला बिजली की-सी गति से उठीं। उन्होंने साग्रह उनके हाथ से थाली ले ली। इसे नीचे रखा और हाथ पकड़कर उन्हें बिठाने लगीं। जयशंकर आगे आ गए। चुप और गम्भीर।

कमला ने माहौल को बदलने का प्रयास शुरू किया, "दीदी, हम दोनों अभी अपनी बोली-भाषा के बारे में बातचीत कर रहे थे।"

वह सप्रयास मुस्कुराती हुई उठ गईं, "ठीक हौ, तूं लोग बतिआवाऽ अउर नाश्ता कराऽ। हम भीतर चलीं, चौका में कुछ काम सँभालीं।"

15

जयशंकर का मन 'जूरी' के जूड़ी-ताप से तप रहा है। कैसे इससे पिंड छूटे, बार-बार इसके लिए सम्भावित युक्ति की तलाश मन-ही-मन चलती रही। वह उपवन में बैठे हैं किन्तु मन जैसे किसी बियाबान में भटक रहा है। तभी नामित किये जाने के समय की दुविधा अचानक कौंधी।

महीनों पहले की बात। जिलाधिकारी रेडिशे के यहाँ से बुलावा आया। डीएम ने भला क्यों बुलाया है, यह सोचते हुए मन में तरह-तरह की बातें उठने लगीं। कोई नया मामला तो नहीं खड़ा हो रहा? ऐसा तो नहीं कि किसी असन्तुष्ट परिजन ने पारिवारिक कलह की कोई शिकायत दर्ज करा दी हो? डीएम का बुलावा सामान्य दशा का सूचक तो कदापि नहीं। कहीं कोई शासनिक परेशानी तो सिर नहीं उठा रही? एक से एक आड़ी-तिरछी शंका-आशंकाएँ मस्तिष्क में कुलबुलाती-कसमसाती रहीं। मन तप्त तनाव से तपता रहा। दूसरे ही दिन कार्यालय खुलने के समय से कुछ मिनट पहले डीएम के यहाँ पहुँच गए। कुछ ही देर में बड़ी-सी गाड़ी ने प्रवेश किया। पुर्जा भीतर गया और तुरन्त बुलावा आ गया। वह ज्योंही कक्ष में घुसे, डीएम खड़े हो गए। गहरे काले रंग के सूट में लम्बा-छरहरा सुदर्शन रक्ताभ गौर व्यक्तित्व। उन्होंने मुस्कान के साथ हाथ बढ़ाया, "आइए मिस्टर सुँघनी साहु जयशंकर जी...वेलकम!"

जयशंकर ने भी हाथ बढ़ा दिया। हाथ मिलाते हुए डीएम का पुलकित चेहरा कुछ और ललौंहा हो उठा, "वेरी यंग!...नाइस!" ससम्मान बिठाते हुए उन्होंने भी अपना स्थान ग्रहण किया। विनम्र स्वागत-शैली से अधिक अभिभूत-विस्मित किया उनके स्पष्ट व शुद्ध-सिद्ध हिन्दी सम्भाषण-उच्चारण ने। स्वर भी मक्खन जैसा, "आपके बड़े भाई साहब के निधन का पता चला तो हमें बहुत दुख हुआ। वह जितने ही प्रतिष्ठित रईस थे, उतने ही सज्जन और लोगों के हित-चिन्तक भी। उनके असमय चले जाने से बनारस शहर को बड़ी क्षति हुई है।"

अग्रज का स्मरण होते ही जयशंकर की आँखें डबडबा गईं।

डीएम ने जैसे माहौल के भारीपन को बदलने का प्रयास किया, "मनुष्य का यह जीवन तो गॉड के विधान पर ही एक-एक कदम आगे खिसकता है। इस पर किसी का जोर नहीं चलता। कोई राजा हो या रंक, सबका जीवन ईश्वर के ही विधान से संचालित है, खैर!" एक ठंडी साँस के साथ उन्होंने अपना अभिप्राय खोला, "साहु जी, आपको तो पता ही होगा, शासन के नियमानुसार 'जूरी' या 'असेसर' के रूप में आपके परिवार का एक पद मंजूर है। आपके बड़े भाई साहब साहु शम्भुरत्न जी के निधन के बाद यह पद रिक्त हो गया है। असल में कुछ ही समय पहले मुझे नागरी प्रचारिणी सभा के लोगों ने बताया था कि आपकी साहित्य में गहरी दिलचस्पी है और आप स्वयं कवि हैं। मैं मानता हूँ कि ऐसा व्यक्ति समाज के प्रति उदार हृदय रखता है और हमेशा सबके हित की बात सोचता है, इसलिए मैंने आपके नाम की सिफारिश भेजी थी जिस पर शासन ने मुहर लगाते हुए आपका नाम मनोनीत करने का आदेश भेज दिया है। यह कार्य अब मुझे तुरन्त करना है और इसकी रिपोर्ट ऊपर भेजनी है।" जयशंकर के माथे पर बल पड़े। उन्होंने ताड़ते हुए अपनी बात जारी रखी, "मैंने आपको आज यहाँ इसी उद्‌देश्य से बुलाया है ताकि इस विषय में औपचारिक रूप में आपकी राय को जाना जा सके।"

जयशंकर ने दोनों हाथ जोड़ लिये, "शासन की इच्छा का तो मैं पूरा सम्मान कर रहा हूँ किन्तु जूरी के इस मामले में मैं स्वयं को मुक्त ही रखना अधिक पसन्द करूँगा।"

"ह्वाट? आप जूरी के इस पद को स्वीकार नहीं करना चाहते? ऐसा क्यों?"

"एक तो अपने इतने बड़े व्यवसाय को कंधे पर ढोने वाला मैं अपने घर का अकेला व्यक्ति हूँ। दूसरे, आप जान ही गए हैं कि मैं लिखने-पढ़ने में रुचि रखता हूँ, इसलिए 'जूरी' का पद मेरे लिए कष्टकारी बन सकता है, इसमें मेरा बहुत समय लग जाया करेगा, अतः..."

"यानी कि ऐसा प्रतिष्ठापूर्ण पद, जिसे पाने के लिए बड़े-बड़े लोग बहुत-बहुत कोशिश-पैरवी चलाते हैं, आप स्वीकार नहीं करना चाहते? सचमुच?" डीएम को जैसे उनकी बात पर जरा भी विश्वास नहीं हो पा रहा हो। चौंकते हुए आश्चर्य के साथ वह कुर्सी पर ही जैसे ऐंठ गए हों। टेबुल पर आगे सिर बढ़ाकर वह मुखातिब हुए, "आप क्या कह रहे हैं, इसे स्वयं समझ तो पा रहे हैं न?"

"चलिए, मैं अब आप पर ही छोड़ता हूँ। इस मामले में आपकी जो राय होगी, हम अब उसी का अनुसरण करेंगे।"

जयशंकर को लग गया था कि उनसे अनजाने ही कोई बड़ी गलती होने जा रही है, लिहाजा उन्होंने स्वयं को सँभाल लिया।

"मेरी राय तो वही है जो मैंने शासन को अपनी सिफारिश भेजी थी, इसलिए मैं तो आपको यही कहूँगा कि ऐसा स्वर्णिम अवसर हाथ से निकल जाने की भूल कतई न करें। यों भी जूरी में जब आप जैसा साहित्य का आदमी भी बैठेगा तो स्वाभाविक रूप से किसी भी निर्णय में कानून के नजरिये के साथ ही मानवतावादी दृष्टिकोण भी अपनी भूमिका निभाएगा, इससे फैसला अच्छा और सम्पूर्ण बनेगा।"

"यदि ऐसा है तो मैं अपनी सहमति दे रहा हूँ।"

"हाँ, यह आपका निर्णय ठीक है। मैं अब आगे की कार्यवाही पूरी कर दूँगा।"

जूरी के सदस्य के रूप में मनोनयन की सूचना पूरे शहर में आँधी-बतास की तरह दौड़ गई। मित्र से लेकर अग्रज-पंक्तियों और पितृ-पीढ़ी तक के परिचित-व्यवहारी आ-आकर बधाइयाँ पहुँचाने लगे। घर से लेकर दुकान तक ऐसे लोगों का ताँता लगा रहा जो शुभकामनाएँ अर्पित करते रहे। इससे इसके महत्त्व का गहराई से अहसास होता रहा। जयशंकर जब सेशन कोर्ट की पहली बैठक में शामिल होने के लिए घर से निकलने लगे तो शिवप्रसाद गुप्त आ गए और मंगल-कामना की रस-वर्षा करने लगे। वह जब घोड़ा-गाड़ी पर चढ़े तो मन ने उमगकर जैसे आकाश पर कदम रख दिया हो। अंग-अंग में उत्साह और मस्तिष्क में जिज्ञासाओं का बवंडर। कैसा लगेगा जब न्याय के तख्त पर आसीन होकर उचित और अनुचित पर विचार-मंथन की प्रक्रिया में सम्मिलित होने और न्यायोचित का पक्ष दीप्त करने के जगमगाते क्षण हाथ में आएँगे?

कचहरी पहुँचने तक अनगिनत शुभेच्छु राह रोक-रोककर शुभकामनाएँ दे चुके थे। अपने कक्ष में जिला जज सैंडर्स ने बधाई देते हुए गहरी आत्मीयता से स्वागत किया। मुँह मीठा कराने के बाद कक्ष से ही खुलने वाले द्वार से दोनों इजलास के ऊँचे मंचनुमा तख्त पर पहुँचे। सामने प्रशाल में बेंचों पर वकील और मुवक्किलों की कतारें एक साथ भरभराकर खड़ी हो गईं। लगा, जैसे प्रशाल की गहराई से अभिवादन और सम्मान की एक तरंगित लहर उठी और छत को छूकर वापस वर्षा-बूँदों-सी टप्-टप् गिरती-बरसती भीतर तक भिगो गई! इससे त्वचा पर ऐसी शीतोष्ण अनुभूतियाँ रेंगने लगीं जिन्होंने आत्मा को अद्‌भुत ढंग से जाग्रत करते हुए उद्‌बुद्ध बना दिया। इजलास में तख्त की यह ऊँचाई जैसे किसी भी घालमेल से मुक्त होने और हर मुकदमे को सामान्य दृष्टि-स्तर से उठकर विचारने के दायित्व-बोध जगा रही थी।

प्रशाल के फर्श-स्तर से तख्त की यह ऊँचाई तरह-तरह की अनुभूतियाँ जगाने लगीं—कि यह इसलिए ऊँची है ताकि सबकी दृष्टि के केन्द्र में रह सके, कि अब हमारी प्रत्येक गतिविधि पर एक साथ पूरे समाज की निगरानी रहेगी, कि यहाँ बैठकर कभी असावधान या नियम-सिद्धान्तों से विमुख नहीं हुआ जा सके, कि यह इसलिए ऊँचा है ताकि इस तख्त की कोई भी डगमगाहट तनिक भी ओझल न बने और सबको तत्काल दिख जाए, कि यहाँ की कुर्सी के पाँव यदि काँपने लगें और ऐंठ जाएँ तो लुढ़कते हुए नीचे समाज के हाथों पर आकर टिक सकें, कि यहाँ बैठकर ऐसे ही फैसले लिये जाएँ जो न्याय के ऊँचे प्रतिमान बन सकें, कि हमें न्यायाकांक्षी समाज से अब हमेशा उन्मुख रहना है और उच्चतर मूल्यों के प्रति उत्तरदायी भी, कि हमसे अब कानून और फरियादी, दोनों को ऊँची अपेक्षाएँ हैं, कि हमें इसी स्तर से सबकी अपेक्षाएँ पूरी करने का दायित्व निभाना होगा, कि हम आरोपी और आरोपित की कतार से अलग या ऊपर हैं, कि न्याय-प्रतिमा के निकट हम इसलिए बैठे हैं क्योंकि हमें अब हमेशा न्याय का साथ देना है, कि यह ऊँचाई कोई सामान्य अधित्यका-उपत्यका नहीं, बल्कि प्रकट नीति-गोमुख है, कि यह तख्त ऊँचा इसलिए है ताकि न्याय-गंगा का सहज प्रवाह जन-भूमि तक निर्बाध

गतिमान रह सके, कि यहाँ की दृष्टियाँ सब पर पुरजोर ढंग से पड़ सकें, कि ऊँचा का मतलब समूचा, कि अग्र का अर्थ समग्र।

अनुभूतियों के कोण-प्रतिकोणों का कुलबुलाना उस समय थमा जब अदालत की कार्यवाही शुरू हुई। जयशंकर अतिरिक्त सजग। पहली कतार से एक वकील अपनी काली पोशाक में कसा उठ खड़ा हुआ। उसने सामने कठघरे की ओर संकेत कर अपना मुकदमा प्रस्तुत करना शुरू किया। कठघरे में एक बेहद डरा हुआ भीगते कौए जैसा लड़का व्यग्र ढंग से हिलता-डुलता दिखा। मामला चोरी का था। वकील ने लड़के पर लगे इल्जाम को गलत बताते हुए तर्क पर तर्क सजाने शुरू किये। सरकारी वकील खड़ा हो गया। उसके अनुरोध पर जज ने बोलने की अनुमति दे दी तो उसने पुरजोर ढंग से आरोप को सही बताया और पीछे खिसककर बेंच के पास लौट गया।

बचाव पक्ष के वकील ने फिर बोलना शुरू किया। इस क्रम में उन्होंने यहाँ तक बता दिया कि यह लड़का ऐसा अनाथ और गरीब है कि उसका यह मुकदमा वह बिना फीस के लड़ रहे हैं, एकदम मानवीयता के स्तर पर। इस पर सरकारी वकील ने खड़े होकर तीखी टिप्पणी की, "गरीबी और लावारिसपन ईमानदारी के कोई निर्धारित या अनिवार्य लक्षण नहीं हैं।"

कठघरे के आदमी को एकटक ताकते जयशंकर करुणा से भीगते रहे। कितना लोमहर्षक और स्याह कर देनेवाला है एक सूखे-टटाये मनुष्य का इस कदर पक्षी जैसा दिखना! आदमी के इस तरह क्रमश: पक्षी से कीट-पतंग और अन्तत: जोंक में बदलते जाना कितना त्रासद! इस स्थिति का जिम्मेवार अन्तत: कौन है? आदमी के आदमी न रह सकने की इस विवशता को मिटाने की जिम्मेवारी किसकी है? रोटी के लिए व्यक्ति के चोर बनने की इस भयावह स्थिति का जवाबदेह कौन? पेट में जब भूख का बवंडर उठता है तो उस समय उसे महज रोटी भर चाहिए। इस रोटी में किसका कैसा रुपया लगा है अथवा कैसे हाथ ने किस तरह आटा गूँध-बेलकर या पकाकर इसे तैयार किया है, इस पर कोई भूखा आदमी विचार ही नहीं कर सकता। भूख पर चिन्तन कोई भूखा नहीं, बल्कि भरपेटा ही कर सकता है।...जो गरीब हो और लावारिस भी, वह पेट की आग बुझाने के लिए चोरी न करे तो भला करे क्या? ऐसे व्यक्ति की ऐसी हरकत अपराध और कानून के चश्मे से जाँचने का मुद्दा है अथवा सामाजिक संकट के तौर पर विचारने का विषय? ऐसे प्रश्नों के सनसनाते बाण तो तरह-तरह के, किन्तु मन हर बार बिद्ध एक ही तरह से।

बगल में ध्यान गया तो मन को गहरा आघात लगा। कठघरे की ओर रह-रहकर उठ रही जज की दृष्टियों से जैसे आग की लपट निकल रही हो! जयशंकर को न्याय-तख्त पर बैठे जज का यह अंदाज अटपटा लगा। क्या जज का काम केवल दर्ज दफाओं के मुताबिक किताब से फैसले खोजकर सुना देना भर है?

16

बरामदे में टहल रहे हैं जयशंकर। उद्विग्न। दिमाग में चल-चुभ रहे हैं कचहरी के ही कंटीले प्रसंग, तप्त अनुभव। बेचैनी है कि बढ़ती ही जा रही है। बार-बार नुकीली अनुभूतियाँ

चुभ रही हैं : अँगरेजों की अदालतें नस्लीय अदावतें साधने का जरिया भर ही तो हैं! मुकदमों की सुनवाई के दौरान तथ्यान्वेषण से अधिक कानून की कठोरता का परिचय ही तो पुष्ट हो रहा है! ऐसा सिर्फ इसीलिए ताकि स्थानीय लोगों में अँगरेजी हुकूमत के प्रति भय का अहसास कभी क्षीण न होने पाए। कल का अनुभव तो सर्वाधिक उद्वेलक रहा। इसकी अनुभूति अब तक मन को मथती चली जा रही है। बार-बार मन इससे मुक्ति के लिए छटपटा रहा है।

सामने से आ रहे बोकी सिंह ने दूर से ही तेज आवाज लगाई, "काऽ हो झारखंडी गुरु! काऽ करत हउवाऽ? दिमागे में कौनो कविताऽ बुनत हउवा काऽ?"

भुरभुरी विचार-शृंखला भरभराकर बिखर गई। जयशंकर सामने ताकने लगे। बोकी सिंह पास आ गए, "कुछ बोलबाऽ कि मुँहे निहारत रह जइबाऽ?"

"अरे यार, हम काऽ बताईं! हमरे तो कविता-छंद सब गड़बड़ा गल हौ। हम काऽ कहीं!" उन्होंने बोकी सिंह का हाथ पकड़ आत्मीयता से यों पास बुलाया, जैसे उनसे मानसिक शक्ति प्राप्त करना चाह रहे हों!

"काऽ भल हौ? पट्टीदारन के संगे कौनो नया विवाद हो गल हौ काऽ?"

"ऊ सब तऽ चलते हौ, येने एगो नया परेशानी धमक गल हौ।"

"काऽ?"

"अरे ई जूरी में जाके रोज दिमाग खराब हो जात हौ। अँगरेजन के कोर्ट हौ, हर समय उन्हन्ने के दिमागे में साजिशे नाचत रहलाऽ। सरवा सब इहाँ के लोगन के बड़ा खराब निगाह से देखलन सब। हमार मन तऽ उहाँ एकदमे दुखी हो जाला।"

बोकी सिंह पहले चौंके फिर थोड़े गरम-से हो गए, "अब देखाऽ, तूं लगलऽ उल्टे सोचे।"

"मित्र, मैं क्या करूँ? कहीं भी ज्यादती होते देखता हूँ तो मन दुखी हो जाता है। इसलिए पक्षपातपूर्ण रवैया देख जूरी में रहने का मेरा अब मन नहीं रह गया।"

"पक्षपातपूर्ण नजरिया तो अँगरेजों का होगा ही, इसलिए तुम जब वहाँ हो तो ऐसी किसी भी ज्यादती का विरोध करो। तुम्हारे वहाँ रहने से इस पर कुछ न कुछ तो अंकुश लगेगा। इसलिए और बल्कि इसीलिए वहाँ तुम्हारा रहना तो नितान्त जरूरी है और अपने लोगों के हित की दृष्टि से लाभप्रद भी। सबसे बड़ी बात यह कि जूरी में होना यों भी गौरव की बात है।"

"नहीं, ऐसा कुछ नहीं। वहाँ होना तो मुझे हत्या के शामिल होने जैसा संताप देने लगा है, इसलिए मैं इससे पिंड छुड़ाने की ही युक्ति सोच रहा हूँ। तुम्हारी क्या राय है?"

"ऐसा सोचना कतई अक्लमन्दी नहीं है।"

चेखुरा ने आकर तश्तरी में मगदल और दो गिलास पानी रखा। बोकी सिंह ने एक मगदल उठाकर सीधे जयशंकर के मुँह में डाल दिया, "इसे लो और मन की खटास दूर करके सोचो। जूरी में होना बहुत गर्व की बात है, इसे कभी मत भूलो।"

"वाह, वाह, बहुत अच्छा!" बैजनाथ सिंह कविकिंकर दनदनाते हुए पास आ गए, "दोनों मित्रों का तो आपस में खूब मगदल-प्रेम चल रहा है!"

दोनों ने हड़बड़ाकर खड़े होते हुए अभिवादन किया। कविकिंकर सामने तख्त पर बेसाख्ता बैठ गए, "ठीक है, ठीक है, बैठो भई! ऐसे ही खूब खुश रहो तुम दोनों।"

बोकी सिंह ने मुँह बनाया, "भैया, ई जयशंकर के तो बाते अलग है। कब किस अच्छी बात पर भी गाल फुला ले, कोई नहीं जानता।"

जयशंकर झेंप गए। बोकी सिंह ने तश्तरी कविकिंकर की ओर बढ़ाई। उन्होंने हाथ आगे कर एक मगदल उठा लिया, "क्या हुआ भला?"

"कुछ नहीं भैया।" जयशंकर स्वयं को सहज करते हुए फीके मुस्कुराए।

"भैया, इन्हीं से पूछिए कि किस फालतू बात को लेकर यह चिन्ता में हैं।"

"देखो भई, मित्र मैं शम्भुरत्न का रहा हूँ किन्तु ठीक से जानता तो जयशंकर को ही हूँ। इसलिए मैं पूरे विश्वास के साथ कह सकता हूँ कि यह अगर चिन्ता में है तो अवश्य ही कोई गम्भीर बात होगी।"

"बात तो है गर्व की, किन्तु यह कर रहा है चिन्ता।" बोकी ने होंठ बिचकाए।

"ऐसा कैसे हो सकता है? जयशंकर को यदि चिन्ता है तो बात चिन्ताजनक ही होगी। मुझे पूरी बात खोलकर तो बताओ।" कविकिंकर ने जिज्ञासा की।

"यह जनाब अब जूरी की सदस्यता से ऊब गए हैं, इससे मुक्ति चाहिए इन्हें।" बोकी ने होंठ बिचकाए।

प्रसाद सिर नीचे झुकाए गम्भीर बने रहे।

"यह तो अच्छा विचार है यार! अँगरेजों का दिया कोई भी पद या पुरस्कार जितनी जल्दी हो, त्याग ही देना चाहिए अब। वह हमें कुछ भी देते हैं तो उसके पीछे उनका दुहरा नजरिया होता है—पहला यह कि जिसे वह कुछ दे रहे हैं, वह उनके कृपापात्र के रूप में चिह्नित होकर शेष पीड़ित जनों की आँखों का किरकिरी बन जाए यानी किसी भी तरह जनता में आपसी विभेद की दुर्भावना अवश्य पैदा हो जाए, और उनका दूसरा दृष्टिकोण होता है—स्वयं को भाग्यविधाता के रूप में जताते हुए 'गुलाम को बख्शीश' देना!...देखो, मेरी एक बात ध्यान से सुनो—आँखें मूँद लेने से सामने का यथार्थ बदल नहीं जाता। असली हकीकत तो यही है कि अँगरेज हमारी मान-मर्यादा रौंदने में ही नहीं बल्कि युद्ध स्तर पर हमारी सम्पदा लूटने में जुटे हुए हैं। ढोयी जा सकने वाली हर चीज वह यहाँ से उठाकर अंधाधुंध ढोये जा रहे हैं। यह भी सोचो कि आज हम आखिर उनसे मुक्ति के लिए लड़ाई चला रहे हैं जिसमें हमारे सैकड़ों मुक्तिकामी भाई उनकी यातनाओं का शिकार बन चुके हैं और लगातार यह क्रम आगे भी अविराम जारी है। यह सब देखते-समझते हुए अब हर भारतीय को अपने स्तर से यथाशक्ति कुछ ठोस कदम उठाने पर विचार करना ही चाहिए। भारत को गुलाम बनाने वाले से कम-से-कम हर भारतीय को घृणा तो करनी ही चाहिए न!"

बोगी सिंह ने चकित भाव से ताका। जयशंकर संजीदा। कविकिंकर के स्वर का ताप सबके खून को धीपाता चला गया, "हमें बात ठीक से समझी लेनी चाहिए कि अँगरेज हमारे सिर्फ शत्रु हैं, इसके अलावा कुछ और नहीं।" बोलते-बोलते उन्होंने कंधे पर हाथ रखा, "ऐसा है जयशंकर, तुम्हें क्या समझाना! तुम कवि हो, तुम्हारा जीवन तो व्यापक लक्ष्य की ओर बढ़ने वाली एक महान यात्रा है। मैं समझ सकता हूँ कि तुम तो चीजों को समग्र रूप में देखोगे ही, इसलिए जूरी के पद को लेकर तुम्हारे जो विचार

अभी-अभी पता चले हैं, वही सही हैं। बेशक जूरी का पद हो या कोई इससे भी बड़ा ओहदा, तुम्हें यथाशीघ्र इससे मुक्ति पा ही लेनी चाहिए।"

कसमसा रहे बोगी सिंह। जयशंकर अब तनावमुक्त। कविकिंकर की जारी टिप्पणी ने जैसे नई शक्ति का संचार कर दिया हो! मुखमंडल पर लौटती चमक से दुविधा की धुन्ध छँटने का साफ-साफ आभास। वह आगे बोलते चले गए, "देखो, आयु में भी मैं तुमसे बारह-पन्द्रह वर्ष बड़ा ही हूँ और साहु शम्भुरत्न जी के अदालती कामों में सहायक रहते हुए तुम्हारे घर-परिवार से भी गहरे जुड़ा रहा हूँ। आज जबकि शम्भुरत्न जी इस संसार में नहीं हैं, मेरा यही कर्तव्य बनता है कि मैं तुम्हें किसी भी संशय-दुविधा के दौरान सही मार्ग दिखाऊँ। यों भी सेशन कोर्ट में मानद जूरी के तौर पर तुम्हें कुछ मिलने को तो है नहीं, सिवाय कदम-कदम पर अपनी आत्मा के शमन के—ऐसा काम करने से भला क्या लाभ? तुम्हारे अग्रज मेरे व्यक्तिगत सोच-विचार के बारे में अच्छी तरह जानते थे कि मैंने कभी ऐसा कोई कार्य नहीं किया जो देश-समाज के वृहत्तर हित को किसी भी तरह आहत करे। एक जिम्मेदार व्यक्ति को ऐसे ही सोचना-करना चाहिए। मैंने तो कुछ ही वर्ष पहले नागरी प्रचारिणी सभा में लोकमान्य बाल गंगाधर तिलक का जब उद्गार सुना तो मेरे विचारों को एक सुस्पष्ट दिशा मिल गई। मैंने तो अब अपना यही लक्ष्य तय कर लिया है कि मैं इस विदेशी शासन के विरुद्ध सक्रिय होकर लड़ाई में भी हिस्सा लूँगा। हर किसी को अपनी राष्ट्रीय अस्मिता के लिए भरसक सक्रिय भूमिका निभानी ही चाहिए। इसका मतलब यह नहीं कि मैं तुम्हें भी यही परामर्श दे रहा हूँ। तुम्हारे पास शायद ऐसा कुछ करने की गुंजाइश है ही नहीं, क्योंकि इस पूरे घर-परिवार और तुम्हारे व्यवसाय से जुड़े सैकड़ों लोगों के वर्तमान-भविष्य का सम्बन्ध सीधे-सीधे तुम्हीं से जुड़ा हुआ है। ऐसे में तुम यदि जूरी की मानद सदस्यता त्याग सको तो तुम्हारा यह प्रतिकार भी उन पर कम शक्तिशाली प्रहार नहीं होगा। अनुचित के विरुद्ध प्रखर सोच का सुचारु होना और किसी भी स्तर पर गलत का साथ नहीं देना भी बड़ी व निर्णायक कार्यवाही हैं।"

बोगी सिंह गहन मनन की मुद्रा में बैठे रहे। जयशंकर ने जैसे अब उद्विग्नता का समूचा समुद्र लाँघ लिया हो! मन और आत्मा तक प्रक्षालित। मुखमंडल दीप्त। स्वर स्वच्छ और निर्बाध प्रवाहित जल जैसा, "भैया, सचमुच आपने सही समय पर मेरा दृढ़ समर्थन और स्पष्ट मार्गदर्शन कर दिया है। मेरे मन में भी कुछ ऐसी ही इच्छाएँ आकार पाने को कसमसा रही थीं। अब मैं इसी परामर्श को अपना निर्णय बनाने का आपको वचन दे रहा हूँ।"

"लेकिन, सुनो, तुम काशी के बड़े व्यापारिक घराने से ताल्लुक रखते हो। ऐसे में कोई भी प्रतिकार जरा सँभलकर। मेरे विचार से सीधे-सीधे जूरी का पद त्याग देना अँगरेजी हुकूमत के बैल को लाल कपड़ा दिखाने से कम नहीं होगा। इसलिए बहुत सोच-समझकर कोई युक्ति निकालो और कुछ इस तरह इससे किनारा करो कि तुम्हारा काम भी हो जाए और शासन को मूल भावना का तनिक भी पता न चले। यानी साँप भी मर जाए और लाठी भी न टूटे!" बोगी सिंह ने आगाह किया।

"मैं किसी छद्म में विश्वास नहीं करता। जो करना है, पारदर्शी और दृढ़ ढंग से ही करूँगा। जिलाधिकारी रेडिशे साहब मेरा सम्मान करते हैं, उनसे मिलकर अपनी

बातें साफ-साफ बता दूँगा और त्याग-पत्र सौंप दूँगा।" जयशंकर की दृढ़ता क्रमशः परिपुष्ट हो चली।

कविकिंकर हँसे, "ऐसा है जयशंकर, शत्रु पर हमला करना तो बहादुरी अवश्य है किन्तु उसे मुँह चिढ़ाने को मैं मूर्खता की श्रेणी में मानता हूँ। सोचो, अभी तुम्हारा मूल लक्ष्य क्या है? जूरी की सदस्यता से मुक्ति ही तो! यह काम यदि कलात्मक ढंग से भी सम्भव हो तो इसे ऐसे ही करने में कोई कमजोरी नहीं। यदि दुश्मन मिठाई से ही उलट जानेवाला हो तो उसे जहर देने की भला क्या आवश्यकता? यों भी तो तुम कविता और कला के आदमी हो।...और जिलाधिकारी रेडिशे ने कभी तुमसे बहुत सम्मान से बात कर ली, इसका यह अर्थ कदापि न लगा लो कि वह कोई संत हैं। इसे ठीक से समझ लो कि छोटे-बड़े किसी भी अँगरेज की दृष्टि में हम तमाम लोग गुलाम भर हैं, इससे अधिक कुछ और कदापि नहीं।"

"यह तो मैं देख ही रहा हूँ। यहाँ तक कि न्याय के तख्त पर बैठा अँगरेज भी ऐसा ही दूषित सोच रखता है। इसीलिए तो मेरा मन जूरी की ओहदेदारी से खिन्न हुआ है।" जयशंकर की वाणी का ताप कविकिंकर ने महसूस किया।

बोगी सिंह ने तेज-तेज सिर हिलाया, "हंऽ, ई तऽ हइये हौ! सरवा सब के चमड़ी जेतने उज्जर हौ, दिल ओतने करिया। जुबान जेतने मीठा, ईमाने में ओतने जहर। इन्हन पर कब्बो विश्वास ना कइल जा सकला।"

17

कविकिंकर की सुझाई युक्ति के अनुसार जयशंकर ने एक डॉक्टरी रिपोर्ट हासिल की। यह कान से कम सुनाई पड़ने का विधिवत् चिकित्सकीय प्रमाण-पत्र था। इसे लेकर वह दूसरे ही दिन जिलाधिकारी के बंगले पर पहुँचे। साथ में कविकिंकर भी थे। पुर्जा जाते ही चपरासी तुरन्त लौटा और दोनों को साथ लेकर भीतर चला गया। यह रेडिशे के आवासीय कार्यालय का कक्ष था। वह फाइलों से घिरे थे। सामने खड़ा पी.ए. हस्ताक्षर करा-कराकर फाइलें हटाता नीचे पटकता जा रहा था। रेडिशे ने कलम रोक दी और पी.ए. को जाने का संकेत देकर स्वागती विनम्रता छलकाई, "आइए, आइए, साहु जी, बैठिए! कहिए, कैसे-कैसे आना हुआ?" बोलते हुए वह कविकिंकर की लम्बी-चौड़ी काया और धारदार मूँछों पर दृष्टि फिराने लगे।

जयशंकर ने तुरन्त उनका परिचय दिया, "ये हैं बाबू बैजनाथ सिंह कविकिंकर, मेरे भैया स्वर्गीय साहु शम्भुरत्न जी के गहरे मित्र और अब मेरे अभिभावक।"

रेडिशे कुर्सी से उठे और हाथ बढ़ाया, "वेलकम मिस्टर कविकिंकर!"

सकुचाते हुए कविकिंकर ने भी हाथ बढ़ा दिये।

रेडिशे ने भौंहें उचकाईं, "कविकिंकर?...मिंस आप भी पोयेट हैं? आपका हाथ तो आयरन के माफिक है! वेरी टाइट।"

कविकिंकर के चेहरे पर एक मजबूत तरंग उठी और पुत गई। जयशंकर मुस्कुराए, "काशी की कसरती काठी है।"

रेडिशे ने बात को न समझने जैसा संकेत किया तो उन्होंने समझाया, "काशी में पवित्र गंगा-जल से पुण्य और मक्खन-सी मिट्टी से पहलवानी की उपलब्धि होती है न! यहाँ के लोग मुख्यत: दो ही प्रकार के होते हैं : एक तो भक्त और दूसरे पहलवान। वैसे एक आबादी ऐसे लोगों की भी है जो एक व्यक्तित्व में दोनों विशेषताएँ समेटे होते हैं। हमारे ये भाई साहब एक व्यक्तित्व में इन दोनों के अलावा एक तीसरी विशेषता-योग्यता भी समेटे हुए हैं, और वह है कविता-प्रेम।"

कविकिंकर अपनी प्रशंसा पर मोम की तरह लरज गए। रेडिशे ने परिचय जान प्रसन्नता छलकाई, "वेरी गुड। नाइस टू मीट यू।" उन्होंने अब मूल बात पूछी, "कहिए साहु जी, कैसे-कैसे आना हुआ?"

जयशंकर कुर्सी से उठे और प्रमाण-पत्र सामने रख दिया, "साहब, यह देखिए चिकित्सक की रिपोर्ट।...ऐसा है कि मैं कर्ण-व्याधि से पीड़ित व्यक्ति हूँ। मुझे कम सुनाई पड़ता है। ऐसे में हो यह रहा है कि कोर्ट में मैं कार्यवाहियों को अच्छी तरह सुन-समझ ही नहीं पा रहा। इस कारण मैं स्वयं अपराधबोध से भरता जा रहा हूँ। भला कोई बहरा यदि सुनने का दायित्व लेकर बैठ जाए, इससे बड़ा छल दूसरा क्या हो सकता है?...लग यही रहा है, जैसे मैंने बेमतलब एक कुर्सी छेंक रखी है। यह एक अनैतिक कार्य नहीं तो और क्या है? इसलिए कृपा कीजिए और मुझे इससे मुक्ति दे दीजिए।"

"कान का इलाज करा लीजिए। तब तक के लिए आपको विधिवत् छुट्टी मिल जाएगी।" रेडिशे ने ध्यान से देखा।

"साहब, मुझे आप इससे मुक्ति ही दे दीजिए तो अच्छा।" जयशंकर कम सुनने का अभिनय करते हुए विशेष ढंग से कानों की दिशा को रह-रहकर बदलते रहे।

"आप तो पहले ही इससे बचना चाह रहे थे, कहीं ऐसा तो नहीं कि जूरी का यह कार्य आपको पसन्द नहीं आया हो और इसीलिए आप इससे बच निकलना चाह रहे हों? मुझे सही-सही बता दीजिए ताकि मैं पूरी सचाई को समझ सकूँ।" रेडिशे संजीदा।

जयशंकर ने इनकार में तेज-तेज सिर हिलाया, "अब आप चाहे जो समझें, मुझे जो बात कहनी थी, मैंने आपके सामने रख दी है। निर्णय आपके हाथ में है।"

"निर्णय हमारे हाथ में और मैं आपके साथ में!" रेडिशे ने कुछ ऐसे अंदाज में कहा कि तीनों का ठहाका लगभग एक साथ फूट पड़ा।

चपरासी ने आकर एक पुर्जा सामने रखा। रेडिशे ने इसे उठाकर देखा और चपरासी को बोले, "इन्हें भी बुला लो।" वह बाहर चला गया तो जयशंकर की ओर दृष्टि उठाई, "एक जमींदार साहब हैं, यह भी कला-साहित्य के गहरे प्रेमी हैं। इसीलिए आप लोगों के सामने ही बुला लिया है। हो सकता है कि आपका इनसे अब तक परिचय न हो। ये आपके सहयोगी बन सकते हैं।"

रौबदार चेहरे पर विशेष तरह से कटे लम्बे केश। आँखों में गहराई और चमक। उन्होंने झुककर रेडिशे का अभिवादन किया और पहले से उपस्थित कविकिंकर और जयशंकर की ओर ध्यान से ताकने लगे। रेडिशे बोले, "राय साहब, आप इन्हें जानते हैं? ये हैं सुँघनी साहु जयशंकर जी। कवि हैं। बनारस के प्रतिष्ठित सुँघनी साहु परिवार के मुखिया और जूरी के मानद सदस्य।...और ये हैं कविकिंकर जी।"

आगंतुक ने दोनों हाथ जोड़ लिये, "मुझे रायकृष्ण दास कहते हैं।"

तुरंत रेडिशे ने आगे जोड़ा, "राय साहब जगतपुर के जमींदार हैं और कला के गहरे अनुरागी।"

जयशंकर और कविकिंकर ने भी उठते हुए हाथ जोड़ लिये तो पास आकर दास ने दोनों को उठने से रोका और बगल की कुर्सी पर बैठ गए, "अजीब संयोग है कि बनारस के ही हम लोग हैं और एक जैसे रुचि-स्वभाव के भी, किन्तु आपस में अब तक सर्वथा अनभिज्ञ।...जिलाधिकारी साहब ने जिले के मुखिया की यादगार भूमिका निभाई और हमें मिलवा दिया।"

"मुझे भी आप लोगों को आपस में परिचित कराकर बहुत खुशी हो रही है। कला और कविता के क्षेत्रों के एक जैसे लोग जब आपस में जुड़ते हैं तो कविता को कलात्मक ऊँचाइयाँ और कला को काव्यात्मक गरिमा मिलने की सम्भावना जगमगा उठती है।" रेडिशे की भूरी आँखें जुगनुओं की तरह जीवंत हो उठीं, "हो सकता, भविष्य में आप लोग आपस में मिलकर कुछ ऐसे कार्य सम्पन्न कर सकें कि आपको मिलवाने के लिए कभी-कभी मुझे भी याद कर लिया जाए!"

दास ने हाथ जोड़ लिये, "आपने सचमुच मुझ पर यह बड़ा उपकार किया है। मैंने 'भारतेन्दु' पत्रिका में कुछ साल पहले जयशंकर जी की एक रचना पढ़ी थी। यदि मैं भूल नहीं रहा हूँ तो उसका शीर्षक था : 'सावन पंचक', और कवि-नाम के साथ 'कलाधर' उपनाम भी छपा था, क्यों बन्धु?"

जयशंकर ने मुस्कुराते हुए सिर हिलाकर हुंकारी भरी।

दास आगे बोले, "मैं कला के प्रति विशेष झुकाव रखता हूँ न, इसलिए 'कलाधर' उपनाम ने भी मुझे विशेष आकर्षित किया। कविता के पहले चार पद्य रोला छन्द में थे और पाँचवाँ सवैया में—बहुत मँजी हुई और पकी हुई रचना थी वह।"

" 'थी' क्यों कह रहे हैं?" कविकिंकर ने धीमे तीर छोड़ा, "यह कविता अभी भी अस्तित्व में तो है ही, बल्कि यह हमेशा अपनी विशिष्ट उपस्थिति बनाए रखेगी। यह इस कवि की प्रथम प्रकाशित रचना है।"

सभी हँसने लगे। जयशंकर संकोच से भर गए।

दास ने पुष्पित विस्मय से ताका, "अच्छा, यही इनकी प्रथम प्रकाशित रचना है?"

" 'यही' से आपका तात्पर्य? यह आपको कोई कान-कोतर रचना लगी है क्या?" कविकिंकर की भौंहें चुहल से धनुष बन गईं। सभी मुस्कुराने लगे।

"ऐसा मैंने कब कहा भैये? मैंने तो अभी-अभी कहा है कि यह बहुत मँजी-पकी हुई रचना लगी है मुझे। वैसे जब यह पता चल रहा है कि यह इनकी प्रथम प्रकाशित रचना है तो अब यह महसूस कर मेरा मन हरा हो गया कि जो कवि 'सावन' से शुरू हुआ है, वह साहित्य की भूमि को हरियाली से भर देगा और कभी रचनाकाश को मेघ-वंचित नहीं होने देगा। कभी फुहारें तो कभी झमाझम, हमेशा वर्षा करता रहेगा।"

"तब तो रह-रहकर मूसलधार का भी भय बना रहेगा?" कविकिंकर की तीखी आशंका पर रेडिशे ठठा पड़े। जयशंकर सिर नीचे किये मुस्कुराते रहे।

दास जैसे रँगे हाथ पकड़े गए हों। बहुत संजीदगी से सफाई देने लगे, "आप इसे नकारात्मक दृष्टि से न लें तो मैं एक बात बता दूँ, जयशंकर की इसी एक कविता में ऐसे संकेत मैंने अवश्य देखे हैं जिनसे मैं यह कह सकता हूँ कि यह कवि मूसलधार भी ऐसी बरसाएगा कि सर्जना-भूमि युगों-युगों तक तृप्त-संतृप्त बनी रहेगी।"

दास के शब्दों का कोमल स्पन्दन सबने महसूस किया। माहौल शुभकामना के रंग से रंजित हो उठा। सबने देखा, ठिठोली भाव हवा हो चुका था और गम्भीर मुख-मुद्रा से दास की ओर ताक रहे कविकिंकर के नेत्रों से बूँदें टप्-टप् झरने लगीं। सभी चुप। इस पर जैसे ही ध्यान गया, वह सिर को झटका देकर जैसे अपनी मनोभूमि बदलने लगे, "असल में आपने ऐसी बात ही कह दी कि मेरे भीतर मित्र शम्भुरत्न ने इसे सुन लिया और गद्गद हो गए। यह बेकाबू भावुकता उसी मित्र की गतिविधि है।"

रेडिशे ने सिर हिलाया, "मजाक नहीं, ऐसा हो सकता है। साहु शम्भुरत्न यहाँ होते तो अनुज के बारे में ऐसी बातें सुन वह ऐसे ही रिएक्ट करते।" दास की उलझी दृष्टि-भंगिमा देख उन्होंने बताया, "दास साहब, आपको नहीं पता होगा, जयशंकर के भैया साहु शम्भुरत्न ऐसे ही व्यक्ति थे। मेरे पास जब कभी आते, अपने अनुज की प्रशंसा छिड़ककर ही हटते थे। उन्हीं के साथ होने वाली ऐसी चर्चाओं ने इनके प्रति मेरे मन में अपार आकर्षण भर दिया और जब अवसर आया तो मैंने इनसे पूछे बगैर इनका नाम जूरी के लिए रिकमेंड करके भेज दिया, लेकिन..."

जयशंकर ने कसमसाते हुए रेडिशे की ओर दृष्टि उठाई। उनके स्वर में दर्द छलछला गया, "आज यह, पता नहीं क्या, सोचकर जूरी से त्याग-पत्र देने आ गए हैं!"

दास ने अचकचाकर जयशंकर को देखा। वह सिर नीचे कर चुप्पी साधे बैठे रहे। कविकिंकर ने जैसे उनकी ओर से सफाई दी, "भई, ऐसा है कि जयशंकर हैं तो मूलत: कवि-हृदय, सेशन कोर्ट में जूरी में बैठना इनके लिए किसी हिंसा के अनुभव से टकराने से कम नहीं होता। कोर्ट से लौटते हैं तो कई दिन तक लेखनी नहीं उठा पाते। इसीलिए इन्होंने इससे मुक्ति पाने का निर्णय ले लिया है।"

रेडिशे जैसे बिना इच्छा के सहमत हुए, "ठीक है, जैसी इनकी इच्छा। वैसे मैं भी अब इसी साल कार्य-मुक्त हो जाऊँगा। जाते-जाते इन्हें भी इस जहमत से मुक्ति दिला दूँगा।"

दास ने अपने छोटे-से मौन अंतराल का अतिक्रमण किया, "जयशंकर जी, आप अन्यथा न लें तो मैं एक जिज्ञासा करना चाहूँगा?"

जयशंकर मुस्कुराए और सिर हिलाकर उन्हें पूछने का संकेत दिया।

दास संजीदा हो गए, "आपका यह 'कलाधर' उपनाम लगा तो मुझे बहुत ही आकर्षक किन्तु इसकी सार्थकता को लेकर मैं कई दिनों तक तरह-तरह की बातें सोचता रह गया था।" सबकी नुकीली जिज्ञासा दास के चेहरे पर टिकी रही। उन्होंने आगे कहा, "जो कवि होता है, कलाकार होता है, वह तो जन्मना कलाधर होता है। फिर अलग से इसको संज्ञायित करने की भला क्या आवश्यकता?"

सभी अचकचाकर ताकने लगे। जयशंकर की आँखों में भावों के भँवर बनने-फैलने लगे। दास ने अपनी बात को तरह-तरह से खोलना जारी रखा, "अब आप यदि एक मनस्वी कवि हैं तो स्वाभाविक रूप से आपका ज्ञान-पक्ष विकसित होगा, उसी

तरह भाव-पक्ष भी सामान्य व्यक्ति की तुलना में अधिक प्रबल होगा। ऐसे में इसी तरह यदि नाम के साथ 'ज्ञानी' या 'भावुक' जैसे उपनाम जोड़ दिये जाएँ तो क्या यह संगत लगेगा? कोई यदि कवि-कलाकार है तो उसके नाम के स्मरण-उच्चारण से ही समझने वाले स्वयमेव समझ जाएँगे कि यह व्यक्ति कला-निपुण, ज्ञान-पिपासु या ज्ञान-मार्गी और भावुक आदि तो स्वभावत: होगा ही होगा। इसके लिए अलग से संज्ञा-विशेषण दोहराने की कोई आवश्यकता नहीं। यों भी आपका मूल नाम तो अत्यन्त विराट् अर्थ-व्यंजक है—जयशंकर! फूटती गंगधार और चन्द्रमा से सज्जित जटाजूट वाला त्रिकाल-त्रिपुंड-रंजित विशाल मस्तक—संसार को अमृत वरदान देता हुआ। समग्र विष-कोष को स्वयं धारण कर लेनेवाला मृत्युंजयी गला और इसमें लिपटे फण निकाले पराक्रम-प्रतीक नागराज। महासंयम और महाधैर्य को प्रतीकित करती बैठने की योग-मुद्रा, सृष्टि में सब कुछ असह्य हो जाने की दशा में अपेक्षित विध्वंस के लिए तत्पर तांडव-प्रतीक त्रिशूल और सृजन-जीवन-विनाश के सभी अवसरों के लिए राग-रंग व नाद-निनाद की सभी ध्वनि-धारें उपस्थित करने की आश्वस्ति देता महावाद्य डमरू—ऐसा सम्पूर्ण और समग्र है शिव-स्वरूप। कलामय, कल्याणमय, शक्तिमय और विद्यामय। अद्‌भुत और अनोखा।...ऐसी विराट् अर्थच्छवि तो एक कौंध में सिर्फ 'शंकर' कहने से उत्पन्न हो जाती है। आपके नाम में तो 'शंकर' के पूर्व 'जय' भी जुड़ा हुआ है अर्थात् इस संज्ञा में उक्त विराट् महास्वरूप की जय की कामना का भाव प्रवाहित हो रहा है।...अब स्वयं आप ही बताइए, ऐसी विलक्षण संज्ञा के साथ क्या किसी उपनाम की कोई आवश्यकता रह जाती है?"

रेडिशे हक्का-बक्का। बिल्लौरी आँखें फैली हुईं। वह दास को कुछ यों ताकते रहे गोया कुछ अजूबा देख रहे हों! कविकिंकर और जयशंकर मनन-मुद्रा में। दास ने कुछ पल के लिए वाणी को विराम दिया। इसके बावजूद लगा, जैसे कमरे का वातावरण उनकी अनुगूँज से सनसना रहा हो! दास ने मुस्कुराते हुए आग्रह किया, "बन्धु, यह सब मैंने आपकी सहमति पर ही कह डाला है। आपको स्वीकार्य न हो, तब भी मेरी ओर से कोई आपत्ति नहीं। मेरा एक ही अनुरोध है कि आप कृपया अन्यथा कदापि न लेंगे, बस!"

रेडिशे की मुग्धता मुखर, "माई गॉड! दास साहब, आप इतने डीप थिंकर हैं, मुझे इसका तनिक भी अंदाजा नहीं था।"

"इसमें मेरा कोई अपना चिन्तन-प्रयास निहित नहीं है, साहब! मैं तो सिर्फ एक कला-प्रेमी भर हूँ। किसी भी कलाकृति को अपनी महीन दृष्टि से विश्लेषित करते हुए बस लगातार देखना जानता हूँ। कोई साधारण व्यक्ति किसी कलाकृति को जहाँ कुछेक क्षणों या मिनटों में देखकर आगे बढ़ सकता है, उसे मैं घंटों-घंटों और कभी-कभी महीनों-महीनों व वर्षों-वर्षों तक देखता-निरखता रह जाता हूँ। साधारण द्रष्टा जहाँ कलाकृति में रूपाकार भर देखता है, वहीं मैं उसमें क्रमश: रूप के भीतर रूप खोजता चला जाता हूँ। उनसे रस चूसता हूँ, उनमें ध्वनियाँ सुनता हूँ, उनमें समय पढ़ता हूँ। इस तरह उनमें मैं काल की युगों-युगों की यात्रा के एक-एक सोपान तक साफ-साफ खोज-देख लेता हूँ। यह अपनी-अपनी रुचि और अपना-अपना अभ्यास भर है। व्यक्ति अपनी दृष्टि को गहन या उथला—जैसा चाहे, वैसा बना सकता है। प्रकृति ने सबमें यह क्षमता समान

भाव से रख छोड़ी है कि वह स्वयं को जैसा चाहे, वैसा विकसित कर ले। ...मैंने स्वयं की दृष्टि को इस विशेष दिशा में सप्रयास विकसित किया है, बस! इसमें न तो मेरी कोई जन्मजात मेधा-प्रतिभा निहित है और न ही कोई उपलब्ध चमत्कार।"

जयशंकर को उपनाम विषयक इस चर्चा ने उद्विग्न करके रख दिया। नाम के साथ 'कलाधर' जोड़ने के औचित्य पर मन-ही-मन प्रश्न तड़कते-कौंधते रहे। क्या साहित्य के संसार में अपना फिर से नामकरण कर लें?

कुछ देर सभी चुप रहे। रेडिशे ने दास से पधारने का प्रयोजन पूछा तो वह गति के साथ जयशंकर व कविकिंकर की ओर मुड़े और फिर यथावत् सीधे होकर चुप रह गए। रेडिशे ने सामने से एक फाइल उठा ली और पन्ने खोल पलटने लगे। कविकिंकर ने केहुनी से जयशंकर को खुदकाया। उन्होंने मुड़कर ताका तो यहाँ से अब उठ चलने का संकेत दिया। दास ने कनखियों से यह सब देखा और चुप रह गए।

"तो अब हमें चलना चाहिए। मीरजापुर से मेरे घर कुछ अतिथिगण आए हुए हैं।" जयशंकर उठे और सिर हिलाकर अभिवादन करने के अंदाज में बोले।

कविकिंकर भी खड़े हो गए। रेडिशे ने हाथ मिलाया। दास ने हाथ जोड़कर विदा किया। दोनों बाहर आ गए।

जयशंकर ने कविकिंकर की ओर ताका, "भाई साहब, ये दास महोदय तो साहित्य और कला के गहरे अनुरागी लग रहे हैं।"

"पर, सबसे पहले ये महाशय एक कंप्लीट जमींदार हैं, इसके बाद ही कुछ और।" जयशंकर अचकचाए तो उन्होंने आगे टिप्पणी की, "देखा नहीं तुमने, जूरी से नाता तोड़ने की बात पर वह महाशय बार-बार कभी विस्मय से तुम्हें, तो कभी संशय से मेरी मूँछों को ताकते-खंगालते रहे—देर तक?"

"मतलब?"

"उन्हें मेरी मूँछों में बगावत और तुम्हारी मासूमियत में बहक दिख रही थी।" कविकिंकर ने दाँत पीसते हुए कहा, "बहुत सँभलकर। जो लोग सरकार-परस्त होंगे, उन्हें कोई छोटी-सी बात भी शंकालु बना सकती है।"

जयशंकर के आश्चर्य का ठिकाना नहीं रहा, "अच्छा!...तो इसीलिए यह शख्स बहुत घूर-घूरकर ताके जा रहा था?" दूसरे ही पल उनका द्वन्द्व छलका, "लेकिन जो व्यक्ति कला और साहित्य से अपने हृदय को जोड़े रखेगा, वह किसी भी तरह गलत आदमी तो कदापि नहीं हो सकता।"

"मैंने गलत कब कहा? जमींदार या सरकार-परस्त होना कोई अपराधी होना तो है नहीं! अपनी-अपनी विचार सरणियाँ हैं। विवेकशील प्राणी होने के नाते हर मनुष्य को यह प्रकृति-प्रदत्त स्वतंत्रता है कि वह कौन-सा पक्ष चुनता है। जिसके लिए देश-समाज सर्वोपरि है, उसका पक्ष और समूचा दृष्टिकोण अलग है और जिसके लिए व्यक्तिगत या परिवारगत शान-शौकत सबसे ऊपर है, उसका पक्ष और सम्पूर्ण दृष्टि-सोच या समग्र कार्य-व्यापार भिन्न। इसीलिए आज जहाँ कोई ऐसा है जो अपना सर्वस्व दाँव पर लगाकर देश की स्वतंत्रता के लिए प्राणपण से जूझ रहा है, वहीं कोई ऐसा भी है जो अपने धन या प्रभाव में वृद्धि के लिए अँगरेजों के तलवे सहला रहा है। इसलिए मुझे तो यही लगता

है कि जो व्यक्ति जमींदार या सरकार-परस्त होगा, उसे सरकार-विरोधी किस्म के लोग कभी फूटी आँखों भी नहीं सुहाएँगे।" कविकिंकर ने समझाया।

उपनाम विषयक ढेरों आत्मप्रश्न-प्रतिप्रश्न मस्तिष्क-वृक्ष की मोटी डाल के नीचे मधुमक्खियों की तरह भरभराते-भनुभुनाते रहे। वर्षों से नाम के साथ जुड़ा 'कलाधर' शरीर के किसी अंग से कम कहाँ महसूस हो रहा है? अब जबकि इसके औचित्य पर ही प्रश्न लगाए गए हैं, इसके साथ एक संज्ञेतर साहचर्य का अनुभव भी जीवंत होने लगा। नाम से इसे हटाने की जब-जब बात दिमाग में आती, लगता, जैसे कोई कभी हाथ की उँगलियाँ तो कभी पाँवों की त्वचा पर कटार रेतने लग रहा हो! मन दर्द से छलछला जा रहा। क्या करें, कैसे करें?

18

कमला देवी जितनी ही अनिन्द्य सुन्दरी, उतनी ही संकोची। बात-बात में उनका घूँघट लटक-झुक आता। सिमट-सिकुड़ जातीं। तीन में से दो दासियाँ, प्रभा और रसवंती, उनसे लगी रहतीं। 'भाभी' कहकर बुलातीं। मर्यादापूर्वक ही लेकिन हँसी-ठिठोली तक भी बढ़ जातीं। उनमें से तीसरी यानी शोभा उम्रदराज होने के नाते गम्भीर रहती और स्नेह-व्यवहार रखती।

प्रभा और रसवंती चिट्ठी-पत्री भर ठीक से जानती थीं। दोनों 'भाभी' से थोड़े गहरे उतरकर भी मजाक करतीं, "हमारे भैया तो अखाड़े को हिला देनेवाले हैं। वह तो एकदम 'उठाओ-पटको' हैं जबकि आप कैसी छुईमुई!" ऐसा कुछ कहकर दोनों एक साथ हँसतीं तो लगता, जैसे आँगन महीन झंकार से भर उठा है!

वह अपने में बंद-सी हो जातीं। तब भी दोनों पीछा नहीं छोड़तीं, "हमारे भैया के आगे कोई एक भी टेढ़ा शब्द बोलकर नहीं निकल सकता और आप किसी सीधी बात तक का जवाब नहीं देतीं।" फिर दोनों की रुनझुनी हँसी खनक उठती। वह आँखें मूँदे और सिकुड़ जातीं। दोनों आपस में सवाल-जवाब शुरू कर देतीं, "ए सखी, भाभी को गोरखपुरिया से बनारसी कैसे बनाया जाए?"

"हम दोनों मिलकर इन्हें दशाश्वमेध घाट पर उठा ले जाएँ और लसार-लसारकर नहलाएँ। गंगा की लहर-बयार खा लेंगी तो अपने-आप हो जाएँगी बनारसी!" फिर-फिर पायलें झनकने जैसी हँसी। वह लगातार उसी तरह अपने में गड़ती चली जातीं।

"ऐ सखी, रस्सी जैसी पतली-दुबली अपनी भाभी को भैया जैसा साँड़ कैसे बनाया जाए?"

"साँड़ तो नहीं, किन्तु जब गले पड़ गए हैं भैया, तब तो इन्हें बनना ही पड़ेगा हृष्ट-पुष्ट गैया!" वही झनकती हँसी। वही लताओं जैसा कोमल स्पंदन।

कमला किसी दिन अधिक चिढ़ जातीं तो घूँघट के नीचे से ही मुस्कुराते हुए तीर छोड़तीं, "तुम दोनों ननदों के लिए मैं एक ही ननदोई खोजवाऊँगी, वह भी किसी ऐंठू चरवाहे जैसा! ऐसा जो हरी-हरी दूब भी चरवाए और खूब दौड़ाकर तुम्हारे भैया जैसा व्यायाम भी करवाए।"

"बाप रे! उई!" दोनों के किनारा करते देर नहीं होती।

19

सुबह-सुबह आ गए हैं बचनू महराज और ईश। जयशंकर ने दोनों के सामने उपनाम विषयक पूरा चर्चा-प्रसंग रखा। दोनों ने एक साथ हो-हो कर हँसते हुए इस पूरे मामले को खारिज कर दिया।

बचनू ने याद दिलाया, " 'तलाधल' उपनाम बतपन छे तुम्हाला छाथ दे लहा है, तिछी ते तहने मात्ल छे इछे अपने नाम ते कातकल अलग तर दोदे?" ('कलाधर' उपनाम बचपन से तुम्हारा साथ दे रहा है, किसी के कहने मात्र से इसे अपने नाम से काटकर अलग कर दोगे?)

जयशंकर ने दास का पूरा तर्क सामने रखते हुए इसके प्रति अपनी समर्थक दृष्टि का संकेत दिया, "बहुत लम्बा नाम यों भी असुविधाजनक होता है। नये परिचितों के लिए इसे याद कर पाना कठिन और देखने-पढ़ने में भी बड़ा बेढब।"

बचनू ने अपनी तुतली मिठास के साथ इस पूरे मामले को एक वाक्य में निबटा दिया, "बात तऽ तोहाल नाम ते हौ, येमे दोछल तेऊ ते दिल ताहे दलत हौ? नाम लखने ता पहला अधिकाल माता-पिता औल पुलोहित को है। इछमें दोछल तेऊ ते तऽ पलेशान नहिये होवे ते ताहीं।" (बात तो आपके नाम की है, इसमें दूसरे किसी का दिल क्यों जल रहा है? नाम रखने का पहला अधिकार माता-पिता और पुरोहित को है, इसमें दूसरे किसी को तो परेशान नहीं ही होना चाहिए।)

बात-बात में तीनों के बीच चर्चा के प्रसंग बदल गए। बातें चाहे जो होतीं, जयशंकर का मन उपनाम-धुरी पर ही घूमता रहा।

चेखुरा ने बाजार से लाकर पूजन-सामग्री का झोला धुले तख्त पर रख दिया। लखरानी देवी आँगन से हाथ-पाँव धोकर खड़ाऊँ खटखटाती पहुँचीं। झोला को उठाकर पूजा-घर में चली गईं। वह भीतर पूजन-सामग्री वाले डिब्बे साफ करने और सरियाने में जुट गईं। आँगन में कमला देवी तीनों दासियों के साथ गेहूँ चुनने-बीछने में जुटी रहीं। रसवंती ने ठिठोली शुरू की, "भाभी, तूं गोरखपुर के हऊ तो गोरखधंधा जानत हऊ कि नाऽ?"

डोलते लाल घूँघट के भीतर मोती जैसी मुस्कान-पंक्ति चमकी, "ऐ रसवंती, तुममें तो चभाचभ भरा है बनारस का बना-बनाया रस!"

"अरे, वाह, अब तो इहो बोले लगलिन रे!" प्रभा चहकी। रसवंती चुप।

"ऐ प्रभा, तूं तो खूब करत हऊ सभा!" घूँघट फिर झूमा।

"अरे, वाह, अब तऽ इहो भैये जी के जइसने कविता करे लगलिन रे! केतना बढ़िया-बढ़िया सजावटी बात कहत बाटिन! एकदमे मन खुश कर देवे वाला!" रसवंती चहकी।

"ऐ सखी, जरा सँभल-सँभल करके! भाभी को जब भैया जैसा बतियाना आ गया तो धोबियापाट लगाना भी आ ही जाएगा," प्रभा ने मुँह ऐंठकर आगे चेताया, "तब तो हम दोनों से खूब बदला लेंगी।"

"हाँ-हाँ, क्यों नहीं! बदला तो लूँगी ही।" झिरझिराता घूँघट थोड़ा ऊपर चढ़ा, आँखें चमक उठीं। समवेत मीठी हँसी।

लखरानी पूजा-घर से बाहर आने लगीं, "ऐ बहू, बच्चा के नाश्ता करा देलूऽ?"

"नाऽ। भीतर अइहें तब नऽ!"

"बाहर काऽ करत हउवन?"

"कुछ लोग आल हउवन, उन्हीं सब के संगे बतकही होत हौ।"

"अरे तऽ उनके खबर भेजके भीतरे बुला लऽ। नाश्ता के समय बीतल जात हौ।"

"ठीक हौ, केहू के बाहर भेजत हई।"

"जल्दी कराऽ।" लखरानी देवी फिर भीतर चली गईं।

कमला देवी ने रसवंती को बाहर जाकर बुलाने को कहा तो वह अनजान बन गई, "किसे बुलाना है?"

"उन्हें!" कमला देवी का मुखमंडल लाल हो गया।

"'उन्हें' मतलब?" रसवंती की ओर से प्रभा ने भौंहें चमकाईं।

"तुम दोनों 'उन्हें' का मतलब नहीं समझ रहीं?"

"नहीं भाभी, जरा भी समझ में नहीं आ रहा।" रसवंती ने भौंहें उचकाईं और आँखें मटकाते हुए होंठ गोल कर लिए।

"अरे, 'उन्हें' मतलब उन्हें!" सस्मित खीझ।

"क्या उनका नाम 'उन्हें' है? कौन हैं यह 'उन्हें' जी?"

"देखो, बदमाशी मत करो, जल्दी बुला दो न!" गुलाबी गुस्सा और सरस आग्रह।

"आप नाम बता दीजिए न, किसे बुलाना है?" प्रभा की पलकें नर्तन करने लगीं।

रसवंती ने कुछ यों सिर को झुमाया गोया उसे यह घेरेबंदी कामयाब होती दिख रही हो!

कमला देवी का चेहरा तमतमा गया, "बुला दो न, प्रसाद जी को!"

दोनों की खिलखिलाहटें ऐसे खिलीं कि इसकी ध्वनि-आभा से आँगन गमगमा उठा। देर तक यह साझा हँसी झरने की तरह झरझराती रही। कमला पलकें झपर-झपर करती अपने ही मुँह से निकला वाक्य बुदबुदाती-दुहराती रहीं। झेंप को नकारती हुईं, "मैंने उनका नाम तो लिया नहीं। तुम दोनों ने तो धोखे से उनका नाम मेरे मुँह से निकलवाने का पूरा इन्तजाम ही करा लिया था।"

जयशंकर दरवाजे से आँगन में निकले, "क्या चल रहा है यहाँ? ऐसी धाराप्रवाह हँसी कि बाहर तक इसकी लहरें पहुँच रही हैं। क्यों, रसवंती-प्रभा! तुम दोनों को हुआ क्या है?"

दोनों ने सप्रयास अपनी बेकाबू हँसी की लगाम पकड़ ली। रसवंती ने थमती हुई हँसी को आँखों से पोंछते हुए कमला देवी की ओर उँगली उठाई, "भैया, भाभी जी ने अभी आपका नया नाम रख दिया है।"

"मेरा नया नाम?" जयशंकर की आँखें फैलीं।

"हाँ।" प्रभा की हँसी भी नियंत्रण में आ गई।

"क्या?" जिज्ञासा तेज चमकी।

" 'प्रसाद' " रसवंती ने कुछ यों कहा, जैसे यह सुनकर जयशंकर चौंक ही जाएँगे।

ऐसा कुछ तो तत्काल हुआ नहीं किन्तु उनकी आँखों में चमक अवश्य आ गई। होंठों पर पुलक से भरी बुदबुदाहट, "मिल गया...मिल गया...'प्रसाद'! एकदम सटीक उपनाम! इसमें पिताश्री साहु देवीप्रसाद सुँघनी साहु का नामांश भी है और संयोगवश नामकरण-क्रिया शैली में ही यह देवी कमला के मुख से निकला भी है। स्वीकार्य... स्वीकार है!"

20

अम्बिकाप्रसाद को लेकर चिन्ता बढ़ती जा रही है। आखिर सगा भांजा है, सबसे बड़ी बहन देवकी का पुत्र। लेकिन, उसके विचित्र रंग-ढंग तो घनचक्कर पैदा कर रहे हैं—क्या पता, अपने भीतर मन से यह कोई काम करने को इच्छुक भी है या नहीं! कहीं ऐसा न हो कि वह केवल अपनी पारिस्थितिक विवशता के चलते ही काम खोज रहा हो! ऐसे में उसे कहाँ, किस काम में व किस तरह लगाया जाए, यह समझ में नहीं आ रहा था।

उसे साथ लेकर प्रसाद लगातार कई दिन तक नारियल बाजार भी आए।

एक दिन उन्होंने उसके बारे में मन-ही-मन आकलन शुरू किया—मेरा यह भांजा तो बौद्धिक विचित्रताओं का अद्‌भुत उदाहरण है। इसमें गजब क्षमता है। यह तो कहीं भी बैठता नहीं बल्कि स्थापित होता है। एक बार जहाँ आसन लगा लिया, वहाँ घंटों जमा रह सकता है। बैठक हो या सभा, वह सम्पूर्ण विसर्जन यानी दरी समेटे जाने तक। अडिग थसका रहता है—व्यवस्थापक या आयोजक के सामने आकर हाथ जोड़ने तक।

ध्यान गया—सचमुच वह जब से यहाँ दुकान में आ रहा है, अक्सर एक ही स्थान पर धँसा रहता है। बहुत जरूरी होने पर उठकर जरा-सा हिलना-डोलना और यथाशीघ्र लौटकर एकदम यथास्थान जम जाना। वह यहाँ सुबह आए या दोपहर में, रात में दुकान के बंद होने तक जस-का-तस आसन जमाये किताब पर किताब या पत्रिका पर पत्रिका चाटता-चट करता रह जाता है। न दुकान के कार्य-व्यापार के प्रति कोई जिज्ञासा, न किसी उत्पाद या सामान के बारे में कोई सहज आकर्षण। बस, सिर्फ पत्र-पत्रिकाएँ या पुस्तकें खोज-खोजकर इनकी अविराम घोंटाई।

21

दुकान में बैठे हैं प्रसाद। उलट-पलट रहे हैं 'भारतेन्दु' का पुराना अंक, किन्तु दिमाग पर चढ़ा है सामने बैठा किसी पुस्तक में डूबा अम्बिका। मन में उसी के बारे में तरह-तरह की बातें।

अम्बिका ने सिर उठाकर ताका तो लगा कि वह भी अपने सामने खुले पृष्ठों से बाहर ही कुछ सोच रहा हो। स्वर धीमा किन्तु संजीदा, "शिव-शिव! मामा जी, यह दुर्भाग्यपूर्ण है कि यह पत्रिका काशी से निकलकर भी चल नहीं सकी, शिव-शिव!"

"हुंऽ!" उन्होंने पृष्ठों पर सिर झुकाए-झुकाए ही तिरछे ताका और फिर यथावत् पढ़ने लगे।

कुछ क्षण चुप रहने के बाद अम्बिका का स्वर थोड़ा पुष्ट हुआ, "शिव-शिव! मामा जी, एक विचार मेरे मन में आ रहा है, शिव-शिव! आप यदि आदेश करें तो आपके सामने प्रस्तुत करूँ? शिव-शिव!"

"तुम तो जिस तरह हर बात में आगे-पीछे 'शिव-शिव' का जाप करने लगते हो, इससे तो एक अलग ही रचनात्मक मनोदशा बन जाती है। अब यह शिव-नाम का प्रभाव है या इसके पीछे से झाँकते तुम्हारे विशेष विनम्र स्वभाव का असर, मैं समझ नहीं पा रहा।" अम्बिका झेंप-से गए। प्रसाद ने मुस्कुराते हुए पत्रिका सामने रख दी, "बोलो, बोलो, क्या कहना चाह रहे हो?"

"शिव-शिव! मामा जी, मेरे लिए आपने क्या सोचा? मुझे किसी कार्य में आप लगा दें तभी मुझे अच्छा लगेगा। बैठे-बैठे समय काटना और अतिथि बनकर अपना स्वागत-सत्कार करवाना मुझे अच्छा नहीं लग रहा, शिव-शिव!"

प्रसाद कुछ बोले नहीं। एक दृष्टि भर डाली और सिर हिलाकर जताया कि वह इस बारे में गम्भीरता से कुछ सोच रहे हैं।

अम्बिका ने फिर व्यग्रता छलकाई, "शिव-शिव! मामा जी, आप मुझे किस कार्य में लगाने की बात सोच रहे हैं? कुछ संकेत तो करिए।"

"वही तो कई दिनों से सोच रहा हूँ। वैसे, अब जब तुम खुद ही पूछ रहे हो तो एक बात बता ही दूँ।"

अम्बिका सीधे बैठ गए। प्रसाद अपने स्वभाव के विपरीत थोड़े सख्त हुए, "देखो, तुम्हारे हाव-भाव से तो मैं इसी निष्कर्ष पर पहुँचा हूँ कि इस दुकान के मूल कार्यों में तुम्हारी कोई रुचि ही नहीं है—तनिक भी नहीं। इसमें यदि तुम्हारा मन लगता दिखता तो मैं यहीं कोई जिम्मेदारी तय कर तुम्हें कुछ महत्त्वपूर्ण कार्य-दायित्व सौंप देता, लेकिन..."

"शिव-शिव! क्या काम करने के लिए उसमें रुचि का दिखना इतना ही आवश्यक है? शिव-शिव!"

"बिलकुल। रुचि होगी तो वह किसी-न-किसी रूप में दिखेगी ही, और मुझे लगता है कि रुचि के बाहर का कार्य वस्तुत: माथे पर बोझ बन जाता है। इसलिए ऐसा ही कार्य चुनना चाहिए जो पसन्द का हो। पसंदीदा कार्य ही अच्छे ढंग से सम्पन्न किया जा सकता है।" प्रसाद ने फिर पत्रिका उठा ली। पृष्ठ उलटते-पलटते हुए वह मुस्कुराए, "तुम अन्यथा नहीं लेना, मैंने तुम्हारी कोई आलोचना नहीं की है। चूँकि तुम आम युवकों से अलग हो और लिखने-पढ़ने की प्रवृत्ति रखते हो, अत: थोड़ा परिपक्व मानते हुए अपना यह कड़वा अनुभव भर तुम्हें बताया है।"

अम्बिका मौन। प्रसाद ध्यान से ताकते रहे।

कुछ ही देर बाद आत्ममंथन के गाम्भीर्य से भरी आवाज, "शिव-शिव! मामा जी, इसे आप मेरी कमी कहें या विशेषता, मेरा यह एक अजीब स्वभाव बन गया है कि मैं जो काम कर रहा होता हूँ, उस समय उसी में पूरी तरह डूबा रहता हूँ। उस दौरान मैं किसी दूसरी दिशा में तनिक भी ताँक-झाँक तक नहीं कर पाता।"

प्रसाद ने कुछ यों ताका, जैसे वह इस कथन पर विश्वास नहीं कर पा रहे हों। अम्बिका ने उनका यह रुख तत्क्षण ताड़ लिया। आँखें मूँद सिर हिलाते हुए आश्वस्त किया, "आप मेरे इस कथन पर विश्वास कर कभी धोखा नहीं खा सकते।"

"तुम अभी किस काम में डूबे हो, जरा यह भी तो बता दो, ताकि मुझे तुम्हें समझने में आसानी हो?" प्रसाद की तिर्यक मुस्कान की धार चमकी, "मैं तो यही देख रहा हूँ कि चाहे घर में होते हो या यहाँ, हर समय तुम्हारे पंजों में कोई न कोई पुस्तक या पत्रिका फँसी होती है जिसके पन्ने पंखों जैसे फड़फड़ाते दिखते हैं। तुम्हारी ऐसी रुचि कभी किसी काम में तो अब तक मुझे नहीं दिखी है। वैसे, मैं तुम्हारे ऊपर कोई श्रमसाध्य काम लादने के लिए यह भूमिका नहीं बाँध रहा, बल्कि तुम्हें तुम्हारी निज की ही प्रवृत्ति पर ध्यान दिलाना चाह रहा हूँ। तुम्हीं सोचकर बता दो कि तुम्हारी प्रवृत्ति क्या सचमुच ऐसी ही नहीं है, जैसीकि मैं बता रहा हूँ?"

"शिव-शिव! मामा जी, आपकी धारणा सचाई से एकदम शत-प्रतिशत उलट है। मैंने तो स्वयं को अभी स्वतंत्र अध्ययन के कार्य में जुटा ही रखा है, इसीलिए अपनी प्रवृत्ति के अनुसार मैं हर पल इसी में जुटा रहता हूँ? क्या यही अपने कार्य में डूबे रहने के मेरे दावे का प्रत्यक्ष प्रमाण नहीं?...शिव-शिव!"

प्रसाद ने भर दृष्टि ताका, जैसे वह मन-ही-मन इन बातों का रेशा-रेशा उधेड़ रहे हों। सोचते-सोचते वह 'भारतेन्दु' के पृष्ठों में उतर गए।

सामने 'माधुरी' के पृष्ठ खोले अम्बिका वैसे ही संजीदा बैठे ताकते रहे।

थोड़े-से अंतराल पर धीमे से पूछा, "शिव-शिव! मामा जी, यह 'भारतेन्दु' पत्रिका तो अभी बंद है न?"

"हाँ, यह दो बार शुरू हुई और दोनों बार बंद हो गई। सबसे पहले यहीं काशी के 'अग्रवाल स्पोर्ट्स क्लब' ने इसका प्रकाशन 1905 के अगस्त में आरम्भ किया था। भारतेन्दु बाबू के भतीजे व्रजचन्द्र के अतिरिक्त शिवप्रसाद गुप्त, राजाराम, मुन्नीलाल गर्ग, गोकुल दास और लक्ष्मण दास इसकी सम्पादक-समिति के सदस्य थे। 1906 के मई-जून में प्रकाशित इसके दसवें-ग्यारहवें संयुक्तांक में ही मेरी पहली रचना 'सावन पंचक' छपी थी। इसके बाद एक ही अंक आ पाया और यह बंद हो गई। इसके बाद जुलाई, 1906 से दिसम्बर, 1907 तक यह अंधकार में रही किन्तु जनवरी, 1908 में नागेश्वर प्रेस वाले पंडित नागेश्वरनाथ ने इसका पुन:प्रकाशन आरम्भ किया। सम्पादक हुए लाला भगवान दीन, किन्तु दूसरी बार भी सिर्फ छह अंक ही निकल सके और जून में यह पत्रिका पुन: बंद हो गई।" प्रसाद की वाणी भीग-सी गई, "असल में हिन्दी का यह दुर्भाग्य है कि हमारी भाषा व साहित्य-पत्रकारिता के जनक के नाम का यह एक पत्र भी नियमित नहीं हो पा रहा।"

"शिव-शिव! क्या कारण है, इसके न चल पाने का? क्या नकद भुगतान देकर पत्रिका खरीदने वाले पाठक ही हिन्दी में नहीं हैं? शिव-शिव!" अम्बिका ने जैसे प्रसाद की दुखती रग पर हाथ धर दिया हो!

"यह बात मैं नहीं मानता। ऐसे पाठक यदि न भी हों तो इसके लिए अन्तत: कौन दोषी माना जाए? नि:सन्देह, भाषा-साहित्य के क्षेत्र में काम करनेवाले हमारे ही जैसे

लोग। हम ऐसे पाठक क्यों तैयार नहीं कर पा रहे? लोग भुगतान कर-करके दूध-मलाई से लेकर भांग-सुर्ती और पान-पत्ते तक का जमकर सेवन कर रहे हैं। और एक बात मैं बता दूँ कि धरती पर शायद ही ऐसा कोई मनुष्य हो जिसके गुण-सूत्र में जिज्ञासा और ज्ञान-पिपासा के बीज-तत्त्व विद्यमान नहीं हों। ध्यान दो तो तुम्हें यहाँ-वहाँ ऐसे तमाम लोग मिल जाएँगे जो किन्हीं विवशताओं के चलते चाहे भले अक्षर-ज्ञान से वंचित रह गए हों किन्तु इसके बावजूद वह 'रामायण-महाभारत' की सर्वांश कथाएँ विस्मयकारी ढंग से सुना सकते हैं—दोहे-चौपाइयों और श्लोकों के उद्धरणों सहित। ऐसा वस्तुतः इसी आदिम ज्ञान-पिपासा के कारण सम्भव होता है। इसके अलावा ढेरों ऐसे इच्छा-सम्पन्न साक्षर लोग हैं जिन तक स्वस्थ पाठ-सामग्री की सहज पहुँच ही सम्भव नहीं बन पाती। ऐसे में यदि हिन्दी भाषा-सेवियों की ओर से पाठक खोजने-बनाने का कोई सघन अभियान चले तो बेशक चौंकाने वाले सकारात्मक परिणाम सामने आ सकते हैं। इसी तरह पत्रिका नियमित पढ़ने-खरीदने की प्रवृत्ति भी आम पढ़े-लिखे तबके के बीच जगाई जाए तो बेशक काफी सशक्त स्थायी पाठकीय आधार गढ़ा जा सकता है। लेकिन हमारा लेखक समाज इस ओर से एकदम उदासीन है। तुम्हीं सोचो, हम आखिर ऐसा क्यों सम्भव नहीं बना सकते?"

"शिव-शिव! बिलकुल सही। शिव-शिव! लेकिन मामा जी, यह तो एक बड़ा मुद्दा है। इस पर तो सामूहिक पहल होनी चाहिए। मैं फिलहाल पत्रिका चलाने वाले पहलू पर एक बात कहना चाह रहा हूँ..." अम्बिका का स्वर काफी संजीदा, "मामा जी, मेरा मानना है कि पत्रिका चलाने के लिए लेखकीय और सम्पादकीय दक्षता ही पर्याप्त नहीं है बल्कि इसके लिए प्रबंधकीय कौशल और व्यावसायिक संयम व क्षमता-दक्षता कहीं अधिक आवश्यक है। अब किसी लेखक में अन्तिम दोनों योग्यताएँ तो एक साथ होना लगभग असम्भव ही है।"

अम्बिका की बात विचारणीय लगी। प्रसाद गम्भीर हो गए। वह अपनी गति से बोले जा रहे थे, "मामा जी, वैसे, यदि लेखक सचमुच व्यावसायिक संयम-दक्षता अर्जित कर ले और स्वयं में प्रबंधकीय क्षमता भी जगा सके, तो पत्रिका निकालने की दृष्टि से यह सोने में सुगंध की तरह ही होगा।"

प्रसाद विचारमग्न। टुकुर-टुकुर ताकते रहे। कुछ क्षणों बाद धीरे-धीरे बोलने लगे, "यही तो एक पेच है। लेखन ही नहीं, अन्य तमाम कला-कर्म अन्ततः स्वयं में एक विचित्र उपक्रम होते हैं। लेखक या कलाकार चाहे-अनचाहे एक खास ऐसी वायवीय मनोदशा का शिकार होने से स्वयं को नहीं बचा पाता, जो उसे बहुत हद तक मानसिक संसार का प्राणी बनाकर छोड़ देती है। आँखों पर नींद की मोटी चादर पड़ी हुई हो या सामने कोई भी दूसरा कार्य-लक्ष्य, उसके अंतरंग मानस-अंतरिक्ष में कल्पना की कपास हमेशा धुनती-उड़ती चलती रहती है। उसी तरह सोते-जागते, उठते-बैठते, चलते-फिरते हर क्षण विचार की मथनी घर्रर्घर्र-घर्रर्घर्र करती ही जाती है। इसीलिए वह अक्सर तुम्हें खोया-खोया-सा मिलेगा, स्वयं से भी निरा गाफिल! इसकी वजह यही कि समर्पित रचनाकार वस्तुतः हमेशा रचना-भूमि में ही विचरण करता रहता है। जो जितना ही सच्चा व मौलिक रचनाकार होगा, व्यावहारिक जीवन में वह अक्सर उतना ही विफल और लापरवाह साबित होता चलेगा।"

"शिव-शिव, शिव-शिव! मामा जी, आपने तो आज मुझे बहुत गम्भीर डोज दे डाला। वैसे, जीवन में आज पहली बार मुझे प्रत्यक्षत: किसी के मुख से ऐसी गूढ़ बातें सुनने का मौका मिला है, और मेरा सौभाग्य देखिए कि यह 'कोई' कोई और नहीं बल्कि स्वयं जयशंकर यानी आप हैं।" शब्दों पर श्रद्धा-कण चमकने लगे। अम्बिका ने फिर मूल मुद्दा पकड़ा, "शिव-शिव, शिव-शिव, मामा जी, आपने तो बात-बात में बात ही बदल दी! मैं वस्तुत: यह कहना चाह रहा हूँ कि चूँकि साहित्यिक पत्रिकाएँ प्राय: लेखक ही निकालता है और अक्सर यह लड़खड़ाकर बंद ही हो जाती है, इसीलिए यदि ऐसे लोग पत्रिका निकालने से पहले कुछ व्यावसायिक व प्रबंधकीय क्षमताएँ अर्जित करने का काम कर लें, तो..."

हल्के मुस्कुराए प्रसाद। अम्बिका चुप। उन्होंने समझाने वाले अंदाज में खास ढंग से सिर हिलाया, "ऐसा है भांजे, यदि जिस व्यक्ति में प्रबंधकीय या व्यावसायिक दक्षता-क्षमता भर जाए तो वह और चाहे जो हो या न हो, सच्चा लेखक तो कदापि नहीं रह जाएगा।" वाणी में चिकनाई और गाढ़ापन परिलक्षित होने लग, "देखो, सफलता वस्तुत: उदग्र दर्प और उन्माद की जननी है जबकि विफलता विनम्र आत्मचिन्तन-विवेक और कोमल भावनाओं का उद्गम। इसीलिए निर्माणकारी कला और ज्ञान का उन्मेष असफलताओं से होता है। इसे यों कहो कि यह सब मौलिक उद्यम प्राय: असफल लोगों द्वारा ही सम्भव बनाया जा पाता है। सफलता पाने वाले तो संतृप्त होकर कहीं निढाल हो जाते हैं, होश में होता है शिकस्त खाया हुआ व्यक्ति ही। वह अपने जख्म की दवा तलाशने में जी-जान से जुट रहता है।" शब्द-शब्द प्रज्वलित और वाणी में ताप, "इसीलिए प्रभावशाली साहित्य किसी अदना ठंडी स्याही से नहीं बल्कि तप्त रक्त जैसी टुहटुह भावनाओं से लिख जाता है। जहाँ तक प्रबंधकीय और व्यावसायिक दक्षता की बात है, पत्रिका को लाभ में रखने के लिए यदि सम्बन्धित लेखक कुशल प्रबंधक और दक्ष व्यवसायी बन जाए तब जाहिरन वह स्वयं को ठेस-ठोकरों से तो बचा ले जाएगा किन्तु इसके लिए उसे हमेशा इसी की जुगत में डूबा रहना होगा। ऐसे में वह अपनी लेखकीय संवेदनाएँ भला कैसे बचाए रख पाएगा? दीपक तभी तक प्रकाश फैलाता रह सकता है, जब तक अपनी तेल-बाती को जलाते रहना स्वीकार करता चले। यदि वह तेल-बाती बचाने की दक्षता-क्षमता अर्जित करने में जुट जाए तब तो वह अंधकार से लड़ चुका! फिर तो काला-कालिख साम्राज्य स्थापित होना तय होगा। इसीलिए मुझे लगता है कि दक्षताएँ और क्षमताएँ प्रथमत: और अन्तत: प्रच्छन्न चालाकियाँ हैं। ऐसी युक्तियों से धन की खनक चाहे भले बढ़ जाए, इनके स्पर्श-मात्र से ज्ञान और विद्या की दीप्ति का क्षरण तय है।"

अम्बिका का उत्साह आहत। बोलने के बाद प्रसाद भी अब चुप।

कुछ देर सरसराती हुई चुप्पी ऐंठती रही।

छोटा-सा किन्तु आलोड़ित अंतराल अम्बिका के विनम्र शब्दों से ही धीरे से भंग हुआ, "शिव-शिव! मामा जी, मैं तो कोई साहित्यकार हूँ नहीं जबकि पत्रिका के सम्पादन और प्रबंधन में मेरी दिलचस्पी जाग रही है, शिव-शिव!"

"ओऽ, तो तुम इसी दिशा में सोच रहे हो? मेरे मस्तिष्क में तो यह बात एकदम ही नहीं आ सकी..." प्रसाद हँसे, "यह तो बहुत अच्छी बात है। तुम यदि यह चाह रहे

हो कि तुम्हें कार्य करने का ऐसा ही कोई अवसर मिले तो मैं इस पर आगे भी विचार कर सकता हूँ। मैंने काफी पहले से एक पत्रिका निकालने का विचार सँजो रखा है... तब तो एक बार मैं 'भारतेन्दु' को ही फिर से शुरू करने की दिशा में स्वयं प्रयास कर सकता हूँ। हिन्दी में भारतेन्दु बाबू के नाम की यह पत्रिका अवश्य निरंतर प्रकाशित होती रहनी चाहिए।"

22

भारतेन्दु के पुन:प्रकाशन की तैयारी शुरू हो गई।

घर में ही आँगन से लगा एक कमरा 'कार्यालय' बन गया।

प्रसाद ने अपने जिम्मे दो दायित्व रखे। पहला, पत्रिका के प्रकाशन-मुद्रण के लिए आरम्भिक पूँजी उपलब्ध कराना और दूसरा, एक लेखक के रूप में नियमित सहयोग। सम्पादकीय और व्यवस्थापकीय प्रबन्ध पूरी तरह अम्बिका को सौंप दिया गया। वह अपनी कार्य-योजना में पूरे उत्साह के साथ जुट गए।

किधर से भी आते-जाते हुए प्रसाद 'कार्यालय' में अवश्य झाँक लेते। कभी-कभी तो दरवाजे से ही एक नजर डालकर बढ़ जाते जबकि बहुधा भीतर आकर हर क्रिया-कलाप की जानकारी लेते। रुककर गहरी जिज्ञासा के साथ एक-एक कागज-पत्तर का बारीक अवलोकन करते। पूछते—किस-किसके नाम-पते मिल गए, किसके चाहिए, किससे क्या अपेक्षित है, कौन क्या-क्या सहयोग दे सकता है, आदि-आदि।

उस दिन रचना-आमंत्रण के लिए लेखकों को लिखे पत्रों का बंडल सामने रखा मिल गया। प्रसाद इसे उठाकर मुआयना करने लगे। देखकर गद्गद। मुग्ध। कैसी मोती जैसी सुन्दर हस्तलिपि! सूची भी समृद्ध। देश भर के लगभग सभी प्रमुख लेखकों की शृंखला। इससे समकालीन रचनाशीलता से अम्बिका के परिपक्व परिचय और गहरे जुड़ाव का भी संकेत मिला। प्रसन्नता हुई। यह कार्य आरम्भ करने व इसमें भांजे को लगाए जाने के अपने निर्णय पर गहरा संतोष भी।

23

नारियल बाजार जाने के लिए निकल रहे हैं प्रसाद।

पीछे से अम्बिका ने लक्ष्यपूर्वक खाँसा। वह धीमे हो गए।

पास आकर उन्होंने ध्यान खींचा, "शिव-शिव! मामा जी, एक बात तो मेरे दिमाग में आई है, कहूँ? शिव-शिव!"

"हाँ-हाँ, सम्पादक जी, आपके मन में जो भी बात आ गई हो, कह डालिए।"

"शिव-शिव! मामा जी, 'भारतेन्दु' अन्ततः दूसरे लोगों द्वारा पहले प्रकाशित हो चुकी है। इसके पुनरारम्भ की वैधानिकता पर भी विचार कर लिया जाना चाहिए।"

"ठीक है, ठीक है। इसमें कोई बहुत पेच नहीं है। 'अग्रवाल स्पोर्ट्स क्लब' से औपचारिक अनुमति ले लेंगे, बस!...भला क्लब क्यों नहीं चाहेगा कि भारतेन्दु बाबू

की स्मृति को सजीव करनेवाला यह पत्र नियमित हो जाए?" उन्होंने आगे समझाया, "तुम क्लब के कार्यालय चले जाओ। देख लो, वहाँ कौन लोग मिलते हैं। व्रजचन्द्र तो मेरे बालसखा ही हैं, वह मिलें या शिवप्रसाद गुप्त, राजाराम या कोई अन्य, मेरा स्मरण कराना और अनुरोधपूर्वक अपना उद्देश्य भर बता देना, काम हो जाएगा।"

24

दुकान पर बैठे हैं प्रसाद। कुछ लिखने में तल्लीन। गद्दी के निकट ही पाल्थी जमाये मोहनलाल रस्तोगी भी 'आज' के पन्नों में मगन।

कोई खुदरा ग्राहक नहीं है। इकलौता ग्राहक जौनपुर से आया हुआ एक व्यापारी है, जो अपने लिए सुँघनी के डिब्बे पैक कराने में मशगूल। जीतन उसकी सेवा में जुटा हुआ है।

अम्बिका मुँह लटकाए हुए सामने उपस्थित, "शिव-शिव, शिव-शिव!"

प्रसाद ने नजर उठाई। चोखा जैसा मुँह देखते ही वह चिन्तित, "काऽ होऽ, तीन-चार दिने से क्लब में दउड़त हउवा, अबहीं ले काम ना भल?"

अम्बिका कुछ बोले नहीं। चुपचाप सामने तख्ती पर बैठ गए। प्रसाद को लग गया, कहीं कुछ गड़बड़ अवश्य है, "बोलत काहे ना हउवाऽ?"

"शिव-शिव!...क्लब तो अनुमति देने के एवज में कई शर्तें खोंसने को बेताब है। इस पर ठीक से विचार कर लेना ही उचित होगा।"

"'उचित' हो तब तो कोई भी शर्त स्वीकार्य है किन्तु यदि 'चित' हुआ तब तो..." प्रसाद ने तनाव को कम करने की गरज से चुहल की, "खैर, कोई बात नहीं। अब यह तो बता दो कि वहाँ कौन मिला और क्या बात हुई?"

अम्बिका ने सविस्तार बताना शुरू किया :

तीन दिनों से क्लब वाले कभी सुबह तो कभी शाम दौड़ाते रहे।

अम्बिका हर बार नियत समय से दो-चार मिनट पहले ही हाजिर। क्लब-कार्यालय में प्राय: प्रतिदिन राजाराम ही मिलते। शुरू में तो 'भारतेन्दु' के पुन:प्रकाशन की मंशा सुनते ही उन्होंने मुक्तकंठ प्रशंसा की और शाम को आने को कहा। इसके बाद तीन-चार बार यही कह-कहकर लौटाया जाता रहा कि क्लब अनुमति देने की शर्तों पर विचार कर रहा है। आज सुबह जो शर्तें सुनाई गईं, उनके अनुसार पत्रिका के नाम के एवज में क्लब मुद्रित मूल्य के हिसाब से कुल प्रतियों पर दस प्रतिशत रायल्टी लेगा, पत्रिका के आय-व्यय का सालाना हिसाब पेश करना होगा। इसमें इश्तहारों से होने वाली आमदनी पर क्लब बीस प्रतिशत लाभांश लेगा। इसके अलावा, सारी प्रकाशन-सामग्री मुद्रण से पहले क्लब के सामने प्रस्तुत करनी होगी और इस संदर्भ में क्लब के किसी भी संशोधन विषयक निर्णय को मानना होगा।

"क्लब-कार्यालय में तुम्हें किसी दिन व्रजचन्द्र मिले या नहीं?" प्रसाद की आँखें व्यग्रता से फैल गईं।

"आज जब राजाराम जी क्लब का निर्णय बता रहे थे तो व्रजचन्द्र जी दिखे थे। मेरे पास से ही वह चुपचाप निकल गए और भीतर वाले कमरे में जा घुसे, शिव-शिव! इसके

कुछ देर बाद मैंने आने से पहले भीतर जाकर उनसे भेंट की। उन्हें आपकी मंशा, उसके बाद क्लब से अनुमति लेने विषयक अपने पूरे प्रयास की जानकारी और राजाराम जी द्वारा सुनाया गया क्लब का निर्णय—सब कुछ सविस्तार बताया, शिव-शिव!"

प्रसाद व्यग्र हो उठे, "इस पर उन्होंने क्या कहा, यह तो बताओ?"

"वही तो बता रहा हूँ, शिव-शिव!...उन्होंने पूरी बात चुपचाप सुन ली और अंत में केवल एक वाक्य बोलकर रह गए—जयशंकर ने इसके लिए तुम्हें क्यों आगे किया? क्लब से स्वयं बात क्यों नहीं की?...मैं इस पर क्या कहता, चुप रह गया। इसके बाद वह चुपचाप उठकर खड़े हो गए। उनके जाते ही मैं भी बाहर आ गया, क्या करता! शिव-शिव!" अम्बिकाप्रसाद ने सिर झुका लिया।

प्रसाद का मुखमंडल लाल हो गया। जैसे आवे से ताजा निकला हुआ मिट्टी का कोई पात्र सामने हो : भभूका!

अम्बिका के लिए प्रसाद के आहत मनोभाव समझना कठिन नहीं रह गया था किन्तु वह यही नहीं सोच पा रहे थे कि उन्हें अब आगे क्या कहना या करना चाहिए।

25

'साहित्य की दुनिया को भी कैसे-कैसे तिजारती लोगों के दाँव-पेंचों का दंश झेलना पड़ता है!' प्रसाद रजिस्टर पलट रहे हैं प्रतिष्ठान के हिसाब का, किन्तु दिमाग में चेहरे घूम रहे हैं 'अग्रवाल स्पोर्ट्स क्लब' के भाग्यविधाताओं के।

पत्रिका का नाम तो बेशक कुछ अन्य भी रखा जा सकता है। ऐसा तो है नहीं कि किसी दूसरे नाम से पत्रिका निकले तो कोई उसे हाथ में लेना ही नहीं चाहे या 'भारतेन्दु' नाम होने पर उसकी प्रतियों की लूट ही मच जाए? लेकिन, इन क्लब वालों को यह बात भला कौन समझाए कि 'भारतेन्दु' नाम के पीछे कोई तिजारती निशाना नहीं बल्कि हमारा भावनात्मक लगाव है! हम तो सिर्फ यही चाहते हैं कि समकालीन सृजन की प्रवहमान यात्रा हर क्षण अपने साहित्य के जनक की संज्ञा-छवि से लगातार जुड़ी रह सके, और हम हिन्दीवालों के सिर से यह कलंक मिट जाए कि हम लोग 'भारतेन्दु' नाम की एक पत्रिका भी नियमित नहीं छाप सकते। सर्वाधिक मलाल तो यह कि स्वयं व्रजचन्द्र के होते हुए भी क्लब वाले पत्रिका के नाम की रायल्टी वसूलना चाहते हैं! किसको नहीं पता कि सार्थक पत्रिका निकालना अपने-आप में 'घर-फूँक तमाशा' देखने का एक दर्दनाक खेल है? इसके बावजूद यह सोच? ऐसी अड़ंगेबाजी?

सीने में टीस उठ रही है जो टभकती हुई बवंडर-सी गोल-गोल भँवर खाती तेज चढ़ती ऊपर पहुँचकर दिमाग पर टन्-टन् ठोकर मारने लग जा रही है। न कुछ लिखने-पढ़ने में मन रम रहा है, न पत्रिका निकालने के इस जुनून से पीछा ही छूट पा रहा। नहीं चाहते हुए भी मन बार-बार यही विश्लेषण करने में जुट जा रहा है कि क्लब वालों ने आखिर क्या सोचकर ऐसा नकारात्मक निर्णय सुनाया? किन्तु हर बार कोई निष्कर्ष निकालने में विफल। कोई ठोस कारण समझ में नहीं आ रहा। यह गुत्थी लगातार पहेली बनी हुई है।

एक-एक कर क्लब के लोगों पर ध्यान जाकर टिक जा रहा है। व्रजचन्द्र बालसखा ही हैं, उनसे किसी दाँव-पेंच की कोई आशंका नहीं। शिवप्रसाद गुप्त तो अपने नाम के ही जीते-जागते उदाहरण! एकदम किसी भी नकारात्मक सोच से सर्वथा मुक्त; इसलिए उनकी ओर से भी किसी आपत्ति की कोई गुंजाइश नहीं। उसी तरह राजाराम भी जितने सरल, उतने ही सच्चे-सज्जन साहित्यानुरागी; इसलिए इस पक्ष से भी किसी तरह की लंगी लगाए जाने का प्रश्न ही नहीं। फिर किसे इसमें ऐसी गहरी असहमति हो गई?

मन चकराकर रह गया।

प्रसाद मन-ही-मन स्वयं को यह समझाने का प्रयास भी चलाते रहे कि पत्रिका निकालने की कोई विवशता तो है नहीं, अम्बिका को घरेलू सुँघनी उद्योग में ही कोई ठोस कार्य-दायित्व सौंपा जा सकता है, इसलिए इस पत्रिका-योजना से मुक्त हो लेना अधिक श्रेयस्कर होगा। यों भी ऐसे कार्य निजी लेखन-प्रयास को कहीं न कहीं बाधित करेंगे। दूसरे ही पल, फिर यह लगता कि अम्बिका के लिए कोई भी कार्य सँभालना मुश्किल नहीं किन्तु उसकी रुचि का कार्य तो पत्रिका-प्रकाशन ही है। इसके अलावा उसे दूसरे किसी काम में लगाने का अर्थ होगा—उसकी बौद्धिक प्रतिभा और स्वयं उसके साथ घोर अन्याय।

रजिस्टर को एक ओर रखते हुए वह उठने को हुए कि कानों में पड़ा : 'शिव-शिव!' सामने अम्बिकाप्रसाद 'शिव-शिव' करते आते हुए। प्रसाद को स्वयं पर आश्चर्य हुआ। उन्होंने पहले अपने सीने पर हाथ फिराया फिर छूकर अपने होंठ जाँचे। ऐसे तनाव के क्षण में यह औचक राहत व मुस्कान कहाँ से आ गई? ध्यान गया, यह 'शिव-शिव' की टेर तो सचमुच प्रभावी उपक्रम है। विचार-बवंडर थम-से गए।

अम्बिका आकर सामने तख्त पर आहिस्ते बैठ गए, "शिव-शिव, शिव-शिव!... क्या बात है मामा जी, यह कोई नई कसरत आविष्कृत कर ली क्या?"

चकरा गए प्रसाद। चौंककर ताका। पूरक प्रश्न ढुलककर सामने आ गया, "स्पर्श-व्यायाम जैसा कुछ?...वैसे, अब मेरा विचार तो यह है कि 'भारतेन्दु' के पुन:प्रकाशन की अपनी योजना हमें छोड़ देनी चाहिए।"

प्रसाद कुछ बोले नहीं किन्तु आँखें दर्द से छलछलाई-सी दिखने लगीं। यह भाँपते ही अम्बिका सहमकर रह गए। वाणी को भरसक मृदु बनाते हुए बात बदलने लगे, "पत्रिका किसी दूसरे नाम से भी निकालकर हम अन्तत: जो कार्य करेंगे, इससे भारतेन्दु बाबू की आत्मा को ही शान्ति पहुँचेगी। जो हिन्दी भाषा-साहित्य व पत्रकारिता का जनक है, उसकी आत्मा हमारे मर्म को अवश्य पहचानेगी।"

आँखें मूँदे पाल्थी जमाये प्रसाद कुछ देर यों ही अनुपस्थित-से उपस्थित रहे। अम्बिका को स्थिति की गम्भीरता का भान हो चुका है। अब वह भी मौन ओढ़े टुकुर-टुकुर ताकने लगे। सच बात तो यह कि उनसे प्रसाद की यह दशा देखी नहीं जा पा रही। उन्हें यह लगने लगा है कि मामा जी कोई सामान्य व्यवहारी पुरुष तो कदापि नहीं हैं। एक ओर जहाँ तनिक ताप से पिघल जानेवाले नवनीत जैसे अत्यन्त कोमल तो दूसरी ओर भावनात्मक प्रतिकूलता की जरा-सी चोट पर भी उग्र संवेदनशीलता से भर जानेवाले तीव्र ज्वलनशील मानस के व्यक्ति! उनका हृदय एकदम कपास जैसा

है—सर्वांश निर्मल-श्वेत भी और चिनगारी के स्पर्श मात्र से धधक उठने वाला भी। मन के किसी कोने में कहीं यह अपराधबोध भी जागा : 'मेरे के कारण ही तो यह योजना बनी जिसने उन्हें मर्माहत कर देनेवाली ऐसी विषम परिस्थिति तैयार कर डाली।' ग्लानि पनपने लगी—नाहक ही यह योजना बनी जिसने अन्ततः मामा जी को ऐसी दाहक मनोदशा में धकेलकर छोड़ दिया है। मन में आया, क्यों न रात में गुपचुप उठकर यहाँ से फुर्र हो जाया जाए? एक झटके में मामा जी की सारी मुसीबत हवा हो जाएगी। दूसरे ही पल लगा कि ऐसा भूलकर भी नहीं किया जाना चाहिए, क्योंकि इससे इनकी मुसीबत कम नहीं होगी बल्कि उल्टे बढ़ जाएगी। छोटी से छोटी बात पर इतना अधिक सोचने वाला ऐसा व्यक्ति कब क्या सोच-समझ ले और कैसे अपनी प्रतिक्रिया कर दे, कोई जरा भी इसका पूर्वानुमान नहीं लगा सकता। एक ही उपाय है कि इन्हें किसी भी तरह इस अवसाद-कूप से बाहर निकाला जाए।

इसी क्रम में ध्यान गया तो अम्बिका अचम्भित। प्रसाद ने ज्योंही आँखें खोलीं, उनका चेहरा तनाव से सर्वथा मुक्त। न क्लेश, न ऊहापोह, न कोई उलझन। जैसे उमड़ते-घुमड़ते काले मेघों की घाटियों-पहाड़ियों को छट्-छट् काटता चमकीला सूर्य सामने सर्वांग खिल गया हो! उनकी काव्यमयी वाणी का माधुर्य भी मुक्ति-मनोदशा की सजीव बानगी पेश करने लगा, "तुमने सही समय पर सही सलाह उपलब्ध करा दी, लेकिन..."

जान में जान आई। अम्बिका ने राहत की साँस ली। प्रसाद अपने मन की तहें खोलने लगे, "पत्रिका के लिए 'भारतेन्दु' नाम बहुत अच्छा था, ऐसा दूसरा नाम हो ही नहीं सकता। इस संज्ञा में एक ही साथ कई लक्ष्य सिद्ध हो रहे हैं—अपने परम्परा-पिता की प्रत्यक्ष स्मरण-उपस्थिति भी और भारत के जाज्वल्यमान सृजनात्मक इन्दु-पक्ष के उदय की कामना या उद्घोष भी, और साम्प्रत रचनाशीलता के आकलन-आलोकन का उज्ज्वल संकल्प-बोध भी।...सच बात तो यह कि भारतेन्दु जी का स्मरण मात्र मेरे मन को ऐसा आविष्ट कर देता है कि एक विशिष्ट सृजनात्मक मनोदशा तैयार हो जाती है, रचनात्मक ऊर्जा की धारा बहने लगती है। मुझे लगता है कि ऐसी ही अनुभूति हिन्दी के अधिकतर लेखक-पाठकों को होती होगी, इसीलिए पत्रिका के लिए दूसरा नाम चुनना अब बहुत कठिन लग रहा है मुझे।"

"यदि यही बात है तो क्यों नहीं हम पत्रिका का नाम 'हरिश्चन्द्र' रख लें?"

"हरिश्चन्द्र से तो राजा हरिश्चन्द्र का भी बोध होगा।"

"पत्रिका जब एक बार लोगों के हाथ में पहुँच जाएगी तब तो अगली बार से किसी को कोई भ्रम नहीं होगा। हम पत्रिका के नाम के साथ भारतेन्दु जी के मुखमंडल का एक रेखांकन भी तो छाप सकते हैं।"

प्रसाद कुछ बोले नहीं किन्तु सिर उठाकर ध्यान से देखा।

अम्बिका को यह अन्यमनस्क चुप्पी सरसराती हुई महसूस हुई। सचमुच प्रसाद के उमड़ते मन में ऐसे ही विचार-पतवार छप्प्-छप्प् चलते-बजते और हिलते-डोलते रहे। मन की तुला पर 'भारतेन्दु' और 'हरिश्चन्द्र' नाम परस्पर तुलते रहे। अनुभूति बोल रही थी : जो भाव-बोध 'भारतेन्दु' शब्द से निःसृत हो रहा है, वह 'हरिश्चन्द्र' में कहाँ? भारतेन्दु यानी भारत का इन्दु! 'सितारेहिन्द' को शिकस्त देने के लिए जनस्वीकृत विशेषण! समाज

को जाति-भेद से उबारने की भावना से लिखे एक लेख को ब्राह्मण-विरोध समझ लाहौर के एक हिन्दी-प्रेमी पंडित ने कातर भाव से पत्र भेजा था। उसने लिखा—हरिश्चन्द्र के रूप में आप हर हिन्दी-भाषी के हृदय में विराजमान हैं लेकिन सबको ब्राह्मण बनाने का विचार व्यक्त कर आपने पंडितों की मर्यादा को कम कर दिया है, इसलिए मैं आपको भारतेन्दु अर्थात् भारत का चंद्रमा कहना चाहता हूँ। चंद्रमा में चमक और सौंदर्य तो है लेकिन दूर से दिखने वाला दाग भी। पत्र को पढ़कर यहाँ सबने महसूस किया कि लाहौर के पंडित जी ने एक-एक शब्द गुस्से व गहरे क्लेश के भावों में डूबकर लिखा है लेकिन क्रुद्ध-भाव से भी जो विशेषण उछाला है, वह दुर्लभ और धार्य है।

बीमार पड़े बाबू हरिश्चन्द्र के म्लान मुखमंडल पर कोई सुखद लकीर देखने के लिए मित्र-मंडली ने इसे अपनी स्वीकृति दे उन्हें अवगत कराया। इसके बाद तो इसे आम स्वीकृति देने में सामुदायिक प्रेम कुछ यों उमड़ा कि व्याकरण के सारे बंध-उपबंध मोम की तरह पिघल कर बह चले। प्रेम के ताप में तपकर विशेषण एक ही झटके में संज्ञा में बदल गया। अब तो 'भारतेन्दु' शब्द कहीं भी दिख जाए, सारा अतीत-संदर्भ मन-गगन पर एक साथ इन्द्रधनुष की तरह खिंच जाता है। यह अनुभूति-लाभ भला दूसरे किस नाम से कहाँ सम्भव है? तो, क्या भारतेन्दु जैसी ध्वनि-छवि का ही कोई वैकल्पिक शब्द तलाशने का प्रयास किया जाए? दूसरे ही क्षण मन ने इस प्रयास-युक्ति के आत्मप्रस्ताव को पारित कर दिया। ऐसा कौन-सा शब्द हो सकता है? भारतचन्द्र? नहीं-नहीं, यह तो सुनने में ही अटपटा लग रहा है। भारत का चन्द्रमा? नहीं। यह तो और अधिक गड़बड़ है। तो, भारत का इन्दु? नहीं। यह तो भारतेन्दु नाम को दरकाकर तोड़ देने के कृत्य जैसा होगा। तो, क्यों नहीं 'इन्दु'?

प्रसाद का मन चाँदनी की चमक-शीतलता और मधुरता से भर गया। जैसे अँधेरे मन-गगन पर सचमुच पूर्णकला चन्द्रमा छलककर आ टिका हो! चन्द्र-मुस्कान चाँदनी बनकर जैसे छलकने लगी हो! लगा, लंबी व्यग्र प्रतीक्षा अब पूरी हुई हो!

अम्बिका बहुत बारीकी से प्रसाद का मुखमंडल खंगालने में जुटे रहे।

कवि-मन में क्या चल रहा है, यह तो नहीं, किन्तु कैसा कुछ चल रहा है, इसका कुछ-कुछ अंदाजा उनके सक्रिय गहन मौन से अवश्य पता चल पा रहा है। मुखमंडल पर आए ताजा झिलमिल भावों ने कुछ सकरात्मक संकेत-अनुमान दे दिये। उन्होंने हौले से टोका, "शिव-शिव! मामा जी, लगता है, आपकी उलझन अब सुलझने के रास्ते पर आ गई है, शिव-शिव!"

प्रसाद के शब्दों में हल्की चमक जगी, "हाँ, पत्रिका तो निकालेंगे ही और नाम भी ऐसा ही रहेगा जिससे बिना किसी मानसिक उद्यम के भारतेन्दु बाबू का स्पष्ट स्मरण-बोध सीधे-सीधे सम्भव बने।"

"अरे, वाह, शिव-शिव! तब तो ठीक है। मैं भी मस्तिष्क दौड़ाता हूँ, ऐसा शब्द खोजने में अभी से जुट जाता हूँ। सम्भव है, इसमें कोई सहायता हमसे भी हो जाए।"

"शिव-शिव जी, इसके लिए अब परेशान होने की कोई आवश्यकता नहीं। यह अपेक्षित नाम तो मुझे मिल गया है।"

"शिव-शिव, शिव-शिव! मामा जी, तब तो बताने में अब जरा भी विलम्ब न कीजिए। मेरी बेचैनी को समझिए, बता दीजिए।"

"'इन्दु'!" प्रसाद की आँखें रत्न की तरह चमकने लगीं। तुरन्त पूछ लिया, "कैसा लगा?"

"शिव-शिव, शिव-शिव! बहुत अच्छा। 'इन्दु' की ध्वनि भी एकदम 'भारतेन्दु' वाली ही है। अर्थ-संदर्भ के विस्तार की दृष्टि से तो यह अधिक व्यापक लग रहा है : भारत का ही नहीं, सारे संसार का चंद्रमा!"

26

प्रसाद से संकेत पाकर अम्बिका जुट गए।

'इन्दु' की योजना पर काम शुरू। सबसे पहले इसकी आधार-नीति बनी। 'इन्दु' के तीन मूल उद्देश्य तय किये गए : पहला, प्रसाद की रचनाओं का प्रकाशन। दूसरा, पत्रिका का संचालन ठोस व्यावसायिक योजना के साथ करना। और तीसरा, व्यावसायिक मजबूती देने के लिए इसे सुँघनी साहु प्रतिष्ठान और इसके सुर्ती के व्यापार के नियमित प्रचार या विज्ञापन के मंच के तौर पर व्यवहार में लाना। पत्रिका की उक्त नवपरिकल्पित रणनीति उन्होंने जब प्रसाद के सामने रखी तो एक झटके के साथ उनका मुखमंडल खिंच-सा गया। अम्बिका सकपकाकर रह गए। प्रसाद का मौन तनाव से भर उठा। मुखमंडल एकदम लाल। जैसे वह आग से सिंकने लग गए हों!

अम्बिका सहमे सटक गए। सिर झुकाए तिरछी दृष्टि से उन्हें ताकते हुए 'शिव-शिव, शिव-शिव' बुदबुदाते रहे। छोटे से अंतराल के बाद प्रसाद ने उनकी ओर रुखाई से ताका, "यह क्या यार, तुम क्या यह सोच रहे हो कि मैं यह पत्रिका अपने आत्मरंजन के लिए निकालना चाहता हूँ?"

"शिव-शिव, शिव-शिव! मामा जी, यह नीति जब गढ़ी मैंने है तो इसमें आपके आत्मरंजन का प्रश्न कहाँ से आ गया? हद से हद इसे मेरी मामारंजन-दृष्टि कहा जा सकता है।" सहमे-सहमे ही किन्तु उन्होंने अपना पक्ष पूरा रख दिया।

'आत्मरंजन' के समानान्तर 'मामारंजन' शब्द के प्रयोग पर प्रसाद को हँसी आ गई, "यार, तुम्हारी हास्य-चेतना इतनी विकसित है, इसका मुझे पता नहीं था। तुमने तो मेरे सारे रोष-तनाव को स्वनिर्मित इकलौते शब्द से ही हवा कर दिया। अब मुझे स्वयं को क्रोधित करने में भी उद्यम करना होगा।"

"मामा जी, शिव-शिव, शिव-शिव! आप स्वयं को क्रोधित नहीं, बल्कि शोधित करने में शक्ति व्यय करें तो अधिक लाभ होगा। शिव-शिव, शिव-शिव!" फिर गुदगुदी ने जैसे नाभि-संस्पर्श कर लिया हो! प्रसाद खिलखिला पड़े।

अम्बिकाप्रसाद ने अपनी बात संजीदगी से आगे बढ़ाई, "यदि आप यही चाह रहे हों कि जैसे 'भारतेन्दु' दो बार शुरू होकर भी कभी नियमित नहीं हो सकी, वैसे ही 'इन्दु' भी लड़खड़ा कर गिरती-पड़ती लँगड़ाती हुई चले और दो-चार अंकों के बाद ही लुढ़क पड़े तब तो मुझे कुछ नहीं कहना और आप जो-जैसा कहें, मान लूँगा अन्यथा आपको आँखें मूँदकर मेरी ही बातें मान लेनी चाहिए। शिव-शिव, शिव-शिव!"

हँसी से रंजित प्रसाद के मुखमंडल पर असहमति अब चींटियों की तरह रेंगने लगी, "एक बात तुम्हें आज मैं बता दूँ, ध्यान से सुन लो। गाँठ बाँध लो। आँखें मूँदकर बात

मानने वाला यह मुहावरा मुझे तनिक भी स्वीकार नहीं है। किसी को भी किसी की बातें भला आँखें मूँदकर क्यों मान लेनी चाहिए?...किसी भी बात या विचार को तर्क की कसौटी पर कसकर ही मान्य या अमान्य बनाना चाहिए। उसी तरह हर बात-विचार की समय-समय पर गहन समीक्षा-परीक्षा भी करनी चाहिए तथा आवश्यकता के अनुसार विचारों को संशोधित भी करते चलना चाहिए। विचारों को जो रूढ़ बनाए रखे, उसे मूढ़ कहते हैं और जो चिन्तक बना नहीं रह सकता, वही मृतक होता है।"

"शिव-शिव, शिव-शिव!...तो मामा जी, बस आप अपने इसी ताजे उपदेश का ध्यान कीजिए और अपना विचार नवीकृत कर लीजिए, इसके बाद ही मेरी बातों पर विचार कीजिए।"

प्रसाद के मुखमंडल पर पहले उलझन, तत्पश्चात् खिन्नता के भाव दौड़ गए। अम्बिका ने पूरी स्थिति को समझते हुए भी अपने तेवर ढीले नहीं किये, "मैंने बहुत सोच-समझकर तीन नीतियाँ तैयार की हैं। पहली नीति में मेरा सम्पादकीय संकल्प निहित है। इसके अनुसार मुझे हिन्दी साहित्य को अपना विनम्र योगदान प्रदान करना है। यह काम मैं एक रचनाकार के निर्माण को सम्भव बनाकर पूरा करूँगा। दूसरी नीति में वह युक्ति सम्भव करने का प्रयास निहित है जिससे अपनी पत्रिका को हम हिन्दी पत्रिकाओं की पारम्परिक शैशव-मरण वाली नियति-व्याधि से बचा सकें, और, तीसरी नीति में हमने एक क्षतिपूर्ति सम्भव करने का संकल्प पिरोया है। यह तो तय है कि इस दौरान आपको भी जाने-अनजाने अपना कुछ अधिक समय पत्रिका-कार्य में देना पड़ेगा। इससे हमारे संरक्षक व्यापारिक प्रतिष्ठान को आपसे मिलने वाला समय कुछ जरूर कम हो जाएगा। इसी के क्षतिपूर्ति-प्रयास के तौर पर हम पत्रिका में व्यापार का विज्ञापन करेंगे। कहना न होगा कि यह सारा उपक्रम हम पत्रिका की बेहतरी और ठोस भविष्य संरक्षा-व्यवस्था के लिए ही करेंगे, शिव-शिव!"

मौन में डूबे रहे प्रसाद। चलता रहा मन में मंथन। यह बात उन्हें सुखद आश्चर्य के साथ बहुत गहराई से अनुभूत होती रही कि स्वतंत्र दायित्व-बोध उत्पन्न होते ही अम्बिका की मेधा-प्रतिभा और व्यक्तित्व-छवियों के तो अत्यन्त गाढ़े रंग उजागर होने लगे हैं। निश्चय ही यह कुछ कर दिखाने की चाह रखने और नई राह गढ़ने वाला युवक है।

वह अपनी बात को आगे बढ़ाए जा रहे थे, "शिव-शिव, शिव-शिव! मामा जी, इतना सब कुछ के बाद भी आप जो आदेश करेंगे, मेरे लिए वही मान्य होगा। क्योंकि आपके विचार और आदेश, दोनों ही मेरे लिए सर्वोच्च स्वीकार्य हैं। आप जो चाहेंगे, वही होगा।"

प्रसाद मुस्कुराए, "यार, आज मैं तो तुम्हारे तेवर देख सचमुच दंग हूँ। मुझे पहली बार तुम्हारे इस रूप के दर्शन हो रहे हैं। मुझे आज यह मानना पड़ रहा है कि तुम्हारे पास अपनी परिपुष्ट जीवन-दृष्टि है और एक सम्पूर्ण तार्किक वैचारिक आधार-योजना भी। 'इन्दु' को तुमसे अवश्य अपेक्षातीत लाभ मिलेगा। मैंने पहले से सोच रखा था कि पत्रिका को लेकर मैं न कोई विचार-जुआ तुम्हारे कंधे पर चढ़ाऊँगा और न कोई आदेश का पैना ही कभी झटकारूँगा, आज तुम्हारे तेवर देखकर मैं पूरी तरह आश्वस्त हो गया हूँ कि मेरा यह संकल्प सचमुच अच्छी तरह लागू हो सकता है। मुझे अब तुम्हें लेकर कोई संशय नहीं रह गया है।"

"शिव-शिव! मामा जी, आप बहुत अधिक अपेक्षा न पाल लीजिएगा। कहीं ऐसा न हो कि मैं आपकी कसौटी पर खरा ही न उतर सकूँ...!" अम्बिका ने होंठ बिचकाए, "मुझे तो सचमुच आपकी अपेक्षाओं से डर लगने लगा है।"

"सच्ची प्रतिभा न अपेक्षाओं से आहत होती है, न उपेक्षाओं से हत। न चुनौतियों से चित, न ललकार से लुंड।...अपेक्षाएँ जहाँ मेधा को मेघाच्छन्न करती हैं जिनसे हमेशा नवनिर्माण की अपूर्व और अनोखी बूँदें झरती हैं, वहीं उपेक्षाएँ उस अग्नि का उन्मुक्त उन्मेष करती हैं जिसमें तपकर कुन्दन निखार पाता है। चुनौतियाँ बुद्धि और पराक्रम को दिग्विजय का चौतरफा निमंत्रण देती हैं तो ललकारें, ज्ञान-गंगा और शक्ति-सागर में लास्य-लहरें भी भर देती हैं जिनसे बहुआयामी सत्ता-सृजन अवश्यम्भावी हो उठता है।" बोलते हुए प्रसाद का मुखर मुखमंडल दीप्त।

"शिव-शिव! मामा जी, आपने तो ऐसा गम्भीर गुरु-ज्ञान दे दिया कि मैं तो जैसे सिर पर औचक आ गिरे चौचक पहाड़ से थौसा जा रहा हूँ! शिव-शिव, शिव-शिव!"

"अपेक्षाओं से डर की बात कहकर भूल तुम्हीं ने कर दी तो मैं क्या करूँ? ऐसा भला कैसे सम्भव है कि कोई भी प्रतिभाशाली व्यक्ति मेरे समक्ष आकर किसी भी उल्टी-सीधी कुंठा के लक्षण व्यक्त करे और चुपचाप यहाँ से अस्वस्थ लौट जाए? उसे शक्ति-सम्बल देना और साहस-सत्त्व से भरकर स्वस्थ बनाना मेरा दायित्व बन जाता है। यही तो मैंने किया है, बस..." प्रसाद ने स्नेहिल दृष्टि से ताका।

27

दास लम्बी अनुपस्थिति के बाद मसूरी से काशी लौटे। शाम को नारियल बाजार आए तो प्रसाद खिल उठे। दोनों गले मिले। दास उन्हें एकटक ताकते रहे। प्रसाद मुस्कुराए, "मित्र, तुम तो ऐसे गायब हो गए थे, जैसे पिछले दिनों मेरे जीवन से सुख-शान्ति और चैन! इस दौरान मैं कितने-कितने झंझावातों से गुजरा, कितनी त्रासदियों का शिकार बना, यह सब मैं ही जानता हूँ। इधर मेरी दैनंदिनी जब पटरी पर लौट गई तभी तुम प्रकट हो रहे हो—क्या तुम केवल सुख के साथी हो?"

दास कुछ बोलते, इससे पहले पीछे से आचार्य केशवप्रसाद मिश्र की वाणी हवा पर तैरने लगी, "प्रसाद जी, आपका दृष्टिकोण ऐसा प्रकट होगा तब तो बहुत अनिष्ट हो जाएगा। क्या आप भी अब अंधविश्वास का शिकार होने लगे?...दास जी आपके सुख ही नहीं, दुखों के भी विरल सहभागी हैं, आखिर यह आपके सखा जो हैं—अनन्य!"

प्रसाद पीछे मुड़े। दास भी सामने ताकने लगे। अभिवादनी मुस्कान के साथ हाथ जोड़े हुए आचार्य मिश्र समीप आ गए, "ऐसा भी तो हो सकता है कि यह आपके लिए सुख-शान्ति और चैन की ही प्रतीक-प्रतिमा हों! जब तक वह काशी में रहते हैं, आपका भला ही भला होता चलता है लेकिन ज्योंही कहीं खिसके, आपकी परेशानी शुरू।"

दास खिल उठे। प्रसाद हँसे, "पंडित जी, आप तो सब जानते हैं। यहाँ हुआ तो ऐसा ही कुछ है। वैसे मैंने अभी यों ही कुछ कह दिया। इसे मैं मानूँगा संयोग ही।"

आचार्य मिश्र निकट आ गए, "मैं भी सब समझता हुआ यों ही आदतन बीच में टपक पड़ा हूँ, आप लोग क्षमा करें। मुझे अंदाजा है, दास जी आपके हृदय-तंत्र हैं। उनके पास होने भर से आपका सब कुछ जीवंत रहता है—मन भी और अनुभूति-स्रोत भी।"

प्रसाद ने लपककर उनके दोनों हाथों को ससम्मान थाम लिया। दास गम्भीर मुखमुद्रा में आचार्य मिश्र की ओर ताक रहे। वह कहते चले जा रहे हैं, "सौभाग्यवश आप इनके अनन्य मित्र हैं। सम्बन्धों के समग्र संजाल में सच्ची मित्रता ही एक ऐसा ठौर है जहाँ किसी भी स्वार्थ के लिए कोई स्थान नहीं होता। हृदय से सम्बद्ध सच्चा मित्र सिर्फ और सिर्फ शुभाकांक्षी होता है। भाई के न रहने पर तो दूसरे भाइयों का हिस्सा बढ़ जाता है, तमाम परिजन तक लाभ और हानि का हिसाब लगाने बैठ जाते हैं जबकि ऐसे क्षण में मित्र को सिर्फ और सिर्फ क्षति उठानी पड़ती है।"

दास बीते कुछ महीनों के दौरान की अपनी भाग-दौड़ का पूरा विवरण देने लगे। उन्होंने इस क्रम में यह भी जता दिया कि वह प्रसाद पर टूटे विपत्ति के पहाड़ से सूत्र रूप में अवगत हो चुके हैं। तीनों देर तक बैठे सुख-दुख बतियाते रहे। आचार्य रामचन्द्र शुक्ल टहलते हुए आए तो सबने स्वागत किया। सभी चुप। पहले से चल रही चर्चा बंद। माहौल अचानक बदल-सा गया। बैठते हुए आचार्य शुक्ल ने टोका, "क्यों भई, मेरे आते ही आप सभी चुप हो गए, बात क्या है? आप लोग पहले से ऐसे ही मूर्ति बने बैठे हैं या मुझे देखकर अचानक काठ हो गए?"

सभी आसपास जम गए। आचार्य मिश्र हँसे, "कहीं आपको ऐसा तो नहीं लग रहा कि आपके आने से पहले यहाँ आपकी ही कोई अप्रिय चर्चा चल रही थी?"

"मुझ पर ऐसा सोचने का सन्देह ही किया जाना नितान्त अप्रिय व्यवहार है।"

"ऐसा सन्देह कर कि हम लोग यहाँ आपकी निंदा-भर्त्सना भी कर रहे हो सकते हैं, अप्रिय व्यवहार तो आप कर रहे हैं महाशय!" आचार्य मिश्र हँसे, "यों भी आप कोई कल्पना-अल्पना गढ़ने-सजाने वाले कोई सामान्य साहित्यकार तो हैं नहीं। आप तो हैं साहित्य के इतिहासकार। कहना न होगा कि इतिहासकार का काम सन्देह बुनना नहीं बल्कि अनुसंधान से संदर्भों के उलझे सूत्र खोलना है।"

आचार्य शुक्ल की चुटकी भर मूँछों के नीचे नुकीली मुस्कान चमकी, "चलिए, अब इस अनौपचारिक टीका-टिप्पणी का मंथन रोक दें, अन्यथा..."

"अन्यथा? आचार्यप्रवर, हमें आप धमकी दे रहे हैं क्या? कहीं ऐसा तो नहीं कि क्रुद्ध होकर आप हमें इतिहास के गलियारे से धकेलकर बाहर भी फेंक दे सकते हैं?" पूरी गम्भीरता से की जा रही चुहल में भी हास्य-भाव मिठास की तरह घुला-मिला था।

आचार्य शुक्ल हँसने लगे। उठे, "ऐसा है मिश्र जी, मैं अभी घाट की ओर निकलना चाह रहा हूँ, घूमने का मन है।"

प्रसाद ने स्मरण कराया, "अब से कुछ ही अंतराल बाद तुलसीघाट पर नागनथय्या का कार्यक्रम प्रस्तावित है। यह तो देखने लायक आयोजन होता है।"

"तो क्यों न हम सभी उठकर वहीं चले चलें?" आचार्य मिश्र के स्वर में आग्रह।

"हाँ-हाँ, चलना चाहिए।" प्रसाद सहमति जताते उठ खड़े हुए।

उनका संकेत पा दुकान में काम में जुटा जीतन लपककर पास आ गया। उन्होंने हाथ हिला-हिलाकर धीमे-धीमे उसे कुछ समझाया। निर्देश प्राप्त कर वह यथास्थान लौट गया। प्रसाद पीछे मुड़े तो आचार्यद्वय आगे बढ़ने लगे। बतियाते हुए तीनों बाहर आ गए।

आचार्य शुक्ल ने प्रसाद की ओर देखा, "आपने तो मेरा सारा कार्यक्रम ही उलट दिया। मैं तो अभी टहलना चाह रहा था, पर चलिए, नागनथय्या ही देखा जाए!"

28

नारियल बाजार की गली से निकलकर तीनों चौक की मुख्य सड़क पर आ गए हैं। समुद्र की लहरों की तरह उमड़ रही भीड़ बुला नाला-बाँस फाटक होते गोदौलिया की ओर बढ़ रही है। आचार्य मिश्र ने टोका, "क्यों, आचार्यप्रवर! यहाँ से गोदौलिया होते हुए घाट तक आना-जाना क्या टहलने में शामिल नहीं हो सकता?"

"यह उमड़ता हुआ जनसैलाब देख रहे हैं न, अभी जब घाट पर पहुँचेंगे तो बात समझ में आ जाएगी। वहाँ तो तिल धरने की भी जगह नहीं मिलेगी, तो ऐसी भीड़ में धक्का खाते या धकियाते हुए चलना वस्तुत: 'टकराने जैसा कुछ' भले मान लिया जाए, इसे मैं 'टहलना' कतई नहीं मानूँगा।" चश्मे के गोल शीशे के पीछे आचार्य शुक्ल की फैली हुई आँखों का व्यंग्य तेज चमका। बिचके होठों के ऊपर अधकट गुच्छ की खास हरकत से भी ऐसे ही भाव। स्वर में निर्णायक दृढ़ता, "भई, ऐसा है कि मैं टहलना उसे ही मानता हूँ जिसमें शरीर के साथ ही मन और बुद्धि को भी भरपूर उड़ान-सुख मिले व स्वतंत्रता का स्वाद भी। यह क्या कि धक्का खाते-खिलाते कराहते हुए यहाँ से वहाँ और वहाँ से यहाँ उधियाते फिरते रह जाएँ!"

आचार्य मिश्र ने चुटकी ली, "असल में वृत्ति से प्रवृत्ति बनती है और प्रवृत्ति से कृति को आकार मिलता है, उसी तरह कभी-कभी यह क्रम उलटकर भी साकार हो सकता है।"

सड़क पर बहती भीड़ की उफनती धारा। तीनों जैसे तैर रहे हों! उन्होंने अपनी बात जारी रखी, "मैं आज यह अनुभूत कर रहा हूँ कि आपकी दृष्टि में इतिहास-वृत्ति बहुत गहरे धँसती चली जा रही है। जिस तरह इतिहास की गाथा में सामान्य पात्रों के प्रति न कोई जिज्ञासा होती है और न ही कोई लगाव का भाव, उसी तरह आपकी जीवन-दृष्टि भी एकांगी होती चली जा रही है। भीड़ और कोलाहल के प्रति आवश्यकता से अधिक दुराव।"

आचार्य शुक्ल ने हँसकर ताका। आचार्य मिश्र बोलते रहे, "पंडित जी, समूह और भीड़ से छिनगा-छिनगाकर इतिहास-पुरुष तो तलाशे-तराशे जा सकते हैं, किन्तु इस तरह जीवन से सांगोपांग नहीं हुआ जा सकता। सहज-समरस और बहुरंग-बहुरूप जीवन का आकार ऐसे भला कैसे आकार पा सकता है? समाज है तो उसका अपना रूप-स्वरूप भी है—जन-बहुल, भाव-बहुल और परिस्थिति संकुल। उसके अपने भिन्न-अभिन्न रंग-ढंग हैं। शीत-ताप-जल का विपर्यय-समन्वय न हो तो ऋतुओं का अस्तित्व स्थापित होना असम्भव होगा। धूप-छाया और प्रकाश-अंधकार के विरोधाभास-विनिमय से ही तो दिन-रात के चक्र आकार लेते हैं। कम-से-कम इस काशी नगरी में तो ऐसे क्षण अक्सर सामने प्रस्तुत होते रहते हैं—जब एक ओर से ' राम-नाम सत्य है' बोलती आ

रही शव-यात्रा और दूसरी तरफ से धूम-धड़ाका मचाते गुजरती कोई बारात एकदम पास से गुजरने लगती है। उसी तरह अक्सर दारुण दुख में डूबे किसी घर के पड़ोस में ही सर्वथा विपरीत स्थितियाँ भी दिख जाती हैं। ऐन विलाप-संताप की छाया के निकट ही उत्सव के उमंग-उल्लास का खिला हुआ रंग!...जाने-अनजाने सब पर सबकी दृष्टि भी जाना तय है। मैं मानता हूँ कि दृष्टि-संस्पर्श भी एक सम्पूर्ण सम्बन्ध-निर्मिति है और एक हद तक उसमें 'सम्मिलिति' भी, क्योंकि दृष्टि-सम्पर्क मात्र से पल भर में मानसिक ही नहीं, हार्दिक और आत्मिक भाव-विनिमय भी पूर्णत: घटित हो चुका होता है। लेकिन क्या कोई लाख चाहकर भी अपनी तात्कालिक मनोदशा के मद्देनजर पड़ोस के उस 'प्रतिकूल' को अपने मानसपटल या सामने से अनुपस्थित कर सकता है? कदापि नहीं। इसलिए जो अनिवार्य विवशताएँ हैं, उनके प्रति ऐसा आक्रामक दुराव कोई बुद्धिमानी की बात कदापि नहीं। इसे विराट जीवन-जगत को समग्र रंग-रूप में ही ग्रहण किया जाना चाहिए। इसलिए ऐसी भीड़, ऐसे समूह और ऐसे कोलाहलों से घृणा तो कदापि नहीं की जा सकती।" बात पूरी कर उन्होंने ध्यान से ताका। आचार्य शुक्ल कुछ यों मुस्कुराए, गोया कही गई बात से तो वह सहमत हों किन्तु अपने दृष्टिकोण को गलत समझ लिए जाने से आहत भी कम नहीं।

तीनों भीड़ की लहरों पर जैसे तैरते हुए बढ़ते रहे। स्त्री-बच्चों समेत परिवारों के गुच्छ के गुच्छ और गाँव-कस्बों के असंख्य छोटे-बड़े दोस्ताना-याराना से लेकर उस्तादाना-शागिर्दाना अंदाजों वाले गोल-समूह। रेंगता हुआ रेला। अगनित चमकती आँखों से छलकती अबाध रंगबिरंगी जिज्ञासा और विभोर कर देनेवाला अथाह उत्सवी उत्साह। आपस में बोलते-बतियाते, हँसते-मुस्कुराते और कहकहे लगाते बढ़ते हुए लोग।

ज्ञानवापी के पास से गुजरते हुए भीड़ की सघनता बढ़ती हुई लगी। प्रसाद ने धीमे टिप्पणी की, "काशी के लोग कितने उत्सवधर्मी और कैसे अखंड जिज्ञासु हैं, यह ऐसे हर आयोजन-प्रयोजन पर मैं बहुत गहराई से अनुभूत करता हूँ—वह चाहे चेतगंज की विख्यात 'नक्कटैया' हो या नाटी इमली का प्रसिद्ध 'भरत-मिलाप', रामनगर की विश्रुत 'भोर की आरती' अथवा यह नामी 'नागनथय्या'। इन चार सालाना लक्खिया मेला-अवसरों के अलावा अन्य किसी छोटे-मोटे पर्व-त्योहार के मौकों पर भी बनारस की सड़कों पर उमड़ने वाली भीड़ देखने लायक होती है—हर बार नई जिज्ञासा और ताजे उत्साह से भरी हुई। इससे हर बार यही अनुभव होता है कि सचमुच यह नगर असाधारण है।"

आचार्य शुक्ल ने सहमति जताई, "ठीक कहते हैं आप। काशी-वासियों का हृदय तो वस्तुत: जिज्ञासा और उत्साह का ही अजस्र स्रोत है। हर बार ताजा-ताजा उत्साह और कोमल-कोमल जिज्ञासा शुद्ध-शीतल जल की तरह धाराप्रवाह फूटते रहते हैं। इन्हें देखकर मन सर्वथा नवीकृत हो उठता है।"

आचार्य मिश्र की वाणी मिठास से भर गई, "काशी की गंगा ही वस्तुत: काशी-वासियों के मन में भी प्रवाहित होती रहती है इसलिए उनमें आनेवाला प्रत्येक मनोभाव प्राय: शुद्ध-प्रबुद्ध और नया-नया-सा होता है।"

घाट पर गंगा के समानान्तर जैसे जनसमुद्र ठाठें मार रहा है! सीढ़ियों पर पाँव बढ़ाते ही बगल से तेज पुकार कान में घुसी, "भाई प्रसाद जी...प्रसाद जी...!"

रुककर इधर-उधर ताका प्रसाद ने। कुछ कदम पीछे आचार्यद्वय भी रुक गए और हाँक का सुराग लेने लगे। हाँक फिर गूँजी, "मैं इधर हूँ मित्र, इधर।"

प्रसाद ने बाईं ओर भीड़ में दृष्टि गड़ाई तो हाथ उठाए प्रेमचन्द दिख गए। भीड़ में फँसे-से किन्तु चुटकी-भर मूँछों में मन्द-मन्द मुस्कान सहेजे-समेटे हुए। धीरे-धीरे सरकते आते हुए, "आपको मेरी आवाज पहचान में नहीं आई क्या?"

उनके पीछे-पीछे कृष्णदेव प्रसाद गौड़ भी आते दिखे। प्रसाद मुस्कुराए, "ठहाके तो आपने खूब सुनाए हैं किन्तु इतनी तेज आवाज में हँकाते हुए पहले कहाँ कभी आपको सुन सका था! ऐसा सोचा भी नहीं था कि आपको कभी ऐसे पुकारते हुए सुनूँगा, इसलिए।"

पीछे से आचार्यद्वय भी आ गए। चारों ओर से भीड़ की आती-टकराती तरंगों के बीच आपस में अभिवादन-विनिमय। आचार्य शुक्ल ने साभिप्राय मुस्कुराकर प्रेमचन्द की ओर ताका, "आवाज तो मैं भी आपकी नहीं पहचान सका। आपकी हाँक भी इस शोर-कोलाहल का ही अंग बनी हुई थी न! यही तो बात है कि बनारस के चेहरों में आपका चेहरा या शोर में आपकी आवाज सर्वथा समूह-मग्न है, कोई निजी अलगपन नहीं।"

आचार्य मिश्र एकदम तटस्थ, "आपने यहाँ भी अपना काम शुरू कर दिया क्या?"

आचार्य शुक्ल अचकचाए, "तात्पर्य?"

"वही जो आपका इकलौता व्यसन भी है : रचना का मूल्यांकन और रचनाकार की इतिहासी-तराश।" आचार्य मिश्र ने देर नहीं की।

गौड़ ने संजीदगी से टिप्पणी की, "अरे, ई रामचन्द्र शुक्ल हउवन—हमेशा गर्दन तक चारा टनले रहऽलन। कुछ अइसन कि नींद में रहें तबो जुगाली करत मिल जइहन!"

सभी हँसने लगे। आचार्य शुक्ल भी।

प्रसाद ने सिर को गोल-गोल हिलाना शुरू किया "मिश्र जी, आप आचार्यप्रवर पर हमेशा बाण न चलाते रहिए।" आचार्य शुक्ल हँसते जा रहे हैं। प्रसाद ने खास अंदाज में आगे चेताया, "आचार्यप्रवर लड़ने नहीं, लड़ाने वाले योद्धा हैं। कहीं ऐसा न हो कि आपको इसका भारी मूल्य चुकाना पड़ जाए। यों भी इतिहासकार से देह नहीं रगड़ते रहना चाहिए, इतिहासकार का प्रतिशोध भी ऐतिहासिक हो सकता है।"

"इतना कुछ वही सोचे जिसे इतिहास-पुरुष बनना हो या जिसे स्वयं के भीतर ऐसी कोई सम्भावना दिख रही हो। मैं तो स्वयं को स्थायी रूप से हाशिये का घासिया मानता हूँ। कोई इतिहासकार बहुत चाहकर भी जैसे मेरा कुछ भला नहीं कर सकता, वैसे ही लाख गुस्सा कर भी मेरा क्या बिगाड़ सकता है!" आचार्य मिश्र ने हाथ जोड़ लिये।

आचार्य शुक्ल हँसते हुए प्रसाद की ओर मुखातिब हुए, "आप लोग मेरे प्रति इतना बैर भाव क्यों पाले बैठे हैं, मैं समझ नहीं पा रहा! आप लोगों को क्या सचमुच मैं इतिहास को तोप की तरह ताने फिरने वाला कोई खूंखार इतिहासकार दिखता हूँ? मनमानी के सारे अवसर तो आप लेखकों के पास हैं—जिसे जब चाहें, नहला-धुलाकर नायकत्व दे डालें और जिस पर रंज हों, उसे दबोचकर पल भर में खलनायक बना दें। इसके विपरीत इतिहासकार तो बहुत विवश प्राणी है—उपलब्ध साक्ष्य और प्रामाणिक तथ्यों की लक्ष्मण-रेखा से सदा-सदा के लिए घिरा-बँधा हुआ। मनमाना चित्रण कोई इतिहासकार भला कभी कैसे कर सकता है?"

"लक्ष्मण-रेखा कहकर भ्रम न फैलाया जाए, कृपया..." गौड़ की संजीदगी देखने लायक, "आचार्यप्रवर, आप लक्ष्मण-रेखा के भीतर वाली कोई सजल-सलज विवशता-निश्छलता तो कदापि नहीं, बल्कि बाहर वाला अभिनय-दक्ष प्रकांड मुच्छड़ पांडित्य अवश्य हैं।"

सभी हँसने लगे।

पास ही खड़े प्रेमचन्द इस समूचे वाणी-युद्ध से मुक्त। उनका सारा ध्यान उमड़ते जनसमुदाय पर।

प्रसाद ने सबको स्मरण कराया, "अब यहाँ भी हम लोग बतकुच्चन में न फँसे रह जाएँ! चलिए, नीचे उतरा जाए। घाट की ओर बढ़ें हम लोग।"

गौड़ टुभके, "हम लोग जीव ही ऐसे हैं। अरे, ई तो काशी भर है। स्वर्ग में भी यदि घुसपैठ कर जाएँ तो वहाँ भी नरक मचाकर रख दें!"

सभी मुस्कुराते हुए सीढ़ियाँ उतरने लगे। प्रेमचन्द जहाँ के तहाँ खोये-खोये से खड़े रहे। आगे बढ़ चुके आचार्य शुक्ल रुककर पीछे मुड़े, "मुंशी जी, आइए, आइए। कहाँ खोए हैं?"

प्रसाद पीछे लौटे और हाथ पकड़कर प्रेमचन्द को झकझोरा, "आइए, भाई साहब! चलेंगे न घाट की ओर?"

प्रेमचन्द की तन्द्रा टूट गई, "हाँ-हाँ, क्यों नहीं! इसी के लिए तो आया हूँ।" वह जल्दी-जल्दी डग बढ़ाने लगे।

गंगा की ओर से रह-रहकर आते शीतल झोंके कोलाहल व थकान को सुवासित ताजगी से भर दे रहे थे किन्तु दूसरे ही पल फिर-फिर वही आपस में टकराती हजारों-हजार साँसों से उत्पन्न दमघोंटू कशमकश। भीड़ दोनों ओर से कंधों को जैसे बसुले की तरह छट्-छट् छील रही थी। उनके शब्दों की धार चमकने लगी, "मैं सोच रहा हूँ कि हमारे आम जीवन में धार्मिक मिथक कितने गहरे धँसे हुए हैं! इतने अधिक कि जनता एकदम जैसे फंतासी में ही तैर रही हो!"

सभी साथ-साथ झुंड में सीढ़ियाँ उतरने लगे। आचार्य शुक्ल ने प्रेमचन्द की ओर जवाबी मुस्तैदी से ताका, "यह धर्ममग्न समाज है। यही तो इसकी पहचान है।"

"हाँ, बल्कि धर्ममग्न से भी एक कदम आगे कर्मभग्न या भ्रमनग्न समाज कह लीजिए।"

सभी चौंक-से गए।

प्रेमचन्द दृढ़तापूर्वक बोलते चले गए, "फंतासी भीषण हमला यही करती है कि हमें अपने समय-सच से तुरन्त काटकर रख देती है। आँखों पर पर्दा पड़ जाता है। इसके बाद तो एकदम सामने खड़ी चुनौतियाँ भी नहीं दिखतीं। जो चीज साफ दिखनी-चुभनी चाहिए, वह भाले की तरह सामने तनी होने के बावजूद नहीं सूझती और नंगे भ्रम सुन्दर किन्तु सर्वांग झूठे परिधान में सजे मन को फाँसने लगते हैं। मुझे तो लगता है कि यही वह स्थिति है जिस कारण आज के उपस्थित बड़े सवाल और संत्रास के हालात भी आम जन को छू तक नहीं पा रहे। अब यही हमारे लिए एक बड़ी चुनौती है कि हम कैसे आम जन को अपने समय और सवाल से जोड़ें?"

उनकी संजीदगी ने सबको करीब से छू लिया।

आचार्य मिश्र की धारदार मुस्कान कौंधी, "भाई मुंशी जी, धर्म के प्रति आपका यह दृष्टिकोण आयातित है और क्रूर भी। आप यह नहीं भूलें कि वह धर्म ही है जो हारे व हताश जन में आशा और विश्वास की दुर्लभ जीवनी-शक्ति का संचार करता है।"

प्रेमचन्द की बारीक हँसी का रंग गहरा हो गया, "धर्म जहाँ तक आशा-विश्वास जगाये, वहाँ तक तो यह स्वागतेय है किन्तु इसके साथ एक यह खतरा गहरे जुड़ा है कि जरा-सी असावधानी पर भी यह भ्रम और अंधविश्वास के जहर का उग्र और सर्वग्रासी समुद्र फैला देता है। फिर तो इसमें विलीन हो जाने से बचना सर्वथा असम्भव हो जाता है। नागनथय्या का हर साल उन्मत्त आनन्द लूटने वाला हमारा समाज कहाँ आज के नागों से मोर्चा लेने को प्रस्तुत हो पा रहा है?"

आचार्य शुक्ल कसमसाए, "इस पर जमकर बहस हो सकती है, किन्तु अभी उचित अवसर और स्थान नहीं है।"

"सही सवालों से टकराने के लिए कोई भी समय और स्थान अनुपयुक्त नहीं है, बशर्ते कि इससे बचने का गैर-जिम्मेदाराना रवैया न अपनाया जाए।" प्रेमचन्द का स्वर धीमा किन्तु ठोस।

प्रसाद ने निर्णायक दृढ़ता दर्शायी, "धर्म का मन में धीमे-धीमे बलना और प्रकाश फैलाना हानिप्रद नहीं किन्तु जब यह धधकने लगे और बहुत कुछ स्वाहा करने पर उतारू हो जाए तो सतर्क हो जाना चाहिए, अन्यथा इसके कितने भीषण परिणाम हो सकते हैं, इसे हम एक वाक्य के इस उदाहरण से समझ सकते हैं—अपने यहाँ बौद्ध धर्म की अहिंसा ने इस राष्ट्र के व्यापक हित का कैसा भीषण कत्लेआम किया, देखते-ही-देखते वीरों की यह भूमि विदेशी आक्रमणकारियों का आसान ग्रास बनकर परतंत्रता के उदरस्त हो गई। उसी तरह हम दशहरा और दीपावली जैसे अन्याय पर न्याय की पराक्रम से भरी विजय के पर्व-त्योहार तो हर वर्ष मना रहे हैं किन्तु समकालीन जीवन में अन्याय के आगे झुके हुए हैं और अपने आनुवंशिक पराक्रम का स्वयं दमन करते चल रहे हैं।"

आचार्यद्वय बहुत ध्यान से सुनते और मनन करते रहे। प्रेमचन्द मुस्कुराकर रह गए। वैचारिक संघर्षण ने जैसे भीड़ की धक्का-मुक्की और शोर-कोलाहल को अमान्य कर दिया। पूरी मंडली के मन में वैचारिक चिनगारियाँ छिटकती रहीं। आचार्य मिश्र ने जैसे स्वयं को संशोधित किया, "हाँ, यह तो है कि धर्म का अन्तर्मन के स्तर से धार्य होना ही स्वीकार्य होना चाहिए किन्तु यह ज्योंही सार्वजनिक जीवन और समाज को धरने-दबोचने लगे, इस पर पुनर्विचार होना चाहिए।"

आचार्य शुक्ल मुस्कुराए तो लगा, जैसे तीव्र असहमति कौंध गई हो! प्रसाद ने इसे ताड़ लिया। उन्हें पल भर ध्यान से देखा किन्तु कुछ बोले नहीं। प्रेमचन्द ने आचार्य शुक्ल को देखते हुए तेज-तेज सिर हिलाया, "गुरु, तोहार हर विचार हिमालये जइसन होला... येके हिलावे के ताकत कौनो भूकंपे या प्रलय में होई तऽ होई।"

प्रसाद ने सबको आगे बढ़ने का संकेत दिया। भीड़ से रगड़ खाते सभी हिलने-खिसकने लगे। गौड़ ने आचार्य मिश्र की ओर भौंहें उचकाकर प्रेमचन्द की ओर ताका, "अरे, गुरु के सब कुछ ऐतिहासिके हौ! भूकम्प या प्रलय, ई जब जे चहियन, पैदा कर

दीअन! इनकर नाम भले रामचन्द्र हौ, हकीकत में ई धनुषधारी या तिलकधारी नाहीं, गदाधारी और पूँछधारी देवता हउवन!"

सहमतिजन्य फिसफिसी सामूहिक हँसी।

आचार्य शुक्ल ने दहला मारा, "हाँ, यह ठीक किया। आप सभी ने मिलकर इस बहस पर मजाक से विराम लगा दिया। इसके बाद अब मुझे इस पर कुछ नहीं कहना।"

"असल में आपको किसी भी प्रकार के शुद्ध तर्क से तो हिलाया नहीं जा सकता न! इसकी वजह भी तो है। वह यह कि आपकी असली दवा ही है—मजाक।" गौड़ ने सूखा वाक्य कहा और सिर हिलाया।

"हाँ-हाँ, आपका तात्पर्य मैं ठीक से समझ रहा हूँ। आप मेरा मजाक उड़ा रहे हैं। व्यंग्यकार का यही काम ही रह गया है अब।" आचार्य शुक्ल ने तीखी दृष्टि घुमाई।

सामने एक चौड़ी पत्थर की चौकी पर ढेर सारे लोग लदे हुए किन्तु इसी के किनारे कुछ और लोगों का टेक लेकर बैठना मुमकिन। आचार्य मिश्र ने रुककर यह सम्भावना आँकते हुए सिर हिलाकर ऐसा कुछ संकेत दिया।

प्रेमचन्द ने फौरन इनकार में सिर हिलाया, "यहाँ आसन जमाने की क्या आवश्यकता? घूमते रहा जाए तो अधिक आनन्द आएगा।" तत्काल अन्य साथियों का खयाल आते ही उन्होंने अपनी राय में हल्का संशोधन किया, "या आप लोग चाहें तो यहीं बैठें, मैं यहीं आसपास ही चहलकदमी करता हूँ।"

भीड़ में जिज्ञासुओं, दर्शनार्थियों और देशी-विदेशी पर्यटकों का अंतर साफ-साफ समझ में आ रहा है। घाट की पूजन-सामग्री से लेकर भूने हुए बादाम-चना और सोंधाई छोड़ते समोसे-आलूचाप आदि जैसी खाद्य-सामग्री बेचने वाले तरह-तरह के खोमचेधारी भीड़ को चीरते-धकियाते इधर से उधर दौड़ रहे थे। रह-रहकर मल्लाहों के झुंड आ-आकर नाव पर चलने और नजदीक से नागनथय्या देखने का निमंत्रण दे रहे थे। ऐसा ही एक मल्लाह पास आ गया। वह बगैर पूछे ही नाव-यात्रा की दर घटा-घटाकर बताने लगा। प्रेमचन्द उसे बहुत ध्यान से देख रहे थे। आचार्य शुक्ल कभी उन्हें, तो कभी मल्लाह को देखते रहे। प्रसाद के डील-डौल को बारीकी से तजबीजते हुए मल्लाह उन्हीं से मुखातिब हो गया, "बाऊस्साब, चलाऽ, आवाऽ! तूं सब लोग साथे हउवा नऽ! चलाऽ, चलाऽ पाँच रुपया में पूरा बजड़ा ले चलब! खूब आराम से नजदीक से नागनथय्या देख लऽ।"

आचार्य मिश्र ने बगल से उसे लक्ष्य किया, "तूं लोग हमन के बाहरी आदमी बुझत हउवा काऽ? हम्मनो बनारसिये हई।"

उसने संजीदा प्रतिवाद किया, "हम कहाँ कहत हई कि तूं लोग बनारसी नइखाऽ भइया! ई सुँघनी साव हउवन, हम इनहीं के नइखी पहचानत?...बनारस में सब कोई बनारसिये हौ।"

प्रसाद हँसे, "ठीक हौ, ठीक हौ। तूं जा, दोसर आदमी के देखाऽ, हम सब के इहैं रहेके हौ। बजड़ा से सैर करेके विचार ना हौ।"

वह ज्योंही वहाँ से खिसका, ठीक उसी जगह एक स्त्री-वेशधारी अधेड़ आ गया। साँवला, पतला-दुबला। बदरंग-सी पतली लाल साड़ी कुछ यों पहने गोया बाँस में कपड़ा लिपटा-उलझा पड़ा हो! कान में पुराना-सा काला पड़ा बड़ा झुमका, होंठ रँगे हुए और

पीले रीबन से गूँथे खिचड़ी बाल। आचार्य शुक्ल उसे बहुत ध्यान से ताके जा रहे थे। उसने आते ही सुर में गाना शुरू कर दिया, "जय-जय राधे...राधे-राधे...जय-जय राधे... राधे-राधे..."

"श्रीकृष्ण को छोड़ काहे जप रहे हो राधे-राधे? काहे भैया, काहे-काहे आधे-आधे?" प्रेमचन्द ने तुरन्त उसके गायन में एक वाक्य जोड़ दिया।

सभी हँसने लगे। वह अचकचाकर चुप हो गया। आचार्य मिश्र ने बताया, "ये हैं रमय्या उर्फ राममूरत जी—श्रीकृष्ण-प्रिया राधे जी के अनन्य भक्त। साउथ के हैं। बीस-बाईस साल पहले आए थे काशी। दर्शन तो किया बाबा विश्वनाथ का किन्तु पता नहीं, कैसे-क्या हो गया कि राधे जी के भक्त हो गए। तब से राधा-भाव में ही रहते हैं।"

रमय्या उर्फ राममूरत जी चल रही चर्चा को बाधा से बचाने के लिए बहुत धीमे स्वर में 'राधे-राधे' गाते रहे। मुखमंडल पर स्थिर इत्मीनान किन्तु आँखों में थकान की रेखाएँ।

आचार्य शुक्ल ने टोका, "ये सज्जन यदि राधा-भाव में रहते हैं और राधे-राधे जपते हैं, तब तो इसका अर्थ यही निकला कि ये भक्त होंगे अन्ततः श्रीकृष्ण के ही। राधे-राधे जपने से श्रीकृष्ण ही तो प्रसन्न होंगे। कहा भी गया है कि 'राधे-राधे बोलो, चले आएँगे बिहारी'।"

रमय्या उर्फ राममूरत जी अब ताली बजा-बजाकर राधे-राधे गाने लगे।

"श्रीकृष्ण ही क्यों, प्रसन्न तो आप भी हो रहे हैं।" गौड़ ने सिर हिलाया।

आचार्य शुक्ल झेंप गए। गहरी मुस्कान सबके चेहरों पर रँग गई। आचार्य मिश्र चुप। थोड़ी ही देर में रमय्या उर्फ राममूरत जी आगे बढ़ गए।

प्रेमचन्द ने धीमे-से टिप्पणी की, "यही है फंतासी का हमला। मस्तिष्क पर जब ऐसा हमला होने लगता है तो आदमी इसी तरह की हरकत करने लग जाता है। बताइए जरा, क्या इनकी जैसी राधा को देखकर सचमुच स्वर्ग में आज श्रीकृष्ण को कोई आनन्द का अनुभव हो रहा होगा?" सबके चेहरों पर हँसी कौंधी। उनकी गति अबाध बनी रही, "ऐसी राधारानी यदि सचमुच श्रीकृष्ण को दिख जाएँ तो वे कितने क्रुद्ध होंगे, इसका अंदाजा लगाया जा सकता है। यह भी हो सकता है कि गुस्से में वह पृथ्वी की ओर हमेशा-हमेशा के लिए पीठ ही कर लें!"

29

तुलसी घाट। बरसात और बाढ़ से उबरी निथरी-निखरी हुई गंगा। नई-नई-सी। जल पर नये पत्तों-सी कोमल चमक। तरंगों में नये कंठों के आलाप जैसी सुरीली ताजगी। लोगों से भरे सजे-धजे बजड़े और छोटी-मँझोली दर्जनाधिक नावें धाराओं पर गुलजार। सर्वाधिक साज-सज्जा और रंगीन छतरी देखकर यह साफ पता चल जा रहा कि यह काशी नरेश का बजड़ा है। तभी एक डेंगी को कुछ लोगों ने आहिस्ते घाट से ठेलकर आगे बढ़ाना शुरू किया। कुछ दूर आगे जाकर यह रोक दी गई। इस पर से पानी में कूदकर कुछ नाविकों ने व्यवस्था बनानी शुरू की। देखते-ही-देखते पाँच फनों वाला काला नाग जल के तल से कई हाथ ऊपर झूमने लगा। 'वृन्दावन बिहारी लाल' और 'भगवान कृष्ण' की

जय-जयकार ऐसी शुरू हुई कि दिशाकाश गूँज उठा। इस बीच कब छपाक् से एक गेंद उछली और कैसे शीश पर मुकुट-मोरपंख और बाँसुरी-वादन की मुद्रा में एक बालक फण पर खड़ा कर दिया गया, यह अधिकतर लोग समझ नहीं पाए। ढोल-नगाड़ों की गड़गड़ाहटों और भीड़ के समवेत जय-जयकार से हवा का कण-कण झंकृत हो उठा।

आचार्य शुक्ल, प्रेमचन्द, प्रसाद और आचार्य मिश्र—सभी मगन और चमत्कृत भाव से नागनथय्या देखने में मशगूल।

जल-विस्तार के बीच नाग के फण पर बाँसुरी-वादन मुद्रा में खड़े श्रीकृष्ण-स्वरूप। सुसज्जित बजड़ा सरकता पास पहुँचने लगा। उस पर छतरी के नीचे महाराज आदित्य नारायण सिंह। हाथ जोड़े हुए, भावमग्न। श्रीकृष्ण-स्वरूप को विशेष राग-भाव से निहारते हुए। बजड़ा एकदम 'नाग' के निकट आ गया। महाराज ने हाथ जोड़े-जोड़े शीश नवाया और झुककर श्रीकृष्ण-स्वरूप को प्रणाम अर्पित किया। जय-जयकार की जैसे आँधी मचलने लगी हो! महाराज ने दायें मुड़कर अपने निकट खड़े विशेष पोशाक वाले कर्मी की ओर देखा। उसने अपने हाथ की चमचमाती थाल अदब के साथ आगे बढ़ाई। उन्होंने दोनों हाथ बढ़ाकर थाल से मोती की माला उठाई और सामने उन्मुख हो श्रीकृष्ण-स्वरूप को पहना दी। ढोल-नगाड़ों का गगनभेदी मंगल-घोष और जय-जयकार। महाराज ने फिर मुड़कर थाल से नैवेद्य की तश्तरी उठा ली। इसे श्रीकृष्ण-स्वरूप के समक्ष विनत-मुद्रा में अर्पित करने लगे। निकट ही एक छोटी नाव के निचले हिस्से को पकड़े जल में स्थिर टिके आयोजकों में से एक ने सम्मानपूर्वक शीश नवाकर पात्र पकड़ लिया। महाराज ने फिर दोनों हाथ जोड़ आँखें मूँदकर शीश झुकाया।

अब सुसज्जित बजड़े को खेते हुए थोड़ा तिरछा काट आगे बढ़ा दिया गया। जय-जयकार और वाद्य-यंत्रों की ध्वनि गूँजती रही।

घाटों पर दूर-दूर तक केवल सिर ही सिर। तमाम भवनों के लदे हुए छत-बारजे मधुमक्खियों के छत्तों जैसे। जगह-जगह गुच्छ के गुच्छ चहकते विदेशी पर्यटक स्त्री-पुरुष भी। भीड़ अब ताली बजा-बजाकर भजन गाने में मशगूल। शोर सुरीले समवेत गान में ढल गया।

आचार्य शुक्ल ने प्रेमचन्द को लक्ष्य किया, "मुंशी जी, देखिए, ऐसा केवल काशी में ही सम्भव है। लीला चंद मिनटों की व प्रसंग भी सर्वज्ञात लेकिन दर्शकों की भीड़ जनसमुद्र की तरह और पूर्वज्ञात के प्रति भी जिज्ञासा उफनती नीली लहरों की ही तरह। हर वर्ष नया उत्साह और ज्यादा जोश। यह भी यहीं मुमकिन है कि स्वयं राजा उपस्थित होकर ईश्वर के प्रतीक-स्वरूप के समक्ष शीश नवाते हैं और विधिवत् अर्चना करते हैं।"

प्रसाद ने मुड़कर दोनों की ओर ताका। प्रेमचन्द हल्के मुस्कुराए। आचार्य मिश्र ने जोड़ा, " 'रामचरित मानस' का तो व्यापक मंथन हो चुका है और तुलसीदास जी की काव्य-साधना पर भी व्यापक विचार-विमर्श। मेरा मानना है कि अब नाटक विधा के प्रति उनके इस महान योगदान को भी रेखांकित किया जाना चाहिए। जिस तरह उन्होंने लीला के हर दृश्य के लिए नगर का अलग-अलग स्थान नियत किया और इस तरह सम्पूर्ण काशीनगरी को ही लीला-मंच का रूप दे डाला, उनकी यह संकल्पना अद्भुत

रही और यह बहुत सार्थक ढंग से साकार हुई। आज समग्र काशी-भूमि और प्रत्येक काशी-वासी लीला-मग्न हैं। इसे ही कहेंगे संस्कृति और साहित्य का जन-प्रवेश या जन-सामान्यीकरण।...सबसे बड़ी बात यह कि गोस्वामी जी की यह अवधारणा काशी के लोगों ने आज तक उसी तरह प्रज्वलित व साकार बनाए सँजो रखी है।"

"बहुत अच्छी बात, बहुत अच्छी। बहुत सही कहा आपने।" आचार्य शुक्ल गद्गद।

"और यह देखिए, सामने का दृश्य कितना आनन्ददायक है! कालिय नाग के पंचमुखी फण पर नृत्य करते वंशीधर बालकृष्ण की अलौकिक छवि सामने है, साक्षात।"

"सर्वथा मुग्धकारी!" सबने चौंककर देखा, पता नहीं कब से निकट ही आकर खड़े थे बलदेव प्रसाद मिश्र।

प्रेमचन्द ने मुस्कुराकर धीमे टिप्पणी की, "सिर्फ मुग्धकारी या रोमांचकारी भी?"

बलदेव ने प्रश्नवाचक दृष्टि उठाई। आचार्यद्वय बिना हँसे-मुस्कुराए गम्भीरता से कभी प्रेमचन्द, कभी प्रसाद, तो कभी बलदेव की ओर ताके जा रहे हैं।

प्रेमचन्द ने बात पूरी की, "आप यह नहीं देख रहे कि बालकृष्ण-स्वरूप में तो खैर एक बालक अभिनय कर ही रहा है, लोहे का यह पाँच फणों वाला नाग कितना अधिक वास्तविक लग रहा है! ताजा रँगा इसका काला रंग तो असली कालिय नाग से भी कहीं अधिक डरावना दिख रहा है। एकदम ऐसा कि स्वर्ग यदि सचमुच कहीं हो और वहाँ से द्वापर-कालीन यह जीव झाँक रहा हो तो इसे देख स्वयं वह भी काँप उठा होगा। आखिर इस लौह कालिय नाग का पंचफण असली कालिय नाग के फणों से अधिक ठोस और मजबूत भी तो है। इसकी आँखें ताजा रँगी होने के कारण कितनी अधिक भयावह लग रही हैं! और यह भी तो है कि द्वापर के नागनथय्या में असली कालिय नाग को चाहे जो कष्ट उठाना पड़ा हो, काशी के इस नागनथय्या में लौह कालिय नाग को तो जरा भी कष्ट नहीं उठाना पड़ा। इस आधुनिक नागनथय्या में फण पर नृत्य करते हुए बालकृष्ण-स्वरूप भी गद्गद और लौह-काया की बदौलत किसी भी दर्द व कष्ट से मुक्त यह कालिय नाग भी प्रसन्न।"

प्रसाद मुस्कुरा रहे हैं। बलदेव तुनक गए, "ओऽ, अब समझा! यानी कि मुंशी जी, आप इस पूरे आयोजन-प्रयोजन का मजाक उड़ा रहे हैं?"

प्रेमचन्द चुप। प्रसाद ने हस्तक्षेप किया, "ऐसा क्या है भला! इसमें कोई मजाक तो नहीं है बलदेव भाई। मुंशी जी जो कुछ कह रहे हैं, एक सच यह भी तो है ही।" सभी ताकने लगे। बलदेव सजग-संजीदा। वह बोलते चले गए, "ऐसा है बलदेव भाई, असली और नकली में गुण-सूत्रों का यह अंतर गहन अर्थगर्भी है—फर्क सिर्फ यही कि इसे कौन किस दृष्टि से ग्रहण कर रहा है। अब जैसे फूलों का एक उदाहरण मैं यहाँ देता हूँ। प्रयोग के तौर पर आप एक पुष्प डाल से तोड़ लाइए और एक पुष्प कागज का ले लीजिए। दोनों को एक साथ कहीं रख दीजिए। दूसरे दिन दोनों का एक साथ निरीक्षण कर लीजिए। असली वाला गल-मुरझाकर मुर्दा हो चुका होगा जबकि कागज वाला यानी नकली फूल जस-का-तस खिला-खिला-सा बिहँस रहा होगा। यानी असली की हिली हुई मिलेगी पसली और गढ़िया (गढ़ा हुआ अर्थात् नकली) ही दिखेगा बढ़िया। तो अब इसी का आप चाहे जैसा गहरा-उथला या जितना गुरु-गम्भीर अर्थ

निकाल लें। चाहें तो इससे यह निर्णय बना लें कि असली नहीं, नक़ली ही अच्छा। अन्यथा, इससे आप असली-नकली के भेद का संकेत-लाभ भी अर्जित कर सकते हैं, यथा—जीवन्त वही, जिसकी दशा-दिशा गतिमान हो अर्थात् जो खिसकते समय के साथ डग भरता हुआ गतिपूर्वक बढ़ता-ढलता चले। उसी तरह जिसकी वस्तु-दशा स्थिरप्राय हो जाए, वह मृत।...आप इससे सर्वथा अलग एक यह निर्णय या धारणा भी स्थापित कर सकते हैं कि ईश्वर ने मनुष्य के 'रचनाकार' को अधिकतम प्रतिष्ठा देने के लिए कला-प्रकल्पों को प्रकृति की तुलना में भरसक अधिक सम्भावनापूर्ण और सुविधायुक्त बनाया है ताकि कला-कौशल और मानव-श्रम-शक्ति हमेशा सम्मानित बने रहें, यथा—संध्या के बाद सूर्य का अस्त तय है, जिसके बाद रात की नियत अवधि के बीच इसे उगाने की प्रकृति को कोई छूट नहीं है; किन्तु इसके समानान्तर मनुष्य को यह पूरी स्वतंत्रता है कि वह अपने दक्षता-कौशल और शक्ति-श्रम के बल पर कभी भी और कैसा भी प्रबल प्रकाश-पुंज उत्पन्न कर ले और इसे अपने बूते मनचाहे समय तक जलाये-जिलाये भी रख सके।"

बलदेव की चुप्पी सुलझी हुई है। आचार्यद्वय तटस्थ। प्रेमचन्द हल्के मुस्कुराए, "वाह, भई प्रसाद जी! आपको तो आज मैं मान गया। थिंकर तो आप पक्के हैं, बहुत ऊँचे—सचमुच। बात ही बात में आपने यह जो थॉट बिना किसी बौद्धिक भूमिका के दे डाली, यह दुर्लभ है। आपने मुझे मेरी ही बातों का ऐसा अनोखा अर्थ-वैभव दिखा दिया—सचमुच विरल।...आज मैं अभी यहाँ यह बात बहुत शिद्दत के साथ महसूस कर रहा हूँ कि जीवन-जगत के प्रति आपके दृष्टिकोण सचमुच मौलिक हैं। जितने ही तार्किक, उससे अधिक ताथ्यिक। मैंने तो भैये, सचमुच आज आपका लोहा मान लिया।"

प्रसाद संकोच से भर गए हैं। गौड़ एक कदम आगे आए, "प्रेमचन्द जी, आप तो जानते ही हैं कि प्रसाद जी वस्तुत: सुँघनी साहु हैं, इसलिए आपको इनका लोहा नहीं, बल्कि तम्बाखू मानना चाहिए।"

सभी ठठा पड़े। आरती पूरी होने को आई। भीड़ तेजी से बिखरने लगी। प्रेमचन्द मुस्कुराते हुए आचार्य मिश्र की ओर मुड़े, "पंडित जी, अब क्या कार्यक्रम है?"

आचार्य शुक्ल ने चुटकी ली, "आप ही जैसा तय करें। कहें तो यहीं बैठकर हम सभी कुछ और साहित्यिक या असाहित्यिक चर्चाएँ करें?"

प्रेमचन्द ने समझाया, "मुझे तो अभी प्रेस लौटना होगा। आप तो जानते हैं कि मैं प्रथमत: और अन्तत: एक मजदूर हूँ। जल्दी लौट जाऊँगा तो कुछ काम कर लूँगा। कोरी चर्चाओं से मेरा कोई काम तो होने से रहा।"

प्रसाद ने आगाह किया, "बहुत मुश्किल से तो इतनी देर तक हम लोगों की लगभग ठीक-ठाक निभ गई। विवाद सुलगते-सुलगते रह गए। आपसी सौहार्द बाल-बाल बच गया। अब मैं आगे खतरा मोल लेने की सलाह नहीं दूँगा।"

ठहाका।

आचार्य मिश्र हँसते हुए प्रेमचन्द से मुखातिब हुए, "मुंशी जी, मेरा तो विचार है कि अब कहीं बैठकर हम लोग बूटी छानें और इसी दौरान कुछ रोचक चर्चाएँ हों तो हों। विचार-घर्षण से बचना कोई बौद्धिक कार्यवाही तो है नहीं। चर्चाएँ-बहसें तो कभी

रुकनी ही नहीं चाहिए, अन्यथा नये विचारों का आगमन बाधित होकर रह जाएगा, और यह स्थिति बहुत खतरनाक होगी।"

सभी सीढ़ियाँ चढ़ने लगे।

30

बैठकखाना। सामने बैठे हैं दास। प्रसाद की वाणी में हाहाकार है। व्यतीत दुख-प्रसंग सामने जैसे दृश्यमान हो रहे हों : मित्र, इस दौरान मुझे कुछ ऐसे अनुभव हुए हैं जिन्होंने मेरी जीवन-दृष्टि को झकझोरते हुए उलट-पलटकर रख दिया है। मैंने यह अनुभूत किया है कि जीवन में किसी भी तरह का अनुशासन-भंग भविष्य की भूमि को निश्चित तौर पर क्षति पहुँचाता है। तुमसे भला क्या छुपा है! अपने मचलते मन को निर्बन्ध छोड़ रंगीन आँधियों पर सवार हो-होकर मैंने कोई कम उड़ान नहीं भरी है। एक पूरा दौर जहरीली रंगीन-रेखाओं पर भटकते हुए बर्बाद कर दिया। इसी संदर्भ में तुम्हें आज मैं यह बता दूँ कि मुझे अपने ऐसे तमाम विचलनों का पूरा मूल्य चुकाना पड़ गया। एकदम पाई-पाई। मैंने यह सिद्ध होते देखा है कि हर क्रिया के बराबर और विपरीत प्रतिक्रिया वाला वैज्ञानिक नियम जीवन-जगत में दैनिक और नैतिक धरातल पर भी सर्वथा अक्षरशः लागू होता है। देखो, मैंने स्वयं को दुर्बल रेखाओं पर विचरने की जरा-सी छूट दी थी, मुझे इसका मूल्य लगातार दो बार अपनी अर्द्धांगनियों की चिता सजा-सजाकर चुकाना पड़ा। मैं उस रात की अपनी अनुभूति की दग्धता का वर्णन करने में स्वयं को आज असमर्थ पा रहा हूँ जिस रात अर्द्धांगिनी विन्ध्यवासिनी मुझे अधूरा कर सदा के लिए संसार से विदा हुई। मैंने उसे बिस्तर पर जिस बेचैनी में देखा, उससे मन विह्वल हो उठा। भाभीश्री तो मेरी मातृसमा ही ठहरीं। उनके सजल नेत्रों से मेरे आहत मनोभाव और मेरी टूटती हिम्मत छुपी नहीं रह सकी। मुझे पुत्रवत् सँभाल लिया। पकड़े-पकड़े लेकर बाहर आ गईं। उन्होंने मुझे यहीं इसी बैठकखाने में चौकी पर बिठा दिया और मुझे ढाढ़स देने लगीं कि बहू की हालत उतनी खराब नहीं जितनी मैं समझ रहा हूँ। मुझे धैर्य धारण करने को कहा और भीतर स्थिति सँभालने चली गईं। मुझे लग गया था कि उसकी बीमारी नियंत्रण की सीमाओं का अतिक्रमण कर चुकी है।

"मन में डरावनी आशंकाएँ फण निकाले ऐंठ रही थीं। कभी भी सबसे अप्रिय समाचार सामने आ सकता था। वह रात कितनी काली थी! वह कालापन कैसा भयावह था! वह भयावहता कैसी श्मशानी थी! वह श्मशानपन कितना शोक-दग्ध था! वह शोक-दग्धता कैसे सरसराहट और फुँफकार से भरी हुई थी!...और वह सरसराहट और फुँफकार, जैसे रोम-रोम पर दंश चुभो रहे थे! तभी एक सांकेतिक घटना-सी हुई। पता नहीं किधर से एक भेड़ा आया और आँखें तरेरता हुआ सामने से इस कमरे में आँधी-बतास की तरह घुस गया। उसकी डभकती-सी आँखें डरावनी थीं और दोनों सींगों से लेकर ललाट तक सिन्दूर टीके हुए थे। सींगों व ललाट की नुकीली लाली दहक रही थी। उसकी खौलती-सी आँखों से ताप फूट रहा था। यह दहक और ताप जैसे मुझे ही अंगार-स्पर्श दे रहे थे। उसे देखते ही मेरे रोंगटे खड़े हो गए। वह जिस तरह दरवाजे को

हुरपेटता हुआ तिलमिलाता-सा आया था, उसी तरह छटपट-छटपट करता दीवार-दरवाजे से टकराता-रगड़ता दूसरे ही पल स्वयमेव वापस भी चला गया। मैं सिहरकर रह गया। उसी क्षण भीतर से आकर चेखुरा ने रुँधे गले से यह संवाद दिया था कि विन्ध्यवासिनी नहीं रहीं। दुर्भाग्यवश मेरी आशंका सही सिद्ध हुई थी।

"गंगा भी मेरे मन की तरह भर आई थी। पानी गोदौलिया तक आ गया था। चौराहे पर ही पिंडदान तक का तृप्ति-कर्म हुआ। मैं पिंडदान कर रहा था और चिरगाँव से आकर मैथिलीशरण गुप्त सामने खड़े थे। आँखें उन्हें देख तो पा रही थीं किन्तु चित्त इतना चंचल था कि मुझे यह ध्यान ही नहीं रहा कि यह कोई आस-पड़ोस का व्यक्ति नहीं बल्कि भाई मैथिलीशरण गुप्त हैं। वह पास आए। अपनी डबडबाई दृष्टि मेरी ओर उठाई और मुँह से कुछ शब्द निकाले तब मैं उन्हें गौर से देख और पहचान सका था। तुम सोचो, एक बार दाम्पत्य उजड़ा, उसके बाद मुझे दुबारा घर बसाने का दबाव स्वीकार करना पड़ा। उसके बाद फिर वही वज्रपात! प्रसूति-रोग से सरस्वती भी चल बसी। यानी यह भी विन्ध्यवासिनी के पास चली गई। कुछ ही घंटे बाद नवजात ने भी आँखें मूँद लीं। सरस्वती चिता पर लिटाई ही गई थी कि पीछे से नन्हे का भी शव श्मशान पर आ गया। बताओ, क्या मैं केवल दुख झेलने और कंधों से अपनों का शव ढोने के लिए ही बना हूँ? घर में हर पल लगता कि दोनों दिवंगता गृह-स्वामिनियाँ कभी इधर तो कभी उधर से झाँक रही हैं! तुम्हें सच-सच बताऊँ, मुझे जीवन से ही डर लगने लगा। घर में अपने जिस एकान्त को मैं नये-नये छंदों से रागमय बनाता था, वह जैसे जबड़े खोले बड़े-बड़े दाँत चमकाता दहाड़ मचाता काटने दौड़ने लगा।

"विडम्बना यह कि भाभीश्री जब कभी सामने आतीं, मेरे दुखों को सीधे-सीधे जैसे अमान्य कर देतीं और आगे की तरह-तरह की योजनाओं की ही बातें करने लगतीं। यह सब मेरे लिए असह्य होने लगा। वह परिवार की दशा आदि का चित्रण करतीं और फिर घुमा-फिराकर तीसरे विवाह के लिए मेरा मन टोने लगतीं। यह स्थिति मेरे लिए दुखदायी थी कि उन जैसा मेरा अभिभावक मेरे ही मन के घावों को जानबूझकर अनदेखा कर रहा था। मैं भला अपनी आत्मा पर कितने प्रहार सहन करता? एक दिन घर-बार छोड़ निकल पड़ा। ठीक वैसे ही, जैसे मेरे मन से धैर्य हवा हो गया था। आत्मा में जैसी निर्जन वीरानी चुभी हुई थी, मन वैसे ही वातावरण को तलाश रहा था। अटकता-भटकता जाकर गुम हो गया मीरजापुर के अष्टभुजा वन-प्रदेश में। तुम्हें मैं कैसे बताऊँ कि उस वन-प्रांतर में जहाँ पहचान-मुक्त और मुक्त-मन भटकता हुआ मैं केवल छाया-भर रह गया था, मुझे कितनी शान्ति मिल रही थी! यह गहराई से अनुभूत होने लगा कि विधि मुझे जैसे अकेला और निहत्था करना चाह रही हो, मैं बिलकुल वैसी ही दशा में आ गया हूँ।

"यह स्थिति उसके लिए भी सफलता-बोधक और मेरे लिए भी मुक्तिदायी। सुख का एक टुकड़ा भी पास नहीं, इसलिए दुख के किसी एक कण के भी पास फटकने का कोई भय नहीं। अनुभूत हुआ कि सुख को शून्य कर दो तो दुख स्वयं अप्रासंगिक और अस्तित्वहीन हो जाता है। दुख कुछ और नहीं, सुख की ही तो परछाईं है। जैसे ही किसी एक सुख को पास बुलाओ, वह अपने साथ स्वयं से भी बड़ी परछाईं समेटे प्रवेश कर जाता है। यानी सुख के ही साथ दबे पाँव घुस आता है उससे बड़ा दुख। यह तयप्राय है

कि सुख जहाँ कहीं भी रहेगा, उसकी काली परछाईं डोलती हुई लम्बी होने के अवसर तलाशती ही रहेगी। हर पल, हर जुगत-जुगाड़ के साथ। इसलिए सुख को पास से हटा दो तो दुख स्वयमेव दूर हो जाता है।

"सर्वाधिक विचित्र अनुभव यह कि जब सुख और दुख से मुक्ति पा लो तो चारों ओर एक अद्‌भुत वातावरण बन जाता है। कुछ ऐसा, जैसे आनन्द अखंड और घना होकर दिशाकाश से चटक चाँदनी बनकर बरसने लगा हो! यह चाँदनी ऐसी, जो सिर्फ और सिर्फ तृप्ति से भिगोती चली जाती है। भीगना ऐसा, जैसे पूरा अस्तित्व घुलता हुआ विलीन होने लगा हो! विलीनता कुछ ऐसी, जैसे तृप्ति धीरे-धीरे जाग रहे आनन्द-सागर से एकसार होने लगी हो!...और, यह तृप्ति इतनी चमत्कारी कि जिसका न कोई ओर न कोई छोर। आदि भी नहीं और अन्त भी नहीं।

"लेकिन मेरे ललाट पर आनन्द की यह लकीर लम्बी नहीं थी। भाभीश्री के स्नेहिल हाथों ने मुझे टटोलकर खोज ही निकाला। बचनू सूँघते हुए जंगल में आ गया और भाभीश्री को अस्वस्थ बता मुझे माया-मोह के जाल में बाँधकर बनारस वापस ले आया। यहाँ आने के बाद भाभीश्री से मिलकर मेरे मन को संतोष हुआ। मैंने फिर जंगल लौटने की इच्छा जताई तो उन्होंने बहुत पैंतरे के साथ कुछ दिन रुक जाने और पितृ-तर्पण भर करा देने की बात कही। मेरे लिए दुहरा बंधन हो गया। एक तो भाभीश्री का आदेश यों ही मेरे लिए अलंघ्य, दूसरी ओर पितरों की तृप्ति के अनुष्ठान की बात। इसके बाद मैं भला अचानक कैसे पलायन कर जाता? मैंने रुककर यह कार्य सम्पन्न करा देने का निर्णय लिया। खैर, सारा अनुष्ठान ठीक-ठाक सम्पन्न हो गया। अनुष्ठान के अंत में ज्योंही मैंने भाभीश्री के चरणों का स्पर्श किया, उन्होंने आशीर्वचन में कह दिया, 'जिआऽ जागाऽ और वंश के विस्तार कराऽ!' मैं अवाक्!

उन्होंने यह अकाट्य तर्क दिया कि मैं यदि सचमुच चाहता हूँ कि पितरों की तृप्ति हो तो मुझे इस वंश के विस्तार का दायित्व निभाना ही होगा। इसके बाद मेरा कोई तर्क नहीं चला। इस तरह मेरे संन्यास का सत्यानाश हो गया। तुम लापता रहे और इस दौरान मेरी तीसरी शादी भी हो गई। अब आगे देखो, क्या-क्या देखना पड़ेगा!"

मूर्तिवत् बैठे दास हल्के हिले, "मित्र, दुख का सागर तो तुम पराक्रमपूर्वक जीत आए हो। अब तुम्हें कुछ अप्रिय नहीं देखना-सहना है, बल्कि दुनिया ही तुम्हें देखेगी।"

31

पदचाप सुन चौकन्ना हो गए दास। सिर उठाकर सामने देखा। दिख गए प्रसाद, गेट खोलकर भीतर आते हुए।

दास चकित, "अरे मित्र, तुम?" कलम पकड़े-पकड़े ही हथेलियाँ फैलाकर पोस्टकार्ड ढकने का प्रयास करते हुए स्वागत किया, "आओ, आओ!"

निकट आ चुके प्रसाद भी कम अचंभित नहीं। सिर हिलाते हुए अधछुपे पोस्टकार्ड पर दृष्टि गड़ाये रहे। किंचित् विस्मय-जिज्ञासा और चुहल के साथ।

दास रँगे हाथ पकड़े जाने पर पानी-पानी। आवाज में कंपन, "आओ-आओ, चाणक्य! विराजो!"

"यह पूरा छुप कहाँ पाया है! तुम्हारा प्रयास तो विफल हो चुका है। साफ पता चल रहा है कि पोस्टकार्ड है।" चटाई पर सामने बैठते हुए प्रसाद ने तेवर कस लिए, "आज तक तो यही समझता रहा कि मैं ही तुम्हारा अंतरंग हूँ, किन्तु अब पता चल रहा है कि यहाँ तो कोई 'अति अंतरंग' भी अवतरित हो चुका है! खैर, भ्रम दूर कर ले रहा हूँ। लेकिन यह 'अति' अंतरंग है कौन जिसकी जानकारी मुझसे भी छुपाई जा रही है?"

दास ने सिर झुका लिया। तनाव, कशमकश और ऊहापोह। चेहरे पर तरह-तरह के भाव, लेकिन होंठ खुल नहीं रहे। इसके बावजूद पोस्टकार्ड को ढकने का भरसक प्रयास।

"नाम नहीं बताना चाहते तो कोई बात नहीं, जिज्ञासा प्रबल हो उठी है। पत्र की एक झलक ही सही!" प्रसाद ने ज़िद की।

"तुम्हें सम्बोधित होता तो बेशक दिखा देता, लेकिन..." स्वर के प्रकम्पन में अनुनय की अनुगूँज, "पत्र तो पत्र है, नितान्त व्यक्तिगत उपक्रम।"

"चलो, अब यही मान लेता हूँ कि मैं इसे देखने के योग्य नहीं हूँ।"

"यह भी तो सम्भव है कि पत्र ही 'नालायक' हो, यानी तुम्हारे सामने जाने के योग्य नहीं।" बोलते हुए उन्होंने अवसर पाकर झट-से पोस्टकार्ड कुर्ते की जेब में डाल लिया। कलम बंद कर वहीं चटाई पर रखी और राहत की साँस लेने लगे।

"बहरहाल, यह बात यहीं खत्म!" प्रसाद ने दृढ़तापूर्वक प्रसंग बदला, "तो, इधर पंडित लक्ष्मीनारायण मिश्र का आगमन हो रहा है कि नहीं?"

दास फिर चौंक गए। इस बार चिन्ता-मिश्रित अचकचाहट। आँखें फाड़-फाड़कर मुँह ताकते रहे। उधियाती-फड़फड़ाती-सी चुप्पी को सँभालते-सहेजते ओढ़े हुए।

"क्यों भई, चिन्ता की कोई बात है क्या?" प्रसाद ने शब्द सहानुभूति के कहे, लेकिन रंग तो व्यंग्य का ही छलका। निशाना को समझते हुए भी दास चुप।

कुछ क्षण की प्रतीक्षा के बाद प्रसाद मुस्कुराए, "मिश्र जी का नाम सुनकर अचानक बहुत परेशान हो उठे तुम?"

"न्-न्-न्, नहीं तो!" बोलते-डोलते हुए दास उठ खड़े हो गए। प्रसाद का हाथ पकड़ा और साग्रह खींचते हुए-से भीतर वाले कमरे की ओर बढ़ चले।

"असल में तुम तो तीन-चार दिनों से एकदम लापता हो—न सरायगोवर्द्धन आए, न नारियल बाजार। प्रतीक्षा करते-करते मेरा मन एकदम उचट चुका था। बात कुछ समझ में आ नहीं रही थी। वैसे, यह तो लगता रहा कि तुम काशी से बाहर नहीं निकले होगे, क्योंकि 'अति अंतरंग' का पता तो आज चला है। कल तक तो मैं यही सोचता रहा कि तुम मुझे बताए बगैर आखिर बाहर जा कैसे सकते हो!...तो खैर, सुबह अचानक विचार आया कि क्यों न मैं ही रामघाट घूम आऊँ? सो यहाँ आ धमका हूँ।"

कुर्सियों पर आमने-सामने बैठे हैं दोनों। 'अति अंतरंग' के जुमले से दास घायल। किसी हद तक असहज। इच्छा हुई कि इस मारक जुमले के प्रति विरोध प्रकट करें किन्तु मित्र का स्वभाव ध्यान में आ गया। निशाना सही बैठने की पुष्टि होते ही वह हमेशा तरकश भर-भरकर सामने आएगा और हर बार इसे खाली करके ही दम लिया करेगा।

इसलिए इसे तूल देना खतरे से खाली नहीं। उधेड़बुन में डूबे दास स्वयं को सहज बनाने का प्रयास कर रहे हैं, "हं-हं, नहीं निकल सका कहीं। कई दिनों से यहीं घरौंदे के भीतर चक्कर काट रहा हूँ। लेकिन आज अब बाहर निकलने की तैयारी में था, जाहिर है कि तुम्हारे पास ही आता।"

"नहीं, अब तो सिर्फ यही जाहिर नहीं हुआ करेगा। क्या पता, अब तुम पहले कहाँ जाना पसन्द करो—'अंतरंग' के पास या 'अति अंतरंग' के यहाँ!"

दास फिर आहत, किन्तु दर्द का घूँट पीकर चुप रह गए।

नौकर ने आकर तख्त पर मिठाई की तश्तरी रखी और तुरन्त लौट गया। दुबारा आया तो पानी भरे दो गिलास पकड़े हुए।

दास ने मनोभाव बदलते हुए तश्तरी उठाई और बढ़ा दी, "ग्रहण करो।"

"वाह," प्रसाद ने मगदल देखकर प्रसन्नता जताई, "मेरी पसन्द की मिठाई!"

"हाँ, यहाँ सबको तुम्हारी पसन्द पता है।"

"घर वाले तो खयाल रखते ही हैं, तुम्हीं ने अपनी प्राथमिकता-सूची में मुझे पीछे धकेल दिया है।" प्रसाद की आवाज भारी। बोलकर उन्होंने अनुत्साह से तश्तरी पकड़ी और इसे सामने रख लिया।

"ऐसे क्यों बोल रहे हो मित्र? सच तो यही है कि इस संसार में तुम्हारे सिवा मेरा दूसरा कोई अंतरंग नहीं। अनुरोध है कि तुम भूलकर भी कभी कोई भ्रम मन में नहीं लाना।"

"कभी क्यों, अभी ही। मेरे मन में यह बात लगातार काँटे की तरह चुभ रही है कि तुम हमसे यह बात भी कैसे एकदम सधे अंदाज में छुपाए बैठे हो!"

"कौन-सी बात?" दास हड़बड़ा गए, "ऐसी कोई बात ही नहीं, कतई नहीं।"

"मुझे एक प्राणी ने सूचित किया है कि इधर तुम कई दिनों से आजमगढ़ से आए किसी लेखक की सेवा में जुटे हुए हो?"

"अरे, ऐसा क्या?" दास के चेहरे का रंग अचानक जैसे उड़ गया हो! वह पसीने-पसीने। लेकिन, तुरन्त जैसे स्वयं को बटोर लिया हो! आवाज की कँपकँपाहट पर क्रमशः नियंत्रण बढ़ाने लगे, "हाँ, वह लक्ष्मीनारायण मिश्र ही थे, यहीं आए थे। मेरे पास ही। मैं तुम्हें अब वही सब प्रसंग बताने वाला था।"

"देखो भई, मैं तुमसे एक बात साफ कह दूँ, मैं रचनाशीलता के बहुस्तरीय, बहुआयामी और बहुवाचक होने का परम हामी हूँ। इसमें कोई किन्तु-परन्तु नहीं पालता। इससे अच्छी बात भला दूसरी क्या हो सकती है कि हिन्दी का भंडार तीव्रता और वैविध्य के साथ भरे? लेकिन इस क्रम में यदि कोई अकारण किसी भी स्तर पर सौमनस्य को झकझोरने का काम करे तो यह मेरे लिए अतिरिक्त दुखदायी बात ही होगी।"

"तुम कहना क्या चाहते हो मित्र? स्पष्ट शब्दों में कहो तो ज्यादा अच्छा होगा।"

"पता चला है कि लक्ष्मीनारायण मिश्र को तुम मेरे मुकाबिल खड़ा करने में जुटे हो?"

पहले सहमे फिर दूसरे ही पल ठठाकर हँस पड़े दास। इनकार में सिर को तेज-तेज हिलाने लगे, "नहीं, नहीं, ऐसा भला कैसे सम्भव है? निस्सन्देह ऐसा है भी नहीं। हाँ, लक्ष्मीनारायण मिश्र में मुझे कुछ प्रतिभा झलकी इसलिए मैंने उन्हें लेखन की ओर प्रवृत्त करने का अपनी ओर से कुछ प्रयास अवश्य कर दिया है, बस।"

"यह तो अच्छी बात है। किसी भी कलाकार को प्रोत्साहन तो अवश्य और उदार भाव से मिलना चाहिए, लेकिन मुझे पता चला है कि तुम उन्हें..."

प्रसाद बोलते-बोलते रुक गए तो दास उठकर खड़े हो गए। झेंपते हुए-से पास आए, "मित्र, यही तो तुम्हारी एक बड़ी विशेषता है, जिसे देखकर किसी को भी तुमसे ईर्ष्या हो सकती है। कदाचित् मुझे भी।"

प्रसाद ने प्रश्नवाचक दृष्टि उठाई। वह आगे बोलते चले गए, "तुम किसी के प्रति कभी अपने भीतर कोई मनोमालिन्य इकट्ठा करके रख ही नहीं सकते। किसी सुनी-सुनाई पर न शोध, न किसी प्रत्यक्ष प्रतिकूलता का कोई प्रतिशोध। जो भी कभी भ्रम-संभ्रम या रोष-आक्रोश उपजता है, उसे यथाशीघ्र सकारात्मक ढंग से निष्पादित कर डालते हो, निकालकर सीधे सम्बन्धित पक्ष के सामने रख देते हो।...हाँ, तो बोलो, क्या कह रहे थे?"

"मुझे मेरे एक शुभचिन्तक प्राणी ने यह बताया कि रायकृष्ण दास ने नाटक के क्षेत्र में बतौर मेरे प्रतिद्वंद्वी लक्ष्मीनारायण मिश्र को स्थापित करने का बीड़ा उठा लिया है। यदि सचमुच ऐलान के साथ ऐसा कुछ हो रहा है तो इससे तो..."

दास ने उनके दोनों हाथों को पकड़ लिया। अपनापा छलकाने लगे, "ऐसा नहीं है मित्र, एकदम नहीं। तुम मुझ पर पूरा विश्वास करो।...हाँ, मैं चूँकि अब प्रकाशन के क्षेत्र में हूँ इसलिए हमें तो छापने के लिए किताबें भी नियमित चाहिए ही चाहिए। सिर्फ तुम्हारी या पंत जी, निराला जी और महादेवी की किताबें छापने से ही मेरा धंधा चलने से तो रहा। इसलिए कुछ दूसरे लेखकों को भी उत्साहित करना और अपने प्रकाशन-गृह से जोड़ना मेरी व्यावसायिक आवश्यकता है।"

प्रसाद मगदल खाते हुए उनकी ओर ताकते रहे। हाथ हिला-हिलाकर बोलते हुए समझाने का उनका उपक्रम जारी, "देखो, मैं अपना यह अपराध पहले स्वीकार कर लूँ कि लक्ष्मीनारायण मिश्र के यहाँ आने-टिकने की सूचना तुम्हें नहीं दी। ऐसा अनजाने में नहीं हुआ। सच पूछो तो मैं भीतर ही भीतर डरा हुआ था कि क्या पता, तुम इसे किस रूप ले लो! लिहाजा यह सोचकर रह गया कि एक-दो दिन में लक्ष्मीनारायण चले जाएँगे, बात ढकी-तुपी रह जाएगी, इसीलिए जब तक वह यहाँ रहे, मैं घर से ही नहीं निकला। लेकिन संयोग देखो कि यह सूचना उड़कर तुम तक पहुँच ही गई! खैर, मैं अब यही कहूँगा कि तुम मेरा विश्वास करो। मैं तुम्हारा मित्र हूँ तो हूँ, इसमें कभी कोई बट्टा लगने वाला नहीं।"

प्रसाद हल्के मुस्कुराए। दास क्षण भर ठहरकर थोड़े सहज हुए, "देखो, भाई, लक्ष्मीनारायण मिश्र ब्राह्मण हैं, थोड़ी प्रशंसा पर भी उत्साह से लबालब भर जाते हैं। इसलिए घुमा-फिराकर मैंने उन्हें यह अवश्य कह दिया है कि पंडित जी, आप नाटक विधा को पकड़ लीजिए। आपमें इसके सृजन की प्रतिभा किसी से कम नहीं है। बस, अब अगर वह अपने मन से मेरे इसी 'किसी' का अर्थ सीधे तुम्हीं से जोड़कर गद्‌गद हो रहे हों तो इसमें मैं क्या कर सकता हूँ?"

"वाह, मित्र, वाह! चाणक्य मुझे कहते हो और चक्करदार चालें स्वयं चल रहे हो?" प्रसाद मुस्कुराए, "चोर से बोलो कि सेंध लगाओ और साव को कह दो कि जागते रहना! भई, आखिर तुम रायकृष्ण दास हो! सबको पता है कि तुम मेरे अभिन्न मित्र हो!

इसलिए तुम्हारी इस बात में 'किसी' का अर्थ तो कोई भी स्वाभाविक रूप से मेरे से ही जोड़कर निकालेगा।...खैर, चलो, तुम जब स्वयं ही यह सब स्पष्ट कहे दे रहे हो तो मैं अपनी चिन्ता निकालकर यहीं विसर्जित कर दे रहा हूँ।"

32

ड्योढ़ीदार ने आकर बाहर किसी आगंतुक के आने की सूचना दी। दास ने बेफिक्री से कह दिया, "कौन हैं?...उन्हें तुम ससम्मान लेकर यहाँ पहुँचा जाओ।"

"दो विदेशी लड़कियाँ हैं।" जाते हुए रुककर उसने स्पष्ट किया, "बता रही हैं कि कलकत्ते से आई हैं आपसे मिलने। टमटम उधर ही रुकवाकर गाड़ीवान के साथ दोनों गेट पर आईं तो मैं ही मिल गया। उनके हाथ में जो कागज है, उसमें यहीं का पता लिखा हुआ है।"

"रुको, रुको, ठीक से बताओ। क्या कहा, लड़कियाँ हैं? वह भी विदेशी?"

"हाँ। क्या आदेश है? उन्हें क्या कह दूँ?"

"जाओ, जाओ, उन्हें ससम्मान लेकर आओ।"

दोनों सामने आ गईं। चेहरे विस्मयकारी ढंग से समान। जैसे दोनों मुँह एक ही साँचे में ढाले गए हों! पहली नजर में यह समझना कठिन नहीं कि दोनों सगी बहनें होंगी। उनमें आपसी समानताएँ गजब। परस्पर समन्वय भी कमाल। बालाएँ विदेशी, लेकिन साड़ी में। चुन्नट लपेटे थोड़ी अस्त-व्यस्त, किन्तु आँचल-सँभाल की सजगता-सक्रियता सतत। रंग-रूप यूरोपिये, परन्तु हाव-भाव में भारतीयता सहेजने का उत्साह से भरा यत्न। उग्र उत्सुकता और छलकती प्रसन्नता से उत्पन्न चटक रोमांच, चिनगारियों-सा छिटकता-चमकता हुआ। जैसी विनम्रता, वैसी ही व्यग्रता, लेकिन अद्भुत ढंग से दोनों का अस्तित्व परस्पर अनाहत।

बैठने का साग्रह संकेत दिया प्रसाद ने। दोनों बैठ गईं। एक ने बिना विलंब किये सवाल उछाल दिया, "आप दोनों में रायकृष्ण दास कौन हैं?"

शब्दों के उच्चारण और बोलने का लहजा सटीक और परिपक्व। आश्चर्य से भरे प्रसाद ने टुकुर-टुकुर ताकते हुए दास की ओर संकेत कर दिया। दास भी विस्मित।

"कलकत्ते में डॉ. काशी प्रसाद जायसवाल हैं।" छोटी वाली ने कंधे से जूट का कढ़ाईदार पर्स उतारा। खोलकर भीतर से तुरन्त लिफाफा निकाल बढ़ा दिया, "आपके लिए यह पत्र हमें डॉक्टर साहब ने ही दिया है।"

सस्मित दास ने ले लिया। जल्दी-जल्दी खोलने लगे। दोनों हाथ जोड़कर वह आगे बोली, "मैं पूर्णिमा हूँ, और यह मेरी बड़ी बहन है। हम लोग फ्रांस से आई हैं। वहाँ हमारे पिता व्यवसाय करते हैं। पूर्णिमा नाम मैंने यहाँ आकर रख लिया है...।" प्रसाद और दास को साश्चर्य ताकते देख उसने तत्क्षण स्पष्ट किया, "मेरा मूल नाम सुजान कार्प्लेज है और दीदी का अन्द्री कार्प्लेज। कलकत्ते में रहकर इसने चित्रकला में विशारद किया है और मैंने संस्कृत की पढ़ाई। मुझे 'भारती' की पदवी मिली है।" बोलती हुई वह शरमाकर चुप हो गई।

दास ने पत्र पढ़ लिफाफे में रख दिया। प्रसाद की ओर ताका और उन दोनों की ओर मुखातिब हुए, "तो, पहले मैं अपने अनन्य मित्र का परिचय दूँ, ये हैं मेरे कवि-साथी..."

"कवि? क्या सचमुच ये कवि हैं?" अन्द्री के शब्द-शब्द स्पन्दित-रोमांचित, "थैंक्स गॉड, हम लोग आज पहली बार किसी इंडियन कवि से मिल रही हैं। मन बहुत आह्लादित हो रहा है।...कलकत्ते में हम लोगों ने रवीन्द्रनाथ से मिलने का कई बार प्रयास किया लेकिन हमें सफलता नहीं मिली। बनारस में आते-आते यहाँ यह लाभ हो गया।"

"हाँ, यह इस लिहाज से भी ठीक है कि आप लोग कलकत्ते में रवीन्द्रनाथ से तो नहीं मिल सकीं लेकिन यहाँ आते-आते आपको प्रसाद जी मिल गए हैं। यह तय समझिए कि आपको लगभग वाजिब क्षतिपूर्ति-लाभ मिल रहा है।" दास ने जैसे हृदय से शब्द उच्चरित किये।

प्रसाद ने आँखें झुका लीं। दोनों बहनों का उत्फुल्ल अभिवादन स्वीकार किया और सस्मित चुपचाप बैठे रहे। दास आगे बोले, "तो आप लोग काशी में कुछ दिन रहेंगी, यह तो अच्छी बात है। आप लोगों का यहाँ रहने का प्रबन्ध?"

"हम लोगों ने यहाँ होटल डि-पेरिस में सामान रखा है।" पूर्णिमा ने आश्वस्त किया, "कोई चिन्ता की बात नहीं। वहाँ बहुत अच्छा प्रबन्ध है।"

नौकर ने ला-लाकर टेबुल पर बड़ी थाल में मिष्ठान्नादि और लोटे-गिलासों में पानी सजा दिया। दास ने आग्रह के साथ थाल बढ़ाई। पूर्णिमा ने पकड़ तो लिया किन्तु उसके लिए यह भार असहजकारी। उसने जल्दी से इसे प्रसाद की ओर कर दिया। उन्होंने बगैर ना-नुकर किये बादाम की एक बर्फी उठा ली। उसने थाल अब दास की ओर किया। उन्होंने भी मित्र का अनुसरण किया और बोल पड़े, "भई वाह, इसे कहते हैं व्यवहार की विशिष्टता! आप दोनों यहाँ स्वयं अतिथि हैं लेकिन कुछ ही मिनटों में जैसे इस घर की सदस्या बन बैठीं हों! हमारे घर में हमारा ही अंतरंग स्वागत कर रही हैं!"

"और, हमारे ही थाल, हमारी ही मिठाई से!" प्रसाद ने धीरे से जोड़ा।

खिखिलाहटें खिल गईं। पूर्णिमा के मुखमंडल से चाँदनी झर रही है।

दास झेंपते हुए कुछ स्पष्ट विस्मय, तो कुछ अस्पष्ट आपत्ति से प्रसाद की ओर देख ले रहे हैं। रह-रहकर पूर्णिमा की ओर विशेष सतर्कता से दृष्टिपात। गोया यह जानना चाह रहे हों कि कहीं उसे यह चर्चा-परिहास नागवार तो नहीं गुजर रहा?

दास को लगा—पूर्णिमा के चमकते दाँत तो श्वेताभ रत्नपंक्ति की तरह अद्भुत आभा बिखेर रहे हैं। उसकी उपस्थिति ने कमरे के कोने-कोने में पुलक भर दी है। मन के भीतर खिलती ऐसी कोमल अनुभूतियों से वह अभिभूत। उन्होंने तख्त पर रखे पत्र की ओर हाथ बढ़ाया, "डॉ. काशीप्रसाद जायसवाल वहाँ प्रैक्टिस के अलावा और क्या-क्या कर रहे हैं इन दिनों?"

"वह तो बहुआयामी और अनोखे व्यक्ति हैं।" पूर्णिमा के स्वर में वीणा की झंकार है, "प्रैक्टिस भी चला रहे हैं और इतिहास में निरंतर शोध का अपना अभियान भी। उनके शोधलेख 'एशियाटिक सोसायटी जर्नल', 'इंडियन एंटिक्वरी' व 'मॉडर्न रिव्यू' आदि पत्रिकाओं में छप रहे हैं। वहाँ उन्हें सर आशुतोष मुखर्जी से लेकर बंगाल के ज्यादातर

विद्यानुरागियों ने हाथोंहाथ लिया है। बंगाल के बौद्धिक जगत् में वह किसी राजकुमार की तरह सिर-आँखों पर बिठाए जा रहे हैं।"

दोनों बहनों ने भी एक-एक बर्फी ले ली है। धीरे-धीरे खा रही हैं। जैसे कण-कण के रस और स्वाद को आनन्द में बदलकर आत्मा में धारण कर रही हों! दास की पलकें जैसे झपकना भूल गई हों! प्रसाद की निगरानी बारीक। पानी दोनों बहनों ने पीया, तृप्ति दास को छू गई। शीतलता ने जैसे तंद्रा तोड़ दी हो। उठ खड़े हुए। उनके पास चले गए। थाल की ओर संकेत करते हुए दोनों हाथ जोड़े, "हालाँकि आप लोग तो हमारी ही वय की हैं, किन्तु..."

"देवियाँ जो हैं!" प्रसाद आहिस्ता से बोले।

दास ने उनकी ओर फिर सतर्कता से देखा और तुरन्त दोनों की ओर उन्मुख हो गए, "हाँ, तो मैं यह कह रहा था कि आप लोग चूँकि यहाँ अतिथि हैं, इसलिए आपसे यह विनती करना आवश्यक है कि थाल से कुछ और ग्रहण कीजिए, संकोच न करें।"

पूर्णिमा ने तुरन्त बीच में जोड़ा, "अतिथि देवो भव:!" सभी चेहरों पर मुस्कान।

दोनों खिलखिलाकर हँसने लगीं। पूर्णिमा चहकी, "इसमें से हमें कितना और ले लेना चाहिए, आप ही बता दीजिए? हम ले लेंगी।"

दास अचकचाए। वह आगे बोली, "हमारे पास दो लाँग पर्स हैं ही, अपने हिस्से की मिठाइयाँ रख लेंगे और क्या! होटल में जब मन होगा, खा लेंगे।"

अन्द्री ने हँसते हुए इनकार में जोर-जोर से सिर हिलाना शुरू कर दिया। पूर्णिमा ने नि:संकोच दुहराया, "और नहीं तो क्या! होटल में भला ऐसी मिठाइयाँ कहाँ मिलेंगी?"

"अरे, नहीं! ऐसा क्यों?" अंद्री उसकी पीठ पर धब्ब-धब्ब मुक्का जमाने लगी।

"मैं संस्कृत वाली जो हूँ!" पूर्णिमा ने सीधी होकर सिर ऊँचा कर गर्व-भाव व्यक्त किया, "अधिकारपूर्वक दक्षिणा स्वीकार सकती हूँ।"

"बिलकुल, बिलकुल!" सस्मित दास तेजी से उठ खड़े हुए। आगे बढ़कर थाल उठाया और पर्स के ऊपर ले जाकर टेढ़ा कर दिया। प्रसाद टुभके, "अरे, भाई साब, दूध नहीं, मिठाइयाँ हैं।...उझलने से ये पतली धार बनकर नहीं घुस जाएँगी पर्स में!" सभी तकने लगे। उन्होंने आगे जोड़ा, "चालबाजी क्यों दिखा रहे हो? नीयत सचमुच देने की हो तो एक-एक कर तो डालो!"

सभी हँसने लगे। दास ने थाल वापस टेबुल पर रखा और हँसते-हँसते भीतर चले गए।

प्रसाद दोनों की ओर मुखातिब हुए, "तो इनसे जो सहयोग अपेक्षित हो, बेखटके कह डालिए। ये जनाब ऐसा अवसर पाकर सचमुच धन्य-धन्य हो जाएँगे। मदद पहुँचाकर यह अपना जन्म सार्थक मानने वालों में हैं। स्वभाव से ही सहयोगी हैं—बहुत अच्छे।"

दास भीतर से लौटे तो हाथ में पीतल का एक ढक्कनबंद पात्र लटकाए हुए। पूर्णिमा को थमाते हुए बोले, "इसमें बनारस की खास-खास मिठाइयाँ हैं। आप लोगों को दो-चार दिन सुबह के नाश्ते में काम आएँगी। दिन का भोजन और शाम का नाश्ता तो आप लोग प्रतिदिन यहाँ आकर ग्रहण कर ही सकती हैं।"

धन्यवाद बोलकर दोनों उठ गईं।

दोनों ने प्रसाद को विशेष सम्मान के साथ अभिवादन किया। उन्होंने बैठे-बैठे मुस्कुराकर उत्तर दिया। दास उन्हें विदा करने गेट तक गए।

लौटे तो प्रसाद ने सिर हिलाया, "अच्छा ऽ...ऽ...ऽ!"

"क्या?" दास ने मुस्कान चबाते हुए खीझ दिखाई।

"छोटी वाली को बहुत ध्यान से देख रहे थे!"

"ध्यान से?"

"बल्कि, प्यार से!"

"ह...ऽ...ट्ट!" चेहरा ही नहीं, स्वर भी जैसे लाल हो गया हो!

"एक बात पता है कि नहीं?" प्रसाद ने संजीदगी से ताका।

"क्या?"

"तुम जिस तरह चोरी-चोरी पूर्णिमा को निरख रहे थे," उन्होंने आवाज धीमी कर ली, "ऐसा तभी होता है जब मन में प्रेम के अंकुर फूट रहे होते हैं।"

"तुम्हें उन लोगों के सामने रवीन्द्रनाथ कह दिया तो हमीं पर हाथ फेरने लगे!"

"मजाक नहीं, सौंदर्यपात से तुम्हारा कोमल दिल घायल हो चुका है। तुम्हारी आँखों में मुझे इसके निशान भी दिख रहे हैं। देखना, अब तुम्हें चैन न मिलेगा, पल-पल बेचैनी रहेगी।" प्रसाद ने ठिठोली की।

33

"संक्रमण-काल है यह..." आते ही दास ने सामने से 'इन्दु' का अंक उठा लिया। पन्ने पलटने लगे, "देश की राजधानी कलकत्ता से उठकर दिल्ली आ गई है। इधर, तुम्हारा कवि भी नाटककार और कथाकार में रूपांतरित हो रहा है। सब कुछ उलट-पलट।"

प्रसाद ने बैठने का संकेत किया और बहुत ध्यान से उनकी बातें सुनने लगे, "घर में सुबह देख रहा था इसी ताजे अंक को। तुम्हारी कविता 'भारतेन्दु प्रकाश' ने प्रभावित किया। नागरी प्रचारिणी पत्रिका में भी तुम्हारी एक नाट्य-रचना है : 'कल्याणी परिणय'।"

प्रसाद ने मुस्कुराते हुए मौन तोड़ा, "कहीं की ईंट और कहीं का रोड़ा, भानुमति ने कुनबा जोड़ा!...मित्र, तुम भी कम अजीबोगरीब प्राणी नहीं हो।" दास अचकचा गए। प्रसाद की वाणी में दृढ़ता। अंदाज शिकायती और कुछ-कुछ परामर्शी, "सबसे पहले तो यही कि देश की राजधानी कलकत्ता में ही रहे या उखाड़ कर दिल्ली ले आई जाए, इसमें भला परेशान होने की क्या जरूरत? कठोर सत्य तो यही है कि सत्ता-शासन की मूल चाभी फिलहाल लंदन में ही है। ऐसे में राजधानी चाहे जहाँ, जैसे या जितनी बार उजड़ती-सजती रहे, क्या फर्क पड़ता है!...यह तो तय है कि बंग-भंग के विरुद्ध चल रहे आन्दोलन से अँगरेजों के पाँव डगमगा गए हैं। वे इसी आँधी से घबराकर अब ऐसे नुस्खे आजमाने पर उतर आए हैं जिनसे उन्हें अपने उखड़ते पाँवों को यथास्थान जमाये रखना सुनिश्चित बन सके।"

दास ध्यान से देखने-सुनने लगे।

वह आगे बोलते चले गए, "और दूसरी बात यह कि भिन्न-भिन्न विधाओं में मेरे लेखन-प्रयासों को तुम आखिर क्यों इतने गलत ढंग से ग्रहण कर रहे हो? एक साथ कई विधाओं में सृजन-प्रयास चलाना भला रचनाकार का विधांतरण कैसे हो गया?... उसी तरह देश की राजधानी के स्थानांतरण और मेरे रचनाकार के विधांतरण में भला क्या समानता! यह तो ठीक ऐसा ही हुआ, जैसे रूप-रंग भर देखकर कोई एक झटके से कौआ और कोयल को समान घोषित का डाले!...सोचो।"

34

गली ज्योंही सीधी हुई, ऊपर पतला, लम्बा, धारदार, दुधारी आसमान जैसे म्यान से खिंचकर लपलपा उठा। चमकता हुआ। आँखों में छप्प्-से चुभी उसकी कौंध। दूसरे ही पल सामने का दृश्य देख पाँव ठिठक गए। कलेजे पर जैसे चट्टान आ गिरी हो! दया की भीख माँगता हुआ एक करुण स्त्री-स्वर, रिरियाता हुआ। दूसरी समवेत आवाजें धौंस-धमकी से भरी हुई। बाजों जैसी झपट्टेदार मुद्रा-मुस्तैदी वाले तीन डरावने मुस्टंडों का चक्रव्यूह। इस कठोर घेरे में चिड़िया जैसी फँसी एक असहाय किशोरी। चाकू के बल पर तीनों उससे जोर-जबरदस्ती करने पर उतारू। तीनों की लपलपाती आँखों समेत समूचे चेहरे से जैसे दाँत ही दाँत झाँक रहे हों! लम्बे-लम्बे, नुकीले। नोच-भंभोर डालने को आतुर। भिंचते जबड़ों से निकलती क्रूर आवाजें। किसी गंदे नाले के काले दुर्गन्धपूर्ण कचड़े जैसी। दहशत और घृणा उगलती हुई।

एक ही झलक में जैसे पूरी बात दृश्य-पटल पर भर-उभर गई हो। रजवन्ती की धमनियों का रक्त-प्रवाह तीव्र हो गया और तत्काल अग्नि-धार में बदल गया। आँखों से लपटें लपकने लगीं। दाँत पिसने लगे। मुट्ठियाँ भिंच गईं। तुरन्त ही पाँव पंख बन गए। कदम हवा पर सर्र-सर्र सरसराने लगे। समीप पहुँचते ही उसने दोनों केहुनियों से जोरदार धक्का मारा, जैसे किसी दीवार पर वज्र गिरा हो! घेरा तार-तार। तीनों औचक इस 'वार' से हक्का-बक्का।

रजवंती की वाणी अंगारों जैसी दहकने लगी, "यह कौन बच्ची है? कहाँ से इसे उठाकर लाए हो तुम लोग?"

चाकू की चमक पर विद्युत-वाणी की कौंध भारी पड़ी। तीनों जैसे भीतर से दरक उठे। उनकी आँखों में स्याह डर उतर आया।

उसके शब्द दहकते रहे, "छिः-छिः, छिः-छिः! तुम लोगों को अपने आदमी होने पर शर्म करनी चाहिए। मनुष्य होकर इतने गिरे हुए हो? धरती पर बोझ! मनुष्य के नाम पर कलंक! बल्कि एकदम जानवर!...यहीं बगल में मीर घाट है—गंगा जी में उतर जाओ और डूब मरो। यदि गंगा जी तुम्हें स्वीकार लें तो अपना मोक्ष ही समझ ले लेना, वर्ना मुझे तो यही लगता है कि वह तुम तीनों को अस्वीकार कर बालू पर फेंक देंगी—सड़ने-पिल्लू पड़ने के लिए।...काशी में सुबह-सुबह ऐसा काम?...मैं अभी दौड़कर पुलिस बुला लाती हूँ। बाबा की सौगन्ध, मैं अपनी जान देकर भी इस बच्ची को हर हाल में बचा ही लूँगी, लेकिन तुम तीनों को यहाँ से बचकर नहीं निकलने दूँगी—एकदम सच्ची!"

धिक्कार का वार अचूक रहा। 'एकदम सच्ची' के बलाघात ने तो उनके साहस को भीतर से उखाड़कर जैसे बाहर ही ला पटका हो। तीनों भरभराकर बिखर गए। बालू की ढूह की तरह। किशोरी मुक्त होकर भूमि पर ऐसे गिरी, जैसे पंजे से छूटकर काफी ऊँचाई से नीचे आ गया हो कोई पंछी! रजवंती ने झुककर गाढ़े ममत्व से उसे अंकवार में समेट लिया। तीनों के चाकुओं वाले हाथ बे-जान होकर नीचे लटक रहे थे। रजवंती के एक-एक शब्द जैसे उन्हें भीतर तक घुसकर काट-खंधार रहे थे, "जो ईमान-धर्म की राह चलकर रोटी नहीं उगा पाते, वे नामर्द हैं। नामर्द यानी सड़ा हुआ मुर्दा! पहले भीतर का इनसान मरता है, उसके बाद ईमान। इसके बाद तो शरीर चलता-फिरता मुर्दा बन जाता है और लगातार सड़ता चला जाता है। इसे कहीं भी, कोई भी कुत्ता-सियार नोच-नोच कर खाएगा—तुम तीनों ऐसे ही मरे हुए लोग हो। गँधाते हुए मुर्दे! भाग जाओ, यहाँ से भाग जाओ!...मैं कहती हूँ, तुरन्त भाग जाओ!...मेरी दुखी आत्मा से निकलते ये शब्द शायद तुम्हारे भीतर कोई प्राण-वायु फूँक सकें।"

एक-एक शब्द गोली की तरह उनके कलेजे को छेदते चले गए। तीनों ऐसे सटककर भागे, जैसे सोंटा देखकर भूँकते हुए कुत्ते।

35

रजवंती उसे लेकर छोटी पियरी आ गई। दरवाजा खोलते ही गुलाबो ने शोर किया, "अरे, दिदिया, यह कौन? कितनी सुन्दर!"

भीतर से मीना, कुन्ती, नीलोफर, सजनी, शान्ता, कांति, संध्या, रेखा और शबाना समेत सबने एक साथ शोर मचाते हुए आकर दरवाजे पर भीड़ लगा दी।

रजवंती ने गम्भीर स्वर में सबको यहाँ से जल्दी हटकर भीतर चलने को कहा। सभी हो-हो करती भागीं। आँगन में झुंड बनाए खड़ीं वे देर तक चुपचाप ताकती रहीं।

धूप में चटाइयाँ बिछी थीं। संकेत पाकर सभी बैठने लगीं। सबकी आँखों में भय-मिश्रित जिज्ञासा। किशोरी को पास बिठाकर रजवंती ने सबको घटना का पूरा विवरण बताया। लड़कियाँ पहले तो यह सब सुनकर दुखी हुईं किन्तु दूसरे ही क्षण सबने पास आकर उसे ऐसे समेट लिया, जैसे बिछुड़ी बहनें मिल रही हों! उन्हें एक नई सहेली मिली थी और इसे इस बे-सहारा संसार में एक अपना-सा ठिकाना।

उसके दुख-दंशित मुखमंडल को दोनों हथेलियों से पकड़कर रजवंती ने सस्नेह उठाया। पुष्प-शब्द हवा पर टप्-टप् झरने लगे, "बिटिया श्यामा! मेरे से लेकर यहाँ की एक-एक कर सभी लड़कियों की कमोबेश वही कहानी है जो तुम्हारी है। सभी अपने समाज-परिवार से टूटकर बिखरते-बिखरते बची हुई मूरतें हैं किन्तु अब अभागी नहीं बल्कि अपने पैरों पर खड़ी हैं और अपनी तरह की दूसरी किसी भी मुसीबत की मारी लड़की की मदद के लिए तत्पर रहनेवाली। उसे समेटकर साथ ले चलने की भावनाओं से सम्पन्न। हमारा व्यवसाय ऐसा कि सभी बड़े घरों में ही आना-जाना होता है और काम ऐसा कि सभी कद्र और इज्जत देने को तत्पर।...हम गौनहारिनें हैं। भजन और गंगा-गीत से लेकर सोहर-बधइया और सभी संस्कार-गीत हमारे कंठों में ही बसते हैं। हमारे

बड़े-बड़े रईसों के घर बँधे हुए हैं, जहाँ हमें मंगल-मौकों पर बुलाया जाता है—ठीक वैसे ही, जैसे नाइयों-धोबियों को। बिना बुलावे के अपने मन से भी हम जहाँ पहुँच जाएँ, वहाँ मंगल मनने लग जाता है और हमारे गीत गूँजने लगते हैं। हम हमेशा ऐसे घरों से कुछ न कुछ पाकर ही लौटती हैं। तुम्हारा मन माने तो तू भी यहीं हमारी इसी टोली में शामिल हो ले—यहाँ न कोई गंदगी है, न कोई चालाकी।...शेष संसार का व्यवहार तो तू झेलकर ही आ रही है, असहाय के लिए यह संसार बहुत खूंख्वार और हिंसक है। घर के बाहर पाँव निकलते ही दुनिया जैसे मगरमच्छ-मुख खोले झपट्टा मार ही देती है।"

श्यामा की लम्बी चुप्पी टूटी। जैसे उष्ण रोष का तीव्र स्रोत फूट पड़ा हो, "घर के बाहर ही क्यों, मुझे तो अपने आँगन के भीतर भी इससे अलग स्थिति नहीं मिली। मैं तो अपनी जान बचाने के लिए घर से निकलकर भागी थी। वहाँ जायदाद और जान के भूखे भेड़िये थे, यहाँ आबरू के पिपासु जानवर मिल गए! आप यदि वहाँ कुछ मिनट भी देर से पहुँची होतीं तो सारा खेल खत्म हो चुका होता। वे मुझे बेचने के लिए दालमंडी ले जानेवाले थे। मुझे धमका रहे थे कि मैं चुपचाप चले चलूँ अन्यथा वे मुझे वहीं मार डालेंगे। मैं भीतर से तो टूट रही थी किन्तु अन्तिम रूप में एक प्रतिरोध शुरू किया था। मुझे दूर-दूर तक यह उम्मीद नहीं थी कि मैं इस तरह बचा ली जाऊँगी।"

"तुझे तो बचना ही था रे श्यामा! तेरा कोई कुछ कैसे बिगाड़ पाता?" रजवंती की आँखें भर आईं। जल से नहीं, जलती हुई लाली से। शब्द-शब्द लाल, "तूं श्यामा जो है—अवसर आने पर मुंडमाला पहनकर खप्परधारिणी बन जानेवाली!...तुझे पाकर हम लोगों का यह परिवार सचमुच बड़ा हो गया रे बिटिया!"

सभी लड़कियाँ चुप। एक जैसी तरल भाव-मुद्रा। करुणा का जैसे उबाल मचल रहा हो! रजवंती ने जिज्ञासा की, "यदि तुझसे संक्षेप में तुम्हारी कहानी पूछूँ तो कुछ बताना चाहेगी?"

श्यामा कुछ अधिक ही संजीदा हो गई, "इस जीवन की कथा तो केवल एक पंक्ति की है, किन्तु इसकी कविता अनन्त है।"

गुलाबो उछलकर आगे आ गई, "कविता? तूं कुछ लिखती भी है क्या?"

शबाना ने अपनी जगह से सवाल किया, "तूं कुछ पढ़ी-लिखी भी है?"

श्यामा बारी-बारी से दोनों की ओर ताकती रही। चुप। रजवंती ने लड़कियों को झिड़का, "अब इसे सब मिलकर सवालों से न ढक दो! इसे नहलाओ-खिलाओ। साथ रहने लगेगी तो धीरे-धीरे सब कुछ अपने-आप कहती-बताती रहेगी।"

शान्ता ने मुँह ऐंठा, "और नहीं तो क्या! ये सब एक-दूसरे की कहानी ही जानने पर पड़ जाती हैं! अरे दिदिया ने तो कई बार कहा है और यही सचाई भी है कि नाम-गाँव-दिन भर ही बदलते हैं, कहानी सबकी कमोबेश एक ही होती है, एकदम एक ही।"

नीलोफर का स्वर गम्भीर और दृढ़, "पिछली कथा जानने से तो अच्छा यह कि हम अपनी अगली कहानी पर ही ध्यान गड़ाएँ।"

रजवंती हँसी, "तुम सब अब यहीं लगे हाथ एक पूरी मीटिंग ही कर डालो!...हद करती हो!...अरे, मैंने जो कहा, इसका तो कुछ खयाल करो।...इसे उधर ले जाओ, भूखी-प्यासी होगी, कुछ खिलाओ-पिलाओ भी..."

श्यामा ने बात काट दी, "नहीं। अभी क्या खाना-पीना! इस तरह अपनों के साथ बैठकर बतियाये हुए एक जमाना हो चुका है। इस सुख से अधिक तृप्ति भला किस व्यंजन से सम्भव है?" सबके चेहरे खिल गए। रजवंती की आँखें डबाडब हिल रही थीं। वाणी में तीखे-तप्त अनुभवों की झाँस, "मेरी कहानी तो केवल यही कि अपनों ने ही मुझे इस हाल में पहुँचा दिया है। लेकिन कविता के रूप में इसकी एक ऐसी पीड़ा मन के भीतर भर-उतर गई है जो कभी सूखने का नाम ही नहीं लेती। यह अछोर-अथाह है और हमेशा उमड़ती-घुमड़ती रहती है।...धन की लिप्सा कैसे मन को एक ऐसा भयावह वन बना देती है जहाँ हिंसक पशु की दहाड़ गूँजती है और उसी का खूनी शासन होता है, यह मैंने अपनी आँखों देखा है। मैं इसका ऐसा शिकार बनी कि अब कुछ और न पूछो, सुनो मेरी कहानी :

"हाँ, तो मैं दर्जा सात तक पढ़ी हूँ। बाऊ का गंगालाभ हो गया तो स्कूल छूट गया। अम्मा ने कहा कि लड़की जात को बाहर कौन अगोरता फिरेगा! दो बिग्घे की खेती है, हम माँ-बेटी ने मिलकर इसे सँभाल लिया। मैं घर में ही लगातार पढ़ती-लिखती रहती। पहले तो माँ के कहने पर उन्हें सुनाने के लिए 'रामायण-महाभारत' को कुछ दिन उनके लिए पढ़ना पड़ा किन्तु बाद में अपने मन की शान्ति-तृप्ति के लिए इन्हें नियमित पढ़ने लगी। इससे मेरा मन विकसित होने लगा।...और मेरी माँ तो केवल नाममात्र की स्त्री थीं, हिम्मती ऐसी कि तेवर में आ जाएँ तो बड़े से बड़ा आदमी के लिए सामने एक पल भी टिक पाना आसान नहीं। उनकी बोली-बात ऐसी कि गलत आदमी तो सामने पल भी नहीं टिक पाता। जब तक वह जीवित रहीं, दोनों चाचा लोगों की कभी दम कसने की भी हिम्मत नहीं हुई। बाऊ के जाने के बाद चार साल तक माँ के आँचल की छाया में जिन्दगी अच्छी बीती। वह मेरी शादी के लिए प्रयासरत तो खूब रहीं किन्तु यह दैव को स्वीकार नहीं था। एक दिन देखते-देखते ओसारे में मौत उनके सामने आकर खड़ी हो गई। काला नाग बनकर। मैंने कई-कई जगह सुना-पढ़ा था कि साँप बिना छेड़छाड़ या बगैर हमले के कभी नहीं डसते, लेकिन यह धारणा सच नहीं निकली। सर्वथा सफेद झूठ। हम दोनों माँ-बेटी खटिया पर बैठी बतिया रही थीं। दिन ढल चला था किन्तु अभी दीया-बाती का समय नहीं हुआ था। उजाला अच्छा-खासा था। माँ के तो दोनों पैर ऊपर थे जबकि मेरा ही एक नीचे, लेकिन उसने सामने से आकर फन उछाला और माँ के पाँव पर डस दिया। मैं चीख पड़ी। इसके बाद वह हवा-बतास की तरह गायब। माँ वहीं लुढ़कीं सो फिर कभी नहीं उठीं।

"मैंने अपनी आँखों के सामने माँ की ऐसी भयावह मौत देखी थी। कई दिनों तक पागल की तरह बड़बड़ाती रही। अर्द्धविक्षिप्त की तरह। अब दोनों चाचा लोगों में मुझे अपने साथ रखने को लेकर खींचतान। दोनों अलग-अलग आते और बहुत प्यार से समझाते। ठीक से रखने, अच्छा-सा लड़का देखकर जल्दी से शादी करा देने के वादे पर वादे। मैंने दोनों की आँखों में साफ-साफ देख लिया था उसी काले नाग का खिला हुआ हिलता फण। एक दिन मैंने दो टूक शब्दों में उन्हें मना कर दिया। मैंने सोचा था कि अपनी खेती-बारी खुद सँभालूँगी और वहीं पितृ-द्वार पर अकेली जीवन बिता दूँगी किन्तु उन लोगों ने ऐसा नहीं होने दिया। उन्हें तो मेरी जायदाद हड़पने की जल्दी थी इसलिए मेरा रुख देखकर दोनों आपस में मिल चुके थे। दोनों ने मिलकर मेरी शादी तय हो जाने की बात बताई और दहेज के लिए जमीन बेचने को मुझ पर दबाव बनाने लगे।

"उस रात वे सारे कागजात तैयार कराकर मेरे हस्ताक्षर के लिए ले आए। जमीन की बिक्री तो कचहरी में होती है, फिर यहाँ कागजात कैसे? ऐसी जल्दी और बेचैनी भला क्यों? मैंने जैसे ही ऐसे सवाल उठाए, छोटे वाले चाचा के सब्र का बाँध टूट गया। अचानक उनकी आँखें बदल गईं। लगा, जैसे सामने हैवान की आँखें जाग उठी हों—गुफा में जलती लुकवारी की तरह! उनके मुँह से बल्बल गंदी-गंदी गालियाँ फूट पड़ीं। उन्होंने झपटकर मेरे बालों को पकड़ लिया और हाथ में लपेटकर खींचने-घसीटने लगे। मैंने ज्योंही स्वयं को मुक्त कराने का प्रयास किया, वह भड़क उठे और अपनी पकड़ मजबूत बना ली। अपने भूसा वाले अँधेरे कमरे में ले गए। पीछे-पीछे बड़े चाचा भी ढिबरी और कागजात पकड़े दाँत पीसते-गरियाते आ गए। दोनों की बोली-बातों से भी जैसे शराब का सड़ा हुआ भभका फूट रहा था। छोटे वाले ने एक हाथ में मेरे बाल लपेट रखे थे और दूसरे से मेरी पीठ पर धब्ब-धब्ब मुक्का पटक रहे थे। बड़े वाले ने गरियाते हुए यहाँ तक कह दिया कि इससे लिखवाने की आवश्यकता तो तभी तक है जब तक यह जिन्दा है, इसलिए इसे मार दो तो जमीन खुद-ब-खुद हमारी हो जाएगी। हम लोग आपस में आधी-आधी बाँट लेंगे। इस पर छोटे वाले ने दाँत पीसकर उनकी ओर ताका और कहा—कागजात पर हस्ताक्षर करा लेने के बाद इसे मार ही तो देना है।

"मुझे अब भी नहीं विश्वास होता कि उस समय कहाँ से मेरे भीतर आग जैसी हिम्मत भर रही थी। मुझे बार-बार लग रहा था कि वे चाहे भले मुझे जान से मार दें किन्तु मैं हस्ताक्षर नहीं करने में कामयाब बनी रह सकती हूँ। आश्चर्य कि उनकी मारपीट या कोई भी धमकी-बात मेरे भीतर हताशा नहीं भर पा रही थी..."

कथा-प्रसंग को बीच में ही रोककर चुप हो गई श्यामा। रजवंती की आँखें जल में डूबी रहीं। लड़कियाँ बेसब्री से आगे की बात जानने की प्रतीक्षा करती रहीं। तनिक अंतराल पर शान्ता ने टोका, "आगे क्या हुआ? तूं कैसे बची?"

श्यामा की आँखों में वह कठिन समय झिलमिल करता रहा, "मैंने एक ही बात ऐसी कही कि दोनों को जैसे साँप सूँघ गया। उन्होंने मुझे रस्से से बाँध दिया और कमरे से निकल बाहर से दरवाजा बंद कर डाला। रात में रोते-रोते मैं वहीं बँधी-बँधी कब सो गई, पता ही नहीं चला किन्तु अहले सुबह जब पंछी बोलने लगे तो बँधे हाथों के तनाव से नींद टूट गई। छप्पर की छेदों से उजास रिस रही थी और भीतर का अँधेरा बेमानी होने लगा था। मेरे कुछ क्षण तो यह समझने में व्यय हुए कि यह सब कोई दुःस्वप्न है या हकीकत?...इसके बाद हाथों को थोड़ा-बहुत ऐंठने भर से लगा कि रस्सा ढीला होने लगा है और इस तरह यह खोला भी जा सकता है। इसके बाद मैंने यह प्रयास जारी रखा। अंदाजा सही निकला, बन्धन खुल चुका था। इसके बाद तो भीतर से छप्पर उलटकर बाहर निकलने में कुछ ही मिनट लगे। भागती हुई गाँव से निकलकर सड़क पर पहुँच ही रही थी कि एक मोटरगाड़ी आती दिख गई। मैंने रोकने के लिए हाथ दिया, गाड़ी में एक सरदार जी थे। उन्होंने शायद बात समझ ली थी, गाड़ी रोककर मुझे बिठा लिया। मेरी कहानी सुनकर उन्होंने बहुत शराफत और इनसानियत दिखाई—मुझे बनारस लाकर गोदौलिया पर उतार दिया। वहाँ से मैं सीधे दशाश्वमेध घाट पर पहुँची। वहाँ स्नान-ध्यान करने वालों का ताँता लगा हुआ था। कुछ लोग डुबकियाँ लगा रहे थे तो कुछ पूजा-पाठ

में जुट गए थे। कुछ लोग पूजा-पात्रों में जल भरकर बाबा विश्वनाथ के मन्दिर जाने के लिए घाट की सीढ़ियाँ चढ़ रहे थे। गंगा जी का दर्शन सचमुच मन को अनोखी शान्ति देने लगा। आसमान और गंगा जी में जैसे हाथ भर की ही दूरी हो—सूरज से झर्-झर्, झर्-झर् सिन्दूर झर रहा था। झिलमिल-झिलमिल हिलती ललौंही धाराएँ सुहागिन के सौभाग्यपूर्ण मानस जैसी दीप्त-संतृप्त हो रही थीं।"

"अरे, गंगाजी के बारे में कित्ता बढ़िया बोल रही है रे! यह सुनकर कानों को कितना सुख मिल रहा है! पहली बार ऐसा अनुभव हो रहा है कि बढ़िया बातें सुनना स्वादिष्ट व्यंजन ग्रहण करने से भी अधिक आनन्ददायक होता है। इसकी जो बात समझ में तनिक भी नहीं आ रही, वह भी कानों में रस टपका रही है।" सजनी ने मुग्ध भाव से कहा तो सबने बहुत सम्मान से श्यामा की ओर दृष्टि डाली। वह उन सबमें सर्वाधिक हाई स्कूल तक पढ़ी-लिखी थी।

"श्यामा, तुमने क्या कहा था, जिसे सुनकर तुम्हारे दोनों चाचा वहाँ से उल्टे पाँव भाग गए?" शबाना की जिज्ञासा तीव्र हो उठी।

"एकदम वही जो सुबह उन तीनों जानवरों से रजवंती दीदी ने कहा।"

रजवंती ने चौंककर देखा। सभी उन दोनों को बारी-बारी से ताकने लगीं। श्यामा ने अपनी बात आगे बढ़ाई, "वही तो मैं सुबह से सोच रही हूँ कि ऐसा कैसे हुआ। मैंने जो कुछ बोलकर चाचाओं को पस्त किया था, एकदम वही-वही बातें दीदी के मुँह से कैसे निकल गईं—एकदम वही!"

रजवंती ने आँखें गड़ाकर होंठ बिचकाए, "अच्छा, तुमने भी अपने दोनों चाचाओं को नामर्द और मुर्दा कहा था? इसी पर दोनों वहाँ से भाग गए?"

श्यामा का चेहरा सख्त हो उठा, "और नहीं तो क्या! ऐसे लोग नामर्द और मुर्दा ही तो हैं, जो मेहनत से धन कमाने की ताकत नहीं रखते परन्तु इसके लिए औरत तक पर हाथ उठाने से भी नहीं चूकते।"

शान्ता हँसी, "मर्द खुद को नामर्द कहे जाने पर सबसे अधिक घायल होता है न, इसीलिए।"

सजनी ने समझाया, "नामर्द कहे जाने भर से नहीं, उसकी नामर्दी का पर्दाफाश हो जाने से टूट जाता है पुरुष दम्भ। यही तो है खोखली बहादुरी का मनोविज्ञान।"

कुछ देर सभी चुप रहीं। रजवंती ने अपनापन के साथ समझाया, "न कोई जल्दी है, न जोर-जबरदस्ती। तेरा मन माने और यह काम पसन्द आ रहा हो तो तूं हमारे गोल की सदस्या बनकर हमेशा-हमेशा के लिए हमारी संगी बन सकती है—नहीं तो जब जो चाहे, निर्णय ले सकती है।"

श्यामा ने गौर से ताका, फिर सिर को नीचे कर लिया।

रजवंती अपनी बात कहती चली गई, "पहले तो तूं यहाँ जब तक चाहे, इत्मीनान से रह। यहाँ न कोई चिन्ता है, न डर। तुम्हारे चाचाओं को यदि पता भी चल जाए तो यहाँ दरवाजे पर चढ़ने की उनकी हिम्मत नहीं होगी, क्योंकि अव्वल तो वे इस गली में घुस नहीं सकते और यदि गलती से पहुँच भी गए तो फिर यहाँ से सकुशल लौट तो सकते ही नहीं। हमारे कद्रदां एक से एक रईस हैं—बड़े-बड़े लठैत और लड़ाके पालने वाले।

हमारे एक इशारे पर वे घंटों-मिनटों में कितने-कितनों को जमीन पर गिरवा सकते हैं। हम चाहें तो तेरे गाँव में लठैत भेज दरवाजे पर चढ़कर तेरे चाचाओं की हड्डी-पसली तोड़वा दें, लेकिन हम अपने मन से ऐसा नहीं करेंगे—तूं चाहे, तभी।"

श्यामा मुस्कुराई, "अभी यह सब छोड़िए। जानबूझकर जानवरों से क्या भिड़ना! मेरे चाचाओं के सिर पर खून सवार है और लालच का भूत भी। मैं जब वहाँ से उनकी कैद तोड़ निकल गई तो निकल गई। अब आप लोगों को देखकर मुझे यह लगने लगा है कि इस जीवन को अब भी सुन्दर ढंग से सजाया व जिया जा सकता है। इसलिए अब मैं उस पूरे मामले से अपना दिमाग बाहर निकाल लेना चाहती हूँ।"

रजवंती ने सहमति में सिर हिलाया। वह आगे बोलती चली गई, "सुबह गली में मैं जिस तरह के संकट में फँस गई थी, क्या इससे बड़ी विडम्बना भी कोई दूसरी हो सकती थी? लेकिन आपने दरिंदों के खौफनाक पंजे मरोड़कर मुझे मुक्त करा लिया। इसके बाद भी अब मुझे भला किस सुरक्षा-आश्वासन की आवश्यकता हो सकती है? मैं यह समझ सकती हूँ कि आपके साथ रहना अपनी माँ के आँचल के साये में रहने से जरा भी कम नहीं होगा। सच मानिए, प्रकृति का कभी न बदलने वाला विधान भी मेरे लिए एकदम उलट गया है। जहाँ जाकर कभी कोई नहीं लौटता, मेरी माँ तो उस स्वर्ग से भी वापस आ गई है..." श्यामा बोलते-बोलते फफक पड़ी और कातर भाव से रजवंती की ओर ताकती रही।

वह भी उमड़ पड़ी और उसे किसी नन्ही बच्ची की तरह समेट लिया। रजवंती के कंधे पर दबे मुँह से भीगे शब्द फूटते रहे, "आपका बचाया हुआ यह अपना जीवन अब आपको ही समर्पित कर देना चाहूँगी। सबसे बड़ी बात तो यह कि आपने बेसहारों को सहारा देने का यह काम पवित्र अभियान के तौर पर चला रखा है। मुझे भी इसमें आगे योगदान देने का मौका मिल सकता है। खुद की तरह दूसरी किसी एक बेसहारा लड़की का जीवन भी यदि भविष्य में बचा सकी तो इससे बड़ी उपलब्धि भला दूसरी क्या होगी! मैं अब इसी परिवार की सदस्या हूँ और आगे भी रहना चाहूँगी।"

लड़कियों के चेहरों पर मुस्कान तैरने लगी। रजवंती स्नेहाविष्ट हो उठी। श्यामा का मुख कंधे से उतार सामने किया और उसके दोनों हाथ पकड़ लिए, "अब भूलकर भी कभी यह न समझना कि इस दुनिया में तूं अकेली है। आज से यह बड़ा-सा परिवार तेरा अपना परिवार है।"

"और सबसे बड़ी बात तो यह कि मुझे आप जैसी एक ऐसी शख्सियत मिल गई जिसमें कभी बड़ी बहन की छवि दिखती है तो कभी माँ की।" श्यामा के शब्द भीग गए।

रजवंती ने उसके सिर पर हाथ रख दिये।

36

बीच वाला बड़ा कमरा। दरी बिछी है। सभी जमी हैं। बड़ा-सा गोल घेरा बनाकर। रजवंती ने हारमोनियम सँभाल रखा है। श्यामा बीच में खड़ी हो गई। समीज के ऊपर-ऊपर बायें कंधे से आगे-पीछे तिरछे समानान्तर नीचे उतरकर दायीं ओर कमर तक आया हुआ और फिर दो लपेटे में कमरधनी की तरह बँधा लाल दुपट्टा। चेहरे पर चहक। आँखों

में कला की कौंध और आलाप की दृश्य-अनुगूँज। लड़कियाँ आपस में खुसुर-पुसुर से बाज नहीं आ रही थीं। शान्ता ने नीलोफर के कान में फूँक मारी, "अरे-अरे, देखो रे, श्यामा को देखो! कैसी जन्मजात गौनहारिन लग रही है!"

थोड़ा अलग बैठी मुस्कुरा रही है कांति। बात कानों में पड़ते ही उसने भौंहें उचका दीं, "उसकी आँखें देखो...देखो-देखो, भौंहें और बाँहों का अंदाज!...और देह कैसी लचीली है, एकदम लत्तर जैसी!"

कुन्ती ने होंठ गोल किये, "यह तो आसानी से किसी भी मोटे रईस का शिकार कर सकती है।"

"तो इसमें क्या बुराई है! दिदिया तो कहती ही है कि जिसे भी सही जीवन-साथी मिल जाए, बता दे, विवाह करा दिया जाएगा।" शबाना ने सहज परिणति दी।

अक्सर चुप रहनेवाली संध्या ने भी मुँह खोल दिया, "मानना होगा, इसके मुँह का पानी बहुत बढ़िया है। नैन-नक्श सब तीखे।"

रजवंती की त्योरी चढ़ गई, "बगैर डाँट के तुम सब का मुँह नहीं बंद होगा?"

अचानक सभी चुप। श्यामा खड़ी-खड़ी मुस्कुराई। जवाब में सभी लड़कियाँ भी, लेकिन मौन अखंड। हवा पर जैसे मुस्कान ही मुस्कान बिछलती हुई तैरने लगी।

रजवंती ने आँखें मूँद लीं। सिर आलाप के अंदाज में हिलने लगा। नीचे हारमोनियम पर दोनों हाथ सक्रिय हो उठे। श्यामा ने गति के साथ घूमकर हाथ हवा में लहराए और एक वृत्त-सा बना लिया। अब वह मीठे-मीठे थिरकने लगी :

ठुमुक चलत रामचन्द्र बाजति पैजनियाँ...
ठुमुक चलत रामचन्द्र...

हारमोनियम से निकलती ध्वनियाँ हवा पर बिछने लगीं। खिले-खिले लाल-पीले फूलों के गुलगुले गलीचे की तरह। जैसे कोई टहक कालीन धरती से आसमान की ओर खुलती व फैलती-पसरती चली जा रही हो!...और इसी रंग-तरंग के विस्तार पर मोहक चाल में चलने-टहलने लगे श्यामा के मृदुल-मसृण राग!

रजवंती ने झूमते हुए एक हाथ हारमोनियम पर से उठाया और हवा में लहराने लगी। दाद देने के अंदाज में, "वाह, बहुत खूब!...अद्‌भुत!...श्यामा, तेरे कंठ में तो कोई कोयलिया छिपी हुई है रे!...ऐसी आवाज तो भगवान का प्रत्यक्ष प्रसाद है।"

श्यामा की नव्यतर नृत्य-भंगिमाएँ, रस-वर्षक रागान्वितियाँ और सम्पूर्ण सजीव प्रस्तुतियाँ ऐसी प्रभावोत्पादक बन-बनकर दृश्यांतरित होने लगीं कि सभी मंत्रमुग्ध। अनोखापन यह कि शब्द सतत दृश्यों में, दृश्य निरंतर स्वरों में और स्वर अनवरत अनुभूतियों में रूपांतरित होते चले गए। आनन्द-सुधा की झमाझम वर्षा से आत्मा की वसुन्धरा आप्यायित। कंठ ही नहीं, भाव-मुद्राएँ भी आलाप रही थीं दृश्यमान लयबद्ध राग। लहराते हाथ, थिरकते पाँव एवं क्षण-क्षण दरी को छू रहे चमकते तलवे के काव्यमय नर्तन से पैजनिया के बजने की सजीव-दृश्यमान अभिव्यक्ति। भाव-मुद्राएँ बहुविध और बहुरंगी। कभी पलकें झपकाते हुए गालों को गोल बनाकर बालक-रूप की अनुकृति, तो कभी विशेष अंदाज में छोटे-छोटे कदमों से 'ठुमुक-ठुमुक' चलने का उपक्रम-अभिनय।

कभी दक्षता से भरे अभिनय के साथ 'रामचन्द्र' के भगवान होने का लक्ष्य-संकेत तो कभी मुग्धता के भाव-निरूपण से भगवान के मनुष्य रूप में अवतरित होने की घटना की विशिष्टता की अभिव्यक्ति।

रजवंती ने हारमोनियम बजाते हुए मुँह को कुछ यों बनाया जिससे सुखद आश्चर्य की सुखकर झलक व्यक्त हुई। सभी लड़कियाँ हत्प्रभ अपलक ताकती रहीं।

नृत्य-गायन और वादन को तो विराम मिला, किन्तु हवा पर अब भी थिरकन। एक पल के बाद मीना, शान्ता, रेखा और शबाना लगभग एक साथ चहकती हुई उठ खड़ी हुईं। सभी श्यामा को शाबाशी देने लगीं। वह संकोच से सिमट-सी गई। सबने उसे पकड़कर दरी पर बिठा लिया। रजवंती पास आ गई, "श्यामा, तेरा कंठ तो कमाल है रे!"

"और नृत्य भी तो!" रेखा अधूरी प्रशंसा से जैसे बेचैन हो उठी।

"हाँ, हाँ, सब अच्छा ही अच्छा। कितना अच्छा नृत्य किया तूने, लाजवाब!" रजवंती पीठ ठोंकने लगी। शब्द-शब्द तृप्त-संतृप्त, "अब सारा काम मेरा ही मेरा है। तुम्हें ठुमरी, ठप्पा, कजरी और चैती सिखलाने का काम मुझे जल्दी पूरा करना होगा। मुझे पूरा विश्वास है कि तुम यह सब जल्दी ही जल्दी सीख जाओगी।"

"सीखना क्या है, इसे तो केवल एक बार जानकारी भर चाहिए। यह तुरन्त सब कुछ ठीक-ठाक ढंग से उतार लेगी।" शबाना ने उसके हाथ पकड़ रखे थे, "जिसके पास ऐसा सतरंगा कंठ हो और रागों की बारीक व्यवहारी समझ, उसे ठुमरी से लेकर चैती तक किसी गवनई में कोई दिक्कत नहीं हो सकती, इसलिए।"

रजवंती मुस्कुराई, "हाँ, वो तो है। लेकिन गीत-संगीत या कला के किसी भी क्षेत्र में जानकारी काफी नहीं होती, लगातार रियाज जरूरी होता है। गायन-वादन हो अथवा नृत्य, सभी विधाओं में रोजाना रियाज होना चाहिए।"

37

गन्ने के हिलते हरे-छरहरे धारदार पत्तों जैसी हवा, झरझराती हुई। उदग्र और उत्फुल्ल। प्रखर काव्यानुभूतियों की तरह। लहराती शीतलता तन से मन तक तरंगित। जैसे कोई भीगा फड़फड़ाता वस्त्र देह पर झपट-लिपट रहा हो! प्रसाद चौक की ओर बढ़ने लगे तो लगा, जैसे वह नारियल बाजार की गली से निकलकर मुख्य सड़क की ओर नहीं, बल्कि घाट की सीढ़ियाँ उतरते हुए गंगा की ओर पहुँच रहे हों! झकोरते झोंकों की आवेग से अँटी वही झरझराती हुई धार, वही ताजगी। कुछ यों, जैसे गंगधार जीवंत पवन-प्रवाह बनकर वायु-पटल पर रेल-रेल खेल रही हो! पूरा वातावरण तृप्ति-जल से छलछल, आप्यायित। सड़क पर सामने से आते व्यास दिख गए। उनके अभिवादन पर प्रसाद खिल गए। दोनों साथ-साथ नागरी प्रचारिणी सभा की ओर ही बढ़ चले।

डग पर डग भरती हुई चुप्पी। व्यास ने महसूस किया, प्रसाद कुछ अधिक चिंता-निमग्न खोये-खोये-से डग बढ़ा रहे थे। साथ-साथ चुप्पी भी तनी चलती रही। उनकी इस मनोदशा के बारे में तरह-तरह के प्रश्नों से जूझते व्यास चुप्पी बरतते चलते रहे। मौन जैसे प्रसाद को वहाँ से अनुपस्थित बनाए चल रहा था।

चलते-चलते एक बात दिमाग में आई लेकिन व्यास ने सप्रयास स्वयं को सँभाल लिया। उन्होंने अपनी आदत के विपरीत तपाक से मुँह नहीं खोला। संयम के साथ पहले ठीक से विचार किया। ऐसे में यह तो महसूस होने लगा कि चूँकि उल्लेख्य संदर्भ विदेशी साहित्य से जुड़ता है, लिहाजा ऐसे अवसर पर मिलने वाली पारम्परिक झिड़की की एक खुराक तो मिलना ही है! हालाँकि, इस विदेशी साहित्य-प्रेम को उन्होंने कभी निशाना तो नहीं बनाया किन्तु चूँकि वह प्रसाद हैं, लिहाजा उनके सोच हर बार प्रशस्त मुखमंडल पर साफ-साफ रेंगते हुए दिखते रहे हैं। उनकी यह चिन्ता भी अब तक छुपी नहीं रह सकी है कि अध्ययन-वृत्ति तो उनसे ही ली गई किन्तु यह पश्चिमोन्मुख जिज्ञासा कहाँ से आ गई?

लगा कि उन्हें मौजूदा द्वंद्व से बाहर निकालने के लिए कोई तीखी चर्चा छेड़ी जा सकती है। सघन गाम्भीर्य के साथ व्यास बोले, "गुरु जी, मुझे एक बात नहीं समझ में आती कि हमारे यहाँ के मनीषियों-सर्जकों और विदेशी महान लेखकों में चरित्र के सवाल पर इतना व्यापक अन्तर क्यों है, बल्कि सर्वथा विपरीत जीवन-सत्य देखने को मिलता है?"

प्रसाद ने पहले झटके से देखा फिर सामने ताकते बढ़ते रहे। दूसरे ही पल उन्होंने संजीदगी से दुबारा दृष्टि डाली और तुरन्त हटा ली। दोनों के कदम बढ़ते रहे। व्यास आगे बोले, "महान जर्मन कवि गेटे को ही देख लीजिए, उनके जीवनी लेखक का कहना है कि गेटे से सम्बन्ध रखने वाली औरतों का विवरण दिया जाने लगे तो इसमें ही एक पुस्तक के कई अध्याय खर्च हो जाएँगे। उसी तरह लियो टॉल्स्टॉय के जीवन पर नजर डालिए। कहाँ उनकी संतों वाली छवि और कहाँ उनके जीवन का मूल यथार्थ यह कि उनका आरम्भिक जीवन जुआ, शराब और औरतों के संसर्ग में ही बीता। बचपन में ही उन्होंने उम्र में स्वयं से बड़ी एक लड़की से सम्बन्ध जोड़ लिया। बाद में उसी की बेटी से शादी की। टॉल्स्टॉय को एक अन्य किसान औरत से एक जारज पुत्र हुआ था जिसे नौकर के रूप में परिवार के साथ रख लिया था। फ्रांस का अमर कवि फ्रांकोइस विलियन का चरित्र यह कि उसे हत्या व चोरी आदि जैसे अपराध के आरोप में मृत्युदंड तक मिल चुका था किन्तु इसके समानान्तर उसकी प्रतिभा इतनी प्रचंड कि अपनी कविता के बल पर ही उसे जेल से छुटकारा मिल गया। वह जीवन भर भटकता ही रह गया।"

सभा के परिसर में प्रवेश करने तक वह बोलते रहे। प्रसाद कृत्रिम सख्ती दिखाते बोले, "पंडित जी, अब आप अपने ज्ञान का पिटारा बन्द कर लीजिए। देखिए, हम लोग सभा परिसर में प्रवेश कर चुके हैं।"

व्यास झेंप गए। जैसे कोई बच्चा शरारत करता रँगे हाथ पकड़ लिया गया हो!

प्रसाद की वाणी में रोष के कण चमकने लगे, "मैं यह नहीं समझ पाता कि आप या आप जैसे कुछ साहित्यिक श्रद्धालु भला यह क्यों अपेक्षा पालने लगते हैं कि किसी भी लेखक या विद्वान का जीवन मर्यादा पुरुषोत्तम जैसा ही होना चाहिए? भई, लेखक कोई अवतारी आत्मा तो है नहीं। वह भी इसी जीवन-समुद्र की एक सामान्य आम खारी बूँद ही तो है! वह सामान्य जीवन-धार में तैरकर ही तो सब तरह के अनुभवों को बटोरता है! यही अनुभव उसके साहित्य की जमीन बनाते हैं।...भई, जो व्यक्ति कभी किसी दुर्भाग्य से नहीं टकराएगा, वह भला सौभाग्य का स्वाद कैसे पहचान सकेगा? उसी तरह जिसको बुराई का स्पर्श भी नहीं मिलेगा, वह अच्छाई की शिनाख्त भला कैसे कर सकता है?"

व्यास बहुत सावधानी से जैसे उनके एक-एक शब्द को जज्ब करते रहे। प्रसाद आगे बोलते चले गए, "जहाँ तक विदेशी महापुरुषों को लेकर तुम्हारी दुविधा का प्रश्न है, मेरी दृष्टि में इसका सबसे प्रमुख कारण वहाँ की अपेक्षया भौतिक सम्पन्नता हो सकती है। यहाँ मैं भौतिक शब्द को विशेष अर्थ में खोलना चाहूँगा—भूत से भौतिक। इसमें भूत यानी अतीत-व्यतीत जैसा कुछ नहीं बल्कि सीधे-सीधे प्रेत। इस तरह भौतिकता का यहाँ मतलब हुआ प्रेतता या प्रेतपन। दरअसल विदेशों की जो भौतिक सम्पन्नता से उत्पन्न मानसिकता है, वही दुधारी तलवार है। संयम व नैतिक अनुशासन के जरा भी कमजोर पड़ते ही यह भौतिक वाला भूत सिर पर चढ़ बैठता है। सिर पर चढ़ा भूत क्या-क्या कर सकता है, अब यह तो तुम समझ सकते हो। इसलिए ऐसे में भौतिक-सम्पन्न विदेशों में जो कुछ हो सकता है, वही-वही सब होता चला गया है जिसे देखकर आपके या मेरे जैसे लोग यहाँ बनारस में इस तरह चिन्तित हुए जा रहे हैं।"

आर्य भाषा पुस्तकालय के वाचनालय में पहुँचकर दोनों टेबुल के दो ओर आमने-सामने बैठ गए। प्रसाद ने अपनी बात जारी रखी, "समग्र जीवन से नाता न जुड़ सके तो लेखक तो अधूरे अनुभवों का ही प्रस्तोता होकर रह जाएगा। आप यह कैसे भूल जाते हैं कि 'रामचरितमानस' में श्रीराम के संघर्ष का जो चित्रण पढ़कर आप कभी हर्ष तो कभी विशाद से भर जाते हैं, वह भी और रावण का जो चित्रण देख-पढ़कर रोष व घृणा से भर जाते हैं, यह भी—सारे चाक्षुष वृत्तांत आखिर इकलौते व्यक्ति महाकवि तुलसीदास ने ही चित्रित किये हैं? सीधा तात्पर्य यह कि ऐसे सारे दृश्य-अनुभव महाकवि ने लिपिबद्ध-काव्यबद्ध करने से पहले अपने भीतर दृश्यबद्ध किये होंगे, तभी तो वह इस तरह एक-एक प्रसंग को इस तरह जीवन्त व साकार गढ़ सके!...यानी कि ऐसी सारी प्रिय-अप्रिय दृश्यावलियाँ प्रथमत: और अन्तत: उन्हीं के मानस की उत्पतियाँ ठहरीं।"

व्यास ने चुप रहकर इस बात को फिलहाल यहीं दबा देना उपयोगी समझा। वह किसी पत्रिका में डूबकर मगन हो गए। तभी प्रसाद का ध्यान बगल में बैठे एक युवक पर गया और टिक-सा गया। उन्हें उसकी एकाग्रता ने आकर्षित किया। वह अब तक उनके एक-एक शब्द को जैसे कानों व आँखों से पी रहा था। एकदम कोयले जैसा रंग, लेकिन नयन-नक्ष में रत्नों जैसी पानीदार धार। उसके लम्बे काले घुँघराले बाल जैसे उसकी अपनी ही देह के रंग से लोहा लेते दिखे। कपड़े साफ-सुथरे। देखने में निहायत ही जहीन। प्रसाद ने हल्की मुस्कान छोड़ी तो वह उठकर पास आ गया और चरण-स्पर्श करने लगा। उन्होंने उसे ऐसा करने से रोकने के लिए जोर से कहा, "हंऽ...हंऽ...हंऽ...! मुझे कहाँ खोज रहे हो, मैं नीचे नहीं, तुम्हारे सामने हूँ भई! मैं अपने पाँव में नहीं निवास करता।"

उसने आवेगपूर्वक चरण-स्पर्श कर ही लिया। प्रसाद हँसे, "पक्के निशानेबाज लगते हो।"

व्यास ने बहुत प्रयास करके अपनी हँसी रोकी। वह अपनी जगह लौटकर बैठ गया और सामने खुले अखबार के पन्नों पर पूर्ववत् नजर गड़ा ली। प्रसाद ने व्यास की ओर देखा व मुस्कुरा दिये। दरवाजे पर शब्द हुआ। दोनों की निगाह एक साथ उठ गई, जगमोहन वर्मा थे।

नजर मिलते ही उन्होंने वहीं तेज आवाज लगाई, "वाह, गुरुजी, पधार गए हैं!... अभिवादन कर रहा हूँ। कितने दिनों बाद दिखे हैं आप! मैंने तो समझा कि आप इधर

का रास्ता ही भूल चुके हैं।" बोलते हुए वह पास आ गए, "मेरा अभिवादन स्वीकार कर रहे हैं न!"

प्रसाद बहुत भेदक दृष्टि से ताकते रहे, "वाह, भई वर्मा जी, मान गए! यानी कि आप भाषाविज्ञानी ही नहीं, झाँसाविज्ञानी भी हैं। बहुत खूब!"

वर्मा इनकार में जोर-जोर से सिर हिलाते हुए सामने आ गए। ससम्मान झुककर उनके आगे बढ़े हाथ को थाम लिया, "हमसे कोई भूल हो गई है क्या?"

"भूल नहीं हुई, आपने प्रणाम की नई शैली का नायाब फूल ही खिला दिया है।"

"आंऽय! क्...क्...कैसे?"

"एक तो दूर से प्रणाम कर दिया।"

वह ठठाकर हँस पड़े। अपने कान स्वयं ही मरोड़ने लगे, "ऐसा कैसे हो सकता है? आप दूर हो ही कैसे सकते हैं? आपका वास तो हमारे हृदय प्रांत में है।"

"समस्या पर समस्या न खड़ी करते चले जाइए, पहले वाले मामले को तो रेखांकित कर लूँ!...हाँ, तो दूर से नमस्कार और पास आकर स्वीकार का तकादा!"

वह उसी तरह हँसते-हँसते अपने कान खुद ऐंठते रहे। व्यास समेत आसपास के सभी लोग हँसते-हँसते लोटपोट। प्रसाद आँखें फैला-फैलाकर सिर गोल-गोल घुमाते रहे, "आप जिस तरह एक साथ वैदिक भाषा व संस्कृत से लेकर फारसी तक में तैरने वाले ज्ञानप्रेत हैं, आपकी कोई भी क्रिया-प्रक्रिया अनर्गल या आकस्मिक कैसे हो सकती है? आप एक-एक दाँव को कई-कई धरातलों पर तौलकर तब कदम बढ़ाते होंगे।"

वर्मा सफाई देने लगे, "नहीं-नहीं, मान्यवर, ऐसा कतई नहीं है और कभी ऐसा होता भी नहीं है। डॉक्टर स्वयं का इलाज कभी कर पाता है क्या? माली सुन्दर-सुन्दर फूल तो खिला देता है किन्तु खुद के चेहरे को मुरझाने से नहीं बचा पाता। भाषाविज्ञानी की लिखी कोई कविता-कहानी कभी ध्यान से देखिएगा, सबसे शुष्क वही मिलेगी। जो खाद पौधों में बड़े-बड़े सुस्वादु फल लाद देता है, उसका अपना स्वाद बहुत खराब होता है—गन्ध तक सर्वथा असह्य।"

प्रसाद खड़े हो गए। व्यास भी। तीनों वाचन प्रभाग से उठकर मुख्य सम्भाग की ओर बढ़ चले।

पुस्तकालयाध्यक्ष की कुर्सी खाली थी। अगल-बगल की कुर्सियाँ भी। मुख्य कुर्सी छोड़कर तीनों बैठ गए। प्रसाद ने पूछा, "सभा का संकल्प कब पूरा होने जा रहा है?"

"संकल्प! कौन-सा संकल्प?"

"अरे भैये, वही, जिसमें आप लोग जी-जान से जुटे हुए हैं—'हिन्दी शब्दसागर' वाला काम?"

"सागर तो सागर है, कोई गागर तो है नहीं कि एक बार जरा-सा टेढ़ा करके डुबोया और पूरा भरकर निकाल लिया..." बोलते हुए जैसे अचानक उन्हें कोई विशेष बात स्मरण हो आई हो, अतिरिक्त सजग हुए और थोड़ा चौंकते हुए घुँघराले बाल वाले युवक की ओर मुड़कर उसे हाँक लगाने लगे, "अरे ओ बच्चा, सुनो, इधर आओ!"

प्रसाद समझ गए। उन्हें रोकने लगे, "उसे क्यों बाधा पहुँचा रहे हैं? देख नहीं रहे कि वह बेचारा कैसा अध्ययन में लीन है? एकदम चौचक।"

लड़का सामने आ गया था। वर्मा ने उसे प्रसाद जी का अभिवादन करने का संकेत किया। वह चुपचाप उनका मुँह ताकता रहा। प्रसाद मुस्कुराए, "अरे, इसे वहीं जाकर पढ़ने क्यों नहीं देते? इसकी गति-मति बहुत तेज है। यह मेरे ही पाँवों में मुझे तलाशने का सफल-असफल प्रयास कर चुका है।"

संकेत पाकर वह पूर्ववत् अपने स्थान पर लौट गया। पूर्ववत् पन्ने पलटने लगा।

वर्मा मध्यम स्वर में बताने लगे, "परसों की ही बात है, यहीं यह मिल गया। रात में जब पुस्तकालय बन्द होने लगा तो यह पाठक जी से अनुरोध करने लगा कि उसे रात में यहीं कमरे में रहने दिया जाए और बाहर से ताला-वाला भी लगा दें क्योंकि वह रात भर पढ़ना चाहता है। पाठक जी उस पर बिगड़ रहे थे। मुझे जब यह बात समझ में आई तो मैं चौंक गया। बताइए भला, कोई युवक ऐसा हो, जो रात भर पढ़ने के लिए खुद को पुस्तकालय में बन्द करने का आग्रह कर रहा हो? मैंने उससे हल्की पूछताछ की और अपने साथ घर ले गया। वहाँ यह सचमुच रात भर पढ़ता रहा। सुबह मैंने जाँचा भी, रात की पढ़ी चीजें सब जैसे उसके कंठ पर ही रखी हुई हों! अद्‌भुत सम्भावनाओं से भरा हुआ युवक है यह।"

"यह है कौन?"

"कुछ बता नहीं रहा।"

"अरे, तब तो यह बात ठीक नहीं। कुछ तो बताए कि कौन है, कहाँ से आया? अचानक यहीं क्यों प्रकट हो गया? धरती चीरकर निकला है या आसमान से टपका है? कुछ तो बता रहा होगा।"

चल रही बातचीत का संकेत उसे सम्भवत: मिलने लगा। वह वहीं से बार-बार इधर नजर उठा लेता। इसे लक्ष्य कर वर्मा ने प्रसाद को बाहर चलने का इशारा दिया। दोनों उठे तो सामने से पाठक जी आते दिख गए। प्रसाद जी ने मुख्य कुर्सी की ओर संकेत करते हुए कहा, "आइए-आइए, अंगराज! आपके सिंहासन की ही तो हम लोग रखवाली करते रहे अब तक। कहाँ अंतर्धान हो गए थे?"

प्रसाद के मुख से 'अंगराज' संबोधन पर वह पूर्ववत् पुलकित। हमेशा की तरह कान की मशीन टटोलते हुए उन्होंने बैठने का आग्रह किया। प्रसाद ने बाहर का संकेत किया, "हम लोग कहीं जा नहीं रहे—बस, बाहर जरा टहल ले रहे हैं।"

दोनों बाहर आ गए। वर्मा ने बात फिर शुरू की, "निराश्रित लग रहा है। बहुत पूछने पर भी स्वयं के बारे में ज्यादा कुछ नहीं बता रहा। हो सकता है, किसी बात पर चोट खाकर घर-बार छोड़ पलायन कर गया हो? लड़का जहीन लगा। ऐसे लोग भावुक होते ही हैं, इसीलिए मैंने इसे आश्रय देना ठीक समझा।"

प्रसाद संजीदगी से उनका मुँह ताकते रहे। वर्मा ने अपनी शंका छलकाई, "उसे आश्रय देकर मैंने कोई गलती तो नहीं की?"

"नहीं, कतई नहीं। किसी भी निराश्रित को आश्रय देना किसी भी दृष्टि से गलत नहीं। हाँ, अब अगर वह आनेवाले समय में कोई घात करता है तो यह आपकी नहीं, उसकी गलती मानी जाएगी। ऐसी स्थिति में तब भविष्य में कोई यह प्रश्न उठा सकता है कि आश्रय देने से पहले आपने उसकी ठीक से जाँच-पड़ताल क्यों नहीं करा ली थी?"

"आंऽ य, ऐसा भी हो सकता है? वह घात भी कर सकता है?"

"क्यों नहीं! हो तो कुछ भी सकता है। एक बात तो आप भी मानेंगे कि इस संसार की बनावट ही ऐसी है कि यहाँ कभी भी, कहीं भी कुछ भी हो सकता है। उसी तरह मनुष्य का मन ऐसा रचा गया है कि वह कभी भी, कुछ भी कह-कर सकता है।" प्रसाद की व्यंग्य-मुद्रा को वह सचमुच नहीं लख पा रहे थे।

"आंऽय, ऐसा?" बढ़ती हुई घबराहट।

"लेकिन जब भविष्य में आपसे यह पूछा जाएगा कि आपने रखने से पहले इसकी जाँच-पड़ताल क्यों नहीं कर-करा ली थी तो उस समय भी आपके हाथ में यह जवाब सुरक्षित बचा होगा।"

"क्-क्...क्या?"

"यही कह दीजिएगा कि यह लड़का जाँच में सहयोग करने को तैयार नहीं हुआ और मेरा मन उसे आश्रय न देने पर राजी नहीं हुआ—बस, और क्या!" कहकर प्रसाद हँसने लगे।

वर्मा पहले अचकचाए फिर साथ देने लगे।

प्रसाद ने फिर संजीदा होते हुए कहा, "एक बात है, यह लड़का लगता तो बहुत सम्भावनाशील है, लेकिन साथ ही इससे नाना प्रकार के रहस्य फूटने की भी अपार सम्भावनाएँ झिलमिला रही हैं। क्या नाम है इसका?"

"नाम तो जगतनन्द बताया है।"

"अरे, ऐसा नहीं। आप ठीक समझ रहे हैं, यह उसने केवल बता भर दिया होगा, असल में यह उसका नाम होगा नहीं। ऐसे मेधावी का ऐसा घिसा-पिसा नाम ठीक भी नहीं। एक काम आप यह क्यों नहीं करते?"

"क्या, बताएँ?"

"उसका एक नया नाम तो आप रख ही सकते हैं।"

"आप ही कोई उचित नाम सुझा दीजिए न!"

"हाँ, ठीक कहा—उचित नाम।...मेरी दृष्टि में तो उसके लिए एक ही नाम उपयुक्त होगा। अच्छा है कि इकलौता सूझा भी है, चुनने में कोई दुविधा नहीं रहेगी।"

"क्या, बताइए तो?"

" 'आबनूस का कुन्दा!' "

वर्मा बहुत ध्यान से उनका मुँह ताकते रहे। प्रसाद ने पूछा, "क्यों, यह नाम आपको पसन्द आया या नहीं? वैसे आप अगर मुझे कोई दूसरा नाम तलाशने को कहेंगे तो आगे मैं अब असमर्थता ही व्यक्त कर सकता हूँ, क्योंकि उसके नाम के लिए मेरी दृष्टि में कोई दूसरी संज्ञा है ही नहीं।"

दोनों भीतर लौटे तो पाठक टेबुल पर अधखुले अंगोछे पर चबेना खोले व्यग्र प्रतीक्षारत मिले। पास पहुँचते ही उन्होंने कहा, "अरे, महाकवि, बाहर कहाँ विचर रहे हैं? यहाँ यह गरीब ब्राह्मण सुदामा कब से प्रतीक्षारत है!"

प्रसाद ने भर मुट्ठी दाना उठा लिया और खड़े-खड़े एक फाँका मारा। वह मसर-मसर चबाने लगे। मुँह खाली हुआ तो बोले, "चबेनत्व में सुदामत्व का भले कोई द्वापरकालीन

रागत्व शेष हो, पाठक जी, आप एक बात दिमाग में आज साफ कर लीजिए कि चबेनत्व से ब्राह्मणत्व का कोई टेढ़ा-सीधा सम्बन्ध नहीं बनता। जरा भी नहीं।"

पाठक मुँह ताकते चले जा रहे थे। प्रसाद ने फिर मुट्ठी भर ली और फाँकने से पहले तेज स्वर में बोल पड़े, "क्योंकि ब्राह्मणत्व एक शाश्वत बुद्धि-वैभव है।"

सुनकर चमत्कृत हो गए पाठक। गद्गद होकर बोले, "वाह, महाकवि! बड़ा मौलिक पैमाना गढ़ दिया। भई वाह, मान गए!...आपने ऐसा शातिर दाँव चल दिया है कि हम तमाम ब्राह्मण एक धक्के के बाद धड़ाम-से अब्राह्मण हो गए और सिक्के की तरह शब्द-शब्द जोड़ने वाले बुद्धि-वैभवशाली बनिए एक छलाँग में मुनि वसिष्ठ!"

व्यास बगल में बैठे किसी किताब में डूबे हैं। प्रसाद ने उनकी ओर ध्यान जाते ही कहा, "सचमुच, यह पट्ठा है कुछ अलग और विशेष। बड़ा जबरदस्त अध्ययन-अभियान चला रहा है। देखिए, हम लोग यहाँ किताबों के बीच आकर भी वंचित रहे और बकबकाते रह गए, इन्होंने यह किताब पकड़ी और अब तक आधी कर ली, भई वाह!"

"मैंने तो यह अदना पुस्तक भर आधी पढ़ी है, आपने तो गुरुजी, एक-एक वाक्य में पूरा-पूरा ग्रंथाधार ही गढ़कर हवा में उछाल दिया है। नाहक मैं इस वाचन-जाल में फँसा रहा। आपके श्रीमुख से निकलती बातें पकड़ता रहता तो सचमुच मुझे लिखने का कई महीने का मसाला मिल गया होता।"

दास के आते ही कहकहे बढ़ गए। पाठक ने कहा, "हिन्दी वाले इन दिनों आपस में जैसी उखाड़-पछाड़ में जुटे हैं, इससे सचमुच बड़ी चिन्ता हो रही है।"

प्रसाद चुप सुनते रहे। दास ने पाठक से कहा, "साहित्य जब जीवित-जाग्रत है, वर्द्धन-परिवर्द्धनशील है तो उसमें उखाड़-पछाड़ तो चलती ही रहेगी न!...जीव अगर जिन्दा है तो गन्दगी विसर्जित करेगा ही करेगा। यह क्रिया बन्द होने का सीधा अर्थ होगा मौत।"

सभी उनका मुँह ताकने लगे। दास आगे बोले, "क्यों भई, आप ही बताइए, इस इतने बड़े भाषा के आँगन में आज कोई रवीन्द्रनाथ टैगोर कहीं दिखता है?"

पाठक खड़े हो गए और बहुत श्रद्धा-सम्मान के साथ प्रसाद की ओर संकेत कर बोले, "क्यों नहीं दिखता, ये खड़े तो हैं सामने!"

दास जैसे हक्का-बक्का रह गए हों। व्यास ने सहमति में तेज-तेज सिर हिलाया।

प्रसाद बोले, "जो बात समझ में कम आए, उस पर जरूर सिर हिलाना चाहिए और जो एकदम सिर के ऊपर से निकल जाए, उस पर तो विनोद जी की तरह एकदम इसी अंदाज में सिर-चक्रमण शुरू कर देना चाहिए।"

सबके होंठों पर असंक्षिप्त मिठास खिल आई। सुगन्ध से भरी और रागों से सजी।

38

आर्यभाषा पुस्तकालय में केदारनाथ पाठक के सामने बैठने के दो लाभ हैं : एक, नागरी प्रचारिणी सभा में बहने वाली हवाओं का पूरा थाह-पता मिलना तय है। कोई हो, उनकी मीठी छुरी सब पर चल जाती है। रेशा-रेशा उधेड़कर समालोचना कर पूरा परिदृश्य सामने

उपस्थित कर देते हैं। दूसरा, हिन्दी भाषा और साहित्य के लिए देश भर में कहाँ-क्या प्रयास हो रहा है, इसकी छोटी-से-छोटी सूचनाएँ भी हाजिर। ज्यादातर पुस्तकें या पत्रिकाएँ तो वह आते-आते ही चाट चुके होते हैं। सामने बैठा व्यक्ति नई से नई पुस्तक या पत्रिका भी ज्योंही हाथ में उठाता है, वह उसके बारे में स्वयमेव धाराप्रवाह बोलने लग जाते हैं। इसमें क्या है, कैसा है, क्या नहीं है, क्यों नहीं है, आदि-आदि सभी कोणों से कुछ न कुछ ठोस टिप्पणी। इस क्रम में वह कब अमुक सम्पादक या रचनाकर की प्रशंसा में मुग्ध धाराएँ बहाने लगेंगे या इसके विपरीत उसकी कसकर खबर लेने लगेंगे, कोई कुछ कह नहीं सकता। पीठ थपथपाना-पुचकारना या गरियाना-लतियाना, सब बनारसी ही अंदाज में। इस दौरान उनके अध्ययन और ज्ञान से निस्सन्देह लाभ ही होता है। कुल मिलाकर उनकी बड़ी विशेषता यही कि पुस्तक-पत्रिकाओं के प्रति अद्भुत जिज्ञासु। पढ़ने के मामले में बेजोड़। अपने नाम को खास ढंग से सार्थक बनाने वाले। प्रसाद के शब्दों में 'केदारनाथ पाठक यानी जबरदस्त पाठक'! इसीलिए प्रयास रहता है कि शाम को एक बार उनके साथ बैठकी अवश्य हो जाए। प्रसाद कभी दास तो कभी व्यास के साथ या नहीं तो अकेले ही सभा पहुँच ही जाते हैं।

उस दिन प्रसाद गम्भीरपूर्वक उनसे मुखातिब, "पाठक जी, आपके होते कोई किताब-पत्रिका खोलने की आवश्यकता ही नहीं रह जाती। क्यों बेमतलब आपके अध्ययन को चुनौती दी जाए!"

वह सकुचा गए। सिर नीचे कर रजिस्टर में कुछ लिखने लगे।

दास ने वाचकों में बैठे साँवले युवक की ओर संकेत किया। उसकी ओर दृष्टि पहुँचते ही प्रसाद ने सिर हिलाया, "अच्छा, तो यह 'आबनूस का कुन्दा' आज उधर जमा हुआ है!"

दास प्रश्नवाचक, "आपने एक बात पर ध्यान दिया कि नहीं?"

"क्या?"

"यह 'आबनूस का कुन्दा' नवस्थानवादी है। प्रतिदिन एक नई जगह पर बैठता है।"

"अच्छा, इस पर तो मैंने अब तक ध्यान ही नहीं दिया था, ठीक ही ध्यान दिलाया! यह तो सचमुच कभी अपनी पुरानी जगह पर दुबारा बैठा नहीं दिखता!"

"इसका तात्पर्य क्या निकाला जाए?"

"वैसे, नवस्थानवादी विशेषण गलत नहीं लग रहा, किन्तु थोड़ा दृष्टिपात करूँ तो मुझे कहना पड़ेगा कि अगर यह रचनात्मक मस्तिष्क का हो तो 'प्रयोगधर्मी' ठहरता है अन्यथा यदि नकारात्मक हुआ तो 'धूर्त'।" प्रसाद ने उसके व्यक्तित्व का विश्लेषण करते हुए आगे टिप्पणी की, "वैसे जिस तन्मयता से पढ़ता दिखता है, उस हिसाब से यह संजीदा लगता तो नहीं है।"

दास ने टेबुल पर रखा 'माधुरी' का नया अंक ज्योंही उठाया, पाठक की दृष्टि पड़ गई। वह अपने अंदाज में शुरू हो गए, "ई सरवा का नरक मचवले हौ!...लगता तो अब यही है कि दुलारेलाल भार्गव का नाम बदलकर दुत्कारेलाल भार्गव ही कर देना पड़ेगा। जो लेखक इनके जाल में नहीं फँस रहा, उसके विरुद्ध तो ये महाशय डंडा लेकर ही पड़ जा रहे हैं! पत्रिका की शक्ति का सर्वथा दुरुपयोग चला रहे हैं। इसका विरोध करना होगा। चुप रहने से काम नहीं चलनेवाला। उन्हें यह तो महसूस करा ही देना होगा कि

वह जो गोरखधंधा चला रहे हैं, इसे समझा भी जा रहा है और नकारा भी जाने लगा है। ऐसा नहीं होने पर उनका गलत साहस बढ़ता ही जाएगा।"

वाचनालय के लोग सहज-परिचित भाव से मुस्कुरा-मुस्कुराकर बीच-बीच में इधर देख ले रहे हैं। पाठक बीच-बीच में अपने कान के श्रवण-यंत्र टटोल ले रहे। चर्चा चलती रही। वह लगातार धाराप्रवाह बोलते-बरसते हुए दोनों के चेहरों को अपनी लसलसी दृष्टि से रौंदते रहे।

अचानक दास तुनके, "काऽ गुरु, तोहार ई भाषणे चलीऽ कि कुछ मँगइबाऽ?"

पाठक ने अपनी भावमुद्रा को बदले बगैर अपने सहयोगी को जल्दी से संक्षिप्त संकेत दे डाला। वह रोज की तरह इसी की प्रतीक्षा में ताकता भी रहा। अनुमति मिलते ही उड़ गया। पाठक एक बार और झिझकते हुए शुरू हो गए। प्रसाद और दास बहुत एकाग्रता से सुनते रहे।

सहयोगी जब तक मटके में ठंडई लेकर लौटा तब तक पाठक भी ठंडे हो चुके। रोष-धारा का समापन उन्होंने अपने निर्धारित नीति वाक्य से ही किया, "चलिए, पत्रिका में नई रचनाशीलता को कुछ स्थान तो मिल ही जा रहा है!"

उनके इस आदती उपदेश पर दास हर बार की तरह फिर बनावटी ढंग से तुनक गए, "अब येकरे आगे तूं कुछ मत बोलल कराऽ! इहैं बइठल-बइठल पिंगिल पढ़बाऽ अउर डंडा लेके कूदत रहबाऽ! येसे कुछ होई?"

प्रसाद ने माहौल बदला, "देखो भैये! दृष्टिकोण या टिप्पणी विशेष पर सहमत-असहमत होना तो एक अलग बात है, लेकिन पाठक जी के बारे में मेरा तो बस यही कहना है कि सभा की गोद में यह जितना बड़ा पुस्तकालय विराजमान है, उतना ही बड़ा ज्ञानालय इनके मस्तिष्क के भीतर भी विद्यमान है। इन्हें तो अब प्रोन्नत कर 'पुस्तकालयाध्यक्ष' से 'पुस्तकालय-यक्ष' घोषित कर देना चाहिए। यह तो सचमुच पूरा पुस्तकालय ही घोंटकर पी चुके हैं।"

सामने ठंडई से लबालब पुरबे भी आ गए। दोहरी ठंडई। माहौल शीतलता से भर आया। तैरती हुई मलाई से बात शुरू हुई और ठंडई की अनूठी बनारसी रचना-शैली और आसपास के दूसरे जनपदों की तुलना में इसकी श्रेष्ठता-मौलिकता की चर्चा चल निकली। पान-पत्ता चला। प्रसाद व दास चलने को उठे। पाठक ने टोका, "अरे यार, सड़किया पर तऽ जाके ओह तरफ पटरिया पर तूं लोग खड़े-खड़े घंटन बतिआवत रह जालाऽ, येह से अच्छा हौ कि इहैं बइठल रहाऽ अउर मनमाना गलचउर करत रहाऽ! हमरो चलहींके हौ, संगे निकलल जाई!"

दास ने जोर से इनकार में सिर हिलाया, "अब हम सबके कुछ दोस्ताना-गलचउर भी करेबे देबाऽ कि तोहरे निंदा-प्रशंसा में इहैं झाल बजावत रह जाईंऽ?"

प्रसाद न चाहते हुए भी दास का हाथ नहीं छुड़ा सके। दोनों बाहर निकल आए।

पुस्तकालय बन्द कर पाठक कुछ ही देर बाद सभा परिसर से बाहर आए। गेट से थोड़ा ही आगे सड़क की पटरी पर प्रसाद और दास खड़े दिख गए। हँसते-बतियाते हुए। साइकिल पकड़े निकट आते हुए वह थोड़े तल्ख हो उठे, "तूं लोग भी अजबे जीव हउवाऽ! घंटा भर पहिले उहाँ से निकल गइलाऽ, तब से इहैं खड़ा हउवाऽ? सड़किए पर मुँह मारे में मजा मिललाऽ काऽ?"

प्रसाद हँसे, “अरे पंडित जी, हम लोगों ने वहाँ तो आपकी बात नहीं मानी लेकिन बाहर आए तो ध्यान आते ही आप पर दया आ गई। हम लोगों के रहते आपको अकेले भूत की तरह भटकते हुए जाना पड़े, यह कोई अच्छी बात है क्या?”

पाठक पास आ गए। प्रसाद के सामने मुँह लाकर सिर को खास अंदाज में हिलाया, “वाह गुरु, क्या खूब कही! खैर, तो आपकी ‘आम की फाँक’ का क्या हाल है?”

‘आम की फाँक’ पर जोरदार ठहाका। दास देर तक हँसते रहे। प्रसाद झेंप गए। पीछे कुछ दूरी पर घोड़ागाड़ी में कोचवान ने खाँसा। पाठक ने कानों का यंत्र टटोलते हुए मुड़कर ताका, “ई देखाऽ, ई लोग इहाँ से हिलत नइखन! कोचवान बेचारा कब से लैम्प में मोमबत्ती जलइले इन्तजार करत हौ। अरे, तूं लोग गाड़ीवान के केतने नुकसान करइबाऽ? गजबे हउवाऽ! इहाँ से हिलबाऽ?”

कोचवान नीचे उतरकर वहीं खड़ा हो गया। दास उसकी ओर मुड़े, “हम लोग कहें, तभी लैम्प जलाया करो यार!”

वह कुछ नहीं बोला। हल्का-सा खाँसकर रह गया।

पाठक उसकी ओर बढ़े, “अरे, हाय-हाय, बनियों की बत्ती बेकार ही जल रही है।”

प्रसाद और दास ने मिलकर तत्काल एक दोहा रच लिया। प्रसाद मुस्कुराने लगे। दास ने राग में गाना शुरू कर दिया :

बनियों की बत्ती जले, जले तुम्हारी . . .!
पाठकजी तुम हो नहीं, हो तुम पूरे भाँड़!

ठहाका गूँज उठा। कोचवान सिर झुकाए चुपचाप प्रतिक्रिया-विहीन बना रहा।

पाठक लपककर वापस आए, “अरे यार, मैंने बनिया आप दोनों को थोड़े ही कहा। मैंने तो कोचवान की पीड़ा देखकर उसके बारे में कहा कि बेचारा जितना कमाएगा नहीं, उतने की तो मोमबत्ती गल जाएगी। इसमें आप दोनों काहे पगला गए? बात को ठीक से समझ-बूझकर ही तो ऐसी कविताएँ छेड़ा कीजिए!”

दास ने हँसते हुए तीर चलाया, “गड़ गई न? कहाँ गड़ी?”

पाठक का लहजा शिकायती, “अच्छा, तो अब समझा! इसका मतलब कि तुम ही मेरे रवीन्द्रनाथ को बरगलाकर पटाखेदार दोहे लिखवा रहे हो?”

दास चुप-चुप मुस्कुराते रहे। प्रसाद ने मोर्चा सँभाला, “चलिए, कभी-कभी बनारसी माहौल भी बन जाया करे तो कोई हर्ज नहीं।”

“हाँ-हाँ, एकदम! तभी तो मजा भी आएगा। बिना गाली के बनारसी मौसम थोड़े ही बन पाता है!” बोलकर वह निर्विकार भाव से हँसने लगे, “लंगोटे तऽ बनारस के असली पोसाक हौ और झमाझम गारी आपन भाखा।”

दोनों गाड़ी पर बैठ गए। पाठक साइकिल पर चढ़कर बढ़ गए।

नारियल बाजार के लिए निकले हैं प्रसाद। सरायगोवर्द्धन से पैदल ही।

“बाबूसाब, प्रणाम!” बेनियाबाग की ओर से आ रहे गौड़ की अभिवादन-मुद्रा।

"प्रणाम, प्रणाम मास्साब!" प्रसाद रुक गए, "किधर निकले हैं, मित्र?"

"जिधर के लिए भी निकले हों, अब तो आप मिल चुके हैं।"

"मतलब?"

"यही कि जहाँ के लिए चला था, वहाँ तो अब पहुँचने से रहा।"

"तो क्या आप अब मेरे साथ भी हो ले सकते हैं?"

"अब क्या, महाकवि, मैं तो सदा के लिए आपके पीछे हूँ।"

"वाह, क्या खूब!" प्रसाद हँसे, "जिसकी धुलाई करनी हो, उसके भी पीछे और जिसका साथ निभाना हो, उसके भी?"

"और नहीं तो क्या! लेकिन दोनों में बहुत अंतर है महाकवि। आपके पीछे बने रहने में अधिक उद्यम है।" बोलते हुए गौड़ समीप आ गए, "पहले प्रकार वालों के पीछे तो केवल हम हाथ धोकर पड़े हैं जबकि आपके पीछे नहा-धोकर खड़े!"

"वाह, क्या खूब कही! 'हाथ धोकर पड़े' और 'नहा-धोकर खड़े'! यह तो व्यंग्य की काव्य-मुद्रा हुई।" प्रसाद ने गौड़ का हाथ पकड़कर तुरन्त स्वर बदल लिया, "लेकिन मास्साब, माफ कीजिएगा, आपके इस एक कथन से कुछ गम्भीर संकेत मिल गए हैं।"

"संकेत? वे भी गम्भीर?" गौड़ पहले अचकचाए, फिर मुस्कुराने लगे, "गम्भीर आदमी को भला हल्के संकेत भी कैसे मिल सकते हैं!"

"आप इसे मजाक मत समझिए।"

"बेशक, जिसे समझना-बूझना पड़े, वह तो पहेली ही हो सकती है, मजाक नहीं।"

"पहेली नहीं मित्र, एक चिन्ताजनक तथ्य।"

"कैसा तथ्य महाकवि? और, काहे की चिन्ता?" गौड़ ने अपने अंदाज में सिर झटकारा, "आपसे भला क्या छुपा! मैं तो वो बेढब हूँ, जो चुन-चुनकर दुनिया-जहान की एक-एक चिन्ता को पकड़-पकड़कर चिता पर पटकता रहता हूँ।"

"मास्साब, सुनिए तो!" प्रसाद ने उनके हाथ छोड़ते हुए खास अंदाज में सिर हिलाया, "मेरी कविता पर तो आपका व्यंग्य अब तक कोई असर नहीं डाल सका जबकि आपका व्यंग्य अपनी सरहदें नहीं बचा पाया। उस पर कविता का रंग चौचक चढ़ चुका है।"

"महाकवि, कैसी बातें कर रहे हैं आप? आपकी कविता सचमुच कविता है, उससे किसी का क्या मुकाबला!" गौड़ गम्भीर हो उठे, "जबकि मेरा व्यंग्य क्या है, अदना गद्य भर! वह भी दूसरों को दागने-जलाने वाला। खुद भी जलता-धुआँता हुआ, लुकाठी जैसा।"

"लेकिन गद्य को आप अदना कहकर न निकल जाएँ। आचार्यों ने इसे ही उत्तम काव्य की कसौटी माना है।"

"तब तो आपको भी यह मानना होगा कि जो हुआ, अच्छा हुआ, बल्कि बहुत अच्छा।"

"क्या भला?" प्रसाद ने आँखें फैलाकर गौर से ताका।

"यही कि सोने पर कसौटी का नहीं, कसौटी पर सोने का रंग चढ़ा है।"

"मास्साब!" प्रसाद ने उन्हें अंकवार में भर लिया, "लेकिन, यह कसौटी कुछ खास है। यह सोना इस पर रंग भर नहीं, अपनी आत्मा तक लपेट देना चाहता है।"

"महाकवि, डर लगता है।" गौड़ अलग होते ही अपने तेवर में आ गए, "आत्माओं वाली कहानियों से मैं इत्तफाक नहीं रखता।"

प्रसाद ठठा पड़े।

दोनों साथ-साथ चले। दालमंडी में घुसते ही कुछ असहज लग गया। भीड़ है, लेकिन सुपरिचित चहल-पहल गायब। हमेशा गुलजार रहनेवाली गली का जैसे गला भिंचा हुआ हो! चिरपरिचित शोर के ऊपर जैसे नुचे-चुँथे सन्नाटे की सनसनाती हुई चादर! लोग जहाँ के तहाँ ठिठके-ठमके, दुबके-सिकुड़े हुए। दुकानों में न मीठा मोल-तोल, न इधर-उधर घुलती-मिलती सुपरिचित नमकीन कहा-सुनी, बल्कि जहाँ-तहाँ बेस्वाद-बेलज्जत फुसफसाहटें। चेहरे भय से भरे हुए, आँखें चैन से खाली। डर ऐसा कि कोई पूरी आँखें खोलकर ताकने तक का साहस नहीं जुटा पा रहा। जैसे सबके सामने कोई किंग कोबरा फन उठाए खुलेआम बेधड़क सरपट बढ़ता चला जा रहा हो! विषकंटक जिह्वा छिटकाता-निकालता, लपकती लाल लौ-शीर्ष जैसी।

"काऽ बात हौ अजमल म्याँ? ई गल्ली के साँप काहे सूँघ गल हौ?" इत्र-दुकान के सामने रुककर गौड़ ने जिज्ञासा की।

दुकानदार ने भर नजर गौर से ताका। छूटते ही धीमे किन्तु रोषभरे अंदाज में सिर हिलाकर गली में दाहिनी ओर संकेत किया, "सँपवे नऽ घूमत हौ, तऽ काऽ होई! गल्ली के तऽ बेहोशिये नऽ आ जाई!"

"मतलब?"

"अरे, इस्मइलवा के चेंगड़ा हउवन सब। ओकरे जूता घुमावे निकलल हउवन।" स्वर में रोष और चिढ़ का तेज मिश्रण, "ई सरवा गुंडा सब तऽ बनारस के बर्बादे करे पर तूल गल हउवन। करोबारी आदमी तबाह-तबाह होके रह गल हौ।"

गौड़ के पीछे खड़े प्रसाद ने सहमति में सिर हिलाया। अजमल ने उन्हें लक्ष्य किया, "अरे बाऊस्साब! तूं मालिक लोग बड़ आदमी हउवा। हाकिम-हुक्काम लोगन तक तूं सबके पहुँच जरूर होई। कुछ सोचाऽ, कुछ कराऽ, ई सब रोकवावाऽ..."

"अरे, येह में हाकिम-हुक्काम के मुँह जोहले के कौने जरूरत हौ?" प्रसाद ने चेहरा सख्त कर मुट्ठी कस ली। दाँत पीसने लगे, "कारोबारी-दुकानदार लोग आपसी एकजुटता बनावें अउर सबकोई मिलके गुंडन के एक-एक करके दबोचें और कस-कस के कुट्टमस कइलें चलें! दू-चार सरवा खुदरा चेंगड़े भी सेंका जाएँ तब माहौल तो ऐसा बनेगा कि बड़े-बड़े गुंडा पनाह माँगने लगेंगे!"

"ठीक कहते हैं।" गौड़ हँसे, "एकता-एकजुटता से तो एक-एक कर सारे गुंडे धराशायी किये ही जा सकते हैं, लेकिन कारोबारी एकजुट हों तब नऽ! इन्हें एकजुट करना आसान है क्या? सब तो दिन-रात एक-दूसरे की जड़ खोदने में ही जुटे रहते हैं। हमेशा यही सोचते रहते हैं कि कैसे फलाँ का ग्राहक खींच लें, कैसे फलाँ को परेशान कर दें, कैसे फलाँ को इतना कमजोर कर दें कि वह अपनी दुकान-दौरी समेटकर चला जाए!" बोलते हुए वह गली में आगे बढ़े। प्रसाद भी।

पीछे से अजमल ने जोड़ा, "अरे, कारबारी सब तऽ जाहिल न हउवन, इन्हनेके तूं लोग रस्ता देखावाऽ।"

"मास्साब, कदम तेज कीजिए," प्रसाद बोले, "देखें कि कौन है!"

"हंऽ, हंऽ!" गौड़ ने डग बड़े कर लिए। प्रसाद आगे हो गए। कुछ ही कदम बढ़ने पर दिख गए वे लोग। छोटा-सा झुंड। आगे-आगे चल रहे मझले कद के युवक के हाथों में उठी हुई एक परात। नीचे तक झलमल-झलमल लटकती लाल रेशमी चुन्नी से ढकी हुई। इसके ऊपर रखी दिख रही है चमकते जूतों की जोड़ी, जड़ीदार। पीछे-पीछे पाँच-छह कद्दावर युवकों का गोल। चलते हुए वह चारों ओर नजर फेंकते चल रहे हैं, जैसे सबके चेहरे तौल रहे हों! पीछे वाले चेंगड़े रह-रहकर मुड़कर इधर का भी मुआयना कर ले रहे। झलक जा रहे उनके कठोर चेहरों के कट-कूट निशान और आँखों का जानवरपन।

"हाँ, इस्माइल के ही चेंगड़े हैं।" गौड़ ने पुष्टि करते हुए आगे आगाह किया, "महाकवि, मुसीबत से मुकाबला करना बहादुरी है, लेकिन इसे मोल लेना निहायत ही बेवकूफी। देख लीजिए, गली भरी हुई है लेकिन बदमाशों के अलावा हमें छोड़कर कोई और कदम नहीं बढ़ा रहा। यह स्थिति खामख्वाह बैल को लाल गमछा दिखाने जैसी ही है।"

"ठीक कहते हैं।" प्रसाद ने गति धीमी कर ली, "अब धीरे-धीरे ही चलते हैं।"

"न समय की कमी है, न विषय की।" गौड़ ने विनम्रतापूर्वक ही किन्तु दृढ़ता से उनके हाथ पकड़ लिए, "हम लोग कुछ देर बगल में खड़े होकर बात भी तो कर सकते हैं!... देख लीजिए, वे कितने दुष्ट हैं, यह उनकी चाल-ढाल भी बता रही है—सब-के-सब ऐंठू!"

प्रसाद ने चुपचाप सिर हिलाया। चेहरे पर तरह-तरह के भाव।

मौन भारी लगा तो गौड़ ने इसे पोंछा, "बाबूस्साब! मैं आपको यह बताऊँ कि इस्माइल ही फिलहाल बनारस के गुंडों में अव्वल चल रहा है।"

"अव्वल?" प्रसाद ने होंठ बिचकाए, "अरे, गुंडा-बदमाश भला क्या अव्वल होगा!"

"अब आप चाहे जो कहें, इस बार तो दशहरे पर मैंने अपनी आँखों देखा है उसका जलवा।"

प्रसाद ने चलते-चलते मुड़कर जिज्ञासा से भरी गहरी दृष्टि डाली।

वह आगे बोलते रहे, "यहीं चौक पर ही तो—पशुपतेश्वर पर। अंजनीनन्दन मिश्र तीर्थ पुरोहित के यहाँ। उन्हीं के दरवाजे पर जोर आजमाइश थी। भीड़ जमा थी, तो मुकाबला शुरू हुआ। भाई साहब, कोई सुनी-सुनाई नहीं, आँखों-देखी बता रहा हूँ। इस्मइलवा पर एक साथ चार पहलवान छोड़े गए—चारों मस्त मसल वाले—किन्तु गजब हो गया। पहले ही दाँव में उसने धड़ाधड़ तीन को चित कर दिया और देखते-ही-देखते चौथे को भी। पूरी भीड़ सन्न! इसके बाद तो वहाँ इसका ऐसा डंका बजना शुरू हुआ कि कुछ न पूछिए! चेंगड़े झूमने-चीखने लगे, बदमाशों ने खासा माहौल बना दिया। इसके बाद तो मिश्र जी की ओर से उसे खास अंदाज से नवाजा गया। उसके सामने चाँदी की सजी हुई थाली पेश की गई। उस पर रेशमी रूमाल में सोने के दो और चाँदी के दस सिक्के थे।" उन्होंने प्रसाद का हाथ पकड़कर रोकते हुए चेहरे पर घोर आश्चर्य-भाव उगाए, "मुझे तो यह भी पता चला है कि इस बार दशहरे में इसने जबरदस्त वसूली की है। इसमें नन्हकु सिंह को भी बहुत पीछे छोड़ दिया है। सुना है, नन्हकु पचास हजार का आँकड़ा नहीं छू सका जबकि यह पचहत्तर को भी लाँघ गया।"

"ऐंऽऽ, ऐसाऽऽ!" प्रसाद चौंक गए। दूसरे ही क्षण होंठों को बिचकाया, "अजमल ने ठीक ही कहा, काशी में गुंडों पर शासन का सचमुच कोई दबाव नहीं रह गया है। तिजारती आदमी चारों ओर से दबोचा-नोचा जा रहा है। उसका दुख-दर्द सुनने वाला आज कोई नहीं है। बेचारा व्यापारी ले-देकर गुंडों से जान न बचाए तो क्या करे, प्राण दे दे? ऐसे में तो कोई भी अब पहले गुंडा ही न बनना चाहेगा! हींग लगे न फिटकरी, रंग चोखा! ऐसी कमाई भला किस दूसरे रोजी-रोजगार में सम्भव है? वह भी बिना किसी पूँजी-पगहे या बगैर मेहनत के!"

"बाबू साहब, पूँजी कैसे नहीं लगती?" गौड़ ने चुटकी ली, "यह बात आपसे अच्छा भला कौन जान सकता है! कसरती देह क्या ऐसे ही बन जाती है? और, यही क्या कोई मामूली पूँजी है?"

39

आर्य भाषा पुस्तकालय। भीतर अच्छा-खासा हंगामा। परिसर में कदम रखते ही प्रसाद और दास चकित। दृश्य चौंकाने वाला। 'आबनूस का कुन्दा' बेंच पर अविचल बैठा हुआ है। टेबुल पर अखबार के पन्ने खोले-फैलाए हुए। उसके सामने हाथ लहरा-लहराकर चीखतीं एक वृद्धा व एक युवती। प्रलयंकारी अंदाज में। आश्चर्य, सीधे हो रहे वाक्-हमले का तो जैसे उस पर कोई असर ही नहीं पड़ रहा हो!

"देखिए, मेरा जो सन्देह था, लगता है, सही ही निकला।" आगे बढ़ते हुए प्रसाद ने चिन्ता छलकाई, "यह इकहरा 'आबनूस का कुन्दा' इन दो स्त्रियों का दुहरा निशाना क्यों बना हुआ है?"

दास ने सामने आँखें गड़ाए रखीं, "हाँ, दोनों स्त्रियाँ तो एक साथ उसी पर बरस रही हैं। यह 'आबनूस का कुन्दा' सचमुच किसी आबनूसी मामले का शिकार तो नहीं बन गया है?"

"अब यह तो पता करना होगा कि यह अभी शिकार बन रहा है या खुद यही कोई पुराना शिकारी रहा! कहीं ऐसा तो नहीं कि यही कोई पलायित आखेटक हो और यहाँ पनाह पाकर इतने दिनों तक बगुला भगत बना छुपा-दुबका रहा?"

तेज कदमों से शोर को पास से लाँघते दोनों आगे बढ़ गए। पाठक के निकट पहुँचे। वह सिर गड़ाए कुछ लिखने में मशगूल। प्रसाद ने सामने की खाली कुर्सी सीधी की और बैठ गए, "क्या बात है बन्धु, महिलाएँ क्यों 'आबनूस के कुन्दे' पर आगबबूला हो रही हैं? क्या है मामला?"

पाठक ने धीमी कही हुई यह बात भी सुन ली। वह भी बगैर कान के यंत्र टटोले। प्रसाद और दास ने साश्चर्य एक-दूसरे को देखा व सिर हिलाया। पाठक धीमे बोले, "आप लोगों ने तो मजाक ही किया होगा लेकिन लगता है कि आपके दिये नाम की सीधी परछाईं इस लड़के के ऊपर पड़ गई है।"

दास जिज्ञासा से बेचैन हो उठे, "बताइए, बताइए, जरा जल्दी। साफ-साफ बताइए, हुआ क्या, भई? इसने क्या सचमुच कोई गुल खिलाया है?"

"अरे, आप धीरे से वहीं काहे नहीं चले जाते? जाकर उन लोगों के पास खड़े हो जाइए, सब पता लग जाएगा। कुछ बात 'ऐसी-वैसी' है जरूर।"

दास लपककर शोर की ओर बढ़े। निकट पहुँच टेबुल के पास खड़े हो गए। अखबार पलटते हुए कनखी और कान झगड़े पर ही केन्द्रित। वृद्धा चिल्ला रही है, "कोई इसे समझाओ ऐ भइया, यह लड़का मेरा दामाद है—इसी बिटिया का पति! लेकिन न जाने कैसे इसका दिमाग ही उलट चुका है। ऐसी सुन्दर और गुणी पत्नी को छोड़कर चुपके से भाग आया है। बहुत मुश्किल से खोजते-खोजते यहाँ तक तो पहुँची हूँ, इसे मेरे साथ भेजो ए भइया!"

युवती उसे जलती निगाहों से ताक रही है, गोया मौका मिलते ही उसे झुलसाकर रख देगी!

दोनों माँ-बेटी एक बार फिर तेज-तेज चिल्लाने लगीं, "यहाँ कैसे ध्यान गड़ाकर पढ़ रहा है! घर और परिवार पर तो कभी कोई ध्यान ही नहीं दिया। सबको छोड़कर रात में पता नहीं कब उठकर भाग गया! खोजते-खोजते हम हैरान-परेशान। भटकते-भटकते बहुत दिक्कत से तो यहाँ पहुँचे हैं हम दोनों। अब इसको यहाँ से लेकर ही जाएँगे, छोड़ेंगे नहीं।"

प्रसाद भी दास के निकट आ गए। दोनों बुदबुदाते हुए आपस में धीरे-धीरे बतियाने लगे। कानाफूसी पर माँ-बेटी का ध्यान बँट गया। चिल्लाना छोड़कर वे इधर ही ताकने लगीं। इस पर ध्यान जाते ही प्रसाद वहाँ से धीरे से आगे बढ़ गए। दास रुके रहे। खिसकते हुए प्रसाद बुदबुदाए, "अरे मित्र, भागो! कहीं फँस्सव्वल न हो जाए। कहीं यह महिला तुम्हें भी विवाद में न लपेट ले!"

दास भी झटककर चल पड़े। वह भी पाठक के टेबुल के पास आ गए। उन्होंने प्रसाद को पूरा मामला बताया। पाठक भी अपने श्रवण-यंत्र को टटोलते हुए उसे कान से सटाए जा रहे थे। दोनों ने मिलकर सतर्कता से कुछ बँधे शब्दों और संयमित संकेतों में उन्हें पूरा मामला समझा दिया। महिलाओं की काँव-कीच जारी थी। 'आबनूस का कुन्दा' अब तक वैसे ही तमाम शोर-शराबे से एकदम अनछुआ बना बैठा सामने बिछे अखबार के पन्नों में सिर गड़ाए रहा।

अचानक दोनों इधर ही मुड़ गईं और आने लगीं। तेज-तेज कदमों से। दास फुसफुसाए, "अरे, यह क्या? दोनों युद्धांगनाएँ तो इधर ही कूच कर रही हैं! भागिए, नहीं तो कहीं ऐसा न हो कि वे आकर हमीं से उलझ पड़ें!"

प्रसाद हड़बड़ाकर खड़े हो गए। पीछे मुड़े और उन्हें ताकते हुए महीन स्वर निकाला, "हमला तो सामने से बोला जा चुका है मित्र!...बाकी तीन तरफ दीवारें ही दीवारें हैं। अब तो दो ही विकल्प शेष हैं—युद्ध या बलिदान!"

सामने से आती वे करीब आ गईं। दास ने महीन तीर छोड़ा, "हो सकता है, यह वागाक्रमण पाठक जी के लिए कोई चमत्कारिक-लाभदायक दुष्प्रभाव पैदा कर दे!"

"मतलब?" दोनों सामने पहुँच चुकी हैं, किन्तु जिज्ञासा थमी नहीं।

"हो सकता है, इन दोनों की सुरसा-चीखों से पाठक महाशय के कान की एक जमाने से सोई नसों की कुंभकर्णी मूर्च्छा तार-तार हो जाए! ऐसी लाभदायक दुर्घटनाएँ कभी-कभी हो जाया करती हैं।"

दोनों आकर सामने खड़ी हो गईं। आश्चर्य कि वे अब तक चुपचाप हैं। मूर्तिवत्। इस दौरान वे सम्भवत: इन भद्रजनों से बात करने के लिए स्वयं को मानसिक रूप से तैयार करती रहीं।

पाठक ने उकताहट भरे चेहरे से उनकी ओर प्रश्नवाचक दृष्टि उठाई। बेटी तो चुप रही, माँ ने मुँह खोला। कुछ देर पहले 'आबनूस के कुन्दे' के पास जो आवाज आग की लपटों की तरह निकल रही थी, उसमें अब आग्रह-अनुरोध की मुलायमियत गूँथी हुई है। उसने बहुत शालीनता से अपनी बात शुरू की, "आप लोग पढ़े-लिखे लोग हैं। देखिए, यह हमारी बिटिया है। इसकी जिन्दगी खराब होने जा रही है। यह आदमी इसका पति है जो एक दिन बिना किसी खास वजह के, एक मामूली बात पर बिगड़ गया और घर-परिवार को त्यागकर भाग खड़ा हुआ। हम लोगों ने इसे कहाँ-कहाँ नहीं खोजा! इसे खोजने में कई रिश्तेदारों को लगवाया। हम दोनों भटकती हुई यहाँ तक आईं। इस खोज-खोजव्वल में कितना पैसा बर्बाद हुआ!...आज जब यह यहाँ दिखाई पड़ा है तो हमारे कलेजे को थोड़ी शान्ति पहुँची है। अब आप लोग हमारी एक सहायता कीजिए।"

तीनों उसकी ओर सहमे-सहमे अविश्वास से ताकते रहे। वह आगे बोली, "इस भटके हुए लड़के को समझा-बुझाकर आप लोग ही रास्ते पर ला सकते हैं। अभी यह भोला है, इसने दुनिया नहीं देखी है, इसलिए दिमाग आसमान पर चढ़ा रखा है।...आप लोग एक मेहरबानी कीजिए, लग-भिड़कर इन दोनों का आपस में मेल करा दीजिए!"

तीनों चुप। कभी आपस में एक-दूसरे का मुँह, तो कभी उन दोनों की ओर ताकने लगते। माँ चुप हुई तो बेटी ने हाथ जोड़ लिया, "हाँ, आप लोग चाहें तो समझा-बुझाकर उनका मन बदल सकते हैं। वह बहुत मुलायम दिल के हैं। दिक्कत एक ही है कि छोटी-छोटी बात पर भी गहराई से सोचते हैं। इसी आदत के चलते वह कब किस बात पर एकदम उलटा सोच लेंगे, यह पास रहकर भी समझना आसान नहीं होता।"

दास संजीदा हुए, "आप लोग एक-दो दिनों का समय तो दीजिए, हम लोग अवश्य यह पूरा प्रयास करेंगे कि बात सँभल जाए। इसके लिए पहले तो यह पता करना होगा कि आखिर वह बात कौन-सी थी जिसके चलते उसने एक झटके से घर छोड़ दिया और वहाँ से भाग गया?"

दोनों ने एक-दूसरे की ओर देखा, जैसे वे आपस में कोई सहमति बना रही हों। माँ ने अपनी आवाज को भरसक दबाया, "इस बीच यह कहीं भाग तो नहीं जाएगा?"

"भागने वाले आदमी को आज तक कोई रोक सका है? जानवर तो है नहीं कि गले में पगहा डालकर खूँटे से बाँध दिया जाए! इसे भागना ही होगा तो घर लौटने के बाद वहाँ से भी तो फिर भाग सकता है।" दास ने उन्हें परिस्थितियों का पाठ पढ़ाया।

दोनों ने सहमति में सिर हिलाए। दास ने धीरे से बताया, "एक विद्वान हैं जगमोहन वर्मा, उन्होंने ही तरस खाकर इसे अपने यहाँ आश्रय दे रखा है। तुम लोग यहाँ से निकलकर आहिस्ता से उन्हीं के घर पहुँच जाओ। यह भी यहाँ से निकलकर वहीं पहुँचेगा। वहीं कोई दबाव बने तो बनाना, नहीं तो इधर तब तक हम लोग कोई दूसरा उपाय सोचते हैं।"

दोनों इस पर सन्तुष्ट दिखीं। उठीं और साथ-साथ पीछे मुड़ गईं।

दास और प्रसाद 'आबनूस के कुन्दे' के पास पहुँच गए। वह मुस्कुराकर कुछ यों मुखातिब हुआ, जैसे अब से कुछ देर पहले उसके साथ कुछ हुआ ही न हो!

उसकी मुस्कान पर प्रसाद जैसे भीतर से चिढ़ गए हों, "मैं तो तुम्हें अब तक 'आबनूस का कुन्दा' ही समझ रहा था, लेकिन अब तो तुम्हें 'अगर की गाँठ' भी मानने को विवश हो गया हूँ।"

वह पहले झेंपा, फिर अचकचाकर ताकने लगा। उस पर दोनों महिलाओं की लानत-मलामत का जितना असर नहीं, उससे कहीं अधिक प्रभाव प्रसाद के इस अंदाज व एक वाक्य का पड़ा। वह बगलें झाँकने लगा। प्रसाद बोले, "आबनूस और अगर का मतलब समझ रहे हो न?"

वह चुपचाप मटर-मटर ताकता रहा। प्रसाद का चेहरा भभूका हो गया, "मैंने आज तक अपने जानते किसी के लिए कभी ऐसा कोई शब्द नहीं प्रयोग किया जिससे अमुक व्यक्ति को अनावश्यक भावनात्मक ठेस पहुँचे। लेकिन तुम्हारा रवैया देखने-जानने के बाद मेरी सहनशीलता चुक गई।"

उसके होंठ जैसे सिल गए हों! वह चुपचाप, स्थिर व भावशून्य ताकता रहा। प्रसाद आगे बोले, "आबनूस और अगर, दोनों दुर्लभ व सुगन्धित लकड़ियाँ हैं। अगर तो सुगन्ध के मामले में चन्दन को भी मात दे देता है।"

वह हल्का-सा मुस्कुराया। उसकी आँखों में हाहाकार। प्रसाद से यह छुप न सका। वह एक पल के लिए रुके, दूसरे ही क्षण उनका स्वर सांद्र हो गया, "तुम जिस चीज से जितना भागोगे, वह भीतर-भीतर तुम्हें उतना ही बल्कि उससे दुगुनी-चौगुनी रफ्तार से दबोचेगी। तुम अगर घर को छोड़कर भाग रहे हो तो तुम्हारे भीतर तुम्हारा वही घर अपने से कई गुना बड़ा आकार लेकर आ धँसेगा और तुम्हें खदेड़ने लगेगा। वह हर क्षण तुम्हें जैसे दबोचता रहेगा।...दरअसल, पलायन मुक्ति-मार्ग नहीं, आत्मोत्पीड़न है। अपनी ही आत्मा का बर्बर शमन!"

भटकी चर्चाओं का चरखा रफ्तार में आ जाता है तो असंगत बातें खूब कतती हैं। इसके घर्राते-घनघनाते पहिये भी समय को दो फाड़ करते चले जाते हैं। कुछ ऐसा ही सोच रहे प्रसाद दंश से भरे कसमसा रहे हैं। पता नहीं, व्यास को क्या फितूर सूझा था, आते ही अजीबोगरीब प्रसंग छेड़ दिया। बात रंग-रुचियों को लेकर छोटी-सी जिज्ञासा से शुरू हुई थी, लेकिन रंग में भंग। अच्छा-खासा बहुआयामी चर्चा-विमर्श का माहौल बाधित होकर रह गया। दो-ढाई घंटे बीत चुके हैं। एक ही प्रसंग पर बतकुच्चन बेलगाम जारी है। विमर्श है कि निष्कर्ष-उत्कर्ष के स्पर्श का नाम नहीं ले रहा। विचित्र हाल है, जैसे तन्वंगी पहाड़ी नदी में अचानक बाढ़ आ धमकी हो! अवांतर-विषयांतर, बात-बकवास खर-पतवार की तरह छाई हुई है। दास, व्यास, केशव प्रसाद मिश्र, शिवपूजन सहाय, बलदेव प्रसाद मिश्र, मुंशी गया प्रसाद उर्फ गज्जन और मोहनलाल रस्तोगी—सभी तो इसमें खूब डूब-डूबकर तैर-तरावट ले रहे हैं! अब तो इससे ऊब हो रही है।

"ऐसे ही...ऐसे ही...स्कूल में भी यह ऐसे ही करता था...हम बच्चों की धमाचौकड़ी-कोलाहल के बीच ऐसे ही आराम से कहीं बैठा या खड़ा-उठंग चुप्पी चुभलाता-चबाता

मटर-मटर ताकता रहता।" गज्जन ने चुप-चिन्तनशील बैठे प्रसाद को लक्ष्य किया, "आज की तारीख में 'जयशंकर प्रसाद' यह औरों के लिए होगा, मैं तो इसे अब भी बचपन के उसी संघतिया झारखंडी के रूप में पाता हूँ जो तब जैसा धुन और गुण का धनी था, वैसा ही आज भी है।"

"धुन और गुण ही क्यों भाई?" व्यास ने मुस्कुराकर टोका, "हमारे गुरु जी क्या धन के भी आज वैसे ही धनी नहीं रह गए हैं?"

"बेशक नहीं।" प्रसाद ने सस्मित ताका, "विनोद, तुम मेरे अंतेवासी हो। कम-से-कम तुमसे तो कुछ नहीं छुपा हुआ है। कृपया किसी भ्रम को तो मजबूत न करो! धनाढ्य मेरे पिता और दादा रहे होंगे, बल्कि थे भी, मैं तो धनी कदापि नहीं बल्कि ऋणी भर रह गया हूँ।"

"विनोद को काहे चाँपे चले जा रहे हो चाणक्य?" दास ने मोर्चा ले लिया, "वह कुछ गलत नहीं कह रहा। ऋण भी आखिर धन की ही प्रच्छाया है। लाख रुपये का देनदार भी वैसा ही लखपति ठहरा, जैसा लेनदार।"

"आप लोगों में यही एक बड़ी भारी गड़बड़ी है," गज्जन भुनभुनाए, "दूसरे को चुप कराकर बातचीत के बीच में कूद जाते हैं और बात ही बदल देते हैं।"

"बात से ही बात निकलने को तो बतकही कहते हैं। चिन्तन और सृजन करनेवाले लोग ऐसा ही बाताभ्यास चलाते रहते हैं।" दास ने दृढ़ता दिखाई, "बनी-बनाई बात तो वे बकते हैं, जो तोताराम होते हैं और सूँघते-साँघते आयोजन-प्रयोजनों में बुलाए-बिन बुलाए भी दनदना कर पहुँचते-घुसते हैं। वहाँ नजर गड़ाए-गड़ाए वे किसी भी तरह अचानक मंच पकड़कर ही दम लेते हैं। लेकिन अपनी बात वे जेब से पर्ची निकालकर देख-देखकर बाँचते हैं या घर से कंठाग्र करके निकलते और इसे ही उगलकर चलते बनते हैं।"

"वैसे सतर्कता न बरतने पर बतकही के अक्सर बतकुच्चन में बदल जाने का खतरा भी कम नहीं हुआ करता। अब कुछ-कुछ वैसा ही संकेत मिल भी रहा है।" केशव प्रसाद मिश्र ने हस्तक्षेप किया। सभी चुप। बोलते हुए वह गज्जन की ओर मुड़े, "गज्जन जी, आप प्रसाद जी के खास साथी हैं, आपसे यहाँ बैठे किसी व्यक्ति का कोई मुकाबला नहीं।"

"यहाँ हममें ऐसा कोई नहीं जो एक भी हाथी का क्रोध झेलने के बारे में सोच तक सके जबकि आप तो 'बहु' हाथी हैं गज्जन भाई!" दास ने फुलझड़ी छोड़ी, "गज्जन यानी 'बहु' हाथी!"

गज्जन अचकचाकर ताकने लगे।

"गुरु, अपने गज्जन भाई सज्जन हैं। इनके ऊपर द्विअरथी काहे मार रहे हैं?" व्यास ने दहला मारा, "सीधे आदमी पर तिरछा वार ठीक नहीं।"

"विनोद जी, क्यों आप गज्जन जी को मुझी से भिड़ा देना चाहते हैं? मैं ठहरा कला का कोमल आदमी, मैं भला क्यों किसी पर तिरछा वार करने लगा?" दास ने गज्जन की ओर देखकर सफाई दी, "वह भी ऐसे सच्चे-सज्जन व्यक्ति पर मैं भला कभी तीर चला सकता हूँ?"

"आपने घुमाकर इन्हें 'बहु' हाथी तक कह डाला, यह भला यहाँ कौन नहीं समझ रहा कि जरा से पलटते ही बहु-हाथी एक झटके में सीधे 'हाथी-बहु' हो सकता है?"

प्रसाद, केशव और शिवपूजन के चेहरों पर मन्द-मन्द मुस्कान। गज्जन चकराए-से कभी व्यास तो कभी दास की ओर ताक रहे हैं। वह दम साधे बगैर हँसे-मुस्कुराए संजीदगी से आगे कहते चले गए, "और, भोजपुरी के हिसाब से 'हाथी-बहु' का स्पष्ट अर्थ 'हथिनी' हुआ। तो, इस तरह आप इन्हें स्त्रीलिंग तक में बदल देने पर आमादा हैं—क्या यह तिरछा वार नहीं?"

"वाह भई, व्यास जी, अद्भुत! आपने तो गजब कारखाने जैसा मस्तिष्क पाया है—ऐसा कि एक ओर से जूट डालना शुरू करो तो तत्काल दूसरी ओर से रस्सी निकलने लगे!" केशव ने सिर हिलाया, "मैंने अभी-अभी जिस बतकुच्चन की चर्चा की थी, आपने इसका सटीक उदाहरण प्रस्तुत कर दिया। आपने साबित कर दिया कि बेचारे दास जी के कला-प्रेम का चाहे कहीं जोड़ मिल भी जाए, किन्तु आपकी कलाबाजी तो सोलह आने बेजोड़ है।"

गज्जन मुँह फाड़े चेहरे खंगाल रहे हैं, जैसे कुछ भी समझ में न आ रहा हो! केशव ने कंधे पर हाथ रखा, "अरे भाई गज्जन जी, आप इन बिगड़ैल विचार-वीरों के चक्कर में न ही पड़ें तो अच्छा।...हाँ, तो आप कुछ कहना चाह रहे थे न? अपनी बात बेझिझक कह डालिए।"

"छोड़िए, जाने दीजिए।" गज्जन ने आँखें झपकाकर जैसे स्वयं को एक बलवती इच्छा से मुक्त किया, "मुझे अब कुछ नहीं कहना।"

"अरे, नहीं, आप तो यहाँ प्रतिदिन बैठने वालों में हैं। साहित्यकारों की बैठकी में नोकझोंक से लेकर उठापटक तक होती ही रहती है, लेकिन कोई किसी की बात कभी गाँठ बाँधकर नहीं रखता; क्योंकि इस दौरान यहाँ एक-दूसरे पर जो कुछ फेंके जा रहे होते हैं, वे कतई कंकड़-रोड़े नहीं, बल्कि खट्टी-मीठी भावनाओं से भरे तर्क-कुतर्क भर होते हैं। किसी को किसी की कोई बात बहुत नागवार गुजर जाए, यह तो अक्सर देखने को मिल जाता है किन्तु ऐसा हमने आज तक कहीं नहीं देखा-सुना कि इसी कारण दो लोगों में कोई मारकाट छिड़ गई हो!" केशव ने आगे समझाया, "असल में विद्या से जुड़ी यह एक विचित्र विडंबना यह है कि उसकी लौ के नीचे अहंकार हमेशा परछाईं की तरह डोलता रहता है। यह दूसरे से स्वयं को श्रेष्ठ बनाने-बताने की आदिम स्पर्द्धा की देन है। इससे बड़े से बड़ा पंडित भी नहीं बच सका। आप रावण का ही उदाहरण देख लीजिए, अपने युग में रावण के महापांडित्य का कहाँ कोई जोड़ा था, किन्तु उससे बड़ा अहंकारी भी दूसरा कोई नहीं। चूँकि वह राजा था इसलिए राजशक्ति के बूते मनमानियाँ भी बड़ी-बड़ी करने लगा, और जब उसने इस दौरान सभी सीमाएँ लाँघ दीं तो उसे संसार की सीमा से बाहर करने के लिए स्वयं भगवान को धरती पर आना पड़ा। लेकिन, आप आश्वस्त रहें, यहाँ हमारे बीच न वैसा कोई अहंकारी है, न कोई राजा रावण। इसलिए आप चिन्ता न करें, कह डालिए अपनी बात।"

"क्या कहूँ! खैर, उस समय तो यही कहना चाह रहा था कि आज से मैं यहाँ चुपचाप नहीं बैठा रहूँगा, अब बोलूँगा लेकिन अब लगता है कि..."

"सिर्फ 'बोलूँगा' या कि कोई पोल-पट्टी 'खोलूँगा'?" दास ने बीच में व्यंग्य ठोंका।

सबके चेहरों पर मुस्कान। गज्जन ने हाथ झटककर जैसे इस व्यवधान को एक झटके से झाड़ दिया हो, "देखिए, यहाँ चर्चा शुरू हुई थी रंगों को लेकर ही।"

"हाँ-हाँ! बेशक। मैंने ही..." व्यास कुछ बोलने को हुए तो दास ने कंधे पर हाथ रख दिया, "भई, गज्जन जी को बोलने क्यों नहीं देते? ये प्रसाद जी के बचपन के साथी हैं। कुछ ऐसा जरूर बता सकते हैं जो हमारे लिए एकदम नई बात हो!"

"वही सब तो कब से बताना चाह रहा हूँ।" गज्जन फिर स्मृतियों से भर उठे। प्रसाद की ओर हाथ उठाकर संकेत किया, "इसे शुरू से रंग एक ही पसन्द है—सुँघनी कलर। स्कूल में भी जाता तो इसके कपड़े घुमा-फिराकर इसी रंग के होते, और तब से लेकर आज तक के इसके कपड़ों को कोई सिलसिलेवार ढंग से जाँच ले, अधिकतर इसी रंग के निकलेंगे।"

"यह नहीं लग रहा कि हम लोग कवि जयशंकर प्रसाद के अड्डे पर जमे हैं।" केशव प्रसाद मिश्र ने टिप्पणी की। प्रसाद चुप। सभी उनकी ओर ताकने लगे। अपनी बात रोककर गज्जन भी। उन्होंने मुस्कुराते हुए बात पूरी की, "आज ऐसा महसूस हो रहा है, जैसे हम किसी रँगरेज के यहाँ फँस गए हों!" सभी हँसने लगे।

"ऐसा नहीं।" शिवपूजन ने विनम्र प्रतिवाद किया, "यह चर्चा कतई अनुपयोगी नहीं। महत्त्वपूर्ण रचनाओं की गहराई में उतरने के लिए उसके रचनाकार की मनोरचना को समझना जरूरी होता है। इसके लिए अमुक रचनाकार की रुचियों-पसंदगियों को ही नहीं, उसके सोच के भरसक हर कोने को छानने-खंगालने का प्रयास होना चाहिए।"

"शिवपूजन जी, यह सब तो अपनी जगह ठीक है, लेकिन..." प्रसाद ने चुप्पी तोड़ी, "स्वयं के बारे में ऐसी चर्चा सुनना मेरे लिए असहजकारी है। सम्भव हो तो क्यों न अब दूसरी बातें हों?"

गज्जन पूरे मूड में हैं। अँगुली दिखाकर शिकायत करने लगे, "यह भी, यह भी! यह भी इसका पुराना स्वभाव है। बचपन का। कोई दूसरे के बारे में बोले तो यह खूब चाव से सुनता था लेकिन अपनी बात निकलते ही तुरन्त खिसक लेता। वैसे तो यह सबका सहयोगी ही बन जाता था किन्तु किसी भी वाद-विवाद से हमेशा नौ हाथ दूर। प्रेम-भाव जहाँ कहीं भी हो, वहाँ झारखंडी हाजिर, लेकिन जहाँ कलह की हल्की छाया भी दिखती, यह वहाँ से हट जाता।"

"तब तऽऽऽ..." मोहनलाल रस्तोगी ने बँधे अंदाज में मुँह खोला, "बाऊस्साब के खातिर हमहुँ के अब सुँघनिये रंग के टोपी लावे के पड़ी!"

"कहीं ऐसा तो नहीं कि सुँघनी साह होने के कारण ही आपको यह रंग खूब पसन्द आता हो?" व्यास ने संकोच झटकते हुए प्रश्न किया।

प्रसाद ने पहले व्यास, तत्पश्चात् रस्तोगी की तरफ देखा। बैठे ही बैठे जम्हाई ली और सीना फुला देह को खास ढंग से ऐंठकर झटका दिया, "आप लोग यह क्यों भूल रहे हैं कि मैं मन से भले साहित्यिक होऊँ, मिजाज से तो शारीरिक शौक वाला कसरती व्यक्ति ही हूँ?...खाने-पहनने के बारे में सोचते हुए अक्सर मैं पहलवान ही होता हूँ। सुँघनी रंग को गौर से देखिए तो यह गंगा में आनेवाली तलछटी खोवे की तरह दिखेगी। यही गंगोटी तो मेरे अखाड़े में भी बिछी हुई है। इसे देह में मलने के बाद ही मैं कुश्ती या कसरत वगैरह करता हूँ। वैसे इसमें सुँघनी की भट्ठी वाली राख भी मिलवाता रहता हूँ। लकड़ी के कोयले की छाई बहुत मुलायम होती है, और मजे की बात कि यह

मिट्टी में मिलकर उसे सुँघनी के रंग में बदल भी देती है।...तो, इसीलिए यह रंग मुझे बहुत पसन्द है!"

कोई प्रश्न-प्रतिप्रश्न या टीका-टिप्पणी नहीं। सभी आँखें-मुँह खोले चुपचाप जमे हुए हैं। वह धाराप्रवाह बोलते चले जा रहे हैं, "इसके अलावा इसमें मेरा एक किफायती नजरिया भी है—यह रंग जरा देर से गन्दा होता है। तीसरी बात जो मुझे खास पसन्द है, वह यह कि इस पर कभी कोई दूसरा रंग पूरी तरह नहीं चढ़ता..." जरा-सा रुककर उन्होंने दास की ओर संकेत किया, "और, असली बात कि यह खादी-व्रत की परिणति भी है जो मुझे इन्हीं मित्र महाशय की देन है। इसमें सबसे अच्छी बात कि यह हमारे बुनकरों द्वारा तैयार किया हुआ वस्त्र है। मशीन के मुकाबले हाथ से बनी चीजों में अधिक जीवंतता मिलती है। संतोष यह भी कि इसे अपनाकर हम अपने देशी उद्यम-श्रम को चाहे थोड़ा ही सही किन्तु प्रत्यक्ष समर्थन-सहयोग तो दे पा रहे हैं।"

"यही होना भी चाहिए।" बलदेव प्रसाद मिश्र ने समर्थन किया, "हमें धूर्त विदेशी कम्पनियों को भूलकर भी कोई समर्थन-सहयोग नहीं देना चाहिए। उनके मुल्क से आनेवाले वस्त्रों का बहिष्कार कर हम सचमुच बड़ा कदम उठा रहे होते हैं, जो जारी रखना चाहिए।" सभी चुप। सही मौका-माहौल देखकर उन्होंने अब वह बात शुरू की जिसके लिए घर से सोचकर निकले हैं, "बाऊस्साब, कुछ बात रहल!"

"कौने बात? बतावाऽ।"

"मालती शारदा सदन पुस्तकालय में एक ठे कवि सम्मेलन करावे के बात चलत हौ, तोरे अध्यक्षता में।"

"अरे नहीं भैये! मैं अस्वस्थ हूँ।"

"आप जब कहेंगे, तभी, तभी।"

"नहीं, नहीं, मुझे छोड़िए, मैं स्वस्थ नहीं हूँ।"

"हाँ, हाँ, तो आप स्वस्थ हो लें, तभी तिथि तय कर ली जाएगी।"

"आप नाहक परेशान हो रहे हैं पंडित जी!" व्यास बीच में टपके, "बाबू साहब को मंच से या भीड़-भाड़ वाली गोष्ठियों में कविता सुनाना पसन्द नहीं। वह राजी ही नहीं होंगे।"

"कविता कोई चमेली का तेल तो है नहीं जिसे कभी भी हथेली पर ढालकर किसी के माथे चुपड़ दिया जाए!" प्रसाद ने स्वयमेव जैसे सफाई दी, "मामला व्यक्तिगत रुचि-पसन्द का भी है। चलित-फलित गीत-गान हो और सुनाने वाला गवैया किस्म का जीव, तो वह किसी के कहने-उकसाने पर कभी भी कहीं शुरू हो जा सकता है और अच्छा-खासा मजमा बाँधकर लोगों को नचा-झुमा सकता है। मैं ऐसी चीजें लिख भी नहीं पाता।" सभी गौर से उन्हें ही ताक रहे हैं। वह बोलते चले जा रहे हैं, "ऐसे गीत-गान आकार में प्राय: छोटे होते हैं, लिहाजा भारी पड़ रहे हों तब भी कोई दो-तीन मिनट कुशलतापूर्वक झेल ले सकता है, जबकि इसके समानान्तर पाठ की जानेवाली भावप्रवण कविताएँ उसे ही अपने से जोड़ सकती हैं, जो इसका सच्चा भावक हो। गोष्ठियों में अब आपसी राग-द्वेष भी बहुत बढ़ने लगे हैं—शान्त जल पर शैवाल की तरह। मंचों से कविताएँ अब कम सुनी जा रही हैं। मुशायरों की मजमेबाजी किसी से छुपी नहीं।

'इरशाद' होते ही घनघोर एकजुटता के साथ 'वाह-वाह' का हंगामा शुरू हो जाता है। गजल या नज्म के एकाध वाक्य पर भी ऐसी वाह-वाह मचने लगती है कि कुछ न पूछिए! उसके बाद तो हर वाक्य या वाक्यांश पर ठेहुनिया उफान के साथ 'वाह-वाह, वाह-वाह!' ऐसे में वाहवाही कविताएँ हों तो कराह-काँखकर गा दो और वाह-वाह की गट्ठर दबाए-अघाये हुए खुशी-खुशी मंच से सकुशल उतर लो! जिस कविता में बात जैसी बातें और विचार जैसे विचार हों, जहाँ मनन-मंथन और विमर्श की मुद्राएँ बन रही हों, उन्हें ऐसे मंच से प्रस्तुत करने का साहस भला कौन मननशील रचनाकार जुटा सकता है?...एक बात और, गोष्ठियों के ज्ञानी भी अब खास नस्ल के पाए जाने लगे हैं, जो बूझने से अधिक बाझने की कला में पारंगत हैं। इसलिए ऐसे में स्वयं को बझाने का कोई मतलब नहीं।...गोकि मेरे विचार से कविता या कोई भी जिम्मेवार साहित्य-कृति हाथ में ले पन्ना पलटते हुए डूबकर पढ़ने-गुनने की ही चीज है।"

"यही तो गुरुजी की विशेषता है।" व्यास संयम के साथ मुस्कुराए, "अखाड़े में मुगदर भाँजने में उनकी तबीयत खराब नहीं होती किन्तु कहीं किसी गोष्ठी-वोष्ठी का नाम सामने आते ही तुरन्त बीमार हो जाते हैं।"

"ऐ भाई," प्रसाद हँसे, "एक बात मैं आज यहाँ साफ कर दूँ।"

सभी चुप। एकाग्र। सबकी गुजगुजी निगाहें उन्हीं पर। वह आगे, "इतने सारे जाने-अनजाने लोगों को चुप देखते हुए मंच के ऊपर से बोलना मुझे निहायत ही एक आततायी कार्यवाही करने जैसा लगता है—किसी अपरिचित-अल्पपरिचित की जबरन सवारी कसने की तरह! मैं तो यह कहूँ कि जिसे कहते हैं सुनना, वह मंचों के मुहाने या गोष्ठियों-गुंजल्क के बीच कभी सही ढंग से सम्भव नहीं हो पाता।...सुनाने वाला यदि यह देख-समझ रहा हो कि उसे इतने सारे लोग सुन रहे हैं तो यह उसका भोला-भाला भ्रम भर है। ऐसा भला होता कहाँ है? हकीकत तो अक्सर यह होती है कि सुनता हुआ दिखने वाला श्रोता प्रायः भुनभुनाता व विषवमन तक कर रहा होता है। हद यह कि मंच और श्रोता-दीर्घा के बीच यह आमने-सामने की असहमति भी अनसुनी-अनदेखी बिला जाती है। इसलिए यह सब बेकार का उद्यम है। कभी रचना के लिखित-रूप और उसकी वाचन-प्रस्तुति में भी अभिव्यक्ति-भेद सम्भव है। यदि ऐसा हो तो जाहिरन रचना के साथ यह अन्याय स्वयं रचनाकार के द्वारा ही हुआ।...आम ग्रहणशीलता में घालमेल तो अक्सर होता रहता है यानी कि रचना कुछ कह रही है, झूमता श्रोता समझ कुछ और रहा होता है। ऐसे में मंच पर या गोष्ठियों में क्या कविता धुनने से विचारशील रचनाओं की प्रभविष्णुता क्षीण होती? इस तरह यदि रचना का मूल आशय ऐन रचनाकार के सामने ही उलट-पुलट हो रहा हो तो इससे अधिक त्रासद भला और क्या होगा? अब एक बात और, सुनाए जाने से कविता के मनमाना गाना बन जाने का गम्भीर खतरा भी मुझे बहुत करीब से दिखता है।"

"क्यों भैये, कृष्ण जी और विनोद जी," हँसते हुए केशव प्रसाद मिश्र ने मित्रों के मौन को लक्ष्य किया, "आप लोगों को बात कुछ समझ में आई?" दोनों मुस्कुराते रहे। उन्होंने आगे जोड़ा, "आप लोगों ने यह कैसे समझ लिया था कि महाकवि प्रसाद अब तक लगातार जो कुछ भी बरत रहे हों, वह अव्याख्येय या निरर्थक होगा?" प्रभाषित मुखमुद्रा

ही नहीं, स्वर से भी उनका मुग्धभाव लगातार छलकता रहा, "मुझे सचमुच आज यह बात समझ में आ गई कि कक्षा में आँख दिखाकर छड़ी के बल पर छात्र से अपनी बात मनवा लेना तो सम्भव है किन्तु ऐसा उपक्रम रचनाकार मंच से कदापि नहीं कर सकता। मजमे में रचना का अपना लक्ष्य निस्सन्देह कभी नहीं सध सकता। उसे यह सफलता सिर्फ और सिर्फ अपने पूरे अस्तित्व के साथ सामने उभरे मुद्रित अक्षर ही दे सकते हैं या देते रहेंगे। छापे के अक्षर ही हैं जो ऐन संप्रेषण-क्षण में भावक को आवश्यकतानुसार या उसकी मनन-क्षमतानुरूप भावभूमि में उतरते चले जाने का समुचित अंतराल या ठहरकर अपेक्षानुकूल विचार-विहार का अनमोल अवकाश उपलब्ध करा सकते हैं।"

केशव-कथन आश्वस्तकारी! संतृप्त मुस्कान से चमक उठा है प्रसाद का चेहरा। रस्तोगी और गज्जन के लिए यह चर्चा सिर के ऊपर से साँय-साँय गुजर जानेवाली बाढ़ की वेगवती जल-धारा बन चुकी है। दोनों निरीह भाव से मटर-मटर ताक रहे हैं।

बाहर शोर-सा उठा। सबका ध्यान उधर चला गया। दुकान से निकलकर जीतन बाहर लपका। दास ने रोका, "कहाँ? नीचे नहीं। ड्योढ़ी तक रहो। यहीं से देखकर बताओ, क्या है।"

वह पीछे मुड़ा। झेंपकर दरवाजे पर रुक गया। खड़ा-खड़ा बाहर का मुआयना करने लगा। वह कुछ बताता, इससे पहले सनसनाहट, तनाव व हड़कम्प से भरा माहौल डोलता हुआ-सा झलक गया। रेंगती हुई प्रेतच्छाया की तरह। देखते-ही-देखते सामने आ गया एक डरावना चेहरा : कई जगह कटा-फटा, थकुचा-पिचका और दगा-जला हुआ। कद्दावर किन्तु भुजंग-सा काला व्यक्ति। अपनी छाती के बराबर परात उठाए। इसमें बिछे रेशमी कपड़े के ऊपर खास ढंग से रखे जोड़ीभर चमकौवा जूते। वह जब ऐन सामने आकर रुक गया तो जीतन की घिग्घी बँध गई। जैसे सामने भूत आकर खड़ा हो गया हो! वह गलगलाने लगा, अथाह पानी में डूब रहे होने जैसा। साँसें ऊभ-चूभ, पूरा शरीर थरथर-थरथर। भीतर सबके चेहरे स्याह।

बात समझते किसी को देर नहीं लगी कि यह गुंडा इस्माइल का फरमान है।

"अरे, ई काऽ?" व्यास ने बुदबुदाते हुए आहिस्ते होंठ बिचका दिये, "ई तऽ सरवा बड़का झंझट आ गल!"

धनुष की तरह तन गया है प्रसाद का मुखमंडल। आँखें धीपती हुई क्रमश: लाल। दास ने धीमे किन्तु दृढ़ता से बरजा, "बाऊस्साब, सुनाऽ!...गरमइला के कउनो जरूरत ना हौ। येकरे जे लेवे-देवे के हौ, से चुप्पेचाप जल्दी ले-देके इहाँ से भगावाऽ। बुझात हौ कि ई दसहारा के आपन बक्शीस चाहत हौ।"

"ई तऽ सरवा पूरे दालमंडी इलाके में नरक कर देले हौऽ!" रस्तोगी ने थरथर काँपते हुए दुखड़ा रोया, "ई गल्ली में अब रोटी कमावल मोसकिल भऽ गल हौऽ। जे दू पइसा कमावा से ई गुंडन के दे दाऽ अउर अपने हाथ मलऽत रह जाऽ!"

नीचे तक लटकते झूलते-लहराते रेशमी कपड़े से ढकी जूतों वाली परात उठाए वह ड्योढ़ी के नीचे खड़ा है। बार-बार भीतर नजर फेंक रहा है, बर्छी की तरह। कुछ देर हो जाने पर उसने अपने पीछे खड़े दो कद्दावर साथियों की ओर मुड़कर खास ढंग से ताका। दोनों की नाक तलवार जैसी तनी हुई है। चेहरे ढाल जैसे लहक रहे हैं।

तीनों ने नि:शब्द आपस में आँखों ही आँखों में कुछ बातें कर लीं। अगला सामने मुखातिब हुआ और परात उठाए-उठाए ड्योढ़ी चढ़ने लगा।

भयाक्रांत जीतन बगैर मुड़े तेज गति से खिसकता हुआ लड़खड़ाकर गिर पड़ा—धड़ाम! भीतर बेचैन सभी लोगों के चेहरे पर चिन्ता की लकीरें गहराती जल उठी हैं। अग्निरेखा बनकर।

अचानक प्रसाद सावेग उठे और तख्त से कूदकर नीचे। दूसरे ही पल आगे की ओर झपटते हुए उन्होंने एक पाँव जोर से उसकी ओर उछाल दिया। प्रहार सटीक उसके हाथों पर ही पड़ा। दूसरे ही पल जूते ऊपर उछले और छिटकते हुए बाहर जा गिरे। ऊँचाई से गिरता हुआ रेशमी कपड़े का टुकड़ा लड़खड़ाता-लहराता हुआ व्यक्ति के मुँह पर आ गिरा। सभी स्तब्ध। प्रसाद का रौद्र रूप जेठ की दोपहरी के सूर्य जैसा। दोनों रंगरूटों के चेहरे बह चले मोम की तरह लरज उठे हैं। दोनों गिरते-पड़ते भाग खड़े हुए। जूता वाला व्यक्ति भी मुँह से रेशमी कपड़ा समेटता-किंकियाता, हाथ जोड़ता हुआ पीछे की ओर खिसकने लगा।

पल भर में ही वे सारे गायब। प्रसाद आग में लाल लोहे की तरह। तमतमाए हुए। साँसें तूफान, आँखें अंगारा। बगैर किसी की ओर ताके वह तख्त की ओर मुड़े और वापस आकर बैठने लगे।

दास ने पास आकर बाँह पकड़ ली। अपनापे के साथ बिठाने लगे, "अरे, इसमें इतना गुस्सा होने की भला क्या बात?...भिखारी आता है तो उसके कटोरे में कुछ डालते हो कि नहीं? यह भी थोड़ा बड़ा भिखारी ही था।"

प्रसाद ने दास की ओर देखा। विमर्श-भाव। लगा, जैसे वह अपने इस व्यवहार का पुनरावलोकन करने में जुट गए हों! सभी चुप लेकिन सबकी आँखों में भय तैर रहा है। प्रसाद की आवाज भी धीपी हुई, "कुछ दे देने में कोई हर्ज नहीं था लेकिन वह माँगने की तरह आता तब तो! दशहरा-दिवाली पर उसकी पाँच गिन्नी तो निकलती ही है, इस बार का भी उसका पावना उधर निकालकर रखा हुआ है। लेकिन इस बार उसने यहाँ भी अपना जूता भिजवाया, यही हरकत नागवारखेज है। यानी उसे दशहरे की बख्शीश नहीं, गुंडा टैक्स चाहिए!...ऐसा कैसे होगा?"

गली में अलग ढंग का शोर। व्यास बाहर की ओर झाँककर वापस लौट रहे हैं, "गली में दुकानें बंद होने लगी हैं। हालाँकि अभी तो भरी शाम है किन्तु हम लोग भी दुकान अभी ही बंद कर लें तो इसमें कोई हर्ज नहीं।"

दास ने तुरन्त तेज-तेज सिर हिलाकर हामी भरी। कुछ बोलते, इससे पहले प्रसाद की धधकती आवाज हवा पर लपटों की तरह उतर आई, "आज यदि हम अभी दुकान बंद कर घर चले जाएँ तो फिर इसे कभी खोल नहीं सकेंगे।"

सभी हक्का-बक्का। एक-दूसरे का मुँह ताक रहे हैं। दास सिर खुजला रहे हैं। व्यास भी ऊहापोह में मुँह चुनियाते हुए चुप। बाकी लोग तो जैसे पत्थर हो चुके हैं।

"आप लोग घबराइए नहीं, मेरी बात सुनिए।" प्रसाद लगातार स्वयं को क्रमश: सामान्य कर रहे हैं, "जिसका फरमान लात मारकर उछाला गया है, अभी वह गुंडा यहाँ आएगा। यह उसके अस्तित्व का सवाल है। यदि वह अभी यहाँ नहीं आ पाए और

अपना लोहा नहीं मनवा सका तो फिर इस गली में वह कभी नहीं घुस सकेगा। इसलिए यहाँ रुककर उसका इन्तजार और आने पर मुकाबला करना ही होगा। इसका दूसरा कोई विकल्प नहीं।"

"अरे मित्र, क्या बात करते हो!" दास ने असहमति के स्वर निकाले, "तो क्या गुंडे से मुकाबला करना तुम्हें शोभा देगा? इस स्थिति को किसी भी तरह टालने में ही हमारी भलाई है और प्रतिष्ठा भी। तुमने नाहक अपना नियंत्रण खोया, भला गुस्सा कभी लाभप्रद होता है?"

"उस दिन नन्हकू सिंह के गोल से उसका इसी गली पर कब्जे के सवाल पर तो टकराव हुआ था," व्यास ने याद दिलाया, "इस खयाल से तो अच्छा मौका है, हम लोग नन्हकू को..." प्रसाद को उदासीन देख वह कहते-कहते रुके।

"व्यास भैये, बोलो-बोलो, बात पूरी करो।" दास व्यग्र हो उठे, "क्या कह रहे हो?"

"क्यों नहीं हम लोग खबर देकर तुरन्त नन्हकू सिंह को बुला लें? स्थान चाहे यही रहे लेकिन मुकाबला उन दोनों के बीच में हो।"

सभी चिंतातुर चेहरों पर क्षणांश के लिए चमक किन्तु तत्काल बाद वही हाल। दास ने प्रसाद की ओर देखा फिर व्यास की ओर मुड़े, "यह तो अच्छा विचार है भाई! जहर को जहर ही काटे तो सर्वोत्तम। तुरंत नन्हकू को खबर भिजवा ही दीजिए।"

"अरे ऊ सरवा मेरा बहुत सम्मान करता है। आते-जाते हुए कहीं भी दिख जाए, पास आकर पाँव छूता है, इसलिए अब मैं स्वयं जा रहा हूँ उसके पास। कहूँगा कि मेरे गुरुजी की प्रतिष्ठा का सवाल है गुरु! आप लोग देख लीजिएगा, वह कैसे गरजता हुआ आता है।" बोलते व्यास उठे।

"विनोद, नहीं, इसकी कोई जरूरत नहीं।" प्रसाद ने रोका, "एक गुंडे के विरुद्ध मैं दूसरे गुंडे का सहयोग नहीं लेना चाहता।"

व्यास ठिठक गए। सभी चुप। दास सिर पर हाथ रख गहरी चिन्ता में डूब गए हैं।

बाहर शाम से ही भटक रहा है मध्यरात्रि जैसा सन्नाटा। बलदेव ने खड़े होते हुए खम ठोंका, "बाऊस्साब, जब आपके इहे विचार हौ तो ठीकै हौ। चलाऽ, हम सब तोरे संगे हई। आवे दा सरवा के!...देखाऽ, ओहम्मन एक ठे लोटा रक्खल हौ, हम ओही से मार-मार के ऊ सरउ के माथा थूर देब। साँप के मुँह जइसन ना कूँच देई तऽ हमहुं बनारसी नाहीं!"

"नहीं-नहीं, बंधु!" प्रसाद ने उन्हें सस्नेह बरजा, "आप लोगों को कुछ कष्ट नहीं करना होगा। अब ई सरवा गुंडा इस्माइल आज आ ही जाए, मैं भी खुद को आजमा लेना चाहता हूँ। बेताब हूँ!—दो ही तो बात होगी—चाहे तो इस गली में उसका आना सदा के लिए बन्द हो जाएगा या आज के बाद हमेशा-हमेशा के लिए यह दुकान।"

"क्या ई गुंडा सरवा बातचीत वगैरह नहीं करता?" केशव ने माहौल को तनाव-मुक्त करने का भरसक प्रयास किया, "वह मुझसे सिर्फ एक बार बतिया ले तो मैं खेल कर दूँ। धोबियापाट शैली में ऐसा तर्कियापाट दे मारूँगा कि वह साल-दू साल के लिए विक्षिप्त होकर रह जाएगा।"

केशव की चुटकी बेकार नहीं गई। धू-धूकर जलते-से कठिन-पथरीले क्षणों में विरल हँसी की धार फूट पड़ी। प्रसाद भी अनायास हँस पड़े। जैसे जेठ की लपलप

दुपहरी में तपती धरती पर बड़ी-बड़ी शीतल फुहारें आ पड़ी हों! इस अहसास को दूसरे ही पल गली में उभरे तेज पदचाप ने निगल लिया। सभी सन्न। प्रसाद के मुखमंडल पर विशेष सक्रियता।

गली में धब्ब-धब्ब हुआ। सबने नजर दौड़ाई। अचानक ड्योढ़ी पर आकर खड़ा हो गया गुंडा इस्माइल। तमतमाया चेहरा, चोट खा तने सर्पफण जैसा। बिल्लौरी आँखों से छिटकती चिनगारी, भिंचे जबड़ों में पिसता प्रतिशोध। बाँस जैसा लम्बा-छरहरा, वैसा ही हरा-हरियाया युवक। कलम से चलकर कनपट्टी होकर ठुड्डी तक उतरी नवाबी दाढ़ी। धारदार कटी हुई, पतली-हल्की लेकिन कुचकुच काली। आँखें बिल्लौरी, हिमालयी जन्तु की तरह संदिग्ध गोरापन। कंधे से खुली, उभरी नीली नसों वाली बाँहें। कमर पर दोनों पंजे जमाए मसल दिखाता वह खड़ा है। उसने अलीगढ़ी चमकीले पाजामे के ऊपर तेज झिलमिलाती जैकेट डाल रखी है, जो सभी बटनों के बंद होने के चलते छरहरी लम्बी काया में चिपकी हुई है।

उसने प्रसाद की ओर ताकते हुए खखारकर सलाम ठोंका। उन्होंने इस पर जरा भी ध्यान नहीं दिया और दूसरी ओर मुँह किये तने बैठे रहे। इस्माइल ने खास अंदाज से कमर से चाकू खींचा और उँगलियों से उछाल दिया। कुछ यों कि हवा में चमकता हुआ उड़कर यह लप-से तख्त पर ऐन सामने आकर खुब गया। प्रसाद थोड़ा पीछे हिले फिर उसकी ओर मुखातिब होकर बोले, "आ जाओ! अपना यही खिलौना उठाकर दिखा दो!"

सभी चुप, स्याह। तनाव कुछ ऐसा आग जैसा कि भीतर की हवा भी जैसे लू में तब्दील हो चली हो! वह चीते की तरह कूदकर सामने आ गया। हाथ आगे बढ़ाने लगा तो प्रसाद ने लपककर उसका पंजा पकड़ लपेट लिया। हाथ प्रसाद का भी पुष्ट, किन्तु उसका एकदम अजगर जैसा। दोनों पंजे भिड़े हुए हैं। एकदम सीधा सन्तुलन। जैसे दो साँड़ों के सींग संतुलित फँसे—अड़े हों!

"चाकू तुम्हें लेना है न," प्रसाद ने ललकारा, "तो मेरा हाथ नीचे करो और उठा लो। मुँह क्यों ताक रहे हो?"

"वाह, साव जी, ताकत तऽ बढ़िया बनउले रहला!...बाकिर बेकार न हो गल। तोरा केऽ सलाह देले रहल कि इस्माइल से टकराए? आज तऽ इहाँ तोहरे ताकत के बाजा बज के रहीऽ।"

"बाजा? ठीक कहा तुमने।" शब्दों से जैसे तेज ताप फूट रहा हो, "हमें यही पता चला भी है कि असल में तुम बाजा बजाने वाले ही हो—अपने किसी दाँव का लोहा मनवाने वाले नहीं। नचनिया-बजनिया।"

'नचनिया-बजनिया' कहे जाने पर उसका क्रोध बेकाबू। चेहरा लहक उठा है। नथुनों में फड़कन। आँखों से आग। वह बिफर उठा है। जैसे अब अगले कुछ ही क्षणों में वह उन्हें चीर-फाड़कर खा ही जाएगा। उसने पूरी ताकत झोंकते हुए झटका दे मारा।

प्रसाद का हाथ आहिस्ता-आहिस्ता पीछे की ओर झुकने लगा। सभी के चेहरों पर तैरते तनाव के ऊपर अब भय के काले-काले कण चढ़ने लगे हैं। इस्माइल ने अपने जबड़े बाघ की तरह खोले और बगैर जम्हाई के पूरा मुँह खोला। कुटिल हास के साथ उसने अपने सारे चमकते तेज-नुकीले क्रूर दाँत झलकाकर दहशत फैलाने का उपक्रम किया।

"बस न, हो गया न तुम्हारा? इससे आगे बढ़ सकते हो तो दिखाओ," प्रसाद ने उसे ललकारा, "वरना अब मैं बताऊँगा कि 'बजनिया' को कैसे बजाया जाता है।"

'बजनिया' सुन उसे जैसे फिर अंगारा छू गया हो। वह अपनी ताकत हथेली पर झोंककर बाजी अपने पक्ष में करने पर जैसे तुल गया।

प्रसाद चीख उठे, "लो, अब यह देखो!" और दूसरे ही पल पासा पलटने लगा। उसका पंजा पहले रुका, तत्पश्चात हिलकर फिर पीछे की ओर उलटने लग गया। देखते-ही-देखते प्रसाद ने दबोचते हुए उसका पंजा उल्टी दिशा में ठेलकर तख्त से सटा दिया।

भीतर बैठे सबकी डूबती साँसें जैसे वापस लौट आई हों! इस्माइल पानी-पानी। उसने अब जल्दी से अपना हाथ खींच लेना चाहा। चौकन्ने प्रसाद ने उसका हाथ दबोचे-दबोचे दाँत पीचते हुए खिल्ली उड़ाई, "अरे, ऐसे नहीं, अभी नहीं। ऐसी भी क्या जल्दी है! जरा कुछ क्षण तो अपनी असलियत का अपनी आँखों नजारा ले लो, देखकर यह ठीक से समझ लो कि ताकत और इल्म किसी एक के गुलाम नहीं। ये किसी के पास भी हो सकते हैं, बल्कि तुम जैसों की तुलना में आम कद्रदां के पास यह अधिक प्रभावशाली ढंग से मौजूद है। पेच सिर्फ यही फँसता है कि दूसरों की आँखों से आदमियत का पानी अभी गिरा नहीं है। तुमसे ज्यादा बड़ा गुंडा तो कोई भी, कभी भी, जब चाहे तब बन सकता है। तुम तो ऐसों के सामने खड़े पूँछ हिलाओगे..."

चेहरा लटक चुका है उसका। पानी में पड़े लरजे-लसराए कागज जैसा! उस पर दृष्टि गड़ाए प्रसाद दाँत पीस रहे हैं, "रेशम में लपेटकर यहाँ तुम्हारा जूता घूमता था न!...देखो, अब आज तुम्हारा यह चेहरा ही एकदम जूता बन गया है—गला-पचा हुआ, सड़ा-सा जूता!"

वह नजर नहीं मिला पा रहा है। हाथ ज्योंही छूटा, वह कूदकर भाग खड़ा हुआ। पगहा तुड़ाकर उछलते बछड़े की तरह। सबकी आँखों में अनमोल मोती चमक उठे हैं।

"वाह गुरुजी!" व्यास सहमते हुए ही किन्तु क्रमश: तेज होते स्वर में बोले, "आपने तो आज सचमुच यह साबित कर दिखाया कि इस प्रतिष्ठान को अपने हाथ में रखने का माद्दा सिर्फ और सिर्फ आपमें विद्यमान है।"

"विश्वास नहीं होता कि ऐसा दृश्य अभी-अभी यहाँ सचमुच हमारी आँखों के सामने घटित हो चुका है।" शिवपूजन अपनी आँखें तेज-तेज झपका रहे हैं, "अब भी यही लग रहा है, जैसे हमने जाने-अनजाने कोई सपना देख लिया हो!"

"मैं तो सचमुच डर गया था।" दास उठकर पास आ गए, "सुना था कि यह गुंडा बहुत ताकतवर है, बाँस को एक हाथ से जड़ समेत उखाड़ लेता है।"

"आज उसे बाँस उखाड़ने और कलम जमाने वाले हाथों का अंतर समझ में आ गया होगा।" केशव हँसे, "यह बहुत अच्छा हुआ कि एक हाथ से बाँस उखाड़ने वाला वह गुंडा आज यहाँ कलम जमाने वाले के एक ही हाथ से उखड़ गया।...उसे यह बात भी ठीक से समझ में आ गई होगी कि पूरी ताकत से बाँस पकड़ने वाला हद से हद इसे ही उखाड़ेगा जबकि कलम थामने वाला कहीं भी बैठे किसी शख्स को एक अचूक वाक्य से धराशायी कर सकता है।"

40

प्रसाद प्रात: भ्रमण से लौटने लगे तो बचनू भी साथ हो लिए। वह अपनी तुतली बोली में काशी नरेश महाराज ईश्वरीप्रताप नारायण सिंह के निधन पर लगातार शोक-भाव व्यक्त करते जा रहे हैं। प्रसाद ने अचानक अपना लम्बा मौन तोड़ते हुए उनकी ओर ताका, "यार, बचनू, तुम नाहक ही करुणा प्रवाहित किये जा रहे हो!"

साथ चल रहे बचनू अचकचा गए। गौर से उनकी बातों पर ध्यान टिका दिया। प्रसाद ने अपने स्वर को अपेक्षाकृत संयमित किया, "राजा की कभी मौत नहीं होती। सिंहासन को किसी ने कभी रिक्त देखा है? राजा कभी अनुपस्थित नहीं होता।"

बचनू चलते-चलते कौतूहल से ताक लेते। प्रसाद की आवाज में धातुओं की टनक बढ़ती जा रही है, "देखा नहीं, महाराज प्रभुनारायण सिंह का तत्काल राज्याभिषेक हो गया। क्या काशी नरेश का पद एक दिन भी रिक्त रह सका? इसलिए कम-से-कम हमारे-तुम्हारे जैसे लोगों के लिए फिलहाल चिन्तित होने की कोई आवश्यकता नहीं। हाँ, व्यक्ति रूप में महाराज ईश्वरीप्रताप नारायण सिंह की कमी हमेशा बनी रहेगी। वह धर्म, नीति व शास्त्रों के गहन ज्ञाता थे..." घर के अहाते में प्रवेश करते ही प्रसाद ने सामने बैठकखाने के बाहर तख्त पर दृष्टि डाली तो उन्हें हँसी आ गई, "अरे, यह क्या! लगता है, सुबह-सुबह ही आज पंचायती करनी होगी?"

बचनू धीरे से तुतलाए, "त्या बात है? तौन हैं ये लोद?" (क्या बात है? कौन हैं ये लोग?)

समीप पहुँचते प्रसाद ने धीरे से बताया, "यह लड़का 'आबनूस का कुंदा' है और 'अगर की गाँठ' भी। वृद्धा उसकी सास है और युवती उसके गले में फँसी हुई साँस।"

समीप पहुँचते ही वे तीनों खड़े हो गए। प्रसाद ने हँसते हुए उन्हें वहीं बैठ जाने को कहा और बचनू के साथ बैठकखाने की ओर कदम बढ़ा दिये। उन्होंने संक्षेप में बचनू की जिज्ञासा को शान्त किया और भीतर चले गए। कुछ ही देर में लौटे और बचनू के साथ बाहर आ गए। युवक ने दोनों हाथ जोड़ लिये और फिर खड़ा हो गया, "आपने मुझे जो जीवन-दृष्टि दी, इससे मैंने पहले स्वयं को पहचाना फिर अपनी जीवन-संगिनी का अर्थ समझा-जाना। अब मुझे जीवन को लेकर कोई भ्रम या शिकायत नहीं है। आप आदेश करें, मैं अपनी अर्द्धांगिनी व सासू माँ के साथ अभी, इसी वक्त घर लौट जाना चाह रहा हूँ। वहीं मैं अपने पुराने विद्यालय में जाकर पूर्ववत् शिक्षण-कार्य में लग जाना चाहता हूँ।"

बचनू तीनों को आँखें फाड़-फाड़कर ताके जा रहे हैं। प्रसाद मुस्कुराए, "वाह भई, क्या मेरे कहने भर से तुम्हारी आँखें खुल गईं? तब तो आज मुझे स्वयं के कहने-सुनने की सच्ची सार्थकता दिखने लगी है, यह बहुत अच्छी बात है।"

युवती ने आकर पाँव की ओर झुकने का उपक्रम किया तो प्रसाद ने तेज शब्दों में उसे रोक दिया, "नहीं, नहीं, ऐसा कतई नहीं। इसमें मेरे पाँव की कोई भूमिका नहीं। मैंने तुम्हारे पति को जो परामर्श दिया, वह बात या ज्ञान हमारे मनीषियों के अनुभव-विचार हैं। इसके लिए उन्हीं का आभार माना जाना चाहिए और उन्हें धन्यवाद ज्ञापित करने के लिए तुम लोगों को ज्ञान के ही अर्जन-उत्सर्जन का व्रत लेना चाहिए।"

वृद्धा की आँखें भरी हुई हैं और दोनों हाथ जुड़े हुए। प्रसाद समीप जाकर बोले, "यह मेल-मिलाप आपके मातृ-संकल्प के चलते ही हुआ है। आप ही इन बच्चों की वास्तविक गुरु हैं। आपका स्नेह सबसे बलवान है। उसी ने इस जोड़ी को बचा लिया और आगे भी संरक्षित रखेगा।"

उन्हें बिठाकर प्रसाद फिर भीतर लौटे। बचनू चुपचाप खड़े-खड़े ताकते रहे। प्रसाद लौटे तो उनके पीछे-पीछे चेखुरा भी। उसके हाथ में नये वस्त्र व मिष्ठान्न आदि से भरी चमचमाती पीली परात है। दूसरे ही पल कमला देवी भी सिर पर आँचल सँभालती निकल आईं। उनके हाथ में पीतल की छोटी कटोरी है जिसमें मुट्ठी-भर दूब बाहर झाँक रही है। प्रसाद ने संकेत किया तो वह उधर बढ़ गईं। युवती ने बात समझ ली। उठी और कमला देवी का चरण-स्पर्श करने लगी। उन्होंने उसे उठाकर गले लगा लिया। युवती ने आँखें झुकाकर आँचल फैला दिया। चेखुरा परात लिये हुए पास आ गया। कमला देवी ने कटोरे को परात में रख दिया और नये वस्त्र, जीरा-हल्दी, अक्षत-दूब, आभूषण और मिष्ठान्न उठा-उठाकर उसके आँचल में भरने लगीं। परात से ही सिन्दूर ले-लेकर उन्होंने उसकी माँग को पाँच बार भरा। युवती के मुख पर ललौहीं कोमल संतृप्ति पुत गई। अखंड धवल सौभाग्य-बोध भी। उसने भी सिन्दूर ले-लेकर उनकी माँग को पाँच बार भरा। वह अपने परिपूर्ण आँचल को समेटती-सँभालती हुई पुनः झुकी और उन्हें प्रणाम करने लगी। वृद्धा की आँखें झर्-झर् बरस रही हैं।

प्रसाद के मुखमंडल पर खिली प्रसन्नता का रंग प्रातः की मीठी रश्मियों जैसा है। उनकी आँखों में जैसे स्वनिर्मित शब्द गोल-गोल चमक रहे हों। मुखर और सवाक्। बचनू अब भी मटर-मटर ताके जा रहे हैं।

41

विश्वम्भर नाथ जिज्जा को दूर से देखकर ही प्रसाद के होंठों पर तिर्यक् मुस्कान खिंच गई। उन्हें लग गया कि यह महाशय अपने चोंच में फिर काशी दरबार का कोई न कोई किस्सा दबाए हुए ही आ रहे होंगे! जब से उन्होंने काशी नरेश के चीफ सेक्रेटरी के प्रधान सचिवालय में क्लर्क का काम शुरू किया है, खुद तबाह-तबाह हैं। सम्भव है, वहाँ किसी सहकर्मी के दाँव-पेंच का शिकार बनने जैसी स्थिति उत्पन्न हो गई हो और इसी कारण परेशानी महसूस कर रहे हों! वैसे, यह भी सत्य है कि यह व्यक्ति जितना ही मेधावी है, उतना ही अस्थिर विचार का। कहीं दो-चार साल भी जमकर नहीं रह सकता। किसी की एक भी ऐसी-वैसी बात कभी बर्दाश्त नहीं। पाँव में जैसे चकरी घूमती रहती हो! जरा-सा ऊँच-नीच होते ही झोला उठाकर पलायन! लगता है, इस नई नौकरी में भी उनका रचनाकार-मन जम नहीं पा रहा। राज-काज के व्यवहार में उन्हें वहाँ अक्सर कुछ न कुछ ऐसा दिख ही जा रहा, जो उनके लिए घोर असहमतिजन्य है। ऐसे क्षणों में जब मुंड धीपकर घूमने लगता है तो खून का घूँट पीकर रह जा रहे। वहाँ तो किसी से कुछ व्यक्त कर नहीं सकते, सीमाएँ हैं, यहाँ आकर अपना दर्द उड़ेलना नहीं भूलते। कुछ इस अंदाज में, जैसे वह भीषण अस्वीकार्य व घोर असहनीय परिस्थितियों में फँस चुके हों!

प्रसाद को यों तो जिज्जा का यह कार्य-व्यापार सिरे से पसन्द नहीं, किन्तु क्या करें? एक युवा रचनाकार की पीड़ा है। उसे इस मनोदशा से उबारने का दायित्व निभाना है। इसलिए क्या करें, सब कुछ चुपचाप सुन लेते हैं। चुप रहकर। यही सोचकर कि यदि ऐसे धीपते-धधकते आक्रोश को विसर्जन का अवसर नहीं दिया जाए तो यह व्यक्ति दरबार या अपने कार्यालय में कभी किसी भी दिन कोई तमाशा खड़ा कर स्वयं को संकट में फँसा लेगा। ऐसे अवसरों पर प्रसाद न चाहकर भी मन्द-मन्द मुस्कुराते चुप रह जाते हैं। कभी गुरु-गम्भीर जिज्ञासा तो कभी अन्यमनस्कता के साथ। ठोस मौन। सरायगोवर्द्धन या नारियल बाजार वाली गद्दी, जिज्जा पहुँचते रहते हैं। उनका मन खुलकर अपने विद्रोही मानस की अंगड़ाई प्रदर्शित करता है। बन्धन-मुक्ति के छलकते उल्लास के साथ।

जिज्जा के रोष-आक्रोश विसर्जन के दौरान कभी-कभी ऐसा कुछ भी निकल आता जिससे अवगत होना न सिर्फ अच्छा लगता है, बल्कि उसकी अनुभूति की प्रखरता का लोहा मानना पड़ जाता है। इसके साथ ही उनकी अत्यन्त संवेदनशीलता व पर्याप्त ज्वलनशीलता का भी अनुभव होने लगता है—ऐसा कि जरा-सी चिनगारी भी निकट चमक जाए तो वह भभककर धधक उठेगा। दूसरे ही पल इस सृजनशील प्रतिभा के मद्देनजर उसकी तुनकमिजाजी पर गुस्सा आने लगता है—यह व्यक्ति जरा-सा सहनशील हो जाए तो कहाँ से कहाँ पहुँच जाए! लेकिन, कितना भी समझाओ, उस पर कहाँ कोई असर हो पा रहा है। क्या किया जाए? यह भी लगता है कि ज्यादा दबाव देने पर कहीं ऐसा न हो कि वह किसी दिन तुनक-तड़क उठे और नौकरी को प्रणाम कर चल दे! ऐसी घनघोर अध्ययन-वृत्ति और देश-दुनिया के बारे में हमेशा नई से नई जानकारी लेने-देनेवाला व्यक्ति भला दूसरा कहाँ मिलेगा?

जिज्जा ने पास आकर अभिवादन किया। प्रसाद जैसे सोये से जगे हों! वह तुरन्त शुरू : "क्या बताएँ, दीवान ने महाराज को विश्वास के जाल में ही कैद कर लिया है। वह कई निर्णायक मामलों में भी उसे नीति बनाने तक की छूट दे चुके हैं। अँगरेजों ने काशी राज्य को स्वायत्त शासन की जो मान्यता दी है, उसका फायदा दीवान लूटने में जुट गया है। उसने अपनी करामात शुरू कर दी है। कई नये कर तय कर-करा दिये हैं। नगर के पथ-कर में इजाफा करवा दिया है। भवनों के निर्माण के लिए पूर्व आज्ञा अनिवार्य करवा दी है। इसके लिए भी एक नई कर-तालिका घोषित हो गई है। किसानों का लगान बढ़ा दिया गया है। एक तो कई साल से वर्षा की अनियमितता, इससे लगातार सूखे की काली छाया और इधर लगान में वृद्धि! किसान बिलबिलाने लगे हैं। इसकी परवाह किये बिना नई कर-प्रणाली लाद दी गई। ऐसा लगने लगा है, जैसे अँगरेजों से मिली स्वायत्तता को कर-जाल फेंकने का एक स्वर्णिम अवसर मान लिया गया हो! इससे जनता में क्लेश और रोष व्याप्त है। इसी क्रम में एक घटना हो गई है। सुनिए, एक दिन दीवान ने सदल-बल पास के एक गाँव का दौरा किया। साथ में तहसीलदारों का दल भी रहा। मैं भी इसमें शामिल था। लगान न देने वाले किसानों को पकड़-पकड़कर मन्दिर के सामने मैदान में बुलाया जाने लगा। मैंने देखा, सामने आ रहे सभी किसान फटेहाल और भयाक्रान्त! तो, पहले एक-दो मुसाहबों ने एक-एक कर सबको धमकाते हुए लगान जल्दी भुगतान कर देने की कड़वी चेतावनी दी, इसके बाद दीवान उठ खड़े

हुए। उनकी आँखें अंगारे की तरह जलने लगीं। स्वर से जैसे चिनगारी छिटक रही हो! किसानों के ऊपर दीवान के शब्द कोड़े की तरह सट्-सट् गिरने लगे। गिरते गए, गिरते गए! इससे सारे विवश-बेहाल किसान जैसे रौंदे हुए पौधे की तरह पस्त! मुझे यह बहुत नागवार गुजरा। सभी लौट आए। मैं कई दिनों तक मर्माहत। उस दिन मेरे आहत मन को राहत पहुँची जब यह संकेत मिला कि ऐसी बातें उड़-उड़कर महाराज के कानों तक पहुँचने लगी हैं। ऐन उसी दौरान एक दिन बिलबिलाते हुए कुछ फटेहाल किसान काशी दरबार में आ पहुँचे। मैंने उनके बारे में जानकारी महाराज तक भिजवाने में कुछ भूमिका निभाई। इसका असर हुआ। किसानों को दरबार में पेश करने का आदेश हो गया। वे महाराज के सम्मुख लाए गए। खाली पाँव, फटी बिवाइयों से भरे हुए। सजल लाचारगी से डबाडब डरी हुई आँखें। बोलने का आदेश होने पर उनमें से एक कुछ कदम आगे बढ़ा। उसने भीगे हुए शब्दों में बोलना शुरू किया। कृषि की खराब हालत, किसानों की फाकाकशी और ऐसे में लगान देने के लिए बनाए जा रहे दबाव की समूची स्थिति-परिस्थितियाँ सामने जैसे दृश्यमान हो उठीं। बादलों से अधिक अपना बदन बरसाने वालों की स्याह लाचारगी दरबार में हवा पर धुएँ-सी तैरने लगी। सिंहासन पर महाराज बेचैन हो हिलते-डुलते रहे। किसान का एक-एक शब्द जैसे उनके अनुभूति-तंत्र पर ओले की तरह गिर रहा हो। पूरा दरबार यह महसूस करने लगा कि उसके आँसुओं ने महाराज को अपार दुख और गहरी चिन्ता में डुबो दिया है।

जब वह बोलकर स्थिर हुआ तो महाराज ने तुरन्त आहिस्ता से सिर हिलाया, 'आप लोगों की पीड़ा को मैं समझ रहा हूँ। अभी तो आप लोग जाएँ, शीघ्र ही आप लोगों तक हमारा नया निर्णय पहुँच जाएगा, जिससे आपकी यह परेशानी समाप्त हो जाएगी।'

किसानों का दल थोड़ा सहज हुआ। सबने झुककर अभिवादन किया और एक साथ पीछे लौट गए। उनके जाते ही महाराज ने आँखें मूँद लीं और देर तक सिंहासन पर चिन्तानिमग्न बैठे रहे। उन्हें यह बात तीव्रता से अनुभूत होने लगी थी कि कर-वसूली की ऐसी दोषपूर्ण और कठोर नीतियाँ तो कभी भी आग को भड़का सकती हैं। क्या होगा यदि किसी दिन इसके विरुद्ध लोगों का अलग-अलग रोष संगठित होकर एक साथ फट ही पड़े? तब तो काशी राज्य को झंझावात से बचाना आसान नहीं रह जाएगा। सारी बातें सोचते-समझते हुए महाराज ने इसे गम्भीरतापूर्वक संज्ञान में ले लिया।

एक दिन मंत्रियों की एक आवश्यक बैठक बुलाई गई। दीवान को लक्ष्य कर महाराज ने उँगली उठाई, ' 'कर' का तो एक सर्वज्ञात अर्थ 'हाथ' होता है जबकि एक अन्य तात्पर्य टैक्स से है। मुझे लगता है कि इन दोनों अर्थों में निकट का एक आपसी रिश्ता भी अवश्य है। 'कर' यानी टैक्स ऐसे महसूस होने चाहिए जो प्रजा को सामने बढ़े हुए किसी सहयोगी 'कर' यानी हाथ की तरह दिखे, प्रहारात्मक आवेग-मुद्रा से लपकने वाले मुक्के या लात की तरह तो कदापि नहीं!' सभा में सन्नाटा छा गया। महाराज की वाणी का ताप जेठ की धूप की तरह, जो सबके मन-मस्तिष्क को बर्छी की नोक की तरह छूता रहा, 'मुझे पहले से ऐसी गुप्त जनसूचनाएँ मिलती रही हैं कि राज्य भर में प्रजा को हमारे नये कर-प्रबन्ध नागवार गुजर रहे हैं। लोग इससे आहत हो रहे हैं। उन्हें नये करों से अपनी त्वचा नुचने-छिलने जैसी दग्ध अनुभूति हो रही है। अगर ऐसा है तो इसे सफल और लाभप्रद नीति नहीं कहा

जा सकता। प्रजा हमारे लिए किसी धेनु की तरह तो कदापि नहीं है जिसे हम जब जितना चाहें, दुह लें। मेरा तो मानना है कि प्रजा उस धरती की तरह है जिससे हमें अन्न-जल तो लेना है किन्तु उसकी देखभाल माता की तरह करनी है।'

सभी चुप। दीवान हक्का-बक्का। महाराज ने दीवान की ओर देखा तो एक क्षण के लिए उनकी वाणी का प्रवाह ठहर गया। तपते मुखमंडल पर मुस्कान ऐसे आ गई, जैसे खूब तेज धूप के दौरान ही अचानक आसमान से वर्षा होने लगी हो! उनके शब्द अब शीतल बूँदों की तरह टप्-टप् बरसने लगे, 'राजा या राज्य को इस तरह कर लेना चाहिए, जैसे सूर्य समुद्र से जल लेता है और समुद्र को कुछ मालूम नहीं होता, और फिर राजा को अपनी ओर से देना भी इसी तरह चाहिए, जैसे वर्षा का जल बरसता है और सबको दिखाई देता है...' "

जिज्जा भावपूर्ण शब्दों में सुनाते चले गए। प्रसाद ने चुपचाप सब कुछ बहुत ध्यान से सुना। बोलते-बोलते वह जैसे थक गए हों, सुस्ताने लगे।

प्रसाद कुछ देर चुप रहे। जिज्जा उद्विग्नता के साथ उनकी प्रतिक्रिया के प्रति जिज्ञासु बने रहे। इसे भाँपते हुए उन्होंने सस्मित ताका, "यार, तुम बात तो सही ही सोच-समझ रहे हो।"

जिज्जा के चेहरे का तनाव थोड़ा-सा ढीला हुआ किन्तु जिज्ञासा की उद्विग्नता कुछ और बढ़ गई। प्रसाद ने इसे आँकते हुए उनके चेहरे पर स्नेहिल दृष्टि जमाई, "इससे तो यही लग रहा है कि ये दीवान महाशय बहुत असहनीय व्यक्ति होंगे; किन्तु व्यक्तिगत रूप से तुम्हें उससे टकराने की कोई जरूरत ही कहाँ है जब स्वयं महाराज तक उसे ठीक-ठीक समझ चुके हैं?...वैसे, राज-काज सब ऐसे ही चलता रहता है। कोई नहीं कह सकता कि तुमने अभी-अभी जो कर-प्रसंग सुनाया, उसमें अकेले दीवान का खेल था या राजनीति की कोई उच्चस्तरीय अन्तर्चाल रही। तुम्हें बेशक लगा होगा किन्तु मुझे हठात् यह विश्वास नहीं होता कि दीवान के स्तर से ही उक्त महत्त्वपूर्ण नीतिगत निर्णय निर्धारित हो गया होगा। ऐसे मामलों में विफलता की दशा में राज्य हमेशा किसी कमजोर सिर पर ठीकरा फोड़कर स्वयं को बेदाग बचा लेने की चाल चलता है जबकि इसी में यदि सफलता हाथ लगी होती तो क्या जय-जयकार दीवान की होती?...असल में राजनीति इसे ही कहते हैं। यह वह प्रक्षेत्र है जहाँ अक्सर जो दिखता है, वह होता नहीं और जो होता है, वह प्राय: दिखाई नहीं पड़ता।"

जिज्जा मुँह बाये सुनते रहे। प्रसाद बोलते हुए मन्द-मन्द मुस्कुराने लगे, "इसलिए मैं तो यही सलाह दूँगा कि तुम्हें अपने तईं ऐसी चीजों के प्रति बहुत अधिक उत्सुक या उन्मुख होना ही नहीं चाहिए। राजकाज का काम बड़े लोगों का खेल है, तुम्हारा इन चीजों से क्या लेना-देना? यही याद रखो कि तुम एक छोटे मुलाजिम हो, नौकरी करने गए हो। तुम यदि चुपचाप काम सीखने में ही अपना मन लगाओ तो यही तुम्हारे स्वयं के लिए अधिक लाभप्रद होगा। लग-भिड़कर तहसीलदारी के कागजात पढ़ना और समझना सीख लो, इस काम में मुहर्रिर से मदद लेते चलो, तुम्हें इसी से फायदा होगा।"

जिज्जा एक क्षण के लिए उदास हुए किन्तु दूसरे ही क्षण उठ खड़े हुए। प्रसाद ने उन्हें रोका, "बात पसन्द न आई हो तो कोई बात नहीं। यह सलाह मात्र है जिस

पर स्वयं विचार करने के बाद ही तुम्हें उन्मुक्त भाव से अनुसरण करना अथवा नहीं करना है। इसमें मेरी ओर से कोई दबाव तो कदापि नहीं है। मुझे विश्वास है कि तुम अपना हित-अहित अच्छी तरह समझ-बूझ सकते हो, लेकिन अभी इस तरह अचानक उठकर खड़े क्यों हो गए भई? कुछ देर और बैठो। अभी तुमसे एक आवश्यक बात करनी है।"

झेंप गए जिज्जा, "आपकी बातें सलाह भर नहीं, मेरे लिए तो सीधे-सीधे आदेश हैं, जिनका हँसते या रोते हुए मुझे तो सिर्फ और सिर्फ अनुपालन ही करना होगा।"

"अरे, नहीं, ऐसा भी क्या!"

"हाँ, मैं गलत नहीं कह रहा हूँ। मुझे इस बात का तो भली भाँति अंदाजा है कि आपके मुँह से निकली बात का वजन और अहमियत क्या है। यदि कभी आपकी कोई बात मुझे नागवर गुजरेगी तो इसका केवल और केवल यही तात्पर्य होगा कि मैं उसे समझ नहीं पा रहा होऊँगा। अभी जो कुछ भी आपने कहा है, वह मैं पूरी तरह समझ पा रहा हूँ। इसमें निस्सन्देह मेरा ही हित है। लेकिन मैं भी आपको अपने बारे में क्या बताऊँ, चीजों को समझते हुए भी आवेग में आ जाने पर मैं स्वयं को बहने से कभी रोक नहीं पाता, मैं यह समझ रहा हूँ। यह मुझमें एक बड़ी कमी है।"

"चलो, तुम्हें मेरी असहमतिजन्य बातों के पीछे की भावनाएँ साफ-साफ दिख गईं, यह मुझे बहुत अच्छा लगा। दरअसल, तुम्हारा मन भी तो एक रचनाकार का मन है—ऐसा मन, जो व्यापक सर्वहित व सर्वन्याय के लिए 'स्व' की चुम्बकीय परिधि को सकुशल लाँघकर उस विराट् भावना-मंडल पर तैरता है जो धरती से आकाश तक वायुमंडल की तरह लहरा रहा है। जैसे जल-तल पर डगमगाती नैया को लेकर उड़ने वाला पाल स्वयं को हवा के आवेग से नहीं उबार पाता, वैसे ही रचनाकार भी संवेगात्मक मामलों में स्वयं को कहीं कहाँ रोक पाता है! वैसे मैं यह कहूँ कि व्यक्ति यदि अपने भीतर व्यापक हित की भावनाएँ जगाकर चल रहा हो और ऐसी सर्व-सार्व भावात्मक अनुभूतियों से स्वयं और अपने क्रिया-कलाप जोड़कर आगे बढ़ता हो तो यह कोई कमी नहीं बल्कि एक दुर्लभ उपलब्धि है।" प्रसाद की पारदर्शी वाणी से अपार मधुरता महक बनकर उठती-फैलती रही।

स्थिर बैठे मुस्कुरा रहे हैं जिज्जा, किन्तु वैचारिक आलोड़न मुखमंडल पर भँवर की तरह गोल-गोल घूम रहा है। प्रसाद ने हाँक लगाई तो चेखुरा तश्तरी में मगदल लिए हुए आ खड़ा हुआ। जिज्जा की आँखें मिठास से भर गईं, "बाबूस्साब, आपके यहाँ के मगदल का सचमुच जवाब नहीं। इसके आगे तो राजदरबार के मगदल का स्वाद भी फेल हो जाता है!"

प्रसाद मुस्कुराए, "मेरे आइटम हैं ही ऐसे। केवल मगदल ही क्यों, जैसे स्वयं तुम भी! क्या तुम्हारी संवेदन-सजगता के आगे पूरा राजदरबार फेल नहीं है?"

ठहाका गूँज उठा। जिज्जा हँसते-हँसते बेहाल।

प्रसाद स्वभावतः अब प्रसंग बदलने को बेचैन। अचानक सामने रखे 'लीडर' अखबार पर ध्यान चला गया। उसे उठा लिया। पन्ने पलटने लगे, "यार, देखो, विश्वयुद्ध की समाप्ति पर कैसे-कैसे बयान सामने आ रहे हैं।" उन्होंने पलटकर एक पन्ना स्थिर

किया, "दक्षिण अफ्रीका के प्रधानमंत्री का बयान जरा देख लो—ह्यूमैनिटी हैज बीटेन इट्स टीनेट्स, एंड इज वंस मोर ऑन द मार्च।"

जिज्जा जिज्ञासा से भरे, टुकुर-टुकुर ताकते रहे। प्रसाद ने प्रश्नवाचक दृष्टि उठाई, "इस 'ह्यूमैनिटी' का मतलब समझ पा रहे हो?"

जिज्जा हल्के मुस्कुराए किन्तु दूसरे ही पल संजीदा हो गए।

प्रसाद आगे बोले, "इसका मतलब 'गोरों की ह्यूमैनिटी' से है। बेचारे कालों में अभी 'मार्च' करने की कहाँ शक्ति है!"

एक साथ दोनों ठठा पड़े। जिज्जा अब तक लगभग सहज। प्रसाद ने चुटकी ली, "यार, मुझे एक बात बहुत नागवार गुजरती है कि पश्चिम वालों के पराक्रम में भी धूर्तता इतनी अधिक मिश्रित है कि युद्ध-भूमि की सफलताएँ भी उनकी छवि को किसी विजयी शेर का आकार नहीं दे पा रहीं, वह बार-बार किसी कामयाब काइयाँ लोमड़ी की तरह ही मुझे दिखाई पड़ रहे हैं। तुम तो देश-दुनिया की हलचलों पर नियमित दृष्टि रखनेवाले लोगों में हो, इधर कुछ दिन के 'लीडर' को ही पलट जाओ, तो मेरी बात अधिक स्पष्टता से महसूस कर सकोगे।"

प्रसाद एक पल ठहरे, फिर व्यंग्य से मुस्कुराए, "वह चाहे ब्रिटिश प्रधानमंत्री लॉयड जॉर्ज हों या अमेरिकी राष्ट्रपति उडरो विल्सन अथवा फ्रेंच प्रधानमंत्री क्लीमेन्सू ही—सभी बयान तो ऐसे-ऐसे दे रहे हैं, जैसे शान्ति के पुजारी यही लोग हों और युद्ध थोपने का काम तो आकाश-मार्ग से किसी दैत्य ने किया हो!"

कहने का अंदाज कुछ ऐसा कि जिज्जा ठठा पड़े। इसके विपरीत प्रसाद एकदम सख्त। यह देख वह तुरन्त चुप। महसूस हुआ कि उनके अनावश्यक हँस जाने से बात का प्रवाह बाधित हो गया है। प्रसाद की वाणी में कठोरता आ गई, "आँसू बहाने वाला घड़ियाल संवेदनशील नहीं वरन् ऐसा अनोखा दुष्ट और महामक्कार होता है जो अश्रु तक का बेजा और भ्रामक इस्तेमाल कर रहा होता है, सिर्फ धोखा देने के लिए, ताकि वह सहजता और सफलतापूर्वक सामने वाले को अचूक ढंग से अपना शिकार बना सके। इसीलिए तो कह रहा हूँ, भ्रम फैलाकर धोखे से शिकार करनेवाला पराक्रम-प्रभावोत्पादक सिंह नहीं, बल्कि मन में घृणा व मुँह में फेनदार थूक भर देनेवाला कायर-काँइयाँ मगरमच्छ ही होगा, इससे अलग कुछ और नहीं।"

चुपचाप सुनते रहे जिज्जा। प्रसाद जैसे अपने दागदार समय-संदर्भ की साक्षात् समीक्षा-परीक्षा करने में जुट गए हों, "लेकिन मैं तुम्हें एक बात बता दूँ, सोवियत रूस में लेनिन की जो भूमिकाएँ सामने आ रही हैं, उनमें हमारे पूरब का एक संस्कार तो एकदम साफ दिख रहा है कि वे मूलत: किसी भी छद्म से मुक्त हैं ही। सर्वजन का उनका सिद्धान्त इस निमित्त किसी भी सख्ती को दवा की कड़वी घूँट की छवि दे रहा है, यानी कड़वी चाहे जितनी हो, उनकी खुराक का लक्ष्य तो सर्वथा सकारात्मक यानी रोगमुक्ति ही है, इससे इतर नकारात्मक या हानिप्रद तो कदापि नहीं।"

जिज्जा के लिए यह पहला अवसर है जब सामने बैठे प्रसाद विश्व के समकालीन परिदृश्य पर ऐसे धाराप्रवाह व सुचिन्तित विचार दे रहे हैं। इतने मुखर और पारदर्शी शब्दों में। उन्हें इस तरह बोलते देखना-सुनना अद्भुत अनुभव। पहले तो यह थोड़ा चौंकाने वाला

लगा किन्तु दूसरे ही क्षण मन के भीतर से ही यह तर्क उठा—आखिर वह वर्तमान से लेकर इतिहास के गहन-गह्वर हजारों-हजार सालों के काल-शिला को कलम की नोक से उलटते-पुलटते रहने व देखने-परखने वाले काल-परीक्षक जो हैं! ऐसे में तो यह मुमकिन ही नहीं कि कोई भी समय, परिदृश्य अथवा गत-आगत, खोया-खियाया या खुलता-खिलता इतिहास-भूगोल उनसे छूट जाए। इसी अर्थ में तो वह और उनका यथार्थवाद विशिष्ट हैं—केवल उपस्थित तक ही सीमित-सिमटे नहीं, बल्कि विगत-आगत से लेकर अनागत तक के विराट् परिदृश्य-विस्तार तक सहज आवाजाही सम्भव बनाते हैं और सबको शब्दबद्ध कर अक्षर-रूप में सामने रूपायित कर देते हैं। प्रसाद की वाणी प्राण-स्रोतस्विनी बयार की तरह धड़कती-बहती रही, "मिट्टी के गुण-सूत्र आप आसानी से पहचान लीजिए न, कहाँ है इटली के मुसोलिनी और जर्मनी के हिटलर की भूमिकाओं में कोई व्यापक हित या आम कल्याण का दृष्टिकोण? फासिस्टवाद और नाजीवाद, दोनों में मगरमच्छ वाली नकली अश्रु-संवेदना है। उद्दाम बर्बरता कभी कोई मानवीय उपक्रम सम्भव कर ही नहीं सकती, यह सिर्फ धोखे अर्थात् दलदल व धँसान ही पैदा कर सकती है।"

उन्होंने विराम लिया तो जिज्जा ने अनुकूल माहौल देख मुँह खोला, "सच कहूँ तो मैं आज आपका सर्वथा नया रूप देख रहा हूँ। मैं तो अब तक आपको एक कट्टर देश-भक्त अवश्य मानता रहा किन्तु यह नहीं जान पाया था कि आप समूचे विश्व के फलक को लेकर भी ऐसे चिन्तन-मनन के लिए अवकाश निकाल पाते होंगे।"

प्रसाद मुस्कुराए, "जो अपनी माँ-बहनों को टूटकर प्यार कर सकेगा, वही दूसरी तमाम स्त्रियों का भी सम्मान कर सकता है, फिर आप यह क्यों भूल रहे हैं कि हमारे चिन्तन-संस्कार की नींव में 'वसुधैव कुटुम्बकम्' का संकल्प-मंत्र निहित है? हमारी चिन्ता-धारा में समूची मानव जाति और समतावाद सम्मिलित है। आपको मेरे दृष्टिकोण के बारे में यह तो अवश्य पता होगा कि व्यक्तिगत रूप से मैं आज के अपने नेताओं में बालगंगाधर तिलक का सर्वाधिक प्रशंसक हूँ किन्तु हाल के दिनों में मोहनदास करमचन्द गांधी मुझे एक ही कारण से पसन्द आ रहे हैं।"

जिज्ञासा से फैल गईं जिज्जा की आँखें। प्रसाद दूसरे ही क्षण आगे बोले, "वह यह कि इस शख्स ने राजनीति के अस्त-व्यस्त परिदृश्य पर खड़े होकर भी महान जीवन-मूल्यों को नवीकृत करने के प्रति जो भूमिका निभाने का कार्य शुरू किया है, वह अद्भुत है। उनके अभियानी प्रयासों में सत्य के प्रति जो नया आग्रह सामने आ रहा है, उससे तो मैं मुग्ध हूँ। उसी तरह समाज की मुख्य धारा से कटे हुए चिरउपेक्षित दमित वर्गों के प्रति उन्होंने जो उत्थानकारी प्रयास शुरू किये हैं, वे बेमिसाल है। इसीलिए तो हाल के दिनों में उन्हें लेकर विश्व भर में एक आम-स्वीकार्यता बढ़ी है। यह व्यक्ति लेनिन की तरह एक अन्तरराष्ट्रीय विश्वसनीयता अर्जित करता आगे बढ़ रहा है। मैं राष्ट्रीय परिदृश्य में वैचारिक तौर पर उनके साथ बहुत दूर तक तो स्वयं को नहीं खड़ा कर पा रहा किन्तु इस बात का कायल अवश्य हूँ कि इस शख्स को विश्व के अनेक देश अपने नेता के रूप में देख रहे हैं, यह हमारी मिट्टी के गुण-सूत्र की सर्वस्वीकार्यता ही तो है।"

प्रसाद अब चुप, किन्तु सिर के छोटे-छोटे खिचड़ी-खूँटीदार बालों पर फिरता उनका बायाँ हाथ बता रहा है कि उनका चिन्तन-चक्र अब भी तेज-तेज घूम रहा है। जिज्जा ने

विनम्रता से प्रश्न किया, "चीन में जापान की जो सख्त नीतियाँ चल रही हैं, उसे आप किस दृष्टि से देख रहे हैं? क्या यह भी मिट्टी के गुण-सूत्र सिद्धान्त का ही कमाल है?"

प्रसाद हँसे, "अब मेरी बात को तुम इस तरह मजाक न बनाओ। तब तो कोई यह भी प्रश्न उठा सकता है कि कृष्ण और कंस समान मिट्टी-मुल्क ही नहीं बल्कि आपस में भांजा-मामा भी थे, फिर क्यों एक कैसा वीर-महावीर, नीतिज्ञ-महानायक जबकि दूसरा कैसा अत्याचारी-दुष्ट-कायर और नीतिहीन खलनायक?"

जिज्जा को हँसी तो आई किन्तु उन्होंने स्वयं को संयत रखा। प्रसाद ने बात आगे बढ़ाई, "देखो, मैं यहाँ पर जापान की नीति को अपेक्षाकृत गलत नहीं मानता।"

"अच्छा! यानी आप जापान का समर्थन कर रहे हैं?"

"अरे, ऐसा कदापि नहीं। अपेक्षाकृत गलत नहीं मानना क्या सर्वथा सही मान लेने का पर्याय है?"

"तो?"

"तो क्या! तुम एशिया के भविष्य के बारे में सोचकर देखो, जब पूर्व और पश्चिम का महायुद्ध होगा तो उस समय एशिया की लड़ाई लड़ने वाला कौन होगा? नेपाल और भूटान की सीमाओं को चीरती हुई और पर्शियन गल्फ (ईरानी खाड़ी) से शत्रु की फौजें और जंगी बेड़े लड़ने आएँगे। वैसे आज अभी से हम यह नहीं कह सकेंगे कि वह शत्रु कौन हो सकता है किन्तु यह सम्भव है कि उस महायुद्ध में भूमध्य सागर और स्वेज नहर भी अँगरेजों के लिए बन्द हो जाए और एटलांटिक एवं पैसिफिक सागरों में विश्वव्यापी घमासान छिड़ जाए..." उनकी आँखों में जैसे पृथ्वी घूम रही है, गोल-गोल घूमती-नाचती किसी बच्ची की तरह। वाणी में बज रही है उसी के नन्हे पाँवों की थाप और पायल, एक साथ—रुन्-झुन्, रुन्-झुन्, रुन्-झुन्, रुन्-झुन्!

जिज्जा ने जैसे भूल से छूट गए किसी छोर को लपककर पकड़ लिया हो, "और ऐसे समय में अमेरिका? उसकी क्या भूमिका हो सकती है?"

प्रसाद क्षण भर में जैसे ऊर्जस्वित हो उठे, "और तो मेरी कोई धारणा चाहे भले गलत या असत्य हो जाए किन्तु अमेरिका के बारे में यह अंदेशा शायद ही असत्य साबित हो कि..." उनका मुखमंडल अभिव्यक्ति-दग्धता से भास्वर हो उठा। जिह्वा पर वाक्य क्षण भर के लिए जैसे छूटने से पहले तीर की तरह पीछे खिंचे। पल-भर का अन्तराल लेकर प्रसाद ने आँखें फैलाते हुए अपने दोनों हाथों को मुट्ठी में बदल लिया और जैसे हवा पर बलाघात करने लगे, "अमेरिका ऐन वक्त पर मानव जाति को धोखा देगा।"

जिज्जा को लगा कि बच्ची पृथ्वी ने अपने दोनों हाथ पंखों की तरह फैला दिये हैं और गोल-चक्करी नृत्य की गति अति तीव्र कर दी है। उसके पाँवों पर पायल तेज-तेज सिर पटके जा रही है। यह हाहाकार है या विद्रोह?

42

दालमंडी की धमनी यानी नारियल गली में खनकते कहकहे प्रवाहित हो रहे हैं। सुँघनी साहु का प्रतिष्ठान। प्रसाद की मंडली जमी है। कलकत्ते से आए और सब पर छा गए हैं

पांडेय बेचन शर्मा 'उग्र'। चौड़े मुँह का पाजामा। कुरते पर बेलदार वास्केट। बगलों से उठती बेला की भीनी सुगन्ध का झकोर। खूब अलमस्ती के साथ झूम-झूमकर बोलने का अंदाज। व्यास ने सहमते हुए सवाल किया, "बेचन भाई, 'मतवाला' में आजकल क्या चल रहा है, कुछ हम लोगों को भी बताइए? महादेव बाबू और मुंशी नवजादिकलाल श्रीवास्तव के क्या हाल हैं? मुंशी जी से आपका इन दिनों कैसा चल रहा है? आप दोनों की रस्साकशी जारी है या रस्सा अब तक टूट-दरक चुका है?"

"अरे भइया, हमसे अभी साहित्य-वाहित्य की बात न करे कोई। नो कलकत्ता, नो 'मतवाला'। नो मुंशी, नो महादेव, नो निराला।...कलकत्ते में ही मन समुद्र रहता है, काशी में आ जाता हूँ तो यह गंगा हो जाता है।" खूब डोलते-मचलते हुए वह जैसे झिझके, "मैं आज अभी किसी भी साहित्यकार से पहले यहाँ किसी ऐसे व्यक्ति से बात करना चाहूँगा जो विशुद्ध आदमी हो। न राजनीतिज्ञ, न साहित्यिक, न समाजसेवी, न आचार्य, न प्राचार्य—एकदम अक्षुण्ण मानव मात्र।"

शान्तिप्रिय द्विवेदी के यंत्रबद्ध चौकन्ना कानों में बात घुस गई। रहा नहीं गया। उन्होंने अपने बेचैन अंदाज में चिढ़ छलकाई, "तब तो आप नाहक ही यहाँ प्रसाद जी की अड़ी (अड्डे) पर आ गए। यह तो वैसे ही हुआ कि कोई व्यक्ति स्वेच्छया या बल्कि जबरिया किसी बारात में घुस जाए और फरमाए कि अब वह यहाँ अभी शान्त-चित्त होकर कुछ मनन-मंथन करना चाहता है। अरे भाई, आपको साहित्यकारों से परहेज करना है तो इस जगह आए ही क्यों?"

सभी हँसने लगे।

उग्र बोले, "अरे, भइये, ऐसा नहीं। मैं तो केवल यह जानना चाहता हूँ कि अगर यह कहा जाए कि एक मिनट में प्रसाद जी के इस अड्डे पर कोई एक विशुद्ध मनुष्य खोजना हो तो मिल सकता है कि नहीं?"

"अब आज तो यह यहाँ कतई सम्भव नहीं हो सकेगा। खुद भगवान भी चाह लें, शायद तब भी नहीं।" यह दृढ़ ऐलान किया चट्टान-से जमे गुरु-गम्भीर आचार्य रामचन्द्र शुक्ल ने।

"और दिन अगर ऐसा सम्भव होता रहा हो तो यह आज भला क्यों असम्भव होगा?"

"इसलिए कि आज यहाँ का माहौल अब कुछ ही मिनटों में पटरी से उतरने वाला है।"

"क्यों भला?"

"क्योंकि यहाँ उग्र नाम का एक विशिष्ट जन्तु आ गया है।" आचार्य शुक्ल की बिच्छूदार मूँछें तो थोड़ी-सी ही हिलीं किन्तु ठहाकों से पूरा माहौल पतंग की तरह तेज-तेज खिलने-उधियाने लगा।

प्रसाद अपनी जगह जमे मन्द-मन्द मुस्कुराते रहे।

सामने से आते मोहनलाल रस्तोगी को देख दास ने फिकरा कसा, "लो भैये उग्र, आ गए एक विशुद्ध मानव! एकदम साहित्य-मुक्त जीव हैं किन्तु बाबू साहब के पक्के संगतिया हैं।"

रस्तोगी सामने आ गए तो उग्र ने अपने दोनों हाथ जोड़ लिए, "भाई साहब, मैं उग्र हूँ और..."

रस्तोगी ने स्थान ग्रहण करते हुए बात को बीच में ही काट दिया, "मैंने तो सुना है कि बाबूसाहब छायावाद चलाते हैं, आप यहाँ अब कोई उग्रवाद चलाने आए हैं क्या?"

हँसी झरझराकर हरसिंगार की तरह बिछ गई।

उग्र ने अपनी बात फिर शुरू की, "मजाक नहीं, मैं कुछ पूछना चाहता हूँ।"

"तो पूछिए न, डरता कौन है?" रस्तोगी की इस औचक हाजिरजवाबी पर प्रसाद स्वयं चकित।

"मुझे यह तो पता चल चुका है कि आप प्रसाद जी के मित्र हैं। वैसे, आप करते क्या हैं?"

"सबको टोपी पहनाता हूँ।" रस्तोगी ऐन उग्र के पास जाकर पंक्तिबद्ध हुए।

फिर ठहाका।

प्रसाद ने आवश्यक हस्तक्षेप किया, "ऐ भाई, ये हमारे व्यक्तिगत अभिन्न मित्र हैं।"

"व्यक्तिगत मतलब?...और हम लोग क्या आपके अव्यक्तिगत मित्र हैं?" दास ने हँसकर सवाल खड़ा किया।

"जो साहित्य या राजनीति आदि क्षेत्रों के लोग हैं, वे आखिर किसी के व्यक्तिगत मित्र कहाँ रह पाते हैं? स्वभावत: और विवशतावश सार्वजनिक ही होकर दम लेते हैं।" प्रसाद बहुत महीनी से कह गए।

व्यास अचानक उतावले होने लगे। दास की ओर मुड़े और बीच में ही अपनी बात जोड़ दी, "आपका तो भैया, अकेले प्रसाद जी से काम चल कहाँ पाता है! मैथिलीशरण जी का प्रयोग तो आपको करना ही पड़ जाता है न! ऐसे में आप व्यक्तिगत मित्र कहाँ रहे?"

सभी सन्न। दास से जैसे गर्म लोहा छू गया हो! चेहरा पल भर में धीपकर लाल। खमखमा गए। स्वर आग जैसा, "क्या मतलब?"

व्यास के मुँह खोलने के पहले प्रसाद ने गतिपूर्वक हस्तक्षेप किया, "तो मैं अपने मित्र रस्तोगी जी के बारे में विशेषकर उग्र जी को एक यह जानकारी दे दूँ?"

दास शिथिल पड़ गए, जैसे मीलों दौड़कर आए हों! सीना भाथी की तरह चलता रहा। वह मुँह नीचे झुकाए स्वयं को सहज करने के प्रयास में जुट गए। सबका ध्यान उन्हीं पर मँडराने लगा। व्यास को काटो तो खून नहीं।

प्रसाद ने तपते तनाव पर अंकुश लगाने का उपक्रम जारी रखा, "तो वह यह कि रस्तोगी भाई सचमुच टोपी की तिजारत करते हैं। यहीं बगल में इनकी टोपी वाली दुकान भी है। नियम से मेरे पास रोज आकर घंटा-दो घंटा बिताते हैं, यानी बैठते हैं प्रतिदिन साहित्यकारों के पास, किन्तु साहित्य लिखने-पढ़ने से कोई दूर-दूर तक रिश्ता-नाता नहीं बनाया। वैसे जब सिर्फ हम दोनों साथ होते हैं तो अपने घर और शहर से शुरू कर जीवन के सभी पहलुओं पर देर तक बतियाते-पगुराते रहते हैं।"

"समझ गया, समझ गया," खास ढंग से सिर हिलाकर सबको हँसाते हुए उग्र ने आगे पूछा, "आप मुझे एक ही बात बता दीजिए कि आप प्रसाद जी के मित्र क्यों हैं?"

"शायद इसीलिए क्योंकि मैं एक साधारण आदमी हूँ—कोई साहित्यिक-वाहित्यिक नहीं।" सभी गौर से रस्तोगी को ताकने लगे। वह आगे बोले, "भई, मैं अगर साहित्यिक रहता तो यहाँ रोज बाऊस्साब के साथ एक बार मेरा भी मामला फँसता ही फँसता।"

उग्र ने प्रसाद की ओर से दृष्टि उठाई और फिराते हुए रस्तोगी पर लाकर टिका दी, "बाबूसाहब तो बाबूसाहब ही हैं। आपको मित्र चुनने के पीछे इन्हीं की दूरदृष्टि रही होगी। आज के समय में यदि ऐसा कोई मित्र मिल जाए जो केवल चुपचाप सुने ही सुने और सचमुच कुछ समझने की जुर्रत भी न करे, तो इससे बड़ा सौभाग्य भला दूसरा क्या हो सकता है?"

सभी हँसने लगे। उग्र मचल-मचल कर जैसे अभिनय कर रहे हों, "कलकत्ता की बात यह कि वह कलकत्ता तो है लेकिन महज कलकत्ता भर, बनारस तो कदापि नहीं। जैसे बनारस थोड़ा-सा कलकत्ता, थोड़ा-सा हैदराबाद, थोड़ा-सा नेपाल, थोड़ा-सा चंडीगढ़ आदि-आदि हो-होकर अन्ततः एक छोटा-सा हिन्दुस्तान है, यह विशेषता अन्य किसी नगर-महानगर में इस तरह कहाँ है! मैं तो कभी-कभी सोचता हूँ कि 'मतवाला' को नमस्कार कर दूँ और कलकत्ता छोड़कर बनारस ही आकर जम जाऊँ और अपना पुराना 'भूत' फिर जगा दूँ। इसके जितने भी दस-बारह अंक निकले थे, उनका बहुत स्वागत हुआ था। शुरू हो तो मेरे खयाल से इसका फिर वैसा ही स्वागत होगा।"

प्रसाद ने टोका, "आप सोचते-सोचते भटकें नहीं। आपको अभी जो मंच 'मतवाला' के रूप में मिला है, इससे स्वयं आपके रचनाकार को भी लाभ हुआ है और एक तरह से हिन्दी भाषा को भी। ऐसे में अकारण इस अनुकूल परिस्थिति को अलविदा कहने की भला क्या जरूरत?"

"बाबूसाहब, आप कह तो ठीक ही रहे हैं किन्तु असल में मेरी यह खोपड़ी ही कुछ टेढ़ी है न! इधर रॉयल्टी के कुछ रुपये आ गए हैं जो जेब में भूचाल मचाए हुए हैं। ऐसे में मेरा मन बार-बार अब यही कह रहा है कि चुनार में गंगातट पर काले पत्थरों का एक मकान बनवा ही डालूँ और उसका नाम रखूँ : 'श्मशान'। इसके बाद इसी 'श्मशान' से 'भूत' का पुन:प्रकाशन भी शुरू कर दूँ।"

सभी हँसने लगे। आचार्य शुक्ल की गुजगुजी आँखें फैलीं, "नये मकान 'श्मशान' से 'भूत' का पुन:प्रकाशन शुरू करने से पहले सम्पादक यानी आप स्वयं का नया नामकरण भी कर लें तो ज्यादा अच्छा रहेगा। आपके लिए एक यह नाम सबसे सटीक होगा।"

"बहुत अच्छा! सुझाएँ, कौन-सा नया नाम मेरे लिए है आपके पास?"

" 'पिशाच'!" आचार्य शुक्ल ने तपाक से कहा।

ठहाका भरे गगरे की तरह फूट पड़ा। हँसते-हँसते उग्र सबसे अधिक बेहाल।

ठंडई और पान-सुर्ती का एक और दौर पूरा होने को आया।

उग्र ने व्यास से कहा, "चलो, भैये, बाबा विश्वनाथ और माता अन्नपूर्णा के दर्शन तो कर लें! उसके बाद आज जमकर बूटी छानी जाएगी।"

शान्तिप्रिय द्विवेदी ने पूछा, "आप इन दिनों आस्तिक हैं क्या?"

"अन्न के बिना रह नहीं सकता इसलिए अन्नपूर्णा माता का दर्शन तो अनिवार्यता भी है और विवशता भी। और बाबा का दर्शन करने के लिए आस्तिक होने की भला क्या जरूरत?...अरे, मैं आखिर 'भूत' का भूतपूर्व सम्पादक व नया पिशाच जो हूँ, इसलिए भूतनाथ तो मेरे विभागाध्यक्ष ही हुए न? " फिर ठहाका।

आचार्य शुक्ल ने सहमति में तेज-तेज सिर हिलाया, "बिलकुल सही। बिलकुल सही कह रहे हैं आप। बाबा तो आपके ही विभागाध्यक्ष हैं लेकिन एक बात मेरी समझ में नहीं आ रही?"

सबने कुछ चटपटी सुनने की उम्मीद के साथ उनकी ओर ताका। उग्र भी स्वयं पर किसी सम्भावित हमले के प्रति सतर्क। बहुत मासूमियत से पूछा, "ऐसा क्या है भला जिसे आप जैसा ऐतिहासिक समझदार भी नहीं समझ पा रहा?"

आचार्य शुक्ल ने अपनी मन्द मकरंद शैली कायम रखी, "जब आप अपने रहने के लिए 'श्मशान' बनवाना चाहते हैं और वहीं से 'भूत' का पुन:प्रकाशन भी करने को इच्छुक हैं तो इसके लिए स्थान के रूप में चुनार के गंगातट का चयन करने की गलती क्यों कर रहे हैं?"

"मैं समझा नहीं? आप कहना क्या चाहते हैं?"

"अरे भाई, आपका यह 'श्मशान' तो यहीं मणिकर्णिका या हरिश्चन्द्र घाटों पर ही कहीं बनना चाहिए न!"

सभी हँसने लगे। उग्र झेंप गए। आचार्य शुक्ल का मुखमंडल अब सख्त हो गया। वाणी में ताप, "इस तरह के उल्टे-सीधे सोच-विचार दरअसल लोगों को चौंकाने की इच्छा-युक्ति के ही प्रतिफल हैं। इस तरह आप साहित्य में बहुत आहिस्ता-आहिस्ता एक ऐसा जहर मिला रहे हैं जो अभी तो मस्ती और मनोरंजन का मजेदार स्वाद दे रहा है किन्तु अगर दुर्भाग्य से आगामी पीढ़ियों द्वारा आपका लगातार अनुकरण-अपसंस्करण होता चला जाए तो अनर्थ हो जाएगा। हिन्दी साहित्य की पूरी दिशा-दशा ही उलट-पलट जाएगी। यहीं काशी के रामकटोरा में उधर बैठकर एक तरफ मुंशी प्रेमचन्द तो दूसरी तरफ इधर गोवर्द्धनसराय में विराजमान प्रसाद किस तरह साहित्य को गम्भीर अभिव्यक्ति और व्यापक लक्ष्यपूर्ण विमर्श के मंच-माध्यम का आकार देने में जुटे हैं, यह पूरा हिन्दी संसार समझ रहा है; किन्तु ऐसे सारे उपक्रम आपके ऐसे अगम्भीर कार्यों से अन्तत: मिट्टी में मिलकर रह जाएँगे। आपकी अगर चल गई तो पूरा साहित्य-क्षेत्र ही एक बारहमासा होलियाना इलाका होकर रह जाएगा, जहाँ भोंडे और अगम्भीर प्रलाप धुन्ध की तरह गहराकर मुख्य-धारा में छाये रहेंगे।"

सभी चुप। उग्र अप्रत्याशित ढंग से धैर्य धारण किये सिर झुकाए बैठे रहे। प्रसाद को उनका यह संयम-भाव राहत देनेवाला लगा। आचार्य शुक्ल आँखें मूँदकर चुपचाप बैठे स्वयं के शरीर को हल्के-हल्के प्रकम्पित करते रहे। इससे उनके मानसिक उद्वेग का संकेत। दास और व्यास मुँह बंद किये ही बीच-बीच में आपस में एक-दूसरे को देख-देख उपस्थित तनाव को लक्ष्य कर होंठ बिचकाते रहे।

आचार्य केशव प्रसाद मिश्र ने अपने स्नेहिल मधुर शब्दों से इस तनाव को खुरचा, "चलिए, ठीक है, रसोई में नमक की भी कोई कम भूमिका नहीं। बगैर इसके स्वाद कहाँ आ पाता है!...प्रेमचन्द हिन्दी के कथा साहित्य को यथार्थ की एक ऐसी जमीन दे रहे हैं जिस पर उगी रचना यदि हर आम व खास को झिंझोड़ेगी और समाज के प्रति सोचने को विवश करेगी, तो दूसरी ओर प्रसाद जन-जन में जातीय आत्मगौरव जगाते हुए चिन्तन-मनन का जो शिखर रच रहे हैं, इससे नये सिरे से एक जनजागरण खड़ा होगा और हिन्दी साहित्य को क्लासिकी की ऊँचाई भी उपलब्ध होना तय है। इस तरह हिन्दी

साहित्य के बड़े लक्ष्य कहीं से बाधित नहीं हो रहे और बड़े सधे ढंग से आकार ग्रहण कर रहे हैं। अब आप यह बताएँ कि साहित्य का एक काम तो पाठक को बीच-बीच में मनोरंजन भी देते चलना है, लेकिन क्या यह लक्ष्य किसी भी तरह प्रेमचन्द या प्रसाद के हाथों सध पाना सम्भव है? इसके लिए तो हमें एक उग्र चाहिए ही चाहिए न!...लेकिन हाँ, यहाँ हमेशा यह ध्यान दिये चलना आवश्यक होगा कि रसोई में नमक स्वादानुसार ही पड़े—चुटकी-आध चुटकी भर ही। ऐसा न हो कि यह पंसेरी के हिसाब से डलने लगे! ऐसा होने पर तो अनर्थ ही हो जाएगा। बहरहाल एकाध चुटकी तो सहनीय ही है।"

तनाव तरल हो चला। उग्र मुस्कुराने लगे। प्रसाद भी। आचार्य मिश्र अपनी बात को आगे बढ़ाते चले गए, "मैं तो कहूँगा कि जिस तरह उग्र की 'चन्द हसीनों के खतूत' और 'दिल्ली का दलाल' जैसी पुस्तकें धड़ाधड़ बिक रही हैं और इससे इन्हें रॉयल्टी के रूप में अच्छी-खासी आमदनी होने लगी है, हिन्दी में यह एक नई सम्भावना का पट खुलने जैसा अनुभव है। ऐसी प्रशंसनीय स्थिति सम्भव तो हुई।...अब बाकी लेखक भी अपना दारिद्र्य दूर करने के लिए एक-दो ऐसी किताबें लिखकर स्वयं को आजमा लें तो इसमें कोई हर्ज नहीं।"

सबके चेहरों पर मुस्कान आई-गई।

उग्र उठने लगे। प्रसाद ने टोका, "कहाँ? अभी कुछ देर और बैठिए मित्र!"

उग्र ने शातिर विनम्रता दर्शायी, "ज्ञान की भारी-भरकम खुराक ले ही ली है। अब जरा चल-टहलकर इसे पचाने का प्रयास भी तो होना चाहिए!"

आचार्य शुक्ल नहीं चूके, "हाँ, क्यों नहीं! इसे जितनी जल्दी हो, चल-टहलकर पचा डालिए और हो सके तो बाहर भी निकालकर हल्के हो लीजिए!"

फिर जोरदार ठहाका। थक्का-थक्का जमे मौन और गाम्भीर्य एक साथ जैसे भूसे की तरह उड़ने लगे! आचार्य शुक्ल आगे बोलते चले गए, "ठीक समझ रहे हैं। सचमुच बहुत परेशान करने वाली चीज है यह अभागा ज्ञान। इससे जितनी जल्दी मुक्ति मिल जाए, आप जैसे बिकाऊ पुस्तकों के प्रणेता के लिए निस्सन्देह यह उतना ही ज्यादा सुविधाजनक होगा और शुभ-लाभदायक भी..." हँसते-हँसते सभी दोहरे होने लगे।

"सृजन ही स्वयं में सम्पूर्ण सकारात्मकता की आश्वस्ति नहीं," प्रसाद ने जोर देकर कहा और रुक गए। सड़क पर ध्यान गया। सिनेमा हॉल के परिसर में खासा चहल-पहल। आवाजाही कर रहे लोगों की आँखों में चमकती हुई जिज्ञासा-पुलक।

दास ने चौंककर ताका, कुछ इस तरह, जैसे इस गम्भीर चर्चा के दौरान यह कोई मजाक तो नहीं दग गया है! प्रसाद ने दुगुनी गम्भीरता से अपनी बात को आगे बढ़ाया, "अब जैसे उदाहरण के लिए तुम्हीं स्वयं सोचकर देखो न! जो कारगीर मारकाट मचाने वाले असलहे या औजार बनाता है, एक सर्जक तो वह भी है।...लेकिन मौत के सामान के इस निर्माण-कार्य को क्या 'सकारात्मक कर्म' मानना चाहिए?"

दास ने सिर हिलाया, कुछ यों, जैसे अब जाकर यह पेच कुछ-कुछ समझ में आने लगा हो! वह आगे बोलते चले गए, "इसलिए कहता हूँ कि सृजन वही स्वागतेय है जो

जीवनधर्मी हो और संकल्पित महान उद्देश्यों के तहत सम्पन्न हुआ या हो रहा हो। उसी तरह युद्ध का हर विध्वंस चिन्ताजनक नहीं हो सकता। नये बीज डालने के पहले धरती को जोतना-कोड़ना होता है और हर छोटे-बड़े गैरउपयोगी घास-पौधे नोच डालने होते हैं। प्रलय की अनिवार्यता की अवधारणा सृष्टि के नवविन्यास की पूर्वपीठिका के रूप में निर्धारितप्राय है। प्रकृति वर्षा-ऋतु की सौगात देने से पहले धरती को चैत-वैशाख की धधकती दुपहरी के आवें में डाल देती है, भरपूर तपाती है। नई फसल के लिए बीज को कीचड़-मिट्टी में पड़ना-सड़ना और अपना अस्तित्व बलिदान करना पड़ता है।"

"विश्वयुद्ध का तुम समर्थन तो नहीं कर रहे?" दास ने हाथ उठाकर सिनेमा हॉल की ओर चलने का संकेत दिया। दोनों के कदम आगे की ओर बढ़ चले।

"यह विश्वयुद्ध का प्रसंग कहाँ से आ गया? यों भी अब तो यह समाप्त घोषित हो चुका है।"

"समाप्त तो हो गया किन्तु तुमने एक बात पर ध्यान दिया या नहीं?"

"क्या?"

"इसे प्रथम विश्वयुद्ध कहा गया, यानी विश्वयुद्धों की शृंखला का आरम्भ हो चुका है, अर्थात् अब आगे भी चाहे जब हों, क्रमशः द्वितीय और तृतीय आदि विश्वयुद्ध भी होंगे।"

"इसमें भला तुम्हें क्यों सन्देह होने लगा है? पश्चिम के नये ज्ञानी अपनी सीमा में बँधकर चाहे भले इसे ही प्रथम भयंकर युद्ध जान-समझ रहे हों, मानव जाति का समूचा अतीत ही एक से एक प्रलयंकारी युद्धों की रक्तरंजित समृतियों से अँटा पड़ा हुआ है...। वर्तमान में संसार का जितना बड़ा भूभाग नीले समुद्र से भरा हुआ है, अतीत का उससे बड़ा स्मृति-खंड रक्तसागर की गाढ़ी लालिमा में विलीन है। यह है एक लहूलुहान सच।"

दोनों मदन थियेटर परिसर की ओर बढ़ चले। दास ने सामने की ओर हाथ उठाया, "यह देखो, बनारस का अनोखा व्यवहार! विश्व जहाँ महायुद्ध के दर्द से कराह रहा है, वहीं यह नगर इस महापीड़ा की स्मृति को प्रथम सिने-थियेटर हॉल की स्थापना के साथ इतिहास में दर्ज कर रहा है।" प्रसाद मुस्कुराने लगे। दास आगे बोलते चले गए, "बनारस के सोचने का अंदाज ही भिन्न है। कभी तुलसी की संत-सोच शैली तो कभी कबीर का उलटबांसी अंदाज। कभी रैदास का मुक्त-मुग्ध समग्र मानस, तो कभी भारतेन्दु का परम्परा-भंजक नवान्वेषी प्रशस्त व्यग्र मन।"

प्रसाद ने जोड़ा, "दरअसल, यह नगर पात्रताओं का अद्भुत मूल्यांकन-कर्ता जो है! 'जनप्रियता पराक्रम' के दावेदारों की वीरता नहीं, कबीरता जाँचता है। चरणों की धमक नहीं, आचरणों की महक परखता है। इसके बाद तदनुसार सीमाएँ खींचकर बोलने की इजाजत देता है। बनारस उसी व्यक्ति की आलोचना-निंदा को छूट-स्वीकृति देता है जो अपना घर जारने का माद्दा रखे और बाजार में लुकाठी उठाए खड़ा दिखे।"

43

जयशंकर के झमक-झंकृत मन-प्राणों पर टापुर-टुपुर फुहारें अचानक टुपटुपाने लगीं। शीतल सुख-सिहरन। लगा कि अभी-अभी ऐसा कुछ अवश्य गतिमान हो उठा है जो

विरल आनन्द की सृष्टि कर रहा है। अथक, अबाध। चमकते कोमल धागों वाली एक ऐसी बारीक सूई चलने लगी है जिसकी हर छुअन चुभ-चुभ टाँकती-सिरजती चल रही है अनन्य सुखानुभूति। रोम-रोम में राग की आग और आलाप की ऊष्मा सींचती हुई। इस महीन सिलाई से स्पंदित अनुभूतियों के रंग-रस-गंध से भरे कई-कई बंध आकार ले रहे हैं। पुष्पबाण जैसा ठनकता हवा का धारदार उन्माद, धतूरे के फूलों जैसे हिल रहे घोड़े के कानों का अकुंठ प्रकम्पन, आँधी-सी भनभनाती बग्घी की लय-तालबद्ध चाल-छंद, बगल में बैठी श्यामा के काव्य-खंचित नेत्रों का मौन-मथित वसंत-राग और मन में मचा गरज-चमक वाला टटका झमाझम सावन—सभी जैसे एकसार सिलते और आत्मा-पृष्ठ पर मखमल-से बिछते चले जा रहे हों! सामने क्रमशः बड़ा होता हुआ खिसकता निकट आता सारनाथ का गगनमग्न बौद्ध स्तम्भ। इसके समानान्तर मन में उमगती तरंगित ऐसी ही ऊँचाई। उन्होंने जरा-सा मुड़कर देखा, श्यामा का गोल मुखमंडल भाव-भासित। पतले होंठों पर टकराते तृप्ति व प्यास के दोनों रंग। आँखों के पास हिलते घुँघराले बाल। कड़क पुरुष पोशाक में भड़कता कोमल स्त्री-लावण्य। जैसे लपलपाती लपटों पर जल-बूँदों की फफाहट! सारथि बना बैठा चेखुरा गति-नियंत्रण में जुट गया तो मन की रफ्तार अकस्मात् बेकाबू हो उठी। मन के वन में बवंडर। फिर वही द्वंद्व! बला की इस सुन्दरी का इस तरह जीवन में घुलते-मिलते जाना कहाँ तक उचित है? इसके प्रति भाभीश्री का अनन्त क्रोध। घर में रोज की किचकिच। क्या करें, कैसे करें? मन को मारें या परिस्थितियों को पराजित करने में जुटें? फिर बाला पर दृष्टि चली गई, पल भर में मन से लेकर आत्मा तक बिछ जानेवाली झंकार। कहीं ऐसा न हो कि इस सुन्दरी के चलते घर में लगातार असुन्दर स्थितियाँ ही बनती चलें! विलोम का घात तो निसर्ग का विसर्ग है। शोर के पीछे ही आँखें काढ़े बैठी रहती है चुप्पी। प्रकाश की पीठ पर अखंड अक्खड़ अंधकार। सुख के पार्श्व तल से सटा जो बैठा होता है घात लगाए, वह दुर्भावनाग्रस्त दुख ही तो है।

स्मृति क्षितिज जगमगाया। सौन्दर्य की वह अपूर्व पातालतोड़-गगनभेदी कौंध। तब कहाँ थी उसके आस-पास कोई असुन्दर छाया-प्रच्छाया? कितना अकृत्रिम-अकुंठ था वह प्रेमोन्मेष! कौंध गई वह शाम, बल्कि श्यामा संध्या।

"ऐ बाबूऽ, तन्नी गेटवा खोल्लाऽ!" खनकती खिलखिलाहटों के बीच शब्द बजे थे घुँघरुओं की तरह। सबने चौंककर ताका। व्यग्र जिज्ञासा, घंटाध्वनि की अनुगूँज जैसी। शिवाले की हरियाली सजावट के काम में जुटे किशोरों-युवकों की आँखें भी चमक उठीं। नीचे वाले तो संयमित रहे किन्तु बाँस की सीढ़ी के सहारे दीवार पर टँगा युवक इतना उग्र जिज्ञासु हो उठा कि उसके हाथ से झंडियों वाली रस्सी छूट गई, इसका उसे जरा भी पता नहीं चल सका। लाल, पीले, हरे और नीले कागज की तिकोनी झंडियों की लरजती कतार हवा पर तैरती नीचे उतरने लगी। वह वहीं से सिर पीछे की ओर मोड़कर गेट की ओर ताकता रहा। भाभीश्री के औचक निरीक्षण के बाद घंटा भर से छाई उदासी और मुर्दनी पल भर में हवा। रुनझुनी धवल हँसी हवा पर झरती रही, धुनी हुई बर्फ के फाहों की तरह। गेट से फिर वही मधुर पुकार! जगमोहन (शिवाले की बारादरी) से उतरकर शामियाने की ओर आते जयशंकर प्रसाद ने मुस्कुराकर चेखुरा को संकेत दिया

तो वह दौड़कर गेट की ओर भागा। फुरफुराते-फुटफुटाते मित्रों के बीच बैठे व्यास हँसे, "लग रहा है, रजवंती की वसंती सेना आ गई है!"

ठहाका। केशव प्रसाद मिश्र ने चुटकी ली, "मजे की बात तो यह कि वसंती सेना के इस आक्रमण से पहले ही प्रसाद जी की वासंती योजना चारों खाने चित हो चुकी है।"

रामचन्द्र शुक्ल और रायकृष्ण दास ने एक साथ कुछ यों ताका कि प्रसाद संकोच से भर उठे। मिश्र मुखातिब हुए व्यास की ओर, "भाभीश्री का सन्देह यदि आप पर है, तो यह पूरी तरह निराधार तो होगा नहीं। मुझे भी लग रहा है, आप ही प्रसाद जी को बिगाड़ रहे हैं। नाच-गाने का रसिक बनाकर छोड़ दिया है।" व्यास कसमसाते रहे किन्तु उनकी वक्रोक्ति जारी रही, "तभी तो इस बार 'वसन्तोत्सव' पर उन्होंने आप पर ही निगरानी रखी और ऐन मौके पर आकर बरज दिया कि शिवाले में पूजा-पाठ तो होगा लेकिन शामियाने में नाच-गाने का कार्यक्रम नहीं। लेकिन, चलिए, गनीमत यही कि उन्होंने नाच तो रुकवाया लेकिन आप लोगों के कष्ट को भी एकदम अनदेखा नहीं कर दिया, गौनहारिनों वाला यह बढ़िया वैकल्पिक प्रबंध भी दे ही दिया। आनन्द का झोंका आँगन से उड़कर बाहर ही तो आएगा!...लेकिन पंडित व्यास, प्रसाद जी को बिगाड़ने वालों में आप चिह्नित हो चुके।"

व्यास झुँझलाए, "प्रसाद जी सखा-मित्र आप लोगों के होंगे, मेरे तो साक्षात् गुरु हैं।"

मिश्र ने बारी-बारी से शुक्ल व प्रसाद की ओर देखा और व्यास की ओर मुड़ गए, "ऐसा नहीं है पंडित व्यास! सफल गुरु तो वही होगा जो कुशल घंटाल हो।" शुक्ल भीतर से छिलकर रह गए। दर्द मन में ही उमड़ता-मँडराता रहा। इसके महीन संकेत चेहरे पर ऐंठती रेखाओं में उभरे बगैर नहीं रह सके। उन्होंने अपनी बात जारी रखी, "प्रसाद जी कवि तो पुरजोर हैं किन्तु दूसरे मामले में निस्सन्देह थोड़े कमजोर। दरअसल इनके कठोर चट्टानी सीने के भीतर कविता का मीठा अजस्र स्रोत जो जीवित है, इसीलिए यह सखा तो पक्के हैं और मजे की बात यह कि यह सबके सखा हैं। जो जीव-जन्तु इनकी ही जड़ खोदने में जुटे हुए हैं, उनके प्रति भी वैसे ही सदय और उदार। इस बात का साक्षी तो मैं स्वयं हूँ।"

शुक्ल बैठे-बैठे पृथ्वी की तरह डोले, "सबके सखा यानी सनातन सखा। तब तो यह भी मान लेना चाहिए कि प्रसाद जी सचमुच ऋतुराज के भी सखा ही होंगे, यानी वसन्त-सखा?"

व्यास मुँह ताकते रहे। मिश्र ने जोर से ठहाका लगाया। प्रसाद बगलें झाँकने लगे। शुक्ल ने मिश्र की ओर गम्भीर दृष्टि उठाई, "क्यों भई केशव जी, मैंने अपनी ओर से कोई आरोप नहीं लगाया, आपके दावे से ही निकलने वाली बात सरल रूप में सामने रख दी है।"

मिश्र ने चुटकी ली, "लगता है, व्यास जी ने बात सुनी नहीं, अन्यथा गुरु की बात पर..."

व्यास ने हाथ जोड़ लिये, "सब समझ रहा हूँ भई! वसन्त-सखा यानी कामदेव।... जब टिप्पणी करने और इसका निशाना बनने वाले, दोनों ही अभिभावक-श्रेणी के हों तो ऐसे में बीच में मेरे बोलने की गुंजाइश कहाँ बनती है?"

शुक्ल यों मुस्कुराए गोया बतकुच्चन को ही निगल गए हों, "चलिए, हुआ।...इस बार यह रंग भी देखा जाए कि गौनहारिनों के कंठ से ऋतुराज का कैसा अभिसार होता है!"

44

सामने आकर रुक गई है गौनहारिनों की टोली। खुसुर-फुसुर, खुसुर-फुसुर और रह-रहकर मीठी-मधुर मुस्कुराहटें-खिलखिलाहटें। रुनझुन-रुनझुन हँसी। वे आठ हैं। घर-आँगन की स्त्रियों जैसी ही। साधारण किन्तु साफ-सुथरे कपड़े। धीरता-गम्भीरता और सलज्जता। सम्पूर्ण गरिमामयी उपस्थिति। एक के कंधे से लटक रहा था हारमोनियम और दूसरी के गले में ढोलक। व्यास खड़े हो गए और जल्दी-जल्दी हाथ से उधर जाने का संकेत करने लगे, "यहाँ नहीं, तुम लोग यहाँ मत रुको।...बवाल मत करवाओ। जाओ, उधर, सीधे आँगन में।"

सबसे आगे है रजवंती। तीखे नैन-नक्श, स्वर में धातुई खनक। आवेग से भर एक डग आगे आ गई, "काहे सीधे आँगने में चले जाएँ? सुँघनी साव के यहाँ आए हैं तो बाबू साहब को बिना सलाम बजाए आगे कैसे बढ़ जाएँ?"

व्यास झेंप गए।

रजवंती ने हाथ जोड़ लिए। उसके पीछे से सबने एक साथ कहा, "नमस्ते!" जैसे, टोकरी भर पायलें एक साथ छमकी हों—छम्म्! प्रसाद ने हाथ जोड़कर विनम्रता से सिर झुका लिया। रजवंती पीछे मुड़ी और श्यामा का हाथ पकड़ सामने खींच लिया, "बाबू साहब, आपको इसका परिचय दे दें। यह हमारी नई सदस्या है। पढ़ी-लिखी है, कविता करती है। कंठ कोयलिया का पाया है।"

प्रसाद ने नजरें उठाईं। सामने श्यामा। तन्वंगी कच्ची काया, जैसे गम्भीर नील विस्तार से उछलकर हवा पर ठिठकी हुई हो कोई चंचल फेनिल लहर! तृप्त-तरल भावों से भरी व विरल काव्य से अंजित बड़ी-बड़ी बोलती-सी सरल-सान्द्र आँखें। दृष्टि में आनन्द-वृष्टि का मृदुल गीत और सृष्टि का सृजन-संगीत। अथाह मन को समेट-बाँध लेनेवाले रेशमी जाल जैसे बाल। साँवलेपन पर चमकती सलोनेपन की धार।

शुक्ल और मिश्र चुप। व्यास के तेवर चढ़ गए, "क्या कहा?...यह नई है? तुम यह सफेद झूठ ही नहीं बोल रहीं? अभी उसी दिन तो देखा था इसे। मानमन्दिर के पास तुम इसे लेकर मेरे घर नहीं आई थीं? मेरी दादी ने इसे ही तो सराहते हुए गले लगा लिया था।"

रजवंती ने दोनों हाथ हवा में लहराए। मुक्का बाँध उलटकर अपनी कमर पर कुछ यों रख लिया गोया अब जमकर वाग्युद्ध करने वाली हो, "हम झूठ काहे बोलेंगे? यह नई तो है ही, यहाँ पहला कदम रख रही है। आपके घर पाँव रख देने से ही कोई पुराना हो गया क्या?"

"खैर, तुम लोग अब यहाँ से भागो। जाओ, भीतर जाओ।" व्यास ने सिर झटकारा।

प्रसाद और श्यामा की दृष्टियाँ युग्मद्ध! आँखें चार, किन्तु दृष्टि जैसे एकसार। तरल प्रकाश-तरंगों का जैसे वेगवान प्रवाह। भाव-संवाद, समवेत-सघन। जैसे, यहाँ से वहाँ तक तनी मलमल की कोई पट्टी हवा के होंठों पर लिख रही हो चमकती हुई गुनगुनाहट!

रजवंती ने जल्दी से श्यामा को सामने से खींच पीछे की ओर धकेल दिया। वह झटका खाकर गिरते-गिरते सँभली किन्तु दृष्टि-प्रवाह जरा भी बाधित नहीं। सभी हक्का-बक्का। खिलखिलाहटें चाँदनी-सी गुम। रजवंती की आँखों में चिनगारी। उसने श्यामा को केहुनी से धक्का मार फिर पीछे धकेल दिया। दृष्टि-प्रवाह चरमराकर टूट गया। वह लड़खड़ाई। पीड़ा का अहसास हवा पर भी उतर आया। आँगन की ओर बढ़ते हुए नीलोफर और शान्ता ने अगल-बगल से उसके हाथ पकड़ लिये। चुप्पी गूँज उठी।

45

आँगन में गवनई की मधुर-मृदुल धारा बह चली। कण-कण राग-रंजित, क्षण-क्षण ताल-तरंगित। रजवंती की मंडली की धूम। बलाघात की पीड़ा की कोख से ही तो जनमती हैं राग-रागिनियाँ, नाद-ध्वनियाँ और अनादि सरगम से अनन्त संगीत-रचनाएँ, यानी संगीत का समग्र संसार! एक बलाघात श्यामा के मन पर भी स्थिरप्राय हो गया है जिसने इस किशोरी प्रतिभा को अग्निकन्या में तब्दील कर दिया। कंठ से लेकर पाँवों और अनोखे स्वर-आलाप से कठिन पग-थिरकन तक, एक अद्भुत अग्नि-आवेग-प्रवाह। साथी गौनहारिनें मन-ही-मन चकित-चकाचौंध। आँगन में सबके आकर्षण का केन्द्र बन गई श्यामा। उसकी सक्रियता चुलबुली हो उठी और प्रतिभा पुलकित। सभी मुरीद। रजत जल-प्रवाह जैसा प्रच्छन्न आलाप और नृत्य की दृश्य-धर्मा नई-नई शैली-भंगिमाएँ। नृत्य-क्रम में उसके मुख से जो भी शब्द उच्चरित हो रहा, उसका पल भर में वह ऐसा भाव-संकेत रचकर प्रस्तुत कर दे रही कि अनुभूति एकदम प्रखर-प्रकट। 'फूल' बोलते ही स्वयं खिल जा रही। 'मोरनी' कहते ही फुदकती हुई दृश्यमान। 'गंगा' उच्चारण के साथ आपादमस्तक धवल पावनता। 'गुलाब' शब्द पर आँखों में पंखुड़ियों की तरह कोमल स्पंदन। 'गेंदा' बोलते ही गाल गोल-हप्प। नायिका-कथन के आलाप के समय वह कोमल-कमनीय होकर आँखें नचाती और नायक-कथन पर दृढ़ता से भरकर प्रस्तुत। आस-पड़ोस से पहुँची महिलाओं से लेकर गृह-स्वामिनी लखरानी और विंध्यवासिनी तक सभी उस पर प्रसन्न।

गायन का पहला दौर पूरा होते ही लखरानी ने उसे पास बुलाया। वह अचकचाई-सी ताकने लगी। सकुचाती हुई निकट आ गई। उन्होंने अपने गले से सोने का हार निकाला और उसे पहना दिया, "यह ले मेरी ओर से एक छोटी-सी भेंट!...मान गई!...तूं तो सचमुच बहुत अच्छा गाती है रे! शाबाश! तेरे कंठ में तो माता सरस्वती का वास है—एकदम साक्षात्!"

विन्ध्यवासिनी ने उसके सिर पर हाथ रख दिया, "तूने तो मेरे आँगन में राग-गंगा ही उतारकर रख दी है! घर-आँगन का कोना-कोना सिंचित हो उठा है।"

46

"क्यों री श्यामा, आखिर तूने तो अपना काम कर दिखाया!" नीलोफर ने भौंहें उचकाईं, "पहली ही बार में सीधे बाघ मार गिराया!"

श्यामा चौंक गई, "ऐंऽ...! क्या?"

"अब अनजान भी बनने लगी? वाह, क्या अदा!...बहुत खूब!"

"तू कहना क्या चाह रही है, साफ-साफ बोल न!" श्यामा तो सकुचाई सिकुड़ती रही, बगल में बैठी कुन्ती ने बालों में कंघी फेरते हुए आँखें गड़ाईं।

"सबने तो एक साथ खुली आँखों साफ-साफ देखा है...ऐसे में अब फिर और क्या कहना-दुहराना!" नीलोफर की आँखें घिरनी की तरह घूमती रहीं। मुस्कान की लाली में सूखी मिरची की झाँस।

धीरे से आकर शबाना, सजनी और शान्ता भी पास बैठ गईं। श्यामा के मुख पर मौन और संकोच आपस में गुत्थमगुत्था होते रहे। कुन्ती को जिज्ञासा के आवेग ने खिन्न बनाना शुरू कर दिया। आवाज तीखी हो गई, "क्या बकवास किये जा रही हो! जो कहना चाहती हो, उसे एक बार में उगल दो न!"

"मैं तो उगल ही दूँगी, लेकिन इसने तो एक ही झटके में पूरा हिमालय ही निगल लिया है! बाबू साहब जैसे रईस पर अपना जादुई बाण चला दिया!"

कुन्ती को जैसे बिच्छू छू गया हो, "इसने क्या कर दिया?...और कहाँ कुछ हुआ? अरे नये व्यक्ति पर सबको जिज्ञासा होती है, बाबूसाहब को ऐसा ही कुछ महसूस हुआ और उन्होंने चौंककर एक नजर डाल दी, बस! इसके अलावा कहाँ कुछ हुआ?...और इसमें भला इसने कहाँ कुछ किया?"

श्यामा की झुकी नजरें गड़ती चली गईं। खिलखिलाती पहुँचीं संध्या, मीना और रेखा ने पास आते ही मौन ओढ़ लिया। तीनों चुपचाप बैठ गईं। थोड़ी दूरी बनाकर। नीलोफर की भौंहें धनुष-सी खिंचीं और मुँह से पुष्प-पंक्ति छूटी :

यह बागबानी अलग है, फूल कुछ अलग, गमला कुछ अलग,
जंगल है सुहाना-सा, शिकार कुछ अलग, हमला कुछ अलग।

पास बैठी लड़कियाँ एक साथ किल्लोल करती खिलखिला उठीं। कुन्ती सूखे लत्ते की तरह लहक उठी। श्यामा के मुखमंडल पर बारीक मुस्कान हल्के खिली-हिली। नीलोफर ने एक दृष्टि श्यामा पर डाली और तुरन्त दूसरी नजर कुन्ती पर :

बीमार तो है खासा खुशगवार,
पर इतना गमगीन क्यों तीमार?

कुन्ती ने श्यामा पर एक दृष्टि डाली और झटके से नीलोफर की ओर मुखातिब, "क्योंकि तीमार को बीमार का मिजाज भी पता है और बीमारी की हद भी, और तेरी जैसी फब्तीबाज का ईमान भी और तमाशबीनी ख्वाहिश भी।"

सभी खुलकर ठठा पड़ीं। कुन्ती का तनाव अपनी ही मुक्तधार हँसी से धुल-पुँछ गया। कमरे का कोना-कोना खनखना उठा। हवा पर हँसी कपास की तरह उड़ने लगी। बाहर से दौड़ती पहुँची रजवंती। अधखुली मुस्कान के साथ अचकचाकर पूछा, "किस बात पर उठी हँसी की यह लहर? किस बात पर?"

रह-रहकर सबकी दृष्टि नीलोफर की ओर उठ रही थी। श्यामा की नजरें गड़ी रहीं। नीलोफर सीधी होकर बैठ गई, "कुछ नहीं। यहाँ यों ही हँसी-मजाक चल रहा है।"

"यों ही? क्या यों ही में ऐसी छत उड़ा देनेवाली हँसी उठ रही है? इसका मतलब... ओऽ, तुम लोग आपस में किसी का मजाक तो नहीं उड़ा रहीं?"

कोई कुछ कहता, इससे पहले श्यामा की भावुकता पिघल गई। रुदन तीव्र और करुण। सभी चुप और किंकर्तव्यविमूढ़। रजवंती की आँखें लाल। शब्द धीपे हुए, "तो तुम लोगों ने इसे सताना शुरू कर दिया? रंग दिखाने लगीं? यह नई है, इसलिए न इसे परेशान कर रही हो!"

कुन्ती को जैसे मनचाहा अवसर मिल गया हो, "दीदी, नीलोफर इसे बाबू साहब से जोड़कर दिल्लगी कर रही थी, इसी से यह।"

"बाबू साहब से जोड़कर? मतलब?" उसने दिमाग पर जोर दिया।

"अरे, कल जो उन्होंने एक नजर इस पर नहीं डाली थी?"

"तो? इसमें क्या?"

"उसी को लेकर नीलोफर कह रही है कि इसने बाबूसाहब पर अपना जादू चला दिया है।" कुन्ती ने घूमकर नीलोफर की ओर देखा, "बोलो, बोलो, दीदी को बता दो वह बात।"

"हाँ, इसमें क्या! मैंने तो कहा ही है ऐसा, यह सही है। सबको तो पता चल गया है कि यह जो श्यामा है, बनती तो बहुत सीधी है लेकिन एक नजर में कल बाबूसाहब को ऐसा चित किया कि..." नीलोफर ने साफ शब्दों में यों कह डाला जिसकी किसी को उम्मीद न थी।

"अगर ऐसा है भी तो इसमें भला गलत क्या है? मैंने तो पहले से कह रखा है कि मेरा यह आँगन समाज से बगावत ठाने बैठी कुँवारियों का विलाप-स्थल नहीं है। यहाँ बेशक तभी तक रहो जब तक तुम्हें संरक्षण की सचमुच आवश्यकता हो। जैसे ही किसी को अच्छा घर-वर मिल जाए, मुझे बता दे, मैं बाजे-गाजे के साथ कायदे से बेटी की तरह डोली में बिठाकर विदा कर दूँगी..." रजवंती की वाणी धीरे-धीरे ठंडी होने लगी।

"लेकिन बाबूसाहब तो कभी विदा कराने वालों में शामिल नहीं हो सकते। वह बड़े रईस हैं और पहले से घर-गृहस्थी वाले भी।" नीलोफर की आँखों का नीलापन उग्र हो उठा, "रईस लोग ऐरे-गैरों का इस्तेमाल भर करते हैं, गले कभी नहीं लगाते। मन भर इस्तेमाल के बाद मौका देख ऐसा घुमाकर फेंकते हैं कि मीलों दूर गिरने के अलावा दूसरा कोई विकल्प नहीं बचता।"

"बाबूसाहब कौन हैं, कैसे हैं, यह सब मैं अधिक जानती हूँ या तुम?" रजवंती बिफर उठी, "तू ज्यादा दिमाग दौड़ाएगी? बहुत दिमाग हो गया है तेरे पास? मैं बताऊँ तुझे!"

शान्ता आगे आई, "दीदी, मैं नीलोफर की ओर से माफी माँगती हूँ। असल में वह जो कुछ कह रही है, यह उसकी अकेले की नहीं, हम जैसी ढेरों लड़कियों की धुँधुवाती भावनाएँ हैं। जिन्हें समय-समय पर इसी समाज ने विश्वासघात के साथ बेरहमी से दागा है, उनका दर्द तो कभी-कभी जुबान पर आ ही सकता है। उसने सुँघनी साव पर नहीं, रईसों के रवैयों पर उँगली उठाई है।"

रजवंती को उसकी बात ने किसी हद तक प्रभावित किया, यह उसकी तेजी से बदली मुख-मुद्रा से व्यक्त हुआ। चढ़ी हुई त्योरी सीधी हुई किन्तु दूसरे ही पल इस पर

चिन्ता की लकीरें चढ़ गईं। नीलोफर ने शान्ता की ओर कृतज्ञता से भरी दृष्टि उठाई। उत्तर में वह कुछ यों मुस्कुराई जिसमें पारस्परिकता के अहसास रेंगते दिखे। रजवंती के बोल-व्यवहार नम्र हो गए, "चलो, वह तो ठीक है। बेशक, समाज में आज ऐसा होने लगा है कि बड़े-बड़े रईस भी छोटी-छोटी हरकतें करने लगे हैं, लेकिन इसका मतलब यह नहीं कि कोई ऐसा रईस बचा ही नहीं है जिसे सही कहा जाए। सुँघनी साव के रूप में हम लोगों ने आज जिन्हें देखा है, वह कोई साधारण व्यक्ति नहीं बल्कि ऐसे शख्स हैं जिनका धंधा तो जरूर है सुर्ती-सुँघनी का, किन्तु नशा है ज्ञान का। जब देखो तब वह कभी कागज-कलम तो कभी वेद-पुराण पकड़े कुछ न कुछ गम्भीर सोचते-विचारते ही मिलते हैं। सुना है, वह कवि-लेखक हैं। उनकी अच्छी-अच्छी किताबें छपती हैं जिन्हें बड़े-बड़े विद्वान सराहते हैं। आज तक कभी कोई हल्की बात मैंने उनके मुँह से नहीं सुनी—कभी नहीं।"

श्यामा गौर से सुनती रही। रजवंती ने अपनी बातें जारी रखीं, "सच्ची बात तो यही कि अन्ततः आदमी की सीमाएँ हैं। जैसे कोई कैसा भी सिद्ध पुरुष हो, उसका शरीर भी गंदगी ही निकालता है, वैसे ही हर व्यक्ति समाज में व्याप्त किसी-न-किसी बुराई से कमोबेश ग्रस्त ही मिलेगा। समाज में आज यही चलन है कि जिसके पास ताकत है, हैसियत है, वह प्रकट तौर पर एकाधिक रक्षिताएँ रख लेता है। इसमें उसके परिवार को भी अधिक आपत्ति नहीं होती क्योंकि एक तो यह समाज में अपना रुतबा जताने का एक खास जरिया बन गया है। दूसरे, सुहागनें अपने रईस पति की प्रसन्नता में ही अपनी खुशी समझती हैं, और ऐसे मामलों में बाधा न बनने को ही अपने लिए श्रेयस्कर मानती हैं। पहले तो मुगल बादशाहों के हरम बेगमों से भरे होते थे, ऐसे में यदि यहाँ की किसी लड़की ने सुँघनी साव जैसे किसी रईस को मोह लिया हो तो यह कोई अपराध नहीं हो गया। लड़की खुद समझदार है, उसका मन भर रहा हो तो मुझे कोई दिक्कत नहीं।"

47

"रजवंती दीदी जरा देर के लिए भी हटती हैं तो घर भाँय-भाँय करने लगता है।" आँखें नचाती नीलोफर अधभीगी साड़ी लपेटे भीतर आई, "किधर निकली हैं, कब लौटेंगी?"

चूड़ियाँ खनकातीं कुन्ती और शान्ता खड़ी-खड़ी भीगे बालों में कंघी फेरती रहीं और उसे आते हुए आईने में ही देख लिया। दोनों मुस्कुराईं। नीलोफर भी कंघी लेकर निकट आ गई, "तूं दोनों ऐसे क्यों मुस्कुरा रही हो, क्या हुआ?"

"'ऐसे' मतलब? कैसे मुस्कुराना चाहिए भला?"

चोटी गूँथती पहुँची नीलोफर ऐंठी, "मैं दीदी के बारे में पूछ रही हूँ और तुम सभी मजाक पर मजाक किये जा रही हो!"

"मजाक पर मजाक? किसने मजाक किया अभी यहाँ?"

"ऐसे मुस्कुराना मजाक नहीं तो और क्या है?"

"अच्छा, तो आज तुमने मजाक की नई नस्ल खोज निकाली! मुस्कुराना मजाक है?"

"खैर, यह मजा है या मजाक, इससे मतलब नहीं। यह तो बता, दीदी कहाँ गईं?"

वह मुँह खोलती, इससे पहले श्यामा धब्ब-धब्ब दौड़ी हुई घबराई-सी भीतर आ गई, "मुझे बचा लीजिए...वो लोग आ गए हैं...मेरे घरवाले! मैं यदि उनके हाथ लग गई तो वह मुझे मार डालेंगे...आप लोग बचा लीजिए मुझे!...मुझे इन खतरनाक इरादे वालों से बचा लीजिए!"

नीलोफर तुरन्त आँगन की ओर दौड़ी। पीछे-पीछे कुंती और शान्ता भी। दरवाजा छेंके खड़ी शबाना ने मोर्चा ले रखा था। वे तीन थे। लम्बे-लम्बे और चढ़ी हुई आँखों वाले। आवाज में घनचोट-सी। बार-बार एक ही रट, पता चला है, श्यामा यहीं है, एक बार मिला दीजिए।"

शबाना बार-बार इनकार करती रही। दृढ़ता और सख्ती से, "इहाँ श्यामा नाम की कोई लड़की या महिला है ही नहीं। आप लोगों को किसी ने गुमराह किया है।"

पास ही खड़ी कुंती ने जोड़ा, "यहाँ से आप लोग लौटिए। यहाँ आप लोगों का रुकना उचित नहीं। कुछ पुलिस वालों के यहाँ आने का पहले से कार्यक्रम तय है।"

पुलिस का नाम सुनते ही तीनों हवा हो गए। दरवाजा बंद कर शबाना दोनों को साथ लिये हुए भीतर आ गई। सभी भयाक्रान्त। बेचैन। फुदुर-फुदुर डभकती खामोशी।

रजवंती आई। गाढ़ी चुप्पी टूटी, "कौन आया था? तुम लोगों ने मिलकर पीटा नहीं?"

शबाना ने पूरा विवरण दिया तो वह संतुष्ट। पुलिस वाला जुमला बेधड़क कह डालने का जिक्र आते ही सभी हँसने लगीं। सबने कुन्ती को प्रशंसा की दृष्टि से देखा।

बात ही बात में रजवंती के तेवर ढीले पड़े, "अब मेरा विचार यह हो रहा है कि श्यामा को लेकर अधिक खतरा मोल लेना ठीक नहीं। क्यों न उसे बाबूसाहब के परिसर में रहने की जगह दिला दी जाए?"

"वहाँ श्यामा सुरक्षित भी रहेगी और सुगंधित भी।" सभी हँसने लगीं। 'सुगंधित' की व्यंजना घंटाध्वनि की अनुगूँज-सी मन के अंतरतम तक उतरती चली गई।

48

भवन के सामने विस्तीर्ण कच्चे चबूतरे पर सुबुक बँगलिया। चारों ओर उमगती हरियाली में हँसते-मुस्कुराते फूल। बीच में यह छोटा-सा बैठकनुमा कक्ष। इसी में श्यामा को वास मिला। तय हुआ था कि वह यहाँ रहते हुए फिर किसी बाहरी संगीत कार्यक्रम में हिस्सा नहीं लेगी। वह सुबह-शाम परिसर के शिवाले में भजन गाती और दिन भर अन्त:पुर में मालकिन विन्ध्यवासिनी देवी की सेवा-टहल में रहती। उन्हें भी कोई ईर्ष्या-द्वेष या डाह नहीं, उसे छोटी बहन का स्नेह देतीं। श्यामा यों तो बोल-व्यवहार में सबका मन जीते रहती किन्तु लखरानी देवी उसके लिए अब भी असाध्य बनी हुई थीं। उन्हें उसका घर में प्रवेश करना तक नहीं पच पा रहा था। वह बार-बार देवरानी विंध्यवासिनी देवी को आँख से संकेत करती रहतीं जिसका तात्पर्य होता कि इसे घर के भीतर इस तरह न आने दो। ऐसे अवसर पर वह सिर झुकाकर सहमति जता देतीं किन्तु बाद में जब कभी श्यामा सामने आ जाती तो उनका मन उसके निर्दोष स्वभाव पर पिघल जाता। वह बार-बार सोचतीं कि इस बार उसे किसी भी बात के बहाने डपटकर भगा देंगी किन्तु उसके सामने आते ही मन बदल जाता।

उस दिन की बात। लखरानी ने पूजा कक्ष से हाँक लगाई, "बहू, फूल के डलिया लेके आवाऽ...।" विन्ध्यवासिनी रसोई में थीं। स्नान अभी किया नहीं था। श्यामा मन्दिर से आकर अभी-अभी काम में लगी थी। उन्होंने आग्रही स्वर में कहा, "श्यामा, तूं नहाई-धोई है, जाओ, दीदी को पूजा वाले कमरे में डलिया दे आओ।"

श्यामा दौड़कर भीतर गई। लखरानी उसे देखते ही आगबबूला। दरवाजे पर ही पाँव ठिठक गए। आसन पर बैठी-बैठी वह जैसे आग की लपट में बदल गई हों, "तुम यहाँ भी घुस आईं? किसने भेजा तुम्हें यहाँ? तुम्हें यहाँ तक घुस आने की हिम्मत कैसे हुई?"

"मैं खुद नहीं आई हूँ यहाँ, भेजा गया है।"

"जिसने भी भेजा हो, मैं उसका मुँह नोच लूँगी, चल भाग!"

हक्की-बक्की खड़ी श्यामा मुँह ताकती रही। बड़ी-बड़ी आँखों में कोई भय नहीं, केवल आश्चर्य और ऊहापोह। अब से पहले उसने यह कभी नहीं महसूस किया था कि उसे अंत:पुर में इस कदर नापसन्द किया जाता है। उसकी निडरता पर लखरानी का गुस्सा लगातार भड़कता रहा, "कैसी बेशरम है! भगा रही हूँ तब भी नहीं हिल रही! चल भाग यहाँ से!...जा, अपने बँगलिया में ही जाकर वहीं नाच-गा।"

चिल्लाने की आवाज पर विंध्यवासिनी आँगन से दौड़ी-दौड़ी आईं। श्यामा ने पीछे मुड़कर देखा तो उनसे दृष्टि मिलते ही उसकी आँखें डबडबा गईं किन्तु वह फूलों की डलिया पकड़े वहीं खड़ी रही। विंध्यवासिनी देवी को श्यामा की डबडब आँखें देख अच्छा नहीं लगा। उन्होंने लखरानी से पूछा, "क्या हुआ दीदी? इसने कोई गलती कर दी क्या?"

"यह यहाँ तक घुस आई, यही क्या मामूली गलती है? यह कोई नाच-फाच वाली जगह तो नहीं, पूजा कक्ष है। यहाँ इस जैसी का पाँव पड़ना—छि:-छि:...!" वाणी जल रही थी।

"यहीं दरवाजे पर बँगलिया में इसे रहने का स्थान मिला है। यह तो अपने शिवाले में बैठकर भगवान का भजन गाने वाली है। स्वयं बाबूसाहब ने इसे यह अधिकार दे रखा है, इसमें इसका भला क्या दोष?"

लखरानी की आँखों में ऐसी ज्वाला उन्होंने आज से पहले कभी नहीं देखी थी। वह सहम गईं किन्तु दूसरे ही पल साहस कर आगे कहा, "इसे फूल की डलिया लेकर यहाँ मैंने ही भेजा था।"

विंध्यवासिनी का स्नेहिल रूप देख श्यामा की करुणा तरल होने लगी। दृष्टि मिली तो उनकी आँखें जैसे उसे संरक्षण का आश्वासन दे रही थीं।

"तुमको स्वयं बुद्धि नहीं तो मैं क्या करूँ? तुम्हें यह नहीं समझ में आ रहा कि यह नाचने-गाने वाली है? बच्चा (प्रसाद) ने एक तो इसे दरवाजे पर बँगलिया में वास दे दिया और अब यह धीरे-धीरे घर में घुसने लगी। क्या चाहती हो कि इसे भी कोठी के भीतर ही तुम्हारे बराबर एक शयनकक्ष भी मिल जाए? अरी मूरख, बुद्धि से काम ले। इसे यहाँ से खदेड़ने का ही उपाय सोच। ये नाचने-गाने वालियाँ अक्सर नचाने-रुलाने वाली भी साबित होती हैं। किसी का भी घर बर्बाद करने में ऐसी औरतों को कोई दया नहीं आती।" लखरानी ने उसकी ओर दृष्टि उठाई तो श्यामा उधर ही ताक रही थी। वह आगे बोलीं, "देखो न, कितनी ढीठ है! जरा भी टस से मस नहीं हो रही। जरा भी

शील-लज्जा होती तो इतनी बात पर भागकर बाहर चली जाती और चुल्लू भर पानी में नाक डुबो लेती।"

श्यामा का धैर्य टूट गया। वह फफक पड़ी और दौड़कर बाहर निकल भागी। दरवाजे पर खड़ी विंध्यवासिनी देवी ने हाथ पकड़कर उसे रोकना चाहा किन्तु वह वेग से हाथ छुड़ाकर निकल गई।

49

पूजा के बाद लखरानी ने विंध्यवासिनी को अपने कक्ष में बुलाया। दरवाजा बन्द कर सामने बिठा लिया, "अरे, बच्चा का दिमाग तो लगता है, उलट गया है। अपने मन के हो गए हैं। ऐसा भला होना चाहिए? नाचने वाली को इस तरह घर में वास दे देना चाहिए?" विंध्यवासिनी चुप रहीं। वह आगे बोलीं, "सुना है कि आजकल शाम को वह बच्चा के साथ घोड़ागाड़ी में बैठकर सैर पर भी निकल रही है—मर्दाना कपड़ों में। वाह, खूब नाम का काम हो रहा है! इसी तरह तो सुँघनी साहु कुल की प्रतिष्ठा बढ़ेगी! बाऊ और भैया का नाम ऐसे ही तो और ऊँचा होगा, और चमकेगा..." बोलकर वह कुछ देर चुप रहीं, फिर पूछा, "तुम मुँह क्यों नहीं खोलतीं? क्या तुम्हें यह सब बुरा नहीं लग रहा? तुम डरती क्यों हो? तुम्हारे श्वसुर या जेठ तो अब इस दुनिया में नहीं हैं किन्तु इस घर में बच्चा के ऊपर अभी मैं हूँ। तुम मुँह तो खोलो मैं इसे मारकर भगा दूँगी।"

विंध्यवासिनी ने मुँह न खोला। लखरानी देवरानी का मन पढ़ न सकीं।

50

सुबुक बँगलिया में बैठे प्रसाद 'इन्दु' के ताजे अंक का अवलोकन कर रहे हैं। चेखुरा लपकता हुआ आया, "बहिरू बाबा आइल हउवन!"

"तूं विद्वानन के नाम बिगाड़त हउवे?" प्रसाद ने सिर उठाया तो वह एक कदम पीछे, "नाम बताओ। यहाँ पहुँचने वालों में तो ऐसे दो सज्जन हैं।"

"सभा वालु हउवन बुढ़ऊ...इहईं ली आई?"

"हाँ, जाओ, उन्हें साथ लेकर आओ।"

झटककर आते केदारनाथ पाठक ने दूर से ही हाथ ऊपर उठाए, "महादेव, महादेव!"

प्रसाद ने उत्तर में दोनों हाथ जोड़ लिये। पाठक भीतर आ गए। सामने रखी दूसरी चौकी पर बैठे, "कविवर, हाथ में 'इंदु' का अंक क्यों पकड़े हैं?"

प्रसाद ने अचकचाकर प्रश्नवाचक दृष्टि उठाई तो वह तपाक से बोले, "अरे, सुबुक बँगलिया कोई पर्णकुटी थोड़े ही है! यहाँ आपके हाथ में 'वह' चाँद हो तो ज्यादा अच्छा।"

पाठक का यह दिलफेंक अंदाज कुछ अधिक उदग्र लगा। प्रसाद ने चकित भाव से दृष्टि उठाई। मुँह पुलपुल, चेहरा लाल मालपुआ। आँखें घिरनी जैसी नाचती हुईं।...लेकिन मन ऐसा रंग-बिरंगा! प्रसाद को हँसी आ गई किन्तु दूसरे ही पल सँभल गए। मुस्कुराए।

पाठक की भौंहें उचक गईं, "वह है कहाँ?"

"कौन?" प्रसाद जान-बूझकर अनजान बन गए।

"अरे, वही, आपकी आम की फाँक?"

प्रसाद झेंप गए। पत्रिका के पृष्ठ पलटने लगे।

पाठक अपने कान के पास हाथ ले गए। श्रवण-यंत्र टटोलने लगे, "लगता है, वह भीतर गई है अभी।"

प्रसाद ने सिर हिलाकर 'हाँ' कहा। वह आगे बोले, "उसकी बढ़री अँखियाँ बहुत रसीली हैं, इसीलिए मुझे तो वह आम की फाँक ही दिखती है।"

प्रसाद ने उनके कान की ओर देखा। श्रवण-यंत्र बाहर की ओर निकला हुआ। आवाज थोड़ी तेज, "आप जो यह सब इतना कुछ बोलते रहते हैं, कभी इसके बारे में सोचा है?"

"क्या?" वह बायें कान को आगे की ओर करते थोड़ा खिसक आए।

"आपकी बातें स्वयं यमराज भी सुन रहे होंगे और वे उन्हें कुछ दिनों तक तो याद रह ही सकती हैं।"

"मतलब?"

"अरे बुढ़ऊ हो चुके हैं तो आपकी और यमराज के बीच की दूरी भी तो काफी कम हो चुकी होगी। और अगर जल्दी ही आप दोनों मिलने वाले होंगे तो उन्हें आपकी ये सब बातें बहुत अच्छी तरह याद भी तो रह सकती हैं नऽ!" प्रसाद ने बगैर हँसे-मुस्कुराए कहा।

पाठक तुनक गए, "अरे, बाऊस्साब, तूं बनिया हउवा तऽ तोहार दिमागो कब्बो-कब्बो कउड़िये जइसन हो जाला।" प्रसाद मुस्कुराए तो वह भड़क उठे। अब खड़ी बोली पर उतर आए, "आपको हम पर विश्वास नहीं है? यमराज ससुर को भी किसी सुबुक बँगलिया में कोई ऐसी ही आम की फाँक थमाकर बइठा देंगे। एक जनम यहीं बैठे रह जाएँगे यमराज महाशय।"

ठठाकर हँस पड़े प्रसाद। सामने से श्यामा आई तो पाठक ने उसकी ओर एक संक्षिप्त दृष्टि डाली, फिर प्रसाद की ओर ताकने लगे, "अरे, घर में मलकिन लोग येकरा मानत हईन नऽ? एगो सेविका बढ़ गल अउर काऽ!"

दास आए। पाठक स्वागत में उठे, "आवाऽ, अब इहाँ दू ठे 'मजनूं' जुट गइलन!"

दास ने हँसकर कहा, "चलाऽ, देखत जाऽ।"

प्रसाद ने उन्हें साग्रह सामने चौकी पर बिठाया। बैठते हुए उन्होंने बताया, "मित्र, मन बहुत दुखी है। स्थिति जब असहनीय लगने लगी तो सोचा कि तुम्हारे पास चलूँ। राहत मिलनी होगी तो यहीं मिलेगी, अन्यथा और कहाँ ऐसा सम्भव हो पाएगा!"

प्रसाद ने उन्हें आँखों से ही पाठक की उपस्थिति का खयाल रखने की हिदायत दी। पाठक ने बात ताड़ ली। तुनककर बोले, "अरे, तूं दुनो कौनो साजिश रचत हउवा काऽ?...हमसे कुछ छिपावा मत। अइसन कुछ करबा तऽ बतिया तो खोद के हम निकालिए लेब लेकिन तोहन लोग के अइसन हाल करब कि दुनो लोग खड़ी बोली हिन्दी से फिर पलक झपकते पीछे ब्रजभाषा काल में लौट जइबा अउर कवित्त के आँसू रोवे लगबा। हमके चीन्हत हउवा नऽ?"

प्रसाद व दास एक साथ ठठा पड़े। प्रसाद बोले, "देखिए पाठक बाबा, आखिर प्रेम-व्रेम का मामला है। यह सब आप जैसे किसी बहुत बूढ़े-बुजुर्ग से बतियाना ठीक नहीं।"

"अरे, हम बूढ़-ठूढ़ हीऽ? कान जवाब दे देलस तऽ हम बूढ़ा गइली? आँख, नाक, हाथ, पाँव–हम्मर सब कुछ अभी टांठ हौ। दिमाग तऽ तोहन सब से भी जादे रंगीन हौ। हमके सब बतावाऽ—इहे सब सुन-देख के तऽ हम्मर मन जवान हो जाला!"

दोनों मन्द-मन्द मुस्कुराते रहे। पाठक ने आगे पूछा, "किसन जी, एक बात बतावाऽ, तूं दुनो दोस्त एके संगे आपन प्रेम-लीला रचावत हउवाऽ। लेकिन एक के, आगु अमावस्या के रात (श्यामा) हौ, तऽ दोसर के आगु चाँदनी से नहायेल पूरनवासी (पूर्णिमा) के—अइसन काहे?"

दास अतिरिक्त संजीदा हो उठे, "पंडित जी, यही तो बात है। रात कृष्ण-पक्ष की हो या शुक्ल पक्ष की, उसकी रक्त-मज्जा से लेकर मन-प्राण तक सभी अँधेरे से ही बने हैं। पूरनवासी की रात में भी पेड़ ऊपर से चाहे भले चाँदनी ओढ़े दिखते हों, उनकी स्नेह-वत्सल छाया अपनी गोद में अँधेरे को ही समेटे कलेजे से चिपटाए बैठी होती है। अंतर सिर्फ यही कि शुक्ल पक्ष में चाँद अपनी क्षमता भर अँधेरे से लड़ाई छेड़े रहता है। लेकिन, आह! पूर्णिमा की रात तो एक-अकेली होती है, वह फिर दुबारा कहाँ दिखती! मेरी पूर्णिमा भी ढल चुकी है।"

उनके स्वर की टीस और आँखों की उदासी से कलेजा धक्-से रह गया प्रसाद का। उन्होंने व्यग्र दृष्टि डाली। दास की आँखों में खारा समुद्र ठाठें मार रहा था। स्वर में बेहिसाब उदासी, "अपनी बहन के साथ वह लौट गई फ्रांस।"

"अचानक?"

"हाँ, पहले कभी कुछ जरा भी संकेत नहीं दिया। इधर दो दिनों में वह मेरे यहाँ आई ही नहीं। कल सुबह आई और सीधे यह बताया कि आज तो उसे कलकत्ता की गाड़ी पकड़नी है और वहाँ से फिर स्वदेश। मैं हक्का-बक्का रह गया। कुछ सोच ही नहीं पा रहा था। उसने आगे खुद ही बताया कि दो दिनों से वह दोनों बहनें अपना सारा सामान बेच रही थीं। स्वदेश लौटते समय विदेशी आगन्तुक सारा सामान बेचकर बोझ से भी मुक्ति पा लेते हैं और पैसा भी खड़ा कर लेते हैं न!...सो, जनाब पूर्णिमा की रात ढल गई। एक कथा का अंत हो गया..." उनके स्वर से जैसे भाप निकलने लगी हो।

प्रसाद ने पाठक की ओर देखा। वह बहुत गम्भीर बने रहे। दास माथे पर हाथ धरे मौन-विलाप की मुद्रा में। श्यामा भीतर से निकलकर छम्म-से बाहर की ओर गई। इस पर किसी का ध्यान नहीं गया।

नाक तक टीका सिंदूर, सादगी और पवित्रता का भाव व्यक्त करती पीली सूती साड़ी और हाथ में जलभरा चमकता लोटा। इस वेशभूषा में चल रही व्रती महिलाएँ भीड़ में भी अलग से भला क्यों न पहचान ली जाएँ? साथ में घर-परिवार के बच्चे-बड़े। पुरुषों के सिर पर भारी-भरकम भरी हुई दौरी, झाँकते सूप पर रखे जलते दीये को बचाते हुए बाकी हिस्से को ढकती हल्दी रँगी धोती या नये-नये-से लाल-पीले कपड़े। पारम्परिक गीतों की तो जैसे लोक-स्वर-धारा ही बह रही हो! कंधों पर ईखों के छोटे-छोटे बोझ। सड़क पर ऐसी ही उमड़ती भीड़।

"बुझात हौ, आज कौनो व्रत-त्योहार हौ—लोलार्क या सोरही छठ जइसन कौनो पूजा!" साथ-साथ चल रहे गज्जन ने सामने ताकते हुए भौंहें उचका दीं।

प्रसाद ने सामने से घुमाकर दृष्टि चेहरे पर टिकाई, "काहे भइये, तोंहें ई सब मालूम ना हौ कि कब कौन व्रत-त्योहार पड़ऽलाऽ?"

"केतना इयाद करके रक्खीं? इहाँ तऽ काशी के आपन अलगे हिसाब-किताब हौ। हफ्ता में दिन सात ठे हौ लेकिन व्रत और पर्व नौ-दस ठे।" गज्जन खीझे, "हमरा तऽ आज तक इहे ना बुझाल कि बनारसी आदमी के श्रद्धा-भक्ति के नित्य उमड़त बाढ़ के आखिर भगवानजी झेलत कइसे हउवन? लोग तऽ उनके कब्बो फुर्सते ना देलन!"

प्रसाद हँसे, "दरअसल, यह सब आपकी समझ में इसलिए नहीं समा पा रहा क्योंकि भगवान को आप हमारी या अपनी तरह का ही जीव समझकर चल रहे हैं।" गज्जन के चेहरे पर अचानक मुस्कान आ गई। वह कहे जा रहे हैं, "अरे भाई, मेरा तो यही कहना है कि ईश्वर हो न हो या चाहे जैसा भी हो लेकिन उसके होने को लेकर अनादि काल से लेकर आज तक जो विश्वव्यापी विश्वास और अथाह आस्था व्याप्त है, यही कोई मामूली उपस्थिति-उपलब्धि नहीं। इसी के जोर से तो अनास्था और अविश्वास का किला शुरू से हिल रहा है। किसी भी तरह आस्था का शक्तिशाली होना समाज के लिए एक बड़ी राहत की बात है। ईश्वर के विद्यमान होने के इस विश्वास ने समाज में कम-से-कम अनास्था-अविश्वास के गढ़ को तो मजबूत नहीं होने दिया न!"

चलते हुए सामने आ गया बेनियाबाग चौराहा। गज्जन ने दायें घूमकर मैदान की ओर ताका, "जयशंकर जी, कल भोरे हमहुँ इहाँ पहुँचब। सुनले हई कि सबेरे-सबेरे इहाँ खूब घूम-टहल के तूं लोग आजकल इहाँ खूब साहित्य-चर्चा चलावत हउवा!"

"हाँ, इन दिनों तो ऐसा ही कुछ चल रहा है। बेनियाबाग के चारों ओर साहित्यकारों का वास है न, और सबको प्रात:भ्रमण का चस्का भी लग चुका है, इसलिए यहाँ प्रतिदिन सबेरे-सबेरे अच्छा-खासा जुटान हो जा रहा है। पूरब ओर राजा दरवाजा से चलकर लाला भगवानदीन जी पहुँच जाते हैं तो इधर पश्चिम में सरायगोवर्द्धन से मैं; दक्षिण ओर हौजकटोरा से बाबू श्यामसुन्दर दास जी तो उत्तर ओर से प्रेमचन्द जी और उनके पड़ोसी सीताराम चतुर्वेदी; उधर बड़ी पियरी की ओर से बेढब जी तो इधर बेनिया के बगल में ही रहने वाले गोपालराम गहमरी और डॉक्टर हुबदार भी। कुछ युवा रचनाकार भी इधर आने लगे हैं। प्रात:चर्चा से सचमुच प्रात:भ्रमण का आनन्द कई गुना बढ़ जाता है। वैचारिक मंथन से आरम्भ होने के चलते पूरा दिन मननशील और सृजनोन्मुख बना रहता है।"

"तो एक चिकित्सक की पुख्ता उपलब्धता-व्यवस्था सहित आप जैसे सिर्फ साहित्यिक जीव ही जुटते हैं या मेरी तरह के कुछ सामान्य जन्तु भी?" गज्जन ने आगे बढ़ते हुए चुहल की।

"हाँ, भई, इन दिनों जिस तरह कुछ लोग अपनी पूरी ताकत मुझे और प्रेमचन्द जी को भिड़ाने में झोंके हुए हैं, ऐसे में हम दोनों में तो शायद कभी कदापि नहीं किन्तु हमारे कुछ अति उत्साही प्रशंसकों में कभी भी कहीं भी धींगामुश्ती हो सकती है। ऐसे 'मिहनती' लोग भी अब सुबह-सुबह बेनिया का रुख करने लगे हैं। इसलिए वक्त-बेवक्त आकस्मिक मरहम-पट्टी की आवश्यकता तो पड़ ही सकती है, लिहाजा इसका इन्तजाम तो होना

ही चाहिए न!" प्रसाद ने भी उसी अंदाज में मुस्कुराकर ताका, "पहले तो कम लोग ही दिखते थे किन्तु आजकल यहाँ प्रात:भ्रमणी काफी बढ़ गए हैं, इसलिए इच्छा हो तो आप भी मुँहअँधेरे बिस्तर छोड़कर घर से निकल लिया कीजिए।"

51

प्रसाद के मन पर खिन्नता की अधभीगी धुन्ध टूटती-टकराती रही। कुछ भी अच्छा नहीं लग रहा है। पूरी रात बैठे-बैठे बीत गई किन्तु कागज पर एक शब्द तक नहीं उतर पाया। पंछियों की चहचहाहट से जैसे ही आसमान से अँधेरा फट चुकने का संकेत मिला, मन मलाल से भर उठा। अंग-अंग में विफलता टभकती रही। लगातार। मस्तिष्क की निढाल शिराओं में अटके अभिव्यक्ति-वंचित किन्तु आकार ले चुके ठोस दानेदार तथ्य-कथ्य जैसे बालू-कणों की तरह अटके कसमसाते रहे। रह-रह कर तेज।

गली में अँधेरा धाँगते हुए उद्विग्न मन से बेनियाबाग पहुँच गए। टहलने। यहाँ भी चैन नहीं। न तो प्रात: की खुली हवा में कोई ताजगी, न बात-बात पर कोंचते मुंशी प्रेमचन्द के ठहाके में कोई करतब। रचना-विफलता का रात का किस्सा सुन उन्होंने ठिठोली की, "मित्र, कल्पना-लोक में विचरने के मजे आप खूब लूटते हैं, तो यह बदमजा भी तो आप ही को चखना होगा।"

प्रसाद को जैसे काँटा चुभ गया हो, "कल्पना के बिना भला कौन-सी रचना सम्भव हुई है आज तक? किसकी?"

"बाबूसाहब, आप अन्यथा न लें। मेरा तात्पर्य समझिए। लाख कोंचने के बाद भी आप इतिहास का प्रेतलोक छोड़ेंगे नहीं, तो प्रेतों की ऐसी लीलाओं से भला आपका पीछा छूटेगा कैसे? इससे तो दो-चार होते ही रहना होगा न!...अब इधर आप मुझे ही देख लीजिए, मैं तो रात में जो एक बार बैठ जाता हूँ तो तब तक लिखता रह जाता हूँ जब तक नींद सिर चढ़कर मचलती हुई मुझे पस्त कर लुढ़का नहीं देती। मेरे साथ खतरा तो बल्कि यह पेश होता है कि लिखते-लिखते पस्ती में कहीं लैम्प पर न लुढ़क जाऊँ। ऐसे में कभी हादसा भी तो हो सकता है। लिहाजा मेरे लाख मना करने के बाद भी शिवरानी नहीं मानतीं, उधर कहीं बैठी मेरी निगरानी करती रहती हैं। लुढ़क जाने पर मेरे सामने से लैम्प और कागज-कलम हटाकर सहेज लेती हैं तभी सोने जाती हैं।"

प्रेमचन्द की बातें जिज्ञासा तो जगाती रहीं किन्तु जैसे रह-रहकर मुँह भी चिढ़ा रही हों! शीतल-समतल हवा तो काव्यानन्द की तरह ही लहरा रही है किन्तु अन्य दिनों की तरह आज यह तन-मन को सम्पन्न नहीं कर पा रही।

दोनों साथ-साथ चलते मैदान के दक्षिणी छोर पर पहुँचे। अपने रोज के ठिकाने पत्थर के टीले पर। बैठ गए। अगल-बगल। प्रेमचन्द ने अपनी बातें जारी रखीं, "मेरे साथ तो ऐसा आज तक नहीं हुआ कि मैं लिखने बैठूँ और मेरी कोई सोची हुई बात दिमाग से कहीं इधर-उधर खिसक-बिदक गई हो! बात से बात निकलती चली जाती है। अक्सर लिखते-लिखते कलम की स्याही खत्म हो जाती है लेकिन कभी बात नहीं। ऐसा सम्भवत: सिर्फ इसीलिए होता है क्योंकि मैं जो बातें बीन कर लाता हूँ, वह पास-पड़ोस की होती

हैं। जाहिरन पूरी तरह जमीनी। तो, ऐसी बातें छितराएँगी भी तो कहाँ जाएँगी? अन्ततः वहीं न, जहाँ से लाई गई हैं!...तो जमीन पकड़कर लिखने की यही सुविधा है। लेकिन आप जो हजारों साल पहले के भूतलोक से प्रसंग खींचते हैं, भई, सीधी बात है—हजारों साल पहले की बात दिमाग से फिसल जाए तो कहाँ जाएगी? हजारों मील दूर ही तो! रात में आपके साथ हुआ यही होगा कि आपके मन से जो हजारों साल पहले की कोई बात फिसली, वह पल भर में उड़कर चली गई होगी—वहीं अपनी पुरानी जगह यानी हजारों साल दूर—भूतलोक के काले-अँधेरे गड्ढे में। उसी तरह कल्पना-अल्पना के रंग-बिरंगे बुलबुले जब फूटने लगें तो उन्हें फिर कौन यथाकार-यथाहाल वापस ला सकता है?"

"अगर आप यह ठिठोली कर रहे हैं तो चलिए, इसका स्वागत है।" प्रसाद ने न चाहते हुए भी होंठों पर मुस्कान उगाई, "मुझे अवसाद से बाहर लाने के लिए अभी ऐसी ही कोई युक्ति वांछित भी है किन्तु प्रसंगवश कल्पना को लेकर आपका जो मंतव्य व्यक्त हो रहा है, वह तर्कसंगत नहीं है। मैं पूछता हूँ कि आप जो जमीनी कथाएँ रच रहे हैं, वे किसी मिट्टी के लोंदे से नहीं गढ़ी जा रहीं, एकदम उसी तरह शब्दों से ही रची जा रही हैं, जैसे दूसरा कोई भी साहित्य। शब्दों से वाक्य, वाक्यों से प्रसंग और प्रसंगों से कथा-कहानी की रचना की पूरी प्रक्रिया अन्ततः कल्पना से ही तो अन्तिम आकार पाती है। रही बात सृजन-प्रयासों के लिए शिल्प-शैलीगत व वैचारिक आधारों के चयन की, तो मैं किसी एक आयाम पर कुंडली मारकर तूफानी झलकुट्टन मचाने का पक्षपाती नहीं हूँ। जल, थल और वायु अथवा नभ—सभी लोकों पर उनकी ही सम्भव शैलियों में अपनी लेखनी के निशान अंकित करना चाहता हूँ। मैं विराट, खारे व ठाठें मारते इतिहास में डुबकी लगा-लगाकर उपयोगी तथ्य-कथ्य या काल-सत्य के मोती भी निकालकर सामने रखूँगा और धरती से लेकर अनन्त आकाश तक लहराती तरंगों पर कोमल-कमनीय काया कविता की विरल-कोमल क्रीड़ा या दग्ध संवेदनाओं के तप्त दृश्य-परिदृश्य भी उतारूँगा। झोंपड़ी के दुख से लेकर महल-इमारतों के विषाद तक की तमाम छुपी हुई परतें भी उधेड़ूँगा तथा रंग-बिरंगे-रंगीले या बदरंग रोजमर्रे में धँसती मानवता को जगाने और बचाने की अपनी भूमिका का निर्वहन भी करता रहूँगा—अन्तिम क्षण तक। ऐसी सभी रचनात्मक भूमिकाओं का यथावश्यक संतुलित निर्वाह करूँगा, करता रहूँगा। ऐसा नहीं कि नकली ढंग से कोई एक पक्ष या एक तरीका पकड़कर धुनिए की तरह जीवन भर वही-वही धुनकता रह जाऊँ।"

प्रेमचन्द संजीदा हो गए। प्रसाद कुछ पल थिर होते रहे। दोनों के मुखमंडल पर असहज मौन छायाएँ डोलती रहीं। आपस में उलझती-सुलझती हुई।

सामने से कृष्णदेव प्रसाद गौड़ (बेढब बनारसी) आते दिखे। छंदमुक्त गति-क्रम में गोल-मटोल पौधे की तरह हिलते-डुलते हुए। उनके पीछे-पीछे डॉक्टर हुबदार सिंह। डॉक्टर प्रातः भ्रमण-शैली का पूर्ण पालन करते बन्द मुट्ठी को आगे-पीछे फेंकते तेज-तेज कदम बढ़ाते चले आ रहे थे। पास आकर पहले गौड़, उसके बाद डॉक्टर रुक गए। नमस्ते-बन्दगी के दौरान ही दोनों ने बात ताड़ ली। कुछ पल तक तो समान जिज्ञासा व आश्चर्य भाव से ताकते रहे, तत्पश्चात् आपस में एक-दूसरे को देखा और चुपचाप एक साथ वहाँ से खिसक गए। दोनों को प्रेमचन्द-प्रसाद के चेहरों पर उगे नुकीले मौन

ने चिन्तित किया था। आगे बढ़ते डॉक्टर ने गौड़ के कंधे पर हाथ धरकर आँखें नचाईं, "लेखक-कविगण चौबीस घंटे अपनी ही धुन में रहते हैं। लगता है, अपने मुंशी जी और बाबूसाहब के बीच फिर कोई मामला आज सुबह-सुबह ही फँस गया है?"

"कोई न कोई मामला फँसना ही फँसना है।" गौड़ ने चुटकी ली, "लेखन फँसव्वल का इलाका ही तो है। हर लेखक-कवि के दिमाग में हमेशा कोई न कोई चिन्ता या कल्पना फँसी ही रहती है।" डॉक्टर ने होंठ बिचकाए और जाते हुए एक बार पीछे मुड़कर देखा, "एक ही गनीमत है कि मुंशी जी और बाबूसाहब में कितना भी मामला फँसे, कभी धोबियापाट की हद तक चले जाने की आशंका लगभग शून्य ही है।"

"सचमुच, अगर यह सम्भावना शून्य भर भी हो तो क्यों नहीं अभी आसपास कहीं छिप-बैठकर दोनों की थोड़ी-सी निगरानी कर ही ली जाए?" गौड़ ने बगैर हँसे-मुस्कुराए ही तीर छोड़ा।

"आराम से अभी मैदान का अपना चक्कर पूरा कीजिए, अरे मैं हूँ न!" डॉक्टर ने मुस्कुराकर उन्हें देखा, "तुरन्त मरहम-पट्टी का इन्तजाम बन जाएगा।"

आगे बढ़ते हुए दोनों ने एक साथ ठहाका लगाया।

"दरअसल, मैं आपके मन को रात के अवसाद से बाहर निकालना चाह रहा हूँ।" कुछ पल के स्थैर्य को प्रेमचन्द ने मीठे-मीठे तोड़ा, "ऐसे मौके पर एकदम विपरीत भावभूमि का ज्वंलत प्रसंग छेड़ देने या दिमाग को इतर दिशा में धकेल देनेवाली बात कह देने से कामयाबी मिल जाती है। व्यक्ति नये विषय की ओर ऐसा गतिपूर्वक मुड़ता है कि अवसाद का पिछला प्रसंग एक हिचकोले के साथ मन से छूट जाता है। इसी नजरिए से मैंने मजाक के रूप में ही आपसे भूतलोक वाला जुमला कह डाला, कृपया आप इसका अन्यथा न लें।"

प्रसाद ने सस्मित उनकी ओर देखा। प्रेमचन्द की मूँछों के नीचे भी निश्छल चंचल रेखा फैलने लगी। उनके शब्द गाढ़े प्रेम-भाव से सने हुए हैं, "मैं इस विशिष्टता का तो लोहा मानता ही हूँ कि आप जितने ही अत्यन्त संवेदनशील कवि हैं, उतने ही जनजीवन व जनमन की गहन पड़ताल कर महीन बुनावट करनेवाले सजग कथाकार भी। आप इतिहास को अपने ढंग से पुनर्जीवित कर उससे जिस तरह प्रेरणा व आवश्यक प्रभाव के स्रोत अन्वेषित कर रहे हैं, यह काम आप और केवल आप ही कर सकते हैं।"

सुबह का कोरा कोमल कैनवास-पृष्ठ सरसरा उठा है। उस पर दिवस का हल्का चम्पई रंग दबे पाँव उतरने लगा है। प्रेमचन्द ने देखा, प्रसाद के मुखमंडल से स्याह गिजमिजी रेखाएँ तेजी से हवा हो रही हैं। उन्हें काफी सुकून मिला।

दोनों मुस्कान-विनिमय के साथ विदा हुए।

52

घर लौटे प्रसाद। कुछ देर तक बैठकखाने में रहे और व्यापार के रोज के कुछ जरूरी काम निकाले। मन पर फिर-फिर धुन्ध गिरती रही। चेखुरा ने लाकर दूध की फेनिल बाल्टी और चमकता लम्बा पीला पीतल का गिलास रख दिया और खड़ा होकर ससंशय

निरखता रहा। उन्होंने व्यापार की बही समेटकर एक ओर करते हुए उसकी ओर देखे बिना खिन्नता छिटकाई, "इसे ले जाओ, औंटने को दे दो। आज पीने का मन नहीं है।"

"अखाड़े की ओर तो आप अभी जाएँगे ही, कसरत-कुश्ती तो छूटेगी नहीं, फिर दूध क्यों नहीं पिएँगे? सवा सेर न सही, आधा सेर तो पी ही लेना चाहिए।" उसने निडरता के साथ जोर देकर आगे कहा, "कुश्ती-गुरु आकर मन्दिर के पास टहल रहे हैं।"

प्रसाद ने उसकी ओर तप्त दृष्टि उठाई, "अरे, एक बड़का गुरु तो तुम भी हो! तुम चेखुरा तो कम, मुझ पर दबाव बनाने में एकदम साहु शम्भुरत्न ही हो—मेरे बड़का भैया।"

वह पहले थोड़ा सहमा किन्तु उनके व्यंग्य-बाण सुन एक कदम आगे आ गया। बाल्टी में डुबोकर गिलास को निकाला। उसने बाहर तक टघरते फेन से नहाए गिलास को आगे किया तो प्रसाद ने न चाहते हुए भी पकड़ लिया। बगैर कुछ कहे पी गए और तख्त पर एक ओर गिलास को रख दिया।

उसने आगे बढ़कर गिलास उठा लिया और तुरन्त भरकर फिर पकड़ा दिया। वह भर-भर कर पकड़ाता गया और प्रसाद पीते चले गए। बाल्टी उलटकर उसने पीछे खिसकते हुए तेज स्वर में कहा, "थान के पास से आज मैंने बाल्टी में तीन सेर दूध डाला था। मुझे मालूम था कि आज बाबूसाहब का मन उचटा हुआ है। पहले ना कहेंगे लेकिन मैं चाह जाऊँगा तो सवा सेर की जगह दो-तीन सेर तक दूध पी लेंगे।"

प्रसाद ने हास्यपूर्वक चौंकते हुए चिल्लाकर झपट्टा मारा, "अरे, बदमाश, तुमने मुझे बातों में उलझाकर तीन सेर धारोष्ण दूध पिला दिया?"

चेखुरा हँसता हुआ बाल्टी खटपटाता भाग खड़ा हुआ।

प्रसाद उठे और बनियान-लुंगी हटाकर लंगोटे के ऊपर अंगोछा लपेट लिया। केहुनी के पास से मोड़कर बाँहों को उठाए, कंधे के पास से झटका देते बाहर आ गए। कुश्ती-गुरु दिखे। उन्होंने तुरंन्त झुककर अभिवादन किया।

प्रसाद ने मुस्कुराकर उत्तर दिया, "गुरु, आज कुश्ती छोड़ा। मन ठीक ना हौ। कुछ करेके मन तऽ ना रहल लेकिन कुछ न कुछ तऽ अब करहीं के पड़ी, काहे कि चेखुरा बदमाशी से तीन सेर दूध पिला देले हौ। एहे से कुछ करल जरूरी हो गल हौ। आज हजार नहीं, दो-चार सौ सपाटा अउर दो सौ बैठक भर करब, कुश्ती ना करब।"

कुश्ती-गुरु ने उनकी ओर विस्मय से ताकते हुए हाथ जोड़ लिया, "बाबूसाहेब, तूं जे करबा से आपन कराऽ, हम अभी मन्दिले पर कुछ देर बइठब। हमरा इहाँ रहे से कौनो हर्जा तऽ नाईं हौ?"

मुस्कुराकर रह गए प्रसाद।

आगे बढ़े और बे-मन से अखाड़े में उतरे। सपाटे पर भीतरी कसमसाहटों का झटका भारी पड़ता रहा। मन बार-बार खिन्नता से जूझता रहा। सपाटे से जैसे शिराओं में रात के अटके अभिव्यक्ति-वंचित शब्द-वाक्य एक ओर सिमटते चले जा रहे थे। मन की कसमसाहट क्रमशः मद्धिम पड़ने लगी। इसी अनुभव-उपलब्धि के झोंक में सपाटे पर सपाटे लगते चले गए।

कुश्ती-गुरु ने मन्दिर के पास से ही तेज स्वर में टोका, "अरे, बाबूसाहेब, सपाटा बहुत हो गल, अब रोका। रोज हजारे सपाटा होला, आज चौदह सौ पार कर गल। अब येके रोका।"

प्रसाद रुके। पसीने से नहा गए थे। साँसें मोटे रस्से-सी ऐंठ रही थीं। सीना भाथी बन गया था। भूल के भीगे अनुभव पर हँसी की बूँदें चुहचुहाने लगीं।

सुस्ताने के बाद बैठक शुरू की। बहुत ध्यान से गिनकर पाँच सौ। कुश्ती-गुरु की आवाज में आग्रह कौंधा, "बैठक पाँच सौ कर लेला, कहले रला कि दुइये सौ करबा?"

देह को ढीला छोड़ साँसों की गति पर नियंत्रण बना रहे हैं प्रसाद। हिलते शब्दों में बोले, "अरे, गुरु! गलती से जब सपाटा चौदह सौ हो गल तऽ सोचली कि बैठक पाँच सौ पूराइये ली।"

"अरे, भइया, जब सपाटा रोज से अधिके कर लेला अउर बैठको पूरा हो गल तऽ कुश्ती काहे छूटी?" वह मन्दिर के चबूतरे से उतरे और पास आने लगे।

प्रसाद बोले, "आ जा, कौनो चिन्ता के बात नाही हौ। एकदम बीस जोड़ कुश्ती हो जाई। कौनो कोटा अधूरा ना छूटी।"

कुश्ती-गुरु आज मात पर मात खाते रहे। प्रसाद पहले ही झपट्टे में ऐसा पकड़ लेते कि उनकी काँख में कुश्ती-गुरु की गर्दन आ जाती। कुश्ती गुरु की किंकियाहट गूँजने लगती। सारी उस्तादी धरी रह जाती। कुश्ती-गुरु के सारे पेंच प्रसाद की काँख में दुबक-उलझ कर हवा हो जाते। देखते-ही-देखते दाँव समाप्त। बीसों जोड़ कुश्ती में कुश्ती-गुरु चित!

कुश्ती-गुरु जाते-जाते कह गए, "वाह, बाबूसाहेब, खूब छकउला! पहिले कह देला कि मन ठीक ना हौ, ओकरा बाद हमर दुर्गति करा देला। कुश्ती से पहिलहीं दिमागी दाँव लगा देला।"

नहाने-धोने के बाद प्रसाद बैठक में आ गए। रात के कागज-पत्तर खोल बैठ गए। कुछेक शब्दों के बाद ही रिक्त पड़ा रह गया पृष्ठ सामने आया तो कसक-सी उठी। मन में कहीं यह प्रश्न भी उठा कि ऐसा तो पहले भी कई-कई बार हुआ है कि रचना मँडराकर ऊपर ही ऊपर विफल मेघ-सी छितरा गई है और अन्ततः अंतर्धान भी, किन्तु इस बार की विफलता इस तरह क्यों छाती पर मूँग दल रही है? प्रश्न छूँछा ही रहा। कोई उत्तर कहीं से नहीं कौंधा।

चेखुरा परात लिये बहुत बारीकी से निरखता हुआ सँभल-सँभलकर दबे पाँव बिल्लार की तरह आया। प्रसाद उसके इस अंदाज पर मुस्कुराए, "तुमने तो तीन सेर दूध पिलाकर मुझे खूब परेशान किया। न चाहते हुए भी अखाड़े में सपाटे, बैठक और कुश्ती।"

उसने भीतर आने के बाद दरवाजे के निकट ही रुककर ध्यान से उन्हें देखा और बीच में ही बात काट दी, "तो मुझे पुरस्कार मिलना चाहिए कि मैंने आपके प्रतिदिन के अभ्यास को टूटने से बचा लिया।"

प्रसाद फिर मुस्कुराए। उनकी मुख-मुद्रा से आश्वस्ति लेकर वह आगे बढ़ने लगा और पास पहुँचा। उसने परात को तख्त पर रख दिया। प्रसाद ने उठती सुगन्ध को नथुनों में भर लिया, "वाह, एकदम आज कुछ भी मत भूलना। मैंने आज बता दिया है न कि मेरा मन ठीक नहीं है, तो ऐसे में तुम्हारा यही धर्म बनता है कि तुम बड़े प्रेम से मुझे भरपूर परेशान करो?"

वह झुकता हुआ झेंप गया। सिर नीचा किये-किये उसने परात से बादाम की गिरी का कटोरा निकालकर तख्त पर रखा। फिर एक-एक कर घी का गिलास और दूध के हरीरा का डूभा भी। सबको पंक्तिबद्ध सजाकर काफी पीछे खिसककर खड़ा हो गया।

प्रसाद ने बिना कुछ कहे-सुने हाथ बढ़ाया और एक-एक कर ग्रहण करने लगे।

चेखुरा बिना पूछे बताने लगा, "हरीरा आज तीन सेर दूध का है, आध सेर दूध ज्यादा हो गया था।"

प्रसाद ने सिर हिलाया, "घी भी पाव भर से अधिक लग रहा है और गिरी भी।"

उसने हँसते हुए प्रतिवाद किया, "एकदम नहीं। जो रोज रहता है, वही था। पाव-पाव भर ही है घी और गिरी। इससे अधिक निकल जाए तो आप चाहे जो सजा दे दें।"

"अरे नहीं, जाओ, कोई बात नहीं। तुम तो अपने ढंग से ठीक ही सोच रहे हो।"

चेखुरा खाली पात्रों को परात में समेटकर चला गया।

उन्होंने रात के रिक्त पृष्ठ को निकालकर सामने रखा। दृष्टि स्फुट शब्दों और वीरान पड़े रिक्त पृष्ठ को सहलाने लगी। रचना-विफलता के रात के क्षण फिर शिराओं में उभरने-गड़ने लगे। लगा, लिखने के समय कैसे कोई असमय जिज्ञासा अचानक सामने पत्थर-सी आ गिरती है और उसकी चोट के तीव्र प्रकम्पन से मन में रूपाकार ग्रहण कर चुकी बातें भी कैसे तत्क्षण सहमकर फुर्र हो जाती हैं! यह आहत अनुभूति कलेजे में चुभती रही।

ओह, रात में कितनी अनुकूल रचना-स्थिति रही! कविता कागज पर उतरते-उतरते रह गई। काम करने कुछ जल्दी ही बैठे किन्तु हल्की बूँदा-बाँदी। भीग-भीग कर रात की हालत सराबोर भारी कम्बल जैसी। अँधेरा भारी-भारी-सा। हवा पानी जैसी। खाना खा लेने के कुछ ही देर बाद घर में सभी तो सो चुके किन्तु अभी घड़ी की सुइयाँ बारह पर नहीं। दिन भर मन में स्कन्दगुप्त और उसका समय मँडराते रहे। 'स्कन्दगुप्त' पर प्रस्तावित नाटक पर आज काम करने की योजना रही। तख्त पर एक ओर शिलाखंड व ताम्रपत्रों के विवरण, तो दूसरी तरफ पटना से काशीप्रसाद जायसवाल द्वारा प्रेषित संदर्भ की कच्ची सामग्री के रूप में इतिहास के शताधिक पृष्ठ भी। जैसे, तत्कालीन कालखंड ही सदेह आकर निकट बैठ गया हो! उससे सघन मानसिक संवाद शुरू। आसपास 'कथा-सरित्सागर' व 'रघुवंश' सरीखे ग्रंथों की उपस्थिति भी मुखर। मन बड़े-से काठ के पहिए की तरह घूमता रहा। कई दिनों से गहराती चिन्ता कोहरे की तरह भरी रही—स्कन्दगुप्त के चरित्र का कैसे उत्थान किया जाए? उसे 'विक्रमादित्य' पदाधिकारी बनाना है तो बनाना है। यह विश्वास तो दृढ़ ही हो चुका कि स्कन्दगुप्त इससे जरा भी कमतर नहीं रहा इसलिए उसे ऐसा ही आकार भी तो दिया ही जाना चाहिए न! तत्कालीन तथ्य-सत्य के इससे तनिक भी इतर होने का प्रश्न ही नहीं। असल में, इस तथ्य की संगति मन में पिछले लम्बे काल के अन्तराल में बनते-बनते ही तो बनी है—इतिहास के पृष्ठों पर भटकते हुए और अन्य सन्दर्भ-ग्रंथों के उत्खनन-गुंथन के दौरान। क्या करें? कहाँ से कैसे शुरू करें? किस तरह?

ऐन इसी व्यग्र ऊहापोह के बीच सामने 'कानन कुसुम' की प्रति क्या दिखी कि अचानक एक विद्युत कौंध-सी चमक-तड़क उठी। दूसरे ही पल मन की धुन्ध-धूल

जैसे आईने-सी धुल-पुँछ गई हो! पटल पर कटोरा औंध जाने से जैसे प्रातः की अरुण आभा-से रंग गिरने-टघरने लगे और क्षणांश में गतिपूर्वक फैलते दिशाकाश में छा गए रस-रंग और सुगन्ध से सिंची हवा में कविता के कुछ ताजा खिले शब्द भौंरों के संग-संग मँडराने लगे। अरे, भौंरे फूल का पीछा कर रहे हैं या फूल भौंरों के पीछे पड़ गए हैं? फूल ही आज मधुर गुनगुन का मीठा रस निचोड़ने पर उतर आए हैं।

मस्तिष्क और तर्जनी-मध्यमा-अंगूठे पर कविता एक साथ दस्तक ठोंकने लगी। दुर्भाग्य कि ऐन मौके पर लेखनी ही आँख-मिचौनी पर उतारू! सोचा, यहीं कहीं कागज-पत्तर में छुपी होगी। उलटने-पलटने लगे कि गुप्तकालीन सन्दर्भ का एक पृष्ठ हाथ में आ गया। ताम्रपत्र का विवरण देख उसमें ऐसे डूबे कि कविता छूमंतर। कुछ ही पल बाद यह दग्ध अनुभूति हुई कि मँडराते काव्य-मेघ तो नीचे लटकते हुए पृष्ठ के बहुत पास आकर भी अचानक तेज गति से वापस पीछे लौट गए हैं—बिना बरसे, और अब तक आकाश में ओझल भी, तो मन इस क्षति पर उड़-सा गया। तभी से मिजाज लुटा-पिटा-सा लग रहा है। उसके बाद न तो 'स्कन्दगुप्त' पर कुछ काम हो सका, न कोई एक अदना काव्य-वाक्य ही आकार ले पाया। बस, कुछ स्फुट शब्द पृष्ठ पर अनाथ-से अटके-भटके जैसे भौचक्के ठिठके ताक रहे हों! सोने पर नींद भी झीनी-झीनी हिलती रही। जब से जगे हैं, मानस-पृष्ठ, धूप में टटाते सूखे वस्त्र-सा झिर्-झिर्, झिर्-झिर् हिल-काँप रहा है।

"कविवर, कहाँ निकल रहे हो?" परिसर में घुसते ही शिवप्रसाद गुप्त ने हँसते हुए दूर से ही प्रश्न किया।

बाहर निकल रहे प्रसाद दरवाजे पर ठिठक गए। सुखद आश्चर्य के साथ हाथ जोड़े। आगे की ओर लपक पड़े, "कहीं किसी विशेष प्रयोजन से नहीं, नारियल बाजार की ओर जाना चाह रहा था, लेकिन यों ही। अब आप आ गए हैं तो भला कहीं जाने की आवश्यकता ही क्या! आइए, अनुज के आँगन में आपका हार्दिक स्वागत है।" दोनों हाथों को ससम्मान थामे प्रसाद उन्हें बैठकखाने में लेकर आ गए।

लखरानी पहले से वहीं किसी काम में जुटी रहीं। सिर से आँचल का छोर आगे खींच जल्दी-जल्दी भीतर जाने लगीं। शिवप्रसाद गुप्त ने दोनों हाथ जोड़ लिये, "कोई बाहरी जैसा आगंतुक नहीं, मैं ही हूँ, प्रणाम।"

लखरानी रुक गईं। पीछे मुड़कर मुस्कुराने लगीं, "अच्छा, अच्छा, बहुत अच्छा। ऐ बाबू, तूं आऽ गइला तऽ ठीके कइला। हम्मे तोहरे मिल्हीं के रहल।"

"हाँ-हाँ, हम एकदम आपके लग्गे हाजिर हईं।" शिवप्रसाद गुप्त समीप आ गए, "बतावाऽ..., काऽ बात हौ? आदेश कराऽ।"

"आदेश नहीं, तोहें बहुत-बहुत बधाई देवे के हौ।" उन्होंने हाथ उठाकर प्रसाद की ओर संकेत किया, "बच्चा हम्मे तोहरे बारे में एक-एक बात बतावत रहऽलन। तूं देश अउर समाज के खातिर जे काम करत हउवा, ई तोहार बहुत महान योगदान हौ। बच्चा हमके काशी विद्यापीठ के स्थापना के बारे में जब से बतउले हउवन, हम तोंहें बधाई देवे खातिर बेचैन हईं।"

प्रसाद ने उन्हें सामने कुर्सी पर साग्रह बिठाया। लखरानी भी तख्त पर बैठ गईं। प्रसाद लपककर भीतर चले गए। संकोच और विनम्रता से तरल हो उठे हैं शिवप्रसाद गुप्त। वाणी रुई का फाहा बन गई है, "येकरे लागी अकेले हमरे नाहींऽ, ढेर आदमी बधाई के पात्र हउवन। हम अकेले ई काम नइखी कइले, येह में जयशंकर जी अउर भगवान दास जी जइसने लोगन के बड़ा योगदान हौ।"

"ठीके हौ। कौनो बड़ा काम अकेले तऽ नाहिये होले, येह में पूरा समाज सहयोग देवला, लेकिन जे आदमी ई काम के सम्पन्न करावलाऽ, ओकरे योगदान सबसे बड़ा मानल जाला।"

प्रसाद स्वयं हाथ में मिष्टान्न की तश्तरी और पानी से भरा गिलास पकड़े हुए आ गए। यह सब सामने टेबुल पर रखते हुए वह चुपचाप बैठ गए।

शिवप्रसाद गुप्त ने आँखें मूँद ली हैं, जैसे अपने स्मृति-पटल को दृष्टि-किरणों से टटोलने-खंगालने में जुट गए हों! आवाज में दर्द, "काऽ करीं, बार-बार जेल जा-जाके आपन शरीर के तऽ हम ख़तमे कऽ देले हईं। अब कौनो शारीरिक खुराफात तऽ नहिंये कऽ सकत हईं, येही से सोचल गल कि कुछ अइसन काम कइल जाए जे आजादी के लड़ाई में कुछ सार्थक योगदान जोड़ सके। पिछलका साल एगो अखबार खोलल गल हौ—'आज'। अब येह साल ई एगो शिक्षण संस्थान भी।" धीरे-धीरे स्वर सख्त हो चला है, "गांधी जी अँगरेजी स्कूल-कॉलेजन के बहिष्कार अउर स्वदेशी शिक्षा अपनावेके आह्वान कइले हउवन, इहे दृष्टि से काशी के लोगन के सार्थक विकल्प उपलब्ध करावे के लक्ष्य से काशी विद्यापीठ बनावल गल हौ। ई शुद्ध रूप से देशी संस्था रही अउर जनता के पइसे से चली, येह में एक पाई भी अँगरेजन से ना लिहल जाई। व्यवस्था अइसन बनावल जात हौ कि ई संस्था स्वावलम्बी अउर स्वाभिमानी-स्वतंत्र बनल रहे—हमेशा-हमेशा।"

लखरानी ने दोनों हाथ उठाकर जैसे शुभकामनाओं की वर्षा शुरू कर दी, "तूं ई दुनो बहुत बड़ा काम कै देलाऽ। येह बदे तोहरे देश भर में हमेशा-हमशा याद कइल जाई। तूं युग-युग जिआऽ, देश-समाज खातिर आगे भी अइसने काम हमेशा कराऽ, हमर तऽ इहे कामना हौ।"

"असल में हमें ई लगत हौ कि..." प्रसाद ने भाभीश्री को समझाते हुए अपनी ओर से जोड़ा, "पाँच साल पहिलवाँ जे काशी हिन्दू विश्वविद्यालय के स्थापना भल, ओह दउरान मालवीय जी के संगे ई भाईसाहब आपन प्रान्त के अलावा पंजाब, बंगाल, बिहार, राजस्थान के खूब भ्रमण कै चुकल हउवन। उहे दउरान इनके मन में कुछ अइसन प्रेरणा पनपल होत जे विद्यापीठ के रूप में प्रकट भल होई।"

"ऐसा कुछ नहीं है भाई! मालवीय जी के साथ मैं जो भ्रमण पर रहा, उस दौरान उनके उस अभियान के प्रति मेरी शुद्ध समर्पण व सहयोग की भावना ही रही..." शिवप्रसाद गुप्त हँसने लगे, "अनुकरण आदि की कोई दूसरी बात कदापि नहीं। बी.एच.यू. को सम्भव बनाया जाना सचमुच देश की एक ऐतिहासिक घटना है और मैं तो यही समझता हूँ कि यह कार्य सिर्फ और सिर्फ उन्हीं जैसे हठयोगी के हाथों पूरा होना सम्भव था, जिस अकम्प प्रतिबद्धता के साथ उन्होंने अपना यह एकल लक्ष्य प्राप्त

करने में किसी भी तरह के व्यक्तिगत मान-अपमान की कोई परवाह नहीं की। यह पूरा प्रकरण अद्भुत और प्रेरक है। मैं तो कहूँगा कि बी.एच.यू. की स्थापना के पीछे मालवीय जी का मूल लक्ष्य रहा : सर्वविद्या के इस प्राचीनतम केन्द्र को आधुनिकतम शिक्षा की सर्वोच्च साधन-सुविधा से सम्पन्न करना, जबकि काशी विद्यापीठ के पीछे मेरा इकलौता उद्देश्य है : गांधी जी के आह्वान को साकार करने की दिशा में थोड़ा-सा सहयोग देने का प्रयास करना यानी अँगरेजी शिक्षा-प्रणाली के विरुद्ध स्वदेशी शिक्षा का विकल्प गढ़कर सबको उपलब्ध कराना।"

लखरानी और प्रसाद के आग्रह पर उन्होंने तश्तरी की ओर हाथ बढ़ाया। मिष्टान्न लेकर खाने लगे।

"भाई साहब," प्रसाद ने मुस्कुराकर ताका, "आपने यह बात गौर की या नहीं?"

"क्या भला?" उन्होंने जिज्ञासा की।

लखरानी उठकर भीतर की ओर बढ़ गईं।

"चार-पाँच साल पहले जब बी.एच.यू. की स्थापना हो रही थी और गांधी जी आए थे, उस समय यहाँ होमरूल आन्दोलन चल रहा था। इसके एकदम समानान्तर इस साल जबकि विद्यापीठ की स्थापना हुई, यहाँ प्रिंस ऑफ वेल्स आए और उन्हें जनता का भारी रोष और विरोध-बहिष्कार झेलना पड़ा।"

कथन-शैली में तुलनात्मक विश्लेषण का अंदाज किन्तु स्वर और आँखों में व्यंग्यात्मक चमक। शिवप्रसाद गुप्त ध्यान से सुनते-ताकते रहे। वह अपनी गति में आगे बोलते चले गए, "उस समय वाली घटना में गति थोड़ी ढीली रही, जबकि इस बार तो तीव्रता भी है और आग की भभक भी।"

"अब इस तरह मनमाना मतलब-उगाही मत चलाओ कविवर! मूल बात तो यह कि इन पाँच वर्षों के दौरान अँगरेजों के प्रति जन-प्रतिरोध अपेक्षाकृत अधिक प्रखर और ज्वलनशील हुआ है, इसलिए 'आन्दोलन' से 'बहिष्कार' तक का बदलाव गोचर हो रहा है। यह विकास स्वाभाविक है और तब्दीली तो हमारे मनमुताबिक ही।"

बाहर से दौड़कर चेखुरा आया, "पाँच-छौ बिला आइल हउवन। सब तऽ सरकारिये मोलाजिम बुझात हउवन। आपके बारे में पूछत हउवन, काऽ कह दीं?"

"सरकारी मुलाजिम? देखे में कइसन हउवन? पुलिस वाला सब हउवन काऽ?" लखरानी की आवाज घबराहट से थरथराने लगीं।

"वरदी तऽ नइखन पहिनले, रजिस्टर और कागज-पत्तर लेले हउवन सब।" चेखुरा ने बताया।

शिवप्रसाद गुप्त ने सिर हिलाकर बात को समझ लेने का संकेत दिया, "अरे भाई, हम बूझत हईं, ई जनगणना-कर्मी सब हउवन। सबेरवां हमरो इहाँ पहुँचल रलन सब। नये सिरे से जनगणना होत हौ। सबके नाम-उम्र आदि नोट करके चल जइहें ई लोग। कौनो दोसर बात तऽ नाहीं होवे के चाहीं।"

प्रसाद ने चेखुरा को समझाया, "जाओ, तुम्हीं बता दो यार! तुम तो सब जानते ही हो, कुछ छुपा हुआ तो है नहीं तुमसे।"

चेखुरा उल्टे पाँव बाहर चला गया।

प्रसाद उठे और दीवार वाली अलमारी की ओर बढ़ गए। लौटे तो हाथ में एक पुस्तक। निकट पहुँच शिवप्रसाद गुप्त की ओर पुस्तक बढ़ा दी, "भाई साहब, यह है हमारी नई पुस्तक—'विशाख' नाटक। आपको यह प्रति भेंट कर रहा हूँ, मौका निकालकर पढ़िएगा।"

"अरे वाह, 'विशाख' नाटक? जयशंकर जी, इसे लेकर अब आपके कुल कितने नाटक छप गए? कुल कितनी पुस्तकें हो गईं?"

"नाटक तो छह।" तनिक ससंकोच आगे बोले, "इनके अलावा कविता की चार और कहानियों की एक पुस्तक।"

"वाह, वाह! और, अब लगे हाथ यह भी बता दीजिए कि इन दिनों आप क्या लिख-पढ़ रहे हैं?"

"एक लम्बी काव्य-रचना पर काम कर रहा हूँ। इसका सम्भावित शीर्षक 'आँसू' है।"

"वाह, बहुत खूब! व्यक्तिगत रूप से मैं आपको मूलतः कवि ही मानता हूँ। आपकी कविताओं में बहुत भावप्रवणता है। इनमें मन के पिघलने, हृदय के तरंगित होने-बजने और चिन्तन के जीवन-जगत के कोने-कोने में विचरने की जो सूक्ष्म अनुभूतियाँ भरी हुई हैं, वे अद्‌भुत हैं।"

"आपके विचार मेरे लिए बहुत मायने रखते हैं, इसलिए यह जानकर थोड़ी निराशा तो अवश्य हो रही है कि आप मेरे रचनाकार-अस्तित्व को खंडों में बाँट-बाँटकर देखते हैं।"

"लेकिन इसका मतलब यह कदापि नहीं लगाइए कि मैं आपकी अन्य विधाओं के लेखन-प्रयासों से अनभिज्ञ या असहमत हूँ।" वह स्वयं के गलत समझे जाने पर चिन्तित हो उठे। बात साफ करने का उपक्रम करने लगे, "आप जो कुछ भी लिख रहे हैं, वह गम्भीर प्रयास है, और अभिव्यक्ति की विविध विधाओं-शैलियों का चयन भी आप यों ही नहीं करते। हर रचना-रूप के तेवर भी अन्य से भिन्न। नाटकों में इतिहास के गर्वीले और उद्‌बोधक प्रसंग दृश्यमान हैं, तो कविताओं में भावनाओं की गहन गहराइयाँ हैं और विचारों की ऊँची उड़ानें। 'छाया' संग्रह भी मैंने पढ़ा है। आपकी कहानियाँ भी सर्वथा अलग हैं। यह चर्चा कि आपके सृजन-प्रयास बहुआयामी होते हैं, सोलह आने सच है। मैं इसमें 'बहुआयामी' के साथ एक शब्द अपनी ओर से जोड़ देना अत्यन्त जरूरी समझ रहा हूँ : 'बहुमूल्य'!"

"व्यवसाय-अध्यवसाय हो या जीवन का कोई भी क्षेत्र, उसमें निरंतर प्रवाहमयता बनी रहनी चाहिए। हर क्षण नयेपन का सृजन-परिणाम और पुरातन से मुक्ति का प्रयास दिखना चाहिए। दरअसल नित्य नूतनता ही प्रकृति और जीवन की आधारभूमि है, इसीलिए तो यह संसार हर क्षण नया हो रहा है। प्रत्येक साँस-धड़कन जैसे जीवन को नवीकृत करती चलती है, वैसे ही हरेक क्षण-स्पंदन संसार को, क्योंकि हमेशा प्रति आगामी क्षण ऐसे दृश्य-प्रदृश्य आने तय हैं, जैसे न पहले कभी थे, न भविष्य में कभी होंगे। यह प्रकृति वस्तुतः अपूर्वधर्मा है और इसका सारा कार्य-व्यापार मूलतः पुनर्नवा।" प्रसाद ने भँवर

जैसी घूमती दृष्टि टिका दी, "बहती जल-धारा नदी को ताजा बनाए रहती है जबकि ठहरा हुआ जल तालाब को गन्दा और ऊबाऊ। जीवन के प्रत्येक क्षेत्र का यही नियति-क्रम है।"

"मित्र, तुम यह कर क्या रहे हो?" दास ने आँखें गड़ा दीं, "कविता-पाठ या कोई नया सिद्धान्त-प्रतिपादन?...मैं समझा नहीं, कहना क्या चाहते हो, साफ-साफ बताओ न!"

"भई, अब ऐसा तिलिस्म भी न गढ़ दो कि मुझे दैनिक व्यवहार की अपनी उक्ति-अभिव्यक्ति की सम्प्रेषणीयता पर भी स्वयं ही सन्देह होने लगे!" तिलमिला उठे प्रसाद, "मैंने भला ऐसा क्या कठिन-क्लिष्ट कह दिया है जो तुम्हें समझ में नहीं आ रहा? घड़ा यदि उलटकर स्थिर कर दिया जाए तो ऊपर से नदी ही क्यों न बरस पड़े, उसमें तो एक बूँद भी जाने से रही, लेकिन इसका जिम्मेदार कौन? घड़ा, या बारिश? लगता है, तुम भी कान और दिमाग को औंधकर रख चुके हो, इसलिए इसमें भला मेरा क्या दोष?"

चुपचाप सुनते दास सस्मित ताकते रहे। प्रसाद के स्वर-अंदाज में विचार-विनिमय की आती-जाती बयार बजने लगी, "मैं अब सीधे-सीधे अपनी बात बताऊँ, सुनो।... मेरी इच्छा है कि सुँघनी के पारम्परिक व्यवसाय के अतिरिक्त हमें अब दूसरे क्षेत्र में भी हाथ डालना चाहिए।"

"कहीं तुम्हारे मन में प्रकाशन व्यवसाय को लेकर कोई योजना तो नहीं?"

"नहीं। तुम तुरन्त अपने कान खड़े न कर लो। तुम्हारे धंधे को टक्कर देने की कोई योजना नहीं।" प्रसाद हल्के मुस्कुराए, फिर संजीदा होकर आगे, "मेरा लक्ष्य है कोई अन्य काम।...व्यवसाय जैसा व्यवसाय।"

"क्या प्रकाशन कोई व्यवसाय नहीं? इसके प्रति ऐसा असम्मान-भाव क्यों?"

"फिर मामला फँसाने लगे! मैं इसे कमाई का साधन नहीं, बल्कि सेवा का व्रत मानता हूँ मित्र—खास कर तब, जब यह कार्य कोई शब्द-साधक अपने हाथ में ले। क्या यह असम्मान का द्योतक है?"

"नहीं, नहीं, तब तो ठीक है।"

"मैं दरअसल किसी ऐसे धंधे में हाथ आजमाना चाहता हूँ जिसमें मोटी कमाई हो।"

"बिलकुल। तब तो हाथ ही क्यों, पाँव भी आजमाना यानी कि पसारना चाहिए।"

"अच्छा, तो? तुम इसे मजाक में ले रहे हो"

"मैं नहीं, मुझे तुम्हीं पर सन्देह है।"

"मुझी पर?"

"और नहीं तो क्या!"

"मतलब?"

"मतलब क्या! भई, यदि किसी नये व्यवसाय पर कुछ संजीदगी से सोच रहे हो तो मुझसे क्यों बात कर रहे हो? जो धंधा चुन रहे हो, उसके किसी व्यावहारिक अनुभव-प्राप्त व्यक्ति से मशविरा करो, वही ज्यादा सही सलाह दे सकता है। वैसे, तुम्हें सबसे पहले इस पर अपने घर में अपनी भाभीश्री से बात करनी चाहिए, धर्मपत्नी से सलाह लेनी चाहिए। मेरा तो प्रकाशन व्यवसाय के अलावा सामान्य बाजार-व्यवसाय से दूर-दूर तक कोई नाता नहीं बल्कि मुझमें घोर अरुचि तक है—वह भी ऐसी कि कुछ देर यदि इसी बात को मथते-मिलाते रह गए तो मैं या तो मूर्च्छित होकर यहीं लम्बा हो जाऊँ या

चीखता-चिल्लाता हुआ यहाँ से पलायन तक कर जाऊँ, और तुम्हें यह सब ठीक से पता भी है। इसीलिए तो मुझे सन्देह हो रहा है कि तुम इसे गपोड़ी मामला बनाकर केवल बौद्धिक जुगाली तो नहीं करना चाह रहे?"

"रोटी का असली स्वाद भूखा जानता है, भर ढींढ़ ठूँसकर पसरा नाक फरफराता तोंदिल नहीं। सफलता का सच्चा मर्म भी विजयोन्मत्त कोई सफल-सन्तुष्ट या मस्त-मदहोश व्यक्ति नहीं, विफलता से कराहता इनसान ही बता सकता है। इसी दृष्टि से नये व्यवसाय की सफलता पर तुम जैसे कराहते प्रकाशक अर्थात् विफल व्यवसायी से चर्चा करना भला कैसे अनुचित है?" बोलते हुए प्रसाद रुके और हँसे।

दास ने तेज-तेज सिर हिलाया, यह व्यक्त करते हुए कि इन उलटबाँसियों को वह खूब समझ रहे हैं।

"भई, ऐसा है," प्रसाद ने आगे अंदाज बदला, "समान धंधेवाला तो सबसे पहले नये प्रस्ताव को अपने सन्दर्भ में सोचेगा। अपना भावी खतरा तौलेगा। ईर्ष्या-द्वेष जैसी कमजोरियों से दो-चार होगा, फिर यदि कुछ कहने की स्थिति में रह सके, तभी तो वह कोई राय जाहिर करेगा! ऐसी-ऐसी दुर्घटनाएँ कम-से-कम तुम्हारे साथ चर्चा में तो कतई सम्भव नहीं हैं। इसीलिए तो तुमसे चर्चा कर रहा हूँ।"

"हाँ, यह हुई सहज शब्दों में साफ बात।" दास ने जम्हाई ली, "साधारण बात को साधारण ढंग से ही कहो तो ज्यादा अच्छा।"

"लेकिन तुमसे यह सहज संवाद करने के लिए मुझे असहज प्रयास करना पड़ा।" प्रसाद ने साफ किया, "बात तो अपनी शब्दावली को पात्र देखकर स्वयं तय करती है।...और जब तुम्हीं असाधारण हो तो बात सहजतापूर्वक भला साधारण कैसे निकले?"

"खैर, बताओ, तैयार हूँ सुनने को भी और अपनी बुद्धि-क्षमता के अनुरूप कुछ सुझाने के लिए भी।"

"मेरा विचार है कि बी.एच.यू. परिसर में एक बढ़िया बहुआयामी दुकान चल सकती है—ऐसी, जिसमें घर-रसोई की सारी चीजें हों तो कपड़ा आदि जैसी वस्तुएँ भी।"

"हाँ। एक बढ़िया दुकान की आवश्यकता तो वहाँ है किन्तु यह बहुआयामी वाली तुम्हारी अवधारणा थोड़ी बाधक लग रही है। घर-रसोई की चीजें तो ठीक लेकिन इन्हीं के साथ-साथ कपड़ा वगैरह भी रहे, यह कुछ अटपटा लग रहा है। भला ऐसी सारी चीजें एक ही दुकान में कैसे हो सकती हैं? तराजू से तौलने और गज से मापने वाली चीजें एक ही आदमी कैसे बेचेगा?" बोलते हुए दास सोच-सोचकर परेशान हो उठे, "भई, अपनी साहित्यिक शैली में ही सोचकर देखो न! कोई भी रचना या तो कविता रहे या कहानी अथवा नाटक या उपन्यास ही—अब यह क्या कि एक ही रचना में सारी विधाएँ गोतकर रख दी जाएँ!"

"तुम अपनी तरह से ठीक सोच रहे हो, लेकिन दिक्कत यही है कि तुम पारम्परिक सोच-शैली से टस से मस नहीं हो रहे। मैंने शुरू में जो नयेपन की बात कही है, उसके अनुरूप सोचकर देखो—यदि एक ही दुकान में सब सामान मिले तो क्या अपने-आपमें एक नई और अत्यन्त ध्यानाकर्षक बात नहीं होगी? 'एक दुकान सब सामान, मत घूमो दुकान-दुकान'—क्या यहाँ यह अपने-आपमें एक नया प्रयोग नहीं होगा?"

"वाह भई, चाणक्य! यानी कि जैसे तुम्हारा प्रयास कविता में नई शैलियाँ आविष्कृत करने का होता है, वैसी ही प्रयोग-दृष्टि व्यवसाय में भी अपनाना चाहते हो? गुड!"

"क्षेत्र कोई हो, व्यक्ति की मूल दृष्टि-प्रकृति तो वही रहेगी न!"

"और नहीं तो क्या! व्यवसाय जयशंकर प्रसाद का हो और यह प्रसाद गुण से वंचित रहे, ऐसा कैसे सम्भव है?"

मगनभाई देसाई उठकर धीरे-धीरे रेंगता हुआ जा चुका है किन्तु दिमाग में तेज-तेज उथल-पुथल बोकर। बेचैन हैं प्रसाद : क्या हालत होती जा रही है इस व्यक्ति की! आँखों के सामने से हट ही नहीं रही उसकी जर्जर काया। रूखे झाँईं-खाये बाल, सूखी क्यारियों के टटाये पौधों जैसे। वक्त के बुने मकड़जाल में कसता फँसा-धँसा गिजमिज चेहरा। कॉलर से ऊपर गले, कनपट्टियों और कमीज से बाहर निकले हाथों में जगह-जगह उभरी टेढ़ी-टटाई काली शरीरी सुतलियाँ। घमाये-घिसे रंगउड़े कपड़ों के नीचे से झाँकती टिढुआई ठठरी—बहुत कुछ मार्मिक बयान करती हुई। कभी बेमन-बेमतलब फिस्स-फिस्स हँसी-मुस्कान तो कभी बेवक्त अकेले में फुसफुस-बड़बड़ आत्मप्रलाप। उदासी में डूबा-डूबा-सा विवाह-वंचित व्यक्ति।

मन में बार-बार उठ रहा है : लोग लाख कुछ कहें, जीवन और साहित्य के मिजाज परस्पर कितने विरोधाभासी हैं! रचना-जगत में यदि कोई प्रयोगधर्मी होकर पेश हो तो परंपरा के कुछ आदती जन भले ही छींकें-छनछनाएँ, अन्ततः इसे तत्काल या कुछ समय बाद आम तौर पर सराहना ही अधिक मिलती है। इसके समानान्तर जीवन-परिधि को प्रयोगशाला रूप में व्यवहृत करना कैसा जोखिम भरा काम है! ऐसे प्रयोगों से क्या-क्या गति-दुर्गति सम्भव है, मगनभाई का हश्र बानगी ही नहीं, इसका प्रकट साक्ष्य भी है। नित नया सोचने-करने की ललक ने ही तो इस शख्स को कहीं का नहीं छोड़ा है। आधी जिन्दगी जियान हो गई—न घर-परिवार बसा, न दो रोटी का पक्का इन्तजाम बन सका।

इस व्यक्ति को मदद की जानी चाहिए। लेकिन कैसे? किस काम में इसे लगाया जाए? इसने अपनी जो कहानी सुनाई है और जो स्वभाव प्रकट किया है, उस सबसे तो नहीं लगता कि यह कभी व्यावहारिक बन सकता है। कोई तभी तो कुछ कर सकता है जब सबसे पहले स्वयं को कहीं टिका सके। किसी काम को नियमित करते जाना तो इसकी नियति ही नहीं। नई लीक खींचने वाला स्वयं उस पर लगातार चल कहाँ पाता है! सामूहिक भविष्य बुनने वाले का व्यक्तिगत वर्तमान अक्सर पटरी से छिटका हुआ दिखाई पड़ता है।

विचलित हैं प्रसाद। मगनभाई की आकृति-प्रकृति और अनेक छवियाँ बार-बार दिमाग में जैसे खिंच-चल रही हों! उसका मौन कैसा हाहाकार से भरा हुआ है! चुप्पी चुभती हुई-सी। पिसी हुई मुस्कान में कैसी हृदयविदारक कातरता है! मुँह से शब्द कैसे मसले-मुरझाए हुए निकालता है!

जैसाकि कमला ने सुनाया था : उस दिन वह घर पर आया तो प्रसाद कहीं निकले हुए थे। परिसर में घुसा तो सामने कमला ही दिख गईं। वह झेंपता-सा ठिठक गया।

दोनों मुट्ठीबंद हाथ अपने मुँह के पास कुछ यों ले गया कि भ्रम उत्पन्न हो गया। पता ही नहीं चला कि नमस्ते कर रहा है या आँखें ढक-खुजला रहा है! बोला भी पूरा वाक्य किन्तु ऐसे मिमियाकर कि कुछ सुनाई न पड़ सका। एक ही शब्द 'बाऊस्साब' समझ में आया, इसलिए उन्होंने फिलहाल उनके घर में न होने की बात बता दी। इस पर वह ऐसी गति से पीछे मुड़ा गोया उसमें अचानक बिजली समा गई हो! लगा ही नहीं कि यह वही व्यक्ति है जो अभी-अभी एक क्षण पहले तक मद्धिम-मद्धिम टिमटिमा रहा था। तेज-तेज ऐसे कदम बढ़ाने लगा, जैसे जा नहीं, उधिया रहा हो! कमला देवी ने तुरन्त संतू को बुलाया और इस जाते हुए आदमी को बुला लाने को कहा। वह काफी आगे निकल चुका था।

दौड़ते हुए संतू ने तेज-तेज आवाज लगाई। वह रुक तो गया किन्तु मुँह बनाते हुए कुनमुनाने लगा। संतू उसके पास पहुँच गया, लेकिन वह लौटने को तैयार नहीं, "बाऊस्साब नइखन तऽ हम जात हई, बाद में कब्बो आके उनके से मिल लेब।"

संतू ने उसे समझाया-बुझाया और यह अहसास कराया कि उसे मालकिन भी जानती हैं तथा उसके प्रति सहानुभूति रखती हैं, तो वह अनमने ढंग से राजी हुआ। वह उसे साग्रह अपने साथ लाया। बैठकखाने में बिठाया गया।

कमला पहुँचीं, "आपको परेशानी क्या है? क्यों इतने बेहाल दिखते हैं?"

"दिखना क्या, मैं तो परेशान हूँ ही।" वह सकपकाया, "बूढ़े माता-पिता गुजरात में हैं। मैं कमाने के लिए घर से निकला था, पहुँच गया बनारस। यहाँ कमाना क्या, अब तक खुद को ही तीन-चौथाई खरच कर चुका हूँ। मुझे इस इतनी बड़ी धरती पर आज तक कभी किसी ने कोई अहमियत नहीं दी।"

"प्रसाद जी तो आपको लेकर आजकल बहुत चिन्तित।"

"हाँ, अब वही एक ऐसे व्यक्ति मिले हैं जिन्होंने मेरी भावनाएँ समझीं और मुझे बहुत सहारा दिया है।"

"तो आप इसकी प्रतिष्ठा रखिएगा," कमला ने अपने सिर का आँचल ठीक किया, "प्रसाद जी आपको लेकर सचमुच बहुत चिंताकुल हैं। आपके लिए कुछ अच्छा सोच भी रहे हैं।"

प्रसाद कहीं से वापस आ गए। साथ में व्यास भी। कमला जाने के लिए उठीं तो प्रसाद ने रोका। वह यथास्थान बैठ गईं। व्यास भी। प्रसाद प्रयोजनपूर्वक जल्दी-जल्दी भीतर गए। सभी प्रायः चुप। कुछ ही क्षणों में वह भीतर से लौटे तो सर्वथा घरेलू अंदाज में। एक गमछा कमर में, दूसरा कंधे पर, "मगनभाई, खूब मगन होकर काम करना होगा। तुम्हारा कुछ जुगाड़ होने वाला है, अपना नाम सार्थक करके दिखाना।"

खुशी जैसे उसके अंग-अंग में गुदगुदी की तरह गुनगुना उठी। काले-कंटीले होंठों पर मुस्कान खिल आई, "इस बार कोई लापरवाही नहीं करूँगा। अपना यह नया काम आगे भी जारी रखूँगा...क्या करना होगा मुझे?"

प्रसाद ने बी.एच.यू. परिसर में दुकान की अपनी योजना, तैयारी और इसे सँभालने में उसकी मुख्य भूमिका की सविस्तार जानकारी दी। अपेक्षा के अनुकूल ही उसने उत्साह

दिखाया। चर्चा के दौरान वह एक-एक कदम आगे बढ़-बढ़कर सहमति और प्रस्तावित कार्य के संदर्भ में अपनी सूचना-सम्पन्नता जताता रहा।

प्रयास सफल रहा। बी.एच.यू. प्रशासन ने परिसर की आवश्यकता के मद्देनजर दुकान खोलने की न केवल अनुमति दे दी बल्कि इसके लिए एक क्वार्टर भी आवंटित कर दिया। देखते-ही-देखते पखवारे भर के भीतर दुकान ने आकार ग्रहण कर लिया। गल्ला, किराना, कलम-कागज-फाइलें आदि से लेकर वस्त्र आदि तक सब एक ही छत के नीचे उपलब्ध। परिसर अब तक जैसे इसी की प्रतीक्षा में बैठा रहा हो! महीना बीतते न बीतते दुकान जमजमा उठी।

प्रसाद गद्‌गद। कभी दास तो कभी व्यास को साथ लिये वह प्राय: प्रतिदिन शाम को आ पहुँचते। भीड़-भाड़ और कितनी भी उमड़ती भीड़ में मगनभाई को चुपचाप काम में जुटा देखना उन्हें अच्छा लगता। कभी मगनभाई के मूल स्वभाव का ध्यान आते संशय होता तो कभी उसके ताजा संकल्पों पर भरोसा चमकने लगता।

शाम का समय। अकेले ही पहुँचे प्रसाद। मगनभाई भीड़ से मुखातिब, काम में तल्लीन। पसीने-पसीने। ग्राहकों में स्त्रियाँ अधिक। उन्हें आया देख वह भीतर ही थोड़ा-सा मुस्तैद हुआ। प्रसाद ने दोनों हाथ उठाकर काम में जुटे रहने का संकेत दिया। फिर चौड़ी सड़क को ध्यान से देखते वह आहिस्ता-आहिस्ता आगे बढ़ गए। सामने दास आते दिखे तो मन खिल उठा। पास पहुँचते ही प्रसाद मुस्कुराए, "मैं तो 'सीता निवास' ही आ रहा था, तुम्हारे पास।"

"मस्तिष्क ने तो नहीं, शायद हृदय ने यह भाव-संकेत ग्रहण कर लिया हो! सच मानो, लग रहा था कि अभी तुमसे भेंट होनी ही होनी है, इसीलिए उठकर चल पड़ा। अब देखो कि ऐन इसी समय तुम भी ऐसी ही इच्छा से भरे बढ़ते चले आ रहे हो..." दास आगे लपके तो प्रसाद ने बढ़े हुए हाथ पकड़ लिए। दोनों के चेहरों पर एक जैसी मृदुल मुस्कान रँगी हुई है।

दास ने प्रश्नवाचक दृष्टि फैलाई, "पीछे लौटा जाए या दुकान की ओर बढ़ चलें?"

"तुम जहाँ रहते हो, वहाँ तो हजारों वर्ष पुरानी भूली-बिसरी कलाएँ भी नवीकृत व अग्रसारित हो रही हैं। ऐसा स्थान भला 'पीछे' कैसे हुआ?" प्रसाद हँसे।

"मूल तथ्य तो यही कि आगे-पीछे और ऊपर-नीचे आदि जैसी तमाम अवधारणाएँ ही भ्रामक हैं। पृथ्वी के तो हर ओर अनन्त ब्रह्मांड फैला हुआ है, ऐसे में कौन-सा हिस्सा ऊपर और कौन-सा भाग नीचे? धरा-वृत्त के जिस परिधि-पटल पर हम हैं, यही ऊपर है या ठीक इसके विपरीत दूसरी ओर वाला? उसी तरह सामने से आओ तो उसके उलट वाला भाग चाहे भले 'पीछे' लगे, इसकी विपरीत दिशा से तो यह विलोम ही दिखेगा।" दोनों 'सीता निवास' की ओर बढ़ने लगे।

"मित्र, तुम भी मामूली चिन्तक नहीं हो!" प्रसाद मुस्कुराए।

"चिन्तक में कुछ सन्देह हो तो हो, मेरे 'चिन्ताजनक' होने में किसी को कोई सन्देह नहीं होना चाहिए।"

"ऐसा भी क्यों भला?" प्रसाद चौंके।

"चिन्तन तो मैं शायद ही कभी कर पाता हूँ जबकि हर समय चिन्ताएँ एक से एक पैदा करता रहता हूँ—कभी गुप्त-काल की कोई मूर्ति काल-गर्त से निकालकर तो कभी इससे भी आगे पाषाण-काल का कोई अवशेष कलाकृति खंड सामने रखकर। इसके बाद विषय-विशेषज्ञ और पुरा-व्याख्याकार उत्खनन में जुटकर करते रहें, इसकी पुष्टि-तुष्टि और तथ्य का क्रमिक विश्लेषण। यह सब उनके सिर पर चिन्ता-बोझ ही लादना हुआ न! ऐसे में चिन्ताओं का यह 'जनक' आखिर क्या हुआ—चिन्ताजनक ही तो!" बोलकर दास हँसे।

अपेक्षाकृत प्रतिक्रिया नहीं मिलने पर दूसरे ही पल मन-ही-मन अचकचाए। बच-बचाकर दृष्टि डाली। प्रसाद के चेहरे पर चींटियों की पाँत जैसी रेखाएँ चल-टहल रही हैं। उन्हें लगा कि उनके मन-मस्तिष्क में भी कुछ नये मेघ-खंड उमड़ने-घुमड़ने लगे हैं। वह भी चुप हो गए। दोनों साथ-साथ चलते रहे।

पीछे से किसी की हाँक। दास ठिठक गए। प्रसाद ने जैसे पुकार सुनी ही न हो। दास के रुकने का भी उन्हें पता नहीं चल सका। वह तीक्ष्ण दृष्टि फेंकते सामने बढ़ते रहे।

दास ने देखा, पीछे से तेज कदमों से चले आ रहे हैं व्यास। कुछ कदम आगे प्रसाद भी रुक गए। दास ने व्यास का अभिवादन सस्नेह स्वीकार किया। अब दोनों प्रसाद की ओर बढ़ने लगे। वह भी ताकते तो इधर ही दिखे किन्तु इस तरह, जैसे दोनों को ही पहचान नहीं पा रहे हों! पास आकर व्यास ने अभिवादन किया। प्रसाद अब भी वैसे ही। भाव-भंग दृष्टि। दास ने आहिस्ते टोका, "क्या बात है चाणक्य, अँगरेजकालीन भारत से कूदकर मौर्यकालीन मगध में पहुँच चुके हो क्या?"

व्यास के होंठों पर संकोच खिंचा। दास ने हाथ पकड़कर हिलाया। प्रसाद औचक, जैसे विचार-सागर की लहरों से लौट आए हों, "अं...क्क्या! क्क्या कहा तुमने?"

"कुछ विशेष नहीं, मित्र! मैं यही पूछ रहा हूँ कि कहीं इतिहास के पाताल में तो नहीं उतर चुके हो?" बोलकर दास ने मन्द-मन्द मुस्कुराते हुए ताका।

"हाँ, लेकिन तुम भी तो इसी प्रजाति-वर्ग के उत्खनक हो।" प्रसाद ने दृष्टि डाली।

"मैं इतिहास का आदमी तो हूँ किन्तु उत्खनक कदापि नहीं।"

"उत्खनक या अवशेष-बटोरक—प्रजाति तो एक ही हुई न!"

"ऐसा कैसे मित्र?" दास ने मुड़कर ताका।

"बेशक इतिहास से तुम्हारा सरोकार थोड़ा भिन्न है, तुम किसी अवशेष के हाथ लगने पर ही संकेतित काल-कंदरा में उतरते हो, जबकि मुझे तो सब कुछ खुद ही गढ़ना-रचना पड़ता है—अवशेष भी, कालखंड भी।"

"अरे, मेरा क्या! मैं तो आदत से लाचार-भर हूँ। पुरा-अवशेष देखकर ही हरकत में आता हूँ लेकिन तुम?" दास ने जोर-जोर से सिर हिलाते हुए उलाहना देने की भंगिमा बनाई, "बाप रे बाप, तुम तो हाथ-पाँव धोकर इतिहास के पीछे ही पड़े हुए हो! कहाँ-कहाँ से खोद-खोदकर अजातशत्रु को खोज निकाला और इतिहास की भग्न मूर्ति को नाट्य

साहित्य का नायक बनाकर सजीव खड़ा भी कर दिया।...और अब कहाँ स्कन्दगुप्त, तो कहाँ चन्द्रगुप्त से लेकर ध्रुवस्वामिनी तक की तलाश में शताब्दियाँ-सहस्राब्दियाँ रौंदने में जुटे हुए हो!"

"बहरहाल, जो हो, हम दोनों अन्तत: हैं तो इतिहास के ही रसिया।"

"पुरावशेषों का संकेत-सूत्र यानी रस्सी पकड़कर कुछ हरकतें तो मैं करता हूँ, इसलिए रसिया मुझे ही कहा जा सकता है, लेकिन तुम तो रसिया नहीं, 'फँसिया' हो— सचमुच फँसिया। दिमाग दौड़ाते-दौड़ाते कब अचानक सैकड़ों-हजारों साल पुराने किस पूरे कालखंड को ही कलम की नोक में फँसा लोगे, कोई नहीं जानता।"

"क्या बात है मित्र, यह मजाक का औचक मारक अंदाज है या मार-प्रहार का सुनियोजित मजाकिया नुस्खा?" प्रसाद ने मुस्कुराते हुए ही किन्तु आँखों में दृढ़ता से झाँका।

"अरे क्या बात कर रहे हो यार!" दास को लग गया कि यह मौखिक निशानेबाजी ठीक नहीं, खामख्वाह आपस में गलतफहमी पैदा हो सकती है। उन्होंने तुरन्त स्वर बदल लिया, "हम दोनों के बीच औचक के अलावा जो कुछ होता है, वह चौचक ही होता है, कुछ और नहीं।"

"लेकिन तुम्हारे औचक ने तो सचमुच मुझे भौचक कर दिया है।" प्रसाद हल्के मुस्कुराए।

दास ने राहत की साँस ली। 'सीता निवास' सामने आ गया है, सम्भवत: यह देखकर ही उन्होंने बात समेट ली, "लेकिन मित्र, तुम्हारा यह औचक-चौचक रहा बहुत रोचक।"

दास ने हँसते हुए साग्रह दोनों को भीतर चलने का आमंत्रक संकेत दिया। अंदर पहुँचकर कुर्सियों पर जम गए तीनों।

दास ने ध्यान से ताकते हुए भौंहें उचकाईं, "मगनभाई तो बहुत श्रम कर रहा है भई!"

"हाँ, लेकिन बहुत अधिक।"

"तात्पर्य?"

"कहीं भी जब सीमा का अतिक्रमण होने लगे तो इसका अर्थ ही यही कि लगाम नाकाम हो चुकी है, और जहाँ 'अनियंत्रण' कायम हो जाए, वहाँ किसी दूरगामी सकारात्मकता की सम्भावना ही कहाँ बचती है।"

व्यास श्रोता बने बैठे हैं। दास जिज्ञासा से भरे हुए हैं, "मैं कुछ समझ नहीं पा रहा। सविस्तार न सही किन्तु समझने लायक तो तरलता लाकर बताओ।"

"मैं कहाँ कोई पहेली बुझा रहा हूँ मित्र?" प्रसाद मुस्कुराए, "बात तो साफ-साफ ही कह रहा हूँ कि जिस दीप की शिखा तीव्र हो जाए, उसका तेल जल्दी चुकेगा। मगनभाई इस कदर जरूरत से ज्यादा तीव्र गति से काम में जुटा हुआ है कि मुझे सन्देह हो रहा है।"

"सन्देह! क्या मतलब?"

"यही कि उसे इस काम से भी जल्दी ही ऊब महसूस हो सकती है। कदाचित् इसी स्वभाव-शैली के कारण उसका मन एक-एक कर कई कामों से उचट चुका है।"

"तुम्हारा क्या कहना है? क्या ऐसा व्यक्ति विश्वसनीय नहीं होता? वह अचानक कोई खेल भी कर सकता है?"

"खेल?...हाँ, ऐसा ही व्यक्ति इतिहास को बदलने जैसा बड़ा खेल कर सकता है। किसी बड़े अभियान के पथ का सबसे विश्वसनीय साथी हो सकता है।" प्रसाद का मुख दीप्त।

"अब फिर यह उल्टी बात क्यों शुरू कर दी?"

"उल्टी नहीं, यही तो सबसे सीधी-साफ बात है। सरल-सुलभ निर्धारित लीक पर टुकटुक-टुकटुक चलते चले जानेवाला व्यक्ति चलती दुनिया के साथ तो कदम मिला सकता है, चालू शब्दावली में 'कामयाब आदमी' भी साबित हो सकता है किन्तु उससे किसी युगान्तकारी बदलाव की अपेक्षा नहीं की जा सकती। सुख-शान्ति की गुलगुली गोद में सिर रखकर मीठे-मधुर सपने बुनता हुआ कोई आखिर क्रान्ति कैसे कर सकता है?" तर्जनी ताने प्रसाद दृढ़ता से बोलते चले जा रहे, "काल उसे सफलतापूर्वक निगलकर सर्वाधिक निहाल होता है जो सबसे ज्यादा समयबद्ध होता है। घड़ी की सूई के साथ चलकर खाने-पीने, घूमने-टहलने और सोने-जागने वाला व्यक्ति समय के साथ ही स्वयं भी व्यतीत हो जाता है। वैसे समय ऐसों को प्रदीर्घ अवकाश की लम्बी छूट भी देता है, ताकि समेटने के वक्त वह अपने लम्बे हाथों का लहराता हुआ आनन्ददायक प्रयोग कर सके। जैसे आकाश में महत्तम ऊँचाई पर कटने-काटने का खेल देखने का लुत्फ लेनेवाले पतंगबाज लटाई को अन्तिम गाँठ तक खाली हो जाने देते हैं।"

पल भर थमकर उन्होंने उपसंहार दिया, "कुल मिलाकर यही कि लीक तोड़ने वाले ही आकाश छेदते या पाताल फोड़ते हैं।"

लगातार बोलते हुए प्रसाद थक-से गए हैं। रुके। आँखें मूँद लीं। कुछ सोचने लगे।

"यार, मैं तुम्हें यदि चाणक्य कहता हूँ तो यों ही नहीं।" दास ने अपना मौन समेटा, "उस महान दार्शनिक ने तो अपने युग और मगध राज्य में एक काल-खंड विशेष में राजनीतिक नीति-युद्ध भर छेड़ा था, तुम तो शब्द-संसार के ऐसे चाणक्य के रूप में हमारे सामने हो जिसने विचार और दर्शन के अखंड अकाल क्षेत्र में ऐसा विचार-संघर्ष शुरू किया है जो हजारों साल पीछे और अगणित वर्ष आगे तक का कालखंड समेटता चला जा रहा है। निस्सन्देह यह विमर्श-परिधि सर्वथा असमाप्य है।"

दास फुर्ती से उठे। व्यक्त हुआ कि वह कुछ खाने-पीने का इन्तजाम करने जा रहे हैं।

"कुछ साहित्यानुरागी मानमन्दिर इलाके में एक कवि-सम्मेलन कराना चाहते हैं।" व्यास ने साग्रह निवेदन किया।

"ठीक तो है।" प्रसाद ने ध्यान से ताका।

"सबका आग्रह है कि इसमें आप भी पधारें।" अपनी ओर से भी निवेदन-भाव।

"मैं कैसे आ सकता हूँ?" उन्होंने तुरन्त कहा, "मेरी तबीयत ठीक नहीं।"

"यही तो उनमें से कई बोल रहे थे कि प्रसाद जी तबीयत खराब होने का बहाना बनाकर कट जाएँगे।"

"इसका मतलब तो यही कि आयोजकगण साहित्यनुरागी से अधिक भविष्य-द्रष्टा हैं?" प्रसाद मुस्कुराए, "तब तो उन्हें कवियों नहीं, ज्योतिषियों की गोष्ठी का आयोजन करना चाहिए।"

दास आ गए, "कहाँ ज्योतिषियों की गोष्ठी बुलवा रहे हो?"

प्रसाद ने प्रसंग बताया। दास ने चिन्ता जताई, "यार, तुम्हारे बारे में सचमुच यह धारणा आम स्तरों पर स्थापित हो चली है कि तुम गोष्ठियों-सम्मेलनों में जाने से बचते हो। लोगों को कविताएँ सुनाना तुम्हें पसन्द नहीं। यह कोई अच्छी छवि नहीं बन रही। तुम्हें इस पर विचार करना चाहिए।"

कुछ देर सभी चुप रहे। प्रसाद ने ही मौन को रौंदा, "देखो भई, क्या तुम भी ऐसा कहोगे? मेरी ऐसी भला कौन-सी रचना है जो तुम लोगों की पूर्व जानकारी के बिना सीधे छपकर सामने आ गई हो? सुनाता तो हूँ ही मित्रों को।"

"मेरा तात्पर्य यह नहीं कि तुम हमें नहीं सुनाते। शिकायत गोष्ठी-सम्मेलनों के प्रति तुम्हारे नकारात्मक रवैये को लेकर है।"

"नकारात्मक नहीं, इसे परहेजी रवैया कह सकते हो। भई, तुम तो जानते हो, मुझे अंतरंगों के बीच सहज वृत्त में रचना-पाठ करना रुचिकर लगता है। इसमें रचना-पाठ की प्रभावान्विति की अविकल-अकृत्रिम झलक, त्वरित विचार-विनिमय की सुविधा और सर्वोत्तम सुख यानी तृप्ति-अनुभूति मिलती है, जबकि भीड़-भाड़ के बीच अलग से ऊँचे उठे मंच पर चढ़कर वहाँ से रचना-पाठ करना मुझे निहायत ही प्रदर्शनवादी कृत्य लगता है।" प्रसाद ने हाथ फेंकते हुए मंचीय धुरंधरों के काव्य-पाठ के आक्रामक अंदाज का संकेत बनाया, "यह क्या कि सैकड़ों लोगों की स्वाभाविक सहमति-असहमतियों का आम प्रवाह रौंदता हुआ कोई एकतरफा हमला बोलता हुआ धड़धड़ाकर कुछ भी फेंकता-बरसाता चला जाए! इसके विपरीत छोटे वृत्त में रचना-पाठ करते हुए उपस्थित एक-एक व्यक्ति की पल-पल प्रतिक्रिया साफ-साफ मिलती चलती है। एक-एक भावक से निरंतर भाव-संचार बना रहता है। यह भी है कि रचना-प्रस्तोता और भावक का एक ही सतह पर विद्यमान होना समान मनोभूमि और समवेत भाव-संवाद की दशा भी निर्मित करता है। सोचकर देखो न, मंच और श्रोता-दीर्घा का समीकरण क्या दोनों पक्षों में मानसिक-वैचारिक दूरी तानकर नहीं रख देता है?"

बोलते हुए चेहरा विचार-व्याकुल और वाणी भी विकल-अविकल, "मैं तो यह कहूँ कि रचनाकार और रचना-रसिक का आपसी रिश्ता उपदेशक और ज्ञान-पिपासु जैसा कदापि नहीं है।...यह वस्तुतः खड़े वृक्ष और उन्हें छूकर बहने वाली हवा के बीच के सम्बन्ध जैसा है। अन्ततः रचनाकार और रचना-रसिक भी तो उसी समाज के हिस्से हैं जिससे प्रेरित-प्रभावित हो रचना सम्भव की गई होती है।"

दास मुँह खोले चकित भाव से ताके चले जा रहे हैं। प्रसाद जरा भी रुक नहीं रहे, "यों भी लेखन कोई मंचीय कला नहीं कि इसका साक्षात् प्रदर्शन-परीक्षण अनिवार्य ही हो। कम-से-कम अपने लेखन-प्रयास को मैं ऐसा ही मानकर चल रहा हूँ। मैं जाग्रत भावार्द्र हृदय और विचार-मथित मन-मस्तिष्क से रचनात्मक अभ्यास चलाता हूँ। इसका झलकुट्टनी शोर और उन्मादित 'वाहवाही आँधी' से दूर-दूर तक कोई तालमेल नहीं। इसे पुष्पित-स्पंदित हृदय और अंकुरित मन-मस्तिष्क से ही अधिक सटीक ग्रहण किया जा सकता है, नाच-गाकर और झूम-कूदकर तो कदापि नहीं।"

व्यास और दास, दोनों को हँसी भी एक साथ आई और यह अहसास भी कि कवि अभी गम्भीर सम्भाषण में है, तनिक भी असावधानी उसे उत्तेजित कर देगी। दोनों सँभल भी एक साथ गए।

प्रसाद आगे जारी रहे, "अब इसे प्रकृति का अपना विधान मान सकते हो कि उसने किसी इकाई को सर्वसम्पन्न नहीं बनाया। सबमें अधूरापन खुँसा हुआ है। यह एक तरफ जहाँ सबकी सीमाएँ खींचता है, वहीं दूसरी ओर मौलिकता का कारण बुनता है और हर 'एक' को किसी या किन्हीं 'अन्य' का परस्पर सम्पूरक बनाकर एक वृहतर परिवार का आधार भी गढ़ता है। सोचकर देखो न, सुगन्ध को प्रकृति ने कंठ नहीं दिया तो ध्वनि को सुगन्ध नहीं। ज्योति को आकार नहीं मिला है तो सौन्दर्य को स्थायित्व नहीं। सागर कितना भी उमड़ता-गरजता हुआ अपनी विराटता का धौंस जमाए, उसे ऐसे किनारे दबोचे-कसे खड़े होते हैं जो आसपास की सहज भूमि के ही हिस्से हैं। किसी पर्वत-शृंखला या ऊँची चहारदीवारी के अंग तो कदापि नहीं। आकाश कितना भी दूर हो या कैसा भी अनन्त, चारों ओर झुका हुआ ही उसे दिखाई पड़ना है।"

व्यास की तो जैसे वाणी ही खो गई हो। दास का मौन इतना तटस्थ कि सहमति या असहमति का कोई मामूली बुलबुला भी नहीं उठ रहा। प्रसाद बोलते चले जा रहे, "मैंने तो यही महसूस किया है कि मंच पर जाने के लिए तैयारी करने में सर्वथा विपरीत और कदाचित् अधिक ऊर्जा व्यय होती है। अति या अनियंत्रित वक्तृता तो चिन्तन-लेखन को गति और दिशा के सभी स्तरों पर लगातार क्षति पहुँचाती है। आम जन को रचना का प्रत्यक्ष भागीदार बनाना इतना ही आवश्यक हो तो सीधे-सीधे नाट्य-विधा का सहारा लेना चाहिए।"

मुँह नहीं खोल रहे व्यास। दास भी चुप। प्रसाद हल्के मुस्कुराए, "मस्तिष्क का कभी-कभी इस्तेमाल करनेवाला व्यक्ति या कोई धुर अभियानी ही स्वेच्छया-परेच्छया कभी भी, कहीं कुछ भी गा-सुना सकता है, गरज-गरजकर या झूम-नाचकर। यों भी सोचने की गति बोलने की तुलना में कई गुणा अधिक होती है, इसीलिए चिन्तनशील व्यक्ति शायद ही कभी स्वयं को मंच पर सही ढंग से प्रस्तुत कर पाता है।...रही बात यह कि लोग मुझे मंच-परहेजी रूप में जानने लगे हैं, इससे कोई फर्क नहीं पड़ता। जो सत्य है, उसे प्रकट होना ही चाहिए। यह न अस्वाभाविक है, न अनुचित। दूसरी बात कि साधना को एकान्त प्रच्छाया चाहिए, चकाचौंध और शोर कदापि नहीं।"

सामने रखी तश्तरियाँ लगातार सबके ध्यान में रहीं, किन्तु अनछुई रह गईं। बात-विचार का संघर्षण-क्रम ऐसा सघन रहा कि न दास औपचारिक आग्रह कर सके, न प्रसाद या व्यास ही हाथ बढ़ा सके। हलवा ताप उगलते-उगलते अन्ततः ठंडा हो चुका है। बातों का सिलसिला धीमा पड़ा तो दास ने संकेत कर मुस्कान के साथ आग्रह किया। तीनों ग्रहण करने लगे।

जिज्ञासा भी कभी कैसी विकट हो उठती है!

मुकुन्दीलाल बेचैन हैं, कई दिनों से। 'जल्दी आओ' का संक्षिप्त संदेश पाकर बनारस आ तो गए किन्तु यहाँ का परिदृश्य ही कुछ और है। प्रसाद अत्यन्त चिंताकुल हैं, कुछ बोल-बता नहीं रहे। तनाव उनके चेहरे पर रह-रहकर गहरा जा रहा है। लोहे के महीन किन्तु मजबूत जाल की तरह, कसा हुआ।

मुकुन्दीलाल ने कई बार कई तरह से उनसे बुलावे का प्रयोजन पूछने का प्रयास किया। हर बार वह टालते रहे, "काहे व्यग्र हो रहे हो? यहाँ आकर क्या पानी में भीग रहे हो? दूर के किसी रिश्तेदार के यहाँ नहीं, अपने बड़े भाई के घर आए हो। और यह काशी है, तुम्हारी बचपन की जानी-पहचानी जगह। जाओ न, घाटों पर घूमो, पक्के महाल की गलियाँ छानो! जब कुछ कहना-बताना होगा, तुम्हें बुलाकर पास बैठा लूँगा। बात तो करूँगा ही—आखिर तार देकर तुम्हें उतनी दूर से यों ही नहीं बुलाया है। लेकिन, मुझे थोड़ा समय चाहिए।"

दिन पर दिन बीतते चले रहे हैं। यह 'थोड़ा' अब 'हथौड़ा' बन माथे पर गिर रहा है। न कहीं बाहर मन लग रहा, न घर में। मुकुन्दीलाल ने कमला को घेरा, "भाभी, कुछ पता है?"

"क्या?"

"भैया ने मुझे क्यों बुलाया है?"

"मुझे वह पता तो नहीं, लेकिन यह अंदाजा जरूर है कि आप अपने भैया को हमसे कम नहीं जानते होंगे।"

"आप तो पहेली बुझाने लगीं!" मुकुन्दीलाल ने होंठ बिचकाए, "'जल्दी आओ' का टेलीग्राम पाकर कलकत्ते में मैं कितना चिन्तित और कैसी-कैसी आशंकाओं से भरकर कितना बेचैन हुआ, यह मैं ही जानता हूँ। तुरंत गाड़ी पकड़ ली और भागता हुआ यहाँ पहुँचा हूँ। यहाँ बुलाने वाले भाई साहब हैं कि मौन ओढ़कर बैठ गए हैं। मैं जानने को बेताब हूँ। सोचा कि आप ही से पूछ लेता हूँ किन्तु आप भी..."

"क्या आपको यह लगता है कि आपके भैया जो बात आपको नहीं बता रहे, वह किसी और के सामने जाहिर करना पसन्द करेंगे?"

"लेकिन आप तो कोई 'और' नहीं।" मुकुन्दीलाल ने आँखें मूँद लीं और सिर हिलाया, "उनकी अर्द्धांगिणी हैं।"

"बस-बस, मैं तो उनकी अर्द्धांगिणी-भर ही हूँ, जबकि वह तो पूरे साहित्य समाज के पूर्णांगी रहस्यवादी है।" कमला मुस्कुराईं, "एक बात गाँठ बाँध लीजिए, वह जो बात बताना चाहते हैं, वही बताते हैं। जो नहीं, वह कदापि नहीं और किसी को नहीं। कोई कितना भी नाक रगड़ ले, वह चुप तो चुप। पूछने वाला सामने टर्राता रहे, वह बस, आँखें फाड़-फाड़कर देखते रहेंगे।"

सुबह-सुबह। स्नान के लिए घाट पर जाने को लखरानी और कमला तैयार हुईं।

बाहर आते ही संतू ने बताया, "बाऊस्साब बेनिया से लउटल नइखन!"

चिन्ता होने लगी। व्यग्र प्रतीक्षा।

"कमला, हमें बुझात हौ कि बच्चा डागदर साहब के घरे बैठकी जमा लेले हउवन।" लखरानी ने देवरानी से कहा, "चलाऽ, अब उनके ढेर देर इन्तजार ना कऽल जाई। इहो हो सकला कि उनके लौटे में घंटन लग जाए।"

मुकुन्दीलाल को हाँक लगाई गई। वह हाजिर। लखरानी ने साथ चलने को कहा। वह सहर्ष राजी। तीनों घाट के लिए निकल पड़े। कुछ ही डग आगे जाने पर सामने मोड़

पर दृष्टि पड़ते ही तीनों सकपका गए। दो साँड़ उलझे हुए हैं। सींग में सींग फँसाए हुए। अखाड़िये की तरह दाँव-पेंच के साथ टाँगें फैलाए, धरती पर खुर घोंपे-जमाए हुए। दोनों ने एक-दूसरे पर अग्नि-दृष्टि कुछ यों टिका रखी है गोया बरछी घोंपे अड़े हों!

गली में दोनों ओर भीड़ लग चुकी है। कुछ लोग गहरे कौतुक भाव से भिड़ंत देख रहे हैं जबकि कुछ मजा लेने लगे हैं। कुछ कामकाजी लोगों के चेहरों पर रास्ता बाधित होने से परेशानी का भाव। दोनों ओर घरों की दीवारों पर साँड़ों की टक्कर के कई ताजे चिह्न। अचानक दोनों का सींग-सन्तुलन गड़बड़ाया, काले वाले के हल्का-सा ढीला पड़ते ही उजला वाला चढ़ बैठा। पूरी ताकत झोंकते हुए कुछ यों टूट पड़ा है गोया रौंदकर अभी तुरन्त मार डालेगा! लेकिन, काला वाला भी कहाँ हार माननेवाला! उसने फिर ऐसा मोर्चा सँभाला कि तेज धसोरा-धसोरी शुरू। दोनों ओर भगदड़ मच गई। लोग घबरा-हड़बड़ाकर शोर करते पीछे की ओर भागे। लखरानी ने लौट चलने और काली-महाल की ओर से निकलने की सलाह दी। भय से थरथराती कमला ने तुरन्त हामी भरी और पीछे मुड़ गईं।

"पता नहीं, भैया अब तक कहाँ फँसे हुए हैं!" मुकुन्दीलाल ने चलते हुए अफसोस जताया, "निकले हैं मॉर्निंग वॉक में और दिन चढ़ आया लेकिन उनका कहीं पता नहीं। लौट आए होते तो साथ-साथ घाट पर चलते, कितना आनन्द आता!"

"बच्चा के दोसरे के काम से फुर्सत हौ...?" लखरानी की आवाज तल्ख हो गई, "हमन्ने के घरे काम के कमी हौ? अपने माथे पर पहाड़ नइखन देखत, सब छोड़के दोसरे खातिर दउड़त रहलन। कब्बो इनके तो कब्बो उनके काम ओढ़ लेवऽलन। आजकल लागल हउवन डागदर साहेब के बसावे में।"

मुकुन्दीलाल ने जिज्ञासा की। लखरानी ने सविस्तार बताना शुरू किया :

"डॉक्टर एच. सिंह यानी डॉक्टर हुबदार सिंह। होमियोपैथी चिकित्सक। कुछ दिन पहले ही बर्मा से सिंगर कम्पनी की नौकरी छोड़कर आए। प्रसाद को किसी से पता चल गया कि डॉक्टर हुबदार कवयित्री सुभद्रा कुमारी चौहान के रिश्तेदार हैं। वह बचनू के साथ उनके दरवाजे पर जा खड़े हुए। परिचय पाते ही डॉक्टर ने उमड़कर स्वागत किया, 'आइए, आइए, आपको कौन नहीं जानता!...आपकी कविताओं और नाटकों के दीवानों में एक यह नाचीज भी शामिल है।'

प्रसाद संकोच से भर गए। डॉक्टर दोनों को लेकर बैठकखाने में आ गए।

डॉक्टर की पत्नी सामने आईं तो प्रसाद चौंक गए, 'भाभी जी, आप तो सचमुच एकदम सुभद्रा की प्रतिमूर्ति लग रही हैं, आप उनकी...'

बगल में बैठे डॉक्टर हँसे, 'वह सुभद्रा कुमारी चौहान हैं और यह हैं कमला कुमारी चौहान—उनकी छोटी बहन।'

'वाह, वाह!' प्रसाद मुदित हुए, 'हमें किसी ने बताया था कि आप लोग सुभद्रा जी के रिश्तेदार हैं। मैंने यही समझा कि होगा कोई दूर का नाता-रिश्ता। वैसे, सचाई यही कि मैं यहाँ खिंचा चला आया इसी सूचना पर। क्या पता, काशी में आप लोगों को कोई परेशानी हो और कल सुभद्रा जी यह सोचें कि जयशंकर ने साहित्यिक पारिवारिकता का निर्वहन नहीं किया यानी कि आप लोगों की खोज-खबर क्यों न ली!'

डॉक्टर-दंपती कृतज्ञता-भाव से अभिभूत। प्रसाद ने दुहराया, 'तो आप हैं कमला?'

'अले, तब तो...!' (अरे, तब तो...!) बचनू की मीठी तुतलाहट पर डॉक्टर दम्पती गद्गद।

'क्या हुआ?' प्रसाद ने मुड़कर ताका तेजी से किन्तु पूछा धीरे से।

'अले भइया, हमार तो भउजियो के इहे नाम हौ!' (अरे भैया, हमारी भाभी का भी तो यही नाम है!)

'हर जगह लबर-लबर नहीं करना चाहिए। आप कृपया सोच-समझकर ही बोला करें, नहीं तो आपकी अनियंत्रित टीका-टिप्पणी कभी भी, कहीं भी टंटा-बखेड़ा खड़ा कर सकती है।' प्रसाद ने आँखें तरेरीं, बचनू चुप।

डॉक्टर दम्पती भौचक। प्रसाद उन्मुख हुए। डॉक्टर सप्रश्न मुस्कुराए, 'कितनी मीठी बोली है उनकी! ऐसा क्या कह दिया उन्होंने कि आप एकबारगी नाराज होने लग गए?'

'कुछ नहीं। ये मेरे बहुत घनिष्ठ मित्र हैं—बचपन के संघतिया! इनकी मीठी बोली हमेशा स्वादिष्ट नहीं होती, अक्सर उसमें मिर्ची मिली होती है। इन्हें हमेशा हँसी-मजाक ही सूझता है...' बोलकर प्रसाद हँसने लगे।

'अबहीं तऽ हम तौनो मजात ना तइले हई। तूं छही-छही बतावा, तमला हमाल भाभी ते नाम ना हौ?' (अभी तो मैंने कोई मजाक नहीं किया। तुम सही-सही बताओ, कमला हमारी भाभी का नाम नहीं है?) बचनू ने दिखावटी रोष छलकाया।

'अच्छा, तो आपकी धर्मपत्नी का शुभनाम भी कमला है?' कमला कुमारी चौहान की निर्मल हँसी हवा पर तैरने लगी, 'वाह, वाह, यह तो बहुत अच्छी बात है। मुझे अच्छा लगा।'

प्रसाद बगलें झाँकने लगे, 'इससे क्या! मैं...मैं...'

बचनू अचानक झमककर उठ खड़े हुए। प्रसाद ने मुड़कर ताका तो वह तुरन्त दो कदम पीछे चले गए, 'मिमिआए ताहे लदलाऽ?...बतरा नइत्था, आदमी हउवाऽ। जे बोलेते हौ, ओते बोलते देत्थावाऽ तब नऽ जानीं!' (मिमियाने क्यों लगे? बकरा नहीं, आदमी हो। जो बोलना हो, उसे बोलकर दिखाओ तब तो जानें!)

हँसी झमककर झंकार बन गई। मन-ही-मन झल्लाते प्रसाद प्रयासपूर्वक हँसे। उन्होंने बचनू की ओर ताका। वह मुँह बिराते हुए आँखें नचाने लगे, 'तूं तवि-लोद में इहे एदो त्थास बात हौ ति छही छोचऽला तऽ बाघ रहऽला औल दलत छोचे लगऽला तऽ बतरा बन दालाऽ अउर मिमिआए लादलाऽ। तूं लोद तुछ दलत छोचे लदऽला तऽ ई बात ते छुपा ना सतऽला।' (तुम कवि लोगों में यही एक खास बात है कि सोचते हो तो बाघ रहते हो और कुछ गलत सोचने लगते हो तो बकरा बन जाते हो और मिमियाने लगते हो। तुम लोग कुछ गलत सोचते हो तो इस बात को छुपा नहीं पाते।)

मीठी फुहार से सावनी झरी के छंद में ढल-बदल गई है कमला कुमारी की हँसीं। वातावरण में घुलने-मिलने लगे हैं नमकीन चुहल से लेकर मृदुल मैत्री तक के आस्वाद। रंग और सुगंध की तरह।

'वाह प्रसाद जी, वाह!' डॉक्टर अपनी हँसी पर नियंत्रण पा चुके हैं, 'आप तो सचमुच सौभाग्यशाली हैं। आयु की इस वयस्क तीखी दुपहरी में भी बचपन की मीठी-मोहक

छाया आपके साथ-साथ चल रही है, बल्कि सिर के ऊपर-ऊपर, छतरी बनकर। ऐसे में तप्त-संतप्त समय की कोई टेढ़ी-टुच्ची तल्खी भी भला आपका क्या बिगाड़ सकती है?'

डॉक्टर दम्पती के पुरजोर आग्रह पर बचनू ने पुनः स्थान तो ग्रहण किया किन्तु प्रसाद से थोड़ी दूरी बनाकर। प्रसाद हल्के मुस्कुराए, 'बचनू, तूं कब से हमसे डेराये लगलाऽ? आवाऽ, इहें बइठाऽ।'

बचनू भयभीत होने का अहसास कराते रहे। प्रसाद ने दाँत पीसते हुए आँखें दिखाईं, 'ई सब बंद कराऽ! कुछ काम के बात होवे दाऽ, नौटंकी मत कराऽ।'

'नौतंती? (नौटंकी),' अपनी ही जगह बैठे-बैठे बचनू ऐंठे, 'तूं मोत-मोत तिताब छाइज में नातत थूब लित्थल तराऽ, अउर हम तनीतो नौतंतियो ना तरीं?' (तुम मोटी-मोटी किताब के साइज में नाटक खूब लिखा करो और हम तनिक नौटंकी भी न करें?)

चेहरों पर फिर हँसी की लहर खेल गई। प्रसाद सिर नीचे किये आँखें मूँदे कुछ सोचते रहे। डॉक्टर ने माहौल बदलने की पहल की, 'प्रसाद जी, तो ऐसा भला कैसे सम्भव है कि कमला जी कविता न रचें?'

'अच्छा-अच्छा!' सिर सहलाते प्रसाद मुस्कुराए, 'तो क्या यह भी वीर रस में ही?'

'ना-ना, बिलकुल ना...! गनीमत है।'

बचनू हरकत में आए, बोलने से पहले की हकलाहट। ध्यान खिंचते ही प्रसाद खाँसते हुए आँखें बड़ी-बड़ी करके ताकने लगे। नजर मिलते ही बचनू पस्त। डॉक्टर हँसे जा रहे हैं, 'अब इनका मूल रस क्या है, यह तो आप लोग जाँचें-जानें, मेरे लिए यही राहत कम नहीं कि ये वीर रस की कवयित्री तो कदापि नहीं हैं। हमारे साढ़ू महोदय यानी कि बाबू लक्ष्मण सिंह तो चूँकि स्वयं क्रान्तिकारी हैं इसलिए उनके साथ सुभद्रा जी की स्वाभाविक जोड़ी बनी है, जबकि मैं क्रान्ति नहीं, शान्ति पसन्द करनेवाला व्यक्ति हूँ। ऐसे में यदि कमला वीर रस वाली होतीं तो मैं कब का चारों खाने चित हो चुका होता।'

'अच्छा, तो सुभद्रा जी के पति क्रान्तिकारी हैं? मुझे नहीं पता था। वाह, यह तो बहुत अच्छी बात है। लेकिन, क्या सुभद्रा जी को शादी के पहले से अपने भावी पति के बारे में यह सब पता था?' प्रसाद जिज्ञासु हो उठे।

'हाँ, हाँ, सुभद्रा जी जब आठवीं कक्षा में थीं तभी उनकी शादी हो गई थी। इससे पहले वह अपने भावी पति को देख चुकी थीं और उनकी क्रान्तिकारी गतिविधियों से अवगत ही नहीं, उनसे बहुत प्रभावित भी हुई थीं। उन्हें ठीक से पता था कि वह उस व्यक्ति की जीवनसंगिनी बनने जा रही हैं जो स्वतंत्रता-संग्राम का ऐसा लड़ाकू है जिसका एक पाँव हमेशा जेल में रहता है।' डॉक्टर की वाणी में गर्व व ओज के कण तैर रहे हैं।

'वाह! मुझे यह सब इस तरह नहीं पता था। इसका अर्थ यही कि सुभद्रा जी बचपन से ही क्रान्तिधर्मी विचारधारा से अनुप्राणित रहीं?' प्रसाद ने सिर को धीरे-धीरे खास ढंग में हिलाया।

कमला कुमारी ने हँसकर बच्चों की तरह ताली पीटीं। वह आँखें कुछ यों नचाने लगीं गोया कोई बड़ी गलती पकड़ में आ गई हो, 'अंहऽ...अंहऽ...! नहीं-नहीं, ऐसा कदापि नहीं है। सचाई कुछ और है। दरअसल, दीदी तो बचपन में मीराबाई बनते-बनते बाल-बाल बची हैं।'

सभी हँसने लगे। प्रसाद भी, 'मीराबाई! मतलब?'

'वह तो बचपन में भगवान श्रीकृष्ण की दीवानी हो गई थीं,' कमला कुमारी के कोमल मकई-दाने जैसे दाँत चमकने लगे, 'वह उनकी गोपी बनना चाहती थीं।'

'ऐसा?' प्रसाद अचकचाए।

डॉक्टर चुपचाप मुस्कुरा रहे हैं। बचनू भी।

कमला कुमारी की बड़ी-बड़ी आँखों में चमक। पीले-मटमैले, चंपई-कत्थई, कुचकुच हरे और टुहटुह लाल। खिलने-फैलने लगे हैं चटख-टहक स्मृति-रंग : 'यह छुटपन की घटना है। हमारे यहाँ रिश्ते की एक मौसी आई थीं। अत्यन्त भावुक महिला। बातें करते-करते सिसकने लगतीं। आँखों से धाराएँ फूट पड़तीं। विदुषी ऐसी कि रामायण-महाभारत से लेकर वेद-पुराण, उपनिषद् और शास्त्र-संहिता आदि न जाने कितना कुछ, सब जिह्वा पर ही उपस्थित। यह सारा कुछ वह लोक-शैली व जन-बोली में ही कुछ यों सुनातीं कि कुछ न पूछिए। रात में चादर-रजाई में लिपटे हम लोग आँख-कान ओढ़े पड़े रहते। वह कथा-रस से हमें भिगोती रहतीं। हमारी आँखों से नींद कोसों दूर ठिठकी रहती। रामायण-महाभारत के पूर्वश्रुत प्रसंग भी इतने भावपूर्ण सुनातीं कि हम बच्चे कभी जिज्ञासा से विकल हो उठते तो कभी करुणा से विचलित, बेचैन। लेकिन, दीदी का तो अलग ही अंदाज। वह बात-बात पर सवाल उठातीं। कथा-प्रवाह को बार-बार बाधित करतीं। उत्तर मिल जाने पर फिर-फिर सवाल। कथा-रस वर्षण में यह अवरोध हमें बेचैन कर देता किन्तु मौसी को ऐसे प्रश्नों से न आपत्ति, न गुरेज। उनके पास तो कथाओं का खजाना। प्राय: हर प्रश्न के उत्तर में एक और क्षेपक जोड़ देतीं। प्रसंग के मूल-पथ से ऐसा भटकाव हमें विचलित करने लगता। हममें से अधिकतर बच्चे दीदी के प्रश्नवाची रवैये के विरोध में कुनमुनाते रहते। दीदी हमारी आपत्ति का हर बार सम्मान करतीं किन्तु प्रश्न-विमुखता उन्हें अधिक देर तक बर्दाश्त नहीं हो पाती। हमारे प्रतिरोध पर वह कुछ ही क्षणों तक मुँह बंद रख पातीं। फिर-फिर वैसे ही प्रश्न-प्रक्षेप! वैसे, उनके प्रश्नों में चढ़ी त्योरी वाली जिज्ञासा नहीं, बल्कि हृदय-कंठ से पुकारती हुई पिपासा झाँका करती। कथा सुनते-सुनते आँखें कब लग जातीं, हमें कुछ पता नहीं चलता।

ऐसा अक्सर होता कि देर रात जब हम बच्चे सो चुके होते तब अकेली श्रोता के रूप में जगी दीदी खूब जी भरकर प्रश्न पर प्रश्न करतीं। सुबह कथा का अंत पूछने पर दीदी जब विस्तार से बतातीं तो अंदाजा लग पाता कि हमसे कितनी कथा छूट चुकी है।

इसी दौरान एक रात मौसी ने श्रीकृष्ण की रासलीला का मोहक और भक्ति-सिंचित जीवन्त कथा-दृश्य उपस्थित किया। गोपियाँ यमुना में स्नान को गई हैं। दबे पाँव चुपके-से तट पहुँच गए हैं श्रीकृष्ण। हाय, अब क्या होगा? इतनी सारी स्त्रियाँ जहाँ स्नान कर रही हों, वहाँ कोई पुरुष इस तरह? इस बीच जल्दी-जल्दी गोपियों के वस्त्र समेट वृक्ष पर जा चढ़े वह। अब क्या होगा? कैसे, क्या उपाय हो? वृक्ष के ऊपर से ध्वनि-गंगा-सी फूटने लगी है मृदुल तान! बाँसुरी की चिर-परिचित अमृत स्वर-लहरियों ने पहले तो गोपियों के मन-प्राणों को पुलकित किया किन्तु ज्योंही वृक्ष की ओर दृष्टि गई, सभी स्तब्ध। डालियों पर टँगे लहँगे-साड़ियों से कैसा मोहक हो उठा है यह लाल-पीला-नीला वृक्ष! कैसी मनमोहनी है इस सुसज्जित वृक्ष पर बैठे बाँसुरी बजा रहे कन्हैया की छवि!

इधर, अपने वस्त्रों का ध्यान आते ही गोपियाँ परेशान और चिन्तित। गोपियाँ गुहार कर रही हैं—कन्हैया, ऐसा न करो! हम कैसे जल से बाहर निकलें? श्रीकृष्ण की बाँसुरी की लहराती तान हर गुहार को बुहार कर उड़ा दे रही है।...कथा-रस की बूँदें तप्त अंगारों-सी ज्वलित हो उठी हैं। अरे, यह भी कोई बात हुई भला? यह कैसी चुहल, कैसा खेल? भला स्त्रियों के साथ ऐसे समय किसी पुरुष को इस तरह व्यवहार करना चाहिए...?

कथा-गंगा प्रवाहित कर रहीं मौसी भाव-विभोर हैं। प्रश्न पर प्रश्न उछालने वाली दीदी अब चुप। भला ऐसा भी होना चाहिए, पहले कितने प्रश्न उछालती थीं! बाल की खाल तक निकाल देतीं। अब जब कि सचमुच प्रश्न जरूरी हैं, वह क्यों चुप्पी चुपेड़े मटर-मटर ताके जा रही हैं?...और कथा-मेघ बरसातीं मौसी कितनी मगन! वह रस-दशा के उस अनुभूति शिखर पर जा पहुँची हैं जहाँ तक हमारी कोई कुनमुनी आपत्ति जा ही नहीं पा रही। मैंने दीदी को झिंझोड़ा—कहाँ गए तुम्हारे प्रश्न? हिल-डुलकर भी जस-का-तस अटूट बना हुआ है दीदी का रेतीला मौन। कई बच्चे मौसी के पाँव हिला-डुला रहे हैं।

द्वापर के द्वार से धीरे-धीरे लौट रही हैं मौसी। कुचकुच हरे पुलक-भरे कदम्ब-पत्तों-सी स्पंदित, प्रवहमान सुख से तृप्त नील-शील यमुना-सी आनन्दित। हमारे प्रश्नों की पहली वर्षा और दीदी की नि:प्रश्नता पर मुस्कुरा रही हैं मौसी। उनकी वाणी स्पन्दन और आनन्द से भर उठी है। कथा-संदेश के तौर पर वह हमें बताती हैं—नीली-नीली यमुना में स्नान करने पहुँची गोपियों के साथ श्रीकृष्ण की यह छेड़छाड़ कोई संसारी छिछोरी घटना नहीं है, यह तो है आत्मा-समूह के साथ एकल परमात्मा का चिरंतन रमण-रास। हममें से सभी चकित। अब तक की पूरी धारणा ही जैसे अचानक औंधे मुँह गिर पड़ी हो! सर्वथा अभिभूत कर देनेवाली अनुभूति। दीदी कैसे चुप्पी ओढ़े अडोल बैठी हैं, चुकुमुकु! रात पर प्रात का रंग चढ़ने तक हमारे मन पर तैरती रही यह अनोखी प्रतीति।

दूसरे दिन सुबह-सुबह दीदी आईं एक लकुटी लेकर। बताने लगीं कि वह ग्वालों के साथ गौवों के पीछे-पीछे जंगल जाएँगी, अब वह भगवान श्रीकृष्ण को खोजकर रहेंगी और बनेंगी उनकी गोपी। मैं उन्हें रोकती हूँ—यह क्या? कथा तो कथा है, इसे लेकर इतनी भाग-दौड़ करने की भला क्या आवश्यकता? वह असहमति में सिर को झुमा रही हैं। उन्होंने गाढ़े विश्वास के साथ हमें गोपनीयता की हिदायत दे दी और सचमुच गायब हो गईं...'

बोलते-बोलते कमला कुमारी रुक गई हैं। चुनचुनी थकान उनकी आवाज पर भी रेंग रही है। च्यूँटा-माटा की तरह। प्रसाद जैसे जिज्ञासा-विकल हो उठे हैं, 'तो क्या सचमुच सुभद्रा कुमारी चौहान जंगल कूच कर गई थीं? फिर उसके बाद?'

कमला कुमारी की आँखों में चमक रहा है वही बचपन :

'तो, दोपहर के बाद दीदी की खोज शुरू हुई। सुबह तो उनकी बात मुझे गप्प ही लगी थी किन्तु अब यह समझ में आने लगी थी। यानी कि वह सचमुच गौवों के पीछे-पीछे जंगल जा चुकी हैं। परिवार के लोग बेचैन हैं। सबकी आँखों में तरह-तरह की आशंकाएँ और स्याह कर देनेवाला डर। सभी छटपट-छटपट। तेज हो गई तलाश। चौतरफा भागदौड़। यह सब देखती हुई मैं दुविधा में। मन के भीतर उनकी हिदायत टूटने को बेताब। फिर भी मैंने धैर्य की अन्तिम बूँद तक इसे भरसक कायम रखा, लेकिन शाम

होते-होते हिम्मत टूट गई। क्या पता, वह जंगल में कहीं विषम परिस्थितियों में ही फँसी हुई हों! कहीं किसी हिंसक जानवर के निशाने पर न आ चुकी हों! मन-ही-मन ईश्वर से बार-बार प्रार्थना की—हे भगवान, उनके साथ कोई अनिष्ट न हुआ हो!

घर में किसी को तो उनके वन-प्रस्थान की बात अब तक पता नहीं है। शायद मेरे बता देने से लोग वहाँ पहुँच जाएँ और उनकी जान बचा ली जाए! मैंने घर के लोगों के सामने सुबकते हुए सबसे पहले उनकी हिदायत बताई, इसके साथ ही पूरी बात। मुझे तड़ातड़ कई थप्पड़ पड़े। जैसे, चेहरे पर एक साथ कई बिच्छुओं ने पूँछ पटक दी हो! दर्द से माथा झन्न-झन्न। सबका एक ही सवाल कि मैंने यह बात अभी तक क्यों छुपाए रखी? गायें और चरवाहे लौट चुके हैं, वह बच्ची अब कहाँ-कैसे मिलेगी? पूछताछ होने लगी। ग्वालों ने दीदी के साथ जाने की बात स्वीकार की किन्तु बाद में जंगल में वह किधर खो गईं, यह उनमें से किसी को पता नहीं चल पाया था, अब तो अँधेरा गहरा चुका था। तीन-चार लोगों की एक टोली तुरन्त जंगल की ओर रवाना की गई। हथियारों और बत्ती के साथ। घर में घबराहट। एक अनिर्वचनीय भय और गहरी चिन्ता का वातावरण टीसता रहा। प्रतीक्षा की घड़ियाँ सीने पर चक्की की तरह घूमती रहीं। खैर, भाग्य अच्छा था, देर रात लोग जब जंगल से लौटे तो दीदी उनके साथ थीं। जंगल-झाड़ में उलझकर फटे कपड़े, काँटों से बिंधे-घायल पाँवों में जगह-जगह सूखे खून के धब्बे, धूल-गर्द से सनी देह और चेहरे पर चिपकी हुई-सी बदरंग भूख-प्यास। जंगल से लौटे लोगों ने बताया कि दीदी उन्हें करील-वन में एक स्थान पर निढाल पड़ी हुई मिली थीं। सोचिए, उस अँधेरी रात में एक बच्ची जंगल में निढाल पड़ी थी, यदि उसके ऊपर किसी हिंसक जानवर की दृष्टि पड़ गई होती तो क्या हुआ होता?'

प्रसाद चुप, बचनू मौन। डॉक्टर भी नि:शब्द। सभी के चेहरों पर दशकों पहले टले हुए खतरे का व्यतीत भय भी दबे पाँव जैसे लौट आया हो! कमला कुमारी ने आगे टिप्पणी की, 'इसीलिए तो कह रही हूँ कि क्रान्ति की यह गायिका बचपन में श्रीकृष्ण की दीवानी रही है यानी प्रेम की भूखी। क्रान्ति की दीवानी तो कदापि नहीं, यह एकदम सोलह आने सच्ची बात है।'

प्रसाद ने शीश उठाया। आँखें बल रही हैं। मीठे-मीठे हिलती लौ की तरह। लगा, जैसे इस दृष्टि-विस्तार के जाल में काल की अनन्त परिधि सिमट आई हो! वाणी में अकाल भाव-बोध, 'हमें यह नहीं भूलना चाहिए कि श्रीकृष्ण की बाँसुरी के आलाप ने अमर प्रेम की अक्षय यमुना ही नहीं बहाई, महाभारत की अमोघ रणनीति भी रची और कर्मयोग की महान् अजेय जीवन-नीति भी सम्भव की। इसीलिए तो कहा गया है कि वह स्वयं विदेह भी हैं तो मूर्तिमान विद्रोह भी—योगिराज भी, लीला पुरुषोत्तम भी। अत: उनके प्रति होने वाला आकर्षण अपने मूल स्वरूप में कुछ भी हो सकता है—प्रेम का महावतरण भी, तो क्रान्ति-कमल का महोन्मेष भी। सुभद्रा जी के मामले में तो मुझे यही लग रहा है कि श्रीकृष्ण के प्रति उसी आकर्षण ने उनके भीतर ऐसा राष्ट्र-प्रेम प्रज्वलित कर दिया कि स्वतंत्रता-संग्राम के उपस्थित वातावरण में वह विद्रोहिणी बनकर उभरीं।'

डॉक्टर और कमला कुमारी बहुत गम्भीरता से मुखातिब। बचनू चुप। प्रसाद ने एक पल के विराम के बाद मुख-मुद्रा बदल ली, 'लेकिन, डॉक्टर साहब, मुझे यह बताइए,

क्या कमला कुमारी जी भी कभी-कभी सचमुच सुभद्रा जी के ही मन-मिजाज की नहीं हो उठतीं? इनके जेहन में दीदी की कुछ पंक्तियाँ तो जागती ही होंगी न! अब जैसेकि 'खूब लड़ी मरदानी वह तो...' "

संकोच से सिंच-सिमट गई हैं कमला कुमारी।

'ऐ जी, सुनो!' डॉक्टर खुलकर हँस रहे हैं, 'तुम्हीं प्रसाद जी को उत्तर दे दो न!'

पति के केहुनी से हुदकाने पर कमला कुमारी का संकोच खुरच गया है। महीन मुस्कान रुनझुन-रुनझुन बज उठी है, ' 'खूब लड़ी मरदानी' जैसी पंक्ति के जेहन में कौंधने-जगने से भला क्या दिक्कत हो सकती है, देखना यही चाहिए कि ये शब्द बाजुओं में न उतर आएँ।'

वाक्य पूरा होते-होते सभी ठठा पड़े। सामने भीतर के दरवाजे पर आकर ठिठकी एक बच्ची। अचकचाई-सी, मटर-मटर ताकती हुई। प्रसाद की दृष्टि पड़ गई। वह उन्हें जिज्ञासा से निहारने लगी। डॉक्टर ने उसे देखा तो तुरन्त पुकारने लगे, 'आ जाओ, आ जाओ। आओ दुर्गा बेटी! आओ, देखो, आज हमारे घर कौन आया है!'

वह वहीं हिलती-डुलती ठुमकती रही। कमला कुमारी उठकर गईं। उसे गोद में उठाकर लौट आईं। डॉक्टर ने नन्ही दुर्गा को गोद में समेट लिया, 'बेटी, प्रणाम करो। देखो, ये महाकवि प्रसाद हैं, हमारे घर पधारे हैं।'

वह मुँह में एक उँगली डाले कोमल लता-वल्लरी की तरह ऐंठती-हिलती रही।

प्रसाद ने उठकर दोनों हाथ बढ़ाए, 'आ जाओ बेटा, मैं तुम्हारा चाचा हूँ। आओ, आओ।'

प्रतिरोध करती हुई वह प्रसाद की गोद में आने से स्वयं को बचा नहीं सकी। वह प्रसन्न हो उठे हैं। उसे दुलारने लगे, 'अरे वाह, बिटिया के नेत्र तो अद्‌भुत हैं—गहरा भरोसा और मैत्री-भाव से लबालब! किसी को भी अपना शुभचिंतक बना लेने वाले!'

बच्ची पलकें तेज-तेज झपकाने लगी। डॉ. सिंह ने दिखावटी झुंझलाहट झलकाई, 'अब इसे देखो, आँखों की तारीफ हुई तो ऊँघने लगी!'

'कोई बात नहीं, कोई बात नहीं, बच्ची है।' प्रसाद उसे सँभालते हुए स्नेह बरसाते रहे, 'तो ऐसी शान्त और भरोसेमन्द मित्र जैसी बिटिया का नाम दुर्गा है? यह तो संगतिपूर्ण नहीं है, भई। जो न शेर पर सवार हो और न ही अष्टभुजाओं में शस्त्रों से लैस, उसका नाम भला दुर्गा क्यों? ऐसा करते हैं कि आज इसका एक नया नाम खोजते हैं।'

बच्ची पर कोई असर नहीं। माता-पिता की ओर गहरे जुड़ाव से ताकती हुई वह छूटने का प्रयास चलाती रही।

उसे सँभालते हुए प्रसाद हँसे, 'क्यों बिटिया, तुम्हारा नाम बदल दूँ न?' बच्ची उनकी ओर जरा भी दृष्टि नहीं उठा रही। माता-पिता संजीदा। प्रसाद के शब्द फूलों जैसे कोमल और सतरंगे हो गए हैं, 'भरोसेमन्द मित्र यह आज से 'मैत्रेयी' कहलाएगी।'

डॉ. सिंह और कमला कुमारी के चेहरों पर मधुर-शीतल मुस्कान तिर रही है। प्रसाद ने दोनों को लक्ष्य किया, 'इस नये नाम पर आप दोनों को आपत्ति तो नहीं?'

'आपत्ति?' कमला कुमारी ने इनकार में तेज-तेज सिर हिलाया, 'ऐसा आपने भला सोच क्यों लिया? यह तो हमारा और बिटिया का सौभाग्य है कि आपके श्रीमुख से इसे एक नया नाम मिला। बहुत-बहुत आभार।'

बात ही बात में प्रसाद ने लक्ष्य किया कि यह घर डॉ. सिंह के एक रिश्तेदार का है और यहाँ वह फिलहाल काशी में सपरिवार घूमने आए हैं। यह भी कि यह पूरा परिवार अगले महीने बर्मा लौट जाएगा जहाँ डॉक्टर नौकरी करते हैं। इन सूचनाओं ने उन्हें उदास कर दिया। उन्होंने गहरे अपनापन के साथ प्रश्न किया, 'क्या आपको काशी पसन्द नहीं है?'

डॉ. सिंह भाव-विभोर हो गए, 'वह कोई सिरफिरा ही होगा जिसे काशी जैसी अनोखी जगह पसन्द न हो। शास्त्रों में इसे जिस संदर्भ में समस्त त्रिलोक की अनन्य नगरी बताया गया है, उससे कहीं व्यापक अर्थ में यह अनूठी है। यहाँ यदि रहने-कमाने का मामूली जुगाड़ भी बैठ जाए तो मैं एक मिनट में बर्मा को यहीं से नमस्कार कर दूँ।'

'वाह!' प्रसाद प्रसन्नता से पुलकित हो उठे, 'आप यदि सच्चे मन से ऐसी कामना करते हों तो यह तो पूरी होनी ही होनी है क्योंकि यह महादेव जी की कामना-भूमि ही है। अब आप यह तय मान लीजिए कि कुछ न कुछ सकारात्मक होकर रहेगा।'

बचनू को टुभकने का अवसर मिल गया, 'जब आपता मन यहाँ लद दया है तो बाबा विछ्वनाथ आपतो ताछी-वाछी बनातल ही दम लेंगे। काछी ती नादलितता छचमुच तीनों लोतों में छर्वोच्छ छुथदायी है। यह छुद्ध मन औल पवित्ल आत्मा तो बिना माँदे मिल भी जाती है।' (जब आपका मन यहाँ लग गया है तो बाबा विश्वनाथ आपको काशी-वासी बनाकर ही दम लेंगे। काशी की नागरिकता सचमुच तीनों लोकों में सर्वोच्च सुखदायी है। यह शुद्ध मन और पवित्र आत्मा को बिना माँगे मिल भी जाती है।)

'सचमुच?' कमला कुमारी के नेत्र नक्षत्र बन गए हैं, 'क्या ऐसा हो सकता है?'

'क्यों नहीं, क्यों नहीं! मैं तो अपने स्तर से पूरा जोर लगा ही दूँगा कि आप लोग यहीं रह जाएँ। बहुत अच्छा लगेगा।' प्रसाद की वाणी में स्नेह और आकांक्षा के चमकते कण हिले-मिले हुए हैं, 'ऐसा है डॉक्टर साहब, आपका यहाँ रह जाना जनहित में उपयोगी होगा। बनारस में चिकित्सा सुविधा की हालत बहुत पतली है, इस संदर्भ में मेरा अनुभव लोमहर्षक है।'

डॉ. सिंह और कमला कुमारी जिज्ञासा-सजग हो गए हैं। बचनू भी।

काव्य-कंचन मुख-मंडल पर टहक कथाभा दमक उठी है। प्रसाद के शब्द :

'यह अब से कोई पाँच-छह साल पहले की बात है। मैं हर समय पान कचरते रहने वाला व्यक्ति ठहरा। आँखें खुलतीं और मुँह में पान का बीड़ा दब जाता। एक समाप्त हुआ नहीं कि गाल में दूसरा फूल जाता। उस पर सुर्ती घर की। चुटकी पर चुटकी। एक-एक बीड़े पर कई-कई बार फाँक जाता। रह-रहकर जीभ पर सींक से चूना भी। यह सब रात में सोने से पहले तक चलता। इसी दौरान एक घटना हुई। एक दिन मैं सुबह-सुबह सोकर उठा तो लगा कि जबड़े जकड़ गए हैं। खोलने का प्रयास करने लगा तो दर्द तड़तड़ा उठा। पीड़ा ने गाल-ठुड्डी और आँखों के आसपास फैलते-पसरते हुए जैसे पूरे माथे को भी जकड़ लिया। तेज जलन के साथ तीव्र झनझनाहट। मन घबरा गया। जल्दी-जल्दी गुसलखाने में घुसा। कुल्ला-गलाली करने के लिए जब पानी भरकर चुल्लू पास ले गया तो मुँह खुलने का नाम न ले। दर्द से माथा झन्न-झन्न। आईने में दिख गया मसूड़े का रक्त-स्राव। मन घबराहट से भर उठा। अब क्या हो? यह परेशानी क्रमश: बढ़ती ही हुई महसूस हो रही थी। नाम तो नहीं बताना चाहूँगा किन्तु जल्दी-जल्दी यहाँ के एक नामी-गिरामी एलोपैथ के यहाँ

पहुँचा। उन्होंने बहुत बारीकी से जाँच-पड़ताल शुरू की। शाम को निष्कर्ष दिया कि मुझे मुँह का ऑपरेशन कराना होगा। उन्होंने साफ-साफ बताया कि इसमें ऑपरेशन का दूसरा कोई विकल्प नहीं बचा है। मैं शरीर की किसी भी तरह की शल्य-क्रिया के नाम पर ही अवसन्न हो जानेवाला व्यक्ति। दर्द से ज्यादा चिन्ता और डर। और साहब, अमुक डॉक्टर ने तो इतना तक कह दिया था कि हालत बहुत अधिक खराब हो चुकी है, यदि दो-चार दिनों में यह ऑपरेशन नहीं करा लिया गया तो स्थिति नियंत्रण से बाहर हो जाएगी। मेरी स्थिति का आप लोग अंदाजा लगा सकते हैं। एक ओर जहाँ मुँह समेत पूरा माथा टस्स्-टस्स् टभक रहा था, वहीं दूसरी ओर इकलौते विकल्प के रूप में ऑपरेशन की जानकारी से जान जाने लगी। ध्यान आया कि क्यों नहीं अपने पसन्द के होमियोपैथ काली बाबू या ईश्वर बाबू को दिखा लूँ? मैं चिन्तानिमग्न बैठा यही सब सोच-विचार रहा था। ऐन उसी समय थियोसोफिकल स्कूल के कुशल शिक्षक छेदी मिश्र जो पक्के थियोफिस्ट हैं, आ गए। मिश्र जी भी शौकिया होमियापैथ। उनकी दृष्टि-समझ पर भी मेरा भरोसा रहा है। उन्होंने मेरी हालत देखी और बातें जान-समझ ली तो चिन्तित हुए। वह बहुत उद्विग्न थे। संयोग कुछ ऐसा कि ऐन उसी समय हमारे एक और पसंदीदा हकीम साहब आ गए। ये बुजुर्ग महाशय हैं हाफिज कादिर साहब। आपको कभी उनसे मिलवाना भी चाहूँगा। नब्बे की उम्र के हैं। सर्वथा निरामिष-आहारी हैं। गेरुआ वस्त्र में रहते हैं। सम्भवत: सूफी मत के हैं। उन्होंने जब बात को जाना तो हँसकर बोले—मैं भी जरा अपनी हकीमी आजमा लूँ! उन्होंने पुर्जा लिखकर दिया। इसके अनुसार पंसारी की दुकान से कुछ सामान आ गया। उनकी ही देखरेख में काढ़ा बनाया जाने लगा। उन्होंने इससे कुल्ला करने को कहा। मुँह मुश्किल से थोड़ा-थोड़ा खुल रहा था। गिलास से काढ़ा थोड़ा ही भीतर गया कि बहुत तेज लगा। भीतर की त्वचा जैसे झुलसने-खुरचने लग गई हो! आँखों से धाराएँ बहने लगीं। दूसरी-तीसरी बार में यह जलन क्रमश: कम होती महसूस हुई। चौथी बार जब काढ़ा मुँह में भरा तो इसका ताप असहनीय नहीं रह गया था। हकीम साहब के संकेत पर काढ़ा अब मुँह में ही रखे रहा। कुछ मिनटों के बाद उन्होंने इसे पास रखे लौह-पात्र में उगलने का संकेत दिया। उगला तो टन्न की आवाज हुई। मुँह से काढ़े के साथ निकला एक सफेद चपटा-सा टुकड़ा दिख गया। सिक्का-भर का। हकीम साहब ने एक पतली लकड़ी से उसे लौह-पात्र में ठेलकर ऊपर किया। यह चूने का ऐसा जमा हुआ टुकड़ा था जिसके ऊपरी तल पर तालू की छाप उभरी हुई थी। उन्होंने बताया—साव, बहुत चूना चाटते थे न! देखो, यह कैसे मुँह के भीतर जाकर तालू में जम गया था। मैं चकित। मुँह से चूना का जमा हुआ टुकड़ा निकलने से भी अधिक अचरज उनकी इस युक्ति पर हो रहा था। उनकी आँखों और फैले होंठों से मुस्कान-रूप में जैसे भरोसा झर-बरस रहा था। धातुई खनक के साथ। रुई के फाहे-सी उनकी दाढ़ी हल्के-हल्के हिल रही थी। उनके संकेत-निर्देश पर मैं देर तक काढ़े से लगातार मुँह सेंकता रहा। दर्द समाप्तप्राय हो चला। अचानक हकीम साहब हँसे—बुलाओ उन लोगों को, जो तुम्हारे मुँह का ऑपरेशन करना चाह रहे थे! अँगरेजी पढ़ लेने भर से सब नहीं हो जाता। और मरीज ही नहीं, मर्ज की नब्ज की भी पहचान होनी चाहिए।'

प्रसंग सुन सभी दंग। डॉक्टर ने सिर हिलाया, 'कोई भी पैथी हो, सर्वाधिक प्रभावी होता है प्रत्यक्ष अनुभव। देशी चिकित्सा पद्धतियों का आधार ही है प्रत्यक्ष अनुभव।

इसलिए इनका प्रभावी होना स्वाभाविक है। एलोपैथ के साथ दिक्कत यह है कि प्रैक्टिस करने वालों के बीच यह महज एक पुस्तक-संचालित प्रणाली है। डिग्री पाकर बैठ जाने के बाद कोई आगे-पीछे कुछ सोचना-करना नहीं चाहता और अधकचरी सलाहें भी डंके की चोट पर ठोंकता चलता है।'

'मैं आपको बताऊँ कि बनारस में चिकित्सा क्षेत्र की ऐसी डाँवाँडोल स्थिति पहले कभी नहीं थी। अकेले अर्जुन वैद्य का होना ही बहुत बड़ी आश्वस्ति था। दुर्भाग्य से अब वह नहीं रहे। मेरे तो वह मित्र ही थे। बड़ी बात यह कि उन्होंने आयुर्वेद पद्धति से न केवल लोगों की अनवरत चिकित्सा-सेवा की बल्कि छात्रों को लगातार इसकी शिक्षा देते हुए अगली पीढ़ियों के निर्माण का महती दायित्व भी निभाया। ऐसा सम्भवत: इसीलिए क्योंकि वह एक जाग्रत हृदय के व्यक्ति रहे...' प्रसाद के नर्म-गर्म शब्द संवेदना से भीगे हुए हैं, 'न केवल यही, बल्कि इतने सब के बावजूद वह स्वर-साधना में भी समय लगाते रहे। यह उनकी विशिष्टता ही तो थी। ऐसा ही व्यक्ति कुछ भी विशिष्ट कर सकता है।'

डॉक्टर हुबदार सिंह ने बर्मा की सिंगर कम्पनी को नमस्कार कर दिया।

प्रसाद ने उनके लिए चेतगंज में ही रहने और क्लीनिक चलाने का प्रबन्ध कराया। काशी में आश्रय मिल जाने पर डॉक्टर दम्पती गद्गद।

एक दिन डॉक्टर-परिवार सरायगोवर्द्धन आया। प्रसाद ने कमला कुमारी का परिचय अपनी पत्नी से कराया, "ई कमला कुमारी चौहान हईन—कविता लिखऽ लिन! बात समझलु कि नाहींऽ? इहो कमले हईंन।"

डॉ. सिंह ठठा पड़े। दोनों कमलाएँ एक-दूसरे को देख हँसने लगीं। दोनों ओर से आती अलग-अलग हँसी आपस में ऐसे मिलने लगीं, जैसे प्रयाग के संगम की धाराएँ! संगम-बिन्दु से पहले तो अलग-अलग रंग-गति किन्तु महामिलन के बाद एक समवेत रूपाकार। डॉ. सिंह का स्वर धीमा किन्तु ठोस, चुहल तेज, "लेकिन दोनों में नाममात्र की ही समानता है, इसके अलावा तो असमानताएँ ही असमानताएँ भरी पड़ी हैं।"

प्रसाद थोड़े चकराए। मुस्कुराते हुए अचकचाकर देखा। डॉ. सिंह ने हाथ लहराया, "एक कविता लिखती हैं जबकि दूसरी अपने इशारे पर लिखवाती हैं।"

कमला कुमारी खिलखिला पड़ीं। कमला देवी संकोच से सिकुड़-सी गईं। प्रसाद मन-ही-मन डॉ. सिंह की इस हास्य-चेतना पर सुखद आश्चर्य से भर गए हैं। उनका मौन प्रशंसा-प्रोत्साहन से भरा हुआ।

डॉ. सिंह ने अपना अभियान आगे बढ़ाया, "एक जहाँ इस देश के विख्यात अग्रणी साहित्यकार-विद्वान की धर्मपत्नी, वहीं दूसरी अपने इस शहर में भी सर्वथा अज्ञात व गणना-सूची में सबसे नीचे लटके एक नामालूम-से व्यक्ति की जीवनसंगिनी।"

प्रसाद ने इनकारी मुद्रा में सिर हिलाते हुए यह कथन नकार दिया। वह आगे बोलते चले गए, "एक कमला तो कमला भी हैं और स्वयं कमल भी, जबकि..."

"जबकि दूसरी स्वयं कलम भी हैं और कमाल भी।" प्रसाद ने बीच में अपनी बात जोड़ दी।

वाणी में सम्मान व स्नेह-भावों की तैरती हुई चिकनाई। कमला देवी ने जोर-जोर से स्वीकार में सिर हिलाया। कमला कुमारी चौहान के मुख-मंडल पर लाली दौड़ गई है। स्वयं प्रसाद के मुख से अपने रचनाकार के लिए ऐसे शब्द सुनना उनके लिए आह्लादक अनुभव।

डॉ. सिंह भी रुकने वाले कहाँ! आगे बोले, "एक तो शंकर की 'देवी' हैं जबकि दूसरी बेचारी किसी अनाम खुदरा गण की 'कुमारी'।"

चेखुरा ने सामने टेबुल पर एक-एक कर ढेर सारा खाने-पीने का सामान ला रखा है। आमने-सामने जमे दोनों परिवार खुल-खिल रहे हैं। प्रसाद मुस्कुराए, "अब आप ठीक से गिनिएगा, मैं बता रहा हूँ कि कितनी हैं समानताएँ दोनों में।"

सभी उनकी ओर ताके जा रहे हैं। उन्होंने बात आगे बढ़ाई, "पहली समानता—दोनों कमलाएँ सचमुच कमला हैं। दूसरी समानता—दोनों समान सुंदरी और समझदार हैं। तीसरी समानता—दोनों के दाम्पत्य में कविता की अजस्र धारा बह रही है। चौथी समानता—दोनों काशी की बाबा-भूमि में निवास करने का सौभाग्य-सुख प्राप्त कर रही हैं। पाँचवीं समानता—दोनों ही यहाँ समान परस्पर प्रेम के साथ उपस्थित हैं। छठी समानता—देखिए न, कैसे दोनों ही हमारी ये सब बातें या बकबक एक तरह से चुपचाप बर्दाश्त किये जा रही हैं!"

डॉ. सिंह मुस्कुराकर रह गए किन्तु कमला कुमारी और कमला देवी एक साथ ठठा पड़ीं। प्रसाद न मुस्कुराए, न हँसे। अपनी संजीदगी बनाए रखी, "सातवीं और सबसे ताजा समानता—देखिए न, दोनों मेरी गलत या सही बात पर कैसे समान ठहाके बरसा रही हैं!"

दोनों ने अचानक बीच में अपनी हँसी रोक ली और पुलकित भाव से ताकने लगीं।

प्रसाद ने उनकी ओर भौंहें उचकाईं, "देखिए, देखिए, डॉक्टर साहब, एक और नवजात समानता—यहीं हमारे सामने इन दोनों कमलाओं ने अभी-अभी कैसे अपनी-अपनी हँसी का गला बीच में ही दबा दिया, सर्वथा समान दक्षता के साथ!"

दोनों हाथ जोड़ लिये हैं डॉ. सिंह ने। सिर हिलाते-डुलाते हुए हँस रहे हैं, "बस, बस, अब बस कीजिए महाशय! आप जीते, मैं हारा। सचमुच वापस ले रहा हूँ मैं अपना दावा।"

कमला देवी उठ खड़ी हुईं, "अब आप इन लोगों को यह सब ग्रहण करने का अवसर तो दीजिए। बातचीत और हँसी-ठहाकों की तेज आँधी में यह पकौड़ा ठंडा हो गया।"

"पकौड़ा तो पकौड़ा, प्रसाद जी ने तो मेरा दिमाग भी ठंडा कर दिया।" डॉ. सिंह पराजय भाव से लगातार अपना सिर हिलाए जा रहे हैं।

प्रसाद ने साग्रह उनके हाथों को पकड़ लिया है, "नहीं, नहीं, ऐसा न कहें। इसे ठीक से समझ लीजिए। आप यदि हार जाएँगे तो यह हार सबसे पहले मुझे मार डालेगी। आखिर, आप सपरिवार मेरे घर आए हुए हैं, मेरे अतिथि हैं—अतिथि देवोभवः! इसलिए मेरी जीत तो आपके जीतने पर ही सम्भव है।"

कमला देवी ने उठा-उठाकर तश्तरी बढ़ाई। सबके मुँह चलने लगे।

हाथ-मुँह धोकर बैठते हुए डॉ. सिंह ने सहज जिज्ञासा छलकाई, "प्रसाद जी, एक बात मैं आपसे पूछना तो चाहता हूँ किन्तु साहस नहीं कर पा रहा।"

"'साहस' चूके तो 'सहसा'! यानी कि सहसा पूछ डालिए। इसमें साहस की आवश्यकता ही नहीं पड़ेगी।"

डॉ. सिंह ने अचकचाकर ताका, "सहसा?"

"हाँ, और क्या! किसी अदना बात को भी जब सौ-सौ पैंतरों के साथ सोचा जाने लगे तो साहस का चूक जाना तय है।" प्रसाद हँसे।

"मैं यही जानना चाहता हूँ कि आप जैसा रचनाकार जो ईश्वर की दया से देह-हाथ से भी कमजोर नहीं है, वह चल रहे स्वतंत्रता-संग्राम में क्यों नहीं कूदता?"

प्रसाद संजीदा हो गए, "डॉक्टर साहब, आप इसे इस तरह समझ लीजिए कि मैं जेल को भरने में नहीं बल्कि गिराने में विश्वास करता हूँ—वह चाहे ईंट-गारे की मोटी-मोटी ऊँची दीवारें हों अथवा स्थूल-पृथुल विचारों के कारागार, मेरा विश्वास इन्हें ध्वस्त करने में है। दूसरी बात, मैं कभी यह नहीं चाहता कि क्षणिक रोष में स्वयं को ही क्षतिगस्त करवा डालूँ। ऐसा हो जाने पर तो मेरा भविष्य का सारा लम्बा-चौड़ा लक्ष्य-उद्देश्य ही ध्वस्त होकर रह जाएगा। एक बात और भी है..."

सभी चुप और जिज्ञासा से भरपूर। सबकी दृष्टि प्रसाद पर टिकी है।

वह बोलते चले जा रहे हैं, "मैं स्वतंत्रता-संग्राम में किसी हारते हुए सिपाही की नहीं, बल्कि जंग से लेकर जीत तक की रचना व आकलन करनेवाले एक अचूक रणनीतिकार की भूमिका निभाना चाहता हूँ।"

आरम्भ में सम्पर्क व प्रभाव से कुछ रोगी लाए-बुलाए गए। उनकी चिकित्सा शुरू कराई गई। इस दौरान जब कुछ पुराने और जटिल रोगग्रस्त व्यक्ति धीरे-धीरे स्वस्थ हो गए तो इसका असर हुआ। बात फैलने लगी। अब प्रतिदिन दो-चार रोगी अनिवार्य रूप से आ ही जाते। डॉ. सिंह रोगी की एक-एक बात ध्यान से सुनते। इसे लगातार लिखते भी जाते। इसके बाद वह बहुत सधे ढंग से उसकी चिकित्सा शुरू करते। रोग कितना भी पुराना या जड़ियाया हुआ हो, वह उसकी चिकित्सा की चुनौती स्वीकार करने में तनिक भी नहीं हिचकिचाते। कहते, "घबराने की कोई बात नहीं। मैं यदि इसकी चिकित्सा का दायित्व स्वीकार कर रहा हूँ तो इतना तय है कि अपनी ओर से कोई कोर-कसर नहीं छोड़ूँगा। यदि इस रोग का इलाज सम्भव है तो यह यहाँ सम्पन्न होकर रहेगा।" कोई रोगी लम्बी अवधि तक चिकित्सा खिंचने पर जब खिन्न दिखता तो वह समझाते, "होमियोपैथी है ही धैर्य धारण करने व कराने वाली चिकित्सा प्रणाली। असहज रोग से छुटकारा सहजता से कैसे मिल सकता है? किसी गहरी जड़ को उखाड़ने के लिए जैसे बहुत लम्बी खुदाई करनी होती है, उसी तरह इसमें भी वैसा ही उद्यम करना होगा, मेहनत करनी होगी।"

प्रातः भ्रमण में डॉ.सिंह अब प्रसाद के एक स्थायी साथी बन गए। क्लीनिक में भी प्रसाद अक्सर पहुँचते। चिकित्सा-प्रणाली का बारीकी से अवलोकन करते। डॉ. हुबदार सिंह धीरे-धीरे डॉ. एच. सिंह के रूप में जाने जाने लगे।

गंगा-स्नान के बाद तीनों लौटे। प्रसाद बरामदे में टहलते मिले, "काऽ हो मुकुन्दी! गंगा-स्नान कयऽ लेलाऽ?"

कमला तेज कदमों से भीतर चली गईं। लखरानी रुक गईं, "मुकुन्दी के तऽ हमीं जबरी ले गइली। आज घाट पर तूं संगे ना गइलऽ, तोरे लेके जाएके रहल।"

प्रसाद ने सिर खुजलाया, "असल में डॉक्टर साहेब के इहाँ बइठ रहली तऽ कुछ लोग आ गइलन, बाते-बाते में देर हो गल।"

लखरानी ने तेवर कस लिए, "बात जब बेबात के होवे लगले तऽ अइसहीं देर होवे लागला। तूं आपन कार-बार के बारे में भी येतना बात हमेशा आपन दिमागे में रखल कराऽ कि तोरे बिना सब ढीला जाला। येसे कहुं अधिका समय ना बर्बाद होवे पाए?"

प्रसाद का संकेत पाकर मुकुन्दीलाल पास ही बैठे। एक कारखाना-कर्मी ने लाकर एक कटोरे में भरी ताजा सुर्ती रखी और कुछ कदम पीछे खिसक हाथ बाँधकर खड़ा हो गया। प्रसाद अतिरिक्त सजगता से भर उठे। उन्होंने कटोरे को उठा लिया और बहुत ध्यान से इसे नाक के निकट ले गए। वह बहुत ध्यान से इसे सूँघने लगे। इस दौरान उनकी आँखें और पूरा मुख-मंडल मौन के साथ ही जैसे गहरे गणितीय उद्यम में जुट गया हो। उन्होंने संकेत में ही इसकी गुणवत्ता पर स्वीकारात्मक संकेत दे डाला। कटोरा उठाकर वह चला गया।

मुकुन्दीलाल के मन से निकलकर जिज्ञासा मुखमंडल पर रेंगने लगी।

53

"कहो, चाणक्य! क्या दुविधा है?"

आँखें मल-मलकर देखा प्रसाद ने। सामने दास ही तो खड़े हैं। उन्होंने स्वागत में सबसे पहले मुस्कुराहट प्रस्तुत की, "मित्र, आ गए हो तो अच्छा किया। अब कृपया भले-भले बैठ जाओ। मन अभी बहुत चंचल है।"

दास मुस्कुराए, "कोई बात नहीं। मन के चंचल होने से कोई विशेष दिक्कत नहीं। लेकिन देखना, इसी रौ में यदि तुम्हारी भुजंग भुजाएँ भी चंचल होने लगें तो पहले बता देना।"

प्रसाद ने उत्तर में भर-नजर देख भर लिया। बोले कुछ नहीं। दास ने प्रसंग को मोड़ दिया, "मैं तुम्हें एक जरूरी सूचना देने आया हूँ।"

उन्होंने जिज्ञासा से देखा। वह आगे बोले, "कविगुरु रवीन्द्रनाथ टैगोर काशी आए हैं।"

प्रसाद की पूरी मुख-मुद्रा एक क्षण में बदल गई। दिन भर की क्लान्ति गायब। अब चरम सजगता। स्वर में धातु जैसी खनक, "अच्छा! कविगुरु? बनारस में? किस संदर्भ में आए हैं? कब तक यहाँ रहेंगे?"

"आए तो हैं एकान्तवास करने, कुछ दिन अब यहाँ वह इत्मीनान से व्यतीत करेंगे। मेरे बागीचे के पास एक जो बड़ा-सा उद्यानगृह है, उसी में टिके हैं। पूरी तरह विश्राम के लिए ही यहाँ आए हैं, इसलिए किसी अपरिचित या अल्पपरिचित से तो मिल ही नहीं रहे। जिससे उन्हें मिलना होता है, उसे बुलवा लेते हैं, बस!"

प्रसाद ने चुपचाप सुनते हुए सिर हिलाया। दास बताने लगे, "मुझे बुलवाया था, कल शाम को मैं गया और उनसे मिल आया। उन्हें शान्तिनिकेतन के लिए एक संगीत

शिक्षक की आवश्यकता है। मुझे उन्होंने कहा—तुम्हारी जानकारी में कोई योग्य व्यक्ति हो तो दो।"

कमला देवी आईं तो दास खड़े हो गए, "भाभीश्री को प्रणाम कर रहा हूँ।"

वह बोलीं, "मैं भी देवरश्री को आशीष दे रही हूँ।"

प्रसाद को हँसी आ गई। बोले, "मैं नाटककार हूँ और चुपचाप देवर-भाभी का नाटक देख रहा हूँ।"

सभी एक साथ ठठाकर हँस पड़े। कमला देवी ने प्रसाद से पूछा, "खाने के लिए आप बताएँगे तभी तो निकलेगा न!"

प्रसाद बोले, "इस जैसे अंतरंग मित्र के सामने तो कुछ भी कमी-बेशी हो, सब चल जाएगा। जो साग-सत्तू हो, निकालिए, यह भी साथ-साथ कुछ भोग लगा लेगा।"

वह मुस्कुराती हुई लौट गईं। दास बोले, "मैं तो कहूँगा कि तुम चलकर कविगुरु से मिलो। मिलना चाहिए।"

प्रसाद बोले, "भई, मेरे मन में भी उनके प्रति जिज्ञासा तो है ही, और अभी जब तुम उनके आने की बात बता रहे हो तो उनसे मिलने की इच्छा बलवती हो उठी है। किन्तु लगे हाथ तुमने यह भी तो बता दिया न कि वह सबसे मिल ही नहीं रहे, तो यह जिज्ञासा अब ठंडी भी पड़ने लगी है।"

"अरे, यार, क्यों उलटा ही सोचने लगे? तुम्हारी उनसे मुलाकात तो मैं कराऊँगा न! ऐसा नहीं कि आमने-सामने होने पर उनसे मिलते हुए केवल तुम ही उजागर होगे। यह भी तो सम्भव है कि तुम्हें देख-समझ लेने पर स्वयं गुरुदेव को भी यह लग जाए कि वह तुमसे स्वयं को मिलवा रहे हैं!"

"चलो, ठीक है। तुम्हारी इच्छा अगर हो तो मुझे उनसे मिलकर खुशी ही होगी। वैसे, मैं निराला की तरह उनका कोई दीवाना तो नहीं किन्तु उनसे मिलकर मैं कुछ जरूरी चर्चा करने का इच्छुक अवश्य हूँ। जानना चाहूँगा कि उन जैसा बड़ा कलाकार काव्य, कला और संगीत के मौलिक प्रश्नों पर क्या सोचता है। वह बड़े कवि-कलाकार हैं। उन्हें विभिन्न स्तरों पर देखने-परखने की एक स्वाभाविक जिज्ञासा भी तो है ही।" प्रसाद के शब्द सजग-सचेत थे।

दास ने कहा, "मैं कविगुरु से पहले तुम्हारे नाम पर मिलने का समय ले लेता हूँ, फिर तुम्हें खबर करूँगा।"

54

दास और मुनीम लक्ष्मणदास बाहर खड़े हैं। उद्यानगृह का कर्मी बाहर आया तो दोनों समुत्सुक हो उठे। उसने पास आकर धीरे से कहा, "बाबू ने पूछा है कि हारमोनियम साथ लाए हैं कि नहीं?"

दोनों एक-दूसरे का मुँह ताकने लगे। दास बोले, "देखा, मैंने कहा था न कि कविगुरु आपकी कला-प्रतिभा की छटा तत्काल ही देखना चाहेंगे। चलिए, हम लोगों ने अच्छा किया कि अपना वाद्ययंत्र गाड़ी में रखवाकर ही चले।"

मुनीम पुलकित हो उठे, "हाँ, आपने ऐन सही समय पर और बहुत सही सलाह दी। मैं बाहर जाकर हारमोनियम उतार लाता हूँ..."

वह लपक कर बाहर की ओर बढ़े तो दास ने पीछे से तेज स्वर में कहा, "आप कोचवान को कह दीजिए, वह उतारकर ला देगा। आप अभी स्वयं को भरसक उद्यम व थकान से बचाकर चलिए। कविगुरु के पास आपको कुछ करके दिखाना जो है!"

मुनीम पीछे मुड़कर ससंकोच हँसे और आगे बढ़ गए।

दास ने उद्यानगृह के कर्मी को बताया, "तुम उन्हें बता दो कि हारमोनियम साथ लाए हैं, हम दोनों अभी पीछे से पहुँचते हैं।"

वह हँसा, "उन्हें बाहर से आ जाने दीजिए, मैं हारमोनियम उठा लूँगा।"

मुनीम स्वयं ही हारमोनियम उठाए आते दिखे तो उद्यानगृह-कर्मी लपककर आगे बढ़ा और वाद्ययंत्र थामकर पीछे मुड़ गया। वह गतिपूर्वक आने लगा और भीतर घुसते हुए दोनों को अभी यहीं रुकने का संकेत देकर चला गया।

दास बोले, "असल में कविगुरु का यह एकान्तवास चल रहा है। संगीत में गहरी रुचि होने के चलते ही वह यह समय देने को तैयार हुए हैं।"

मुनीम ने कहा, "मैं तो उन्हें अपनी कला की एक झलक दिखाकर भी स्वयं के अब तक के सम्पूर्ण प्रयास को सार्थक मान लूँगा।"

उद्यानगृह-कर्मी फिर प्रकट हुआ, "आइए, बाबू ने आप दोनों को बुलाया है।"

दोनों उसके पीछे-पीछे चल पड़े। दोनों ओर यहाँ से वहाँ तक सूखी लकड़ी के खम्बों पर अर्द्ध गोलाकर टाट की छप्पर, जिस पर नीचे से ऊपर चढ़कर फैली-फूली हुई लताएँ। एक साथ कई-कई फूलों और लताओं की मिश्रित सुगन्ध। दोनों ओर की क्यारियों में भी फूलों के अनगिन रूप-प्रकार। कभी लगता कि गुलाबों की सुगन्ध के झकोरों पर उड़-उधिया रहे हैं तो कभी नाक में सोनजूही, बेला और चम्पा की महक भरने लगती।

मुनीम ने फुसफुसाकर कहा, "यहाँ की हवा तो सुगन्ध से ऐसे नहाई हुई है कि मन यों ही अथाह ऊर्जा और अनन्त इच्छाशक्ति से लबालब हो उठा है।"

दास ने उसी संजीदगी से कहा, "मुनीम जी, अपनी एकाग्रता को सुगन्ध के झकोरों पर चढ़कर मत उधियाने दीजिए। यह मत भूलिए कि आप इस समय संसार के एक बड़े कला-न्यायाधीश के समक्ष प्रस्तुत होने जा रहे हैं। अतिउत्साह और हवा-हवाई आत्मविश्वास से बचिए। कहीं ऐसा न हो कि यह सारा 'लबालब' एक झटके में 'डबाडब' में बदल जाए!" मुनीम जैसे गड्ढे में गिरने से बाल-बाल बचे हों। चेहरे पर भय-सा भभका। दास ने इसे पढ़ लिया, "ना-ना-ना, आप असहज मत होइए! मैं आपको डरा नहीं रहा, सचेत कर रहा हूँ। बेपरवाह रहेंगे तो चूक सकते हैं, इसीलिए जगा दे रहा हूँ। आप बहुत तन्मयता से कविगुरु को अपनी कला की बानगी पेश करिएगा। मैंने जो आपकी तारीफ की है, उसका मान रखना होगा।"

सामने बाँस की पीली-पीली चौड़ी खपच्चियों का नया बना एक स्तूपनुमा कक्ष। बेंत की चार खाली आरामदेह कुर्सियों के बीच एक ऐसी ही पाँचवीं पर बैठे हैं कविगुरु। मीठे रंगों के स्वस्थ धागों की जीवित कढ़ाई वाला चोगा पहने और दोनों केहुनियाँ कुर्सी के मोटे हत्थे पर टिकाए। पाँवों को थोड़ा आगे की ओर किये हुए। अब यह एक संगीतकार

के साथ जाने का असर है कि कविगुरु के सिर की सूफियाना टोपी के नीचे हिलते घने घुँघराले धवल बाल और झरझराती दाढ़ी एक झलक में मधुर-महीन आलाप-लहरियों-सी ध्वनि-स्नात दिखने लगी। रोम-रोम जैसे राग-रागिनियों से एकालाप करने लगे हों! सामने से तकते नक्षत्रों सरीखे उनके बलते नेत्र जैसे कोई नया राग विकीर्ण करने लगे! मीठी-मीठी धूप को देखकर लग रहा था कि यह लौटते हुए सूरज की आभा नहीं बल्कि कविगुरु के आसपास फैली जीवनधर्मी सृजन-शान्ति का खिला हुआ रंग है।

दोनों अभी कुछ कदम दूर ही थे कि कविगुरु ने दोनों हाथ ऊपर उठाकर आँखें मूँद लीं और नीचे लाते हुए मन्द-मृदु स्वर में कहा, "आओ, कला के दो नवीन साधको! काशी की संगीत कला-दक्षता की एक शीतल घूँट मेरे कंठ पर भी रख दो।"

उन्होंने आँखें खोलीं तो दोनों ने झुककर अभिवादन किया। दास बोले, "गुरुदेव, यही हैं मुनीम लक्ष्मणदास। विशिष्ट संगीताचार्य। हारमोनियम पर सरोद की अद्भुत गतें उतार लेते हैं। कंठ में भी कला-कसक है। मैंने इन्हीं के बारे में आपको बताया था।"

कविगुरु के मुखमंडल पर मुस्कान का नया छंद चमका, "इन्हें देखते ही मुझे लग गया—कलाकार के मुख पर उसकी कला हमेशा उपस्थित रहती है एकदम मौसम की तरह; बल्कि कह लो बसन्त की तरह!...अब इनकी उँगलियाँ और इनका कंठ अपने बारे में सब कुछ बताएगा।"

हारमोनियम के सोपानों पर उँगलियाँ नृत्य करने लगीं। हवा पर ध्वनि-तरंगों की महीन-वेगवती दुग्ध-धाराएँ बह चलीं। वातावरण छलछला गया। आसपास के लता-गुल्म तक अभिभूत। पत्ते-फूल-कलियाँ-डालियाँ, सब गति-तरंग में आ नृत्य में तल्लीन। मुनीम का मृदु आलाप वाद्ययंत्र की सुरीली तान से रह-रहकर एकाकार होता हुआ जैसे हवा के रेशे-रेशे को झंकृत रागों में गूँथता रहा। कविगुरु के नेत्र पलक-पल्लवित हो-होकर उपस्थित विस्तार को लाँघते रहे। जैसे आत्मब्रह्मांड से एकसार हो रहे हों! वाद्य व गायन-कला की एक ऐसी छटा साकार हो उठी जिसमें सब कुछ रागमय हो उठा।

सिर हिलाते टप्-टप् हथेलियाँ बजा रहे हैं कविगुरु। जैसे कोमल वायु-तरंगें सहला-थपका रहे हों! दास को लगा, जैसे मुनीम का गायन-वादन प्रतिरचित हो कवि-मुख पर साकार उत्खनित होने लगा हो!

इसी बीच गुरुदेव ने कुछ संकेत किया जिसे मुनीम तत्काल समझ गए और मुँह बन्द कर लिया। अब हारमोनियम का एकल आलाप हवा के रेशे-रेशे पर जैसे अपने रंग छिड़कने लगा हो। गुरुदेव इस संगीत-वर्षा में झमाझम भीगते दिखने लगे। ध्वनि-बूँदों को रोम-रोम की महीन जिह्वाओं से संस्पर्शित करते हुए। कविता का भाव-जगत बुनते-रचते हुए। लगा, जैसे कला के आँगन में सावन उतर आया हो और कवित्त कन्या संगीत-स्नान कर रही हो!

झंकार के झपकते ही क्रमश: गूँज-अनुगूँज थमती गई। कविगुरु ने आप्यायित नेत्र खोले तो हवा की सतह पर उनकी संतृप्त दृष्टि का पुष्ट स्पर्श धड़कता हुआ महसूस हुआ। उनकी रत्न-सी पुतलियों पर जैसे अब से पहले के सारे रागायित पुलकित तरंगित क्षण-कण संचित-अंकित चमक रहे हों! उनके शब्द विरल मृदुल कोमलता से भरे-पूरे

हुए, "मैंने हारमोनियम का ऐसा संगीत तो पहले कभी नहीं सुना था, अद्‌भुत आनन्द की उपलब्धि हुई।"

मुनीम को औचक जैसे पारसमणि का अकल्पित संस्पर्श मिल गया हो! वह स्वयं स्वर्ण-हारमोनियम होकर झंकार से भर उठे। कविगुरु के शब्द उँगलियाँ बनकर त्वचा-सोपानों पर नृत्य करने लगे। हत्मंत्री के तार राग रचने लगे। अनन्त आलाप मनाकाश को नादब्रह्म बनाने लगा। उन्हें लगा कि उनकी युगों-युगों की बिसूरती अनाम-अज्ञात अहल्या-साधना की पथरायी प्रतीक्षा पूर्ण हो गई है। मुक्ति-संस्पर्श सम्पन्न हो चुका है।

सभी चुप हैं किन्तु परस्पर संवाद चरम पर सभी का सबसे शब्द-मुक्त वार्तालाप प्रवहमान। कविगुरु का उन दोनों से। उन दोनों का उनसे और आपस में। फूलों का हवा से। सुगन्ध का समय से। वसुन्धरा का पौधों से, जीवन से, जगत से।—सबका सबसे अथक भाव-विनिमय। यह अपूर्व संवाद चलता रहा, बढ़ता रहा, बहता रहा।

एक अन्तराल के बाद कविगुरु अपनी ही आँखों में जैसे कहीं सुदूर अनन्त से लौट आए हों! बैठे-बैठे ही थोड़ा हिले-सँभले और स्वयं को समेटकर आगे की ओर उन्मुख किया। मुखमंडल पर पीड़ा-सी पिरायी, "मुझे अफसोस है कि शान्तिनिकेतन में हारमोनियम वर्जित है, अन्यथा मैं इस प्रतिभा को अपने साथ अपने पास ले जाता।"

एक छोटी-सी चुप्पी को मुनीम ने तोड़ा, "अब यह नाचीज स्वयं को कभी आपसे दूर कहाँ कर पाएगा! आपकी उपस्थिति की चिर चाँदनी तो मेरे अन्तरतम में हमेशा-हमेशा खिली रहेगी।"

फिर एक बजता हुआ छोटा-सा मौन।

दास ने मुस्कुराकर कहा, "मुझे मुनीम जैसे संगीताचार्य को यहाँ लाकर आपसे मिलाने पर गर्व का अनुभव हो रहा है।"

गुरुदेव के नेत्र मुस्कुरा रहे थे। दास ने आगे कहा, "कविगुरु, अब आपसे एक काव्य-प्रतिभा का साक्षात्कार कराना चाहता हूँ—जयशंकर प्रसाद, अर्थात् एक ऐसा नाम जो अपनी साधना के ताप से गतिपूर्वक स्वर्णाक्षरों में तब्दील हो रहा है। विशेषण बनती हुई एक संज्ञा, जो हिन्दी की कीर्ति-पताका के आकार में ढल रही है। हमारी भाषा का सुनहरा जगमग भविष्य। कदाचित् आनेवाले समय का तुलसीदास या रवीन्द्रनाथ भी!"

शुभ्र धवल दाढ़ी और केशराशि आहिस्ता हिली, "भविष्य तो हमेशा स्वागतेय है। उसका उज्ज्वल होना भी निर्धारित है, क्योंकि हिन्दी को गंगा बनने और सदानीरा होने से कोई नहीं रोक सकता।...कल ही इसी समय प्रतीक्षा करूँगा।"

55

वही उद्यानगृह-कर्मी, फिर उसी तरह आया। दास ने उसकी ओर दृष्टि उठाई और ज्योंही कुछ बोलने को हुए कि वह मुस्कुराता हुआ तत्काल पीछे लौट गया।

प्रसाद को आश्चर्य हुआ, "अरे, इसने तो हम लोगों से कुछ पूछा भी नहीं और उल्टे पाँव अन्तर्धान भी हो चुका! अब क्या होगा?"

दास खुले, "वह मुझे पहचान गया है, कविगुरु से अनुमति लेकर अभी ही लौटेगा। वैसे, एक बात पूछूँ?"

"हाँ, क्यों नहीं!"

"रवीन्द्रनाथ टैगोर से मिलने से पहले तुम्हारे मन में अभी क्या चल रहा है?"

उद्यानगृह-कर्मी बुलावा लेकर आ चुका, लेकिन दोनों तो स्वयं में ही मगन।

प्रसाद की वाणी में आवेग आ गया, "जिज्ञासा, जिज्ञासा और सिर्फ जिज्ञासा! तुम यही समझो कि मेरे मन में जिज्ञासाओं का जैसे समुद्र ही उमड़-गरज रहा है। एक बड़ा कवि-कलाकार जिसका तन-मन संसार और समय की थाह बताने वाला एक सर्वाधिक संवेदनशील विरल मापक-यंत्र है, वह कैसे व्यवहार करता है, कैसे सोचता है, कैसे बोलता है, उसकी प्रसन्नता कैसी है, उसके विशाद का क्या रंग है, उसका क्रोध कितना कठोर है, उसकी आसक्ति कितनी तरल है, उसकी खिन्नता कैसी झीनी है, उसकी तृप्ति कैसी गाढ़ी है, आदि-आदि। रवीन्द्रनाथ हमारे समय के श्रेष्ठतम एकल प्रतिभा हैं। एक ही काया में कवि-कथाकार, चित्रकार, संगीतज्ञ, चिन्तक, दार्शनिक। अनेक विशिष्ट व्यक्तित्वों का विरल विन्यास।...इसलिए उनके प्रति जिज्ञासाएँ बहुत प्रबल हैं, बहुरूपी भी।" प्रसाद के शब्द तन्मय और नेत्र तरंगों से भरे हुए।

उद्यानगृह-कर्मी देर तक खड़ा-खड़ा दोनों के मुँह ताकता रहा। दास की तन्द्रा टूटी तो उसे देखकर चौंक पड़े। हड़बड़ाकर प्रसाद का ध्यान झकझोरा और चलने का संकेत किया। प्रसाद मुस्कुराए।

आगे-आगे उद्यानगृह-कर्मी और पीछे वे दोनों। बेंत की वही खाली कुर्सियाँ। कविगुरु पास ही तख्त के पिछले छोर पर आगे पर्याप्त रिक्त स्थान छोड़ चुकुमुकु बैठ गए। सामने आधे से ज्यादा तख्त खाली। चादर पर जैसे चाँदनी पुती हुई हो। वही—वही दिव्य हरित-सुगंधित वातावरण।

दोनों को आता देख उन्होंने दूर से ही खिले-खिले लाल-पीले शब्द-पुष्प उछाले, "आओ, आओ! हिन्दी भाषा के कोंपल कमनीय कमल कवि, तुम्हारा यहाँ स्वागत है।"

प्रसाद का अन्तस झनझना उठा। कविगुरु की वाणी का प्रथम हृदय-स्पर्श ही ऐसा मुग्ध कर देनेवाला। पहली ही दृष्टि में अपनी आभा में समेट लेनेवाला सम्मोहक व्यक्तित्व। दिव्य छवि-उपस्थिति। असाधारण अनुभूति। उन्हें लगा—कविगुरु तो सचमुच जिये जा रहे एक-एक क्षण को कविता बनाकर धारण करते चलनेवाले विरल शख्स हैं। काल को टटोलती-बटोरती उनकी चमकती आँखें कितनी सर्वशुभेच्छु हैं!

निकट पहुँचते ही वही विरल-टहक वाणी फिर हवा पर खिंची, "मुझे तुम्हारे बारे में सब पता हो चुका है। तुम्हारी ही लेखनी से हिन्दी कविता की वसुन्धरा पर एक नये युग का सूत्रपात हुआ है। मुझे स्वयं तुमसे मिलना था, कृष्णदास ने मेरा यह एक बड़ा काम पूरा किया।"

दास हक्का-बक्का। कविगुरु का मुँह ताकते रहे। कल तो एकदम अनजान लग रहे थे, आज यह भाव? क्या सचमुच कविगुरु पहले से प्रसाद के बारे में पूरी तरह सूचित हैं? आश्चर्य!

कविगुरु तख्त से उठे। खड़े हुए। काव्य कद एक कौंध के साथ जैसे अनन्त ऊँचाई तक खिंच गया हो! धरती को आकाश से जोड़ती एक रश्मिरेखा। प्रसाद ने अचकचाकर देखा, उनकी छंदोबद्ध मुस्कान सचमुच अपूर्व। रस, रंग, सुगन्ध, भाव व अलंकारों से रंजित। परिपाक्-परिपूर्ण। मुखमंडल पर इस देश के व्यतीत हजारों-हजार वर्षों के समय-सत्य के चरण-चिह्न। वेद, पुराण, उपनिषद्, स्मृति, श्रुति—सबके स्मृति-चिह्न चिरन्तन रेत-कण-से चमकने लगे। उनकी उपस्थिति-रूपाकृति में वाल्मीकि और वेदव्यास से लेकर तुलसी-कबीर तक सभी झाँकते दिखने लगे। नेत्रों में से बाहर हुलकते दिखे गीता-पिता कृष्ण और करुणा-कल्प बुद्ध।

कविगुरु ने एक कुर्सी के पास स्वयं पहुँचते हुए दोनों को सामने बैठने का साग्रह संकेत दिया। दास ने मुँह खोला, "गुरुदेव, अब तो आपके सामने औपचारिकता में भी यह कहने की आवश्यकता नहीं रही कि यही हैं सुकवि जयशंकर प्रसाद!"

प्रसाद सकुचाए। कविगुरु उनसे मुखातिब हुए, "मुझे अब तक हिन्दी अच्छी तरह नहीं सीख पाने का बहुत पछतावा है। यह एक अत्यन्त सक्षम भाषा है और आनेवाले समय में इसकी शक्ति का जब सम्पूर्ण प्रकटीकरण होगा तो यह विश्व की सर्वाधिक शक्तिशाली भाषा बनेगी।"

दोनों मुग्ध, मौन। कविगुरु कहते चले जा रहे थे, "प्रत्येक भाषा की अपनी कुछ विशेष शक्ति होती है और विशिष्ट सम्भावनाएँ भी। हिन्दी में आपके यहाँ जो 'हट' और 'पन' प्रत्यान्त शब्द जैसे 'घबराहट' और 'लड़कपन' होते हैं, बांग्ला में यह है ही नहीं। इसकी कमी हम लोग बहुत अफसोस के साथ अनुभव करते हैं।"

प्रसाद बोले, "हाँ, असल में हिन्दी-भाषी क्षेत्र की जो भौगोलिक विस्तृति है, इसके चलते भी ढेर सारी उपलब्धियाँ स्वयं ही जुड़ती चली जाती हैं। पाँच कोस पर पानी और आठ कोस पर भाषा बदलने के सिद्धांन्त के तहत ही देख लीजिए न कि हिन्दी को कितनी व्यवहारगत व भाषिक विविधता सुलभ होती चली जा रही है।"

दास तो चुप रहे किन्तु उनके मन में प्रश्न कुलबुलाते रहे। कविगुरु और प्रसाद के बीच क्या कविता के सन्दर्भ पर भी कोई सार्थक चर्चा होगी? क्यों कविगुरु हिन्दी के मौजूदा लेखन-सन्दर्भ पर कुछ नहीं पूछ रहे? एकान्तवास की एकाग्रता ने उनमें कहीं विश्रामी नि:प्रश्नता तो नहीं भर दी है?

तभी कविगुरु ने आँखें मूँद लीं। दोनों हाथों को आकाश की ओर उठाया और जैसे महाशून्य से कोई अंतरंग संवाद रचने लगे हों! उनकी यह महामग्नता जैसे घंटे-घड़ियालों की तरह गूँजने लगी।

प्रसाद बुदबुदाए, "सचमुच, यह गहन भाव-दशा है, विरल रचना-समाधि। लगता है कि कवि के सहस्र चरण अभी किसी सर्जना-भूमि में भाव-विचरण कर रहे हैं।"

एक प्रदीर्घ अन्तराल के बाद उन्होंने आँखें खोलीं। तमतमाया मुखमंडल लाल भभूका। पहचानना मुश्किल कि यह वही शख्स है जो अभी कुछ ही पल पहले सहज अंतरंग बातें करता रहा! गुरुदेव ने बगल से लेखनी व करीने से सजे कागज की तख्ती उठा ली। तख्ती को सामने रखकर वह नभ की तरह झुके और आत्मा की तरह छा गए। लेखनी चलती हुई पृष्ठ पर शब्द उगलने लगी। शब्द तेजी से वाक्यों में ढलने लगे।

वाक्य लगातार काव्य-काया में ढलते रहे। पृष्ठ पर जैसे-जैसे शब्द-वाक्यों का परिमाण बढ़ता गया, इसके समानान्तर उलटे गति-अनुपात में कविगुरु के धीपे मुखमंडल से लाली हवा होती गई। एक पूरा पृष्ठ सुलेख बांग्ला लिपि में उतरे नवजात काव्य की किलकारी से भर गया।

तख्ती और लेखनी को यथास्थान रखकर कविगुरु ने फिर आँखें मूँद लीं और सीधे सजग बैठ गए। मुख पर अब क्लान्ति के कण झलके किन्तु इसके साथ ही स्नेह के सघन भाव भी।

प्रसाद ने उन्हें सहज बनाना आवश्यक समझा, "गुरुदेव, आप तो काव्य के अतिरिक्त चित्रकला और संगीत में भी समान गति रखते हैं। मेरे मन में लम्बे समय से एक प्रश्न उठता रहा है—क्या कला के ऐसे तमाम रूपों का कोई एकमेव समुच्च्य नहीं गढ़ा जा सकता?"

कविगुरु के नेत्र सजग हो गए। प्रसाद ने अपनी बात को थोड़ा और खोला, "रसज्ञ की जिह्वा पर कविता, चित्रकला और संगीत का अन्तिम स्वाद तो अन्ततः समान रूप में ही उतरता है। अपने चरम प्रभाव में तीनों ही विधाओं की श्रेष्ठ रचनाएँ अन्ततः भावक को ब्रह्मानन्द-दशा में पहुँचाती हैं। तीनों कलाएँ आपस में कभी अनबोला नहीं पनपने देतीं, उनकी खुसुर-पुसुर कभी नहीं टूटती, किन्तु इनके साधकों में कहीं आपसी समन्वय नहीं दिखता—ऐसा क्यों? मैं पूछता हूँ, तीनों विधाओं के साधकों में भला विकट विलगाव की स्थिति ही क्यों रहे? व्यवहार में ही देखिए न, कवि का चित्रकार या संगीतकार से या संगीतकार का चित्रकार या कवि से अथवा चित्रकार का कवि या संगीतकार से कोई सांगोपांग भाव-विनिमय-संसर्ग कहाँ स्थापित हो पाता है!"

"मुझे देखते-जानते हुए भी आप यह बात भला कैसे कह सकते हैं?" गुरुदेव के नेत्रों में विनोद-मोद की चमक उभरी। शब्दों में व्यंजन, "क्या मेरे अन्तस में कविता, चित्रकला और संगीत एक साथ पंक्तिबद्ध नहीं हैं?"

प्रसाद मुस्कुराए। दास को अहसास हो गया है कि यह एक दुर्लभ संवाद-काल है जो सुखद संयोगवश ऐन आँखों के सामने घटित हो रहा है।

गुरुदेव बैठे-बैठे झूमने लगे। पुष्प-पौध की तरह। स्वर में लय भी और रस भी, "यह सृष्टि बहुरंग, बहुरूप, बहुआयाम, बहुरस, बहुराग, बहुध्वनि, बहुमौन, बहुआकार, बहुभाषा, बहुलिपि, बहुविध और बहुसिद्धान्त, अर्थात् बहु-बहु व विराट् स्वरूप है। ऐसा कुछ नहीं, जो यहाँ उपलब्ध न हो। ऐसा भी कुछ नहीं, जो यहीं अपने विलोम की ललकार से मुक्त हो। समरूप खोजने निकलो तो एक पूरी शृंखला बन जाए और विलोम या अपरूप की तलाश में आगे बढ़ो तो उसकी भी वैसी ही कड़ियाँ हाजिर। हर चरम का उद्याम प्रतिरोध और विकट विलोम सृजित-उपस्थित है। उदाहरण के लिए आप एक ओर आग की क्षमता-विकटता को देखिए तो इसी क्षण इसके समानान्तर पानी की सत्ता-शक्ति का स्मरण कर लीजिए। सृजन का कमाल यह कि दोनों जितने ही परस्पर विलोम दिखेंगे, उतने ही एक-दूसरे के अपरिहार्य और निर्विकल्प सम्पूरक भी। आग के हृदय में पानी का वास है तो पानी के अन्तस में आग का रमण। इसलिए प्रश्न वस्तु का नहीं, दृष्टि का।"

प्रसाद और दास निर्वाक् किन्तु अतिरिक्त सजग-सक्रिय। उनके मन-मस्तिष्क पर कविगुरु के शब्द झमाझम बरस रहे हैं।

"प्रश्न है कि हम ऐसा चाहने ही क्यों लगें कि संसार के सारे पहाड़ कतार से पृथ्वी के एक ही हिस्से में खड़े हो जाएँ और यह भी कि तमाम नदियाँ एक साथ सीधी-सरल समानान्तर रेखाओं में पंक्तिगामिनी हों जाएँ? यह कितना हास्यास्पद होता अगर सभी जीव-जन्तुओं के अपने अलग-अलग खाने बने होते, जैसे एक भूभाग में विश्व के तमाम कौवे रहते तो एक में तोते, भूमि का एक अलग टुकड़ा दुनिया भर के घोड़ों का होता तो एक गायों का, एक साँपों का अपना भूखंड तो एक नेवलों का नदियों की एकमुश्त संख्या ऐसी जिसमें केवल रोहू मछलियाँ होतीं तो कुछ ऐसी जिनमें केवल मांगुर! तो ऐसे में यह दुनिया भला दुनिया कैसे बन पाती? ऐसा होने पर तो यह एक पृथ्वीव्यापी अजायबघर हो जाता, विश्व कदापि नहीं।

रोध-अवरोध व प्रतिरोध, घर्षण-विच्छुरन और क्षरण यदि सम्भव न बनें तो नव्य की अवधारणा ही विलीन हो जाए। सच तो यह कि यह संसार ही बना है बहुविध-बहुरूप व विलोम-प्रतिरोध के सक्षम समागम से। इसलिए यदि कहीं किसी प्रक्षेत्र में कोई आलोड़न और क्षरण गोचर हो रहे हों तो अन्ततः इसे प्रसव-पूर्व की पीड़ा और एक अपूर्व नवीनता के आगमन का संकेत भी समझा जा सकता है। उसी तरह किन्हीं परस्पर सम्पूरकों के समुच्चय को देखने की लालसा जगे तो थोड़े-से प्रयास पर ही यह प्रत्यक्षतः देखा जा सकता है कि कैसे एक जैसी चीजें अपने बीच के अंतरालों को नगण्य बनातीं, बिना किसी बाधा के एक ऊँचाई पर परस्पर जुड़ाव रचने में सक्रिय-सफल होती रहती हैं! गोकि अंतराल परस्पर जुड़ाव में कभी बाधक नहीं और नैकट्य या सामीप्य परस्पर सम्बद्धता के इकलौते चिह्न नहीं। संसर्ग या परस्पर विनिमय के लिए गलबाँही कहाँ आवश्यक है!

धरती और आकाश कहाँ सटे हुए हैं! लेकिन, नहीं सटने के बाद भी क्या दोनों के संसर्ग व परस्पर विनिमय में आज तक कभी कोई बाधा आई है? आकाश नियमपूर्वक बरसा रहा है धूप और चाँदनी और जीवन-बूँदें, तो धरती क्षण-क्षण आकाश को निर्बाध भेज रही है अपनी वाष्पित शुभकामना, कृतज्ञता और प्यार और प्यार और प्यार और प्यार; अर्थात् एक अनन्त संसर्ग, एक अबाध विनिमय अथक गति से लगातार सम्भव हो रहे हैं—अनादि काल से।"

प्रसाद के मुखमंडल पर तृप्ति की आभा है। दास चमत्कृत।

गुरुदेव खड़े हो गए हैं। वे दोनों भी।

छोटे-छोटे कदम बढ़ाते गुरुदेव कुछ निकट आ रहे हैं, "बहुत अच्छा लगा आप लोगों का यहाँ आना, इस तरह जिज्ञासा दिखाना और एक नये अंदाज में विमर्श की स्थिति की रचना करना। मुझे एक बात का अभी यहाँ गहरा अनुभव हो रहा है कि मुझे हिन्दी भाषा में अपनी गति ठीक कर ही लेनी चाहिए। मैं आप लोगों को सीधे मूल हिन्दी भाषा में पढ़ना चाहता हूँ।"

"बाबू साहब, बाबू साहब, वे लोग तो आ गए हैं!" गणेश यादव अपनी टोली के साथ भागता हुआ आकर सामने खड़ा है। हाँफते हुए बोल रहा है, "दो मोटर में भरकर,

असलहों से लैस हैं। सब-के-सब सरवा लगाए हैं कनटोप!...अभी-अभी अपनी गल्ली के पास से आगे बढ़े हैं मस्जिद की ओर। हमीं ने उन सबको भटकाकर आगे भेज दिया है। संयोग देखिए कि उनकी मोटर रुकी तो मोड़ पर हमीं सामने खड़े रहे। मोटर के भीतर से एक ने मुझे हाँक लगाई—मैं तो डर गया था, भाग सकता नहीं था, सो पास गया। गाड़ी के भीतर से एक ने पूछा—'सुँघनी साव का घर किधर है?' हमारा तो दिमाग तुरन्त काम कर गया, हमने तुरन्त हाथ उठाकर उधर तिराहे से आगे मस्जिद की ओर इशारा कर दिया।"

"कौन लोग हैं?" प्रसाद पत्थर की चौकी से हड़बड़ाकर उठ गए। गुल्टियाया अंगोछा उठाकर झाड़ा और कंधे पर रख लिया। जल्दी-जल्दी कमर में तहमद कसने लगे।

"अरे बाबू साब, समझत ना हउवा? गोरका पुलिसिया सरवा इहाँ धमकल हउवन सब!" यह कड़क आवाज गणेश के पीछे से आई।

प्रसाद ने गौर किया, यह तो पड़ोसी किसन यादव हैं। कौन कहेगा कि पैंसठ (साल) पार का है? चेहरा बाघ जैसा, आँखों में कटार की धार जैसी चमक।

हाँक पर रणजीत, चेखुरा और संतू भीतर से भागते हुए आए। सामने खड़े हो गए। प्रसाद ने छूटते ही कहा, "तुम तीनों इन साथियों को लेकर भीतर जाओ और गोदाम से सारा हथियार बाहर निकाल लाओ—चादरों में लपेटकर।"

"अरे बाउ साब, ई का करत हउवा? पुलिस आएल हौ तो असलहन के कहीं भीतराँ छिपइब्बा कि बहरी बजार लगइबा? असलहा बहरी काहे मँगावत हउवा? अपने गला में खुद फाँसी बँधबा का?"

"एक बात बतावा, उ अँगरेज सरवा फायर झोंके लगिहें सब त हमन्नीं काऽ चुपचाप मुड़ी झुका के गोली खा लेब?"

बगैर कोई क्षण बर्बाद किये उन्होंने नौकरों की ओर मुड़कर ताका, "जा, तूं लोग पिछलका गेट से 'उनके' बाहर टपा दाऽ। उनके पालकी में छिपाके बइठाये, अउर संगे गंगाराम के रक्खे! चारों भाई मिलके पालकी उठाए, इहे समझिहा कि भारतमाता के अस्वारी हौ!"

"अरे बाउ साब, तनी सोच-समझ लाऽ, हड़बड़ी में अइसन कुछ ना हो जाए कि उल्टे बेमतलब परेशानी बढ़ जाए।" गणेश ने सतर्क किया।

"अरे, चच्चा, अब दिमागे के इस्तेमाल बढ़ावे पड़ी! हमन्ने पर अँगरेजन के शिकंजा कसल जात हौ। बिना सोचले-समझले कुछ कर देवे से बाद में बहुत परेशानी होई, ई हम बहुत सोच के कहत हई। कुल्ल बम-कारतूस और हथियार इहाँ समनवे चौकी पर रखल ढकल रही, देखे में ई सब घरेलू काम के सामान लग्गी। हो सकला कि येकरे पर उन्हने के नजरो ना पड़े, या इहो सम्भव हौ कि हम जे कहली, उहो हो जाए यानी भिड़ंत!...जरूरत पड़ले पर तूं लोग ई हथियार ना चला सकबा?" प्रसाद ने पड़ोसियों को समझाया, "बस, इहैं से तऽ चद्दर हटाके उठावे के हौ। तनिको गुंजाइश बने तो उन्हने पर तड़ातड़ फायर झोंक देल जाई!...बतावाऽ, ई प्लान ठीक ना हौ?"

"अरे वाह, बड़ा सही सोचला बाऊस्साब! एकदम चौचक! तोहार दिमाग के हम मान गइली। कौनो जोड़ नाइ हौ तोरे सोच के। जरूरत पड़ जाई तऽ हमन्ने सब

गोली झोंक के उन्हन्ने के इहंई गिरा देब! ई देश के सवाल हौ, आजादी के सवाल हौ। सरायगोवर्द्धन के ई गोल के एको आदमी पीछे ना हटी। पुलिस वालन पर गोली चलावे में भी अउर सीना पर गोली खाये में भी।...वाह बाउ साब, खूब बढ़िया उपाय सोचला। तब्बे त हम कही कि बिना कुछ गंहिंड़ सोचले तूं तऽ कुछ कहबा नाही!" बोलता हुआ गणेश चमत्कृत। आँखें फाड़-फाड़कर उन्हें ताक रहा है।

आसपास के पौधों पर नजर डाली प्रसाद ने। क्यारियों में हिलती डालों पर बड़े-बड़े लाल गुलाब। उनका रंग-रस आँखों में जैसे अनायास उतर आया हो! साँसों में जूही, चंपा व चमेली की सुगंध। हरियाली ने अंग-अंग में हुलास फूँक दिया है।

"चलाऽ, अब मुँह मत ताकाऽ!" दूसरे ही पल किसन यादव ने साथियों को ललकारा, "भीतरां से हथियारन के जल्दी बाहर निकालेके हौ...!" नौकरों समेत पूरी टोली जुट गई।

प्रसाद ने चौकी से कलम, कागज और पुस्तकें समेटते हुए एक तरफ किया। मन में चल रहा है—अगर सचमुच किसी भी तरह चंद्रशेखर आजाद उनकी पकड़ में आ गए तो क्या होगा? ऐसे में मैं खुद को भला क्या जवाब दूँगा? कहाँ तो अब से छह माह पहले तक ऐसी कोई मद्धिम आशंका तक नहीं थी कि इस साहुकार परिवार की ओर भी पुलिस कभी नजर उठाकर देखने का साहस जुटा सकेगी और कहाँ अब यहाँ सीधे छापेमारी तक का खतरा मंडरा रहा है!

पहली बार छह महीने पहले यह डर तब जागा था जब चेखुरा ने एक गलती कर दी। वह है तो निस्सन्देह कट्टर क्रांतिकारी लेकिन अन्ततः अक्ल का दुश्मन भी। भला ऐसी लापरवाही कभी होनी चाहिए?

स्टेशन से यहाँ पहुँचने के बाद खुद चंद्रशेखर ने बताया था, चेखुरा के मुँह से ही सुना हुआ पूरा घटनाक्रम। रोंगटे खड़े हो गए थे। उसकी बेवकूफी पर हँसी भी आ रही थी, साथ ही भय का अहसास भी। क्या होता यदि खेल बिगड़ गया होता?...दरअसल, वह सुबह से मन-ही-मन कुछ बुनने में जुटा हुआ था। चंद्रशेखर के आने की उसे पूर्वसूचना थी ही। घर से निकल गया बिना बताए। रेलगाड़ी के आने के काफी पहले वह स्टेशन पर हाजिर। अब इसे क्या कहें कि ऐन मौके पर उसे अपनी ही 'नजर' लग गई!

आँखें कोई मुलम्मा कहाँ स्वीकार करती हैं। प्रेमी कठोर दिखने का कितना भी प्रयास कर ले, उसके नैन प्रेम के बैन कभी नहीं भूलते। कातिल अपना चेहरा चिकना कर सकता है, वह अपने बोल-व्यवहार पर भी भद्रता की चाहे कैसी भी कलई चढ़ा ले, किन्तु अपनी आँखें कहाँ बदल पाता है! हत्यारे का दीदा तो रह-रहकर हत्यारा बन ही उठता है। कटार की तरह घूमता, तलवार की तरह चमकता और बन्दूक के सर्प-मुख की तरह क्रूर अँधेरा दबाए। साधु कटुवक्ता हो सकता है या घोर क्रोधी भी, किन्तु यदि वह सच्चा संत है तो उसके नेत्र कभी असाधु नहीं हो सकते, साधुता को अक्षुण्ण सहेजे चमकते रहते हैं। तो, क्रांतिकारी भले परिस्थितिवश वेश बदलकर घूम रहा था, उसकी आँखें भला कब तक स्वयं को छुपा पातीं? चेखुरा की आँखों ने ही अपने तेवर झलका दिये थे। सामने से आते सिपाही ने नजर मिलते ही चीते की तरह झपट्टा मारा। हाथ मरोड़कर दबोच लिया, 'तूं तो बागी दिखता है रे!'

'अरे नाहीं सरकार! हम नोकर हईं। हमार साहब आवत हउवन। उनुके सेवा में आइल हईं!'

'कौन हैं तुम्हारे साहब?'

'बड़का सरकारी आफिसर हउवन!'

'किस डिपार्टमेंट का साहब?'

'अब हम ई कुल्ल काऽ जानीं! हम्मे तऽ इहे पता हौ कि उनके लग्गे बड़का-बड़का साहेब अउर पुलिस के आफिसर लोग भी लाइन लगउले रहलन। उनके से मिल्ले बदे सब बेचैन रहलन। बहुत बड़का साहेब हउवन—बहुते बड़का!' कथन के अनुरूप अभिनय करने में उसने जान लड़ा दी।

सिपाही सहम गया। उसे छोड़ते हुए बुदबुदाया, 'होंगे कौनो बड़का साहेब!'

लाठी पटकता सिपाही तेज-तेज आगे बढ़ा, तो चेखुरा की जान में जान आई। उसने खुद को सामान्य करते हुए रेल लाइन पर नजर डाली। लोहे की दो समानान्तर लकीरों का ऐसा अछोर लंबा विस्तार। हवा जैसे कानों में हौले-से कह रही हो—चंद्रशेखर का साथ इसी तरह देते रहना। वह भारतमाता का सपूत है। गुलामी की बेड़ी काटकर ही रहेगा! किसी जोड़-घटाव वाले 'गणित' की युक्ति से नहीं बल्कि 'लड़ाई' से!—लगातार लड़ते हुए। सच्ची विजयश्री की अग्नि तो संघर्ष के संघर्षण से ही प्रज्वलित होती है। युक्ति-सूक्ति या जुगत-जुगाड़ से मिलने वाला मुकाम सफलता हो सकता है, विजय नहीं।

मन ने प्रतिध्वनित किया : ऐसा ही तो कहते हैं स्वयं चंद्रशेखर भी कि अँगरेजों ने हमें गुलाम बनाकर हमारा मान-मर्दन किया है, इसके जवाब में हम उनका दर्प दलन करेंगे तभी हिसाब चुक्ता होगा। हम उनसे अन्तिम दम तक लड़ाई लड़ेंगे। आखिर वे भी तो जानें की हिमालय व गंगा-यमुना की संतानों का मौन कायरता का पर्याय कदापि नहीं है। यह साधक-मुद्रा का संकेत हो सकता है, किसी भय का परिणाम तो कतई नहीं। उन्हें ठीक से यह समझाया जाना चाहिए कि साधक की सहनशीलता का बाँध टूटता है तभी लंका-दहन होता है और हस्तिनापुर-शमन भी। तमाम दुष्ट-दलन या विनाश-नृत्य तांडव भी।

प्लेटफार्म पर सिपाहियों के जत्थे फिर दिखे। देखते-ही-देखते वे फैल गए। मरखाह साँड़ों के झुंड की तरह पाँव दबाए रेंगते जवान। जिस-तिस को हड़काते, ठूँसा मारते हुए। इधर ही आ रहे उनमें से एक ने इस ओर नजर फेंकी, बारीक मुआयने की मुद्रा बनाई। चेखुरा सतर्क हो गया—हो सकता है, यह दुष्ट भी थूथन उठाए इधर ही आ धमके! उसने मन-ही-मन तय किया कि सिपाही यदि पास आकर ताक भर ले तो वह उसकी आँखों में भाले की तरह सीधे अपनी आँखें घोंप देगा, आगे चाहे जो हो! खैर, यह स्थिति सामने नहीं आई। वह यों ही आँखों से जाल फेंकता-समेटता आगे निकल गया।

स्टेशन की घंटी टुनटुनाई। यानी गाड़ी अब कुछ ही मिनटों में प्लेटफार्म पर आने ही वाली है। वह खड़ा हो गया। दायें-बायें बारीकी से तजबीजने के बाद बगल के पैखाने में जा घुसा। काँख के झोले से लाल कमीज निकाली और ऊपर से पहन ली। बाहर आते ही गाड़ी की सीटी सुनाई पड़ गई। वह सामने जाकर खड़ा हो गया ताकि या तो आगंतुक रेंगते डिब्बे में कहीं दिख जाएँ या वही मेजबान को प्लेटफार्म पर यहाँ खड़ा देख ले।

आसपास दूसरा कोई कुली नहीं। उसने सिर पर गमछे का गोल मुरेठा बाँध रखा है। डर यह भी है कि कुलियों में से कोई पास आकर नजर न फिराने लगे।

यात्रियों की संख्या सीमित ही किन्तु अचानक अच्छा-खासा शोर। भागदौड़ तेज। पुलिस की अतिरिक्त सक्रियता से चेखुरा भयभीत तो नहीं किन्तु चिन्तित अवश्य है। कुछ ही मिनटों बाद गाड़ी धड़धड़ाती हुई प्लेटफार्म में घुस आई। पहियों से लाइनें रौंदते डब्बे सामने से गुजरने लगे। क्रमश: कम होती गति के बावजूद अब भी तेज-तेज गुजर रहे डिब्बों को बाहर से खंगालना मुश्किल हो रहा है। सिर में चक्कर जैसा उठने लगा। चंद्रशेखर का कहीं अता-पता नहीं। गाड़ी रुकी तो ऐन सामने वाले ही डिब्बे से तेज पुकार उठी, 'ऐ कुली! ऐ कुली!! ऐ कुली!!! सुनता नहीं है? अंधा-बहरा है क्या?'

डाँट से बाछें खिल गई हैं चेखुरा की, लेकिन संयम बनाए रखा, 'अंधा-बहरा नहीं, गरीब कुली हूँ बाबू! चलें? क्या सामान है?'

सामने से आता दिखा पुलिस जत्था। डिब्बों में नजरें घोंपता, मुआयना करता हुआ। चेखुरा ने सतर्कतापूर्वक उस ओर ध्यान जोड़े रखा। आगे बढ़ा और रुकी हुई ट्रेन के निकट जा खड़ा हुआ। इस डिब्बे से उतरने वाले अन्य यात्री नीचे आ चुके हैं। गेट पर सामने बक्सा टिकाए चंद्रशेखर ही अकेले खड़े हैं, लोहे के हत्थे पकड़े। मूँछ आज अपने मूल स्वरूप से भिन्न है। अँगरेजी के उल्टे हुए यू-अक्षर रूप में। पहनावा किसी आई.सी.एस. अफसर से कम नहीं। सूट-बूट, हैट और मुँह में सिगार। पूर्वनिर्धारित संकेत के तौर पर लगातार 'कुली-कुली' की हाँक न लगा रहे होते तो सचमुच उन्हें पहचानना चेखुरा के लिए भी मुश्किल होता।

दनदनाता हुआ पुलिस दल पास आ गया। सभी बन्दूकधारियों की नजर भी उठती गई किन्तु कोई रुका नहीं। उनके आगे निकलते ही चेखुरा ने आगे बढ़कर बड़ा-सा बक्सा पकड़कर उठा लिया। नीचे लाकर रखते हुए तेज-तेज बोलता हुआ ढुलाई तय करने लगा, 'बक्सा बहुत भारी है, ढुलाई पूरे आठ आना लेंगे। सकारिए, तभी हाथ लगाएँगे।'

पुलिस जत्था फिर उसी तरह बारीकी से नजरें पैवस्त करता पास से गुजरने लगा। चंद्रशेखर आजाद ने उसे तेजी से डपटा, 'तुम कुली लोग ब्होत मनमानी करता है। हम सरकारी लोग हैं, तुमको ठीक कर देगा!'

एक सिपाही रुक गया। पहले एक भरपूर नजर चंद्रशेखर आजाद पर डाली फिर चेखुरा को आँख दिखाने लगा, 'अरे, पिटइबे का रे?...किचकिच मत कर! साहब हैं, तुमको वाजिब पइसा बिना माँगे दे देंगे। चुपचाप सामान उठा लो और बाहर ले जाओ, नहीं तो बहुत मार मारेंगे।'

चेखुरा ने मुँह बनाते हुए विवशता झलकाई, 'जी सरकार, जी सरकार!'

गमछे से मुरेठा कसा और बक्से को अपने बूते सिर पर चढ़ाने लगा। उठाने से पहले उसके सही वजन का अंदाजा नहीं लगा सका, महज एकाध हाथ उठने के बाद यह अब और ऊपर सरकने का नाम ही नहीं ले रहा! उसने हार नहीं मानी। बक्सा नीचे रखा और तत्काल झटके से फिर उठा इसे सिर पर चढ़ा लेना चाहा। यह कोशिश भी बेकार।

चंद्रशेखर आजाद तेज-तेज डपटने लगे, 'वाह रे कुली! एक बक्सा नहीं उठा सकते और किराया चाहिए पूरे आठ आने? तुमसे यह उठ ही नहीं रहा। रुको, रुको, हम जोर लगाते हैं।'

चार हाथ लग जाने से बक्सा सिर पर चढ़ तो गया किन्तु वजनी ऐसा कि उसके पाँव लड़खड़ा गए। छोटे-छोटे सावधान डग भरता वह सन्तुलन साधने का प्रयास चलाता रहा। आगे-आगे साहबी अंदाज में चंद्रशेखर आजाद, पीछे-पीछे कुली चेखुरा। सिर पर तो जैसे पहाड़ ही आ गया हो! नीचे फर्श देखने के लिए सिर को बाल भर भी टेढ़ा कर पाना मुमकिन नहीं। वह जरा भी नहीं देख पा रहा कि पाँव पड़ कहाँ रहे हैं।

मन में जो आशंका उठी, संयोगवश तत्काल वैसा घटित भी हो गया। पार्सल पैकेटों से भरी खड़ी तिनचकिया के पास पहुँचते ही पुआल में बायाँ पाँव फँस गया। अपनी रौ में तेज-तेज आगे निकलते चले जा रहे चंद्रशेखर आजाद को पता नहीं चला। चेखुरा ने तलमलाते हुए बगैर गर्दन हिलाए पुआल के अधबँधे गट्ठर से पाँव निकालने का प्रयास शुरू किया। साँसें तेज, मन में घबराहट। इसी बीच गर्दन कुछ यों हिली कि सन्तुलन बिगड़ गया। बक्सा सिर से फिसल गया। गिरता हुआ यह कंधे से छू गया और धड़ाम से नीचे! लगा, जैसे वज्रपात हुआ हो! स्पर्श बाल-भर ही लेकिन चोट जोरदार, झन्नाटेदार। आँखों के सामने अँधेरा, कंधा सुन्न। हड्डियों में जैसे बिजली दौड़ गई हो! बक्सा छिटककर दूर चला गया, अन्यथा पाँव को ले बैठता। जोर की आवाज पर चंद्रशेखर पीछे मुड़े। चेखुरा और बक्से को गिरा देख उनका चेहरा फक्क! पिछला कब्जा उखड़ जाने से अधखुले पड़े बक्से के सामने दर्जनाधिक कारतूस छिटककर फर्श पर फैल गए हैं, भीतर का जखीरा भी साफ झलक रहा है। पके परवल के ढेर जैसा। चेखुरा बिजली की गति से कारतूसों को समेट-सहोतकर धड़ाधड़ बक्से में डालने लगा। चंद्रशेखर के लौटकर आते-आते उसने सारे कारतूस बक्से में वापस डाल लिए। चंद्रशेखर की जान में जान आई। कुछ कदम आगे जा रहे पुलिस के जत्थे से एक सिपाही ने पीछे मुड़कर दृष्टि फेंकी। चंद्रशेखर आजाद चेखुरा पर बरसने लगे, 'तुम कुली सब बहुत अनाड़ी है। यह सरकारी काम है, इसकी सेक्रेसी होती है, टॉप सेक्रेसी।...गोपनीयता होती है, सरकारी काम का पर्दा होता है। तुम्हारी बेवकूफी से सारा सामान गिरकर बिखर गया। चलो, समेटो, तुरन्त समेटो!...जल्दी-जल्दी!...सरकारी काम तुम लोगों को करने नहीं आता है? एकदम ईडियट है तुम! एकदम इडियट!! जल्दी-जल्दी!'

सिपाही रुकते-रुकते आगे बढ़ने लगा। बढ़ते हुए फिर पीछे मुड़ा तो उधर ही ताक रहे चंद्रशेखर आजाद से दृष्टि टकरा गई। आँखें फाड़-फाड़कर ताकते-सकपकाते हुए उसने तुरन्त हाथ उठा सलाम ठोंका। उन्होंने रौब के साथ हल्के सिर हिलाया और मुँह मोड़ लिया। चेखुरा ने बक्से के उखड़े कब्जे को ऐंठकर सीधा किया। इसे बना लिया बंद हो जाने लायक। अब पेंदे की ओर से गमछा डालकर ढक्कन को कसते हुए दो लपेटा दे मारा। ऐसे बाँध देने से यह फिर पैक हो गया। दोनों ने मिलकर बक्से को उठाया और सीढ़ियाँ चढ़कर प्लेटफार्म की गहराई से ऊपर निकल आए। बक्सा फर्श पर रख चेखुरा ने फिर गमछे का मुरेठा कसा। संकेत पा चंद्रशेखर आजाद ने मिलकर जोर लगाया। चेखुरा ने एक झटके के साथ इसे फिर माथे पर ले लिया। इस बार पूरी जान लगा दी

है। सीने में ऐसा संकल्प जाग उठा है कि माथे का बोझ हवा जैसा लग रहा है। कुछ यों कि सन्तुलन-असन्तुलन का अब कोई सवाल-संकट ही न रहा।

वह धड़धड़ाता हुआ स्टेशन परिसर से बाहर आ गया है। कुछ दूरी के बाद सुनसान स्थान मिला तो बक्सा उतारने का इशारा किया। चंद्रशेखर आजाद ने मिलकर इसे उतारा और नीचे रखा। वह पेशाब करने के बहाने बगल की झाड़ियों में चला गया। लौटा तो कुली वाली कमीज उतरी हुई।

बग्घी पर बक्सा रखा और चंद्रशेखर को बिठाते ही गाड़ीवान की भूमिका में आ गया। देखते-ही-देखते मध्यम गति पकड़ ली। रास्ते में लगातार लगता रहा कि पुलिस को चंद्रशेखर आजाद के बारे में कुछ न कुछ खुफिया जानकारी सम्भवत: मिल चुकी है। रेलवे स्टेशन से बेनियाबाग के बीच पूरे रास्ते में चप्पे-चप्पे पर पुलिस मिलती रही।

उस बार पक्का एक माह यहीं रह गए थे चंद्रशेखर। इसी गोदाम में, बड़े इत्मीनान से। ऐन बत्तीसवें दिन गम्भीर खतरा मँडराने का संकेत मिला था। दोपहर में अचानक पहुँचे पड़ोसी सूरजदयाल। पास आकर बहुत महीन आवाज में चेताया, 'बाबू साहब, कविता-कहानी तऽ बादो में लिखात रही, पहिले आपन घरे से चन्दरशेखर के तुरन्त हटावाऽ! जेतना जल्दी हो सके, ऊ बनारस के चौहद्दी छोड़ देवें!" उन्होंने स्थिति की गम्भीरता का अहसास कराते व अँगरेजों के प्रति रोष छलकाते हुए दाँत पीसना शुरू कर दिया था, 'अरे बाऊस्साब, आपने इन फिरंगियों का असली चेहरा अपनी आँखों से नहीं देखा होगा। मैंने देखा है उनका नंगा सच। स्साले बड़े कस्साई हैं!...मामिला अगर फँस जाए तो न कुछ सुनेंगे, न सोचेंगे। जरा-सा भी कुछ नागवार गुजर जाए तो इनसानियत भूल जाते हैं। कैसी भी दरिंदगी दिखा सकते हैं।' प्रसाद सतर्क, आँखें अग्नि-बूँद सी जल उठीं। सूरजदयाल बोलते-बताते चले गए, 'खैर, अभी तो आप एक वाक्य में यही समझ लीजिए कि बनारस का डिस्ट्रिक्ट एडमिनिस्ट्रेशन फिलहाल हत्थे से उखड़ा हुआ है। उसे खुफिया रिपोर्ट मिली है कि सरायगोवर्द्धन में ही किसी बड़े रईस के घर में छुपा बैठा है खूंखार बागी चन्दरशेखर। अब यह कौन नहीं समझेगा कि सरायगोवर्द्धन में सबसे बड़ा रईस परिवार कौन है! इसीलिए एडमिनिस्ट्रेशन को सर्वाधिक सन्देह आपके घर पर ही है। मैंने अधिकारियों को बात करते अपने कानों सुना है। यही समझ लीजिए कि पुलिस आपके यहाँ अब किसी भी क्षण छापा मार सकती है। इसीलिए मैंने ऑफिस में अपनी पत्नी की बीमारी का बहाना बनाया और भागता-भागता आपको यही सब बताने आ गया हूँ। अब चलता हूँ।' बोलकर तीर की तरह वह बाहर निकल गए।

प्रसाद के ललाट पर पसीना आ गया। ऐसी खुफिया रिपोर्ट कैसे पहुँच गई? सरायगोवर्द्धन में तो अँगरेजों का कोई खैरख्वाह समझ में नहीं आ रहा। खैर...! वह तेज कदमों से बरामदा और आँगन धाँगते पिछवाड़े पहुँचे। गोदाम में घुसकर अँधेरे में आँखें स्थिर करने लगे। हाँफती साँसें भाथी-सी बज रही हैं। करीब जाकर देखा, कम्बल ओढ़े गहरी निद्रा में बेसुध सोए पड़े हैं चंद्रशेखर आजाद। पहले तो लगा कि उन्हें फिलहाल कुछ देर सोने दें और भागने की व्यवस्था बना लेने के बाद ही जगाएँ किन्तु खतरा क्षण-क्षण बढ़ता देख ऐसा करना उचित नहीं लगा। कम्बल को धीरे से हटा हाथ पकड़कर जगाना चाहा तो चौंक जाना पड़ा। बुखार से तप रहे हैं चंद्रशेखर। साँसों से हवा पर

उतरकर तैर रहा है ताप। लगा, जैसे जलते घड़े पर हाथ पड़ गया हो! ललाट पर पुती लाल रोली के चलते गर्म माथा तपते लोहे-सा महसूस हुआ। ध्यान आया, सुबह ही तो चेखुरा ने आश्वस्त किया था कि डॉक्टर हुबदार सिंह की दवाएँ भले कारगर न हो सकीं, वैद्य जी की औषधि ने तुरन्त काम कर दिया है—चंद्रशेखर आजाद कल शाम के बाद से ठीक हैं, बुखार नहीं लौटा है।...किन्तु यह क्या? बुखार ने तो हमला दुहरा दिया है!

चिन्ता होने लगी। इन्हें यहीं रखकर दवा-दारू चलाई जाए या कहीं अन्यत्र निकल लेने को कहें? यहाँ से न निकलने पर छापेमारी में पकड़े जाना तय है जबकि बाहर रास्ते में पुलिस से कभी भी, कहीं भी सामना या भिड़ंत का खतरा। लेकिन, ऐसे में आखिर यह शख्स भागेगा भी तो कैसे? आमने-सामने हो जाने पर गोरों से मोर्चा कैसे ले सकेगा?

सोचते-सोचते माथा चकरा गया। भारी दुविधा—क्या करें, क्या नहीं। दोनों ओर खतरा ही खतरा। भारी तनाव। सहसा इसी संघर्षण में कौंध-सी जन्मी। चेतना-पटल पर अचानक एक निर्णायक मार्ग सूझ गया—नहीं, इस हालत में चंद्रशेखर को भागने को प्रेरित करना कदापि उचित नहीं है। यहाँ यदि छापेमारी हो और यह शख्स हत्थे चढ़ भी जाए तो क्या होगा, फिलहाल तो हद से हद गिरफ्तारी। इसमें तत्काल जान का खतरा तो कदापि नहीं है। इसके विपरीत भागने पर पुलिस-मुठभेड़ और इसमें कुछ भी अनिष्ट की आशंका प्रबल। इसे क्या कहें कि मन में गहरा धँसा आत्मविश्वास डिगने का नाम नहीं ले रहा। पुलिस इस सुँघनी साहु-कोठी पर एकबारगी सीधे हाथ डालने की हिम्मत कैसे जुटा सकेगी?

गोदाम से आँगन होते बरामदे में लौट आए हैं प्रसाद। मन उथल-पुथल से भरा हुआ है। सिर घूम रहा है चकरी की तरह। कारखाने के पास गए। मन-ही-मन भगवान को सम्बोधित किया, 'हे नाथ, क्रांतिपुत्र की रक्षा करना! अपने स्तर से हर सम्भव उपाय कर रहा हूँ।'

दोपहर से शाम और फिर रात। प्रसाद घर से हिले नहीं। नारियल बाजार से शाम को दो-दो बार संवाद आया कि दिल्ली से जैनेन्द्र कुमार नामक युवक और बिहार से साहित्यकार शिवपूजन सहाय पधारे हैं। प्रतिदिन के अड़ीबाजों में रामचन्द्र शुक्ल, विनोदशंकर व्यास, बेधड़क बनारसी, रायकृष्ण दास आदि भी जमे हुए हैं। जवाब में दोनों बार वहाँ यही खबर भिजवा दी गई : 'किसी काम से कहीं बाहर निकले हैं बाबू साहब।'

धीरे-धीरे वेश बदलता हुआ शाम का धुँधलका डरावना हो चला है। फतिंगे की तरह नाचती आशंकाओं ने मीठी हवाओं तक का स्वाद बिगाड़ कर रख दिया है। तिक्त अनुभूति-क्रम को गेट पर गूँजी पुकार ने तोड़ दिया। प्रसाद चौकन्ना। चेखुरा को भेजा।

वह दूर से ही आहट लेता पहुँचा। जब आश्वस्त हो गया कि कोई पुलिस-वुलिस नहीं है तभी गेट के पास गया। दिल्ली वाला युवक।

चेखुरा के कुछ कहने से पहले वही बोला, "बाबू साहब आ जाएँ तो उन्हें बता दीजिएगा, मैं कल सुबह फिर यहीं पहुँचूँगा। उन्हीं से मिलने दिल्ली से आया हूँ।"

चेखुरा ने सिर हिलाकर स्वीकारात्मक संकेत दे प्रणाम कर विदा किया।

दूसरे दिन भी तनाव तपता रहा। कड़कड़ाते तेल की तरह। सामने हिलता रहा रात का फैला हुआ फण। सुबह मुहल्ले के एक बुजुर्ग ने आकर बताया, "राति के बारह बजे

आइल रहल पुलिस! गल्ली के पास जत्था रुकल। हम सड़क पकड़के आवत रहली। हमके रोक के भीतरा से एक बिला लगल पूछताछ करे, ' 'सुँघनी साहु परिवार को जानते हो? '...हम कहली, 'अरे, हमरे छोड़ा, हम तऽ उनके घरवे के लग्गे रहत हई। तूं बनारस में कउनो अदमी से पूछ के देख ला, इहाँ केऽ हौ जे ई परिवार के बारे में जानत ना हौ?'...आगे पूछलस, 'नजदीक रहते हो तो याद करके बताओ, उनके यहाँ क्या किसी बागी को कभी आते-जाते देखा है?' हम तऽ बात समझ गइली कि तनिको ढीला पड़ब तऽ ई सरवा सब हमहुँ के चाँप दिहन अउर आपके घरवो तुरंते धावा बोलिहन!...हम कसके चिल्लइली, 'ई काशी के बड़का रईस परिवार हौ सरकार! कौनो गुंडा-बदमाश या बागी-दागी के ई औकात ना हौ कि उनुके दरवज्जे के सोझा से निकल जाएँ!' हमरे कहले के असर भल। उन्कन्ने के बोले-बतिआवे के अंदाजे बदल गल। हँसके हम्मे 'थैंक्यू' कहलन, तुरंते उन्हन्ने के मोटर स्टार्ट हो गल। सब लौट गैलन।"

पत्थर की चौकी भर गई है। पास ही स्थित आठ पायों वाली दूसरी चौकी पर रखे जाने लगे हथियार। देखते-ही-देखते यह भी ठसाठस। चादर से दोनों चौकियों को ढँक दिया गया। सामने खड़े मुँहखुले बारह बोरों में ठसाठस सुर्ती भरी हुई है। मादक गंध हवा में तैर रही है। प्रसाद ने कुछ पल के लिए खुद को बाहरी व्यक्ति मानकर दोनों चौकियों पर एक नजर डाली, तत्पश्चात् सुर्ती के बोरों को देखा। बाकायदा यही महसूस हुआ कि चौकियों पर भी यही सुर्ती-वुर्ती ही पड़ी हुई है। उन्होंने एक बची हुई चादर बोरों की कतार पर भी डाल दी। प्रयास किया कि एक बोरे का खुला मुँह दिखता रहे। संयोगवश चादर की लम्बाई कम पड़ गई, इसलिए ऐसा स्वाभाविक रूप से हो गया।

"वो लोग आ रहे हैं! गल्ली में घुस चुके हैं!" संतू दौड़ता हुआ आया, "बस, अब यहाँ पहुँचने ही वाले हैं!"

"अरे इससे बड़ी चिन्ता तो चंद्रशेखर को लेकर है। पहले तो यह बताओ न कि कहाँ पहुँचा आए हो उन्हें?" बेचैनी और उद्विग्नता से भरी जिज्ञासा।

"आप उनके बारे में चिन्ता न करें। अब तक तो वह शहर से बाहर निकल चुके होंगे। दरअसल एक मोटर गाड़ी मिल गई थी, उसी में उन्हें बिठा दिया था।"

"गाड़ी! कौन-सी? किसकी?"

"बारात वाले थे। मुगलसराय जा रहे थे। दूल्हा-दुलहन के अलावा दो लोग और थे—एक सीट खाली थी। चालक अपने रणजीत सिंह का रिश्तेदार निकल गया। उसे कह दिया गया है कि ये बीमार आदमी हैं, इन्हें आराम से ले जाना है। यदि ये झपकी लें तो रास्ते में कोई जगाए नहीं। ये अगर कहीं बताएँ तो इन्हें वहीं उतरने दिया जाए।"

गेट पर दस्तक। अनजाने ही सहमकर रह गए हैं प्रसाद। कहीं ऐसा न हो कि पुलिस वालों को ही कामयाबी मिल जाए! तब क्या होगा? खैर, जो भी हो, देखा जाएगा।... अभी तक तो बच-बचकर ही क्रांतिकारियों को समर्थन देता रहा हूँ, यदि एडमिनिस्ट्रेशन चोट पहुँचा दे तो इस भावना का विस्तार कर दूँगा, और क्या!...भारतमाता को यदि मेरी कलम से ज्यादा बन्दूक की ही जरूरत हो तो पीछे क्यों हटूँ? कागज से उतरकर मैदान सँभाल लूँगा, लड़ूँगा। लगातार लड़ूँगा—अन्तिम हद तक। ऐसा नहीं कि यह स्थिति

अप्रत्याशित है। जब क्रांतिकारियों को छुपने की जगह देने का मन बनाया था, तभी यह खतरा भी दिमाग में कौंधा था—इस बात का पता जब कभी अँगरेजों को चल जाएगा, तत्काल पूरा दृश्य-परिदृश्य उलट जाएगा। तब उनसे संघर्ष होना ही होना है। इसे टालना कठिन ही नहीं, असम्भव भी होगा। उसी समय आत्मा ने उच्चरित किया था : 'ऐसा हुआ तो करूँगा सीधे-सीधे शस्त्र-कार्यवाही!'

इशारा पा गेट की ओर बढ़ा चेखुरा। जाकर दूर से ही पूछा, "कौन?"

"गेट खोलिए, जरूरी काम है।"

चेखुरा नें समझते हुए भी देर की,"केकरा से मिले के हौ? बाबू साहब से?"

बाहर से आवाज आई, "हम लोगों को बहुत जरूरी काम है। आप पहले गेट तो खोलें।"

"अरे भइया, नाम काहे ना बतावत हउवा?" उसने तेज चिकोटी काटी, "चोर-चुहाड़ नइखा तऽ नाम बतवले में कउन खतरा हौ? बेधड़के बतावाऽ!"

"खोलो, जल्दी खोलो! अंड-बंड बकोगे तऽ, समझ लेना!" स्वर में जहरीली कठोरता, "हम लोग पुलिस वाले हैं। बहुत परेशानी में पड़ सकते हो, इसलिए खोलो। जल्दी खोलो।"

गेट खुलते ही दर्जन भर वर्दीधारी तेजी से घुस आए। भीतर कुछ ही कदम चले होंगे कि सामने बगीचे में दिख गए प्रसाद। हाथ से लटकता सिंचाई करनेवाला झरना। चेहरे पर गाम्भीर्य उभारती रेखाएँ। हवलदार ने आगे बढ़कर सर्च वारंट दिखाया, "बाबू साहब, कोर्ट का आदेश मिला है, हमें आपके घर की तलाशी लेनी है।"

"तलाशी? मेरे यहाँ? क्यों, बात क्या है? कोई खास बात?"

"हाँ। सरकार को सूचना मिली है कि आपके यहाँ बागी चंद्रशेखर छिपा हुआ है। हमें तो यह आदेश तामील कराना ही होगा न!"

"अवश्य। अब आप लोग शौक से तलाशी ले सकते हैं।"

वे सभी गुड़ पर चींटियों की तरह टूट पड़े।

लगभग तीन घंटे तक एक-एक कोना-किनारी की तलाशी चलती रही।

बाहर आने पर सबके चेहरों पर विफलता से ज्यादा पराजय के भाव।

"साव जी," दारोगा ने पास आकर आँखों में आँखें डाल दीं, "आपके यहाँ से यह क्या निकल रहा है?"

मन धक्क से रह गया। प्रसाद ने चेहरे से गाम्भीर्य को हटने नहीं दिया, "क्या हुआ? मेरे घर से क्या मिलेगा भला? प्रश्न ही नहीं उठता!...खैर, क्या मिला, बताएँ?"

दारोगा पीछे से हाथ सामने लाया। मुट्ठी के गोलियाये कागज को सीधा किया : भगत सिंह का चित्र! उसने दाँत पीसते हुए दहकता गुस्सा छलकाया, "यह तसवीर?"

"तसवीर?"

"हाँ, तसवीर!...यही मिली है आपके घर के भीतर से।"

"मेरी ही होगी। किताबों में छपती ही रहती है न ये! ब्लॉक बनता है इससे।"

"आप यों ही बड़बड़ा रहे हैं या जानबूझकर बातें बदल दे रहे हैं?"

"आपको क्या लग रहा है कि मैं बगैर जाने-बूझे सपने में बड़बड़ा रहा हूँ?"

"अरे नहीं बाबूसाहब! आपको नाराज करने नहीं, हम तो सचाई जानने आए हैं। आप इसे हल्के में न लीजिए, आपके घर के भीतर से यह बागी की तसवीर निकली है।"

"मेरे घर से बागी की तसवीर?"

"हाँ, यह भगत सिंह है—डेंजरस टेररिस्ट।"

"तो जनाब, असलहा है न आपके पास, मार दीजिए उसे गोली!"

"तसवीर को गोली मारूँ?" उसकी आँखें रिवॉल्वर की सूराख जैसी हो गईं।

"और नहीं तो क्या! डेंजरस को तो गोली ही मारनी पड़ती है।" उन्होंने आँखों में आँखें डालकर देखा, "जब इसे रखना घर में आतंकवादी छुपाने से कम नहीं, तो यह टेररिस्ट से भला कम कैसे हुआ? इसलिए इसे गोली क्यों नहीं मार देनी चाहिए?"

"बहुत दूर से बोलते हैं बाबूसाहब, आप।"

"खड़ा तो आपके एकदम सामने हूँ, मेरा बोलता हुआ मुँह भी आप देख ही रहे हैं, तो फिर दूर से बोलने का आरोप कैसे लगा रहे हैं? इसके बावजूद आपको ऐसा कुछ लग रहा हो तो मतलब यही कि मैं नहीं, आप दूर से बोल-सुन रहे हैं।" उन्होंने बात से बारीक बात काटी।

"वैसे यहाँ आने से पहले हम लोगों को भी खुफिया रिपोर्ट पर आश्चर्य और सन्देह था। यही लगता रहा कि गड़बड़ी करनेवाला सरायगोवर्द्धन में कोई अन्य रईस ही होगा। खैर, आपको जो परेशानी हुई, उसके लिए अफसोस है।" वे एक साथ भरभराकर बाहर निकल गए।

"तुम लोगों की हुई परेशानी पर मुझे भी कम अफसोस नहीं।" प्रसाद ने सिर पर हाथ फेरा। आगे बड़बड़ाए, "अफसोस यह भी कि यहाँ आगे भी जब-जब आओगे, यही परेशानी उठानी पड़ेगी और हर बार बैरंग ही लौटना पड़ेगा।"

लम्बे समय बाद मिश्रपोखरी की ओर निकलना हो रहा है। कितने दिनों बाद? औरंगाबाद की गलियों से निकलते प्रसाद ने याद करने का प्रयास किया। धक्का-सा लगा। तीन-चार वर्ष से क्या कम का होगा यह अंतराल? पास का ही मुहल्ला और इसके साथ ऐसा कटाव! मन में टीस-सी उठी। शहर में यहाँ-वहाँ तो निकलना-घूमना अक्सर हो जाता है किन्तु जिन गलियों में बचपन बीता है, वही छूट गई हैं। एक तो व्यवसाय का दबाव, ऊपर से असीमित समय सोखने वाला लेखन-कार्य। नीम पर चढ़ा करैला! त्रिपाठी-आवास के पास पहुँचते ही इच्छा हुई कि यहाँ ठहरें। ऊँचे चबूतरे पर खड़ी मुगलिया स्थापत्य शैली की कोठी। दृष्टि टिकते ही कमलापति को लेकर अक्सर कौंधने वाली बातें जैसे मन-मस्तिष्क पर छा गई हों! कितने विरोधाभासों से भरा है यह युवक! प्रकट तौर पर कांग्रेस टोली में, लेकिन भीतर-भीतर सक्रियता मिश्रपोखरा वाली बारूदी टीम के साथ। यानी कि ऊपर से सत्याग्रही और भीतर से शस्त्राग्रही। 'सत्याग्रह' में असत्य का यह घालमेल क्या मामूली चिन्ता का विषय है? हँसना और गाल फुलाना, दोनों साथ-साथ?

सोचते हुए प्रसाद कदम आगे बढ़ाने लगे। चिन्ता-संदर्भ का दूसरा पहलू भी सामने तैर-सा गया : क्या करे बेचारा कमलापति भी? स्वतंत्रता-प्राप्ति की चाह से भरे उसके

मन में क्रांति की ज्वाला तो धधक उठी है किन्तु घर-परिवार का माहौल-मिजाज सर्वथा अलग ढंग का। पूजा-पाठ का पारम्परिक पंडिताऊ वातावरण। अभिभावकों के लिए उसका कांग्रेस तक से जुड़ाव तो सहज स्वीकार्य नहीं, तिस पर अब यदि उन्हें बम-बन्दूक वालों के संग-साथ की भनक भी लग जाए तो क्या होगा? उसके ऊपर तो विपत्ति का पहाड़ ही टूट पड़ेगा। सभी न जाने क्या कुछ कर बैठें। चिंताकुल हो बिस्तर ही पकड़ लें या क्रोधित हो मुँह नोच डालें। तभी तो वह बेचारा जब भी कहीं दिखता-मिलता है, गोपनीयता का करबद्ध अनुरोध करना नहीं भूलता।

धूप की धधक और ताप की दाहकता की प्रतीति में मुखरित हो रही है चैत की नवमी तिथि। चलते हुए ऊपर से अग्निवर्षा का दंश भी, और अगल-बगल से उधम मचाती आती-जाती लू का पसीने-पसीने हुए शरीर पर आनन्दप्रद जल-स्पर्श भी। सामने दिखा नीम का पेड़। धू-धू जलते इस मौसम में भी नाव भर छाया बचाए-सहेजे खड़ा। उदारता से सबके लिए नीचे लटकाए-बिछाए हुए। सुखद आश्चर्य हुआ—इत्ती-सी शीतलता ही कैसे आवें-ऐसी तपती इस समूची दुपहरी को ठेंगा दिखा रही है।

ढोल बजा रहा है टाट पर बैठा सूखे-पिचके चेहरे वाला जर्जर वृद्ध। ड्ड्डम-ड्ड्डम...ड्ड्ड्ड्-ड्ड्ड्ड्...ड्ड्ड्ड्-ड्ड्ड्ड्...ड्ड्ड्ड्-ड्ड्ड्ड्...डम-डम-डम! वातावरण जैसे चिरपरिचित मंगलध्वनि से अभिमंत्रित हो रहा हो! ढोल का रूपाकार कैसा विचित्र! टेढ़ा-टटाया, सिंदूरटीका-तेलपिया और कुचकुच काला। खिंचे-खिचाये मोटे बंधनों के जाल में फँसे-अटके गुटमुटाये मगरमच्छ जैसा। ध्वनि-नाद भी सामान्य किन्तु मन में मंगल जगाने की कैसी अनोखी क्षमता! सचमुच अद्भुत लोकवाद्य। अंतरात्मा तक को तरंगित कर देनेवाला। तिलक-मटमंगरा, चुमावन और बारात-विदाई से लेकर छठी-बरही, सतइसा-उपनयन एवं यज्ञोपवीत तक के अवसर-क्षण जीवंत करता हुआ। भीड़ में चेहरे चमक और उत्साह से भरे हुए।

"बाबू साहब, मजा आ जाई। देखिहा, मिसिरपोखरी में नीम के लग्गे आज देवी माई के केतना सही बलि पड़त हौ! तोहें बहुत अच्छा लगी।" चेखुरा ने सुबह ही हर्ष छलकाया था।

"तूं जे कहले हउवा, उहे न होई!...कौनो निरीह जीव-जंतु के बलि ना न पड़ी?"

"उहे होई जे हम बतउले रहली। आपके डरले या शंकित होले के जरूरत ना हौ।"

"शंकित होले के कौने बात ना हौ। हमें आज तक कौनो 'भयावहता' से कब्बो डर भी ना भल।" प्रसाद ने आगे स्पष्ट किया, "कौनो 'भयावहता' से नाहीं, हमें 'घृणास्पद' से डर होले। हरेक 'अत्याचार-अनाचार' और अमानवीयता से हमें घृणा हौ!"

भीड़ में ज्यादातर युवा जमे हैं। करीब पहुँचते ही सभी घूर-घूरकर ससंशय ताकने लगे। एक तो पहचानते ही साश्चर्य दौड़ता हुआ पास आ गया। आँखें फैलाए, मुँह बाये जल्दी-जल्दी उसने हाथ जोड़ लिये, "बाऊस्साब, आप? परनाम-परनाम! आवा, आवा, स्वागत हौ! अब तऽ मजे आ जाई! हमन्ने के उत्साह में जब आप जइसे लोगन के अभिभावकत्व के बल मिल जाई तब तऽ महौले न जाई, कौनो किला फतह कै लेल जाई!"

"काऽ बोलत हउवा 'आप जइसे'?" प्रसाद मुस्कुराते हुए निकट आए, "हमें बूढ़उ बूझत हउवा काऽ? तोहन्ने से हम कम हई?"

हाथ जोड़े-जोड़े झेंपते हुए उसने आँखें मूँद लीं। इनकार में सिर हिलाने लगा। कई अन्य पास आ गए। अभिवादन-मुद्रा में।

"बाऊस्साब, हम सब आपके बारे में जानत हई।" पीछे से एक ने विनम्र स्वर निकाले, "जे हमन्ने के राष्ट्र की धमनी में तरुणाई के आग फूँकत हौ, ऊ शख्स भला स्वयं बूढ़ होई?"

प्रसाद मुस्कुराकर रह गए।

सामने खपरैल में काफी चहल-पहल है। पुराने किन्तु चौड़े कढ़ाईदार चौखट वाले दरवाजे से लगातार लोगों का निकलना-घुसना जारी है। उत्सवी सक्रियता-व्यस्तता। उस ओर नजर डालते हुए वह जिज्ञासा से भरे चेखुरा की ओर मुखातिब हुए। कुछ पूछते, ऐन इससे पहले जोरदार धमाका हुआ। सबके कलेजे दलक उठे। दिशाएँ पर्दों की तरह काँप उठीं। सामने छप्पर के ऊपर दिखने लगा धुएँ का फूटता-लपकता भभका। काला और बड़ा-सा, गुब्बारे जैसा। आकाश की ओर उठता-खिंचता-सा यह क्रमश: टूटते आकार में उड़ने लगा। चहल-पहल तुरन्त घबराहट और भगदड़ में बदल गई। चारों ओर भय का वातावरण। कुछ लोग अचकचाए मकान की ओर आँखें फाड़े देख रहे हैं तो ज्यादातर सिर पर पाँव धर-धरकर भाग रहे हैं। धुएँ की कई लकीरें ऊपर उठने लगीं तो पता चला कि विस्फोट छप्पर के पार हुआ है।

चेखुरा ने भागने का इशारा किया तो प्रसाद ने इनकार में सिर हिलाया, "पहले यह तो पता चल जाए कि हुआ क्या है।"

"बम फट गया है, बात तो समझ में आ ही रही है..." बोलते हुए उसने उनका एक हाथ पकड़ लिया। सामने की गली में भाग चलने का संकेत देता साग्रह उन्हें खींचने लगा।

"बम! बम कैसे फट जाएगा?" भागने से असहमत वह चारों ओर अचकचाकर ताक रहे हैं।

"क्रांतिकारियों का अड्डा है, यहाँ तो कभी-कभी ऐसा हो ही सकता है..." वह उन्हें अब भी खींच तो रहा है किन्तु उनकी इच्छा के विरुद्ध जरा भी हिला नहीं पा रहा।

"यहाँ से लोग अभी इस तरह घबराकर भागें नहीं, अन्यथा परेशानी ही बढ़ेगी।" प्रसाद ने जोर-जोर से सामूहिक अपील की, "धमाका हुआ है, तो पुलिस आएगी ही। ऐसे में जब यहाँ उसे सन्नाटा मिलेगा तो उसका शक और हौसला, दोनों बढ़ेंगे। ऐसे ही हालात पुलिसवालों को दमन-चक्र चलाने की गुंजाइश देते हैं।"

प्रसाद के कहने का असर हुआ। भागते लोग रुकने लगे। नीम के नीचे दर्जन भर से अधिक युवक लौट आए। खपरैल के सामने की चहल-पहल गायब। प्रसाद ने इस पर ध्यान केन्द्रित करते हुए बड़े दरवाजे की ओर चलने का संकेत किया। चेखुरा आगे-आगे चलने लगा।

चौखट लाँघकर भीतर घुसते ही समझ में आ गया। आँगन में पिछली वाली दीवार से लगे छोटे कमरे में हुआ है धमाका। कम ऊँचाई वाले छप्पर के बीच में दिख गया—गोला-सा झुलसा हुआ छेद। विस्फोट की घटना को स्पष्ट करता हुआ। गोबर से लिपे-पुते सूखे आँगन में टाट पर अब भी कोई दो दर्जन लोग बैठे हैं। कुछ युवतियाँ और दो माताएँ भी। हल्दी से रँगी धोती पहने पुरोहित। सामने सजी है पूजा की चौकी।

चारों छोर पर बँधे हैं केले के पत्ते। कुछ लोग इसके लरजे पत्तों को सीधा करने-कसने के लिए बंधन ठीक करने में जुटे हैं।

"भैया, जल्दी से मामले को सँभालना पड़ेगा," चेखुरा को देखते ही एक युवक उठकर पास आ गया, "एक साथी के दाहिने हाथ में गम्भीर चोट पहुँची है। उसे छुपते-छुपाते हुए औरंगाबाद डॉक्टर सेन के यहाँ ले जाना होगा।"

"हाथ में! किसके?" प्रसाद चौंक गए, "चोट कहीं ज्यादा तो नहीं? कहाँ है वह? किधर?"

युवक दोनों को साथ लेकर कमरे में घुसा। यह एक सिक्ख युवक है। चेहरे पर पीड़ा का समुद्र रोके, आँखें फाड़े मटर-मटर ताकता हुआ। साथी के इशारे पर उसने अपना दाहिना हाथ धीरे से आगे किया। पंजा कपड़े से बँधा-ढका हुआ है। खून से लथपथ। रिस-चू रही हैं लाल-लाल बूँदें। युवक ने बताया, "यह साथी सचमुच शूरवीर है। खुद देख लीजिए, इसकी आँखों में झाँकिए जरा, क्या इसे देखकर ऐसा जरा भी महसूस हो पा रहा है कि बम बाँधते हुए इसके हाथ की दो उँगलियाँ उड़ चुकी हैं? देखिए, उधर दोनों उँगलियाँ कपड़े पर रखी हैं!"

इशारा करने के बाद भी प्रसाद ने उधर दृष्टि नहीं डाली। आँखें बंद कर लीं। उन्होंने अपनी बंद पलकें सहलाते हुए पूछा, "क्या इस साथी को दर्द नहीं महसूस हो रहा?"

"एक सूई लगा दी गई है। इसका प्रभाव रहने तक दर्द नहीं पता चलेगा इसे। अब इसे लेकर दो साथी बगल में जा रहे हैं डॉक्टर के पास।" युवक ने चेखुरा की ओर दृष्टि उठाई, "अभी हमें आपकी मदद चाहिए : पहले तो छप्पर के ऊपर पुआल की दो-चार परत बिछानी होंगी ताकि सूराख छुपाई जाए। इसके बाद कमरे को जल्दी-जल्दी ठीक कर लेना होगा।"

घायल साथी को सँभाले चार लोग निकलने लगे। पीछे-पीछे सभी आन्दोलनकारी। रास्ते में सहजता बनाए रखने और सतर्क रहने की सलाह-हिदायतें दे बाकी लोग दरवाजे से लौट आए भीतर।

"यही हैं हमारे बाऊस्साब!" चेखुरा ने जल्दबाजी दिखाते हुए युवक को परिचय दिया, "क्रांतिकारी चंद्रशेखर आजाद के साथी कह लीजिए या मददगार—बड़े भाई या गुरु।"

"यह परिचय-बात का समय नहीं। सबसे पहले तो सामने डटी चुनौती से लड़ना होगा।" प्रसाद ने चेखुरा को आगे धकेलते हुए समझाया, "बाहर मैं यही तो कह रहा था कि यहाँ यथासम्भव थोड़ी देर पहले जैसा एकदम सामान्य दृश्य-परिदृश्य बना देना होगा—कुछ ऐसा कि पुलिस आए तो चकराकर रह जाए।...तुम साथ जाओ। देखो, कोई युक्ति निकालो।"

"बाऊस्साब, इनके आप जानत ना हउवा न?" चेखुरा दो कदम बढ़कर रुक गया। पीछे मुड़ा। चेहरे पर चमक, आवाज में धमक, "ई हउवन रासबिहारी बोस।...धधकत आग! आपके प्रिय चंद्रशेखर के जिगरी साथी।"

नाम सुन सुखद आश्चर्य से भर उठे हैं प्रसाद। चेहरा अग्नि-ताप से रंजित। आवाज धीमी किन्तु लोहे के तार जैसी ठोस, "वाह, वाह, रासबिहारी बोस! बहुत सही। बहुत

सही। इनसे धमाके और ऐसी बारूदी सुगंध के बीच ही परिचय होना भी चाहिए था। भई, वाह! ऐसे तलवार जैसे तेजस्वी राष्ट्रयुवा जहाँ होंगे, वहाँ तो रह-रहकर बारूदी बसंत का ही झोंका तो आएगा!"

"मुझे आपके बारे में काफी कुछ पता है। चंद्रशेखर अक्सर बताते रहते हैं," रासबिहारी ने आगे आकर विनम्र अभिवादन किया, "कि आप इतिहास के बड़े-बड़े ढुह-पहाड़ तोड़-तोड़कर हमारे लिए साहस, आत्मगौरव और संकल्प-प्रेरणा के उत्स खोजने-बनाने में जी-जान से जुटे हुए हैं...नये सिरे से राष्ट्रप्रेम की गंगा बहाने के लिए—"

रासबिहारी के मुँह से इस समय यह बात सुनना अच्छा लग रहा है। प्रसाद आश्चर्यमिश्रित संतोष से आप्यायित। चेहरे पर बन-बदल रही लकीरों में इस दृष्टि-समझ के प्रति सम्मान-भाव।

"हमें अपने देशवासियों के मन में गहरे तक बिठाई गई गुलामी को तो सबसे पहले मिटाना ही चाहिए।" रासबिहारी की भिंची मुखाकृति और बँधी मुट्ठी में निर्णायक दृढ़ता। आवाज में संकल्प-शक्ति का प्रत्यक्ष ओज, "सबको यह महसूस कराया ही जाना चाहिए कि हमारा राष्ट्रीय वैभव और आत्मगौरव संसार भर में अनूठा रहा है, लेकिन आज हमें गलत ढंग से गुलाम बनाकर हमारे इतिहास तक को हत्‌गौरव कर दिया गया है ताकि हम हमेशा-हमेशा के लिए कुंठा में डूबे रहें और अपनी सोच को स्वातंत्र्य-कामना की दहलीज तक बढ़ा ही न पाएँ।"

प्रसाद के लिए यह आकलन करना कठिन हो रहा है कि यह युवक युद्ध-क्षेत्र का सिपाही है या दर्शन-मंथन क्षेत्र का चिन्तक-साधक। रासबिहारी ने कुछ पल की चुप्पी तोड़ी, "अभी जरा यहाँ का जरूरी काम पूरा कर लें, फिर आपसे ढेर सारी बातें होंगी।"

चेखुरा ने बाँस की सीढ़ी लाकर दीवार पर टिकाई। प्रसाद और रासबिहारी पास आ गए। वह खट्-खट्, खट्-खट् चढ़ गया। सीढ़ी के ऊपरी छोर पर खड़ा होकर उसने छप्पर के कटाव का नजदीक से मुआयना शुरू किया। प्रसाद उसकी फुर्ती पर मन-ही-मन चमत्कृत। अब वह वेगपूर्वक वापस नीचे की ओर आने लगा। बिजली की गति से सीढ़ी के अन्तिम डंडे से उतरा और पास ही पड़े पुआल का बोझा उठा फिर चढ़ गया।

सीढ़ी से छप्पर पर उतरकर वह सिद्धहस्त कारीगर की तरह पुआल की परत बिछाने लगा। नीचे से हाँक लगा प्रसाद और रासबिहारी ने एक-एक बोझा पकड़ाया। तीनों बोझों का पुआल मिलाकर उसने छप्पर पर मोटी परत बनाने में अधिक समय नहीं लिया। नीचे उतरा और आँगन के एक कोने से पौधे काटने वाला बड़ा कैंचा उठा लाया। छप्पर के निचले छोर को उसने बराबरी में मिलाकर करीने से काट डाला।

"इससे तो यही लगेगा कि छप्पर बनाने का काम अभी हुआ है!" रासबिहारी चिन्तित हो उठे।

"हाँ, तो इससे क्या?" चेखुरा ने झटके से कह तो दिया किन्तु सबके मुँह ताक प्रतिक्रिया टटोलने लगा।

"पुआल की कतरनें तुरन्त बुहार कर हटा दो।" प्रसाद बोलते हुए रासबिहारी की ओर मुखातिब हुए, "छप्पर बनने के हफ्तों बाद तक नया ही लगता है।"

"हाँ, ऐसा तो है।" रासबिहारी तुरन्त सहमत हो गए।

जिज्ञासा रोक न सके प्रसाद। सँभलते हुए सीढ़ी पर चढ़ने लगे, "वाह, यार, तुमने तो कमाल कर डाला! गजब समतल परत बनाई है। एकदम जादुई कारनामा। अब किसी भी अनजाने के लिए यह समझना मुश्किल होगा कि छप्पर बीच से कहीं क्षतिग्रस्त भी है। अव्वल तो किसी को यही नहीं बुझाएगा कि हकीकत में यह खपड़े का छप्पर है।"

चेखुरा को प्रसाद की प्रशंसा जैसे छू भी नहीं सकी। वह कमरे में घुस गया। प्रसाद गद्गद, "किसी भी काम को करने की चेखुरा की अपनी विशिष्ट शैली है। संदर्भित दूरगामी तात्पर्य को वह जिस दक्षता से ताड़ लेता है, इससे उसकी गहरी अंतर्दृष्टि साबित होती है।"

"बिलकुल, बिलकुल। यह मजबूत ही नहीं, समझदार साथी है हमारा।" रासबिहारी ने मुस्कुराते हुए तेज-तेज सिर हिलाया और कमरे की ओर बढ़ गए। भीतर चेखुरा के पास जाकर वह मलबा हटाने-दबाने के काम में हाथ बँटाने लगे।

पिछले कमरे से निकले दो युवक। सफेद-सफेद कद्दू-कोंहड़े पकड़े। पूजास्थल के पास ले जाकर रखा और फिर कमरे की ओर लौटने लगे। कद्दू व कोंहड़े ढोने का यह क्रम कुछ देर तक चला। पूजास्थल के पास ढेर लग गया।

"भैया, ऐसा है, पुलिस यहाँ कभी भी धमक सकती है इसलिए मुझे यहाँ से जल्दी से जल्दी हट जाना चाहिए।" रासबिहारी बाहर निकले और बोलते हुए पास आए, "वैसे रहूँगा आसपास ही, अनुकूल स्थिति पाकर फिर यहीं लौटूँगा।" प्रसाद गौर से ताक रहे हैं। वह आगे, "माननीय प्रसाद जी, आपसे बात करके बहुत अच्छा लगा। उससे भी ज्यादा संतोष हुआ आपसे मिलकर। हमें अपने ऐसे लोगों से मिलकर साहस और शक्ति की अपरिमित प्राप्ति होती है, जो अपनी-अपनी तरह से इस जूझते हुए राष्ट्र के लिए संजीवनी खोजने-जुटाने के काम में समर्पित भाव से लगे हुए हैं। ठीक है, तो कुछ देर या कुछ घंटों के लिए मैं अब यहाँ से..."

"युद्ध जब छिड़ चुका हो तो किस सिपाही को कब-कहाँ किस गति का सामना करना पड़ जाए, कोई नहीं जानता। आप कुछ देर या घंटे कहकर जाएँ और इसके बाद कई-कई दिनों तक आपके दर्शन तक न हो सकें, तो?"

ठठाकर हँस पड़े रासबिहारी बोस। रुके तो बोले, "आपका मुँह जब भी खुल रहा है, कोई न कोई ऐसी बात अवश्य निकल आ रही है जो रोम-रोम पर बेचैनी की चिनगारी रख दे रही है। आपका हर संदेश है झकझोरकर जगा देनेवाला और इत्मीनान या निद्रा-दशा को फटकारकर भगा देनेवाला। आपकी बातें तो मुर्दे में भी जान फूँक देनेवाली हैं, इसीलिए तो आप ही के हाथों सम्भव हो पा रहा है कि हमारे गौरवशाली इतिहास का अनोखा उत्खनन और पुनर्सृजन! इस मुल्क के गौरवशाली अतीत के गले-बिलाये प्रसंग निकालकर सचमुच बहुत बड़ा काम कर रहे हैं। इतिहास की झपकती पलकों से हजारों-हजार साल की नींद तक झाड़ लेने और उसमें रोशनी व ऊर्जा भर देने में आप यों ही सफल नहीं हो रहे..."

"अब आप निकल लें, यहाँ हमें अभी बहुत सारा काम पूरा करना है। इन निर्दयी और तर्कशून्य फिरंगियों से फिलहाल खुद को भरसक बचाए रखने का ही प्रयास होना चाहिए।"

इधर रासबिहारी अंतर्धान, उधर गली में पुलिस साक्षात् उपस्थित। बाहर से उधियाता तनाव व शोर आँगन तक। प्रसाद का मन संशय से घिर गया—पता नहीं, रासाबिहारी भले-भले निकल चुके या नहीं? काली नीयत के इन गोरे या गोरा-भक्त वर्दीधारियों ने उन्हें कहीं दबोच तो नहीं लिया?

चेखुरा बुदबुदाया, "हमें बाहर चलना चाहिए क्या?"

"हर्ज क्या है! हम लोग तो बिना किसी डर-भय के निकल ही सकते हैं बाहर। लेकिन हमें करना या कहना क्या होगा, यह सब पहले तय हो जाए तब तो! सुविचारित व सूत्रबद्ध कदम नहीं उठने से व्यवधान पैदा हो सकता है। ऐसा नहीं होने पर कई सद्प्रयास भी आपस में टकराकर दुष्परिणाम दे डालते हैं। सूत्रबद्धता का अभाव हो तो कभी-कभी सकारात्मक प्रयासों का समूचा ढेर भी एकदम बेकार साबित होता है।"

"बाहर पुलिस आ गई है, हमें चलकर देखना ही चाहिए। मौका देख हमें कुछ कहने-बोलने से नहीं चूकना है। मामले को भरसक रफा-दफा कराने का ही प्रयास होना चाहिए।"

बाहर जमीन पर काम फैलाए बैठी हैं कारीगर महिलाएँ। गीलट का कड़ा छीलने के कार्य जारी। उनके पास कागज खोले कलम से बयान लिख रहा दारोगा देखने में तो भारतीय, किन्तु चेहरे से ही काफी क्रूर। अन्य असलहाधारी जवान चारों तरफ घूम-घूमकर आँखें फाड़े ताके जा रहे हैं। मुआयना! दारोगा एक महिला के सामने जाकर खड़ा हो गया। बैठकर काम कर रही वह हिली-कसमसाई, फिर पूर्ववत् सिर नीचे कर काम में मशगूल।

"अरे, सुनो!" दारोगा पास आया, "बताओ, कुछ देर पहले तुम कहाँ थीं?"

"हम सब तऽ सबेरवें से इहैं कामे में लागल हईं सरकार!" महिला घबरा गई।

"उस घर में कोई आयोजन वगैरह चल रहा है क्या?" उसने सामने संकेत किया।

"हाँ, सरकार, काली पूजा हौ।"

"कुछ देर पहले यहाँ कैसा धमाका हुआ?"

"धमाका! कहाँ धमाका भल हजूर?"

"सीधे बताओगी या कबूलवाने के लिए हमें कुछ करना होगा?" देखते-ही-देखते वह रंग में आ गया।

"सच कहत हई हजूर—सोलह आने सच। केहू से पूछ लाऽ, इहाँ तऽ..." वह हकलाने लगी।

"यहीं धमाका हुआ है, जोरदार धमाका। इसकी खबर हम लोगों तक पहुँची है।"

"हजूर, कोई बड़ा भारी धमाका तो नहीं...हाँ, बोतल फटले के आवाज भल रहल।"

"बोतल फटने की आवाज?"

"हाँ। इहाँ थोड़के देर पहिलवाँ सोडा वाटर के एकठे बोत्तल फुट्ट गल हौ। उहे जोर से अवाज कइले रहल। येकरे धमाका समझा, चाहे जे बूझाऽ।" दृढ़ता से बोल लेने के बाद वह उठी और कुछ दूरी पर पड़े-बिखरे बोतल के काँच बीनकर ले आई। पुलिस वालों को दिखाने लगी, "इहे फूटल रहल। येकरे बारे में कोई आप सबके गल्त खबर देले होई सरकार।"

दारोगा के इशारे पर सिपाही ने इसे सावधानी से गमछे में सहेज लिया। गमछा माँगकर वह टुकड़ों का बारीकी से अवलोकन करने लगा। नाक के पास ले जाकर सावधानी से सूँघते हुए, "नहीं, इसके फटने से तो कोई भारी धमाका नहीं हो सकता।"

"येकरे फटले के अवाज भल हौ, अब येके धमाका कहाऽ चाहे जे कहाऽ सरकार! हं, येकरे अवाज से हम सब डेरा गइल रहली, ई बात सच हौ।"

दारोगा ने अन्य महिलाओं से भी इसी तरह पूछताछ शुरू की। इस दौरान वह बयान दर्ज करता रहा। सबने लगभग एक जैसी बात बताई। दारोगा ने अपने सहयोगियों की ओर देखा। आँखों ही आँखों में बताए जा रहे मामले पर सबमें सहमति बैठ गई। वे पीछे लौटे और गाड़ी पर सवार हो चले गए।

आँगन में लौट आई है चहल-पहल। पूजास्थल के पास खासी भीड़ है। रासबिहारी बोस के पास ही खड़े हैं प्रसाद। बगल में चेखुरा। आगे पूर्वी छोर पर बना है बलि-स्थल। सिंदूरपुती एक चिकनी-चौकोर शिला। आसपास उजले कोंहड़े-कद्दुओं का अच्छा-खासा ढेर।

पुरोहित ने विधिवत् अनुष्ठान शुरू किया। बढ़ती चली जा रही है भीड़। लोगों का आना-जाना, आगे-पीछे खिसकना और निकलना-घुसना जैसी सारी क्रिया-सक्रियताएँ, किन्तु जरा भी शोर नहीं। अद्‌भुत संयम। सधी हुई शान्ति।

माथे पर लाल गमछा बाँधे खड़े हैं रासबिहारी। तने हुए चेहरे पर दमकती दृढ़ता, हाथ में चमचम गँड़ासा। बलि-स्थल के पास जाने को ज्योंही कहा गया, वह लप् से जा पहुँचे। इस फुर्ती से, जैसे हमला बोल रहे हों। सिंदूरपुती शिला के पास पहुँच वह खड़े हैं, गँड़ासा उठाए। पुरोहित संस्कृत में मंत्रोच्चार कर रहे हैं। शक्ति-शौर्य और भक्ति-भाव का एकाग्र माहौल।

मंत्र पूरा कर पुरोहित ने आँखें खोलीं। सिर हिलाया और रासबिहारी बोस को बलि-कर्म शुरू करने का संकेत दे दिया। भीड़ में स्फुरण-सी उठी और फैल गई। जल-तरंग की तरह। जो जहाँ है, वहीं हिल-डुलकर अपनी खुशी छलका रहा है। चेहरों पर उल्लास खेलने लगा है।

रासबिहारी ने सफेद कद्दू को उठाकर शिला पर रखा और उद्‌घोष किया, "यह लो माँ, मैं तुम्हें निवेदित कर रहा हूँ देश के गोरे दुश्मनों की बलि!"

गँड़ासा हवा में उठा-लहराया और ऊपर से चमकता हुआ नीचे आया—छप्प्! तेज गति से कद्दू पर वार। छट्-से उसके दो टुकड़े हुए और विपरीत दिशाओं में दूर छिटक गए।

"भारतमाता की जय!" भीड़ मचल उठी है, "आजादी जिन्दाबाद!"

एक पर एक बलि चलती रही। जोश और राष्ट्रभक्ति के नारों के बीच दो दर्जन से भी अधिक सफेद कद्दू-कोंहड़े काट डाले गए। पूरा आँगन बलि चढ़े गोरे (सफेद) कद्दुओं के अंगों से भर-सा गया। यह देख-देख सबके मन-प्राण अत्यन्त तृप्त-संतृप्त।

प्रसाद घर लौट रहे हैं चेखुरा के साथ। गहरे प्रभाव में डूबे हुए, "भई, ये लड़के तो खूब हैं! जंग की जद्दोजेहद भी जी रहे हैं और शत्रु-संहार से लेकर अपनी मनचाही

जीत तक के सपनों को प्रतीकात्मक रूप में सामने साकार गढ़कर आनन्द लूट रहे हैं! यथार्थ की कठोर भूमि पर दुर्धर्ष संघर्ष और आकांक्षाओं के सतरंगे आकाश पर भर-इच्छा इंद्रधनुषी उड़ान—एक साथ!...भला किसी को और क्या चाहिए?"

56

लखनऊ से लौट आए हैं दास। प्रसाद यह सूचना मिलने के बाद प्रतीक्षा करते रहे। दो दिनों तक न वह सरायगोवर्द्धन आए, न नारियल बाजार। तीसरे दिन छड़ी हिलाते प्रसाद घोड़ागाड़ी पर चढ़े और चौक से रामघाट की ओर बढ़ चले।

दास बरामदे में दिख गए। कहीं के लिए निकलने की मुद्रा में। उन्होंने भी देख लिया। खिल उठे, "आओ, आओ! आओ चाणक्य!"

प्रसाद मुक्तछंद मुस्कुराए। दास ने आगे बढ़कर उनके दोनों हाथों को अपनी हथेलियों में ले लिया। आतिथ्य और बन्धुत्व की फेनिल ताजगी खिल उठी। दोनों के प्रभाषित मुखमंडलों पर दुग्धाभ धवलता। दास ने उन्हें अंकवार में भर लिया। साथ लिये हुए साग्रह पीछे लौट गए।

बैठकखाने में पहुँचकर दोनों आमने-सामने विराजे। दास के लहजे में गहरी शिकायत भी और सघन आत्मीयता भी, "तुमने तो मुझे खूब छकाया।"

"वाह, मित्र, वाह! लखनऊ में लखनवी झटका मुझे तुमने दिया, लौटकर दो दिनों से घर में छुपे हुए हो, अब उल्टे मुझी पर रौब भी गाँठ रहे हो?" प्रसाद की आँखें बाण की नोक-सी चमकीं।

"मतलब?"

"अरे, मैं तुम्हारे ही कहने पर लखनऊ पहुँचा, सम्मेलन-स्थल पर वहाँ तुम मुझे साक्षात् दिख भी गए, चार लोगों के साथ कैसे असली कांग्रेसी की तरह खादी फड़फड़ाते चल रहे थे! हाथ भाँजते हुए कुछ जोर-जोर से कहते-बोलते हुए तुम तेज-तेज बढ़ते चले जा रहे थे। तुम आगे-आगे थे और मैं पीछे-पीछे—कुछ ही कदम की दूरी थी। मैंने समझा कि अब तो तुम मिल ही गए हो, लेकिन मैं तुम्हारे पास पहुँच पाता, इससे पहले ही तुम गाड़ी में बैठकर फुर्र हो गए। मेरे चिल्लाने का कोई असर ही नहीं पड़ा। मैं तो उस समय शर्मिन्दा होकर रह गया जब मेरा ध्यान आसपास के उन लोगों पर गया जो मुझे चिल्लाता देख हँस रहे थे। तुम जरा सोचकर देखो, मेरे साथ तुम जैसे अभिन्न का यह कैसा व्यवहार रहा—वह भी परदेस में! क्या यह मामूली तकलीफ की बात है?"

"अच्छा, तुम वहाँ पहुँचे थे?"

"पूरा वृत्तांत सुना रहा हूँ तब भी तुम यह पूछ रहे हो कि मैं वहाँ गया था कि नहीं? वाह, खूब मजाक उड़ाया और अब भी उड़ाने पर ही तुले हो।"

"अरे, नहीं। तुम तो..."

"सुनो, बात नहीं बदलो। पहले मुझे अपनी पीड़ा का विसर्जन तो कर लेने दो। मेरी बात तो सुनो। अब तक तो मुझे तुम्हारे व्यवहार पर हल्का रोष भर था कि तुमने शायद

कोई मजाक किया हो, लेकिन अभी तुम जब ऐसे बोल रहे हो, तो अब यह सन्देह होने लगा है कि तुमने मेरी अनदेखी की है और वह भी जानबूझकर, साजिशन।"

"अरे नहीं, मित्र! ऐसा आखिर हो कैसे सकता है? मित्रता तो अपनी जगह है ही, मुझे इस बात का भी भली भाँति अंदाजा है कि तुम्हारे रूप में मैं किसी साधारण व्यक्ति से नहीं जुड़ा हुआ हूँ।"

"अब फिर मुझे बनाने भी लगे?...मैं यह भी समझ रहा हूँ कि ऐसा करके तुम बहुत सफाई से मुझे बोलने से रोक देना चाह रहे हो।" प्रसाद ने आँखें नचाईं।

"अरे नहीं, ऐसा कैसे हो सकता है? तुम बोलो भाई, जो-जो दिल में आए, कह डालो।" दास सकपका गए। आवाज हिलने लगी।

"फिर एक नया पेच? अब तुम यह भी साबित करना चाह रहे हो कि मैं वही सब कह रहा हूँ जो मेरे दिल में उपज रहा है?...यानी मैं सच नहीं बल्कि दिल की उपज अर्थात् काल्पनिक बातें बना रहा हूँ?...वाह, भई, वाह! कितनी बारीकी से मेरी बात को तुमने सिरे से झूठ करार दे दिया! मान गया कि तुम कला-प्रेमी ही नहीं, कला-छेनी भी हो।" प्रसाद की आवाज में शिकायती ठुनक गूँजती रही।

"कला-छेनी! मतलब?" दास सहमे।

"छेनी यानी वही काली-कराली लौह जिह्वा। हथौड़ी की अभिन्न साथी या सहचारिणी। पत्थर से लेकर किसी भी कठोर से कठोर धातु तक को छट्-छट् काटकर टुकड़े-टुकड़े कर-बिखेर देनेवाली छेनी। कलात्मक शातिरपने के साथ मेरी बातों को छट्-छट् काटकर तुमने बिखेर ही तो दिया।"

"नहीं भैये, ऐसा एकदम नहीं है। इस तरह मुझे कला-छेनी न बना दो। मैंने जानबूझकर तो कोई गलती नहीं की। खैर, अब मैं तुम्हें कैसे विश्वास दिलाऊँ! अब तुम जो चाहो, बोलो, बोल लो।"

"सोचो, परदेस में मेरे साथ यह करतूत की है तुम्हारे जैसे मेरे अभिन्न मित्र ने। तुम्हें मेरी पीड़ा का जरा भी अंदाजा है, खुद सोचकर देखो। तब से लेकर अब तक मेरे दिल पर क्या बीतती रही और अब जब कि सामने पड़े हो तो उल्टे मुझी पर रौब भी गाँठने लगे—वाह, भई, वाह! अब समझा कि इसे ही कहते हैं जमींदारी पेच, जबरा मारे और रोने भी न दे!...भई, मान गया, तुम पक्के जमींदार हो। तुम्हें एक किस्सा सुनना होगा..." प्रसाद ने देखा, दास अब अपराध-बोध से दबने लगे थे।

वह मुँह बन्द किये चुपचाप सुनते रहे। प्रसाद ने कथा शुरू की :

"मेरे जैसा एक साधारण कुम्हार और तुम्हारे जैसा एक पुराना जमींदार बचपन के साथी थे। बड़े होने पर दोनों अपने पुश्तैनी काम में लग गए। उनकी दोस्ती कायम रही। जमींदार जब कभी आसपास से गुजर रहा होता, घोड़ा मोड़कर साथी से अवश्य मिल लेता। कुम्हार चाक चलाता रहता और मित्र से बतियाता रहता। दोनों में खूब पूर्ववत् मित्रवत् बातें होतीं। खुलकर हँसी-ठिठोली भी। जमींदार उसके यहाँ से चर्चा-तृप्त होकर ही लौटता। एक दिन इसी तरह वह उसके पास आया हुआ था। दोनों में खूब हँसी-ठट्ठा होता रहा।

बात-बात में ही कुम्हार ने मजाक किया, 'यार, तुम ठहरे कड़क जमींदार और मैं एक गरीब कुम्हार। सचमुच मुझे इधर कई दिनों से तुम्हारा रौब-दाब देखकर इच्छा हो

रही है कि कुछ जमींदारी बुद्धि मैं भी सीख लूँ!' जमींदार ने अचकचा कर देखा। कुम्हार ने आगे कहा, 'तुम मुझे कुछ जमींदारी बुद्धि दे दो।' जमींदार हँसकर चला गया। इसके बाद एक दिन फिर उसने जमींदार से आग्रह किया। इस बार भी वह हँसकर चला गया।

अगली बार उसने उसे कसकर घेरा, 'मित्र, आज ऐंठकर मत भाग जाना। तुम मुझे जमींदारी दीक्षा दे ही डालो!' जमींदार ने इस बार चौंककर ताका, 'मैं तो इसे अब तक मजाक ही समझता रहा, क्या तुम गम्भीरता से यह बात कह रहे हो?' कुम्हार पिनपिनाया, 'अरे, मैं इतने दिनों से रट लगाए जा रहा हूँ और तुम इसे मजाक समझते रहे?' इस पर जमींदार ने कहा, 'अगर सचमुच तुम्हारी यही इच्छा है तो मुझे भला क्या परेशानी हो सकती है! मैं तुम्हें जल्दी ही कुछ जमींदारी बुद्धि दे दूँगा।' कुम्हार खुश हो गया।

चलते समय जमींदार ने कुछ याद करते हुए कहा, 'अरे यार, मैं तो वह काम भूल ही गया था जिसके लिए आज यहाँ आया हूँ।' कुम्हार ने चौंककर देखा तो वह आगे बोला, 'आज मैं एक काम लेकर आया हूँ तुम्हारे पास।' कुम्हार ने मुस्कुराकर काम पूछा तो उसने बताया, 'हमें बीस हजार माटी के सिक्के चाहिए। बच्चों को कोई खेल खेलना है।'

कुम्हार ने इसके लिए दस दिनों का समय माँगा। इस पर जमींदार ने कहा, 'मैं तो दो सप्ताह के लिए बाहर जा रहा हूँ। मेरा कोई आदमी आ जाए तो उसे सिक्के दे देना।' कुम्हार ने हामी भर दी।

दस दिनों बाद जमींदार का आदमी कंधे पर बन्दूक लटकाए आया। कुम्हार ने उसे बताया कि बीच में पानी बरस गया इसलिए परेशानी हो गई, अब वह एक सप्ताह के बाद ही सिक्के दे पाएगा। जमींदार के आदमी ने उसे आँखें तरेरकर देखा तो वह सहमकर रह गया।

उसने उसे समझाया, 'माटी का काम है न, पानी बरस जाने पर रुक जाता है।' वह सिर हिलाता चला गया।

अगले सप्ताह घोड़े पर तना बैठा वही आदमी फिर आया। एक हाथ में बन्दूक और दूसरे में लगाम थामे उसने ऊपर से ही कड़ककर पूछा। कुम्हार ने हँसकर कहा, 'आपको आज खाली हाथ नहीं लौटना होगा। तैयार हैं। मैं अभी ले आया।'

कुम्हार झोंपड़ी में गया और दो बार में चार बड़े-बड़े और भरे हुए थैले लाकर सामने रख दिये। जमींदार का आदमी चकित! इतने बड़े-बड़े थैलों में इतने सारे पैसे यह कुम्हार कहाँ से लेकर आ गया?

बन्दूक कंधे में डालते हुए वह अचकचाया-सा नीचे कूदा। एक थैले का मुँह खोलकर देखने लगा। भीतर माटी के सिक्के देखते ही वह आग बबूला। उसकी आँखें अंगारों में तब्दील। वह चीख उठा, 'क्यों बे कुम्हार के बच्चे, तुम्हारी यह हिम्मत? तुम हमारी ही आँखों में धूल झोंकने लगे? तुम हमें नकली पैसे दे रहे हो?'

कुम्हार को हँसी आ गई, 'तुम भी अपने बेवकूफ मालिक की तरह अच्छा मजाक कर ले रहे हो!'

अपने मालिक के लिए 'बेवकूफ' विशेषण सुनकर जमींदार का आदमी हिंसक पशु की तरह गुर्राया। कंधे की बन्दूक टटोलते हुए उसे यों घूरा, गोया अभी चीरकर रख देगा!

कुम्हार सहमकर रह गया। लगभग हकलाते हुए आगे सफाई देने लगा, 'तुम्हारे मालिक ने तुम्हें नहीं बताया? उसने मुझसे माटी के ही सिक्के माँगे थे, जो तैयार कर मैं दे रहा हूँ।'

जमींदार का आदमी कूदकर चीखता हुआ एक डग में पास चढ़ आया। उसके गिरेबान को पकड़ लिया और दाँत पीसते हुए आँखों से अंगारे बरसाने लगा, 'तुम हमें बेवकूफ समझ रहे हो? कोई भी आदमी कर्जा देगा असली रुपये और वापस लेगा माटी के सिक्के?'

कुम्हार की घिग्घी बँध गई। वह उसकी मुट्ठी में फँसे अपने ही गिरेबान में फँसा जमीन से दो हाथ ऊपर हवा में पुतले की तरह लटका रहा था। अब उसके एक गाल पर तड़ातड़ दो थप्पड़ पड़े। कुम्हार की आँख-कान-मुँह और पूरा मस्तिष्क झनझना उठा। सामने अँधेरा छा गया। कुछ बोल पाने का तो सवाल ही नहीं। वह बहुत मुश्किल से कसमस करता साँसें ले पा रहा था। गाँव के लोग जहाँ के तहाँ दुबके यह सब देखते रहे। घर के लोग भी सामने आँगन में डरे-सहमे खड़े चुपचाप ताकते रहे।

जमींदार के आदमी ने गन्दी-गन्दी गालियाँ बकते हुए उसे नीचे पटक दिया और रस्से से बाँध लिया। वह रस्से का एक छोर पकड़े कूदकर घोड़े पर चढ़ गया और घोड़े को एड़ लगा दी। घोड़ा दौड़ने लगा। रस्से से बँधा खिंचता कुम्हार कुछ ही कदम दौड़ सका, इसके बाद तो वह गिर पड़ा और खून से लथपथ हो घिसटने-खिंचने लगा। कोठी पर जमींदार महफिल में बैठा नाच देख रहा था। खून से लथपथ कुम्हार को उसके सामने लाकर पटक दिया गया। वह जमीन पर अधमरा-सा पड़ा कराह रहा था। जमींदार ने अपने आदमी से हल्के शिकायती लहजे में कहा, 'यार, तुमने इस पर कुछ अधिक ही ज्यादती कर दी।' वह मूँछें ऐंठता बच्चे-सा शरमाया तो जमींदार ने हँसकर कहा, 'खैर, कोई बात नहीं। तुम अभी यहाँ से जाओ।' आदमी के जाते ही जमींदार पास आया। अधमरे कुम्हार की आँखों में सवाल जिन्दा थे। जमींदार ने उसके पास मुँह ले जाकर धीरे से पूछा—कैसी लगी? कुछ जमींदारी-बुद्धि मिल गई न?' "

प्रसंग पूरा होते ही दास ने ठहाका लगाया।

"देखो, इतनी मार्मिक कहानी पर भी तुम्हें हठात् ठहाका ही आया?" प्रसाद ने खास ढंग से सिर हिलाया, "मानना ही पड़ेगा कि प्रथमतः और अन्ततः तुम जमींदार ही हो। तो तुममें भी थोड़े-बहुत अन्तर के साथ आखिर यही बुद्धि तो होगी!"

दास ने दोनों हाथ जोड़ लिये, "भगवान के लिए अब बस करो। मुझे ऐसा जमींदार न साबित करो। ठहाका मुझे कथा पर नहीं, तुम्हारे इस व्यंग्य पर आ गया कि तुम जैसा अंतरंग भी मजाक-मजाक में मेरे लिए कैसा रूपक गढ़ रहा है।...मित्र, तुम तो ऐसे अकेले व्यक्ति हो जो मेरी सारी असलियत जानते हो। तुमसे मेरा भला क्या छुपा हुआ है! क्या सचमुच मैं ऐसा अमानवीय हूँ?"

प्रसाद मुस्कुराए, "भई, जमींदार तो हो न! जमींदार तो जमींदार ही होता है। जहर की पुड़िया बड़ी हो या छोटी, है तो वह जहर ही।"

दास देर तक खिसियाये बैठे रहे। प्रसाद मन्द-मन्द मुस्कुराते रहे। नौकर ने आकर सामने तश्तरी रखी। दास ने नजर डालते हुए कहा, "देखो, मित्र, तुम्हारी पसन्द की प्रसादी प्रस्तुत है, भोग लगाओ।"

प्रसाद मुस्कुराए, "वाह, मिष्ठान्न!...वैसे मेरी पसन्द की सीमा यही नहीं।"

"तुम्हारी पसन्द चाहे भले निस्सीम हो, मेरी ओर से इस मृदु उपलब्धता की तो यही सीमा है।" उन्होंने तश्तरी उठाकर साग्रह बढ़ा दी।

"जो मृदुल है, वह तो स्वयं सीमा-मुक्त है। मिठास का आनन्द निस्सीम होता है, क्योंकि मिठास वस्तुतः प्रेम का पर्याय है।" उठते हुए उन्होंने तश्तरी पकड़ ली, "इसे यहीं रहने दो, मैं स्वयं उठाता रहूँगा।"

"मुझे पता है कि यह मात्रा तुम्हारे ही योग्य है।"

"मात्रा और प्रकार तो मेरे अनुरूप ही है किन्तु खान-पान के बारे में आजकल मैं कुछ दूसरी अनिवार्यता महसूस कर रहा हूँ।"

"मतलब?" दास चौंके।

"मुझे अब यह लगने लगा है कि राष्ट्र की मर्यादा-रक्षा के लिए व्यक्ति का मजबूत होना बहुत आवश्यक है इसलिए शाकाहार से अब मुक्ति पानी चाहिए।"

"यह क्या कह रहे हो तुम? तुम जो आज तक..."

"हाँ, आज तक ही नहीं, व्यक्तिगत रूप से आगे भी शायद ही मैं स्वयं मांसाहार को स्वीकार कर सकूँ किन्तु शाकाहार को मैं बहुत उपयोगी अभ्यास नहीं मान पा रहा हूँ। अँगरेज जो पूरी दुनिया में छा गए हैं, उन्हें ही देख लो—मांसाहारी ही तो होते हैं वे। देख लो, कैसे दुनिया के एक-एक हिस्से दबोचते चले गए हैं वह!"

"तुम तो जानते हो कि मैं मांसाहारी हूँ किन्तु तुम्हारी बात से मैं सहमत नहीं हो पा रहा, लेकिन अजीब बात यह कि तुम जिसका पूरा कुल आज तक शाकाहारी रहा, वह व्यक्ति अब ऐसी बात कह रहा है?"

57

मुकुन्दीलाल गुप्त तीन दिनों से आकर काशी में पड़े हैं। वह जब भी बुलाए जाने का प्रयोजन पूछ रहे हैं, प्रसाद मुस्कुराकर टाल दे रहे हैं, "बताऊँगा, बताऊँगा, इतने व्यग्र क्यों हो रहे हो? कलकत्ते में तो तुम्हें दम मारने की फुर्सत मिलती नहीं, इसलिए यहाँ आ गए हो तो कुछ आराम कर लो। चाहो तो घाटों की ओर हो आओ, घूम-घाम करो।"

शाम को मुकुन्दीलाल घाट की ओर से घूम-घामकर लौटे तो प्रसाद ने बैठकखाने में बुला लिया, "ऐसा है, शिव-शिव जी कहीं बाहर निकल गए थे इसलिए तुम्हें प्रयोजन नहीं बता पा रहा था। अब वह काशी लौट आए हैं और थोड़ी ही देर में आनेवाले हैं। तुम बैठो, कुछ आवश्यक चर्चा करेंगे हम लोग।"

शिव-शिव ने उसी समय बैठकखाने में प्रवेश किया। अभिवादन के बाद बैठे। प्रसाद ने दोनों के साथ चर्चा शुरू की, "ऐसा है मुकुन्दीलाल, सुँघनी-सुर्ती का धंधा तो पुश्तैनी थाती है। इसे अपने जीते-जी छोड़ने की बात तो मैं सोच भी नहीं सकता किन्तु मैं अब यह सोच रहा हूँ कि क्यों नहीं हम लोग पुस्तक प्रकाशन का कारोबार भी शुरू करें?"

"भैया, यह तो सर्वोत्तम विचार है और सबसे प्रतिष्ठापूर्ण व्यवसाय भी।"

"असल में हिन्दी में अभी तक प्रकाशन के व्यवसाय का समुचित आकार उभर नहीं पाया है। इस दिशा में ऐसे लोगों की सक्रियता अपेक्षित है जो स्वयं साहित्य, समाज और देश-दुनिया से सीधा रिश्ता रखते हों। पुस्तक-बेचवा किस्म के लोगों ने इस व्यवसाय को आटा-तेल का धंधा बनाने प्रयास शुरू कर दिया है, यह चिन्ताजनक है।"

"सचमुच यह विडम्बना ही है कि जो व्यक्ति स्वयं जयशंकर प्रसाद है, वह सुँघनी और जर्दा-सुर्ती का धंधा करने को विवश है जबकि जो लोग निर्ममतापूर्वक कुछ भी बेच देने को बेताब रहने वाले जीव, उन्हीं के हाथों में पुस्तक प्रकाशन का बौद्धिक व्यवसाय आ गया है।"

प्रसाद हँसने लगे, "अरे, नहीं, ऐसा पूर्णत: नहीं। अभी अंशत: ही है। किन्तु यह खतरा अवश्य मँडराता दिख रहा है कि इस ओर ध्यान न दिया गया तो आनेवाले समय में यह व्यवसाय मुनाफाखोरों के कब्जे में जा सकता है। वैसे फिलहाल तो भारती भंडार, जो हिन्दी का एक प्रमुख प्रकाशन-गृह है, यह मेरे रचनाकार-सखा रायकृष्ण दास का निजी संस्थान है। तुम तो उन्हें जानते ही हो, वह स्वयं कला के गहरे मर्मज्ञ और संवेदन-सजग सृजनधर्मी हैं। उन्होंने हिन्दी में बेमिसाल गद्य-गीतों का आविष्कार किया है। भविष्य में जब कोई योग्य विद्वान इसका मूल्यांकन करेगा तो उनके योगदान का मूल्य गहराई से स्वीकार किया जाएगा।"

"मामा जी, सखा का नाम आते ही आप विषयांतर हो गए। आप फिल्हाल प्रकाशन व्यवसाय पर..."

"विषयांतर नहीं, कवि होने के नाते भाव-भूमि में चला गया था। खैर, तो उसी तरह मैथिलीशरण जी 'साहित्य सदन' चला ही रहे हैं। यहीं काशी में मुंशी प्रेमचन्द सरस्वती प्रेस का संचालन कर रहे हैं, उधर रामनरेश त्रिपाठी एक प्रकाशन चलाते हैं। शब्दशास्त्री रामचंद्र वर्मा का भी प्रकाशन-उपक्रम 'साहित्य रत्नमाला' है ही। विनोदशंकर व्यास का 'पुस्तक मन्दिर' भी अच्छी किताबें निकाल रहा है।"

मुकुन्दीलाल ध्यान से सुनते रहे। प्रसाद आगे बोले, "लेकिन हाल यही है कि हमारे ऐसे ज्यादातर प्रकाशन-संस्थान जो पुस्तकें प्रकाशित कर रहे हैं, वे साज-सज्जा या गेटअप आदि के मामले में बांग्ला की पुस्तकों की टक्कर की नहीं हो पा रहीं। ले-देकर मुंशी प्रेमचन्द के प्रेस में इन दिनों एक सहयोगी आए हैं—प्रवासीलाल वर्मा। वही एक ऐसे व्यक्ति हैं जो इस दृष्टि से थोड़े जानकार हैं, इसलिए सरस्वती प्रेस की किताबों को वह बांग्ला आदि की पुस्तकों के स्तर का आकार-प्रकार देने का भरसक प्रयास अवश्य कर रहे हैं। बाकी प्रकाशकों में बम्बई वाले नाथूराम प्रेमी भी थोड़े सलीकेदार कहे जा सकते हैं, अन्यथा ज्यादातर तो बस, किसी तरह कागज काला कर दे रहे हैं।"

"मैंने तो मैथिलीशरण जी की एक कोई पुस्तक देखी थी, उसका प्रोडक्शन बहुत बढ़िया था। वह तो उनके अपने ही प्रकाशन से छपी होगी न?"

प्रसाद ने तीखी मुस्कान के साथ ताका, "मैथिलीशरण जी ने ही तो अपने 'साहित्य सदन' से मेरी कविता-पुस्तक 'आँसू' भी छापी थी। कैसा सिनेमा के गानों की किताब

जैसा प्रोडक्शन दिया था! मेरा तो मन खिन्न होकर रह गया, जबकि उसी के साथ-साथ उन्होंने अपनी जो किताब प्रकाशित की, उसे खूब सज-धज के साथ छापा।...यही तो एक विडम्बना भी है कि जो साहित्यकार स्वयं प्रकाशन शुरू करते हैं, वे जब अपनी कृति को छापते हैं तो उसके प्रोडक्शन में जान उड़ेल देते हैं जबकि किसी अन्य रचनाकार की पुस्तक में इतनी सुस्ती या चालबाजी दिखा देते हैं कि बेचारा लेखक तो अपनी ही छाती पर मुक्का मारकर गिर सकता है।"

"खैर, तो बताएँ, आपने जो योजना बनाई है, उसका क्या स्वरूप है?"

"पहले तो यह स्पष्ट कर दूँ कि मुझे इस बात का अंदाजा है कि तुम्हारे लिए कलकत्ता छोड़ना मुश्किल ही नहीं बल्कि असम्भव भी है, इसके बावजूद इसमें मैं तुम्हारी सक्रिय भागीदारी की अपेक्षा रखता हूँ।"

"हाँ, भैया, यह तो है कि मेरे लिए कलकत्ता छोड़ना बहुत कठिन है किन्तु आप जो जिम्मेवारी सौंपना चाहते हैं, बताएँ, मैं यदि इसे स्वीकार कर सका तो इसमें शत-प्रतिशत परिणाम आपके सामने प्रस्तुत करने का प्रयास करूँगा।"

भीतर से लखरानी ने हाँक लगाई, "ऐ बच्चा, अमिका आयल हउवन काऽ?"

प्रसंग-भंग का क्लेश प्रसाद के उत्तर-स्वर में हल्के ऐंठा, "हंऽ!"

"उनके भीतर भेजाऽ, कुछ बात करे के हौ।"

"इहौं तऽ बाते हो रहल हौ! इहाँ जादे आवश्यक चर्चा होत हौ।"

"आवश्यक बात कुछ मिनिट तुहें दुनो कराऽ, उनके भेज दाऽ।"

प्रसाद ने मुस्कुराकर अम्बिकाप्रसाद गुप्त की ओर ताका। वह शिव-शिव करते उठे। भीतर चले गए। मुकुन्दीलाल हँसे, "कुछ मिनट इनके लौटने का इन्तजार कर लीजिए, एक साथ बातें होना अच्छा रहेगा।"

जल्दी ही अम्बिकाप्रसाद भीतर से आए। हाथ में मकदल से भरी तश्तरी और बड़े-से पात्र में छलकती ठंडई उठाए। संतू परात में नमकीन की चार तश्तरियाँ और खाली गिलास लेकर आ गया। गिलास भर गए। सभी खाने-पीने लगे।

प्रसाद ने प्रसंग की टूटी लड़ियाँ फिर सहेजनी शुरू कीं, "हाँ, तो योजना यही है कि हम लोग अपना प्रकाशन शुरू करेंगे। मुद्रणालय यहीं परिसर में स्थापित किया जाएगा। योजना है कि मेरी तमाम पुस्तकों के प्रकाशन का काम यहीं से संचालित हो। 'इन्दु' का पुन:प्रकाशन होगा और एक पाक्षिक पत्र भी शुरू किया जाएगा। मासिक 'इन्दु' में साहित्य, संस्कृति और इतिहास से संदर्भित बहुआयामी सामग्री होगी जबकि पाक्षिक पत्र में सामयिक विचारपरक सामग्री दी जाएगी" बोलते हुए उन्होंने मुकुन्दीलाल के कंधे पर हाथ रखा, "कार्य-विभाजन का जो खाका मैंने सोचा है, उसके अनुसार अर्थ-पक्ष और प्रबन्धन तुम्हारे अधीन होगा, मुद्रण-प्रकाशन अम्बिकाप्रसाद के अधीन और संचालन-संपादन का कार्य मैं सँभालूँगा।"

"वाह, यह तो बहुत अच्छी योजना तैयार की है आपने!"

"इस व्यवसाय में पूँजी तुम्हारी भी लगेगी और मेरी भी। पूँजी के अनुपात के प्रश्न पर हम लोग आपस में सब कुछ तय कर लेंगे। वैसे मैं चाहता हूँ कि इस व्यवसाय में हमारी-तुम्हारी आधे-आधे की हिस्सेदारी रहे।"

58

कलकत्ता लौटकर यथाशीघ्र टाइप और प्रिंटिंग मशीन आदि की खरीद से सम्बन्धित कार्यवाही पूरी करनी है मुकुन्दीलाल को। उन्होंने दूसरे ही दिन ट्रेन पकड़ ली। इधर काम तेज गति से आगे बढ़ने लगा। कई बार के सामूहिक मुआयना और विमर्श के बाद बैठकखाने में कार्यालय और दालान में प्रिंटिंग मशीन बिठाने का स्थान तय हुआ। बीच के स्थान को घेरकर भंडार का रूप दे दिया गया। कई दिनों से कागज के नमूने आकर रखे रहे। प्रसाद ने ज्योंही अपनी पसन्द की मुहर लगाई, अम्बिकाप्रसाद ने तुरन्त आदेश जारी किया। कुछ ही घंटों में ठेलों पर लदे कागज के टीले आकर दरवाजे पर खड़े हो गए। देखते-ही-देखते दालान का आधा हिस्सा कागज से भर गया। ताजगी से भरी कागजी सोंधाई हवा में तैरने लगी। अम्बिकाप्रसाद टाइप-रैक बनवाने के काम में जुट गए। दालान में नियत स्थान के माप पर इसका निर्माण-कार्य होने लगा। मुकुन्दीलाल के निर्देशानुसार अम्बिकाप्रसाद ने दो ट्रेडिल और 'पेनडासन' की एक मशीन मँगाने के लिए कम्पनी के नाम विधिवत् आदेश-पत्र तैयार किया। प्रसाद ने इसका अवलोकन किया, तत्पश्चात् यह प्रेषित कर दिया गया।

कलकत्ते से मुकुन्दीलाल टाइप-मशीन आदि की खरीद के प्रोफोर्मा-बिल आदि के साथ लौटे। सुबह के नाश्ते के बाद उन्होंने यह सब सामने रखा। प्रसाद ने हाथ लगाए बगैर समझाया, "ऐसा है, मैंने बहुत सोच-समझकर इधर यह निर्णय लिया है कि इस योजना में मैं कुछ बौद्धिक योगदान ही दूँगा, यथा : सम्पादन-संशोधन, पुस्तकों के लिए होने वाले कला-पक्ष के कार्यों में कुछ परामर्श आदि, बस। क्योंकि मेरा मन साहित्य को तिजारत से जोड़ने का साहस नहीं जुटा पा रहा। यह अत्यन्त अनैतिक लग रहा है। दूसरी ओर घर के लोग व्यावसायिक हित की रक्षा की दृष्टि से अम्बिकाप्रसाद को अधिक विश्वसनीय मान रहे हैं। अब इसकी गहराई में मैं अभी नहीं जाना चाहता। तुम मेरे कहने पर इस योजना से जुड़े हो, इसलिए मैं तो यही चाहूँगा कि ठीक से निभता चले। अब चूँकि इसी काम में अम्बिका भी जुटे हैं और तुम भी, इसलिए तुम दोनों के बीच आपस में एकदम पारदर्शी व्यवहार रहना चाहिए। आपसी व्यवहार के बारे में तुम दोनों आपस में परस्पर सहमति बनाकर एक अनुबन्ध तैयार कर लो, तो अच्छा रहेगा।"

मुकुन्दीलाल अचकचा गए, "इसमें मुझे अम्बिकाप्रसाद से निभाना होगा?"

"अब तो जो पूरी स्थिति है, वह मैंने तुम्हारे सामने रख दी। सोचो न, मैंने जिन रचनाओं को जन्म दिया है, उनकी मैं तिजारत भला कैसे कर सकता हूँ?"

मुकुन्दीलाल चुप। प्रसाद ने आगे समझाया, "अपना निर्णय मैंने कल ही अम्बिकाप्रसाद को बताया है। इन बदली हुई परिस्थितियों में अम्बिकाप्रसाद भी चाह रहे हैं कि तुम्हारे साथ लिखित शर्त-समझौतों पर ही काम आगे बढ़े। तुम तो जानते ही हो कि 'इन्दु' पत्रिका भी उन्हीं के जिम्मे रही है, जिसका पुनःप्रकाशन प्रस्तावित है। इस नाते भी उनकी अहमियत है। अब यह भी तय है कि दूसरे पक्ष से इस कारोबार में अन्ततः सारा काम वही सँभालेंगे—चाहते न चाहते इस समूचे कार्य-व्यवहार में तुम्हारा

मतलब तो उन्हीं से अधिक रहेगा, इसलिए मेरी दृष्टि में ऐसा कुछ कर लेना ज्यादा अच्छा रहेगा।" प्रसाद ने समझाया।

59

मुकुन्दीलाल थोड़ी देर में बैठकखाने में लौटे। चेहरा तमतमाया हुआ-सा।

प्रसाद के सामने कुर्सियों पर चार आगंतुक बैठे हैं। इनमें एक की पोशाक राजसी। हाव-भाव व पहनावे से शेष तीन उनके राजकर्मी सरीखे। वह एक कुर्सी पर जाकर बैठ गए। प्रसाद ने परिचय कराया, "ये हैं मुकुन्दीलाल गुप्त—मेरे मौसेरे भाई। कलकत्ते में रहते हैं। वहीं इनका व्यवसाय है।"

लाल लोहे जैसा तपता मुकुन्दीलाल का चेहरा जैसे छन्न् से कर गया। ताप गतिपूर्वक विसर्जित होने लगा। उन्होंने समक्ष आकर दोनों हाथ जोड़ लिए। आगंतुक ने भी तत्क्षण खड़े होकर दुगुनी विनम्रता से हाथ जोड़ सिर झुकाया, "और मैं एक अदना नाचीज, प्रसाद जी की कविताओं का एक दीवाना, इससे अधिक कुछ नहीं।"

संतू आ-आकर तश्तरियों में अलग-अलग प्रकार के मिष्ठान्न सजाता रहा। आगंतुक अब प्रसाद की ओर हैं, "कविवर, मैं आपका अंध प्रशंसक हूँ।"

"मैं चूँकि कवि हूँ और कविता तो जनम-जनम की बन्द आँखें खोलती है, इसलिए मेरा प्रशंसक तो अंध हो ही नहीं सकता।"

प्रसाद ने अत्यन्त सहज ही कहा किन्तु इस पर वह इतने चमत्कृत और आह्लादित हुए कि उछलकर खड़े हो गए। लपककर उनका दाहिना हाथ पकड़ लिया। बहुत सम्मान दिखाते हुए वह हथेली को ललाट, पलकों और होंठों से चूमने लगे। प्रसाद संकोच से भर गए। सकुचाकर सिमट-से गए।

आगंतुक सहज होने पर यथास्थान लौटे तो प्रसाद ने सामने रखे मिष्ठान्न के पात्रों की ओर संकेत कर हाथ जोड़े। उन्होंने उदारतापूर्वक एक साथ कई पात्रों से तीन-चार मिठाइयाँ उठा लीं और धीरे-धीरे मुँह में डालकर खाने लगे। उनके संकेत पर अन्य ने भी ग्रहण करना शुरू कर दिया। मिष्ठान्न खाते हुए उन्होंने मीठे अंदाज में अर्ज किया, "कविवर, मैंने आपका 'प्रेम पथिक' पढ़ा तो इतना प्रभावित हुआ कि इसे अपना लेने की इच्छा बलवती हो उठी। तभी निश्चय किया कि काशी जाकर आपसे निवेदन करूँगा। अगर आप स्वीकार कर लें तो मेरा तो जन्म ही सार्थक हो जाए।"

प्रसाद ने अचकचाकर ताका। उन्होंने इस जिज्ञासा को ताड़ते हुए स्वयं ही अपनी बात को खोलना शुरू किया, "मैं चाहता हूँ कि यह कृति आप मुझे समर्पित कर दें। आपके समर्पण की सहमति पर मैं इसे कोमल-कलात्मक कागज पर नये सिरे से मुद्रित कराकर सर्वत्र सुगंध की तरह उड़ाकर फैला दूँगा।"

मुँह खोले प्रसाद हक्का-बक्का ताकते रहे। आगंतुक ने आगे जोड़ा, "इसके एवज में आप मुझे जो आदेश करें, मैं आपकी सेवा में प्रस्तुत करने को तैयार हूँ।"

जैसे वज्रपात हो गया हो! प्रसाद की आँखें फैल गईं और पुतलियों से जैसे चिनगारी छूटने लगी। तमतमाकर वह उठ खड़े हुए किन्तु दूसरे ही क्षण उन्होंने स्वयं को संयत

कर लिया, "आप अतिथि हैं और मेरे काव्य के गहरे प्रशंसक। मेरे लिए आपकी कोई बात को पूरा न करना कितना कष्टकारी है, यह मैं व्यक्त नहीं कर पा रहा किन्तु आपने जो इच्छा अभी व्यक्त की, इसे सुनकर मेरा मन आहत हो गया है।"

आगंतुक हड़बड़ाकर उठे और दोनों हाथ जोड़कर बोले, "आप अन्यथा न लें।"

"सुनिए, मेरी बात तो सुनिए। आप लोग राजे-रजवाड़े हैं। आपके पास अपार सम्पत्ति है। आप जो चाहें, कर सकते हैं, खरीद सकते हैं, लेकिन आपसे प्राप्त करने की क्षमता भी तो होनी चाहिए। आप तो जानते हैं कि मैं व्यवसाय सुर्ती और जर्दे का करता हूँ। कविता मेरा व्यवसाय नहीं, प्रेम है, साधना है। आपके पास पैसा है तो आप हमसे अच्छा से अच्छा जर्दा, इतर, खुशबू माँग सकते हैं, यह मेरे व्यवसाय के अंतर्गत आता है। मैं सहर्ष आपको प्रस्तुत कर सकता हूँ। भला कोई अपने प्रेम या अपनी साधना को कैसे बेच सकता है?" रोष से शुरू तपता स्वर अंत तक करुणा से सिक्त हो चला है।

आगंतुक ने प्रसाद की आँखों को उमड़ता देख एकदम स्याह! घबराकर उठा और उनके दोनों हाथों को पकड़ हथेलियों को अपने माथे लगाने लगा, "मैं बहुत लज्जित हूँ, कृपया आप मुझे क्षमा-दान दें। असल में यह भूल आपके अंध-प्रशंसक की ही है। इस इच्छा को अनुचित समझते हुए भी आवेग में आकर इसे मैंने आपके सामने रख दिया, क्षमा!"

प्रसाद ने उन्हें साग्रह बिठाते हुए पास ही स्वयं भी स्थान ग्रहण किया। आगंतुक ने फिर हाथ जोड़ दिये, "अब मैं यहाँ से जाने की अनुमति चाहूँगा किन्तु एक आग्रह के साथ..." प्रसाद के मुँह जिज्ञासा से खुल गए। उन्होंने अपनी बात रखी, "आप कम-से-कम एक यह अनुमति तो मुझे दे ही दें कि मैं आपकी एक पंक्ति लेकर अपने दरबार में टाँग दूँ। यह मुझे बहुत प्रिय है।"

आगंतुक के चुप हो लेने के बाद भी जैसे नेत्र धाराप्रवाह बोलते जा रहे हों। प्रसाद ने मुड़कर उनके दोनों हाथों पर सस्नेह-स्पर्श रखा, "यह तो आपका अधिकार है। लेकिन यह कौन-सी पंक्ति है जो आपको इतनी प्रिय है?"

"इस पथ का उद्‌देश्य नहीं है श्रान्त भवन में टिक रहना,
किन्तु पहुँचना उस सीमा तक जिसके आगे राह नहीं।"

वे लोग जाने लगे तो प्रसाद विदा करने दूर तक बाहर आए।

60

अम्बिकाप्रसाद से हुई अपनी बातचीत की संक्षिप्त चर्चा करते हुए मुकुन्दीलाल ने बताया, "भैया, ऐसा है, आपने इस पुस्तक प्रकाशन-योजना से क्यों किनारा किया, इसका मर्म मैंने अभी उन आगंतुक के साथ आपकी चर्चा के दौरान समझ लिया है किन्तु शिव-शिव के साथ मेरी भी निभने वाली नहीं है।"

"क्या?"

"हाँ, मैं सही कह रहा हूँ।"

"मैं उन्हें अभी यहाँ बुलवाता हूँ। उन्होंने तुमसे कुछ अप्रिय तो नहीं कहा?"

"ना-ना, उन्हें न तो यहाँ बुलवाएँ, न मुझसे यह पूछें कि उनसे मेरी क्या-क्या व कैसे-कैसे बातें हुईं। आप सिर्फ मेरे इस निर्णय पर अनुमति की मुहर लगाएँ कि मैं इस योजना से अपना हाथ खींचता हूँ।"

"अरे, कुछ तो संकेत करो कि बात हुई क्या?"

"आप जब पूछ ही लेना चाहते हैं तो मूल बात मैं बता ही दूँ। असल में आपने जो आधे-आधे की हिस्सेदारी की बात कह दी है, वह शिव-शिव को सर्वथा अस्वीकार है। उन्होंने घुमा-फिराकर इसका ही लगातार तरह-तरह से खंडन किया और मुझे यह प्रस्ताव दिया है कि इसमें मैं जो रुपये लगाऊँ, उसका ब्याज ले लिया करूँ। मैं तो यह सुनकर स्तब्ध रह गया। मुझे यदि ब्याज का ही धंधा करना हो तो इसके लिए मैं कलकत्ता के बजाय काशी को क्यों चुनूँ?"

प्रसाद चुपचाप मुँह ताकते रहे। मुकुन्दीलाल ने अपनी बात जारी रखी, "मैंने उन्हें अपनी असहमति बता दी है। अब आपसे विधिवत् अनुमति मिल जाए तो इस योजना से स्वयं को मुक्त करूँ और कलकत्ता लौट जाऊँ।"

"तुम्हारा निर्णय गलत नहीं है। इस पचड़े से बचे रहो, यही अच्छा रहेगा।"

मुकुन्दीलाल ने प्रसाद से सहमति ले लगे हाथ तार भेजकर मशीनों का ऑर्डर कैंसिल करा दिया। कागज जहाँ से आया था, वापस किया जाने लगा। उसी रात उन्होंने कलकत्ते के लिए प्रस्थान किया।

61

महाशिवरात्रि का दिन। हवा-बयार तक धतूरी। भाँग की तेज गंध जैसे सीधे आकाश से ही बरस रही हो! झोंके बौराये हुए बौआ रहे हैं। सब कुछ धसोरते-गिराते हुए। गृह परिसर का शिवाला कुचकुच हरे आम्र-पत्रों और कागज की रंगबिरंगी झंडियों से सजा है। मन्दिर ऐसा प्राणवंत, जैसे कोई योगी बैठा हो! भूमि पर पाल्थी जमाये और आकाश में शीश उठाए हुए। योग-मुद्रा में ध्यानस्थ। मन्दिर के जगमोहन में दरी-चादर बिछ गई है। लोग बैठे हैं। मोहनसराय से पहुँचे हैं सुकवि मुकुन्दीलाल। मिर्जापुर से शिवदास। काशी के लोगों में बचनू महराज, बोकी सिंह व मोहनलाल रस्तोगी जैसे व्यक्तिगत मित्र और साहित्यिक साथियों में रामचन्द्र शुक्ल, केशव प्रसाद मिश्र, रायकृष्ण दास, रामचन्द्र वर्मा आदि भी विराजमान। विनोदशंकर व्यास इन्तजाम में जुटे हैं।

घर से निकलकर मन्दिर की ओर लखरानी देवी बढ़ीं तो पीछे-पीछे ठुनकता बालक भी खिंचता आने लगा। उन्होंने उसे लौटा देना चाहा किन्तु उसने आँचल का कोर पकड़ लिया। रो-रोकर साथ चलने की जिद पर अड़ गया। वह खीझकर आगे बढ़ने लगीं। बालक छोटे-छोटे डगों से ही लगभग दौड़ता हुआ उनके कदमों से खुद को जोड़ने लगा।

बोकी सिंह ने दूर से ही यह सब ध्यान से देखा। उठे और तेज कदमों से सामने से आने लगे। उन्होंने पास पहुँचते हुए बच्चे को सम्बोधित किया, "काहे होऽ, तूं काहे ठुनकत हउवाऽ? आवाऽ, हम्मरे लग्गे आवाऽ। आपन चच्ची के परेशान मत कराऽ, आवाऽ!"

निकट आकर उन्होंने झुककर ज्योंही बच्चे को गोद में लेना चाहा, वह 'ऊँ-ऊँ' करता हाथ भाँजने लगा। झटका खाकर उन्होंने हाथ पीछे खींच लिये। सँभलते हुए वहीं ठिठक गए। आँखें नचाते हुए सिर को हिलाया, "अरे वाह, लगता है, जयशंकर के बेटे को तो अभी से पहलवानी के सारे दाँव-पेंच पता हैं!"

बच्चे ने 'ऊँ-ऊँ' करते हुए खीझ के साथ तिरछे ताका। लखरानी रुक गईं। हँसने लगीं। उन्होंने नन्हे आन्दोलित हाथों को पकड़ लिया और पुचकारते हुए उसे गोद में उठा लिया, "अरे बोकी सिंह, ई हमार बच्चा के नऽ बच्चा हउवन, ई तोरे पकड़ में ना अइहें! झारखंडी के बेटा ई एकदमे महाझारखंडी हउवन। गोस्सा जाऽलन तऽ केहु के बात ना सुनऽलन!"

गोद में चढ़कर बच्चे ने विजयी भाव से मुँह बनाया और ऐंठकर ताका। बोकी ने बच्चे की आँखों में आँखें डाल सिर नचाते हुए प्यार के साथ ठिठोली की, "इस बच्चे का नाम रत्नशंकर है न?"

दूसरे हाथ से आँचल सँभालतीं लखरानी ने हँसते हुए सिर हिलाया। हुंकारी भरी।

वह आगे बोले, "तभी तो इसकी आँखों से झरी बूँदें रत्न की तरह ही चमक रही हैं!"

उसे गोद में उठाए-उठाए लखरानी कदम बढ़ाने लगीं, "ई लइका हम्मे एको मिनिट नाऽ छोड़ सकेऽ, अउर येकरे बाप आज शिवरात्रि के दिन पूजा-पाठ के सब इन्तजाम छोड़ के ना जाने कहाँ चल गल हउवन! हम तऽ पंडित जी के बोलवले पर मन्दिर पर जात हई। कहाँ गइलन बच्चा, तोरे कुछ पता हौऽ?"

बोकी ने इनकार में सिर हिलाया, "व्यास जी ने तो बताया कि अचानक वह कहीं बाहर की ओर निकले हैं। इस बीच उनके कई दोस्त यहाँ आ पहुचे हैं। सभी जमे हुए हैं और उनकी प्रतीक्षा कर रहे हैं।"

उनके जगमोहन के पास पहुँचते-पहुँचते दरी-चादर पर बैठे लगभग सबने उठकर अभिवादन किया। उन्होंने सिर का आँचल सँभालते हुए मुस्कुराकर आशीर्वचन कहे। मन्दिर में पहुँचकर वह बालक से बोलीं, "रत्नशंकर, जाके देखाऽ तऽ, कहाँ गइलन तोहार बाऊ? केने हउवन बोलावा तऽ बेटाऽ!"

नन्हा बालक आँचल का कोर पकड़े दूसरे हाथ की एक उँगली मुँह में डाले ठुनकता रहा। गर्भगृह में अनुष्ठान चलता रहा। शिवलिंग के ऊपर बिल्व-पत्रों का बड़ा-सा ढेर। जैसे कैलास को हरे रंग में देख मुग्ध व उत्साहित हो कैलासनाथ ने उसे अपने शीश पर ही उठा लिया हो! हवा पर फूलों, बिल्व-पत्रों व धूप-अगरबत्ती की मिली-जुली सुगंधों की भीनी-भीनी लहरें।

आसन पर आसीन पंडित जी ने दृष्टि उठाई, "अइसन हौ मलकिन, साहु जी हमसे कहके गइल हउवन, कौनो जरूरी काम आ गल रहल।"

लखरानी के तेवर कड़े हो गए, "अइसन कौन काम आ गल जे हमरा पते ना हौ अउर ऊ शिवरात के पूजा छोड़ के चल देलन? अइसन तऽ आज तक ना भल रहल कि शिवरात के दिन ऊ मन्दिर से उतरके कहीं चल गल होवें।"

भुनभुनाते हुए लखरानी देवी ने पूजा के प्रबंध की अगली जिम्मेवारियाँ सँभाल लीं, "बच्चा के इहे एक आदत ठीक ना हौऽ। रहऽलन-रहऽलन अचक्के में कुछ अइसन उट-पटाँग कर देलन जे से मन उजबुजा जाऽ ले!"

ऐन उसी समय प्रसाद बाहर से परिसर में लौटे। रेशमी पीताम्बर में दमकती पुष्ट गौर काया। काव्य में व्यंजना की तीव्र कौंध जैसी दमकती आँखें। ललाट पर त्रिपुंड और गले में गौरीशंकर रुद्राक्षों के ग्यारह दानों की माला।

आचार्य शुक्ल ने टोका, "कहाँ चले गए थे प्रसाद जी?" वेशभूषा पर ध्यान जाते ही आगे बोले, "वाह, आज आप तो साक्षात् शिव-रूप ही लग रहे हैं!"

सामने से आते हुए गौड़ मुस्कुराए। दास ने आचार्य शुक्ल की ओर गौर से ताका, "शिवरात्रि पर यहाँ इनका यही रूप तो प्रत्येक वर्ष रहता है, फिर आज अचानक आपको इसमें नया क्या दिख गया आचार्य?"

गौड़ पास आ पहुँचे, "अब यही तो आप अंड-बंड करने लगे न!" दास ने अचकचाकर ताका, फिर दूसरे ही पल इस निषेध-भाव से ताका कि व्यंग्यकार महोदय, कोई तीखे तीर न छोड़ देना!

प्रसाद गम्भीरतापूर्वक कभी गौड़ तो कभी आचार्य शुक्ल की ओर ताके जा रहे हैं। गौड़ ने अपनी बात पूरी की, "भई, आचार्य का देखना एक घटना है और न देखना जाहिरन 'घटना' का विलोम!"

दास कथन का अभिप्राय समझ नहीं सके, यह उनके चेहरे पर उभरकर टिकी गहरी प्रश्नवाचक रेखाओं से व्यक्त। गौड़ ने दूसरे ही पल अपनी बात को स्वयं ही कुछ और खोला, "घटना यानी घट जाना, इसलिए इसका विलोम हुआ बढ़ना!" सभी चेहरों पर मुस्कान तैर गई। उन्होंने बिना हँसे-मुस्कुराए अपनी बात जारी रखी, "इतिहासकार ने ज्योंही नजर डाल दी, इतिहास से रिश्ता शुरू!...इसका मतलब यही कि अमुक संदर्भ का वर्तमान व भविष्य से सीधा सम्बन्ध सीधे खत्म और...यानी रिश्ते के दो आयाम तत्काल समाप्त। इसीलिए ऐसे आचार्य का देखना घटना ही तो है जबकि 'न देखने' का मतलब यही कि इसके संदर्भ कल, आज और कल अर्थात् तीन तरफ से जुड़े हुए बचे रह गए हैं। इसलिए उनका 'न देखना' हुआ बढ़ना।"

दास ने मुस्कुराकर आचार्य शुक्ल की ओर दृष्टि उठाई। वह जैसे अपने भीतर कोई तूफान दबाए बैठे हों! व्यास ने निकट आकर हाथ जोड़े, "आप सभी हमारे आदरणीय हैं, मैं एक ही अनुरोध करना चाहूँगा..." प्रसाद ने आश्वस्ति के साथ व्यास की ओर ताका। उन्होंने अपनी बात आगे बढ़ाई, "आज शिवरात्रि का दिन है। हम लोग यहाँ सार्थक और सकारात्मक बातें ही करें ताकि किसी भी दशा में माहौल भारी न हो सके।"

गौड़ ने चुहल से आँखें नचाईं। बौखलाने का अभिनय करने लगे, "अरे वाह, भई! अब आप हमें सिखाएँगे कि हमें आज क्या और कैसे बतियाना है?" व्यास सकपकाकर रह गए किन्तु शेष अन्य लोगों के चेहरों पर मुस्कान का रंग उगने लगा। उन्होंने आवेगपूर्ण स्वर में आगे कहा, "शिवरात्रि का दिन है तो यहाँ शिव के गणों की अपनी हरकतें क्यों नहीं होंगी? हम लोग यहाँ जितने भी उपस्थित हैं, आप कृपया सबको ध्यान से देख तो लीजिए, इसके बाद आप ही सच-सच बता दीजिए कि क्या यहाँ कोई ऐसा भी है जो बाबा के 'गण' के दर्जे वाली योग्यता से वंचित हो? शुक्ल जी साक्षात् इतिहासकार हैं, क्या बड़े से बड़ा पिशाच इनके सामने एक पल भी ठहरेगा?"

सभी ठठा पड़े।

आचार्य शुक्ल का जैसे अचानक मानसिक तापमान बढ़ गया हो। प्रसाद गम्भीरता से ताकते रहे। उन्होंने अपनी विशिष्ट मीठी-तीखी शैली में अपनी बातें आगे जारी रखीं, "इधर हमारे दास जी को ही देख लीजिए, इनकी राय तक कृष्ण (काली) होती है। ऐसे विचारों वाले व्यक्ति को क्या मानना पड़ेगा, क्या यह भी बताना होगा? इसके बाद तो मुकुन्दीलाल हों, शिवदास हों या बचनू, बोकी, रस्तोगी अथवा हमारी-आपकी ही तरह स्वयं केशव जी ही, हम लोग तो काशी भर में जयशंकर के गण के रूप में चिन्हित हैं ही। ऐसे में आज यहाँ भला कोई वैष्णवी शालीनता का दृश्य कहाँ से सृजित हो सकेगा?"

आचार्य शुक्ल की आँखों में तनाव तरल हो चला। वाणी में क्रमशः सहजता भरने लगी, "ऐ भई व्यास, काहे व्यर्थ परिश्रम किये जा रहे हो! गौड़ जी को कुछ भी समझाने का प्रयास कर तुम अन्ततः स्वयं के प्रति ही सन्देह भर रहे हो। क्या तुम्हें इतनी-सी बात भी आज तक समझ में नहीं आ सकी कि इन्हें कुछ भी समझाने का प्रयास अपने-आप में गहरी नासमझी का पर्याय है?"

गौड़ ने अतिरिक्त संजीदगी के साथ स्वीकारात्मक संकेत में सिर को तेज-तेज कुछ यों हिलाया कि सभी मुस्कुराने लगे, "आचार्य, आपने हमें सही पहचाना। हमें आप नहीं पहचानेंगे तो कौन पहचानेगा? हम आपके ही अनुयायी जो ठहरे!"

सभी हँसने लगे।

कोई दर्जन भर मजदूर गैंता-कुदाल और टोकरी लिये आए तो चर्चा पर विराम लग गया। प्रसाद उन्हें साथ समेटे आगे बढ़ गए।

घर के पूरबी कोने पर नींव खोदने का कार्य शुरू हो गया।

प्रसाद खड़े होकर कार्य का अवलोकन कर रहे हैं। पीछे से आती आवाज ने उनका ध्यान खींचा। मुड़कर देखा, मुख्तारेआम मुंशी श्यामा प्रसाद दनदनाते चले आ रहे हैं, "बाऊस्साब, ई काऽ करत हउवाऽ?"

प्रसाद मुस्कुराए, "जो हो रहा है, वह तो आप देख ही रहे हैं।"

"देख तो रहे हैं किन्तु कुछ समझ नहीं पा रहे।"

"समझना क्या है इसमें! यह कोई गणित का उलझा हुआ सूत्र तो है नहीं।"

"है, गणित का ही तो सूत्र है। इसकी विधिवत् गणना होनी चाहिए।"

"मैं कुछ समझा नहीं?"

"यह तो अब पता चल ही रहा है कि आपका इस ओर ध्यान नहीं गया है अन्यथा निस्सन्देह ऐसी भूल आपसे कदापि नहीं होती।"

"भूल! कैसी भूल हमसे कहाँ हो गई भई?"

"मैं इस घराने का सम्पत्ति-व्यवस्थापक हूँ। सही बात सही समय पर बता देना मेरा दायित्व भी है। आपने औचक कार्यारम्भ कैसे करा दिया? किसी से मुहूर्त का विचार कराया है?"

"मैंने तो ऐसा नहीं किया।"

"क्यों? मैं तो इस परिवार का शुभ चाहता हूँ इसलिए मेरा यही कहना है कि आपको मुहूर्त का विचार करा ही लेना चाहिए था।"

"निःसन्देह आप मेरे घर-परिवार के शुभचिन्तक हैं, स्वयं मैं भी तो ऐसी ही कामना से भरा हुआ हूँ, किन्तु मैंने ऐसा आवश्यक नहीं समझा। मेरा तो यही कहना है कि यदि जब कार्यारम्भ की परिस्थिति हमारे सामने तैयार हो सकी तो इसका तात्पर्य ही यही कि मुहूर्त सही है। दस वर्ष से यही कार्य कैसे लम्बित रहा, यह तो आपको भी पता है। जिस क्षण-विशेष ने दशक भर से उपेक्षित पड़े तराशे हुए पत्थरों में सर्जनात्मक प्रकम्पन भर दिया, वह साधारण नहीं हो सकता। इसे ही तो शुभ मुहूर्त कहा जाना चाहिए।"

"यह तो एक दूसरी बात है।"

"आपको आवश्यक लगे तो मुहूर्त का विचार कर लीजिए न, मैंने आपको तो रोका नहीं। यह आपका नैतिक अधिकार भी बनता है।"

"अब क्या! कार्यारम्भ जब करा ही लिया आपने तो अब मुहूर्त का विचार कराने से क्या लाभ? पानी पी लेने के बाद जात पूछी जाती है?"

"जिसे अशुद्ध हो जाने का खतरा हो, वह पूछता रहे।"

"बाऊस्साब! आप अन्यथा न लें, मैं तो सचमुच अब भी मुहूर्त विचार कराने की ही बात सोच रहा हूँ।"

"आप अवश्य विचार करा लें किन्तु मैं इसे क्षीण-संकल्प-बल वाली एक हीनवीर्य-जाति का दिमागी भटकाव भर मानता हूँ। आप स्वयं सोचकर देखिए न, अयोध्या में महाराजा दशरथ के महल की नींव क्या बगैर गम्भीर ज्योतिषीय गणना-विचार के ही पड़ी होगी? किन्तु उस महल में क्या-क्या अनिष्ट नहीं हुआ! कैसा-कैसा कलह, कैसे-कैसे अनिष्ट नहीं हुए उसमें! स्वयं राजकुमार श्रीराम का वनवास हो गया, और महाराज दशरथ का कैसा हृदय-विदारक अंत!...बाद में श्रीराम के राज्याभिषेक के बाद के प्रसंग भी देख लीजिए—भगवान का तनाव और सीता जी का निष्कासन। उसी तरह, राजा हिरण्यकशिपु का महल भी न जाने कितने गम्भीर ज्योतिषीय विमर्श के बाद बना होगा किन्तु उसी में बल्कि उसके ही एक स्तम्भ के भीतर से निकले भगवान नरसिंह के हाथों उसे अपने प्राण गँवाने पड़े। इसलिए क्या मुहूर्त-विचार और क्या इसका कोई लाभ!"

62

मुंशी श्यामाप्रसाद वापस लौटे। सुखद आश्चर्य और प्रसन्नता से भरे हुए। कार्य-स्थल पर लखरानी देवी और प्रसाद खड़े बतिया रहे हैं। आते ही बोले, "बाऊस्साब, आपको तो मैं अब मान गया। आपकी आत्मा अवश्य ही असाधारण है। आपने अनजाने में भी जो कार्य किया है, वह मानक है।"

"हुआ क्या?" प्रसाद ने चौंककर ताका।

"मैंने तो जाकर अभी-अभी मुहूर्त का विचार कराया, बहुत चौंकाने वाला तथ्य सामने आया है—कुछ ऐसा कि सचमुच आश्चर्यचकित रह गया हूँ।"

शिवाले के जगमोहन से उठकर केशव, दास और व्यास आने लगे। कार्य-स्थल की ओर ही बढ़ते हुए। चल रही वार्ता पर कान टिकाए।

"बात तो पूरी बताएँ मुंशी जी, किसने क्या बताया?" केशव प्रसाद मिश्र ने टोका।

प्रसाद गम्भीर हो गए। आचार्य शुक्ल भी लगभग जिज्ञासा-विकल। अन्य भी।

मुंशी का स्वर मुग्धता से भर गया, "आपने जिस समय कार्यारम्भ कराया है, वही इस वर्ष का सर्वोत्तम गृहारम्भ-मुहूर्त निकला।"

"ऐसा! लेकिन मैंने तो सचमुच कार्यारम्भ के पहले मुहूर्त-विचार कराया ही नहीं, फिर ऐसा कैसे हो गया?" प्रसाद चकित।

"महाकवि को देखकर मुहूर्त ने ही अपनी राह सँवार ली, और क्या!" केशव ने निश्छल मुस्कान बिखेरी।

सभी हँसने लगे।

गौड़ ने उपस्थिति दर्ज कराई, "ऐसा हो सकता है। महाशिवरात्रि का अवसर है। आज तो स्वयं पुण्य हो या मुहूर्त, सबका एक ही लक्ष्य है—जयशंकर से मिलन।"

प्रसाद ने चुटकी ली, "आप लोग कहीं कोई खेल तो नहीं कर रहे? ऐसा कुछ न प्रचारित हो जाए कि लोग अपने ग्रह-मुहूर्त सुधरवाने के लिए मेरे ही यहाँ टूटने लग जाएँ! ऐसे में तो मेरा सारा कार्य-व्यापार ही लड़खड़ा जाएगा?"

ठहाका।

63

चौक पर 'श्रीभंडार'। चौबीस घंटे चलनेवाली प्रसिद्ध मिठाई दुकान । आठ-आठ घंटे की पाली में सँभालने वाले तीन भाई। विन्देश्वरी साव बड़े, रामेश्वर साव मँझले और राजेश्वर साव सबसे छोटे। हर छोटी-बड़ी बिक्री का लिखित हिसाब लगातार दर्ज करने का नियम। पाली बदलने पर पूरा विवरण अगली पाली के गद्दीदार को सौंपने की पद्धति। बिक्री के विवरण के आधार पर ही दैनिक पूँजी-निवेश और आमदनी का हिसाब। बिना किसी हील-हुज्जत के आमदनी-भागों का आपस में वितरण हो जाता है। यह सब वर्षों नियमपूर्वक चला। रात की पाली के गद्दीदार रामेश्वर। ज्यादातर मिष्ठान्न रात में ही बनाए जाते। सुबह से शाम के बीच पूड़ी-कचौड़ी-सब्जी और जलेबी-इमरती बनते-बिकते रहने का दौर अबाध। आसपास का पूरा इलाका हमेशा ताजा सोंधाई से भरा हुआ। भुनती सब्जी के गरम मसाले और हींग की सुगन्ध तो हवा को भी मस्त-मगन किये रहती है। तीनों भाई में परस्पर प्रेम-विश्वास और सन्मति पूरी हलवाई बिरादरी के बीच एक उदाहरण के रूप में पेश। यह सब वर्षों-वर्षों ठीक-ठाक चलता रहा। बीच में एक घटना घटी।

रात्रि पाली वाले रामेश्वर एक दिन दोपहर में दुकान पर आ गए। गद्दी पर बड़े भाई विन्देश्वरी विराजमान। ग्राहकों की अच्छी-खासी भीड़। आधा दर्जन सहयोगी सामान पैक करने और इतने ही कर्मी बेंच-कुर्सियों पर बैठे ग्राहकों को आदेशानुसार सामान देने-पहुँचाने में व्यस्त। रामेश्वर ने आते ही बड़े भाई के सामने टेबुल पर मुक्का पटक दिया। सभी अवाक्। उसकी आँखें लाल। लड़खड़ाती आवाज से शराब का भभका, "अभी कइसन ग्राहकन के बाढ़ उमड़त हौ! रात में खाली मुर्दफुँकवा साले आते हैं—मुँह लटकवले अउर जेब उलटले। हम तऽ एकदम उल्लू बन के रह गल हई। हमरे जिम्मे

तऽ गधा बनके रात भर खाली खटेके रह गल हौ। सब मिठाई हम बनवाई अउर सबेरे और शाम में तूं दुनो भाई माल काटऽ!"

विन्देश्वरी देर तक हक्का-बक्का। किंकर्तव्यविमूढ़। खुसुर-पुसुर करती ग्राहकों की भीड़ घेरे खड़ी ताकती रही। बाद में उन्होंने अनुज को रोकने और चुप कराने का प्रयास शुरू किया किन्तु विफल। वह एकदम अनियंत्रित। आँधी में मचलते पेड़ की तरह।

कुछ कर्मी काम छोड़कर पास आ गए। रामेश्वर को पकड़कर वहाँ से अलग ले जाने का प्रयास करने लगे, किन्तु वह सबको झटक-झटक कर अलग कर देता रहा। ग्राहकों की खुसुर-पुसुर के तेवर बदलने लगे।

औचक आश्चर्य-प्रहार, चिन्ता-आघात और अपमान-दंश से विन्देश्वरी का मुँह काला। वाणी तो जैसे गले में ही कहीं लुप्त। पूरी देह सुन्न। देर तक पूरी स्थिति इसी तरह बेकाबू।

खूब झझक लेने के बाद रामेश्वर अब मन्द पड़ा। उसने अपने सिर को बायें मोड़ा और कान सटाकर टेबुल पर रख दिया। जैसे मीलों दौड़कर आया हो! सुस्ताने लगा।

विन्देश्वरी सामने से खिसकने लगे तो अचानक उसने सिर उठा लिया। फिर जोर-जोर से झझकने लगा, "भागत कहाँ हउवाऽ? बड़ भाई हउवाऽ, फैसला करके जाऽ...। काल्ह से हम राति में इहाँ ना अगोरब, हम अब सबेरे से इहाँ बइठब। सबेरवें तऽ इहाँ कचउड़ी-जिलेबी असली बिकलाऽ...हमहुँ अब कमाऽब! राति में तूं या चाहे छोटका कोई आके सँभालल करे।"

वह वहीं रुक गए। मुँह से आवाज नहीं निकली। आँखें डबडब भर गईं। सिर सहमति में हिलकर रह गया। वह तलमलाता हुआ दुकान से बाहर चला गया।

ग्राहकों में से कुछ परिचितों ने पास आकर अपने-अपने हिसाब से टीका-टिप्पणी शुरू की। एक ने कहा, "साव जी, ई तऽ बड़ी खराब बात हौ। तोहरो घरे दारू के परवेश हो गल?"

दूसरे ने जोड़ा, "ई जे गद्दी हौ, ई महादेव जी के स्थान होला। इहाँ तऽ अइसन आचार-विचार एकदम खतरनाके हौ।"

तीसरे ने सलाह दे डाली, "साव, ई छेद के तुरंते बंद कराऽ, ना तऽ जहाज के डूबे में समय ना लागी।"

एक अन्य ने मुँह पास लाकर आँखें फैलाईं, "दारू जहाँ घुस जाले, उहाँ से बिना नाश कइले ना हटे। तूं लोग दुनो भाई मिलके चुपचाप येके अलग कर दाऽ। कउनो मोह में पड़ल रह जइबा, तऽ सबके नाश होके रही।"

विन्देश्वरी के सिर पर ऐसी तमाम बातें ओलों की तरह पट्-पट् तड़तड़ाती गिरती रहीं। सहयोगी-कर्मी अपने-अपने काम में जुट गए। बोलने वाले बोलते-समझाते रहे। वह चुपचाप प्रहार सहते रहे। चाहकर भी किसी को रोक पाना भला कहाँ सम्भव! कुछ देर तक यह सब चला। धीरे-धीरे नये ग्राहकों के आते जाने से सलाह ठोंक रहे पुराने ग्राहक स्वयमेव खिसकते चले गए। भीड़ अपनी गति से पूर्ववत् टूटती रही। दुकान की अपनी दिनचर्या अबाध जारी रही।

विन्देश्वरी का माथा चकराता रहा। ग्राहकों से पैसे लेना-देना मुश्किल होने लगा। उन्होंने तुरन्त एक कर्मी को बुला लिया। संक्षेप में समझाकर उसे हिसाब जोड़ने और पैसा लेने-फेरने के काम में लगा दिया।

उनका माथा तेल की भरी कड़ाही की तरह खौलता रहा। बगल में दीवार से उठंगकर खड़े वह शून्य-भाव से गल्ला-ग्राहक और भीड़ को ताकते रहे।

दोपहर का ताप कम हो चला है। थोड़ी ही देर में राजेश्वर ने आकर धीरे से प्रवेश किया। उसने ज्योंही चरण-स्पर्श किया, विन्देश्वरी भावुक हो उठे।

राजेश्वर ने धीमे स्वर में समझाया, "भैया, तूं चिन्ता मत कराऽ। रामेश्वर भैया के दिमाग गड़बड़ा गल हौ। राति में कोई घर-समाज के आदमी तऽ देखे वाला इहाँ होला नाऽ, येकरे चलते उनकर मुँहे दारू लग गल हौ।"

"तूं ई सब जानत हउवेऽ? कब से? हमके कब्बो बतउले काहे नाऽ?"

"अरे, अबहियें रस्ते में हमरो मिल गइलन। एक दिन पहिलहुँ हमरे घरे आ गल रहलन सबेरे-सबेरे। देर तक अनाप-शनाप बकत रह गइलन। तमाशा खड़ा हो गल रहल। हम तोहरे काऽ बताईं!"

सामने से आए अम्बिकाप्रसाद ने अभिवादन किया, "शिव-शिव!"

दोनों भाइयों को उनके शब्द सुन जैसे नई शक्ति का विद्युतमय संस्पर्श मिल गया हो! दोनों ने हाथ जोड़ते हुए सिर के ऊपर कर लिए, "शिव-शिव, शिव-शिव!"

वह आकर सामने कुर्सी पर बैठ गए। कंधे से लटकता झोला टेबुल पर रख दिया, "आज दोनों भाइयों को साथ-साथ बहुत गम्भीर मुद्रा में देख रहा हूँ! बात क्या है, भाई?"

"क्यों, दो भाइयों को साथ-साथ नहीं होना चाहिए?"

"बिलकुल साथ-साथ ही होना चाहिए, लेकिन हमारे समाज में ऐसा कहाँ हो पाता है! पढ़-लिख जानेवालों के यहाँ और बड़े घरों में तो अब ऐसा एकदम नहीं दिख पा रहा। अब तो अक्सर यही देखने को मिल रहा है कि दो भाइयों में आदर-लिहाज का व्यवहार तक वैसा नहीं रहा जो पहले रहता रहा। आजकल तो आपस में ऐसी खारा बाधा प्रवाहित होने लग जा रही कि आश्चर्य होता है। किसी संगी-साथी के साथ तो खूब निभने लगती है किन्तु अपने भाई से सीधे-सामने बैठकर बात तक नहीं हो पा रही, यह गलत है। आप लोगों को भी मैं तो इस तरह पहली बार बतियाते देख रहा हूँ, इसलिए खुशी भी हो रही है और कुछ शुभ जिज्ञासा भी..." उन्होंने झोले से 'हलवाई वैश्य संरक्षक' की दो प्रतियाँ निकाल लीं। कलम खोली और पत्रिका पर नाम लिखने लगे।

राजेश्वर सप्रयास मुस्कुराए, "शुभ जिज्ञासा?"

"हाँ, क्यों नहीं! अगर आप लोग श्रीभंडार की कोई नई शाखा खोलने की दिशा में कुछ सोच-बतिया रहे हों तो इससे अच्छी बात भला दूसरी क्या हो सकती है?"

उन्होंने पत्रिका की प्रति विन्देश्वरी को दी। दूसरी पर फिर नाम लिखने लगे।

"आप नई शाखा की बात कर रहे हैं, यहाँ तो पूरे पेड़ का अस्तित्व ही दाँव पर लग गया है। आज अचानक मुझे पता चला है कि इस दरख्त की जड़ में तो दीमकों का भीषण हमला हो चुका है। ऐसे में किसी तरह यही सही-सलामत खड़ा रह जाए, यह क्या कम है?" विन्देश्वरी की आवाज में पीड़ा छलछला आई।

अम्बिकाप्रसाद की कलम थम गई। उन्होंने गति के साथ सिर उठा लिया। साश्चर्य मुँह फाड़े आँखें फैला दीं, "आँय, यह क्या कह रहे हैं? ऐसा मजाक में भी न कहिए।"

"मजाक तो हमारे साथ वक्त ने कर दिया है शिव-शिव जी! लगता है, भरी दुपहरी में सूरज को अस्ताचल लपक लेने पर आमादा हो गया है..." विन्देश्वरी डबडबा गए।

चाहकर भी मामले को बाँधे न रख सके राजेश्वर। भैया को रोकना मुश्किल ही नहीं, असम्भव भी। विन्देश्वरी इतने भावाकुल कि विकट बाढ़ की तरह उनकी भावनाएँ तमाम तटबन्ध तोड़ उमड़ती रहीं, "पता नहीं, किसकी नजर लग गई हमारे परिवार को—बीच वाला भाई दारूबाज निकल गया। पतन जब होना होता है तो सबसे पहले बेहोशी शुरू होती है। मैं भी इतना बेहोश रहा कि भाई जब भयानक पियक्कड़ हो चुका तब आज अचानक मुझे पता चल सका है—वह भी तब, जब वह लड़खड़ाता हुआ यहाँ आ धमका। क्या बताएँ, भीड़ हमें चारों ओर से घेरे फुसफुसाती रही और वह सबके सामने देर तक मेरी लानत-मलामत करता रहा।"

मुँह खुला का खुला रह गया अम्बिकाप्रसाद का। राजेश्वर ने जब देखा कि बात पूरी तरह खुल ही गई तो बे-मन से ही अपनी ओर से जोड़ दिया, "यह भी एक गलत संयोग ही रहा कि रात में वह यहाँ बैठते-सँभालते रहे। उन पर न किसी परिजन की दृष्टि-निगरानी रही, न समाज के किसी जिम्मेदार शख्स की। ऐसे में न जाने कब उनका मार्ग खराब हो गया, शराब मुँह लग गई! वह बहक गए, और एक बार जो बहके सो बहकते-भटकते चले गए। उन्हें मनमानी की खुली छूट मिलती चली गई...ऐसे में तो यही हो सकता था, जो हुआ है।"

तीनों आते-जाते ग्राहकों का खयाल करते हुए रुक-रुककर धीरे-धीरे बोलते-बतियाते रहे। अम्बिकाप्रसाद ने सुझाया, "खैर, मुझे लगता है, समाज के चौधरी के पास यह मामला लेकर आप लोगों को तुरन्त पहुँच जाना चाहिए।"

दोनों भाई बहुत ध्यान से उनका मुँह ताकते रहे। वह बोलते चले गए, "यह हमारे समाज के लिए सौभाग्य की बात है कि हमारे चौधरी-पद पर एक ऐसा व्यक्तित्व विराजमान है जो देह-हाथ से भी मजबूत है और दिमाग से भी अनूठा। भई, जयशंकर प्रसाद कोई साधारण व्यक्ति नहीं हैं।"

विन्देश्वरी ने एक क्षण में सहमति जता दी, "बिलकुल सही, बिलकुल सही। मैं तो यही कहूँगा, भाई शिव-शिव जी, कि हो सके तो आप अपनी मौजूदगी में ही मेरी उनसे आज ही भेंट करा दीजिए। हल-निदान चाहे जब निकले, अपनी चिन्ता उनके सिर पर मैं रख तो दूँ ही।"

अम्बिकाप्रसाद ने समझाया, "चिन्ता न करें, आपकी उनसे भेंट मैं अपनी ही उपस्थिति में करा दूँगा लेकिन आज अब छोड़िए, यह कार्यक्रम कल पर रखिए। हालाँकि अब तक तो वह यहीं नारियल बाजार में आकर जम ही चुके होंगे किन्तु अभी उनके आसपास साहित्यकारों का जमघट होगा। वे लोग अपने ही में मगन रहने वाले प्राणी होते हैं। जातिगत समाज का मामला वहाँ सबके सामने पेश करना भी सम्मानजनक नहीं होगा। स्वयं उन्हें भी अभी यह सब एकदम अच्छा नहीं लगेगा।"

64

प्रातः-भ्रमण पर निकल रहे हैं प्रसाद। अँधेरा आसमान से पुँछ-पुँछकर गली में झर रहा है। धुआँ बनकर। वह बढ़ रहे हैं गुनगुनाते हुए। बगल में खटाल ने ध्यान खींचा। छप्पर से रिसती मीठी-मद्धिम रोशनी। खटर-पटर। मवेशियों को सानी-पानी देने का काम चल रहे होने के शब्द-संकेत। घंटियों की छोटी-छोटी टुनटुन। नादों के पास से छलक-छलककर लालटेन की रोशनी का टुकड़ा गली में सामने गिर और चमक रहा है। चलते हुए इसे लाँघकर बढ़ना भारी लगा। अचानक लगा, जैसे कुछ दूरी पर कोई सामने से चला आ रहा है—हाथ में बक्सा जैसा कुछ लटकाए हुए। करीब आने पर पहले की चाल-ढाल से पहचान स्पष्ट हो गई। प्रसाद के मुख से स्वयमेव सविस्मय पुलकित शब्द फूट पड़े, "अरे, वाह, मुकुन्दीलाल, तुम? बिना पूर्वसूचना के? क्या हाल है भई, सब ठीक-ठाक तो है?"

मुकुन्दीलाल गुप्त ने निकट पहुँचते ही बक्से को दायें से बायें हाथ में बदल लिया और इसे सँभालते हुए झुककर चरण-स्पर्श किया। प्रसाद ने नवते हुए दोनों हाथों से अंकवार भरकर उन्हें उठाया।

"यह मुझे दे दो।" प्रसाद ने बक्से की ओर हाथ बढ़ाया तो मुकुन्दीलाल ने झेंपते हुए इसे दूसरी ओर कर लिया। वह स्नेह से भर उठे, "बहुत भारी लग रहा है, तुम्हारा हाथ चढ़ गया होगा।"

मुकुन्दीलाल ने अलग हटते हुए बक्से वाला हाथ दूसरी दिशा में फैलाने का प्रयास किया किन्तु यह अधिक दूर तक नहीं जा पाया, "नहीं, नहीं, ऐसा कैसे होगा? मैं भला ऐसा पाप कैसे कर सकता हूँ? आप अग्रज हैं, आपको यह बोझ कैसे दे दूँ? हाथ चढ़े या उतर ही जाए!"

प्रसाद ने एक न सुनी। बक्से को लगभग छीनते हुए मुस्कुराए, "अरे भाई, इसमें चाहे जो माल-मत्ता हो, मैं इसे हाथ थोड़े ही लगाऊँगा! वह सब तुम्हारा ही रहेगा।"

खटाल से बुजुर्ग हरेप्रकाश यादव बाहर निकल आए। प्रसाद की बात पर वह अदब के साथ संयत भाव से हँसने लगे। मुकुन्दीलाल संकोच से भरे प्रसाद के हाथ से बक्सा वापस लेने का प्रयास करते रह गए। हरेप्रकाश नीचे उतर आए, "ए भइया, जब बोझा बड़के भाई के उठावे के हौ, तो झारखंडी से भी बड़ तो हमहीं हई।"

प्रसाद चाहकर भी मना नहीं कर सके। हरेप्रकाश आगे बोले, "अब तूं काहे कष्ट करे करबाऽ, येके छोड़ाऽ। तूं जाके आपन काम सँभालऽ। ई मुकुन्दीलाल हउवन—कलकतिया हउवन। उहे से हम ले लेली कि कहीं इनकर हाथ न दुखा गल होये।"

हरेप्रकाश ने एक न सुनी। बक्सा ले ही लिया और आगे-आगे चलने लगे, "अरे बाऊस्साब, हमरे समनवाँ तूं बक्सा उठाके चलबाऽ, ई कइसे होई?"

घर लौटकर प्रसाद ने कहा, "तुम अब नित्यक्रिया आदि से मुक्त हो लो, भीतर अपनी भाभियों से मिल लेना, तब तक मैं जरा बेनिया से एक चक्कर लगाकर लौट आता हूँ। प्रेमचन्द, गौड़ और डॉक्टर मेरी राह देख रहे होंगे। असल में कल प्रातः भी मैं निकल नहीं सका था। आजकल लगन-वगन तो है नहीं, बिरादरी वाले खाली ही चल रहे हैं,

इसलिए अभी वे एक ही काम कर रहे हैं कि आपस में भरपूर झगड़ रहे हैं। पंचायती के लिए मैं उपलब्ध हो ही चुका हूँ। यहीं पहुँच जा रहे हैं सब और जितना नोच सकते हैं, हक लगाकर मेरा दिमाग नोच रहे हैं। तो, कल सबेरे-सबेरे रामनगर से दो भाइयों के सुलगते-धुआँते गोल आ गए थे। उनमें तीन बड़ी दुकानों के मालिकाने को लेकर पुराना विवाद था। दोनों पक्षों ने ऐसा किचाइन मचाया कि कुछ मत पूछो। लेकिन, खैर! कुछ ही घंटों में यह विवाद हमेशा-हमेशा के लिए हल हो गया। मैंने जो फैसला दिया, उसे दोनों पक्षों ने बिना किसी हाय-हुज्जत के स्वीकार कर लिया।"

मुकुन्दीलाल चुपचाप मुँह ताकते रहे। प्रसाद ने आगे कहा, "असल में बिरादरी का जो चौधराना ओहदा हमारे परिवार के पास है, वह मेरे लिए अब काफी सिरदर्द साबित हो रहा है। सच, मैं तो इसमें काफी ऊब महसूस करता हूँ। एक तो मैं जाति-पाँति की ऐसी गोलबन्दी को सिरे से गलत मानता हूँ, दूसरी ओर मेरी विवशता यह कि परिवार को प्राप्त यह पुश्तैनी ओहदेदारी अचानक सिरे से नकारी भी नहीं जा सकती। घरवाले इसे गौरव की बात मानते हैं। ऐसे में इसे नकारने का प्रयास हो तो कैसे? ऐसा कुछ कर देने पर पुरखों की इच्छा-आकांक्षा और परम्परा-प्रतिष्ठा हनन बताकर घर में बावेला उठ खड़ा होना लगभग तय है, इसलिए विवश हूँ और चुपचाप एक बेमतलब परेशानी को कंधे पर उठाए खड़ा हूँ।"

भीतर से लखरानी देवी ने आवाज लगाई, "बच्चा, तूं घूमे ना गइला काऽ? केकरे से बतियात हउवाऽ?"

"कलकत्ता से मुकुन्दीलाल आ गल हउवन न! रस्ते में मिल गलन तऽ हम बीच्चे से लवट अइली। अब फिर निकलत हई, ई आराम करिहें।"

लखरानी बाहर आ गईं। मुकुन्दीलाल लपककर आगे बढ़े। चरण-स्पर्श किया। हाल-समाचार होने लगा। प्रसाद बाहर निकल गए। चेखुरा ने सामने से आते हुए बताया, "चौक के श्रीभंडार वाले तीनों भाई अलग-अलग गोल बाँधकर आए हुए हैं। वे आपस में खूब बाता-बाती कर रहे हैं। मैंने बाहर ही रोक रखा है।"

प्रसाद ने माथा ठोंक लिया, "लगता है, आज भी बेनिया की ओर नहीं निकल पाऊँगा। सुबह-सुबह फिर पंचायत करनी होगी।"

"इन्हन के दुपहरिये में बोला लेईऽ काऽ?"

"नाहीं। आ गल हउवन सब, तो अब्बे बोला लाऽ। केहु के बिगड़त बात सँभल जाए तो सँभाल देवे के चाही। सुलह-सपाटे हो जाई तऽ येकरे बाद आपन-आपन काम में लग जइहन सब तऽ ई बढ़िये बात न होई!" प्रसाद बोलते हुए उपवन में आ गए।

चेखुरा ने जाकर ज्योंही आने को कहा, वे सभी भरभराकर भीतर घुसने-आने लगे। मधुमक्खियों की तरह। उड़ते-उधियाते हुए-से। भुनभुन-भुनभुन भनकते-भिन्नाते हुए।

बैठकखाने में पंचायती जम गई। माहौल खासा गरम। एक-एक कर विन्देश्वरी, रामेश्वर और राजेश्वर ने अपनी-अपनी बात रखी। प्रसाद चुपचाप सुनते रहे। चेखुरा ने सबके हाथों में एक-एक गिलास पकड़ा दिये। ठंडई का दौर चलने लगा। प्रसाद उठे। धीरे से बोले, "मैं जरा भीतर से आता हूँ, आप लोग तब तक कुछ ठंडा हों ले।"

थोड़ी देर में वह लौटे। उनके पीछे-पीछे मुकुन्दीलाल भी। प्रसाद ने सबको मुकुन्दीलाल का परिचय दिया। सबने विनम्रता से अभिवादन किया। विन्देश्वरी ने सिर हिलाते हुए कहा, "हम तऽ इनके जानत हई, ई बाबूसाहेब के मौसी के बेटा हउवन। इनके बड़का भाई पुरुषोत्तमदास गुप्त हउवन। पुरुषोत्तमदास के मुंडन संस्कार बाबूसाहेब के बाऊ सुँघनी साहु देवीप्रसाद जी इहैं काशी में करवले रहलन। हाँ, बचपन में ई तो इहाँ बहुते दिन रहलो हउवन।"

मुकुन्दीलाल यह सब सुन मुदित। उन्हें यह जानकर अच्छा लगा कि काशी में अब तक उनके परिवार की पहचान मद्धिम नहीं पड़ी है। प्रसाद ने डिब्बे से चश्मा निकाला और लगा लिया। बगल से सफेद कागज से सजी तख्ती उठाकर ध्यानपूर्वक कुछ लिखने लगे। सभी चुप, हवा में कहीं कोई एक शब्द की भी ध्वनि नहीं। पन्ना पूरा भर गया तो उन्होंने इसे मन-ही-मन एक बार दुहराया। सबके चेहरों पर जिज्ञासा खौलती रही, किन्तु सारे होंठों पर लौह संयम के कोरे ताले झूलते रहे।

"आप सबकी बातों को गहराई व तटस्थता से सुनने के बाद मैंने जो निष्कर्ष निकाला है, उसे कागज पर लिख लिया है। आप लोगों को यह सहज स्वीकार हो जाए तो इसे फैसला मान सकते हैं अन्यथा मैं तो इसे अपनी ओर से एक सुझाव के तौर पर ही पेश कर रहा हूँ..." उन्होंने तख्ती देखकर पढ़ना शुरू किया, "माहेश्वर वैश्य कुल के विन्देश्वरी साहु, रामेश्वर साहु और राजेश्वर साहु, काशी में अपने समय के सुप्रसिद्ध व्यवसायी बाबू स्वर्गीय रामनाथ साहु के पुत्र हैं। तीनों ने मिलकर चौक के अपने प्रतिष्ठान 'श्रीभंडार' को जिस मुकाम तक पहुँचाया है, यह हलवाई समाज के अन्य लोगों के लिए एक अनुकरणीय उदाहरण है, लेकिन तीनों भाइयों में जो ताजा विवाद सामने आया है, यह दुखद है और तीनों भाइयों के लिए लगभग समान भाव से हानिकारक भी। तीनों के पक्षों को बहुत ध्यान से सुनने के बाद मैं इसी निष्कर्ष पर पहुँचा हूँ कि रामेश्वर के शराब पीना शुरू करने की जब प्रत्यक्ष जानकारी सामने आकर साक्षात् खड़ी हो गई तो अग्रज विन्देश्वरी साहु को गहरा सदमा पहुँचा। जिस कुल में कभी किसी ने बूटी के अलावा कोई नशा नहीं किया, उसी कुल में अचानक मँझले भाई के शराबी हो जाने की सूचना ने अग्रज को इतना विचलित किया कि उन्होंने इसे दिल पर ले लिया। इसे छोटे भाई राजेश्वर ने भी उसी संजीदगी से ले लिया है। किसी भी सात्त्विक वंश में अचानक उत्पन्न ऐसी स्थिति ऐसे ही भूचाल लाती है, इसे अस्वाभाविक नहीं कहा जा सकता। लेकिन ध्यान में रखने की बात तो यह कि कोई भी बुराई जितनी बुरी होती है, उससे कई गुना अधिक हानिकारक उसे लेकर पैदा होने वाली भ्रान्तियाँ और पूर्वग्रह जैसी चीजें होती हैं। यद्यपि हमारे समाज में मांस-मदिरा और हिंसा आदि का वैसा ही निषेध है, जैसा विष का, किन्तु असल में ऐसी चीजें हमेशा विष ही विष की तरह नहीं होतीं। आप सबको यह जान लेना चाहिए कि मांस, मदिरा और हिंसा जैसी चीजें सेना के लिए मौलिक अनिवार्यता होती है। यदि ऐसी चीजें सचमुच विष होतीं तो कोई भी सरकार अपनी ही सेना के लिए इन्हें क्यों परमिट करती? मांस शरीर को मजबूती देता है तो मदिरा उन्माद और लड़ाकूपन का संचार करती है। उसी तरह हिंसा से सेना बचने लगे तो मुल्क दुश्मनों के हवाले हो जाए! मैं तो मानता हूँ कि इतिहास में हमारा जो प्राचीन

गौरव और शौर्य दर्ज है, वह बाद में इसीलिए लुंज-पुंज हो गया, क्योंकि अपने यहाँ जैन व बौद्ध की शिक्षाओं ने ऐसा प्रभाव फैलाया कि लोग इस कदर अहिंसक और कमजोर होते गए कि देश तेजी से गुलामी की दलदल में समाता चला गया। ऐसी शिक्षाओं से मुक्त रहने वाले लोग ही अपने युद्धोन्माद और बहादुरी-भावों को लगातार प्रखर बनाते और हमारी छाती पर अपनी विजय-पताकाएँ खोंसते चले गए।"

सभी आँखें फाड़े और मुँह खोले चुपचाप सुन रहे हैं। प्रसाद पढ़ते चले जा रहे हैं, "तीनों भाइयों के झगड़े की जड़ में कोई ऐसा अपना निकटवर्ती भी खल भूमिका में अवश्य महसूस हो रहा है जिसने रामेश्वर को अपने ही भाइयों के विरुद्ध भड़काया-ललकारा है और अन्ततः तीनों भाइयों को आपस में भिड़ाकर ही दम लिया। लेकिन अब भी कोई बात नहीं बिगड़ी है। यदि किसी को मदिरा रुच रही है तो...हालाँकि यह है तो बहुत ही खतरनाक चीज किन्तु दूसरी ओर खान-पान में किसी की भी स्वरुचि को सीधे रौंदा भी नहीं जा सकता। यहाँ यही कहना होगा कि जिसे जो खाना-पीना उचित और फायदेमन्द लगे, वह उसे अपनी ही जिम्मेवारी पर ग्रहण करे किन्तु इस बात का पूरी निष्ठा से पालन करे कि घर-परिवार में इस कारण कोई विसंगति न पैदा हो। उसे लेकर किसी को भी न किसी उग्र विरोध-भावों का शिकार होना चाहिए, न किसी भी तरह की जोर-जबरदस्ती चलानी चाहिए। रही बात दुकान को लेकर उत्पन्न हुई समस्या की, तो इसका हल सबसे सहज-साधारण है।"

मुकुन्दीलाल की आँखों में भी जिज्ञासा उमड़ने लगी। प्रसाद ने आगे समझाया, "आप तीनों भाई आपस में पन्द्रह-पन्द्रह दिनों की शिफ्ट चलाएँ ताकि सबको सभी शिफ्टों के नफा-नुकसान का प्रत्यक्ष अनुभव भी होता चले और लाभ-हानि भी। इस तरह सबकी वस्तुस्थिति समान होती चलेगी, बस!"

सभी चुप। प्रसाद ने तख्ती को बगल में यथास्थान रख दिया। चश्मा को उतार डिब्बे में डाला और सबके मनोभावों का बारीक मुआयना करने लगे।

65

श्रीभंडार वाले जा चुके हैं। प्रसाद ने आँखें मूँद लीं। दोनों हथेलियाँ सिर के छोटे-छोटे बालों पर फिराने लगे। जैसे सिर पर से तमाम प्रसंग-प्रत्यय पोंछ रहे हों!

आँखें खुलते ही सामने मुकुन्दीलाल का उकताहट से भरा चेहरा। वह अब तक प्रायः सहज हो चुके हैं, "क्या बात है मुकुन्दी, कोई परेशानी?"

"हाँ, एकदम है। बहुत बड़ी परेशानी। वह भी व्यक्तिगत नहीं, बल्कि पूरे साहित्य संसार को साँसत में डालने वाली।" आवाज में रोष के कण चमकने लगे।

"अच्छा, ऐसा? जरा साफ-साफ तो बताओ अनुज!"

"भैया, मैं आपसे पूछता हूँ कि हलवाइयों की इस धुआँधार पंचायती से आपको कोई लाभ है? इसमें आपका कितना मूल्यवान समय बर्बाद हो रहा है! इस एक पंचायती में बकबक सुनते हुए आपका जितना समय जियान हो रहा है, उतने में कम-से-कम आप बीस पृष्ठ तो साहित्य-रचना कर ही ले सकते हैं..." मुकुन्दीलाल तप रहे हैं।

"तुम मुझे एक बात बताओ..."

"मुझे क्या बताना है, आप ही बताइए न, इस अनन्त किचकिच में रखा क्या है सिवाय सिरदर्द और समय-ध्वंस के?"

"नहीं, तुम मेरे इस एक प्रश्न का उत्तर दे दो। अपने तीन भाइयों में तुम सबसे बड़े हो, क्या किसी भी तरह तुम इस ज्येष्ठता को त्याग सकते हो?"

"भाइयों के बीच की ज्येष्ठता तो ईश्वर-प्रदत्त है, जबकि आपका यह आनुवंशिक बिरादराना चौधरी-पद मानव समाज या बल्कि और साफ कहें तो हलवाई समाज द्वारा निर्धारित है।" वह हार मानने को तैयार नहीं।

"तुम कहना क्या चाहते हो?"

"आप इस चौधरी-पद का मोह छोड़ दीजिए। इससे मुक्ति पा लीजिए।"

"धीरे बोलो भाई, तुम्हारी बड़ी भाभी सुन लेंगी तो घर में अभी तुरन्त तूफान खड़ा हो जाएगा। घर के लोगों के लिए जाति-समाज में कुल को प्राप्त यह अधिकार बहुत बड़ी प्रतिष्ठा का पर्याय-प्रतीक माना जाता है। इससे मुक्ति पाने के विचार का वह समर्थन नहीं करेंगी।"

कुछ देर दोनों ओर से तर्क-वितर्क चलता रहा।

प्रसाद उठकर भीतर चले गए। मुकुन्दीलाल बैठकखाने में आ गए।

प्रात:चर्या देर तक चलती रही। काफी देर बाद प्रसाद बाहर निकले। मुकुन्दीलाल को कुर्सी और तख्त से अलग फर्श पर पाल्थी जमाए बैठा देख चौंक गए, "क्यों भई, यह क्या? तुम नीचे क्यों जमे हुए हो?"

मुकुन्दीलाल चुप रह गए। भीतर से भोजन के लिए भाभी की पुकार आई। वह अब भी नि:शब्द। मुख-मुद्रा पर तनाव, ठोस संकल्पबद्धता भी। यह सब कुछ विशेष संकेतक लगा। मनन-मंथन करते प्रसाद पास पहुँचे, "क्या कोई योग-आसन वगैरह कर रहे हो क्या?"

"हाँ, यह गांधी-आसन है।"

"गांधी-आसन? यह क्या योगासन का कोई राजनीतिक संस्करण है?"

"भई, जब गांधी जी सत्याग्रह कर-करके कठोर अँगरेजी शासन से भी अपनी जायज बातें मनवा ले रहे हैं तो मैं भी इसी प्रविधि को अपनाकर आप जैसे सहृदय साहित्यकार से कोई माँग क्यों नहीं पूरी करवा सकता? दरअसल, यह मेरी सत्याग्रही मुद्रा है। मेरी माँग है कि आप चौधरी-पद से स्वयं को तत्काल विधिवत् मुक्त कर लें, अन्यथा मैं लगातार इसी तरह बैठा रहूँगा—न अन्न ग्रहण करूँगा, न जल।"

"सत्याग्रह! सत्य और आग्रह तो परस्पर सम्पूरक कदापि नहीं लग रहे। सत्य को भला किसी आग्रह की क्या आवश्यकता? आग्रह के स्पर्श-मात्र से तो सत्य संदिग्ध भी बन सकता है भाई..." एक पल ठहरकर प्रसाद मुस्कुराए, "मेरी विवशता की धातु पर गांधी की मुहर ठोंक रहे हो तुम?"

"अब आपसे न तो मैं तर्क-द्वन्द्व में जीत सकूँगा, न ज्ञान-बाण के संधान में। मेरा सिर्फ एक पंक्ति का आग्रह है कि आप चौधराने का यह चक्कर त्यागें और अपना सारा समय लेखन व चिन्तन-कार्य को उपलब्ध कराएँ। आपका समय बहुमूल्य ही नहीं,

भारतीय ज्ञान-मनीषा की थाती भी है। हलवाइयों के रोजाना झंझटों का निबटारा तो कोई कर सकता है किन्तु आप जो लेखन-चिन्तन करते हैं, यह कार्य सिर्फ और सिर्फ आप ही कर सकते हैं, इसलिए आपका अधिकतम समय इसी के निमित्त व्यय होना चाहिए।"

भाभी आकर दरवाजे पर खड़ी आश्चर्य से ताक रही हैं। प्रसाद सिर खुजलाने लगे, "अच्छा, तो तुम इस मामले में इतने गम्भीर हो गए हो?"

"क्या करूँ, जब आप जैसा गुरु-गम्भीर शख्स इस पर अगम्भीर है तो मुझ जैसे छोटे आदमी को कोई न कोई बड़ा कदम उठाना ही था। आप इसे पक्का मान लीजिए, मैं अपने प्राणान्त तक अपने सत्याग्रह पर डटा रहूँगा।"

"ई काऽ करतऽ हउवा एऽ मुकुन्दीलाल? तूं इहाँ जान देवे आयल हउवा?" लखरानी देवी पास आ गईं, "दुनो भाई चलाऽ उठाऽ, चलके जल्दी से खाना खा लऽ, न तऽ सब रसोई ठंडा हो जाई।"

पाल्थी जमाए तनकर बैठे मुकुन्दीलाल ने आँखें मूँद लीं। बात का कोई असर नहीं हुआ। प्रसाद ने भाभी को बताया, "ई गांधी जी वाला सत्याग्रह शुरू कइले हउवन हमरे विरोध में। इनके माँग हौ कि हम हलवाई समाज के चौधरी वाली कुर्सी छोड़ देईं। इनके कहना हौ कि येह काम में हमार बहुत समय नष्ट हो रहल हौ।"

लखरानी ने मुकुन्दीलाल के सिर को पकड़कर हल्के हिलाया, "तूं कलकाता से इहे करै बदे इहाँ आयल हउवाऽ?"

मुकुन्दीलाल हिल-डुलकर भी उसी तरह अड़े रहे। आँखें भी नहीं खोलीं। प्रसाद ने मीठे-मीठे चुटकी ली, "गांधी जी तो आँखें मूँदकर सत्याग्रह नहीं करते, तुम यह कोई नया अंधा सत्याग्रह आविष्कृत कर रहे हो क्या भाई?"

लखरानी भुनभुनाती हुई भीतर चली गईं।

बालक रत्नशंकर खेलता हुआ आ गया। उछल-कूद करता हुआ वह अचानक मुकुन्दीलाल की गोद में जा बैठा। इसके बावजूद सत्याग्रह-मुद्रा अडिग। प्रसाद ने इशारे से बालक को वहाँ से हटा दिया। वह भकुआया-सा उतर गया।

मुकुन्दीलाल मूर्तिवत् डटे हैं। प्रसाद झुके। उनके कान के पास मुँह ले गए। फुसफुसाने लगे, "यार, अभी-अभी तो तुम अच्छे-भले बोल रहे थे, तुमने बाकायदा मुझे अपने आन्दोलन का पूरा दर्शन भी बताया है, अब अचानक तुम्हारा यह सत्याग्रह क्या गूँगा-बहरा हो गया?"

हँसी ने जैसे एक झटके में मौन की कठोर चट्टान को छेद कर रख दिया हो। हँसते-हँसते मुकुन्दीलाल बेदम-से हो उठे। आँखें भर आईं। साँसें फूलने लगीं, "भैया, आप यह ठीक काम नहीं कर रहे। बुद्धिपूर्वक हँसा-हँसा कर मेरे गम्भीर मुद्दे की खिल्ली उड़ा रहे हैं आप।"

प्रसाद मुस्कुरा रहे हैं। मुकुन्दीलाल अब कुछ सहज, "भई, ऐसा है कि सत्याग्रह चूँकि गांधी जी की ही प्रणाली-कृति है इसलिए इसमें उनके तीनों दार्शनिक बन्दरों वाली शिक्षा भी तो निहित हो सकती है!"

कुछ देर मौन रहा। प्रसाद ने अपनी मुख-मुद्रा तनिक गम्भीर कर ली, "खैर, चलो, अगर सचमुच तुममें गांधी जी के तीनों दार्शनिक प्रतीकों के लक्षण आ गए हों तब भी

चिन्ता की कोई बात नहीं। गांधी जी को चूँकि धनुष-बाण लेकर मैदान में नहीं उतरना है इसलिए तीन ही दर्शन-वीरों से काम चला लिया, जबकि भगवान श्रीराम ने इन्हीं सुदर्शन वीरों की पूरी सेना का अद्‌भुत प्रयोग किया और अत्याचारी रावण को धराशायी किया। इन्हीं के बल पर उन्होंने लंका जीत ली थी।"

मुकुन्दीलाल बच्चे की तरह ठुनकने लगे, "एकबारगी मेरे ऐसे संजीदा सवाल और आन्दोलन को हँसी-खिल्ली की मौत न मार डालिए। मेरी माँग यदि आपको स्वीकार न हो तो कोई बात नहीं, आपसे मेरी कोई शिकायत नहीं। ईश्वर के लिए यहीं इसी तरह मुझे मेरे हाल पर छोड़कर आप चले जाइए।"

प्रसाद उठ खड़े हुए, "चलो, मैं कुछ समय तुम्हें चिन्तन के लिए देकर जा रहा हूँ। आँख-कान-मुँह ढक-मूँदकर गम्भीर चिन्तन-मनन कर लो। जब मन स्थिर हो जाए तो मुझे पुकार लेना, अब आज कहीं मैं बाहर निकलने नहीं जा रहा।"

पूर्वाह्न मध्याह्न में बदला। अब मध्याह्न ने भी अपराह्न का रुख कर लिया है। रसोई ठंडी क्या, बेकार हो चली है। घर में किसी वयस्क सदस्य ने मुँह में अन्न का एक दाना भी नहीं डाला। लखरानी और कमला रसोईघर में ही चुपचाप चिंतानिमग्न बैठी हुई हैं। प्रसाद आँगन से होते उधर निकले तो लखरानी ने धीरे से टोका, "बच्चा, जाके देखाऽ, मुकुन्दीलाल रिश्तेदारी से आइल लइका हउवन। उनके अइसे भूखे-पियासे रहल ठीक बात ना हौ।"

कमला देवी चुपचाप मुँह ताक रही हैं। प्रसाद खुले, "ऐसा है, मुकुन्दी जो बात कह रहा है, वह सोलह आने सच है। चौधराने का यह ओहदा जितनी प्रतिष्ठा नहीं दे रहा, उससे कई गुना अधिक तो मेरा समय सोख ले रहा है। जब देखो, तब कोई न कोई हलवाई परिवार आलतू-फालतू मामला लेकर आ धमक रहा है। दिक्कत यह है कि यह खाली सीजन है, लगन वाली व्यस्तता तो है नहीं, बिरादरी वाले ज्यादातर फुर्सत में ही हैं, इसलिए बैठे-ठाले वे इन दिनों आपस में भिड़ खूब रहे हैं। मेरे मन में तो अब यह सन्देह भी उठने लगा है कि वे इसी तरह कहीं अपना मनोरंजन तो नहीं कर रहे?...यानी मैं कुश्ती-कसरत से लेकर लिखना-पढ़ना, खाना-पीना सब छोड़-छाड़कर पंचायती पर पंचायती कर रहा हूँ और वे पगहा तुड़ाकर एक पर एक सिंघ-लड़व्वल मचाए जा रहे हैं! यह कब तक चलेगा?"

लखरानी व्यग्रता से भर उठीं, "ई मामले में तोहरे आपन का विचार हौ?"

"विचार की क्या बात! मैं तो जाति-पाँति की बात को ही कभी भीतर मन से स्वीकार नहीं कर सकता; किन्तु यह भी है कि इसे लेकर कोई युद्ध छेड़ने की भी फुर्सत नहीं है मेरे पास। मुझे कुछ दूसरे आवश्यक कार्य पूरे करने हैं। इसलिए ऐसे सवालों पर बिना कोई रार-तकरार ठाने जो-जितना सहनीय हो जाए, वह सह-झेलकर आगे निकल लेने में ही मैं भला मानकर चलता हूँ। अब चूँकि आप सबकी निगाह में यह चौधरी-पद एक बहुत बड़ा खानदानी ओहदा और इज्जत-प्रतिष्ठा का पर्याय बना हुआ है, अत: इसे सीधे लात मारकर मैं घर में ही कोई टंटा खड़ा करना उचित नहीं समझता। इसलिए घर में सबकी जो राय हो, वही आगे भी होना चाहिए..." उन्होंने अटकते हुए आगे कहा, "वैसे यह सच है कि इससे मेरे लिखने-पढ़ने के कार्य को भारी क्षति पहुँच रही है। मुकुन्दीलाल

गलत नहीं कह रहा है कि हलवाइयों की एक किचकिची बैठक कम-से-कम पन्द्रह-बीस पन्ने लिखने के बराबर का मेरा समय सोख ले रही है। इस दृष्टि से यह चौधरी-पद मेरे लिए तो घाटे का ही सौदा बना हुआ है।"

लखरानी उठकर दरवाजे तक आ गईं, "देख-समझ लाऽ। येह में परिवार के प्रतिष्ठा जुड़ल होवे से कौनो चिन्ता के बात ना हौ। तोहरा अगर उचित लगे तऽ तूं कौनो फैसला ले लेबा तऽ ले लाऽ, येहमे हमन्ने के कौनो परेशानी ना हौ। लेकिन अब जल्दी कराऽ। सबेर से शाम हो गल, सबके मुँह सूखल-लटकल हौ, अउर अँतड़ी के जाल में फँस के चूहा धमाचौकड़ी मचवले हौ।"

प्रसाद बैठकखाने में लौट आए। मुकुन्दीलाल के होंठ सूख गए हैं। चेहरे पर लसलसी थकान लिपटी-पुती हुई है, किन्तु आँखों में संकल्प अब भी वैसे ही चमक रहा है।

समीप पहुँचे प्रसाद, "चलो, भाई मुकुन्दीलाल, तुम्हारी ही जीत हुई। मैं चौधरी पद को सदा-सदा के लिए त्यागने का वचन देता हूँ। तुम यदि चाहो, लिखकर हमसे त्याग-पत्र पर अभी यहीं हस्ताक्षर करा सकते हो, लेकिन इससे पहले चलो, उठो, पहले भोजन हो जाए। तुम्हारे सत्याग्रह के साथ पूरा परिवार भी जहाँ का तहाँ अड़ा खड़ा है, किसी ने अभी तक मुँह में एक दाना भी नहीं डाला।"

अपना सत्याग्रह समेट लिया मुकुन्दीलाल ने।

भोजन के बाद दोनों बैठकखाने में आए। प्रसाद ने बोलकर अपना त्याग-पत्र लिखवाया और हस्ताक्षर बना दिया। मुकुन्दीलाल मुदित। प्रसाद ने समझाया, "अब एक और काम करो। अभी इसे लेकर शिव-शिव के पास चले जाओ। बता देना कि मैंने कहा है, इसे वह 'हलवाई वैश्य संरक्षक' के नये अंक में अवश्य प्रकाशित कर दें ताकि यह सूचना पूरी बिरादरी में सही ढंग से यथाशीघ्र पहुँच जाए।"

"सुना है कि आजकल वह आपसे कुछ नाराज चल रहे हैं? ऐसे में उनके पास जाने में मैं असहज महसूस कर रहा हूँ।" मुकुन्दीलाल ने संकोच दिखाया।

"इसमें कुछ अस्वाभाविक भी नहीं।"

"मतलब?"

"भई, वह साक्षात् असहजानंद हैं। उनका स्मरण मात्र भी असहज कर सकता है।"

"ऐसा क्यों?"

"इसके तमाम ऐतिहासिक, पौराणिक और यहाँ तक कि मनोवैज्ञानिक कारण हैं।"

"मजाक नहीं, भैया, मुझे थोड़ा विस्तार से समझा दीजिए।"

"यार, किसी विस्तार-वंचित के बारे में भला सविस्तार बताना कैसे सम्भव है?"

"आप हँसी कर रहे हैं, मैं जिज्ञासा से बेचैन हो रहा हूँ।"

"बस-बस, इसका मतलब कि उनसे मिलने जाने का यही सही समय है। अब तुम उनके पास जाने की योग्यता से भर उठे हो, यही बेचैनी तुम्हें उस बेचैन आत्मा के साथ सीधे जोड़ देगी। तुम्हारी बेचैनी देख शिव-शिव को बहुत आत्मीयता मिलेगी और मजा आएगा।"

मुकुन्दीलाल ने ठुनकते हुए सिर को झटका दिया, "भैया, आप तो सचमुच ठिठोली पर ही उतर आए हैं!"

"अरे, नहीं। मैं अपने शिव-शिव की कुछ खुदरा छवियाँ तुम्हारी आँखों में डाल दे रहा हूँ, सिर्फ इस लक्ष्य से कि तुम ऐसी सच्चाइयों से भी अवगत हो सको। सोचो न, स्वयं भगवान जहाँ महज एक बार शिव हैं, वहीं यह महाशय दो बार। इसी से तुम उनकी सहजता-असहजता का अंदाजा लगा लो। उसी तरह इन्हें केवल लाभ ही परम प्रिय है, चाहे भले यह अशुभ ही क्यों न हो। यह अधिक त्रासद इसलिए भी कि वह व्यक्ति कोई साधारण इकन्नी-दुवन्नी जोड़ने वाला नहीं बल्कि तमाम बातों-चीजों का अच्छा-खासा जानकार है और तब ऐसा आचरण कर रहा है!...लेकिन चलो, कोई बात नहीं। दुनिया विविधता-बहुलता-विचित्रता और विरोधाभासों का ही तो विस्तार है, और इसी तरह वह एक विराट-बहुरंगी आकार पाती है। केवल गुलाब ही गुलाब हों तो कितना अच्छा किन्तु ऐसा भला कहाँ सम्भव है? कोमल गुलाब के ऐन सटे काँटे होंगे ही होंगे। दिन के उजास की पीठ पर रात का अँधेरा सवारी कस ही लेता है। मीठेपन के समानान्तर तीखापन अपनी तलब पैदा करके ही दम लेता है। राजा हो या नगरसेठ अथवा कोई कैसा भी पहलवान, दुख से कोई मुक्त नहीं। इसी उतार-चढ़ाव से तो रंग और रौनक पाता है संसार का अस्तित्व। सब कुछ के होने-मिलने से ही बनती है यह दुनिया, इसलिए सबका स्वाद लेना अनिवार्य है। वैसे, तुम्हें शिव-शिव से डरने की कोई आवश्यकता नहीं है। आखिर तुम भी तो उनके मामा ही हो!"

66

मुकुन्दीलाल ने मन-ही-मन उत्खनन-मनन किया, आखिर क्यों शिव-शिव का नाम आते ही एक विशेष पूर्वग्रह मन में भर उठता है?

एक पुरानी घटना कौंध गई : जाड़े के दिन। उपवन में फूलों की पंखुड़ियों और पत्तों पर मोती जैसी ओस-बूँदों में ठिठुरती हुई भोर। स्पन्दित-प्रकम्पित। आकाश पर कई डग भर-चढ़ चुका है सूरज, किन्तु इस हल्की पीली उपस्थिति में कोई उत्साह नहीं। प्रसाद तेल-पुती देह पर कनकनी हवा की सिहरन का स्पर्श चख रहे हैं। मुकुन्दीलाल ससंकोच मुस्कुराए, "भैया, आप पहलवान लोग भी बड़े अजीब जीव हैं। कोई भी मौसम हो, अपनी तेल-सोंटाई में कोई कटौती स्वीकार नहीं करते। तेल-पानी और कुश्ती-कसरत एकदम अबाध चलना चाहिए।"

"अब मुझे इस तरह पहलवान की दृष्टि से मत देखना शुरू करो।"

"क्या करूँ, आपके इस रूप को देख हठात् यही बात फिसल गई जुबान से।"

सामने कुछ लोग आ गए। उनमें से एक ने प्रसाद के मामा का संदेश दिया—मामा सख्त बीमार हैं, इसलिए उन्हें बुलाया है। संदेशवाहक को विदा करने के बाद प्रसाद ने बुदबुदाकर टिप्पणी की, "मैं नहीं जाऊँगा।"

"ऐसा क्यों भैया? जब मामा जी बीमार पड़े हैं और बुला रहे हैं तो आपको तो जाना चाहिए न!"

"हाँ, वो तो ठीक है किन्तु मैं अभी नहीं जा जाऊँगा। वैसे, यहाँ से उनके पास किसी ऐसे व्यक्ति को भेज दूँगा जो जाकर वहीं टिककर रहे और उनकी ठीक से देखभाल भी करे," उन्होंने बताया।

उन्होंने कारखाने के एक कर्मी को बुलाया। उसे पाँच सौ रुपये दिये और मामा जी के पास जाने की बाबत समझाने लगे, "डॉक्टर जो भी दवा बताएँ, तुम अपने इन्हीं रुपयों से लेना, उनका एक भी पैसा अपने हाथ व्यय न करना।"

दूसरे ही दिन मामा जी के निधन का समाचार आ गया। प्रसाद और मुकुन्दीलाल साथ-साथ पहुँचे। मामी अब नितान्त अकेली। बहुत कारुणिक दृश्य।

दाह-संस्कार के बाद प्रसाद ने लौटकर मामी को ढाढ़स बधाया, "आप कोई चिन्ता न करें, आपके अपने सेवकों के अलावा यह मेरा कर्मी भी अभी यहीं कुछ दिन रहकर सेवा करेगा। जब यह लग जाए कि इसकी आवश्यकता नहीं है तो मुझे बता दीजिएगा।"

घर लौटकर प्रसाद ने बताया, "ननिहाल में मामा जी पूरी तरह अकेले रहे। न कोई भाई-बहन, न संतान। उनके निधन के बाद मामी अब अकेली बच गई हैं। रानीकुआँ में उनके छह किता मकान हैं और सारंग पर एक बाग भी। उनके पास कुछ पैसे-वैसे भी हैं। मामा जी वह सब हमें देना चाहते रहे। अब मामी जी भी ऐसी ही इच्छा रखती हैं। इसीलिए मामा जी भी बार-बार बुलाते रहे और मामी जी भी उसी तरह बार-बार बुला रही हैं जबकि ऐसा धन लेना मुझे कभी स्वीकार्य नहीं हुआ।"

एक दिन कर्मी ने आकर मामी के भी बीमार होने की सूचना दी, "मामी आपके बोलवले हईंन। उनके इच्छा हौ कि आप उनकर सब सम्पत्ति स्वीकार कर लैं।"

मुकुन्दीलाल पास ही खड़े हैं। शिव-शिव अपनी माता जी के साथ आ गए। प्रसाद ने कर्मी को जवाब दिया, "तुम जाकर मामी जी को बहुत विनम्रता और अपनेपन के साथ समझाना कि इसी के चलते मैं उनके यहाँ आने से बचता रह रहा हूँ। ऐसा आग्रह वह करती ही रहेंगी तो मैं उनके घर कभी आऊँगा ही नहीं। वह इस बात को अच्छी तरह जान लें कि मुझे ऐसा धन चाहिए ही नहीं, जिस पर पैतृक या स्वार्जन की दृष्टि से मेरा कोई अधिकार न बनता हो। अपने मौलिक अधिकार-पथों से हटकर किसी भी अतिरिक्त मार्ग से आनेवाला कोई भी धन कभी शुभ हो ही नहीं सकता, वह सिर्फ और सिर्फ मनहूसियत और आलस्य भरेगा—वह भी ऐसी मनहूसियत, जो कई-कई पीढ़ियों तक विष विसर्जित करती रहेगी। इसलिए यह मैं कदापि स्वीकार नहीं कर सकता।"

मुकुन्दीलाल के पास आए शिव-शिव। अपना मुँह उनके कान के निकट किया, "ऐसा है मामा जी, आप अपने भैया को समझा दीजिए, उनके पास भगवान का ही दिया हुआ बहुत कुछ है, इसलिए वह चाहें तो कुछ भी अतिरिक्त स्वीकार न करें किन्तु हमें तो बहुत कुछ चाहिए। इसलिए अपनी मामी जी की सम्पत्ति लेकर मुझे ही दे दें, इससे मेरा कल्याण हो जाएगा।"

शिव-शिव की बात हवा में तैरती रह गई। मुकुन्दीलाल ने इस पर न कोई हाँ-हूँ की, न आगे कोई पहल ही।

"मैंने यह तो नहीं कहा कि आप जो लिख रहे हैं, वह सब एकबारगी गलत या फालतू है! मेरा तात्पर्य केवल यह कि कोई भी बात सीधे कही जाए तो वह ज्यादा प्रभावशाली हो सकती है। घुमा-फिराकर कहने और इसके लिए इतिहास के गड़े

मुर्दे उखाड़कर खड़े करने से कोई खास मतलब नहीं सधता दिखता।" प्रेमचन्द की आवाज में दृढ़ता है।

"जब सीधे कहने का ही ज्यादा प्रभाव हो, तो कविता, कहानी और उपन्यास आदि रचने-गढ़ने में खुद को तिल-तिल जलाना-गलाना सर्वथा निरर्थक है। तब क्यों न हम आख्यान का सीधे प्रत्याख्यान ही करें और सृजन-कर्म का निषेध?" प्रसाद का अंदाज तल्ख। क्रमश: वक्र होती उक्ति में तेज ताप व रोष, "बेमतलब दिन-रात मेहनत करने से क्या फायदा? हम एक काम क्यों न करें, चुटकी बजा-बजाकर नारे-स्लोगन तैयार करने में ही जुट जाएँ? एक-एक, दो-दो लाइनों में ही काम चल जानेवाला हो तो नाहक पन्ने पर पन्ना और पोथे पर पोथा काला क्यों करें? कथानक पर कथानक और छंद पर छंद बुन-बुनकर यों भी हम लोग परेशान-परेशान हैं।"

प्रेमचन्द ने आँखें मूँद लीं। देखते-ही-देखते उनका रुख एकदम उलट गया। सिर हिलाने लगे। अचानक ठहाका। बेनियाबाग मैदान का पूर्वी कोना गूँज उठा। अधमुँदी भोर के मुखमंडल की दीप्ति जैसे सवाक् हो उठी हो! टहलते हुए आगे-आगे चल रहा वृद्ध दम्पती ठिठक गए। दोनों ने मुड़कर नजर डाली तो प्रेमचन्द सकपका गए। चुप। इन वरिष्ठ नागरिकों ने ठहाके को कहीं स्वयं का उपहास तो नहीं समझ लिया?

प्रसाद ने हाथ जोड़ दोनों को बेखटके आगे बढ़ने का साग्रह संकेत दिया। आश्वस्त होकर दम्पती ने भी हाथ जोड़े और 'कोई बात नहीं' वाले अंदाज में सिर हिलाते-मुस्कुराते हुए अपनी राह बढ़ गए।

सीमेंटेड बेंच के पास पहुँचकर प्रसाद ने बैठने का इशारा किया। प्रेमचन्द ने क्षणांश में ही कुछ सोच लिया और सहमत हो गए। प्रसाद झुके और हाथ से ही इसे झाड़ने लगे। धूल व खर-पतवार उड़-उड़कर गिरने-बिखरने लगे।

"अरे बाबू साहब, धूल-धक्कड़ और तिनकों को कोई तो मौका मिलने दीजिए!" प्रेमचन्द फिर नहीं चूके, चट-से चुटकी ली, "आपके स्पर्श का उन्हें भी तो सौभाग्य-अवसर मिले! खैर, मेरे हिस्से की सीट न झाड़िए।"

"मैं तो भैये, अखाड़े में बाकायदा रोज देह में मिट्टी लेपता हूँ।" बैठते हुए प्रसाद ने दहला मारा, "दिन भर हमेशा गमछा लपेटे बगैर गंजी-कमीज के ही रहता भी हूँ। इन्हीं हाथों से सुँघनी में फॉर्मूला भी मिलाता रहता हूँ। आप कभी आकर देख लीजिएगा, शाम में दुकान जाने से पहले जब स्नान करता हूँ तो देह से काला घोल उतरता है। भाई साहब, आपको ही ऐसा मौका कम मिलता होगा। गाहे-बगाहे ऐसे ही कभी-कहीं आते-जाते या उठते-बैठते मिट्टी आपको छू पाती होगी। इसलिए धूल-धारण और खर-पतवार चखने का यह मौका आपके लिए ही बहुप्रतीक्षित है, चूकिए नहीं। आसपास कोई देखने-हँसने वाला भी नहीं। मैं तो आपका राजदार बनने को तैयार हूँ ही। देखिए न, एकदम जाँते से झरते सतुए जैसी है यह—गजब पीली-पीली!"

प्रेमचन्द जरा भी नहीं झेंप रहे। सस्मित ध्यानपूर्वक सुनते चले जा रहे हैं।

उन्होंने कहना जारी रखा, "अब ज्यादा दुविधा न पालिए, दो-चार फाँका मार भी लीजिए। जमीनी लेखन में जान आ जाएगी।"

जवाब में प्रेमचन्द ने फिर ठहाका लगाया। प्रसाद चुप। मैदान का चक्कर पूरा कर वृद्ध दम्पती पास से गुजर रहे हैं। इधर ही ताकते, मुस्कुराते हुए।

प्रेमचन्द भी उनकी ओर ताकते हुए मुस्कुराए। अब प्रसाद की ओर मुड़े, "बाबू साहब, आप अन्यथा न लें। आपके लेखन के प्रति मेरे विचार कतई नकारात्मक नहीं हैं।" शब्द खासे संजीदा। रूखे होठों के ऊपर झबरीली मूँछों में लिपटी हुई है स्मिति। भरोसा दिलाने वाला अंदाज, "व्यक्तिगत तौर पर भी मैं आपका शुभचिंतक हूँ। घनघोर प्रशंसक समझ लीजिए। लेकिन मुझे इस बात को लेकर चिन्ता अवश्य है कि कुछ खुरपेची लोग हमें आपस में कहीं भिड़ा न दें! ऐसे ही कुछ लोगों ने 'प्रेमचन्द स्कूल' और 'प्रसाद स्कूल' का जुमला उछाल-उछालकर एक अलग तरह का माहौल खड़ा कर दिया है, यह अच्छी बात नहीं। इसका गलत संदेश जा रहा है। ऐसी हवा बनाई जा रही है, जैसे हमारे-आपके बीच कोई बहुत जोरदार टकराव चल रहा हो!"

"भाई साहब, इसमें भला क्या शक! टकराव तो है ही हमारे बीच।" प्रसाद ने मद्धिम मुस्कान फेंकी, "और यह बाकायदा जारी भी है। लेकिन यह चूँकि बाजाप्ता टनाटन चल रहा है—तार्किकता के लम्बे-लम्बे पाँवों से बड़े-बड़े डग भरता हुआ, खरपेचियों की नींद इसीलिए उड़ी हुई है। यह तो तथ्य है ही कि वृहत्तर लक्ष्य-उद्देश्यों पर परस्पर स्वाभाविक सहमतियों के बावजूद कई मामलों में मैं आपसे सहमत नहीं हो पा रहा।"

"मेरा तो एक वाक्य का नजरिया है—साहित्य वही है, जो मनुष्य को मुक्ति का मार्ग दिखाए और उसके संघर्ष को बल प्रदान करे।"

"तब तो इसके लिए साहित्य-सृजन नहीं, बेहतर माध्यम-मार्ग होगा सक्रिय समाजसेवा-कार्य। जनजीवन में सीधे उतरना अधिक कारगर। यानी हमें अब कलम ही रख देनी चाहिए।"

"बाबूसाहब, मुझे आपसे एक आग्रह करना है..." प्रेमचन्द ने विनयी स्वर में ध्यान खींचा।

"पूछिए न! एकदम आपने लेखन के फलक पर जिस तरह भाव-प्रवणता और तथ्य-सजगता का अद्‌भुत समन्वय सम्भव किया है, यही गति-क्रम व्यवहार के धरातल पर भी होना चाहिए। मेरे जैसा कोई भी शुभचिन्तक यदि कभी कुछ प्रतिकूल कहता हुआ दिखाई पड़ जाए तो आपको तत्काल इसे दिल पर लेकर घायल या क्रुद्ध नहीं हो जाना चाहिए, बल्कि आगे-पीछे सोचना अवश्य चाहिए, और यह भरोसा सम्भावनाओं के अन्तिम छोर तक कायम रखना चाहिए कि कोई जेनुइन बात ही होगी, तभी कुछ कहा गया है या कहा जा रहा है।" प्रेमचन्द ने समझाते हुए हाथ पकड़कर अग्रज-भाव से सस्नेह ताका। प्रसाद का मन सम्मान-कणों से जगमगा उठा। वह आगे बोले, "आप खुद देखिए न, समाज में कितना वैषम्य है! शोषण के सारे औजार कितने तेज, आक्रामक और क्रियाशील हैं! ऐसे में तो आदमी को सबसे पहले उसके संघर्ष के लिए बल ही मिलना चाहिए न!"

"वही तो मैं कह रहा हूँ कि इसके लिए लेखन कैसे कोई कारगर रास्ता हो सकता है? इसके लिए तो जमीनी आन्दोलन खड़ा करना ज्यादा फलदायी होगा। भई, यों भी इस क्रम में आप जिन लोगों को लक्ष्य बनाकर लेखन कर रहे हैं, वे या तो सर्वथा

गरीब हैं या सब तरह से वंचित और पददलित। पढ़ना तो दूर, वे हमारा लिखा तक देख नहीं पाते।"

"आप संजीदा हों तो एक बात मैं बहुत जिम्मेदारी के साथ कहना चाहूँगा।"

"भइया, मेरे लेखन से लेकर कद-काठी तक, क्या कभी कहीं कोई गैर-संजीदगी दिखी आपको? बहरहाल अब जरूरत से ज्यादा संजीदा होता हूँ, फरमाएँ।"

"देखिए, प्रसाद जी, मेरा एक ही विश्वास है कि जो लेखन आम आदमी के लिए प्रतिबद्ध नहीं हो, वह निरर्थक है।"

"आप केवल आदमी या आम आदमी ही क्यों कह रहे हैं? किसी भी जिम्मेवार लेखन को पूरे जीवन-जगत के प्रति सकरुण और उत्तरदायी होना चाहिए। कल यदि ऐसा कोई यंत्र विकसित हो जाए जिसके बूते कोई सिरफिरा हमारी इस साझा धरती को ही बीच से चीरने में जुट जाए, तो?"

"बोलिए, बोलिए, अपनी बात आप निस्संकोच पूरी बोल जाइए।"

"दूसरी बात यह कि क्या केवल रोटी मिल जाने के बाद मनुष्य शान्त बैठ जाता है? ऐसा तो केवल जानवर के साथ होता है कि उसके सम्पूर्ण बुद्धि-बल की चरम उपलब्धि-परिणति भोजन के साथ सम्पन्न हो जाती है। उसका सारा पराक्रम क्षुधापूर्ति के बाद सुषुप्त हो जाता है। इसके विपरीत मनुष्य ही ऐसा प्राणी है जिसका दिमाग असली खेल पेट भर जाने के बाद शुरू करता है। संसार में शायद ही ऐसा कोई व्यक्ति हो जिसकी अपनी कोई कोमल सपनीली फंतासी न हो। बदमाश से बदमाश आदमी भी अकेले में आपको गुनगुनाता मिल सकता है। कातिल के दिल में भी किसी-न-किसी का प्यार पलता रहता है। बेशक इसे वह अपने एकान्त प्रांत में आत्मा की पलकों से सहलाता है, उसी तरह ऐसा कौन होगा जो किसी भी संदर्भ या मुद्दे पर अपनी राय न रखता हो? कभी सहज या जोरदार सहमति तो कभी मद्धिम या आक्रामक असहमति। जिस ताजमहल को आम तौर पर अद्‌भुत-अजूबा मानकर देखा व तृप्त हुआ जाता है, कोई व्यक्ति या कुछ लोग ऐसे भी होंगे जिनकी नजर में यह 'वाहियात' या 'गरीबों की मोहब्बत का मजाक' से अधिक नहीं होगा जिसे वह जाहिर करने से भी नहीं हिचकते होंगे यानी कि मनुष्य विचार, भावना और कल्पना से कभी विलग हो ही नहीं सकता। मानना ही पड़ेगा कि उसकी रोटी के बाद की जरूरतें कहीं अधिक अहम नहीं। हम लोग खुद को ही क्यों न देख लें! लेखन के दम पर तो हमारे घर में चूल्हा नहीं जलता, किन्तु इसमें हमारी संलग्नता कितनी सघन है! क्या यह भावनाओं की भूख की ही खुराफात नहीं?"

67

अम्बिकाप्रसाद गुप्त ने मुकुन्दीलाल को आया देखा तो पुलकित हो उठे। 'शिव-शिव' बोलते हुए बढ़कर आगे आए। बहुत विनम्रता से अभिवादन-स्वागत किया। हाथ पकड़े-पकड़े बैठकखाने में ले गए। गद्‌देदार तख्त पर बिठाया और भीतर चले गए। तख्त पर पुस्तक-पत्रिकाओं के कई व्यवस्थित-सजे थाक। दीवारों में शीशेदार अलमारियाँ। उनमें करीने से सजी पुस्तकें। सामने टेबुल पर 'इन्दु' के कई अंकों की सीधी थकियाई प्रतियाँ।

अलग-अलग साइजों वाले पृष्ठों के आकारानुसार वर्गों में बाँटकर रखी थाक की थाक प्रकाशन-सामग्री। कलमदान में कई कलमें। दो दवातें। एक कलम खाली कुर्सी के सामने टेबुल पर रखे कागज के ऊपर खुली पड़ी हुई। कुर्सी-मेज, अलमारी के फ्रेम और दरवाजे-खिड़कियों के तमाम पल्ले ताजा-ताजा पेंट किये हुए। तारपीन की उठती हुई गन्ध। इससे कमरा महमह। दीवारों पर टँगी हैं प्रकृति के मनोरम दृश्यों की फ्रेम की हुई कुछ बेहतरीन पेंटिंग्स। यह सब बारीकी से देखते हुए मुकुन्दीलाल मन-ही-मन मुदित। बहुत गहराई से यह अनुभूत होता रहा कि यह व्यक्ति तो ऐसा अस्त-व्यस्त कदापि नहीं लग रहा, जैसीकि अब तक उसकी छवि उभरती रही है।

दूसरे ही पल मन के ही दूसरे स्वर ने प्रतिवाद किया : अलमारियों की पुस्तक-पत्रिकाओं का इतना सलीके से होना तो समझ में आ रहा है किन्तु मेज पर की पुस्तक-पत्रिकाओं का ऐसी सख्ती से करीनेदार रखा होना कहीं न कहीं अस्वाभाविक है। इसका मतलब तो यही कि यह व्यक्ति सजावटों पर ही सारा ध्यान अर्पित कर देनेवाला हो सकता है। भई, जो जरा भी हिल-डुल न करे, वह क्या हो सकता है—या तो मुर्दा या मूर्ति! जो जिन्दा होगा, उसके हाथ-पाँव तो अवश्य इधर-उधर हिल-डुल करेंगे ही करेंगे। कभी दायें तो कभी बायें या ऊपर-नीचे। यह क्या कि घर के भीतर हर चीज किसी सजावटी दुकान की तरह एकदम सटीक ठुँकी-टँगी रहे?

सोचता-मथता मन अन्ततः इस निष्कर्ष तक पहुँचने लगा कि यह शिव-शिव महाशय अवश्य ही प्रदर्शन-ग्रंथि के घनघोर शिकार हैं।

विचार-तंद्रा तभी टूटी जब सामने आकर वह खड़े हो गए। हाथ में लड्डुओं से भरी बड़ी-सी तश्तरी और पानी का पात्र पकड़े हुए। कागज-पत्तर से बचाते हुए उन्होंने तश्तरी को अतिरिक्त सतर्कता से टेबुल पर रख दिया। पानी का पात्र टिकाते हुए नजर गड़ाये रहे कि एक बूँद भी छलकने न पाए। रंच मात्र भी यह नहीं छलका, किन्तु उन्होंने बहुत ध्यान से उँगली के कोर से टेबुल को छूकर तसल्ली की। मुकुन्दीलाल गौर से यह सब देखते-समझते रहे।

जलपान आदि की औपचारिकताएँ पूरी हुईं। उन्होंने अब प्रयोजन बता देना उचित समझा, "शिव-शिव जी, ऐसा है कि मैं एक कार्य से आया हूँ।"

"हाँ-हाँ, बताएँ। शिव-शिव, शिव-शिव!"

"'हलवाई वैश्य संरक्षक' का नया अंक निकलने वाला है न?"

"हाँ, आज ही छपने वाला है। कल तक आ जाएगा अंक। शिव-शिव, शिव-शिव!"

"मुझे भैया ने भेजा है। यह इसी ताजे अंक में छापना है।" उन्होंने जेब से निकालकर लिफाफा थमा दिया।

हाथ में पकड़ते ही इस पर उनकी दृष्टि बेचैन होकर दौड़ने लगी। उँगलियाँ भी। जल्दी-जल्दी लिफाफा खोल कागज निकाल लिया। बहुत जल्दी पढ़ गए। चेहरा भभूका। आँखों से जैसे ताप निकलने लगा हो! शब्द-शब्द धीपे हुए, "हलवाई समाज के चौधरी-पद से मामा जी का त्याग-पत्र? यह क्या? शिव-शिव, शिव-शिव!"

"मैंने ही सत्याग्रह करके उन्हें इसके लिए बाध्य बनाया और राजी कराया।"

शिव-शिव मुँह बाये हुए ताकते रहे।

मुकुन्दीलाल बताते चले गए, "इस झंझट के कारण भैया को रोज घंटों बेकार बर्बाद करने पड़ रहे हैं, इससे साहित्य को बड़ी क्षति हो रही है। इसीलिए उन्हें मैंने भावनात्मक रूप से बाध्य किया और यह बड़ा काम करा लिया।"

"क्या अजीब बकवास कर रहे हैं आप! पूरे समाज का चौधरी-पद है यह। इसकी अहमियत समझ रहे हैं आप? और, इसे छुड़वा देना चाहते हैं आप?...और, आपके झाँसे में आकर उन्होंने त्याग-पत्र लिख भी दिया? वाह, भई, वाह! शिव-शिव, शिव-शिव!"

मुकुन्दीलाल ने ध्यान से देखा, शिव-शिव का रूप-मुद्रा सर्वथा रौद्र। उनके शब्द-शब्द ओलों जैसे प्रहारात्मक, "लेकिन त्याग-पत्र देने का यह अधिकार मामा जी को दिया किसने? यह तो मेरे नाना जी का पैतृक ओहदा है। इसे त्यागने का अधिकार उनके हाथ में कदापि नहीं है, इसलिए यह त्याग-पत्र व्यर्थ है। मैं इसे छापूँगा ही नहीं। शिव-शिव, शिव-शिव!"

पाँव पटकते हुए वह भीतर गए। कुर्ता-पाजामा पहनकर जल्दी ही लौट आए, "चलिए, मैं जरा मामा जी से इस मामले पर सीधे बात करूँ। शिव-शिव, शिव-शिव!"

हाथ में त्याग-पत्र पकड़े वह तेज कदमों से चल पड़े। मुकुन्दीलाल उनके पीछे-पीछे पगहे की तरह खिंचते कदम बढ़ाने लगे।

फुलवारी में टहल रहे हैं प्रसाद। माथे पर वैचारिक मंथन की रेखाएँ गतिशील। अचानक उड़ती दृष्टि सामने से आते शिव-शिव पर पड़ गई। रौद्र-रूप और हाथ में गोल मुड़ा कागज। बात समझते देर नहीं लगी। क्षण-भर में उनकी मुख-मुद्रा बदल गई। वह अब सजग और सतर्क। सशंकित भी। मुकुन्दीलाल कई कदम पीछे टुक-टुक लिथड़ते-से आते हुए।

प्रसाद ने भरसक सहजता से ही तेज आवाज निकाली, "आइए, आइए, शिव-शिवजी! मेरा त्याग-पत्र मिल गया है न? इसे समाज की पत्रिका के नये अंक में शामिल कर लीजिए तो अच्छा।"

शिव-शिव ने समीप पहुँच झुककर चरण-स्पर्श किया। प्रसाद को उनके शरीर से निकलता ताप छू-सा गया। एक कदम पीछे होकर शिव-शिव ने कागज को खोलते हुए अपना खौलता-सा चेहरा हिलाया, "इसका तात्पर्य कि आपने सचमुच कुछ सोच-समझकर ही यह कदम उठाया है? शिव-शिव, शिव-शिव!"

"आपको क्या यह भी सन्देह है कि मैं बिना सोचे-समझे ही कदम उठाता हूँ?"

"नहीं, मैंने तो ऐसा नहीं कहा। शिव-शिव, शिव-शिव!" आवाज पत्ते की तरह थरथरा रही है।

"चलिए, आप ही सही। इसका मतलब तो यही कि मैंने बिना आपके मुँह से निकले ही ऐसा कुछ हवा में सुन लिया है?" प्रसाद ने मुलायमियत से ताका।

"मामा जी, ऐसा है, आप जिस तरह इतनी सख्ती के साथ यह त्याग-पत्र दे रहे हैं, यह क्या उचित है? शिव-शिव, शिव-शिव!"

"भई, आप क्या कहना चाहते हैं, स्पष्ट शब्दों में क्यों नहीं कह देते?"

"मैं साफ शब्दों में यह कह रहा हूँ कि आपको चौधरी का पद छोड़ने का कोई अधिकार ही नहीं है। शिव-शिव, शिव-शिव!" उन्होंने दृढ़ता से अपनी बात रखी।

"क्यों नहीं है? मुझे कौन-सा पद स्वीकारना अथवा किसे नकार देना है, यह मैं नहीं तो भला और कौन तय करेगा?"

"आप ऐसा कोई निर्णय इसलिए नहीं कर सकते क्योंकि अपनी बिरादरी के बीच यह प्रतिष्ठापूर्ण पद मेरे नाना जी का पैतृक अधिकार है। इसे आपको अबाध निभाना चाहिए, आँखें मूँदकर। शिव-शिव, शिव-शिव!"

"आँखें मूँदकर चलने की शर्त पर यदि स्वयं ईश्वर स्वर्ग का राज देने की भी पेशकश करें, तो मैं इसे सौ-सौ बार नकार सकता हूँ। मैं किसी लाभ-लोभ के लिए अंधा बनना स्वीकार नहीं करूँगा।"

शिव-शिव ठगे-ठगे-से खड़े हैं। प्रसाद उनके मनोभावों का खयाल आते ही थोड़े ढीले हुए, "यह एक ऐसी जिम्मेवारी है जो हल्के-फुल्के ढंग से कदापि नहीं निभाई जा सकती, इसलिए इसे ठीक से निभाने के दबाव में मैं लगातार बहुत कुछ खोता चला जा रहा हूँ। इससे मेरे लेखन-कार्य में काफी बाधा आ रही है। कुछ ऐसी चीजें मेरे ध्यान में हैं जिन्हें मैं लिखना चाहता हूँ। अब चूँकि ये सब मेरे दिमाग में स्थित हैं इसलिए आप समझ सकते हैं कि यह काम मैं ही कर सकता हूँ, जबकि बिरादरी का चौधरी-पद सँभालने के लिए कई-कई अनुभवी और जिम्मेवार लोग काशी में विद्यमान हैं। इसलिए बहुत विचार करने के बाद मैं इस निष्कर्ष पर पहुँचा हूँ कि इससे मुझे मुक्ति ही ले लेनी चाहिए। इसके अलावा मेरे पास कोई विकल्प नहीं रह गया है।"

मुकुन्दीलाल कभी प्रसाद तो कभी शिव-शिव की ओर ताकते चले जा रहे हैं। शिव-शिव अब शान्त। कुछ पल तक मौन पसरा रहा।

शिव-शिव ने जाने की अनुमति माँगी तो प्रसाद बोले, "आपकी भावनाएँ मैं समझ रहा हूँ किन्तु आपसे अपेक्षा है कि आप भी हमारी भावनाओं को अनदेखा न करें।"

शिव-शिव ने दोनों हाथ जोड़ लिये, "मामा जी, आप ऐसा क्यों कह रहे हैं? आपका आदेश तो सदा शिरोधार्य है। शिव-शिव, शिव-शिव!"

तख्त पर अधलेटे सामने ताक रहे हैं प्रसाद। उन्मुक्त विचरण कर रहा है चित्त। प्रकाश-गुच्छ या ध्वनि-तरंगों की तरह। निरभ्र नीले विस्तीर्ण मन पर चिन्तन की निरंतर उर्ध्व उड़ान। सामने कंठ-मार्ग-सी गली, ध्वनि-अंतर्ध्वनि की धनी। कोलाहल से गुंजायमान। शोर गुनगुनी शाम के चम्पई आस्वाद को रेशा-रेशा उधेड़ रहा है। चिरपरिचित असहज भीड़ में उमड़ते सहज अपरिचित चेहरे। पूर्ण परिचित आवाजाही। दुकान में दो-एक थोक ग्राहक रह गए हैं। जीतन उनकी लम्बी सूचियों को संतृप्त करने में जुटा हुआ है। रह-रहकर एक साथ आ चुहल कर जा रही है ढीठ हवा और शरारती शीतलता। कभी मीठी छू-छेड़, कभी तीखी चिकोटी। हर बार सँभलते-सँभलते तक दोनों हवा। शीतल झोंके घाट पर बैठे होने का सम्भ्रम भर रहे हैं। मन में भाव उठ रहे हैं—काशी में गंगा दिखती भले एक हो, वस्तुतः वह है असंख्य रूपों में प्रवहमान—दृश्य या अदृश्य। वायु में, स्नायु में, आयु में, आचार में, विचार में, संस्कार में, सरोकार में, जल-थल-नभ में, ज्ञान में, संज्ञान में, अज्ञान में, विज्ञान में, आग में, राग में, विराग

में, संभाग में, स्वर में, सुर में, ताल में, साज में, आवाज में, शब्द के अनंतर अर्थ के अंतराल में, बाती के बहिरंग लौ की लहर में, भाषा के भीतर गूँज की गात में, अनुगूँज के अनन्तर आलाप के अन्तर्मन में, ध्वनियों की धमनियों में, यत्र-तत्र-सर्वत्र गंगा ही गंगा तो दिख रही है।

प्रकाशन व्यवसाय को लेकर मन में सुबह से गुत्मगुत्था हो रहा द्वन्द्व आंतरालिक विराम को रौंदता फिर शुरू। वृत्ति का प्रभाव—वृत्त तो गजब सुरसा-मुख जैसा है। व्यक्ति को अन्ततः लील ही लेता है। प्रवृत्ति सकारात्मक हो तो निर्मित व्यक्तित्व का समाज के लिए प्रेरणा-स्तम्भ बनकर उभरना तय जबकि विलोम होने पर सर्वथा इसके विपरीत परिणति। यथा, शिक्षा के क्षेत्र में आनेवाला व्यक्ति चाहे जैसा भी हो, ज्ञान का आभा-मंडल अन्ततः उसे स्वयं में समो ही लेता है। वह कैसा भी बौद्धिक विपन्न रहा हो, अन्ततः शिक्षकीय स्वाभिमान से सम्पन्न होकर रहेगा। इसी का उत्सर्जन करेगा। मेहँदी बाँटने वाला हाथ चाहे गौरांग न भी हो, मादक लाली रच ही जाती है। आकर लिपट जानेवाला लपलपाता कोई हो, कुटिल विषधर या झरझराता-सरसराता सरल पवन, चन्दन निकट आने वालों में कहाँ कभी अंतर करता है! प्रत्येक पात्र-कुपात्र को समान भाव से सुगन्ध ही सौंपता है। कुल्टा कुल्हाड़ी के हर घातक वार-प्रहार का भी वह इसी गंध-भाषा में प्रत्युत्तर देता है। मद्य-व्यवसायी कितना भी चौकन्ना रहा करे, वह स्वयं को विवेक-ध्वंस का ग्रास बनने से शायद ही बचा सके। वह सुरा की चाहे एक बूँद भी जिह्वा से कभी न छुए, अपनी सोच-समझ को विखंडन से कहाँ बचा पाता है! दूसरों को मौत के घाट उतारने वाला चौकन्ना रहकर प्रतिशोधी हमले से चाहे जब तक या हमेशा ही बचा रह जाए, अपने संवेदन-तंतु को मरने से कभी नहीं बचा सकता। हत्यारा हर क्षण अपने कुकृत्य का हमला झेलता है। वह हत्या करने के बाद चाहे जितनी सफाई से कानून के लम्बे हाथ की पहुँच से बाहर निकल आए, आतंक उसे कहाँ कभी मुक्ति देता है! सुरक्षित से सुरक्षित अंतःपुर में भी उसकी डरती-डराती हुई-सी हत्यारी आँखें बेतहाशा भागती ही तो दिखती हैं। इसके विपरीत, राग-रागिनियों के साधक की आँखों का मौन भी कभी कहाँ स्वर-लहरियों से वंचित हो पाता है! उसका एकान्त भी रागमय। मौन भी अनन्त आकाश के अथाह प्रकाश में अथक उड़ान ही तो भरता रहता है। वादक की उँगलियाँ राह चलते भी नाद-ब्रह्म से कहाँ असम्पृक्त हो पाती हैं! चिन्तक-दार्शनिक कभी विचार-शून्यता से त्रस्त कहाँ मिलते हैं! प्रवृत्तियों में वृत्तियों का जल-प्रतिबिम्ब लगभग हर समय हिलता ही तो रहता है। सच तो यही कि कितनी भी सतर्कता बरती जाए, वृत्ति अन्ततः अपने अनुरूप प्रवृत्ति की निर्मिति कर ही डालती है।

उसी तरह, लिखना और अपने लिखे की तिजारत करना, दोनों सर्वथा भिन्न वृत्तियाँ हैं। प्रायः परस्पर विलोम भी। पहली में जहाँ ज्ञान और अभिव्यक्ति का संचरण है, वहीं दूसरी में अनिवार्यतः धनासक्ति की प्रचंड व्याप्ति। लेखक जब प्रकाशन के धंधे में उतर जाएगा तो उसके मन में नये-नये विचारों की सनसनाहट की बजाय ताजा ढले सिक्कों की खनखनाहट रेंगती रहेगी। —विचारों के ऐसे ही बवंडर उठ रहे हैं दुकान पर बैठे प्रसाद के मन में। इसके समानान्तर मन में प्रकाशन व्यवसाय की प्रस्तावित अपनी ही योजना के प्रति क्रमशः अरुचि गहराती चली जा रही है।

मोहनलाल रस्तोगी आए तो प्रसाद हल्के हिले। संकेत पाकर वह पास ही तख्त पर चुपचाप बैठ गए। तनाव की तनी हुई रस्सी ऐंठ-खिंच रही है प्रसाद की आँखों में। चिन्ता हौले-हौले किन्तु मजबूती से पाँव रोप रही है इसी पर।

रस्तोगी को लग गया कि अभी यहाँ मुँह बंद रखना ही उचित है।

रामचन्द्र वर्मा व लक्ष्मीनारायण वर्मन उर्फ डॉक्टर साहब साथ-साथ आए। नमस्ते-बंदगी के साथ ही प्रसाद उठ खड़े हुए। रस्तोगी भी। चारों बाहर निकल आए।

सामने के कमरे में बैठकी तो जम गई किन्तु प्रसाद अब भी असहज। इसे महसूस करते हुए और उन्हें सहज बनाने के मौन प्रयास के तहत ही अन्य तीनों खास मुखरता के साथ बतियाने लगे। बात पर बात निकलने लगी। देखते-ही-देखते माहौल बन भी गया किन्तु प्रसाद का डभकता मौन अब भी संवाद-स्रोतों के ऊपर चट्टान की तरह खुँसा हुआ है।

डॉक्टर से रहा नहीं गया, "भाई प्रसाद जी, इस मनहूसियत को अब विदा करो। यह क्या कि हम लोग अपनी अड़ी पर जम गए तब भी तुम दिमागी घोड़े पर ही उड़े जा रहे हो?"

वर्मा और रस्तोगी ने ससंकोच कभी प्रसाद के गाम्भीर्य मौन, तो कभी डॉक्टर की अतिशय मुखरता का निरीक्षण जारी रखा। थोड़ी देर में उन्हीं के साथ उनका मौन भी हिला। जैसे कोई पर्वत डोला हो! दृष्टि जैसे बहुत दूर से सिमटकर लौट रही हो नेत्रों में! अनजाने गाढ़े गाम्भीर्य के ऊपर चिरपरिचित मुस्कान का तरल रंग चढ़ आया।

प्रसाद जैसे कहीं दूर से स्वयं में वापस लौट रहे हों, "असल में कभी-कभी कोई-कोई बात मन को कुछ यों बेध जाती है कि सहज रह पाना कठिन हो जाता है..."

अचानक बीच में ही डॉक्टर कुछ यों चीख पड़े कि प्रसाद का कथन टूट गया। सभी भौचक। चीखते हुए वह बाहर की ओर कूदे। सबने देखा, आसमान से नीचे उतर रही है कटी पतंग, लम्बी सर्पीली पूँछ वाली। लहराती हुई, धीरे-धीरे। फण हिलाती नागिन जैसी। माँझा तो स्वयमेव हाथ लगा, पतंग लपकने के बाद। चिल्लाए, "भाक्काटेऽ...ऽ...ऽ...! भाक्काटेऽ...ऽ...ऽ...!!"

प्रसाद की मुख-मुद्रा पूर्णतः बदल चुकी है। रस्तोगी और वर्मा भी चहक और उमंग से भरे हुए हैं। डॉक्टर ने खड़े-खड़े विजयी उल्लास के साथ पतंग कुछ यों दिखाई, जैसे कोई दुर्लभ वस्तु जीतकर लाए हों, पराक्रमपूर्वक! सबके मन तरंगायित हो रहे हैं—हवा में लहराती पतंग और उसकी पूँछ की ही तरह।

दूसरे ही पल सामने आकर खड़ी हो चुकी है हाथ मलते बच्चों की टोली। वे ठुनक रहे हैं पतंग के लिए। डॉक्टर ने बौखलाकर उन्हें कुछ यों ताका कि सभी सहमकर एक कदम पीछे खिसक गए। नन्ही आँखों में अब भी अनुनय-विनय के कोमल भाव चमक रहे हैं। डॉक्टर का इनकार आक्रामक और शब्द अंगारों जैसे, "तूं लोग इहाँ से भाग जाऽ, येके तऽ हम लूटले हई। लूटल पतंग कहीं लउटावल जालेऽ?...भाग जाऽ, तूं सब अब्बे इहाँ से भाग जाऽ।"

प्रसाद, रस्तोगी और वर्मा मुस्कुराते हुए दोनों पक्षों के हाव-भाव देख रहे हैं। अन्ततः डॉक्टर की जिद के आगे बच्चों की एक न चली। वे निराश हो गए। उदासी लपेटे सभी धीरे-धीरे खिसकने लगे।

उल्लसित डॉक्टर पीछे मुड़े। समीप पहुँचकर पतंग प्रसाद की ओर बढ़ा दी, "लीजिए प्रसाद जी, अब इसे भी उड़ाइए।"

प्रसाद ने होंठों से मुस्कान दबाते हुए व्यंजना के साथ ताका। तुरन्त हाथ पीछे खींचते हुए। डॉक्टर ने लटकती पतंग को उनके मुँह के पास पहुँचा दिया। पकड़ा देना चाहा किन्तु प्रसाद इनकार में सिर हिलाने लगे, "मैं उड़ाई हुई को नहीं उड़ाता।"

सभी ठठा पड़े। माहौल चपलता से भर उठा।

माहौल निथरा तो वर्मा मुस्कुराए, "देखिए, इस हँसी-ठट्ठा की आँधी में वह खुशखबरी ही मेरे दिमाग से उड़ चुकी थी जिसे लेकर मैं यहाँ आया हूँ।" बोलते हुए उन्होंने कंधे से झोला उतारा। सबका ध्यान खिंच गया है। उन्होंने मुस्कुराते हुए हाथ डाला, "बाबू साहब, अभी आप सहजता-असहजता की चर्चा कर रहे थे न, तो मैं अब यह कहना चाह रहा हूँ कि आपके फिलहाल सहज होने की आवश्यकता नहीं।"

प्रसाद ने अचकचाकर ताका। सबकी निगाहें झोले पर टिकी हुई हैं। वर्मा मुस्कुराए, "मैं आपको अभी कुछ और असहज कर देना चाहता हूँ।"

रस्तोगी कुछ अधिक जिज्ञासु हो उठे हैं। प्रसाद की दृष्टि में भी जिज्ञासा की कौंध किन्तु धैर्य-संयम के साथ। डॉक्टर मुस्कुरा रहे हैं। उन्होंने अपना हाथ अभी झोले में ही डाले रखा है, "मैं आपके लिए एक आनन्दप्रद उपहार लेकर आया हूँ। चलिए, पहले मिष्ठान्न मँगाइए।"

चुपचाप ताक रहे हैं प्रसाद—जिज्ञासु मुस्कान के साथ।

"यह लीजिए," वर्मा ने झोले से हाथ निकाला तो उसमें पुस्तक है, "आपकी नई कृति की पहली प्रति। 'जनमेजय का नागयज्ञ' का प्रकाशन हो गया है। यह मैं आपके लिए बधाईपूर्वक लेकर आया हूँ।"

'प्रकाशन' शब्द की फिर अद्भुत अनुभूति! मन भक्क्-से जैसे प्रकाशित-पुलकित हो उठा हो! ज्योति-धाराएँ कलकल-छलछल बह चलीं। अंतर का हर कोना-कंदरा जगर-मगर। कुछ यों, जैसे अँधेरा यहाँ न पहले कभी था, न भविष्य में कभी ठौर पाएगा! बीते डेढ़ दशक की अवधि और 'प्रेम पथिक' से लेकर 'आँसू' यानी अब तक दर्जन भर पुस्तकों का प्रकाशन-सुख, किन्तु हर बार यह आनन्द अनोखा। सुखों का सचमुच यह सुखकर सिलसिला है। लेकिन, बार-बार कहाँ से आती है यह पुनर्नवा हर्षानुभूति? छोटी से छोटी स्फुट रचना का प्रकाशन-सुख भी मन को वैसे ही दीप्त-प्रदीप्त कर देता है। अपनी नई पुस्तक का मुख देखना तो हर बार अभूतपूर्व आनन्द देता है। आश्चर्य हुआ, ऐसा भला होता कैसे है? हर बार अनुभूति में यह अनोखापन कैसे?

प्रसाद के हाथ में है 'जनमेजय का नागयज्ञ' की प्रथम प्रति और मन में सद्यः-अनुभूति। जैसे सृष्टि की सबसे अद्यतन नव्यतर-नवागत इकाई मुस्कुरा रही हो सामने, पुष्प-मुख खोले—कोमल किलकारियों से सम्पन्न करती हुई, क्षण-क्षण पुनर्नवा-स्वरूप आदिपितामह ब्रह्मांड को। आँखों में आँखें डाले। फूल-से खिले हिलते-लहराते

नन्हे-नन्हे हाथ-पाँवों से अनन्त अक्षय विस्तार पर अपनी प्रथम उपस्थिति की अंतरंग घोषणा लिखती हुई। पन्ने पलटते हुए लगा कि अपने ही लिखे अक्षर सवाक् हो उठे हैं। अपना नया परिचय बताते हुए, संवाद जोड़ने को बेचैन।

"कैसी लगी यह पुस्तक-प्रस्तुति?" वर्मा अत्यन्त सजग और जिज्ञासु।

"इसी 'लगने' को तो समेटने में जुटा हुआ हूँ।" प्रसाद खिल उठे हैं, "स्थिति तब जटिल हो जाती है जब यह 'लगना' एकदम 'उमड़ने' और 'बरसने' जैसा घटित होने लगे।"

"यह उमड़ना-बरसना पुस्तक की प्रस्तुति देखकर हो रहा है क्या?" वर्मा चौंके।

"यह आँखों का 'उमड़ना-बरसना' नहीं है आचार्य," प्रसाद मुस्कुराए, "उमड़ तो हृदय रहा है और बरस-सरस रहा है यह मन।"

रस्तोगी बहुत ध्यान से सुन-गुन रहे हैं। डॉक्टर के मौन में घुटती असहमतियाँ। वर्मा ताक रहे हैं। प्रसाद आगे बोलते चले जा रहे हैं, "आखिर आप जैसा शब्दशास्त्री प्रकाशन व्यवसाय में उतरा है, अब इस व्यवसाय-क्षेत्र का भी हिज्जे-हलन्त दुरुस्त होना तो तय है। इससे हिन्दी के प्रकाशन संसार को अवश्य आशातीत लाभ होगा, किन्तु..." बोलते-बोलते बीच में ही रुक गए वह।

यह महसूस हुए बगैर नहीं रह सका कि उन्होंने सप्रयास अपनी बात बीच में ही रोक ली है। वर्मा की जिज्ञासा ने बेचैनी का रुख कर लिया है, "बोलिए-बोलिए प्रसाद जी, काहे बीच में ही बात पर कैंची लगा दी? कृपया कह जाइए, जो भी कहना चाह रहे हों।"

"यही कहना चाह रहा हूँ कि प्रकाशन क्षेत्र में आपके होने का यह लाभ व्यावसायिक तौर पर नहीं बल्कि भाषागत संयम के स्तर पर हो सकता है, लेकिन इसके समानान्तर एक भीषण क्षति भी सम्भव है।"

चौंक कर ताक रहे हैं वर्मा। प्रसाद आगे कहते चले गए, "आपको यह नहीं भूलना चाहिए कि व्यावसायिक तौर पर सफल और अधिक साधन-सम्पन्न कई प्रकाशक पहले से इस क्षेत्र में जमे हुए हैं। व्यापार के स्तर पर उन्हें टक्कर देने के लिए आपको कड़ी मशक्कत करनी होगी। आपका अधिक समय इसी क्षेत्र में व्यय होगा। इस क्रम में आपको अपनी मूल पहचान व प्रवृत्ति तक को संकट में डालना पड़ सकता है, जबकि यह कहने की आवश्यकता नहीं कि आप विद्वान और भाषाशास्त्री जिस कोटि के हैं, यह 'उपस्थिति' साधारण नहीं है। भाषा-क्षेत्र में आप जैसा कोई दूसरा व्यक्तित्व तैयार हो पाना सरल नहीं होगा।"

वर्मा झेंप-से गए। प्रसाद अपनी बात कहते चले जा रहे हैं, "आपके आग्रह पर मैंने यह नाटक आपको प्रकाशनार्थ दे अवश्य दिया था और आपने इसे जिस रूप में प्रकाशित कर हमारे हाथ में आज यह कृति प्रस्तुत की है, यह देख बहुत प्रसन्नता भी हो रही है किन्तु मैं पहले से इस विचार पर टिका हुआ हूँ कि इस कार्य-व्यापार के लिए आप नहीं बने हैं।"

"लेकिन उपार्जन के लिए तो मुझे कोई ठोस अध्यवसाय चुनना ही होगा न!" वर्मा की वाणी में निश्चयता की दृढ़ता और विमर्श का स्पंदन समानान्तर प्रवाहित हो रहे हैं, "प्रकाशन के इस कार्य में मुझे कुछ महत्त्वपूर्ण कर गुजरने की गुंजाइश भी अवश्य दिखी है, तभी तो मैंने इसे व्यवसाय के तौर पर अपने लिए चुना है।"

"कुछ कर गुजरने की तो कुछ-कुछ ही...हाँ, किसी तरह गुजर-बसर करने की ज्यादा गुंजाइश है इसमें। किन्तु अन्ततः यह आप जैसे विद्वान का कार्य-क्षेत्र तो कदापि नहीं है।"

"मैं स्वयं को विद्वान तो नहीं कह रहा, किन्तु आपकी इस बात से सहमत नहीं हो पा रहा कि किसी भी व्यक्ति के लिए कोई क्षेत्र निषिद्ध होता हो!"

प्रसाद ध्यान से सुन रहे हैं। रस्तोगी किसी मूर्ति की तरह शान्त और मूकदर्शक।

"विद्वान ही वह जीव है जो कुछ भी कर सकता है...कुछ भी बन सकता है...।" वर्मा अपनी गति से कहे जा रहे हैं, "वह महापंडित होकर सारा तत्त्वज्ञान अर्जित कर सकता है तो सब कुछ जानने-समझने के बावजूद सीधे भगवान से टक्कर भी ले सकता है। कहना न होगा कि मैं यहाँ महापंडित रावण का जिक्र कर रहा हूँ। आप ही बताइए, क्या इसके बाद भी अब किसी तर्क की गुंजाइश बचती है?"

68

"क्या नाम है तुम्हारा?" वाणी में कोमलता, माधुर्य भी। भावपूर्ण मुखमंडल पर सरल-तरल स्नेह और आँखों में अपनापन के चमकीले भावों का अद्‌भुत संगम। सिर झुकाए चौखट के पार खड़ी वह पूछ रही हैं।

"हम्मर नाम तऽ चेखुरा हौ, आपन परिचय दाऽ?" उसने किंचित संकोच किन्तु सम्मान भाव से स्वागती मुद्रा में भीतर आने का आग्रह से भरा संकेत दिया।

"मैं प्रयाग से आ रही हूँ, जयशंकर प्रसाद से मिलना है। हैं कि नहीं?...अरे हाँ, तुमने जो पूछा, वह तो बताऊँ—नाम मेरा महादेवी है।"

चेखुरा अभिभूत। पलक झपकते ही विद्युत-गति से सामने निकट आ गया। हाथ जोड़कर खड़ा हो गया। वह चौंककर रह गईं। पीछे खिसकने का उपक्रम करती बोलीं, "अरे-अरे, भैया, यह क्या? तु-तु...तुम मुझे जानते हो क्या?...क्-क् कैसे? चलो, आगे चलो, बताओ!"

"आप कवि हइन, ई बात भला केऽ ना जानत हौ? इहाँ विनोदशंकर व्यास, रायकृष्ण दास से लेके बिहार वाले शिवपूजन बाबू तक सब लोग काल्हे तऽ दिन भर जमल रहलन। बार-बार आपके चर्चा होत रहलाऽ। कौन अइसन दिन होई जब इहाँ आप लोगन के चर्चा ना होलाऽ।...आप भीतर तो चलिए!"

वह अचकचाकर उसका मुँह ताके जा रही हैं। यों तो वह उसे पहली ही दृष्टि में समझ गई हैं कि यह सुँघनी साहु परिवार का भृत्य है किन्तु उसकी यह बोली-बानी और अतिथि-स्वागत मुद्रा जब क्रमशः सामने आने लगी तो अब यह महसूस होने लगा कि यह सामान्य भृत्यों से कुछ भिन्न है। महादेवी को गहराई से यह अनुभूत होने लगा—इसे कहते हैं संगत का प्रभाव। चंदन तो अपने ऊपर हमला करने वाली कुल्हाड़ी को भी सुवासित कर डालता है। यह तो सर्वथा स्वाभाविक है कि जो व्यक्ति महाकवि जयशंकर प्रसाद के निकट रह रहा हो, उसमें चाहते-न चाहते इतना ज्ञान-प्रभाव तो उत्पन्न हो ही जाएगा कि उसके आचार-व्यवहार सुधर जाएँ। भृत्य तो सबसे करीबी साथी होता है। हर बात का साक्षी। यही तो वह होगा जिसने 'कामायनी'कार के गुखमंडल पर प्रलय-

लीला का सृजन-पूर्व सम्पूर्ण आलोड़न-भूकम्पन भी देखा होगा और सृजन-काल की रचना-पीड़ा भी। मनु की आँखों से ढुलकते चमकते मोती भी देखे होंगे और महाकवि के मुखमंडल पर श्रद्धा-इड़ा के समस्त दोलित-आन्दोलित भाव-उद्वेलन भी। महाकवि की महाच्छवि के समानान्तर यह उनके उस कमजोर मानव-रूप का भी द्रष्टा होगा जो हममें से प्राय: प्रत्येक के लिए भी सदा-सदा अज्ञात-अल्पज्ञात ही रह जाता है। हाँ, वह भृत्य ही तो है जो कवच-कुंडल पहनाते समय महानायक की थरथराती काया तक का इकलौता साक्षी बनता है।

उन्हें भावपूर्ण मौन के साथ अपनी ओर ताकता देख वह श्रद्धा-संकोच से पिघला जा रहा है। कुछ पल बाद वह सहज हुआ। उन्हें साथ लेकर बैठकखाने में आ गया।

पीछे से विनोदशंकर व्यास का प्रखर स्वर गूँजा, "अरे, वाह, वाह! महादेव, महादेव!"

महादेवी ने चौंककर देखा। मुस्कान आए बगैर नहीं रह सकी। मोटे पाढ़ की साड़ी के पल्लू से मुँह ढककर हँसती हुई वह कभी चेखुरा तो कभी आगंतुक की विशिष्ट स्वागत मुद्रा देखती रहीं।

दोनों हाथ आकाश की ओर उठाए व्यास विशिष्ट बनारसी शैली में अभिवादन करते बैठकखाने की ओर ही चले आ रहे हैं, "महादेव, महादेव!"

समीप आते ही उन्होंने दोनों हाथ जोड़े भरपूर झुककर अभिवादन किया, "महादेव बाबा विश्वनाथ की काशीनगरी में हिन्दी की महादेवी का स्वागत है, स्वागत है!...देखिए, मेरी स्मृति कितनी सटीक है! आपकी तसवीर कुछ दिन पहले ही कहीं छपी देखी है, उसी से आपको अभी दूर से ही पहचान गया। बहन, मैं विनोदशंकर व्यास, आपका भाई!...आप यहाँ आईं कब? खड़ी क्यों हैं? बड़े भाई के घर में आई हैं और अतिथि की तरह चौखट के बाहर खड़ी हैं? आसन तो ग्रहण करें पहले!"

महादेवी पल्लू में मुँह को हल्का ढके लगातार हँस रही हैं। उन्हें व्यास की यह शैली पर्याप्त रोचक लगी, "विनोद जी, अब मैं समझी।"

"क्या बहन?"

"मैं वर्षों से उलझन में थी, लेकिन आज यहाँ अभी-अभी बात को समझ सकी हूँ।"

"बताइए तो भला, क्या?"

"यही कि प्रसाद जी आखिर नाटकों के लिए भाव-मुद्राएँ पाते कहाँ से हैं। आज अभी समझी हूँ कि तमाम दृश्य तो हमारा विनोद भाई पहले उनके सामने उपस्थित कर देता होगा—एकदम सम्पूर्ण अभिनय-दक्ष भावाभिव्यक्तियों के साथ। उन्हें तो इसे सिर्फ लिपिबद्ध ही करना पड़ता होगा न!" स्वर में गरिमा से भरी चुहल, स्नेह से छलछलाई चिकोटी भी।

बाहर से करीब आते रायकृष्ण दास ने दूर से ही ठहाका लगाया। सभी हँसने लगे।

महादेवी तख्त से उठती हुई आदर के साथ दास का अभिवादन करने लगीं। वह वहीं से बरजने लगे, "नहीं, नहीं, उठना नहीं। तुम तो साक्षात् सरस्वती हो बहना! तुम्हें तो अभिवादन-कष्ट से हमेशा के लिए मुक्त करना ही उचित होगा। लगता है, तुमने मेरे बारे में सही अंदाजा लगा लिया है...हाँ, मैं रायकृष्ण दास ही हूँ।"

वह पूर्ववत् तख्त पर आराम से बैठ गईं। पास ही दूसरी कुर्सी की ओर दास ने हल्की-सी दृष्टि डाली। व्यास ने उठकर उन्हें ससम्मान स्थान-ग्रहण कराया।

दास प्रश्नवाचक हुए, "व्यास, महादेवी को कुछ खिलाया-पिलाया भी या तुम भी अतिथि-श्रेणी में ही डटे हुए हो? लगता है, बाबू साहब अब कुछ विलम्ब से ही लौटेंगे।"

"पता नहीं, आज किस ओर सैर को निकले हैं!" व्यास ने जिज्ञासा-मिश्रित चिन्ता झलकाई।

"मुझे पता चल गया है, वही तो कह रहा हूँ न!...अभी जब मैं यहाँ आ रहा था तो रास्ते में आगा हश्र कश्मीरी मिल गए। उन्होंने ही पहले मुझे देख लिया और मार्ग पर बीच में आकर गाड़ी को रोकवा दिया। मैं उन्हें देखकर गाड़ी से उतरने लगा तो छूटते ही उन्होंने तंज किया जिससे पता चला कि बाबू साहब सारनाथ की ओर निकले हैं और घोड़ागाड़ी पर उनके साथ नाट्य-अभियानी गोविन्दवल्लभ पंत भी बैठे हैं।"

महादेवी ने स्वाभाविक आवेग से पूछा, "गोविन्दवल्लभ जी भी यहाँ पधारे हैं क्या?"

"हाँ। सप्ताह भर से तो यहीं हैं। हुकूमत को तो उनके अभियान का कतई कुछ पता नहीं होगा किंतु हमें तो पूरी जानकारी है..." व्यास ने आवाज को गोपन-भाव से नियंत्रित रखा।

"हुकूमत को पता नहीं है, यानी वह इन दिनों किसी विशेष आन्दोलनात्मक गतिविधियों में जुटे हैं क्या?" महादेवी की आँखों में सहमी हुई जिज्ञासा हुलक उठी, जिसे देख दास ने मुस्कुरा दिया।

"हाँ, क्यों नहीं! गोविन्दवल्लभ तो असहयोग आन्दोलन में पूरी तरह सक्रिय हो ही गए हैं न! इसी के लिए उन्होंने कालिज छोड़ा और अब वह मेरठ की 'व्याकुल भारत नाटक-कम्पनी' में भर्ती हो चुके हैं। नाटकों के मंचनों द्वारा वह अधिक से अधिक लोगों को आन्दोलन से जोड़ने का काम कर रहे हैं। इसी के निमित्त वह बार-बार काशी आ भी रहे हैं। बाबू साहब से उन्हें इस मामले में सहयोग-समर्थन क्रमशः लगातार मिल रहा है। असल में जनचेतना को प्रज्वलित करने व प्रचंड बनाने के लिए यह कम्पनी देश में कुछ विशेष नाटकों का प्रयोग करना चाह रही है ताकि स्वतंत्रता के इस संग्राम को प्रभावी आकार दिया जा सके," विनोदशंकर व्यास ने समझाते हुए आगे बताया, "यह कम्पनी पारसी नाटक कम्पनियों के दूषित भाव-प्रभाव को तोड़ना चाहती है इसीलिए इसके समानान्तर व विपरीत—सभी अर्थों में सार्थक-सोद्देश्य मंचनों को सम्भव बनाने के प्रयास में जुटी है।"

"यह तो बहुत अच्छी बात है। मुझे यह सब जानकर संतोष का अनुभव हो रहा है।" महादेवी ने संजीदगी से उनकी बातों का अनुमोदन किया।

"'व्याकुल भारत नाटक-कम्पनी' की टीम दिल्ली, मेरठ और लखनऊ होती हुई बनारस भी पहुँचे, उसी की पृष्ठभूमि की रचना में गोविन्दवल्लभ जी जुटे हैं।" व्यास ने आगे बताया।

चेखुरा भीतर से आया। उसके हाथ में एक छलकता हुआ पीतल का कठौत जैसा पात्र। सबने लगभग एक साथ उसे एक नजर देखा फिर चर्चा में मशगूल हो गए। कुछ पल वह खड़ा रहा। पात्र थामे, चुपचाप। सबको मगन देख वह चुपचाप आगे बढ़ा।

महादेवी के पाँव के पास पात्र ले जाकर रख दिया। उन्होंने देखते ही बात समझ ली। सिर हिलाकर मना करने लगीं—चल रही बातचीत में बाधा न पहुँचने देने का इशारा करती हुई। उन्होंने उसे पात्र हटाने का सस्नेह संकेत भी दिया। जवाब में वह थसक कर नीचे फर्श पर ही जम गया। सबकी ओर ताकता हुआ चर्चाएँ सुनने लगा।

"आगा हश्र कश्मीरी भला क्या तंज कर रहे थे भाई साहब? जरा बताइए तो, इसका भी भेद हम खोलें।" दास की ओर उन्मुख हुए व्यास।

महादेवी की जिज्ञासा गहरा गई। उसमें एकाग्रता का रंग टहक।

दास बताने लगे, "गिरजाघर से पहले उधर सड़क पर मस्जिद के पास दालमंडी गली की ओर वह मुड़ रहे थे, तभी किसी तरह उनकी नजर मेरी घोड़ागाड़ी पर पड़ गई। जल्दी-जल्दी लौटकर सामने आ गए और रोकवाकर बहुत संजीदगी से मुझे बताया, 'लगता है, तुम्हारा साव आज कहीं लम्बी सैर पर निकला है। अपनी घोड़ागाड़ी पर कुछ खाने-पीने का इन्तजाम भी रखे था और साथ में किसी बाहरी मुच्छड़ नौजवान को भी बिठाए हुए था—मेरी ही तरह लकदक सफेदी झाड़े था मुच्छड़ भी। लगता है, साव के दरबार में यह एक और दरबारी बढ़ गया है, यानी कि अब कुछ दिन यह भी नारियल बाजार वाले दरबार की रौनक बढ़ाएगा...' " वह मुस्कुराकर आगे बोले, "आगा हश्र कश्मीरी साहब की इस जरा-सी बात से ही मैं समझ गया कि नाटककार गोविन्दवल्लभ जी के ही साथ बाबूसाहब कहीं निकले होंगे, और लम्बी सैर का मतलब कि हद से हद सारनाथ गए होंगे, और क्या!...और कहीं दूर का कोई कार्यक्रम तो था ही नहीं।"

"बस, आगा हश्र कश्मीरी मात्र इतनी-सी चिनगारी छिटकाकर रह गए। ऐसा तो हो ही नहीं सकता कि वह हममें से किसी से मिलें और चर्चा छेड़ने के बाद बगैर कोई बड़ा-सा अंगारा उगले ही चले जाएँ!" व्यास ने सिर को वृक्ष की तरह हिलाया।

"ऐ भाई, एक तो वह आदमी बहुत वरिष्ठ है; दूसरे यह कि वह बाबूसाहब के नये बनते रुतबे से चिढ़ा हुआ है; तीसरे यह कि उसे जाने-अनजाने प्रतिदिन नारियल बाजार में उसी गद्दी के सामने से अकेले हाथ में छड़ी डुलाते हुए गुजरना पड़ता है जहाँ बाबूसाहब अपनी मंडली के साथ जमे रहते हैं, मिठाई-ठंडई और पान-पत्ती का दौर-पर-दौर चलता रहता है—ऐसे दौर-पर-दौर देख उसे दौरे-पर-दौरा आने लगता है। आसपास से गुजरता हुआ यह शख्स बाबूसाहब का रुतबा देख हर बार झुलसकर रह जाता है। ऐसे में वह कुछ न कुछ चिनगारी और राख तो उगला ही करेगा न! इसकी ज्यादा चर्चा करने की जरूरत नहीं है।"

मौका देखकर चेखुरा ने पात्र को खिसका दिया। अचानक महादेवी के दोनों पाँव पकड़कर झटके से जल में डाल लिया। वह सकुचाती हुई शान्त बैठी रहीं।

व्यास ने उसकी ओर नजर उठाई, "क्यों बेटे, अपना काम कर ही डाला न? पक्के निश्चय वाले बच्चे हो तुम!"

"बच्चा! क्या अब भी यह बच्चा ही है?" बोलकर दास हँसने लगे।

"हाँ, कोई भी छोटा अपने बड़ों के आगे तो जीवन भर बच्चा ही रहता है।" वह चेखुरा की ओर ताकते हुए मुस्कुराए, "क्यों बेटे, कठौती में कैसा जल है?"

"चाहे जैसा भी था, अब तो यह गंगाजल में बदल ही गया है।" चेखुरा के स्वर से श्रद्धा छलक रही है। वह आगे बोलता चला गया, "निशादराज को तो अपने बजड़े को स्त्री हो जाने से बचाने का एक बहाना खोजना पड़ा था। उन्होंने अहल्या का नाम लेकर कितना-कितना प्रपंच न बाँधा! तब उन्हें मिला भगवान के चरण धोने का स्वर्णिम अवसर। मैं कितना सौभाग्यशाली हूँ, मुझे तो ज्ञान की महादेवी के चरण पखारने के लिए न किसी सच्चे-झूठे बहाने की आवश्यकता पड़ी, न किसी छल-प्रपंच की, फिर मैं भला क्यों चूकता?"

दास ने आँखें मूँद लीं। अपने अन्दर अकस्मात् छलछला आए आनन्द-भावों में तृप्तिकर डुबकी लगाने लगे। वाणी अतिरिक्त कोमल, "यह दुर्लभ दृष्टि-अनुभूति और उसकी ऐसी विरल अभिव्यक्ति जयशंकर प्रसाद का कोई संगी-साथी ही प्राप्त-प्रदान कर सकता है।" वह महादेवी की ओर उन्मुख हुए, "तुम्हें एक बात मैं बता दूँ?"

महादेवी ने ससंकोच जिज्ञासा से दृष्टि उठाई।

वह आगे बोले, "तुम्हारे चरणों को पखार रहा यह लड़का भक्ति-मार्ग का नहीं, शक्ति-मार्ग का धावक है।"

"तात्पर्य?" शान्त मधुर स्वर में भी जिज्ञासा का तीव्र विद्युत-वेग।

"यह चेखुरा ही है जिसने बाबूसाहब जैसे गुरु-गम्भीर व्यक्ति को भारी-भरकम ग्रंथों-शास्त्रों के गगनचुम्बी मनन-शिखर से नीचे उतारकर समकाल-संघर्ष की भूमि पर ला खड़ा किया है।"

अपनी चर्चा बंद नहीं होती देख चेखुरा तमककर उठा। वहीं ऐंठा खड़ा हो गया। उसके चेहरे पर बालकों जैसी सकुचाहट भी और ठुनक भी, "अब मेरी बात क्यों होने लगी यहाँ पर? इस चर्चा को रोकिए और..."

व्यास ने फुलझड़ी छोड़ी, "काहे लजात हउवाऽ! जौन-जौन करम करबाऽ, ओकरे चरचा तऽ होइबे करी नऽ! तोहरे जे गुण अउर विशेषता हौ, ओकरे बात तऽ।"

वह झमकता, पाँव पटकता भीतर चला गया। दास ने अपनी बात आगे बढ़ाई, "यह लड़का मामूली नहीं है। अँगरेजों के विरुद्ध इसके सीने में ज्वालामुखी भरा हुआ है, क्रांतिकारियों से सम्पर्क रखता है और मौके पर उनकी ऐसी सहायता करता है कि इसके इस नजरिये की कोई कल्पना भी नहीं कर सकता।"

"अरे भैया, सीधी बात तो यह कि इस संग्राम का वह स्वयं एक लड़ाकू सिपाही है।" व्यास ने अपनी ओर से जोड़ा और आगे बोले, "इसने बाबूसाहब जैसे अध्ययन-मननशील मनुष्य के मन में भी ऐसे भाव जगा दिये हैं कि अब वह भी बात-बात में अँगरेजी शासन के प्रति चिनगारी छिटकाने लगे हैं।"

"मैं तो कहता हूँ कि हम लोग अगर लगातार सम्पर्क में न रहें और बाबूसाहब को कुछ दिन चेखुरा के ही भरोसे छोड़कर चल दें तो यह भी सम्भव है कि एक दिन जब यहाँ आएँ तो समूचा दृश्य-परिदृश्य ही उलटा हुआ देखने को मिले..."

वह कहते-कहते रुके तो व्यास ने व्यग्रता दिखाते हुए कहा, "आप, भैया, वाक्य अधूरा छोड़कर रुक जाते हैं तो जान हथेली पर आ जाती है। जिज्ञासा को ऐसे न छेड़ा कीजिए।"

दास मुस्कुराने लगे, "भई, कला-क्षेत्र का जीव हूँ। कला तो जिज्ञासा, भंगिमा, भाव, यहाँ तक कि मन के घावों तक को छेड़ने का ही काम करती है।"

"देखिए, बात को पूरा तो कीजिए।" व्यास व्यग्र हो उठे।

बहुत ध्यान से बातें सुन रहीं महादेवी भी समुत्सुक। उनकी ओर दृष्टि लाते हुए दास ने गम्भीर मुद्रा बना ली, "कुछ दिन हम लोग बाबूसाहब को चेखुरा के भरोसे छोड़ दें तो यह हो सकता है कि एक अंतराल के बाद जब हम यहाँ आएँ तो हिन्दी के महाकवि जयशंकर प्रसाद हाथ में लेखनी पकड़े कुछ लिखते हुए नहीं, बल्कि कंधे पर बन्दूक थामे कूदते-फाँदते हुए दिख जाएँ! यह दृश्य हमारे लिए ही नहीं, पूरे हिन्दी संसार के लिए कितना दर्दनाक होगा, क्या यह अब बताने की जरूरत रह गई है?"

एक साथ सभी ठठा पड़े। अब तक सकुचाई बैठी महादेवी हँसते-हँसते लहालोट। दोनों के चुप हो जाने के बाद भी वह हँसते-हँसते परेशान-सी होती रहीं। दास ने फिर मुँह खोला, "वैसे बाबूसाहब का बन्दूक थामे कूदना दृश्यगत दृष्टि से हमारे लिए कोई बहुत चौंकाने वाली बात नहीं होगी—आप लोगों के लिए चाहे भले ऐसा हो या न हो..."

व्यास ने फिर वैसी ही व्यग्रता से उनकी ओर देखा। इस पर ध्यान देते हुए उन्होंने तुरन्त अपनी बात आगे पूरी की, "भई, प्रसाद तो बनारस से बाहर वालों के लिए न केवल और केवल लेखनीधारी सुकवि हैं—कोमलकांत पदावली के रचयिता।...हम तो उन्हें अखाड़े में मुगदर भाँजते और जोर आजमाते हुए ही अक्सर देखते हैं, उन्हें लिखते हुए हमने भला कब देखा? हम तो उन्हें जब देखते हैं, पुष्टकाय पहलवान ही देखते हैं—तहमद और गमछे में। बाँहों पर उभरी हुई दो छलकती मछलियाँ और एक समूचा भव्य आलोकित पाताललोक छुपाए पृथ्वी जैसा सीना। कोई मुगदरधारी हो या बन्दूकधारी, दोनों में भला अंतर ही कितना हुआ?"

महादेवी अपनी उलझन खोलने लगीं, "मैं भीतर ही भीतर अभी बहुत पछतावा महसूस कर रही हूँ।"

"पछतावा, क्यों? भला किस बात के लिए?"

"यही कि मैं अगर कुछ ही घंटे पहले यहाँ पहुँच गई होती, उन दोनों महानुभावों के साथ मुझे भी सारनाथ जाने और वहाँ भारत के प्राचीन इतिहास की झलक पाने का दुर्लभ मौका मिल जाता। जयशंकर प्रसाद के साथ पुरावशेषों को देखने-समझने का अवसर तो दुर्लभ ही कहा जाएगा न!"

"सो तो है। लेकिन आप ठहर जाइए और बाबूसाहब से आग्रह करिएगा, वह कल फिर चले चलेंगे। हम सभी लोग आपके साथ होंगे।" दास ने ढाढ़स बँधाया।

इसी बीच, चेखुरा भीतर से फिर निकला। इस बार उसके हाथों में बड़ी-सी एक थाली पीतल की, मध्यम आकार वाली परात जैसी। खाद्य-पदार्थों से भरी हुई।

दास उसे देखते ही मुस्कुराए, "का इयार, ताजा मगदल बनल हौऽ काऽ?"

"बनल रही तऽ तजे नऽ रहीऽ? कहीं बसियो बनऽला काऽ?"

फिर हँसी का स्रोत फूट पड़ा। दास भी देर तक हँसते रहे। अपने सामने इतनी बड़ी भरी-पूरी परात रखते देख महादेवी हँसने लगीं, "इसके साथ कहीं अग्रज निराला जी

वाला ही राज्यादेश भी तो नत्थी नहीं है? यानी कि अतिथिदेव को अपने आगे प्रस्तुत सम्पूर्ण नैवेद्य ग्रहण करना ही करना होगा, नहीं तो..."

सबके चेहरों पर फिर मुस्कान चमकी। चेखुरा ने हाथ जोड़कर विनती की, "आप पहले ग्रहण कर लें तो फिर बचा हुआ अंश हम सबके लिए पूजा की पवित्र प्रसादी बन जाएगा।"

"यह तो यों भी जयशंकर का प्रसाद है।" महादेवी की वाणी से श्रद्धा-भावना फैली।

"आपके स्वीकार-संस्पर्श से यह महादेवी का प्रसाद हो जाएगा।" व्यास ने खड़े होकर दोनों हाथ जोड़ विशिष्ट अंदाज में कहा।

वह संकोच से भर गईं, "आप कृपया स्थान ग्रहण करें। यहाँ रायकृष्ण दास जैसे मेरे अग्रज भी तो हैं, इसलिए जब मैं अग्रज के घर में हूँ तो मेरे साथ अतिथि वाला व्यवहार तो नहीं ही होना चाहिए न! पहले रायसाहब को।"

दास कहाँ चूकने वाले! पलक झपकते दहला मारा,"बहन के लिए भाई का घर तो नितान्त अपना है ही, किन्तु बहन का अतिथि-भाव पाने का अनन्त अधिकार भी सुरक्षित है।"

महादेवी ने सिर हिलाकर इस तर्क-युद्ध में अपनी हार स्वीकार कर ली, "येन केन प्रकारेण आखिर जीत पर तो भाइयों का ही अधिकार होना चाहिए न! चलिए, स्वीकार है।"

69

सारनाथ का विश्वप्रसिद्ध बौद्ध धम्मेख स्तूप। अवलोकन करते हुए नाटककार गोविन्दवल्लभ पंत ने शनैः-शनैः दृष्टि क्रमशः ऊपर की, "बाबूसाहब, यह स्तूप तो जब बना होगा। उस समय इसके साथ चाहे जो दृष्टिकोण जुड़ा रहा हो, आज तो यह बौद्ध धर्म की बुलंदी का ही सार्थक प्रतीक बन गया है।"

प्रसाद गम्भीर हो उठे, "धर्मों की बुलंदी! असल में लोग जिस तरह धर्मों को धारण कर रहे हैं, इससे मुझे अब घनघोर चिन्ता होने लगी है।"

गोविन्दवल्लभ ने जिज्ञासु दृष्टि उनके चेहरे पर जमा दी। वह आगे बोले, "धर्म को धारण करने का तब क्या अर्थ रह जाता है जब समाज के अच्छे-भले प्रमुख लोग तक उसकी शिक्षा को ही ठेंगे पर चढ़ाए फिर रहे हों? प्रश्न यह भी है कि आखिर अपने उद्गम देश में बौद्ध धर्म की आधार-भूमि क्यों खंधर गई?"

"इस पर तो मैं आपका ही दृष्टिकोण जानना चाहूँगा।"

"मेरे दृष्टिकोण का मामला नहीं है। इस पर तो बार-बार मनन-मंथन होना चाहिए, बल्कि धर्म के सम्पूर्ण प्रश्न पर गहन विमर्श होना चाहिए। किसी भी धर्म की शिक्षा को देख लीजिए, सबमें प्रेम, दया, सहिष्णुता, करुणा का संदेश निहित है लेकिन इनका पालन कहाँ किस अनुपात में हो रहा है? लोग धर्म-परिवर्तन जब करते हैं तो मेरे लिए यह समझना कठिन हो जाता है कि वे ऐसा आखिर क्यों कर रहे हैं! भला वह ऐसा कौन धर्म है जहाँ उत्तम शिक्षा की कमी है? शब्दावली में भले कुछ अन्तर दिख जाए, सबमें

तो कमोबेश एक जैसी शिक्षा है। इसीलिए मुझे तो यह लगता है कि धर्म-परिवर्तन प्रायः हर बार गैर-धार्मिक कारणों या किन्हीं विवशताओं के तहत ही सम्भव किया-कराया जाता है।"

गोविन्दवल्लभ ने गगनचुम्बी स्तम्भ को लक्ष्य किया, "यह वस्तुतः किस निमित्त बनवाया गया लगता है?"

प्रसाद के स्वर में कथात्मक प्रवाह आ गया, "महात्मा बुद्ध उरुवेला से चलकर यहाँ पहुँचे थे। यहीं उन्होंने पाँच ब्राह्मण संन्यासियों को चुना और उन्हें अपना प्रथम उपदेश दिया। बौद्ध दर्शन में इसे 'धम्मचक्र प्रवर्तन' नाम से अभिहित किया जाता है। बौद्ध संघ में सर्वप्रथम प्रवेश यहीं से शुरू हुआ। एक यह बात आपके ध्यान में है कि नहीं?"

"कौन-सी बात?"

"अजातशत्रु ने अपने पिता मगध के सम्राट् बिम्बिसार की हत्या करके सत्ता प्राप्त की थी और साम्राज्यवादी नीति अपनाते हुए मगध की सीमा का विस्तार करते हुए काशी व वज्जि संघ पर अधिकार कर लिया था। अब विकट विरोधाभास देखिए—सत्ता पाने के लिए सम्राट् पिता की हत्या करनेवाला अजातशत्रु एक श्रद्धालु बौद्ध अनुयायी भी दिखने का प्रयास करता रहा। उसी ने 483 ईसा-पूर्व में अपनी राजधानी राजगृह की सप्तवर्णी गुफा में प्रथम बौद्ध संगीति का आयोजन कराया था। इसमें भगवान बुद्ध की शिक्षाओं को सुत्तपिटक व विनयपिटक के रूप में लिपिबद्ध किया गया था।" प्रसाद ने समझाने वाले अंदाज में आगे कहा, "अब आप खुद देखिए कि ऐसे विरोधाभास सैकड़ों साल बाद आज भी कैसे भ्रम का भाव जगा रहे हैं!...भाई, जो सत्ता के लिए अपने पिता तक की हत्या करने में भी नहीं हिचके, उससे अन्ततः कैसी नैतिकता की आशा की जा सकती है? ऐसा व्यक्ति भी अगर तमाम गोरखधंधों के साथ-साथ धर्म-भाव में भी डूबा दिख रहा हो तो आप स्वयं समझ लीजिए कि धर्म के नाम पर यह कैसा घोर घनचक्कर चलता रहा है! इसका तात्पर्य तो यही हुआ न कि धर्म शुरू से ही शासक वर्ग के लिए मुखौटा बनता आया है। प्रजा को भ्रम में डाले-उलझाए रखने की एक अचूक युक्ति भर।...यही सब सोच-समझकर मेरी धारणा इन दिनों काफी डगमगा रही है।"

"धारणा का डगमगाना वस्तुतः चिन्तन के सतत गतिशील होने का ही प्रमाण है। यह जब स्थिर हो जाए तो इसका अर्थ केवल और केवल यही होगा कि जल का प्रवाह ठहर गया है। प्रवाह रुक जाने पर एक अंतराल के बाद तो जल का सड़ना अवश्यम्भावी है। विचार का भी यही गति-क्रम है। इसलिए धारणा का लगातार हिलना-डुलना ही अच्छा है। जो डालें हिलती-डुलती हैं, वही तो हरी-भरी अर्थात् जिन्दा होती हैं, निष्प्राण डंठल भला कहीं हिलती-डुलती है?"

विचार-वेग में कह तो गए किन्तु ज्योंही यह ध्यान आया कि किससे बोल-बतिया रहे हैं, तत्काल स्वतः संकोच-भाव से भर गए गोविन्दवल्लभ।

इस त्वरित मनोभाव-परिवर्तन को एक झलक में सर्वांश ताड़ गए प्रसाद, "मैं आपसे सहमत हूँ। सचमुच आपने बहुत सही बात बताई।"

"हाँ, और मेरा साहस देखिए कि मैंने बिना किसी डर-भय के यह ज्ञान-प्रदर्शन स्वयं महाकवि जयशंकर प्रसाद के सामने किया।...आपने यह भी देखा होगा कि यह

जोखिम उठाते हुए न मेरी जबान लड़खड़ाई, न देह थरथरायी। यह गुरु-ज्ञान मैंने कैसे भले-भले दे डाला, अब इस पर स्वयं ही चकित हूँ।"

"मेरे युवा मित्र, आपने बात-बात में बहुत रसीली-चुटीली बयार बहा दी। मन प्रसन्न हो गया। इतिहास की धूल उड़ाते हुए मैंने अभी-अभी जो गाढ़ा ऊब उपस्थित कर दिया था, आपके वेगपूर्ण व्यंग्य के हास्य-झोंकों ने इसे एक झटके में उधिया-उड़ा दिया। भई, वाह, आनन्द का अनुभव हुआ। इसका अर्थ तो यह कि आपमें उल्लेखनीय लेखकीय मेधा-प्रतिभा-क्षमताएँ निहित हैं। आपको नियमित लेखन-कार्य करना चाहिए। समय नष्ट करना ठीक नहीं।" प्रसाद ने भरपूर उत्साह जगाया।

गोविन्दवल्लभ का संकोच-भाव क्षण भर में जाता रहा।

धीरे-धीरे चलते हुए दोनों आगे बढ़ते गए। परिसर में अपनी विशिष्ट उपस्थिति व्यक्त करते खँडहर। निकट पहुँचकर गोविन्दवल्लभ गहन मनन-भाव के साथ अवलोकनरत। उत्खनन में कुछ ही वर्षों पहले भूगर्भ से निकली गेरुवा ईंटों की आधी-अधूरी दीवारें खड़ी हैं सामने। दूर-दूर तक उभरी-फैली हुईं। कहीं घुटने भर की ऊँचाई, तो कहीं छाती के बराबर। गहराई में उतरने पर ज्यादातर स्थानों पर काफी ऊँची-ऊँची। धसकी-खंधरी हुई होने के बावजूद देखने में कहीं-कहीं एकदम नई-नई-सी। ध्वंसावशेष किन्तु वाचकता से भरे हुए ढाँचे। इतिहास के काल खंड-विशेष को जीवंत करते, सवाक् बनाते-से। पूरा परिसर मन में हजारों साल पहले के बारे में तरह-तरह की अनुभूतियाँ जगा रहा है। आसपास पुरावशेषों के बिखरे टुकड़े, सोच की सतहों को ठोंकते-ठकठकाते हुए-जैसे।

"गोविन्दवल्लभ जी, यह देखिए..." प्रसाद ने हल्की-सी मुस्कान छिड़की, "भारत के गौरवशाली इतिहास के कुछ जीवित पृष्ठ यहाँ सामने पड़े हैं। न जाने क्यों, मुझे यहाँ बहुत सुकून मिलता है। यहाँ आकर स्वयं को बहुत जाग्रत-जीवन्त और सक्रिय अनुभूत करता हूँ। यहाँ खड़ा होकर यह सब भरदृष्टि देखते ही मन के भीतर जैसे ऊर्जा का स्रोत जागने लगता है, जो देखते-ही-देखते कुछ ही पलों में सागर-सा हिचकोले लेने लगता है। जब कभी यहाँ आना सम्भव होता है, उस दिन लौटने के बाद पूरी रात लिखता रह जाता हूँ—न जरा-सी थकान, न नींद या न रंचमात्र भी मानसिक भटकाव। जो कुछ भी लिखने बैठा होता हूँ, वह पूर्वनिर्धारित पाठ-रूप में मस्तिष्क से सीधी राह चलकर लेखनी पर पग रखता गतिपूर्वक कागज पर उतरता चला आता है—धाराप्रवाह, सर्वथा निर्बाध! क्रमश: हल्की छीजन के साथ यह गति-क्रम कई दिनों तक चलता रह जाता है।"

बारीक अवलोकन के क्रम में ही गोविन्दवल्लभ की मद्धिम किन्तु टहक आवाज तैर गई, "इसका अर्थ यह कि यहाँ आपके लिए कुछ विशिष्ट प्रेरणा छिपी हुई है जो इसी तरह आने-जाने के दौरान कभी किसी दिन अचानक तेज कौंधती हुई अकस्मात् आपके मन-प्राणों में उतर जाएगी और इस तरह हिन्दी साहित्य को आपसे इस दिशा में कुछ और विशिष्ट प्राप्तियाँ सम्भव हो जाएँगी!...यह तो बहुत आनन्दप्रद संकेत है।" कुछ देर रुककर, आगे, "बाबूसाहब, यहाँ एक जिज्ञासा मेरे मन को तेज-तेज मथ रही है।"

"क्या?"

"बुद्ध ने यहाँ तक पहुँचकर भी भला काशी में प्रवेश क्यों नहीं किया?"

"सनातन धर्म से टकराने निकले बुद्ध काशी में प्रवेश करना तो चाह ही रहे होंगे क्योंकि इसी धार्मिक राजधानी में उन्हें खुद को तौलना भी तो था। बेशक वह स्वयं को यहीं इसी भूमि पर सिद्ध-साबित करना भी चाह रहे होंगे। अन्ततः यहीं उन्हें अपनी स्वीकृति-अस्वीकृति का पता जो लगता! काशी तो शुरू से सनातन मत और उसके आचार्यों का गढ़ रही है। लेकिन कहते हैं, हिन्दू धर्म को नकारने या उस पर तर्क-कुतर्क के लिए काशी में उन्हें कोई मंच नहीं मिल सका। कहा तो यहाँ तक जाता है कि उस समय यहाँ हिन्दू धर्माचार्यों के पांडित्य का ऐसा प्रचंड आतंक था कि बुद्ध काशी-प्रवेश का साहस ही नहीं जुटा सके। सारनाथ में ही अपना धम्मचक्र प्रवर्तन कर सन्तुष्ट हो लिए। वैसे एक प्रसंग के अनुसार बुद्ध काशीनगरी में एक प्रशंसक के यहाँ पहुँचे थे किन्तु बगैर किसी घोषणा या आयोजन के—नितान्त व्यक्तिगत रूप में। इस सम्बन्ध में एक यह भी धारणा उपलब्ध है कि बुद्ध उक्त प्रशंसक के यहाँ वेश बदलकर गए थे। सम्भव है, इसी तरह उन्होंने काशी-भूमि का संस्पर्श-सुख प्राप्त कर लिया हो!" प्रसाद ने समझाते हुए बात पूरी की।

दोनों खँडहर परिसर का परिभ्रमण-अवलोकन करते रहे। गाड़ीवान ने कुछ दूरी पर सामने आकर सप्रयास जैसे स्वयं की निकट उपस्थिति दिखा दी। तात्पर्य यह कि वह अगला आदेश या संकेत प्राप्त करने को उपलब्ध है।

गोविन्दवल्लभ ने जिज्ञासा की, "उधर वह जो नई-सी छोटी इमारत दिख रही है, वहाँ कुछ विशिष्ट दर्शनीय तो नहीं है?"

"आइए न, उधर चलते हैं! वहाँ संग्रहालय आकार ले रहा है। अभी तो छोटा-सा भवन बन सका है लेकिन इससे काम नहीं चलनेवाला। चलकर देखिए न, वहाँ काफी संख्या में पुरावशेष बाहर भी पड़े मिलेंगे। उन्हें संरक्षित करना अभी शेष है।"

कुछ ही दूर पैदल चलकर दोनों संग्रहालय परिसर में जा पहुँचे।

गोविन्दवल्लभ ने काफी संख्या में भग्न मूर्तियाँ खुले आसमान के नीचे बिखरी पड़ी देखीं तो हाथ मलने लगे, "ओह, खुले में ही छोड़े हुए इतने सारे अनमोल पुरावशेष? इस तरह पड़े होने से इन्हें कहीं कोई बड़ा नुकसान न पहुँच जाए!" दूसरे ही पल स्वयं ही यह दूसरा स्वर निकाला, "खैर, जिन्हें इतना बड़ा कालखंड नहीं मिटा सका, उन्हें अब भला कौन हानि पहुँचा सकता है? संरक्षण कार्य जब शुरू हो चुका है तो आज न कल इन्हें भी संग्रहालय की छत नसीब हो ही जाएगी।"

प्रसाद ने एक विशिष्ट मूर्ति की ओर संकेत किया। उन्होंने उस पर ध्यान केन्द्रित कर लिया। चारों दिशाओं की ओर मुँह किये एक साथ सटकर बैठे चार सिंहों की एक जुड़ी हुई बड़ी-सी अद्भुत मूर्ति। उन्होंने बताना शुरू किया,"देखिए, यह अशोक स्तम्भ है। इस पर उत्कीर्ण यह चतुर्सिंह। इस एक प्रतिमा में भारत के प्राचीन इतिहास का अनूठा व गौरवशाली स्वर्णकाल अपनी सर्वांग-सम्पूर्णता में उपस्थित है। बेशक यहाँ एकत्र पुरावशेषों में से प्रत्येक अपने युगकाल का कोई-न-कोई जरूरी संदर्भ-पहलू अवश्य प्रस्तुत कर रहा है। कोई अपने सम्बन्धित कालविशेष की कलात्मक दक्षता बयान कर रहा है तो कोई तत्कालीन सांस्कृतिक चेतना या अवस्था-व्यवस्था की सटीक बानगी लेकर उपस्थित। कुछ पुरावशेष संदर्भित कालखंड के सामाजिक स्वरूप और जनजीवन-स्तर

को व्यक्त कर रहे हैं तो कुछ तत्कालीन आस्था-विश्वास के रूपाकार बता रहे हैं। इनमें अकेले वही एक मूर्ति है जो मुझे बार-बार इस रूप में आकर्षित कर रही है, जिसमें मुझे सम्पूर्ण राष्ट्रगौरव झलक रहा है।"

"मुझे भी पहली ही दृष्टि में यह बहुत सार्थक लगी—सर्वथा गहन अर्थपूर्ण।"

"सार्थक और अर्थपूर्ण ही नहीं, अपारअरथी या बहुआयाम-अरथी—किसी युगांतकारी महाकवि के उस अविस्मरणीय महान छंद की तरह, जो कभी पुराना नहीं पड़ता हो और युग व कालानुसार स्वयं को स्वतः-स्वयमेव पुनः-पुनः पुनर्नव बनाते चलने की अद्भुत क्षमता से सम्पन्न हो। अर्थ-ध्वनियों की असंख्य लहरों से सम्पन्न, परिपूर्ण। इसका स्थापत्य भी विरल है और प्रभावान्विति भी अचूक।" प्रसाद ने विशिष्ट तन्मयता के साथ कहना जारी रखा, "इसकी सम्पूर्ण मुद्रा-उपस्थिति के कई-कई अर्थ-कोण तो अभी तत्काल मुझी को सूझ रहे हैं, यथा—पहला संकेत यह कि चारों दिशाओं पर सिंहों की सक्षम निगरानी है; अर्थात् सर्वत्र पराक्रम-शक्ति की मौजूदगी। दूसरा निहितार्थ तो नितान्त क्रांतिकारी। सिंहों के बारे में एक यह स्थापित धारणा है जो सम्भवतः पशु मनोविज्ञान के अनुरूप स्वाभाविक भी हो कि सामान्यतः वे कभी झुंड में नहीं रहते-चलते। यह मुद्रा-उपस्थिति इस धारणा को संकेतन के धरातल पर तोड़ती है; अर्थात् लक्षित संदेश यह कि हर असम्भव-असंगत को नकारते हुए राष्ट्र की मजबूती के लिए आपसी एकता-एकजुटता की दृढ़संकल्पित सम्भव दशा अवश्य बनी रहनी चाहिए। तीसरा लक्ष्यार्थ भी कम आकर्षक नहीं। सिंहों की एकता अर्थात् राष्ट्रहित के लिए आपसी भेद-मतभेद भुलाते-धुलाते हुए तमाम शक्ति-केन्द्रों का अटूट एकीकरण हो और यह हमेशा कायम रहे। चौथा प्रतीकार्थ यह कि चार सिंह अर्थात् राजसत्ता-शक्ति, शासनतंत्र-शक्ति, न्यायतंत्र-शक्ति और सबसे बड़ी लोकशक्ति—सभी चारों शक्ति-केन्द्रों का आपसी एकीकरण असम्भव कदापि नहीं है और यह नितान्त आवश्यक भी है इसलिए यह क्रियान्वित हो। पाँचवाँ बिम्बार्थ चार एकजुट सिंह अर्थात् समाज के सभी चार वर्ग—शासक वर्ग, उच्च वर्ग, मध्य वर्ग और निम्न वर्ग। राष्ट्र-हित के लिए अपने वर्गभेद मिटाकर एक बनें और एकजुट रहें। छठा संदेश यह कि चार भिन्न दिशाओं में ताकते किन्तु एक साथ बैठे चार सिंह अर्थात् सोच-विचार की दिशाएँ चाहे भले परस्पर विपरीत क्यों न हों, राष्ट्र की रक्षा या निगरानी के सवाल पर सभी एकजुट रहो। सातवाँ तात्पर्य चार दिशाओं में उन्मुख चार सिंह अर्थात् चारों ओर से आनेवाली खुली हवाओं और रोशनी का सजग-गर्मजोश स्वागत करो।"

अविरल-विरल व्याख्या। गहन तृप्ति में डूब गए हैं गोविन्दवल्लभ। पलकें गिरा लीं और आँखों को कुछ पल तक बंद रखा। कुछ यों, जैसे यह क्षणविशेष व छविविशिष्ट सुरक्षित कर रहे हों! स्मृतियों को दृश्यबद्ध-संवादबद्ध-भावबद्ध। सदा-सदा के लिए।

70

अँधेरा तैरने लगा है। गाड़ी सरपट दौड़ रही है। वरुणा लाँघते हुए विचार आया कि इधर से ही नारियल बाजार चले चलें, क्योंकि घर पहुँचकर फिर से वहाँ से जल्दी निकल पाना

मुश्किल ही होगा। दूसरे ही क्षण गोविन्दवल्लभ पर नजर जाकर अटक गई—यह युवक थक चुका होगा। घर लौटने पर ही तो इसे कुछ आराम और ढंग से जल-जलपान मिल सकेगा।...और फिर यह आन्दोलनकारी जो है! तब तो फिलहाल सबसे बड़ी आवश्यकता इसकी गोपन-रक्षा ही ठहरी। उन्होंने गाड़ीवान को सरायगोवर्द्धन चलने को कह दिया।

अहाते में गाड़ी के घुसते ही चेखुरा लपककर सामने आ गया, "प्रयाग से एक ठे दीदी आइल हइन, महादेवी जी।"

गाड़ी से जल्दी-जल्दी नीचे उतरने लगे प्रसाद, "कुछ जलपान वगैरह भऽल कि नाऽ?"

चेखुरा का स्वर प्रतिवादी, "हम्मे इहो सिखावे के पड़ी काऽ?"

भीतर पहुँचते ही उन्होंने सब पर दृष्टि चलाई। ध्यान से महादेवी को देखने लगे। सभी खड़े हो गए हैं। महादेवी भी।

"अच्छा, तो महादेवी जी जो बड़े-बड़ों के सिर चकरा देनेवाली कविताएँ लिखती हैं, वह अभी इत्ती-सी हैं?" प्रसाद ने आश्चर्य भाव प्रकट किये, "लेकिन आप तो महादेवी जी नहीं जान पड़तीं!"

"आप ही कहाँ कवि जयशंकर प्रसाद लग रहे हैं जो चित्र में बौद्ध भिक्षु जैसे हैं!" वह बोल तो गईं किन्तु दूसरे ही पल संकोच से भर गईं।

समीप आकर अभिवादन के लिए झुकने लगीं तो प्रसाद ने रोका, "नहीं, नहीं, आपको किसी से आशीर्वाद लेने की आवश्यकता ही नहीं। आप तो स्वयं साक्षात् वाग्देवी महादेवी हो। आशीष तो लोगों को आपसे लेनी चाहिए। चलिए, आराम से वहाँ तख्त पर विराजिए। यहाँ आप अतिथि कदापि नहीं हैं। किसी औपचारिकता की कोई आवश्यकता नहीं। जैसे जहाँ जो मन हो, वैसे रहिए-करिए। मुझे अगर पता होता कि प्रयाग से मेरी छोटी बहना आ रही है तो मैं आपको बाहर दरवाजे पर स्वागत में खड़ा मिलता, आपके आने तक वहाँ से जरा भी नहीं हिलता।" आगे उन्होंने होंठ बिचकाये, "सारनाथ चला गया था। गोविन्दवल्लभ आए हैं न, वही दो दिनों से रट लगाए हुए थे। मैं टालता चला आ रहा था। कल शाम को अकस्मात् तय हुआ कि चलकर अब घूम ही आया जाए!"

तख्त पर बैठी महादेवी विशिष्ट तन्मयता से प्रसाद को ताक रही हैं। अपलक और सविस्मय। आँखें जैसे दृश्यबद्ध करती चल रही हों! यह महसूस होते ही उन्होंने पूछा, "क्या बात है, मेरी किसी मुद्रित तसवीर से यह चेहरा मेल नहीं खा रहा क्या?"

सभी हँसने लगे। महादेवी की एकाग्रता अक्षुण्ण बनी रही।

प्रसाद मुस्कुराए, "बहन, विश्वास करें, यह आपका भाई ही है, कोई और नहीं।"

एकाग्रता अब भी अकम्प। सभी गम्भीर। वह निर्निमेष प्रसाद को देखे जा रही हैं। दृष्टि में श्रद्धा-सम्मान भी झलक रहे हैं और कुछ विरल देखने की गौरवानुभूति के चमकते हुए कण भी।

प्रसाद ने फिर टोका, "अभी तक यह समझकर कि मेरी अनुजा व हिन्दी की कवयित्री महादेवी मुझे पहली बार देख रही है, मैं सामान्य हर्ष ही अनुभव कर रहा था; किन्तु अभी-अभी ज्योंही यह ध्यान में आ गया कि मुझे तो एक चित्रकार की आँखें निरख रही हैं, अब घबराहट होने लगी है—सचमुच।"

सभी चुप। महादेवी की भाव-मुद्रा में कोई परिवर्तन नहीं।

वह अपनी बात को आगे बढ़ाते चले गए, "भई, चित्रकार की आँखें तो कोई सामान्य निरीक्षण कर नहीं रही होंगी! देखने का भी अपना गहन और वैविध्यपूर्ण विधान है। सबका देखना एक समान कहाँ होता है! पुष्प-प्रेमी गन्धद्रष्टा होता है। आँखों से तो वह मात्र झलक लेता है, जबकि ऐन देखने के समय उसकी आँखें मुँद जाती हैं और वह यह कार्य नासिका से लेने लगता है; अर्थात् वह किसी भी कृति-आकृति को गन्धों में देख लेता है। बनिक यानी द्रव्यद्रष्टा! उसे हर चेहरा सिक्कों में ढला दिखता है। संगीतकार ध्वनिद्रष्टा है। वह कानों और हृदय से देखता है अर्थात् उसे हर बार हर जगह कटु-मधुर ध्वनि-तरंगें सूझती हैं। नायक सच्चा मुखद्रष्टा है। वह रूपाकार और सौंदर्य निरखता है। लेकिन, कवि चूँकि त्रिकालद्रष्टा है, इसलिए वह सभी ज्ञानेन्द्रियों से देखता है; बल्कि यह कहना अधिक सटीक होगा कि कवि देखने का काम बाह्य नेत्रों से कम, मन-मस्तिष्क व अन्त:चक्षु से अधिक करता है। इसीलिए वह साधारण आकृति पर भी समय-संदर्भों का समग्र दर्शन कर लेता है—आगत-विगत-अनागत, भाव-अभाव-प्रभाव और सारे के सारे घात-घाव—एकदम स्पष्टत:। उसी तरह साधक भावयोगी ठहरा। उसे किसी भी मुखाकृति पर ध्यान-ज्ञान-योग की व्यग्र तलाश होती है। और चित्रकार को? उसे तो हर दृश्य या मुखमंडल रेखाओं और रंगों में सूझता है। उसके लिए आसमान यानी ढेर सारा ढरका पड़ा घोला हुआ नीला रंग। कोई भी पेड़-पौध अर्थात् गाढ़े-हल्के हरे रंगों का विशिष्ट लेपन-विन्यास। झाड़ियाँ यानी गिजमिज रेखाओं का संजाल। चाँदनी, जैसे फूलों से उतारे हुए शीतलता-मिश्रित मृदुल रंगों की मीठी बारिश। असल में चित्रकार कूची से देखता है न!...तो अपनी बहना तो कवि भी है और चित्रकार भी। अब चूँकि यह ज्यादा अंतराल तक लगातार मुझे देखे चली जा रही है तो इसका यही तात्पर्य निकला कि उसकी चित्रकार आँखें मुझे आड़ी-तिरछी खंचित रेखाओं और रंगों के गहरे-उथले उतार-चढ़ावों में बाँट-समेटकर देख रही हैं।"

महादेवी के मुखमंडल पर संकोचमिश्रित मुस्कान। प्रसाद ने इस पर ध्यान जमाने का अहसास कराया, खास ढंग से सिर हिलाकर। वाणी स्नेहिल ठिठोली, "चलो, अब यह विश्वास जमने लगा है कि मेरी बहना अब मुझे दृश्य-पटल रूप में नहीं, बल्कि देहाकार-आकृति में बड़े भाई के रूप में देख रही है, जान में जान आई। मैं तो अभी डर ही गया था कि महादेवी अब लेखनी की बजाय कहीं कूँची न माँग बैठें और कैनवास पर मेरा कोई चित्र न खिंचना शुरू हो जाए!"

सभी बैठ गए। प्रसाद सामने के दूसरे तख्त पर। सभी शान्त। एक छोटे-से मौन अंतराल के बाद व्यास संयत ढंग से बोले, "महादेवी जी की कविताओं की चर्चा करते तो हम लोग अघाते नहीं हैं—कैसा धाराप्रवाह सृजन कर रही हैं, जबकि मुझे आज ही पता चला कि अभी यह विद्यार्थिनी हैं। वेद इनका विषय है।"

"हाँ, मैंने भी अभी आकर जब पहली बार इन्हें देखा तो मुझे आश्चर्य से अधिक हर्ष का अनुभव हुआ कि हिन्दी की यह दुर्लभ प्रतिभा अभी कितनी छोटी है!" प्रसाद ने विस्मय जताया।

व्यास ने बताया, "यह तो यहाँ आपको न पाकर तत्काल लौट जाने की जिद कर रही थीं किन्तु हम लोगों ने बहुत विनती करके इन्हें रोका है।"

प्रसाद ने सामने दृष्टि उठाई। उसमें स्नेह के साथ ही अब विमर्श की तन्मयता।

महादेवी बोलीं, "असल में मैं भागलपुर से चली तो हूँ इलाहाबाद के लिए ही, किन्तु आपके दर्शन की लालसा ऐसी प्रबल हो उठी कि यात्रा को बीच में ही भंग करने से स्वयं को रोक नहीं सकी। मेरे साथ मेरा नौकर भी है जो मुझे यहाँ गली के पास छोड़कर यहीं कहीं आसपास अपने किसी सम्बन्धी से मिलने चला गया है। वह जल्दी ही लौटकर आएगा। मुझे कल प्रयाग में कुछ जरूरी काम पूरे करने हैं, इसीलिए सोचकर यही चली थी कि आपके दर्शन कर तत्काल बाद शाम वाली गाड़ी पकड़ लूँगी, लेकिन यहाँ आने पर...खैर, अब जबकि आपसे मिल ही चुकी तो मुझे प्रयाग के लिए गाड़ी पकड़ ही लेनी चाहिए। अभी समय भी है। एक ट्रेन देर रात में है, उसका सही समय पता कराना होगा। यह पौ फटने से पहले प्रयाग पहुँचा देगी।"

"हाँ, हाँ, चिन्ता की कोई बात नहीं। हम लोग रेलवे स्टेशन चलकर आपको गाड़ी पर बिठाकर ही लौटेंगे। तब तक आप भीतर जाकर आराम भी कर सकती हैं या इच्छा हो तो कुछ और साहित्य-चर्चा भी चलाई जा सकती है।"

"नहीं, ठीक है। आराम करने आई भी नहीं हूँ। आपके आने से पहले यहाँ रायसाहब और व्यास जी ने इतना हँसा दिया है कि कोई थकान बची ही नहीं। अब तो यहाँ से लौटते समय भी रास्ते भर पर्याप्त ताजगी बनी रहने की पूरी सम्भावना है।" वह बोलकर चुप हो गईं। कुछ सोचने लगीं।

प्रसाद उठे, "मैं भीतर से अभी आया, तब तक आप उधर से कुछ पुस्तक-पत्रिकाएँ उठाकर देखिए-पलटिए।"

व्यास तत्काल खड़े हो गए। अलमारी की ओर लपके। आसपास ही दिख गए 'इंदु' के दो अंक और 'कंकाल' की प्रति लाकर उनके समक्ष रख दी। कुछ और निकालने के लिए जब दुबारा दीवार की खुली अलमारी के पास पहुँच गए और अस्त-व्यस्त कागजात उकेरने लगे तो महादेवी ने मना किया, "अब रहने दें। आप उद्यम न करें। आवश्यकता ही नहीं! मैं तब तक यह उपन्यास ('कंकाल') देखती हूँ।"

दास अपनी जगह पर बैठे-बैठे मुस्कुराते रहे। महादेवी 'कंकाल' के पन्ने उलटने-पलटने लगीं। कोई विशेष पृष्ठ खुल गया है। वह उसी में जैसे अन्तर्धान। इस तरह मगन हो गईं कि सामने आकर बैठे प्रसाद के काफी अंतराल तक कुछ पता ही नहीं चल सका।

जब ध्यान गया तो झेंप गईं और बोलीं, "कविता और नाटक की भूमि पर आपकी जो छवि बनती है, वह आपके इस उपन्यास में कहीं दूर-दूर तक नहीं दिखती, क्यों? ऐसा क्यों? ऐसा कदापि नहीं है कि मैंने इसे अभी यहीं उलट-पलटकर देखने के बाद यह प्रश्न पूछा है। आपके नाम पर यह प्रश्न मेरी जिज्ञासा के भंडार में अभी कुछ दिन पहले से ही सर्वोच्च स्थान पर सुरक्षित बना हुआ है।"

प्रसाद मौन ओढ़े बैठे हैं। गाम्भीर्य की ओट में गाढ़े मनोभाव अदृश्य।

महादेवी ने कुछ पल गौर से देखने के बाद पुस्तक के पृष्ठ फड़फड़ाते हुए आगे पूछा, "कहीं ऐसा तो नहीं कि छायावाद का प्रयोगधर्मा कवि यथार्थ-यथार्थ के आन्दोलनी शोर से प्रभावित होकर सचमुच अब यथार्थ-भूमि तलाशने लगा है और इसी क्रम में वह अपना बहुश्रुत रास्ता बदल रहा है? क्या सचमुच चिन्तन-मनन के उच्च भाव-शिखरों से

उतरता-ढलता हुआ वह अब समस्याकुल जिन्दगी की तराई-खाई की ओर बढ़ चला है? अगर ऐसा है, तो यह बहुत ही अच्छी बात है—सर्वथा स्वागतेय! लगता है, प्रेमचन्द जी आपको इन दिनों अपनी ओर कुछ ज्यादा खींचने लगे हैं! 'कंकाल' में गोस्वामी कृष्णदास का वह संवाद मुझे झकझोर गया है..." उन्होंने पुस्तक का सम्बन्धित पृष्ठ तुरन्त खोल लिया और बाँचने लगीं, "इसमें गोस्वामी कृष्णदास के मुख से आपने अद्‌भुत विचार व्यक्त किये हैं—पुरुषोत्तम ने वेदों के अतिवाद का उच्छेद किया। बुद्धिवाद का प्रचार हुआ। गीता द्वारा धर्म की, विश्वात्मा की, आत्मवाद की विमल व्याख्या हुई। स्त्री, वैश्य, शूद्र और पापयोनि कहकर जो धर्माचरण के अनधिकारी समझे जाते थे, उन्हें धर्माचरण का अधिकार मिला। साम्य की महिमा उद्‌घोषित हुई। वह मानव जाति के इतिहास में महापर्व था। पशु और मनुष्य के भी साम्य की घोषणा हुई। वह पूर्ण संस्कृति थी। उसके पहले भी वैसा नहीं हुआ और उसके बाद भी पूर्णता ग्रहण करने के लिए मानव शिक्षित न हो सके, क्योंकि सत्य को इतना समष्टि से ग्रहण करने के लिए कोई दूसरा पुरुषोत्तम नहीं हुआ। मानवता का सामंजस्य बने रहने की जो व्यवस्था उन्होंने की है, वह आगामी अनन्त दिवसों तक अक्षुण्ण रहेगी।"

मौन जरा भी नहीं पिघला। महादेवी ध्यानपूर्वक प्रसाद की ओर देख रही हैं। उनकी चुप्पी टूटने की प्रतीक्षा। दास और व्यास ऐसे चुप-स्थिर बैठे हैं, गोया वे आदमी नहीं, मूर्ति हों!

प्रसाद प्रतीक्षा-अपेक्षा की व्यग्रता भाँपते हुए हिले-डुले। आहिस्ते-आहिस्ते किन्तु दृढ़ता से ऐसे बोलने लगे गोया शब्द-शब्द हवा पर टाँक रहे हों, "महादेवी, आप स्वयं रचनाकार हैं। चाहें तो भली भाँति महसूस कर सकती हैं। कविता या कहूँ तो समग्र साहित्य-सृजन कर्म ही वस्तुत: और अन्तत: आत्मा की अनन्यतम क्रियाएँ हैं, और आत्मा हमेशा व्यापक, उदात्त और न्यायपूर्ण विचार-मार्ग की ओर ही चलने को प्रेरित करती है। दुर्दान्त से दुर्दान्त डाकू की आत्मा भी कभी अत्याचार या कलुष का समर्थन नहीं करती—उससे चाहे भले सारी दुनिया डरती हो। उसकी आत्मा तो उसे हर वारदात से पहले एक बार बरजती अवश्य है और बाद में सीधे-सीधे धिक्कारने से भी नहीं चूकती। इसलिए जो सच्चा साहित्य होगा, वह जीवन के चाहे जिस भी पहलू को छू रहा हो, वह होगा मानव-मात्र के लिए सर्वथा सकारात्मक ही। इसलिए क्या चिन्तन-मननपरक या क्या यथार्थपरक। और जो रचनाकार अकृत्रिम ढंग से मन और आत्मा का अनुसरण करेगा, वह कभी दम साधकर एक जैसी रचनाएँ ही लिखता नहीं रह जाएगा। जीवन में जैसे सारे रंग घूमते रहते हैं, वैसे ही साहित्य में भी सारे भाव-मनोभाव आते ही रहने चाहिए।"

सभी जैसे विचार-वर्षा में भीग रहे हों और बूँद-बूँद जज्ब करने में तल्लीन! बोलते हुए वह जैसे सावन-भादों की झड़ी की तरह इत्मीनान से समरूप बरसते चले जा रहे हों, "किसी ने चाहे भले ही अपना कोई एक कठोर ढर्रा बना लिया हो और जीवन को उसी लौह-पथ पर रेल की तरह चलाने में कामयाब भी दिख रहा हो लेकिन मन तो उसका भी कभी किसी बँधी-बँधाई पटरी पर कदापि नहीं दौड़ता होगा, क्योंकि भीष्महठ-शाप इस आकार-सीमित तन पर भले चले तो चले, पवन जैसा निर्बन्ध-निस्सीम यह मन ऐसी किसी बाध्यता से बँधा कदापि नहीं। वह तल तो है किन्तु जल जैसा—गतिमान-प्रवहमान। अपने ऊपर कोई भी छाप या चिह्न-भार स्वीकार नहीं करनेवाला। उस पर

सरकता-चलता हुआ फूल-फल भी सामने आ सकता है तो मल भी, लेकिन सब बहता हुआ निकल जाएगा। साधु का वेश चाहे भले क्षण-क्षण न बदलता दिखे, कोई यह नहीं कह सकता कि उसका मन भी कहीं एक जगह टिका हुआ ही होगा—सदा-सदा 'आत्म' की ओर उड़ान भरता हुआ या 'अध:' के अथाह आकर्षण से मुक्त ही। हत्यारे के दिल में हमेशा खूनी आँधी ही नहीं मचलती होगी, कभी तो उसके भीतर अचानक गूँज उठती होगी किसी बाँसुरी की कोई मीठी तान या पायल-चूड़ियों की रुनझुन-खनक।" बोलते हुए रुक गए हैं प्रसाद।

विराम-अवरोध के झोंके से महादेवी की जिज्ञासा फिर दीपशिखा-सी व्यग्र। उन्होंने तुरन्त बात आगे बढ़ाई, "मैं चूँकि साहित्य-सृजन कर्म को आत्मा का आलाप या एक मनोकार्य मानता हूँ, शारीरिक उद्यम नहीं। इसलिए हमेशा अपने भीतर की आवाज का ही अनुसरण करता हूँ। जब जैसी आन्तरिक प्रेरणा-इच्छा, तब वैसा ही सृजन। हठ के साथ कभी कुछ नहीं लिखता। ऐसे ही आगे भी करते रहना चाहता हूँ..."

बोलकर रुक गए हैं प्रसाद। सभी शान्त और नि:शब्द। खूब भरने-मचलने के बाद जल-राशि जैसे थिर रही हो! सबके मन में जैसे भीतर ही भीतर चकरी नाच रही हो!

कुछ क्षणों के मौन-अंतराल को महादेवी के विनयी स्वर ने तोड़ा, "इन दिनों आप विशेष क्या लिख रहे हैं?"

प्रसाद ने कुछ इस तरह मुँह खोला, गोया बहुत विवश होकर बोलना पड़ रहा हो, "सबसे पहले तो यह कि प्रेमचन्द जी और मुझमें कोई रस्साकशी नहीं चल रही है। ऐसी-वैसी कोई बात कहीं रंच मात्र भी अस्तित्व में नहीं । लेकिन कुछ लोग ऐसा बताते हुए तनाव का एक कृत्रिम माहौल बनाना चाह रहे हैं, जो सिरे से गलत है। हर लिखने वाले की अपनी प्रेरणा-भूमि होती है और समाज या देशकाल के प्रति उसके अपने विशिष्ट विचार या दृष्टिकोण भी। लिखते समय वही-वही विचार व दृष्टिकोण आगे-आगे पृष्ठभूमि गढ़ते चलते हैं। हर कलाकार सुन्दर से सुन्दर और सार्थक रचना सम्भव करना चाहता है। हर लेखक का सपना एक सुन्दर समरस समाज गढ़ना-रचना ही होता है। ऐसे में किन्हीं दो रचनाकारों में कोई बुनियादी वैचारिक मतभेद होना सम्भव ही नहीं। प्रेमचन्द जिस श्रम व निष्ठा से साहित्य का काम कर रहे हैं, इसका मोल आनेवाली पीढ़ियाँ अवश्य समझेंगी। वैसे मैं और वह आजकल प्रतिदिन प्रात: एक साथ दो से तीन घंटे एक साथ रहते हैं।"

"प्रात:-प्रात:! ऐसा किस तरह सम्भव हो रहा है? कहाँ-कैसे?"

"बेनियाबाग मैदान में। प्रात:भ्रमण के दौरान। वह उधर रामकटोरा से चलकर आ जाते हैं और मैं इधर सरायगोवर्द्धन से निकलकर। हम लोग एक साथ बतियाते हुए घंटों टहलते रह जाते हैं। डॉक्टर हुबदार सिंह भी अक्सर मिल जाते हैं किन्तु हम लोगों के विमर्श को देख कुछ ही देर में किनारा कर लेते हैं। वैसे, जाते-जाते आजकल वह यह कहकर हम लोगों को हँसा अवश्य दे रहे हैं, 'आप लोग मुँहअँधेरे विचार-मंथन शुरू करके सुबह-सुबह ही तपती दुपहरी उपस्थित कर देने पर ही क्यों तुल गए हैं?'...तो खैर, प्रात:काल की ताजा हवाओं के साथ हम लोग अपने-अपने ताजे विचारों का भी आपस में विनिमय कर ले रहे हैं। कभी वह मुझसे असहमत, तो कभी मैं उनसे। कभी वह

मुझे स्वीकारते हैं तो कभी मैं उन्हें। वैसे मैं अभी यह स्वीकारूँ कि प्रेमचन्द ने सचमुच मुझे विचार के स्तर पर बहुत प्रभावित किया है। वैसे भी वह हमारे अग्रज हैं।" प्रसाद ने उनके प्रति सम्मान जताते हुए बात पूरी की।

अकस्मात् चेखुरा आ गया। उसने बहुत मासूमियत से पूछा, "बाबूसाहब, दीदी जी के लिए भोजन में क्या बनेगा? वह रात के भोजन में क्या ग्रहण करना पसन्द करेंगी?"

मुस्कुराते हुए उठने लगे प्रसाद, "भई, तुम भी विचित्र जन्तु हो। रुचि जानना चाहते हो दीदीजी का, पूछ रहे हो मुझसे? सीधे उन्हीं से क्यों नहीं पूछ लेते?"

झेंपता महादेवी की ओर बढ़ा चेखुरा। प्रसाद उधर अलमारी की तरफ।

महादेवी बगैर उसके पूछे ही बोल पड़ीं, "अलग से कुछ भी नहीं। जो घर में सबके लिए बन रहा हो, उसी में मेरे लिए भी कुछ भाग बढ़ाकर बन जाए, बस, और क्या!"

वह तुरन्त पीछे मुड़ा और भीतर चला गया।

प्रसाद एक लम्बी-सी कॉपी लेकर अपनी जगह वापस आ गए। सभी चुप किन्तु सबकी आँखें सवाक्-सी। वह बोले, "आपने पूछा है कि मैं इन दिनों क्या विशेष लिख रहा हूँ, तो आजकल यही एक काम शुरू किया है।"

महादेवी तन्मय। एक-एक क्षण को जैसे नेत्रों और मानस पटल पर अंकित करती चली जा रही हैं!

वह आगे बोले, "आप तो वेद का विधिवत् अध्ययन कर रही हैं, मनु-श्रद्धा के कथा-प्रसंगों से अवगत ही होंगी! आर्य साहित्य के जानकार लोगों को पता होगा कि मानव जाति के आदिपुरुष मनु का इतिहास वेदों से लेकर पुराण और इतिहासों में बिखरा पड़ा है। मैंने वैवस्वत मनु को ऐतिहासिक पुरुष मानते हुए यह एक महाकाव्य शुरू किया है : 'कामायनी'। मुझे नहीं लगता कि आपको इसकी पृष्ठभूमि विस्तार से बताना आवश्यक। इसके दो सर्ग मैंने पूरे कर लिये हैं।"

"हाँ, मुझ तक यह सूचना पहुँच चुकी है कि आप इन दिनों मनु-'कामायनी' को लेकर कुछ बड़ा सृजन कर रहे हैं। यह जानकर हम बहुत गद्गद हैं।" आवाज मधु की तरह गाढ़ी और मृदुल।

कॉपी को बगल में रखते प्रसाद आश्वस्ति से भर गए हैं, "चलिए, अच्छी बात है कि आपको इसके बारे में पता है।"

"लेकिन इस विषय में मेरी एक गहरी जिज्ञासा है।"

"क्या, पूछिए।"

"इस देश में तो अनेक पौराणिक कथाएँ विद्यमान हैं, अनेक ऐतिहासिक प्रसंग जनप्रचलित हैं, जिनमें से कुछ पर तो स्वयं आपने 'अजातशत्रु', 'स्कन्दगुप्त', 'चन्द्रगुप्त' और 'जनमेजय का नागयज्ञ' सरीखे कई-कई यादगार नाटकों की रचना की है, फिर महाकाव्य के लिए आप ऐसी कथा को क्यों ले रहे हैं?"

"इस पर ज्यादा कुछ नहीं, इतना ही कहूँगा कि मैं महाकाव्य के लिए एक ऐसा कथानक चाह रहा था जो जाति-धर्म-सम्प्रदाय के व्यूह-विभाजनों से सर्वथा मुक्त हो और सबको अपना-सा जान पड़े। इसी दृष्टि से मुझे आदिपुरुष मनु की यह कथा सर्वाधिक अनुकूल लगी।"

महादेवी ने गहरे सम्मान के साथ किन्तु निकट अधिकार जताते इच्छा जताईं, "आपके श्रीमुख से इसके कुछ आरम्भिक छंद सुनने का सौभाग्य हमें अभी मिल सकता है क्या? मैं सुनना चाहती हूँ। आप यदि कृपा कर दें तो मेरा बनारस आना सार्थक और चिरस्मरणीय हो जाए।"

प्रसाद ने महादेवी की ओर स्नेहिल दृष्टि उठाई। कॉपी को बगल से उठाकर खोल लिया। स्वर में कथा का ध्वनिमान गाम्भीर्य और काव्य का आस्वादमय माधुर्य :

"हिमगिरि के उत्तुंग शिखर पर
बैठ शिला की शीतल छाँह
एक पुरुष भीगे नयनों से
देख रहा था प्रलय प्रवाह...!"

कमरे के भीतर विशिष्ट क्षण। सबकी अनुभूतियों के पार्श्व-पृष्ठ पर सृष्टि के प्रलय-काल का संकटग्रस्त दारुण क्षण साकार हो उठा है। भयावह अपार नील जलराशि उफन रही है। चारों तरफ केवल और केवल पानी। पृथ्वी लापता है। कहीं कुछ भी नहीं बचा है। हिमालय के थोड़े-से शेष ऊँचे शिखर-भाग पर बैठे हैं मनु। सजल नेत्रों से सम्पूर्ण विश्व की विनाश-लीला का सर्वांश महादंश अकेले झेलते हुए। उन्हें शिखर से नीचे दिख रहा है केवल और केवल गरजता हुआ पगलाया सृष्टिखोर समुद्र और ऊपर मूकदर्शक आकाश।

निर्माणाधीन 'कामायनी' का प्रथम सर्ग स्वयं कवि-मुख से सुन रही महादेवी अभिभूत हैं। कभी नहीं भूलेंगी महाकवि का यह प्रथम दर्शन और बनारस की यह यात्रा।

"अरे वाह!" दास ने आते ही हर्ष-ध्वनि की। सामने रखी 'चित्राधार' की प्रति पर दृष्टि गड़ा दी, "पुस्तक छपकर आ गई क्या?"

"पुस्तक साक्षात् सामने उपस्थित है, एकदम सशरीर, तब भी यह प्रश्न?" प्रसाद मुस्कुराए, "क्या कलात्मक जिज्ञासा है!"

दास सुखद आश्चर्य से भरे आँखें फाड़-फाड़कर ताके जा रहे हैं। प्रसाद ने हल्के-हल्के सिर हिलाया, "उठाकर देख क्यों नहीं रहे? इस तरह हाथों पर लगाम क्यों कसे हुए हो?"

दास ने पुस्तक उठा ली। प्रसन्न भाव से कभी कवर निरख रहे हैं तो कभी खोलकर पन्ने पलट रहे हैं। "अभिव्यक्ति में असावधानी हो तो हो, परन्तु जिज्ञासा में भला क्या कलात्मकता! यह तो नितान्त आदिम स्वगत प्रतिक्रिया है, मित्र! हाँ, इसकी..." बात करते-करते अचानक उन्होंने पुस्तक को सूँघ लिया, "मित्र, नई मुद्रित पुस्तक की पहली गंध बड़ी मादक होती है। यह मुझे प्रकाश-पुलकित कर जाती है। मन नई रोशनी से नहाकर उड़ने लगता है।"

"अरे वाह, तुमने तो बहुत दुर्लभ अनुभव से अवगत करा दिया! नवमुद्रित पुस्तक का प्रथम स्पर्श मुझे भी नवजात को संस्पर्शित करने जैसी कोमल अनुभूतियों से सम्पन्न

कर जाता है—विशेष कर जब यह अपनी कृति हो तो स्वयं के हृदय को देखने-छूने का दुर्लभ अनुभव होता है।" प्रसाद जैसे भाव-सागर की उत्ताल लहरों पर खेल रहे हों!

दास पन्नों पर दृष्टि दौड़ाते रहे। 'भारतेन्दु प्रकाश' कविता पर दृष्टि ठहर गई। "मित्र, एक बात मैंने अनुभूत की है..."

प्रसाद ने ध्यान से ताका।

दास की आवाज सघन हो उठी, "भारतेन्दु बाबू को लेकर तुम्हारे मन में विशेष श्रद्धा-भाव भरे हुए हैं।"

"अपने पुरखे के प्रति किस वंशज के मन में ऐसा नहीं होता?" प्रसाद के शब्द फूलों की तरह रस-रंग और सुगंध बिखेरते रहे, "भारतेन्दु हमारी भाषा और साहित्य-पत्रकारिता—सबके पुरोधा हैं, इसलिए शब्द-क्षेत्र का ऐसा कौन अभ्यासी होगा, जो उनके प्रति श्रद्धा के भाव न रखता हो?"

दास की आँखों की चमक बढ़ती चली गई।

71

कालीघाट पर कदम रखते ही प्रसाद स्तब्ध। सामने उग्र समुद्र। उफनता हुआ। शोर करती हुई। आकाश चढ़ती दुर्बुद्ध-क्रुद्ध लहरें। गरजती-घहरती, चीखतीं-चिचियातीं। आक्रोश के आक्रमण-आगोश में आकाश को लपेट लेने को बेचैन, लेकिन बार-बार मुँह की खाने को विवश। हहास के साथ निढाल हो-होकर गिरती-बिखरती-मिटती हुईं। कोलाहल से भरा हलाहल-उद्वेलन। लगा, जैसे समूची पृथ्वी अचानक एक कड़ाह में तब्दील हो गई हो! डबाडब। डभकती-खौलती हुई। समग्र उदग्र-व्यग्र। मन में प्रश्नों के अग्निकण छिटकने लगे। सागर को देखकर आज भय उत्पन्न हो रहा है, ऐसा क्यों? उस दिन पुरी में तो ऐसे भाव नहीं जगे थे! सब कुछ सहज-सामान्य ही लगा था, क्यों? तुरन्त ही गहन आत्मावलोकन शुरू : वहाँ महाधाम की अपेक्षया निकट उपस्थिति का मन में कोई संबलात्मक अवलम्ब तो नहीं था, भाभीश्री व पत्नी को लेकर अर्चनार्थ शीघ्रातिशीघ्र पहुँचने की चिन्ताएँ भी तो थीं। ओझल पटल पर रेंगती हुई। अवचेतन को जगाए चलनेवाली। ऐसे में तो चेतन-भूमि सुषुप्त ही हो सकती है। अनुभूति-तंत्र प्राय: अवरुद्ध।

उधेड़बुन मद्धिम पड़ते ही दृष्टि फिर सहम गई। सामने वही मचलता हुआ तूफान। नील-फेनिल, तरल-गरल। खुला-खौलता। उछल-उछलकर ऊपर पहुँच बूँदों में बँटता-फटता। उड़ता-उधियाता हुआ। गिरता-बिखरता, चारों खाने चित। धारदार लहरों-तरंगों से चक्र-चकित चेतना पर रक्तिम खरोंच-प्रहार। कितना विकल, कैसा अधीर! क्योंकर इतना अनियंत्रित है सिंधु? लगा, सागर के रूप में पृथ्वी पर पुन:प्रलय की धमकी तो अब भी साक्षात् अस्तित्वमान है। हर क्षण। लगातार। विगत जल-प्लावन के क्षत-विक्षत विकल-अविकल प्रमाण-सूत्र रूप में। अक्षत आशंका बनकर। नई चेतावनी बुनता हुआ उपस्थित। आज तो यह प्रश्न भी उठ रहा है—वे लोग आखिर कैसे-क्या देख-समझ लेते हैं, जिन्हें ऐसे समुद्र को निहारकर भी आनन्द की प्राप्ति होने लगती है? क्या यह किसी अबोध चेतन का मृत्यु-मोद है? किसी औचक पूर्वाभास से उत्पन्न? भ्रान्ति-जनित या

आत्मघाती? अथवा, प्रलय-पिपासा का कोई नैसर्गिक संकेत? आत्मोत्सर्जन का आदिम उन्माद या आत्म-स्खलन-सुख का कोई औचक प्रकटीकरण?

मन में चलने-टहलने लगा मनस्वी-तपस्वी ऋषियों का दल। तेजस्वी-ओजस्वी। कंधों को छूते झूलते घुँघराले बाल। आयु-मर्दित, धूसर। होंठों को ढके फैली गुच्छेदार मूँछें। छाती के बाल छूती-सहलाती झबर-झबर दाढ़ी। सभी श्वेत। आभाच्छादित-प्रभाषित कई-कई व्यक्तित्व। हिम-शिखरों जैसे जगमग-जाग्रत। खड़ाऊँ खड़काते बढ़ते-चलते महायु वेद। अनन्त घुप्प ब्रह्मांड में जीवन की विरल ज्योति जैसे। झिलमिल-झिलमिल। अकाल कमंडल उठाए पग बढ़ाते सनातन पुराण। अलंकृत। शैलेश-शिखर की चटक-चमकीली दुग्ध-मुग्ध कौंधों से रंजित। उठे हुए हाथ से मनका खड़काते उपनिषद्। ऊर्जा-उजास से उन्नत-उर्ध्व। अग्निगान चमकाते-गुनगुनाते। गगन मन में टकराती मेघ-सेनाओं जैसे। अचूक-अकृत्रिम। बुदबुद करते इतिहास के काल-पृष्ठ। सम्पूर्ण पारदर्शी। कटु-मधु विकल-अविकल भाषी। अक्षर-अकुंठ।

"भैया, स्टीमर को अब केवल आपकी प्रतीक्षा है। यह खुलने को तैयार है।" यह महीन आग्रह मुकुन्दीलाल का है, जो हवा पर पतली लकीर बनकर आहिस्ते-आहिस्ते खिंचता-मिटता चला जा रहा है।

चूक गए धीमे फेंके गए नम्र-नन्हे शब्द। सुदूर विचरती विकल कवि-चेतना तक पहुँच नहीं सके। तन्मयता अनछुई रही। मुकुन्दीलाल को लग गया, ध्यानस्थ खड़े भैया प्रसाद समुद्र को निरख नहीं, परख रहे हैं। कवि-नेत्र नील-ऐश्वर्य का मुग्ध अवलोकन नहीं, बल्कि महत्ती मूल्यांकन कर रहे हैं।

कुछ और पास गए। स्वर अपेक्षया तेज, "भैया, स्टीमर छूटने का समय हो गया है।"

निकट खड़े प्रसाद लहराती ऊँचाइयों और हहराती उठापटकों से अब भी नहीं लौटे। कवि-नेत्रों से निकल-फैल रहे विचार-संजाल जैसे लगातार घेर-समेट रहे हैं सागर को। मछली की तरह। मुकुन्दीलाल ने हाथ को छू लिया। फिर वही गुहार।

विचार-भँवर किल्लोलित। क्षण भर में ही सागर-मुक्त हो गए वे। जैसे, बलपूर्वक लहरें नोच-फेंककर सप्रयास बाहर निकल आए हों! थके-थके-से। बहुत दूर से दौड़कर आने की तरह । निकट आए। मद्धिम-महीन स्वर भीगा-तताया हुआ, "क्-क्...क्या हुआ?"

स्टीमर से भाभीश्री की पुकार, "ए बच्चा! इहईं आके जे कविता-कवित्त सोचे-रचे के हौ, से सोचाऽ-रचाऽ। आवाऽ, जल्दी कराऽ। येह पर अब अनघा टैम मिली, तीन दिन तक। मन भरके लिखिहाऽ—खूब!"

किशोर रत्नशंकर को पता नहीं, क्या सूझ गई। खूब खुश। शोर के साथ हँसते हुए ताली पीटी, "चच्ची के बात सटीक हौ। बाऊ (पिताजी) किनार पर खड़े-खड़े कविते तऽ सोचते होइयन।...स्टीमर छूट जाई तऽ उहैं सोचते रह जइअन।"

सभी हँसने लगे।

कमला देवी ने आँचल से झिलमिल हँसी ढकते हुए बेटे की पीठ पर मीठी चपत लगाई, "तूं करबाऽ बदमाशी? चुप रहा।"

पीठ सहलाते रत्नशंकर ने धमकाया, "तूं हमके मारत हऊ? बाऊ अइअन तऽ उनके हम ई बात बता देब।"

मुकुन्दीलाल के साथ आगे बढ़े प्रसाद। स्टीमर की बाहरी सतह पर अँगरेजी के पीतल निर्मित चमकते पीले अक्षरों में टँका दिखा : 'टी एच ए के यू आर'। उन्होंने इस पर दृष्टि फिसलाते हुए मुकुन्दीलाल की ओर देखा, "इस पर यहाँ यह 'ठाकुर' क्यों लिखा है मुकुन्दी?"

पीछे-पीछे आते मुकुन्दीलाल ने भी दृष्टि डाली। स्टीमर पर चढ़ते हुए सम्भावना टटोलने लगे, "आगे-पीछे दोनों ओर लगे हैं ऐसे ही दो-दो फीट के चमकते अक्षर। मालूम पड़ता है, यह झकाझक नया स्टीमर किसी देसी कम्पनी का है। उसी कम्पनी का नाम ठाकुर हो सकता है।"

दोनों ओर सीटें ठसाठस भरी हुईं। बीच से आवाजाही के लिए पतली-सी जगह। लोगों के आने-जाने से रह-रहकर कसमसाहट तेज। तनाव के साथ भीड़ हल्के हिलती-डोलती, फिर जस की तस ठस्स। प्रसाद छिलते कंधे सँभालते-उबरते एक-एक कदम आगे बढ़ते रहे। अचानक कुछ सोचकर रुक गए। पीछे मुड़कर देखा। तात्पर्य समझ गए मुकुन्दीलाल, "एकदम आगे चलना है, केबिन में। एक ओर का केबिन और डेक हम लोगों के लिए आरक्षित है—वहीं, आगे।"

वह सोचने लगे, 'ठाकुर कम्पनी कहीं किसी तरह कविगुरु या उनके किन्हीं परिजनों से तो जुड़ी हुई नहीं है? अगर ऐसा हो तो बहुत अच्छी बात। किसी भी तरह इसका तार यदि अपने लेखक समाज से जुड़ा हुआ हो तो यह अच्छा लगेगा। हर समय इसका सांगोपांग स्मरण सघन निजता का कोमल भाव जगाए रखेगा। इससे विचार-परिवार की सूत्रबद्ध प्रतीतियाँ जीवन्त बनी रहेंगी जो अज्ञात की ओर के इस प्रस्थान में अपरिचयपन की झाँस को नियंत्रित करती चलेंगी। अपरिचयपन मामूली त्रासद या घातक नहीं होता। यह नव्य से भाव-विनिमय और सम्बन्ध-सृजन में कंटीली बाधाएँ भी उपस्थित करता है।

सामने से एक व्यक्ति सिर पर बड़ा-सा बक्सा उठाए आता दिखा। तलमलाता, लड़खड़ाता। उसे यूँ असंतुलित बढ़ता आता देख लोग स्वयं ही सँभलने लगे। पीछे-पीछे सामान उठाए, हड़बड़ाए हुए चार-पाँच अन्य लोग भी। ऐसे ही बेचैन। इधर-उधर ठसाठस सीटों की ओर झाँकते-ताकते हुए। ये सम्भवत: अनारक्षित सीट वाले हैं। इस लदी-फदी आवाजाही में चार-छह कदम की दूरी पर ही सामने दिख रहा केबिन जैसे अब भी बहुत दूर लगा। लगातार धक्का-मुक्की की नौबत। मुकुन्दीलाल ने इसे लक्ष्य कर होंठ बिचका दिये। मुँह बनाया। कभी आगे तो कभी पीछे का जायजा लेते आगे खिसक रहे हैं प्रसाद। दृष्टि पड़ गई इसलिए मुकुन्दीलाल के मनोभाव पढ़ लिए। नजर मिली तो उन्होंने नकार में तेज-तेज सिर हिलाते हुए आँखें फैलाईं, "विवश व्यक्ति या परिस्थिति से कभी नहीं उकताना चाहिए। किसी की विवशता पर अपने स्तर से सम्भव सहयोग न देना तो एक अपराध भर है, किन्तु इस पर नाक-भौं सिकोड़ना तो सर्वथा जघन्य-नृशंस कृत्य, बल्कि हिंसा।"

मुकुन्दीलाल झेंप गए। बहुत आहिस्ते, मुस्कुराते हुए जैसे स्वयं से ही कहने लगे हों, "भैया, कमाल है! आप रचनाकारगण छोटी-छोटी बातों में भी कितने सम्बन्ध-सजग होते हैं!"

इसे सुन लिया है प्रसाद ने। उनके शब्द-शब्द तराशे हुए, "सम्बन्ध-सजग भला अलग से कोई क्या होगा? परस्पर सम्बद्धता तो जीवन-जगत का आधार सूत्र है। मिट्टी के छोटे-छोटे कण आपस में कैसे मिले हुए हैं! न कोई गोंद है, न सूक्ष्म नट-बोल्ट, लेकिन सारे कण जुटे-सटे हुए हैं। वह भी कुछ यों कि इसी से सम्भव हो पा रही है यह पृथ्वी जैसी विराट आकृति-उपस्थिति और ऐसी विरल तात्त्विक एकता। दूसरी विलक्षणता है मौलिकता। सृष्टि में हर उपस्थिति मौलिक है। छोटी से छोटी वस्तु भी नायाब और निर्विकल्प। अपने होने के सम्पूर्ण तर्क से लैस। इसे यों समझो, मनुष्य की जाति-प्रजाति एक है, पूरा जीवविज्ञान भी समान किन्तु देख लो, कैसे हर चेहरा स्वयं में मौलिक? करोड़ चेहरे, तो करोड़ अलगपन। पारिभाषित करना कठिन, किन्तु सबकी अपनी पहचान। हर उपस्थिति दूसरी से एक मौलिक कोण बनाती हुई उपस्थित; बल्कि इसी तरह वह अपना अस्तित्व स्थापित कर पाती है। अब यहीं से देखो न, सामने से आ रहे व्यक्ति के साथ यहाँ की प्रत्येक इकाई-उपस्थिति अलग-अलग कोण बना रही है—मेरे से, तुमसे, सबसे बल्कि एक-एक साकार उपस्थिति के साथ यहाँ की हर वस्तु या हर आकार एक निश्चित व सर्वथा मौलिक कोण से जुड़ा हुआ है। सोचकर देख लो भैये, एक ही वायुमंडल है जिससे सबकी साँसें गूँथी हुई हैं—पशु-पक्षी, कीड़े-मकोड़े, पेड़-पौधे—सबकी। इकलौती पृथ्वी है जिस पर सभी टिके हुए हैं—हर जीव, प्रत्येक जन्तु, यहाँ तक कि एक-एक जिन्दा-मुर्दा या सुषुप्त इकाइयाँ भी। एक ही आसमान है जो सबके सिर पर छत बना तना हुआ है। इस नियमावली में न कोई चमत्कार है, न कुछ बनाव-छुपाव, बल्कि यही तो संसार का प्रथमत: व अन्तत: प्राथमिक यथासत्य है—इकलौता आधार नियम।"

अस्त-व्यस्तता कम हुई। दोनों केबिन के पास जा पहुँचे। भीतर घुसते ही रत्नशंकर आकर लिपट गया, "बाऊ, स्टीमर छूटत रहल अउर तूं किनार पर खड़ा-खड़ा कविता सोचत रहलाऽ?"

कमला देवी पुत्र को निहारती-सुनती हुई मुस्कुराईं। नयनों में स्नेहपुलक। प्रसाद भी सस्मित। भाभी ने असहमति के गाढ़े भाव छलकाए, "बच्चा, तूं किनार पर काहे जम गइल रहलाऽ? ई ठीक बात ना हौ। जात्रा में हमेशा चौकन्ना रहल जाला। विचार-मंथन वगैरह हमेशा ना करे, अइसे करबा तऽ कब्बो परेशानी भी हो सकऽला।"

पुरुषोत्तमदास गुप्त ने ससम्मान लखरानी देवी की ओर दृष्टि उठाई। तात्पर्य सहमति जताना। प्रसाद ने सिर झुका लिया, जैसे भूल स्वीकार कर रहे हों। लखरानी स्वयं भी सँभलीं और खुद को बरजने लगीं—यात्रा के दौरान भी बात-बात में सीख देते चलना ठीक नहीं। उन्होंने तुरन्त विषय बदल लिया, "पुरीधाम के दर्शन कइले के बाद अब गंगा-सागर के ई यात्रा। बच्चा, तूं ई तीर्थ कराके हमार आत्मा के जुड़ा देलाऽ। येकरे खातिर तोहरा भगवान बहुत-बहुत पुण्य दीहें!"

अँगरेज स्टीमर-संचालक सामने आ गया। लम्बा, छरहरा। भूरी आँखें। मटर-मटर ताकते हुए उसने हाथ जोड़ लिये, "आपको मेरा प्रणाम।"

प्रसाद ने चकित दृष्टि डाली। उसके सुस्पष्ट हिन्दी सम्भाषण पर मुग्ध। हर्षित। उन्होंने भी उसी की तरह हाथ जोड़ लिये, "आपका प्रणाम स्वीकार।...अब आपको मेरा यह प्रणाम।"

सभी खिलखिलाने लगे। लखरानी देवी ने आँख दिखाई, सबने तुरन्त हँसी समेट ली। सभी चुप।

प्रसाद ने मुकुन्दीलाल की ओर दृष्टि उठाई, "अब तीन दिनों तक हम लोगों का जीवन-जगत इन्हीं के हवाले है।"

स्टीमर संचालक ने फिर हाथ जोड़ लिये, "मेरे नहीं, वरुण व पवन देवों के हवाले हो गए हैं हम सभी। समुद्र देवता हमारी रक्षा करेंगे।"

गोरे मुख से छिटकती हिन्दी भाषा की ऐसी सतरंगी रत्न-कौंधें! प्रसाद गद्गद। उसके ऊँचे-पुष्ट कंधों पर दोनों हाथ रख दिये, "मनुष्य तो स्वयं प्रखर देवांश है। सारा श्रेष्ठ देवत्व हम सबके भीतर ही विद्यमान है। आवश्यकता है तो सिर्फ इसे जगाने और व्यवहार में लाने की।" फिर उसके मुँह पर नजर, "खैर, आनन्द आ गया। तो आप हमारी तरह बोल भी सकते हैं और हमारे जीवन-विश्वासों को समझ-सहला भी सकते हैं?"

बिल्लौरी आँखें विनम्रता से फैल गईं, "हम स्वयं को इस जीवन-विश्वास का हिस्सा मान रहे हैं। यह तो नित्य है और चिरंतन भी। जैसे हर दिन का आरम्भ एक नई बात है किन्तु यह पूरी प्रक्रिया सनातन है। प्रत्येक रात के बाद एक नया दिन और हर दिन के बाद अपूर्व रात, किन्तु गति-क्रम चिरंतन।"

स्टीमर ने गति पकड़ ली है। प्रसाद डेक पर आ गए हैं। पुरुषोत्तमदास गुप्त, मुकुन्दीलाल गुप्त, स्टीमर संचालक और लालो भी। आगे पानी का छट्-छट् कटना और गरज के साथ स्टीमर का क्रमश: आगे प्रवृत्त होना, सब दिख रहा है। यह पूरी परिणति सांगीतिक। ध्वनि कानों में टपकने-घुलने लगी है। लगा, जैसे सामने एक अनन्त तरंगित नील-पृष्ठ फैल गया हो! इस पर अकेले एक ढिमलाते बड़े अक्षर की तरह चुँधियाती बढ़ती जा रही है यह पूरी इकाई।

स्टीमर संचालक आगे बढ़कर समुद्र को ध्यान से देख रहा है। चौकन्ना दृष्टि सामने से पास खिसकते आ रहे क्रमश: स्पष्ट होते विकराल रॉक पर। वह लपककर बढ़ा और नीचे चालक दल के पास चला गया।

पुरुषोत्तमदास ने बताया, "यह महानाविक बहुत बहादुर है, समझदार और योग्य।"

प्रसाद ने चुहल के साथ ताका, "तब तो सचमुच आश्चर्यजनक संयोग है।"

"मतलब?" पुरुषोत्तमदास चौंके।

"आपने उसके साथ मेरे द्वंद्व-युद्ध का आयोजन तो नहीं तय कर रखा है?"

"अरे, भाई साहब, ऐसा क्यों बोल रहे हैं? जब स्वयं समुद्र ही आपके सामने बिछा हुआ हो तो अब और किसी दूसरे को उतारने की भला क्या आवश्यकता?"

पुरुषोत्तमदास ने सिर हिलाकर अपार नील जलराशि को जैसे चुनौती दी, "भाई समुद्र, आज फिर तुम्हारे सुप्रसिद्ध विराट् गाम्भीर्य और विख्यात अगम गहराई की कठिन परीक्षा है" उन्होंने प्रसाद की ओर इंगित किया, "तुम्हारे सामने यह आज कौन खड़ा है, स्वयं देख-समझ लो। बुद्धि-वैभव हो तो निबट लो भैये!"

प्रसाद मन्द-मन्द मुस्कुराते रहे। स्टीमर और रॉक की दूरी सिमटती जा रही है।

दैत्य-सा रॉक। चारों ओर से टकराती आकाश छूती वेगवती नील-लहरों से घिरा-पिटता। मधुमक्खी के पर्वताकार छत्तों की तरह। काला। जल के साथ न जाने कितने युगों

से युद्धरत। सागर के प्रहारों या जलाघातों से आहत-घायल। असंख्य रिसते रन्ध्रों-घावों से आपादमस्तक भरा। सामुद्रिक अश्वत्थामा।

लहरों का उग्र से उग्रतर होता संघर्ष। लगातार हिंसक होती उछाल।

रॉक राह रोके अब एकदम सामने। काला। ठोस बढ़ते अंधकार-सा। गगनस्पर्श को उद्यत। आक्रमण को आतुर।

अचानक भय-सा कौंध गया। अरे, यह क्या? स्टीमर की गति जरा भी कम नहीं हो रही। यह तो ऐन उसी की ओर अग्रसर है। लगा, जैसे बेधड़क बढ़ता हुआ स्टीमर रॉक से अब टकराया कि तब। डेक पर उपस्थित सभी स्याह। सबकी साँसें जैसे लड़खड़ाने लगी हों!

आश्चर्य। कुछ देर पहले तक जो एक टीला भर दिखता रहा, वही रॉक अब पूरे समुद्र को दबोचे उस पर अँटा-चँपा-धँसा छाया हुआ है। उसके अगल-बगल दिखती सागर की समूची शेष परिधि सिर्फ हाथ-डेढ़ हाथ-भर जैसी ही।

लहरें पूरी ताकत से रॉक पर टूट रही हैं। आकाश तक उछलकर हमला बोलती हुईं। यह अनुभूत होते ही दृष्टि तत्काल पलट गई। रॉक अब अभिमन्यु-सा दिखने लगा। चौतरफा संगठित हमलों के बीच फँसा हुआ।

पुरुषोत्तमदास ने जैसे स्वयं को ढाढ़स दिया हो, "कुछ गड़बड़ होने का प्रश्न ही नहीं। महानाविक संचालन कक्ष में चालक के पास स्वयं पहुँच चुके हैं। केबिन के शीशे के भीतर से रॉक को भी तो उसका चेहरा दिखेगा। लोहा लोहे से डरता है। वह उसे चुपचाप सुरक्षित रास्ता दे देगा।"

लालो देर से पीछे बिछे अंगोछे पर अपने काम में तन्मय। पान के पत्तों के बंडल और सुर्ती की पोटली खोले। खट्-खुट् करता हुआ।

मुकुन्दीलाल ने हथेलियों से अपनी आँखों ढक लीं, "पुरुषोत्तम भैया, आपका तो मैं आज लोहा मान गया। सामने मौत आकर खड़ी हो गई है तब भी आप सहज हैं, हँस ले रहे हैं, मजाक भी कर पा रहे हैं!"

पुरुषोत्तमदास गम्भीर हो गए, "जीवन के संघर्ष और संघर्ष के आनन्द का युग-गायक जब साथ में हो तो यहाँ मौत भला टिकेगी कैसे? अनन्त राग के आलाप मात्र से मरण बिला जाएगा—धुएँ की तरह।"

रॉक को निगलने में विफल हारते समुद्र का हाहाकार। ताकते हुए विचारमग्न हैं प्रसाद। अस्तित्व चाहे कैसा भी लघु हो, प्राणपण से जूझता रहे तो ऐसी-वैसी तमाम प्रलयंकर लहरों को पछाड़ता ही रहेगा। सीधे-सीधे सागर के विरुद्ध युद्ध चलाता हुआ, अथाह शत्रु नील-सेना के बीच भी शताब्दियों-शताब्दियों से अड़ा-खड़ा बचा रह सकता है। इसके विपरीत यदि भावना खारी हो जाए तो सारी क्षमता और सम्पूर्ण विराट्ता का मान शून्य। कैसे युगों-युगों से अपने ही आँगन में मिल रही अखंड पराजय से मथित-व्यथित-विचलित है नील-दम्भ!

स्टीमर बिलकुल पास से गुजरने लगा है। जैसे रॉक एकदम सटता-खरोंचता हुआ पीछे छूटता जा रहा हो! उसके सामने स्टीमर की स्थिति रेंगती-खिसकती हुई चींटी जैसी। रॉक के जवाबी प्रहार से पछाड़ खातीं लहरें। खारे आँसुओं की नीली बौछार। डेक पर भीग रहे हैं सभी।

पुरुषोत्तमदास ने मुकुन्दीलाल की हथेली पकड़ ली। इसे साग्रह आँखों के ऊपर से हटाने लगे, "अरे बच्चा, मेरे अनुज होकर भी तुम इतने डरपोक कैसे हो गए? वैसे, यह तो जरूर है कि मौसा देवीप्रसाद सुँघनी साहु ने किशोरावस्था में अपने यहाँ रोककर 'कलकतिया खोखा' से 'कसरतिया बनारसी' मुझे ही बनाया था, लेकिन आखिर तुम भी मेरे भाई हो।"

मुकुन्दीलाल ने आँखें फैलाईं। प्रसाद की चुप्पी में प्रसंग से अवगत होने की स्पष्ट पुष्टि, उदार श्रव्यता से भरी मुस्कान के साथ। नजर मिलते ही वह अब इधर मुखातिब हो गए, "भैया, आपके घर में मुझे बहुत स्नेह मिला है। मेरे मौसा यानी आपके पिताजी ने मेरा जीवन अपने हिसाब से गढ़ा है। मुझे वे दिन नहीं भूलते जब किशोर-जिज्ञासाओं से भरी पोटली दबाए मैं कलकत्ता से काशी गया था। मेरे सिर पर घुँघराले बाल थे। मौसा जी ने मुझे यह समझाया कि कुछ दिन रहकर मैं बनारस में ही पढ़ाई करूँ ताकि ज्ञान की इस नगरी का मौलिक संस्कार मेरी बुनियाद में ही पड़ जाए। एक दिन सुबह-सुबह नापित को बुलवाया और सामने खड़े होकर मेरा सिर मुँड़वा दिया। इसके बाद मेरे लिए कसरत और पढ़ाई की पुख्ता व्यवस्था। वर्षों बाद जब मैं कलकत्ता लौटकर आया तो यहाँ लोग मुझे 'बनारसी खोखा' कहने लगे। मेरे कसरती डील-डौल की बहुत कद्र होने लगी। इससे मेरे सोच-विचार का अंदाज भी अब बदल चुका था। स्वभाव में निडरता भर गई और किसी भी खतरे से जूझने का साहस विद्यमान रहने लगा।" अब मुकुन्दीलाल की ओर मुड़े, "हाँ, तो मैं यही कह रहा हूँ कि तुम आखिर मेरे अनुज हो। मैं तो तुम्हें इस तरह बात-बात में कतई नहीं डरने दूँगा।"

प्रसाद ने रोका, "इन्हें परेशान मत करिए। यह स्वभाव किसी डर-भय का नहीं, बल्कि संवेदन-सजगता का संकेतक है। सामने मौत जैसा खतरा देख दिमागी तौर पर स्वस्थ किसी भी व्यक्ति का सहम जाना ही सहज व स्वाभाविक नियति है। यही तो उसके मानसिक रूप से सम्पूर्ण स्वस्थ होने का प्रमाण भी हुआ, जबकि इसके विपरीत जो व्यक्ति सामने धधकती आग देखकर जरा भी न सहमे और सहज-सहज उसमें घुसने लग जाए, उसे साहसी नहीं, मूर्ख कहेंगे अथवा पागल। सागर के बीच दिख रहा यह भयावह दृश्य सचमुच असहज करनेवाला है। भिन्न-भिन्न मनोभावों की प्रतिक्रियाएँ धारण करने के सबके अपने-अपने तरीके हो सकते हैं। आपको क्या लग रहा है कि इन भयावह दृश्यों को देख मैं कोई आनन्द का अनुभव कर रहा हूँ? ऐसा कदापि नहीं है।"

अग्रज की पकड़ ढीली होते ही खिसककर मुकुन्दीलाल एक कदम पीछे। धब्ब-से वहीं बैठ गए। पुरुषोत्तमदास हँसने लगे, "चलो, कोई बात नहीं। जब भैया ने ही कह दिया कि यह भय का संकेत नहीं, तो यह बात यहीं खत्म।"

स्टीमर रॉक के समानान्तर गुजर रहा है। गरजती-उमड़ती हिंसातुर लहरों का हमले पर हमला। अडिग-अडोल रॉक का कभी अथक-आसान, तो कभी कठिन-कष्टप्रद मुकाबला। इस क्रम में हर बार समुद्र की हार। गाज-फेन छोड़ता हुआ पतन, हाहाकार से भरी पराजय। कभी अराजक तो कभी हृदयविदारक शोर। संघर्ष अनवरत, असमाप्य।

पीछे से लालो ने हाँक लगाई। धीरे से। पुरुषोत्तमदास ने मुड़कर देखा। उसके बढ़े हुए हाथ में पान का बीड़ा। प्रसाद भी तत्क्षण पीछे मुड़े। बीड़ा ले लिया। मुँह में दबाया

और हथेली बढ़ा दी। लालो ने भर-चुटकी सुवासित सुर्ती रख दी। प्रसाद हथेली मुँह के पास ले गए, सुर्ती फाँक ली। बायाँ गाल उभर आया। मुँह चलने लगा।

बीड़ा मिलने में देर हुई तो पुरुषोत्तमदास अधीर हो उठे, "अरे भइया, हमके बंगलिए बाबू बूझत हउवा काऽ? अरे, हमहुँ बनरसिये हईं, हमहुँ पान खाइला।"

लालो के भरे-चलते मुँह पर एक तीखी असहमति तिर गई। प्रसाद का ध्यान चला गया। भरे मुँह को सँभालते हुए उन्होंने जतन के साथ शब्द निकाले, "बनारसी पान खाता नहीं, जमाता है। उसी तरह वह बीड़ा चबाता नहीं, घुलाता है।"

झेंप गए पुरुषोत्तमदास। लालो मुँह को गोल किये-किये हल्के हँसा। बीड़ा बढ़ा दिया। पान जमाकर उन्होंने भी भरपूर सुर्ती ली। फाँक गए और मुँह चलाने लगे।

विकराल रॉक का आधा से अधिक हिस्सा पीछे खिसक चुका है।

पुरुषोत्तमदास ने पान घुलाने के बाद पीक को विसर्जित किया। इस पर गौर करते हुए प्रसाद मुस्कुराए। लालो भी। दोनों के निःशब्द आक्रमणों के जवाब में वह सवाक् आत्मरक्षात्मक हो गए, "अरे भैये, मैं बनारसी तो हूँ लेकिन 'जयशंकर प्रसाद' की तरह कैसे हो सकता हूँ? इसलिए कभी ताव आ जाने पर चाहे भले कुछ भी कह-बोल जाऊँ, रहूँगा तो 'जयशंकर प्रसाद का अनुज' भर ही न!"

गुजर रहे रॉक की व्याप्ति सिर के ऊपर लटके-डोलते मेघों की तरह। समुद्र का रार-प्रहार और हार-शोर चलता रहा। पुरुषोत्तमदास ने जैसे अपने हृदय के भीतर कोई विशिष्ट कोमल स्वर खोज निकाला हो, "भैया, आपसे एक जिज्ञासा करने का मन हो रहा है..."

प्रसाद ने एक स्नेहिल दृष्टि-संस्पर्श दिया।

उन्होंने आश्वस्ति पाकर प्रश्न किया, "जल का यह व्यग्र कोलाहल, लहरों का यह करुण क्रन्दन और यह विराट् हाहाकार—यह सब देख-सुन पहली दृष्टि में आपको कैसा अनुभूत हुआ? सागर अन्ततः लगा कैसा?"

"सागर पर मेरी पहली दृष्टि यों तो पड़ी थी पुरी में ही लेकिन वहाँ अलग से कुछ विशेष नहीं लगा था, लेकिन यहाँ जब यह आँखों के सामने लहराया तो बहुत सारे भाव-प्रभाव उगने लगे। यदि एक वाक्य में कहूँ तो कुल मिलाकर यह मुझे आदिछंद के जन्म-काल की प्रसव-पीड़ा के प्रतिबिम्ब जैसा लगा। आदिकविता के अवतरण-क्षण में मथित-व्यथित आदिकवि के हृदय जैसा। क्रौंच-वध को प्रथमतः पढ़ा चाहे जब हो, उसके मर्म-चित्र को पहली बार सागर-रूप में यहीं साकार देख सका—करुणा का उमड़ता हुआ स्वरूप-आकार। पीड़ा का पारावार-विस्तार। किन्तु एक बात और है..."

"क्या?"

"आकार में यह मुझे आदिकवि के आलोड़ित हृदय-मन की तुलना में बहुत छोटा लगा।"

"समुद्र आदिकवि के हृदय-मन से छोटा?" आँखों में अचरज की लहरें उठने-गिरने लगीं।

"हाँ। मेरे ध्यान में समस्त समुद्रों की समग्र छवि है।" प्रसाद के चेहरे और आवाज की क्रमशः दिखती व सुनाई पड़ती संजीदगियों में समान दृढ़ता। शब्द-शब्द सिद्ध और

निर्णीत, "परपीड़ा की निकट अनुभूति के बलाघात ने तो आदिकवि के हृदय से मृदुल कविता-गंगा की प्रथम धारा प्रवाहित की थी..." बोलते-बोलते क्षण भर के लिए मुखमंडल पर आदिसृजन की आभा रँग गई किन्तु दूसरे ही पल भाव उलट गए। अब आँखों के आसपास और ललाट पर रेंग रही हैं गगन गाम्भीर्य की गहरी-गिजमिज रेखाएँ। औचक आ धमकी घटाओं-सी, "लेकिन इसी के समानान्तर इस सागर को देखा जाए तो मेरी बात अधिक स्पष्ट हो सकेगी। यह ऐसा विराट होकर भी अपने ही छोटे-छोटे दुखों से कातर हो रहा है। जरा-जरा-सी चोट से क्रुद्ध होता हुआ लगातार काला और खारा होता चला जा रहा है। इसी से इसका ठिंगनापन खुलकर सामने आ रहा है, और यह समझ में आ रहा है कि आदिकवि का मन इसके समग्र आकार से कितना बड़ा होगा—दुगुना-तिगुना भर नहीं, हजार-हजार गुना अधिक।"

रॉक को पीछे छोड़ता स्टीमर आगे निकल चला है। समुद्र अब चुप-स्तब्ध। नीला जल-तल शान्त। लगभग समतल।

72

अंधेरे में स्टीमर का चलना रेंगने जैसा लग रहा है। तेज हेडलाइट में सामने हिलता, असंख्य जिह्वाएँ लपलपाता काला जल। भीषण भयावह। जैसे मुँह फाड़े कोई काला-चमकीला मगरमच्छ सामने आकर अड़ा हुआ हो! ऐंठता-डोलता, दाँव आजमाता। हमले का अचूक मौका तलाशता हुआ। कभी लगता, जैसे सामने सर्पजाल फैला कुलबुला रहा हो! कई-कई मोटे-मोटे काले-नीले साँप, आपस में गुँथे-उलझे हुए। जलवाहन जैसे उन्हीं की गुलगुली कायाओं को धाँगता हिलता-डगमगाता आगे बढ़ रहा हो!

केबिन में लोग नींद की मोटी चादर में तुपे-ढके खर्र-खर्र कर रहे हैं।

खिड़की के शीशे से दिखते श्याम समुद्र-तल पर प्रसाद को कलकत्ता का वह करुण क्षण डोलता-सा दिखने लगा जो कालीघाट के लिए प्रस्थान से ऐन पूर्व उपस्थित हुआ था। धर्मसंकट में डालने वाला शोक-क्षण। ऐन प्रस्थान से पहले एक मर्मांतक शोक-क्षण प्रस्तुत। पुरुषोत्तम दास-मुकुन्दीलाल की कनिष्ठतमा भागिनी नारायणी देवी की निमोनिया-पीड़ित तीन साल की बिटिया चल बसी। स्टीमर के अहले सुबह प्रस्थान के समय को ध्यान में रखते हुए पूर्व रात्रि में ही यात्रा का सारा सामान-इन्तजाम कालीघाट जेटी पर भेजा जा चुका था। तब तय यही हुआ कि मुँह-अँधेरे उठकर सभी छह जने तैयार हो लें और गाड़ी में बैठ जाएँ ताकि समय पर स्टीमर तक पहुँचा जा सके। सुबह हुई तो परिदृश्य ही उलट गया। कई दिनों से बीमार चल रही बच्ची की मौत हो गई। शोक-संवाद मिलने से पहले आधे लोग तो कालीघाट के लिए घर से बाहर निकल चुके थे, शेष निकल रहे थे। ऐन तभी करुण विलाप गूँजने लगा। स्वयं भी मन विचलित। मुकुन्दीलाल ने आकर दुविधा जताई, "अब कैसे चला जा सकता है?"

प्रसाद के मुँह से औचक निकला, "अब तो जो होना था, हो चुका है। ऐसे में बाहर निकलना तो अच्छा नहीं लग रहा किन्तु हमें निकलना ही होगा। यात्रा का कार्यक्रम टालना

उचित नहीं जान पड़ता। मृत्यु जब अटल है तो हम अपने निर्णयों को क्यों बात-बात में टालते चलें? क्यों न हम शोक को भरसक नकारने का काम शुरू करें?"

"भइया, ऐसे क्षणों में चल देने पर लोग क्या कहेंगे?"

"लोग तो हमेशा हर बात पर सब तरह का राग अलापते ही रहते हैं। सामान्य जीवन-व्यवहार में ही झाँककर देख लीजिए, कितनी भी गलत कोई बात हो, उसके चार समर्थक अक्सर मिल जाते हैं। उसी तरह कोई भी अच्छाई कैसी भी पारदर्शी हो, उसके भी दस निन्दक हमेशा बुदबुदाते दिख जाते हैं। गालीबाज कोमल व दर्शनीय खिले गुलाब तक को नहीं छोड़ते और उल्टी खोपड़ी वालों को दूध से अधिक शराब में मजा मिलता होता है। आप यदि सबसे बतियाने लगें और सबकी बातें भी विचारने लगें, तो अन्ततः पागल हो जाएँगे।" प्रसाद ने मुकुन्दीलाल को समझाते हुए इस बात का पूरा खयाल रखा कि उन्हें सहमत बनाकर ही प्रस्थान सम्भव बनाएँ, "इसलिए काम करनेवाले को अपने हृदय और विवेक को प्रखर बनाए रखना चाहिए और सिर्फ इन्हीं की पुकार सुननी-गुननी चाहिए। भई, उपस्थित दुविधा पर मेरा मन तो यही कहता है कि इस शोक-प्रसंग को अनदेखा कर इसके दुख को नकार देना ही चाहिए। अब आप दोनों भाई सोच-समझकर जो निर्णय ले लें, मुझे यही स्वीकार होगा।"

पुरुषोत्तमदास भीतर से निकले। पास आए, "मैं भीतर से ही आपकी बात सुन रहा था। मैं इससे पूरी तरह सहमत हूँ कि दुख पर अस्वीकार का प्रहार ही किया जाना चाहिए। यही सही कदम होगा। यों भी बच्ची की मौत के बाद यहाँ के इन्तजाम पर हमारे न रहने का कोई रंचमात्र भी असर नहीं पड़ने वाला है।"

बात तो उन्होंने समर्थन में ही कही, किन्तु चोट-सी महसूस हुई। लगा, जैसे अपनी कही बात हृदय-पटल पर ही आकर तीर-सी खुब गई हो! किसी भी परिजन, वह चाहे कोई नवजात ही क्यों न हो, की मृत्यु रिश्तों की पौध को उसी तरह झिंझोड़ती है। उसी भूप्रकम्पन के साथ। कलेजा वैसे ही फटता है, उसी दग्धता-पीड़ा के साथ।

73

डेक पर पहुँचकर प्रसाद ने आसमान की ओर ताका। अधनींदा समुद्र और खुमार से उबरता आकाश। दोनों के बीच फटता अँधेरा, धज्जी-धज्जी उड़ता हुआ। अपना नामोनिशान मिटते देखता-सा। फटी-फटी आँखों से। अचानक एक चाक्षुश अनुभूति पर चकित रह जाना पड़ा—सागर के समानान्तर यह आसमान तना हुआ है या श्यामपट? क्वींस कॉलेज की शुरुआती कक्षा के दिन आकाश पर रेंगने लगे। रचनाह्वान के क्षण सृजन-पटल पर चलते गीत-कणों की तरह। पूरब से धमक जगाता, क्रमशः पुष्ट होता उजास। हाथ बढ़ाता-हिलाता, आहिस्ते डस्टर चलाता हुआ। निर्जन डेक, खालिस समुद्र और कच्चा-कुँवारा आसमान। लगने लगा, जैसे नील जल-तल और आरुण-क्रीड़ा-स्थल के बीच फैला हुआ है चिरन्तन अडिग-अक्षुण्ण वायु-सागर। रचनारत गतिमान मस्तिष्क की तरह। इस असीम विस्तार में सिर्फ और सिर्फ एक कवि-मन है जो अपने पंख लहरा रहा है। एकल उड़ान। अक्लान्त-शान्त, एकान्त-तृषान्त आनन्द।

आसमान का हृदय मीठी ललौंही किरणों से धुल रहा है। धाराप्रवाह, लगातार। धुन्ध-धूल, धुआँ, दाग-धब्बे—सब हवा होते चले जा रहे हैं। देखते-देखते चम्पई प्राची की कुसुमित प्रतीक्षा परागान्वित हो चली। सस्मित झाँकती वह मुस्कुराई। दूसरे ही पल कोमल कर-कमल बढ़ाया और अपना असीम आँगन लीपने लगी, नव्य-नवेली पलाशार्क रश्मियों से। गगन रंग-राग से पुतने लगा। काल कविता के सुरीले कंठ से अकुंठ महा-आलाप। चप्पा-चप्पा प्रकाश से पग गया। दिव्य दिपदिपाहट।

अब सामने है मुक्त मन जैसा प्रसन्न, रस-रंग से नहाया चमकता निस्सीम नील आँगन। अभिधा दिशाएँ, व्यंजना चहक-चहचहाहट से आप्यायित। सही अवसर पहचान नन्हा सूरज कोटर के भीतर जाग उठा है। एक नन्ही चहक हुई, जिसने राग-रंग के खुले चोंच से अमर्त्य रस टपका दिया। अग-जग ध्वनित-रंजित।

सूरज ठमका। हुलका-झाँका। प्रभा-दृष्टि के प्रथम प्रभाषित संस्पर्श से अद्भुत संगीत तरंगित। कोटर से बाहर निकल रहा है नन्हा। ठमकता-ठुमकता, पैजनिया रुनझुनाता। अखंड संसार प्रचंड महाझंकार में रूपान्तरित। चिर-नवीन प्रकृति-लीला। बहुविध जीवन-जन का जाग्रत कवि एक अपूर्व सामुद्रिक भोर के जन्म का साक्षी बन रहा है। मन के भीतर लहराता ध्वनित नवल-धवल आनन्द, तरंगित नील-शील सागर से तनिक भी कम कहाँ!

जॉन ब्लेयर जब खुला तो खुलता चला गया। प्रसाद को यह समझते देर नहीं लगी कि जलसैनिक रह चुका यह व्यक्ति अति उत्साही है। पक्का वाचाल, किन्तु हृदय-मन का कच्चा-खिंच्चा, कुचकुच हरा-दूधा। प्रसन्न-प्रच्छन्न, भद्र जन। बोलने पर आ जाए तो वाग्धारा बहा दे। बिना किसी फिक्र-परवाह के, धाराप्रवाह बोलने वाला। लक्षित श्रोता कुछ समझ रहा हो या नहीं, यह समझने की उसके पास फुर्सत कहाँ! यह विशेषता तो सचमुच दिलचस्प है। किसी हद तक हार्दिक निश्छलता का प्रमाण भी। तब तो जन्मना वह भले अँगरेज हो, मन से तो भारतीय निष्कपटता का प्रतीकमान ही निकला।

शान्त-झिलमिल जल पर सरपट भागता स्टीमर, हवा को खदेड़ता-सा।

नीचे केबिन में घर की महिलाएँ गंगा जी के गीत गा रही हैं। ऊपर डेक पर जम गई है गप्प-चौपाल। बिछी हुई बनारसी तोशक। गद्देदार टनाटन फर्श पर तकिए की चौचक टेक। चारों टनाका कहकहों में डूब गए हैं।

बोलते-बोलते ब्लेयर अचानक ठेहुनिया गया है। खमखमाकर तेज-तेज शुरू। सबको चुप किये वह अपने विषय का विशिष्ट अनुभव उड़ेलने लगा, "जल का संचार-संसार विशिष्ट है—सर्वथा मौलिक पराक्रम और भिन्न विडम्बनाओं की दुनिया। कोई भी एक साधारण बोट अथवा नाव सातों समुन्दरों की परिक्रमा करके कुछ वर्षों में अपने प्रस्थान-स्थान क़ो सकुशल लौट आए तब भी कतई आश्चर्य नहीं। इसके समानान्तर एक ऐतिहासिक विडम्बना-तथ्य तो यही कि कभी न डूबने की घोषणा के साथ अपार सुविधाओं और बहुस्तरीय सुरक्षा-कवचों के साथ निर्मित टाइटेनिक महाजलपोत अपने प्रथम जलावतरण के दौरान ही कितने सारे लोगों को समेटे डूब गया था!"

एक पर एक प्रसंग उसके मुख से फूट रहे हैं, जल-धार की तरह। सूत्र-रूपों में। कोई चाहकर भी बीच में प्रश्न उठाने की गुंजाइश नहीं तलाश पा रहा। वह बोलता ही चला जा रहा है, "दुनिया का रंग निराला है। जिस व्यक्ति को कभी किसी दिन एक टाइम

भी भर पेट अन्न तक नहीं मिलता या न ढंग से मौके पर इलाज, वह शतायु हो सकता है और तमाम सुख-सुविधाओं की गोद में तैरता कोई भी रईस असमय काल-कवलित। एक से एक जर्जर स्टीमर नगण्य मेंटेनेन्स में ही वर्षों से सक्रिय-संचालित हैं। उनके साथ न कभी कोई हादसा हुआ, न कभी किसी को ऐसा कोई खतरा ही महसूस हुआ। दूसरी ओर टाइटेनिक महापोत या ल्यूसिटानिया के हश्र देख लीजिए। मैं तो कहता हूँ कि गॉड की इच्छा को कभी कोई चैलेंज कर विक्टरी पा ही नहीं सकता। उसका मैथेमेटिक्स सर्वथा पेटेंट है और न्याय-आधारित भी। व्यक्ति जब अपने को स्वयं संतुलित नहीं कर पाता तो वह अन्ततः ऊपर से सीधे हस्तक्षेप करता है। जो व्यक्ति समाज में लूट-मार मचाकर धन का पहाड़ खड़ा कर लेता है, उसकी हालत पता कर लीजिए। जिसके पास अपार धन है, उस पर इससे अधिक दुख लदा मिलेगा। न्याय-नीति तोड़ने वालों का अंजाम देख लीजिए—धन आ गया तो जन गायब। जन भर गए तो धन नदारद। पैसा बटोर लिया तो भूख गायब। भूख बढ़ा ली तो रोटी तक का इन्तजाम मुश्किल। दुनिया भर की नदियों को सोखे पसरे इस समुद्र को ही देख लीजिए न, चुल्लू-भर भी इसका पानी किसी काम का रह गया है? समुद्र खुद अपना गला तर करने के लिए चार घूँट मीठे पेयजल को अनादि काल से तरस रहा है और अनन्त युगों तक तरसता रहेगा..." बोलते-बोलते वह ठिठक गया। चेहरे पर बूँद-बूँद थकान चुहचुहाने लगी।

उसने विराम लिया। पुरुषोत्तम दास ने सामने रखा पीतल का बक्सानुमा पात्र झटके के साथ खोल लिया। हल्के लाल रंग की एक बड़ी-सी मिठाई निकाली और लप्प-से उसके मुँह में डाल दी। भरा हुआ मुँह खोले-खोले उसने चौंककर ताका। अब स्वाद ने स्वयमेव मुँह में गति उत्पन्न कर दी। जबड़े पहले हल्के हिले, फिर तेज-तेज चलने लगे। मुँह हल्का होते ही हँसा, "वंडरफुल! वेरी टेस्टी! नाइस!"

प्रसाद बुदबुदाए, "देखो, कैसी अनोखी है प्रकृति की भाषा-नीति! मर्म-स्पर्श के आकस्मिक कोमल क्षणों में औचक-अकृत्रिम प्रतिक्रिया मातृभाषा में ही छलकती है।"

हापुस-हापुस चलते मुँह में स्वाद तो घुलता रहा किन्तु इस बीच सामने की बुदबुदाहट को भी वह नहीं सुन सका। उसकी नाचती पलकें प्रश्न-विकल हो उठीं।

बोलने के लिए उसने ज्योंही मुँह खोला, पुरुषोत्तमदास ने फिर एक बड़ी मिठाई अँटा दी, "यार, अपने व्याख्यान में कुछ कॉमा-फुलस्टॉप आदि की भी गुंजाइश रखा करो। श्रोता को इतनी रियायत तो दिया ही करो। अपने ही जुनून में भाषण पर भाषण न ठोंकते चलो। डेक पर यह सामूहिक चौपाल है। यहाँ कहकहे तो हो सकते हैं किन्तु एकतरफा कर्कश मौखिक पथराव कदापि नहीं। यदि कवि का अन्तस जाग उठा और यह गुरु-गम्भीर बैठे महाशय कहीं बोलने पर उतर आए तो तुम्हें भागने का मौका भी नहीं मिल सकेगा। पुरातन से लेकर अधुनातन तक ज्ञान-विज्ञान और चिन्तन के ऐसे-ऐसे पहाड़ तुम्हारे सिर पर ठाँय-ठाँय टपकने-टकराने लगेंगे कि तबाह होकर रह जाओगे। चिंगुरे-दुबके नजर आओगे।"

ब्लेयर ने जैसे यह बात सुनी ही न हो, मुँह खाली होते ही वह फिर शुरू हो गया, "जर्मन पनडुब्बी 'एडमेन' से जब मद्रास में गोलीबारी शुरू हुई तो मैं..."

पुरुषोत्तम दास ने लपककर उसके मुँह को पुनः भर दिया। अब उसने स्वयं ही बक्सानुमा पात्र अपनी ओर खींच लिया। निकाल-निकालकर खाने लगा। बीच में रत्नशंकर कब वहाँ से लापता हो गया, किसी को पता ही नहीं चला।

अचानक मुकुन्दीलाल चौंके, "अरे, रत्नशंकर कहाँ चला गया भई?"

पुरुषोत्तमदास की आँखें चौकन्ना। प्रसाद मुक्त रहे। मुँह चलाते हुए ब्लेयर ने संक्षिप्त सूचना दी, "वह मुझसे सहमति लेकर चालक-कक्ष में गया है। अभी मजे से दूरबीन पकड़े जल-जीवों की जीवन-लीला के नजारे ले रहा होगा। इस ओर उसकी रुचि जाग गई है। मैंने कुछ देर पहले जब उसे दूरबीन पकड़ाया तो वह शीशे के पार समुद्र की भीतरी दुनिया के दृश्य देख रोमांचित हो उठा। देर तक देखता रहा। अब तो वह इसका दीवाना हो चुका है।"

मुकुन्दीलाल को अचानक कुछ याद आया। थोड़े रोमांचित हुए। दूसरे ही पल सँभले, "भैया, गांधी जी का जो सविनय अवज्ञा आन्दोलन चल रहा है, इस पर आपके क्या विचार हैं?"

सभी एक साथ प्रसाद की ओर ताकने लगे। वह तटस्थ भाव से समुद्र का नील-ऐश्वर्य ताक रहे हैं। मुकुन्दीलाल की आवाज में सावधानी से भरी नम्रता, "गांधी जी ने जो नमक सत्याग्रह चलाया, इससे तो..."

प्रसाद का मद्धिम किन्तु ठोस हस्तक्षेप, "नमक स्वाद बनाता भी है और बिगाड़कर भी रख देता है।"

सभी उनका मुँह टकटक ताके जा रहे हैं। वह चतुर्दिक् लहराते सतत नील आन्दोलन को जैसे तौल रहे हों! ब्लेयर के चेहरे पर भाव तेजी से बदल-टहल रहे हैं। प्रसाद ने उस पर दृष्टि टिका दी, "श्वेत-धवल नमक तो इस नीले समुद्र का ही आत्मज है। युगों-युगों के अनन्त आलोड़न का लहराता खारा अनुभव जब वाष्पीकृत हो ठोस संकल्प बनता है तो उसे नमक की संज्ञा मिलती है। यह जिन्दा जिह्वाओं को सहलाता है तो मुर्दा त्वचा-अस्थियों को गलाकर माटी में विलीन भी कर देता है।"

पुरुषोत्तम दास ने ध्यान से एक दृष्टि ब्लेयर पर डाली। वह तकिए से उठंगा फर्श को ताकता एक हाथ से अपने सिर के बाल सहला रहा है। मुकुन्दीलाल ने फिर मुँह खोला, "आप तो रूपकों में ही बोल भी रहे हैं—एकदम कविता की तरह। अगर मेरे प्रश्न का यही अन्तिम उत्तर हो तब तो सचमुच इसे भी समझने के लिए हमें अलग से कुछ बौद्धिक उद्यम करना होगा।"

जल-विस्तार पर प्रसाद की दृष्टि चकरी की तरह चौतरफा घूम-रेंग रही है।

फिर ठेहुनिया गया है ब्लेयर, "मेरे विचार एकदम साफ हैं—यूरोप किसी ज्यादती के पक्ष में कभी नहीं रहा। वह विकास का दूत है। भारत में ही देख लीजिए न, हमारे अँगरेज बन्धुओं ने यहाँ आकर इस भूखंड को पिछड़ेपन की खाई से बाहर निकालने का ही तो काम किया है। साथ ही पढ़ाया है सबको आधुनिक जीवन-दर्शन और विचार की सभ्यता का पाठ।"

"हमें किसने पढ़ाया है सभ्यता का पाठ? क्या यूरोप को सम्पन्नता और सभ्यता का अन्तर आज तक भी पता चल सका है? मैं पूछता हूँ, किसने कह दिया कि यूरोप

सभ्य हो गया है?" प्रसाद जैसे अपने समय के विद्रूप से टक्कर लेने लगे हों, "पता नहीं, यूरोप उस समय कहाँ किस गर्भ-गुहा में हतचेत पड़ा था जब पहली बार वैशाली का गणतंत्र आविर्भूत हुआ था! कहाँ? यहीं। इसी भारत-भूमि पर तो!...गणतंत्र तक के सोच की हमारी यह अर्वाचीन यात्रा क्या औचक थी? इसके अतीत में नि:सन्देह चिन्तन के विकास और व्यावहारिक अनुभव की एक प्रदीर्घ काल-विस्तारित प्रक्रिया रही।"

सभी मुँह ताक रहे हैं। प्रसाद के उद्गार जारी हैं, "इतिहास साक्षी है, दुनिया को पहली बार हमींने बताया था—सभ्यता का सत्त्व और धर्म का मर्म। नैतिकता की नींव हमने डाली है। त्याग की वह आग हमीं ने जलाई, जो 'सीमित निज' को राख कर 'असीम हित' का स्वर्ण-मूल्य प्रच्छन्न करती है। 'शासन' को सम्पूर्ण 'जनसेवा' का पर्याय बना देने और खाली पाँव चलनेवाला मुकुटविहीन भिक्षु-वहशी अजेय कुशल सम्राट् संसार ने यहीं देखा है। परहित, समरसता और शान्ति की परिभाषा तो हमने गढ़ी है। ज्ञान का सूर्य सबसे पहले इसी पूरब में उगा, आदिकविता की कला-संवेदना यहीं जन्मी। हमने दिया है शब्द को मंत्र-सीमा तक का ब्रह्माकार सिद्ध विस्तार और नृत्य-कला को विध्वंस-सृजन तक का तांडव-लास्य कौशल। तन-मन से लेकर गगन तक के रेशा-रेशा विश्लेषण का हमारा अथर्व-ज्योतिष आदिप्रयास आज भी सप्रमाण विश्व के सामने है। सच तो यह कि कालान्तर के बर्बर वस्तुवादी विश्व में हमारी यही उन्नत उदात्त-कोमल सूक्ष्म ज्ञान-सम्पदा और तरल मानवीय संवेदन-सजगता स्वयं हमारे ही भौतिक विकास-मार्ग में बाधा बन गईं। हम बुद्ध-महावीर से दीक्षित होकर विस्तार-विमुख न हुए होते तो इस तथाकथित विश्व-विकास की धारा का प्रवाह आज उल्टा होता, यह तथ्य भला किससे छिपा है? हम अहिंसा, अपरिग्रह, नैतिकता, धर्म, कला, साहित्य, संगीत जैसे आत्मा के हरित प्रदेश विकसित करते रहे और मानव-स्वतंत्रता की सामूहिक हत्या का उन्मादी उत्सव मनाने वाला विक्षिप्त 'पश्चिम' चारों दिशाओं में परतंत्रता का कोढ़ फैलाता रहा—पृथ्वी की समूची देह छेदता और विश्व-विजय की खूनी पताकाएँ खोंसता हुआ। उसी ने यह घिनौना और जघन्य मुहावरा तक चलाया कि उसकी साम्राज्य-परिधि में कभी सूर्यास्त नहीं होता।...मैं तो यह पूछता हूँ कि जहाँ मानवीय विवेक और नैतिकता का अंतरिक्ष-विस्तार ही अनुपस्थित हो, वहाँ कैसा सूर्योदय, कैसा सूर्यास्त? शर्मनाक अनैतिकता और पाशविक क्रूरता का पर्याय यही 'पश्चिम' आज स्वयं को हमारा त्राता बता रहा है? जो चारों ओर परतंत्रता के रक्तरंजित जाल फेंकता-फैलाता चल रहा हो और पूरे संसार को गुलाम-घायल रूप में कराहता हुआ देखने का खूंखार आकांक्षी बना हुआ हो, वह मनुष्यता तो कदापि नहीं, राक्षसपन का प्रतीक ठहरा।...और इतिहास के किसी भी पड़ाव पर जब कभी भी 'हत्या' की पड़ताल होगी तो बकरे की विवशता नहीं, कस्साब की 'क्रूरता' ही अपराधी करार दी जाएगी। जो यूरोप दुनिया के करोड़ों लोगों की आजादी का गला दबोचे बैठा हो, वह विश्व-मानवता का सिर्फ और सिर्फ हत्यारा है—मानव सभ्यता के इतिहास का सबसे भीषण अपराधी। उसकी पाशविकता को किसी भी तर्क-कुतर्क की कैसी भी गाढ़ी चादर से नहीं ढका जा सकता। सचाई तो यही है कि इस सूर्यास्त-मुक्त साम्राज्य के पाप से आज अखिल विश्व के चिन्तन-दर्शन और कला-साहित्य की आँखें बरस रही हैं। मुझे अपने चारों ओर फैला यह खारा-

विस्तार फिलहाल अरब-सागर नहीं, बल्कि अश्रु-समुद्र दिख रहा है—अखिल विश्व के व्यग्र स्वातंत्र्य-चेता विचारकों, उद्विग्न चिन्तकों, चिन्तातुर कवि-कलाकारों और बिसूरते असंख्य गुलाम नागरिकों की अनगिनत बहती-बरसती आँखों के जल का दुर्भाग्यपूर्ण संग्रह!...मैं तो यहाँ बस इतना कहना चाह रहा हूँ कि यूरोप पहले मानवीयता का मान तो समझे, इसके बाद ही वह सभ्यता पर बात करने या इसका प्राथमिक पाठ धारण करने की पात्रता पा सकेगा। इसी के बाद उसकी मृत चेतना में प्राण-तत्त्व लौट सकेंगे, अन्यथा वह पाशविक का पाशविक ही बना रहेगा—सर्वथा त्याज्य, घृणित।"

सभी चुप, लेकिन सबकी शिराओं में जैसे अग्निगंगा लपटती-लपलपाती दौड़ रही हों!

ब्लेयर मर्माहत। उसके करुणा-विगलित शब्द मोती की तरह चमकने लगे, "एग्री। आई एम हंड्रेड परसेंट एग्री विद यू। मनुष्य या उसके समाज पर गुलामी लादने वाला तो बेशक समूची इनसानियत का ही दुश्मन साबित हुआ। ऐसे में उसे सभ्य, सुसंस्कृत, धार्मिक या कलावंत आदि-आदि जैसा कुछ भी मानने का बेशक कोई प्रश्न ही नहीं।"

सबकी निगाहें ब्लेयर पर ही टिक गई हैं। उसके स्वर में हाहाकार उमड़ रहा है, "आज आपने मेरी आँखें खोल दीं। बेशक जो पश्चिम मानव-समाज का अपराधी है, वह पूरे संसार का शत्रु ही हुआ। उससे कोई भी निकटता सर्वथा अनुचित है। कोई भी भेदभाव, चाहे उसका आधार राष्ट्र हो या नस्ल, घृणित है तो घृणित है।"

74

गंगा का सागर में विलय का अद्‌भुत दृश्य। रोमांचक। उद्वेलक। लोमहर्षक।

प्रसाद के मन-प्राण झंकृत। लगा, यह तो महीयसी गंगा और महासागर के मिलन का संगम-तीर्थ भर नहीं, बल्कि एक महानायिका के आत्मोत्सर्ग की जीवंत लीलास्थली है। चिरदृश्यमान। समुद्र के संस्पर्श से पहले गंगधार में यह कैसी दग्ध फेनिल विकलता! मन आहत-सशंकित। प्रश्न उमड़ने लगे—गोमुख से यहाँ तक की जीवनधर्मिणी-प्राणदायिनी महायात्रा का यह कैसा समापन? इतने बड़े भूभाग, अरबों-खरबों छोटे-बड़े दृश्य-अदृश्य जीव-जन्तुओं और विराट् जनसमुद्र को प्राण-अस्तित्व और जीवन-धारा बाँटती आनेवाली एक ममत्व-प्रवह माता के अपने अस्तित्व का अन्ततः यह ऐसा निरुपाय-निश्चेष्ट लोप क्यों? क्योंकर ऐसा असहज करुण ध्वंस? क्यों उसका ऐसा अचूक संहार? महाकर्मठता और महासेवा का यह कैसा हश्र?—सोचते-सोचते मन विह्वल हो उठा है।

अनुभूति-पटल के रंग-रूप गतिमान हो उठे हैं। अब लगा, यह संगम-छवि तो गजब दृश्यबहुल है। हर दृश्यकोण मुग्धकारी। तृप्ति-जल सींच रहे हैं आत्मा को। सागर पर गिरने-बिलाने से क्षणांश पहले तक विद्यमान गंगधार की दुर्द्धर्षता और संघर्ष-संकल्प-क्षमता तो सचमुच अनोखी है। अन्तिम मोक्ष-क्षण तक वह अपनी पहचान नहीं खो रही। सागर भी सिद्ध हो रहा है करुणा का सागर ही। उसे अंगीकार करता हुआ वह आगत एक-एक बूँद को अपना वर्ण दान करता नहीं थक रहा। लेकिन, ऐसा अभूतपूर्व उन्मुक्त-उदार यह है कौन? अंतस्-तल से विवेक-स्वर गूँज उठा—गंगा को अपने महांक में विराम-विश्राम और अपना अक्षर-अनन्त श्यामल रंग देनेवाला यह कोई ऐरा-गैरा सागर-गागर भला

कैसे हो सकता है? अवश्य ही वह स्वयं वही सागर-सायी हैं जिनके पद से निकली वह संसार-भ्रमण के बाद थकी-माँदी अन्ततः उन्हीं के हृदय-प्रदेश में लौट रही है। व्यग्र और उतावली, किन्तु समग्र संतोष-सुख व चरम आश्वस्ति-संतृप्ति से भरी हुई। चिरंतन 'परम' के पास लौटती हुई लहराती अनादि आत्मा। महानतम् महामिलन। लगा, यह तो सृष्टि का अलौकिक दृश्य है, पृथ्वी पर अनन्य-दुर्लभ क्षण।

धीमा होते-होते स्टीमर जाकर सट गया चौकोर मंच से। ऐन संगम स्थल के निकट ऐसे कई-कई जलस्थिर मंचनुमा तख्त। गतिबाधित किन्तु डोलते पोतों पर टिके-हिलते हुए जनसंकुल। चहल-पहल से भरे।

ब्लेयर स्टीमर से उचककर मंच पर जा चढ़ा। तख्त के कोरों पर लटकती कई बड़ी-बड़ी चूड़ीनुमा कीलें। उसने एक में मोटा रस्सा डालकर तुरन्त गाँठ लगा दी। गति टूटने लगी। स्टीमर धीमा हो चला। केबिन में लोग उठ खड़े हुए। खिड़की के शीशे से बाहर का जनसमृद्ध दिख रहा है। पुकारता हुआ-सा। जल का अक्षत विस्तार और जन का आसक्त समूह। चहल-पहल में जिज्ञासा-पुलक, भक्ति-भावों की सतरंगी अनुगूँज।

लखरानी देवी पुलकित, "बच्चा, देखाऽ, इहौं मकर संक्रांति पर बनारसे जइसन भीड़ हौ!"

प्रसाद ने किंचित विस्मय के साथ सिर खुजलाया, "अच्छा, तऽ आज मकर संक्रांति हौ? तब तऽ बहुत बढ़िया तिथि पर गंगासागर पहुँचल गल हौ!"

सामने मंचों-तख्तों पर लदी हुई-सी भीड़। विराट् जनासक्ति। आसपास स्नान-पूजन के दृश्य। मन में औचक अपना बनारस नगर जाग उठा। संगम-स्थल को सम्बोधित जलते-बलते धूप-दीप। श्रद्धालुओं के बीच मंत्र बुदबुदाते कई-कई त्रिपुंडधारी तीर्थपुरोहित। दशाश्वमेध घाट की छवि तैर गई। हाथ जोड़े श्रद्धालुओं पर ध्यान गया। वे तो ऐसे मग्न हैं, जैसे आसपास से गुजरते छोटे-बड़े किसी भी स्टीमर या नाव का शब्द-शोर उन्हें सुनाई ही नहीं पड़ रहा हो! एक प्रश्न कौंधा—यह समुद्र में कूदती व आत्मलीला का विसर्जन करती गंगा का पूजन-कीर्तन है या तर्पण-विलाप? अथक अनहद सेवा-यात्रा का सोल्लास समादर अथवा सकरुण श्राद्ध?

तख्त पर भीड़ के बीच ब्लेयर सक्रिय। सहयात्री स्त्रियों के लिए जगह बनाने में मशगूल। कुछ ही देर बाद उसके संकेत पर सभी उतरने के लिए आगे बढ़े। आगे-आगे प्रसाद, उनके पीछे पुत्र रत्नशंकर, भाभी लखरानी, पत्नी कमला देवी, कलकतिया भाई पुरुषोत्तमदास, थोड़ा पीछे अनुज मुकुन्दीलाल और लालो।

सभी आ गए हैं तख्त पर। चहल-पहल के बीच। अन्य सहयात्री भी शामिल होते जा रहे हैं। भीड़ बढ़ती जा रही है। साथ के बाकी लोग स्नान के जुगाड़ में जुट गए हैं किन्तु ब्लेयर स्टीमर में लौट गया। प्रसाद भी तख्त की भीड़ का हिस्सा बन गए हैं। वह बहुत ध्यान से अवलोकन कर रहे हैं, चतुर्दिक् फैले जल के आन्दोलित नीले साम्राज्य का। मन में भाव उमड़ने लगे। बहुरंग-बहुतरंग। फेनिल-उत्तुंग लहरों से भी तेज। यह गति लगातार बढ़ती ही जा रही है। अनुभूति प्रखर और प्रज्वलित। अभिव्यक्ति पाने को बेचैन। लगा, अब इसे लिपिबद्ध करना ही होगा। वह तत्काल फर्श पर बैठ गए। सामने पड़ा

कागज का कोरा पृष्ठ तत्पर है मन का बेकाबू भाव-समुद्र थामने को। देखते-ही-देखते लेखनी से अक्षर-गंगा फूट पड़ी है :

हे सागर संगम अरुण नील!
अतलान्त महा गम्भीर जलधि—
तज कर अपनी यह नियत अवधि
लहरों के भीषण हासों में
आकर खारे उच्छ्वासों में
युग-युग की मधुर कामना के
बन्धन को देता जहाँ ढील
हे सागर संगम अरुण नील!

पिंगल किरणों-सी मधु-लेखा
हिम-शैल बालिका को तुमने कब देखा!
कलरव संगीत सुनाती,
किस अतीतयुग की गाथा गाती आती
आगमन अनन्त मिलन बनकर—
बिखराता फेनिल तरल खील।
हे सागर संगम अरुण नील!

आकुल अकूल बनने आती
अब तक तो है वह आती
देवलोक की अमृत कथा की माया—
छोड़ हरित कानन की आलस छाया—
विश्राम माँगती अपना
जिसका देखा था सपना
अरुण ज्योति की झील बनेगी कब सलील?
निस्सीम व्योम तल नील अंक में
हे सागर संगम अरुण नील!

गंगा-सागर के संगम में पहली बार सम्मिलित हो रही है सद्य:प्रकटी सरस्वती की समुज्ज्वल भाव-धार भी। इस अपूर्व क्षण की साक्षी बन रही हैं नील-नवल छंदोबद्ध जल-तरंगें। मुग्ध-मुदित। सस्वर मृदुल नर्तन करती हुई। अनवरत।

"क्यों बलदेव जी, चलेंगे कमच्छा की ओर?" दशाश्वमेध घाट पर प्रसाद अभी-अभी पहुँचे हैं, "यहाँ आ गया तो ध्यान आया कि केशव जी वहाँ मेरी प्रतीक्षा कर रहे होंगे, अपने विद्यालय परिसर में। मैंने ही उनका समय लिया है।"

"हाँ-हाँ, क्यों नहीं। लेकिन आपको पुस्तकें भी देनी हैं, तो चलिए, सकरकंद गली होकर ही चले चलते हैं।"

"तब तो कुछ समय अतिरिक्त व्यय हो जाएगा।"

"मैं घर से पुस्तकें लेकर तुरन्त बाहर आ जाऊँगा। आपको बाहर एक-दो मिनट से अधिक नहीं खड़ा रहना पड़ेगा।"

"ऐसा आत्मापराध भला मैं जानबूझकर क्यों करूँगा?"

"आत्मापराध! तात्पर्य?"

"युवा मित्र, ऐसा है, अपने पाँव पर कुल्हाड़ी चलाना सिर्फ और सिर्फ मूर्खता है। मुझे लगातार आर्ष ग्रंथों से कुछ न कुछ प्राप्त करना है, ऐसे में मैं भला ऐसी आत्मघाती भूल क्यों करूँ जिससे मुझे ज्ञान-मनीषा का कोपभाजन बनना पड़ जाए?"

"ऐसा भी क्या!" बलदेव बात के पेच को समझने का मौन उद्यम करने लगे।

"और नहीं तो क्या!" प्रसाद ने आँखें मूँद लीं और भाव-विभोर हो सिर को विशेष ढंग से नचाया, "आपके द्वार पर जाकर यदि बाहर ही रह जाऊँ और पंडित विद्याधर गौड़ जी का चरण-स्पर्श न करूँ तो तय है कि आर्ष ग्रंथ मुझ पर क्रुद्ध हो जाएँगे। मुझे कुछ भी देने से इनकार कर देंगे। ठेंगा दिखा देंगे। ज्ञान स्वयं कम-से-कम इतना ज्ञानी तो अवश्य होगा कि अपने वाहक की नीयत-नीति को देख-समझ सके!"

बलदेव संकोच से भर गए। प्रसाद ने अपनी बातें जारी रखीं, "असल में, उन्हें देखने के मामले में आपकी और मेरी दृष्टियों में काफी अंतर है। आपको वह सबसे पहले अपने अभिभावक और घर के मुखिया दिखते होंगे न, जबकि मैं उन्हें साक्षात् वेद-पुरुष रूप में देखता हूँ—ज्ञान की मूर्तिमान वाचक मुद्रा में।"

गलियों से होते हुए दोनों सकरकंद गली में आ गए। बलदेव हाथ उठा अँगुली से संकेत किया, "उधर विश्वनाथ गली की ओर से घुसें या इधर दशाश्वमेध घाट के रास्ते आएँ, सकरकंद गली के मकान आपको सकरकंद की ही तरह भूमिगत महसूस होंगे। हमारा घर तो यों भी इस आँत जैसी गली में सबसे अंत में स्थित है—माँद की मानिंद। क्या करें!"

"यह तो मन मसोसने की नहीं बल्कि सीना फुलाने की बात है भई! सड़क पर समूह बनाकर बैठने और पत्ता तक के खड़कने पर पूरी ताकत से भौंकने वाले को क्या कहते हैं, आप समझ ही रहे होंगे, जबकि माँद में वास करनेवाला निर्विवादत: सिंह होता है। ऐसा वह किसी से भयभीत होकर नहीं बल्कि निर्बलों-असहायों की निर्भयता और स्वतंत्रता में बाधा न बनने की अपनी स्वगत उदारता के तहत करता है।" प्रसाद ने समझाया।

बलदेव हँसने लगे, "भाई साहब, सिंह तो बर्बरता-पाशविकता का प्रतीक हुआ नऽ?"

"नहीं, गहरे और मूल अर्थ में यह पराक्रम और शक्ति का ही वाहक है।"

घर में पहले बलदेव घुसे, फिर पीछे-पीछे प्रसाद।

आँगन में आसन पर विराजमान हैं पंडित जी। साथ में दो बटुक भी। तीनों ग्रहण कर रहे हैं दिन का भोजन। हल्दी से रँगी धोती, कंधों पर लाल-लाल गमछे फैलाए।

पंडित जी ने दृष्टि उठाई। प्रसाद लपककर निकट चले गए। चरण-स्पर्श किया। उन्होंने सिर हिलाकर आशीषते हुए सामने के रिक्त आसन पर आसीन होने का संकेत दिया। शान्त और शिष्ट समवेत गति से जिम रहे बटुक बीच-बीच में दृष्टि उठाकर ताक ले रहे हैं। देखने में दोनों दक्षिण भारतीय जैसे।

बलदेव भीतर के कमरे में यों गए और यों वापस आए। इस शीघ्रता पर गौर करते हुए प्रसाद मुस्कुराए। बलदेव पंडित जी के पास आए, "हम लोग अभी जल्दी में हैं। कमच्छा जाना है। वहाँ केशव जी प्रतीक्षा में व्यग्र-उग्र हो रहे होंगे। पुस्तक लेने के लिए मुझे यहाँ आना था, मैंने जल्दी का ध्यान रखते हुए प्रसाद जी को बाहर ही खड़े रहने का सुझाव दिया था ताकि यहाँ से तुरन्त कमच्छा के लिए निकल जाया जाए, किन्तु इन्हें तो सबसे पहले आपका आशीर्वाद चाहिए, इसलिए आँगन में आने से नहीं चूके।"

75

घाट की ओर से आती हवा छू रही है तो त्वचा छिल जाने जैसा अनुभव हो रहा है। तलवार की धार सटने की तरह। हर झोंका अचूक प्रहार सरीखा। ठिठुरन से भर देनेवाला। चेहरा छनछना जा रहा है। पलकें मूँदते ही टपककर गरम बूँदें गालों पर रेंगने लग जा रही हैं। प्रकम्पित हो रही है ठंड की यह सुबह। कभी तनिक तेज, तो कभी हल्के-हल्के। ओस से भरे भारी पत्ते की तरह। सिहरी और सहमी हुई-सी। धूप भी भीगी-भीगी। अलगनी पर हिलती हल्दी से रँगी टपकती पीली धोती जैसी। बाहर कुर्सी पर बैठे हैं रायकृष्ण दास। आसमान की ओर देखते हुए वह जैसे स्वयं से ही बोल पड़े, "कोहरे ने सूर्य को कितना अशक्त बना दिया है! कई हाथ ऊपर चढ़ चुकने के बाद भी वह कैसा निस्तेज बना हुआ है! धूप भी कैसी लुटी-पिटी-सी ही!"

"प्रणाम!"

सोच-क्रम टूट गया। दृष्टि सामने गई। तेज कदमों से आते हुए दिखे शिवपूजन सहाय। चादर में लिपटे, जुड़े हुए हाथ बाहर निकाले, मुस्कुराते हुए।

हड़बड़ाकर उठ खड़े हुए दास, "आइए, आइए, शिव जी! सुबह-सुबह आपके आ जाने से तो सचमुच आनन्द आ गया।" आगे बढ़कर साग्रह हाथ पकड़ लिए। सामने की कुर्सी पर बिठाने लगे, "आपको हरिताभ चादर में इस तरह छुपा देखकर अद्‌भुत अनुभूति हो रही है।"

"अद्‌भुत अनुभूति! भला ऐसा क्या?"

"जैसे बिल्व-पत्रों में लदे-छुपे अकस्मात् सामने आ गए हों बाबा विश्वनाथ!"

"रोमांचित हो गया हूँ मैं बाबा का नाम सुनकर," शिवूपजन ने आँखें मूँद लीं। हाथ जोड़े-जोड़े आकाश की ओर सिर उचकाया। चादर के नीचे कंधे फड़कने लगे। सिहरन जैसी तरल भावप्रवणता की अभिव्यक्ति। शब्द-शब्द श्रद्धासिक्त, "मेरे भीतर तो वह विराज ही रहे हैं सदा-सदा, लेकिन आपके मुख से ऐसा जीवंत रूपक सुन उनका चंद्रशेखर-रूप अचानक आँखों के सामने आ गया है। सर्पबद्ध-नीलकंठ जटाजूट वाली चिरंतन छवि। बाबा की यही जीवंत उपस्थिति-अनुभूति पाने के लिए तो सब कुछ छोड़-छाड़कर मैं काशी में पड़ा हुआ हूँ। यहाँ के अलावा और कहीं मन ही नहीं लगता मेरा—न अपने बिहार क्षेत्र में, न कहीं और। जब-जब कहीं और जमने की कोशिश की है, इसमें विफल रहा। यहाँ से अलग जब कभी जहाँ कहीं भी रहा, बार-बार यही लगता रहा कि मैं काशी को स्वीकार्य नहीं हूँ, तभी तो यहाँ रहना पड़ रहा है! हमेशा विवशता

का भाव सालता रहा। इसलिए अन्ततः दृढ़ संकल्प लिया और काशी की कीमत पर कुछ भी नहीं स्वीकारने की प्रतिज्ञा कर ली। अब देखिए, बाबा की कृपा हुई और अन्ततः इस भूमि पर मेरा भी स्थान नियत हो ही गया।" ध्वनि जैसे सीधे हृदय से निकल रही हो!

"यह तो रचना-भूमि है ही। वेदव्यास-तुलसी-कबीर-रैदास से लेकर भारतेन्दु बाबू की साधना-स्थली। आप जैसे साहित्य-साधक को तो काशी नगरी अपने सीने से लगाकर रखेगी ही। एकदम जमकर रहिए। त्रिशूल को यहीं खोंस दीजिए। कमंडल स्थापित कर लीजिए। तबीयत से डमरू को डमडमाते रहिए न! आप तो यों भी शिव हैं—नाम से भी, कृति-प्रकृति से भी। आपका निवास तो काशी में ही होना भी चाहिए।" दास ने मुस्कुराते हुए आगे पूछा, "और क्या हाल है? क्या चल रहा है? हमारे धनपत राय जी तो ठीक-ठाक हैं?"

"हाँ, उनका अपना काम अपनी गति से अपनी ही तरह अबाध चल रहा है। वह भी खूब हैं, अपनी धुन में लगे रहते हैं।"

"हाँ, वो तो है ही, किन्तु..."

"किन्तु?"

"मुझे उनके सारे लेखन-प्रयास सर्वथा एक जैसे लगते हैं। जैसे अपने प्रसाद के पास कविता का सुरम्य आँगन है तो नाटकों का एक समूचा चहचहाता संसार, और कथाओं की एक अपनी ही जमीनी दुनिया भी। ऐसी विविधता धनपत राय के यहाँ कहाँ दिखती है?"

"नहीं, इस तरह से बात नहीं की जा सकती। विविधता की तलाश या पहचान ऐसे स्थूल ढंग से कदापि नहीं की जा सकती। यह ऐसी चीज है भी नहीं।"

"मतलब?"

"वैविध्य तो देखिए न, कितनी बारीक चीज है! किसी भी एक व्यक्ति और उसके मुकाबले किसी भी दूसरे को गौर से देख लीजिए, जीवविज्ञान की दृष्टि से दोनों में सम्पूर्ण सैद्धान्तिक साम्य है। किन्तु इस संसार के लाखों-लाख इनसानों में क्या कोई भी दो व्यक्ति एकदम समान हैं? सबके हैं दो हाथ, दो पाँव, एक नाक, दो आँखें, एक मुँह आदि-आदि, लेकिन हर व्यक्ति दूसरे से सर्वथा भिन्न। चेहरों के अन्तर को सही-सही रेखांकित करना मुश्किल लेकिन हर चेहरा सर्वथा अलग—तो इसे कहते हैं वैविध्य। धनपत राय उर्फ प्रेमचन्द चाहे भले केवल गद्य विधाओं में लिख रहे हों, उनकी हर रचना ऐसे ही अलग-अलग व्यक्तित्व से सम्पन्न है। यही हाल प्रसाद के साथ भी है। दोनों हमारी भाषा के बड़े रचनाकार के रूप में हमारे सामने हैं। मैं तो यहाँ तक कहूँगा कि वे दोनों ही नहीं, हिन्दी साहित्य-परिवार के अन्य अनेक सदस्य रचनाकार देखने में चाहे अलग-अलग और भिन्न-भिन्न स्थानों पर दिख रहे हों, समग्रता में वे सब कुल मिलाकर एक ही काम कर रहे हैं—अपने समय-समाज की सकारात्मक पड़ताल और हिन्दी भाषा-साहित्य की श्रीवृद्धि का कार्य।" बहुत विनम्रता के साथ उन्होंने प्रसंग को सौहार्दपूर्ण ढंग से पूरा किया।

नौकर ने लाकर पीतल के जग में जल रखा और सामने खड़ा हो गया। दास ने उसे समझाया, "नाश्ता दो थाल में आ जाए तो अच्छा रहेगा। घर में बता दो कि शिवपूजन जी

आए हैं—बस, लोग समझ जाएँगे। सबको इनके स्वाद की सीमा और ग्रहणशीलता की चौहद्दी का भली भाँति अता-पता है।"

वह मुस्कुराता हुआ चला गया।

शिवपूजन बोले, "चूँकि आपके यहाँ मेरे इनकार की कोई अहमियत नहीं इसलिए मैं चाहकर भी अभी तक यह निवेदन नहीं कर सका हूँ कि अभी-अभी मैं अपने कमरे से रात की रखी दो चपातियाँ और गुड़ का भरपूर नाश्ता करके ही चला हूँ।"

"हाँ, खान-पान में इनकार को नकार देना ही मैं अपना धर्म समझता हूँ।"

"बस, यही जरा-सा है जो यह बता देता है कि आप कला-प्रेमी और साहित्यानुरागी के अलावा जमींदार भी हैं।"

दास ठठाकर हँस पड़े। रुके तो बोले, "और मेरा यह ठहाका?"

"इसमें कोई जमींदारी जैसी बू नहीं। इससे ज्यादा तेज और कड़ाकेदार तो हमारे मुंशी जी लगाते हैं—तमाम कड़की और अभावों की धूल-राख उड़ाते हुए।"

"बिलकुल, बिलकुल। धनपत जी का ठहाका मैंने कई बार पास से गौर से सुना है। उनके ठहाके से ही मुझे पता चला कि उनके पास हृदय बहुत समृद्ध है। जहाँ करुणा का अभाव नहीं होगा, वहाँ प्रसन्नता की भी कोई कमी कभी नहीं हो सकती। जमींदारी और धन ही ठहाके के लिए काफी नहीं—धन तो मूर्ख को परेशान ही करता है, क्योंकि मूर्ख चारों ओर से बन्द कुंड की तरह हो जाता है जिसके जल का गंदला होना या सड़ना तय है, जबकि समझदार अपनी प्रवहमान-प्रकृति के चलते धन आते ही नदी बन जाता है, बह चलता है—दिग्-दिगन्त में बढ़ता-फैलता हुआ। इसीलिए तो बहती नदी की हँसी-खिलखिलाहटें और खुले ठहाके सबने देखे-सुने हैं। किन्तु जमाखोर कुंड को क्या किसी ने कभी होंठ हिलाते-डुलाते भी देखा है?"

"क्या खूब कहा आपने, बहुत सटीक। सार्थक और समीचिन। देखिए न, हमारे जितने भी रचनाकार हैं, इसीलिए सभी खुलकर हँसते-बोलते हैं—क्या प्रेमचन्द, क्या प्रसाद, क्या मैथिलीशरण, क्या निराला—सभी।"

नौकर ने दो थाल लाकर सामने टेबुल पर रख दीं। दास ने एक उठाकर शिवपूजन की ओर बढ़ा दी। उन्होंने विनम्रता से इसे ग्रहण कर लिया।

दोनों खाने लगे। मुँह चलाते हुए दास ने कुछ स्मरण किया, "देखिए, बातें कहाँ से शुरू होकर कहाँ न पहुँच जाएँ, कोई नहीं जानता। इसलिए मैं भी कहीं यह बताना भूल न जाऊँ इसलिए पहले यह बता ही दूँ।"

शिवपूजन हाथ-मुँह रोककर जिज्ञासा से उनकी ओर ताकने लगे। वह आगे बोले, "अगले सप्ताह ही आदरणीय महावीर प्रसाद द्विवेदी जी काशी पधार रहे हैं।"

"अच्छा, यह तो बहुत प्रसन्नता की बात है। अहोभाग्य! काशी में क्या-क्या कार्यक्रम हैं आचार्य के?"

"ठहरेंगे तो मेरे ही यहाँ। छह दिनों तक यहीं रामघाट पर प्रतिदिन गंगा-स्नान करेंगे और भोला-भूमि का दुर्लभ प्रवास-आनन्द लेंगे। मूल कार्यक्रम नागरी प्रचारिणी सभा में प्रस्तावित है। उन्हें एक मानपत्र अर्पित किया जाएगा।"

"यह तो बहुत अच्छी बात है। इसका अर्थ यह कि आचार्य का छह दिनों का दुर्लभ साथ-संसर्ग हमें सुलभ हो सकेगा?"

"हाँ-हाँ, क्यों नहीं! हम लोग मिलकर उनका स्वागत-सत्कार करेंगे। उन्हें काशी के तमाम प्रकार के अखाड़े घुमाएँगे—शारीरिक भी, साहित्यिक भी और धार्मिक आदि भी। इतने किसिम-किसिम के अखाड़े देख उन्हें भी आनन्द ही आएगा।"

शिवपूजन ने खाली हो चुकी थाल को नीचे रख दिया। हाथ-मुँह धोए। पानी पीकर मुँह पोंछने लगे, "अभी-अभी एक विचार मेरे दिमाग में आ रहा है..."

"क्या?" दास भी हाथ-मुँह धोने लगे।

"आदरणीय द्विवेदी जी की षष्टिपूर्ति का वर्ष है यह। उनकी गौरव-गरिमा से परिपूर्ण महान सेवाएँ और महादेव जी जैसा विराट् व्यक्तित्व देखते हुए मात्र मानपत्र दिया जाना क्या पर्याप्त होगा?"

"आपका तात्पर्य? कहना क्या चाहते हैं?"

"मेरे विचार से यह अपर्याप्त होगा।"

"भई, यह तो सभा का आयोजन है। आप तो जानते ही हैं, सभा से उनके सम्बन्ध हाल ही में सुधरे हैं। काफी समय तक बहुत कटुता रही। खैर, अब वह अध्याय समाप्त हुआ। सभा ने उनका सम्मान करने का निर्णय लिया, इससे हमें तो बहुत प्रसन्नता हुई।"

"मेरा आशय यह है कि आचार्य जी को इस षष्टिपूर्ति के उपलक्ष्य में एक समृद्धतम अभिनन्दन ग्रंथ अर्पित किया जाना चाहिए।"

"एकदम सही। आप यदि इसे तैयार करने का भार लेने का वचन दें तो मैं इसके लिए जी-जान से लग जाऊँ। हिन्दी भाषा और साहित्य के सबसे ज्येष्ठ आचार्य का उनकी गरिमा के अनुरूप यदि सम्मान-अभिनन्दन हो तो इससे सबको आत्मिक प्रसन्नता का अनुभव होगा। इससे ज्यादा अच्छी बात भला दूसरी क्या हो सकती है?"

शिवपूजन भाव-विभोर हो उठे, "यह कार्य यदि सचमुच मैं अपने हाथों सफलतापूर्वक पूरा कर सका तो इसे अपने जीवन की एक बड़ी उपलब्धि मानूँगा।"

76

आचार्य महावीर प्रसाद द्विवेदी काशी आए हैं। पूरा साहित्यिक समाज नई चेतना और अपरिमित उत्साह से भर उठा है। रामघाट पर साहित्यानुरागियों का ताँता लग रहा है। वह सबसे सहज-सहज मिलजुल रहे हैं। स्नेहपूर्वक। अपने ज्येष्ठ अभिभावक-संरक्षक से साक्षात्कार कर लोग गद्गद।

सुबह-सुबह घोड़ा गाड़ी से दास उन्हें परिभ्रमण कराने निकले। साथ में शिवपूजन सहाय, विनोदशंकर व्यास भी। गली से बढ़कर गाड़ी सड़क पर निकली। हाथ जोड़े दास विनत हो गए, "आचार्यप्रवर, आप कहाँ-कहाँ चलना चाहेंगे?"

"सबसे पहले तो मैं लहरतारा चलना चाहूँगा।" आचार्य द्विवेदी ने आँखें मूँदकर दोनों हाथ आसमान की ओर लहराए, "सद्गुरु कबीर से शुरू कीजिए। आगे बढ़ते हुए महात्मा रैदास और अपने बाबा तुलसीदास से जुड़े स्मृति-स्थल मुझे दिखाइए, मैं देखना चाहूँगा।... आज की यह यात्रा सम्पन्न करना चाहूँगा भारतेन्दु बाबू की ड्योढ़ी तक पहुँचकर। आप

इसी योजना-दृष्टि से यथोचित परिक्रमा-पथ निर्धारित कर लीजिए। इन महान रचनाकारों से जुड़े स्मरण-स्थल मुझे दिखाइए, ताकि सचमुच मेरी आत्मा जुड़ा जाए।"

लहरतारा। अनन्त आकाश को सीने में समेटे-सहलाता प्रशान्त जाग्रत तालाब। धड़कता हुआ जल। हिलते तरल तल के सामने खड़े हैं आचार्य द्विवेदी। छाती पर दोनों हाथ बाँधे। पास ही पीछे वे तीनों भी। सभी चुप। गाढ़ी निःशब्दता। जल-स्पंदन को एकटक निहार-पढ़ रहे हैं आचार्य। मग्न-मौन। मन जैसे अपनी ही दृष्टि-डोर पकड़कर जल में उतरता चला जा रहा हो! साक्षात् कबीर और साखी समय की ओर सरकता-बढ़ता हुआ। जल में रह-रहकर जाग रही हैं लघु-लघु लक्षणा लहरें। फैलती धन्य-ध्वन्य अभिव्यंजना तरंगों से सम्पन्न। अभिकाव्य के रस-मर्म की तरह। शान्त जल पर जैसे खिंच-खिंच जा रही हो कबीर की प्रतिध्वनित अमर बानी :

कबिरा संगत साधु की हरै और की व्याधि,
संगत बुरी असाधु की आठों पहर उपाधि।

सीरगोवर्द्धन। लंका क्षेत्र में रैदास स्मृति-स्थल। आचार्य द्विवेदी खड़े निहार रहे हैं। मुग्ध-दुग्ध मौन में तैरते हुए-से। इस मतांतर से कोई अंतर नहीं महसूस हो रहा कि संतकवि का वास्तविक जन्म-स्थान यही है अथवा लहरतारा क्षेत्र का कोई स्थल।

अनुभूति बोल रही है—सम्प्रति यहाँ की माटी में त्वरा-तृप्ति तो सचमुच विरल है। हवा के सारंगी-स्वर में सतत चिन्तना, अद्‌भुत अनाहत। छोटा-सा परिसर किन्तु महिमा-बोध कैसा प्रखर! निःशब्द-निर्ध्वनित रहकर भी कितने सुस्पष्ट गूँज रहे हैं अद्‌भुत अध्यात्म-सिद्धान्त! शास्त्रज्ञ नहीं, प्रज्वलित अनुभव से जन्मे हुए। एकान्त संन्यास के समानान्तर सतत कर्म का कैसा सिद्ध विन्यास! जीवन-जगत् के सहज व्यवहार में ही परम-प्राप्ति। पूजा-पाठ और पौरोहित्य कर्मकांड में नहीं, निर्विकार प्रेम-पथ में कर्मण्य भक्ति-मार्ग का वरेण्य निरूपण। स्वविचरण-आत्मविलयन से नहीं, परहित-परोपकार से 'परम' का सांगोपांग साक्षात्कार।

शिवपूजन चुप हैं। दास मौन। व्यास भी। आचार्य द्विवेदी किसी से कुछ कह-पूछ नहीं रहे, किन्तु उनका आत्मसंवाद जैसे सबको सुनाई-दिखाई पड़ रहा हो, लगभग स्पष्ट।

अस्सीघाट। बहती गंगा पर है आचार्य द्विवेदी की मनन-खनन दृष्टि। टँकी-टिकी हुई-सी। डोलती धारा में वह देख रहे हैं काशी नगरी का जल-बिम्ब। सम्पूर्ण-सजीव। महिमान्वित भूगोल की झलकती-झिलमिलाती वह समग्र भाव-छवि भी, जिसमें घुली हैं इतिहास की सरपट स्याही और सरसराती सफेदी। साथ ही सभ्यता-संस्कृति के खिले हुए सप्तरंग। घाट का स्थापत्य ध्यान खींच रहा है। पत्थर की अडोल-अविचल सीढ़ियाँ। नीचे डोल रहे तरल-तल तक जाती हुईं। कहीं चकता-चौकोर तो कहीं लम्बी। कहीं हल्की लाली तो कहीं धूसर-मटमैली किन्तु सर्वत्र शिलित मौन में लिपटीं। कभी गहरे अन्तर्मन में उतरने तो कभी उत्तुंग चेतना-शिखर पर चढ़ने को उकसाती-जगाती हुईं।

फिर बहती गंगधार पर लौट आई है आचार्य द्विवेदी की दमकती दृष्टि। लम्बी मूँछों वाले रोबीले मुखमंडल पर भी उमड़ती हुई रेखांकित-भावखंचित फेनिल भाव-धार। ऐसी ही रजताभ। विद्युतगति विचार-प्रवाह। जैसे अनुभूति-गंगा बनकर फूट रही हो तन्वंगी

विष्णुपदी! हिमरंजित स्फटिक-चमचम गोमुख-चोटी से। नव्य-नवजात, धवल। आँखों के सामने झूलने लगे हैं ताजा घूमे-देखे हुए काशी के प्रसिद्ध तुलसी स्मृति-सुरभित जाग्रत स्थल। तुलसीघाट, दशाश्वमेध घाट, संकटमोचन मन्दिर, गोपाल मन्दिर और विश्वनाथ गली। बाबा तुलसी का काशी का रचना-रमण, रामलीला का परम्परा-सृजन और नाहक ही प्रतिद्वन्द्विता पाल बैठने वाले धर्मधिक्कारुओं का आक्रामक प्रतिरोध। अपनी पांडित्य-सत्ता और तीर्थ-अध्यवसाय पर अस्तित्व-संकट देख लेनेवाले संगठित पुरोहित समाज द्वारा उत्पन्न भीषण संघर्ष। इतिहास के फूटते बुलबुलों से रह-रहकर निकल-फैल रहा है वह कलंकित असत्-असंत शोर, जो संत-कवि को नकारने और काशी-च्युत करने के लिए खड़ा किया गया था। शास्त्र-आभिजात्य भंग करने और शास्त्रसार्व का षड्यंत्र रचने के दोहरे अभियोग के साथ। शताब्दियाँ लाँघ जलधार से निकलती, विचलित कर देनेवाली प्रतिध्वनियाँ। हमलों की बर्बरता और असहिष्णुता का दारुण दृश्य रचती हुईं। कितना-कितना अत्याचार सहना न पड़ा होगा उस निश्छल महाकवि को! जिसके लिए उन्होंने शास्त्र को सहज-सरल और सार्व किया, भगवान श्रीराम की कथा को लीलान्तरित कर लोकार्पित किया, उस लोक ने अपना दाय सर्वांश भुगतान करके दिखाया। लोकमंगल के लोकनायक महाकवि को आखिर इसी लोकजीवन ने स्वयं खड़ा होकर बचाया।

भारतेन्दु-भवन में आचार्य द्विवेदी। भावपूर्ण क्षण। आँगन की धूलि उठाकर मस्तक से लगा रहे हैं, "रजकणो, तुम सब तो वही हो। तुमने हमारे भाषा-जनक की काया को तो खूब छुआ होगा। असंख्य-असंख्य बार हिया जुड़ाया होगा। उनके जीवन का हिस्सा बनने का सौभाग्य खूब लूटा होगा। छककर पीया होगा सब कुछ देखने का सुख। अबोध बचपन, सुबोध यौवन, प्रबोध साहित्य-साधना और महाबोधि सृजन-समाधि! तुम्हारे भीतर उनका जीवनांश अवश्य ही अब भी विद्यमान होगा—जीवंत स्पर्श-स्मृति रूपों में। तुम्हारी धमनियों में तो तैर रही होगी हमारी भाषा 'खड़ी बोली' के बचपन की भी किलकारी, उसके कोमल नन्हे पाँवों की डगमगाहट, सँभलाहट और पदक्षेप—सबकी छुअन। बुदबुदाहट, तुतलाहट और पदचाप—सारी मृदुल-मंजुल ध्वनियाँ-छवियाँ।"

ब्रजचन्द्र ने आकर चरण-स्पर्श किया। आचार्य द्विवेदी ने सिर हिलाकर आशीष दिया। दृष्टि डाली और पहचानने का उपक्रम करने लगे। दास निकट आए, "आचार्यप्रवर, ये हैं भारतेन्दु बाबू के भतीजे ब्रजचन्द्र जी। साहित्य में गहरी रुचि रखते हैं।"

आचार्य द्विवेदी ने गले लगा लिया, "हाँ-हाँ, मैं समझ गया, तो 'भारतेन्दु' पत्रिका के सम्पादन मंडल में सम्मिलित रहने वाले ब्रजचन्द्र जी यही हैं?"

ब्रजचन्द्र ने ससंकोच मुँह खोला, "झारखंडी का मैं सहाध्यायी भी रहा हूँ।"

आचार्य द्विवेदी 'झारखंडी' नाम को स्मारित करने लगे तो दास ने जोड़ा, "झारखंडी यानी अपने जयशंकर प्रसाद। यह उन्हीं का घरेलू पुकारू नाम है। असल में यह उनके बचपन के संगाती हैं न, इसीलिए हठात् यही नाम।"

"वाह, वाह! यह जानकर तो और अच्छा लगा कि यह जयशंकर जी के संगतिया हैं। वह तो प्रतिभाशाली रचनाकार के रूप में सामने आ रहे हैं।" आचार्य द्विवेदी ने सिर हिलाया।

"आचार्यप्रवर, अब आप कक्ष में चलकर बैठिए, कुछ जलपान स्वीकार कर हमें अनुगृहीत कीजिए।" व्रजचन्द्र ने हाथ उठाकर संकेत किया, "यह वही कमरा है जो श्रद्धेय चाचा जी का बैठका रहा। भारतेन्दु मंडल की ज्यादातर बैठकी यहीं जमती रही।"

"चलिए, चलिए, वह स्थान देखूँ। जलपान क्या, यहाँ तो जो कुछ प्राप्त होगा, वह भारतेन्दु पीठ का प्रसाद होगा।" लगभग दौड़ते हुए आगे-आगे वह और पीछे-पीछे मुस्कुराते बढ़ते सभी।

वह आगे बोले, "वैसे पहले मुझे यह पूरा भवन पहले दिखाइए, इसके बाद ही मैं बैठूँगा। यह स्थान तो हमारे लिए तीर्थस्थल है न!"

कक्ष में खड़े आचार्य द्विवेदी भारतेन्दु की लगी बड़ी-सी तसवीर को एकटक निहार रहे हैं। देर तक ऐसे ही, जैसे सचमुच वह आत्मसंवाद करने लगे हों! सभी चुप। एक-दूसरे की ओर ताकते हुए सबके चेहरों पर उनके प्रति आदरप्रदर्शक मुस्कान और भावनात्मकता के लिए सम्मान के भाव। उनकी दृष्टि अब दीवारों पर रेंग रही है। खाली हिस्सों पर भी जैसे उन्हें बहुत कुछ सूझ रहा हो! यह क्रम भी लम्बा खिंचा। उनकी दृष्टि जैसे चप्पे-चप्पे को चूम रही हो!

दास ने धीमे स्वर में ध्यान खींचा, "आचार्यप्रवर, सीढ़ियों की ओर चलिए। दूसरे तल पर भारतेन्दु बाबू की वह गवाक्ष देखिए, जिसके सामने बैठकर वह जग का मुजरा लेते थे।"

निकलकर सभी बाहरी बरामदे में आ गए। सीढ़ियों पर कदम बढ़ाने से पहले रुक गए हैं आचार्य द्विवेदी, "प्रवेश करते समय ही मेरा ध्यान खिंचा था—सीढ़ियों की बनावट और मेहराबें देखिए, कितनी कलात्मक हैं!"

"हाँ, क्यों नहीं! इसे बनवाने वाले आखिर पुरखे किसके थे! भारतेन्दु हरिश्चन्द्र के पूर्वज। बंगाल से आने के बाद पुरखों ने बनारस में पहला मकान रामकटोरा पर और तत्पश्चात् गंगतीर पर यहाँ इस चौखंबा क्षेत्र में यह कोठी बनवाई थी। भारतेन्दु बाबू अपने पूर्वज सेठ अमीचंद के नाम पर दर्ज ऐतिहासिक कलंक से बहुत विचलित थे। कहा जाता है, इसे धोने के लिए ही उन्होंने अपनी पैतृक सम्पत्ति को गंगधार में बदल दिया और मुक्तगति प्रवहमान बना दिया।" दास ने संक्षेप में बताया।

"उन्होंने अपनी सम्पत्ति को चाहे भले बहा दिया हो, हमारे सांस्कृतिक-साहित्यिक भंडार को तो कुबेर का कुनबा बना दिया। किसी भी देश के इतिहास का निर्माण ऐसे ही तो होता है। महापुरुष ऐसे ही होते हैं।" बोलते हुए आचार्य द्विवेदी पीछे मुड़कर दरवाजे के बगल में रखी पालकी और तामझाम को देख रहे हैं।

दास ने सिर हिलाकर इशारा किया, "यह उन्हीं की स्मृति कराती है, इसीलिए घर के लोगों ने इसे प्रवेश-द्वार के एकदम सामने सजाकर रखा हुआ है।"

आचार्य द्विवेदी ने मुदित होकर सिर हिलाया। सीढ़ियों की ओर बढ़े। सभी पीछे-पीछे।

झरोखा दिखाते हुए व्रजचन्द्र ने बताया, "कहते हैं, चाचा जी जब अकेले होते थे तो चिन्तन-मनन की मन:स्थिति में अक्सर यहीं बैठते थे, और यहाँ..." दूसरे तल्ले के बरामदे में पहुँचते ही संकेत किया, "यहीं होती थीं तदीय समाज की बैठकें।"

"यहीं?" सुखद आश्चर्य से भर रुक गए हैं आचार्य द्विवेदी। अंग-अंग पुलकित। रोम-रोम से जैसे झर्-झर् अभिव्यक्ति छलकने लगी हो! मुखर और मुदित। स्वर पुलकित,

शब्द-शब्द श्रद्धा-सिंचित, "अहा! तब तो यह अनोखा पावन संकल्प-स्थल है।" सभी उन्हीं की ओर ताक रहे हैं। वह बोलते चले जा रहे हैं, "तदीय समाज! अद्‌भुत कल्पना-संकल्पना थी भारतेन्दु बाबू की यह। 'तदीय' का तात्पर्य आप लोग समझ ही रहे होंगे!" सबने जिज्ञासापूर्वक उनकी ओर ताका। वह आगे बोलते चले गए, " 'तद्' अर्थात् 'वह' यानी स्वयं ईश्वर। और इसी 'तद्' से बना 'तदीय', तो इसका अर्थ ठहरा : 'उसी का'। अब देखिए, उनकी आस्था की विराटता और भक्ति में समर्पण की पूर्णता कि तदीय समाज में प्रार्थना और ईश-स्मरण तो होता था किन्तु उसके संकल्प में ही यह सम्मिलित था कि भगवान से कुछ माँगा नहीं जाएगा। मैं तो बहुत मगज-मंथन के बाद भी आज तक यह नहीं समझ सका कि जीवन के मंच पर वह इतनी भिन्न-भिन्न भूमिकाएँ आखिर सम्भव कैसे कर पाते थे? धुआँधार लेखन, पत्रकारिता, पत्र का सम्पादन-प्रकाशन, विशिष्ट सामाजिक व्यवहार-पहल, नाटक-मंचन, मित्र-मंडली का निर्वहन-संचालन और यात्राएँ—अवश्य ही इतना कुछ वही साध सकता है जो सच्चा साधक हो।"

शाम। दालमंडी की ऐंठी-पैठी हुई गली, धीरे-धीरे झरते-घुलते अँधेरे से रँगती हुई। राक्षस की भूरी आँत जैसी। भीड़, रोज जैसी ही। बतियाते हुए साथ चल रहे व्यास अचानक रुक गए तो प्रसाद ने मुड़कर देखा, व्यास ने इतनी विनम्रता से भला किसे अभिवादन किया?

सामने नजर दौड़ी तो प्रसाद चौंक गए। दूर भीड़ में दिख गए आगा हश्र कश्मीरी, व्यास के अभिवादन का पैनी मुस्कान के साथ जवाब देते हुए। हाथ भाँजते, छड़ी लहराते चले आ रहे। चुन्नट वाली दपदप उजली टोपी, ऐसा ही कड़कड़ पाजामा-कुर्ता। व्यास की ओर ताकते हुए मुस्कान, लेकिन कनखियों से इधर देखते ही चेहरे पर कड़क ऐंठन। अचानक दृष्टि टकरा गई। इधर तो कुछ खास अंतर नहीं किन्तु उधर टेढ़ा होते मुँह पर काँटे ही काँटे भर-उभर गए। यह क्षण जैसे सीने में तलवार की तरह उतर गया हो! मन दर्द से छलछला गया। समझ में नहीं आ रहा कि आगे क्या करना चाहिए? अब तो दो-चार सेकेंड बाद ही आमना-सामना होने वाला है। यह तो तय है कि व्यास को तो रुकना होगा। ऐसे में क्या किया जाए? मुँह फेरकर वहीं आसपास होंठ सिले खड़ा रह लें या झटककर आगे निकल जाएँ? सामने दृष्टि ताने बढ़ते हुए औचक कश्मीरी की चाल पर ध्यान चला गया। भँवर खाती हुई लड़खड़ाहट। यानी कि इस शख्स ने अभी चढ़ी हुई दुपहरी में भी दो-चार गिलास से कम नहीं चढ़ा रखी है। अजीबोगरीब व्यक्ति। इतना जहीन फनकार किन्तु कैसा ऊटपटाँग अंदाज! रुकने पर कहीं ऐसा न हो कि मुँह फेरे खड़ा देखकर वह कुछ असह्य टीका-टिप्पणी करने लगें! ऐसा हुआ तो टकराव खुलकर सड़क पर सामने आ जाएगा।

सोचते-सोचते सचमुच यह क्षण सामने आ ही गया। व्यास ने हाथ जोड़े ऐसे राह रोक ली, जैसे सचमुच लम्बे समय से उनसे मिलने को लालायित रहे हों! कश्मीरी ने उनके दोनों हाथ आत्मीयता से पकड़ लिए, "और, काऽ हाल हौ पंडत? काऽ चलत हौ?"

प्रसाद सिर उठाए, सीधे-सामने ताकते हुए आगे बढ़ते चले गए। आँखों ही नहीं, पूरे मुखमंडल पर तपता हुआ तनाव। साँसें तनी हुईं और स्वयं बजती हुई-सी। तत्क्षण हल्का-

सा यह महसूस हुआ कि कश्मीरी ने अपने सिर को थोड़ा टेढ़ा कर लिया है। कनखी से तीर जैसी दृष्टि फेंकी और सुनाकर बुदबुदाए भी। कानों में महीन-महीन शब्द मिर्चे के दाने की तरह पड़े और छनछन लगने-परपराने लगे, "पंडत, तोहार सोहबत बिगड़ गल हौ! कहाँ से आवारागर्दी करत आवत हउवाऽ? तूंहो एकदम आवारा हो गल हउवाऽ।"

प्रसाद का मस्तिष्क टन्-टन् करने लगा। कदम तेज हो गए। दनादन आगे। तेज गति सिरजती बढ़ती यह जैसे डग नहीं, बल्कि तलवार सरीखे पंखों से हवा का सीना चाक करती हुई ऊँची उड़ान हो! मन, जैसे मधुमक्खी का छेड़ा हुआ बनबनाता छत्ता। डभकता हुआ रोष-आक्रोश, खनखनाती हुई खिन्नता। काफी आगे जाकर भीड़ में जानबूझकर गुम हो गए प्रसाद। वहीं से इधर का नजारा लेने लगे। कश्मीरी और व्यास बतियाते तो दिखे किन्तु इतनी दूरी से आवाज तो आने से रही, संवाद-भंगिमाएँ भी समझ में आनेवाली नहीं। प्रसाद मन-ही-मन झुँझलाए : यह व्यास भी बड़ा अजीब जीव है। जब यह भली भाँति समझ रहा है कि इस शख्स को मेरा और मुझे इसका मुँह तक देखना कुबूल नहीं, तो ऐसी स्थिति-परिस्थिति जानूझकर पैदा क्यों कर देता है? चुपचाप सिर नीचे किये आगे निकल लेता या आहिस्ते आदाब बजाकर नजर सामने कर बढ़ता चले चलता!

77

नागरी प्रचारिणी सभा का परिसर। प्रेमचन्द, प्रसाद, निराला, मैथिलीशरण, पंत, रामचन्द्र शुक्ल, शिवपूजन सहाय, शान्तिप्रिय द्विवेदी, केशव प्रसाद मिश्र, आचार्य नन्ददुलारे वाजपेयी। समारोह स्थल पर जैसे हिन्दी साहित्यकार संसार साकार उपस्थित। मंच पर आचार्य महावीर प्रसाद द्विवेदी को काशीनरेश आदित्यनारायण सिंह ने देश के वृहत्तर साहित्यानुरागी समाज की ओर से मानपत्र अर्पित किया तो जैसे दसों दिशाएँ पुष्पवर्षा करने लगी हों! करतल ध्वनि से जैसे हिन्दी समाज का हृदयसंगीत गूँज उठा!

दास ने प्रसाद को कुछ संकेत किया, वह करीब आ गए। उन्होंने उनके कान के पास मुँह ले जाकर कहा, "सिर्फ इसी मानपत्र से मेरा मन नहीं भर रहा। हम लोग उन्हें एक गरिमापूर्ण अभिनन्दन ग्रंथ भी अवश्य अर्पित करेंगे।"

शोर काफी तेज। प्रसाद को बात सुनाई नहीं पड़ सकी, "क्या कहा आपने?"

"शिवपूजन जी ने भार स्वीकार कर लिया है। वह काम में जुट भी गए हैं। आचार्यप्रवर को एक अभिनन्दन ग्रंथ हम लोग शीघ्र ही अर्पित करेंगे।"

प्रसाद कुछ नहीं बोले, केवल मुँह ताकते रहे। पास ही बैठे प्रेमचन्द ने जिज्ञासा जताई। दास ने उनके कान में भी यही बात कही। प्रेमचन्द उन्मुक्त भाव से मुस्कुराए।

दास ने दोनों हाथ जोड़ लिये, "आपकी इसमें सक्रिय भूमिका होनी चाहिए न!"

"मेरी ही क्यों, सबकी भागीदारी होनी चाहिए।"

"आपकी विशेष होनी चाहिए।" बगल में बैठे बलदेव प्रसाद मिश्र ने जोर देकर कहा।

प्रेमचन्द उनकी ओर मुड़े, "अकेले मेरी भूमिका विशेष क्यों होनी चाहिए?"

बलदेव दृढ़ हो गए, "क्योंकि आप और आचार्य द्विवेदी में दो विशिष्ट समानताएँ हैं।"

"विशिष्ट समानताएँ! क्या भला?"

"पहली तो यह कि आप दोनों एक जैसे हमारी भाषा के जितने बड़े रचनाकार हैं, उतने ही बड़े सम्पादकाचार्य। दूसरी यह कि आप दोनों की मूँछें लगभग एक ही प्रजाति की हैं—लम्बी और बहुत बुलन्द।" बलदेव ने शोर को रौंदने वाले अंदाज में कहा।

प्रेमचन्द, प्रसाद, दास व शान्तिप्रिय समेत आसपास के कुछ और लोग हँसने लगे।

"वाह, भई, वाह, मैं ही नामी 'मूच्छन' और मेरी ही ऐसी अनदेखी!" शान्तिप्रिय ने कान का यंत्र टटोलते हुए गहरी शिकायत दर्ज कराई, किन्तु विफल। धाराप्रवाह हँसी में उनकी बात उधिया गई। वह मुँह बनाते रह गए।

हँसी थमने लगी। बगल से रामचन्द्र शुक्ल ने सबका ध्यान खींचा, "बलदेव भाई ने अगर मेरी उपेक्षा कर दी, तो इसका क्या मतलब हुआ कि आप लोग भी मेरी इस अनोखी मूँछ को एकदम अनदेखा कर देंगे? आचार्य द्विवेदी और मुंशी प्रेमचन्द की ख्यात-प्रख्यात मूँछों के बीच मेरी इस गुच्छिया-बिच्छिया कुख्यात मूँछ की भी कोई गिनती भला क्यों नहीं होनी चाहिए?"

प्रेमचन्द ने परिहासपूर्वक तीर छोड़ा, "पंडित जी, आप ठहरे साहित्य के इतिहासकार। हमीं लोगों के मुंड पर रगड़-रगड़कर चाकू पर सान चढ़ाने वाले। आपको क्या लगता है कि यह बात हम लोग नहीं समझते? हम लोगों को एकदम लोला ही समझकर चल रहे हैं क्या? आपको एक बात बता देता हूँ, आप हम लोगों जैसे जले-भुनों पर अधिक भरोसा करके न चलें, नहीं तो कभी भी धोखा खा सकते हैं। आप जैसे इतिहासकार को तो अपने लिए कोई गोल-मटोल-भंडोल भूगोलकार ही खोज लेना चाहिए—ऐसा, जो घूम-घूमकर आपकी कलात्मक परिक्रमा भी करे और बड़े प्यार से आपको नाप-जोख भी दे।"

हँसी फिर फूट पड़ी। आचार्य शुक्ल ने भी उसी अंदाज में अनुनय की मुद्रा बना ली, "अरे भैये, प्रेमचन्द जी और प्रसाद जी! आप लोग इतने गुरु-गम्भीर रचनाकार हैं, अपने-अपने नाम के भावार्थ का भी तो कुछ मान रखिए! हमसे प्रेम से पेश आइए और मेरी झोली में भी तो कुछ प्रसाद दे डालिए!"

"झोली क्यों गुरु? साहस करो और सच बोलो—आँचल कहो, आँचल।" शान्तिप्रिय ने छूटते ही दहला मारा और अपने कानों से खिसक रही मशीन को ठीक करते हुए बहुत गौर से सबके चेहरे निरखने लगे। सभी ठठा-ठठाकर हँसते रहे। कुछ पल ठहरकर वह आगे बोले, "इतिहासकार अतीत का घूँघट उठाने का काम ही तो करता है, इसलिए आप घूँघटवादी या आँचलवादी जैसा ही कुछ हुए न! झोलीवादी तो कदापि नहीं।"

हँसी की एक धारा फिर छूट पड़ी।

78

अभिनन्दन ग्रंथ के काम में जी-जान से जुट गए हैं शिवपूजन सहाय। योजनाएँ बना रहे हैं : कैसे-कैसे कौन-कौन खंड बनाए जाएँ। आचार्य द्विवेदी के सम्पादन-योगदान पर किन-किनसे लिखवाया जाए। कौन-कौन लोग उनके व्यक्तित्व पर लिखें। युगनिर्माता पत्रकारी दृष्टि और युगान्तकारी योगदान। स्तम्भ लेखन। इतर नामों से ढेरों टीका-टिप्पणियाँ

और पुस्तक-लेखन, यानी विपुल लेखन-कार्य। विषय-संदर्भ तय होने लगे। साथ ही साथ उपयुक्त सम्भावित लेखकों की सूची बनाई जाने लगी। दास और शिवपूजन ने मिलकर इस पर आपस में सहमति बनाई। तदनुरूप देश भर से चयनित लेखकों को आग्रह-पत्र सम्प्रेषित कर दिया गया। सम्भावित विषय के उल्लेख के साथ लेख यथाशीघ्र भेजने के विनम्र अनुरोध के साथ।

आचार्य द्विवेदी अभिनन्दन ग्रंथ की इस योजना का देश भर के लेखकों ने स्वागत किया। लौटती डाक से लेखकों के प्रस्ताव-स्वीकार पत्र आने लगे। देखते-ही-देखते क्रमश: लेख भी। जिनसे लिखने का आग्रह नहीं हो सका है, कुछ ऐसे लेखकों ने भी अपनी ओर से पहल करते हुए लेख भेजे हैं। किसी-न-किसी माध्यम से अभिनन्दन ग्रंथ की प्रस्तावित योजना की जानकारी मिलने का हवाला देते हुए। कई लेख ऐसे साहित्यानुरागियों के भी आ गए हैं जिन्हें लेखक के तौर पर नगण्य या अत्यल्प ही जाना जाता है। ऐसे लेख आचार्य द्विवेदी के प्रति श्रद्धा-भावनाओं से ही भरे हुए नहीं, बल्कि आश्चर्यजनक ढंग से उनके महान योगदानों के परिपक्व व समृद्ध चर्चा-विवरणों से भरे हुए। ऐसे कई लेखकों ने अब तक आचार्य का दर्शन-लाभ न होने का उल्लेख करते हुए भी उन पर जो कुछ लिखकर भेजा है, वह काफी मर्मस्पर्शी और प्राय: विशिष्ट। शिवपूजन ने ऐसे लेखों की खास ढंग से चर्चा की, "कृष्ण जी, देखिए, हिन्दी के विराट साहित्य-संसार में आचार्य जी की आम छवि कैसी श्रद्धास्पद और कोमल है! हिन्दी समाज अपने आचार्य को कितना हृदय के स्तर से प्यार करता है! जिन लोगों की अब तक उनसे भेंट नहीं हो सकी है, वे भी अपनी आँखों व मन-प्राणों में उनकी कितनी दुर्लभ छवि बसाए हुए हैं!"

दास उत्साह से भर गए, "हाँ, भई, अग्रणी लेखकगण स्वयं को ही अत्यन्त जागरूक व सर्वज्ञाता समझकर न चलें, हिन्दी का सामान्य साहित्यानुरागी या पाठक वर्ग हमेशा अतिरिक्त सजग और विज्ञ साबित होता आया है। वह बहुत ऊँचाई से चीजों को देखता-समझता है। उसे अपने भाषा-साहित्य के हित-साधक की सच्ची पहचान होती ही होती है। इसे वह समय आने पर बहुत परिपक्व ढंग से व्यक्त भी कर देता है।"

बहुस्तरीय प्रयासों के बाद आचार्य द्विवेदी के कोई दर्जन भर चित्र उपलब्ध किये जा सके। दोनों ने मिलकर इनमें से प्रमुख-प्रतिनिधि मुद्राएँ छाँटकर ब्लॉक निर्माण के लिए निर्धारित कर लीं। शिवपूजन गद्गद, "आचार्य की कालभेदी आँखें और लम्बी-मोटी मूँछें मुझे सर्वाधिक मुखर और अर्थपूर्ण लगती हैं। लगता है, जैसे हिन्दी के घर का यह मुखिया बहुत सख्तमिजाज है। बगैर इसकी अनुमति के घर का कोई बच्चा या बड़ा जरा भी हिलडुल तक नहीं कर सकता। इससे बहुत भरोसा बनता है।"

दास ने ध्यान खींचा, "जरा देखिए तो, अपने काशी-क्षेत्र में कितने लोगों को पत्र गया और इनमें से कितनों ने स्वीकार-पत्र या आलेख भिजवा दिये हैं?"

"स्वीकार के संकेत या पत्र तो सबके आ गए हैं, केवल प्रसाद जी ने अब तक कोई स्वीकृति नहीं व्यक्त की है।" शिवपूजन ने कागजात पलटते हुए बताया।

"प्रसाद जी से तो खैर सामग्री मिल ही जाएगी, आप औरों के बारे में बताइए।"

"औरों का ही जिम्मा मुझ पर छोड़िए। प्रसाद जी से ही लेख लेने का दायित्व आप स्वयं के ऊपर ले लें तो अच्छा होगा।" उन्होंने विनम्र आग्रह किया।

"आप कृपया प्रसाद जी की चिन्ता एकदम नहीं करें। वह सामग्री अवश्य देंगे और उनसे लेने का दायित्व मैं स्वयं पर लेता हूँ। चलिए, कोई अन्य समस्या हो तो बताइए?"

"नहीं, और सब तो ठीक ही चल रहा है।"

79

नारियल बाजार। गली में घुसते ही कानों में पड़ी तेज-तेज आवाज। रायकृष्ण दास मुस्कुराए—लगता है, प्रसाद जी के साहित्यिक अखाड़े में आज फिर कोई मामला गरमाया हुआ है। ध्यान गया, आवाज किसी दैनिक बैठकबाज की तो नहीं, किन्तु है पहचानी-पहचानी सी। जिज्ञासा तीव्र। कदम तेज हो गए। कुछ और पास जाते ही सुखद आश्चर्य। दिख गए मैथिलीशरण गुप्त। लेकिन यह क्या? वह भला इस तरह उत्तेजित होकर क्यों-क्या बोल रहे हैं—अपने मूल स्वभाव के सर्वथा विपरीत, इस कदर झझकते हुए?

पास जाते ही वह चुप हो गए। पल भर में चेहरे के भाव एकदम विपरीत। उठ खड़े हुए। उमड़कर गले मिले। साग्रह बिठाया। अपने स्थान पर वापस लौटे। पास ही रखी गठरी देख यह बात समझ में आए बगैर नहीं रह सकी कि झाँसी से उनका आगमन अब से कुछ ही देर पहले हुआ होगा।

मैथिलीशरण ने सिर पर हाथ ले जाकर टोपी ठीक की और पूर्व चर्चा के तार फिर से पकड़ लिए, "नहीं, नहीं, 'माधुरी' में मैं नियमित लिखता हूँ, इसका मतलब यह कदापि नहीं कि उसमें बाकी जो कुछ भी चीजें छप रही हैं, उन सबके पीछे मैं ही मैं हूँ? ऐसा भला हो कैसे सकता है? इसलिए यह न सम्भव है, न सत्य। मैं जयशंकर को मित्र मानता हूँ तो मानता हूँ।"

विनोदशंकर व्यास की आवाज में गहरा रोष छलका, "लोगों का तो यही कहना है कि दुलारेलाल भार्गव के गिने-चुने ही दुलारे हैं जो बहुत सधे अंदाज और शातिर ढंग से चालें चल रहे हैं। ऐसे 'गण' पहले तो खास-खास लेखकों पर डोरे डालते हैं, ताकि उन्हें तोते की तरह पकड़कर भार्गव जी के पिंजड़े में डाला जा सके। इसके लिए वे कुछ भी करने की हद तक चले जाते हैं : साम, दाम, दंड, भेद—सब। जब कोई सजग लेखक लगातार भार्गव का पालतू बनने से इनकार करता रह जाता है तो 'गण' अन्ततः धैर्य खो देते हैं और उग्र हो जाते हैं। तब शुरू हो जाता है अमुक लेखक को निशाना बनाकर 'माधुरी' में 'हमला अभियान'।"

"अरे भाई विनोद, यह क्या कर रहे हो? एकबारगी एकदम ऐसी जासूसी कहानी गढ़कर मत फैलाओ भैये! ऐसा भला कैसे हो सकता है कि साहित्य की दुनिया का कोई व्यक्ति पत्रिका निकाले और किसी अपराधी की तरह ऐसी-वैसी शातिर चालें चलने लगे? छोटी-मोटी असहमतियाँ सब जगह उत्पन्न हो सकती हैं, प्रायः होती भी रहती हैं, जिनकी नाना प्रकार से अभिव्यक्ति भी होती ही चलती है किन्तु इसका अर्थ यह कदापि नहीं कि ऐसे क्रिया-कलाप किन्हीं आपराधिक घात-प्रतिघात या गैंगवार के हिस्से हों!" मैथिलीशरण अपने विशिष्ट विनम्र अंदाज में कहते चले गए।

चुपचाप अन्यमनस्क-से बैठे हैं प्रसाद। कुछ यों, जैसे इस चर्चा से अप्रसन्न हो रहे हों!

"दुलारेलाल भार्गव के गणों ने अब तक किस-किसको नहीं फाँस लिया? इधर भी तो कम पुष्पबाण नहीं चलाए गए लेकिन उनके हाथ जो नहीं आ सके, वह केवल प्रसाद जी ही हैं। इसी विफलता का उन्हें रोष भी है और अफसोस भी। प्रसाद जी ने एक छोटी-सी कविता के अतिरिक्त भार्गव को कुछ नहीं दिया, जबकि वह ताजा लिखित 'स्कन्दगुप्त' नाटक छापने का अवसर पाने को व्यग्र रहे। यह नाटक उनके हाथ नहीं लगा, यह भी अन्ततः भारती भंडार की झोली में गया। इससे उन्हें बहुत धक्का लगा। अब इसी का वह बदला निकाल रहे हैं..." बोलते-बोलते व्यास ने अपनी घूमती हुई दृष्टि प्रसाद जी की ओर डाली। उनका मुखमंडल धीपकर लाल। प्रतिकूल मनोभाव समझते ही व्यास सहमकर चुप।

मैथिलीशरण ने भी प्रसाद की ओर देखा और तत्काल मौन हो गए। कुछ देर तक सभी मुँह बंद किये एक-दूसरे की ओर नजरें फिराते रहे।

दास आहिस्ते मैथिलीशरण की ओर मुड़े, "आपका कब पदार्पण हुआ?"

"पदार्पण नहीं, कहिए, पदागमन।" हल्के-से इस नन्हे वाक्य से जैसे माहौल के भारीपन को तोड़ डाला। सबके मुखमंडल पर अचानक खिली मुस्कान देख मैथिलीशरण थोड़ा और उत्साहित हो गए, "पदार्पण में मुझे पद-प्रहार जैसी अर्थचाप सुनाई पड़ने लगती है।"

"यह पहले से सुनाई पड़ती रही है या अभी-अभी यहीं से ऐसी शुरुआत हुई है?" दास ने हौले से तीर छोड़ा।

सभी हँसने लगे। मैथिलीशरण झेंपकर रह गए।

दास के तेवर जरा-सा तीखे हुए, "गुप्त जी, ज्यादा गुप्त अभियान चलाया जाना खतरनाक खेल भी साबित हो सकता है। एक बात का हमेशा ध्यान रखिएगा कि हमारे प्रसाद जी साहित्यिक ही नहीं, शारीरिक प्रतिभा से भी सम्पन्न हैं। कभी अगर उनका धोबियापाट प्रकट होने लगा तो आपके या इनके-उनके जितने भी गण हैं, सब चित हो जाएँगे।"

सबके साथ प्रसाद भी हँसने लगे। मैथिलीशरण ने उन्मुक्त ठहाका लगाया। प्रसाद ने अपने दोनों हाथ जोड़ लिये और मैथिलीशरण की ओर उन्मुख हुए, "कविवर, आप निर्भीक भाव से अपना दायित्व अपने ही गुप्त या अगुप्त ढंग से जैसा चाहें, पूरा करते रहें। मेरी ओर से एकदम निश्चिन्त-निर्भेद रहें। मुझे इन चीजों से सचमुच कुछ विशेष लेना-देना नहीं। मेरे इन मित्रों की बात पर भी न जाएँ। असल में ये सभी आपसे इतने हिलमिल चुके हैं कि आपसे अब जरा भी नहीं डर रहे और मित्रवत् ठिठोली तक करने लगे हैं। मेरी ओर से आप आश्वस्त रहें। अखाड़े में उतरने से पहले जो संकल्प लिया जाता है, उसमें आप जैसों की रक्षा के दायित्व की शपथ तो सबसे पहले दिलाई जाती है।"

"अधूरा क्यों कह रहे हैं, पूरी बात बताइए न? इस शपथ में केवल कविवर की तरह के लोगों की ही नहीं, बल्कि निराश्रितों और अनाथ स्त्रियों या विधवाओं आदि की रक्षा का संकल्प भी शामिल रहता है।" दास ने धीरे से कहा।

सभी जोर से हँसने लगे।

मैथिलीशरण प्रसन्नचित्त। उन्मुक्त भाव-मुद्रा में बोले, "मुझे देखकर कोई डर-सहम या दुबककर रह जाए, अथवा मेरे पहुँचते ही कहीं मौन-मातम छा जाए, यह सब भला मुझे कैसे स्वीकार हो सकता है? इससे अच्छा तो मैं यही मानूँगा कि मुझसे ऐसे प्रियजन ठिठोली ही करें या इतने पर भी मन न भरे तो मनचाहे ढंग से मेरा भरपूर मजाक तक उड़ा लिया करें, इससे मेरा क्या घट जाएगा; बल्कि मुझे तो इसी में आनन्द मिलेगा कि मैं किसी को प्रसन्न करने का साधन तो बन सका!"

प्रसाद ने समर्थन किया, "बिलकुल सही। यही दृष्टिकोण अच्छा है।"

थोड़ी देर में मैथिलीशरण चलने को उठे। प्रसाद पास आए, "और क्या कार्यक्रम है?"

"काशी में आने का मेरा प्राथमिक लक्ष्य तो यही है कि घाट पर वास करूँ और प्रतिदिन प्रात: गंगास्नान। इसके बाद बाबा विश्वनाथ का दर्शन और इधर प्रत्येक शाम अपने जयशंकर से संगत।" उन्होंने भाव-विभोर होकर बात पूरी की।

दास भी उठ खड़े हुए, "इसका तात्पर्य यह कि अपने अतिथि को साथ लेकर मुझे भी अभी ही यहाँ से निकल चलना होगा!" बोलते हुए वह प्रसाद की ओर मुड़े, "मित्र, आपसे शिवपूजन जी कुछ आस लगाए बैठे हैं, उनकी प्रतीक्षा कब पूरी होगी?"

प्रसाद हल्के-से मुस्कुराए। कुछ कहते, इससे पहले मैथिलीशरण पास आ गए। प्रसाद के दोनों हाथों को पकड़ लिया और विनम्र अभिवादन करने लगे।

दोनों को विदा करने साथ-साथ प्रसाद और व्यास चौक तक आए।

लौटते हुए प्रसाद खीझे, "विनोद जी, आप भी अजीब प्राणी हैं। क्यों यह सब बेकार की चिन्ता पाले फिरते हैं? कौन क्या कह रहा है, क्या कर रहा है या कहाँ हमले कर-करा रहा है, ऐसी फालतू बातों पर ध्यान देने की भला क्या जरूरत? इसका कुछ भी अर्थ नहीं। इसी पर समय खपाने लगे तो आगे का लेखन-क्रम ही गड़बड़ा-लड़खड़ा जाएगा। आप शायद नहीं समझ पा रहे, कुछ लोग इसीलिए उल्टा-पुल्टा लिखते-लिखाते भी हैं कि लक्षित रचनाकार के आगे के लेखन-क्रम को अस्त-व्यस्त कर डाला जाए।"

"वो तो सब ठीक है अपनी जगह, लेकिन मेरा दृढ़ विश्वास है कि मैथिलीशरण जी आज यहाँ अपने 'खेल' की प्रतिक्रिया ही जानने आए थे।"

"खैर! तब तो और भी तटस्थता जरूरी थी।"

"मतलब?"

"जब उन्हें कोई टोह ही नहीं मिलती कि हम उन चीजों पर क्या सोच रहे हैं तो उनकी यह सारी जासूसी धरी की धरी रह जाती। ऐसा हो पाता तो वह मन मसोसकर पाँव पटकते हुए लौटते।"

"हाँ, यह तो मैं सोच ही नहीं सका। ऐसा होता तो बल्कि ज्यादा कारगर होता। काश, ऐसा कुछ मैं पहले सोच सका होता!"

"और बात भी असली यही है कि किसी के ऐसे-वैसे विषवमन से कुछ नहीं बनने-बिगड़ने वाला। हाँ, अगर कुछ बन-बिगड़ सकता है तो ऐसी ही उत्तेजनापूर्ण प्रतिक्रियाओं से, बस! हमें अभी चूँकि कुछ विशेष कार्य पूरे करने हैं, इसलिए हम लोगों को इन वृत्तियों से तो बचना ही चाहिए।"

"नि:सन्देह। बिलकुल सही।" उन्होंने गहराई से महसूस करते हुए सहमति जताई।

80

सुबह-सुबह घाट की ओर अकेले ही निकले हैं प्रसाद। कमर में लिपटी एक अंगोछी। कंधे पर स्नानोपरान्त पहनने के लिए कुछ कपड़े और एक अन्य अंगोछा। शेष तन खुला। मानमन्दिर के निकट रुके और व्यास के घर के पास जाकर हाँक लगाई, "विनोद, विनोद!"

दूसरे तल्ले से किसी युवक की आवाज आई, "वो तो सोए हैं, जगा दूँ क्या?" बोलते हुए उसने खिड़की से झाँका। औचक दृष्टि पड़ते ही मुदित हो लगभग चहक उठा, "अरे वाह, आप? प्रणाम-प्रणाम!...अभी मैं नीचे आता हूँ।"

प्रसाद दूर से पहचान नहीं सके किन्तु आवाज पहचानी-सी लगी। जिज्ञासु हो उठे।

वह लपकता हुआ धब्ब-धब्ब करता उतरा। आकर सामने खड़ा हो गया। प्रसाद के मुँह से निकला, "अरे, आप! अर्थात् प्रफुल्लचंद्र ओझा 'मुक्त'? मेरे प्रिय युवा रचनाकार?"

युवक ने विनम्रता व संकोच भाव से भर उठा, "हाँ, रात में ही आया हूँ। आपके दर्शनार्थ आज शाम को मैं आनेवाला था। यह तो गंगा मैया की कृपा हुई कि आपने स्वयं यहाँ आकर अपने दर्शन दे डाले!"

प्रसाद मुस्कुराए, "चलिए, अच्छा लगा मुझे भी।...तो, विनोद अभी तक सोया हुआ है? इसका अर्थ यही कि फिर आजकल रात में वह बहुत देर-देर तक जगने लगा है! इन दिनों कितने बजे तक सोकर जगता है, कुछ जानकारी है आपके पास?"

"अब इतना कुछ तो मुझे सविस्तार नहीं पता, किन्तु अभी आते समय मैंने उन्हें जगा दिया है। वह नीचे आ ही रहे होंगे।" युवक ने बताया।

प्रसाद बोले, "आप काशी में पहुँच चुके हैं तो चलिए, गंगास्नान कर लिया जाए!"

"मैं तो सूर्योदय से पहले ही स्नान कर लेता हूँ—ज्यादातर घर में ही।"

"हाँ, यह हुई न ब्राह्मणों जैसी बात! विनोदवा तो जाने कैसे ब्राह्मण हो गया। मैं तो प्राय: सुबह-सुबह ही यहाँ से गुजरता हूँ, यह अघोरी तो रोज नौ-दस बजे तक सोया ही रहता है।" वह कुछ पल रुके, फिर आगे बोले, "चलिए, आप भी। दुबारा स्नान में कोई हर्ज नहीं है—अधिकस्याधिकं फलम्!"

युवक को अवसर अच्छा लगा। दौड़कर भीतर लौटा। कुछ मिनटों में कपड़े लेकर बाहर आ गया। व्यास भी आँखें मीसते आ गए। तीनों दशाश्वमेध घाट की ओर बढ़ चले।

प्रसाद ने गौर से ताका, "पंडित विनोद, कहीं ऐसा तो नहीं कि सुबह नहाने से बचने के लिए ही आप देर तक सोए रह जाते हैं?"

व्यास झेंप गए। प्रसाद आगे बोले, "जो लोग कम या न के बराबर नहाते हैं, ठंड ऐसों को ही बारहों मास परेशान करती है। उन्हें नहाने के नाम से ही जाड़े का अनुभव होने लगता है। चाहे कोई मौसम हो, ऐसे लोग कभी आनन्दपूर्वक स्नान नहीं कर पाते—हमेशा विवश-भाव से पश्चात्तापपूर्वक ही नहाते हैं। इसलिए नहाने में लापरवाही विकसित होने देना ठीक नहीं।"

घाट पर पहुँचते ही दिख गए रायकृष्ण दास। उन्होंने दूर से ही आते देख लिया था। प्रसन्नता छलकाई, "वाह, कविवर, कैसा सुखद संयोग है, दशाश्वमेध घाट पर भी तुम्हारे दर्शन हो गए! आनन्द आ गया।"

प्रसाद मुदित, "सचमुच, मुझे भी। कहाँ हैं हमारे मैथिलीशरण भाई?"

"वह उधर पानी में नहाने उतरे हैं।" उन्होंने प्रसाद का मुँह ताकते हुए बताया, "आज ही अब से कुछ देर बाद मैथिलीशरण जी इलाहाबाद के लिए रवाना हो जाएँगे, कोई आकस्मिक बुलावा आ गया है।"

प्रसाद चिन्तित हो उठे, "बाबा का दर्शन-पूजन भी तो अभी करना होगा न? जल्दी-जल्दी से सब करा दो।"

दास ने सहमति में सिर हिलाया और पीछे लौट गए। कुछ ही कदम आगे जाकर रुके और मुड़े, "कल मैं तुम्हारे यहाँ आ रहा हूँ, भोजन भी ग्रहण करूँगा व दक्षिणा भी लूँगा।"

"हाँ-हाँ, अवश्य आना। मैं अपने हाथ से भोजन बनाऊँगा। बहुत आनन्द आएगा।"

81

प्रसाद ने अपने हाथों बनाई है खिचड़ी। दास पहुँचे तो वह व्यग्र प्रतीक्षारत मिले। बहुत आत्मीयता से बिठाया, "सच-सच बताना, आजकल मैथिलीशरण जी का दिमाग किस दिशा में भटक रहा है?"

"अब इन सब मामलों में मेरा कुछ भी कहना उचित नहीं कहलाएगा। वैसे वह तुम्हें प्यार भी बेहिसाब करते हैं। जब से वह आए हैं, बस, बात-बात में तुम्हारा ही नाम जपते रहते हैं। मैंने रात में खाना खाते समय इस मामले में कृत्रिम गुस्सा दिखाया तो वह बोलने लगे, भई, काशी में जयशंकर-जयशंकर न कहूँ तो क्या कहूँ? इससे दोनों लक्ष्य सधते हैं—एक तो मित्र से सरोकार जमता जाता है, दूसरे कि इस तरह भगवान का भी स्मरण होता रहता है!' "

कमला देवी ने आकर पूछा, "आप लोग आज भोजन के मामले में स्वावलम्बी हैं अथवा मेरे स्तर से कोई सहायता चाहिए?"

दास ने उठते हुए दोनों हाथ जोड़कर अभिवादन किया, "प्रणाम भाभीश्री! तो, मुझे एक बात कृपया बताइए, मेरे मित्र ने क्या सचमुच यह खिचड़ी आज अकेले ही बनाई है या इसमें आपका कोई परोक्ष या अपरोक्ष सहयोग भी निहित है?"

उन्होंने आँचल ठीक करते हुए कहा, "आप तो अपने मित्र को हमसे पहले से और भिन्न-भिन्न दृष्टिकोणों से भी जानते-पहचानते हैं। क्या आपको लगता है कि इन्हें किसी भी संकल्प को पूरा करने में किसी अन्य की सहायता की आवश्यकता भी पड़ सकती है?"

प्रसाद ने मधुर दृष्टि उठाई, "सहयोग हाथ-पाँवों से ही नहीं, हृदय-मन के स्तरों से भी क्रियान्वित होता है। आपके अन्नपूर्णा दरबार में बिना आपकी इच्छा-कामना के कोई व्यंजन भला सम्पन्न कैसे हो सकता है? इसमें आपका शुभकामना-सहयोग तो है ही।"

"हाँ-हाँ, किसी को प्रसन्न करना तो कोई आपसे सीखे। अब तक जितनी बार आपने खिचड़ी बनाई है, हर बार नई प्रविधि से। हर बार आपसे एक नई चीज सीख रही हूँ मैं।" वाणी में आत्मा की तरह लहराता रहा अगाध प्रेम।

"अरे, ऐसा नहीं! कहाँ मैं सब कुछ जानता हूँ? कुछ बना लेना तो एक बात है, उसे प्रस्तुत करना और इस प्रस्तुति कला के माध्यम से व्यंजन में अतिरिक्त स्वाद डालना तो कोई आपसे सीखे।" प्रसाद मुस्कुराए।

"समझ गई, समझ गई यानी खाना निकालकर यहाँ ले आने का दायित्व मुझे निभाना है! अभी लाती हूँ, अभी लाती हूँ।" वह हँसने लगीं।

वह जाने लगीं तो प्रसाद बोले, "एक बार इनसे पूछ तो लीजिए कि अभी तुरन्त भोजन ग्रहण करेंगे या कुछ अन्तराल के बाद?"

दास ने कहा, "मैं अब और प्रतीक्षा नहीं कर सकता। जितनी जल्दी हो, मैं इस विशिष्ट खिचड़ी का स्वाद लेना चाहता हूँ।"

वह हँसती हुई चली गईं। दास बोले, "मित्र, एक बात तो मैं कहूँगा..."

प्रसाद ने जिज्ञासा से ताका। वह आगे बोले, "हमारी भाभीश्री एकदम साक्षात् लक्ष्मी हैं—अपने नाम के ही अनुकूल। उन्हें देखकर मन के सारे विषाद न जाने कहाँ दुबक जाते हैं और हृदय-मन परम पवित्र मन्दिर में तब्दील!"

प्रसाद मुस्कुराए। दास अपनी रौ में बोलते चले गए, "भाभीश्री में मैं अपनी पूर्ववर्ती दोनों दिवंगत भाभियों की छवि देख रहा हूँ। इनमें विन्ध्यवासिनी देवी का सौम्य व गरिमापूर्ण गाम्भीर्य भी है तो सरस्वती देवी का विरल सौन्दर्य भी। गंगा की धार की तरह जीवन्त बोल-व्यवहार इनका अपना विशिष्ट गुण है जो अन्य विशेषताओं के साथ मिलकर इन्हें एक विरल व्यक्तित्व प्रदान कर रहा है।"

दास रुके तो प्रसाद ने ठिठोली की, "क्या बात है मित्र, भाभी-भक्ति से लबालब भरे दिख रहे हो! उनसे भी आज कुछ लिखवाकर ले लेना है क्या?"

दास ने हाथ जोड़कर कहा, "मित्र, क्षमा ही करना। मैं दरअसल अभी अपने हृदय की बात कह रहा हूँ। इसमें कोई मिलावट या बनावटीपन नहीं है।"

"क्यों, मिलावट और बनावटीपन नितान्त गलत बातें हैं क्या?"

दास चुप हो गए। उन्हें लग गया कि अब प्रसाद कुछ विशिष्ट कहने वाले हैं। ऐसे अवसरों पर उन्हें इच्छा तो यही होती है कि उनके मुख से निकलने वाले एक-एक शब्द को कागज पर उतारते चले जाएँ किन्तु ऐसा होने पर स्वाभाविक कथनागमन बाधित होने का भय झलक जाता है, लिहाजा वह बहुत एकाग्र भाव से मन के ही पृष्ठ पर जैसे प्रत्येक शब्द दर्ज करने लगते हैं।

प्रसाद बोलते चले गए, "गुलाब का फूल प्रकृति की एक अनुपम कृति तो है किन्तु स्वयं में कोई कलाकृति नहीं। कलाकृति तो वह है, जो इसे अनुकृत करके गढ़ी जाती है। जैसे कागज पर पेंसिल या रंगों से, अथवा मिट्टी-कागज या किसी अन्य पदार्थ से गढ़कर जो गुलाब बनेगा, वस्तुत: कलाकृति उसे ही कहेंगे। उसी तरह कोई भी मुँह या चेहरा स्वयं में कोई कला नहीं, किन्तु उसकी जब तसवीर बनाई जाए तो वही कलाकृति कहलाएगी। दूसरे शब्दों में कहें तो यह जो विशिष्ट बनावटीपन है, यही

कला है। अब इन बातों को ध्यान में रखते हुए तुम्हीं यह बताओ कि क्या बनावटीपन कोई बुरी बात है?"

दास ने ध्यान गड़ाए-गड़ाए सिर हिलाकर 'ना' कहते हुए बात का सतर्क समर्थन किया। प्रसाद का कथन अबाध जारी रहा, "उसी तरह यह शरीर यदि केवल मांस का बना होता तो क्या किसी काम का रह पाता? प्रकृति ने इसमें अस्थि का ढाँचा मिला दिया। अब देखो कि कैसे इस मिलावट के बाद ही यह कितने काम की चीज हो गया। उसी तरह यह भी देखो कि कैसे पानी के हृदय में आग बैठी हुई है और आग के अन्तर में जल। आग के प्रज्वलन को क्या कहते हैं? जलना। आग के साथ जल की यह मिलावट देख रहे हो न, पतले से पतले लोहे के टुकड़े को मजबूत से मजबूत लाठी-डंडे से भी नहीं तोड़ा जा सकता। लेकिन इसे पराजित कौन कर देता है? चुल्लू भर पानी। उसी तरह कोई कितना भी बड़ा राजा हो या पहलवान, किसी की यह औकात नहीं कि वह अपने जीवन को अपनी मन-मर्जी से मनचाही खुशियों के रंग में हमेशा रँगे रख सके। कितनी भी सम्पन्नता-सुरक्षा या निश्चिन्तता-आत्मनिर्भरता हो, कोई न कोई दुख, ऐसी तमाम शक्तियों-समृद्धियों को नकारता हुआ सामने उपस्थित हो ही जाता है और हमला बोलने से पहले सामने सीधा खड़ा होकर मुँह बिराता हुआ तमाम एहतियातों की खिल्ली उड़ाने लगता है। तो सुख के दौर में अचानक दुख की मिलावट—उसी तरह गरीब से गरीब और कमजोर से कमजोर व्यक्ति भी अपनी तमाम लाचारगियों के बावजूद दुख के साथ ही साथ बीच-बीच में औचक सुख से रोमांचित हो ही जाता है। तात्पर्य कि कितनी भी शक्ति और सामर्थ्य की सघन पहरेदारी हो, दुख डंका बजाता हुआ आ जाएगा और मनमाना प्रवेश पा लेगा। उसी तरह कितनी भी बेचारगी हो, कोई न कोई सुख का टुकड़ा दुखी के हिस्से भी आना ही आना है, तो इस तरह ऐसी-ऐसी तमाम बहुस्तरीय मिलावटों के बूते ही सम्भव हुई है इस जीवन-जगत की यह सघन-सजीली बुनावट।"

दोनों के सामने सजाकर रखीं एक-एक थाल और चार-चार कटोरियाँ। सामने खड़ी बात सुनती हुईं कमला देवी। प्रसाद ने उनकी ओर देखकर मुस्कुराते हुए पूछा, "क्यों जी, आप जरा बताइए तो, क्या कोई ऐसा बलशाली आज तक हुआ है जिसे अन्ततः काल ने पटखनी न दे दी हो?"

इनकार में सिर हिलाती हुई वह मुस्कुराईं।

प्रसाद अबाध बोलते चले गए, "उसी तरह ऐसा कोई घर नहीं हुआ जहाँ लक्ष्मी हमेशा-हमेशा के लिए टिकी रह गई हों। विपर्यय और विरोधाभासों की भी अद्‌भुत युगलबंदी है—ठंड में गरमी चाहिए, तो गरमी में शीतलता। उत्थान के दूसरे ही सिरे पर पतन खड़ा होता है, तो चरम शिखर के तुरन्त बाद शून्य। जिन्दगी की दौड़ देखकर पता नहीं चलता, किन्तु इसका पूर्णविराम-बिन्दु मौत होती है, तो विपर्यय-विरोधाभासों की भी यह रोमांचक मिलावटें।"

दास जैसे एक-एक शब्द को पी रहे हों! प्रसाद पल भर थमे, फिर सहज मुस्कुराए, "अब यह देखो, आज जो मैंने खिचड़ी बनाई है, इसमें भी कितनी-कितनी वस्तुओं की मिलावटें की गई हैं, तब यह ऐसी सम्भव हुई है। अब इसमें तुम्हें जितनी ही नई तरह की

मिलावटें मिलेंगी, तुम उतनी ही चटखारेदार दाद दोगे।...और फिर, खाने के ऐन मौके पर यह विमर्श की मिलावट भी तो तुम झेल ही रहे हो।"

हँसी नहीं रोक सके दास। प्रसाद ने आग्रह किया, "अब बस, अब ग्रहण करो।"

पहले ही कौर पर दास जैसे चमत्कृत। स्वर में प्रसन्नता की खनक, "इसे औपचारिक प्रशंसा न समझना, मैंने अपने अब तक के जीवन में इससे पहले ऐसी खिचड़ी कभी नहीं खाई थी। मित्र, क्या-क्या पड़ा है इसमें? मतलब कौन-से मसाले? कितने-कितने? क्या-क्या पदार्थ? उनका अनुपात?"

प्रसाद ने खाते हुए सिर हिलाया, "पहले आम तो खा लो, बाद में चाहे जितनी देर तक पेड़ गिनते रहना।"

दास लप्-लप् कौर मारते रहे। तृप्ति के कण उनके रोम-रोम से झरते रहे। खाते हुए ही बोले, "मान गया मित्र, सचमुच मैं तुम्हारा लोहा मान गया।"

"लोहा क्यों, अभी तो मेरी खिचड़ी ही मानो!"

"गजब बनी है यह। वही तो सोच रहा हूँ कि ये तुम्हारे हाथ हैं या..."

"कलछुल!" प्रसाद ने छूटते ही कह दिया। दोनों के चेहरे खिल उठे।

प्रसाद आगे बोले, "देखो मित्र, मैं उस कुल का वंशज ठहरा जिसके पूर्वज कन्नौज से चले थे। वह सम्राट् हर्षवर्द्धन के खानसामा थे। तो ऐसे खानदानी हलवाई का यह खून है। ऐसे में यह एकदम पाक कला-विहीन कैसे हो सकता है?"

"विहीन की तो बात ही नहीं, यहाँ तो दुर्लभता है, अनोखापन है।"

"ऐसा अगर है तो यह इस खून के अथक संघर्ष का ही परिणाम हो सकता है। कन्नौज से उखड़ने के बाद तो कितने-कितने धक्के सहे होंगे पुरखों ने! काफी पहले सैदपुर में आकर बसे, वहाँ से उखड़कर फिर बनारस के मोहनसराय के पास बैरहन में आए। यहाँ लोगों ने गन्ने की खेती की। यहीं के बाद फिर अगला पड़ाव बना बनारस सिटी का टेढ़ी नीम क्षेत्र। यहाँ मेरे पूर्वजों का बनवाया शिवाला अभी भी विद्यमान है। यहाँ करीब सवा सौ साल का स्थिर व संगठित वास रहा, किन्तु खानपान-व्यवहार को लेकर परिवार का यहाँ एक बड़ा विभाजन हो गया। टेढ़ी नीम से हमारे पूर्वजों में गोवर्द्धन साव और गनपत साव उठकर यहाँ इस वर्तमान स्थान पर आ गए जो आज सरायगोवर्द्धन के रूप में जाना जाता है। गोवर्द्धन साव तो नि:संतान रह गए जबकि गनपत साव को शिवरतन साव व एक पुत्री। शिवरतन साव को छह बेटे हुए—शीतल प्रसाद उर्फ माली राम, बैजनाथ प्रसाद, जीतू प्रसाद, देवीप्रसाद, गिरिजाशंकर प्रसाद व शिवशंकर प्रसाद। अब इनमें से देवीप्रसाद मेरे पिता हुए जिनकी कुल पाँच सन्तानों में मैं सबसे छोटा। सबसे बड़े भैया शम्भुरत्न प्रसाद व उनके बाद लगातार मेरी तीन बहनें हुईं—देवकी देवी, सेवकी देवी व प्यारी देवी और सबसे अंत में मैं जयशंकर प्रसाद।" रसास्वादन और अतीत का यह उद्भेदन साथ-साथ चलता रहा।

दास ने संकेतों में गहन तृप्ति के भाव व्यक्त किये। प्रसाद मुस्कुराए। दास ने पूछा, "हाँ, अभी-अभी तुमने यह संकेत किया है कि खानपान-व्यवहार को लेकर परिवार टूट गया था, तात्पर्य?"

पहले दास, तत्पश्चात् प्रसाद ने हाथ-मुँह पोंछे। वह बताने लगे, "टेढ़ी नीम में परिवार में कुछ लोग स्वयं को शैव बताते हुए मांसाहार का पक्ष लेने लगे थे। इस पर भीतर-ही-भीतर भीषण मतभेद उभरने लगे। कुछ ने विशिष्ट ग्रंथों का हवाला देकर मांसाहार को शैवों के लिए स्वीकार्य साबित किया तो कुछ इससे घोर असहमत। मांसाहार का पक्ष लेनेवाले इसका नियमित सेवन भी करने लगे। इसी पर मेरे पूर्वजों ने वह स्थान ही छोड़ देना उचित समझा। वे टेढ़ी नीम से भी उठ-उखड़कर सन् 1812 ईस्वी में यहाँ इस स्थान पर आ गए। यहीं शिवरत्न साव ने शिवाला निर्मित कराया जो तुम देख ही रहे हो।"

दोनों ने पान जमाए। दास मौका देख असली बात पर आ गए, "भोजन तो सचमुच यादगार हो गया। अब मेरा दक्षिणा?"

कुछ पल बहुत गौर से देखा प्रसाद ने। उत्तर की व्यग्र प्रतीक्षा दास के चेहरे पर रेंगती रही। कतारबद्ध लाल चींटियों की तरह। बेचैन, बौखलाई-सी।

प्रसाद अतिरिक्त संजीदगी के साथ मुखर हुए, "देखो, मित्र, तुम मेरे सखा हो तो तुम्हारा मुझ पर और मेरा तुम पर जो अधिकार है, वह तो परस्पर दोनों के पास आजीवन कायम रहेगा। तुम अगर अभी यह बात निर्णयपूर्वक कह दो कि मुझे गड्ढे में कूद जाना चाहिए तो फिर सचमुच मैं आगे-पीछे कुछ नहीं सोचूँगा और कूद जाऊँगा। मेरे खयाल से मेरे कहने पर तुम भी शायद आगे-पीछे बिना कुछ सोचे-समझे ऐसा ही कर डालो, लेकिन..." दास चुप किन्तु व्यग्रता क्रमशः तीव्र से तीव्रतर। वह आगे बोले, "मैं द्विवेदी जी पर क्या लिख दूँ? तुमने कभी इस बात पर भी विचार किया कि द्विवेदी जी ने मेरे लिए कभी कुछ किया भी है?...ऐसे में उनके प्रति मेरे मन में भला क्या भावनाएँ उठ सकती हैं? इसलिए मैं उन पर जो कुछ भी लिखूँगा, वह शुद्ध झूठ होगा और मुँहदेखी के अलावा कुछ और नहीं। अब आगे तुम जो कहो।"

दास स्तब्ध। तेजी से चेहरे के भाव बदलते चले गए। वह प्रसाद को अब कुछ इस तरह देखने लगे गोया किसी नवागन्तुक से मिल रहे हों और उसे पहचानने का उपक्रम कर रहे हों! प्रसाद के चेहरे पर क्लेश के भाव। मौन का छोटा टुकड़ा भी जैसे चट्टान की तरह सिर पर टकरा रहा हो! लरजती आवाज में आगे बोले, "मित्र, तुम अन्यथा न लो। अपना निर्णय सुनाओ। सबके बाद भी तुम्हारी राय मेरे लिए मायने रखती है। अन्ततः होगा वही, जो तुम चाहोगे। क्या तुम यह चाहते हो कि मैं आचार्य द्विवेदी पर कोई कृत्रिम सामग्री गढ़कर तुम्हें थमा दूँ?"

दास की मुख-मुद्रा पूरी तरह बदल गई। ऊहापोह को खिसकाती एक धुली-खिली-सी मुस्कान सामने आई और चमकने लगी, "चलो, यही दक्षिणा सामान्य नहीं है। आज तुमने सचमुच मेरे मन में आत्मगौरव के विरल भाव-बोध भर डाले। यह कठोर सीख भी दे दी कि देखा-देखी किसी की शान में अपनी भावनाओं के विपरीत कुछ भी लिख देना न्यायोचित नहीं, बल्कि झूठ का जंजाल खड़ा करने जैसा है। मुझे यह बात गहराई से समझ में आ गई कि ऐसी ही सत्यबद्धता के साथ लिखे जाने पर लिखित शब्दों की अर्थसत्ता को सार्थकता मिल सकती है। तुम्हारा निर्णय ही सही है।"

बजरा तैर रहा है। कुछ यों, जैसे लहरों से भरे मन में विस्तृत विचार-जलराशि पर कोई नई परिकल्पना, नया संदर्भ! कई बातें एक साथ घूम रही हैं। लट्टू-घिरनियों की तरह,

तेज-तेज। घर्र-घर्र की महीन गुनगुनाहट के साथ। प्रिंस ऑफ वेल्स को जिस तीव्र प्रतिकार के साथ काशी ने अपना प्रतिरोध जताया है, वह क्या है? आखिर क्या सोचकर साम्राज्यवाद का यह प्रतीक-पिंड सात समुंदर पार से यहाँ आ धमका? यही न कि धर्म-अध्यात्म में डूबी यह सहिष्णु नगरी अन्ततः गले में फूल-मालाएँ डालकर उसका स्वागत ही करेगी! आँखें मूँदकर अर्घ्य-आरती और पूजन-अर्चन करने के अभ्यस्त काशी-वासी भला क्या जानें स्वतंत्रता, संघर्ष या प्रतिरोध का मर्म!...लेकिन, यह धारणा धराशायी होकर रही। यहाँ पहुँचते ही ऐसा ठोस और आक्रामक बहिष्कार मिला कि जनाब इसे शायद ही कभी भूल पाएँ। सम्पूर्ण नकार के साथ। आश्चर्य है, स्वयं को विश्व का स्वयंभू भाग्यविधाता मानने वाले सात समुंदर पार बैठे इन आत्ममुग्धों की समझ-बुद्धि भी जैसे सात आसमान पार ही चली गई हो! यह सत्य तो स्वयं दिशाकाश में गूँज रहा है कि काशी की धर्मधरा पर ज्ञानाग्नि प्रज्वलित हो उठी है। यहाँ के जिस जन-गण ने काशी हिन्दू विश्वविद्यालय जैसी ज्ञान की विशाल मशाल जलाई और इसके पाँच वर्ष के भीतर ही फिर यहीं काशी विद्यापीठ जैसा संस्थान भी सम्भव कर किया, उसकी आँखें भला बंद रहनेवाली कैसे हो सकती हैं? शिक्षा व ज्ञान के ऐसे पीठों की प्रतिष्ठापना क्या स्वयं में परतंत्रता के प्रतिरोध की कार्रवाइयों का ही प्रत्यक्ष संदर्भ-विस्तार नहीं? अपनी धरती की ज्ञान-गरिमा का पल्लवन और नई पीढ़ियों में इसकी विधिवत् प्राणप्रतिष्ठा—क्या यह पश्चिम के आत्ममुग्ध श्रेष्ठता-बोध, इससे उत्पन्न दम्भ और उपनिवेशवादी तंत्र के मनमाने शिक्षा-प्रबंध की व्यवस्था को ही खुली चुनौती नहीं?

दास के लिए प्रसाद का यह सरसराता हुआ मौन अबूझ नहीं। वह ठीक से समझ रहे हैं कि मित्र का मस्तिष्क आलोड़नों से भरा है। कोई न कोई विचार-घिरनी फिलवक्त अवश्य घूम रही है। अभी चुप्पी ही सर्वसुरक्षित आश्रय है। बजरा किनारे से थोड़ा पहले ही रुक गया। घुटने भर जल में लोग छप्प्-छप्प् उतरने लगे। पहले तीव्र गति से प्रसाद, तत्पश्चात् धीरे-धीरे दास।

जल से निकले पाँव गंगोटी पर पड़े तो अनुभव-तंत्री झंकृत हो उठी। मन में शीतलता-संस्पर्श की लहराती हुई अनुभूति-अनुगूँज। मस्तिष्क में भुरभुरे विचार-कणों की गतिशील सरसराहट महसूस होने लगी। लगा कि रोम-रोम जाग्रत हो उठे हैं। प्रसाद ने पीछे मुड़कर ताका। दास को बजरे के पास ही खड़ा हो पाँव छपकाते देख मुस्कुराए।

दास ने सिर उठाया तो दृष्टि मिल गई। लगे पुकारने, "अरे भइये चाणक्य, कहाँ बालू में सरपट भागे जा रहे हो? इस जल का संस्पर्श-सुख तो लेकर देखो, अद्भुत है।"

प्रसाद खड़े-खड़े मुस्कुराए और चुप रहे। दास ने कहना जारी रखा, "गंगोटी का यह विस्तार तो कहीं भागा नहीं जा रहा, यह तो युगों-युगों से विद्यमान है और आगे भी यहीं रहेगा, लेकिन यहाँ यह जो जल है, वह बह रहा है—लगातार।...हमें छूकर जो आगे बढ़ जा रहा है, वह फिर कभी लौटकर आनेवाली नहीं। लहरें जो एक बार खेलकर मिट जा रही हैं, उनसे हमीं क्या, पूरी सृष्टि फिर दुबारा साक्षात्कार नहीं कर सकती। इसलिए मित्र, जितना सम्भव हो, इनसे मिल लेने दो। तुम भी आओ, इनसे मिलो। यह जलराशि और इसकी लहरें अभूतपूर्व हैं, बल्कि अभूतोत्तर भी। इसलिए इनका संस्पर्श-सुख सचमुच अनूठा है, सही अर्थों में अनमोल।"

"यही तो बात है कि जो रुकने को तैयार नहीं, अपनी गति में बहा जा रहा है...भागा जा रहा है, उसके मोह-पाश में जान-बूझकर क्यों फँसा जाए? ऐसे क्षणभंगुर संस्पर्श-सुख में क्या धरा है?" प्रसाद की मुस्कान में धार आ गई है, "जो संग-साथ रहने-निभाने को प्रस्तुत या समर्पित हो, क्यों न उसी के साथ कुछ विनिमय-विमर्श हो जाए?"

दास जल में लपलप डग बढ़ाने लगे। बाहर निकले तो बालू पर पाँव जैसे बँध-से गए हों! छोटे-छोटे कदम।

प्रसाद ने टोका, "बहते के साथ तो कोई भी द्रुतगति हो सकता है। सच्चा शक्तिमान वह है, जो ठहरे हुए में गति उत्पन्न कर सके।"

"जल का न रुकना उसका दंभ नहीं है मित्र, यह उसकी अपनी सीमा है, नियति है। लहर का झलक-भर का जीवन भी उपहास का विषय कदापि नहीं, यह अत्यल्पता अत्यन्त दर्दनाक पहलू है। मुझे तो यही अपेक्षा है कि तुम इस विडंबना-संदर्भ को ज्यादा व्यापकता से समझ सकोगे..." बोलते हुए दास की आवाज भर आई। कदम छोटे कर लिए।

"मित्र, बेशक तुम्हारी बात अपनी जगह सही है किन्तु अब जरा इस तरह भी तो सोचो!" प्रसाद ने भी गति धीमी कर ली और मुड़कर दास की ओर देखा, "नदियाँ सम्प्रति सृष्टि की धमनियाँ हैं। यह जल बह रहा है तो जीव-जगत चल रहा है, इसलिए न रुकना इसकी नियतिजन्य विवशता नहीं, व्यापक दायित्व के प्रति उसके समर्पण और उत्सर्ग-संकल्प का प्रत्यक्ष प्रमाण है। यह उसकी महान विशिष्टता है मित्र!...और जो लहरें ऐसे जल का श्रृंगार बन रही हों, उनका जीवन कैसा सार्थक और सफल है, यह तो देखो। वस्तुत: जीवन का महत्त्व दीर्घायु-अल्पायु से नहीं बढ़ता-घटता, उसकी सफलता तो व्यापक उद्देश्य के प्रति सहयोग-सहकार से सिद्ध होती है। इसलिए झलक-भर का होकर भी लहर-जीवन सर्वथा अनुकरणीय है, उदाहरणीय है। हमें इससे प्रेरित होना चाहिए।"

सामने दर्जनाधिक युवा कलाकार बालू में आकार गढ़ रहे हैं। कहीं मानमन्दिर की वेद्यशाला की अनुकृति, कहीं काशी विश्वनाथ मन्दिर के शिखर का चित्रण-पुनर्सृजन। कहीं हिमालय का मूर्तन तो कहीं सागर की लहरों पर सवार किसी जहाज का रूपायन। कहीं सामने दिखते दशाश्वमेध के जनसंकुल दृश्य की सजीव मूर्तता तो कहीं अस्सी से राजघाट तक के विस्तार का रूप-रेखा-विन्यास।

दनदनाते हुए समीप जा पहुँचे प्रसाद। पीछे-पीछे दास भी। सामने दो कलाकार सृजन में जुटे हैं। बालू के पार्श्व तल को फोड़कर शिव की रूपाकृति निकली आ रही है। जीवंत सिलवटों वाले उतार-चढ़ाव में उभरता जीवंत महादेव-रूपाकार। जटाजूट-गंगधार, अधमुँदे त्रिनेत्र। गले से लिपटा, निकली हुई जिह्वा वाला फण फेंकता ठनकता नागराज। पर्वत जैसा चौड़ा सीना, और शिखर जैसे ऊँचे कंधे। बीच में बँधा डमरू वाला त्रिशूल। महालय और महाप्रलय के समग्र संगीत के प्राण-लेपन से चमकती हुई अमिय मुस्कान। बालुका राशि पर मूर्ति-कला का यह कैसा जीवन्त अवसर। दास मुग्ध। वह कुछ कहते, इससे पहले प्रसाद ने टिप्पणी की, "काल अपने महाप्रवाह के इस क्षणविशेष में आज यहाँ सचमुच एक विरल संयोग का साक्षी बन रहा है।"

दास अचकचाकर मुँह ताक रहे हैं। प्रसाद अपनी रौ में बहते बोलते चले जा रहे, "यह आकृतियों के पुनराकार का दुर्लभ अवसर है मित्र! मिटी हुई आकृतियाँ अपने

पिसे हुए अतीत के धूसर पटल से उठ-उठकर पुनः-पुनः आकारबद्ध हो रही हैं और नये-नये रूपों में पुनर्जन्म पा रही हैं। आज हमारे सामने यहाँ समय-सत्य का यह बहुत विचित्र चित्र फैला हुआ है।"

प्रसाद की दृष्टि बालुका-राशि से फिसलती हुई कलाकारों के सृजनरत हाथों पर आकर टिक गई है, "इन अँगुलियों की क्षमता का सही-सही आकलन करना बेशक कठिन है; किन्तु यहाँ चमकते एक-एक कण का संघर्ष-सत्य भी विकट है। बालू के दाने हवा से नहीं झरा करते। वक्त के थपेड़ों और जल-धाराओं के अनवरत बलाघात से न जाने कितने-कितने काल-खंडों में, कैसे-कैसे झंझा-संघर्षों से मिटी होंगी कैसी-कैसी चट्टानें और कितनी-कितनी प्राणवंत पर्वत-आकृतियाँ! अनन्त हाहाकार से भरे विखंडनों से सम्भव हुई होगी यह इतनी विशाल बालुका-राशि—अश्रुशून्य, शब्दवंचित और संज्ञाहीन। हर कण जैसे असंख्य प्रहार, निर्मम ध्वंस और दारुण विखंडन का व्यग्र साक्षी-अवशेष हो! और इसी आकृति-समाधि के ढूह पर आज यहाँ कला-कुशल हाथ ने सृजन किया है ध्वंस-देव की आकृति का। इसे कहेंगे विखंडन को सर्जन का संस्पर्श—कुछ ऐसा, जैसे एक झटके में विखंडन स्वयं विखंडित होकर रह जाए।"

दास जैसे चमत्कृत हो उठे हों, "वाह, मित्र, वाह! भई, सचमुच, तुमने तो मेरी आँखों में कमाल की दृष्टि रोप दी। चीजों को ऐसे भी देखा जा सकता है, इतने-इतने बहुस्तरीय काल-अंतराल और ऐसे बहुआयामी फलकों में। भई, सचमुच, वाह!"

82

मसूरी से लौटते हुए दास के मन में एक स्वर्णिम-सपनीली योजना-संकल्पना। वह यह कि बनारस में एक कला संग्रहालय की स्थापना हो। इस पर विमर्श के लिए वह सरायगोवर्द्धन पहुँचे। बैठकखाने में प्रेमचन्द और प्रसाद बैठे बतियाते मिले।

दास को देख दोनों प्रसन्न हो उठे। पास बैठते ही प्रेमचन्द ने मुस्कुराते हुए पूछा, "बन्धु, हम लोग एक नई प्रस्तावित कथा-पत्रिका के नाम पर चर्चा कर रहे हैं। 'हंस' नाम पर आपकी क्या राय है? आप अपना दृष्टिकोण बताइए।"

" 'हंस' तो बहुत ही बढ़िया नाम है। इस नामकरण पर तो प्रसाद जी से मेरी चर्चा हो चुकी है। उन्होंने यह नाम बहुत ही सटीक चुना है।"

"इसके बारे में आप अपने कोई तर्क देना चाहेंगे या सिर्फ इसीलिए अच्छा मान रहे हैं क्योंकि यह नाम प्रसाद जी ने सोचा-खोजा है?" प्रेमचन्द की मूँछों के नीचे बारीक मुस्कान खिल गई।

"मुंशी जी, कुछ तो ऐसा मानसिक उपक्रम अवश्य है कि मेरा मित्र जो भी कुछ कह देता है, वह मेरे लिए विशिष्ट अर्थगर्भी हो जाता है। आखिर शब्द का अर्थ-गुरुत्व तो प्रयोक्ता के आचरण व प्रभाव से भी बढ़ता और घटता है।"

मुंशी जी ने आँखें गड़ाते हुए ताका। दास स्वयं को कुछ और खोलने लगे, "हाँ, मैं ऐसा मानता हूँ कि शब्द को अर्थ शब्दकोश से कहीं अधिक प्रयोग करनेवाले के व्यक्तित्व से प्राप्त होता है। अब जैसे यही देखिए न कि महात्मा बुद्ध की जो शिक्षा है या

आज जो इसकी अर्थ-ध्वनि या भाव-गरिमा है, क्या यह तब भी वही रह पाती जब इसका प्रतिपादन किसी सामान्य व्यक्ति ने किया होता? आप सोचकर स्वयं अनुभूत कीजिए, बुद्ध की शिक्षा के शब्द क्या उतनी ही अर्थ-ध्वनि उत्पन्न करते हैं जितनी शब्दकोश के हिसाब से उन्हें करना चाहिए? बेशक सचाई कुछ और है। बुद्ध के शब्द-शब्द इसलिए विशिष्ट अर्थ-प्रभाव सृजित कर पा रहे हैं क्योंकि इनमें उनका आचरण और व्यक्तित्व प्रतिबिम्बित है, इसलिए प्रभावान्विति है विशिष्ट—पल भर में विशिष्ट अनुभूति-आलोक से सम्पन्न कर देनेवाली।"

प्रेमचन्द ने आँखें मूँद लीं। मनन-मुद्रा। प्रसाद मौन। दास भी चुप। कुछ ही अंतराल के बाद प्रेमचन्द ने आँखें खोलीं, "भाई, दास जी, आप भी कम गम्भीर चिन्तन नहीं करते। तभी मैं कहूँ कि प्रसाद जी के इतने अंतरंग आखिर आप ही क्यों हैं! आप दोनों में यह एक समानता तो आज मुझे समझ में आ गई।"

दास झेंपने लगे, "भाई साहब, आप मेरे बारे में कोई भ्रम न पालें। खरबूजा को देखकर खरबूजा रंग बदलता ही है। यह सम्भव है कि प्रसाद जी के साथ रहने के चलते कभी-कभी मैं भी कोई छोटी-मोटी बौद्धिक उछल-कूद करता दिख जाऊँ लेकिन इससे यह निष्कर्ष निकाल लेना सही नहीं होगा कि मैं भी कोई गम्भीर चिन्तक हूँ।"

प्रसाद का मौन हल्के हिला, "भई, गम्भीर चिन्तन छलकाकर साधारण चर्चा को भी गम्भीर दशा में पहुँचा ही चुके हो, अब तुम्हारे गम्भीर चिन्तक होने का भला दूसरा और क्या प्रमाण चाहिए?"

प्रेमचन्द ठठा पड़े। प्रसाद आँखों में ही मुस्कुराए। दास झेंप गए और प्रसाद की ओर शिकायती लहजे में ताका, "अच्छा, तो अब तुम मुझे बनाने लगे?"

"मित्र, तुम्हें क्या बनाना, तुम तो रेडीमेड हो।" प्रसाद ने तीर छोड़ा।

"रेडीमेड कह रहे हो या रेडीमैड?"

"मैं कोई सदा सत्य बोलने वाला थोड़े ही हूँ। कभी-कभी तो सादा सत्य बोल ही जाता हूँ, उसमें मिलता-जुलता रंग भर लेना होता है।"

प्रसाद की बात पर प्रेमचन्द के ठहाके में और गति आ गई। इस बार दास भी खुलकर हँसने लगे। प्रसाद मन्द-मन्द मुस्कुराते रहे।

गौड़ भी आ गए। हँसी-ठठा का माहौल देख उन्होंने खड़े-खड़े मुँह चुनियाया, "आप लोग तो खुद दाँत चमका रहे हैं, लगता है, अब यहाँ मेरी कोई उपयोगिता ही नहीं!"

प्रेमचन्द खड़े हो गए। सस्नेह हाथ पकड़ उन्हें साग्रह अपने निकट बिठाया, "अरे, नहीं भाई! हँसी-ठठा की वह धार तो गलती से फूटी है, आप अपने रोजगार पर कोई खतरा न महसूसें। हमें पता है, क्लासिक हँसी तो आपके बकवास में ही छुपी है।"

"हँसी-ठठा की यह धार गलती से फूटी है? यों ही ऐसा कैसे हो सकता है, हँसी कोई कविता-कहानी तो है नहीं कि जब मन, तब यों ही फूटती चले! अवश्य ही कहीं न कहीं कोई गड़बड़ी होगी।" उन्होंने बारी-बारी से तीनों की ओर निरीक्षणी दृष्टि दौड़ाई, "हँसी बहुत ओरिजनल थी। कहीं ऐसा तो नहीं कि आप लोगों ने आपस में एक-दूसरे को ध्यान से देख लिया है?" बोलकर गौड़ संजीदा।

प्रेमचन्द फिर ठठा पड़े। प्रसाद ने सिर हिलाया,"वाह गुरु, हम सबके हास्यास्पद बतावत हउवाऽ तूंऽ? हमन्ने के चेहरा हास्यास्पद हौऽ?"

गौड़ ने पूछा, "काहे नहीं? तूं तीनों लोगन के चेहरा हम्मर थोबड़ा से मिलत नाऽ हौ?"

सभी एक साथ ठठा पड़े। गौड़ भी।

माहौल थिर होने लगा। प्रेमचन्द ने गौड़ से आग्रह किया, "अइसन हौ गौड़ जी, तूं एक ठे बात बतावाऽ।"

"काऽ बताईं? अपने मन से कुछ बतावल शुरू कर दीं? अरे, कुछ पूछाऽ तब्ब तऽ कुछ बताईं, अपने मन से कौन बात बता दीं?"

प्रेमचन्द ने हाथ जोड़ लिये, "यार, अब और हँसा देंगे तो पेट फट जाएगा।"

"तो इससे तो हिन्दी साहित्य को इकट्ठे सारा खजाना हाथ लग जाएगा।" सबने हँसी के नये विस्फोट की आशंका के साथ ताका। गौड़ ने बात पूरी की, "भाई, प्रेमचन्द का पेट यदि हँसते-हँसते सचमुच फट भी जाए तो क्या होगा? हिन्दी साहित्य को कम-से-कम दस-बीस दर्जन कहानियों और दो-चार दर्जन उपन्यासों की तो एकमुश्त आमद हो ही जाएगी न?"

ठहाके ने फिर छत और दीवारों को हिलाकर रख दिया। गौड़ के चेहरे पर हँसी की कोई हल्की लकीर भी नहीं।

हँसते-हँसते प्रसाद बेहाल। हाथ पकड़कर उन्हें रोका, "भाई, गौड़ जी, अब आप यह अत्याचार बंद कीजिए। अब हम पर रहम कीजिए।"

"आप लोग पर करूँगा रहम, तो आप लोग तुरन्त कर देंगे पूरा माहौल गरम!" गौड़ ने 'नहीं छोड़ूँगा' वाले अंदाज में सिर हिलाया।

"पेट में दर्द हो गया। अब एकदम न हँसाइए, बस!" प्रेमचन्द ने हाथ उठा दिये।

गौड़ का लहजा समझाने वाला हो गया, "मैं यदि जरा-सा कमजोर पड़ गया तो दास जी से तो नहीं, किन्तु..." उन्होंने प्रेमचन्द और प्रसाद की ओर बारी-बारी से ताकते हुए सिर हिलाया, "आप दोनों से भारी खतरा है। आप दोनों को यदि हावी होने का मौका मिल गया तो यहाँ का माहौल देखते-देखते दुख-दर्द और आँसू-रुलाई से छलछला उठेगा। प्रसाद जी करुणालय पैदा कर देंगे तो प्रेमचन्द जी 'सेवासदन' की छत हिलाने लगेंगे। ऐसे में यहाँ मैं और दास जी जैसे बेगुनाह फँसकर रह जाएँगे।"

सामूहिक हँसी हिचकोले लेने लगी। प्रसाद उठ खड़े हुए, "ऐ भाई, लगता है, जान बचाने के लिए यहाँ से अब कहीं पलायन ही करना होगा।"

गौड़ ने दहला मारा, "व्यंग्य का यदि यह असर है तो इस इलाके में आपकी कविता के क्या जलवे होंगे! सोचिए, आपकी ही तरह यदि आपके पड़ोसी भी जान बचाने के लिए यही विकल्प अपनाना चाहें तो इतनी बड़ी पीड़ित पलायित आबादी को कौन कहाँ शरण देगा?"

गुदगुदी सबके पेट के भीतर हँसिये की तरह छट्-छट्, छट्-छट् घूमने लगी। सबने अपनी-अपनी कमर पकड़ ली। आँधी झेलते पेड़-पौधों की तरह तीनों मचलते रहे।

गौड़ ने कुछ देर सप्रयास मुँह बंद रखा तो माहौल सहज हुआ। प्रेमचन्द ने धीरे-धीरे बोलते हुए गौड़ का ध्यान खींचा, "भई, ऐसा है कि नई पत्रिका के संदर्भ में 'हंस' जो नाम है, उसे लेकर मेरे मन में कुछ दुविधा उत्पन्न होने लगी है।"

"आपके मन में भला दूसरी और क्या चीज पैदा हो सकती है?" गौड़ धीरे से बोलकर सँभल गए। सबने उनकी ओर ससंशय ताका। उन्होंने संकेत में आगे अब और कुछ न बोलने का आश्वासन दिया।

प्रेमचन्द ने बात को आगे की ओर बढ़ाया, " 'हंस' नाम में दरअसल एक आभिजात्य है। असल में हंस कोई सहज साधारण नहीं, बल्कि बहुत विशिष्ट पक्षी है।"

दास ने तर्क रखा, "आपकी पत्रिका के दायित्व भी तो विशिष्ट होंगे। यह धनिया-हल्दी के भाव छापने वाली साधारण उपयोग-प्रयोग की पत्रिका तो होगी नहीं न! 'हंस' की स्थापित पहचान नीर-क्षीर विवेक की ही है। यही विवेक आपकी पत्रिका या उस समकालीन लेखन-प्रयास के आधार-सिद्धान्त भी तो होंगे जिसे आप इसके पृष्ठों के माध्यम से प्रकाश में लाएँगे।"

"मैंने किसी हंस को दूध और पानी अलग-अलग करते अपनी आँखों तो नहीं देखा परन्तु कृपया मुझे एक जानकारी दीजिए..." गौड़ ने मुँह खोला तो पहले सबने सन्देह से देखा किन्तु कुछ ही क्षण में सभी आश्वस्त कि अब वह संजीदगी से कुछ पूछ रहे हैं। उन्होंने अपना सवाल रखा, "हंस करता क्या है? दूध और पानी को अलग-अलग करके छोड़ देता है या दूध या पानी में से किसी एक अथवा दोनों पर हाथ भी साफ कर देता है।" सबने अपनी-अपनी छूटती हँसी को दबोचने की कोशिश शुरू कर दी। गौड़ अपने सवाल को अलग-अलग कोण से खोलते रहे, "यदि वह नीर-क्षीर-विवेक दिखाकर दोनों या किसी एक भी आइटम को हाथ से निकल जाने देता हो तब भी उसकी समझदारी और व्यावहारिकता पर मुझे गहरा सन्देह ही रहेगा। भला दूध हो या पानी, मुफ्त में मिली किसी भी चीज को छोड़ना चाहिए?"

सबने हँसी को नियंत्रित रखा। दास ने प्रेमचन्द से प्रश्न किया, "मुंशी जी, आपके दिमाग में यदि 'हंस' के आभिजात्य के विपरीत सहज-सामान्य का बोधक कोई नाम हो तो बताइए, इसी पर सामूहिक चर्चा हो जाए।"

"मैंने तो अभी तक ऐसा कुछ नहीं सोचा।" उन्होंने इनकार में सिर हिलाया।

"अभिजात पक्षी हंस के मुकाबले सहजता और साधारणता का बोधक एक नाम मेरे दिमाग में तो अभी फुदक रहा है। आप लोग मेरी समझदारी पर भरोसा बाँधें तो इसे दिमाग से निकालकर मैं अभी सामने खड़ा कर दूँ।" गौड़ ने विनम्रता से ताका।

"हाँ-हाँ, क्यों नहीं।" सबने एक साथ कहा।

"सवर्ण-सफेद 'हंस' को कड़ी चुनौती देने का काम तो अवर्ण-अश्वेत 'कौआ' ही कर सकता है। क्यों नहीं पत्रिका का नाम 'हंस' की जगह 'कौआ' ही रख लिया जाए?"

जोरदार ठहाका। जारी ठहाके पर ही उन्होंने आगे ठोंका, "सहमति हो तो इसके लिए मैं तुरन्त एक मुफ्त स्तम्भ 'काँव-काँव' की घोषणा करूँ?" गौड़ एकदम गम्भीर।

फिर ठहाका। आगे की बात शोर में डूब गई।

83

दास नारियल बाजार पहुँचे हैं।

प्रसाद अकेले ही बैठे हैं, 'माधुरी' के पृष्ठों में खोये हुए। आहट पा नजर उठाई, सामने मित्र को आता देखकर खिल उठे, "आओ, आओ साथी।"

दास निकट पहुँच बैठते हुए हँसे, "गौड़ जी तो कभी-कभी अति कर देते हैं। कल न तो प्रेमचन्द जी की बात अंजाम तक पहुँची, न मैं ही अपनी योजना सामने रख सका। हँसी-ठठे के तूफान में सारी बतकही हवा हो गई।"

प्रसाद ने पत्रिका के पन्ने बंद कर दिये, "ठीक है भई, चाहे जैसे भी मिले या जिस किसी भी मूल्य पर, यह हँसी-खुशी अनमोल है; बल्कि यही या ऐसे ही पल जीवन की सबसे बड़ी उपलब्धि हैं।"

"लेकिन किसी भी चीज की अति तो घातक है।"

"निस्सन्देह। इसलिए हँसी-खुशी के विरोध की अति से बचो।"

दोनों हँसने लगे।

दास ने बनारस में कला संग्रहालय की स्थापना की अपनी इच्छा-संकल्पना सामने रखी। प्रसाद चमत्कृत। प्रसन्नतापूर्वक पुरजोर स्वागत किया, "वाह, यह तो बहुत अच्छी बात है। काशी में एक ऐसे संग्रहालय का होना नितान्त आवश्यक है। जो नगर स्वयं इतना प्राचीन हो, वहाँ ऐसा कोई प्रयास अवश्य होना चाहिए।"

इस जोरदार अनुमोदन ने दास का उत्साहवर्द्धन किया। आनन-फानन गोदौलिया चौराहे पर दशाश्वमेध घाट की ओर जानेवाले रास्ते पर एक कोठी में उपयुक्त स्थान का भी पता लग गया। दास के साथ प्रसाद ने जाकर इसका मुआयना किया और सहमति जता दी। तय हुआ कि पाँच दिनों बाद अँगरेजी नववर्ष के पहले दिन अर्थात् पहली जनवरी को 'भारत कला परिषद्' की विधिवत् स्थापना की जाए।

84

प्रसाद नियत समय से काफी पहले ही पहुँच गए। साथ में चेखुरा भी। उसके हाथ में लम्बा-सा झोला। बाहर कुर्सियाँ सजी हैं। दो-चार लोग इन्तजाम करने में व्यस्त। प्रसाद भीतर गए। दास लकड़ी के अलमारीनुमा फ्रेम में प्राचीन मूर्तियाँ सजाने में तन्मय। बहुत सतर्कता से आहिस्ते-आहिस्ते, ताकि किसी भी तरह मूर्तियों में कोई बलाघात न हो। प्रसाद को आया देख वह उठने लगे। प्रसाद ने रोका, "तुम अपना काम बाधित न करो—लगे रहो, लगे रहो। मैं यहाँ आकर कुछ काम बढ़ा ही रहा हूँ।"

दास के हाथ में एक भग्न मूर्ति। दृष्टि उसके टूटे हुए हिस्से पर। चेहरे पर कसक के चिह्न। प्रसाद की बात पर वह चौंके, "क्या कहा, काम बढ़ाने आए हो! मतलब?"

प्रसाद ने पीछे मुड़कर चेखुरा से झोला ले लिया। दास वहीं से कभी प्रसाद, तो कभी झोले को जिज्ञासा के साथ ताकने लगे। उन्होंने झोले से एक-एक कर दो मूर्तियाँ निकाल लीं।

"वाह, वाह, मित्र, वाह!" दास देखकर चहक उठे, "कहाँ से हाथ लगीं ऐसी अनमोल मूर्तियाँ?"

प्रसाद उनसे थोड़ी दूरी पर फर्श पर बैठ गए। एक मूर्ति सामने रखी और दूसरी हाथ में ही पकड़े-पकड़े बारीकी से अवलोकन करते बताने लगे, "देखो मित्र, यह है भगवान श्रीकृष्ण के बालपन की दुर्लभ छवि—माखनचोर वाली। देखो न, इसकी तराश में कितनी धार और गढ़न में कैसी दक्षता! मेरा विचार है कि यह मूर्ति कुषाणलीन रचना है।"

"इसका काल-निर्धारण तुम किस आधार पर कर रहे हो?" दास खिसककर पास आ गए। वह भी ध्यान से मूर्ति पर दृष्टि डालने लगे।

"कोई न कोई दृष्टिकोण तो है ही और तुम विश्वास कर सकते हो कि यह निहायत ही निराधार कदापि नहीं होगा।" प्रसाद ने मूर्ति से हटाकर दृष्टि उनके मुखमंडल पर टिका दी। दोनों मुस्कुराए।

दास सिर हिलाने लगे, "समझ गया, यह इतिहास-दृष्टि से अधिक कवि-दृष्टि भी हो सकती है!"

"और कहने की आवश्यकता नहीं कि कवि-दृष्टि होना ही इतिहास-दृष्टि की तरह तथ्यांगी अथवा एकांगी-भर के सर्वथा विपरीत त्रिकाल-दृष्टि होने की गारंटी है।" प्रसाद की मुस्कान ने ऐसा कोंचा कि दास ठठा पड़े। बहुत सँभालकर हाथ बढ़ाया और मूर्ति को ले लिया, "मानता हूँ, मस्तिष्क से भी ऊपर मैं सजग हृदय के स्तर से यह स्वीकारता हूँ कि इतिहास का वह स्वरूप अधिक प्रभावोत्पादक होता है जो कवि अन्वेषित करता है, क्योंकि इसमें मानसिक उद्यम या ताथ्यिक अनुशीलन से भी बहुत आगे बढ़कर हार्दिक पुनर्सृजन निहित होता है। इतिहासकार काल का पाताल खोद देगा, तथ्यों का पहाड़ भी खड़ा कर सकता है किन्तु तत्कालीन जन-गण-मन को मूल रूपाकार में तो कवि ही देख और पुनर्सृजित कर सकता है। दूसरे शब्दों में कहूँ तो इतिहासकार इतिहास का आकलन-लेखन तो कर सकता है जबकि कवि चाह ले तो अमुक काल-खंड का अधिकतम सटीक पुनर्निर्माण।"

प्रसाद ने दूसरी मूर्ति उठा ली, "बस-बस, मैंने यों ही हँसी में एक वाक्य क्या कह दिया, तुमने तो इसे ऐसा पकड़ लिया कि..." दास ने मुस्कुराते हुए उनके हाथ की दूसरी मूर्ति पर दृष्टि डाली। प्रसाद आगे बोले, "इतिहास पर कोई भी काम करे, अन्ततः वह इतिहासकार ही हुआ, मित्र! इसमें अब किसी तरह का अंतर्विभाजन या परस्पर टकराव जगाने की आवश्यकता नहीं। इतिहास पर होने वाला हर काम तथ्याधारित ही होना चाहिए। इतिहास पर कवि-लेखक का काम भी इतिहास-कर्म का ही विस्तार है, भाई!"

"चलो, हुआ। मेरी तुमसे कोई आधारभूत असहमति नहीं। तुम जो कहो, वह अन्ततः मुझे स्वीकार ही है और सम्भवतः आगे भी ऐसा ही होता रहे। और तो और, यह सहमति आँख मूँदकर नहीं बल्कि कुछ और पुष्ट तर्कों के साथ ही होगी। चलो, अब बताओ कि यह दूसरी मूर्ति क्या है, जल्दी बताओ?" दास की आँखों से तीव्र जिज्ञासा छिटकने लगी।

प्रसाद ने इनकार में सिर हिलाया, "ऐसा भी भला क्या विमर्श, जिसमें दूसरा पक्ष आत्मसमर्पणवादी समर्थन के साथ प्रस्तुत हो? वैचारिक असहमतियों से कभी बचना-डरना नहीं चाहिए। असहमतियाँ और तर्क-वितर्क से ही तो तथ्यों का नव्य अनुशीलन

सम्भव है। अंधसमर्थन वैचारिक अंधता पैदा करेगा, इसलिए मित्र, मैं तो इससे परहेज की ही सलाह दूँगा। मैं तो यही अनुरोध करूँगा कि तुम उस हर व्यक्ति के प्रत्येक विचार पर तर्कपूर्वक ही सोचो और असहमति होने पर इसे पुरजोर ढंग से सामने रखो जिसके प्रति शुभकामना रखते हो। इसी में भला है—तुम्हारा भी, मेरा भी और ज्ञान पक्ष का भी।"

दास अन्यमनस्क भाव से ताकते हुए रह-रहकर मूर्ति पर दृष्टि टिका देते रहे। यह एक स्त्री-पुरुष की युग्मद्ध मुद्रा।

प्रसाद ने दास की जिज्ञासा-विकलता को समझते हुए तुरन्त बात बदल दी, "मित्र, यह युग्म ध्यान से देखो। बताओ कि इसे देखकर तुम्हें क्या लग रहा है?"

दास ने पहली मूर्ति को धीरे से अपने सामने रख लिया और प्रसाद के हाथ से दूसरी ले ली। वह इसे घुमा-घुमाकर देखने लगे।

कुछ देर तक प्रतीक्षा करने के बाद प्रसाद ने टोका, "बताना चाहोगे या सुनने को ही इच्छुक हो?"

"इच्छुक नहीं, सुनने को विवश हूँ।"

"मेरा विचार है कि यह गुप्त सम्राट् चन्द्रगुप्त प्रथम और उनकी सम्राज्ञी कुमार देवी की प्रतिमा है। अब कहो तो अपने इस विचार का आधार-तथ्य सामने रखूँ?"

"नहीं, कदापि नहीं। इसकी आवश्यकता तो तब न होगी, जब मैं कोई प्रश्न-प्रतिप्रश्न उठाऊँगा।" दास मुदित भाव के साथ दोनों मूर्तियाँ लेकर उठे और सामने की अलमारी की ओर बढ़ गए, "चलो, तुम्हारी इसी पहल के साथ ही 'भारत कला परिषद्' का उद्‌घाटन मान लिया गया।"

प्रसाद बोले, "दोनों मूर्तियों के बारे में तुम अपने स्तर से अनुशीलन-कार्य करो या कराओ, तो मुझे अधिक प्रसन्नता होगी, बल्कि ऐसा ही होना चाहिए। साहित्य और इतिहास में यही मौलिक अन्तर है। साहित्य में मूल पाठ के साथ छेड़छाड़ कदापि उचित नहीं माना जाता जबकि इतिहास में निरंतर तथ्यानुशीलन और क्रमश: पाठ-नवीकरण की अपेक्षा की जाती है। विषय-विशेषज्ञों से इन दोनों पर भविष्य में कभी अवश्य विचार माँगना और कोई इतर दृष्टिकोण आए तो मुझे भी अवश्य अवगत कराना, यह मुझे बहुत अच्छा लगेगा; बल्कि मैं इसकी प्रतीक्षा करूँगा कि तुमने किसी विशेषज्ञ से विचार लिये या नहीं और यह भी कि इस पर नये क्या विचार आए। समझे?"

"हाँ, भई, हाँ, समझ गया।" दास ने दोनों हाथ जोड़ लिये और हँसने लगे।

85

"कालभैरव बाबा का मन्दिर है यहीं पास में, उधर उस गली में।" शिवपूजन सहाय ने हाथ उठाकर उँगली से इशारा किया। सरल चेहरे पर कौंधी श्रद्धा-भावना उजास की तरह चारों ओर फैलने लगी। स्वर में घंटा-ध्वनि जैसी अनुगूँज, "इसीलिए इस पूरे क्षेत्र को कालभैरव कहते हैं। जनमान्यता है कि बाबा विश्वनाथ की इस नगरी में वही सुख-शान्ति से वास कर सकता है जिसे काशी के कोतवाल बाबा कालभैरव का आशीर्वाद मिल जाए। इसलिए यहाँ भक्तों का ताँता लगा रहता है। यह बनारस का एक प्रमुख धार्मिक इलाका है।"

निराला ने खिड़की से दृष्टि फेंकी। ऊँचे-ऊँचे भवन। सघन-सटे हुए। ज्यादातर पुराने। काली पड़ी बाहरी दीवारें, बीती बरसातों के चिह्न सँजोये खड़ी। कालेपन भी ऐसे-ऐसे जिनमें अलग-अलग काल-खंडों का अंतर परिलक्षित। मन-ही-मन यह सब आँकते-झाँकते हुए वह लेटने लगे। शरीर लम्बवत् होते ही चेहरे पर पीड़ा कौंध उठी, "ओऽह!"

दर्द तत्क्षण शिवपूजन के मुखमंडल पर सरक आया। उन्होंने हाथ जोड़े, "पंडित जी, मेरी विनती को आप मान लीजिए, हठ छोड़ दीजिए और खाट पर ही लेटिए। आपको भूमि पर शयन करने में कष्ट हो रहा है। मैं चादर अभी बदल दे रहा हूँ।"

त्योरी चढ़ गई निराला की, "शिव जी, आप मेरे साथ अतिथि वाला सलूक बन्द करेंगे या नहीं? यदि नहीं तो मैं अभी उठकर चल दूँगा।"

शिवपूजन सहम गए।

वह आगे बोले, "मैं बनारस यही मानकर आया हूँ कि अपने मित्र का साथ मिलेगा तो मन लगेगा। शारीरिक पीड़ा के समय मानसिक तृप्ति अमोघ औषधि बनती है। मुझे बहुत कष्ट है। दर्द जब उठ रहा है तो दिमाग झनझनाकर रह जा रहा है—बजाई जानेवाली थाली की तरह। अस्थियाँ अंगरने लग रही हैं, जैसे दर्द उन्हें गला रहा हो!"

धीरे-धीरे खिसकते हुए उन्होंने तकिए पर पहले कंधा उतारा, उसके बाद सिर। अब एक दर्दभरे अहसास के साथ लेट गए। पीठ के बल। लम्बा होकर। स्थिर। ध्यान गया, दर्द तो है ही किन्तु अपेक्षया कुछ कम लग रहा है क्या? सुबह जहाँ लगातार यह बिच्छू की तरह छू रहा था, वहीं अब बीच-बीच में अंतराल मिलता लग रहा है। अचानक फिर अस्थियाँ प्रत्यंचा-सी खिंचकर तनीं और दूसरे ही पल दर्द ने तीर की तरह वार किया। पीड़ा की डोलती लकीरें दाढ़ी-मूँछों के हिलते बालों से भी अधिक मुखर लेकिन मन में चलती जिज्ञासा सर्वाधिक प्रबल, "सामने यह मन्दिर भी बहुत पुराना दिख रहा है?"

"हाँ, यह भी भैरव बाबा का ही है। इसे दंडपाणि भैरव मन्दिर कहते हैं।"

"वाह, भई, वाह, कालभैरव के निकट ही दंडपाणि भैरव!" शब्द सँभालते हुए उन्होंने बहुत सँभलकर पाँवों में हरकत दी, यह जाँचते हुए कि दर्द घटने का यह अहसास भ्रामक तो नहीं? सम्भव है, शरीर के स्थिर हो जाने के चलते फिलहाल यह दब-सा गया हो!

"हाँ, भैरव यहाँ कई हैं—काल भैरव, कपाल भैरव, आस भैरव, बटुक भैरव, दंडपाणि भैरव, आदि-आदि। भई, बड़े शहर में थाने भी तो कई-कई होते हैं न, उसी तरह कई-कई भैरव यानी कई-कई कोतवाल। यहाँ ग्राम देवता की पूजा भी उसी व्यापकता से होती है। ये जो लहुरावीर, दैत्रावीर, ड्योढ़ियावीर आदि-आदि वीर बाबा लोग हैं, ये सभी ग्राम देवता ही हैं।" उन्होंने समझाते हुए आगे बताया :

"हाँ, यह धर्म का लीलानगर है। कदम-कदम पर देवता हैं और उनका अपना-अपना वैभव-आलोक। मुझे काशी की चर्चा करते समय जिस एक विदेशी शहर का नाम तत्काल स्मरण में आ रहा है, वह है वेनिस। दोनों शहरों में आश्चर्यजनक समानताएँ हैं। काशी की तरह वह भी एक प्राचीन नगर है। काशी की पहचान अगर गंगा है तो वेनिस की सरोवर व नहरें। जैसे यहाँ कदम-कदम पर मन्दिर हैं, देवता हैं, वैसे ही वेनिस में भी कैथोलिक चर्चों की भरमार है। यहाँ रास्ते-गलियों में जगह-जगह मन्दिर व देव-प्रतिमाएँ हैं तो वेनिस में भी लोगों के घरों के दरवाजों के ऊपर से लेकर बाहरी दीवारों तक में ईसा व माता मरियम

की छोटी-छोटी मूर्तियाँ ताखों में सजी हुई हैं। जैसे यहाँ महिलाएँ रास्ते में पड़नेवाले तमाम छोटे-मोटे मन्दिरों में देव-प्रतिमाओं पर भी जलार्पण व पूजन करती आगे बढ़ती हैं, वैसे ही वहाँ भी श्रद्धालु स्त्रियाँ दीवारों में विराजती ईसा-मरियम की मूर्तियों के आगे मोमबत्ती रखती हुई गुजरती हैं। जैसे बनारस मध्ययुग के भाव-बोध में गर्दन तक डूबा हुआ नगर है, वैसे ही वेनिस भी। जैसे यहाँ पीतल, चाँदी, सोने व पत्थर पर नक्काशी से लेकर बनारसी साड़ी तक के खास उद्यम-धंधे आम प्रचलित हैं, वैसे ही वहाँ भी पीतल, पत्थर व वस्त्रों की विशेष नक्काशियों के विशिष्ट कला-शिल्प लोक-प्रचलित हैं। यह दुर्लभ तुलनात्मक अध्ययन पिछले दिनों मैंने कहीं किसी विदेशी लेखक के लेख में पढ़ा तो चमत्कृत हो उठा..."

लगातार बोलने से निराला के चेहरे पर थकान उभरने लगी। इसे लक्ष्य कर शिवपूजन घबरा उठे, "अब आप आराम ही करें तो ज्यादा अच्छा। आपको अभी इसी की नितान्त आवश्यकता है।"

"निराला यहाँ न बीमार पड़ने आया है, न आराम करने।" आवाज तेज हुई तो थकान के चिह्न स्वयमेव गायब हो गए।

जिस तरह उन्होंने स्वयं का नाम लेकर एक गर्मागर्म वाक्य चमकाया, इससे शिवपूजन को यह समझते देर नहीं लगी कि आराम करने की सलाह उन्हें नागवार गुजरी है। वह चुप रहे। निराला ने आँखें मूँद लीं और तेज स्वर में लय-गति के साथ पुष्ट स्वर में बोलने लगे :

"बनारस रा कसे गुफ़्फ़ता कि चीनस्त,
हमोज उज गंग चीनश वर जबीनस्त!"

शिवपूजन टुकुर-टुकुर उनका मुँह ताके जा रहे थे। उन्होंने आँखें खोलीं और बहुत संजीदगी से व्याख्या की शैली अपना ली, "यह शेर सोलह आने पर्शियन में है। बगैर बताए अर्थ खुलेगा ही नहीं। मैंने भी बहुत मशक्कत से इसे समझा है। देखिए, कैसा दिव्य है! किसी ने बनारस की प्रशंसा करते हुए कह दिया है कि बनारस चीन के समान सुन्दर है, तभी से बनारस के माथे पर गंगा के रूप में त्योरी पड़ी हुई है।"

काव्यानुभूति आँखों में कौंध उठी। निराला ने इसे ताड़ लिया, "कैसा दिव्य है!"

उन्होंने स्वीकार में सिर हिलाया, "अद्‌भुत।"

"जानते हैं कि यह किसका शेर है?"

"नहीं।"

"यह इमैजिनेशन कैपिसिटी और भला किसमें हो सकती है सिवाय गालिब के?" आँखों की तरह ही आवाज में भी चमक, "बन्धु, इसे कोई अदद शेर मत समझिएगा, यह सवा सेर से भी ज्यादा डेढ़ सेर है।"

शिवपूजन चाहकर भी कुछ बोल नहीं रहे थे ताकि बातों का यह सिलसिला जल्दी सिमटे और निराला को आराम करने का मौका मिल सके।

वह बोलने की अपनी गति को जरा भी मद्धिम नहीं पड़ने दे रहे थे, "लखनऊ से कलकत्ता जाते समय गालिब बनारस आए थे। मैं अगर सन्-ईसवी नहीं भूल रहा हूँ तो सम्भवत: 1827 में। यहाँ कोई घुघरानी गली है न?"

उन्होंने मुँह तो नहीं खोला किन्तु खड़े-खड़े सिर हिलाकर 'हाँ' कहा।

वह आगे बोले, "मैं पहले कभी बनारस आया था तो वहाँ जाकर सब देखा-ताका था।...तो उसी घुघरानी गली में ठहरे थे गालिब।" फिर वही लयबद्धता, "जरा यह सुनिए :

"इबादत-खाना-ए नाकूसियानस्त,
इमाना काब-ए-हिन्दुस्तानस्त!"

उन्होंने अब इसका मतलब खोला, "बनारस शंख बजाने वालों का पूजाघर है और हिन्दुस्तान का काबा।"

वह खड़े-खड़े मुस्कुराए तो उन्होंने अंदाज बदला, "मित्रवर, लगता है, मुझे अब आपको याद दिलाना पड़ेगा।"

"क्या भला?"

"यही कि आप अनजान-तंगजान कोई कौड़ीदिल अदद व्यक्ति नहीं। बल्कि विराट गंगहृदय बाबू शिवपूजन सहाय हैं।"

"मैं कुछ समझा नहीं?"

"अरे, बन्धु, ऐसे दुर्लभ शेर पर तो आपके मुँह से दाद बरसनी चाहिए। गूँजना चाहिए—वाह-वाह, वाह-वाह, वाह-वाह!" उन्होंने लेटे-लेटे अपने दोनों हाथों को ऊपर हवा में लहराया।

"बन्धु, शेर तो अनोखा है ही, लेकिन..." स्वर बुझा-बुझा-सा।

"लेकिन! लेकिन क्या?"

"मैं यह सोच रहा हूँ कि आपको फिलहाल स्वयं आपसे ही बचाने की जरूरत है, यह युक्ति कैसे खोजी जाए? आप अपनी सेहत के बारे में जरा भी चिन्ता नहीं कर रहे..." वेदना मुखर।

निराला मुस्कुराए। तकिए पर सिर को थोड़ा ऊपर किया, "नो, नो, डोन्ट वरी। आप एकदम चिन्ता न करें। अब आप जो कहेंगे, मैं उसका अक्षरश: पालन करूँगा।" वह कुछ पल ऊपर छप्पर की ओर देखते रहे फिर चेहरे पर नजर लाकर टिका दी, "मैंने सुना है कि यहाँ कालभैरव बाबा को मदिरा का भी भोग लगता है?"

"हाँ, पुलिस विभाग है न, यह सब तो चलेगा ही।"

"पुलिस विभाग?"

"हाँ, मैंने आपको बताया न कि बाबा कालभैरव काशी के सनातन कोतवाल हैं।"

"वाह, यह तो अच्छा है। आदमी जब ईश्वर को अपने बीच का भूल-गलतियों का पुतला मानने लगे तो अध्यात्म की दुनिया दैवीय से क्रमश: मानवीय होना शुरू हो जाती है, यह तो एक क्रान्तिकारी कदम ही हुआ। इसी तरह अध्यात्म का समाजशास्त्रीकरण होगा। भई, वाह, बहुत बढ़िया! यह तो बहुत अच्छी बात है।" स्वर में संतोष।

बोलते-बोलते हुए ही उन्होंने चादर को पाँवों से फँसाकर ताना और ओढ़ते हुए दूसरा छोर सिर के नीचे दबा लिया। अब वह आपादमस्तक चादर के भीतर थे। अंदर से आनेवाली आवाज में भारीपन, "काशी के इतिहास की जड़ें तो पुराणों और रामायण-महाभारत तक में फैली हुई हैं। आदिकवि वाल्मीकि ने रामायण के किष्किंधा कांड में

काशी का उल्लेख किया है। सन्दर्भ है : सुग्रीव द्वारा वानरसेना को पूरब दिशा में भेजे जाने का। इसमें महाकवि ने काशी के साथ ही कोसल के निवासियों की भी चर्चा की है। उसी तरह महाभारत का प्रसंग तो प्रचलित है ही कि भीष्म ने तत्युगीन काशिराज की कन्याओं का अपहरण किया था। काशिराज के रूप में धृतराष्ट्र का भी उल्लेख मिलता है तो इधर अजातशत्रु का भी।"

शिवपूजन पास ही टाट पर बैठ गए। सामने से छपे फर्मे के कुछ पृष्ठ उठाए और उलटने-पलटने लगे। उन्होंने बीच-बीच में 'हाँ-हूँ' जारी रखा। चादर के भीतर से आती रही निराला की आवाज किन्तु शब्दों के पाँव जैसे नींद में उलझते रहे, "सबसे जीवन्त और खरी-खरी तो है हमारे साहित्यनायक भारतेन्दु की दृष्टि :

देखी तुमरी कासी लोगो, देखी तुमरी कासी
लोग निकम्मे भंगी, गंजड़, लुच्चे, बेबिसवासी
महा आलसी, झूठे, शुहदे, बेफिकरे, बदमासी
आप काम कुछ कभी करें नहीं कोरे रहें उपासी
और करें तो हँसे बनावैं उसको सत्यानासी
मैली गली कतवारन सड़ी चमारिन पासी
नीचे नल से बदबू उबलै मनो नरक चौरासी
काम कथा अमृत सों पियैं समुझै ताहि बिलासी
रामनाम मुहसे नहिं निकसै सुनतहि अवै हाँसी!"

धीरे-धीरे चादर के भीतर आवाज पहले क्रमशः कमजोर होनी शुरू हुई, फिर थोड़ी ही देर में नाक बजने लगी।

86

निराला के आने की सूचना उड़ी और फैल गई। अगली सुबह से ही मुलाकाती जमने लगे। न दर्द का कोई अहसास, न बीमारी का। लेटे-लेटे ही वह सबके लिए सहज उपलब्ध। एक दल बाहर निकला नहीं कि दूसरा प्रवेश को बेताब। शिवपूजन सबका यथासम्भव स्वागत करते रहे। सुबह-सुबह ही पहुँच गए विनोदशंकर व्यास। उन्हें देखते ही वह सोत्साह अचानक उठने लगे तो दर्द नीचे तड़तड़ा गया। पीड़ा छलककर पहले चेहरे पर आड़ी-तिरछी रेखाओं में खिंची, फिर बूँदें बनकर आँखों के कोर पर आ गई। यह देख भीतर खड़े कुछ उत्साही युवा साहित्यिक आहत। व्यास कातर। उन्होंने शिवपूजन की ओर दृष्टि उठाई। वह खड़े-खड़े जैसे मोम की तरह पिघलते-ढरकते दिखे।

"आप फर्श पर क्यों सोए हैं कविवर?" व्यास ने कमरे में नजरें दौड़ाईं, "कच्ची जमीन है, बिछी हुई इस पतली-सी चादर से काम नहीं चलनेवाला। इस तरह नीचे सोना तो सेहत की दृष्टि से काफी कष्टकारी साबित हो सकता है।"

"मैं तो लगातार आग्रह कर रहा हूँ किन्तु ये खाट पर सोने को राजी ही नहीं हो रहे। इन्हें बस मेरी चिन्ता है कि फिर मैं कहाँ सोऊँगा।"

युवा साहित्यिकों ने चादर के ऊपर से ही चरण-स्पर्श कर बारी-बारी से अभिवादन किये और भारी मन चुपचाप बाहर चले गए। शिवपूजन की चिन्ता काँपती आवाज में बालू-कणों जैसी धीपने लगी, "इन्हें मेरी ही चिन्ता करने की आदत रही है न! 'मतवाला' काल में कलकत्ता में भी मेरी ही चिन्ता करते रहते थे। बैठकी तो जमाते उग्र के साथ लेकिन चर्चा चलाते मेरी ही मेरी। उसी तरह घूमने-घामने के दौरान कहीं कुछ भी खास खाने-पीने को मिल जाता तो उसमें से बचाकर मेरे लिए भी कुछ न कुछ जरूर लाते।"

"अरे मित्र, आप डाइरेक्ट शिवजी हैं न, आपकी चिन्ता ही तो करनी है!" निराला मुस्कुराए, "आप सबकी चिन्ता करते रहते हैं, कोई तो हो जो आपकी चिन्ता करके दिखाए।...आपै बताइए, यह काम हम न करें तो कौन करेगा?"

व्यास मुस्कुराए। निराला गम्भीर, जैसे डूबकर कोई भूली-बिसरी याद जगाने लगे हों! स्वर खोया-खोया-सा, "व्यास जी, आप अभी कहाँ से आ रहे हैं—दशाश्वमेध घाट से या सरायगोवर्द्धन से?"

"घर से।"

"क्या हाल है हमारे बाबूसाहब का?"

"एकदम चंगा। बाबूसाहब ने ही तो मुझे यहाँ भेजा है, यह कहकर कि विनोद, तुम अभी तुरन्त जाओ और प्रियवर निराला को हृदयरथ पर बिठाकर ससम्मान लेते आओ। साथ में रहेंगे तो शास्त्रार्थ-सुख मिलेगा, कविताई होगी, माहौल विशिष्ट बना रहेगा।"

"अरे, यह क्या! अभी तो आपने बताया कि आप अपने घर से आ रहे हैं? मैं तो आपका मानमन्दिर मुहल्ला भी ठीक से देख रहा हूँ और सरायगोवर्द्धन भी। आप तो चौक होकर आए होंगे, बाबूसाहब कहाँ मिल गए आपको? क्या वह नारियल गली पहुँच गए हैं? सुबह-सुबह दुकान पर जम गए हैं?" निराला की आँखें जैसे पातालभेदी हो उठीं।

"न-न-न, मैं ठीक से कह नहीं सका।" सकपका गए व्यास, "दरअसल मैं चला तो घर से ही था किन्तु आप तो जानते हैं कि मेरा ऐसा कोई एक दिन भी नहीं बीतता जिस दिन मैं प्रसाद जी के दर्शन नहीं करता। यहाँ आने की सोचते ही लगा कि यदि मैं पहले आपके पास आ जाऊँ और आपके साथ अनन्त चर्चाएँ निकल जाएँ, तो ऐसे में घंटे पर घंटा उड़ने लगेगा और अन्ततः काफी देर हो जाने पर मुझे यहीं से सीधे घर अपने लौट जाना पड़ेगा। ऐसा होने पर तो आज उनके दर्शन करने से चूक जाता न, इसीलिए लपककर पहले उनके घर गया और उन्हें आपके काशी आ चुकने का संदेश दिया। उसके बाद यहाँ पहुँचा...तो, प्रसाद जी ने जैसे ही सुना कि आप आए हैं, मुझे कहने लगे—ऐसा कवि अगर कुछ दिन भी पास में रह जाए तो खूब मजा आएगा।"

"क्या सचमुच?" निराला की आँखों में आश्चर्य-पुलक, "बाबूसाहब मुझे सचमुच इतनी तवज्जो देते हैं?"

"हाँ-हाँ, क्यों नहीं! उन्हें आपका सृजन-कर्म बहुत पसन्द है, इसलिए तो वह चाह रहे हैं कि आप इस बार उनके यहाँ ही अपना झोला-कमंडल रखें।"

यह कहते हुए व्यास का दिल धड़कता रहा। यहाँ से उन्हें यथाशीघ्र निकाल ले जाने की गरज से प्रसाद की ओर से कही जा रही यह मनःनिसृत बात कहीं कोई परेशानी न पैदा कर दे!

शिवपूजन ने चाल समझ ली। मुड़कर देखा और मुस्कुराए। निराला बीच-बीच में दोनों के चेहरों पर अपनी तीक्ष्ण दृष्टि घुमाते रहे।

"तो आपकी क्या इच्छा है, चलेंगे सरायगोवर्द्धन?" व्यास का विनयी स्वर।

"कतई नहीं।" निराला का रुख कड़ा। दोनों सहम गए।

"आपको वहाँ चलना चाहिए।" व्यास ने कुछ क्षणों के मौन को लाँघा, "इसलिए नहीं कि प्रसाद जी के यहाँ आपको स्वाभाविक रूप से सुविधाएँ व सेवाएँ अधिक मिल सकेंगी, बल्कि इसलिए कि आपके हठपूर्वक फर्श पर सोने व कष्ट उठाने से जो दुख शिवपूजन जी को हो रहा है, इससे इन्हें तो मुक्ति मिल जाए!"

निराला ने गहरी आत्मीयता से शिवपूजन की ओर देखा। गहरी उदासी। व्यास बहुत बारीकी से दोनों के चेहरे पढ़ते रहे।

"हाँ, यह तो है कि मेरे फर्श पर सोने से शिवपूजन जी अवश्य ही बहुत दुखी हैं।" निराला थोड़े तरल हुए, "यह तो तय है कि यहाँ रहते हुए मैं इन्हें तो फर्श पर कतई नहीं सोने दूँगा। इसलिए बीच का रास्ता यही निकलता है, मैं बाबूसाहब को ही कष्ट देने चल चलूँ।"

व्यास का चेहरा खिल गया। तीर निशाने पर जो लगा था।

87

प्रसाद ने निराला को आते दूर से ही देख लिया। खुश हुए। दूसरे ही पल ध्यान गया कि वह जमीन पर ठीक से पाँव नहीं रोप पा रहे। अस्त-व्यस्त दाढ़ी-बाल, डाँवाँडोल बरगद-सी हिलती हुई ऊँची कद-काठी। आँखों में भँवर खाते भाव। मन को तेज धक्का पहुँचा। पास आते ही उन्होंने निराला के दोनों हाथ थाम लिए, "काशी में आप जब भी आएँ, आपका ठहराव हमेशा यहीं इसी परिसर में होना चाहिए। आपको तो स्वयं ही यह महसूस भी होता होगा कि हम लोग जब साथ-साथ रहेंगे तो एक-दूसरे के लिए ज्यादा सहयोगी साबित होंगे। ऐसा आपने अभी तक भला क्यों नहीं महसूस किया?"

निराला सकपका गए।

प्रसाद की बोली-बानी में मन को पहुँची चोट के निशान, "इसी को लेकर मुझे आपसे जोरदार गुस्सा था। इसी कारण आपके आने की सूचना मिलने के बाद भी मैं आपके पास नहीं गया, लेकिन मैंने तो यही समझा था कि आपको कोई मामूली शारीरिक परेशानी होगी। आप इतने अस्वस्थ हैं, इसका अंदाजा मुझे होता तो सारा गुस्सा उगलकर मैं वहीं आ गया होता। आपने स्वयं ही यहाँ आना स्वीकार कर लिया, यह बहुत अच्छा लगा।"

अन्तिम वाक्य पर भौचक हैं निराला। तैश से तनी निगाह व्यास पर, वह स्याह। निराला उन्हें ताकते हुए तेज-तेज सिर हिलाने लगे जिससे यही व्यक्त हुआ कि उन्होंने व्यास को किसी मामले में रँगेहाथ पकड़ लिया हो! प्रसाद को पूरा परिदृश्य घालमेल से भरा लगा। चकराए-से दोनों को ताकते हुए मामला समझने का प्रयास करने लगे, "आप लोग उचित समझें तो मुझे कृपया पूरा मामला समझाएँ, या ऐसा करना अनुचित लग रहा हो तो कोई बात नहीं।"

निराला ने मुस्कुराकर फिर तीखी नजर डाली। व्यास चिंगुर गए। रँगे हाथ पकड़े गए शरारती बच्चे की तरह टुपटुप कुबूल करने लगे, "आपको वहाँ से निकाल लाना जरूरी था, इसलिए सिवाय एक सार्थक-निर्दोष झूठ के, मेरे पास दूसरा कोई उपाय नहीं था। शिवपूजन जी के यहाँ आपको कष्ट हो रहा था और इससे स्वयं वह भी दुखी थे।"

बाहर के बैठकखाने में उनके रहने का इन्तजाम हुआ। चेखुरा को पूरा जिम्मा मिला। वह तुरन्त सेवा-प्रबन्ध में जुट गया।

सुँघनी साहु के आवासीय परिसर में निराला को शिवाले की मुखर उपस्थिति की अनुभूति। कभी रुक-रुककर तो कभी देर तक लगातार, प्राय: दिनभर घंटा-ध्वनि गूँजती ही रहती। सुबह-शाम भजन-आरती। कोई चरणामृत तो कोई मिश्री लेकर पहुँचा ही रहता। कभी कमला देवी तो कभी बालक रत्नशंकर। कभी युवक रामनाथ सुमन, कभी कोई कारखाना-कर्मी, तो कभी चेखुरा। निराला ने दो-चार दिन तक सब कुछ चुपचाप ग्रहण किया।

एक दिन चेखुरा पर निराला बिगड़ गए, "कुछ भी जरा-जरा सा लेकर नहीं आया करो। जब भी लाओ, तो चरणामृत्त कटोरी भर और मिश्री दो-चार मुट्ठी, तभी मुझे पता चलेगा!"

वह मुस्कुराता हुआ स्वीकार में सिर हिलाता बाहर आ गया।

रात में प्रसाद नारियल बाजार से कुछ देर से लौटे। आते ही निराला के कमरे में गए। वह लेटे मिले। हड़बड़ाकर उठने लगे तो चेहरे पर दर्द के निशान उभर आए। प्रसाद ने रोका, "गतिपूर्वक न उठिए। मालूम पड़ता है, दर्द अभी कम नहीं हुआ है।"

मशक्कत करते-करते निराला अन्तत: उठकर बैठ ही गए, "डॉक्टर तो आपके अच्छे हैं। दवा बहुत सटीक दी है। कष्ट आठ आना कम हो चुका है।"

"अच्छा, आठ आना के बराबर कष्ट खत्म?" प्रसाद गद्गद। मगन-विभोर। ऐसे परम प्रसन्न, जैसे कोई दुर्लभ मनोवांछित वस्तु हाथ आ गई हो! हर्ष को भरपूर पी लेने के बाद उन्होंने संतृप्त आँखें खोलीं, "हाँ, यह डॉक्टर बहुत अच्छे हैं। मैं इन पर बहुत विश्वास करता हूँ। बहुत जाँच-पड़ताल के बाद ही वह इलाज शुरू करते हैं। दवा भी बहुत कम पावर से शुरू करते हैं।"

"अच्छा, डॉक्टर साहब हैं कौन? मतलब, उनका परिचय?"

"नाम तो है डॉक्टर एच. सिंह।"

"एच. फॉर?"

"एच. फॉर हुबदार। पूरा नाम—डॉक्टर हुबदार सिंह। मेरे पुराने साथियों में हैं। बर्मा में थे, सिंगर कंपनी में। एक बार छुट्टी में आए हुए थे तो मैंने ही उनके भीतर यह भाव जगाया कि बनारस छोड़कर कहीं और रहने का अर्थ ही है जीवन को व्यर्थ खर्च करना। बस, एक मिनट में निर्णय ले लिया। रह गए बनारस में। मैंने यहीं सारी व्यवस्था करा दी। वह अब यहीं विधिवत् बस गए हैं।...एक बात आपको पता है कि नहीं?"

"क्या?"

"कई साल पहले डॉक्टर एच. सिंह के यहाँ ही प्रेमचन्द से मेरा पहला साक्षात्कार हुआ था।" प्रसाद की आवाज पुलकित हो उठी।

"अच्छा!" निराला चौंक गए।

"और डॉक्टर साहब ही थे हम दोनों का एक-दूसरे से परिचय करानेवाले। वह अलग-अलग हम दोनों को जानते थे और दोनों से ही मिलते भी रहते थे। मुझसे कई बार उनकी सज्जनता और सरलता की चर्चा कर रखी थी। बताते कि मुंशी जी लमही से दवा लेने चले आते हैं। उस दिन मैं उनकी क्लीनिक में पहुँचा तो डॉक्टर साहब मुस्कुराते हुए खड़े हो गए और सामने खड़े व्यक्ति को बताया—यही हैं जयशंकर प्रसाद। मैं अचकचाया तो अमुक सज्जन ने स्वयं हाथ जोड़कर अपना परिचय दे डाला—वह प्रेमचन्द निकले।"

"वाह! तब तो मैं अपनी इस बीमारी का आभार ही मानूँगा।" निराला मुस्कुराए।

"बीमारी का आभार?"

"और नहीं तो क्या! इसी कारण तो मुझे उन डॉ. एच. सिंह से जुड़ने का मौका मिला जिन्होंने प्रसाद-प्रेमचन्द का मिलन करवाया है और दोनों का इलाज भी करते हैं।"

इस बात पर प्रसाद हँसने लगे। कुछ ही देर बाद उन्हें साग्रह पकड़कर लिटा दिया। जाते हुए बोले, "और कुछ कमी-बेशी हो तो निःसंकोच आदेश कीजिएगा। आप अपने घर में ही हैं, कोई संकोच न कीजिएगा।"

निराला हँसे, "बाबूसाहब, मुझे एक बात बताइए।"

"हाँ-हाँ, पूछिए।" प्रसाद दरवाजे पर रुक गए।

"आपके यहाँ यह क्या भीषण घालमेल देख रहा हूँ..."

"क्या भला?" वह वापस लौट आए। पास खड़े होते हुए चौंककर ताका।

"आप लोग पूजा-पाठ तो शिव का करते हैं और घर का अनुशासन-बन्धन वैष्णवों जैसा बुन रखा है!"

"हाँ, यह तो है।" प्रसाद मुस्कुराए, "आपको यह बताऊँ कि इसी अनुशासन-कसाव के चलते यह परिवार तक एक बार टूट-बँट चुका है। दरअसल हमारे पूर्वजों ने शुरू से यही तय कर रखा है कि घर का अनुशासन यही रहेगा—एकदम शुद्ध शाकाहार।... वैसे, यह तो अच्छा ही है। यों भी शाकाहार सबसे आनन्ददायक दिनचर्या है। मन शान्त और प्रसन्न रहता है।"

"हाँ, आपके समय में तो घर में तीनों धाराओं का महासंगम हो रहा है—शिव की आराधना, ब्रह्मा का रचना-धर्म और वैष्णव परिवेश।"

"वाह, वाह, क्या खूब संगति बिठा दी आपने!" प्रसाद प्रसन्न, "तो वही मैं बता रहा था कि पूर्वज जब गोदौलिया क्षेत्र के टेढ़ी नीम में रह रहे थे, तभी मांसाहार को लेकर परिवार में मतभेद उभर गया। एक गुट शैव होने के तर्क के साथ वैष्णव दिनचर्या के विरुद्ध हो गया और मांसाहारी हो गया। यह शाकाहारी पक्ष के लिए सर्वथा असह्य। परिणाम यह कि परिवार टूट गया। मांसाहार-विरोधी मेरे पुरखे गोवर्द्धन साव अपने परिवार के साथ टेढ़ी नीम से उठकर यहाँ आ गए, जहाँ हम रह रहे हैं, सरायगोवर्द्धन। टेढ़ी नीम का शिवाला आज भी विद्यमान है जबकि यहाँ आने के बाद मेरे दादा शिवरत्न साहु ने नया शिवाला बनवाया, जो आप देख ही रहे हैं।"

"अपने बारे में आपको क्या कहूँ! यही जान लीजिए कि मैं शुद्ध मांसाहारी हूँ। वैसे मांसादि से कुछ दिन तक परहेज असम्भव भी नहीं किन्तु इन दिनों कुछ मनचाही तरल

चीजें मुझे शाम को लगभग रोज चाहिए होती हैं न!" निराला ने स्वर को तो नम्र कर लिया किन्तु बात पूरी कह डाली।

"आप यहाँ यह सब सेवन करना चाहें तो इससे मुझे कोई विशेष परेशानी नहीं," प्रसाद हँसने लगे, "किन्तु आप स्वयं यह विचार कर लें कि इस घर की असली अभिभावक मेरी भाभीश्री हैं—बहुत नियम-धर्म वाली हैं। यदि उन्हें इसकी भनक भी लग गई तो वह सीधे आप से ही मुखातिब हो जाएँगी। यों भी वह आपके स्वास्थ्य को लेकर बहुत चिन्तित रह रही हैं। डॉक्टर साहब के यहाँ आपके लिए वह कई-कई बार स्वयं जा चुकी हैं।"

"न, तब तो मेरा साहस यहाँ काम नहीं आएगा। वह तो मातातुल्य हैं, भला माँ से मैं कैसे छल कर सकता हूँ?" निराला भाव-विभोर।

"पंडित जी, आप अन्यथा न लें तो एक आग्रह करना चाहूँगा।"

"आग्रह क्यों, आप तो सीधे आदेश कर सकते हैं। लेकिन जरा कृपा बनाए रखिएगा, ऐसा कुछ आदेश न पारित कर दीजिएगा जिससे मैं परेशान हो जाऊँ।"

"आप अपने स्वास्थ्य का पूरा खयाल कीजिए। आप कोई सामान्य व्यक्ति नहीं, पूरे हिन्दी संसार की थाती हैं। आपसे अभी काफी कुछ प्राप्त होना शेष है, बस।"

"बाबूसाहब, आप कैसी बात कर रहे हैं! विषपान तो शैव क्रिया है, इससे स्वास्थ्य को कोई खास फर्क नहीं पड़ने वाला। बीमारी की मनहूसियतें बहुत भारी पड़ती हैं। इसे पड़े-पड़े चुपचाप झेलना बहुत कठिन हो रहा है।" अंत में स्वर भारी हो आया।

प्रसाद ने पास आकर हाथ थाम लिए, "जिसके पास सृजनशील मन है, उसे तो यों ही हमेशा समुद्र भर हाला व आकाश भर हलाहल का उन्माद रौंदता रहता है। इससे बड़ा नशा भला और कौन पेय उत्पन्न कर सकता है? आप यह न भूलिए कि आप निराला हैं, निराला!"

चौड़े ललाट से लेकर दाढ़ी-मूँछ से भरे-पूरे चेहरे तक, सरसराती हुई खुशी की लकीरें। एकदम भावविभोर, "वाह! सचमुच, स्वयं आपके मुँह से मुझे अपने लिए ऐसा सुनकर गर्व का अनुभव हो रहा है। मेरी ऐसी शिनाख्त स्वयं आप जैसा व्यक्तित्व कर रहा है, मेरे लिए इससे बड़ी सुखकर उपलब्धि भला दूसरी क्या हो सकती है!"

"आप एक काम क्यों नहीं करते?" प्रसाद मुस्कुराए।

"क्या?"

"मन जब न लगे तो बूटी छान लिया कीजिए। यह तो काशी में बाबा की प्रसादी है।"

"बूटी तो प्रतिदिन छान ही रहा हूँ। लेकिन हम लोग तो संगम वाले हैं न! क्या बताऊँ, बिना कॉकटेल के बात ही नहीं बनती।"

"वाह, संगम और कॉकटेल!" प्रसाद को तेज हँसी आ गई, "वाह, अद्‌भुत। बहुत जोरदार संगति बिठा दी आपने।"

88

प्रसाद की बैठकी। राजेन्द्र नारायण शर्मा के हाथ में 'आँसू' की प्रति देख दास ने हाथ बढ़ाया, "युवा साथी, यह दीजिए जरा।"

राजेन्द्र ने विनम्रतापूर्वक पुस्तक थमा दी। दास पन्ने पलटते हुए प्रसाद की ओर मुखातिब हो गए, "देखो मित्र, लोग मुझसे भी पूछते हैं—प्रामाणिकता की पूरी उम्मीद के साथ। मैं कुछ बता नहीं पाता। कुछ-कुछ समझता तो हूँ ही लेकिन अपने मन से कुछ समझ लेना और इस आधार पर कोई निर्णय लेकर जारी कर देना, दोनों दो बातें हैं। मैं अपने अनुमानों के आधार पर कोई निर्णय लेकर भला कैसे प्रसारित कर दूँ?"

आचार्य केशव प्रसाद मिश्र ने टोका, "कृष्ण जी, इतना लम्बा बोल गए और अभी तक आपने अपना सवाल तक सामने नहीं रखा।"

"क्या मतलब?"

"अरे, मित्र, अपना प्रश्न तो सामने रखेंगे न!"

"हाँ, मेरा प्रश्न है कि यह 'आँसू' आखिर किसे सम्बोधित है? घूँघट में छुपा यह शशिमुख है कौन, जो आँचल में दीप छुपाए जीवन की गोधूलि में कौतूहल-सा आया?" *[शशि-मुख पर घूँघट डाले, आँचल में दीप छुपाए...जीवन की गोधूलि में, कौतूहल-से तुम आए!]*

प्रसाद चुप। ठंडे व भावशून्य। जैसे उन्होंने अभी कुछ सुना ही न हो! सामने गली में लोगों का आना-जाना ताकते रहे। मोहनसराय से आए सुकवि मुकुन्दीलाल व मिर्जापुर के कवि शिवदास की आँखें जिज्ञासा से चमकने लगीं, किन्तु वे मौन रहे।

दास ने मीठे शब्दों में कहना शुरू किया, "आपको यह प्रसंग तो याद ही होगा?"

इस पर भी उनकी ओर मुखातिब नहीं हुए प्रसाद। दास ने एक पल उनके उन्मुख होने का इन्तजार किया फिर आगे बोले, " 'आँसू' जब पूरा हुआ था तो आपने इसे सुनाने के लिए मुझे और इन्हीं केशव जी को प्रथम श्रोताद्वय चुना था।"

केशव जैसे औचक स्मृति-संस्पर्श से मुग्ध-मुदित हो गए हों, चहककर बोले, "हाँ, हाँ, उन दिनों मैं वहीं तो आपके घर के पास ही रहता था! इटावा वाले मेरे एक मित्र की हवेली थी जिसके एक कोने में रहता था। उस घर में मेरी बैठकी बहुत सृजनशील सज्जा वाली थी—शान्त, किन्तु मन को पंछी की तरह सजग-सपंख बनाकर जाग्रत कर देनेवाली। वहाँ बैठते ही मस्तिष्क जैसे उन्मुक्त विचार-गगन में डैने लहराने लगता—ऐसी कि कमरे में कदम रखते ही मन कुछ न कुछ पढ़ने-पढ़ाने का होने लगता। वहाँ मेरी बगिया कितनी समृद्ध थी! चमेली, बेला, रजनीगन्धा, सोनजूही—सबकी सुगन्ध तो फैलती ही रहती थी सदा और वह जो अशोकवीरो का एक ऊँचा पेड़ था, वह गजब हरी-भरी काव्यात्मक गरिमा से भरपूर था।"

दास बोले, "हाँ-हाँ, उसी अशोकवीरो के नीचे ही तो आपने तीन कुर्सियाँ लगवाई थीं, जहाँ प्रसाद जी ने मात्र दस-बारह दिनों पहले की लिखी ताजा 'आँसू' कविता पहली बार हम दोनों को सुनाई थी—पूरी तन्मयता और रागबद्धता के साथ। कितना आनन्द आया था!...हाँ, पाठ से पहले शुरू में दो-चार शब्दों में इसका सन्दर्भ अवश्य कुछ बताया था जो अब याद नहीं। किसे पता था कि इस अंजुरी भर आँसू का भी हिन्दी संसार समुद्र-मंथन कर-करा डालेगा?"

राजेन्द्र नारायण शर्मा ने भी धीमे स्वर में जिज्ञासा जोड़ दी, "हाँ, यह मेरी जिज्ञासा का विषय भी बना हुआ है। लोग मुझसे भी पूछते हैं।"

मुकुन्दीलाल ने बहुत शालीनता के साथ कहा, "मेरा तो एक ही विचार है।"

अलंकारशास्त्र पर उनके विशेष अध्ययन-ज्ञान का सभी लोहा मानते, इसलिए सबने उनकी ओर तन्मयता से देखा। वह आगे बोले, "शास्त्रीयता, काव्य-कौशल व रचना-सौष्ठव की दृष्टि से 'आँसू' दुर्लभ सृजन है। मैंने तो इसे पढ़ने के बाद अपने अब तक के आधिकारिक छन्द-ज्ञान में एक नये छन्द का नाम भी जोड़ लिया है।" सबने चौंककर ताका, उन्होंने आगे कहा, "'आँसू छन्द!'"

सबकी आँखें चमकने लगीं। वह क्षणांश विराम के बाद आगे बोलते रहे, "हाँ, तो मैं यह कहना चाह रहा हूँ, जब कोई बड़ी रचना किसी प्रश्न पर मौन हो तो उसके सन्दर्भ में इस मौन को ही एक आवश्यक पाठ मान लेना चाहिए। किसी भी रचना को लेकर रचनाकार से कोई भी जबरिया पड़ताल उचित नहीं। दरअसल, यह एक सचाई है कि कोई भी रचना लिख-छपा चुकने के बाद रचनाकार इस मामले में अपनी ओर से पूरी तरह चूक जाता है। रचनाकार को अब उससे कुछ खास लेना-देना नहीं होता। हो भी नहीं सकता। प्रकाशित-प्रचलित रचना पर रचनाकार का बाद का कोई भी बयान किसी भी अदद पाठक के कथन से ज्यादा महत्त्व नहीं रखता। क्योंकि रचनाकार के लिए भी अपनी किसी पूर्वरचित रचना की मूल मनोभूमि में लौटना आसान नहीं होता—अक्सर लगभग असम्भव।"

"आचार्य जी, आप इस मामले में कृपया प्रसाद जी को ही बोलने का अवसर दीजिए।" दास ने टोका, "इससे सबको लाभ होगा, आपको भी।"

वह झेंप गए। चुप। प्रसाद ने हल्का-सा मुस्कुराकर दास के हाथ से 'आँसू' की प्रति ले ली और पलटते हुए पूछा, "यह राजेन्द्र की प्रति है न?"

कई ने एक साथ कहा, "हाँ।"

सभी प्रसाद का मुँह ताकने लगे। उनका मुखमंडल रक्ताभ हो दमक रहा था, जैसे आग के बीच रखा लोहा हवा पर अपनी खौलती हुई लाली छिड़कने लग गया हो! सबकी व्यग्र प्रतीक्षा से भरी चुप्पी वर्षा से ऐन पहले की कसमसाती उमस की तरह मुखर व उन्मुख। क्या पता, 'आँसू' के बारे में आज कौन-सा नया अनजाना तथ्य, रहस्य के अनन्त अन्धकार को चीरकर बाहर आने जा रहा हो! प्रसाद ने कलम खोली और पुस्तक पर ही हौले-हौले शब्द टाँकने लगे :

ओ मेरे प्रेम, बता दे,
तू स्त्री है या कि पुरुष है?
दोनों ही पूछ रहे हैं,
कोमल है या कि परुष है?
उनको कैसे समझा दूँ,
तेरे रहस्य की बातें,
जो तुझको समझ चुके हैं
अपनी विलास की घातें?

जैसे खुलकर बरस चुके हों उमड़ते हुए उग्र-उन्मत्त बेचैन मेघ! जैसे घुमड़ते साँवले आलोड़नों से मुक्त व तनाव-रिक्त हो चुका हो अनन्त-अनादि आकाश! प्रसाद का प्राची

मुखमंडल नम्र-नवेली किरणों से दीप्त हो उठा। उन्होंने हाथ बढ़ाकर पुस्तक सौंपनी चाही तो एक साथ कई हथेलियाँ चकोर-मुख-सी खुल गईं।

पुस्तक आई तो राजेन्द्र के हाथ किन्तु पृष्ठ के खुलते ही सबके शीश उस पर झुक गए। प्रसाद उठकर बाहर की ओर बढ़े तो दास ने आहिस्ते-आहिस्ते नई पंक्तियों का कोमल पाठ शुरू किया। सबके चेहरों पर वर्षासिक्त फुनगियों-सी तृप्त पुलक डोलने लगी।

ठंडई-पान का दूसरा दौर भी सम्पन्न होने को आया। प्रसाद बाहर से लौटते हुए रुके और मुकुन्दीलाल व शिवदास की ओर ताककर पूछा, "अब तो रात होने को आई, आज तो आप दोनों को यहाँ रुकना ही चाहिए न!"

मुकुन्दीलाल की वाणी विनम्रता से भर गई, "हाँ, अस्सी पर हमारी एक बहन ब्याही हुई है न, वहाँ एक पारिवारिक कार्यक्रम में भी हिस्सा लेना है। वहीं रुकना भी हैं। शिवदास जी भी मेरे साथ ही रहेंगे।"

दास 'आँसू' पुस्तक पर प्रसाद की ताजा लिखी पंक्तियाँ ध्यान से देखते-मिलाते रहे। सबको चुप देखकर इस ताजे काव्यांश को दीर्घ स्वर में पुन: बाँचने लगे। सभी विभोर होकर सुनने में मगन। देर से गुम मुस्कान प्रसाद के चेहरे पर वापस लौटी। दास ने पूर्वप्रसंग को जोड़ते हुए स्मारित करने के अंदाज में कहा, "ध्यान देने की बात तो यह कि आपने 'आँसू' की रचना जुलाई, 1922 में उस समय की है जब व्यक्तिगत रूप से आप किसी भी दुख या क्लेश की परिधि से बाहर थे। दोनों पत्नियों के निधन के बाद तीसरी शादी हो चुकी थी। ऐन इस सृजन से छह-सात माह पहले आपको पुत्ररत्न रत्नशंकर भी प्राप्त हो चुके थे अर्थात् लम्बे समय के अस्त-व्यस्त जीवन-क्रम में प्रतीक्षित सुख-चैन वापस आ गया था और प्रीतिकर क्षण भी सामने प्रस्तुत थे यानी 'आँसू' के सृजन के समय कोई तात्कालिक दुख या क्लेश तो कदापि नहीं था।"

प्रसाद का मौन जटिल। मुखमंडल का सम्पूर्ण भाव-प्रदेश अभेद्य। कुछ देर अन्य सभी चुप रहे। सैदपुर का एक व्यापारी आया और निकट जाकर एक पुर्जा बढ़ा दिया। इसे पकड़ते हुए प्रसाद की भाव-मुद्रा बदली। उन्होंने प्रतिष्ठान के सहयोगी को ढाई सौ डिब्बे सुँघनी पैक करने को कहा और उठ खड़े हुए। व्यापारी ने रुपये निकालकर गिने और थमा दिया। प्रसाद गिनने लगे। थोड़ी देर में आकर सामान प्राप्त करने की बात कहकर वह गली में उतर गया। प्रसाद ने रुपये ध्यानपूर्वक बक्से में डाले और सिर पर हाथ फेरने लगे।

मुकुन्दीलाल और शिवदास चलने को उठ खड़े हुए। प्रसाद ने उन्हें बहुत अंतरंगता से विदा किया। व्यास पास आए, "इधर, दो दिनों में यहाँ आ नहीं सका। असल में आगरे से मेरे एक रिश्तेदार यानी पंडित बदरीनाथ भट्‌ट के भाई आ गए थे।...निराला जी का क्या हाल है? ठीक-ठाक हैं तो?"

"वो कैसे?" वह चौंके, "बदरीनाथ जी तुम्हारे रिश्तेदार कैसे हैं? वही बदरीनाथ न, जो हास्यरस के लेखक हैं?"

"हाँ, वही। वह मेरे निकट के रिश्तेदार हैं। वह मेरी दादी के भाई पंडित रामेश्वर भट्‌ट के पुत्र जो ठहरे! यानी रिश्ते में मेरे चाचा।"

"वाह, भई, यह तो मुझे पता ही नहीं था। खैर..." प्रसाद ने आँखें मूँद लीं और कुछ सोचने लगे।

व्यास ने फिर उकेरा, "हाँ, तो मैं निराला जी के बारे में पूंछ रहा था..."

प्रसाद ने आहिस्ते-से कहा, "यार, तुम्हारे इस प्रश्न के उत्तर में केवल 'ना' ही कहा जा सकता है, कुछ और कदापि नहीं।"

"क्यों भला?"

"निराला को यहाँ स्वास्थ्य-लाभ मिल रहा है, इसमें तो कोई सन्देह ही नहीं है। घर का माहौल भी मिल जा रहा है। कल ही उन्होंने मुझे स्वयं यह बताया कि उनकी बीमारी अब आठ आने तक ठीक हो चली है, हालाँकि वह समय पर दवा खाने में बहुत आनाकानी कर रहे हैं किन्तु चेखुरा उनके पीछे पड़ा रहता है। मैंने उसे ही जिम्मेवार बना दिया है न! वह 'ना-ना' करते रह जाते हैं, हाथ-पाँव दबाते हुए वह मुँह में दवा डाल ही देता है।"

"तो परेशानी आखिर है क्या?" व्यास के ललाट पर जिज्ञासा चमकी।

"अरे यार, उन्हें यहाँ के वैष्णव अनुशासन में बहुत परेशानी हो रही है। वैसे तुमने मुझे अच्छी झंझट में फँसा दिया है।"

"भई, यह शख्स इतना संवेदनशील कवि है कि इस स्थिति में हम लोग साथ नहीं देंगे तो दूसरा कौन देगा?"

"रहने में तो कोई परेशानी या आपत्ति जरा भी नहीं है किन्तु उनका स्वभाव, रहन-सहन, तौर-तरीके सब इतने विचित्र हैं कि घर में यह सब कुल मिलाकर अच्छा-खासा मजाक का विषय बना हुआ है। वो तो मैं सबको दबाए हुए हूँ, नहीं तो अब तक तो लोग उनसे ठिठोली करने लगते।...यह भी है कि वह यहाँ अपने मन का कुछ औघड़ी प्रसादी खा-पी नहीं पा रहे, इसलिए भी वह कैदी बने हुए हैं।"

"आप अगर अनुमति दें मैं उन्हें अपने घर ले जाऊँ?"

"सहर्ष।" प्रसाद ने छूटते ही कहा, "अगर आप ऐसा कर सकें तो निराला जी को भी कैद से मुक्ति का ही सुख मिलेगा। आपके यहाँ रहने पर वह नियमित घाट पर भी पहुँच सकेंगे और गंगस्नान के संग-संग अपना मनचाहा तरंगस्नान भी कर सकेंगे।"

वह झेंप गए। प्रसाद के चेहरे पर बँधी हुई मुस्कान आई और बिना खुले चली गई।

89

व्यास को आया देख निराला बिस्तर से उठने लगे। दर्द से कराह निकल गई। व्यास का मन आहत, "आप लेटे ही रहें तो ज्यादा अच्छा।"

"क्या लेटूँ? कब तक लेटा रहूँ? क्या मुझे यों ही छोड़कर तुम लोग गायब रहोगे? इसी के लिए तो मैं बनारस नहीं आया था। इस तरह तो उन्नाव या इलाहाबाद, कहीं भी मैं पड़ा रह सकता हूँ। यहाँ आया था कि तुम लोग साथ में रहोगे तो एक ऐसा माहौल बनेगा जिससे रोग-दुख सब झूठे पड़ जाएँगे, लेकिन..." आवाज में गहरी टीस।

"आपसे एक अनुरोध करने आया हूँ।"

वह कुछ बोले नहीं लेकिन गौर से ताका।

व्यास ने हाथ जोड़ लिये, "यहाँ आपने दस-बारह दिन बिता लिये, अब आतिथ्य का मौका मुझे भी मिलना चाहिए न!"

उसी तरह ताकते रहे वे।

व्यास आगे बोले, "आपको तो पता है, गंगा के तट पर ही मेरा मकान है। खाली ही पड़ा भी है। वहाँ आप रहने लगेंगे तो आपको बहुत आनन्द आएगा। आपको जैसे मन में आए, वैसे रह सकते हैं—पूरी स्वतंत्रता के साथ।"

निराला मुस्कुराए, "हाँ, तुम्हारा अंदाजा सही है। यहाँ मैं सहज नहीं महसूस कर पा रहा। बाबूसाहब का परिवार बहुत श्रद्धालु है। सबकी आस्था-आराधना देखकर स्वयं मैंने ही अपने को संयमित कर लिया है, क्या करूँ!"

प्रसाद भीतर से निकले तो व्यास पर नजर पड़ी, "अच्छा, तो तुम आ चुके हो?"

पास आते ही निराला से बोले, "व्यास आपका परम भक्त है। यहाँ प्रतिदिन दो-चार बार आपका स्मरण कर-करा ही लेता है।"

"आपका शिष्य जो है! जिसे आपका संग-साथ मिल रहा हो, उसका भला क्या पूछना!"

"बहुत श्रमशील और पढ़ाकू है यह शख्स। दुनिया भर का साहित्य मँगाकर घोंटता रहता है। इसीलिए यह जब किसी के लिए कुछ भी अच्छा-खराब बोलता है तो विचार करना पड़ता है।"

निराला हँसते हुए व्यास का मुँह ताकने लगे। वह सकुचा गए।

प्रसाद उठ खड़े हुए, "ठीक है, आप लोग बात कीजिए, मैं यहीं हूँ।"

वह फिर भीतर चले गए।

व्यास ने अनुरोध किया, "आप कहें तो मैं बाबूसाहब से अनुमति ले लूँ?"

निराला दृढ़ हो गए, "कहना क्या है, चलूँगा। कुछ दिन गंगातट की हवाओं का सुख लूँगा। हो सकता है कि यह हवा मुझे रोगमुक्त बनाने में अहम भूमिका निभाए!"

90

मानमन्दिर वेधशाला के पास व्यास का तीनमंजिला मकान। धीरे-धीरे सीढ़ियाँ चढ़कर निराला सबसे ऊपरी तल्ले की छत पर। सामने अद्‌भुत छटा। मन मुग्ध। पूरब की ओर हँसुए के आकार-विस्तार में चमकती हुई लहराती धाराएँ। इधर पश्चिम में जल, क्षितिज और आकाश को गूँथता राजघाट का वज्रपुल। सामने बहती हुई रोशनी की चौड़ी धार जैसी गंगा और उससे सटा रेती का प्रदीर्घ विस्तार। अर्द्धचन्द्र के श्यामांग-सा। प्रकाश-वंचित किन्तु सर्वथा अभिन्न। जीवनसंगी, सदा साथ। पूरा परिदृश्य ऐसा गोया सामने कोई नवचित्रित कैनवास रखा हुआ हो! निराला मुग्ध, "यहाँ आँखें फाड़े बैठे-बैठे इसी तरह पूरा जीवन भी कट जाए तो कोई अफसोस नहीं होगा। यहाँ गंगा को बहते हुए देखना कितना जीवन्त सृजन-सुख दे रहा है!"

व्यास मुस्कुराए, "ऐसा क्यों भला? गंगा को बहते हुए देखकर तो मेरे मन में तुरन्त उठकर दौड़ पड़ने का भाव जगता है। स्थैर्य से द्रोह पनपता है। बहते रहने और बढ़ते रहने की इच्छा जागने लगती है। गंगा की धारा तो रुकने को धिक्कारती सुनाई पड़ती है। सामने से साफ-साफ चमकती धार वाले शब्दों में भर्त्सना करती हुई—ललकारती हुई।"

"यस, परफैक्ट। आई एग्री विद यू। हंड्रेड एंड हंड्रेड एंड हंड्रेड एंड हंड्रेड एंड हंड्रेड पर्सेंट।" निराला की भुजाएँ फड़कने लगीं। सीना जैसे फटने को बेताब। जैसे कोई बछड़ा मचल उठा हो!

व्यास हड़बड़ा गए। तेज कदमों से पास आए। उन्हें जोर से पकड़ लिया। स्थिर करने लगे। निराला ने पीठ पर थपकी देनी शुरू की, "व्यास, यू आर ए रिअल जीनियस।" लगातार थपकी जारी रही।

व्यास उनके मुँह पर नजर टिकाए हुए चिन्तित। स्वर में कातर भाव, "महाकवि, सचमुच आपके कह देने से यह नाचीज तो बेशक आज से जीनियस हो गया। अब कौन माई का लाल ऐसा होगा जो मुझसे यह अलंकरण छीन सके, लेकिन..."

थपकियाँ धीमी पड़ीं किन्तु स्वर तेज, "लेकिन? ह्वाट लेकिन?"

"महाकवि, यह जीव जीनियस आज बना है, लीनियस तो पहले से है।"

"लीनियस?" वह चौंक उठे। पीठ पर हाथ टिक गया।

"हाँ, लिन एंड थिन। भीतर से एकदम खोखला—लीनियस। इसलिए आप अगर ऐसे ही ठोंकते रहे तो यह जीनियस तो सीधे खाट पकड़ लेगा।" आवाज में कृत्रिम बेचारगी।

निराला ने पीठ से तुरन्त हाथ खींच लिया, "तुमने ऐसी बात ही कह दी, मैं क्या करूँ?"

दूसरे ही पल व्यास ने पैंतरा बदला। उनके मुख के निकट अपनी नाक ले जाकर तुरन्त मुँह वापस पीछे खींच लिया। अब वह कुछ विशेष गन्ध मिलने और 'चोरी पकड़ लेने' का संकेत करते हुए सिर को जोर-जोर से हिलाने लगे, "अच्छा, आज दिन में ही?"

निराला ने व्यंग्य का निशाना समझ लिया। उसी हिसाब से हँसने लगे, "और नहीं तो क्या! कौन करे शाम के ढलने इंतजार? ढाल लिया सरेदिन ही।"

"लेकिन यहाँ लाकर आपको दिया किसने?"

"देखा कि तुम्हारी अलमारी में ही कागज में लिपटी बोतल रखी थी। खुली थी, उसे खाली कर डाला।" उन्होंने सीने को झटका दिया और दोनों बाँहों को कंधों के पास झटका देकर हल्का-हल्का ऐंठने लगे।

"अरे, यह क्या, वह तो जिन थी? बोतल तो आधी से ज्यादा भरी हुई थी?"

"वह सब मैंने मार लिया है।" बहक से भरी बेपरवाही।

"यह आपने क्या किया! यह तो इस तरह लेने की चीज नहीं है!"

"यार, क्या करें? परहेज और बचाव करते-करते अब जी घबराने लगा है। जो हो रहा है, भोग ही रहा हूँ। आगे और जो होगा, वह भी भोगूँगा। चिन्ता क्या करना!"

व्यास ने चेताया, "कविवर, आपको सेहत का सबसे अधिक ध्यान रखना चाहिए। आपकी तबीयत ठीक नहीं। अपनी अब तक की परेशानियाँ आप स्वयं याद नहीं रखेंगे तो ऐसी ही भूलें आगे भी होती रहेंगी, जो जानलेवा भी साबित हो सकती हैं।"

"ठीक है यार, बात तो सही कह रहे हो, लेकिन हमेशा ठीक-ठीक ठीक नहीं होता। कभी ठीक की जगह ठाक भी होना ही चाहिए।" जबान लड़खड़ाने लगी।

अच्छी-खासी बैठकी जमी है। कहकहों से भरी हुई। विनोदशंकर व्यास का बड़ा-सा कमरा भरा-भरा। निराला, अमृतलाल नागर, रामविलास शर्मा, ज्ञानचन्द जैन और पंडित वाचस्पति पाठक। रायकृष्ण दास खोद-खोदकर पूछ रहे हैं और विनोदशंकर व्यास बता रहे हैं, "हरिलाल गांधी हैं ही ऐसे आदमी। एकदम साफ-सच्चे वक्ता और निर्मल-हृदय। वह खुले शब्दों में कहते हैं कि महात्मा गांधी ने पिता होकर भी उनका हक मारा है।"

"तात्पर्य?" दास ने उकेरा।

"भई, हरिलाल को गांधी जी का वह कदम नागवार गुजरा है जिसमें उन्होंने पंडित जवाहरलाल नेहरू को अपना वारिस घोषित किया है। हरिलाल कहते हैं कि पिता ने यह गलत काम किया है। वह गांधी का सच्चा उत्तराधिकारी स्वयं को बताते हैं। कहते हैं कि उनकी यह धारणा आज चाहे भले किसी का ध्यान नहीं खींच पा रही, इस पर एक दिन इतिहास अवश्य मुहर लगाएगा।" व्यास के शब्द भीगे पत्तों की मानिन्द हिल रहे हैं, "जिस तरह गांधी जी अपना हस्ताक्षर देने की फीस लेते हैं, उसी तरह हरिलाल भी रहस्योद्घाटन की फीस लेते हैं।"

निराला ने तपाक से पूछा, "तब तो एक रहस्य मुझे भी जानना है। क्या फीस देकर मैं हरिलाल से पूछ सकता हूँ?"

"हाँ-हाँ, एकदम।"

"तो बात पक्की। मैं उनसे मिलना चाहूँगा। कहाँ चलना होगा?"

"चलना कहीं नहीं होगा, यहीं चुपचाप बैठा रहना होगा।"

"मतलब?" निराला अचकचाए।

"वह यहीं इसी घर के बगल वाले एक मकान में रहते हैं।"

"अच्छा!"

"हाँ, तो और क्या! अभी बाहर कहीं घूमने-फिरने नहीं निकले होंगे तो यहीं आ जाएँगे। मैं उन्हें बुलवाता हूँ।" व्यास ने वहीं से हाँक लगाई।

संगुआ आकर सामने खड़ा हो गया। उन्होंने उपस्थित लोगों को उसका परिचय दिया, "महानुभावो, इससे मिलिए, यह है मेरा 'पॉकेट सर्वेंट' संगुआ। आप लोग इसे मेरा एक अनिवार्य संगी-साथी ही समझिए। मेरे एक इशारे पर मेरे मन की बातें समझ लेता है। जैसे मेरे किस तरह देखने का अर्थ कागज-लेखनी लाना है और कैसे ताकने का तात्पर्य पानी पिलाना, यह इस अखिल विश्व में एक ही व्यक्ति समझ सकता है, और वह यही है संगुआ।"

सबके चेहरों पर सुखद आश्चर्य के भाव झिलमिलाने लगे। संगुआ झेंपता हुआ-सा खड़ा रहा। व्यास आगे बोले, "हाँ, एकदम सच्ची बात कह रहा हूँ। ऐसा भी होता है कि लिखते-पढ़ते समय रात-बिरात कभी भी अचानक इसका नाम लेकर हँका देता हूँ। कभी-कभी ऐसे क्षणों में स्वयं ही यह ध्यान नहीं रह पाता कि इसे बुला क्यों रहा हूँ, लेकिन यह जब हाथ में कभी पानी का गिलास तो कभी गर्म दूध का मटका या कुछ हल्का-फुलका खाद्य पदार्थ लेकर सामने प्रकट होता है तो बाकायदा यह महसूस होता

है कि हाँ, इसी के लिए तो इसे बुला रहा था! लिखता रहूँगा तो कागज खत्म होते-होते यह बिना बुलाए कागज लेकर हाजिर हो जाएगा। स्याही खत्म होने से ऐन पहले यह जान जाता है, कलम रुकते ही हाँक लगाते-न लगाते दावात लेकर उपस्थित!"

निराला झुँझलाए, "अमां यार, तुम तो कहानी कला के आदमी हो। मेरे खयाल से मूलत: गद्यकार हो। फिर तुम्हें यह कवियों वाली बीमारी क्यों उपटने लगी? इसी नौकर के बहाने अपनी कोई कहानी सुनाने लग गए क्या?" अमृतलाल नागर और रामविलास बच-बचाकर हँसने लगे लेकिन ज्ञानचन्द और वाचस्पति के चेहरों पर निराला का भय रेंगता रहा।

रामविलास की ओर दृष्टि गई तो उनकी ढकी-तुपी खिलखिलाहटें देख व्यास को भी हँसी आ गई।

निराला व्यास पर गरमाए, "अब हें-हें-छन्द नहीं। बन्द कीजिए यह हें-हें हें-हें। मुझे अपने दाँतों की चमक नहीं, दिमाग की दक्षता दिखाइए। हरिलाल से मिलाने में अपने कौशल का परिचय दीजिए। अभी इसी क्षण। डू यू अंडरस्टैंड?"

अन्तिम वाक्य के ताप से जैसे एक पल के लिए सभी झुलस गए हों। सबको यह समझते देर नहीं लगी कि अन्त में अँगरेजी सेन्टेंस बोलने का अर्थ ही यही कि निराला का ब्रह्मांड धीप गया है और ऐसे में अब किसी भी क्षण वह बेकाबू हो सकते हैं। तब किसी की खैर नहीं होगी। नरक मचाकर रख देंगे।

रामविलास अपनी ही जगह बैठे-बैठे संजीदगी से बोले, "भाई विनोद जी, महाकवि जो कह रहे हैं, वही सही और समीचिन है। आप उनके आदेश पर तुरन्त क्रियान्वयन कराएँ, यही अच्छा रहेगा।"

निराला वेगपूर्वक मुड़े। सभी सटककर चुप। उन्होंने संशय से ताका, नजर टकराते ही सहम-सिकुड़कर रह गए रामविलास। पूरी ताकत लगाकर चेहरे की हँसी-मुस्कान को कृत्रिम चौकन्नेपन से ढका। निराला इधर से आश्वस्त। अब व्यास की ओर मुखातिब, "हाँ, अब चाहे जो हो, मेरा कहा सही हो या नहीं, पर समीचिन तो अवश्य होगा। खैर, तो पंडित विनोद! चलो, जल्दी करो!"

कुछ कहे जाने से पहले ही संगुआ बिजली की-सी गति से बाहर निकल गया। निराला मुस्कुराए, "वाह, तुम्हारा संगुआ तो तुमसे कहीं अधिक फुर्तीला है बन्धु! सचमुच, बड़ा सटीक संगी मिला है यह तुम्हें। हाँ, तो और क्या कार्यक्रम है?"

रामविलास ने समझाया, "आज का तो पूर्वनिर्धारित कार्यक्रम यही है कि हम लोग नाव लेकर गंगा की लहरों पर निकलेंगे और वहाँ दशाश्वमेध से अस्सी जाएँगे। वहाँ से लौटते हुए सर्रा राजघाट और फिर वापस यहाँ।"

"हाँ, गंगधार के ऊपर कविता की सतरंग धार, इसके साथ ही लाल जलधार भी!" तीसरी धार के नाम पर सभी चेहरों पर मुस्कान चमकी और तुरन्त छुप गई। निराला ने व्यास की ओर ताका, "एक काम और क्यों नहीं करते?"

"क्या? आदेश करें!"

"नाव पर हारमोनियम तो रखवा ही लो, किसी को सरायगोवर्द्धन भी भेज दो। बाबूसाहब को भी बुलवा लो। बिना जयशंकर प्रसाद के कविता भला जमेगी कैसे?"

वाचस्पति पाठक उठ खड़े हुए, "मुझे आदेश हो तो मैं बाबूसाहब को अभी अपने साथ लेकर यहाँ आ जाऊँ?"

व्यास ने सहमति दी, "बहुत अच्छा। उन्हें तो मैं निराला जी के नौका विहार की इच्छा बता ही चुका हूँ, अब केवल यही कह दिया जाए कि महाकवि आज ही शाम नौका पर निकलना चाहते हैं और उनकी ही इच्छा है कि सभी लोग आज एक साथ नौका-विहार करें। इस पर तो प्रसाद जी कहीं एक क्षण भी नहीं रुकेंगे, सीधे उठकर चले आएँगे।"

वाचस्पति गए तो व्यास पास आए। कान के पास मुँह ले गए "नाव पर जब बाबूसाहब भी विद्यमान रहेंगे, तो ऐसे में क्या यह 'लाल तरल' वगैरह चलना ठीक रहेगा?"

निराला सोच में पड़ गए, "ठीक ध्यान दिलाया है आपने। वह तो पुराण-पुरुष हैं। कहीं ऐसा न हो कि हमारे साथ चलना उन्हें कष्टकर साबित होने लगे?"

"उनकी ओर से ऐसा कदापि कुछ नहीं होगा।" व्यास ने जोर देकर कहा, "मैं अपने गुरु को भली भाँति जानता हूँ। वह किसी को भी स्वयं के अनुकूल ढालने के पक्ष में कभी नहीं रहते। सबको वह अपनी कसौटी पर जाँचने के भी पक्षधर नहीं। वह बार-बार कहते हैं—आज हिन्दी में जितने भी लिखने-पढ़ने वाले लोग हैं, सबको अपने-अपने ढंग का रचनाकार होना चाहिए और सृजन-कार्य भी सर्वथा भिन्न गुण-धर्म के साथ सम्भव करना चाहिए।"

"दिक्कत वही नहीं, परेशानी यह भी है कि स्वयं मैं बाबूसाहब की बहुत कद्र करता हूँ। एक बात और है..." सबने निराला की ओर ताका। वह बोलते चले गए, "यह सच है कि अपने साहित्य समाज में अकेले प्रसाद ही ऐसे अकेले व्यक्तित्व हैं जिन्हें देखकर मैं अपने भीतर ऊर्जा का शीतोष्ण संचार महसूस करता हूँ—सर्वथा अकुंठ और अजस्र। उन्हें देखते ही मन के भीतर का तुमुल कोलाहल कलह जैसे अनन्त सागर में विलीन होने लगता है, और चमकने लगता है हिमाद्रि तुंग शृंग!"

रामविलास ने सँभलकर उठते हुए कहा, "पंडित जी, आप तो लगता है कि एकदम काशी-कमल हो गए हैं और प्रसाद-पल्लवित भी।"

"वाह, प्रसाद-पल्लवित, वाह! क्या खूब कही! मैं तो कहूँगा कि मुझे आप प्रसाद-पल्लवित के साथ ही साथ प्रसाद-पुष्पित भी कह डालिए।" निराला गद्गद, "यह तो सोलह आने सच है कि प्रसाद जी को मैं जब-जब देखता हूँ, स्वयं को क्रमशः सम्पन्न होता हुआ महसूस करता हूँ। हृदय, मन, विचार, कल्पना, रचना—सब-के-सब जैसे अलंकृत हो-होकर सामने प्रकट होते चले जाते हों। ऐसा सुख, ऐसी उपलब्धि भला और किसे देखकर सम्भव है?...कुछ को देखो तो नीचे तलवे से चिनगारी छूटने लगती है तो कुछ को देखकर आँखों से। कुछ पर नजर पड़ते तो दिल ही जलने-धुआँने लगता है।"

अचानक एक शख्स कमरे में आकर बेसाख्ता खड़ा हो गया। सबको बहुत गौर से ताकता हुआ। व्यास चहक उठे, "भैया हरिलाल जी, आप अभी तक थे कहाँ?"

उन्हें जैसे व्यास की बात ने छुआ ही न हो। उसी तरह सबको बारी-बारी से घूरते रहे। व्यास ने पास आकर समझाया, "यहाँ कुछ विशिष्ट साहित्यकार पधारे हैं, क्या आप इनके साथ कुछ समय बिताना पसन्द करेंगे?"

"मुझे इसमें खुशी होगी, लेकिन..." वह बोलते-बोलते रुक गए।

"बोलिए-बोलिए!" व्यास ने अपनापन से कहा।

"वही बात। अगर आपमें से किसी के पूछने पर मुझे कोई भी रहस्य बताना पड़ गया तो पहले मैं अपनी फीस लूँगा, तभी मुँह खोलूँगा।" हरिलाल का अंदाज जिद्दी-शरारती बच्चे जैसा।

"आई एग्री विद यू मिस्टर हरिलाल! कम ऑन!"

निराला अँगरेजी में उचरे तो रामविलास फिर सतर्क। उन्हें यह बात महसूस हो गई कि निराला को हरिलाल की कोई बात जरूर ही नागवार गुजरी है। अब यह चिन्ता सताने लगी कि अगर वह हत्थे से उखड़ जाएँ तो उन्हें फिर आखिर कैसे सँभाला जा सकेगा?

प्रसाद आए तो सभी हड़बड़ाकर खड़े हो गए। निराला के मुखमंडल पर प्रसन्नता चाँदनी की तरह बिछलने लगी। मुँह से स्वयमेव निकला, "श्रद्धादेवो वह मनुः!"

वह मुस्कुराए। निराला ने आगे बढ़कर उनके दोनों हाथों को ससम्मान थाम लिया। प्रसाद ने उन्हें गले से लगा लिया। उन्होंने दुहराया, "श्रद्धादेवो वह मनुः!"

रामविलास बोले, "है तो यह दो महाकवियों का ही विरल मिलन, लेकिन सोचना यही पड़ रहा है कि दोनों संयोगवश पहलवान भी हैं।"

निराला ने प्रसाद को सामने कुर्सी पर साग्रह बिठाते हुए रामविलास की ओर ताकते हुए कृत्रिम रोष दिखाया, "आप यह भी तो समझ सकते हैं न कि दो पहलवान मिलकर किसी भी तीसरे पहलवान, अपहलवान या अर्द्ध पहलवान को अच्छी तरह सलटा सकते हैं!"

रामविलास हँसे, "मैं तो इन तीनों कोटियों से बाहर का हुआ न!"

सबने उनकी ओर देखा। वह साभिनय आगे बोले, "क्योंकि मैं अब अखाड़े से बाहर हो चुका हूँ। अब तो इसी कलम को हल की तरह चलाने वाला मजूर भर हूँ। हँसकर या रोकर आपको मुझे अब पहलवान नहीं, बल्कि हलवान ही मानना होगा।"

सभी हँसने लगे।

बजरे के नीचे गंगा की धारा और ऊपर कविता की रिमझिम।

निराला के कंठ से फूटा :

द्वेष, दम्भ, दुख पर जय पा कर
खिले सकल नव अंग मनोहर;
चितवन संसृति की सरिता तर
खड़ी प्रेम के सिन्धु-किनारे...!
देख दिव्य छवि लोचन हारे...!!

सब-के-सब मौन और तन्मय। निराला ने संकेत में आग्रह किया तो प्रसाद ने गाया :

ले चल मुझे भुलावा देकर
मेरे नाविक! धीरे-धीरे!
जिस निर्जन में सागर लहरी
अम्बर के कानों में गहरी
निश्छल प्रेम-कथा कहती हो,
तज कोलाहल की अवनी रे...!

मीठे-मीठे बहता हुआ मौन। वीणा की तरह बजती हुई तन्मयता। सभी मुग्ध-मगन। हरिलाल भी। इधर राजघाट का पुल तो उधर विपरीत दिशा में दूर गंगा की अर्द्धचंद्राकार कटान-छवि। मन तरंगित। जल पर नाव छरकती बढ़ रही है। आसपास खेलती तरंगों को देख भावनाएँ लहरा रही हैं। निराला सिर घुमा-घुमाकर चारों ओर का नजारा ले रहे हैं। घाट पर हवेलियों-महलों की आकाशस्पर्शी ऊँचाइयाँ तो दूसरी तरफ गंगा का चमकता रजत-हृदय। धाराएँ छू-छूकर आ रही हवा का स्वाद सर्वथा भिन्न और मोहक। निराला ने आँखें मूँदकर नथुनों में भरपूर अमृत-हवा भर ली। गहन तृप्ति के भाव छलके। रोम-रोम पुलकित। आँखें खोलीं तो नाव और रेती की दूरी बहुत कम दिखी। बोले, "काशी की गंगा, इसके घाट और रेती का यह गलीचेदार विस्तार—सब-के-सब विरल हैं। एक तरफ गगनगूँगी इमारतें।"

"गगनगूँगी? गगनचुम्बी न?" रामविलास ने धीरे-से जैसे गलती सुधारने का संकेत दिया हो। निराला ने उनकी ओर ताककर मुस्कुरा दिया, "राजे-महाराजों की बनाई इन इमारतों को मैं गगनगूँगी ही कहना चाह रहा हूँ। जो गगन में मुँह उठाकर भी बोल नहीं पातीं, ऐसे में तो ये गगनगूँगी ही हुईं न!...हाँ, तो क्या कह रहा था मैं?"

कोई कुछ नहीं बता सका। सभी एक-दूसरे को ताकते रहे। निराला ने बात भूल जाने के लिए अफसोस जताया और आगे बोले, "एक काम हो सकता है।"

सभी चुपचाप उन्हें ताकते रहे। वह संजीदा, "मैं जोर देकर नहीं कह रहा किन्तु एक प्रश्न तो है कि क्या रेती पर चलकर जमना अच्छा रहेगा?"

प्रसाद मुस्कुराए, "जो जोरदार होता है, उसके शब्द-शब्द में जोर होता है। यहाँ तक कि कमजोर समझ लिया जानेवाला भी पुरजोर।"

निराला सकुचा गए। वह आगे बोले, "रेत पर कुछ देर जमने और अड़ी लगाने से अच्छी बात भला दूसरी क्या हो सकती है?" अन्य सभी मन्द-मन्द मुदित होते रहे। प्रसाद बोलते रहे, "रेत की रजत-राशि का दृष्टि-स्पर्श नेत्रों को भी चमत्कृत करेगा और मन-मस्तिष्क को भी। वहाँ चर्चाओं का ध्वन्यार्थ कई गुणा बढ़ जाएगा।"

व्यास ने नाविक को रेती की ओर ले चलने का संकेत दिया। नाव आगे बढ़ चली।

रेती पर खाली पाँव टहल रहे हैं निराला। बहुत चाव से। सिर को नीचे किये, दृष्टि गड़ाते हुए। पाँवों के नीचे तलवों पर इसका शीतल संस्पर्श। मन को कोई पुराना इच्छित-बहुप्रतीक्षित विचार-सूत्र पकड़ाने जैसा सुख। आनन्दकारी अनुभूति। रामविलास ने अपने कदम तेज करते हुए उनके साथ चलने का प्रयास जारी रखा। पास होते ही धीरे-से पूछ बैठे, "पंडित जी, आप तो इलाहाबादी भी हैं। काशी की यह रेत-राशि क्या आपके इलाहाबाद के संगम वाली रेत-राशि से भिन्न है?"

निराला ने रुककर उन्हें ध्यान से देखा, "काशी का सब कुछ अपना है, मौलिक है और बेमिसाल भी। इस रेत-स्वाद की जोड़ आपको दुनिया में कहीं और नहीं मिल पाएगी। जिस हवा में कबीर-तुलसी और रैदास की बानी घुली हुई हो, उसके संस्पर्श से तो सब कुछ बदलकर ही रह जाएगा न!"

रामविलास ने सहज टिप्पणी की, "इस महाकवित्रयी की उपस्थिति तो अब इतिहास-परिधि में है; किन्तु जो रचनाकार आज लिख रहे हैं, इस हवा में उनकी काव्य-अन्वितियाँ तो अधिक मुखर-प्रखर होंगी न—ताजा-तेज और धुली-घुली हुई!"

प्रसाद दूर से ही तेज स्वर में बोले, "इस तरह मस्ती से रेत धाँगते हुए न चलिए, तलवों में कुछ गड़ भी सकता है। रेत में सब कुछ मिला होता है—खपच्ची, नुकीले पत्थर, हड्डियाँ वगैरह-वगैरह। सँभलकर न चले तो धोखा हो सकता है।"

एक जगह गोल बैठ गए सभी। दूर-दूर तक रेत का खेत। निपौंध-निस्संग। इंजतार है तो सिर्फ निराला और रामविलास का।

हरिलाल ने व्यास की ओर देखा, "यहाँ भी कविता-पाठ चलेगा क्या?"

"देखिए, वो जो दाढ़ी वाले बाबा हैं..."

"हाँ, मैं उन्हें पहचान रहा हूँ भाई, वह निराला जी हैं।"

"हाँ, तो उन्हीं की इच्छा और पसन्द से जो होना है, वह होगा।"

"वह तो एक जने के साथ न जाने कहाँ उधर बढ़े चले जा रहे हैं!"

"न-न, जाएँगे कहाँ! कहीं जा-वा नहीं रहे वह—बस, यों ही रेत पर चलने का आनन्द ले रहे हैं। जिस तरह तेज कदमों से वह अभी उधर चले जा रहे हैं, उसी तरह तुरन्त पीछे घूमकर इधर आते हुए भी दिखने लगेंगे।" व्यास ने समझाया।

हरिलाल रह-रहकर कसमसाने लगते। कभी बगल में गंगा की लहरों को देखते तो कभी रेती पर टहलते निराला की ओर। आसपास बैठे सभी उनकी व्यग्रता पर मन्द-मन्द मुस्कुराते रहे।

रायकृष्ण दास का स्वर क्षीण, "हरिलाल की बेचैनी भी कम सर्जनात्मक नहीं।"

व्यास ने महीन सहमति जताई, "हाँ, और यह सर्जनात्मकता सत्य के उन्मेष की राह तलाशती हुई लगती है।"

"पिता की ओर से उन्हें घोर उपेक्षा मिली है, इसी के चलते एक भीषण सत्य से उनकी दारुण टक्कर हुई है। ऐसे में स्वाभाविक रूप से वह आहत हैं। यह वस्तुत: उनका पीड़ा-काल है। ऐसे में उन्हें मानसिक तौर पर सम्बल की नितान्त आवश्यकता है।" दास ने कहा।

सामने से आते दिख गए निराला। नीचे सिर झुलाते, रेत-संलाप करते। रामविलास उनकी गति से मेल बिठाते लगभग दौड़ते हुए उनके पीछे-पीछे। उन्हें आते देख हरिलाल मुस्कुराए।

व्यास ने हरिलाल को सुनाया, "देखा न आपने, मैंने अभी क्या कहा था?"

निराला आ गए। पास बैठे, "भाई हरिलाल जी, मैं आपकी फीस देने को तैयार हूँ। आप मुझे तीन रहस्य बताएँ, मैं तीनों के एवज में जो देय होगा, अभी यहीं पेमेंट करूँगा।"

हरिलाल ने सजग हो उनकी ओर ताका। निराला ने पूछा, "आपके पिता यानी गांधी जी का बचपन कैसा था? इस बारे में परिवार के स्तर से आपने क्या कोई खास सूचना सँजो रखी है?"

"हाँ। मेरे बाबूजी बचपन में बहुत डरपोक थे। भूत से बहुत डरते थे।"

"सवाल नम्बर दो : गांधी जी को अपने ही बच्चों पर ऐसा अविश्वास क्यों हो गया कि उन्होंने अपना उतराधिकारी नेहरू को घोषित कर डाला?"

"मुझे लगता है कि यह अविश्वास का नहीं, उल्टे हुए विश्वास का मामला है। उन्हें हम पर अविश्वास हो गया हो, ऐसा नहीं लगता। इस मामले में बल्कि यह लगता है कि उन्हें हमसे ज्यादा विश्वास नेहरू जी पर हो गया है।"

"सवाल नंबर तीन : नेहरू को गांधी जी का उतराधिकार मिल जाने से आपकी दृष्टि में क्या-क्या असर पड़ेगा?"

"इससे गांधीवाद के किताबों में कैद हो जाने का खतरा है।"

निराला ने हँसते हुए जेब से कुछ रुपये निकाले और बगैर गिने ही हरिलाल को पकड़ा दिये। नोट पकड़कर झुँझलाते हुए वह बोले, "मैं इतना अधिक लेकर क्या करूँगा? यह सब नहीं लूँगा। मुझे केवल अपनी फीस ही चाहिए। तीन रहस्य के नौ रुपए—न एक पैसा कम, न अधिक, बस! यह सब आप अपना पकड़िए और अपने हाथों गिनकर मेरी फीस मुझे दीजिए।"

सभी हँसने लगे।

निराला बोले, "मैं स्वयं न एक पैसा अधिक लेने-देने का पक्षपाती हूँ, न एक पैसा कम। आप गिनकर अपनी फीस निकाल लीजिए और जो बचता है, मुझे दे दीजिए। वैसे एक आग्रह करना चाहता हूँ..."

हरिलाल ने रेत पर सारे रुपये रख दिये और गिनने लगे, "कहिए न!"

"आप एक संक्षिप्त व्याख्यान यहाँ दे दीजिए, तो आनन्द आ जाए।"

शेष रुपये वापस करने के बाद हरिलाल खड़े हो गए। उनकी आवाज में दृढ़ता कौंधने लगी, "गांधी जी ने लड़ाई का जो रास्ता चुना है, यह संघर्ष की अवधारणा में याचना का जहर घोलने वाला है। इससे प्रतिपक्षी के मन में यदि सचमुच करुणा जाग भी जाए तो वह दाता की मुद्रा में पेश होने लगेगा। इस तरह वह यदि हमारे देश को मुक्त करने पर सहमत हो भी जाए तो हमें मिलने वाली यह आजादी भिक्षा-दान भर होगी। इससे हमारे भीतर जो एक दब्बूपन पनपेगा, वह पूरे भविष्य को आक्रान्त बनाए रखेगा। इसके विपरीत अगर हम लड़कर अँगरेजों को बलपूर्वक खदेड़ने में कामयाब हो सकें तो हमारी आजादी की जड़ में यह जो शौर्य मिश्रित होगा, वह समूचे भविष्य के ऊपर आलोक व ताप से परिपूर्ण धूप बनकर बरसता और विद्यमान रहेगा। मूल बात यह कि अँगरेजों को आज न कल तो यहाँ से जाना ही है क्योंकि उन्हें यह बात अब तक ठीक से समझ में आ चुकी है कि सदियों से सोया हुआ यह मुल्क जाग चुका है। भई, उनकी समझदारी पर तो कतई सन्देह नहीं किया जा सकता। ऐसे में उनके यहाँ जमे रहने और लड़ते रहने की सम्भावना शून्य के आसपास ही है। इस तरह गांधी जी का रास्ता भविष्य के लिए बहुत सुखकर नहीं लगता। वैसे एक बात का डर मुझे यह है कि आप लोग मेरे इन विचारों को कहीं मेरे असन्तुष्ट मन की उपज न मान बैठें।"

प्रसाद सिर नीचे किये विचारमग्न। दास, व्यास व रामविलास आदि सबने निराला की ओर कुछ यों ताका, गोया वह हरिलाल के प्रति उनके मंतव्य जानना चाह रहे हों! निराला मुस्कुराकर रह गए।

हरिलाल बैठ गए। निराला ने उनकी ओर ताका, "मिस्टर हरिलाल, मैं आपसे बहुत दूर तक सहमत भी हूँ।"

निराला उठे और प्रसाद के पास आकर धीरे से बैठ गए। सभी दोनों की ओर ताकने लगे।

प्रसाद ने सिर ऊपर किया। उनकी आँखों में एक गंगा उबल रही है। वाणी में ताप है, "बिलकुल सही। मैं हरिलाल से सम्पूर्ण सहमत हूँ। पौधा जिस प्रकार के खाद-

पानी से सिंचता है, उसका वैसा ही असर उसके तमाम फूल-फलों पर हमेशा-हमेशा विद्यमान रहता है। परतंत्र बनाने वालों को तो पहले इस अपराध का पुरजोर दंड दिया जाना चाहिए। इसके बाद बाँहें ऐंठकर उनकी मुट्ठी मरोड़ते हुए उनसे अपनी स्वतंत्रता लूटकर प्राप्त कर लेनी चाहिए। बिना लड़े प्राप्त होने पर स्वतंत्रता अपने स्वाभाविक तेज से वंचित भी हो सकती है।"

करतलध्वनि कर रहे हैं निराला। प्रसाद के कथनों का समर्थन। सबकी आँखों में उत्साह। प्रसाद की मुख-मुद्रा उत्तेजना व तनाव से रंजित।

निराला खड़े हो गए, "मैं अपनी पसन्द की एक कविता बाँचने का लोभ यहाँ सँवरण नहीं कर पा रहा। इसके रचयिता स्वयं बाबूसाहब यहीं विद्यमान हैं। आप लोग पहले एक बार ताली बजाएँ तो मैं इसका पाठ प्रस्तुत करूँ।"

सबने करतलध्वनि की। इसमें गंगा की गुनगुन लहरियों के स्वरों ने भी साथ दिया। निराला हल्के-हल्के सिर को झटका देते प्रयाण-स्वर में गाने लगे :

हिमाद्रि तुंग शृंग से
प्रबुद्ध शुद्ध भारती
स्वयं प्रभा समुज्ज्वला
स्वतंत्रता पुकारती–
अमर्त्य वीरपुत्र हो, दृढ़ प्रतिज्ञ सोच लो,
प्रशस्त पुण्य पंथ है—बढ़े चले, बढ़े चलो!
असंख्य कीर्ति-रश्मियाँ,
विकीर्ण दिव्य दाह-सी,
रुको न शूर साहसी!
अराति सैन्य सिन्धु में—बडवाग्नि-से जलो,
प्रवीर हो जयी बनो—बढ़े चलो, बढ़े चलो!

92

दालमंडी की नारियल बाजार वाली गली में आज भीड़ कुछ अधिक है। दुकान में सुँघनी साहु की गद्दी पर बैठे प्रसाद उधेड़बुन में हैं। मन में बवंडर उठ रहे हैं। तेज हवा के झिर्री खाते भँवर। उधियाते और आकाश चढ़ते धूल-धक्कड़। गर्दोगुब्बार से भरे ऊहापोह। भीतर का पूरा ब्रह्मांड आलोड़ित। एक तो 'कामायनी' के सृजन-मार्ग में उत्पन्न अवरोध पहले से मन को मथ ही रहा था, अब यह एक और अतिरिक्त चिन्ता उपस्थित। तीन दिनों से मनु और इड़ा के भावी सम्बन्ध को लेकर उपजी दुविधा ने ऐसा जकड़ रखा है कि मन के भीतर जैसे भूकम्प मचा हुआ हो! अब रामानन्द मिश्र, सीताराम चतुर्वेदी और लक्ष्मीकान्त झा आकर मीठा-मीठा एक और तूफान सिर पर रख गए हैं। तीनों की प्रेम-भावना अकृत्रिम और असंदिग्ध है। उनके सोच-संकल्प भी अकुंठ और निर्वैयक्तिक। लक्ष्य व्यापक, दृष्टिकोण सार्व। लेकिन इतने सब के बाद भी मन तो अब भी यही कह रहा है कि तीनों का यह श्रद्धासिक्त दबाव मुझे कहीं का नहीं छोड़ेगा। आखिर इनके

कोमल प्रेम-भावों को सीधे नकारा भी तो नहीं जा सकता। दूसरी ओर यदि इसे स्वीकार कर लिया जाए तो एक पल में अपने ही दृढ़ सोच-सिद्धान्त क्षत-विक्षत हो सामने आ गिरेंगे। घायल जटायु की तरह। फिर किया क्या जाए?

बार-बार ऐसे ही नुकीले प्रश्न अन्तस में खुबते रहे। इनके उत्तर तलाशने के किसी भी मानसिक उद्यम से पहले फिर-फिर वही दुविधा धूल-धुन्ध-सी मस्तिष्क के दिशाकाश में फैलने और गहराने लगती—अभिनय के नाम पर 'चन्द्रगुप्त' में कुछ भी रद्दोबदल स्वीकार करना भला उचित कैसे होगा? इससे तो उलट राग आलापने वालों का आरोप ही पुष्ट होगा। आखिर यही तो वह कह रहे हैं कि 'अजातशत्रु' हो या 'स्कन्दगुप्त' अथवा 'चन्द्रगुप्त', इनमें से कोई नाटक अभिनेय नहीं है। किसी को इनमें काव्यात्मकता की अधिकता की बाधा दिख-गड़ रही है तो कोई पात्रों की ओजस्विता से आहत हो जा रहा है। आगा हश्र कश्मीरी और उनके पुँछल्ले ही हैं इस बवाल की जड़ में। पूरा पारसी रंगमंच महकमा अपने ही रंग में सबको रंगा देखना चाह रहा है। पारसी उद्योगपतियों ने इस रंगमंच को कमाने-धमाने का साधन बनाना शुरू कर दिया है। वह एक तरफ टुप्-टुप् आँसू बहाने वाली दया, सहानुभूति और दान-धर्म की भावपूर्ण कथाएँ उठा रहे हैं तो दूसरी ओर इसी समानान्तर मनोरंजन को आक्रामक और उग्र रूप देने में भी जुटे हुए हैं। दर्शक को कभी धर्म के नाम पर भावना में बहाकर, तो कभी गुदगुदाकर या रुलाकर, वह उन्हें बस मंच के सामने की भीड़ में तब्दील करने में जुटे हैं। समाज-सुधार के नाम पर वह निरर्थक भावुकता फैला और भुना रहे हैं। रंगमंच को कोमल भावनाओं, आँसू और जुगुप्सा के चोखा कारोबार में बदल देना ही उनका लक्ष्य हो गया है। विडम्बना तो यह कि वे स्वयं तो ऐसा कर ही रहे हैं, इसी व्याप्ति को अति की सीमा तक पसारकर पूरे रंगमंच-विस्तार को ढक लेना चाह रहे हैं। कोई बड़ा समाज-हित या राष्ट्र-लक्ष्य उन्हें स्वीकार नहीं। एक तरफ तो वे रामायण और महाभारत काल तक की कथाएँ उठा ले रहे हैं तो दूसरी ओर पाश्चात्य ठुमकेबाजी भी। बीच का भारत का अपना गौरवशाली इतिहास उन्हें क्यों नहीं सूझ रहा? साधारण दर्शक की दृष्टि सँवरे, बदले और इस तरह गहरी होती चले, यह उन्हें क्यों स्वीकार नहीं? वे ऐसा क्यों नहीं चाहते कि नाटकों के माध्यम से जनजागृति और राष्ट्रगौरव-जागरण के गम्भीर प्रयास हों? इसे वह अँगरेजों की मिजाजपुर्सी के लिए ही तो अनदेखा नहीं कर रहे? क्या उन्हें यही डर तो नहीं कि इतिहास के इस गौरवशाली कालखंड को रंगमंच पर साकार दिखाने से जनता में आत्मगौरव की सागर-लहरें जगाना फिरंगी हुकूमत को बहुत नागवार गुजरेगा? ऐसी लहरें तो देश भर में चल रहे मुक्ति-संग्राम का रूपाकार भी बदल सकती हैं। अगर इसी से बचने के लिए वे लोग जानबूझकर सुन्दर-सुहावने भटकाव गढ़ फैला रहे हैं, तब रंगमंच के नाम पर यह अपराध ही तो मचा रहे हैं पारसी रंगमंचिये। तब तो उनके रंगमंच को बदरंगमंच ही कहना होगा। अवश्य ही इससे उन्हें कहीं न कहीं यह भय का अनुभव भी हो रहा है कि दर्शक को सोचने-समझने की आदत पड़ जाएगी तो वह उनके निरुद्देश्य, निरा भावुक और ठुमकेदार नाटकों को ठोकर मारने लगेगा। मेरे नाटक इसीलिए उन्हें अपने लिए खतरा महसूस हो रहे हैं। इसीलिए रह-रहकर वे संगठित भाव से नकारात्मक युक्ति भिड़ाने में जुट जा रहे हैं। बीच-बीच

में मौका देखकर वे एक न एक शिगूफा छोड़ दे रहे हैं और यहाँ से वहाँ तक कुछ फुरसतिये हुवाँ-हुवाँ शुरू कर दे रहे हैं।

ऐसे में उन्हीं के प्रयासों पर मुहर लगाते चलना कहाँ तक उचित होगा? तो, क्या रामानन्द मिश्र, सीताराम चतुर्वेदी और लक्ष्मीकान्त झा को ही रोकने-समझाने का प्रयास किया जाए? लेकिन उनकी उत्कट भावनाएँ और 'चन्द्रगुप्त' को मंच पर साकार करने के उनके निष्कलुष संकल्प क्या सीधे रौंद दिये जाएँ?...फिर-फिर वैसे ही आत्मप्रश्न और वही-वही आत्मसंघर्ष!

उन्होंने सामने बाहर दृष्टि फेंकी। नारियल बाजार गली एकबारगी दालमंडी की नब्ज-सी धड़कती दिखाई पड़ी। हाँफ और थकान धकधक-धकधक सरसराती-सरकती हुई। उतर रहा अँधेरा और पिघलता शोर जैसे युग्मद्ध। मन की दुविधा-निरुपायता की तरह। दुकान पर अब कोई ग्राहक नहीं। सहयोगी के भीतर सामान उलटने-पुलटने के शब्द लावे की तरह फूटते रहे। यह खुट्खाट मन में मची उथल-पुथल की ही प्रतीकात्मक अभिव्यक्ति मालूम देने लगी। दुकान के खालीपन की प्रतीति अंतर की निरुपायता से टकराती रही। तभी सामने एक आकृति-सी उभरी। दूसरे ही क्षण अँधेरे से उबरकर सामने आता झलका रायकृष्ण दास का चेहरा। इस समय मित्र का प्रकट होना राहत देनेवाला लगा।

प्रसाद की दुखती दुविधा तन्द्रा-सी टूटी, "अरे मित्र, तुम अभी? कहाँ से?"

दास ने भीतर आते हुए दुखड़ा सुनाया, "मैं तो नागरी प्रचारिणी सभा में शाम से बैठा-बैठा तुम्हारी ही राह देखता रह गया। पहले देर तक शाम छिजती रही, फिर अँधेरा गहराता चला गया लेकिन अन्ततः तुम नहीं ही आए। क्यों नहीं पहुँचे आज?"

वह निःशब्द रहे। दास ने आगे कहा, "वहाँ आज कुछ दूसरा ही नजारा था। एक बस तुम्हारी ही कमी थी।"

अब भी प्रसाद ने कोई जिज्ञासा नहीं जताई। निस्संग भाव से ताकते रहे।

दास ने उनके मनोभाव ताड़ लिये। स्वर में आवेग प्रवाहित होने लगा, "क्या बात है मित्र, तुम्हारे ललाट पर ये चिन्ताएँ कहाँ से आकर रेंग रही हैं? एकदम काली-काली बिच्छुओं जैसी?" प्रसाद कुछ न बोले, लेकिन नेत्र चुप न रहे। दास को धक्का लगा। यह आभास हुए बगैर नहीं रह सका कि मित्र किसी भीषण ऊहापोह के भँवर से जूझ रहा है। स्वर नम-मद्धिम हो गया, "मुझे बताओ, बात क्या है?"

तख्त पर दोनों आसपास बैठे थे। हृदय-मन भी पास-पास।

पल भर बाद प्रसाद ने अपने मुख पर मुस्कान का एक लघु छंद रचा। बोल में आश्वासन के गोल-गोल उदास कण, "नहीं, कोई दूसरी बात नहीं।"

दास इस पर थोड़े चिढ़े, "दूसरी हो या पहली, बात तो बताओ न! मुझसे कैसा पर्दा? कैसा छिपाव?"

"यार, क्या कहूँ, इधर कई दिनों से 'कामायनी' की लेखन-गति बाधित चल रही है। कुछ नैतिक प्रश्न हैं जो चारों ओर से घेरे-दबोचे हुए हैं।"

"तुम तो आज एक शीर्षस्थ रचनाकार हो। तुम्हें भला क्या समझाना। यह तो रचना-पथ की एक स्वाभाविक गति है। सृजन-यात्रा के दौरान रचनाकार को ऐसे छोटे-बड़े आत्मसंघर्ष छेंकते-घेरते ही रहते हैं।" दास का अंदाज स्मरण कराने जैसा।

"हाँ, शाम को मैं तो यहाँ से सभा के लिए निकलने ही वाला था कि रामानन्द मिश्र, सीताराम चतुर्वेदी और लक्ष्मीकान्त झा इकट्ठे आ गए। तीनों की एक ही जिद है कि वे अब मंच पर 'चन्द्रगुप्त' को उतारकर ही रहेंगे। वह हर हाल में इसका मंचन करना चाहते हैं।"

"अरे, यह तो अच्छी बात है। यह तो आवश्यक ही है। तुम्हारे नाटकों का तो मंचन होना ही चाहिए। यह व्यापक लक्ष्य की दृष्टि से आवश्यक हो चला है। रामानन्द, सीताराम और लक्ष्मीकान्त ने अगर सचमुच ऐसा ठान लिया है तो मैं तो यही कहूँगा कि निस्सन्देह उन्होंने यह एक अच्छा बीड़ा उठाया है। यों भी नाटक का पहला संस्कार तो मंचन ही हुआ न! तुम्हारे नाटकों का भी पहला अधिकार यही बनता है कि उन्हें मंच मिले। यह तो होना ही चाहिए।...तुम्हें प्रेमचन्द जी की वह समीक्षा याद है न?"

प्रसाद ने चुपचाप प्रश्नवाचक दृष्टि उठाई।

दास ने सिर खुजलाते हुए आँखें फैलाकर जोर देते हुए कहा, "मुझे वह काँटे की तरह चुभी थी इसलिए शब्द-शब्द आज तक कलेजे में धँसी-घुसी हुई है। 'माधुरी' के दिसम्बर, 1928 के अंक में उन्होंने लिखा था : 'प्रसाद जी के और नाटकों की भाँति यह नाटक भी प्राचीन संस्कृत नाटक का अनुवाद होकर रह गया है। चरित्र केवल नाम है मानो मनों मिट्टी के बोझ से दबी हुई कोई लाश है! ऐसी भाषा स्कन्दगुप्त के समय के लोग शायद ही व्यवहार कर सकें। आजकल नाटक जैसी जनप्रिय वस्तु में उसका व्यवहार करना तो साहित्य के गले पर छुरी फेरना है। वही पुराना षड्यंत्र है, वही जेलखाना, वही ऐन मौके पर प्राण बच जाना, वही सारे पुराने कील-काँटे हैं। नाटकों में गाना जरूरी चीज है लेकिन उसका मौका होता है। किसी महफिल में आप खूब गाइए, कोई कुछ नहीं कहेगा; कोई राजकुमारी विहार करते वक्त खूब नाचे, कोई चूँ नहीं कर सकता; राजा साहब भी अपने गाढ़े मित्रों के साथ खूब नाचें-गावें, कोई मुजायका नहीं; लेकिन ऐसी दशा में, जबकि हूण सैनिक शहर वालों को आग में झोंकने को तैयार हों, सारे नगर में हाहाकार मचा हुआ हो, स्त्रियों और पुरुषों का पद्यों में बात करना हास्यास्पद है।' "

मुस्कुराए प्रसाद। मुखमंडल पर पीड़ा के कुछ कण उभरे, फिर शान्त।

दास ने आगे कहा, "प्रेमचन्द जी ने इसी समीक्षा में सलाह देने के बहाने आगे कटाक्ष किया था, 'हम प्रसाद जी से यहाँ निवेदन करेंगे कि आपको ईश्वर ने जो शक्ति दी है, उसका उपयोग वर्तमान सामाजिक और राजनीतिक समस्याओं के हल करने में लगाइए। स्टेज का आज यही ध्येय माना जाता है। इन गड़े मुर्दों को उखाड़ने से आज कोई फायदा नहीं।' "

प्रसाद के मुखमंडल पर रंग-भाव तेज-तेज चलते-बदलते रहे। थिरते स्वर में बोले, "कटाक्ष नहीं, उन्होंने इस टिप्पणी में अपनी तरह से अन्ततः मुझे कुछ उपयोगी सलाह ही दी थी।"

दास जैसे चिहुँक उठे हों, "क्या बात करते हो! बनावटी बातें न कहो। इसी समीक्षा के बाद उनसे तुम्हारी बोला-चाली बन्द हो गई थी।"

वह मुस्कुराने लगे। अब तनाव-ताप शून्य हो चला था। मुद्रा एकदम सहज और वाणी सरल, "भई, मैं भी तो हाड़-मांस का एक व्यक्ति-मात्र ही हूँ। औषधि की घूँट किसे कड़वी नहीं लगती! पीनी पड़ जाए तो वैद्य का मुँह भी बन जाता है।"

दास ने व्यंग्य से देखा और ताली बजाकर शोर करने लगे, "वाह, महाकवि, वाह! खूब बातें बना रहे हो! इसे कहते हैं रिश्ते की कलाबाजी।"

"कम-से-कम तुमसे तो ऐसी आशा नहीं ही करता हूँ कि कला शब्द से कोई ऐसा पद बनाकर प्रचलित करो जिससे इस शब्द की आन्तरिक कोमलता और सुन्दरता को खरोंच पहुँचे। कलाबाजी से तुम्हारा तात्पर्य अगर धूर्तता से है तो तुम्हारे मुख से यह प्रयोग आहत करनेवाला है।"

"निस्सन्देह, यह भूल मैं स्वीकारता हूँ, क्षमा। लेकिन..."

"देखो, मैं अब यह मानता हूँ कि प्रेमचन्द की तीखी टीका-टिप्पणियाँ कोई प्रहारात्मक कार्यवाही कदापि नहीं रही हैं, वे असल में औषधि की कड़वी घूँट ही रही हैं। उन्होंने मुझे कुछ न कुछ लाभ ही पहुँचाया है। मैं स्वीकारता हूँ कि इनसे मुझे कुछ नये आयाम छूने का दृष्टिकोण मिला। तुम्हें एक बात मैं बता दूँ?"

दास के मुखमंडल पर काली-स्याह चुप्पी चट्टान की तरह अटकी थी जिसके नीचे दबी उनकी असहमति साफ-साफ कुलबुला रही थी। प्रसाद इसे भाँप गए। बहुत हल्के मुस्कुराए, "शब्द, स्वर या कला के किसी भी क्षेत्र में सक्रिय हर साधक हर क्षण इस समाज-संसार को कुछ न कुछ दे ही रहा है। जानते हो न कि यह निरन्तर अनन्त-दान कैसे सम्भव हो रहा है? स्वविसर्जन और आत्मविलय से। स्वयं को तिल-तिल गला-जलाकर ही हर रचनाकार कुछ न कुछ रच पाता है। कला-सृजन का यह पूरा इलाका ही वस्तुत: निरन्तर उत्सर्ग का क्षेत्र है। शब्द-जगत में वे चाहे कोमल कल्पनाओं से सुन्दर भावजगत के निर्माण में जुटे सर्जक हों या ज्ञान के दूसरे प्रकल्पों के नये-नये रूपाकार गढ़ने वाले रचनाकार अथवा समस्याओं-विसंगतियों से जूझते समाज को बदलने के लिए यथार्थ चित्रण को आवश्यक मानकर जीवन की जमीनी सचाइयों में उतरकर लिखने वाले लेखक-कवि, सभी तो अन्तत: एक ही काम कर रहे हैं—समान समर्पण-भाव के साथ। बिलकुल एक जैसी त्याग-भावना से प्रेरित-अनुप्राणित होकर।"

प्रसाद ने दास की चुप्पी को निरखते-जाँचते हुए समझाने वाले अंदाज में बात जारी रखी, "हाँ, तो मैं तुम्हें मूल बात यह कहना चाह रहा हूँ कि प्रेमचन्द की उसी 'स्कन्दगुप्त' वाली टिप्पणी ने ही तो मुझे जमीनी यथार्थ पर उतरने की प्रेरणा दी, जिसके बाद तो मैं तुम्हारे गाँव गया और वहाँ के धूल-गर्द और पसीने से सने ग्रामीणों के जीवन को समझने की अपने स्तर से भरपूर कोशिश शुरू की। वहाँ से लौटने के बाद ही तो मैं 'कंकाल' जैसा उपन्यास लिख सका। अभी-अभी मेरा जो दूसरा उपन्यास छपकर आया है 'तितली', उसे उठाकर देख जाओ—क्या बिना प्रेमचन्द के जगाये मैं यह सब लिखने बैठ पाता? हाँ, वैसे एक बात अवश्य है।"

दास के चेहरे से तीव्र भँवर अब तक गायब हो चुका था। उनका मुखमंडल शान्त और आभा से भरा हुआ। जैसे बाढ़ गुजरने के बाद नई चिकनी मिट्टी से सम्पन्न सुस्ताता स्थिर घाट चमक रहा हो!

प्रसाद को मन-ही-मन यह देख अच्छा लगा। वह आगे बोलते चले गए, "मैं उन लोगों की तरह समाज में जो जैसा दृश्य है, उसे शब्दश: कागज पर उतार देने को यथार्थवाद नहीं मानता। ऐसे यथार्थ को चित्रित कर देने से क्या होगा? ऐसा यथार्थ तो

इतिहासकार के लिए उपयोगी हो सकता है। साहित्य में आनेवाले यथार्थ का स्पन्दित, स्वप्नदर्शी और लक्ष्यधर्मी अर्थात् निश्चित व सार्थक उद्देश्य से परिपूर्ण होना अनिवार्य है। कहना चाहूँगा कि साहित्य में आनेवाले यथार्थ को श्वासोष्ण व संवेदना-सिंचित होना चाहिए। मेरी दृष्टि में तो दुख-दग्ध जगत और आनन्दपूर्ण स्वर्ग का एकीकरण ही साहित्य है, इससे इतर जो भी होगा, वह और चाहे जो हो, साहित्य तो कदापि नहीं हो सकता।...हाँ, एक बात और। मैं यह कदापि नहीं करूँगा कि एक टेक पकड़कर उसी पर बेतहाशा झलकुट्टन चला दूँ, यानी दस-बीस 'कंकाल'नुमा उपन्यास या दर्जनों ऐसी ही कहानियाँ गढ़-गढ़कर ढेर लगा देना मुझे कदापि स्वीकार नहीं होगा। मैं अपनी भाषा के भंडार को विविधतापूर्ण कृतियों से सजाना चाहता हूँ—घर्षण-संघर्षण से भरी विमर्श-विचारपूर्ण गद्य रचनाओं से भी, तो कोमलकान्त कल्पनाओं व क्षितिज-नभ को छूती-सहलाती प्रेम-पद्यशील कृतियों से भी। ज्ञान-अभिज्ञान से परिपूर्ण शाश्वत सर्जना से भी, तो शोध-अनुसंधान के मंथन से निकालकर सम्भव किये गए चुनौतीपूर्ण सृजन से भी..."

प्रसाद बोलते-बोलते थक गए हैं या दास की चुप्पी को भंग होते देखने के इच्छुक, यह पता नहीं चल पा रहा। कुछ पल चुपचाप ताकते हुए वह जैसे दास को बोलने के लिए कोंचते रहे। गली के बाहर का सन्नाटा गहरा रहा है। सामने किशोरी बाई के कोठे की बत्ती ऊँघने लगी है। दुकान का सहयोगी आकर सामने खड़ा होकर चुपचाप बातचीत सुन रहा है जिसका अभिप्राय यही कि सब काम निबट चुका है। उसके नेत्रों के स्थैर्य-भाव से यह व्यक्त हो रहा है कि देर शाम को सूची दे गए चारों ग्राहकों के आदेश के मुताबिक सुँघनी के तमाम निर्दिष्ट छोटे-बड़े डिब्बे पैक हो चुके हैं और दिन भर का सारा बिखरा सामान भी प्रतिदिन की तरह सरियाया जा चुका है यानी सारे काम सलट चुके हैं। अब प्रतिष्ठान को बढ़ाना ही शेष कार्य है। यह सब गौर कर लेने के बाद प्रसाद ने दास की ओर प्रतीक्षापूर्वक ताका।

दास ने बगैर हँसे-मुस्कुराए पूछा, "यार, तुम इतने गहरे सोचने-समझने वाले व्यक्ति हो, फिर अभी जब मैं यहाँ आया तो तुम इतने चिन्ता-चित्रित क्यों दिखे?"

प्रसाद ने गौर से ताकते हुए कहा, "फिर वही बात दुहराऊँगा। आखिर मैं भी तो एक मनुष्य-इकाई हूँ। किसी भी व्यक्ति के भीतर मनुष्य होने के नाते जैसी व जितनी सहज ईर्ष्या, कुंठा, हर्ष-विषाद आदि की उठती-गिरती लहरें विद्यमान हो सकती हैं, वे सब मुझमें भी हैं। बस, एक वही 'चन्द्रगुप्त' को मंचन के लिए कुछ अनुकूल बनाने की बात काँटे की तरह चुभ गई है जिस पर भिन्न-भिन्न बातें सोचते-विचारते हुए लगातार यही महसूस हो रहा है कि इसमें किसी भी तरह का बदलाव अन्ततः मेरी सैद्धान्तिक दृढ़ता को क्षतिग्रस्त करेगा। मन को आहत करने के लिए इतना विषाद क्या कम है?"

प्रसाद पल-भर को थमे। दास की संजीदगी को लक्षित कर मुस्कुराए और बोलना आगे जारी रखा, "इसीलिए मैं तुम्हें यह बता रहा हूँ कि दरअसल आज मैं कुछ प्राचीन ढंग से चिन्तित हूँ—ऐसा इसलिए, क्योंकि मैं सचमुच अभी एक आधुनिक ढंग की दुविधा से जूझ रहा हूँ।"

खीझ गए दास, "अब लगे चाणक्यगीरी करने! तुम्हारी चिन्ता को देखकर मैं संजीदा हो गया तो तुम्हीं उल्टे मजाक पर उतर आए! वाह, इसे कहते हैं, अपनी चिन्ता उतारकर दूसरे के दिमाग में खोंस देना!"

प्रसाद अधूरे ढंग से मुस्कुराए। इसमें काँटेदार दर्द और कसक से भरी बारीक असहमति के भाव, "भई, एक बात मैं तुम्हें दो टूक बता दूँ..."

दास टुकुर-टुकुर ताकने लगे। चुपचाप और चौकन्ना।

प्रसाद आगे बोले, "मैं असल में किसी भी पक्ष के प्रति आँखें मूँदकर समर्थन या विरोध करने का हामी नहीं हूँ। मुझे तुम एक बात बता दो, क्यों मुझे भी अन्य नाटककारों की तरह मंच के अनुरूप ही नाटक बुनना चाहिए? मैं ही क्यों मंच के अनुरूप नाटक लिखूँ? क्यों नहीं मंच को ही मेरे नाटकों के अनुरूप ढल जाना चाहिए?" कहकर वह कुछ यों चुप होकर ताकने लगे गोया इस पर दास की अभी और इसी वक्त प्रतिक्रिया चाह रहे हों!

दास बोले, "भई, यह बहुत गहराई से समझने की बात है। तुम यह तो मानोगे कि अपने यहाँ नाटक की हजारों साल पुरानी जगमगाती परम्परा रही है लेकिन फिरंगियों का दुश्चक्र ऐसा चला है कि उन्होंने हमारे दिमाग में हमारी अपनी ही महान परम्पराओं के प्रति इतनी कुंठा और विस्मृति भर दी है कि आज हम अपने ही कालिदास और भवभूति तक को बिसारकर उनके सैकड़ों साल बाद जन्मे शेक्सपियर के नाटकों में रम गए हैं। ऐसा होने के पीछे कोई एक दिन की गड़बड़ी नहीं है। वैदिक काल के बाद एक दीर्घ अंतराल है और उसके बाद मध्यकाल का बर्बर युग, जब तत्कालीन मुगल शासकों ने नाटक को धर्म-विरुद्ध करार देकर बड़ी बाधा उत्पन्न कर डाली। इस दौरान इस कला का बेहिसाब मानमर्दन होता रहा और लगातार निर्मम दमन। यह तो हमारे लोकजीवन की विराट आन्तरिक शक्ति ही है जिसने लीलाओं, कथाओं व प्रवचनों के रूपों में इस महान परम्परा की साँसें बचाए रखी—ठीक वैसे ही, जैसे कोई आँधी में दीये की लौ की रक्षा कर गया हो! उसके बाद अँगरेज आए तो वे अपने यहाँ के नाटक और अपनी शैलियाँ लेकर आए। देश भरतमुनि को भूल गया, कालिदास और भवभूति को भी—उनकी जगह अब शेक्सपियर दिखाया जाने लगा। इतिहास की तो अपनी यति-गति है—हिन्दी क्षेत्र में भारतेन्दु का उदय इस दृष्टि से बड़ी घटना है। उन्होंने युगों-युगों से सुषुप्त पड़ी हमारी नाट्य-परम्परा को जगाया व पुनर्जीवन दिया। इससे एक नये युग का आरम्भ हुआ। फिरंगियों ने हमारे तमाम ज्ञान को 'मिथ' यानी मिथ्या करार दे दिया है। वे अपने षड्यंत्रों की मीठी छुरी चलाकर हमारे इतिहास का गला रेतते हुए तोड़-मरोड़कर हमें ही हमारा गलत इतिहास पढ़ा रहे हैं। वे यह बता रहे हैं कि भारत में आर्य बाहर से आए थे, ज्ञान-विज्ञान यूनान से पहुँचा और कलाएँ यूरोप से आईं, यानी वे यह स्थापित करने पर तुले हैं कि उनके आने के पहले हम सर्वथा असभ्य, अविकसित और आदिदशा में थे। इसका सांकेतिक नहीं, व्यापक और निरन्तर विरोध आवश्यक है। तुम्हारे नाटक ऐसे विरोध के अचूक हथियार हैं जो भारत के इतिहास के गौरवशाली कालखंड को सामने लाकर जन-जन में आत्मगौरव और भविष्य के प्रति अनन्त उत्साह-ऊर्जा का संचार कर रहे हैं। इसीलिए इनका सभी माध्यमों से बहुस्तरीय प्रचार-विस्तार लगातार होते चलना चाहिए—पुस्तक रूप में भी और मंच पर नियमित साकार करने के रूप में भी।"

"तुमने तो अच्छा-खासा भाषण पिला डाला यार! चलो, अब उठा जाए।"

दोनों बाहर आ गए। सहयोगी ने दुकान बढ़ाई। तीनों दालमंडी की गली में चल पड़े। सहयोगी लालटेन लिये आगे-आगे चलने लगा। उसके पीछे वे दोनों। लाल धारदार छोटी-सी रोशनी अँधेरे को कैंची की तरह छूती बढ़ रही थी। अँधेरा काले कपड़े की तरह सर्र-सर्र दो फाड़ होता चला जा रहा था। गली के दोनों ओर बंद अँधेरे घर-मकान, जैसे कालिख के छोटे-मँझोले पहाड़ बने कदम मिलाते चल रहे हों—साथ-साथ, पैदल!

चलते हुए दास बोले, "अब तो काफी रात हो गई है। मेरे यहाँ भी सभी सो चुके होंगे। मैं घर में यह कहकर भी आया था कि आज सम्भवत: प्रसाद जी के यहाँ ही रह जाऊँ, इसलिए मैं अब सरायगोवर्द्धन ही चले चलता हूँ। रात में तुम्हारे ही यहाँ सो लूँगा, सुबह घर चला जाऊँगा।"

"अरे, यह तो बहुत अच्छी बात है। आनन्द आएगा। तुमसे कुछ रचनात्मक संघर्षण होगा। मुझे आज 'कामायनी' के कुछ जटिल अवरोधों से लड़ना है।" प्रसाद की वाणी गुरु-गम्भीर थी।

"अरे, ऐसा कहकर अभी से डराओ नहीं। मैं चलकर खा-पीकर सोऊँगा। मुझे भी रात भर जगाए रखोगे क्या?"

"कोई बलप्रयोग नहीं होने जा रहा यार, कुछ अवरोध मेरे सामने आ गए हैं जिन्हें लेकर 'कामायनी' का लेखन-प्रवाह रुक गया है। मैं कई दिनों से इसे ही लेकर भारी तनाव में हूँ, इसीलिए जब रामानन्द मिश्र, सीताराम चतुर्वेदी और लक्ष्मीकान्त झा ने आकर 'चन्द्रगुप्त' के मंचन के लिए एक अनुकूल पुनर्पाठ की अपेक्षा जताई तो मुझे यह बात तत्काल उद्वेलक और अस्वीकार्य लगी।"

गली से निकलकर मुख्य सड़क पर आते ही अँधेरे का चरित्र बदल गया। अब यह इकहरा-सा झीना-झीना लगने लगा किन्तु लालटेन की रोशनी अब भी अप्रासंगिक नहीं हुई थी। प्रसाद ने इस पर ध्यान जमाते हुए अपनी बात जारी रखी, "वैसे सच कहूँ तो मुझे अपने किसी नाटक में मंच की अनुकूलता के तर्क के नाम पर संशोधन या पुनर्पाठ तैयार करना कतई स्वीकार्य नहीं, किन्तु अभी जो तुमने बातें ध्यान में लाईं, उनसे अब यह अवश्य अनुभूत हो रहा है कि इनके मंचन-प्रदर्शन होते रहें तो लड़ाई के इस दौर में संग्रामरत जनमन में सचमुच शक्ति-उत्साह का नया संचार सम्भव हो सकता है। लोग इससे काफी सकारात्मक प्रभाव ग्रहण कर सकते हैं।"

दाहिनी ओर बेनियाबाग छूट रहा है। चलते हुए दास ने मुड़कर अँधेरे में ही उधर एक दृष्टि लहराई। लगा, जैसे ताजा हवा का एक छोटा-सा गुच्छा मुख पर झर्-से गिरा! एक शीतल-तृप्ति आँखों में घुसी और किसी रत्न-सी दमकती-सरकती अंतरतम को संतृप्त बनाती कलेजे तक उतर गई! दूसरे ही पल दास ने कदम बढ़ाते हुए मुँह को सामने दिशा में कर लिया। उनके स्वर में भी यह तृप्ति-भाव बजने लगा, "भाई, इसमें कोई हेठी नहीं। तुम यही क्यों नहीं मान लेते कि यह तुम्हारे नाटक की अपनी किसी पूर्णता या अपूर्णता का नहीं, बल्कि मंचन के लिए प्रयास चला रहे संकल्पित आयोजकों-कलाकारों की अपनी क्षमता-सीमाओं का मामला है? यानी तुम्हें अपने नाटक के पाठ या रूपों में मंच के नाम पर कोई जोड़-घटाव नहीं करना है। इस क्रम में तुम जो कुछ भी करोगे, यह

मंच-कलाकारों के सहयोग में करोगे, यानी यह कार्य तुम मंचन-कार्य में उन्हें सफल बनाने के निमित्त करोगे। वैसे एक बात और है..."

"क्या?"

"यदि अपने ऐसे उदार सोच के सहयोगी कलाकारों के लिए नाटककार को थोड़ा झुकना भी पड़ जाए तो इसमें भला क्या खराबी है?"

प्रसाद की मुस्कान जैसे अँधेरे को नकारती एक टहकार आलापित शब्द बनकर चमक पड़ी, "हं-हूं!" उनकी वाणी की कोमलता जैसे हृदय का स्पर्श करने लगी हो, "बिलकुल सही। यह झुकना व्यापक राष्ट्रलक्ष्य के लिए एक अनिवार्य कार्यवाही है। मुझे तो अभी से इसमें अपने लेखन-सुख के एक दूसरे संतोष-वलय की उपलब्धि-अनुभूति होने लगी है।"

तीनों सरायगोवर्द्धन की अपनी गली में प्रवेश कर गए। उनकी वाणी से मधु-बूँदें टप्-टप् टपकती रहीं, "अब से कुछ ही देर पहले वहाँ तुमने भारतेन्दु जी का स्मरण कराकर मेरे रोम-रोम में नये संकल्प फूँक डाले हैं। अब तो मैं नाटक के जनावतरण के लिए 'करुणालय' से लेकर 'ध्रुवस्वामिनी' तक के अपने सारे तेरहों नाटकों का भी पुनर्पाठ लिखने से पीछे नहीं हटूँगा। भई, यह हमेशा स्मरण में रखने की बात है कि जिस तरह अब से आधी शताब्दी पूर्व भारतेन्दु बाबू ने हमारी भाषा-चेतना को हाँक लगा-लगाकर जगाया, थसके हुए धूल-धूसरित हमारे स्वर्णिम इतिहास को बल-सहयोग दे उठाकर खड़ा किया, कला-कौशल की मुर्दनी तोड़ी, नाटक को मूर्च्छा से बाहर निकाला और सचमुच इसे जनजागरण की युक्ति का रूप दिया, यह कोई मामूली या सरल काम नहीं था। हमें आज इन्हीं के परिप्रेक्ष्य में अब आगे की अपनी भूमिका तय करनी चाहिए, यही भावी इतिहास की पुकार है।"

93

साथ-साथ भोजन करने बैठे दोनों। थाली आई तो आश्चर्य भाव के साथ देखते रह गए दास। दर्जनाधिक पूरियाँ, आलू की सोंधाई उड़ाती, तेल छोड़ती चिकनी भुजिया और भर कटोरा मलाई। किंचित व्यंग्य से बोले, "मित्र, मुझे भी कल अखाड़े में उतारने की सोच रहे हो क्या?"

प्रसाद ने अपने सामने की थाली से दृष्टि उठाई और उनके मुख पर धर दी, "क्यों, क्या हुआ भला?"

"अरे बन्धु, इतनी सारी पूरियाँ और इतने बड़े कटोरे में भर कर मलाई! कौन सधायेगा यह सब? मुझसे तो इतना नहीं चलेगा।"

प्रसाद ने हँसते हुए उनकी थाली पर नजर डाली, "कहाँ बहुत ज्यादा है यार? तुम शुरू करो, स्वाद मिलने लगेगा तो सब सध जाएगा।"

दास ने असहाय भाव से ताका जिसे अस्वीकृत करते वह आगे कहने लगे, "अब तो मेरी खुराक भी कम हो गई है, नहीं तो पहले मैं रात में गिनकर चौदह पूरियाँ और चौदह छटाँक मलाई ग्रहण करता था। देखो न, आज मेरी थाली में केवल छह पूरियाँ हैं और मात्र दो छटाँक मलाई। अब इसी पर चल रहा हूँ।"

दास थोड़े आवेशित हुए। लगे जोर-जोर से इनकार में सिर हिलाने, "ना बाबा ना, इसमें से पहले आधी निकाल दूँगा तभी शुरू करूँगा।"

कमला देवी एक खाली तश्तरी पकड़े सामने आ गईं। सिर से उतर ललाट-मुँह होकर नीचे आता मुँह को आधा ढके लिपटा आँचल। आधी मुस्कान छुपी और आधी चमकती हुई। दास ने थाली से थाक-भर पूरियाँ निकालीं और सामने बढ़ी तश्तरी में डाल दीं, "भाभीश्री, प्रणाम! इसमें से मलाई भी मुझे निकालनी ही होगी।"

उन्होंने अभिवादन का सस्मित उत्तर दिया और तश्तरी को उनके सामने रखकर खड़ी हो गईं। दास ने उनकी ओर विनय-भाव से ताकते हुए मलाई कम करने के लिए एक कटोरे की आवश्यकता का संकेत किया। इसके उत्तर में उन्होंने भी संकेत कर मलाई भी इसी तश्तरी में डाल देने को कहा। वह तुरन्त निकली हुई पूरियों की बगल में मलाई रखने लगे।

प्रसाद बोले, "भैया के निधन के बाद मेरी तो सारी दिनचर्या ही डगमगाती चली गई। अब तक तो मेरा आहार दशांश हो चुका है। अब तो चिन्ता ही आहार बन गई है। रही-सही कसर यह सृजन-उद्यम निकाल लेता है। जब सब ठीक-ठाक था, सिर पर भैया का शिखर-संरक्षण था, उस समय की मेरी खुराक जानते हो न?" उन्होंने हाथ में कौर लेकर मुँह में डालने से पहले प्रश्न किया।

दास को ऐन भोजन के समय प्रसाद का यह भावुक अंदाज दहलाने वाला लगा। इस प्रसंग को आगे न बढ़ाने की बात सोचते हुए भी उन्होंने स्वाभाविक जिज्ञासा जताई तो वह बताने लगे, "प्रात: सेर-सवा सेर धारोष्ण गोदूध पीकर व्यायाम शुरू करता था। एक हजार सपाटे और पाँच सौ बैठक तथा अखाड़े में अठारह-बीस जोड़ कुश्ती। तदनन्तर बादाम की गिरी एक पाव और एक पाव घी तथा ढाई सेर दूध का हरीरा। दिन में दो फुल्के, थोड़ा चावल और पाव भर घी में चार-छह चम्मच दाल, थोड़ी सादी बिना मिर्च-मसाले की तरकारी, अपराह्न में चार सेर बेदाने का रस निकालकर कुछ पिस्ते, किशमिश और चिलगोजे के साथ खाता था। तब सायंकाल एक हजार हाथ जोड़ी मुगदर भाँजता और डेढ़ पाव बादाम की गिरी की ठंडई लेता।" प्रसाद ने खाते हुए बात पूरी की।

दास ने तत्काल कहा, "मुझसे सम्भवत: तुम्हीं ने पहले कभी कहा था कि प्रकृति की ओर से प्राणी की साँसें और अन्न-जल की जीवन-भर की समस्त उपभोग मात्रा तय है। अब इसे चाहे जैसे खर्च करो। जल्दी-जल्दी खर्च करो तो यहाँ से प्रस्थान का समय जल्दी आ जाए अन्यथा बचा-बचाकर व्यय हो तो धरती पर रहने की अवधि कुछ लम्बी खिंच जाए। इसी के आलोक में मैंने थोड़ा-थोड़ा खाने का अभ्यास विकसित कर लिया है।"

इस पर एक साथ दोनों ठठा पड़े।

94

दास सामने के छोटे तख्त पर बैठे हैं। गंजी और सफेद धोती में। कमर में अंगोछा लपेटे प्रसाद उघार-निघार, बड़े चौड़े वाले तख्त पर। सिरहाने तकिए के दोनों ओर थकिया

कर रखी हैं पुस्तकें। वेद, उपनिषदें और अपनी किताबें। 'लहर', 'झरना', 'अजातशत्रु', 'चन्द्रगुप्त', 'स्कन्दगुप्त' और 'कंकाल'। पत्रिकाओं में 'इन्दु', 'माधुरी', 'हंस' और कुछ अन्य। एक पल के लिए लगा, जैसे पत्रिका-पुस्तकों की ऊँची थाकें पर्वत-शृंखलाओं में तब्दील हो गई हों! उनके बीच सभी छोटे-बड़े शिखरों से ऊँचे कद के प्रसाद, रचना-समाधि में लीन। शीश-शिखर पर विचारों की गुत्थमगुत्था सघन जटाजूट। इसके ऊपर प्रखर जीवन-दृष्टि का धवल-मुखर चन्द्र। गले में रुका-अटका काल-अकाल हलाहल। गर्दन में कई घेरों के साथ लिपटा-चौकन्ना अभिव्यक्ति के खतरे-चुनौतियों का सजग-चौकन्ना नाग भी। यह भी लगा, जैसे सचमुच ही उनके ललाट पर एक तीसरा नेत्र भी है, जो है तो मुँदा हुआ किन्तु उस पर आवृत्त पलक किसी जीवन्त शब्द की तरह धड़क रहा है।

प्रसाद ने कागज-पत्तर खोलते-फैलाते हुए एक दृष्टि इधर डाली तो दास की नजर टकरा गई। मानस पटल पर झिलमिलाता जल-बिम्ब जैसे किल्लोलित हो उठा। रचना-समाधि का वह प्रदृश्य हिल गया। इससे उन्हें तीव्र दर्द का अनुभव हुआ। पीड़ा छलककर निकली और मुखमंडल पर छलछला गई। प्रसाद ने यह सब देखा-समझा। मीठे-मीठे पूछा, "मित्र, तुम्हारी आँखों में आन्दोलन दिख रहा है। तुम्हें अगर नींद छेड़ने लगी हो तो वहीं ढेर हो सकते हो।"

दास चिहुँक गए। सिर को एक झटका देकर उन्मुख होते बोले, "नींद नहीं, एक सपना मेरी आँखों पर आकर झूल रहा था, तुमने नाहक टोककर इसे तोड़-फोड़ डाला।"

"वाह, भई, क्या खूब सपना देख रहे हो! तुम्हें तो, लगता है, बड़ी सुविधा हो गई है—बैठे-बैठे खुली आँखों सपना सहला लेते हो!"

दास चुप रहे। प्रसाद ने एक रजिस्टर खोल लिया। कुछ देर उसमें डूबे रहे फिर दृष्टि उठाकर बोले, "'कामायनी' में एक गतिरोध आ गया है। मेरे सामने एक यह समस्या उपस्थित है कि मैं बुद्धिवाद की विडम्बना को दिखाने के लिए जो परिस्थिति रचना चाहता हूँ, उसमें मनु को श्रद्धा से थोड़ा विमुख होना है। इस क्रम में कर्मक्षेत्र की सहयोगिनी इड़ा की ओर मनु आकर्षित होंगे। उन्हें घर-गिरस्ती में डूबी श्रद्धा की अपेक्षा नये-नये विचारों और कल्पना-महत्त्वाकांक्षाओं से अलंकृत इड़ा में अधिक सम्मोहन दिख रहा है।"

दास चुपचाप ध्यानस्थ बैठे ताकते रहे। प्रसाद ने बात आगे बढ़ाई, "'शतपथ ब्राह्मण' के अनुसार मनु ने जब इड़ा से परिचय पूछा तो उसने साफ शब्दों में कहा कि वह तो उनकी दुहिता है। मनु इस पर प्रतिप्रश्न करते हैं कि वह उनकी दुहिता कैसे हुई? तो इसके उत्तर में वह बताती है कि उनके दही, घी आदि के हवियों से ही उसका पोषण हुआ है इसलिए वह दुहिता ही तो हुई। इसके अतिरिक्त 'शतपथ ब्राह्मण' में ही यह भी उल्लेख मिलता है कि इड़ा की ओर उन्मुख होने के कारण मनु को देवताओं का कोपभाजन भी बनना पड़ा—'तद्धै देवानां आग आस'।" दास मूर्तिवत् अपलक अडोल। इसे भाँपते हुए उन्होंने आगे कहा, "तुम मेरी बातें सुन तो रहे हो न, या कि फिर कोई सपना तुम्हारी आँखों के आगे झूलने-लटकने लगा है?"

वह कुछ नहीं बोले, सिर्फ हल्के मुस्कुराए और सिर को हिलाकर रह गए। प्रसाद फिर प्रसंग पर लौटे, "अब मेरे सामने दुविधा यह है कि मैं इड़ा की ओर मनु का आकर्षण

उभारकर चित्रित कर दूँ अथवा नहीं? वैसे मेरी प्रबन्ध-योजना की माँग तो यही है किन्तु भीतर कहीं ऐसा कुछ है जो रह-रहकर रोक-टोक रहा है। आखिर यह समाज-व्यवहार का प्रश्न है। इड़ा जो स्वयं को मनु की दुहिता बता रही है, उसी मनु का उससे संसर्ग। है न ब्रह्मांड को झकझोर कर रख देनेवाली बात?"

प्रसाद चुप हो गए और उत्तर की प्रतीक्षा में ताकते रहे। दास ने उनकी रेंगती दीप्त दृष्टि की विद्युत-तरंग-सी दिव्य ऊर्जस्वित छुअन महसूस की। पहले अपने मुखमंडल पर, फिर क्रमश: सरसराती हुई पूरी देह-त्वचा व अन्तत: हृदय-मन पर। सामने बैठकर ताक रहे प्रसाद की उपस्थिति का अनुभव सर्वथा भिन्न लगने लगा। नितान्त अपरिचित और अजाना। उनकी आँखों से विचार-आलोड़न उठकर अग्नि-बतास की तरह जैसे सामने से मुँह पर झर्-झर् गिर रहा था। लगा, जैसे आग के बड़े गोले के सामने आ गए हों! ताप सहन-सीमा को तोड़कर अपने पंजे में दबोचता हुआ-सा महसूस होने लगा। किंचित घबराहट भी।

दास मद्धिम आवाज में बोले, "देखो मित्र, दोस्ती-यारी अपनी जगह है। मुझे इस बात का गर्व है कि तुम जैसे कवि-मनीषी की निकटता इस तरह सुलभ है किन्तु इसका अर्थ यह कदापि नहीं कि मैं तुम्हारे वैचारिक संघर्ष में कोई योग देने के योग्य भी हूँ। कला या पुरातत्त्व के किसी इतिहास-भूगोल या नाटक आदि के सामाजिक संदर्भ पर तो मैं कुछ सोच-बोल तो सकता हूँ किन्तु अभी जो तुम कह-बोल रहे हो, सचमुच ऐसे गुरु-गम्भीर मसलों पर मैं कोई सटीक परामर्श दे पाने में सक्षम नहीं हूँ। तुम अब तक जो कुछ भी कह गए, वह सब मेरे माथे के ऊपर से बाढ़ के पानी की तरह हहाकर गुजर चुका है। तुम मुझे क्षमा ही करो..., उदारता दिखाओ और मुझे चादर ही तान लेने दो, अपनी सृजन-पीड़ा और अपने हिस्से का विचार-बवंडर तुम्हें स्वयं व अकेले ही झेलना होगा।"

प्रसाद ने आँखें मूँद लीं। कुछ क्षण तक स्थिर रहे। बाद में सिर को अर्द्धचंद्राकार झटका दिया। ऐसा लगातार कई बार किया। जैसे मस्तिष्क पर सवार कुछ अवांछित धूल-धक्कड़ों को झाड़ रहे हों! अचानक वह ठठाकर हँस पड़े, "वैचारिक संघर्षण के क्षण थोड़े असहज और अभेद्य-से तो लग सकते हैं किन्तु ऐसा कदापि नहीं है कि यह जैसे कोई अलौकिक और अव्याख्येय प्रक्रिया हो। भई, यह सीधे-सीधे सृजन का आत्मसंघर्ष है। हर विचार-सरणि के चिन्तक या लेखक को इसी जैसी पीड़ा में तैरना और इसी के भीतर डूब-उतरकर अपना अभिप्रेत टटोलना-निकालना होता है। अपनी प्रत्येक रचना का समस्त दंश-संदर्श एक बार स्वयं झेलना होता है। अपने हर पात्र की हर काली-उजली अनुभूति रचनाकार को पहले खुद धारण करनी या उठानी होती है। चित्रण से पहले प्रत्येक जीना-मरना सर्जक को अपने पर वरण करना ही होता है, सो मनु का हर मानस-प्रलय मुझे तो झेलना ही होगा, लेकिन, आखिर, मैं भी कोई विशिष्ट जीव तो हूँ नहीं, वही सुँघनी साहु नामधारी प्राणी हूँ जो आज भी दिन भर नारियल बाजार में दुकानदारी-साहुकारी करके तुम्हारे ही साथ लौटा है और अब इस भूमिका में तुम्हारे सामने उपस्थित है। ...हाँ, एक यह बात अवश्य है कि अपने कुछ इतर प्रयास व स्वनिर्मित स्वभाव के तहत प्रतिदिन कुछ पन्ने काले कर लेता हूँ, इसी जानलेवा आदत को ढो रहा हूँ, बस! मैं इस क्षण भी बिलकुल ही तुम्हारा वही सखा हूँ।...हाँ, यह है

कि तुम्हें मेरी बातें तत्काल इसलिए समझ में नहीं आ रही होंगी क्योंकि तुमने इस दिशा में वह अध्ययन-शोधन अथवा चिन्तन-मनन-यात्रा की ही नहीं जिससे गुजरता हुआ मैं विचार या अनुभूति के इस क्षण अथवा दशा-विशेष तक पहुँचा हूँ, बस! निस्सन्देह ऐसी कोई बात कदापि नहीं है कि मैं जो कुछ कह-बोल रहा हूँ, वह किसी भी दूसरे के लिए अग्राह्य और असाध्य ही हो। चलो, तुम इसे लेकर अब कोई मानसिक व्यायाम करने की चिन्ता से पूरी तरह मुक्त हो जाओ, विश्राम ही करो।"

95

प्रसाद ने जगाया। दास उठ बैठे। आँखें मीसते हुए, "सुबह हो चुकी है क्या?"

मुस्कुराए प्रसाद, "हाँ, मैं बाहर निकल रहा हूँ प्रात:भ्रमण के लिए। बेनियाबाग में टहला जाएगा। वहाँ प्रेमचन्द भाई साहब भी मिलेंगे, डॉक्टर हुबदार सिंह भी और सीताराम चतुर्वेदी आदि भी। इसीलिए सोचा कि तुमसे पूछ लूँ। यदि चलना चाहो तो उठ जाओ, नित्य क्रिया के बाद जल्दी तैयार हो लो अन्यथा चलने का मन न हो तो यहीं अभी कुछ देर और आराम से सोए भी रह सकते हो।"

"तुम्हारी नींद पूरी हो चुकी है क्या?" दास ने विस्मय से ताका, "यार, तुम सोए कब और अभी ही जाग कैसे गए?"

"नींद पूरी होने का प्रश्न तो तब उठेगा न, जब यह शुरू हो सकी हो। ऐसे में कब सोने या कैसे जगने जैसे प्रश्न भी बेकार हैं।"

दास अचकचाकर उन्हें ताकते रहे। प्रसाद आगे बोले, "ऐसे ही किसी-किसी दिन मैं रात भर जगा ही रह जाता हूँ और अंत में भोर होते ही इसी तरह प्रात:भ्रमण के लिए निकल लेता हूँ। असल में लिखने-पढ़ने का यह काम दिखता तो है कि स्याही से हो रहा है किन्तु यह एक बाहरी सत्य है। मूल सचाई तो यह कि यह कार्य स्याही से नहीं बल्कि नींद व रक्त से सम्भव-सम्पन्न होता है।"

दास ने नींद को झटक दिया और उठ बैठे, "एक तो भारी-भरकम बौद्धिक डोज दे-देकर रात में ढेर कर दिया, उसके बाद अब सुबह-सुबह भी फिर वैसा ही गुरु-गम्भीर डोज मत शुरू कर दो।"

प्रसाद मुस्कुराए। दास चुपचाप आँगन की ओर बढ़ गए।

कुछ ही देर बाद दोनों परिसर से बाहर आ गए। शीतल-मन्द बयार के धार-प्रहार से अँधेरे की चिन्दियाँ उड़ रही थीं। आसमान का मन साफ होता जा रहा था। हर पदचाप से जैसे रात भर के जमे कालेपन के सीने की क्रमश: एक हड्डी टूट रही थी। गली से बाहर निकलते हुए उजास कुछ और बढ़ा हुआ-सा लगा।

बेनियाबाग में घुसते-घुसते ऊपर आसमान भीगी धोती जैसा लहराने-चमकने लगा। सामने से आते दिखे मुंशी प्रेमचन्द। साथ में कोई एक अन्य सज्जन भी। कुछ ही दूरी पर।

प्रसाद के अभिवादन पर प्रेमचन्द ने खिलखिलाते शब्द उछाले, "अभिवादन का काम मेरे ही हाथ में रहे तो ज्यादा अच्छा लगेगा। बेहतर तो यही होगा कि यथार्थवाद ही दूर से छायावाद को नमस्कार करे।"

"भैया मुंशी जी, हर मामले में वाद तो अन्ततः किसी-न-किसी विवाद का ही पूर्वज या वंशज होता है। इसलिए वह चाहे छायावाद हो या यथार्थवाद, मैं किसी के प्रति बहुत उत्साहित या आकर्षित नहीं हूँ। यों भी किसी 'वाद' का बेतहाशा वादन मैंने कभी किया कहाँ! वाद न वादन, मेरे लिए तो वरेण्य है जीवन : जीवन और सिर्फ जीवन! मैं कहाँ स्वयं को किसी भी एक खाँचे में धँसाकर छोड़ पाता हूँ। मुझे तो प्रिय है हर बार अपना ही साँचा तोड़ना और अपने लिए फिर-फिर नया साँचा गढ़ना। यह तो हमारे यथार्थवाद का ही अपना यथार्थ है कि यहाँ जो एक साँचा बन गया, वह बन गया, फिर तो यही एक मुखड़ा पकड़कर राग पर राग आजमाने का काम धुआँधार चल निकला है।" प्रसाद ने हँसकर कहा।

प्रेमचन्द ने मुस्कुराते हुए दास पर एक दृष्टि डाली, "वाह, आज तो सुबह-सुबह काव्य के साथ ही कला के भी समवेत् दर्शन हो रहे हैं!"

"हाँ, काव्य और कला यहाँ अपनी कहानी बहिना से मिलने जो आई हैं!" दास की वाणी की मधुरता किन्तु तेज धार।

"बहुत खूब! ऐसा ही है भी। समूचा रचना समाज तो अन्ततः स्वयं में एक ही है, सभी विधाएँ जननी हैं, सब अथक भाव से रचती-गढ़ती रहती हैं। यही समग्र-सार्वभौमता तो सबसे विरल बात है।"

तीनों पास पहुँचे, मिले और एक साथ खड़े हो गए। हवा का शीतल स्पर्श घाट के निकट खड़े होने जैसा भ्रम जगा रहा था। प्रेमचन्द आगे बोले, "वैसे यह एक अच्छी बात है कि बाबूसाहब अपने लेखन में जितने गम्भीर हैं, बतियाने में उनकी पकड़ भी वैसी ही संजीदा। अच्छा, एक बात याद आई..."

प्रसाद ने उनकी ओर जिज्ञासा से देखा। पीछे से लक्ष्मीकान्त झा के नमस्कार ने सबका ध्यान खींच लिया। उनके पीछे-पीछे आ रहे डॉक्टर हुबदार सिंह और राजेन्द्र नारायण शर्मा भी निकट पहुँच गए। डॉक्टर से प्रेमचन्द और प्रसाद तपाक से मिले। राजेन्द्र नारायण शर्मा ने दोनों का विनम्र अभिवादन किया। दोनों ने उनके प्रति स्नेह दर्शाया।

प्रेमचन्द दूसरे ही पल लक्ष्मीकान्त झा से बोले, "वाह, झा जी, आप भी यहाँ आ गए? यह बहुत अच्छा हुआ। दरअसल, मैं अभी बाबूसाहब से आपकी ही वकालत करने जा रहा हूँ..."

प्रसाद ने बीच में ही कहना शुरू कर दिया, "आप सबसे मैं सहमत हो चुका हूँ। अब और कुछ कहने की आवश्यकता नहीं।"

"वाह, तो आप अपने 'चन्द्रगुप्त' नाटक को मंचानुकूल सरल-संक्षिप्त कर देने पर राजी हो गए हैं न?" प्रेमचन्द ने पूछा।

"मंच नहीं, कलाकार के अनुकूल। और 'चन्द्रगुप्त' ही नहीं, यदि मुझसे कहा जाए तो मैं अपने सभी नाटकों का पुनर्पाठ तैयार करने को तैयार हूँ। हर नाटक को मंच पर उतरने का जन्मसिद्ध अधिकार है तो है। अब हमारे कलाकार बन्धु हमसे जैसी अपेक्षा जताएँगे, मैं वह सब पूरा करने को तैयार हूँ।" प्रसाद की वाणी काव्य-पंक्तियों-सी घनी बुनी हुई और ठोस।

प्रेमचन्द मुदित, "बाबूसाहब, आपकी ही शब्दावली लूँ तो कहना होगा—शुभस्य शीघ्रम्!...यानी अब इसमें कोई देर न हो। झा जी और राजेन्द्र जी को आप समय तय कर बुला लीजिए। आप बोलते जाएँगे और बारी-बारी से ये दोनों इसे लिपिबद्ध करते चले जाएँगे।" उन्होंने उन दोनों की ओर ताककर पूछा, "क्यों मेरे युवा साथियो! आप लोग सहमत तो हैं?"

लक्ष्मीकान्त झा ने विनम्रता के साथ अपने हाथ जोड़ लिये, "बाबूसाहब, बहुत-बहुत आभार! हम सबको पहले से यह विश्वास था जो तमाम डगमगाहटों के बाद भी लगातार अभी तक कायम रहा कि आप एक न एक दिन अवश्य ऐसा ही कोई अनुकूल निर्णय लेंगे। आप चाहे जब बुला लें, मैं हाजिर रहूँगा।"

राजेन्द्र नारायण शर्मा ने भी अपनी सहमति व्यक्त की।

"हमारा विश्वास अन्ततः विजयी हुआ।" लक्ष्मीकान्त झा का तरंगित हृदय उनके तरल झिलमिल बोल में प्रतिबिम्बित हो रहा है।

प्रसाद मुस्कुराए, "तो लगता है कि दिल में कायम इसी संगठित विश्वास ने मेरे मन के भ्रम व अहंकारों को पराजित किया।"

"हाँ, भ्रम-अहंकार पराजित हुए और नाटककार प्रसाद विजयी।" यह प्रेमचन्द का उद्घोष है।

अभिनय, नृत्य, गायन-वादन, रेखांकन-रंगांकन, रूपायन-रसायन, चिन्तन-मनन, लेखन-देखन से लेकर विचार-व्यवहार और प्रत्येक क्रिया-व्यापार तक, सब कुछ 'आत्म' का ही तो अथक अभिव्यक्ति-प्रयास है। बहुरूपी-बहुआयामी। अनुभूति का यह संप्रेषण-उद्यम तो सृष्टि की पहली सुबह ही शुरू हो गया होगा। जब न जिज्ञासा का जन्म हुआ होगा, न उत्सुकता की उत्पत्ति; भाषा का आभास ही नहीं, बोल ने फूटना तक न सीखा होगा; तब प्रथम पुरुष ने जब सबसे पहले चारों ओर जो दृष्टि दौड़ाई होगी, जीवन-जगत के इतिहास में यह 'देखना' ही हमारी पहली अभिव्यक्ति बना होगा। 'देखने' के समानान्तर 'दिखना' भी तो तत्क्षण सम्पन्न हुआ होगा, यानी पहली ही अभिव्यक्ति से संप्रेषण-संचार का गमनागमन-सूत्र स्थापित। अनादि काल से आरम्भ होने वाला यह अभिव्यक्ति-सिद्धान्त भला अनन्त युगों तक क्यों न पले-चले?

प्रसाद के मन में उठ रहे हैं ऐसे भाँति-भाँति के विचार। फैल-पसर रही हैं अनुभूति-तरंगें। चिन्तन पके-अधपके। सिंकते-सीझते, खुलते-खौलते-से। निकट ऊँचाई पर लटकते-खेलते काले-उजले बादलों की तरह। नारियल बाजार की गली में सामने रेंगती भीड़ भी गुच्छों में। चलते-टहलते लोग। दुकान में ग्राहक भी अच्छे-खासे। उनसे जीतन और दो अन्य सहयोगी मुखातिब हैं। अपने-अपने काम में सभी मशगूल।

"प्रणाम!" एक साथ दो स्वर, सामने से।

"प्रणाम, प्रणाम!" दृष्टि उठ गई प्रसाद की।

पास आते दिख रहे हैं दो उत्साही युवा। अपरिचित। आँखों में चमक। जिज्ञासा की चहक-कुलबुलाहट और सद्भावना का रंग। प्रसन्नता के कण दोनों मनोभावों से ज्यादा चमकीले।

"प्रणाम। आइए, आइए!" प्रसाद मन-ही-मन पहचानने की कोशिश कर रहे हैं।

निकट आकर दोनों भावविभोर। आगे वाले ने हाथ जोड़े, "जी, मैं कमल नयन सिंह—गोरखपुर से।"

दूसरे ने भी उसी तरह विनम्रता निवेदित की, "और मैं श्यामनारायण मिश्र। मैं भी वहीं से। हम दोनों एक साथ दो दिनों पहले काशी पहुँचे। इस धरती का महान संस्पर्श पाते ही सबसे पहले इसी दहलीज पर आए, किन्तु हमारा दुर्भाग्य कि आपसे भेंट नहीं हो सकी। आपके दर्शन हो गए होते तो उसी क्षण से काशी-प्रवास स्मरणीय और आनन्दप्रद हो गया होता। कल भी हम लोग यहाँ से निराश लौट गए। हमारे ये दो दिन खाली-खाली-से बीते हैं। नाटक-सुख भी यदि न मिला होता तो सम्भवत: यह समय बहुत कष्टकारी होकर बीतता।"

"हाँ, पता चला कि दो दिनों से दो लोग दोपहर में आते हैं और लौट जाते हैं। मुझे लगातार यह भी महसूस होता रहा कि आप दोनों अवश्य ही साहित्य-संस्कृति के गहरे अनुरागी होंगे और मेरे प्रति भी उन्मुक्त स्नेही। यह भी समझ में आता रहा कि भावमग्नता के कारण ही आप लोग अपने बारे में यहाँ कोई सूचना छोड़ना भूल जा रहे हैं। वैसे, आप लोग शाम को आते तो किसी दिन निराश नहीं होना पड़ता। यहाँ तो हर शाम लेखक-जुटान होता है, बैठकी जमती है, कहकहे लगते हैं।"

"असल में रोज शाम को हम लोग नागरी नाटक मंडली चले जा रहे हैं न, इसलिए।"

"अच्छा, यह बात!" प्रसाद ने सिर हिलाया, "यानी कि नाटकों में भी रुचि रखते हैं?"

"हाँ, लेकिन काशी आने का मूल उद्देश्य रहा आपसे मिलना ही। नाट्य-प्रस्तुतियाँ तो गोरखपुर में भी होती रहती हैं। यों हम लोग कवि-लेखक जैसे कोई विशेष जन तो नहीं हैं..."

"लेकिन आपकी रचनाओं के पाठक अवश्य हैं। हमें अपना विशेष प्रशंसक ही समझ लीजिए।"

कमल नयन हस्तक्षेपपूर्वक नहीं, आवेग पर नियंत्रण छूट जाने से अनजाने ही बीच में टपक पड़ा और मित्र की बात तोड़कर बीच में अपने वाक्य खोंस डाले। बोलते-बोलते कुछ और समीप आ गया। भावविभोर हो चरण-स्पर्श करने लगा। तुरन्त ऐसे ही श्याम नारायण भी।

मुखमंडल दमक उठा है प्रसाद का। उन्होंने झुककर दोनों को उठा लिया, "यह विशिष्ट सद्भावना तो यही बता रही है कि आप दोनों साहित्य के असाधारण अनुरागी हैं, और ऐसे ही गुणग्राही भी। आइए, भीतर आ जाइए। बैठिए। स्वागत है।"

दोनों को जैसे यह निकटता सपनीली लग रही हो! आँखें मींचते हुए वे चुँधियाए से ताके जा रहे हैं। दृष्टि-संस्पर्शों से दृश्य फलक को टोहने-टटोलने और इसकी प्रत्यक्ष पुष्टि करने में जुटे हुए-से। प्रसाद सब कुछ समझते-महसूसते हुए स्नेह बरसाते रहे, "हमने कुछ लिखा, इसे आप लोगों ने शिद्दत से पढ़ लिया। इतने में तो लेखन-लक्ष्य लगभग पूरा हो चुका। आप लोग इसी के प्रभाव में यहाँ तक खिंचे चले आए और अब अपनी ऐसी भावपूर्ण प्रतिक्रिया-प्रसन्नता भी जता रहे हैं। विश्वास कीजिए, यह तो मेरे सृजन-श्रम का दुगना-तिगुना भुगतान है। अतिरिक्त मानदेय, रससिक्त पारिश्रमिक। यह

तो किसी भी लेखन-कर्म की शुद्ध सार्थकता-सफलता है। लेखन-सुख की यही पराकाष्ठा है। मैं आप लोगों को यह बताऊँ कि यह पाठक-परितोष ही लेखक का सबसे बड़ा पुरस्कार है। इसके अलावा इस क्षेत्र में जो कोई भी अन्य कर्मकांड हो सकता या होता है, वह सब औपचारिक है, और किसी हद तक अनावश्यक भी।"

दोनों ने संकेत पाकर दुकान के गद्दे पर ही आसन जमा लिया। चर्चा चली। दोनों ने पूरा प्रसंग खोला। प्रसाद पूछते गए, दोनों भिन्न-भिन्न नाटक-प्रस्तुतियों पर सविस्तार टीका-टिप्पणी सहित वर्णन सुनाते रहे। उनकी जिज्ञासा के केन्द्र में उग्र का अभिनय रहा, "तो 'मानसी' के बारे में आप लोगों की राय बनी?"

"कौन मानसी?" दोनों एक साथ चौंके।

"द्विजेन्द्रलाल राय कृत नाटक नहीं देखा क्या? उसमें मेरे मित्र उग्र ने अभिनय किया है। वही देखने के लिए मैं जाने को इच्छुक रहा किन्तु किसी तात्कालिक व्यस्तता के चलते नागरी नाटक मंडली नहीं पहुँच सका।"

"आपके मित्र महाशय का नाम तो पढ़ा-सुना जैसा लग रहा है। उनकी कोई न कोई रचना भी पढ़ने का मौका हमें मिला है। लेकिन उन्हें कभी प्रत्यक्ष कहीं देखा नहीं है न, इसलिए पहचान पाना सम्भव नहीं था। खैर, आप नाटक का नाम तो बताएँ?"

"शीर्षक तो मुझे याद नहीं, लेकिन आप लोगों ने उन्हें पहले कभी देखा होता तब भी मंच पर शायद ही पहचान पाते।" प्रसाद व्यंजनापूर्वक मुस्कुराए।

"नहीं, ऐसा कैसे सम्भव है? पहले देखे होने पर तो पहचान ही जाते।"

"असल में उग्र ने स्त्री-पात्र मानसी का ही रोल किया है न! मैं उनका हुलिया बताता हूँ—गोल-मटोल चेहरा, अच्छा-खासा डीलडौल और संजीदा व्यक्ति।"

"अच्छा, अच्छा, तो यह 'मानसी' नाम का ही नाटक था शायद!" श्यामनारायण ने सिर खुजलाते हुए स्मृतियाँ खंगालने की कोशिश शुरू की।

"ओफ्फोह, ठीक कहा आपने। ध्यान देने पर मुझे अब समझ में आ रहा है।" कमल नयन का चेहरा लगभग चहचहा उठा, "नायिका मानसी के अभिनय में बेशक कुछ खास दिलकश अदा-अंदाज रहे, डायलॉग डिलीवरी हो या कथ्य-कथन को साकार करने का उसका अभिनय-प्रयास, सबमें थी दक्षता। एक-एक दृश्य में खास चहक-कसक से भरी दिखी उसकी उपस्थिति। किन्तु मैं आपको क्या बताऊँ..." बोलते-बोलते वह संकोच से सिमट-सा गया।

प्रसाद समुत्सुक। जिज्ञासा का यह आवेग देखकर वह चाहकर भी आगे चुप न रह सका। सकुचाते हुए आगे बताने लगा, "मंच पर 'मानसी' के मूवमेंट में लगातार कुछ-कुछ अजीबपन महसूस होता रहा, हालाँकि अभिनय एकदम सधा हुआ रहा किन्तु रह-रहकर उसके चेहरे और चाल-ढाल में एक खास तरह की दृढ़ता खिंच जा रही थी जो उसकी अदाओं की मादकता-कोमलता को जैसे रह-रहकर गहरे खुरच-खरोंच दे रही थी।" कमल नयन ने अपना नजरिया सामने रखा।

"लेकिन आश्चर्य है कि उस पात्र के यथार्थतः पुरुष होने का हमें जरा भी भान नहीं हो सका!" श्यामनारायण सचमुच भौचक।

"और आप अभी न बताते तो बेशक यह राज ही रह जाता।" कमल नयन भी चकित।

मन्द-मृदु मुस्कान में लिपटी चुप्पी टिकी रही प्रसाद के चेहरे पर। युवकों की आँखों में आश्चर्य और सोच-विचार की सरसराहट। कुछ देर तक यह मौन तैरता रहा।

कमल नयन ने प्रसंग बदला, "आपकी तो नाटक के क्षेत्र में गहरी लेखन-सक्रियता है। क्या आप नाटक लिखने के अलावा मंच पर अभिनय-भूमिका निभाना भी पसन्द करते हैं?"

सवाल के समर्थन में सिर हिला रहे श्यामनारायण की आँखों में भी वैसी ही जिज्ञासा-रेखाएँ तैरने लगीं।

"मेरी तो कुछ बड़ी विचित्र अनुभूतियाँ हैं," प्रसाद मुस्कुराते हुए हिलने-डुलने लगे, "बल्कि इसे आप लोग मेरा पूर्वग्रह भी मान सकते हैं। पता नहीं क्यों, मुझे किसी भी अभिनेता को देखकर उसके हर हाव-भाव पर सन्देह होता है। कोई अभिनेता सामने आकर हँसे तो मुझे यही लगेगा कि वह वास्तव में हँस नहीं रहा, बल्कि इसका जीवन्त अभिनय कर रहा है। उसी तरह बोलता हुआ अभिनेता सम्भाषण-कला का रियाज करता जान पड़ता है। दूर से उसे चलता हुआ देखो तो लगेगा कि वह चल-वल नहीं रहा, बल्कि कदम बढ़ाने का अभिनय कर रहा है।"

दोनों अचकचाए-से देर तक मटर-मटर ताकते रहे। कभी सामने उन्हें, तो कभी मुड़कर आपस में एक-दूसरे को। प्रसाद पल भर रुके, तत्पश्चात् आगे बोले, "पता नहीं, कैसे पहली ही भेंट में आप दोनों ने मुझे ऐसा अंतरंग बना लिया कि मैंने धड़ाधड़ कुछ अनाप-शनाप कह डाला। अनुरोध है कि मेरे पूर्वग्रह का अनुकरण कभी न करें।"

नाटक को लेकर तरह-तरह के प्रश्न। देश-समाज व साहित्य-संस्कृति को लेकर कई नये-पुराने सवाल। गोरखपुर में प्रसाद की ससुराल होने की संदर्भ-चर्चा। कुछ लेखकों और उनकी ताजा रचनात्मक सक्रियताओं पर बातें। देर तक चलती रही यह चर्चा-परिचर्चा।

शाम। दुर्गादत्त त्रिपाठी सरायगोवर्द्धन आए हैं।

प्रसाद ने हँसकर स्वागत किया। वह अभिवादनपूर्वक बैठ गए, "बाबूसाहब, कल आपने नागरी नाटक मंडली न पहुँचकर उग्र और मुझ पर बहुत बड़ा अन्याय किया।"

"हाँ, बन्धु।" प्रसाद अतिरिक्त सजग हो उठे हैं, "ऐसा आकस्मिक कार्य पड़ गया कि घर में घिरा रह गया, बाहर निकल नहीं सका। कहीं उग्र नाराज तो नहीं हो गया?"

दुर्गादत्त आगे कुछ बोलते, इससे पहले एक वयोवृद्ध आचार्य आ गए।

प्रसाद खड़े हो गए। उनके आसन ग्रहण कर लेने के बाद ही अपनी जगह वापस आए।

"अरे, साहब, नाराज तो वह ऐसा हो उठा था कि कुछ मत पूछिए।" दुर्गादत्त बताने का आवेग सँभाल नहीं सके। न चाहते हुए भी विवरण बताने लगे, "उसने मंचन से पहले ग्रीनरूम में असली नाटक छेड़ दिया। लगा चीखने-चिल्लाने। आसमान ही सिर पर उठा लिया। लगा, कि अब पूर्वघोषित नाटक मंचित ही नहीं हो सकेगा। लेकिन, खैर, बहुत समझाने-बुझाने पर वह कुछ देर बाद किसी तरह शान्त हुआ तो आगे का कार्यक्रम सम्पन्न हो सका।"

"अच्छा, ऐसा? क्या हुआ, कैसे-कैसे?" प्रसाद की जिज्ञासा में वेग।

चर्चा से जुड़ नहीं पाने के चलते आचार्य आसपास दृष्टि दौड़ाने लगे। पास ही रखे पालि-अपभ्रंश के ग्रंथ पर दृष्टि टिक गई। हाथ बढ़ाकर एक उठा लिया और उलटने-पलटने लगे।

"हम लोग जब नागरी नाटक मंडली पहुँचे तो कार्यक्रम शुरू होने में अभी कुछ विलम्ब था।" दुर्गादत्त प्रसंग सुनाने लगे, "व्यास ने सुझाव दिया कि ग्रीनरूम के पास चलकर टोह ली जाए कि हमारा उग्र भाई फिलहाल किस दशा में है। स्त्री बनकर मंच पर उतरना है तो अभी कहीं दुबककर साड़ी-लहंगा खोंस रहा है या आईने के सामने खड़ा हो सोलह सिंगार कर रहा है? जरा यह भी देखा जाए कि वह आज कन्या-वेश में लग कैसा रहा है; अर्थात् हम लोग उसके गोल सुडौल चेहरे के नये आस्वाद के प्रति जिज्ञासु हो उठे। यह जानने को भी बेताब कि अपने इस बदले रूप में वह मूलत: किस लिंग-वर्ग के साथ स्वाभाविक छवि रच या स्थिर कर पा रहा है? अर्थात्, यह तो पता लगे कि ईश्वर ने उसे स्त्री होने से वंचित करते हुए पुरुष बनाकर उसके साथ कोई कठोर या कोमल मजाक तो नहीं किया?"

बोल-चाल से छलकती व्यंजना, व्यंग्य के चमकीले तीखे पैनेपन और प्रसंग की मृदुल सरसता ने आचार्य को भी आकर्षित कर लिया। ग्रंथ के फड़फड़ाते पृष्ठों में वह अब और समाये न रह सके। सिर उठाकर ताकने-सुनने लगे। तेज जिज्ञासा और मद्धिम मुस्कान के साथ। प्रसाद के सस्मित चेहरे पर जिज्ञासा जस की तस। दुर्गादत्त कहते चले गए, "देखिए, संयोग कैसा चौचक कि दरवाजे के पास पहुँचकर ज्योंही पर्दा हटाया गया, तो ग्रीनरूम में जो एकदम सामने मुखातिब हुआ, वह उग्र का ही मुखड़ा निकला—स्त्री-रूप में सजा-सँवरा दीप्त मुखमंडल! तेल-फुलेल से सँवरी चमकती काली गूँथी लटें, ललाट पर बिन्दी, नाक में नथिया, कानों में झुमका और गले में चंद्रहार जैसे स्वर्णाभूषण। स्नो-पाउडर से सजा चमाचम शशि-मुख! हम दोनों पर नजर पड़ते ही उसकी जैसे चीख निकल गई हो! पहले तो वह तनिक झेंपा फिर आँखें फाड़-फाड़कर ताकने लगा—अजीब ढंग से, आक्रामकता के साथ। उसके ताकने के इस अंदाज पर हम दोनों स्तब्ध। आपस में एक-दूसरे का मुँह ताककर परस्पर निरुपायता जताने लगे। अब तो वहाँ से न हटते बने, न रहते। अचानक वह बौखलाकर चिल्लाया, 'अरे, भई, तुम लोग ऐसे कैसे चले आए? बाबूसाब?...कहाँ हैं वो?...बिना उन्हें लिए कैसे चले आए तुम लोग?...कहाँ रह गए वो?...क्यों नहीं आए?...पूर्व-सहमति-स्वीकृति देकर भी कन्नी काट ली?...'दिस इज रांग! एब्सोल्यूटली डिच्!' " सुनाते हुए दुर्गादत्त रुके।

प्रसाद कसमसा उठे, "तो किसी ने मेरा संवाद उसे नहीं दिया? मेरी आकस्मिकता नहीं बताई?"

"वह कुछ सुनने को तैयार हो तब तो!" दुर्गादत्त ने होंठ बिचकाए, "तत्काल व्यास भाई ने आपके नहीं आ पाने की बात तो शुरू की, लेकिन आगे वजह बताने के लिए उसने क्षण भर का भी मौका नहीं दिया। चीखने लगा। कुछ सुनने को तैयार नहीं। एकदम आपे से बाहर। गला फाड़-फाड़कर हल्ला, 'नहीं आए वो?...कहाँ रह गए?... क्यों नहीं आए?...मुझे पहले से शक था कि वह ऐसा ही कुछ खेल करनेवाले हैं!...

कोई न कोई बहाना बनाकर कन्नी काट लेंगे! देख लो, यही हुआ!...' तो, यह सब देख-सुनकर हम लोगों की तो हालत ही खराब हो गई। काटो तो खून नहीं। उसने हम लोगों से जरा भी न कुछ बातचीत की, न कोई खैर-खबर ली। तेज आवाज में हमें भीतर आने को कहा और लगा गाज-फेन छोड़ने। उसका चेहरा जैसे धू-धूकर सुलगता रहा। विनोद ने समझाना चाहा तो उसका आवेग जैसे आँधी-तूफान बन गया। वह धाराप्रवाह गालियाँ उलीचने-बहाने लगा। बार-बार यही दुहराता रहा कि उसने मुझे तीन पास पहले से इसीलिए दे रखे थे ताकि मैं बाबूसाहब को साथ लेकर ही पहुँचूँ, लेकिन...जब स्थिति एकदम असहनीय हो गई तो अन्ततः विनोद ने अपने तेवर दिखाए। चिल्लाकर उसे डाँटा। उसी जैसे तीखे अंदाज में चीखते हुए उसे आपके न आ पाने की वजह बताई। यह सब सुनकर तो शायद नहीं किन्तु विनोद की तेज चिल्लाहट ने पल भर में उसकी सनक भंग कर दी। अब वह एकाएक चुप हो गया।...इतने में नाटक के निर्देशक आनन्दी प्रसाद कपूर आ गए। उन्होंने आगे बढ़कर उसके कंधे पर हाथ रखा और हम दोनों को बाहर निकल लेने का संकेत दे दिया। वह आहिस्ता-आहिस्ता समझाते हुए उसे लेकर दूसरी ओर जाने लगे। ...इधर, हम लोगों ने वहाँ से लगभग उड़कर पलायन किया। वहाँ से कुछ दूर आ गए तभी राहत मिली। अब हम लोग दर्शक दीर्घा गए, स्थान ग्रहण किया...तो खैर, कुछ ही अंतराल के बाद नाटक शुरू हुआ। 'मानसी' के रूप में उग्र के अभिनय ने तो सचमुच सबको गद्गद करके ही छोड़ दिया—युवती के सर्वथा स्वाभाविक हाव-भाव, नाजो-नखरे सहित! लगा ही नहीं कि अब से कुछ ही क्षण पहले वह एकदम आपे से बाहर वाली मनोदशा में था। किसी बाला जैसा ही एकदम सटीक कोमल अंदाज। लचकीली सुगंधित नजाकत और मटकती-कजरारी आँखों का लहराता सपनीला काला जादू। लाजवाब।"

संकेत पाकर आज का पठन-पाठन-कार्य टालते हुए आचार्य को इत्मीनान हो गया। प्रसाद ने सामने रखे समाचार-पत्र की ओर संकेत किया, "हाँ, दैनिक 'आज' ने तो खूब तारीफ की है पूरे नाटक की प्रस्तुति की। वैसे, इस अखबारी रिपोर्ट के अलावा भी मेरे पास ठोस प्रतिक्रिया पहुँची है—सकारात्मक ही।"

"ठोस प्रतिक्रिया?"

"हाँ, गोरखपुर के दो युवक आए थे। दोनों रंग-प्रेमी रहे जिन्होंने पूरा नाटक देखा और मानसी के अभिनय से प्रभावित भी हुए किन्तु उन्हें यहीं आकर पता चल सका कि नायिका की भूमिका किसी स्त्री ने नहीं की बल्कि वह तो उग्र जी थे।"

यह भी एक संयोग कि ऐन इसी समय तीनों आ गए—व्यास, गौड़ और उग्र। प्रसाद ने सबका सप्रेम स्वागत किया। अपेक्षा के विपरीत सभी चुप। उग्र के चेहरे पर गाढ़े तनाव की तीव्र सरसराहट। सामने बैठे प्रसाद इन मनोभावों को बाँचते रहे, चुप्पी साधे बैठे-बैठे। मन मसोसे बैठे उग्र कातर भाव से वयोवृद्ध आचार्य को ताक रहे हैं।

प्रसाद ने यह अपेक्षा बनाए रखी कि शिकायत हो या बात, उग्र ही शुरू करें। यह प्रतीक्षा खिंचती रही। इधर-उधर नजरें फेर-फिरा रहे गौड़ के गाढ़े मौन पर कई की बारीक नजर : कहीं ऐसा न हो कि वह अचानक अपने 'बेढब बनारसी' रूप में उतर आएँ

और इन बेहद तनावभरे क्षणों में असमय ही कोई व्यंग्य-बम पटक दें! ऐसा होने पर तो कैसा भी विस्फोट हो सकता है। क्या पता, उग्र अपना नाम ही शब्दश: सार्थक कर बैठें!

अन्ततः प्रसाद ने चुप्पी तोड़ी। गौड़ की ओर ताककर संजीदगी से टिप्पणी की "नाटक में मंच-सज्जा-कौशल की भी खूब तारीफ हुई है, अफसोस कि मैं ही नहीं जा सका।"

"जा तो मैं भी नहीं पाता लेकिन क्या करूँ, उग्र के फेर में घेर लिया गया।"

प्रसाद उग्र की ओर मुड़े, "बन्धु, आपके अभिनय-कार्य को 'आज' ने तो चिर-स्मरणीय बताया है, बधाई स्वीकार करें।"

" 'आज' की प्रशंसा को मैं भला क्या तवज्जो दूँ जबकि आप जैसा नजदीक से जानने-समझने वाला व्यक्ति ही मुझे ठेंगे पर रख रहा है!" उग्र को जैसे अपेक्षित अवसर औचक हाथ लग गया हो, "हो सकता है, वहाँ आने पर आप मुझे बेचन ही समझते जबकि तमाम दर्शकों ने तो मुझे मानसी ही समझा—सच्ची मानसी।"

"विश्वास कीजिए, मैं तो आपको इस समय भी मानसी ही समझ रहा हूँ।" प्रसाद ने कलात्मक कोमलता के साथ तीखी मुस्कान चमकाई। कुछ यों कि सभी स्तब्ध। उग्र कुछ न बोले किन्तु 'इस समय भी मानसी' लगने वाली बात पर मन में कुछ खटका अवश्य। दिमाग पर जोर देकर बात का पेच समझने की कोशिश शुरू कर दी।

"आपके कानों में यह क्या लगा-लिपटा हुआ है, अखाड़े की मिट्टी की तरह?" प्रसाद ने मुस्कुराते हुए भौंहें उचकाईं।

सबका ध्यान चला गया। उग्र कान के नीचे हाथ ले गए। टोया। रगड़-पोंछकर अँगुली सामने लाकर देखने लगे। चौंक गए, "अरे, यह कैसे लगी रह गई?...रूज है।" मुँह से औचक ही निकल गया, दूसरे ही पल सकुचाकर गड़ गए।

"आप ही बताइए भला, यह गुलाबी-गुलाबी रूज देखकर भी मैं आपको मानसी क्यों न समझूँ?" प्रसाद की बात पूरी होते ही सभी ठठा पड़े। कमरा झंकृत।

96

"कनक काशी की यह ज्ञान-मानभूमि आज अपने बीच आधुनिक हिन्दी भाषा और साहित्य के सर्वोच्च कैलास शिखर सम्पादाकाचार्य महावीर प्रसाद द्विवेदी जी को पाकर गर्व, संतोष और हर्षातिरेक से आप्यायित है। आधी शताब्दी पहले इसी भूमि पर बल्कि इस समारोह स्थल से महज कुछ ही फर्लांग की दूरी पर चौखम्बा मोहल्ले में बैठकर भारतेन्दु बाबू हरिश्चन्द्र ने इस आधुनिक हिन्दी भाषा की छवि-रचना की थी। यह एक दुखद संयोग रहा कि अपने प्रस्फुटन-काल में ही अल्पायु में उनका इस धरा-धाम से अकस्मात् असमय मौन महाप्रस्थान हो गया। काशी की धरती को भारतेन्दु जैसे अपने लाल का खिला मुखड़ा तक जी भर निहारने का अवसर नहीं मिल सका। भारत का वह दिव्य इन्दु अपनी कलाओं की पहली ही झलक में परम पूर्णिमा की झमक चमकाकर अचानक अन्तर्धान हो गया" पंडित मदनमोहन मालवीय का उद्घाटन-उद्गार अत्यन्त भावपूर्ण। अभिनन्दन समारोह भावों के झंकार से गुंजित।

पल्लीदार पगड़ी और इसके नीचे से झाँकते कटे हुए नन्हे केश-खंड। तराशी हुई मूँछें। कुर्ता-धोती, गले में वृत्त बनाती लिपटी महीन चादर और सामने से आकर लटकते उसके दोनों छोर। सब समवेत मृदु श्वेत और निष्कलुष। उग्र सफेद या नेत्रोद्वेलक कदापि नहीं। दृढ़ता और आश्वस्ति का विश्वास-स्पर्श देनेवाली रजत-चमक, ससंकल्प दिपदिपाती हुई-सी। हिमाद्रि धवल प्रभाषित व्यक्तित्व, चाँदी की तरह पिघलता-फैलता हुआ-सा। मंच से लेकर सामने की भरी-पूरी दीर्घा तक का विस्तार एक कोमल अनुभूति से सरस गया है। झर्-झर् झर रहे हैं ओस-बूँदों से सिक्त-तृप्त फूलों जैसे शब्द, "मुझे अपने आरम्भिक अभ्यास-काल में उस महान विभूति के सम्पर्क में आने का अत्यन्त संक्षिप्त अवसर ही मिला था; किन्तु इसे आज मैं अपने जीवन की सबसे बड़ी उपलब्धि मानता हूँ। भारतेन्दु जी की जो आकृति-प्रकृति आज भी मेरे मानस-प्रदेश में विचरणरत है, वह वस्तुत: एक आदमकद अक्षत प्रकाश-पुंज की छवि है—मन और आत्मा तक को शोक-रिक्त व आलोक-सिक्त कर देनेवाला अनन्त प्रकाश।...आश्चर्य है कि आज यहाँ मैं एक ताजा अनुभूति-लाभ से चमत्कृत हूँ, वह यह कि इस मंच पर विराजमान श्रीमान् महावीर प्रसाद द्विवेदी जी में मुझे उन्हीं पितर-पुरुष भारतेन्दु बाबू की छवि दिख रही है—एकदम स्पष्ट, वही अमोघ संकल्प-दृढ़ता, महासृजन की वही ब्राह्म्य रचना-विकलता, वही अक्षत ऊर्जस्विता, वही विराट भाव-भूमि, वही सरल रचना-विरलता, वही अनन्त निर्माण-संकल्पना, वैसी ही समाधि-सजग सर्जना-अर्चना। सब कुछ वही-वही। काशी-भूमि भी आज कदाचित् अपने लाल भारतेन्दु का इन्दु-मुख जी भर न निहार पाने की सटीक क्षतिपूर्ति कर रही हो!"

करतल-ध्वनि लहरा रही है। सज्जित मंच से लेकर सघन उपस्थिति-दीर्घा तक। मृदुल गंग-तरंग बनकर।

सामने अगली ही पंक्ति में विराजमान हैं महामहोपाध्याय देवीप्रसाद शुक्ल कविचक्रवर्ती, बाबू श्यामसुन्दर दास, मुंशी प्रेमचन्द, प्रसाद, शिवपूजन सहाय, मैथिलीशरण गुप्त, केशव प्रसाद मिश्र, रायकृष्ण दास, सूर्यकान्त त्रिपाठी 'निराला', सुमित्रानन्दन पंत, महादेवी वर्मा, हरिवंशराय बच्चन व विनोदशंकर व्यास आदि। सभी भाव-सजग।

निराला बाईं ओर दास की ओर झुके। महीन फुसफुसाहट भी सुगंध की तरह आसपास तक रिसने-सरसराने लगी है, "मालवीय जी महाराज के बारे में जमाने के मुँह से तो बहुत कुछ सुना था किन्तु आज पहली बार मुझे यहाँ स्वयं उनके मदन-मुख से ऐसे 'कुछ' दिव्य मोहनोद्गार सुनने का शुभ अवसर मिल रहा है, जो सचमुच मुग्धकारी हैं, और पहली ही बार का यह 'कुछ' वस्तुत: 'बहुत कुछ' बनकर आत्मा में उतर रहा है, ठीक आसमान से उतरती अनमोल रक्तोष्ण धूप की तरह। गगन मन में लहराते नवीनतम-मधुरतम गीतों की टहक-चटक चाँदनी की तरह। सटीक कहें तो यही 'बहुत कुछ' अन्तत: 'सब कुछ' है।"

दास ने तिरछे ताकते हुए धीमे-धीमे ध्यान दिलाया, "अरे पंडित जी, कभी-कभी हर्षोन्माद को बर्दाश्त भी करना चाहिए। श्रोता-दीर्घा में आगे बैठकर फुसफुसाने से वक्ता को बाधा होती है। मालवीय जी के ऐतिहासिक उद्गार अभी जारी हैं।"

"ऐसा है बन्धु," निराला मुस्कुराए, "श्रद्धेय मालवीय जी के उद्गार निर्बाध हैं, कोई भी भुनभुनाहट-फुसफुसाहट इसे बाधित नहीं कर सकती।"

दास मुस्कुराए। निराला ने प्रयोजन खोला, "मुझे आपसे एक अनुरोध करना है..." दास ने जिज्ञासा से ताका। प्रसाद की ओर संकेत करते हुए वह आगे बोले, "दरअसल, मुझे अब तक किसी भी मंच से बाबू साहब का काव्य-पाठ सुनने का अवसर नहीं मिल सका है। मेरी प्रबल इच्छा है कि आज यहाँ मंच से उनके कवि की काव्य-वाचक मुखर-मुद्रा देख पाता।"

दास कुछ कहते, इससे पहले बगल में बैठे बचनू तुतलाने लगे, "पंदित जी, मैं तो जयछंतल ता छहपाथी हूँ तिंतु मैं भी आज तत उछता ताव्यपाथी लुप नहीं देथ छता हूँ। मंदलियों में वह भले तोमल छ्वल में तविताएँ छुना देता हो किन्तु मंत पल वह तदापि नहीं चल्हता।" (पंडित जी, मैं तो जयशंकर का सहपाठी हूँ किन्तु मैं भी आज तक उसका काव्यपाठी रूप नहीं देख सका हूँ। मंडलियों में वह भले कोमल स्वर में कविताएँ सुना देता हो, किन्तु मंच पर वह कदापि नहीं चढ़ता।)

निराला हँसने लगे। बचनू को अपनी आवेग से भरी बेधड़क तुतलाहट का ध्यान आ गया। झेंपते हुए वह तत्काल सकुचाकर सिमट गए।

दास ने समझाया, "निराला जी, बचनू जी ने एकदम सही बताया है। जब सहपाठी होकर इन्होंने जयशंकर जी का काव्य-पाठी रूप अब तक नहीं देखा तो दूसरों के लिए यह बहुत कठिन ही होगा न!...बात दरअसल यह कि उन्हें कविता का सार्वजनिक वाचन करना कभी पसन्द ही नहीं आया।"

"चलिए, आपने उनका काव्य-पाठी रूप देखने को 'बहुत कठिन' भर बताया है अर्थात् यह कठिन मात्र है, असम्भव नहीं, यही न?" निराला ने बात से बात फँसा दी, "आप यदि ऐसा कुछ कर सकें कि वह मंच पर आकर काव्य-पाठ करना स्वीकार कर लें तो मैं आपका ऋणी हो जाऊँगा।"

"वाह, पंडित जी, तूं तऽ खूब बैसवाड़ी पेच फसउलाऽ! हमरे बात में हमहींके धके खूब चउचक बझाऽ लेलाऽ?" दास सिर खुजलाने लगे, "चलाऽ, एक उपाय कराऽ, हो सकऽला कि तोरा ई काम में सफलता मिल जाए!"

"क्या, क्या? बताइए तो!"

"देखिए, उधर वो जो बैठे हैं टोपी-त्रिपुंडधारी, तंजेब के लकदक कुर्ता और जयपुरी रेशमी चादर वाले..." दास ने बाईं वाली कतार में दो के बाद वाली तीसरी कुर्सी पर तनकर बैठे कविचक्रवर्ती की ओर धीरे से हाथ उठाकर संकेत किया, "समग्र काशी में यही वह एक शख्स हैं जो यदि अपना मुँह खोलकर कह दें तो जयशंकर के लिए यह अलंघ्य आदेश बन सकता है। मुझे पूरा विश्वास है कि वह इनके कहने पर इनकार तो कदापि नहीं कर सकेगा।"

"ये महाशय हैं कौन?" निराला अचकचाए।

"यही तो हैं कविचक्रवर्ती पंडित देवीप्रसाद शुक्ल—जयशंकर के काव्य-गुरु।" दास ने युक्ति बताते हुए जैसे आश्वस्त किया, "इनकी कोई बात वह कभी टाल ही नहीं सकता—एकदम नहीं।"

उद्‌घाटन-भाषण जारी। खचाखच भरी पूरी दीर्घा मंच की ओर ध्यानस्थ। निराला वेगपूर्वक उठे और कविचक्रवर्ती की ओर लपके। निकट जाकर उन्होंने झुककर अभिवादन किया और उनके कान के पास मुँह ले जाकर पूरी विनम्रता से अपनी बात कह डाली। इसी पंक्ति के अन्तिम छोर पर मुंशी प्रेमचन्द और प्रसाद अगल-बगल बैठे मंच की ओर मुखातिब।

निराला झुके-झुके लौट आए। अपनी कुर्सी पर आहिस्ते बैठ गए। दास से दृष्टि मिली तो मुखमंडल पर उम्मीदों से रँगी मुस्कान चमक उठी।

उद्‌घाटन-भाषण पूरा हुआ। देर तक सिद्ध-समृद्ध करतल-ध्वनि। हवा का रेशा-रेशा तक अद्‌भुत संगीत से छलछलाया हुआ।

कविचक्रवर्ती उठे और खड़े होकर प्रसाद की ओर ताकने लगे। दृष्टि मिलते ही प्रसाद भी उठ गए। पास आए। कविचक्रवर्ती ने उनकी पीठ पर हाथ रख दिया। दोनों साथ-साथ बाहर की ओर चल पड़े, "जयशंकर, तूं तऽ जानते हउवाऽ, हम तोहार भइया शम्भुरत्न के संगतिया रहलीं, यानी हम तोहार गुरुओ हईं अउर बड़ भाइयो। तूं हमार एगो बात मनबऽ?"

"गुरुजी, आज तक आपके कौनो आदेश टलले हईं? आप आदेश तऽ कराऽ।"

"तऽ, चलाऽ, आवाऽ।" दोनों पीछे मुड़ गए। समारोह-स्थल की ओर लौट चले।

प्रसाद किंचित जिज्ञासा-संकोच में लिपटे रहे। कविचक्रवर्ती धड़धड़ाकर मंच पर चढ़ गए। उनकी वाणी में विद्युत-गति आ गई है। शब्दों में हर्ष-कण चमकने-चिनकने लगे हैं। उनके पुष्ट स्वर में उद्‌घोषणा गूँज उठी, "अब जयशंकर प्रसाद जी अपने सृजनाधीन 'कामायनी' महाकाव्य के लज्जा सर्ग का यहाँ पाठ करेंगे।"

उपस्थिति-दीर्घा चहचहाहट से भर गई। विस्मय और हर्ष के बीच की समन्वय-रेखा कुछ पल हिलती रही। जल-बिम्ब की तरह। दूसरे ही क्षण स्वगत स्वागतेय शिष्ट-शान्ति की विनम्र विशिष्ट परतें पुष्प-गलीचे की तरह बिछ गईं।

लोगों को स्वयं की ओर मुदित दृष्टि से मुड़-मुड़कर ताकते देख रहे हैं प्रसाद। किंचित चकित व किंकर्तव्यविमूढ़ होकर। संकोच-भाव क्रमशः गाढ़ा होता चला जा रहा है।

कविचक्रवर्ती गतिपूर्वक मंच से उतर गए। लंबे डग भरते निकट आए, "चलाऽ, अब कुछ सोचाऽ मत, मंच सँभालाऽ। तोहरे सभे हित-मित्रन के इहै इच्छा हौ। येमें कौनो हरजो नायऽ हौ।"

हाथ में गोलियाया हुआ लम्बा उजला कागज। आँखों में क्रमशः केन्द्रीभूत होती कविता। धीर-गम्भीर महाकाव्यात्मक मुख-मुद्रा। छन्द-सधे मन्द-मृदुल पग-डग। प्रसाद जैसे-जैसे मंच की ओर बढ़ रहे हैं, अनेक काव्य-पिपासु सुषुप्त हृदय क्रमशः तरंगित-ध्वनित-निनादित होते हुए मृदंग-वीणा-शहनाई बनते चले जा रहे। पूरी दीर्घा जैसे ध्यानावस्था में लीन-तल्लीन। कवि-स्वर ज्योंही उत्कंठित सितार की सप्त-धार बनना प्रारंभ हुआ, काव्य शब्द-वाक्य से क्रमशः ध्वनि-चित्र और संवेग-तरंग में रूपान्तरित होने-लहराने लगा :

कोमल किसलय के अंचल में नन्ही कलिका ज्यों छिपती-सी,
गोधूलि के धूमिल पट में, दीपक के स्वर में दिपती-सी।
मंजुल स्वप्नों की विस्मृति में, मन का उन्माद निखरता ज्यों,
सुरभित लहरों की छाया में, बुल्ले का विभव बिखरता ज्यों।
वैसी ही माया में लिपटी, अधरों पर उँगली धरे हुए,
माधव के सरस कुतूहल का, आँखों में पानी भरे हुए।
नीरव निशीथ में लतिका सी, तुम कौन आ रही हो बढ़ती?
कोमल बाँहें फैलाए सी, आलिंगन का जादू पढ़ती!

स्वरों का सघन-तरल आरोह-अवरोह, अनन्त पवन-पट पर महीन चमकदार और टहकार ध्वनि-रेखाओं में टँकता-खिंचता-सा। भाव-भंगिमाएँ धार-सार चित्रित होती हुई। मंच से लेकर उपस्थिति-दीर्घा तक, सभी अभिभूत। काव्य-पाठ कर रहे प्रसाद पर महावीर प्रसाद द्विवेदी की पारखी दृष्टि टिकी हुई है। कुछ ही देर में नेत्र भावों से भरकर स्वयं में डूबने लगे।

97

दुकान पर न कोई ग्राहक, न कर्मी। अकेले ही बैठे कुछ लिख रहे हैं प्रसाद। व्यास पहुँचे। अभिवादन के साथ बैठते ही जिज्ञासा की, "जीतन नहीं दिख रहा, कहीं गया है क्या?"

"हाँ, अभी आता ही होगा...चौक के आगे गया है—बुला नाले की ओर। एक ग्राहक के साथ सुँघनी का भरा बोरा उठाए।"

प्रसाद बैठे-बैठे ही पीछे मुड़े व कागज-कलम रख दी। व्यास की दृष्टि तख्त के पिछले कोने पर रखे 'विशाल भारत' के अंक पर पड़ गई। उन्होंने देखने को माँगा तो प्रसाद मुस्कुराने लगे, "अरे, उसे अभी छोड़ो। जाते समय ले लेना, घर में पढ़ना।"

व्यास ने मुस्कुराकर दृष्टि फेर ली। सामने से कृष्णदेव प्रसाद गौड़ आते दिख गए। व्यास खड़े हो गए। गौड़ निकट आकर अभिवादन करने लगे तो प्रसाद ने उठते हुए उनके दोनों हाथ थाम लिये। गौड़ ने उन्हें सिर हिलाकर साग्रह उठने से रोका। दूसरे ही पल वह व्यास से गले मिले। वे आसपास बैठे।

पहले तो वहाँ एक महीन-सी सफेद चुप्पी तनी, फिर धीरे-धीरे उसमें शब्दातीत सतत संवाद के रंग उतरने-भरने लगे। सबकी आँखें आपस में एक-दूसरे के आमुख-पटल को छूती हुई फिसलती रहीं। अभिव्यंजना की अनुगूँज-सी अभिव्यक्ति हवा पर खिंचती हुई। व्यास रह-रहकर पत्रिका की ओर ताक लेते। गौड़ की नजर भी उधर ही उठ-उठ जाती।

प्रसाद के मुखमंडल पर एक अभिधा मुस्कान तिर गई। उन्होंने सिर को झटका दिया, "लो, भैये, मैं समझ गया, तुम नहीं मानोगे।" और पीछे मुड़कर उन्होंने पत्रिका उठाई और इसे व्यास के सामने रख दी।

व्यास ने पृष्ठ उलटते हुए भीतर का एक पृष्ठ खोल लिया। एक दृष्टि डाली और बुदबुदाने लगे। गौड़ का ध्यान भी खिंचा। वह सिर आगे कर पृष्ठ को ताकने लगे।

व्यास ने पृष्ठ पर उँगली रखी और सिर उठाकर प्रसाद की ओर मुखातिब हुए, "गुरु जी, अब बहुत हो गया—बहुत। अब सहन करना कठिन हो रहा है। सबसे पहले तो 'माधुरी' वालों ने संगठित हमले शुरू किये और अब 'विशाल भारत' में भी यही अभियान चलाया जाने लगा है। बेसिर-पैर की बातें। आपकी रचनाओं से खोज-खोजकर ऐसे तथ्य-स्थल निकाले जा रहे हैं जिनकी मनचाहे ढंग से नकारात्मक व्याख्या की जा सके। वह तिल को ताड़ बनाकर जहर उगल रहे हैं। इससे साफ ध्वनित हो रहा है कि लिखने वाले पहले से हमले की नीयत तय कर तब कलम उठा रहे हैं। उन्हें सिर्फ और सिर्फ जयशंकर प्रसाद पर कीचड़ उछालना है। अंक मेरे पास भी आ गया है। आज सुबह ही जब से यह सब देखा है, मन विचलित है।"

"इसमें विचलित होने की कोई बात ही नहीं। रचनाएँ आएँगी तो उनकी आलोचना-समालोचना भी होगी ही। इसलिए घबराने की भला क्या जरूरत?" प्रसाद की आवाज से इस प्रसंग के प्रति अनिच्छा झलक गई।

व्यास को जैसे ऐसी बातें पच नहीं रही हों, उन्होंने मुँह बना लिया। गौड़ ऐंठते हुए-से तटस्थ बने रहे। प्रसाद ने सिर खुजलाते हुए बात बदलने का प्रयास किया, "और बताइए, रामानन्द मिश्र के यहाँ तो आज बहुत गहमागहमी है। सुना है कि नेहरू जी बनारस में ही हैं और आज रामानन्द जी के यहाँ पधार रहे हैं?"

"पधार रहे हैं तो पधारें! नेहरू हों या गांधी, इस पर मुझे भला क्या आपत्ति? मैं अभी जो कहना चाह रहा हूँ, कृपया वह तो मुझे कह लेने दीजिए। आपसे मेरी प्रार्थना है कि फिलहाल तो आप बात न बदलिए, मुझे कृपया बोलने दीजिए..." कहते हुए व्यास ने गौड़ की ओर दृष्टि उठाई। वह बहुत गाढ़ी गम्भीरता ओढ़े बैठे रहे।

प्रसाद ने बारी-बारी से दोनों की ओर ताका। उनके शब्दों में परिहास की चमक आ गई, "बोलिए भई, आप लोगों को जैसे जो बोलना हो, बोलिए। एकदम गरजकर बोलिए, बरसकर बोलिए, उमड़कर बोलिए, बिगड़कर बोलिए, उछलकर बोलिए, कूदकर बोलिए—किसी को कोई भला बोलने से कैसे रोक सकता है?"

"यही तो बात है! आपसे वैमनस्य पालने वाले एकजुट हो रहे हैं, हमले पर हमले कर-करा रहे हैं और एक आप हैं कि इसे मजाक ही मान कर चल रहे हैं!...आप तो गजब पत्थर की तरह तटस्थ बने हुए हैं।"

प्रसाद ने आँखें मूँद लीं। कुछ पल स्थिर रहे फिर संजीदगी से आँखें खोलीं, "हाँ, यार, इसमें मुझे अब क्या करना है? रचना जब छप जाती है तो उस पर सबका अधिकार हो जाता है। पढ़कर जिसे जो अनुभूति हो, उसे व्यक्त करने का सबको पूरा हक है। ऐसे में..."

"लेकिन भला कौन नहीं समझ रहा कि इस पूरे अभियान के पीछे एक विशेष व्यक्ति है?"

"तो रहा करे, मैं क्या करूँ?"

"यह पूरा अभियान ईर्ष्या-द्वेष की उपज है, दुर्भावना से संचालित।"

"जिसके हृदय में जो होगा, वह उसी का तो इस्तेमाल करेगा।"

"आश्चर्य है कि आप अभी भी इसे हल्के में ले रहे हैं?"

"हाँ, ठीक ही तो कर रहा हूँ। हल्की बातों को बेशक हल्के में ही लेना चाहिए।"

"नहीं, इसे ऐसे लेना ठीक नहीं।"

"तो क्या करूँ? जब-जब ऐसा कुछ छपे तो मैं त्रिशूल-डमरू लेकर तांडव शुरू कर दूँ क्या? ईश्वर की कृपा से पहलवानी करता ही हूँ, कहिए तो अपने आलोचकों-निन्दकों को जहाँ-तहाँ पकड़-पकड़कर धोबियापाट देना शुरू कर दूँ?"

व्यास को हँसी आ गई। गौड़ के कानों में जैसे यह सब रंचमात्र भी नहीं जा पा रहा हो!

व्यंग्य से भर गए व्यास, "हाँ-हाँ, इसमें भला कोई सन्देह थोड़े ही है! आप तो ऐसा कर ही डालेंगे।" वक्र स्वर में तरल दर्द चमका। शब्द भीगे-भीगे-से, "चेला मैं आपका ही हूँ गुरुजी! आपकी नस-नस की जानकारी है मुझे। आपका वश चले तो आप ऐसे हर लेख पर अपने विरोधियों की पीठ ही थपथपाने पहुँच जाएँ!"

गौड़ की चुप्पी पर दोनों का ध्यान गड़ने लगा।

व्यास की संजीदगी बनी रही, "सुबह ही जब मैंने 'विशाल भारत' में यह सब देखा, तो मेरे मन में यही बात आई कि इस पर अब आपसे कुछ गम्भीर बातें करूँ।"

"गम्भीर बात? अगम्भीर मसलों पर भला ऐसी बात क्या हो सकती है जो गम्भीर हो सके?" प्रसाद की मुस्कान से धारदार हँसी और हँसी से गहरी असहमति फूटी।

"नहीं, अब आप अपनी यह तटस्थता तोड़िए, अब अनुमति दीजिए।"

"अनुमति! भला किस बात के लिए?"

"इस मामले में हम लोगों को अब एक मोर्चा खोलना ही होगा। ईंट का जवाब पत्थर से देना होगा। मौन रह जाना तमाम आरोपों को स्वीकार कर लेना ही तो है।"

प्रसाद ने इनकार में तेज-तेज सिर हिलाया, "देखिए बन्धुओ, मैं यह बात समझ सकता हूँ कि आप लोगों को इससे जो पीड़ा हो रही है, उसका एकमात्र कारण यही है कि आप लोगों के मन में मेरे प्रति प्रगाढ़ प्रेम है। मैं स्वयं के प्रति आप लोगों की इस भावना को अपने लिए एक उपलब्धि मानता हूँ, लेकिन आपको यह भी समझना ही पड़ेगा कि मैं जो कुछ भी लिख रहा हूँ, उसकी ऐसी भी आलोचनाएँ सम्भव हैं जो अभी हो रही हैं। एक ही चीज एक व्यक्ति के लिए बहुत अच्छी हो सकती है तो दूसरे के लिए सर्वथा असह्य भी। यह प्रकृति का नियम है। पूर्णिमा का चाँद किसी प्रेमी के मन में प्यार जगा सकता है तो किसी विरही को आत्महत्या के लिए भी उकसा सकता है...तो, अब इस उदाहरण में देख लीजिए कि दोनों ही प्रतिक्रियाएँ आपस में परस्पर कितनी अलग और सर्वथा विपरीत हैं जबकि उनका उत्प्रेरक तो एक ही है। ऐसे में भला चाँद का क्या दोष? मिठाई देखकर कुछ लोग नाच उठते हैं जबकि मैंने कई ऐसे व्यक्ति भी देखे हैं जो उल्टी करने लगते हैं। मिर्च देख कई को काँपते देखा है तो ऐसे लोग भी देखे हैं जो खाना खाते समय भर-भर मुट्ठी मिर्चा लेकर बैठते हैं और हर कौर पर कचाकच कट्टा काटते हैं।"

गौड़ का मौन धीपे-लहरते तवे की तरह धुआँने लगा, "अरे भैये, विनोद, आप किसे समझाने चले हैं! हम लोगों की यह औकात ही कहाँ कि इन्हें समझा सकें! ये हमारी तरह कोई मामूली जीव-जन्तु थोड़े ही हैं, यह जयशंकर प्रसाद हैं।"

प्रसाद ने आँखों में मुस्कुराते हुए सिर नीचे झुका लिया। गौड़ के लाल-लाल तपते शब्द-अंगारों की तरह छिटकने लगे, "अखाड़े में तो ये दाँव पर दाँव आजमा सकते हैं लेकिन वहाँ से बाहर आते ही एकदम उल्टा सोचने लगते हैं।"

ससंकोच सिर उठाया प्रसाद ने। कुछ कहना भी चाहा। इसे भाँपते हुए वह बिना कोई अवसर दिये लगातार झझकते रहे, "बाबूसाहब, आपको हम लोग न पहचानेंगे तो कौन पहचानेगा? आप तो ऐसे हैं कि आप पर कोई वार करने भी अगर सामने आ जाए तो आप उसके मनोविश्लेषण में जुट जाएँ! हमला करने के पीछे हमलावर की विवशता का बारीक अध्ययन करने लगेंगे।"

व्यास अपना ही पक्ष सामने आता देख सन्तुष्ट हुए और गौड़ के प्रति मानसिक एकजुटता से सोत्साह ताकते रहे। वह आगे बोलते चले गए, "बाबूसाहब, कल का 'आज' देख लीजिएगा। 'गुप्त हमला' का ऐसा तप्त (गर्मागर्म) जवाब रहेगा कि हमलावरों का दल लुप्त हो जाने को बाध्य हो जाएगा। चिरगाँव वाले इसका स्वाद चिरकाल तक गाल सहला-सहलाकर याद करेंगे।...मुँह में राम बगल में छुरी, बैठें सट-सटके और मन में कोसों दूरी! यह सब अब बहुत हो चुका। अब उन्हें ईंट का जवाब महज पत्थर नहीं, बल्कि वज्रमुक्के से मिलेगा। इसमें हमें आपकी किसी अनुमति की भला क्या जरूरत? जब रचना के प्रकाशित हो जाने के बाद सबको अपनी अनुभूतियाँ व्यक्त करने का अधिकार है तो इसका हम भी मनमुताबिक प्रयोग क्यों न करें?...इसलिए करेंगे और जमकर करेंगे।"

व्यास का हर्ष-भाव चेहरे पर झिलमिल-झिलमिल चमकने लगा। गौड़ देर से जमा अपना सारा गुबार जैसे निकाल देने पर आमादा हो गए हों, "तुक पर तुक ठोंक-ठोंककर स्लेटी कविताएँ गढ़ने वाले जब खुद को महाकवि समझने लगे हों तो ऐसे में अब चुप नहीं रहा जा सकता। आपको यह पसन्द न हो तो राम-राम, मैं चला।" वह तमतमाकर उठ खड़े हुए, "लेकिन अब यह अभियान मैं नहीं रोकूँगा।"

प्रसाद भी खड़े हो गए। बढ़कर उनका हाथ पकड़ लिया, "मैं न तो उनकी स्वतंत्रता पर उँगली उठा रहा हूँ, न आपकी आजादी में बाधा डालना चाह रहा हूँ किन्तु एक अनुरोध जरूर करना चाह रहा हूँ—एकदम हृदय-मन से।"

गौड़ मुँह से कुछ नहीं बोले किन्तु दृष्टि प्रश्नवाचक हो गई। प्रसाद के शब्द दूब जैसे मुलायम और प्रकम्पित, "काशी से ये सब चीजें छपेंगी तो पूरा हिन्दी साहित्य-संसार अन्ततः क्या समझेगा?"

"क्या समझेगा?" गौड़ ऐंठे चुप रहे, व्यास के मुँह से औचक निकल गया।

"यही कि यह सब यहाँ बैठा-बैठा मैं ही करा रहा हूँ।"

"समझकर भी कोई कर क्या लेगा? आप पर हमले के पीछे का चेहरा भी तो लोग समझ ही रहे हैं। इसकी परवाह जब उस 'रामनामी संत' को नहीं है तो हम लोग तो शिव के बराती कोटि के जन्तु ठहरे!" गौड़ के स्वर का तेज ताप हवा पर उतरता-फैलता रहा, "जबकि हमारे इस जवाबी हमला अभियान से आपका प्रत्यक्ष व सच्चा विरोध है, इसे कम-से-कम हम लोग तो अपनी आँखों देख ही रहे हैं।"

सामने से आ रहे रामानन्द मिश्र ने दूर से ही हाँक लगाई, "बाबूसाहब, पहुँच रहे हैं न? अब देर नहीं है, कुछ ही देर में पंडित जी प्रकट होने वाले हैं। आइए, अवश्य आइए।"

प्रसाद बोले, "पंडित नेहरू आ रहे हैं तो हम क्या करें? सार्वजनिक बैठक में हमें उनसे कोई गुरुज्ञान मिलने से तो रहा। अलग से उनसे मिलने का मौका मिल जाए तो भले कोई लाभ सम्भव हो, कोई इतिहास-चर्चा भी सम्भव हो सकती है।"

"क्यों नहीं! इसमें भला हमें क्या आपत्ति हो सकती है! आप मौका देखकर अपने सवाल सामने रख दीजिएगा। मुझे पूरा विश्वास है कि आप जो प्रश्न रखेंगे, वे मामूली तो होंगे नहीं। उसी तरह पंडित जी पर भी पूरा विश्वास है कि ऐसे चुनौतीपूर्ण प्रश्न देखकर वह मैदान तो कतई नहीं छोड़ेंगे। इसलिए आप आइए जरूर।" सामने ड्योढ़ी के नीचे ही खड़े-खड़े आग्रह कर वह चले गए।

प्रसाद ने चलने के बारे में राय पूछी तो दोनों ने सहमति जताई।

वह अभी उठ ही रहे थे कि सामने से मुंशी प्रेमचन्द आते दिख गए। तुड़ी-मुड़ी-घिंचोराई हुई-सी किन्तु साफ-सुथरा कुर्ता-धोती। कायदे से कटी-छँटी हुई खिचड़ी झबरीली मूँछें। चेहरे पर प्रवहमान समकाल और खट्टे-मीठे झिलमिल अहसास।

प्रसाद की प्रसन्नता छलकी, "आइए, आइए भाई साहब! आप भी रामानन्द मिश्र जी के यहाँ 'रत्नाकर रसिक मंडल' में ही चलने के लिए आ रहे हैं क्या?"

"छायावाद में क्यों बोल रहे हैं बन्धु? रामानन्द के यहाँ के बजाय सीधे-साफ पूछिए न कि पंडित नेहरू से मिलने आया हूँ क्या?" बोलते हुए प्रेमचन्द भीतर आ गए।

सभी खड़े हो गए। पहले उन्हें सम्मानपूर्वक बिठाया गया, तत्पश्चात् अन्य सभी बैठ गए।

प्रेमचन्द के शब्दों की खनक सबको सुनाई पड़ने लगी, "पता चला है कि निराला जी भी काशी में ही हैं? हो सकता है, वह भी इसमें शामिल होने आ जाएँ?"

गौड़ ने टिप्पणी की, "तब तो तय है कि रंग आज वहाँ खूब जमेगा भी और जोरदार ढंग से उतरेगा भी।"

"रंग जमेगा, यह तो समझ में आ गया किन्तु रंग उतरेगा भी—इसका तात्पर्य?" प्रेमचन्द के उत्साह को लंगी लग गई।

"यह तो अभी आयोजक महोदय भी नहीं समझ पा रहे होंगे किन्तु अगर अभी भी पंडित नेहरू के कान में यह पड़ जाए कि यहाँ तो निराला भी पहुँच रहे हैं तो उन्हें यह बात बहुत गहराई से समझ में आ जाएगी।" गौड़ ने बहुत संजीदगी से कहा।

98

बाँस फाटक पर रामानन्द मिश्र का मकान। प्रेमचन्द, प्रसाद और कृष्णदेव प्रसाद गौड़ एक साथ पहुँचे। बाहर काफी गहमागहमी दिखी। पूछने पर एक व्यक्ति ने धीरे से बताया, "नेहरू जी और उनकी धर्मपत्नी अभी-अभी भीतर गए हैं। कार्यक्रम अब शुरू होने जा रहा है।"

तीनों भीतर पहुँचे। पंडित नेहरू व कमला नेहरू बीच में बैठे दिखे। पंडित जी के बगल में रुद्र काशिकेय, डॉ. सम्पूर्णानन्द, बलदेव प्रसाद मिश्र, रामानन्द मिश्र, आचार्य

रामचन्द्र शुक्ल, जैनेन्द्र कुमार और भवेशदत्त झा जमे मिले। कमला नेहरू के बगल में दिनेशदत्त झा, साँवलजी नागर और लक्ष्मीकान्त झा विराजमान। तीनों ने गौर किया, स्वयं के सामने दूरी पर बैठे निराला को पंडित नेहरू सिर नीचा किये ही रह-रहकर कनखियों से देख ले रहे हैं। इसके विपरीत निराला आँखें मूँदे बैठे हैं। गम्भीर चुप्पी ओढ़े। स्थिर। गठी हुई शान्ति गूँज रही है।

तीनों को देखते ही रामानन्द मिश्र का मुखमंडल खिल उठा। उन्होंने वहीं से हाथ हिलाकर पंडित जी के निकट आने का संकेत दिया। आचार्य शुक्ल स्थिर रहे किन्तु जैनेन्द्र ने खड़े होकर कुछ यों साभिवादन आग्रह-संकेत किया कि प्रेमचन्द उनकी ओर जैसे स्वयमेव बढ़ गए। पास पहुँचकर वह आचार्य शुक्ल के बगल में बैठे। पास ही जैनेन्द्र भी। प्रसाद को लक्ष्मीकान्त झा ने साग्रह दिनेशदत्त झा के पास बिठा दिया।

रामानन्द मिश्र ने औपचारिक स्वागत-भाषण शुरू किया। उन्होंने नेहरू के काशी-आगमन के सन्दर्भ और उद्देश्य का उल्लेख करते हुए उपस्थित सभी साहित्यिकों का संक्षिप्त परिचय दे डाला। नेहरू दम्पती सबसे एक-एक कर मुखातिब होते रहे।

पंडित नेहरू ने अपना भाषण शुरू किया, "काशी दुनिया की प्राचीनतम और हमारी धार्मिक आस्था की अर्वाचीन नगरी है। यहाँ आने पर मन में इतिहास की खोई-सोई धाराएँ अंगड़ाई लेकर जाग उठती हैं और कलकल-छलछल प्रवाहित होने लगती हैं—अतीत-गाथा गाती हुई।"

निराला ने भौंहें उचकाईं, "क्यों पंडित, यहाँ भी इतिहास की ही धूल उड़ाओगे क्या?"

सबकी निगाहें अनायास उठ गईं। प्रेमचन्द ने निराला के तीखे तेवर को लक्ष्य कर प्रसाद की ओर ससंशय दृष्टि उठाई। उत्तर में उन्होंने आँखों ही आँखों में लाचारगी झलकाई। होंठ बिचका दिये।

निराला की ओर ताकने के बाद पंडित नेहरू के शब्द लड़खड़ा गए। उन्होंने एक क्षण थमकर आँखें मूँदीं, फिर आगे बढ़े, "इस नगरी ने अपनी इन्हीं आँखों से मानव सभ्यता का वृहद काल-चक्र घूमते, घटित होते, अतीत में बदलते व गुम होते देखा है।"

फिर उचरे निराला, "अमां यार, यह इतिहास के प्रेतों का सम्मेलन नहीं है। यह अतीतबांचुओं का जमावड़ा भी नहीं। यहाँ सत्य जीवन व नित्य साहित्य के लोग बैठे हैं जो व्यतीत (भूतकाल) व प्रतीत (भविष्यत्) को भी प्रत्यक्ष-प्रत्यय (वर्तमान) बना देते हैं।"

इस बार जरा भी नहीं रुके नेहरू। निराला की समानान्तर टिप्पणी को रगड़ते हुए वह बोलते चले गए, "हिन्दी के इतने सारे प्रमुख लेखकों से यहाँ एक साथ मुलाकात जितनी ही सुखद है, उतनी ही गौरव का अहसास देनेवाली भी। आप लोगों के बीच आकर बहुत अच्छा लग रहा है।"

"अच्छा-कच्छा के अलावा और भला क्या लग सकता है हुजूर को?" निराला बगैर हिले-डुले तेज-तेज बोल गए।

"हिन्दी में आजकल नया क्या लिखा जा रहा है, इसकी तो अपडेट सूचना मुझे नहीं है क्योंकि आप जानते हैं कि हम अभी लड़ाई के मैदान में हैं। बापू की अगुआई में

संघर्ष अपनी राह आगे बढ़ रहा है। लेकिन हिन्दी साहित्य की जो छवि मेरे मन में स्थिर है, वह यही कि हिन्दी की कविता अभी भी अपना दरबारी रूप नहीं बदल सकी है।"

निराला आगबबूला, "भाक्क! बोगस! टोटेली बोगस!"

बोलते-बोलते रुक गए पंडित नेहरू। निराला जैसे ज्वालामुखी बन गए हों। सभी सटक-सीताराम! नेहरू-कमला भी उन्हें मटर-मटर ताकते रहे।

निराला खमखमाकर खड़े हो गए। उनकी आँखें अंगारों में तब्दील। उन्होंने अपनी जलती दृष्टि लेखकों की चुप जमात पर फिराई। ऐसी ही एक नजर नेहरू पर भी। सभी हक्का-बक्का। उनके शब्दों से चिनगारी छिटकती रही, "बकवास! एकदम बकवास!" और वह धब्ब-धब्ब पाँव पटकते बाहर निकल गए।

प्रसाद की व्यग्र दृष्टि बाहर जाते निराला पर लगी रही। उन्होंने कभी नेहरू, तो कभी निराला की ओर ताकते हुए अपनी दोनों पुष्ट बाहुएँ ऊपर उठाईं। सबका ध्यान इधर ही खिंच गया। प्रेमचन्द ने घबराते हुए उचककर उनके दोनों हाथों को पकड़ लिया और नीचे की ओर कर दिया। दोनों के खौलते चेहरों के भाव तेजी से बदलते रहे।

प्रेमचन्द ने प्रसाद के हाथों को नीचा करने के बाद भी नहीं छोड़ा। दबोचे रहे, "निराला जी की तो बात अलग है, लेकिन आपसे ऐसी अपेक्षा कदापि नहीं है। तथ्यगत असहमतियों का प्रतिवाद सुविचारित तर्कों से होना चाहिए, क्रोध और भुजाओं से तो कतई नहीं। आप भी इसी तरह क्रोध में आ जाएँगे तो कैसे चलेगा? सच बात तो यह कि पंडित नेहरू अभी अपना दृष्टिकोण भर प्रस्तावित कर रहे हैं। इसके प्रति असहमति की दशा में यहाँ तर्कों से अपना प्रतिवाद उपस्थित किया जा सकता है। ऐसा भी नहीं कि वे जो कुछ बोलते गए, वह सब सीधे हिन्दी साहित्य के इतिहास में दर्ज हो गया हो! आखिर उन्होंने शुरू में ही अपने अध्ययन की सीमा भी बता दी है।"

प्रसाद मुस्कुराए। प्रेमचन्द ने मुँह ताकते हुए उनके हाथ छोड़ दिये। माहौल उखड़ा-उखड़ा जैसा बना रहा। बाद के सभी वक्ता संक्षेप में औपचारिकता निभाते हुए बैठते चले गए। कुछ ही मिनटों के बाद बैठक समाप्ति पर आई। प्रेमचन्द और प्रसाद साथ-साथ निकले। बाहर आकर प्रसाद ने धीरे से पूछा, "निराला जी गए किधर?"

प्रेमचन्द ने प्रसाद को एक नजर गौर से देखा। वह मुस्कुरा रहे हैं। बादलों जैसी खादी के नीचे उनका कसरती सीना पहाड़ जैसा तना है। उनकी मोटी भुजाओं पर दृष्टि रखते हुए प्रेमचन्द मुस्कुराए, "प्रसाद जी, आज मैंने आपका गुंडा रूप देख लिया।"

प्रसाद इनकार में तेज-तेज सिर हिलाने लगे, "भाई साहब, आपको भ्रम हो गया है। मैं तो निराला जी को रोकना चाह रहा था, इसीलिए अपने हाथ ऊपर की ओर उठाए थे।"

जोरदार ठहाका लगाया प्रेमचन्द ने, "अरे, नहीं भाई, पंडित नेहरू की कविता विषयक टिप्पणी पर ही आपके भीतर भी एक बनारसी गुंडा जाग गया था।"

प्रसाद लाख नकारते रहे, प्रेमचन्द मानने को तैयार नहीं, "अब बात को बदलिए मत। इससे एक कदम आगे बढ़कर एक काम बल्कि और कर दीजिए।"

"क्या भला? आदेश तो करें।"

" 'हंस' के नये अंक के लिए मुझे आपसे 'गुंडा' शीर्षक से ही एक कहानी चाहिए। आप ना नहीं कह सकते। बस, मुझे यह चाहिए तो चाहिए। ना-नुकर नहीं सुनूँगा।" प्रेमचन्द की दृढ़ता में प्यार प्रवाहित होता रहा।

गर्म लिहाफ जैसी है सुबह की यह कच्ची-कुँवारी धूप। गुलगुली और सुखकर। इसे आपादमस्तक लपेटे पत्थर की चौकी पर लेटे हैं प्रसाद। उघार, उत्तान। स्नेहसिक्त चमकता बदन। बन्द आँखों में किसी अनन्त भाव-जगत के सहस्त्र द्वार खोले। महाकाव्य तन की अनुप्रास एकाग्रता में बया मन की कनकैया उड़ान। कमर में तेलपिया अंगोछा, शेष खुले शरीर पर ऊष्मा का नृत्य। संतू कटोरी में तेल लेकर पहुँचा। प्रसाद ने संकेत किया तो पास आ गया। उसने हाथ पर सतर्कता से तेल चुआया। इसे शरीर के ऊपर रखा और मिलाने में तल्लीन हो गया। मिलाते-सुखाते हुए धीरे-धीरे मालिश शुरू कर दी। यह गति क्रमश: तेज होती चली गई। बाँह के मसल को मलते हुए हथेलियाँ फिसलाते पीठ के हिस्से की विशेष मसलाहट। उसके शब्द छलके, "तेल तऽ मजे के सूखत हौ बाऊस्साब, एकदमे सट्-सट्! बुझात हौ कि घामे काम करत हौ। अइसे तेल उठे लगी तब हम तऽ असहिंये पाव भर सुखा देब। संझा के तऽ हजार के बदले डेढ़ हजार हाथ जोड़ी मुगदरब्ध भंजलो पर कौनो थकान ना बुझाई। खूब ताकत मिली।"

"अति सर्वत्र वर्जित है।" उन्होंने आँखें नचाईं, "इस तरह तुम यदि एक किलो तेल शरीर में सुखा दो तो क्या होगा, जानते हो?"

"क्या?" उसकी आँखों से गहरी जिज्ञासा ने झाँका।

"धूप की यह आँच देख लो, तेल में तलकर देह पकौड़ी हो जाएगी, और क्या!"

हँसी छूट पड़ी। इसे संयत करने लगा वह, "आपके एक-एक बात तऽ एक-एक लाख के होले। बतियो एकदम सही होले, अउर संगे-संगे हँसी के खजानो झरझरा जाला।"

"पाँवों को अभी छोड़ दो, पहले तलवों पर तेल रगड़कर जरा सुखा दो, तो बहुत राहत मिलेगी। रात में लिखने-पढ़ने के दौरान दो-तीन बार गुसलखाने जाना पड़ा था। ठंड में बार-बार पाँव धोने से परेशानी गले पड़ ही जाती है।"

"रात भर लिखबा अउर दिनो भर देह के रौंदत रहबा। कब्बो कसरत, तऽ कब्बो दुकान। अइसे कइसे चली? शरीर के आराम मिलेके चाही कि नाऽ? अइसन खतरा मोल मत लऽ बाऊस्साब!" उसने चिन्ता के जलते कण छिटकाए।

चेखूरा आ गया, "रामकटोरा से मुंशी जी आइल हउवन। उनके संगे केहू दिल्ली से आइल हौ।"

"तुम रह-रहकर क्यों एकदम अनाड़ी बन जाते हो?" प्रसाद ने झिड़की लगाई, 'रामकटोरा के मुंशी जी' क्यों कह रहे हो? क्या तुम प्रेमचन्द जी का नाम नहीं जानते?"

"चला, गोस्सा मत," चेखुरा हँसा, "जइसे तूं हमेशा नई-नई शैली में लिखला ओइसहीं हमहुँ नया-नया ढंग से बोले के प्रयास करिला!"

उठते हुए उसकी पीठ पर प्यार से एक थपकी दी प्रसाद ने। पुष्ट हाथ की छुअन भी परिपुष्ट ही। चिंगुर गया वह। वह तुनके, "अइसे नखरा करबे तऽ सांचहुँ कब्बो, एक मुक्का दे देब! महीना भर खटिया पकड़ले रह जइबे!"

"बाप रे!" वह डरने का अभिनय करता छिटककर अलग भागा, "दुनो महानुभाव लोगन के बइठका में बइठइले हई। चलाऽ, मिल लाऽ।"

बैठकखाने में पहुँचते ही पहले प्रेमचन्द, फिर जैनेन्द्र कुमार पर नजर पड़ी। प्रसाद ने अभिवादन किया। प्रेमचन्द की मूँछों के नीचे मुस्कान खिल गई। उन्होंने सिर हिलाकर उत्तर दिया, "प्रसाद जी, आप वाकई काव्य-पुरुष हैं।"

"अरे भाई साहब, ऐसा भी क्या!"

हाथ जोड़े जैनेन्द्र हड़बड़ाकर खड़े हो चुके हैं। प्रसाद ने पास पहुँचकर साग्रह हाथ पकड़ लिया, "युवा मित्र, आप ऐसा न करें। इस तरह खड़े न हों। आप काशी में अतिथि हैं और यहाँ आए हैं हमारे अग्रज के साथ, इसलिए उसी नजरिये से देखे जाएँगे न!"

"सचमुच आपको देखते मन काव्यमय हो उठता है।" प्रेमचन्द ने अपनी बात पूरी की।

"लेकिन मैं अपनी क्या बताऊँ, मुझे तो आप सिर्फ और सिर्फ अग्रज दिखते हैं।" प्रसाद ने आगे स्वयं ही अपनी इस मनोदशा का विश्लेषण किया, "भैया के गुजर जाने के बाद घर में उनका स्थान आज भी खाली है—इसे मैं हर पल महसूस करता हूँ न, शायद इसीलिए।" बोलते-बोलते वह भावुक हो उठे।

प्रसाद का दुख प्रेमचन्द और जैनेन्द्र के चेहरे पर भी उतर आया। प्रेमचन्द खड़े हो गए। उन्होंने प्रसाद के कंधों पर हाथ रखे, "कैसे कहूँ कि आपके कवि ने आपको रिश्तों और जीवन के प्रति ऐसा अनुरागी बना दिया है या आपके भावप्रवण व्यक्ति ने आपको ऐसा संवेदनशील कवि-रचनाकार?"

प्रसाद ने स्वयं को संयत करते हुए उन्हें साग्रह बिठाया। बैठे-बैठे जैनेन्द्र चुपचाप दोनों के मुँह ताक रहे हैं। कुछ देर मौन बजता रहा। प्रसाद उठे, "आप लोग आपस में पाँच मिनट बतियाइए, मैं जरा अभी आया।"

वह भीतर चले गए। जैनेन्द्र ने प्रेमचन्द की ओर ताका, "देखकर हठात् विश्वास करना मुश्किल है कि यही शख्स जयशंकर प्रसाद है।"

प्रेमचन्द ने सिर हिलाया, "जयशंकर जी तो दुर्लभ प्रतिभा हैं ही, एक साथ कितने-कितने आयाम हैं इनके व्यक्तित्व के। काशी के प्रसिद्ध नागरिक, सफल व्यवसायी, दोहरे पहलवान, कोमल कवि, विरल नाटककार, प्यारा-सा कथाकार, कड़क पानीदार व्यक्ति।...अचानक सब गिना भी नहीं जा सकता कि सचमुच एक जयशंकर प्रसाद के भीतर कितने-कितने जयशंकर प्रसाद समाहित हैं।"

कुछ ही देर बाद वह लौट आए। जैनेन्द्र ने उन्हें थोड़े अचरज से देखा। वह अब भी पूर्ववत्। वही एक धूसर गमछा कमर में लपेटे। शरीर पर तेल चुहचुहा रहा है। उस समय लगा था कि भीतर वह कपड़े पहनने या स्नान करने जा रहे होंगे, अब लौटेंगे तो तैयार होकर।

तुरंत ही चेखुरा आया। हाथ में परात थामे। इसमें मिष्ठान्नों से भरी कई तश्तरियाँ। बादाम का हलवा, पिस्ते की बर्फी, मगदल, लड्डू और कई चीजें। दो भरे हुए गिलास

भी। पूछने पर उन्होंने बताया, "यह मेवा-मिश्रित गरिष्ठ दूध है। अगर एक गिलास इसे पी लिया जाए तो बहुत देर तक यह भोजन का काम करेगा।"

"वाह!" प्रेमचन्द हँसने लगे, "आप तो ऐसा कह रहे हैं, जैसे यह भोजन से सस्ता पड़ेगा और गरीबी में गुजर करने वालों को इसी का सहारा लेना चाहिए!"

"मैंने समझा कि आप भीतर गए हैं तो स्नान करके आएँगे।" जैनेन्द्र ने अपनी बात कही, "और हमारा इसमें साथ देंगे।"

"जैनेन्द्र, मैं बनिया हूँ न!" प्रसाद हँसने लगे, "बनिया नादान नहीं होता। आपको मैं घी खिला रहा हूँ, लेकिन मैंने घी से अठगुने लाभदायक पदार्थ का सेवन किया है—घृतादष्टगुणं तैलं, मर्दनान्नतु भक्षणात्! आप लोगों के आने के एक घंटा पहले से मालिश करा रहा था, इसे एक घंटा तो धोना नहीं है। इसे शरीर में सूखने का पूरा मौका देना पड़ता है। आप लोग मेरी चिन्ता छोड़ें और इसे ग्रहण करें।"

"मैं एक बर्फी ले लेता हूँ, बाकी दादा की जो मर्जी। जैसा आदेश करेंगे, उसका अक्षरश: पालन करूँगा।" उन्होंने प्रेमचन्द की ओर दृष्टि उठाकर देखा। वह मन्द-मन्द मुस्कुराते रहे।

दोनों नाश्ते का स्वाद लेने लगे तो प्रसाद फिर भीतर कारखाने की ओर बढ़ गए। उन्होंने कारखाना प्रभारी से कुछ जानकारी ली और जल्द ही बैठकखाने लौट आए। दोनों हाथ-मुँह धोने के बाद बैठे मिले। वह भी सामने बैठ गए, "और कैसा चल रहा है बन्धु?"

"यही कम गनीमत नहीं कि सब चलता चला जा रहा है।...घिसट-घिसटकर 'हंस' भी निकल ही जा रहा, बाल-बच्चे भी पल रहे हैं, अचकती-भचकती मेरी साँसें भी चलती चली जा रही हैं—इसे तो कुशल-मंगल ही कहेंगे न!" प्रेमचन्द की मुस्कान गूँज रही है।

"दिल्ली से इस बार केवल घूमने नहीं आया हूँ," जैनेन्द्र ने मूल बात शुरू की, "मैं एक विशेष कार्य लेकर यहाँ आया हूँ।"

प्रसाद ने प्रश्नवाचक दृष्टि उठाई। सहमकर रह गए जैनेन्द्र। प्रेमचन्द ने उत्साहित किया, "बाबूसाहब से डरिए मत, अपनी बात तो कह डालिए। जरा भी सकारात्मक गुंजाइश हो तो ये किसी को कभी निराश नहीं करते।"

"बाबूसाहब, लीजिए।" जैनेन्द्र ने अपने झोले से मोटी-सी कॉपी निकाली और बढ़ा दी, "कृपया इसे देखिए।"

प्रसाद ने चौंकते हुए मुँह जरा-सा पीछे खींचा, "यह क्या है?" आँखों में चमक रही है अतिरिक्त जिज्ञासा, "पहले यह तो बताएँ कि यह है क्या?"

जैनेन्द्र ने खड़े होकर कॉपी उन्हें पकड़ा ही दी, "एक युवा कवि की कविताओं का संग्रह।"

प्रसाद ने इसे पकड़ तो लिया है किन्तु खोलने-पलटने से पहले फिर सवाल किया, "संग्रह? अभी तो यह कॉपी-रूप में ही है, तो क्या करना है इसका?"

जैनेन्द्र ने अनुनय भाव दिखाया, "एक युवा कवि हैं अज्ञेय। बहुत मेधावी, योग्य व प्रतिभाशाली। उन्हीं की कविताओं का यह प्रकाश्य संग्रह है : 'भग्नदूत'। छपने जा रहा है। कृपा कर आप इसकी भूमिका लिख दें।"

"मुझे आप क्षमा करें।" प्रसाद ने एकबारगी तुरन्त कॉपी उन्हें वापस पकड़ा दी, "मैं भूमिका लिखने-लिखाने में विश्वास नहीं करता।"

जैनेन्द्र ने झेंपते हुए कॉपी पकड़ ली है। एक कदम पीछे खिसक गए हैं। प्रेमचन्द ने उन्हें हाथ पकड़कर खींचते हुए यथास्थान अपने बगल में बिठा लिया।

प्रसाद बोलते चले जा रहे हैं, "मुझे यह नहीं समझ में आता कि रचना के साथ अलग से किसी भूमिका की आवश्यकता ही क्यों? अगर अलग से कुछ कहना शेष ही रह गया हो तब तो इसका अर्थ यही कि अमुक रचना पूरी तरह विफल और अपूर्ण रह गई है। इसके विपरीत यदि मूल संकल्पना से रचना का सूत्र जोड़ने के लिए पाठक को संकेत देना या कुछ लिखना जरूरी हो तो यह काम स्वयं लेखक का है, यह दायित्व उसे ही निभाना चाहिए। इसमें दूसरा कोई भी व्यक्ति सही ढंग से दायित्व कैसे निभा सकता है? इसीलिए किसी भी परिस्थिति में किसी लेखक की रचना की भूमिका कोई अन्य व्यक्ति लिखे, यह बात मेरी समझ में नहीं आती।"

प्रेमचन्द अपनी भूरी भुरभुरी मूँछों के नीचे मन्द-मन्द मुस्कुरा रहे हैं। जैनेन्द्र के चेहरे पर रँगे हाथ पकड़े जाने जैसा अपराधबोध हिल रहा है।

प्रसाद बोले जा रहे हैं, "मेरी किसी पुस्तक में आप लोगों ने किसी अन्य की भूमिका देखी है? मैं चाहता तो किसी बड़े-से-बड़े व्यक्ति से आग्रह करके यह काम करा लेता किन्तु मैंने कभी ऐसा नहीं किया। कारण कि मैं इसे सिरे से गलत मानता हूँ। मुझे लगता है कि यह काम केवल इसीलिए कराया जाता है ताकि किसी बड़े नाम की भूमिका देकर पाठक को रचना पढ़ने से पहले दबाव में ले लिया जाए। अब बताइए भला, पाठक को इस तरह प्रभावित करने का यह काम क्या जरा भी उचित है? मैं अपनी पुस्तकों में स्वयं की ओर से भी भूमिका देने के पक्ष में नहीं रहता...हाँ, अपनी कुछ पुस्तकों में वैदिक, पौराणिक या ऐतिहासिक कथा-सूत्र का संकेत देने या विचार-सरणि के स्पष्टीकरण के लिए मुझे जरूर अलग से कुछ कहना पड़ा है। यह काम स्वाभाविक तौर पर मैं और सिर्फ मैं ही कर सकता था और ऐसा करना संप्रेषण के लिए अत्यन्त अनिवार्य हो गया, इसीलिए मैंने किया। दूसरे, किसी भी लेखक की पुस्तक के लिए मैंने न कभी कोई भूमिका लिखी है न शायद आगे कभी लिखूँगा। यह नितान्त अनुचित लगता है मुझे। पाठक को कोई रचना उन्मुक्त माहौल में पढ़ने को देने का ही उपक्रम होना चाहिए ताकि वह बगैर किसी पूर्वग्रह के उसके मर्म तक उतर सके। इसके बाद ही वह इसका सही-सही मूल्यांकन कर सकेगा, आप मुझसे सहमत हो पा रहे हैं या नहीं?"

जैनेन्द्र ने प्रेमचन्द की ओर देखा फिर उनकी ओर उन्मुख हुए, "आपसे असहमत नहीं हूँ मैं। आप बिलकुल सही कह रहे हैं, बल्कि इस रूप में आप हममें बहुत सार्थक जीवन-दृष्टि के बीज बो रहे हैं, लेकिन..."

प्रसाद ने गहरी दृष्टि डाली, "लेकिन? लेकिन क्या भई?"

"यह युवक अज्ञेय भविष्य का सम्भावनाशील रचनाकार है। मैंने उसकी रचनाओं की भंगिमा देखते हुए ही आपसे कुछ लिखा लेने का उसे आश्वासन..." जैनेन्द्र की थरथराती आवाज में पराजय की पदचाप। पल भर रुककर आगे कहा, "दिल्ली में मैं इस युवा कवि को बहुत भरोसा दिलाकर चला था कि मैं आपसे भूमिका जरूर लिखाकर ला दूँगा।"

"मुझे आपका आग्रह ठुकराते हुए कैसी पीड़ा हो रही है, इसे मैं ही समझ रहा हूँ। विश्वास कीजिए कि 'ना' सुनकर जितना दुख आपको हो रहा है या यह प्रसंग जानने के बाद अमुक युवा कवि को जो होगा, उन सबसे ज्यादा पीड़ा मुझे हो रही है।"

प्रेमचन्द ने सस्मित मुँह खोला, "हाँ, और क्या! मैंने भी अभी चलने से पहले जब यह प्रयोजन जाना तो इन्हें ऐसी ही कुछ बातें कही थीं, क्यों जी?"

जैनेन्द्र ने 'हाँ' में सिर हिलाया।

प्रसाद बोले, "मेरी कामना है कि हमारे नये रचनाकार जो कल इस प्रक्षेत्र की पूरी कमान सँभालेंगे, वे खूब पढ़ें और अब तक के लेखन-कर्म का सांगोपांग मनन-मंथन करें। ऐसा करने से ही हमारे पूर्ववर्ती लेखन-कार्यों का सम्मान भी होगा और आगे कुछ सर्वथा नया और मौलिक लिखे जाने का मार्ग भी खुलेगा। मुझे यही लगता है कि नये लेखक को सारा मूल्यवान पूर्ववर्ती और प्रमुख समकालीन लेखन पढ़ना तो चाहिए, लेकिन अपने लिए शैली-शिल्प नवीन खोजना चाहिए—सर्वथा नया, मौलिक और आकर्षक। मेरी शुभकामना है कि यह युवा कवि बहुत यशस्वी हो और मूल्यवान रचना-निर्माण सम्भव बनाता रहे। आप उसे मेरी यह शुभकामना अवश्य बताइएगा।"

प्रसाद अब सामने तख्त पर बैठ गए हैं। प्रेमचन्द ने उपस्थित माहौल के भारीपन को कम करने का प्रयास शुरू किया, "कल 'हंस' के लिए एक नये लेखक ने जो मोटा लिफाफा भेजा है, उस पर एड्रेस में मेरा नाम एकदम नये अंदाज में लिखा है।"

जैनेन्द्र समुत्सुक हो बगल से मुड़कर ताकने लगे। प्रसाद भी।

प्रेमचन्द आगे बोले, "पता तो सही ही लिखा है किन्तु 'संपादक : हंस' के ऐन ऊपर मेरे नाम में 'श्री' लगाते हुए 'प्रे' के बाद 'म' की जगह बहुत पुष्ट अक्षर में 'त' लिख मारा है।"

जैनेन्द्र ने 'म' और 'त' का अंतर समझने के लिए तेज बोलकर उच्चारण किया, "प्रेतचन्द!"

ठहाका फूट पड़ा। प्रसाद से ज्यादा तेज खुद प्रेमचन्द का ठहाका। माहौल का सारा भारीपन ठहाके से उधिया-सा गया : ऐसा कि यह सोचना भी सम्भव नहीं रहा कि यहाँ अभी नकार-इनकार जैसा कोई गम्भीर माहौल भी था।

प्रसाद ने पास आकर बहुत सम्मान के साथ कहा, "भैया, आपके नाम से जुड़ी संज्ञा-यात्रा अब अपने चौथेपन में आ पहुँची है।"

प्रेमचन्द ने मुस्कुराकर ताका। वह आगे बोले, "नवाबराय की नवाबी गई तो दूसरा रूप धनपतराय! धन-धान्य धूल में मिल गया तो बचा प्रेम का सहारा—तीसरा रूप प्रेमचन्द!...अब यह कौन दूरद्रष्टा नवोदित आ गया जिसने चौथेपन में दर्दनाक लीला भर दी—प्रेतचन्द?"

"वाह, भई, वाह!" प्रेमचन्द पुलकित हो उठे, "वाह, भई, वाह! कहीं ऐसा तो नहीं कि आप मेरी इस नाम-यात्रा पर ही अब कोई नया आँसू-छंद रचने की फिराक में हैं?"

"ना-ना-ना!"

"आपका साहित्यकार स्वरूप तो आलोचकों के लिए भी चुनौती है। जो भी माई का लाल साहस करके आप पर कलम उठाएगा, एक झटके में उसके खुद का इम्तहान

हो जाएगा, लेकिन आपके पहलवान रूप पर मैं एक पंक्ति का मूल्यांकन पेश करने का जोखिम उठाना चाहता हूँ अगर इजाजत हो तो..." प्रेमचन्द की चुटकी भर मूँछों में मुट्ठी पर चुहल।

"हाँ-हाँ, क्यों नहीं! इरशाद-इरशाद!...निर्भीकता से उठाइए यह जोखिम।"

"बाबूसाहब, दुनिया की पहलवानी के इतिहास में आप ऐसे पहले—और ज्यादा सम्भावना है कि आगामी अनन्तकाल तक—चिरइकलौते पहलवान हैं और रहेंगे, जो शरीर से नहीं सोचा करता बल्कि इस काम में दिमाग का इस्तेमाल भी कर लेता है।" बगैर हँसे-मुस्कुराए उन्होंने बात पूरी की।

ठठा पड़े प्रसाद। जैनेन्द्र की हँसी बँधी-बँधी-सी। इस संयम में झलक रहा है दोनों अग्रजों के प्रति विशिष्ट सम्मान-व्यवहार। कुछ देर तक सभी हँसते-खिलखिलाते रहे।

प्रेमचन्द ने समय पूछा और तुरन्त उठ खड़े हुए, "इजाजत हो तो अब हम लोग यहाँ से निकलें?"

"जैनेन्द्र, तुम अभी कब तक बनारस में हो?"

"दो-चार दिन बाद ही जाने की सोचूँगा। कल शाम मैं नारियल बाजार पहुँचूँगा।" उठते हुए बोले जैनेन्द्र।

प्रसाद दोनों को विदा करने गेट तक आए।

"बाबूसाहब, अब आप नहाइए-खाइए," चलते समय प्रेमचन्द ने ठिठोली की, "ऐसा नहीं कि एक राउंड फिर तेल-पान होने लगे!...तो, यह प्रेत अब चला भटकता हुआ।"

घनघनाहट-घर्राहट। दूसरे ही पल यह क्रमश: तीव्र से तीव्रतर। सामने कुछ दूरी पर धूल का धुआँ-सा ऊपर उठा। तेज होती आवाज अन्तत: निकट आती महसूस होने लगी।

प्रसाद ने ध्यान से सुनते हुए धीरे-धीरे सिर हिलाया, "विनोद, जरा देखना तो, यह कौन-सी मोटरगाड़ी है? धूल के गुब्बार से लग रहा है, इसकी गति बहुत अच्छी होगी।"

व्यास ने मुस्कुराकर पहले प्रसाद को देखा, तत्पश्चात् सामने ताकने लगे।

"ठीक से सुनो।" प्रसाद प्रसन्नता से भर उठे हैं। लगभग पुलकित। स्वर में विशिष्ट कामना-कण। मुग्धता की चमक, "इस घनघनाहट में कर्कशता नहीं, सांगीतिक माधुर्य है।"

सामने से आती हुई दिखने लगी कार। उड़ती धूल के बीच भी लाल रंग मादक। प्रसाद की जिज्ञासा ने संयम को झकझोर कर रख दिया, "देखना, ठीक से। कितने की आ जाएगी?"

व्यास ने दृष्टि चौकन्ना रखी। गाड़ी सामने से गुजरने लगी तो आँखें गड़ाकर ताकते हुए बोले, "गुरु जी, यह तो ऑस्टन है।"

कार आगे की ओर बढ़ती चली गई। प्रसाद ने टिप्पणी की, "यार, देखो-देखो, इसकी चाल में कविता है, गति में व्यंजना की प्रतिध्वनि-अनुगूँज! सामने से गुजरी तो लगा, जैसे तेज लहरों पर कोई नन्ही-सी नाव इतराती हुई निकल गई हो!"

व्यास ध्यान से सुनते-ताकते रहे। वह आगे बोलते चले गए, "मुझे तो यह एकदम खिलौने जैसी लगी। जरूर पता करना कि इसकी कीमत क्या है।"

"दाम तो पता हो जाएगा, लेकिन मैं पहले आपको बता दूँ कि आपको खिलौना जैसी इसलिए लगी क्योंकि यह छोटी वाली ऑस्टन है। तय है कि बड़ी वाली इसकी तरह छोटी नहीं ही है, इसलिए ऑस्टन होकर भी वह खिलौना तो नहीं ही लगेगी आपको।" व्यास के चेहरे पर चुहल की बारीक रेखा रेंगती रही।

"वाह जी मोटर-विशेषज्ञ जी, क्या खूब कही!" प्रसाद मुस्कुराए, "एक बात जान लो कि आकार मूलतः रूप-वाचक उपक्रम है जबकि भाव-व्यंजन सर्वथा एक आकार-मुक्त प्रतिकृति। बुजुर्ग से बुजुर्ग कछुआ भी कितना बड़ा हो सकता है जबकि हाथी का नन्हा बच्चा भी कैसा प्रदीर्घ! कहना न होगा कि दोनों के आकारों की ऐसी अनुपाती विषमता के बावजूद देखकर दोनों की वय का अंदाजा सबको लग जाता है।"

व्यास के कानों में बातें घुस तो रही हैं किन्तु आँखें उनके मुखमंडल पर हिलती-डुलती विचलित रेखाओं को जैसे देवनागरी लिपि की तरह पढ़ने में मशगूल। दिमाग में उनके मनोभाव साफ-साफ खिंचने लगे। विशेष कर गाड़ी को लेकर उठने वाली गाढ़ी जिज्ञासा और इसके भीतर से झाँकती आहत अभीप्सा। ऐसे मनोभावों को रह-रहकर ढक दे रहे वे तमाम हालात भी उभरने लगे जो परिस्थितियों की टक्कर से चिनगारियों की तरह उत्पन्न हो रहे हैं। मोटर न ली जाए तो क्या हर्ज है? कहाँ जाना है? सरायगोवर्द्धन से दालमंडी की नारियल गली और फिर वहीं से यहीं। हड़हासराय से होकर जाऊँ या मस्जिद की ओर से, पैदल चलने पर अधिकतम दस मिनट, बस! नगर में यदि कभी अवसर विशेष पर कहीं और दो-चार फर्लांग अधिक की दूरी नापनी पड़ जाए तो ऐसे में घोड़ागाड़ी से चलूँ या पैदल, अथवा कैसे भी। इससे अब भला क्या फर्क पड़ने वाला? जिसके मन में जो पहचान बन गई है, वह तो अब बदलने से रही। विरासत के कर्ज की बूटों के काले निशान अभी तक सिर से हटे नहीं हैं। तबीयत भी पटरी पर नहीं। बच्चा को क्या सौंपकर जाएँगे? अच्छा हो कि जाने के बाद इस उत्तराधिकारी के सिर पर कर्ज की कोई मामूली काली परछाईं न हो। इसलिए, नहीं। मोटर की इस इच्छा को जागने से पहले सुला देना ही सर्वाधिक सुरक्षित है। यही अच्छा होगा।

प्रसाद के भीतर उठ रहा यह अनुभूति-स्वर अपनी ही तेज पुकार से बाधित हुआ। ध्यान अथाह मौन में डूबे व्यास पर गया। उन्होंने हँसकर टोका, "अरे, महाशय, कहाँ खो गए? मैंने जो कुछ कहा, उसे सुन पाए या नहीं?"

व्यास चौंके। तुरन्त सजग हो गए, "क्या कहा आपने? कृपया दुहरा दीजिए, प्लीज!"

"कहाँ किस लोक में विचरण करने लगे? मैंने तुमसे भूमि पर चलनेवाले वाहन के बारे में पता लगाने को कहा है, वायुमार्गी किसी पुष्पक-विमान के बारे में नहीं। इसलिए लौटो, लौट आओ, धरा पर आ जाओ।" प्रसाद ने चटक चुहल के साथ साभिनय स्मरण कराया।

व्यास ने दोनों हाथ जोड़ लिये, "क्षमा कर दीजिए गुरुजी, सचमुच मैं कल्पनालोक में ही जा फँसा था, क्षमा कर दीजिए।"

प्रसाद ने झुके-झुके आहिस्ते हाथ बढ़ाया और सधी गति से एक चाल चल दी। प्रतिद्वन्द्वी कृष्णदेव प्रसाद गौड़ ने दृष्टि उठाकर भौहें उचकाईं और सिर हिलाने लगे। जवाब में प्रसाद मुस्कुराए और सीधा होते हुए बायें मुड़कर युवक की ओर देखा, "हाँ, बताइए बन्धु, कहाँ से, कैसे आना हुआ?"

"जी, मैं सीतापुर से आया हूँ। लखनऊ विश्वविद्यालय से एम.ए. करना चाहता था किन्तु यह प्रबंध न हो सका इसलिए यहाँ आ गया। अब यहीं बनारस हिन्दू विश्वविद्यालय में प्रवेश लेना चाह रहा हूँ"

"बैठिए, बैठिए, खड़े क्यों हैं? क्या पत्थर की इस चौकी पर बैठने में कोई दिक्कत होगी?"

"ना-ना, ऐसा कतई नहीं। मैं तो इसकी यह नक्काशी और कलात्मकता देखकर ही गद्गद हूँ, इस पर बैठकर तो मुझे आनन्द की ही उपलब्धि होगी।" आँखें फैलाए चौकी को निरखते हुए युवक आहिस्ते कुछ यों बैठने लगा गोया वह इस पर अपना भार न डालने की कोई जुगत सोच रहा हो!

प्रसाद मुस्कुराए, "बन्धु, यह पाषाण है। पृथ्वी की कोख से पाता है जन्म। माटी की ममतामयी आत्मा सम्भव बनाती है इसके अस्तित्व को—अपनी करोड़ों वर्षों की धधकती एकाग्रता और सदाप्रज्वला संकल्प-अग्नि के गर्भ से। तन-मन यदि सजग हों तो इसका संस्पर्श-मात्र आपके ब्रह्मांड-मंडल में कैसी उन्नत ऊर्जा और कितनी ठोस दृढ़ता का संचार कर रहा होगा, चाहो तो इसे अनुभूत कर सकते हो।"

युवक चमत्कृत। लगा, जैसे सनसनाती हुई ज्ञानेन्द्रियाँ एक साथ सक्रिय हो उठी हैं! जीवन में पहली बार ऐसी अनुभूति। धमनियाँ जैसे बहुस्तरीय अनुभव-उपलब्धियों की प्रवहमान धारा से तृप्त होने लगी हों! जैसे अचानक तेज समवेत वर्षा से मानस-वसुन्धरा आप्यायित—आनन्द से आन्दोलित लहरों में उछलती-कूदती और गिरती-नाचती गेंद की तरह। सचमुच पत्थर की इस चौकी पर बैठना विरल अनुभव से सम्पन्न कर रहा है।

"क्या है तुम्हारा शुभनाम?" प्रसाद फिर बिसात पर झुक गए।

"चन्द्रप्रकाश सिंह।"

उन्होंने थोड़े चकित भाव से तीक्ष्ण दृष्टि उठाई। मुड़कर इस बार गौर से देखा, "क्या कुँवर चन्द्रप्रकाश सिंह तुम्हीं हो?"

"जी।" युवक साश्चर्य पत्थर की नक्काशी को हथेलियों से सहलाता रहा।

मुस्कुराते हुए फिर बिसात पर ध्यान गड़ा लिया है प्रसाद ने। कुछ पल सिर हिलाते रहे, फिर जवाबी चाल चल दी। गौड़ खिल उठे। यह देख वह सशंकित हो गए। सजग हो दूसरे ही पल उन्होंने फिर सिर गोत लिया। निगाह गड़ाते हुए। मननशील मुखमंडल पर अफसोस की झलक खिंच गई। मुँह से स्वयमेव जीभ बाहर निकल आई। उन्होंने जल्दी से अपनी चाल वापस कर ली। इस पर गौड़ तिलमिला उठे। संयत किन्तु तीखे स्वर में प्रतिरोध भी जताया। प्रसाद ने इसे अमान्य करते हुए इनकार में सस्मित सिर

हिलाया, "आप तो केवल चाल सोच रहे हैं जबकि मैं इस युवा आगन्तुक से बात भी कर रहा हूँ, इसलिए गलती से चली हुई चाल को तो मैं वापस ले ही लूँगा।"

तुनक गए गौड़, "यह आपकी काव्य-सर्जना का मनमाना पृष्ठ नहीं है बाबूसाहब, कि जब चाहा, पीछे लौटकर किसी भी पूर्वलिखित वाक्य को छू-छेड़ लिया। यह बिसात है। यहाँ बढ़ा हुआ कदम पीछे नहीं लौटता। आपकी यह चाल-वापसी की चाल नहीं चलेगी।...नो, नेवर। इट कैन नेवर जस्टीफाई।"

इनकारी मुद्रा में सिर हिलाने लगे प्रसाद, "गौड़ जी, आप अपने मन में रंज ला रहे हैं तो लाते रहें, यह शतरंज है। इसमें ऐसे-ऐसे शत-शत (सौ-सौ) रंज भी आप मन में उगाते और बाहर उगलते रहें, तब भी मैं आपके इस मनःरंज को मनोरंजन ही मानता चलूँगा।"

वाक्य पूरा होते-होते ही गौड़ के चेहरे का रंज भंग हो गया। वह ठठाकर हँसने लगे। हँसते गए, हँसते गए। मुस्कुराते हुए प्रसाद कभी उन्हें तो कभी आगन्तुक को ताकते रहे। गौड़ ने कहा, "मान गया महाकवि, आप शतरंज नहीं खेल रहे बल्कि शतरंज ही आपसे अठखेल कर रहा है। यहाँ मैं आपसे दो कदम आगे और एक कदम पीछे की चालों का नया छंद सीख रहा हूँ।"

आगन्तुक की ओर फिर उन्मुख हुए प्रसाद, "युवा मित्र, हाल के दिनों में विभिन्न पत्रिकाओं में मैंने तुम्हारी कई सशक्त कविताएँ पढ़ी हैं।"

संकोच से भीग गया है चन्द्रप्रकाश। प्रसाद ने आँखें मूँद लीं। कुछ क्षण यों ही मननशील रहे। आँखें खोलीं तो दृष्टि में विशिष्ट गाम्भीर्य-भाव मुखर हो उठा, "तुम्हारी रचनाओं में जीवन्तता है। बड़ी बात यह कि तुम अभी छात्र हो और अभी से ऐसे रसीले-गठीले अनार जैसे गीत रच रहे हो, यह तो बहुत अच्छी बात है। सच मानो, तुम्हारे कुछ गीत पढ़कर तो मन तृप्त हो उठा। बहुत प्रमुखता से तुम्हारे गीत 'माधुरी' व 'सुधा' आदि में स्थान भी पा रहे हैं, कुछ तो मुखपृष्ठ पर भी छपे हैं।"

हिम-खंड की तरह पिघलता जा रहा है चन्द्रप्रकाश। बिसात पर झुका हुआ गौड़ का एकाग्र मौन ललकारने लगा तो प्रसाद फिर जूझने लगे। मौन के पंख फैलते चले गए। दोनों सिर गोते रहे। कुछ ही पल बाद दोनों ने ऐसा ठहाका फोड़ा कि मौन एक झटके से हवा हो गया। प्रसाद का वजीर कट चुका है। हँसते हुए वह गौड़ की पीठ ठोंकने लगे, "वाह, भई! आपने तो मेरे मंत्री को गिरा कर ही दम लिया? चलिए, राजा का हश्र अब तय हो गया, इसलिए अब यहीं विराम।"

"अरे नहीं, शतरंज में कभी भी चाल पलट जाती है। आप ऐन क्लाइमेक्स में ही ऐसा कैसे कर सकते हैं?"

"हाँ, वो तो है किन्तु चलिए, हम यह मान लेते हैं कि आप ने दाँव मार लिया। इसलिए फिलहाल इतना ही रहने दें, फिर बाद में खेलेंगे। मैं अब जरा अपने अतिथि को ठीक से उपलब्ध हो लूँ।" प्रसाद दृढ़ता हो गए।

गौड़ मुस्कुराए, "साधारण वजीर भला आपके किस काम का था ही? आपको तो भृत्य भी चेखुरा जैसा हाजिरजवाब और क्रांतिकारी चाहिए। ऐसे में आपका मंत्री तो ऐरा-गैरा चलेगा नहीं। हंस का मंत्री भला कौआ कैसे हो सकता है? आपको तो एकदम

अनूठा-अनोखा मंत्री ही चाहिए न, इसलिए इस अटकु-लटकु वजीर का शहीद हो जाना ही अच्छा रहा।"

चन्द्रप्रकाश की ओर मुड़ गए हैं प्रसाद, "मित्र, सीधा परिचय तो आज हो रहा है किन्तु एक दिन तो तुम्हारे पिताजी तुम्हें खोजते हुए यहाँ आ चुके हैं। उनके हाथ में मेरे नाम निराला जी का पत्र था। मैं तो उस समय हतप्रभ रह गया। जटिल समस्या यह प्रस्तुत हुई कि तुमसे मेरी कोई सीधी भेंट थी नहीं और मुझी से वह तुम्हारे यहाँ से गायब हो जाने के बारे में पूछ रहे थे। मेरे लिए चिन्ताजनक यह कि मुझे इस प्रश्न का उत्तर एक परेशान पिता को देना था। मैंने बहुत सोच-समझकर सावधानीपूर्वक बात की और उन्हें यह महसूस ही नहीं होने दिया कि मैं तुमसे अपरिचित हूँ तथा यह भी समझा दिया कि तुम कहीं किसी आयोजन में चले गए हो और दो-चार दिनों में ही लौटने वाले हो। खैर, मेरी बातों ने उनकी बेचैनी को कम कर दिया, यह देख मैं बहुत सन्तुष्ट हूँ। बाद में वह फिर दुबारा लौटे नहीं तो मैंने यही मान लिया कि तुम सकुशल लौट चुके होगे। वैसे मुझे अब तो बताओ कि तुम अचानक यहाँ से चले कहाँ गए थे?"

चन्द्रप्रकाश थोड़ा सकपकाया। वह स्वयं को सँभालने लगा, "जी, दरअसल, मैं एक साथी के यहाँ चला गया था मीरजापुर। वहाँ बहुत मनमोहक प्राकृतिक छटा मिली। जीते-जागते-से साँस लेते जंगल-पहाड़ और गलीचेदार-गुलगुली सप्राण हरियाली, ऊपर लहराता नीला निस्सीम मस्त-मगन फेनिल गगन। मन तो जैसे वन में रम-सा ही गया था। नेत्रों से जैसे शीतल तृप्ति का एक सम्पूर्ण निनादित झरना ही हृदय-प्रदेश में झर्-झर्, झर्-झर् उतरता रहा। वहाँ से हिलने-हटने की इच्छा ही नहीं हो रही थी..."

बीच में ही बोले प्रसाद, "अरे, वहाँ की प्राकृतिक छटा की तो बात ही अलग है। एक बार मैं भी उसमें जा फँसा था। उस सुषमा ने मुझे भी अपने में उलझा लिया था।"

"अच्छा, आपको वहाँ की प्राकृतिक सुषमा ने उलझा लिया था? क्या तात्पर्य?"

"अब इस पर फिर कभी बातें होंगी। फिलहाल तो तुम्हारी इसी बात को मैं मजबूत कर रहा हूँ कि वहाँ की प्रकृति किसी को भी बेसुध बना सकती है।"

"हाँ, तो ऐसे में मैं भी भला और क्या करता? विभोर होकर वहीं कई दिनों तक जमा रहा। इधर पिताजी यहाँ बनारस आ गए और मुझे नहीं पाया तो घबराकर सीधे इलाहाबाद लौट गए—मुझे खोजते हुए ही वह श्रद्धेय निराला जी के पास जा पहुँचे। जब निराला जी को पता चला कि मैं लापता हूँ तो उन्होंने मन-ही-मन यह अंदाजा लगा लिया कि अपनी प्रवृत्ति के अनुसार मैं काशी में अब तक आपसे अवश्य परिचित हो चुका होऊँगा, इसलिए उन्होंने आपके नाम एक पत्र लिखकर उन्हें फिर बनारस वापस कर दिया। खैर, दूसरी बार जब पिताजी आए और आपसे मिलकर लौट रहे थे, ऐन उसी समय रास्ते में ही मेरी उनसे भेंट हो गई थी। मैं मीरजापुर से लौट ही रहा था। उनकी हालत देख मुझे अपनी भूल का गहरा अनुभव हुआ।"

बहुत ध्यान से सुन रहे हैं प्रसाद। चन्द्रप्रकाश ने आगे बताया, "यहीं चेतगंज में मेरे कुटुम्बियों का घर है, वहीं मैं ठहरा हुआ हूँ। मुझे मीरजापुर जाने से पहले इसकी पूरी सूचना अपने कुटुम्बियों को अवश्य दे देनी चाहिए थी। मुझसे यही भूल हुई कि मैंने

उन लोगों को भी कुछ नहीं बताया और अचानक मित्र के साथ मीरजापुर चला गया। आपको इसमें जो अनावश्यक चिन्ता-परेशानी उठानी पड़ी, उसके लिए मैं क्षमा चाहता हूँ," कहते हुए उसने दोनों हाथ जोड़ लिये।

प्रसाद मुस्कुराए, "चलो, ठीक है। तुम लापता नहीं हुए और सकुशल लौट आए, इसके लिए तुम्हें ही मेरी बधाई। तो, तुम निराला जी के निकट कैसे पहुँचे?"

"इलाहाबाद में इसी तरह उनसे भी मिलने पहुँचा था। उनके हाथ में 'सुधा' का नया अंक था और उस समय संयोगवश वह मेरा ही गीत पढ़ रहे थे। मैंने पहुँचकर अभिवादन करते हुए जब अपना नाम बताया तो वह प्रफुल्लित हो आवेग से भर उठे। मुझे गले से लगा लिया और मुक्तकंठ आशीष देने लगे। बताने लगे कि वह मेरी कई रचनाएँ पढ़ चुके हैं और हर रचना-पाठ के समय उनके मन में मुझे देखने की इच्छा जागती रही। अभी भी वह ऐसा ही कुछ महसूस कर रहे थे कि ऐन इसी क्षण मैं उपस्थित हो गया।" चन्द्रप्रकाश की वाणी पर प्रसन्नता की चिकनाई चमक रही थी।

मुस्कुराते जा रहे हैं प्रसाद। चन्द्रप्रकाश ने आगे बताया, "मैं निराला जी से नियमित मिलने लगा। उन्होंने मुझे अपनी कई ताजा रचनाओं का प्रथम श्रोता बनाया और एक दिन अचानक मुझे बिना कुछ पूर्व सूचना दिये कविवर सुमित्रानन्दन पंत के यहाँ लेकर पहुँच गए। पंत चुप-चुप सुनते रहे और निराला जी उन्हें मेरे बारे में ढेरों बातें बढ़ा-चढ़ाकर बताते रहे। बाद में मैं पंत जी से भी मिलने पहुँचने लगा। ले-देकर अब तक मैं आपसे ही न मिल सका था और इसके चलते लंबे समय से भीतर-भीतर स्वयं को छूँछा-सा महसूस करता रहा हूँ। यह तो अच्छा हुआ कि लखनऊ विश्वविद्यालय में मेरा प्रवेश नहीं हो सका और मुझे काशी आने का बहाना मिला। इस तरह आज आपके दर्शन का भी अविस्मरणीय लाभ अर्जित कर पा रहा हूँ।"

चेखुरा आया। जलपान की तश्तरी सामने रखकर चला गया। मगदल और ताजा तली निमकी। सोंधाई और मिठास हवा में तैर रही है। प्रसाद ने विनम्रता से तश्तरी की ओर संकेत किया। चन्द्रप्रकाश ने ग्रहण करना शुरू कर दिया।

100

बनारस हिन्दू विश्वविद्यालय में नामांकन हो गया तो चन्द्रप्रकाश ने किराए का एक मकान ले लिया। दुर्गाकुंड से आगे नवाबगंज के मार्ग पर। एक दिन सुबह-सुबह गंगा-स्नान के लिए ज्योंही दरवाजे से बाहर कदम बढ़ाया, सामने से निराला जी आते दिख गए। चन्द्रप्रकाश सुखद आश्चर्य से भर गया। अपनी ही आँखों पर सहज विश्वास नहीं कि जो कुछ दिखाई पड़ रहा है, वह सोलह आने सच भी हो सकता है। कंधे से लटकता हिलता झोला और तीव्र भँवर की तरह लपकती आती गतिमान कद्दावर काया। भीतर तक उतरने वाली दृष्टि फैलाए समीप आती बलती हुई आँखें और हवा से खेलते मुक्त छंद व्यंजित आरोह-अवरोह से भरे दाढ़ी-बाल।

निराला समीप आए। वह अचकचाया-सा मटर-मटर ताकता रहा। उन्होंने हाथ उठाया और उसके सिर के ऊपर ले जाकर थपकी देने लगे, "जो तुम देख रहे हो, वह

सच है बेटे! यह मेरा प्रेत नहीं, तुम्हारे सामने यह स्वयं मैं ही साकार खड़ा हूँ। अब चलो, ग्रहण करो लो, तुम्हें आशीर्वाद दे रहा हूँ।"

चन्द्रप्रकाश गतिपूर्वक चरणों पर झुक गया। निराला की वाणी मधु बन गई, "चलो, हुआ। मैंने तुम्हें वाग्विरलता और वाग्प्रखरता का आज एक नया आशीर्वाद दिया।"

चन्द्रप्रकाश ने झोला थाम लिया और उन्हें साग्रह साथ लिये भीतर चल पड़ा। बरामदे के बाद पहला कमरा लाँघते दोनों सामने दूसरे कमरे में पहुँच गए। निराला ने अलग कमरे का प्रबंध होता देख उसके कंधे पर हाथ रखा, "यह किसका कमरा है भला?"

"यह पूज्य पिताश्री के लिए है। असल में वह काशी आने का कोई बहाना नहीं चूकते न—कभी एकादशी, कभी पूर्णिमा तो कभी कोई भी छोटा-बड़ा पर्व-त्योहार। वह यहाँ विश्वनाथ दरबार में पहुँचते ही रहते हैं, इसीलिए यह पूरा मकान ही ले रखा है।"

"अरे बच्चू, मैं तुम्हारे पास इसलिए आया हूँ कि तुमसे कुछ नियमित विमर्श होता रहे। इस अलग कमरे और शिष्ट-विशिष्ट सुविधा के लिए नहीं आया।"

"महाकवि, कोई हर्ज नहीं। मैं तो आपकी सेवा में अहर्निश उपलब्ध हूँ ही।"

"दरअसल, 'गीतिका' और 'निरुपमा' के फर्मे भी चेक करने हैं। अन्तिम दौर के जोड़-घटाव भी तो करने हैं।" निराला मुस्कुराए।

थोड़ी ही देर में दोनों गंगास्नान के लिए निकल गए।

रास्ते में निराला ने पिछले दिनों के बनारस-प्रवास की चर्चा छेड़ दी। वह पिछली बार पास ही नवाबगंज में वाचस्पति पाठक के यहाँ ठहरे थे। बताने लगे, "रायकृष्ण दास के यहाँ ठहरने पर सुविधाएँ तो खूब मिलती हैं किन्तु एक बड़ी असुविधा भी पेश होती है। उनमें मित्र की कोई छवि ही नहीं उभरती। बार-बार मुझे वह बाबूसाहब अर्थात् प्रसाद जी के ही अंतरंग दिखाई पड़ते हैं, इस नाते उनके प्रति संकोच-लिहाज जैसे भाव ही जेहन में उभरते रहते हैं।"

चन्द्रप्रकाश 'हाँ-हूँ' करता चल रहा था। निराला बोलते जा रहे थे, "पिछली बार वाचस्पति पाठक के यहाँ रुका था। उनके साथ एक अलग समस्या है। उन्हें भारती भंडार की व्यवस्था सँभालते हुए कुछ अधिक ही ज्ञान-लाभ हो चुका है। जब देखो तब लेखकों की इंटरनल पॉलिटिक्स बतियाने लगते हैं—कभी मैथिलीशरण और बाबूसाहब में मेल कराने की बात लेकर बैठ जाते हैं तो कभी दुलारेलाल भार्गव की प्रकाशन-रणनीति की काट खोजने लगते हैं।"

इस पर चन्द्रप्रकाश ठठा पड़ा। बोलते हुए तेज डग भर रहे निराला सड़क के दोनों ओर ध्यान से ताकते भी चल रहे थे—कुछ इस तरह, जैसे साथ-साथ चल रहे घर-मकान, पेड़-पौधे, जमीन-हवा, सबसे वह मन-ही-मन समानान्तर मानसिक संवाद जोड़ते चल रहे हों! वह मुस्कुराते हुए आगे बोले, "दिक्कत यह कि आज के समय में हर कोई अपनी ही अदा और अंदाज में सबको घसीट लेना चाहता है।"

चलते हुए गति थोड़ी धीमी कर ली चन्द्रप्रकाश ने। उनकी ओर गौर से देखा। वह भी धीमे हो चुके हैं, "भई, ऐसी बातों से मन भिन्नाकर रह जाता है।"

निराला की आँखें जैसे भीतर तक देख रही हों! चन्द्रप्रकाश ने सिर को स्वीकार में हिलाया। दूसरे ही पल उनके चेहरे पर एक निर्मल आभा तैर गई। उन्होंने सामने की ओर संकेत किया। निराला ने दृष्टि फेंकी, गंगा लहरा रही थी।

वे घाट के पास पर आ चुके हैं। निराला की भाव-मुद्रा तुरन्त तनाव-मुक्त। अब यह तरंगायित हो उठी, "चन्द्रप्रकाश, देखो न, यहाँ काशी में गंगा की छटा कुछ खास ललकारने वाली लग रही है। यह चाँद जैसी कोण-कटान और तीव्र आन्दोलित धारा की उग्र श्यामा-मुद्रा!"

चन्द्रप्रकाश कई सप्ताह से लगातार ऐन यहीं इसी घाट पर पहुँचकर स्नान करता रहा है किन्तु आज निराला की टिप्पणी के आलोक में सचमुच गंगा का यह रूप एकदम अनदेखा और सर्वथा नया-नया-सा लगने लगा। वह मन-ही-मन मनन-विश्लेषण में डूबा रहा। कपड़े कम करने के बाद निराला घाट से नीचे उतरे। छाती भर पानी में पहुँचकर उत्साह व आवेग से भर उठे, "बच्चू, उस पार रामनगर है। वह देखो, वहाँ उधर काशी-नरेश का किला दिख रहा है। कहो तो, मैं तैरकर उस पार चला जाऊँ? मुश्किल से एक-डेढ़ घंटे में लौट भी आऊँगा।"

निराला की आवाज जल पर फैले गाज-फेन और खेलते भँवर से टकराकर घिरनी की तरह नाचती हुई पहुँची। चन्द्रप्रकाश का मन चक्करघिन्नी बनकर बेचैन हो उठा। वह घबराहट से भर उठा। लगभग चिल्लाकर हाँक लगाई, "ना बाबा ना, एकदम नहीं! मैं आपसे यह विचार तत्काल त्यागने की करबद्ध प्रार्थना कर रहा हूँ। आप ऐसी बात अब अगर दुबारा महज उच्चरित भी करेंगे तो मैं तब स्नान तक नहीं करूँगा। यहाँ आना भी आज के बाद सदा-सदा के लिए बंद कर दूँगा।"

निराला ने चुपचाप डुबकी लगाई—छपाक्! घंटाध्वनि-सी घाट की तीक्ष्ण कनकनी हवा खुले शरीर के रोम-रोम को झंकृत कर रही थी। चन्द्रप्रकाश सिहरता रहा। उसने ससंशय दृष्टि गड़ाये रखी। कुछ ही पल बाद निराला ने जल में यथास्थान सिर ऊपर निकाला तो जान में जान आई। बालों को झटकारते-झाड़ते हुए निराला तेज स्वर में बोले, "चलो, हो गया। तुम्हारी ही बात मान ली, नहीं जाऊँगा उस पार। तुम भी तो मेरे एक और गार्जियन हो गए हो यार! लगता है, काशी मेरी गार्जियन-भूमि ही होकर रह गई है। जो अग्रज हैं सो तो कदम-कदम पर लठ लिये आगे खड़े ही दिखते हैं; जो अनुजगण हैं, वे भी पीछे नहीं। उधर एक विनोदशंकर व्यास है जिसे मेरे खान-पान पर लगाम कसने के अलावा दूसरा कोई काम नहीं सूझता। इसी कारण मानमन्दिर के उसके घर में ठहरना मैंने छोड़ा और इधर एक तुम हो जो मेरे गंगा में तैरने तक को बैन कर रहे हो! मन को विचरण के लिए खुला छोड़ने की राह में यहाँ बाबूसाहब और रायसाहब तो ऐलानिया रोड़े हैं ही। अग्रजों को प्राप्त अधिकार तो प्रकृतिप्रदत्त है लेकिन मैं यह नहीं समझ पा रहा कि अनुज गण भला किस हक से लगाम कस रहे हैं?"

पानी से निकल निराला ऊपर आ गए। अंगोछे से देह पोंछने के बाद वस्त्र बदलने लगे। चन्द्रप्रकाश आहिस्ता-आहिस्ता बढ़ा और पानी में उतर गया। वह घाट के समीप ही ठेहुने भर पानी में रुका और हाथों से जल उछालकर अपनी देह भिगोने-धोने लगा। निराला की दृष्टि जा पड़ी। उसे कम पानी में नहाता देख पहले तो वह चौंके, फिर

गरज पड़े, "यार, चन्द्रप्रकाश, इतने भी कायर न बनो। लानत है, ठाकुर होकर इस तरह काग-स्नान कर रहे हो! छि:-छि:! वेरी सैड!" चन्द्रप्रकाश एक साथ संकोच व अपराधबोध से भर उठा। झेंपते हुए सप्रयास मुस्कुराया जिसे देख निराला ने प्रतिवादी आवेग छलकाया, "यार, यह ठीक नहीं है। सिंह हो। कम-से-कम शेर का प्राथमिक गुण तो न भूल जाओ! छाती भर पानी में तो आगे बढ़ ही जाओ!"

चन्द्रप्रकाश ने किसी दक्ष तैराक की तरह सधी हुई छलाँग लगा दी। छपाक् की तेज आवाज हुई। हवा में पल्टा खाकर वह जल के तल पर गिरा और तैरने लगा। ठीक समुद्री मछली की तरह। निराला ने ताली पीटी, "हाँ, वेरी गुड! नाइस!! वाह, वाह! तभी तो मैं कहूँ कि मेरी पसन्द आखिर गलत कैसे निकल सकती है? मेरा पसंदीदा युवाकवि भला इतना भय-भिंचित कैसे हो सकता है?"

जल पर कुछ ही पैंतरे दिखाने के बाद चन्द्रप्रकाश तैरता हुआ घाट की ओर लौट आया। जल्दी-जल्दी देह-हाथ रगड़ने और नहाने लगा। कुछ ही देर में वह भी ऊपर आ गया।

निराला गद्गद। परम प्रसन्न नेत्रों में परिपाक प्रशंसा। वाणी में ओज के अग्नि-कण तैरने लगे, "मर-मरकर जीने वाला व्यक्ति जीवन की मर्यादा को कभी गर्वीली ऊँचाइयाँ नहीं दे सकता। जो मृत्यु को मुँह नहीं चिढ़ा सकता, उसकी जिन्दगी का मूल स्वर तो गिड़गिड़ाहट ही हो सकती है, इससे अलग कुछ और नहीं। और गिड़गिड़ाहट—हुंह! यह संघर्ष-विमुख बनाने के अलावा और भला कर ही क्या सकती है? और संघर्ष-विमुखता तो लिजलिजी समझौता-परस्ती ही सिखाएगी न!"

साथ-साथ लौट रहे चन्द्रप्रकाश ने कृतज्ञता व्यक्त की, "महाकवि, आज आपने मुझे यह बोध करा दिया कि आपके जिन हाव-भावों को लोग अक्सर त्वरित क्षणिक आवेग समझ लेते हैं, वे वस्तुत: न आकस्मिक भावोच्छ्वास हैं, न कोई अनजानी भूल-गलती; बल्कि वे तो आपकी सुविचारित कार्यवाहियाँ हैं और जीवन-संघर्ष की दुर्लभ रणनीतियाँ भी।"

निराला ने चलते-चलते पीठ ठोंकी, "अब सविस्तार व्याख्या-विश्लेषण के अँधे-बँधे धंधे में न जुट जाओ। नन्ददुलारे वाजपेयी को बेरोजगार बना देना चाहते हो क्या? तुम आलोचक-समालोचक न बनो, दिमाग ठंडा रखो—आदमी की तरह साथ चलो।"

झेंप गया है चन्द्रप्रकाश। निराला ने ठहाका लगाया। काशी का आकाश अक्षर-शब्द-शक्तियों की विद्युत तरंग और प्रवहमान काव्य की अनन्त अंतराओं से रंजित हो उठा।

101

विश्वविद्यालय से चन्द्रप्रकाश कुछ जल्दी लौट रहा है। दरवाजे में घुसने से पहले ही दिख रहे हैं निराला। सामने खुले अपने कमरे में। चौकी पर पाल्थी जमाये, जमे हुए। अपने उठे हुए मुड़े ठेहुने को मेज की तरह इस्तेमाल करते तख्ती रखे। सिर गड़ाकर प्रूफ देखने में तल्लीन। प्रवेश करते ही आहट पाकर सिर उठाया। मुस्कुराए, "क्या बात है यंग मैन, बहुत पहले लौट आए? कहीं किसी से कोई टंटा-वंटा तो नहीं कर आए हो?"

"नहीं, नहीं। कल आप ही ने तो बताया था कि आप आज शाम गोवर्द्धनसराय की ओर निकलेंगे?"

"हाँ-हाँ, यार, काशी में रहूँ और एक-दो दिन में भी बाबूसाहब से न मिलूँ, ऐसा कैसे हो सकता है? मन हो तो चले चलो तुम भी..." उन्होंने तख्ती हटाकर नीचे रखी और पास के कागज-पत्तर समेटने लगे। चश्मा उतारा और चौकी से नीचे आ गए।

"हाँ, हाँ, मैं भी चलूँगा। इसीलिए तो विश्वविद्यालय से सरपट भागता हुआ आ रहा हूँ। रास्ते में कहीं जरा भी नहीं ठहरा, सीधे यहीं आकर रुका हूँ। देखिए न, एकदम पसीने-पसीने हो गया हूँ।"

चन्द्रप्रकाश कुर्सी पर थसककर बैठ गया है। कुछ यों, जैसे वह चुहचुहाई थकान को विसर्जित करने और नये प्रस्थान के लिए ऊर्जा संचय में जुट गया हो! निराला ने दृष्टि उठाई। सिर से गर्दन तक चमकती बूँदें देख होंठ उचकाकर मुस्कुराए। चन्द्रप्रकाश की आवाज में सांगीतिक कोमलता है, "मुझे तो प्रसाद जी के निकट बैठने पर अद्भुत अनुभूति होती है। उन्हें देखना, उनकी दृष्टि का साक्षात् संस्पर्श पाना और उनकी वाणी को सुनना सचमुच गहन तृप्ति का अनुभव देता है। हवा पर जब उनकी वाग्मिता सन्निकट तैरती है तो लगता है, जैसे बिलकुल पास ही ज्ञान और अनुभूति की महागंगा प्रवाहित हो रही है!"

निराला ने बहुत गम्भीरता के साथ आँखें फैलाईं, "ठीक कहते हो। बाबूसाहब वस्तुत: एक विशिष्ट उपस्थिति हैं। उनका मन हमेशा किसी-न-किसी बीहड़-बियाबान को रौंदता बढ़ता रहता है, मस्तिष्क हर क्षण किसी-न-किसी उत्खनन में उद्यमरत। मैं तो स्वयं उन्हें निकट से देखने के बाद लगातार अभिभूत होता रहता हूँ। उनका गाम्भीर्य मनन-मंथन के लिए उकसाता है। उनकी मुस्कान प्रेम के मंत्र फूँकती है। उनका अध्ययन पलक झपकते युग-युगांतरों की यात्रा करा देता है।"

चन्द्रप्रकाश चकित भाव से सुनता रहा। वह रुके तो उसने जिज्ञासा का घना जाल फैलाया, "महाकवि, स्वयं आप भी उनसे इतने प्रभावित हैं?"

"हाँ, क्यों नहीं? क्या तुम मुझे इतना भी समझदार और विवेकी नहीं मानते?"

"नहीं, नहीं, मेरा तात्पर्य तो सिर्फ यही कि आखिर आप स्वयं महाकवि हैं।"

"लेकिन अनुज तो अन्ततः महाकवि प्रसाद का ही हूँ।"

दोनों बाहर आ गए। कदम बढ़ते चले गए।

102

बाबूसाहब के पास दोनों जमे हैं। निराला ने बहुत संयत स्वर में अपनी बात शुरू की, "मेरा तो अपनी किसी रचना से कभी मन ही नहीं भर पाता। हमेशा लगता है कि बात अधूरी रह गई। 'गीतिका' और 'निरुपमा' के फर्मे देख रहा था, दोनों की लगभग हर पंक्ति में कुछ न कुछ कलम लग ही गई। इसीलिए भारती भंडार वाले मुझसे मुँह फुलाए रहते हैं। तीसरी बार प्रूफ देख रहा हूँ तब भी कूट-कूट उसी तरह जारी है, जैसे पहले प्रूफ के समय हुई थी।"

"अधूरेपन का यही गहरा बोध तो प्रत्येक आगामी रचना की भूमि गढ़ता है। हर कला का जन्म अधूरेपन की ऐसी ही पूर्ववर्ती दग्ध अनुभूति से होता है। मुझे तो यही लगता है कि अतृप्तियाँ और अपूर्णताएँ ही गति उत्पन्न करती हैं जबकि संतृप्ति और पूर्णता सिर्फ गतिरोध। पूर्णता सम्भवत: मोक्ष जैसी ही कोई दशा है। अब यही संयोग देख लीजिए न, जीवन जब पूर्ण हो जाता है तो यही दशा मृत्यु कहलाती है।" बोलते हुए प्रसाद की मुद्रा गुरु-गम्भीर बनी रही। सभी चुप। कुछ ही देर बाद वह आगे बोले, "लेकिन बहुत अधिक प्रूफ-युद्ध नहीं चलाइएगा। भारती भंडार चाहे भले रायकृष्ण दास का संस्थान हो, प्रकाशन का प्रबंधन एक-एक पैसा दाँत से पकड़ता है। वाचस्पति पाठक अभी लिहाज कर रहे होंगे, लेकिन बाद में कभी भी वह अपना रंग दिखा सकते हैं। तब अप्रिय स्थिति बन जाएगी।"

निराला की वाणी में ताप उतर आया, "अब उनकी आना-पाई बचत के लिए अपनी रचना के कील-काँटे तो ढीले नहीं ही छोड़ सकता। इसमें उन्हें ज्यादा मुसीबत महसूस होने लगे तो अपनी पांडुलिपियाँ वापस ले लूँगा और क्या! यों भी भारती भंडार के प्रति हमारा झुकाव सिर्फ आपके कारण है, दूसरी कोई वजह नहीं। जब कभी इस प्रकाशन का नाम आता है तो जेहन में एक ही बात आती है कि इसे आखिर आप जैसे हमारे अग्रज ने शुरू करवाया है, अन्यथा अब तो कई प्रकाशक हैं जो एक-एक पांडुलिपि पाने के लिए कई-कई परिक्रमा को तैयार बैठे हैं। आखिर दुलारेलाल भार्गव को गंगा-पुस्तक माला के लिए स्वयं प्रेमचन्द ने भी अपनी पांडुलिपि दे ही दी है।"

मीठा मौन ओढ़े बैठे हैं प्रसाद। निराला की वाणी-विदग्धता गूँज रही है, "प्रकाशन का एक पारदर्शी सहज-समवेत संसार गढ़ा जाना अभी बाकी है। हिन्दी जगत में यह कमी अब तीक्ष्णता से महसूस की जा रही है। हालाँकि रायसाहब से भारती भंडार शुरू कराकर आपने इस दिशा में बड़ी भूमिका निभाई है किन्तु इसमें आपकी ओर से फिर कुछ और पहल होनी चाहिए। एक दिक्कत यह कि रायसाहब वस्तुत: व्यवसायी नहीं हैं। कहाँ उनका चाँदनी जैसा शीतल कला-प्रेम और कहाँ प्रकाशन व्यवसाय का यह शुष्क-शुष्क प्रतप्त प्रक्षेत्र! ऐसे में बात भला आगे बढ़े तो कैसे? इसलिए प्रकाशन के भीतर व्यवस्थापन वाले कर्मी जो-जो खेल चाह रहे, आराम से चला ले रहे।"

चेखुरा ने आकर कुछ लोगों के आने की सूचना दी। प्रसाद कुछ कहते, इससे पहले निराला उठ खड़े हुए। जिज्ञासा छलकाते गेट की ओर लपक गए। थोड़ी ही देर में लौटे तो वह बालकृष्ण शर्मा नवीन, केशव प्रसाद मिश्र, विनोदशंकर व्यास और रायकृष्ण दास को साथ लिये-दिये हँसते-बतियाते लौटे।

नवीन लपककर प्रसाद से गले मिलने लगे। सबने स्थान ग्रहण किया। चेहरों पर मुस्कान के चमकते कण-कतरे। प्रसाद ने व्यास की ओर देखकर उलाहना दिया, "क्यों भई, आप साथ में थे तब भी आने के लिए अनुमति लेने की आवश्यकता पड़ गई?"

झेंप गए व्यास। सभी मुस्कुराने लगे। नवीन ने विनम्र निवेदन किया, "भाई साहब, मैं आपके पास एक स्वार्थ से आया हूँ।"

"आप नि:संकोच आदेश करें।"

"मेरी यह प्रार्थना है कि आप इतिहास की खंदक-खाई से बाहर निकलिए, बहुत उत्खनन हो चुका। अब आपको सीधे-सीधे अपने युग और समकालीन जन से संवाद बनाना चाहिए। यह देश स्वतंत्रता के लिए कसमसा रहा है, इसे संप्रति आप जैसे चिन्तकों का प्रत्यक्ष बौद्धिक नेतृत्व चाहिए।"

"क्या करें, कैसे इतिहास की खाई से बाहर निकल आएँ? इसी में तो हमारा वह प्राचीन गौरवशाली अतीत धँसा पड़ा हुआ है, जिससे हमारा समाज लगभग पूरी तरह अनभिज्ञ है। मेरा मानना है कि इसी के कारण स्वाभिमान-वंचित भी। यदि हमारे देशवासी अपने ही अतीत से परिचित होते तो स्वाभाविक रूप से अपने बल को भी जान गए होते और तब वे ऐसे गुलाम नहीं बने रह पाते, जैसे आज बेहाल हो सिर झुकाए कोल्हू के बैल की तरह एक ही जगह फँसे न जाने कब से गोल-गोल घूम रहे हैं। विदेशी हमलावरों ने यहाँ के एक-एक जन में कुंठा व हीनता के भाव ठसाठस भर दिये हैं। इस कुंठा व हीनता के भाव को आखिर हमें ही तो मिटाना है। यह काम आखिर अपने इसी प्राचीन गर्वोन्नत इतिहास के माध्यम से ही तो पूरा कर सकते हैं हम। बेशक इसी के माध्यम से हम अपने हतगौरव समाज में आत्मगौरव और स्वाभिमान की आग्नेय भावनाएँ भर सकेंगे, इसी से अन्तत: हमारे समाज में जुझारूपन लौटेगा।" प्रसाद ने बोलते हुए सब पर एक-एक कर दृष्टि डाली।

'माधुरी' के पन्ने पलटने में मशगूल हैं निराला। उन्हें जैसे यहाँ चल रही बातें जरा भी नहीं छू पा रही हों! चेखुरा ने आकर परात को तख्त पर रखा। वातावरण पर ताजा मगदल और गर्म हलवे की नवजात सुगंध तैरने लगी। प्रसाद के विनम्र आग्रह-संकेत पर एक-एक कर सबके हाथ बढ़ने लगे।

मुँह चलाते हुए नवीन विनम्रता से मुस्कुराए, "आप कृपया अन्यथा न लें। मैंने अपने विचार इसीलिए आपको खोलकर बताए कि आप इस पर कम-से-कम एक बार अवश्य सोचें।"

प्रसाद की आँखों में बिजली जैसी चमक आ गई, "देखिए मित्र, मेरा मानना है कि पुरखों के सुख-दुख हमारे अंतर्मन को ज्यादा गतिपूर्वक छूते-रौंदते हैं। पूर्वजों के बारे में सोचते हुए व्यक्ति की संवेदनशीलता ज्यादा प्रखर बनी रहती है। ऐसे में वह कभी भी, कहीं भी कोई बड़ा कदम उठा सकता है। इसीलिए मैं इतिहास के ऐसे ही प्रसंग उठाने का समर्थक हूँ जो हमारे राष्ट्रीय स्वाभिमान को एक झटके में झिंझोड़-जगा दे और इससे अवगत होकर बच्चा-बच्चा अपने देश की स्वतंत्रता के लिए लड़ने को उठ खड़ा हो। अब यह काम एक और तरीके से हो सकता है कि इसे लेकर नारेबाजी जैसी चीजें लिखी जाएँ। बेशक इसे कम-से-कम मैं तो साहित्य नहीं ही मान सकता।"

पान का एक सुगंधित दौर पूरा हुआ। सभी चुप। प्रसाद उठे, "मैं जरा भीतर से आता हूँ। अब बाहर की ओर निकला जाएगा न?"

व्यास खुले, "असल में आज की हमारी शाम रायसाहब के नाम है। हम लोग इसी निमित्त आपको लेने आए हैं। दरअसल, यहाँ चल रही उपयोगी चर्चाओं ने अब तक असली बात ही नहीं होने दी।"

प्रसाद मुस्कुराए। दास ने तुरन्त संशोधन किया, "मेरे नाम नहीं, हम सब लोगों की ओर से नवीन जी के नाम! यही तो हमारे अतिथि हैं। असल में आज इनकी पसन्द के

कुछ विशिष्ट व्यंजन बने हैं। घर से मुझे आदेश हुआ कि इस अवसर पर मैं अपने सखा यानी तुम्हें और इलाहाबाद से पधारे पंडित निराला को अवश्य आमंत्रित कर लूँ। बस, इसी के आलोक में यहाँ आना हो गया। यह सुखद संयोग ही है कि निराला जी यहीं मिल गए अन्यथा मुझे दुर्गाकुंड की ओर जाना पड़ता।"

प्रसाद प्रसन्नचित्त भीतर चले गए। निराला ने अचानक सिर उठाया। एक भरपूर शीतल दृष्टि दास पर डाली। सभी चुप। उन्होंने नवीन की ओर ताका, वह सजग हो गए। दूसरे ही पल निराला की वाणी में ताप आ गया, "मुझे एक बात समझ में नहीं आ रही कि आखिर कोई यह कैसे और क्यों अपेक्षा पालने लग सकता है कि सारे लेखक एक जैसी दृष्टि से भर जाएँ और समान गति-क्रम से ही सृष्टि करने लगें? अगर यह सब अधिक सटीक ढंग से सम्पन्न हो सके तब तो सारे रचनाकारों की रचनाएँ ही एकदम समान हो जाएँ! लेकिन ऐसा सम्भव कैसे है? भई, जिसकी जो अन्तर्प्रेरणा होगी, जैसी वैचारिक संरचना रहेगी, वह वैसा ही सृजन तो कर सकेगा न! क्या सभी रचनाकार एक जैसे ताल-सुर में लिखने लगेंगे तो यह कोई अच्छी और स्वाभाविक बात मानी जा सकती है? मैं पूछता हूँ कि बाग में फूल की एक ही प्रजाति का बेहिसाब लदा-पसरा होना अच्छा है या बहुविध-बहुरंग और बहुसुगंध पुष्पों की रंग-बिरंगी क्यारियों की उपलब्धता? मैं तो कहूँगा कि साहित्य क्षेत्र के अंधे-बहुधंधे उपदेशकों की ऐसी बेसिर-पैर की बातों की कोई परवाह नहीं की जानी चाहिए। कम-से-कम रचनाकारों को तो ऐसे जीवों से पूरी तरह सतर्क ही रहना चाहिए। उनकी ओर जरा भी ध्यान नहीं देना चाहिए।"

सबके चेहरों पर जैसे ताप के कण रेंगने लगे हों! तभी प्रसाद आ गए। बाहर निकलने की पूरी तैयारी के साथ। धोती-कुर्ता, कंधे पर हल्के कत्थई रंग की मुलायम चादर। सबको मौन देख उन्होंने धीरे से मुस्कुराकर पूछा, "मेरी अनुपस्थिति के दौरान यहाँ अभी कोई और विशेष चर्चा हो गई क्या?"

सभी चुप। निराला ससंकोच मुस्कुराए। प्रसाद हँसे, "लगता है, पंडित जी ने कोई धोबियापाट दे मारा है!"

सभी हँस पड़े। निराला उठकर बाहर आ गए। पीछे-पीछे सभी चल पड़े। रास्ते में प्रसाद और दास के पीछे-पीछे सभी चलने लगे।

103

रायकृष्ण दास के यहाँ मंडली जमी है। नवीन की पसंदीदा खिचड़ी सबको परोसी गई। साथ में आलू का छौंकदार चोखा और कटोरियों में ताजा दही। एक बड़े कटोरे में गरम घी भी आ गया। हवा में घी की सोंधाई सबसे तेज फैलने लगी। निराला ने प्रसन्नता से सिर हिलाया, "दही और घी साथ-साथ चलाना होगा क्या?"

"अगर किसी को रुचे तो ग्रहण कर ले, इसमें मेजबान की ओर से भला क्यों कोई मनाही हो सकती है?" प्रसाद ने धीरे-धीरे कहा। सभी हल्के-हल्के हँसने लगे।

दास अभी भीतर ही हैं। मन-ही-मन सभी उनके आने का इन्तजार करने लगे। तभी नौकर ने आकर मैथिलीशरण गुप्त के आने की सूचना दी। सबने इस सुखद संयोग पर

हर्षध्वनि की। इधर दास भीतर से निकले और सामने से गुप्त ने प्रवेश किया। दास सुखद आश्चर्य से भरकर पुलकित हो उठे। लपककर उनका स्वागत किया। गुप्त दूसरे ही पल प्रसाद के सामने आ गए। वह भी उठ खड़े हुए। दोनों गले मिले। निराला ने मुस्कुराते हुए हाथ जोड़े, "आइए, कविवर, स्वागत है! बहुत सही समय आपने यहाँ चरण रखे। आज के व्यंजन के असली प्रतीक-पुरुष तो आप ही हैं।"

सभी हँसने लगे। गुप्त ने झुककर थालियों पर दृष्टि दौड़ाई, "वाह, सचमुच मैं सही समय पर आ गया हूँ। थालियाँ तो तैयार हैं...कोई विशेष व्यंजन है क्या भई?"

"हाँ, ढेर सारी अच्छी-बुरी चीजें मिलाकर घोलमट्ठा की हुई खिचड़ी!" निराला ने शब्द-शब्द को सहलाकर कहा। सभी हँसने लगे।

गुप्त ने दोनों हाथ जोड़ लिये, "मेरे तो कम, यहाँ की बहुरंगी उपस्थिति का यह ज्यादा प्रतीक-व्यंजन है। कैसा अच्छा लग रहा है—कवि भी, नाटककार भी, उपन्यासकार भी और साथ में प्रकाशक और कला-उद्धारक भी! सभी तो यहाँ एक साथ विराजे हुए हैं—एकदम खिचड़ी समाज!"

दास ने साग्रह हाथ पकड़कर गुप्त को कुर्सी पर बिठाया। नौकर ने लाकर पहले पानी का भरा गिलास रखा, फिर कुछ क्षण बाद थाली।

सभी कुछ न कुछ टीका-टिप्पणी करते रहे। भोजन के बाद पान का दौर थमा तो गुप्त ने हाथ जोड़कर आँखें मूँद लीं, "जयशंकर, इस बार मैं तीन दिनों के लिए ही काशी आया हूँ। कल बाबा का दर्शन करूँगा और इच्छा है कि शाम को तुम्हारे यहाँ भाभीश्री के हाथ की कचौड़ियों का प्रसाद ग्रहण कर सकूँ।"

प्रसाद ने छूटते ही विनम्र उदारता दिखाई, "केवल कचौड़ियाँ ही क्यों, कल आप सभी लोगों का मेरे यहाँ सर्वांग-पूर्णांक भोजन होगा।"

सभी प्रसन्न। निराला उत्साह और हर्ष से भर उठे, "चलिए, मैंने भी काफी समय से भाभीश्री के हाथ की कचौड़ियों की चर्चा सुन रखी थी, अब इसका स्वाद भी ले ही लूँगा।"

104

आसमान में मेघों का खेल तो मनोरंजक है किन्तु उमस ने हालत खराब कर रखी है। प्रसाद ने बाहर निकलकर आकाश की ओर ताका, "ये बादल तो मूलतः मूर्ख प्रजाति के लग रहे हैं। बीच-बीच में छींटे मारकर परेशान भर करते रहेंगे। गर्मी और उमस का तो वे बाल बाँका भी नहीं कर पा रहे!"

सबके चेहरों पर दूब-सी पतली-छरहरी हरी-नुकीली हँसी हिली। प्रसाद आगे बोले, "इस गुमसुम मौसम में बैककखाने के भीतर बैठना तो कष्टकारी होगा, इसलिए जब तक सम्भव हो, बाहर ही बैठकी जमनी चाहिए।"

सामने खड़ा चेखुरा मुस्कुराया, "हाँ। उहे होई कि पानी पड़े लगी तऽ सबके उठ-पठ के भागे के पड़ीऽ।"

प्रसाद ने संतू को नारियल बाजार भेजकर आज शाम दुकान पर अपने न आ पाने की सूचना भिजवा दी। चबूतरे पर पत्थर के कलात्मक आसनों पर आस्तरण बिछने लगे।

झुटपुटा होते ही सबसे पहले निराला के साथ आचार्य नन्ददुलारे वाजपेयी, वाचस्पति पाठक और कुँवर चन्द्रप्रकाश सिंह पहुँचे। कुछ ही क्षणों बाद आचार्य रामचन्द्र शुक्ल, आचार्य केशव प्रसाद मिश्र, डॉ. जगन्नाथ प्रसाद शर्मा और विनोदशंकर व्यास। निराला ने ज्योंही नाम लेकर चर्चा की, उसी क्षण आ गए मैथिलीशरण गुप्त, बालकृष्ण शर्मा 'नवीन' और रायकृष्ण दास। साथ में चिरगाँव से आए मुंशी अजमेरी भी। मौसम-माहौल सूँघते हुए कृष्णदेव प्रसाद गौड़ और मोहनलाल रस्तोगी भी आकर मंडली में शामिल हो गए।

प्रसाद ने मुस्कुराते हुए कहा, "मुझे लगता है, यहाँ उपस्थित समाज में मेरे मित्र रस्तोगी जी ही ऐसे इकलौते व्यक्ति हैं जो विजातीय यानी अलेखक हैं, केवल इन्हीं का परिचय देना आवश्यक है। शेष तो प्राय: सभी आपस में अवगत ही हैं।"

गौड़ आहिस्ते टुभके, "परिचय तो आपमें से कई के नये सिरे से यहाँ तत्काल जारी किये जा सकते हैं।"

प्रसाद उन्हें संकेत से रोकते हुए बोले, "आप लोगों में जिनका गौड़ जी का सीधा परिचय न हो, वे भी इनके ताजा अंदाज से यह समझ गए होंगे कि यही जनाब हैं प्रसिद्ध व्यंग्यकार कृष्णदेव प्रसाद गौड़ उर्फ बेढब बनारसी।"

निराला ने गम्भीरता से जिज्ञासी की, "उर्फ बेढब बनारसी या उफ्फ बेढब?"

ठहाका बेकाबू। सभी लोटपोट। केवल गौड़ मटर-मटर ताकते रहे। ठहाका ठहरा तो उन्होंने निराला की ओर देखते हुए भौंहें उचकाईं और धीरे से बाण चलाया, "काशी में बाबा शंकर के सामने आसन मिल जाने पर आज नन्दी के जलवे ही कुछ और हैं।"

ठहाके ने फिर तटबंध तोड़ डाले। निराला ने हँसते हुए सिर हिलाया, "क्यों नहीं, क्यों नहीं! तमाम बेढब-ढबाढब भूत-प्रेतगण तो आखिर अपनी ही जमात के हुए न! उन्हें देखकर तो सामुदायिक उत्साह जाग ही जाएगा।"

चेखुरा ने एक-एक कर कई हुक्के लाकर रखे। लोग ललक के साथ एक-एक थामते चले गए। गुप्त, दास, नवीन और निराला चकित-हुलसित भाव से हुक्के गुड़गुड़ाने लगे। नीम रोशनी में कश पर कश। हर कश पर चिलम के ऊपर अंगारे दहक उठते और दमकते हुए लौ उगलने लगते। धुएँ से विशेष सुगंध उठने और आसपास फैलने लगी। इसका अहसास होते ही निराला ने मुग्ध भाव से सिर हिलाया और नवीन को कुछ बोलने का संकेत दिया।

नवीन मुस्कुराए, "गले में विशेष आनन्द का स्पर्श दे रहे हैं ये धुएँ। बाबूसाहब ने सम्भवत: इसमें भी कोई काव्यात्मक खेल किया है!"

गुप्त ने हुक्के की कलात्मक संरचना को लक्ष्य कर सिर हिलाया। उन्होंने मुँह से एक भरपूर धूम्र-धार खींची और आँखें मूँदकर आनन्दपूर्वक विसर्जित करने लगे, "काशी में ही मिट्टी के ऐसे कलात्मक हुक्के बनते हैं। यह इसकी नीचे की लम्बोतरी नारियली गोलाई, इसी से जुड़कर ऊपर जानेवाली यह डंठली लम्बाई और शिखर पर चिलम की यह आभूषणों जैसी कटावदार कढ़ाई—सब सचमुच विरल हैं।"

रस्तोगी चुप न रह सके, "और जनाब, उस पर तुर्रा यह कि नीचे की इस लम्बोतरी गोलाई से लेकर ऊपर उठता पाइपनुमा यह डंठल और शिखर के चिलम तक का यह पूरा हुक्का खुद में एकदम सिंगल पीस है—बिना जोड़ का।"

गौड़ ने अपनी ओर से जोड़ा, "बिना जोड़ का, यानी बेजोड़!"

"अंगारे तो अलग से रखे गए हैं न!" दास ने तिरछे मुड़कर देखा।

"हाँ, असल में ये जलने-धुआँने वाली चीजें हैं न, आपके विभाग के तहत आनेवाली। इसलिए ये जिससे जुड़ेंगी, उसका कलेजा पहले तो भरपूर धुँधुआएगा फिर सदा के लिए जुड़ा जाएगा।" गौड़ ने अपनी आँखें फैलाईं।

सभी ठठा गए। नवीन ने माहौल पर बारीक नजर रखते हुए दृढ़ता से बारी-बारी से सब पर दृष्टि दौड़ाई, "सबसे विरल है इस धुएँ की सुगंध।"

निराला आँखें मूँदे सिर हिला-हिलाकर भूरे धुएँ उगलने लगे, "एकदम प्रसाद गुण से भरे हुए हैं ये धुएँ भी।"

व्यास ने सिर हिलाया, "निराला जी, आप ठीक कह रहे हैं। बाबूसाहब ने आज सुबह कारखाने में चौकी पर आसन जमाकर अपने हाथों इसका तम्बाकू ठीक वैसे ही खूब सधे ढंग से रचा है, जैसे वह पंक्तियाँ और छंद तराशते हैं। इस तम्बाकू और इसके धुएँ का प्रसाद गुण से लबालब होना बिलकुल ही स्वाभाविक है।"

बतकही और कहकहों के दौर-पर-दौर निकलते-चलते रहे। किसी को पता भी न चला, इस दौरान आकाश में काफी ऊधम मच चुका था। अग्नि-कौंधों के साथ तड़कती बिजली तक का किसी को खयाल नहीं। अचानक जब बड़ी-बड़ी बूँदें तेज-तेज तड़तड़ाने लगीं तो सभी हड़बड़ाकर गिरते-पड़ते भागने लगे। हुक्के जहाँ के तहाँ, लोग बैठकखाने में। देखते-ही-देखते सभी गोष्ठी की मुद्रा में। सजग-सावधान और अपने 'असलहों' से लैस। प्रसाद के कहने पर निराला ने बिना ना-नुकर 'तुलसीदास' के छंद तुरन्त शुरू कर दिये। समय तुलसी के पास खिंचा जा पहुँचा। वायु का समग्र विस्तार जैसे काव्य-काया में तब्दील हो गया हो! कानों में निराला के छंद टपक रहे थे और आत्मा के मुख पर दोहे-चौपाइयों की सोंधी रुनझुन मधु-बूँदों-सी टप्-टप् पड़ने लगी। लगने लगा, जैसे सचमुच यहीं कहीं आसपास आकर बैठ गए हैं स्वयं गोस्वामी तुलसीदास—साक्षात्, सदेह! माहौल गमगमा उठा। सभी एकाग्र और अभिभूत। निराला ने लगे हाथ अजमेरी और नवीन की ओर भौंहें उचका दीं। बारी-बारी से दोनों ने कविताएँ सुनाईं। उन्होंने कुँवर चन्द्रप्रकाश सिंह की पीठ पर थपकी दी तो वह भी एक गीत लेकर खड़ा हो गया। अंत में प्रसाद ने मन्द-मृदु गले से 'कामायनी' के छंद शुरू किये : विनाश की कोख चीरकर निकलता हुआ महासृजन, आदिपुरुष मनु का महानिर्माण-द्वन्द्व, श्रद्धा और इड़ा से फूट रहे प्रेम और स्पर्द्धा के लाल-नीले धार-स्रोत। सृष्टि के आदि-दृश्य का सम्पूर्ण आदिपरिदृश्य सबकी आँखों के आगे लहराने लगा। सभी चमत्कृत।

प्रसाद ने वाणी को विराम दिया, तब भी पूरा वातावरण देर तक गूँजता रहा। हवा पर तैरते भाव-बिम्ब धीरे-धीरे हल्के हुए।

भोजन का बुलावा आ गया था। भीतर सभी लम्बी बिछी सफेद चादर पर पंक्तिबद्ध हुए। प्रसाद भी गुप्त और दास के बीच बैठे। निराला ने नवीन और व्यास को अपने पास बिठाया। भाभीश्री के हाथ की बनी कचौड़ियों और दहीबड़े ने धूम मचाकर रख दी। स्वाद प्रशंसा बनकर हवा में उतरने लगा। किशोर रत्नशंकर सोत्साह थालियों में घूम-घूमकर कचौड़ियाँ डालता रहा। निराला ने पानी माँगा तो वह भरा जल-पात्र लेकर

दौड़ा। प्रसाद पंक्ति में पहले थे। उन्होंने अपना खाली गिलास ऊपर किया। रत्नशंकर की दृष्टि इस पर नहीं जा सकी। तभी दास ने हाँक लगा दी। वह फिर पिता के खाली गिलास को देख न सका। निराला ने फिर बुला लिया। वह फिर पीछे लौट गया तो प्रसाद बोले, "एक किसी शायर के पर्सियन शेर का बिम्ब मुझे याद आ रहा है जिसमें उसने अपने काबिल बेटे को लक्ष्य कर कहा है कि काफिर मरने के बाद भी अपने पितरों को जलदान करते हैं, लेकिन तू मुझे जीते-जी ही प्यासा रख रहा है!"

सभी हँसने लगे। रत्नशंकर झेंप गया। वह तेज गति से पास आया और गिलास में पानी डालने लगा। प्रसाद उसे देख-देख मुस्कुरा रहे थे। वह पिता से नजर नहीं मिला पा रहा था।

निराला ने संकेत से उसे बुलाया और एक और दहीबड़ा लाने को कहा। लखरानी देवी अब तक दूर से ही सब देख रही थीं। वह स्वयं पंक्ति के पास आ गईं। उनके हाथ में दहीबड़े से भरी थाली थी। उन्होंने निराला की थाली में एक-एक कर दो दहीबड़े डाल दिये। वह कुछ न बोले, सिर झुकाए खाते रहे। उन्होंने एक-एक कर दो और डाले। निराला बिना कुछ बोले एक-एक कर दहीबड़े खा गए। लखरानी ने फिर एक दहीबड़ा डाला और अपेक्षा की कि वह सहमति या असहमति का कोई तो शब्द निकालें! निराला ने अब भी सिर नहीं उठाया तो वह बोलीं, "पंडित जी, मुझे आपको खिलाने में लग तो अच्छा रहा है किन्तु आपकी चुप्पी से..."

सिर उठाया निराला ने, "जिह्वा तो तृप्त हो गई है, उदर में भी रिक्त स्थान नहीं बचा, किन्तु हृदय-मन अभी संतृप्त नहीं हुए हैं। यह संतृप्ति दहीबड़े से होगी भी नहीं, यह आपके आशीर्वाद से होगी। जब तक आपका मन न भर जाए और आपके मुख से आशीर्वाद के शब्द न निकलने लगें, तब तक मैं..."

थाली को वहीं रख वह विभोर होकर खड़ी हो गईं, "जयशंकर तऽ हमार देवरो हउवन अउर बेटो हउवन, तूहूँ येह से कम नइखा। जाऽ, तूं सिद्धपुरुष होखा, इहे आशीर्वाद हम देत हईं।"

105

आकाश शान्त हुआ तो तारे बाहर आकर खेलने लगे। चाँद निकलकर नाचने लगा। बैठकखाने से सभी बाहर आए। चबूतरे पर पूर्ववत् बैठकी जम गई। चेखुरा चिलमों पर ताजे अंगारे रखने लगा। अपने हुक्के पहचानने का प्रयास करते सभी लगभग ठिठके रहे। निराला ने गतिपूर्वक बढ़कर उमगते अंगारों वाला एक हुक्का पकड़ लिया। मुँह से लगाया और एक भरपूर धूम्र-धार खींची। वही सुगंधित धुआँ। उन्होंने ठिठके लोगों को लक्ष्य कर सिर हिलाया, "आप लोग अब तक अपना हुक्का नहीं पहचान सके न, देखिए, मैंने एक ही नजर में पहचान लिया। मेरा हुक्का इसके अलावा दूसरा हो ही नहीं सकता। कहाँ किसी दूसरे में हैं ऐसे खिले-खिले अंगारे!"

सभी उनकी बेतकल्लुफी पर मुस्कुराने लगे। संकेत पाकर चेखुरा भीतर गया। लौटा तो नये हुक्कों के साथ। तैयार करता गया और गुप्त, दास और नवीन को पकड़ाता गया। रत्नशंकर ने आकर बताया, "उस्ताद जी आइल हउवन।"

प्रसाद उठकर स्वयं आगे बढ़े। दोनों हाथों से सितार पकड़े वह सामने से आते दिख गए। चेहरे पर खूब तराशी हुई धारदार खिचड़ी दाढ़ी, रुई जैसे हवा से खेलते मुलायम फड़फड़ाते बाल। आसमानी रंग का रेशमी लम्बा कुर्ता और अलीगढ़ी पाजामा। उन्होंने आते ही झुककर विशेष अंदाज में चुटकी सिर के पास लाकर कहा, "आदाब!"

प्रसाद ने झुककर उन्हें थाम लिया और अंकवार में भरकर बोले, "उस्ताद, आज मेरे कई साथी दूर-दूर से आए हैं। इन्हें मेरी पसन्द का अहसास करा दीजिए।"

निराला उत्साहित हो उठे, "वाह, आनन्द आ गया।"

प्रसाद ने सबका ध्यान खींचा, "ये हैं हमारे अनन्य मित्र सितारवादक उस्ताद आशिक अली। आप लोगों को यह मेरी पसन्द का राग बागेश्वरी सुनाएँगे। बहुत उम्दा मीड़ों और मूर्च्छनाओं के साथ बजाते हैं।"

सितारवादन शुरू हुआ। सभी जैसे स्वरलहरियों पर हिलोरें लेने लगे। आचार्य शुक्ल बोले, "मैं तो अक्सर महसूस करता हूँ कि कविता का मर्म संगीत-स्पर्श के बिना अधूरा ही अधूरा है। हृदय-पटल पर भाव-संचरण करने के मामले में काव्याभिव्यक्ति और रागाभिव्यक्ति, दोनों की प्रभाव-निर्मिति शैली समान है। काव्य और संगीत कदाचित् समरूप प्रभावान्वितियों से ही मन-प्राणों को झंकृत-प्रकम्पित करते हैं—ठीक वैसे ही, जैसे कोरे पृष्ठ पर लिखने या रेखांकन आदि दर्ज करने के मामले में पेंसिल और कलम। भिन्नताएँ लगभग न्यून-नगण्य जबकि समानताएँ इतनी अधिकतम कि कोई उल्लेखनीय भेद नहीं। दोनों के कार्य भी एक, लक्ष्य भी एक और कुल-गोत्र भी एक।"

आचार्य मिश्र मुस्कुराए, "हाँ, क्यों नहीं! कविता हो या संगीत, चित्रकला-मूर्तिकला या नृत्य-गायन की कोई भी कला विधा, सभी की नागरिकता हृदय-प्रदेश से ही सम्बद्ध है। इनमें मन-प्राणों में प्राण-वायु प्रवाहित करने की समान क्षमताएँ हैं। कदाचित् इसीलिए संसार का हर पदार्थ, बल्कि यह पूरी सृष्टि ही इन्हीं से निःसृत गति, ध्वनि, ताल, लय, सुर और नाद-निनाद से सृजित हुई है।"

"प्रसाद जी, आपसे कुछ जरूरी परामर्श करने आया हूँ।" प्रेमचन्द ने गद्दी पर बैठते हुए आँखों में झाँका।

"जी, भाई साब!" प्रसाद खिसककर पास आ गए, "बताएँ, क्या आदेश है?"

"आदेश नहीं, आग्रह है कि मुझे राह दिखाइए। मैं दुविधा में हूँ। क्या करूँ, काशी छोड़कर बम्बई चला जाऊँ?"

"काशी छोड़कर बम्बई जाएँगे?" प्रसाद विस्मित, "ऐसा क्यों भाई साब?"

"एक फिल्म कंपनी है अजंता सिनेटोन लिमिटेड, उसी ने प्रस्ताव भेजा है।"

"फिल्म कंपनी का प्रस्ताव? यह तो उपलब्धि है, भाई साब!" प्रसाद ने विस्मय में डूबे-डूबे गहरे सोचते हुए गौर से ताका, "सिनेमा तो अभिव्यक्ति की प्रभावशाली विधा बनकर उभर रहा है। इसका भविष्य अत्यन्त सम्भावनाशील और उज्ज्वल है। इसके पहुँच-प्रभाव में भी क्रमशः बढ़ोतरी होना तय है। लेकिन विडंबना यही कि यह माध्यम जितना प्रभावशाली है, इसका विचार-पक्ष उतना ही दुर्बल रूप में सामने आ

रहा है। इसीलिए उसमें आपका प्रवेश स्वयं सिनेमा के लिए भी सकारात्मक घटनाक्रम है। आपकी छाप पड़ेगी तो इस माध्यम की सार्थकता बढ़ जाएगी, लेकिन इस प्रकरण का एक ही दुखद पहलू है।"

"दुखद पहलू?" प्रेमचन्द ने चौंककर देखा, "ऐसा क्या बंधु?"

"आपके पहुँचने से बंबई या हिन्दी सिनेमा को क्या नफा-नुकसान होगा, यह तो ठीक-ठीक नहीं पता किन्तु यह तय है कि आपके शहर-त्याग से काशी नगरी अधूरी हो जाएगी।"

"अगर ऐसा न हो, तब भी यह तो अवश्य है कि स्वयं मैं बनारस छोड़कर कहीं अन्यत्र नहीं जाना चाहता।" प्रेमचन्द के चेहरे पर चिन्ता रेंग रही है, "लेकिन क्या करूँ, विवश हूँ। कर्ज से बेतरह दबा हुआ हूँ। दोनों पत्रिकाओं ने तो मेरा रक्त चूस लिया है। 'हंस' ने हँसी छीन ली तो सबको जगाने वाले 'जागरण' ने मुझी को जमीन पर सुला दिया है। यही समझ लीजिए कि आज की तारीख में मेरा एक-एक रोयाँ गिरवी है। ऐसे में यदि ऐसा ऑफर चलकर मेरे पास आया है तो इसे सुखद संयोग ही तो कहेंगे।"

"कंपनी वाले दे क्या रहे हैं और वहाँ जाकर करना क्या होगा?"

"रकम तो अच्छी-खासी प्रस्तावित की है।" प्रेमचन्द बताने लगे, "आठ हजार रुपए। और काम है बम्बई में रहकर फिल्मों के लिए कहानियाँ तैयार करना।"

"प्रस्ताव बेशक बहुत अच्छा है, लेकिन कहीं ऐसा तो नहीं कि कंपनी वाले आगे भी आपको अनुंबधित करते रहें और सचमुच बनारस हमेशा के लिए छूट जाए?"

"भाई प्रसाद जी, यह क्यों नहीं सोचते कि इसके बूते कर्ज से तो पीछा छूट जाएगा न!...और बनारस भला कब तक छूटा रहेगा? मेरे जैसा व्यक्ति कहीं भी बाहर कब तक अटका रह सकेगा? आज न सही, कल लौटकर तो यहीं आना है—उड़ि जहाज का पंछी, उड़ि जहाज पे आवे!"

"खैर, तब तो ठीक है। लेकिन यहाँ का प्रेस वगैरह?"

"सोच तो यही रखा है कि तात्कालिक तौर पर सारी जिम्मेवारी सम्पूर्णानन्द जी को सौंप दूँ। वह उत्साही युवक हैं।"

"उत्साही तो हैं लेकिन यह दायित्व-भार सँभालने को तैयार हैं या नहीं, यह पहले जान लेना अच्छा रहेगा।"

"उनसे कभी पूछा तो नहीं है, किन्तु जहाँ तक मुझे लगता है, मेरे कहने पर वह टालेंगे भी नहीं। उनके मन में इस कार्य-व्यापार के प्रति आकर्षण है।"

"तब तो ठीक है।"

प्रेमचन्द ने सम्पूर्णानन्द को बुलाकर बिठाया, "ऐसा है मित्र, मुझे बम्बई के लिए निकलना ही होगा। आप यहाँ प्रेस और 'जागरण' के तमाम प्रबंध की जिम्मेवारी सँभालकर क्या मेरी चिन्ता को दूर करने में मदद करना चाहेंगे?"

"क्यों नहीं! आप निश्चिन्त होकर जाएँ, मैं सब देख-सँभाल लूँगा।"

प्रेमचन्द ने फिल्मी दुनिया वाले लोगों का यह प्रस्ताव स्वीकार कर लिया। बनारस से बम्बई के लिए गाड़ी पकड़ ली।

व्यास ने आते ही बताना शुरू कर दिया, "प्रेमचन्द जी उधर बम्बई की फिल्मी दुनिया में अटके पड़े हैं, इधर उनके प्रेस में कर्मचारियों ने हड़ताल का बिगुल फूँक दिया है। 'हंस', 'जागरण' और प्रेस सब बंद पड़े हैं।"

प्रसाद चौंक गए, "हड़ताल? सरस्वती प्रेस में कर्मचारियों ने हड़ताल कर दी है?"

"हाँ। हफ्तों से सारा काम ठप पड़ा है।"

"अरे, तो ये सम्पूर्णानन्द महाशय कर क्या रहे हैं?"

कांट्रैक्ट खत्म हो, तभी तो प्रेमचन्द जी यहाँ लौट सकेंगे! 'हंस' और 'जागरण' के घाटे के चलते कर्ज में डूबने के बाद उससे मुक्ति के लिए उन्होंने फिल्मी दुनिया वालों से आठ हजार रुपये सालाना का भुगतान ले लिया था।

"तो यह सम्पूर्णानन्द महाशय वहाँ क्या खड़े-खड़े तमाशा देख रहे हैं?"

व्यास ने बैठते हुए कहा, "देखिए, सम्पूर्णानन्द के वश की यह बात नहीं कि वह स्वयं को मजदूरों से जोड़कर चलें या उन्हें ही अपने साथ लेकर। श्रमिकों के बारे में मीठी-मीठी बातें करना एक बात है, जबकि उनके पसीने की गंध बर्दाश्त करना बिलकुल दूसरी बात। मुंशी जी की तो बात ही कुछ और रही है। वह अनुशासनबद्ध, नैतिक और पक्के सैद्धान्तिक व्यक्ति हैं। और असली बात तो यह कि श्रमिकों के साथ वह हृदय के स्तर से जुड़े रहते हैं। एक तरफ चार श्रमिक बैठे हों और दूसरी ओर स्वयं आप जैसा उनका कोई भी अंतरंग या अभिन्न मित्र, तो वह नि:सन्देह और नि:संकोच श्रमिकों की ओर बढ़ जाएँगे। तो यह है उनकी मानसिक संरचना। ऐसे में उनसे श्रमिक वर्ग का विश्वास कभी उठ ही नहीं सकता। श्रमिक जान जाएँ कि प्रेमचन्द के सामने विवशता है तो वे भरसक भूखे पेट भी काम कर सकते हैं। यह स्थिति किसी भी दूसरे व्यक्ति के साथ शायद ही बन सके।"

सामने से दास आते दिखे। हाथ में गुल्टियाया अखबार पकड़े। प्रसाद उठ खड़े हुए। पास पहुँचते उन्होंने हाथ बढ़ाया। प्रसाद ने सहर्ष थाम लिया, "आओ, आओ, मित्र!"

दास मुस्कुराए, "और क्या हाल है चाणक्य?"

वह बैठ गए। प्रसाद के चेहरे पर मीठा-सा व्यंग्य खिला, "चार-पाँच दिनों तक कहाँ थे मित्र? क्या फिर कोई मेरा जवाबी लेखक आ गया था, जिसकी गोपनीय सेवा-टहल में भूमिगत रह जाना पड़ा?"

"हाँ, ठीक समझे तुम।" दास का अंदाज भी लगभग वही, "आए थे, दो जने। संयोग से ये दोनों लेखक भी आजमगढ़ के ही रहे, लेकिन मैं यह बता दूँ कि ये लोग तुम्हारे गम्भीर पाठक भी।"

"कौन-कौन थे?" प्रसाद की आँखें चमक उठीं, "आजकल मेरे गम्भीर पाठक एक-एक जनपद में कई-कई हो गए हैं। ऐसे लोग बहुत बेसब्री से मेरी रचनाओं में कॉमा-फुलस्टॉप तक की बारीक जाँच करने में जुटे हुए हैं।"

"एक तो चंद्रबली पांडेय रहे जबकि दूसरे लक्ष्मीनारायण मिश्र।"

"अच्छा!" प्रसाद ठठाकर हँस पड़े, "तो तुम सचमुच मेरे ऐसे ही प्रशंसकों की सेवा में इतने दिन व्यस्त रहे?"

"अरे नहीं मित्र, मैं तो यों ही मजाक में कह रहा हूँ।। यहाँ तुम्हारा कोई प्रशंसक या निंदक नहीं आया था—बिलकुल सच। असली बात तो यह कि मैं ही यहाँ नहीं था, इलाहाबाद चला गया था। इसी कारण तुम्हारे घर या नारियल बाजार नहीं आ सका।"

व्यास ने मुस्कुराते हुए उनके हाथ से अखबार ले लिया। पन्ने पलटने लगे। यह देखते हुए दास को जैसे कुछ अत्यावश्यक स्मरण हो आया हो, "दैनिक 'आज' में आज बम्बई से प्रेषित प्रेमचन्द की एक मार्मिक अपील छपी है—अपने प्रेस के कर्मियों के नाम।"

व्यास हड़बड़ाते हुए पन्ने उलटने-पलटने लगे, "किधर है? किस पन्ने पर?"

"पिछले पन्ने पर। मेरी तो सुबह ही नजर पड़ गई। इसी से पता चला कि यहाँ मुंशी जी के प्रेस में तूफान मचा हुआ है।" दास ने सिर खुजलाते हुए बताया।

प्रसाद ने व्यग्र उत्सुकता के साथ ताका, "विनोद जी, जरा पढ़ जाइए तो, क्या लिखा है प्रेमचन्द जी ने अपनी अपील में?"

व्यास ने अपील खोज ली। बाँचने लगे, "बाबू सम्पूर्णानन्द जी के हाथों में आकर 'जागरण' ने सोशलिस्ट नीति की जैसी जोरदार वकालत की, वह हिन्दी-संसार भली भाँति जानता है। मैं खुद सोशलिस्ट विचारों का आदमी हूँ और मेरी सारी जिन्दगी गरीबों और दलितों की वकालत करते गुजरी है। मेरी किताबों से जो कुछ आमदनी होती है, वह तो पत्रों का घाटा पूरा करने में जाती है, और लेखों से जो कुछ आमदनी होती है, वह इतनी भी नहीं कि उससे मेरा निर्वाह हो सके। न मुझमें यह फन है कि धनिकों से अपील करके कुछ धन संग्रह कर सकूँ। ऐसी दशा में प्रेस कर्मचारियों और कागज वालों, दोनों ही से मजबूरन वादाखिलाफी करनी पड़ी।"

"बस, बस, हो गया!" प्रसाद बीच में बोल पड़े, "मैं समझ गया।"

व्यास ने अखबार रख दिया। अचकचाकर ताकने लगे। दास भी। प्रसाद का दर्द शब्दों में उतर आया, "देखिए, हमारे प्रेमचन्द भाई साहब कितने सहज, अकृत्रिम और निरभिमानी हैं! विचार के धरातल पर ही नहीं, व्यवहार में भी मजदूरों के प्रति उनकी जवाबदेही और वत्सलता असंदिग्ध हैं। नाराज कर्मियों को मनाने के लिए उन्होंने कैसे सारी गलती अपने सिर पर ले ली! मैं तो कहूँ कि यह व्यक्ति इसलिए भी बड़ा है क्योंकि जैसा लिखता है, वैसा ही दिखता है।"

दास उठ खड़े हुए, "हमें सरस्वती प्रेस की ओर चलना चाहिए।"

"आप लोग एक बार घूमकर आ जाइए।" प्रसाद ने सहमति जताई, "आवश्यक हुआ तो मैं भी चलूँगा। मजदूरों को सन्तुष्ट कर प्रेस खुलवाने का प्रयास होना चाहिए।

प्रेमचन्द भाई साहब यहाँ हैं नहीं, भाभी शिवरानी तनाव में होंगी—आखिर छोटे-छोटे बच्चों को लेकर वे यहाँ रह रही हैं!"

हमेशा अपने आसपास को गुलजार किये रहनेवाली खटर-पटर गायब है। रास्ता तो जैसे अपनी पहचान ही खो चुका हो! कहाँ कभी ऐसे चुप्पी ओढ़े रहता है यह इलाका! वजह, खामोश है सरस्वती प्रेस। दरवाजे पर लटक रहा है ताला। बाहर बरामदे में फटी-चिटी-सी दरी पर गोल घेरा बनाए दर्जनाधिक लोग ताश पकड़े बैठे हैं। चेहरों पर खेल का रोमांच जैसा कुछ भी नहीं, रह-रहकर सिंसियाती-सी टूटी-फूटी हँसी। देखते ही लग गया कि ये प्रेस के कर्मचारी ही होंगे। दास ने सिर हिलाया। व्यास ने होंठ फैला अफसोस जताया, "यही तो है मजदूरों का विरोधी तेवर।"

"ठीक है यार!" दास बोले, "बैठे-बैठे क्या करें बिचारे? कोई खुराफात मचाने से तो यही अच्छा कि बेचारे चुपचाप बैठकर ताश के पत्ते ही फेंटें।"

खुसुर-पुसुर सुन मजदूरों का ध्यान खिंच गया। युवा नेता ने मुड़कर ताका, "काऽ बात हौ भइया? कौनो परचा-रसीद वगैरह छपावे के हौ काऽ? अबहीं तऽ इहाँ कौनो काम ना होई।"

दास और व्यास चलते हुए बरामदे की ओर बढ़ने लगे। उन्हें सरपट आते देख वे सभी चिन्तित-सशंकित। ताश पकड़े वे आँखें फाड़-फाड़ ताकते रहे। मामला समझने को प्रयासरत।

"काऽ भइया, प्रेस अबहीं ले ना खुलल हौऽ? चाभी भुला गल हौ काऽ?"

नेता खड़ा हो गया। चेहरा झुर्राया हुआ-सा किन्तु आँखें कटहल के बीये सरीखी। गले से लटक रहे गंदे-घिंचोराये गमछे के छोरों को पकड़ता-खींचता हुआ वह जैसे अपने तनाव को तान रहा हो, "इहाँ ताला लाग लग हौ मालिक! हड़ताल चलत हौ।"

दास ने अनजान बनकर मुँह बनाया, "हड़ताल! काहे भइया?"

"हड़ताल कोई सवखे (शौक से) करी?" सूखे-टटाये कई चेहरे काँटे बन नुकीले हो गए।

"ई तऽ ठीक हौ, लेकिन बतावा, बतिया जाने के मन करत हौ।"

"बतिया जाने आइल हउवा कि भेद लेवेऽ?" एक ने मुँह ऐंठा तो नेता ने मुड़कर उसे आँख दिखाई, "तूं लोग हम्मे बतिआवे देबा कि नाहीं? हम सब तऽ इहाँ सबके समनवे बइठल हइला, लुका-छुपाके कौनो साजिश नाई नऽ करत हई। इहाँ हमन्ने लग्गे कौनो भेद कहाँ छुपल हो, जे हम्मे डर के जरूरत होये।"

अपनी प्रतिक्रिया ढके-दबाये खड़े हैं दोनों। एकदम चुप। माहौल-बात को जज्ब करते हुए। बोलता हुआ वह अब इधर मुखातिब हो गया है, "इहाँ अब मजूरन से खाली कामे लेवल जात रहल ऐ भइया, मजूरी मिलत ना रहल। इहे से तऽ तंग आके हड़ताल कइल जरूरी हो गल।" उसके स्वर में ताप उतर आया।

बैठे मजदूरों के चेहरे रसे-रसे धुँधुआने लगे। चूल्हे के खर-पतवार की तरह।

"काहे मजूरी ना मिलत हौ? ई प्रेस के मालिक बेईमान और मजूरन के खून चूसे वाला हउवन काऽ?"

जैसे तेज डगरते पहिए पर अचानक ब्रेक लग गया हो! सभी चेहरों के भाव बदल गए। आग-धुआँ लापता, उसकी जगह अब जैसे भीगी हुई राख पुत गई हो। नेता की आवाज कँपकँपाई, "राम-राम! अइसन ना कहल जाए। ई प्रेस के मालिक लमही वाले मुंशी जी हउवन। ऊ गरीब-मजूरन के असली साथी हउवन। मुसीबत में बिना बोलवले घरे पहुँचे वाला।"

"अच्छा, तब काहे तूं लोग हड़ताल कर देला? उनके बात-विचार बदल गल काऽ?"

"अरे ना भइया! मुंशी जी इहाँ रहत कहाँ हउवन? ऊ तऽ चल गल हउवन बम्बई नऽ! इहे से तऽ हम सब मुसीबत में फँस गल हई। मुंशी जी उहाँ सिनेमा में काम करत हउवन, इहाँ हम सब दाना-दाना के मोहताज हो गल हई।"

"सिनेमा में काम करत हउवन? ई मुंशी जी नाच-गाना करऽलन काऽ?"

सभी प्रेसकर्मी हँसने लगे किन्तु तुरन्त ही संयत। नेता ने गमछे से मुँह ढक लिया और देर तक हँसता रहा।

"देखा, गुरुजी, मजाक मत उड़ावा।" उसने गमछा हटाया, "तूं जानत ना हउवाऽ? हमरे ई मुंशी जी के तूं कौनो लवंडा-लपाड़ी समुझत हउवा काऽ? हिन्दी-उर्दू के बड़हन लेखक हउवन। स्वभाव एकदम साधु वाला। हमेशा देश-दुनिया के बारे में अच्छा-अच्छा सोचे वाला। आसपास के एक-एक आदमी के भलाई करे वाला। कोई के न छोट मानऽलन, न बड़। कोई मजूर या पड़ोसी बीमार पड़ जाए तऽ सबसे पहिले इहे पहुँचीअन। दवा-दारू के बारे में घर के आदमी से पहिले चिन्ता करिअन।"

"अरे इयार, जब ई मुंशी जी अइसन आदमी हउवन, तो तूं लोगन के मजूरी दबाके बम्बई में काहे बइठल हउवन?"

नेता के पीछे खड़ा काला मजूरा जो देर से संजीदगी से ताकता रहा, अचानक स्वयमेव बोल पड़ा, "तूं लोग अपन्ने रस्ता पकड़के आगे जाऽ, इहाँ के बारे में तूं लोग ना समुझबऽ।"

"अरे हम सब तऽ चलिए जाब। बात निकल गल हौ तऽ जिज्ञासा के शान्त कर लेवे दाऽ। हमन्ने के मन में कौनो दोसर या गलत बात नाऽ हौ।"

नेता ने समझाने वाले अंदाज में हाथ हिलाया, "असल में इहाँ अबहीं मुंशी जी नइखन न, इहे से समस्या खड़ा हो गल हौ। एक जने हउवन सम्पूर्णानन्द जी—आधा नेता अउर आधा साहित्यकार। मुंशी जी उनहीं के हाथ में प्रेस के बागडोर सौंपके गइल हउवन। तऽ चूँकि सम्पूर्णानन्द जी के लग्गे फुर्सते ना हौ, येह से प्रेस कम आवऽलन। गलती से कब्बो-कब्बो आ जालन, हम सब के बात एक कान से सुनिहें, दोसरे से बाहर निकालके आगे बढ़ जइहें।"

"अच्छा, तऽ ई सम्पूर्णानन्द जी अइसन खराब आदमी हउवन?"

"फिर गलते समुझत हउवा!" नेता झुँझलाया, "आप लोग हर बात के उलटे समुझे निकलल हउवा काऽ?...काहे भइया? सम्पूर्णानन्द जी भी गरीब-मजूर के बारे में बढ़िया सोचलन।"

व्यास ने कृत्रिम रोष छलकाया, "अरे इयार, तब तूं लोग ई नाटक काहे करत हउवा? जब प्रेस के मालिक मुंशी जी गरीब-मजूरन के बारे में बढ़िया सोचे वाला हउवन, प्रेस के बागडोर सँभाले वाला सम्पूर्णानन्द भी अइसने हउवन, तऽ तूं लोग के परेशानी काहे हो रहल हौ? मुंशी जी के कौनो बेटा जवान और गुंडा हौ काऽ, जे तोहरे सब के हक मारके परेशान-तबाह करत हौ?"

"अरे, राम-राम! गुरुजी, अइसन काहे कहत हउवाऽ? मुंशी जी के तऽ दूगो छोट-छोट लइका हउवन और एक लइकी—उनुके मेहरारू एकदम गऊ हइन।"

पीछे से आकर एक वृद्ध मजदूर जल्दी-जल्दी बरामदे की सीढ़ियाँ चढ़ने लगा। उसके हाथ में गंदा लंबा झोला है। उसके निचले हिस्से में थोड़ा-सा कुछ ठोस-सा, लटकता हुआ। सीढ़ियाँ चढ़ता हुआ वह मुड़-मुड़कर ताकता जा रहा है। सामने से नेता ने झुँझलाकर टोका, "पीछे मुड़के ताकत हउवा? पाँव खरक जाई, तऽ समझ में आई! अरे, ई सीढ़ी हौ, गिरले पर हड्डी-गुड्डी तोड़ दीही।"

वृद्ध ने पास जाकर नेता के कान में कुछ कहा। दूसरे ही पल वह आँखें फाड़-फाड़कर ताकने लगा, "अरे, गुरुजी, आप सब मुंशी जी के जान-पहिचान के लोग हईं, ई बात तऽ पहिलहीं बतावे के चाहत रहल न! आवा बइठा,...इहे दरी-बोरा पर बइठे के परी।"

एक मजदूर ने ससंकोच संकेत किया, "ई बाबूसाहब के हमहुं कुछ-कुछ पहिचानत रहली।"

दूसरे ने जोड़ा, "हम तऽ शुरुये में पहिचान लेले रहली लेकिन जब बात आगे बढ़ल तऽ लागल कि कोई दोसर लोग हउवलन।"

करीब जाकर बैठते हुए दास बोले, "ऐसा है मजदूर मित्रो, आप लोग मुंशी जी को खूब अच्छी तरह जानते-समझते हैं। उनका स्वभाव-व्यवहार सब आपका देखा-जाना हुआ है।"

सबकी निगाह उन पर टिकी हुई है। एकटक। वह बोलते चले जा रहे हैं, "सम्पूर्णानन्द जी बुद्धिजीवी हैं, मुंशी प्रेमचन्द जी की तरह श्रमजीवी नहीं। इसलिए जो व्यवहार मुंशी जी से मिलेगा, वह इनसे प्राप्त होना सम्भव नहीं। आप लोग ऐसा क्यों नहीं करते? प्रेस को ठीक से चलाने की कार्य-योजना खुद ही बनाइए, आप ही लोग मिलकर इसका संचालन कीजिए। हमारा स्वार्थ केवल यही है कि 'हंस' और 'जागरण' आजादी की चल रही लड़ाई में जो भूमिका निभा रही हैं, वह किसी भी तरह बाधित न हो। इनके माध्यम से जनजागरण का बहुत बड़ा काम सम्भव हो रहा है। ये पत्रिकाएँ किसी तरह चलती और अपना बड़ा काम करती रहें, बस!"

कुछ पल सभी मौन रहे। व्यास बोले, "आप लोगों में से कुछ लोगों को अवश्य पता होगा कि 'जागरण' तो मूलतः मेरा पत्र रहा। संचालन के लिए मैंने ही मुंशी जी को सौंपा है। इसे अब बंद देखकर मेरा कलेजा दरक गया है। आप लोगों को मेरा दर्द समझना चाहिए।"

106

कभी-कभी ऐसा भी कुछ होता है, न जाने क्यों? वजह जरा भी पकड़ में नहीं आती किन्तु मन लगातार उद्विग्न। चलते-चलाते अकस्मात् चकाचौंध-चुँधियाहट, तो बैठे-बिठाए

औचक बेचैनी-बेताबी। कभी आँखों के आगे चक्कर खाती स्याह ऊँची उठती-गिरती लहरें, तो कभी धरती से आकाश तक धधकती लपटों जैसी अनुभूति। सिर की हालत कभी चाक जैसी तो कभी ठुँकते-पिटते ढोलक-तबलों सरीखी। डमडम-डाँवाँडोल। चिकित्सक या वैज्ञानिक इन जैसे हालात के तमाम वैज्ञानिक कारण धड़ाधड़ पेश कर सकते हैं। शरीर में अचानक रक्तचाप या तापमान का चढ़ना-उतरना अथवा ऐसी ही कोई अन्य वजह। यह विज्ञान की दृष्टि से शायद गलत भी न हो किन्तु शब्दों-प्रतीकों और भाषा-भावनाओं की दुनिया के जीव भला ऐसे गणित को कैसे-कहाँ तक समझें? काशी हिन्दू विश्वविद्यालय से कक्षा करके निकल रहे चन्द्रप्रकाश के दिमाग में ऐसे ही कुछ भाव-द्वन्द्व : यह तो है कि निराला जी जब कभी आ जाते हैं, मन के पंख कभी सिमटने-सटने का नाम ही लेने को तैयार नहीं होते। कहाँ इसी बनारस में उनकी एक झलक पाने को बड़े-बड़े विद्वान-प्राध्यापक तक बेचैन रहते हैं और कहाँ इस नाचीज एक अदना छात्र के यहाँ आकर वह चुपचाप अपना झोला रख देते हैं। लेकिन, अप्रत्याशित सौभाग्य-सुख भी कम बेचैन करनेवाला नहीं होता। आकाश में प्रथम किरणों से नहाया नन्हा सूरज है तो अत्यन्त खूबसूरत, देर तक निर्निमेष निरखने लायक, किन्तु गंगा की धाराएँ यह सुख भला कैसे पा सकती हैं? उन्हें तो पल भर भी ठिठकने-रुकने की न फुर्सत है, न आजादी। बस, बहते चले जाना है। आज सुबह-सुबह महाकवि जब पधारे तो विश्वविद्यालय आने की जल्दी थी। कक्षा और समय का अनुशासन। क्या करता, उन्हें कमरे में बिठा ताला-चाभी सौंपकर बाहर आ जाना पड़ा। ऐसे में मन अन्तत: लगातार बेचैन ही तो रहेगा। समय पर पहुँच तो गया किन्तु न कॉपी-किताब खोलने का मन हुआ, न कक्षा में मन लगा।

बाहर निकलते ही लंकेटिंग के एक पर एक कई धुरंधर मिलते गए। सभी रोकने को बेताब। सबने भरपूर प्रयास भी किया किन्तु चन्द्रप्रकाश आज कहाँ बीच में कहीं फँसने वाला था! स्वास्थ्य ठीक न होने की बात लगातार दुहराता और पिंड छुड़ाता आगे बढ़ता चला गया। घर के पहले गली के मोड़ से ही दिख गए जयशंकर प्रसाद। बरामदे में। बैठे हुए। चुपचाप। आँखें मूँदे। सिर ग्लोब-जैसा हल्के-हल्के हिलता-डोलता हुआ। हाथ उठे हुए। छोटे-छोटे मुलायम बालों पर घर्षण-संस्पर्श रखती हुई हथेलियाँ।

अरे, वाह! क्या सचमुच? सुखद आश्चर्य का जोरदार झटका। सुस्ती पल भर में हवा। जैसे आकाशीय विद्युत कौंध ने आकर हौले-से छू दिया हो! आपादमस्तक प्रकम्पन। सुख कि जिसने तूफान मचाकर कर दिया। आश्चर्य ऐसा, जिसने अपनी ही आँखों पर अविश्वास थोप दिया। चन्द्रप्रकाश ने आँखें मलकर पलकें खंगालीं—क्या सचमुच यह सपना नहीं, यथार्थ है? यह मेरा ही डेरा है या मैं भटककर सरायगोवर्द्धन पहुँच गया हूँ? कहीं ऐसा तो नहीं कि त्रिशूल के ऊपर विराजने वाली काशी की जगहें भी तीर की तरह इधर से उधर साँय-साँय चला-टहला करती हों? आगे बढ़ते हुए परिदृश्य क्रमश: स्पष्ट और दृश्य सजीव होता हुआ निकट। अपने ताजा सुख-सौभाग्य पर मन इतरा उठा। सुबह निराला और अब प्रसाद! यह अनन्त सुख कहाँ-कैसे अँटे? कभी सोचा भी न था कि इस तरह एक ही दिन दो महाकवियों का इस तरह यहाँ आगमन सम्भव होगा।

दूसरे ही पल काठ की उस जर्जर कुर्सी का ध्यान आया। कलेजा धक्क-से रह गया। प्रसाद उसी पर तो बैठे हैं! टेढ़ी टाँगों व हिलते अस्थि-पंजर वाली कुर्सी। बरामदे में खारिज पड़ी रहनेवाली। पिछले कई महीनों से यह सिर्फ लोटा रखने के काम आती रही। सुबह-शाम हाथ-मुँह धोते समय। जरा-सा स्पर्श होने पर चर्र्-चर्र् आवाज। जरा भी नहीं लगा था कि इसका यहाँ इस तरह पड़ा होना कभी ऐसा भारी भी पड़ सकता है। कौन जानता था, इस पर अनजाने में एक दिन स्वयं प्रसाद आकर बैठ जाएँगे। बहुत अफसोस हुआ। इसे अब तक पूरी तरह खारिज न करने की अपनी भूल मन-प्राणों में शूल बनकर चुभने लगी।

पास पहुँचे। पुलकित हो झुककर अभिवादन किया।

उन्होंने एक ढीली-सी दृष्टि डाली, "कैसे हो चन्द्रप्रकाश?"

"जी, ठीक हूँ।"

उनकी आँखों में उदासी देख चिन्ता-मिश्रित जिज्ञासा हुई। गहन आलाप जैसी दृष्टि, आकाश की ओर। चारों ओर से चुभ-चुभ चुभने वाली चुप्पी। मन को मथ देनेवाला मौन। चन्द्रप्रकाश को इच्छा हुई कि कारण पूछ डालें किन्तु वह ऐसा कर नहीं पाया। आगे बढ़ा किन्तु दो कदम बाद ही कुछ सोचकर पीछे मुड़ गया। लौटकर उनके पास आ हाथ जोड़ लिये, "मेरा अहोभाग्य कि आपके चरण यहाँ पड़े! महाकवि निराला के चलते ही सही, आप यहाँ तक आए तो!"

भीतर से धब्ब-धब्ब करते निराला निकले, "चन्द्रप्रकाश, आ गए? चलो, अच्छा हुआ। मैं तुम्हारे ही बारे में सोच रहा था। ऐसा है कि हम लोग अभी रामकटोरा निकलना चाहते हैं, क्या तुम भी चलना चाहोगे?"

"रामकटोरा! क्यों, कोई प्रयोजन?" वाणी सहम गई।

"हाँ। बाबूसाहब से अभी-अभी पता चला कि प्रेमचन्द जी की तबीयत बिगड़ गई है। वह इलाज के लिए लखनऊ गए थे जहाँ से डॉक्टरों ने बिना किसी सकारात्मक संकेत के वापस कर दिया है। मैं उन्हें देखने अभी तुरन्त निकलना चाह रहा हूँ। तुम सुबह के निकले हो, थके तो नहीं हो?"

"नहीं-नहीं, यह जानने के बाद अब कैसी कोई थकान! मैं दो-चार मिनटों में फ्रेश-व्रेश होकर तैयार हो सकता हूँ।"

"खैर, चलना चाहो तो जल्दी करो।"

चन्द्रप्रकाश भीतर गया। लगे हाथ तुरन्त बाहर लौटा तो बेंत की एक कुर्सी पकड़े हुए। प्रसाद के निकट पहुँचकर रखते हुए आँखें फैलाईं, "मुझे आश्चर्य है कि आप तो अनजाने आकर इस पर बैठ गए किन्तु यह जर्जर कुर्सी कैसे अभी तक टिकी हुई है..., एकदम नाकाम जैसी है यह। इस पर सुबह-शाम मुँह धोते समय पानी से भरा लोटा रखते हुए भी डर लगता है कि कहीं थौस न जाए। किन्तु, निःसन्देह भीषण हठयोग के बल पर ही इसने स्वयं को अब तक टें बोलने से रोके रखा है।"

प्रसाद के होंठ तो हल्के अवश्य फैले किन्तु मुस्कान नहीं चमक सकी। वह चुपचाप उठ गए। चन्द्रप्रकाश ने इसे खिसकाकर एक ओर कर दिया। बेंत वाली कुर्सी आगे की तो वह चुपचाप बैठ गए। निराला की वाणी श्रद्धा-सम्मान से भीग गई, "साबित हुआ

कि विचार चाहे भले पूरी दुनिया तक को हिलाकर रख देनेवाला हो, वह स्वयं में निर्बोझ है। यह कुर्सी चाहे कितनी भी कमजोर हो, टूटेगी तो तभी जब इस पर कोई बोझ पड़े। बाबूसाहब तो शरीर-रूप में दिखते हुए भी मूलत: विचार-मर्यादा स्वरूप हैं, काव्य काया! विचार-मर्यादा या काव्य काया कितने भी विराट हों या चाहे जितने भारी-भरकम, उनका आकार भला बोझ कैसे बन सकता?"

जल्दी-जल्दी भीतर लपका चन्द्रप्रकाश। शैल-शिखर पर मँडराती कालिमा का तात्पर्य अब तक समझ में आ चुका था। चित्त उदासी से भर गया। मन चंचल। कुछ ही मिनटों में बाहर। प्रसाद के सामने आकर उसने हाथ जोड़े, "महाकवि, यों तो प्रेमचन्द जी के अस्वस्थ होने की सूचना से मन आहत है, किन्तु आपके यहाँ आने से यह युवक मन हर्ष-गर्व के भावों से भी भरा हुआ है। आपका अभी तक मैं कोई स्वागत नहीं कर सका हूँ, मुझे यदि महज कुछ मिनटों का समय देना स्वीकार करें तो मैं अपनी भावनाएँ व्यक्त कर स्वयं को सन्तुष्ट कर लूँगा।"

गुमसुम प्रसाद के चेहरे पर हल्की-सी स्मिति आ गई, "आपकी भावनाओं को मैं जानता-पहचानता हूँ, इसलिए इन्हें न तो सप्रयास व्यक्त करने की आवश्यकता है और न साबित करने की जरूरत, और आप स्वयं को सन्तुष्ट करने की कोई बाहरी प्रविधि भी कदापि स्वीकार न करें। संतृप्ति-लाभ स्वत: और आत्मनि:सृत हो तभी अच्छा।"

चुपचाप संलाप सुनते रहे निराला। तभी चन्द्रप्रकाश ने पास जाकर उनके कान में कुछ कहा। वह तुरन्त उठे और भीतर चले गए। लौटे तो उनके हाथ में 'गीतिका' और 'निरुपमा' की सद्य:प्रकाशित प्रतियाँ थीं। जिल्द की ताजा बँधाई की सुगंध हवा से फुसफुसा रही थी। उन्होंने जल्दी-जल्दी समर्पण के शब्द लिखे और बढ़ा दी। प्रसाद ने प्रसन्न होते हुए प्रतियाँ पकड़ लीं, "वाह, छपकर आ गई दोनों पुस्तकें? बहुत बढ़िया। एक ही साथ आपने पद्य और गद्य की दो कृतियाँ दे डालीं। इस दुहरी उपलब्धि के लिए आप मेरी हार्दिक बधाई स्वीकार करें।"

"आप तो अग्रज हैं, आपसे आशीर्वाद की ही अपेक्षा है।"

"वो तो है और सदा-सर्वदा बना रहेगा।" प्रसाद पन्ने पलटते रहे, "कवर तो दोनों के बहुत मनभावन बन पड़े हैं, प्रोडक्शन बहुत स्तरीय बल्कि उत्तम कोटि का। वाचस्पति पाठक के दिमाग का सचमुच लोहा मानना होगा, पुस्तकों की रूप-सज्जा पर विशेष श्रम करते हैं। हर पुस्तक को नया लुक दे डालते हैं। इन दोनों को देखकर मन पर तृप्ति की मधुर बूँदें टपक रही हैं, सचमुच आत्मा जुड़ा गई।"

विनयी भाव से पास खड़े रहे निराला। उनका मुँह ताकते हुए। किसी यश:प्रार्थी युवा उदीयमान रचनाकार की तरह। प्रसाद ने 'निरुपमा' की प्रति को रख लिया और गतिपूर्वक 'गीतिका' के पन्ने पलटने शुरू किये। मीठी-मधुर आँखों से हर्षमिश्रित उत्साह और प्रोत्साहन उत्सर्जित होते रहे। पन्ने पलटते हुए प्रसाद गुनगुनाने लगे :

बाँधो न नाव इस ठाँव बन्धु
पूछेगा सारा गाँव बन्धु...

और :

आज मन पावन हुआ है
जेठ में सावन हुआ है...

दोनों के परस्पर शब्द-अशब्द संवाद जैसे काल के कपाल पृष्ठ पर दर्ज होते रहे। चन्द्रप्रकाश मुग्ध भाव से दोनों को ताके जा रहा था।

प्रसाद ने अब 'गीतिका' को रख लिया और 'निरुपमा' के पन्ने पलटने लगे। वह रुक-रुककर जहाँ-तहाँ से कुछ-कुछ पंक्तियाँ व पैरे देखते-पढ़ते चल रहे थे। जब पुस्तकें रखने-सहेजने लगे तो निराला ने विनम्रता से स्मरण कराया, "हम लोगों को रामकटोरा की ओर चलना है न, कैसे चला जाएगा?"

"रायकृष्ण दास का गाड़ीवान तो लौटकर आनेवाला है। मुझे यहीं कुछ देर पहले उतारकर गया है। यहीं आसपास उसका कोई रिश्तेदार है। कह गया है कि एक-डेढ़ घंटे में आ जाएगा।" प्रसाद ने कलाई सामने कर घड़ी पर दृष्टि डाली, "अब तो दो घंटे पूरे होने को आए।"

"कहाँ-किधर है उसकी रिश्तेदारी?...उसी ओर से पैदल निकल लेते हम लोग!"

"यहीं कहीं दुर्गा कुंड के आसपास तो बताया था। वैसे समय काफी हो चुका है, अब तो उसे आना ही चाहिए।"

चन्द्रप्रकाश ने ध्यान दिलाया, "उसकी प्रतीक्षा में बैठे रहना ठीक नहीं। दुर्गा कुंड की ओर से ही निकलते हैं। वह न मिले तब भी कोई बात नहीं, वहाँ पहुँचते-पहुँचते कोई न कोई किराये का एक्का अवश्य दिख जाएगा।"

तीनों तत्काल बाहर आ गए। कुछ दूर आगे बढ़ने पर उड़ती हुई धूल दिखी और गाड़ी उड़ाए लेकर आता घोड़ा। उसका चेहरा स्पष्ट हो गया तो प्रसाद ने राहत की साँस ली, "चलिए, कुछ देर तो की किन्तु हमारे हिसाब से सही समय पर ही आ गया।"

107

रामकटोरा। कमरे में बोझिल-सी शान्ति।

बिस्तर पर पड़े हुए हैं मुंशी प्रेमचन्द। चादर से गर्दन तक ढका हुआ तन। पेट कुछ फूला हुआ। पतले तकिए पर हल्के सरकता बड़ा-सा सिर। व्यग्र-बेचैन। हर विचलन-ऐंठन पर गर्दन में उभरती-चनकती तनती नसें। तार जैसी। कई दिनों की बढ़ी धूसर दाढ़ी। लसराई-सी, गुच्छेदार उगी मूँछें। डबडब पनियाई आँखें। चमकती हुई। रह-रहकर कोरों से टप्प्-टप्प् ढुलकती बूँदें।

प्रसाद और निराला को सामने देख उनके चेहरे पर खुशी चमक उठी। डबाडब भरे-भिनकते बरसाती दिनों में बहुप्रतीक्षित धूप के गर्म-मुलायम टुकड़े जैसी। दमकती, ताप-तेज से भरी हुई। अपर्याप्त, किन्तु अत्यन्त उत्साहवर्द्धक। उम्मीदों की लौ की तरह। वह हड़बड़ाते हुए बिस्तर से उठने को बेचैन हो उठे किन्तु यह हिलडुल भारी पड़ गई। दर्द चेहरे पर छलक आया। इसका निकट अहसास सबको हुआ। तुरन्त पास पहुँच दोनों ने चादर के ऊपर से उनके पाँवों को हल्के-से पकड़ लिया और उठने से रोकने लगे।

प्रेमचन्द पड़े-पड़े असहाय भाव से ताकने लगे। उनकी हालत देख दोनों गहरे आहत। सचमुच दारुण दशा। क्षीण होते रहे क्षण। पथराते पल। काँपती-कलपती तिरती रही करुणा। दोनों के अभिवादन के उत्तर में हाथ उठाने का प्रयास किया तो बाँहें चनक उठीं। हाथ उठ न सके। यह दर्द भी छुपा न रहा। पचे-पिचके-से चेहरे की पतली त्वचा खिंच-तन गई। खिंचती निर्वात बैलून जैसी। पलकों के कोरों पर बूँदें निकल-अटककर झाँकने लगीं। खुरदुरा चेहरा गंगा की रेती जैसा सूखा भुरभुरा उठा। आँखें धँसी हुई किन्तु चमक वही। चुँआ (पानी पीने के लिए नदी की रेत में हाथ से खोदा जानेवाला छोटा-सा गड्ढा) के तल में सटे रजत जल की तरह। धवल-शीतल।

मौन अनेक रूपों में मुखर है। निरुपायता-अशक्तता, पश्चात्ताप-सहानुभूति और कामना-मंगलकामना। निःशब्दता के बावजूद बहुमुखी संवाद सक्रिय। अचानक पस्त पड़े उनके तन में फिर जैसे तूफान घुस आया हो, वह अपने को उठाने के लिए फिर अपनी अशक्तता से जूझने लगे। तेज कशमकश। तभी भीतर से निकलीं शिवरानी देवी। वह चौकी के निकट आईं। सिर को ढककर उतरता चौड़े पाढ़ का आँचल। इसी के कोर से अपनी आँखें पोंछती। लगभग अवसन्न। विगलित। उदासी पर पुती बेचैनी। उनकी भी ऐसी दशा देख तीनों चिन्तित।

वह आगे बढ़ीं और तुरन्त बिस्तर पर झुक गईं, "उठेंगे?...उठा दूँ क्या?"

प्रसाद ने रोका, "न-न, न-न! हम लोग तो यहीं हैं ही, और निकट हो लेते हैं। उठने में उन्हें कष्ट हो रहा है।"

बच्चे आकर माँ के पीछे खड़े हो गए।

निराला काठ हो गए हैं। प्रसाद विह्वल। चन्द्रप्रकाश रुआँसा।

प्रेमचन्द की आवाज में प्रकम्पन है। दृढ़ता की नींव जैसे हिल रही हो, "मैं तो अब बेड पर गिर चुका हूँ, समझ नहीं पा रहा कि क्या करूँ! बच्चे अभी छोटे हैं, उनका आगे क्या होगा? मैं अगर फिर उठकर खड़ा न हो सका तो मेरा परिवार किस किनारे जाकर लगेगा, यही सब सोच-सोचकर बेहाल हूँ।"

निराला एक कदम आगे आए, "आप आगे की चिन्ता क्यों अभी से ढोने को बेचैन हो रहे हैं? जो समाज के हिस्से की चिन्ता है, वह उसी के कंधे रहने दीजिए। यह समाज स्वयं में सक्षम है, इसके पुरुषार्थ या सामर्थ्य-बल पर शंका करने की कोई जरूरत नहीं। इसके वृषभ कंधे अपनी जिम्मेवारी ढो लेंगे।"

प्रेमचन्द अपलक ताकते रहे। प्रसाद व चन्द्रप्रकाश कभी इनकी तो कभी उनकी ओर दृष्टि घुमाते रहे। निराला की वाणी में ठोस दृढ़ता, "आपने जिस समाज के लिए लगातार अब तक सोचा है और हमेशा कुछ न कुछ किया है, उस पर इस समय सन्देह करने का कोई कारण नहीं। इस पर आप जैसों का हाथ लगा है, यह भला नाकारा कैसे हो सकता है?...मौके पर यह अपना दायित्व अपनी तरह से जरूर पूरा करेगा। 'जन' और 'समाज' धरती के गर्भ-जल की तरह हैं, वे कभी-कभी थोड़े गहरे उतर जाने के चलते सुषुप्त लग सकते हैं, किन्तु नाकारा कभी नहीं होते। क्योंकि उन्हें ठीक से पता हैं पृथ्वी के प्रति अपने दायित्व और उन्हें सम्पूर्ण समर्पण-भावना से निभाने का अपना मौलिक गुण-सूत्र।"

हाथ से कुछ संकेत किया प्रेमचन्द ने। सभी चादर से ढके उनके उभरे हुए पेट की ओर देखने लगे। शिवरानी देवी ने धीरे से बताया, "पेट बहुत फूला हुआ है, सूजन जाने का नाम ही नहीं ले रही। जलोदर है न, इसी ने ऐसी हालत कर डाली है।"

निराला बाहर आ गए। चन्द्रप्रकाश भी। प्रसाद भीतर ही रहे। उन्होंने थोड़ा अलग हटकर शिवरानी देवी को समझाना शुरू किया, "जलोदर का एलोपैथ वाले यदि कोई कारगर इलाज नहीं कर पा रहे हों तो उन्हें छोड़िए, हमारे डॉक्टर हुबदार ही इसका उपाय खोजेंगे। वही तो भाई साहब के भी पुराने चिकित्सक रहे हैं। उनकी होमियोपैथिक दवा ही इन्हें हमेशा सूट भी करती आई है। मैं इसमें उन्हें गम्भीरता से लगाता हूँ।"

"हाँ, वह भी तो आए थे कल। वह खुद भी इस कार्य में जुटे हैं।"

पास ही खड़े बच्चे टुकुर-टुकुर ताके जा रहे थे। उदास। प्रसाद की आवाज भर्राने लगी, "भाभी जी, मेरा आपसे एक ही निवेदन है कि आप स्वयं को कमजोर न पड़ने दीजिएगा। आप ही हैं जो भाई साहब में भी साहस भरेंगी और बच्चों को भी अवलम्ब देंगी। आपको ही अंजाम तक पहुँचाना है इस संघर्ष को। स्वयं को अकेली कतई नहीं समझिएगा, मैं हमेशा आप लोगों के साथ हूँ। भाई साहब को हम लोग खड़ा करके ही रहेंगे, यह तय है। वह जल्दी ही फिर पूर्ववत् अपनी सक्रियता बना लेंगे।"

कहीं से डॉक्टर हुबदार सिंह भी आ गए हैं। उनके साथ ही निराला और चन्द्रप्रकाश फिर भीतर घुसे। उन्होंने समीप पहुँचकर प्रेमचन्द का हाथ पकड़ लिया और नाड़ी की गति आँकने लगे। कुछ ही क्षण बाद हाथ को छोड़कर मुस्कुराए, "मुंशी जी, मैंने बहुत मशक्कत की है और किताबें छानते-छानते आपके लिए दवा भी खोज ही ली है। अब आपको कोई चिन्ता नहीं करनी है, मैं आपकी चिकित्सा करने और आपको स्वस्थ बनाने में कामयाब होकर रहूँगा।"

प्रेमचन्द असहाय भाव से ताकते जा रहे हैं। यह कातर दशा देखी नहीं जा पा रही। निराला और चन्द्रप्रकाश एक साथ बाहर आ गए। थोड़ी देर में प्रसाद और डॉक्टर हुबदार भी।

निराला डॉक्टर के पास आए, "डॉक्टर साहब, आप मुझे एक बात साफ-साफ बताइए, मुंशी जी को जो रोग है, उसका आप कारगर इलाज कर पाएँगे या नहीं?"

डॉक्टर चुप।

उन्होंने फिर सवाल दागा, "आप मुझे साफ-साफ बताइए, मैं यह बात जानना चाहता हूँ।"

डॉक्टर संजीदा, "मैं तो अपने स्तर पर पूरा प्रयास करूँगा ही कि मुंशी जी जल्दी से जल्दी स्वस्थ हो जाएँ, अब आगे की बातें बाबा विश्वनाथ जानें।"

108

लौटते हुए निराला उदासी में डूबे हुए हैं। विकल और उद्विग्न। प्रसाद ने सोच रखा था कि लहुराबीर से आगे बढ़ते हुए सरायगोवर्द्धन उतर लेंगे, गाड़ीवान नवाबगंज जाकर निराला और चन्द्रप्रकाश को उनके घर तक पहुँचाकर आ जाएगा; किन्तु वह ऐसा कर न

सके। मन उड़ा-उड़ा-सा रहा। इसी क्रम में अनजाने ही उन्होंने गाड़ीवान को कबीरचौरा होकर चलने का संकेत दे दिया। गाड़ी बायें मुड़कर दौड़ने लगी।

उन्होंने आहिस्ते टोका, "क्यों, पंडित जी, आपकी आगे की क्या योजना है? काशी में ही अभी रहेंगे या लखनऊ-इलाहाबाद कहीं निकलना है?"

निराला अडोल। सवाल जैसे उन्हें छू भी न सके हों! वही तिक्त उदासी, वही गाढ़ी चुप्पी। गाड़ी ने गति पकड़ ली। घोड़ा सरपट मैदागिन की ओर बढ़ता चला जा रहा था। निराला का सिर आगे की ओर झुका था। लम्बे व उलझे-सुलझे बाल-दाढ़ी हिल रहे थे। पीपल की फुनगी की तरह। हौले-हौले। प्रसाद ने सस्नेह उनकी पीठ पर हाथ रखा, "आपकी तो पुस्तकें छपकर आ गई हैं, क्या इन्हें लोकार्पित करने के लिए कोई औपचारिक समारोह वगैरह भी करने की इच्छा है?"

निराला ने सिर उठाया। आँखें लाल। छिली हुई त्वचा जैसी। दर्द और टीस जैसे दृश्यमान हो रहे हों; आवाज में निर्णायक दृढ़ता, "समारोह क्या खाक होगा! ऐसी पुस्तकें छपने का मतलब ही क्या रह गया, जब हमारा सिरमौर शिल्पी ही शय्या पर गिरा हुआ हो? 'निरुपमा' तो एक उपन्यास भर है, हमारा उपन्यास-सम्राट् ही संकट में है।"

प्रसाद कुछ न बोल सके। चुपचाप उनका मुँह ताकते रहे। चन्द्रप्रकाश अनुपस्थित-से। निःशब्द। निराला ने आगे कहा, "समारोह का नहीं, यह विलाप का समय है कि हिन्दी का सबसे ज्येष्ठ साहित्यकार इस कदर बीमार पड़ा हुआ है और इसकी सूचना तक पाठकों को नहीं पहुँच रही। अखबार में नेता और अफसरों के बुखार तक का रोजाना तापमान आ रहा है किन्तु हमारे सबसे बड़े शिल्पी के बारे में कोई छोटी सूचना तक उपलब्ध नहीं कराई जा रही।"

गाड़ी बुलानाला के निकट पहुँची तो गाड़ीवान ने प्रसाद की ओर लक्ष्यपूर्वक ताका। तात्पर्य यह कि नारियल बाजार जाने के लिए वह यहीं आगे तो उतरना नहीं पसन्द करेंगे? उन्होंने संकेत का अभिप्राय समझ लिया। हल्के-से सिर हिला दिया। गति तेज हो गई। निराला फिर वैसे ही सिर झुकाए उदासी-उद्विग्नता में डूब गए।

प्रसाद की वाणी मन्द किन्तु ठोस, "यह दुर्भाग्य तो सचमुच विकट है कि हमारे ही अखबार वाले अपनी भाषा और इसके साहित्य के प्रति उदासीनता के शिकार होते जा रहे हैं, यह भविष्य के लिए गम्भीर चिन्ताजनक संकेत है, किन्तु मुंशी जी के बारे में आप जरा इस तरह तो सोचिए कि क्या उन्होंने स्वयं को कभी सामान्य जन से जरा भी अलग या ऊपर माना या ऐसा कुछ कभी जताया है? ऐसे में यदि अखबार वाले उन्हें सामान्य नागरिक की तरह ही उपेक्षा का पात्र बनाकर चल रहे हैं तो इसमें चौंकाने वाली क्या बात है?"

निराला कातर भाव से ताक रहे हैं। प्रसाद आगे बोले, "साधक हमेशा वीराने-बीहड़ और गहन अँधेरे में निबट अकेला ही रहता है। जिसका मन चकाचौंध में रमता है, वह साधक-योगी तो कतई नहीं हो सकता, राजा-भोगी या कुछ और हो तो हो।"

फिर मौन। गोदौलिया से होकर गाड़ी आगे निकल चली है। सभी चुप। घोड़े की टाप सबके मस्तिष्क पर कील की तरह ठप्-ठप्, ठप्-ठप् ठुँकती चली जा रही है। निराला अब से पहले जब-जब इस क्षेत्र से गुजरे थे, हमेशा दोनों ओर के भवनों को

ताकते-निरखते। काशी नगर का भिन्न-भिन्न दृष्टिकोणों से विशिष्ट अध्ययन करते हुए; किन्तु आज उनकी यह जिज्ञासा कहीं गुम हो चुकी है। उदासी-उद्विग्नता वैसे ही उदग्र और ज्वलनशील। सिर पूर्ववत् झुका-झूलता हुआ। चुप्पी चिलचिलाती हुई। ठप्-ठप्, ठप्-ठप्!

प्रसाद ने फिर अपने दम निःशब्दता को चुनौती दी, "दुख ओढ़कर बैठ जाने से अच्छा है कि जो कुछ सम्भव है, वे सारे प्रयास किये जाएँ। मेरा खयाल है, ठीक-ठाक इलाज उपलब्ध हो जाने पर मुंशी जी स्वस्थ हो जाएँगे।"

निराला ने सिर उठाकर ताका, आँखों में हल्की-सी चमक दिखी।

प्रसाद आगे बोलते चले गए, "वैसे प्रकृति का अपना विधान है जो नित्य और चिरंतन है किन्तु सर्वथा असंशोधनीय भी। शरीर की अन्तिम परिणति तो पंचतत्त्व-संगम ही है। आज तक कोई तन कहाँ बचा है! बड़े-बड़े बल वाले भी काल के एक हल्के प्रहार पर मुँह के बल गिरने से कहाँ बच सके हैं! वज्र-बाहुओं वाले शरीर भी मिट्टी में समा गए हैं तो अश्वशक्तियों वाले तन का भी बल अन्ततः नाकाम सिद्ध हुआ है। दस-दस सिरवाली काया का भी तो यही हश्र हुआ है। इसलिए अन्तिम परिणति तो सबकी वही तय है—हाँ, जहाँ तक मुंशी जी की बात है, उनकी आयु अभी कोई बहुत अधिक नहीं हुई है—ले-देकर महज पचपन-छप्पन के हुए हैं, और क्या! जैसी उनकी संयम-सादगी बनी रही है, इससे तो यही विश्वास है कि वह शतायु होकर ही रहेंगे।"

अस्सी होते गाड़ी आगे बढ़ रही है। प्रसाद की बातों ने निराला पर रामबाण की तरह असर किया। वह कुछ सहज-से हुए, "भाई साहब, मैंने भी मौके पर ध्यान नहीं दिया। लगता है, आप भी बातचीत में भूलकर हमारे साथ-साथ नाहक इधर इतनी दूर आ गए। आपका तो अभी प्रतिष्ठान में रहने का समय है।"

"बातचीत में भूलकर गलती से नहीं, आपकी उदासी-चुप्पी से डरकर मैं इधर निर्णयपूर्वक आया हूँ पंडित जी! आप इतने भावुक और कोमलप्राण हैं कि आपकी उदासी और उद्विग्नता देखकर अब से कुछ देर पहले मैं तो घबरा ही गया था, जाने-अनजाने मेरा तो अभिभावकत्व ही जाग गया था।" प्रसाद ने इस तरह बात कही कि निराला का तनाव कुछ और कम हो सके।

उतरते समय चन्द्रप्रकाश ने प्रसाद से रुकने का अनुरोध किया। निराला भी सहमतिजन्य मुद्रा में पास ही खड़े रहे। प्रसाद ने हाथ जोड़ लिये, "अभी मुझे तो निकलने ही दीजिए—हाँ, आप इन पर विशेष ध्यान रखेंगे।"

संकेत पाकर चन्द्रप्रकाश ने निराला की ओर मुस्कुराकर ससम्मान ताका।

वह कहते चले जा रहे थे, "निराला जी हमारे विरल हस्ताक्षर हैं। इनकी सेवा-टहल के एक-एक उपक्रम का आपको पाई-पाई हिसाब मिलेगा। प्रकृति किसी का कोई बकाया नहीं रखती, सबका हिसाब साफ कर देती है।"

निराला हल्के मुस्कुराए, "हर कर्म का फल तय है। कोई क्रिया विपरीत और बराबर प्रतिक्रिया से मुक्त हो ही नहीं सकती। यह विज्ञान, धर्म और व्यवहार के सभी दृष्टिकोणों से एक निर्धारित, कटु और सिद्ध सत्य है। वृक्ष तो अपने बीज का गुण-सूत्र धारण करने को प्रतिबद्ध है ही न?"

प्रसाद ने मुस्कुराकर हाथ जोड़ लिये और दोनों से विदा ली। गाड़ी पीछे मुड़ी और घोड़ा हवा से बातें करने लगा।

109

निराला ने पहले तो मना कर दिया, किन्तु बार-बार के आग्रह पर थाली की ओर झुके। चन्द्रप्रकाश पास ही कुर्सी पर बैठा रहा। उन्होंने बे-मन से जैसे-तैसे कुछ कौर डाले। पानी का गिलास उठाया और एक ही साँस में पूरा खाली। इसके बाद भी डटकर पाँच-छह गिलास, "चन्द्रप्रकाश, सॉरी! मैं आज अब और भोजन करने की स्थिति में नहीं हूँ। तुम्हारा मन रखने के लिए यथासम्भव ग्रहण कर लिया है।"

चन्द्रप्रकाश ताकता रह गया। निराला उठ गए, "हाँ, तुमसे एक अपेक्षा है कि तुम थाली में बचे हुए खाने को बर्बाद नहीं होने दोगे।"

अपने कक्ष में निराला चौकी पर अधलेटे 'हंस' का एक पुराना अंक उलट-पलट रहे हैं। चन्द्रप्रकाश के पहुँचते ही उन्होंने दृष्टि डाली। आँखों में आलोड़न, आन्दोलन और हाहाकार। खौलता हुआ समुद्र। उमड़ता हुआ तड़तड़ाता आकाश।

चन्द्रप्रकाश अपने कक्ष में लौटा। लिखने वाली तख्ती और कलमदान उठाकर तुरन्त लिये उनके पास पहुँच गया। उन्होंने फिर सिर उठाया और प्रश्नवाचक दृष्टि डाली।

"महाकवि, आपके मन-प्राणों की बेचैनी देखी नहीं जाती। यह लेखनी ही आपको इस दशा से मुक्ति दिला सकेगी।" चन्द्रप्रकाश ने करीने से कटे-सजे कागज वाली तख्ती आगे बढ़ा दी। कलमदान भी पास ही रख दिया।

निराला ने तख्ती उठाकर कागज पर हथेली रखी। कुछ यों, जैसे समतल सफेदी का लक्ष्यपूर्ण संस्पर्श कर रहे हों! कलम निकाली। निब को गौर से देखने लगे। फिर मुखातिब हुए, "तुम्हारी राय सही है। तुमने तख्ती पकड़ा दी तो अब लग रहा है कि मुझे अभी शायद इसी की नितान्त आवश्यकता है। मेरे भीतर यह आवश्यकता और इसकी अनुभूति उभर भी रही थी किन्तु न जाने कैसे और क्यों अपनी ही अनुभूति तक स्वयं को नहीं सूझ पा रही थी!...भावनाओं को पहुँचने वाला आघात मानस पटल पर कैसा विकट अंधकार भर देता है कि अपनी ज्ञानेन्द्रियाँ तक सुन्न और अंतर्धान हो जाती हैं, अपनी हथेली तक का भान नहीं हो पाता। पहली बार जाना है कि जीते-जागते व्यक्ति का अनुभूति-तंत्र भी अचेत हो सकता है।"

चन्द्रप्रकाश मुस्कुराया। तात्पर्य, सविस्मय सहमति जताना। लौटकर सामने अपने कमरे में आ गया।

सुबह निराला ने ही चन्द्रप्रकाश को जगाया। तेज-तेज हाँक लगाकर।

"मैं सरायगोवर्द्धन जाना चाहता हूँ।" वह देर से तैयार बैठे हैं।

"सुबह-सुबह?" चन्द्रप्रकाश ने चेहरे से जैसे बची-खुची नींद पोंछ डाली।

"सुबह-सुबह सरायगोवर्द्धन जाना मना है क्या?"

चन्द्रप्रकाश मुस्कुराकर रह गया। लग गया कि अब तक वह सहज हो चुके हैं।

निराला अपने कमरे में गए और तख्ती लेकर वापस आ गए। पकड़ाते हुए बोले, "रात में तुमने कागज-कलम पकड़ाकर सचमुच मुझे पागल हो जाने से बचा लिया। तुम नहीं जानते, जब कागज पर भावनाएँ उतर गईं तो कितनी राहत मिली। तपता हुआ अंगारों से भरा मस्तिष्क टकसाल बन गया। तूफान शब्दों में ढलता चला गया। देखो, अब यह बाहर आ चुका है—कागज पर!"

चन्द्रप्रकाश ने पन्ने पलटने शुरू किये। एक, दो, तीन—पूरे छह पृष्ठ।

निराला ने टोका, "अब इसे पढ़ने न बैठ जाओ। पहले मुँह-हाथ धोओ, फिर चलते हैं। इसे बाबूसाहब को दिखाकर कहीं प्रकाशनार्थ भेज देंगे। सोए हुए हिन्दी समाज के माथे पर घन पटकना आवश्यक हो गया है।"

उन्होंने तख्ती वापस लेते हुए स्वयं इसके पृष्ठ पलटने शुरू कर दिये। चन्द्रप्रकाश जाने की तैयारी में जुट गया।

110

सरायगोवर्द्धन। परिसर में प्रसाद टहल रहे हैं। दोनों हथेली पीछे बाँधे। छोटे-छोटे डग नापते। धीरे-धीरे। धूप तीव्र हो चली है। प्रसाद के ललाट पर रेखाएँ उससे कहीं अधिक तीव्र। ताप विसर्जित करती हुईं। सामने निराला और चन्द्रप्रकाश को देख वह चौंक गए, "आइए, आइए! कैसे-कैसे इतनी सुबह?"

तीनों बैठकखाने में आ गए। निराला ने संकेत किया तो चन्द्रप्रकाश ने काँख से लटकता झोला सामने कर उसमें हाथ डाल लेख निकाल लिया। निराला ने इसे अपने हाथ में ले लिया और कागज को सीधा करते हुए प्रसाद की ओर बढ़ा दिया। जिज्ञासा की ताजा रेखाएँ पहले से रेंगती चिन्ता के रंग बदल चुकी थीं। उन्होंने चन्द्रप्रकाश की ओर ताका, "आप जरा इसे पढ़िए तो...दरअसल, इसके लिए मुझे तो चश्मा मंगाना पड़ जाएगा न!"

चन्द्रप्रकाश ने उठकर आलेख प्राप्त कर लिया। अपनी जगह लौटकर मद्धिम स्वर में पढ़ना शुरू किया, "इसका शीर्षक है : 'हिन्दी के गर्व और गौरव प्रेमचन्द जी'।"

प्रसाद ने निराला की ओर ताका। वह बैठे-बैठे आँखें मूँदे जैसे ध्यानस्थ हो चुके हों! पढ़ते हुए चन्द्रप्रकाश आगे बढ़ने लगा, "हिन्दी के युगान्तर साहित्य के सर्वश्रेष्ठ रत्न, अन्तर्प्रान्तीय ख्याति के प्रथम साहित्यिक, प्रतिकूल परिस्थितियों से निर्भीक वीर की तरह लड़ने वाले, उपन्यास-संसार के एकच्छत्र सम्राट्, रचना-प्रतियोगिता में विश्व के अधिक से अधिक लिखनेवाले मनीषियों के समकक्ष आदरणीय श्रीमान् प्रेमचन्द जी आज महाव्याधि से ग्रस्त होकर शय्याशायी हो रहे हैं।...कितने दुख की बात है कि हिन्दी के जिन पत्रों में हम राजनीतिक नेताओं के मामूली बुखार का तापमान प्रतिदिन पढ़ते रहते हैं, उनमें श्री प्रेमचन्द जी, हिन्दी का महान उपकार करनेवाले प्रेमचन्द जी की अस्वस्थता की साप्ताहिक खबर भी पढ़ने को नहीं मिलती। दुख नहीं, यह लज्जा की बात है, हिन्दी भाषियों के लिए मर जाने की बात है। उन्होंने अपने साहित्यिकों की ऐसी दशा नहीं होने दी कि वे हँसते हुए जीते और आशीर्वाद देते हुए मरते। इसी अभिशाप के कारण हिन्दी महारानी होकर भी अपनी प्रान्तीय सखियों की दासी है।"

लेख पढ़ा जाता रहा, निराला आँखें मूँदे बैठे रहे। प्रसाद गमगीन। बीच-बीच में सिर हिला-हिलाकर व्यक्त विचारों के प्रति वह अपनी सहमति या एकजुटता दिखाते चल रहे। चन्द्रप्रकाश ने अन्तिम वाक्य पढ़ा, "हे राम, केवल दस वर्ष और! "

प्रसाद डबडबा गए हैं। सभी चुप। टीसता हुआ मौन हवा के रेशों पर सरसरा रहा है।

बाबू श्यामसुन्दर दास, केशव प्रसाद मिश्र, रायकृष्ण दास और विनोदशंकर व्यास एक साथ आए तो तनाव थोड़ा-सा तरल हुआ। प्रसाद ने खड़े होकर सबका मौन स्वागत किया। सभी बैठ गए। निराला अब भी आँखें मूँदे वैसे ही मूर्तिवत्। श्यामसुन्दर दास धीरे-धीरे बोलने लगे, "हिन्दी देवी की वाणी आज अवरुद्ध है, गला रुँधा हुआ है। हमारी भाषा का सिरमौर कलाकार शय्या पर निढाल पड़ा हुआ है। विश्वविद्यालय में भी एक तरह की तीव्र बेचैनी व्याप्त है। शिक्षकों से लेकर छात्र तक सभी उदास हैं। जब तक प्रेमचन्द जी के स्वास्थ्य-लाभ का समाचार नहीं पहुँचेगा, पठन-पाठन प्रभावित रहेगा।"

प्रसाद के मुखमंडल पर उद्विग्नता का जैसे एक चक्रवात-सा उठा। वह इसमें डूब-से गए। सभी चुप। अचानक आहिस्ते उठे, "मैं अभी आया।"

वह भीतर चले गए। निराला ने आँखें खोलीं। सबसे अभिवादन का आदान-प्रदान हुआ किन्तु औपचारिक रस्मअदायगी की तरह। किसी के स्वर में स्वाभाविक खनक नहीं।

निराला उठे, "चन्द्रप्रकाश, चलो, अब लौटा जाए।"

प्रसाद आ गए थे। दोनों ने सबसे विदा ले ली।

111

निराला फिर कलम-कागज लेकर बैठे हैं। तख्ती सामने। कलम भी खुली, किन्तु आँखें बंद। चेहरे पर सृजन की आदिपीड़ा। देर तक वह ऐसे ही जमे रहे। आँखें खुलीं तो कलम से कागज पर रेखाएँ खींचने लगे। चन्द्रप्रकाश कुछ दूरी पर सामने अपने कमरे से कवि की पीड़ा का जैसे दृश्यमान उद्वेग ताकता रहा। उसे लग गया कि कवि की चिन्तना दुर्घटनावश किसी खंदक-खाईनुमा वैचारिक अवरोध में फँस गई है। वह उठा और धीरे-धीरे उनके पास जा पहुँचा। निराला अब भी कागज पर कलम से जलेबी छान रहे हैं। उन्होंने विनम्रतापूर्वक धीरे-धीरे सवाल किया, "महाकवि, आप देर से सम्भवत: किसी वैचारिक भँवर में फँसे हुए हैं?"

जवाब में वह मुखातिब हुए, "हाँ, मैं एक लम्बी कविता लिखना चाह रहा हूँ। लेख लिखने के बाद तो मन कुछ ही देर शान्त रहा। अब एक बार फिर यह पूर्ववत् लावे से लबलबा उठा है। इस हाहाकार से मुक्ति के लिए हमें एक बड़ी कविता लिखने का काम करना होगा।"

चन्द्रप्रकाश चकित भाव से ताकता रहा। निराला ने बताया, "यही लम्बी कविता मन में आकार ले रही है। इसी के लिए मन-ही-मन अनुकूल छन्द बुन रहा हूँ।"

कागज पर कलम का संघर्षण चलता रहा। चन्द्रप्रकाश ताकता रहा। अचानक निराला की घिसती कलम से अग्नि-शब्द छिटकने लगे :

कंथा

रवि हुआ अस्त, ज्योति के पत्र पर लिखा अमर,
रह गया राम-रावण का अपराजेय समर...।

112

आकाश साफ हो चला है किन्तु प्रसाद के मन पर धुन्ध गहराती चली जा रही है। आश्चर्य है कि मन्द-मन्द बहती हवा की छू रही शीतलता भी अपना कोई प्रभाव नहीं दिखा पा रही। उनके ललाट पर बल पड़े—क्या बेनियाबाग में भी हवा का यही स्वाद होगा? टहलने जाना कहीं एकदम निरर्थक न बन जाए! तभी चिन्ता की काली चट्टान की ओट से चेतना की हिलती हरी फुनगी ने झाँका—दोष हवा में नहीं, पेच तो पेश हो रही परिस्थितियों में है। रोगशय्या पर पड़े प्रेमचन्द का थका-हारा चेहरा आँखों के सामने फिर कौंधा। मन बिंध-सा गया। हृदय तो इस मलाल से मलिन है कि मुंशी जी जैसा मूर्धन्य रचनाकार अपनी शारीरिक अशक्तताओं से लथपथ जूझ रहा है। बीमारी उनके सीने पर चढ़कर चीते की तरह बैठी हुई है। मन कह रहा था—इस संकट की कुछ भी परिणति हो सकती है। लेकिन, यदि कुछ अप्रिय परिणाम सामने आ गया तो?

दूसरे ही पल मन ने ही स्वयं आत्मप्रतिकार किया—नहीं, नहीं, कुछ भी अप्रिय नहीं घटित होगा। मुंशी जी से साहित्य को अभी काफी अपेक्षाएँ हैं। वह इधर युगांतकारी सृजन-कार्यों में जुटे रहे हैं। उनका 'यथार्थ' यथादृश्य तक सीमित नहीं है। यह तो उसके पार्श्व को भेदने, आसन्न को रेशा-रेशा उद्घाटित करने और आगत के सूक्ष्म संकेत-संकलन जुटाने में जुटा हुआ इस मिट्टी की परतें खोल रहा है और इसमें उतरता ही चला जा रहा है गहरे चन्द्रप्रकाश मुंशी जी का यथार्थ मिट्टी-पुत्रों के लिए मुक्ति-पथ गढ़कर देश का 'भविष्यार्थ' तलाश रहा है। इस बीच घोर दुर्भाग्य यह कि ऐन इसी महत्त निर्माण-काल में दबे पाँव आकर बीमारी ने उन्हें धर दबोचा है। पता नहीं, प्रकृति-नियति को क्या मंजूर है!

प्रसाद के चिन्ता-विगलित मन में ऐसे-ऐसे दग्ध विचार-द्वन्द्व धुँआते-धुँधुआते रहे। रह-रहकर भीतर से निचाट उदासी कौंध कर चपेट में लपेट ले रही है—अंग-अंग में फैलती-समाती सर्वांश को अवसन्न करती हुई। पता नहीं चल पा रहा कि आँखों के भीतर आखिर चुभ-चुभ गड़ क्या रहा है! खुली आँखों में कटी रात के छूटे कँटीले पदचिह्न अथवा मन में रह-रहकर कौंध रहे भाँति-भाँति के आत्म-प्रश्न? अपने ही मन की यह दशा विस्मयकारी। भयभीत करने वाली भी। फिर-फिर सवाल बुलबुलों की तरह उठते-मिटते रहे—यह भय आखिर कहाँ से और क्यों आ रहा है मन में? आखिर उनके इलाज में चिकित्सक जुटे ही हुए हैं। लखनऊ वालों ने चाहे भले वापस कर दिया हो, यहाँ के चिकित्सकों ने तो अभी तक कोई ऐसा संकेत नहीं दिया है जिससे कोई नाउम्मीदी पैदा हो। डॉक्टर हुबदार ने पूरा आश्वासन दिया है। इसके बावजूद इस मन को आखिर कहाँ से क्या गुप्त संकेत मिल रहा है कि यह स्वयमेव भय के दर्शन कर ले रहा है?

निकले तो थे बेनियाबाग के लिए ही, इसीलिए घरेलू कपड़े में ही रहे किन्तु मुख्य सड़क पर आते ही फिर प्रेमचन्द की सूनी आँखें और सूखा चेहरा आँखों के सामने आ गया। पाँव पहले ठिठके फिर कदम दायें की बजाय बायें मुड़कर गति में आ गए।

अचानक स्मृति-पटल दृश्य-दमक से भर उठा। वह प्रसंग कौंधा, जो स्कूली दिनों में सखा व्रजचन्द्र ने सुनाया था।...दोनों टिफिन के दौरान क्वींस कॉलेज परिसर से बाहर निकल रहे थे। गेट के पास खड़े होकर सामने के घर की ओर उसने इंगित किया था, 'यह कोठी भी हमीं लोगों की है। इसमें चाचा जी रहते थे मल्लिका ताई के साथ।' उस किशोर काल में भी 'भारतेन्दु' के लिए उसके मुख से 'चाचा जी' संज्ञा-सम्बोधन सुनना कैसा सम्मोहक लगता! मोहिनीलाल गुरु जी की कक्षा में अक्षर-परिचय के आरम्भिक दिनों से ही आँखों के सामने भारतेन्दु की छवि नाना प्रकार से खिंचती रही। गुरुजी अक्सर बताते—यह जो खड़ी बोली हिन्दी सीखने जा रहे हो, इसे इस रूप में हमारे काशी के ही अनोखे रत्न बाबू हरिश्चन्द्र ने विकसित किया है। उन्हें देश ने एक स्वर से 'भारतेन्दु' की ऐसी उपाधि दी कि यही आज उनकी वास्तविक संज्ञा बन चुकी है। एक दिन बालक व्रजचन्द्र सहमते हुए खड़ा हो गया, 'मैं उन्हीं भारतेन्दु जी का ही तो भतीजा हूँ!'

मोहिनीलाल लपककर पास आए। छलछलाई आँखों से निहारते हुए उसे गोद में उठा लिया था, 'हाँ, बेटे, हाँ, यह तो मैं भूल ही गया था।' पूरी कक्षा की आँखें एक साथ उठ गई थीं। गुरु जी ने दूसरे ही पल आगे जोड़ा था, 'लेकिन भारतेन्दु बाबू का केवल वही परिवार नहीं है जो तुम्हारी बड़ी-सी हवेली में बसता है, उनका परिवार तो देश भर में फैला यह पूरा हिन्दी समाज है। वह हमारी भाषा, साहित्य और पत्रकारिता की समग्र परम्परा के पिता हैं।'

इस चर्चा के बाद अलग मानसिक दशा बन गई। अब भारतेन्दु का नाम आते ही पल भर में सबसे पहले मन में नीला आसमान लहरा जाता, फिर दूसरे ही क्षण उस पर हँसता चाँद बिछलता हुआ आता और टिक जाता। हर बार लगातार ऐसा ही कुछ अनुभूत होता, जो बहुत सुखकर लगता। इसी के ठीक समानान्तर जब-जब व्रजचन्द्र बातचीत में उनके लिए 'चाचा जी' का सम्बोधन निकालता, तब-तब मन में बवंडर-सा नाच जाता। जो जन-गगन का चंद्रमा है, वह क्या दीवारों से घिरे और छत से ढके किसी कमरे का टिमटिमाता कोई दीया भी हो सकता है? लगता, जैसे आकाश की ओर ताकते हुए चाँद से रिश्ता जोड़ा जा रहा है!...उस दिन व्रजचन्द्र ने आगे बताया था, 'लेकिन मेरे घर में सभी यही कहते हैं कि यह घर शुभ नहीं है। यहीं चाचा जी बीमार पड़े थे। यहाँ से उन्हें चौखम्भा ले जाया गया अपने घर में, लेकिन फिर वह कभी उठ न सके...'

लहुराबीर के पास आते-आते मन में एक प्रश्न गरजने लगा—कैसा है यह घर? पहले भारतेन्दु और अब प्रेमचन्द, क्यों यहाँ इसी छत के नीचे बार-बार हमारा कोई न कोई बड़ा कलाकार शिकार बन जा रहा है? दूसरे ही पल इस सोच पर हँसी आ गई। बहुत गहराई से यह अनुभूत हुआ—दुख जब घेरने लगता है तो सबसे पहले विवेक के पाँवों से आधार खींचने की चाल चलता है। भला कोई घर कैसे अशुभ हो सकता है? यह घर तो यों भी विशिष्ट है। आखिर इसी छत के साये में भारतेन्दु की साहित्य-साधना का एक सृजनशील खंड सम्पन्न हुआ है। यहाँ खड़ी बोली के जनक की मित्रमंडली ने बीती शताब्दी में कितनी ही बार अपने अभियानी संकल्प के उद्घोष किये होंगे। यहीं तो भारतेन्दु बाबू ने अखंड कवि सम्मेलन कराया था। इसके बाद अब यहीं मुंशी जी ने 'गोदान' के पृष्ठ सँजोये हैं। यह स्थान तो वस्तुतः हमारी भाषा और साहित्य का सच्चा सृजन-पीठ है। यह अनुभूति बनते ही अब से कुछ देर पहले के अपने ही सोच-अनुभव

पर गहरा अफसोस होने लगा। कभी-कभी कैसे अंधविश्वास खुली आँखों पर भी अपनी काली जादुई चादर लहरा देता है!

सामने से आते युवक ने अचानक गति तेज कर दी। पास आते ही राह रोक खड़ा हो गया, "प्रणाम। मैं सरस्वती प्रेस का कर्मी हूँ। मैं तो अभी सरायगोवर्द्धन ही जा रहा था, आपको ही खबर करने।"

"क्या?"

"दुखद समाचार है..." वह फफक पड़ा, "मुंशी जी हम लोगों को छोड़ गए।"

"आँय! क्या? फिर से कहो, क्या यह सच है?"

"हाँ, बाऊस्साब, हम लोगों को छोड़कर वह चले गए..." उसका संताप वातावरण पर आँसू छिड़कने लगा।

आगे-आगे प्रसाद, पीछे से युवक। गेट के पास पहुँचने से कुछ कदम पहले से ही शिवरानी देवी का विलाप कानों में अग्निकणों की तरह पड़ने लगा। कलेजा धक्-धक् करने लगा।

भीतर पहुँचे। कमरा झनझन कर रहा है। खाट के नीचे सफेद चादर से ढका शव। पास ही बैठी विलाप करतीं शिवरानी। चार प्रेसकर्मी और पड़ोस की तीन महिलाएँ। पास ही कुछ अन्य लोगों के साथ खड़ा युवक जैनेन्द्र कुमार अपनी जगह थोड़ा हिला, किन्तु प्रसाद शव की ओर मुखातिब हो गए।

उन्हें सामने पाकर शिवरानी की करुणा और बेकाबू हो उठी। प्रसाद ने समीप जाकर चादर उघारी। काल को भेदने वाली मुंशी जी की आँखें बन्द हैं। ठहाकों से चिन्ता के बड़े-बड़े पहाड़ तक उड़ा देने वाले होंठ ठिठके हुए हैं। चेहरा, जिस पर उत्साह के ताप-कण और संघर्ष-चेतना की चिनगारी उगलने वाली लौ बलती रहती थी, अब बुझे हुए दीये की ठंडी बत्ती बन चुका है।

लग रहा है, जैसे रात की लम्बी कलम-घिसाई के बाद थककर निर्भेद सो रहे हों मुंशी जी! छत्तीस साल पहले ग्यारह वर्ष की आयु में मिला पितृ-शोक जैसे पुनरावृत्त हो रहा हो! प्रसाद का मन हाहाकार से भर उठा किन्तु उन्होंने स्वयं को नियंत्रित रखा।

डगमग डग भरते वह शिवरानी के निकट गए और सजल स्वर में सान्त्वना के थोड़े-से शब्द कहे। असर हुआ। वह चुप हो गईं।

प्रसाद बाहर आ गए। बी.एच.यू. से बाबू श्यामसुन्दर दास के साथ आए दर्जनाधिक छात्र खड़े हैं। शोकाकुल। चेहरों पर तूफान रोके। टोली में से निकलकर कुँवर चन्द्रप्रकाश आगे आया। प्रसाद ने दृष्टि उठाई तो वह एक कदम और समीप आ गया और फफक पड़ा। अन्य छात्र भी मर्माहत। सबकी आँखें प्लावित। शोक हवा के कतरे-कतरे पर कीट-पतंगों की तरह झूल रहा है।

पीछे खड़े नन्ददुलारे वाजपेयी पर दृष्टि गई तो प्रसाद लपककर उनकी ओर बढ़ने लगे। वह करुणा-विगलित हो उठे। प्रसाद ने कंधों पर हाथ रखा तो उन्होंने अपनी दोनों हथेलियों से स्वयं का मुख ढक लिया। आहत भावनाएँ तरल होकर बहने लगीं।

बी.एच.यू. से पीताम्बर दत्त बड़थ्वाल कुछ और छात्रों को साथ लिये आ पहुँचे। जनार्दन राय व परिपूर्णानन्द वर्मा जैसे युवा लेखक और मुरारीलाल केड़िया सरीखे

साहित्य के गहरे अनुरागी घर के सदस्यों की तरह भूमिका निभाने लगे। लोग दो-दो, तीन-तीन करके भीतर जाने लगे। अन्तिम दर्शन कर कुछ-कुछ मिनटों में ही भीतर से लौट रहे लोग उदासी और बेचैनी से लिपटे दिखते।

बाबू श्यामसुन्दर दास वापस आए तो प्रसाद ने उनकी ओर ताका। संवेदना अपने बाँध तोड़ रही है। अनुभव और संघर्षों के आघात से बनी घनी-गहरी रेखाएँ भी भावावेग के प्रहार से चेहरे पर काँप-कँपकँपा रही हैं। भौंहों के नीचे उग्र करुणा उमड़ने को बेताब है। प्रसाद चुपचाप उनका मुँह ताक रहे हैं। श्यामसुन्दर के फूलों जैसे शब्द रौंदे-मसले हुए-से हैं, "आज हिन्दी की देवी का हृदय करुण विलाप कर रहा है। भाई, हमने अपनी मिट्टी का महानायक खो दिया है..."

प्रसाद देर तक बाहर नहीं रह सके। भीतर गए। परिपूर्णानन्द और जनार्दन को उन्होंने सामान की सूची लिखाई। दोनों तुरन्त चौक के लिए चल पड़े। शिवरानी का विलाप-स्वर फिर हवा के कलेजे तक को तार-तार करता दहला रहा है। बच्चे माँ के आसपास अचकचाये-घबराए-से डरी निगाहों से ताक रहे हैं। प्रसाद ने पास जाकर फिर सान्त्वना के शब्द कहे। बच्चों का ध्यान रखते हुए अब आगे की बात सोचने की उनकी सलाह पर वह पुनः सँभलीं।

जैनेन्द्र ने निकट आकर धीमे-धीमे स्वर में कुछ कहा। प्रसाद का स्वर थोड़ा अधिक स्पष्ट होकर गूँजा, "किसी तरह की चिन्ता करने की कोई आवश्यकता ही नहीं, अभी मैं हूँ...या जब तक मैं जिन्दा हूँ, यह परिवार कतई अकेला या असहाय नहीं रहेगा। मुंशी जी मुझसे दशक भर बड़े थे, भाभी शिवरानी मेरे लिए मातृस्वरूपा हैं। मेरी ओर से सेवा-भावना में कभी कोई कमी नहीं आएगी।"

परिपूर्णानन्द और जनार्दन के लौटने तक प्रेसकर्मी सामने रामकटोरा कुंड के अहाते के निकट अरथी की ठठरी बाँध चुके हैं। शव बाहर लाया जाने लगा। शिवरानी और उनके बच्चों समेत अन्य के करुण विलाप से पूरा वातावरण दुख से छलछला उठा है।

अरथी पर शव रखे और बाँधे जाने के दौरान पास खड़े प्रसाद स्वयं को रोक नहीं सके। क्षण भर के विचलन में ही लगा, जैसे करुणा का समुद्र लहरा गया हो!

शव-यात्रा में लोग तो सीमित ही किन्तु शोक और करुणा असीम। परिजन-संपर्कियों के अलावा दर्जनभर छात्र। रामकटोरा कुंड के सामने से आगे निकलते ही आसपास के कुछ अन्य भी शामिल हो गए।

शिव मन्दिर के पास एक आँगन से टिप्पणी उछली, "बुझात हौ कि कउनो मास्टर मर गल हउवन!"

टिप्पणी पर प्रसाद और नन्ददुलारे का ध्यान चला गया। दोनों ने एक साथ एक-दूसरे की ओर देखा।

नन्ददुलारे आहिस्ते बोले, "साथ चल रह छात्रों को देखकर उसे ऐसा ही लग रहा होगा कि किसी गुरुजी का निधन हुआ है।"

प्रसाद ने धीमे किन्तु ठोस स्वर में कहा, "ठीक ही तो कह रहा है—किसी बन्द स्कूल-परिसर के न सही, इस वृहत् समाज के शिक्षक ही तो थे मुंशी जी।"

मणिकर्णिका पर चिता सजने लगी। प्रसाद स्वयं शास्त्र-सम्मत विधि-प्रबन्ध की निगरानी और निर्देश में तल्लीन। आग देने के समय रस्म के अनुसार डोमराज ने शुल्क लेने के लिए हुज्जत शुरू की तो प्रसाद ने हँसकर कहा, "आपको पैसे दिये बगैर तो हम आग लेंगे ही नहीं, किन्तु आप एक बात ठीक से समझ लीजिए कि यह उस शख्स की चिता है जिसकी अपनी आग आपकी इस क्षणभंगुर आग से सर्वथा उलट अनन्त और अकाल है, जिसकी कलम ने ऐसी प्राणवंत अग्नि प्रज्वलित की है जो अमर है और समाज के लिए सतत सृजनशील भी—ऐसा व्यक्तित्व, जिसके लिखे शब्द युगों-युगों तक समाज का मार्गदर्शन करते रहेंगे।"

बड़े पुत्र श्रीपत के हाथ में जलती हुई कुश की लुकवारी थमाई गई। मुखाग्नि की प्रक्रिया आगे बढ़ चली। उसके पीछे चलते हुए प्रसाद, जैनेन्द्र व नन्ददुलारे के साथ ही सभी चिता की परिक्रमा करने लगे। पाँचवीं आवृत्ति पूरी होने तक लपकती हुई अग्नि ने नीचे से शव तक की यात्रा पूरी कर ली।

देखते-ही-देखते चिता पूरी तरह प्रज्वलित। लपलप करती लपटें, जैसे आकाश को छू लेने को बेताब हों!

घाट पर कई गुच्छों में बिखरकर बैठे परिजन, लमही से अभी-अभी पहुँचे कुछ जागरूक ग्रामीण, छात्र और अन्य साहित्य-प्रेमी शोक-विह्वल।

प्रसाद ने निकट बैठे-बैठे खोये-खोये-से नन्ददुलारे की ओर ताका, "पंडित जी, देखिए-देखिए, चिता चंचलाग्नि को ध्यान से देखिए, लकड़ियों के मोटे-मोटे बोटों से जो लपटें उठ रही हैं, उनसे कहीं अधिक तीव्र हैं मुंशी जी के भस्म होते दुबले-पतले पार्थिव शरीर से फफाकर निकलने वाली लहरें!"

बोलते-बोलते वह प्रश्नवाचक हुए, "जानते हैं, ऐसा क्यों?" नन्ददुलारे ने अचकचाकर ताका। दोनों की आँखों में शोक-बूँदें चमक रही हैं। उन्होंने आगे स्वयं स्पष्ट किया, "क्योंकि मुंशी जी की यह देह-ज्वाला वस्तुतः कोई सामान्य आग नहीं, उनके महान अग्नि-मूल्य हैं।...इसीलिए चिता की लपटों पर भी यही भारी है। आकाश की ओर उठती लपटें तो कुछ घंटों में ठंडी पड़ जानेवाली हैं किन्तु प्रेमचन्द के अपने अग्नि-मूल्य धरती पर हमेशा रहेंगे—अपने अक्षर-स्वरूपों में!"

नन्ददुलारे सजल नेत्रों से चिता की ओर ताक रहे। सचमुच, उठती लपटों के नीचे शव पर अग्नि तेज भभक के साथ गजब फनफना रही है। कुछ यों, जैसे उसका स्रोत शव के भीतर से फूट रहा हो! आवेग के साथ झरझराती निकलती व्यग्र-समग्र ललौंही धार।

"बिलकुल सही। यह मुंशी जी की अपनी ही आग है जो देह-विसर्जन के साथ स्थानान्तरित हो वायुमंडल पर पुनर्वासित हो रही है। अवश्य ही यह तब तक अखंड विद्यमान रहेगी जब तक सृष्टि में वायु का वास रहेगा।"

छात्रगण आसपास सिमट आए हैं। सबकी आँखों से शोक पिघल-टघर रहा है।

113

काशी से एक दिन का कटाव भी मन में कैसी वीरानी भर देता है! रिश्तेदारी में तीन दिन का समय तीन युग की तरह बीता है। जैसे कोई अजगर सीने पर लगातार धीरे-धीरे

खिसकता रहा हो! अहरौरा से लौटते हुए प्रसाद का मन उड़ा हुआ है। तन-मन सब जैसे हवा में उधिया रहे हों! थकान हाथ-पाँवों पर जैसे तेल की चिकट चिकनाई की तरह लिपटी हुई हो, लेकिन घोड़ागाड़ी से दरवाजे पर उतरते ही स्फूर्ति जैसे अचानक जाग उठी हो! मन का विस्तार जैसे उड़ती हुई लाल-पीली सुवासित पंखुड़ियों से भर उठा! घर में घुसते ही भाभीश्री ने आशीष देते हुए अहरौरा का समाचार पूछा।

उन्होंने मुस्कुरा दिया, "समाचार सब ठीक-ठाक है। इस पर कुछ बातें बाद में होंगी। फिलहाल तो सबसे पहले मुझे अपने अंग-अंग में अपनी काशी को लपेट लेने दीजिए। मैं जरा रामघाट होकर आ जाऊँ, गंगजल-गंगतरंग के दर्शन करूँ और गंगपवन क़े झोंके छू लूँ, तभी मन हल्का होगा।"

लखरानी देवी का स्वर स्नेह से छलछला गया, "हाँ, क्यों नहीं!...रामघाट पहुँचने के बाद ही तो राम-लक्ष्मण मिलन भी सम्भव हो सकेगा!"

प्रसाद हँसते हुए बाहर आ गए। उन्हें महसूस हुआ, गंगजल, गंगतरंग या गंगपवन से जरा भी कम तलब मित्र रायकृष्ण दास को देखने की नहीं है। टहलते बढ़ते हुए मन में आया कि पहुँचते ही मित्र को शाम को नारियल बाजार अवश्य आने को कह देंगे और संक्षिप्त ही भेंट-बात कर लौट आएँगे।

रामघाट के निकट पहुँचे तो भीड़-भाड़ देख तीव्र जिज्ञासा हुई, यहाँ कोई पारिवारिक उत्सव तो नहीं? कहीं ऐसा न हो कि यहाँ कोई मांगलिक आयोजन हो और ऐसे मौके पर बिना किसी उपहार आदि के पहुँच जाना अनुचित लगने लग जाए? मस्तिष्क पर जोर देकर सप्रयास स्मरण करने लगे। ऐसा कुछ होता तो मित्र ने उन्हें पहले से बताया होता। पाँव ठिठके, किन्तु ऐन उसी समय बरामदे में हिलता परदा हटाकर दास बाहर निकलते दिख गए। दृष्टि एकबारगी सीधी टकराई। वह चहक उठे, "आओ, आओ चाणक्य! मुझे तो परसों अचानक पता चला कि तुम मीरजापुर निकल गए हो। कब लौटे, मित्र? खैर, बड़े मौके पर आ गए हो।"

"बस, अब से आधा घंटा पहले ही लौटा हूँ। घर को छूकर तुरन्त तुम्हारे पास भागा-भागा चला आ रहा हूँ।" प्रसाद के कदमों में उड़ान का उत्साह भर गया।

समीप पहुँचते ही दास ने उनके जुड़े हुए दोनों पंजों को अपनी हथेलियों के बीच बाँध लिया। दास की आँखें रत्न की तरह चमकने लगीं। हृदय से फूटती धाराप्रवाह प्रसन्नता मुखमंडल से अबीर की तरह झर्र-झर्र झर रही है।

प्रसाद के मन के तमाम रोध-अवरोध बुलबुलों की तरह फूट-बिला गए। धवल मैत्री-भावों की दुर्लभ रस-गंध विरल बिम्ब-बोध की तरह आत्मा पर उतरने लगी। पतले काव्यमय होंठों पर तृप्ति का गुलाबी रंग पहले हल्का उगा, फिर पल भर में टहक हो फैल गया। दास उन्हें समेटे पीछे मुड़े। प्रसाद की जिज्ञासा ने झाँका, "यहाँ कोई आयोजन-प्रयोजन है क्या मित्र?"

"हाँ, हाँ। यह किसी आयोजन-प्रयोजन से भला कम कैसे है?"

"तात्पर्य?" हिलते परदे से पहले ही प्रसाद चौखट पर ठिठक गए।

"भई, आचार्य महावीर प्रसाद द्विवेदी का शुभागमन हुआ है। देखो न, कैसे काशी का पूरा सजग समाज टूट पड़ा है! एक गोल उनके दर्शन कर अभी लौट भी नहीं पा रहा कि दूसरी टोली पहुँच जा रही है। अभी-अभी छात्रों का एक समूह घुसा है।"

दास की वाणी में मुग्धता थी। प्रसाद खड़े-खड़े टुकुर-टुकुर उनका मुँह ताकते रहे। दास के शब्द खनकते रहे, "देखो न, कैसे कोई शक्तिशाली आकर्षण काम कर रहा है! बिना किसी पूर्वसूचना के तुम भी मीरजापुर से खिंचे यहाँ तक इसी क्षण स्वयमेव आ पहुँचे। यह द्विवेदी जी का चुम्बकीय व्यक्तित्व ही तो है।" बतियाते हुए वह उन्हें खींचकर दूसरे कमरे में ले गए।

बीच के चौड़े दरवाजे से सामने बड़े कमरे में दिख रहे थे आचार्य द्विवेदी। चौकी पर पाल्थी जमाए। योग-मुद्रा में विराजमान। घृत-स्नात-सा चम-चम करता पीला मलमलिया कुर्ता, लंबी-सजीली सिलवटों वाली नीलाभ स्फटिक-सी कड़क धोती। गठी हुई पुष्ट काया। पृथ्वी के प्रतीक-चिह्न-सा सुडौल शीश। साहित्य-कुनबे के मुखिया होने का संकेत देती रौबदार गर्वीली मूँछें। बिछी हुई नई सिंदूरी चादर पर उनकी सम्पूर्ण उपस्थिति सचमुच विशिष्ट। सामने छह युवक विनयी भाव से ध्यान जमाए उन्हें सुन रहे थे, "यह तो बहुत अच्छी बात है कि काशी की इस मानस-भूमि में तुम युवाओं के मन में अपनी भाषा और साहित्य के लिए अभी से ऐसा सजीला खिंचाव आ गया है! काशी की यह सर्वविद्या-भूमि वस्तुत: ज्ञान और रचना की धरती है। यह वही भूमि है, जहाँ गोस्वामी जी के 'रामचरितमानस' को पूर्णता मिली थी। यहीं रैदास की भक्ति का कंठ फूटा। कबीर की बानी भी यहीं जन्मी। यही वह भारतेन्दु-भूमि है, जहाँ खड़ी बोली हिन्दी की किलकारी गूँजी है।"

बोलते-बोलते आचार्य द्विवेदी तनिक रुके। आसपास दृष्टि दौड़ाई। वह सम्भवत: दास को खोज रहे थे। उन्हें न पा थोड़े चिन्तित। दूसरे ही पल युवकों से फिर मुखातिब, "तुम लोग संकल्पपूर्वक हिन्दी के लिए कार्य करो। तुम्हें अपनी भाषा की समृद्धि के लिए सभी विषयों पर जानकारी लेने-देने का काम करना होगा। केवल कहानी-कविता से न तो बड़े पाठक वर्ग का निर्माण-पोषण सम्भव है, न समाज की समग्र पुनर्रचना ही—सबको आवश्यकतानुसार अपनी भाषा में विभिन्न संदर्भों की विषद सूचनाएँ और तार्किक विश्लेषण उपलब्ध हो सकें, तभी हिन्दी की परिधि बड़ी होगी। इसलिए खूब पढ़ो, अधिक से अधिक सूचना-सम्पन्न बनो, इसके बाद ही कलम उठाओ।"

छोटे कमरे में इत्मीनान पा प्रसाद चौकी पर उठंग गए। आराम से अधलेटे पत्रिका पलटने लगे। यात्रा की थकान देह पर घिरनी की तरह घूमती रही। दास सामने के कमरे की ओर लपके। झट से आचार्य द्विवेदी के निकट पहुँच गए, "दादा, कविवर जयशंकर प्रसाद आ गए हैं। कई दिनों से वह काशी में नहीं थे, अभी-अभी मीरजापुर से लौटे हैं। सामने के कमरे में हैं, बुला लूँ?"

आचार्य द्विवेदी ने सहमति में सिर हिला दिया। प्रसाद का नाम सुनकर छात्र गण जैसे चमत्कृत हो उठे! भरभराकर सभी पीछे मुड़े और सामने के कमरे में पहुँच गए। सबने अतिशय विनम्रता के साथ अभिवादन किया। प्रसाद उठकर सीधा बैठ गए। उन्होंने हाथ जोड़कर सबके अभिवादन का सस्मित उत्तर दिया। दास भी आ गए और आचार्य द्विवेदी के पास चलने को कहा। प्रसाद खड़े हो गए।

एक छात्र हाथ जोड़े समीप पहुँच गया, "कविवर, मैं सोहनलाल द्विवेदी हूँ। यहीं बी.एच.यू. में अध्ययनरत हूँ। मैं आपकी कविताओं का दीवाना हूँ—घोर प्रशंसक। आपकी पुस्तकें खरीदकर मित्रों में उपहारस्वरूप देकर प्रसन्नता पाता हूँ।"

प्रसाद मुस्कुराए। सिर हिलाकर उसके प्रति स्नेह का भाव दर्शाया। दूसरे ही पल वह उठे और आचार्य द्विवेदी की ओर चल पड़े। साथ चल रहे छात्रों में से एक अन्य ने चलते हुए हाथ जोड़ा, "और, मैं हजारी प्रसाद द्विवेदी, यहीं अध्ययनरत हूँ। संस्कृत का छात्र हूँ और बलिया का निवासी। मैं यहाँ यह गवाही देता हूँ कि मेरे मित्र सोहनलाल जी ने सचमुच आपकी एक विशिष्ट कृति 'झरना' मुझे हाल ही भेंट की है, लेकिन इस झरना का जल अभी मेरी जिह्वा पर चढ़ नहीं पाया है। मुझे उसका स्वाद कुछ जँच नहीं पा रहा। अभी मैं आपका प्रशंसक नहीं हो सका हूँ।"

प्रसाद ने भौंहें उचकाकर सिर हिलाया। भाव कुछ यह व्यंजित हुआ कि युवक होकर भी तुम इतने संजीदा व स्पष्ट वक्ता तो हो! सभी हजारी प्रसाद द्विवेदी को सविस्मय ताकने लगे।

निकट पहुँचकर प्रसाद ने आचार्य द्विवेदी का विनम्र अभिवादन किया। उन्होंने सामने चौकी पर विराजने का संकेत दिया। प्रसाद आहिस्ते बैठे। छात्रगण आसपास खड़े रहे। सोहनलाल द्विवेदी ने भूल-सुधार के स्वर में बात सँभालने का प्रयास किया, "दरअसल, हजारी प्रसाद मेरे मित्र तो हैं किन्तु अभी संस्कृत वाला ही मुंड रखते हैं। उनकी शिखा अभी आधुनिक हिन्दी कविता से संवाद नहीं साध पा रही..."

सभी हँसने लगे, किन्तु पूर्ण नियंत्रित। मर्यादा-बंधन के साथ।

प्रसाद विशिष्ट तन्मयता से आचार्य द्विवेदी की ओर उन्मुख। छात्रगण शान्त हो पीछे खिसकने लगे। आचार्य महावीर प्रसाद द्विवेदी विशिष्ट तन्मयता से ताक रहे हैं।

सोहनलाल द्विवेदी ने पीछे से टिप्पणी की, "दरअसल हजारी प्रसाद बलिया के हैं न—बलिया अर्थात् 'बल लिया'। मामला वही बालि जैसा ही कुछ है। बलिया वाले जब तक सामने वाले का बल नहीं खींच लेते, तक तक बेचैन रहते हैं। उस पर विडंबना यह कि आधुनिक हिन्दी कविता उन्हें ऐसे अवसर हाथ लगने ही नहीं दे रही। बल खींच पाना तो दूर, उनके लिए सामान्य अर्थ ग्रहण करना तक कठिन बना हुआ है। इसलिए वह हमारी पूरी आधुनिक काव्य रचनाशीलता से ही अभी जुड़ाव नहीं बना पा रहे। ऐसे में 'झरना' अभी उनके लिए गहरा कुआँ है जिसका जल कंठ को तो दूर, नेत्रों के लिए भी सुलभ नहीं हो पा रहा।"

प्रसाद मुस्कुराए। दास के संकेत पर छात्रगण बाहर की ओर बढ़ गए। आचार्य द्विवेदी ने प्रसाद की ओर देखा। स्नेहिल भाव। प्रसाद विनम्रतापूर्वक सजग-प्रस्तुत। दास आकर बगल में बैठ गए।

आचार्य द्विवेदी मुस्कुराए, "आपकी आगामी काव्य-कृति 'कामायनी' के अंश किसी पत्रिका में देखने को मिले हैं..."

प्रसाद अतिशय सजग। मौन, किन्तु ध्यान टिकाए बैठे हैं।

आचार्य ने अपनी बात आगे बढ़ाई, "आपकी स्फुट कविताओं के प्रति मेरे जो विचार रहे हैं, उनसे सर्वथा विपरीत भाव उत्पन्न कर रही है आपकी यह नई कृति।...यह सार्थक और सर्वथा नूतन प्रयास है। हिन्दी में तो एक क्रांतिकारी सृजन! मैं इससे बहुत प्रभावित और प्रसन्न हूँ। मुझे यह संकेत मिल गया है कि आप जितने कल्पनाशील हैं, उससे कहीं अधिक शास्त्र-सजग, और सृजन-आस्था से तो सर्वाधिक भरे हुए!" बोलते हुए वह उतरने लगे। चौकी रचमचाई। प्रसाद खड़े हो गए। दास भी।

आचार्य द्विवेदी के मुखमंडल पर आह्लाद प्रभाषित हो रहा है। कदम सधे हुए, साधक-क्रिया की तरह। पास आ गए। प्रसाद के पुष्ट कंधों पर उन्होंने दोनों हाथ रख दिये, "मैंने सुना है, आप भी खड़ी बोली हिन्दी के कुलाधिष्ठाता बाबू भारतेन्दु हरिश्चन्द्र की तरह वैश्य-कुल से हैं?"

दास के चेहरे पर विस्मय-रेखाएँ, प्रत्यंचा-सी खिंची हुई। प्रसाद जिज्ञासा-सजग।

आचार्य ने पीठ पर आशीष-ध्वनि रखते हुए हवा पर भावपूर्ण शब्द छींटे, "आप यदि ब्राह्मण होते तो मैं आपके चरणों का संस्पर्श कर लेता।"

प्रसाद और दास स्तब्ध। आचार्य द्विवेदी की आँखों में कोमल करुणा। काव्य से अलंकृत मर्यादा भी।

प्रसाद ने पल भर भी देर नहीं की, "चलिए, इस तरह ईश्वर ने मुझे एक बड़े पाप से तो बचा लिया!"

114

डॉ. मोतीचन्द्र रामघाट पहुँचे तो दास कहीं निकलने की तैयारी में मिले। अचानक उन्हें सामने देख पुलकित हो उठे, "अरे डॉक्टर साब, आप? यह क्या, आप सचमुच बनारस में हैं या हमीं लन्दन की धरती पर जा गिरे हैं?"

"लन्दन ही आपके सामने आकर बिछ गया है, प्रभो!"

ऐसा ठहाका फूटा कि पूरा बैठकखाना गूँज उठा। कुछ देर औपचारिक चर्चा-बात के बाद मोतीचन्द्र ने अपनी मूल बात शुरू की, "ऐसा है भाई साब, अब आप मेरा एक काम कराइए..."

"अरे भइये, ऐसा क्या! आप भारतीय कला संकाय के बहुश्रुत विद्वान हैं जिसके चलते मेरे कला-प्रेमी मानस के अत्यन्त निकट हैं। रिश्तेदार होने के चलते भी सर्वथा अभिन्न। रिश्ता भी बहुत गुणा-भाग करके निकाला हुआ नहीं, मेरी दादी आपके दादा भारतेन्दु बाबू हरिश्चन्द्र की सगी मौसी थीं। क्या यह सम्बन्ध कभी विच्छिन्न हो सकता है? इसलिए आप एक क्यों, एक हजार काम बताइए।"

"क्यों भई, कहीं ऐसा तो नहीं कि आपको काम सुनने का कोई नया शौक पैदा हो गया हो?"

"नहीं, नहीं, आप इसे मजाक न समझें। बताएँ, क्या काम है?"

"यह हजार काम के बराबर ही है।"

"अच्छा! क्या भला? जरा मैं भी तो सुनूँ!"

"मैं जयशंकर प्रसाद से मिलने को बहुत उत्कंठित हूँ। आप किसी तरह मुझे उनसे मिलवा दीजिए। भारत के प्राचीन इतिहास पर उनकी अद्‌भुत पकड़ है। मैं उनकी निकटता पाने को तरस रहा हूँ।"

"किसी तरह क्यों भैये, इसी तरह। वह तो मेरे अभिन्न मित्र हैं।"

यह सुनकर मोतीचन्द्र इतने प्रसन्न हुए कि लगभग झूम उठे। उनकी भाव-मुद्रा देख दास चकित रह गए, "वाह, आप लन्दन से आ रहे हैं और वहाँ से प्रसाद के बारे

में ऐसी धारणा लेकर आए हैं? यह तो मेरे लिए अतिरिक्त प्रसन्नता का विषय है। अभी और इसी वक्त हम लोग प्रसाद के पास चलते हैं। अभी वह नारियल बाजार में ही मिल जाएँगे, चौक के पास ही।"

रास्ते में मोतीचन्द्र ने जिस उल्लास के साथ प्रसाद के बारे में चर्चा जारी रखी, यह दास के लिए सुखद आश्चर्य का विषय बना रहा। घोड़ागाड़ी चौक पर ही रोक दी गई। दास मुस्कुराए, "आइए, आपका एक बड़ा काम आज पूरा हो जाए।"

115

प्रसाद अपने प्रतिष्ठान में जमे मिले। मोतीचन्द्र ने उन्हें पहली बार चकित भाव से देखा। ऐसे ही ताकते रहे। उनका मन तर्क पर तर्क कर रहा है। यह व्यक्ति तो निहायत ही एक सामान्य-सा बनारसी तिजारती लग रहा! क्या सचमुच यही जयशंकर प्रसाद हैं? उनके लिए यह संगति बिठाना कठिन होने लगा कि वर्तमान के टीले पर चढ़कर यहीं से हजारों-हजार साल के व्यतीत कालखंड की अगम अँधेरी खाई में कूदने, पल भर में इस अतल पाताल-तल से लौट आने और बार-बार यह आवाजाही सम्भव बनाए रखने वाला यह व्यक्ति ऐसा सहज और अति साधारण कैसे दिख रहा है?

उनकी दृष्टि की क्रिया-सक्रियता को ताड़ते हुए ताक रहे हैं प्रसाद। स्थान ग्रहण करते ही दास ने परिचय कराया, "चाणक्य, ये हैं कलामर्मज्ञ और काल-उत्खनक डॉ. मोतीचन्द्र—भारतेन्दु बाबू के अनुज गोकुलचन्द्र के सबसे बड़े पौत्र और मेरे रिश्तेदार भी।"

"भारतेन्दु बाबू के पौत्र यानी अपने व्रजचन्द्र के?"

"भतीजे। हाँ-हाँ, परिवार का वंश-विस्तार कुछ इस तरह है—भारतेन्दु बाबू की तो इकलौती संतान बिटिया ही रही, जबकि उनके अनुज बाबू गोकुलचन्द्र जी के दो पुत्र हुए : बाबू कृष्णचन्द्र और बाबू व्रजचन्द्र। बाबू कृष्णचन्द्र के तीन पुत्रों में सबसे बड़ा मैं यानी डॉ. मोतीचन्द्र, दूसरे हैं लक्ष्मीचन्द्र और सबसे छोटे नारायणचन्द्र। नारायणचन्द्र की ही शादी होने वाली है जिसमें आपको सादर आमंत्रित कर रहा हूँ। शादी के तीसरे दिन विशेष विवाह-समारोह निर्धारित है जिसमें काशीनरेश महाराज आदित्यनारायण सिंह के सम्मान में एक महफिल का आयोजन प्रस्तावित है। इसी दौरान ज्योनार भी रखा गया है। इसमें शामिल होने के लिए झाँसी के चिरगाँव से मैथिलीशरण गुप्त जी भी आ रहे हैं।"

मोतीचन्द्र लगातार प्रसाद को गहरी जिज्ञासा से निरखे जा रहे हैं। प्रसाद इसे भाँपते चल रहे। दास ने इसे लक्ष्य कर स्पष्ट किया, "ऐसा है मित्र, मोतीचन्द्र तुमसे कितने प्रभावित हैं, इसका अंदाजा तुम इसी से लगा सकते हो कि यह लौटे तो लन्दन से हैं किन्तु इनके मन के आकाश में जो इकलौता नाम आकर्षण व जिज्ञासा जगाता हुआ चमक रहा है, वह तुम्हारा है। असल में यह तुम्हारी 'ऐतिहासिक उछल-कूद' के कायल हैं।"

प्रसाद व्यंग्य-धार की चमक देख कभी मोतीचन्द्र तो कभी दास की ओर दृष्टि फिराते रहे। दास ने अपने तेवर कायम रखे, "मैंने इन्हें अभी जो 'इतिहास-खनक' से अभिहित किया, वह यों ही नहीं था। दरअसल ये भी कुछ-कुछ तुम्हारी ही तरह हैं—कलम से

अतीत की काली चट्टानें उलट-पलटकर रख देने वाले, यानी कि इतिहास के मसान-साधक! काल के कापालिक!"

मोतीचन्द्र को हँसी आ गई, "भाई साब, आप तो गजब व्यंग्य-बाण छोड़ रहे हैं। आपके तीर जितने तेज और सनसनाते हुए दिख रहे हैं, इससे तो यही लग रहा कि आप भी कम नहीं। कभी 'ऐतिहासिक जीव' दिख रहे, तो कभी 'महाभारतीय महासारथि' भी..."

दास अचकचा गए। मोतीचन्द्र ने अपनी बात पूरी की, "आपके व्यंग्य-बाणों की टंकार से तो रह-रहकर मामा-मार्का ठुसठुसी खिलखिलाहटें भी सुनाई पड़ जा रही हैं!"

प्रसाद ने टोका, "आप लोग यह कर क्या रहे हैं? महाभारत का आह्वान कर रहे हैं क्या? कृपया ऐसा न करें।"

दोनों के चेहरों पर गति-भंग की रेखाएँ चरमराईं। संकोच से भरी हल्की मुस्कान चमक उठी।

आगे बोलते हुए उन्होंने माहौल-मुद्रा को बदलने का उपक्रम किया, "हाँ, तो मोतीचन्द्र, तुम्हारे चाचा व्रजचन्द्र तो मेरे बालसखा और सहपाठी रहे हैं, इसलिए मुझे तुम्हारे व्यक्तिगत परिचय की तो कोई आवश्यकता ही नहीं। तुम तो मेरे सगे-सम्बन्धियों की ही सीमा-परिधि के भीतर के निकल आए—निहायत ही घर के आदमी। सोचो न, सबसे बड़ी बात यह कि तुम्हारे दादा जी भारतेन्दु बाबू मेरे अक्षत प्रेरणास्त्रोत हैं। उनके साक्षात् दर्शन का सौभाग्य तो मुझे नहीं मिल सका किन्तु वह मेरे हृदय-प्रदेश के एकच्छत्र सम्राट् हैं।"

ठंडई के बाद पान का सुगंधित दौर खिसका। मोतीलाल ने विस्मय छलकाया, "प्रसाद जी, मेरे मन में एक प्रश्न आपके नाम से काफी समय से मँडराता रहा है..."

"इसे अब तो निकालकर मेरे सामने खड़ा कर डालिए।"

दास मुस्कुराए। मोतीचन्द्र भी सस्मित उनकी भाव-मुद्रा का अवलोकन करने लगे, "आप तो रचनाकार हैं, आप इतिहास को लेकर इतने संजीदा क्यों हो उठे हैं, जबकि अभी तक किसी साहित्यकार को मैंने इस मामले में ऐसा सजग-सक्रिय नहीं देखा है?"

प्रसाद मुस्कुराते रहे।

कुछ पल प्रतीक्षा करने के बाद मोतीचन्द्र ने भौंहें उचकाईं, "क्या मुझे इस प्रश्न के उत्तर के लिए कुछ प्रतीक्षा करनी होगी?"

"प्रतीक्षा क्यों? आपको तो मेरी ओर से उत्तर की अपेक्षा भी नहीं होनी चाहिए।"

"मैं समझा नहीं?"

"हाँ, मुझे तो यही लग रहा कि आपने स्वयं अपना प्रश्न ही नहीं समझा है।"

दास झुँझला गए, "यार, चाणक्य-शैली छोड़ो, इन्हें साफ-साफ उत्तर दे दो।"

प्रसाद संजीदा ही रहे, "अक्सर प्रश्न जब लम्बा होने लगता है तो स्वयं ही उत्तर भी उत्खनित कर रहा होता है। मोतीलाल जी, आपकी जिज्ञासा का सटीक उत्तर स्वयं आपके प्रश्न के अन्तिम शब्दों में साफ-साफ झलक रहा है। अपने यहाँ अब तक किसी साहित्यकार का ध्यान इतिहास के उत्साहवर्द्धक काल खंडों को रचना-भूमि पर पुनर्सृजित करने की ओर केन्द्रित नहीं हो सका, इसीलिए लगा कि यह दायित्व निभाने के लिए मुझे आगे आना चाहिए। यह वस्तुतः जामवंत-प्रयास है। जैसे उन्होंने चुनौती

बने लहराते समुद्र के सामने हनुमान जी को उनकी शक्ति का स्मरण कराया था, वैसे ही इस सहमे हुए गुलाम मुल्क के हर आम-ओ-खास को जगाकर उसे उसका बल बता देना आवश्यक है, इसीलिए।"

दास की आँखें चमकने लगीं, "वाह, मित्र, क्या खूब कही! इस मुल्क को जगाना और उसे उसकी ताकत बताना जारी स्वतंत्रता-संग्राम में सचमुच बड़ा और फलदायी योगदान है।"

116

चौखम्भा से निकलकर चौक आना और नारियल बाजार में प्रसाद मंडली की बैठक में सम्मिलित होना जितना संक्षिप्त और सरल, उतना ही लाभप्रद बनने लगा। मोतीचन्द्र इस अड़ी अर्थात् बैठकी का आनन्द उठाने लगे। शाम होते ही पहुँच जाते। देर तक जमे रहते। प्राय: चुपचाप ही ध्यान से लोगों की बातें सुनते। कभी यदि कोई किसी चर्चा में उन्हें लपेटने की कोशिश करता तो हँस-मुस्कुराकर 'हाँ-हूँ' करते बच निकलते। लोगों ने धीरे-धीरे उन्हें भी मोहनलाल रस्तोगी और बोकी सिंह अर्थात् सूर्यनारायण सिंह की कोटि का मान लिया। यानी कि बैठक में उपस्थिति जितनी तय, होंठसिलाई उतनी ही सुनिश्चित। समय के साथ यह स्थिति बदली। मोहनलाल और बोकी ने तो अपनी अत्यन्त पुरानी पहचान जरा भी नहीं पलटने दी किन्तु नये अड़ीबाज मोतीचन्द्र धीरे-धीरे खुलने लगे। अब वह कभी-कभी बोलने लगे। कम ही किन्तु पूरी बौद्धिक तीव्रता के साथ। यानी कि जब कभी वह मुँह खोलते तो उस दिन साहित्य के वहाँ उठे प्रसंगों की ऐसी समाजशास्त्रीय-असमाजशास्त्रीय पेटफाड़-आँतलपेट समीक्षा शुरू कर देते कि हँसी-खिलखिलाहटों का जैसे तूफान ही मचलने लग जाता।

उस दिन मोतीचन्द्र कुछ खास मूड में पहुँचे। शान्तिप्रिय द्विवेदी, आचार्य रामचन्द्र शुक्ल और केशव प्रसाद मिश्र पहले से जमे मिले। उन्होंने कदम रखते ही मुस्कुराते हुए सवाल उछाला, "आप सभी धुरंधर साहित्य-मनीषियों के सामने मैं एक प्रश्न पूछना चाहता हूँ..."

आचार्य शुक्ल की बिच्छुआ मूँछ हिली। नेत्र चमक उठे, "पूछ डालो भैये।"

"मैं पूछता हूँ कि प्रसाद जी की आनेवाली दो-चार पीढ़ियाँ भी अगर कविता नहीं करें तो क्या फर्क पड़ने वाला! उन्होंने इस प्रक्षेत्र में इतनी कमाई कर दी है कि यह आनेवाली कई संततियों तक को तृप्त-संतृप्त किये रहेगी।"

सभी मुस्कुराने लगे। केशव प्रसाद मिश्र ने होंठ बिचका दिये, "यह तो आपने कोई प्रश्न उठाया नहीं, बल्कि इसकी आड़ में अपनी स्वनिर्मित टिप्पणी अवश्य सुना डाली।"

सभी हँसने लगे। प्रसाद को हिलते-डुलते देख दूसरे ही पल सभी चुप।

"भाई, कलम उठाने और कविता को छूने की मैंने भारी कीमत चुकाई है। आखिर इसी के पीछे मैंने तीन पुश्त का अपना कारोबार कुर्बान कर दिया।" प्रसाद के शब्द जैसे तेज-तेज साँस ले रहे हों। मौन गाढ़ा।

मोतीचन्द्र तो स्तब्ध। अपनी भूल पर पानी-पानी। केशवप्रसाद मिश्र ने आचार्य शुक्ल की ओर ताका। आचार्य शुक्ल आँखें मूँदे शीर्ष हिलाते रहे। कुछ देर माहौल भारी रहा।

मोतीचन्द्र को जैसे अपनी भूल का गहरा अहसास होने लगा हो। सिर खुजलाने लगे। प्रसंग बदलने की कोशिश शुरू कर दी, "आप सब लोग यहाँ एक साथ एकत्र हैं तो क्यों नहीं एक सामूहिक विमर्श हो जाए? वैसे इस पर कल प्रसाद जी से चर्चा हुई है।"

सभी संजीदा। वह खासे गम्भीर हो गए, "असल में मैंने एक फिल्म कम्पनी बनाई है—नटराज फिल्म्स। इसके माध्यम से मैं ऐतिहासिक पृष्ठिभूमि पर कुछ सार्थक व कला-सजग फिल्में बनाना चाहता हूँ।"

आचार्य शुक्ल ने पुष्ट व धारदार स्वर तलवार की तरह चलाया, "तो इस सिलसिले में हम लोगों से आपकी क्या अपेक्षा है?"

"क्या हम लोगों को इसमें अपना कोई नृत्य-संगीत वगैरह प्रस्तुत करने का अवसर मिलने वाला है?" केशव प्रसाद मिश्र के प्रश्न से ठहाका फूट पड़ा।

मोतीचन्द्र विचलित नहीं हुए, "यह कोई प्रेत-बाधा आधारित फिल्म तो होगी नहीं कि इसमें आप लोगों के मारन-नृत्य का कोई वाजिब या बेहतर इस्तेमाल हो सके।" सभी स्तब्ध। उन्होंने अपनी बात आगे बढ़ाई, "भई, मैं कला का प्रेमी हूँ और इतिहास का अध्येता, इसलिए मेरी फिल्म तो इन्हीं प्रेम व अध्ययन आदि जैसे विषयों पर ही आधारित होगी और अन्तत: यह एक शोधपरक रचनात्मक कृति सदृश ही होगी।"

प्रसाद चुपचाप बैठे रहे। तटस्थ। आचार्य शुक्ल ने चश्मे के भीतर से नुकीली दृष्टि निकाली, "भई, मामला जब इतिहास और कला की युगलबन्दी का है, तो इस दिशा में तो निर्विवादत: हमारे प्रसाद जी ही आपकी कोई मदद कर सकते हैं।"

मोतीचन्द्र ने विश्वास जताया, "प्रसाद जी तो मेरी मदद करेंगे ही।"

हल्के मुस्कुराए प्रसाद, "आपसे चर्चा के बाद मैंने रात में काफी सोचा-विचारा। असल में मेरी जो तीसरे उपन्यास वाली योजना है, उससे आपकी अपेक्षा पूरी हो जाए तो मैं सहयोग के लिए प्रस्तुत हूँ। यह वस्तुत: एक साथ इतिहास और प्रेम का आख्यान है।"

आचार्य शुक्ल और केशव प्रसाद मिश्र सँभलकर बैठ गए। प्रसाद की वाणी ने माहौल को जैसे पल-भर में तन्मय और विचारप्रवण बना दिया हो, "मुझे लगता है, इतिहास का यह कालखंड शब्दों-दृश्यों में पुनर्सृजित होना ही चाहिए। अपने गौरवपूर्ण अतीत का यह ध्वंस-सन्दर्भ सबको ठीक से जानना-समझना ही चाहिए। मैं तो इस पर उपन्यास लिखूँगा ही लिखूँगा, वैसे इस पर फिल्म बन जाए तो यह ज्यादा अच्छी बात होगी। सामान्य से सामान्य व्यक्ति कहीं भी बैठकर अपनी आँखों के सामने पूरा दृश्य-परिदृश्य देख-समझ सकेगा।"

"क्या मैं यह जान सकता हूँ कि इतिहास का कौन-सा काल-खंड अथवा कौन-से प्रसंग आपके ध्यान में हैं जिन्हें आप इसमें उठाना चाहते हैं?" आचार्य शुक्ल जैसे जिज्ञासा-विह्वल हो उठे।

"मौर्यवंशीय अन्तिम सम्राट् वृहस्पतिमित्र और इरावती की कथा। इसमें मुझे यह दिखाना है कि कैसे अशोक की अहिंसा-नीति से देश पराक्रम-वंचित हो उठा था और किस तरह से भारत विदेशी लुटेरों के लिए आसान लक्ष्य बन गया। राजसी मंत्र बने अहिंसा-सिद्धान्त ने ऐसा अनिष्ट रचा कि सैनिकगण भिक्षु बनकर संघों में आराम और ऐश्वर्य का भोग करने लगे। अन्तत: सेना नौसिखुए और अनुभवहीन जरूरतमन्दों का

आश्रय-स्थल बन गई।" सबकी जिज्ञासु दृष्टि जैसे उनके मुखमंडल से चिपक गई हो! वह आगे बताने लगे, "इसमें इरावती का रूप-लावण्य होगा तो इसकी आँच में सम्राट् से लेकर अदना सैनिकों तक का पिघलता लिजलिजा मन भी। अहिंसा-नीति की आड़ में पनपती कायरता व विद्रूपता होगी तो इसके समानान्तर ही यवनों का आक्रमण भी। मेरे विचार से यह कथा-प्रसंग बहुत रोचक होगा और आज के संदर्भ में सबको नये सिरे से झिंझोड़ने-जगाने या प्रेरित-प्रभावित करनेवाला भी।"

प्रसाद चुप हुए तब भी देर तक जैसे वातावरण इतिहास बाँचता रहा। सभी मननशील।

आचार्य शुक्ल ने संवाद-गतिरोध तोड़ा, "मुझे यह कथा-योजना और संदर्भ-चयन, दोनों बहुत अच्छे लगे। इस पर काम होना चाहिए। यह तो व्याख्यायित होना ही चाहिए कि अहिंसा का तात्पर्य कायरता कदापि नहीं है। किसी पर जबरन किया जानेवाला हिंसक आक्रमण हिंसा के दायरे में तो आ सकता है, किन्तु अपने बचाव में की हुई हत्या हो या कोई नरसंहार तक, मैं इसे हिंसा नहीं मानता। अपना देश विदेशी हमलावरों के आगे मेमने की तरह असहाय छोड़ देना कहीं से अहिंसा नहीं, यह तो कायरता है। उसी तरह अत्याचार को असहाय बनकर सहन करते जाना भी अहिंसा नहीं, सीधे-सीधे या तो मूर्खता है या लाचारी। अहिंसा के मौजूदा गरिमामंडन के दौर के संदर्भ में भी इसे स्पष्ट करना अत्यन्त उपयोगी होगा।"

117

"मुठभेड़ हुई कहाँ है? जगह ठीक-ठीक पता है या नहीं? मतलब कि हमें निकलना किधर है?" व्यास ने दबे स्वर में किन्तु संजीदगी से जिज्ञासा रखी।

"जानकारी तो महज यही मिली है कि सोनिया पर तालाब के निकट चार क्रांतिकारियों को पुलिस ने गोलियों से उड़ा दिया है। संतू को अंदेशा है कि पुलिस से भिड़ने वाली उस टोली में चेखुरा भी रहा होगा।"

"तो उसे भी साथ ले लेते न! उसे मुठभेड़-स्थल का तो कुछ न कुछ अंदाजा..."

"किसे, संतू को?" प्रसाद बीच में ही बोल पड़े, "वह घर में है कहाँ। मुठभेड़ का पता लगते ही घर से तीर की तरह निकल पड़ा।"

"तो यह कहाँ गया होगा? सोनिया ही, या कहीं और?"

"अरे, मैं क्या कहूँ? मेरे ही पास आकर उसने चेखुरा को लेकर सन्देह जताया। मैं कुछ कहता, इससे पहले ही वह साँय-से बाहर निकल गया। मैंने समझा, किसी घरेलू काम से यहीं कहीं आसपास निकल रहा होगा, लौटकर थोड़ी देर में आ जाएगा, लेकिन जब एकाध घंटा हो चला तो माथा ठनका। हाँक लगाने लगा तो गंगाराम दौड़ता हुआ आया और उसी ने बताया कि संतू तो बड़बड़ाता-उधियाता हुआ उस समय जो बाहर गया सो अब तक नहीं लौटा है। एक तो चेखुरा को लेकर सन्देह से चिन्ता, ऊपर से दोहरा तनाव पैदा हो गया संतू को लेकर कि यह कहाँ निकल गया। इसीलिए तुम्हें मैंने कहा कि चले चलो, सोनिया घूम आया जाए।" प्रसाद गमगीन हो उठे, "दरअसल, चेखुरा तीन दिनों से घर से लापता भी चल रहा है न!"

सोनिया इलाका। चप्पे-चप्पे पर सशस्त्र जवान। अदबदाये-खदबदाये-से गोरे रेंग रहे हैं दीमक की तरह। हवा में व्याप्त है तेज तनाव-ताप। तीव्र बारूदी उत्तेजना। पूरा मोहल्ला जैसे देर से आँच पर चढ़ा-चढ़ा लाल हो चला हो! धीपते-धुआँते कड़ाह के पेंदे जैसा। घरों के खिड़की-दरवाजे सब बंद। चारों ओर पुलिस ही पुलिस, नागरिक नदारद। इलाका पुलिस छावनी में तब्दील। प्रसाद और व्यास बीच सड़क पर धीरे-धीरे बढ़ते चले जा रहे हैं। कुछ इस अंदाज में कि जैसे यहाँ कुछ ही घंटों पहले घटित मुठभेड़ से सचमुच पूरी तरह अनभिज्ञ हों! बीच-बीच में कुछ ऐसे भी, जैसे वह पूरा माजरा तो जान-समझ रहे हों किन्तु मौजूदा माहौल या संदर्भ से भला उनका क्या लेना-देना! कुछ ही कदम आगे बाईं ओर बंद घरों की कतार से निकले चार जवान मुख्य सड़क की ओर बढ़ते दिखे। इधर ही मुखातिब। दोनों के कान खड़े। चारों निचले इलाके से सड़क पर चढ़ने लगे। व्यास ने गौर से देखते हुए उनका रुख भाँपने का भरसक प्रयास किया। अच्छे संकेत न पाकर घबराते हुए कंधे से प्रसाद को खुदकाकर ध्यान दिलाया। वह बगैर मुँह हिलाए भुनभुनाए, "पंडित, डरो मत। तनकर चलो। बेखौफ कदम बढ़ाते चलो। अगर हड़बड़ा गए, तो समझो, गड़बड़ा गए। डर जाओगे, तो ये गोरे तुरन्त चढ़ बैठेंगे। फिर तो वे हमें दबोचने में जरा भी देर नहीं करेंगे। मुठभेड़ में क्रांतिकारियों को मारकर उनके हौसले फिलहाल बुलंद भी हैं।"

"लेकिन, उनके अचानक सामने आ जाने पर हमें क्या बोलना है, यह तो संकेत दे दीजिए?" बुदबुदाहट।

"कोशिश यही रहे कि वे हमारे सामने खड़े ही न होने पाएँ।"

आहिस्ते-आहिस्ते बोलते चल रहे प्रसाद ने अपने चौड़े सीने को कुछ और ऊँचा कर लिया। छड़ी को हवा में खास अंदाज में उचकाने और सड़क पर खट्-खट् टेक लेने लगे। दूसरा हाथ अपने सिर पर ले गए। दुपलिया टोपी को टोया और रौब के साथ इधर-उधर नजरें दौड़ाने का अहसास कराते बढ़ते रहे। व्यास भी अधिकतम अनुकरण करने के प्रयास में। चलते-चलते सड़क की बाईं ओर ध्यान गया। कुछ पुलिस वाले सामने घर के बंद दरवाजे पर बूटों से बेतहाशा प्रहार करते दिखे। उन्माद से लबरेज तेजी-तमतमाहट और उत्पात से भरी कार्यवाही। देखकर खून खौल उठा, किन्तु मन मसोसकर बढ़ते रह जाना पड़ा। आगे एक अन्य घर में भी घुस चुके वर्दीधारियों का ऐसा ही जुल्म। तलाशी लेने के नाम पर भीतर पहुँच घर-गृहस्थी को रौंद डालने की हरकत। वहीं, अपने ऊपर ढाये जा रहे जुल्म से बेहाल, रोते-कानते गरीब-गुरबे से लेकर अन्य मध्यवर्गी दूसरे बाशिंदे।

"गुरुजी, देखिए, इन स्सालों की बदमाशी देखिए..." व्यास से रहा नहीं गया, बुदबुदाहट के साथ खौल पड़े, "इसे कहते हैं पुलिसिया अत्याचार! चार लोगों को भून चुके हैं, और अब गरीब बाशिंदों को रौंद रहे हैं। पक्के दरिंदे हैं ये फिरंगी। चमड़ी गोरी लेकिन दिल काला। एकदम वहशी जानवर।"

"दरअसल हमलावर होने यानी जानवर बनने से पहले व्यक्ति अपने भीतर के इनसान को मार चुका होता है, इसीलिए मैं जुल्मी और हत्यारे को 'अमानवीय' भर नहीं, पूर्णत: 'अमानव' मानता हूँ। और, जो मनुष्य ही नहीं रह गया हो, उससे उम्मीद

कैसी?...लेकिन यह अवश्य है कि जो वहशी जानवर बन गया हो, वह वस्तुतः अपने लिए वहशी जानवर जैसा ही अंत निर्धारित कर चुका है।"

"निर्दोष लोगों के घर-आँगन रौंद रहे इन दरिंदों को क्या लग रहा है? क्या वे यह सोच रहे हैं कि इससे यहाँ राष्ट्रीय आन्दोलन की रीढ़ टूट जाएगी? ऐसा ही सोच रहे हों, तो बेशक वे धोखे में हैं।"

"देश-समाज के लिए जान लड़ा देने वाले शहीद होते हैं, और शहीद का लहू कभी बेकार नहीं जाता। वह कई-कई संततियों की धमनियों तक पहुँचता और आग बनकर प्रवाहित होता रहता है।"

बातचीत के क्रम में पुलिस वालों की गतिविधियों पर नजर टिकी न रह सकी। जब कुछ कदम की दूरी रह गई तो चारों दिखे। सड़क पर ही किनारे पेड़ की ओट में छुपे हुए-से। व्यास का कलेजा धक्-से रह गया। महीन भुनभुनाहट, "अरे, इ सरवा सब लुकाके हमन्ने के इन्तजार करत हउवन का?"

"इंतजार कर रहे हों या वहाँ जाते ही हमला कर दें, अब तो हम उनकी पहुँच में आ चुके हैं, भागने से भी रहे, क्योंकि..." बोलते हुए प्रसाद के स्वर से अग्निकण छिटकने लगे, "हमें उस स्थान तक हर हाल में पहुँचना है, जहाँ शहीदों का खून मादरेवतन की मिट्टी का रक्त-शृंगार कर रहा हो; जहाँ मातृभूमि गर्व के साथ अपने बलिदानी सपूतों के लहू को चूम रही हो।"

"गुरुजी, बेशक हम वहाँ पहुँचेंगे, किन्तु फिलहाल सतर्कता नितान्त जरूरी है। यह सब आगा-पीछा सोच लीजिए कि कब-कैसे क्या करना है। और, तब कैसे-क्या करना होगा, जब रास्ते में इन दरिंदों की ओर से हमला बोल दिया जाए?"

"तुम्हें क्या लग रहा है, वे जब झपट्टा मारेंगे तो हम 'कें ऽऽकेंऽऽऽकेंऽऽऽऽ' करते हुए निरीहता से अपनी गर्दन गँवा देंगे? अरे, पंडित व्यास, हमारे मन में उनकी ताजा करतूत का गुस्सा धधक रहा है। हम मरते-मरते भी दो-एक को तो दबोच ही लेंगे और मीस-मसलकर पीस डालेंगे," बोलकर प्रसाद ने पहले सख्ती से ताका, फिर मुस्कुराए।

"गुरुजी, हम आपके लोहा मान गइली। आपके मन में क्रोधाग्नि धधकत हौ, लेकिन अइसनो वक्त में आप तनिको असहज ना हउवा। आँखिन में लाली हौ, पर तूं इहो दौरान मुस्कुरा लेत हउवा।"

"मुसीबत के असली जवाब त मुस्काने हौ।" प्रसाद धीमे ही किन्तु दृढ़ता से बोले, "एक सच्ची मुस्कान से बड़-बड़ मुसीबत के मुँह टेढ़ हो जाले।"

पुलिसकर्मी पेड़ की ओट से निकल आए हैं। बीच सड़क पर तनकर खड़े हैं चारों।

व्यास की हालत खस्ता। प्रसाद का रौब-अंदाज और करारा हो उठा है।

दो गहरे-गहन नेत्रों से जूझती और झाँकती हुई उनमें उतरने को बेताब आठ व्यग्र आँखें। एक साथ एकटक ताक रहे पुलिसवाले जैसे प्रसाद को तौल लेने पर आमादा हों! हद यह कि स्वयं के निशाना बने होने का अहसास रखते हुए भी वे सहज। उनकी न गति कम हुई है, न कदमों में कोई लड़खड़ाहट है।

आश्चर्य। निकट पहुँचते ही चारों पुलिसकर्मी बन्दूक उठा चुपचाप दाहिनी ओर उतर-बढ़ गए। सामने कई झुंड में वर्दीधारी दिखे। कंधे पर असलहा, चेहरे पर हिंसा और चाल में शातिरपना।

बाईं ओर पगडंडी से आ रहे तेज रफ्तार के व्यक्ति ने काफी दूर से ध्यान खींचा। प्रसाद ने जिज्ञासा होते ही ध्यान से देखा। चौंक गए, "रुको बंधु, वो देखो, संतू चला आ रहा है।"

"गुरुजी, वह तो बहुत बदहवास दिख रहा है?" व्यास सन्देह और चिन्ता से व्याकुल हो उठे, "कहीं यह भी गोरों की नजर में तो नहीं आ गया?"

प्रसाद चिंताकुल। चुपचाप ताकते रहे। संतू चारों ओर नजर रखते हुए लगभग दौड़ता हुआ आने लगा। उन्होंने हाथ से इशारा कर उसे विचलित नहीं होने और आसपास गोरों के भरे होने का संकेत दिया। यह भी कि आराम से आना ही सुरक्षित होगा।

"यह इतना अधीर क्यों हो रहा है?" व्यास ने चिन्ता जताई, "पुलिस वाले देख लेंगे तो तुरन्त आकर फिर आसपास चंप जाएँगे।"

"संतू व्यग्र है, बेचैन है..." प्रसाद का गला भर आया, "देखिए न, कैसे उधियाता-उड़ता हुआ चला आ रहा है! हो न हो, समाचार कुछ गड़बड़ है।"

पास आते ही वह फफक पड़ा, "बाऊस्साब, अनर्थ हो गल—बहुत बड़ा अनर्थ!"

"क्या सचमुच?" व्यास ने आश्चर्य से मुँह खोला, "तुमने अपनी आँखों देखा?"

हाँय-हाँय रोता हुआ आकर बच्चे-सा लिपट गया संतू। प्रसाद को तो जैसे काठ मार गया हो। वाणी अवरुद्ध, नेत्र सजल। व्यास उसे प्रसाद से अलग करने लगे, "अरे यार, यह क्या कर रहे हो? तमाम गोरे यहीं आकर भर जाएँगे, घेर लेंगे। बुद्धि से काम लो। संयम दिखाओ, संयम।

"हाँ। हमारा सहयोगी-मित्र चेखुरा मारा नहीं गया, शहीद हुआ है।" प्रसाद के शब्द-शब्द सप्राण। आवाज धड़कती धमनियों में विद्युत-प्रवाह जगानेवाली, "शहादत को शोक-संवेदना नहीं, सलामी दी जाती है।"

संतू जैसे स्वप्न-सजलता से बाहर निकल आया हो, सँभलकर खड़ा हो गया। आँखें मूँद लीं। आवाज मद्धिम किन्तु बेचैनी वही, "आप लोग वहाँ जल्दी चले चलिए, पुलिस वाले पंचनामा करा रहे हैं। ऐसा न हो कि हमारे पहुँचने से पहले शव उठा ले जाएँ!"

"चलो, जल्दी चलो!" प्रसाद की आँखें छलछला गई हैं। पसीना चुहचुहा उठा है।

आगे संतू, पीछे-पीछे वह और दास। तीनों तेज-तेज चल पड़े।

"कहीं ऐसा न हो कि हम अपने सहयोगी-साथी चेखुरा का अन्तिम दर्शन भी न कर पाएँ!" प्रसाद पूरी तरह शोकविगलित हैं किन्तु संयम बनाए रखने का उनका प्रयास जारी है। यह आत्मसंघर्ष चेहरे पर कशमकश के रूप में साफ-साफ गोचर हो रहा है। आवाज में बारीक थरथराहट, "शव उठा ले जाने के बाद पता नहीं फिरंगी इसे कहाँ भेज दें! समय से पहुँचकर हम लोग शिनाख्त कर इसे लेने का दावा तो पेश कर ही सकते हैं।"

"शव की शिनाख्त करेंगे हम लोग?" व्यास चौंककर रुक गए।

"क्यों नहीं, जरूर करेंगे।" प्रसाद तेज आवाज में बोले, जैसे तैश में आ गए हों, "उसने अपना सारा जीवन हमारे संग-साथ बिताया है, दिन-रात सेवा में तत्पर रहा—

परिजन बनकर। उसे पहचानने से भला कैसे मुकर जाऊँ? वह भी तब, जबकि उसने वह कर दिखाया जो स्वयं में एक उदाहरण बन गया है? हम लोग शब्द और सिद्धान्त टोहते-जोड़ते रह गए, वह मातृभूमि का सपूत निकला, अमर बलिदानी हो गया।"

"आप भावना में बह रहे हैं," व्यास ने विनम्रतापूर्वक ही किन्तु दृढ़ता से कहा।

"बिलकुल बह रहा हूँ..." चलते हुए ही मुड़कर उन्होंने ऐसे ताका, जैसे जरूरत पड़ने पर अभी और इसी वक्त किसी से भी भिड़ने को तैयार हों, "लेकिन यही मेरा निर्णय है।"

"ठीक से सोच-समझ लीजिएगा। फिरंगी बहुत क्रूर हैं, हमारे पीछे पड़ सकते हैं।"

"अरे, वो हमारे पीछे क्या पड़ेंगे, उनके पीछे तो सारा हिन्दुस्तान पड़ा हुआ है! हमारा क्या बिगाड़ेंगे, पहले अपना तो सँभालें..." प्रसाद ने रुककर कहा और चल पड़े। कुछ सोचते हुए आगे बोले, "बेशक वे मूर्ख नहीं होंगे, हालात से अनजान भी नहीं। आखिर सात समन्दर पार से आकर यहाँ राज कायम किया है। प्राथमिक स्तर की इतनी सोच-समझ भी तो जरूर रखते होंगे कि राजसत्ता आम जनता से लड़कर कभी जीत नहीं सकती। इसीलिए तो कह रहा हूँ कि वे अब इस धरती पर अपनी आखिरी जंग लड़ रहे हैं—अपना कुनबा बचाने और यहाँ से अधिकतम धन-सम्पत्ति बटोर-समेटकर यथाशीघ्र भाग निकलने के लिए।"

"मुझे लगता है, यह उनके सम्पूर्ण मूल्यांकन का समय नहीं।" व्यास ने शान्त भाव से ही किन्तु अपना मतभेद संजीदगी से सामने रखा, "वे जब भागेंगे तब भागेंगे, फिलहाल तो हमारे-आपके जैसे किसी भी सामान्य व्यक्ति को जब चाहें, रौंद ही सकते हैं। इसलिए अनुरोध है कि ठीक से सोच लीजिए, शव की शिनाख्त करना मेरे खयाल से खतरे से खाली नहीं होगा।"

"अब जो होगा, देखा जाएगा।" प्रसाद की सख्ती कायम, "जो खतरा आएगा, उससे भिड़ने को तैयार हूँ। एक बात तुम ठीक से समझ लो, जब तक बचकर चल रहा हूँ, तभी तक अलग हूँ। यदि कभी सीधी भागीदारी को टालना सचमुच मुश्किल हुआ तो यह जान लो, अँगरेजी हुकूमत को अपने शहर में तो भारी मुश्किल में डाल ही दूँगा।"

रास्ता आगे मुड़ते ही दूर से तालाब की उठी हुई चढ़ाई दिखने लगी। ऊँचाई पर ही पुलिसवालों की मोटर और बैलगाड़ी। आसपास ही वर्दी-हैटधारियों के साथ-साथ कुछ नागरिक भी। संतू ने धीरे-धीरे बोलकर ध्यान दिलाया, "ऐसे चलेंगे तो अन्तिम दर्शन नहीं हो सकेगा। लगता है, पंचनामा करा लिया है। बैलगाड़ी अभी मँगवाई गई है। मैं जब वहाँ था तो यह नहीं थी। शायद इसी से शव को उठा ले जाएँ!"

प्रसाद ने गति तेज कर ली। व्यास पीछे-पीछे लगभग दौड़कर भरपाई करने लगे। संतू इतना तेज हो गया कि दोनों से आगे-आगे चलने लगा।

व्यास ने पीछे से टिप्पणी की, "गुरु जी, आप सही सोच रहे हैं।"

गति बगैर कम किये प्रसाद जल्दी से मुड़े। थोड़े अचरज से पीछे दृष्टि डाली और तत्काल सामने मुखातिब। वैसे ही चलते रहे।

व्यास ने जोड़ा, "अँगरेजों की खुफिया-व्यवस्था तो एकदम नाकारा होगी नहीं। आज न कल वे यह सब जान ही लेंगे कि मारे गए चारों में से एक चेखुरा कौन था और

कहाँ रहता या क्या करता था। इसलिए अच्छा है कि अभी ही आगे बढ़कर शव की पहचान कर ली जाए; बल्कि भविष्य के अपने बचाव का तर्क अभी ठोंक देना अधिक सुरक्षित होगा। आप कह सकते हैं कि 'हमारी जानकारी में तो यह हमारा कर्मी भर था, इसके अलावा वे छुपकर और क्या-कैसी गतिविधियाँ चलाता था, हमें भला क्या पता!' इतना बता देने के बाद मुझे लगता..."

"क्या बात करते हो यार, तुम मुझे बुजदिल बनाने पर तुले हो क्या?" बात को बीच में काट दिया प्रसाद ने। गहरी असहमति से भरकर ताका। दृढ़ता से रोष छलकाया, "विनोद, मुझे आज गहरी पीड़ा के साथ शर्म की अनुभूति हो रही है कि मेरे साथ रहकर भी तुम ऐसा सोचते हो। प्रकृति ने असंख्य योनियों में सिर्फ इनसान ही ऐसा जीव बनाया है जो सीधा खड़ा होकर चल सकता है, इसलिए ऐसा काम कभी भूलकर भी नहीं करना चाहिए जिससे सिर उठाकर चलने का नैतिक अधिकार हाथ से निकल जाए। वे नहीं पूछेंगे तब भी मैं अपनी ओर से इतना तो बता ही दूँगा कि यह जो मृतक है, इसका नाम चेखुरा है और यह मेरे यहाँ सबसे कर्मठ कर्मचारियों में था और हम यह दावे के साथ कह सकते हैं कि यह सच्चरित्र, ईमानदार और देश-समाज का सच्चा शुभचिंतक रहा।"

दूरी कम होते ही पुलिस वैन और बैलगाड़ी के आसपास सक्रिय लोग साफ-साफ दिखने लगे। ज्यादातर तो वर्दी-हैटधारी ही, किन्तु इनके अलावा कुछ अँगरेज अफसर और कतिपय सहमे हुए ऐसे स्थानीय लोग भी जो पुलिस वालों के बुलावे पर आए व उनके ही दबाव में खड़े हैं। कदम बढ़ाते-ताकते हुए दृष्टि सूरजदयाल पर पड़ी। ऐन इसी क्षण उधर से उन्होंने भी देखा। तुरन्त झुककर अभिवादन करने लगे। उनकी यह विशेष विनम्रता खटकी किन्तु प्रसाद ने हाथ जोड़कर उत्तर दिया।

वर्दी-हैटधारी और अँगरेज अफसर कभी तेज-तेज आ रहे प्रसाद तो कभी अपने निकट खड़े सूरजदयाल को घूर रहे हैं। सभी भूरी आँखों में घूमती हुई बारीक चक्करघिरनी। निकट पहुँचते ही प्रसाद ने सूरजदयाल को ताकते हुए पूछा, "मुझे पता चला है कि यहाँ मारे गए लोगों में मेरा कर्मचारी चेखुरा भी शामिल है, क्या यह सच है?"

"हाँ-हाँ, प्रसाद जी, दुर्भाग्य से ऐसा ही हुआ है।" सूरजदयाल ने शासन पक्ष की ओर से पुष्टि करनेवाले आधिकारिक अंदाज में बोलते हुए आगे बताया, "अभी-अभी डीएम साहब की गाड़ी यहाँ से लौटी है। उन्हें चेखुरा के बारे में मैंने सब कुछ बता दिया है कि वह सुँघनी साहु फर्म का कर्मी था। संकेत तो यही मिला है कि वह इस रास्ते से आते-जाते हुए अनजाने में ही गोलियों का निशाना बन गया है। उसके हाथ में सब्जी का झोला अब भी पड़ा हुआ है।...साहब ने आदेश कर दिया है, चारों शव अभी तो अस्पताल ले जाए जा रहे हैं लेकिन जाँच के बाद चेखुरा का शव आपके घर पहुँचा दिया जाएगा।"

"लेकिन, मुझे तो यह कहना है..." प्रसाद दृढ़ता से बोलने को हुए तो सूरजदयाल ने पास आकर दोनों हाथ थाम लिये। व्यास ने भी पीछे से कंधे के नीचे बाँह पकड़ ली व आगे अब कुछ और न बोलने के संकेतस्वरूप दबाने लगे।

सूरजदयाल का स्वर अनुनय-विनय का, अंदाज ढाढ़स बँधाने वाला, "आपकी पीड़ा को हम लोग समझ रहे हैं। मुझे तो व्यक्तिगत रूप से पता है कि यह लड़का आपका अत्यन्त प्रिय सेवक था लेकिन क्या करेंगे, होनी को तो कुछ और ही मंजूर था।"

अँगरेज अफसर और तमाम वर्दी-हैटधारी लगातार घूर रहे हैं प्रसाद के हाव-भाव और डील-डौल को। सूरजदयाल ने प्रमुख अँगरेज अफसर की ओर दृष्टि उठाई और प्रसाद का संकेत कर बताने लगे, "सर, प्लीज, लुक हियर!...ही इज मिस्टर जयशंकर प्रसाद, प्रॉमिनेंट पोएट ऑफ इंडिया एंड होल-सोल ऑनर ऑफ लीडिंग टुबैको कंपनी 'सुँघनी साहु फर्म'।"

अफसर बिल्लौरी आँखें नचाता पास आ गया। प्रसाद की ओर हाथ बढ़ाते हुए उसने होंठ बिचकाए, "यहाँ मौका तो अलग तरह का है लेकिन आपसे मिलकर अच्छा लगा।"

प्रसाद उसके मुँह से ऐसी सधी हिन्दी सुनकर चकित। उच्चारण भी स्पष्ट।

उसने बात समझ ली, "आपको मेरे हिन्दी बोलने पर आश्चर्य हो रहा है या अँगरेजी न बोलने पर?"

मुस्कुराकर रह गए प्रसाद।

उसने आगे कहा, "अपना मुल्क छोड़कर छह साल से यहीं पड़ा हुआ हूँ। मैंने बाकायदा टीचर रखकर यह भाषा सीखी है। यहाँ साधारण से साधारण आदमी से सीधे जुड़ना है तो हिन्दी तो जाननी ही होगी न!...वैसे मुझे हिन्दी सीखने में बहुत मजा आया।"

कुछ बोले नहीं प्रसाद। चुपचाप ताकते रहे। गौर से।

प्रश्नवाचक निगाह को उसने लक्ष्य किया, "क्योंकि हिन्दी को सीखना आसान नहीं है। इसे सीखने में किसी भी अन्य भाषा के मुकाबले अधिक समय और श्रम लगना तय है।...इसीलिए कठिन काम के शौकीनों को इसमें मजा ही तो मिलेगा!"

"हाँ, वो तो है।" प्रसाद ने अनमने ढंग से हुंकारी भरी।

उन्हें गहरी उदासी में डूबा देख अफसर ने स्वयं आगे बताया, "आपको उस लड़के की लाश मिल जाएगी। बड़े साहबों ने इस पूरे मामले पर गौर किया है और आगे भी विचार करेंगे, अभी तक तो यही लग रहा है कि वह अपनी गलती से गोलियों का निशाना बन गया है।"

घर जैसे शोक-लोक में विलीन हो चुका हो! तमाम कर्मी उदास। भाभी और कमला की आँखें सजल। प्रसाद बेचैन। सूरजदयाल को आते देखा तो तख्त से तुरन्त उठकर खड़े हो गए। दनदनाकर आगे बढ़े, "आइए-आइए, भाई साहब, आइए!"

कदम बढ़ाते आते हुए उन्होंने दूर से ही बोलना शुरू कर दिया, "अरे बाप रे बाप, कैसी विषम परिस्थिति थी वह! उस दौरान मेरी क्या मानसिक दशा रही, यह मैं ही जानता हूँ। हालात ऐसे दमघोंटू कि मन जैसे अँधेरी-सनसनाती अछोर सुरंग में फँस गया हो! घबराहट और बेचैनी के पंजे लगातार जैसे गले पर कसते चले जा रहे हों! लगता ही नहीं था कि इस राक्षस की आँत से बाहर निकलना भी कभी सम्भव होगा, लेकिन भगवान की महिमा अपरंपार है। उन्होंने गजब चुटकी में ही सब सँभाल लिया।...मुझे तो विश्वास ही नहीं हो रहा कि कैसे मेरे जैसे अनाड़ी व्यक्ति के हाथों यह सब खेल हो गया।"

"वही तो!" उनके पास आने और स्थान ग्रहण करने के बाद प्रसाद भी बैठ गए, "मैं नहीं समझ पा रहा कि सब्जी का झोला उसके हाथ में आखिर आया कहाँ से?"

"संयोग...संयोग ही कहिए इसे।" बोलते हुए सूरजदयाल ने आँखें मूँद लीं। चेहरा कुछ यों बनाया कि उस समय मिली राहत पर अब तक कायम संतोष के भाव प्रकट होते हुए।

प्रसाद सिर हिलाते हुए चुपचाप ताकते रहे। आँखें जिज्ञासा से भरी हुईं।

सूरजदयाल बताने लगे : "उस समय लहकती दोपहर ही थी, लहरतारा से लौट रहा था मैं—पसीने-पसीने।...दोनों हाथों में भारी-भारी झोले थे—एक में सब्जी, दूसरे में आँवला। सब्जी तो घर के लिए ली थी, आँवला बुआ ने बहन के लिए सौगात के रूप में दिया था। इसे लक्ष्मीकुंड के पास बहन के यहाँ पहुँचाते हुए घर निकलने की बात सोची थी, इसीलिए सोनिया के रास्ते जाना चाह रहा था। चलते हुए अभी पोखरे से काफी पहले ही था कि तड़तड़ाहट शुरू। मैं तो जितना हतप्रभ, उससे कहीं अधिक भयभीत। किसकी किससे भिड़ंत हो रही है, कुछ पता नहीं।...कलेजा धक्-धक् कर रहा है। अब क्या करें? कुछ समझ में ही न आए। अक्ल जैसे गुम हो गई हो!...भागूँ भी तो कैसे? एक तो मैं ठहरा सरकारी मुलाजिम, उस पर यदि किसी तरह पुलिस वालों के हाथ लग जाऊँ तो पता नहीं, क्या-क्या इल्जाम ठोंक दें! दूसरी मुसीबत हाथों से लटकते भारी-भरकम झोले। रास्ते पर ही किनारे होकर थरथराता हुआ खड़ा हो गया। पोखरे के पास दोनों ओर से गोलियाँ चल रही हैं—ध्यान गया, कुछ दूरी पर दिखते घरों के खिड़की-दरवाजे धड़ाधड़ बंद हो रहे हैं। एक दरवाजा नजर आया जो अभी खुला है, मैं उधर ही दौड़ा। खैर, जाकर उसी में घुस गया। भीतर बिस्तर पर तकिया के सहारे बैठी एक वृद्धा दिखी। देह पर मैली-सी चादर डाले, मुँह में दाँत-वाँत सलामत, पतला-दुबला शरीर भी कोई खास अशक्त नहीं किन्तु चेहरे पर वक्त की धमाचौकड़ी और मार-प्रहार के ढेरों झुर्रीदार चिह्न! वह सामने आँगन में बरतन माँज रही आठ-नौ साल की बच्ची को अब तक दरवाजा बंद नहीं करने के लिए झिड़क रही थी, इसी बीच वहाँ मैं।...मुझे भीतर घुस आया देख वह पहले तो घबराई किन्तु झोलों पर नजर पड़ते ही पल भर में आश्वस्त भी हो गई। अब वह मुझे आराम से सामने खटिया पर बैठने को कहने लगी। मैंने झोले खटिया से सटाकर खड़े किये और पीछे लौट गया। दरवाजा बंद करके आया तो वह मुस्कुराने लगी। मेरे बारे में कुछ औपचारिक जानकारी लेने के बाद वह अपने बारे में खुद ही बताने लगी, कि पाँव टूट जाने के कारण वह महीना भर से ऐसे ही बिस्तर पर पड़ी हुई है, कि पति काफी पहले इस दुनिया से तभी चल बसे, जब इकलौता बेटा अभी गोद में ही था, कि घर-घर चौका-बरतन करके उसने अपने बच्चे को पाला-पोसा है, कि बेटा दशाश्वमेध घाट पर पूजन-सामग्री की दुकान लगाता है—चौकी पर। उसकी पत्नी भी वहीं साथ रहकर सहयोग करती है, आदि-आदि। मैं उसकी कहानी में ऐसा खोया कि बाद में बाहर को लेकर जिज्ञासा लगभग दबी-सी रह गई। जब जाने को होता, वह रोक लेती और बाहर का माहौल खराब होने का हवाला देने लगती—एकदम आदेशनुमा सलाह की शैली में।...अब तक वह दो बार गुड़ से पानी पिलवा चुकी थी।

खैर, जब शाम हो चली तो मैं झोले उठा उससे विदा लेकर बाहर आ गया। चारों तरफ दहशत से भरी शान्ति तैरती महसूस होने लगी। अभी एकदम अँधेरा नहीं हुआ

है, लगा कि तेज चलूँ तो बहन के यहाँ आराम से पहुँच सकता हूँ। कुछ कदम बढ़ने पर पुलिस वाले पोखरे के इस ओर आते और मैदान में गोल बनाकर जमा होते दिखे। मन में डर पैदा हुआ—उन्हें कहीं मुझ पर कोई शक-शुबहा न हो, कहीं रोक-छेंक न करें! दूसरे ही पल मन के भीतर पता नहीं कैसे अद्‌भुत दृढ़ता उत्पन्न हो गई। लगा, जो होगा, उसका सामना करेंगे, और क्या!...तो अब यहाँ से निकल लेना ही मैंने उचित समझा...क्या करता? ईश्वर का नाम जपना शुरू किया और धीरे-धीरे काँपते पाँवों को बढ़ाने लगा। कदम लड़खड़ा रहे हैं, इन्हें सँभालते हुए चलना कठिन हो रहा है। जैसे धू-धू कर जलती-धधकती तनी रस्सी पर चलना पड़ रहा हो!...पोखरे के पास पहुँचा तो क्या देखता हूँ कि पुलिस वाले सामने जमीन पर पड़े शव के पास से हटकर पश्चिम की ओर बाँध पर बढ़ रहे हैं। मुआयने के बाद वे अब सम्भवत: कुछ और सुराग लेने की नीयत से अड़ोस-पड़ोस को खंगालना चाह रहे हों। यही कम राहत नहीं कि सामने उनकी पीठ ही पड़ रही है। मैंने पूरब की ओर मुड़कर बरगद के पीछे की ढलान पकड़ ली। कुछ ही कदम आगे बढ़ा कि खंदक में धसका-गिरा हुआ दिख गया अपना चेखुरा। सीने से फूटी रक्तधार नीचे आ चौड़ी होकर रुकी हुई है और अब सम्भवत: थक्के बनकर स्याह हो रही है। आश्चर्य हुआ कि कितनी जल्दी खून सूख चला! आँखें निस्तेज और पथरायी हुईं। मेरा तो जैसे अचानक कलेजा ही बैठ गया हो, चीख निकल गई। पता नहीं, यह कितनी तेज रही! बात समझते देर नहीं लगी कि पुलिसवालों की वह मुठभेड़ आजादी के इन्हीं दीवानों के साथ चल रही थी। शव सामने किन्तु विश्वास नहीं हो रहा कि अपना चेखुरा अब कभी आँखें नहीं खोल सकेगा। ध्यान गया, उधर सामने दो शव थे जबकि यहाँ सिर्फ यही एक।...पुलिसवाले बढ़ रहे हैं उधर ही पश्चिम की ओर। बेशक उन्हें उधर से भी चुनौती मिली होगी यानी कि आजादी के दीवाने उस समय भिन्न-भिन्न दिशाओं से मोर्चा ले रहे थे।...जिज्ञासा कौंधी, आखिर यहाँ हमारे कुल कितने भाई शहीद हुए हैं आज? लेकिन, यहाँ इस समय भला है ही कौन जो यह सब बता सके? मन मसोसकर रह जाना पड़ा।

इसी बीच जैसे मेरे भीतर एक अद्‌भुत चेतना उत्पन्न हो गई हो, अंतर्प्रेरणा-सी जाग उठी। लगा, यही उपयुक्त समय है जब मैं अपनी आत्मा का वह बोझ उतार सकता हूँ जो अँगरेजों की चाकरी के दौरान लगातार क्रमश: भारी और काला होता चला जा रहा है। दिमाग गजब तेजी से रेंहट की तरह घूमने लगा। मन में बात आई, यदि अपना एक झोला शव के निष्प्राण हाथ में खोंस दूँ तो चेखुरा के प्रति पुलिसवालों में दूसरी धारणा पैदा कर दी जा सकती है। अन्यथा, इसके क्रांतिकारी साबित होने पर अँगरेजी पुलिस-प्रशासन तो पूरे सरायगोवर्द्धन क्षेत्र को तबाह करके छोड़ देगा। सन्देह पैदा हो जाने पर इलाके में किसी के साथ कुछ भी सलूक कर सकता है। शासन यदि चाह ले तो पीछे पड़कर भला किसकी जन्म-कुंडली नहीं निकाल-खंगाल सकता?...चेखुरा के बारे में पड़ताल शुरू होते ही सुँघनी साहु परिवार भी लपेटे में आ सकता है। इस अँगरेजी राज में पुलिस और प्रशासन वालों का चक्कर कितना खराब होता है, यह मुझसे अधिक भला कौन जान सकता है! विचार करने में अब और समय लगाना खतरे से खाली नहीं था। आगे बढ़कर शव पर झुका, निर्जीव हाथ को छूने का अनुभव गजब—दिल को

दहला देनेवाला। एकदम काँटा चुभने जैसा अनुभूत हुआ—यानी कि यह ठंडा इसलिए पड़ गया है क्योंकि देह निष्प्राण हो चुकी है। पहली बार चेतना में गहरे तक यह तथ्य धँसा कि ताप नहीं तो जीवन नहीं। ठंडापन की भयावहता से हुआ यह कलेजा दहला देनेवाला साक्षात्कार सचमुच कभी नहीं भुला सकूँगा...।

खैर, तो नीचे की ओर खिंचते-लधकते-से भारी हाथ को उठाने में ताकत लगानी पड़ी। सब्जी वाला झोला उसमें फँसाया और झटके से बिखेरते हुए जमीन पर आहिस्ते डाल दिया। हाथ गिरने के साथ ही झोला भी नीचे!...आलू-प्याज-मिर्चे बिखर चुके थे। देखकर तत्काल मुझे आश्वस्ति हो गई कि झोला बाद में पकड़ाया हुआ तो कदापि नहीं लग रहा। कलेजा तेज-तेज धड़क रहा था। क्या पता, अचानक अँगरेजी पुलिस इधर ही निकल आए!...शहादत को अश्रु-अर्घ्य और मन-ही-मन भावपूर्ण श्रद्धांजलि अर्पित करता हुआ मैं जल्दी-जल्दी पीछे मुड़ा और दनदनाता हुआ आगे बढ़ने लगा। यही समझ लीजिए कि मैंने जान हथेली पर रख ली और पत्ते की तरह उधियाता हुआ लगभग उड़ने लगा—यह सोचता हुआ कि पीछे से अब चाहे पुलिसवाले गोली ही क्यों न चला दें, जाऊँगा तो ऐसे ही दौड़कर। दरअसल मुझे लग गया था कि बहन के यहाँ यदि जल्दी नहीं पहुँच सका तो कभी भी स्वयं ही गश खाकर गिर सकता हूँ।

चेखुरा का वह मृतक रूप, सीने से फूटा और छाती से लेकर जमीन तक जमता व स्याह होता खून, बेजान हाथ का वह भारीपन और चेतना तक को सुन्न कर देनेवाला ठंडापन—दिमाग पर पुलिसवालों के डर से ज्यादा वह आतंक रेंग रहा था—एकदम प्रेत की तरह, जो प्रत्यक्ष लोमहर्षक दृश्यों से पैदा हुआ था। खैर, गनीमत कि बदहवासी में ही किन्तु भले-भले सोनिया पहुँच गया।

बहन दरवाजे पर खड़ी मिली। वह मेरी हालत देखकर हक्का-बक्का। सवाल पर सवाल पूछती रह गई। मुझे झटके से सुनाई तो पड़ रहा था किन्तु क्या पता, गले से आवाज नहीं फूट रही थी या यह होश ही नहीं कि कुछ कहूँ। घिसटता-बढ़ता हुआ चौखट को लाँघ बरामदे में ज्योंही पहुँचा, धैर्य एकदम-से जवाब दे गया। आँवले का झोला एक ओर लुढ़क गया और मैं चारपाई पर निढाल। आँखें खुलीं तो पत्नी-बच्चों और बहन-बहनोई पर नजर पड़ी। कोई मेरा माथा सहला रहा है तो कोई तलवे...कोई देह पर पड़ी चादर ठीक कर रहा है तो कोई ऊपर से ही मालिश करने में जुटा हुआ है। पता चला, रात भर से सभी इसी तरह जुटे हुए हैं। पत्नी के सहयोग से मैं उठकर बैठा। धीरे-धीरे कुछ देर बाद सहज होने लगा...शौचादि से आने के बाद मैंने सारा किस्सा सुनाया। सबने राहत की साँस ली।

शिथिलता ने जैसे पूरी देह को जकड़ में ले लिया हो! थकान दर्द बनकर पोर-पोर में टीस रही है। इच्छा सिर्फ यही कि बिस्तर पर निढाल पड़ा रहूँ, दिनभर। इधर, घर में सभी के चेहरों पर गहरी चिन्ता। यह सब देखते-समझते हुए मुझे अब स्वयं को जल्दी से जल्दी सहज बना लेना ही जरूरी लगने लगा।

बाहर किसी ने आवाज दी तो पत्नी लपककर बाहर गईं। लौटकर आईं तो बताया कि ऑफिस का चपरासी आया है, साहब ने आपको बुलाया है। अचानक सिहरकर रह गया मैं—यह क्या? क्यों बुलावा आ गया? कहीं ऐसा तो नहीं कि रात की बात किसी

तरह अफसरों तक पहुँच गई हो? यदि ऐसा सचमुच हो गया हो, तब क्या होगा? ऐसे मामलों में अँगरेजी हुक्मरान तो रियायत जानते नहीं, सीधे दमन पर उतर आते हैं। कहीं ऐसा न हो कि नौकरी से भी हाथ धोना पड़ जाए और उनके कोप का भी निशाना बन जाना पड़े!...सोचते-सोचते न जाने कहाँ से शरीर में तेज गति उत्पन्न हो गई। अब तो कैसी शिथिलता और काहे की थकान! तुरन्त बाहर निकला। मुझे देखते ही वह बोल पड़ा, 'जल्दी चलिए, पीए साहब ने बुलाया है।'

उसके शब्द सीधे कलेजे पर घनचोट। मैं हकलाने लगा, 'प्प्प...पीए स्स...साहब ने? क्क...काहे को? क्क...क्या बात है?'

'काहे घबरात हउवा!' वह मेरी हालत पर मुस्कुराया। घर के किसी सदस्य की तरह समझाने की मुद्रा बना ली, 'अरे बाबू, कौनो चिन्ता के बात नाई हौ!...तोहें साहब के संगे कहीं जाएके हौ।'

जान में जान आई। उसे आश्वस्त कर मैं भीतर लौट आया।

जल्दी-जल्दी तैयार होने लगा। पत्नी हँसकर सबको बताने लगीं, 'इनके सब मर्ज के एक्के दवाई हौ बस, कोई आके इहे बता देवे कि ऑफिस में बोलावल जात हौ। बोखारो चढ़ल होई तऽ एके मिनट में उतर जाई। पैजामा-कुर्ता गाँथ के तड़-से निकल जइहें।'

सभी गौर से ताकते हुए हँसने लगे। सचमुच मैं ऑफिस जाने के लिए तुरन्त निकल ही गया।

वहाँ पहुँचा तो पीए साहब मुस्कुराकर बोले, 'साहब ने कहा है कि मुठभेड़-स्थल पर चलते समय सूरजदयाल को भी साथ ले लेना। उसका इलाका है, उसे साथ देखकर लोकल लोग हमारे पास आने में हिचकेंगे नहीं।' यह जानने के बाद मन स्थिर हुआ।"

"प्रदर्शनी देखने लखनऊ चला जाए क्या?" प्रसाद ने दास का मन टटोला।

"मित्र, गजब संयोग है।" दास मुस्कुराए, "बीस साल पहले की बात याद करो—यही दिसम्बर का महीना था, वही लखनऊ भी, जहाँ चलने के लिए मैंने तुम्हें कहा था। तुमने कितना छकाया मुझे!...एक तो तुम साथ गए नहीं; दूसरे, अलग से अपने जाने विषयक काल्पनिक रूपक सुना डाला और उल्टे मुझी पर यह आरोप मढ़ दिया कि मैंने तुम्हारी पुकार अनसुनी कर उपेक्षा कर दी।"

"और मैंने जो जमींदार वाली कहानी तुम पर फिट की, क्या वह एकदम सटीक नहीं बैठी थी?" कहकर प्रसाद ने ठहाका लगाया।

दास इतने पुराने प्रसंग पर भी नये सिरे से झेंप गए, "और जनाब, यह सोलह आना सच है कि तुमने अगर स्वयं यह भेद न खोला होता तो मैं अब तक अँधेरे में ही रहता। मैं सोच भी नहीं पाता कि तुम लखनऊ गए बगैर सारा नाटक रच गए। तुमने गजब मुझे अर्दब में ले लिया था।"

नारियल बाजार से निकलकर दोनों टहलते हुए खादी भंडार आ गए। अय्यर स्वागत में जैसे उमड़ पड़े, "आइए-आइए, स्वागत है। अहोभाग्य कि 'काव्य' और 'कला' एक साथ..."

"बुनाई-कला के पास अचानक इकट्ठे उपस्थित हैं—बुनावटों की महीनी और कोमलता का आनन्द लेने के वास्ते!" दास ने गतिपूर्वक उनके वाक्य को बीच में तोड़कर अपनी बात ठोंक दी।

अय्यर स्वयं नहीं समझ पा रहे कि वह अपनी बात पूरी न कह पाने के कारण झेंप रहे हैं या वाक्य ही जबरन बदल दिये जाने के चलते।

"यार, तुम सचमुच कला-कमालु हो। यहाँ-वहाँ तो प्रस्तर-प्रतिमा बने डोलते फिरते हो, पर खादी भंडार के सामने आते ही पता नहीं कहाँ से तुममें जोश जाग जाता है! तुम्हारी जुबान चरखा बन जाती है और भन्न-भन्न घूमने लगती है।" प्रसाद ने आँख झपकाते हुए दास को टोका।

अपने पक्ष में उन्हें बोलते देखकर अय्यर गद्गद।

"जुबान तो जुबान ही है। अय्यर जी हैं ही ऐसे आइटम। गुलगुली कपास देखकर भला किस चरखे का मन नहीं डोल जाए!" दास ने चुहल की।

प्रसाद और दास का खेल समझने में अय्यर को देर नहीं लगी। उन्होंने काउंटर से बाहर आते हुए शिकायती लहजे में सिर हिलाया, "अच्छा, तो आप दोनों मित्र मिलके हमहीं को उल्लू बनाने आए हैं?"

ठहाका। अय्यर ने हँसते हुए दोनों को साग्रह बिठाया। ठंडई के लिए सहयोगी को बाहर भेजा। दास ने तंज किया, "क्या योजना है भाई, हमें ठंडा करके अपनी तिजोरी गर्म करेंगे?"

"क्यों नहीं, क्यों नहीं!" अय्यर हँसते-हँसते तुरन्त ही संजीदा हो गए, "खादी भंडार की तिजोरी गर्म होने से हम लोग नहीं, अँगरेज ठंडे होंगे।"

"अय्यर जी, चलिए, अब कुछ आइटम दिखाइए।" प्रसाद ने आग्रह किया, "क्या-क्या आया है—कुछ खास?"

"ठंड काफी बढ़ गई है, लेकिन इसी मौसम में मुझे लखनऊ की यात्रा पर निकलना होगा।" प्रसाद ने प्रसंगवश चर्चा की।

"कोई विशेष प्रयोजन?" चन्द्रप्रकाश ने सुखद आश्चर्य के साथ जिज्ञासा की। उसे यह अच्छा लगा कि उन्होंने मुझे आत्मीय अनौपचारिक चर्चा का सहभागी बनने के योग्य तो समझा।

"हाँ, एक नहीं, दो-दो प्रयोजन। और दोनों ही विशेष।" उन्होंने संजीदगी से चर्चा की, "पहला तो यही कि एक विचार-गोष्ठी है—हिन्दी-उर्दू की समस्या पर केन्द्रित। हिन्दुस्तानी एकेडमी वाले करवाने जा रहे हैं। दोनों पक्षों के विद्वानों को आमंत्रित किया है। उर्दू से मौलाना सुलेमान मदनी और मौलाना अबुल हक ही नहीं बल्कि लियाकत अली और नवाब हजारी जैसे लोग भी आएँगे, जबकि हिन्दी से आचार्य रामचन्द्र शुक्ल, मिश्रबंधु व पद्म सिंह शर्मा आदि। इसमें संयोगवश मेरा नाम भी सम्मिलित है। वैसे मैं तो काशी छोड़कर बाहर कहीं जाना पसन्द नहीं करता किन्तु इसमें जाना चाहूँगा। ऐसा इसलिए क्योंकि यह हिन्दी के मान-सम्मान से जुड़ा हुआ मामला है। इसमें चूकना सम्भवत: एक बड़ी चूक होगी।"

"निस्सन्देह।" चन्द्रप्रकाश ने तेज-तेज सिर हिलाकर समर्थन किया, "अब केवल कलम चलाने से काम नहीं चलनेवाला। जब चारों ओर मोर्चेबंदी ही हो रही हो तो हम हिन्दी वाले ही क्यों पीछे रहें? हमें भी हर जरूरी मौके-मंचों पर पहुँचना चाहिए और कंठ भी बेधड़क खोलना चाहिए।"

"हाँ, ठीक है। कहीं कोई अखरने वाली अनुपस्थिति तो कदापि नहीं घटित होनी चाहिए।"

बोल रहे प्रसाद का ध्यान उछलकर पास आई गेंद ने खींच लिया। पीछे-पीछे दौड़ता हुआ बालक रत्नशंकर भी आ गया सामने। गेंद उठा ली। दोनों को बातें करते देख रुका और कुछ सोचकर गेंद पकड़े बैठ गया तख्त पर। प्रसाद ने पुत्र पर स्नेह-दृष्टि डाली। वह और निकट आ गया। उन्होंने उसकी पीठ पर हाथ रखा। गोद में खींचना चाहा तो वह विपरीत दिशा में छिटकने लगा।

चन्दप्रकाश ने बालक की दुविधा समझ ली। मुस्कुराकर पास जा उसके सिर पर हाथ रख दिया, "मुझे देखकर लजा रहे हो? अभी इतने बड़े भी नहीं हुए हो कि तुम्हें पिताश्री की गोद में बैठा देख मैं हँस दूँगा।"

वह शरमा गया। प्रसाद के मुड़े घुटने पर सिर धर दिया और आँखें मूँद लीं। वह उसके बाल में अंगुलियाँ चलाने लगे। पुत्र पर स्नेह बरसाते हुए वह अपनी बात क्रमश: आगे बढ़ाने लगे, "किन्तु ऐसा भी नहीं कि ऐसे मामले मंचों पर ही कभी निर्णित हो जानेवाले हों। भाषा की शक्ति कभी किसी जुबानी धोबियापाट या पटखनी से नहीं, बल्कि हमेशा आम व्यवहार की बहुलता व सक्षम लेखनी से ही साबित होगी। उसका अस्तित्व सदा जन-व्यवहार की विपुलता से आकार पाता है और ऐसे ही आगे भी पाता रहेगा। नदी लाख लम्बी-चौड़ी-गहरी हो किन्तु उसमें यदि जल और उसका प्रवाह ही न हो तो क्या वह जिन्दा मानी जा सकती है?"

"जी हाँ, बिलकुल।" चन्द्रप्रकाश ने समर्थन कर आगे पूछा "और दूसरा प्रयोजन?"

"वही प्रदर्शनी जिसे देखने को यह महाशय बहुत उत्कंठित हैं।" प्रसाद ने रत्नशंकर की ओर संकेत किया तो वह अपनी जिद झलकाता इठलाकर मुस्कुराया।

"अच्छा! यानी कि बच्चे को गोष्ठी के चलते ही प्रदर्शनी देखने का मौका मिलेगा?"

"'चलते' नहीं, 'बहाने' कहिए। परस्पर एक के बहाने दूसरा।"

"तो आप यदि अनुमति दें और आयोजकों के प्रबंध से अलग की इच्छा करें तो मैं आपके ठहरने के लिए वहाँ आपके मनोनुकूल व्यवस्था बनवा सकता हूँ। मेरे चाचा कुँवर राजेन्द्र सिंह को आपका स्वागत कर कितनी प्रसन्नता होगी, इसका सिर्फ मैं ही अंदाजा लगा सकता हूँ। उनसे कई बार साहित्य-चर्चा के दौरान मैं आपके प्रति उनका आकर्षण देख चुका हूँ।"

"कौन कुँवर राजेन्द्र सिंह? वही क्या, जिनके विभिन्न विषयों पर केन्द्रित लेख 'सरस्वती' और 'माधुरी' जैसे पत्रों में छपते रहते हैं?" प्रसाद जिज्ञासु हो उठे।

"हाँ-हाँ। वह उत्तर प्रदेश की अँगरेज सरकार में कृषि मंत्री रहे किन्तु साइमन कमीशन के लखनऊ आगमन के विरोध में राय राजेश्वर बली के साथ ही मंत्रिमंडल से त्यागपत्र दे चुके हैं।"

"ठीक बात है। मुलाकात चाहे भले नहीं हो सकी है किन्तु मैं उनके बौद्धिक और राजनीतिक कद से प्राय: अवगत हूँ। तो, वहाँ तो उनकी निजी कोठी भी होगी ही?"

"हाँ-हाँ, बीस-बाइस एकड़ के परिसर में उनका राजभवन है जिसमें कई भवन-खंड हैं। अँगरेजी दैनिक पत्र 'लीडर' के संपादक सी.वाई. चिंतामणि जब-जब लखनऊ आते हैं, उन्हीं के अतिथि होते हैं। एक अलग भवन-खंड और खाने-पीने का इन्तजाम करनेवाले दो कर्मी उनकी सेवा में मुकर्रर हो जाते हैं। आप यदि स्वीकार करें तो..."

"लेकिन इसमें दिक्कत यह होगी कि मेरा तो खाने-पीने का अपना इन्तजाम होगा और कर्मचारी भी हम अपने साथ ही लेकर जाएँगे। आपके चाचा जी राजपरिवार के हैं, उन्हें शायद यह नागवार गुजरे।"

"अच्छा, तो मैं जाकर पहले उनसे चर्चा कर लेता हूँ। उनसे बतियाने के बाद आपको खबर कर दूँगा।"

चन्द्रप्रकाश के इलाहाबाद पहुँचते-पहुँचते अँधेरा हो चला है। इसके बावजूद मन कहाँ मानने वाला! सामान घर में फेंका और भागता हुआ दारागंज। लालटेन के सामने पाल्थी जमाये रोशनी में रँगे बैठे हैं निराला। घुटने पर तख्ती रख कुछ लिखने में तल्लीन। लालटेन के निकट कई किताबें-पत्रिकाएँ। चन्द्रप्रकाश लपकता हुआ उनके निकट जा पहुँचा। उन्होंने कागज-कलम पकड़े-पकड़े सिर उठाकर देखा। उसने झुककर पाँव छुए। वह मुस्कुराए, "वाह, आ गए?...खुश रहो, खूब खुश रहो।" भावपूर्ण अंदाज में आशीषने लगे, "चन्द्रप्रकाश, आज तुम्हें फिर एक नया आशीर्वाद दे रहा हूँ— जिओ और जीतो!"

"एक खुशखबरी है।"

"क्या भला?"

"प्रसाद जी जो काशी से बाबा विश्वनाथ की तरह जरा भी हिलना-हटना पसन्द नहीं करते, वह लखनऊ आ रहे हैं।" चन्द्रप्रकाश के शब्द-शब्द उल्लास से तर, "वह वहाँ हिन्दुस्तानी एकेडमी वाली विचार संगोष्ठी में भाग लेंगे, और अपने बेटे को प्रदर्शनी दिखाने के लिए विक्टोरिया पार्क भी जाएँगे।"

"रियली? इट इज ए ग्रेट कॉम्प्लिमेंट फॉर अस। अमेजिंग आल्सो।" निराला गद्गद, "मैं तो पहली बार यह सुन रहा हूँ कि वह किसी गोष्ठी-संगोष्ठी में सम्मिलित होंगे। सच कहूँ तो मुझे इस सूचना पर विश्वास ही नहीं हो रहा। यदि तुम्हारी जानकारी सही हो तो मैं यही कहूँगा कि वह नहीं, कैलाश अपनी जगह से हिल रहा है। अब तक तो मैं इस कार्यक्रम में जाने के बारे में दुविधा में था लेकिन जब बाबूसाहब आ रहे हैं तो चलो, अब मैं भी लखनऊ घूम ही आऊँ। मजा आ जाएगा।"

चन्द्रप्रकाश ने प्रसाद से लखनऊ-प्रवास के दौरान ठहरने के प्रबंध को लेकर हुई चर्चा का उल्लेख किया। निराला मुस्कुराए, "अच्छा है, तुम उधर ही कहीं उनके ठहरने का इन्तजाम कराओ। एकेडमी वालों का जहाँ प्रबंध होगा, वहाँ बाबूसाहब न टिकें तो अच्छा। उनके सामने जाने-अनजाने मैं कठोर अनुशासन में बँध जाता हूँ। हालाँकि आज

तक कभी वह किसी दूरी के साथ नहीं मिले, बात भी मित्रवत् ही करते हैं किन्तु उनके सामने उन्मुक्त व्यवहार बरतना मुझे अवहेलना करने की तरह लगता है।"

"लेकिन स्वयं प्रसाद जी ने अपनी एक विवशता भी बताई है।"

"विवशता? क्या?"

"बता रहे थे कि खाने-पीने का सामान और रसोइया-नौकर आदि सब कुछ वह अपने साथ लेकर चलेंगे।"

"भई, वह जयशंकर हैं। वश चले तो त्रिशूल पर अपनी काशी को भी उठाए चलें!"

"लेकिन यह सब मेरे चाचा जी को गवारा होगा या नहीं, यह भी तो देखना होगा। आखिर राजघराने से ताल्लुक रखने वाला कोई व्यक्ति अपनी मेजबानी भी तो अपने हिसाब से ही निभाना चाहेगा।"

"खैर! कुँवर राजेन्द्र सिंह बौद्धिक व्यक्ति हैं। प्रसाद जी को जानते ही होंगे। मिल लेंगे तो और समझ जाएँगे। उन्हें सम्भवत: कोई आपत्ति महसूस नहीं हो।" निराला ने आश्वस्ति जताई, "तो ठीक है, कल शाम को हम लोग मिलें और लखनऊ के लिए रात्रि की गाड़ी पर सवार हो जाएँ!"

"आइए-आइए, भार्गव जी, आपके अपने शिविर में आपका स्वागत है।" मैथिलीशरण गुप्त ने चादर हटाई। अभिवादन का उत्तर देते हुए उठ बैठे।

दुलारेलाल भार्गव सामने कुर्सी पर। बगल से झोला उतारा और खोलने लगे, "वाह, क्या बात है, यहाँ तो सचमुच अभी ऐसा ही चमत्कारिक क्षण उपस्थित है! 'मेहमान' ही 'मेजबान' की भूमिका में आ गया है और 'मेजबान' निहायत ही 'मेहमान' रूप में! ऐसा शब्द-साधकों की इसी दुनिया में सम्भव है।" उन्होंने निकालकर बड़ा-सा गुलाबी लिफाफा बढ़ाया, "यह भी क्या कम विचित्र संयोग है कि आप झाँसी से चलकर लखनऊ पधार चुके, तब आपकी सेवा में मैं यह औपचारिक निमंत्रण-पत्र निवेदित कर पा रहा हूँ?...सचमुच आपकी यह कृपा मेरे लिए एक अविस्मरणीय उपकार है।"

"भाई भार्गव जी, आप मेरे जैसे साधारण व्यक्ति के ही नहीं, अनेकानेक बड़े-वरिष्ठतम रचनाकारों के भी दुलारे प्रकाशक हो। प्रेम और दुलार को भला किसी औपचारिकता की क्या दरकार! आप आखिर अपने बेटे की शादी तो करने जा नहीं रहे, हिन्दी भाषा की सेवा-समृद्धि के लिए आयोजन कर रहे हो...ऐसे में किसी को भाव खाने की भला क्या आवश्यकता? याद कीजिए, आप जब हफ्तों पहले तिथि बताते हुए मुझे न्योत रहे थे तो मैंने क्या शब्द कहे थे? यही न कि 'अवश्य आऊँगा'। सो, मैंने अपना वचन निभाया। बस, और क्या!" लिफाफा बगल में रखते हुए वह मुस्कुराए।

"ठहरने का यह इन्तजाम कैसा लगा आपको?"

"अति उत्तम। जैसे, घर के बाहर तो हूँ किन्तु घर से अलग नहीं।"

"वाह!" दुलारेलाल गद्‌गद। हाथ जोड़ लिये, "तो अब आपसे एक और अनुरोध कर रहा हूँ।"

"नि:संकोच बताइए तो, मैं आपकी कैसे-क्या मदद कर सकता हूँ?"

"यहाँ कवियों के रहने-ठहरने का मेरा इन्तजाम तो आप देख ही रहे हैं। साधन-सुविधाएँ मैंने काम भर की जुटा रखी हैं, व्यवस्था बनाने वाले लोग भी पर्याप्त हैं, लेकिन अभी ऐन ऐसे ही समय उधर प्रदर्शनी में भी पाँव पसारना पड़ गया है। वहाँ प्रकाशन के दो स्टॉल लगवा दिये हैं। मेरे लिए अकेले यहाँ से लेकर उधर कवि-सम्मेलन स्थल और प्रदर्शनी-परिसर तक निगरानी बनाए रखना सम्भव नहीं हो पा रहा। आप यदि सिर्फ यहाँ अभिभावकीय मार्गदर्शन-योगदान दे दें तो सचमुच मेरा बहुत बड़ा उपकार होगा।"

"अच्छा हुआ कि आपने ऐसा आदेश देकर मुझे अधिकृत कर डाला, अन्यथा मैं तो जहाँ भी रहता-ठहरता हूँ, आसपास सबको यों ही बात-बात में आदतन टोकता रहता हूँ। आप निश्चिन्त रहिए, मैं जब तक हूँ, यहाँ का अनुशासन-प्रबंधन बिखरने नहीं दूँगा।"

अचानक जैसे कुछ ध्यान आया हो, मैथिलीशरण ने जल्दी से लिफाफा उठा लिया। कार्ड निकालकर देखने लगे। मुँह से बेसाख्ता निकला, "ओफ्फ!"

दुलारेलाल चौंक गए, "प्रूफ की कोई भद्दी अशुद्धि सूझी क्या?"

मैथिलीशरण ने मुँह गोल बनाया, "नहीं, प्रूफ की गलती नहीं, लेकिन एक कमी अखर रही है।"

"कमी! भला कैसी कमी?"

"आपने चूँकि अभी-अभी मुझे अपनी मेजबानी में भी हिस्सेदार बनाया है, इसीलिए कुछ कहना चाह रहा हूँ।"

"आप कहेंगे क्यों, सीधे आदेश कीजिए न! बताइए।"

"क्या कहें, आपने तो इसमें कवियों के नाम दे डाले हैं!"

"हाँ-हाँ, वो तो देना ही था। लेकिन इसमें भला क्या दोष? कैसी कमी?" दुलारेलाल के अंदाज से यह व्यक्त हुए बगैर नहीं रह सका कि यह अफसोसी रवैया अब उन्हें नागवार गुजर गया है, "मैं कुछ समझा नहीं! आप कृपया अपनी बात खोलकर तो कहें।"

"अरे, भई, दुलारेलाल जी, इस नगर में महाकवि प्रसाद पधारे हुए हैं," वह बोलते हुए कार्ड को जैसे आँखों से बार-बार बुहार रहे हों, "इस कवि-सूची में यदि 'जयशंकर प्रसाद' नाम सम्मिलित होता तो यह गोष्ठी और आपका संयोजकत्व, दोनों यादगार बन जाते।"

दुलारेलाल ने ठहाका लगाया। बात को उड़ा देने वाले गति-क्रम में।

मैथिलीशरण झेंप-से गए। टोपी उतार सिर पर हाथ फिराने लगे। जैसे दर्द टो रहे हों!

"क्या सचमुच अब महान हो चुके हैं जयशंकर प्रसाद?" दुलारेलाल का स्वर धीमा हुआ।

"ऐसे क्यों बोल रहे हो भैये? महानता कोई जन्मजात योग्यता तो है नहीं। ऐसे फैसले तो काल के विरल-अविरल प्रवाह में निर्मित होते हैं कि कौन-क्यों चमकती रेत है और कौन-कैसे कभी-कहीं न गलने-मिटने वाली चिकनी-मक्खनी मिट्टी या कौन कण-कण बिखर-छितरा कर खो जानेवाली भुस्की-भुरभुरी बलुआही माटी।" मैथिलीशरण के शब्दों में बढ़ता हुआ ताप है, यह साफ-साफ महसूस हो रहा है, "वैसे, आपका लहजा ठीक नहीं। इसे कृपया सुधार लें। यह आज कौन नहीं समझ रहा? हिन्दी-संसार में जयशंकर तो महत्त्वपूर्ण अवश्य बन गए हैं! 'कामायनी' अभी पुस्तकाकार सामने आई भी नहीं है, किन्तु उसके यहाँ-वहाँ प्रकाशित-उजागर कुछ अंशों ने ही कैसा विशेष परिवेश रच

डाला है! हिन्दी में क्या पहले कभी किसी अन्य कृति की ऐसी धमक सुनी-देखी गई थी? बेशक पुस्तक आने से पहले जो माहौल बना है, इससे यह संकेत तो सबको मिल ही गया है कि कोई बड़ी और अविस्मरणीय कृति आनेवाली है।"

"आप यह क्या कह रहे हैं? लगता है, आपको अपने बारे में ही स्मरण नहीं रहा कि आप हैं कौन। मैं आपको याद दिला दूँ—अरे भैये, आप मैथिलीशरण गुप्त हैं!" दुलारेलाल ने कुर्सी से उठकर चेहरा नचाते हुए आँखें और मुँह फैलाकर खास नकारात्मक अंदाज में सिर हिलाया, "आप भला कब से जयशंकर प्रसाद के प्रचारक होने लगे?"

"भाई भार्गव जी, यह क्या?" तमतमा उठे मैथिलीशरण, "आप यह कर क्या रहे हैं? ऐसा विचित्र अभिनय क्यों?"

अचानक जैसे मूर्च्छा टूटी हो! दुलारेलाल ने मुँह चुनियाकर होंठ भींच लिए। पलकें पटकते हुए चुँधियाये-से ताकने लगे। दूसरे ही पल आँखें मूँद लीं और सिर को झटका दे पीछे लौट गए। यथास्थान वापस हो बैठ गए। मुँह खोला तो जैसे शब्द नहीं, अंगारे छिटकने लगे, "क्या आप भूल गए कि यह वही जयशंकर प्रसाद हैं जिन्होंने हमारी लाख माँग-मनव्वल के बावजूद 'गंगा पुस्तक माला' के लिए अपनी कोई एक कृति भी देना कुबूल नहीं किया? हमारे 'माधुरी' के प्रयासों और कृष्णानन्द गुप्त के आलेखों के विरुद्ध दैनिक 'आज' के पृष्ठों पर प्रसाद पिट्ठुओं ने कैसा घोर आक्रामक अभियान चलाया, क्या सचमुच आप वह सब कुछ भूल गए?"

"भाई, भार्गव जी, मैं एक ही बात कहना चाहूँगा—मीठी बातें मथने से अमृत निकलता है जबकि तीखे प्रसंग से जहर। यह दृष्टिकोण का मामला है कि हम क्या रुख अख्तियार करना चाहते हैं। हर व्यक्ति या संदर्भ के अच्छे या इसके विपरीत के यानी दोनों पहलू विद्यमान होते हैं। अब हम जिस पहलू को चाहें, उठा लें और मथने लगें।" मैथिलीशरण ने शुरू तो किया लम्बे आलाप-लक्ष्य से किन्तु बीच में ही भाँप गए, प्रसंग के लम्बा खिंचने का खतरा। अब बात को यथाशीघ्र समेटने का प्रयास करने लगे, "मैं ज्यादा ले-दे में पड़ने को तैयार नहीं, यों भी आपका अतिथि बनकर आया हूँ, लेकिन चूँकि कवि-सम्मेलन के आप संयोजक हैं इसलिए दिमाग में आई यह जरूरी बात आपको बता देना मैंने अपना दायित्व समझा। बहरहाल, एक आग्रह करना चाहूँगा कि आप जयशंकर को गोष्ठी के लिए आमंत्रित कर सकें तो मुझे बहुत खुशी होगी। मैं आपको मौलवीगंज मुहल्ले में त्रिभुवननाथ सिंह 'सरोज' के घर का पूरा पता-ठिकाना लिखकर दे रहा हूँ, जहाँ वह ठहरे हुए हैं। जयशंकर ने अब तक गिने-चुने अवसरों पर ही मंच से कविता-पाठ किया है। मेरा विश्वास है कि आप मिलकर हम लोगों की इच्छाओं का हवाला देते हुए आग्रह कर देंगे तो वह इनकार नहीं करेंगे। इस तरह उनकी उपस्थिति मात्र से यह आयोजन चिरस्मरणीय हो जाएगा।"

अन्तिम वाक्य जैसे चिनगारी बनकर दुलारेलाल को छू गया हो, "यह क्या आपने बार-बार 'यादगार' और 'चिरस्मरणीय' की रट लगा रखी है! जयशंकर कोई तुलसीदास नहीं हो गए हैं!...लेकिन, आप कहते हैं तो ठीक है, मैं उन्हें आमंत्रित कर लूँगा।"

"अपने समय में तुलसी को भी वाल्मीकि से हीन समझा गया होगा।" मैथिलीशरण की तिलमिलाहट शब्दों में तो नहीं उतरी किन्तु चेहरे पर पीड़ा बनकर फैल गई, "मुझे

अफसोस है कि आप जैसा व्यक्ति जो निरा पुस्तक-बेचवा नहीं बल्कि अच्छा-खासा सूचना-सम्पन्न जानकार प्रकाशक है, बीच-बीच में ऐसे वाक्य टुभक दे रहा है कि मेरा माथा झन्नाकर रह जा रहा है।"

"चलिए, आप अपने माथे को मत झन्नाइए, मैं ही अपने सिर को झुक जाने दे रहा हूँ। आप विश्वास कीजिए कि उन्हें आमंत्रित करने चला जाऊँगा, बस!" दुलारेलाल ने कुछ शब्द भर बदले, तासीर नहीं। आवाज में वही ताप और वही दाहकता, "लेकिन मैं उनका दिया यह दंश कभी कैसे भूल सकता हूँ कि मुंशी प्रेमचन्द ने स्वयं का प्रकाशन रहते हुए भी अपनी कृति मुझे छापने को दी, किन्तु प्रसाद जी ने मेरे अनुरोधों का जरा भी मान नहीं रखा। उनके गणों ने भी 'माधुरी' की एक न छोड़ी, खूब की छीछालेदर।"

"मैं यह मामला मथे-गींजे जाने के पक्ष में तो नहीं हूँ किन्तु आप बार-बार उकेर रहे हैं तो आपको याद दिला ही दूँ..." मैथिलीशरण बैठे-बैठे ही आवेग में आकर कुर्सी पर उठ-से गए, "चाहे भले कृष्णानन्द जैसे कुछ नौसिखुओं के बचकानेपन के ही चलते किन्तु उस दौरान 'माधुरी' में जयशंकर के विरुद्ध जो अभियान-सा चल गया, वह उचित नहीं था। इससे सर्वथा नकारात्मक परिदृश्य उत्पन्न हुआ। कृष्णानन्द को न जाने क्या सूझी कि वह जुट गया जयशंकर के नाटकों की चीर-फाड़ में। उधर बनारस के कुछ ऐसे ही अतिउत्साही मोर्चा ले बैठे और 'आज' के कॉलम रँगने लगे। साहित्य में असाहित्यिक काँव-कीच। दोनों ओर से जहर बरसाने वाली स्थिति। ऐसा माहौल बन गया कि साहित्य संसार के लोग स्वाभाविक रूप से यही मानने लगे कि इधर कृष्णानन्द के पीछे मैं हूँ जबकि उधर विनोदशंकर व्यास और गौड़ आदि जयशंकर के कठपुतले।"

दुलारेलाल के लिए जैसे यह चर्चा असह्य हो चली हो, मुँह बनाते रहे किन्तु होंठ भींचे हुए ही। मैथिलीशरण बोलते चले गए, "यहाँ कोई तीसरा व्यक्ति नहीं, सिर्फ हम दोनों हैं। आप ही आज बताइए, क्या जयशंकर-विरोधी उस अभियान से मेरा कुछ लेना-देना था?" पल भर रुककर उन्होंने बात आगे बढ़ाई, "मुझे पक्की सूचना है, बनारस में जयशंकर ने भनक लगते ही मोर्चा लेनेवाले अपने गणों को रोकने की भरपूर कोशिश की थी। किन्तु इधर के हमले ही ऐसे थे कि उधर वाले अतिउत्साही तत्त्व स्वयं को रोक नहीं पाए और जवाबी हमले शुरू कर दिये। मैं आपको यह बता दूँ कि इस पूरे प्रकरण में जयशंकर और उसके गण ही नहीं, इधर के कृष्णानन्द तक, अन्ततः सभी लाभ में रहे। इसमें क्षति सिर्फ मेरी हुई। कृष्णानन्द रातोंरात चमक गए। उधर बनारसी युवकों पर भी सबका ध्यान चला ही गया। निशाना बनाए जाने के चलते जयशंकर की कृति के प्रति पाठकीय जिज्ञासा का विस्तार भरपूर हुआ, जबकि इन सबके बराबर और विपरीत मेरी छवि पर कालिख लगातार झरती-बैठती-पुतती रही।"

"अच्छा, तो आज अपनी वही कालिख उतारकर आप मेरे मुँह पर लेप देना चाह रहे हैं? वाह, भई, वाह!" बोलते हुए दुलारेलाल ऐसे हँसे कि गहरे व्यंग्य-क्षोभ के तेज छींटे छिटक गए। आगे भी यही तेवर-अंदाज, "आज मैं एक बात अच्छी तरह समझ गया कि आप साहित्यकार लोगों के बीच में यदि कोई तीसरा पक्ष गलती से आ जाए तो पिसकर ही रह जाएगा। गजब। सचमुच गजब। आप लोगों का आपसी खेल निहायत ही अनोखा होता है। देखते-ही-देखते कब अचानक एक-दूसरे का गला काटते दिखने

लगोगे और कब एकाएक परस्पर गले लग जाओगे, इसे मेरे जैसा कोई अदना आदमी तो कभी समझ ही नहीं सकता।"

"अच्छा, तो आप अदना आदमी हैं? वाह, क्या खूब कही!" मैथिलीशरण की भौंहें वक्र हो उठीं, "यह पाठ पढ़ाने के लिए एक मैं ही आपको मिला हूँ?"

दुलारेलाल चुप। चेहरे की भाव-भंगिमा पहेली बन गई। मैथिलीशरण ने आँखें मूँद लीं। कुछ पल सोचते-विचारते रहे। आगे अपना अंदाज थोड़ा-सा बदल लिया, "यह जाग्रत हृदय-प्रदेश वालों का खेल है न! लिखने-पढ़नेवाला व्यक्ति अपने अंतर्जगत को अंधकार में भरसक नहीं डूबने देता। वह गले का खेल शुरू करने से पहले इसकी परिधि को ठीक से समझ भी लेता है। चार अँगुली की लक्ष्मण-रेखा की मर्यादा भंग नहीं करता। जिस दिमाग में कोमल कल्पनाएँ और मानवीय संवेदनाओं के स्रोत खोलती अनुभूतियाँ करवट लेती रहती हों, वह मूलतः नकारात्मक कैसे हो सकता है? क्षणविशेष में चाहे भले कभी कोई रचनाकार क्रुद्ध-आक्रुष्ट या आक्रामक भी दिख जाए, किन्तु किसी धनपिपासु की तरह तो वह कभी खूंखार नहीं हो सकता। इसके विपरीत अधिक से अधिक कमा लेने की वासना में पगलाया व्यक्ति अपने उन्माद में कुछ भी कर गुजरने से गुरेज नहीं कर सकता। किसी खतरनाक हद तक जा सकता है, किसी भी निम्न स्तर पर उतर सकता है। आप खुद सोचकर देख लीजिए, अंदाजा लग जाएगा। लालची व्यक्ति का भला क्या विश्वास!"

मैथिलीशरण के लिए सामने के तमतमाए चेहरे के मनोभाव समझना कदापि मुश्किल नहीं। दोनों ओर चुप्पी। एक ओर बेचैनी से भरी हुई, जबकि दूसरी ओर चिन्तन से चमकती-सी। उठने लगे दुलारेलाल। आवाज में तनाव न्यूनतम, "तो फिलहाल मैं चलूँ? आपकी सेवा में एक व्यक्ति यहाँ हमेशा रहेगा। आपको जो कुछ दैनिक व्यवहार की चीजें चाहिए, निःसंकोच आदेश दे देंगे—वह उपलब्ध कराएगा।"

कवि-सम्मेलन का ऊँचा मंडप-द्वार। लाल चमकते रेशमी कपड़ों पर हरे पत्तों की तोरण-सजावट। आकर्षक, मनमोहक। यहीं से शुरू होकर मंच तक पसरी-बिछी पथ-लकीर बनी लाल कोमल कालीन। छड़ी की मूठ पर हाथ टिकाए मैथिलीशरण रुक गए हैं। कर रहे हैं बारीकी से अवलोकन। प्रसन्न। मुँह से स्वयमेव निकल पड़ा, "तैयारी तो खूब कर डाली है, खर्च भी किया है। बहुत सुरुचिपूर्ण है व्यवस्था।"

श्रोता दीर्घा पर नजर डाली। कुर्सियाँ पीछे भले कुछ खाली दिख रही हों, आगे उपस्थिति तो अच्छी-खासी है। मंच पर भाग-दौड़ कर रहे एक-दो व्यक्ति। सम्भवतः व्यवस्थापक पक्ष के कर्मी या साहित्यानुरागी कार्यकर्ता।

"आइए, आइए! यहाँ इतनी देर से रुके द्वार-दर्शन कर रहे हैं क्या? मैं वहीं से आपको ताके जा रहा हूँ कि आप अब आगे बढ़ेंगे, अब आगे बढ़ेंगे। जब प्रतीक्षा कर-करके थक गया तो दौड़ा आया।" सामने से तेज-तेज बोलते आते दुलारेलाल पास पहुँचे। हाथ जोड़े खड़े हो गए।

"द्वार ही आपने ऐसा आकर्षक बनवा दिया है कि इसे देखकर किसी भी सौंदर्य-सजग को यहाँ रुकना ही होगा। इसे देखकर बिना रुके आगे बढ़ जानेवाला खब्तुलहवास ही

कहा जाएगा।" मैथिलीशरण सिर ऊपर-नीचे करते हुए द्वार-सज्जा का नजारा लगातार ले रहे हैं। दुलारेलाल गद्‌गद। उन्होंने कुछ सोचकर आगे कहा, "भार्गव जी, मैं अब यह सोच रहा हूँ कि गेट यदि कुछ और बारीक सजावट वाला होता तो क्या होता?"

"क्या होता, बताएँ!"

"चूँकि कवि तो अपने आदिम रूप में सौंदर्योपासक होता है, इसलिए गेट पर ही टकटकी लगाए ठिठका-टिका रह जाता। मंच की ओर बढ़ने की सोच ही नहीं पाता।" मैथिलीशरण ने जितनी ही गम्भीरता से कहा, दुलारेलाल ने उतना ही तेज ठहाका लगाया।

"यह तो मेरे लिए बहुत संतोष की बात है कि आपको यह द्वार-सज्जा इतनी मजेदार लगी।" दुलारेलाल मुस्कुरा रहे हैं, "खैर, तो अब चलिए, चलें भीतर। वैसे मैं अब डर रहा हूँ कि कहीं आपको मंच-सज्जा इससे कमजोर न लगे! ऐसा न हो कि आपको मंच की तुलना में यह द्वार ही कविता-पाठ के लिए अधिक उपयुक्त स्थान लगने लगे!"

"अरे भई, ऐसा नहीं। काहे मजाक बनाने लगे?...खैर, चलो, यह खतरा तो है कि मैं यहीं फँसा न रह जाऊँ और उधर वहाँ मंच ही भर जाए!" मैथिलीशरण मुस्कुराए। कालीन पर साथ चलते हुए अचानक याद आते ही रुक गए, "अरे, हाँ! तो, जयशंकर आ रहे हैं न? गए थे न आप उन्हें आमंत्रित करने मौलवीगंज?"

"नहीं, मैं स्वयं न जा सका।" दुलारेलाल एक पल को तो सकपकाए किन्तु दूसरे ही क्षण चेहरे पर ढिठाई तन गई, "निमंत्रण-पत्र तो उन्हें पहले भिजवा ही चुका था।"

"मेरे आग्रह के बाद भी आपने अपनी जिद नहीं तोड़ी?" मैथिलीशरण के तेवर तन गए। तमतमाहट ताप बनकर हवा पर उतरने लगी। छड़ी पर हाथ टिकाकर खड़े हो गए। आवाज तल्ख, "यह तो आपने बहुत बड़ी गलती कर दी। आपने कल दिन में ही यह टिप्पणी की थी कि जयशंकर प्रसाद कोई तुलसीदास तो नहीं...बतौर प्रकाशक आपको अपनी सीमा का ज्ञान तो होना ही चाहिए। प्रकाशक कितना भी बड़ा या मालदार हो, छोटा-से-छोटा रचनाकार उस पर भारी है क्योंकि अन्ततः हर शब्द-साधक ज्ञानदेव गणेश व वेदव्यास-तुलसीदास का अंश है।"

"तो अब आप मुझे चिढ़ाने भी लगे!" दुलारेलाल मुस्कुराए।

मैथिलीशरण भड़क उठे, "वाह, भई, वाह! हद कर दी आपने। एकदम हद।... खैर, आपका आयोजन आप ही को मुबारक! मुझे अपनी सहनशीलता की अब और परीक्षा देना स्वीकार नहीं।" वह तेज गति से पीछे मुड़ गए, "मुझे यथाशीघ्र यह स्थान छोड़ देना चाहिए। मैं चला।"

तेज कदमों में बाधा बनती धोती की सिलवटें सँभालते, छड़ी उठाए बढ़ते चले जा रहे मैथिलीशरण। दुलारेलाल के चेहरे पर स्याही है। तमतमाहट के कण भी। पता नहीं, उनसे कुछ कहते नहीं बन रहा या अपराधबोध ने होंठ जकड़ लिए हैं?

लखनऊ रेलवे स्टेशन। बनारस वाली ट्रेन की हो रही है प्रतीक्षा। आनेवाले हैं जयशंकर प्रसाद। हिन्दुस्तानी एकेडमी के स्वागत-दल में शामिल हैं मिश्रबंधु समेत कई अन्य साहित्यकार। पंडित श्यामबिहारी मिश्र कर रहे हैं अगुवाई।

"रेलवे स्टेशन की जीवंतता का सचमुच कोई जोड़ नहीं। अद्भुत। विचित्र भी। यहाँ के शोर और उसके गति-क्रमों का तो सचमुच अपना ही छंदशास्त्र है।" चन्द्रप्रकाश ने आसपास नजर दौड़ाते हुए सबका ध्यान खींचा, "प्रतीक्षा की बेचैनी, समय काटने के अपने तरीके, अपना अंदाज। भाँति-भाँति के उपक्रम। सीटी बजाती-धड़धड़ाती पहुँच रही ट्रेन देख प्रतीक्षा-पस्त भीड़ का अधैर्य। शोर, थके-माँदे, ऊबे-ऊँघते खोमचे-केतली वालों की अचानक सक्रियता-कौंध...सामान उठाए भाग-दौड़ रहे लोगों की आपाधापी, कुलियों के विविध रूप। कहीं मोल-भाव की खींचतान-किचकिच, तो कहीं सिर पर लदता हुआ पहाड़। बक्से पर बक्सा, उसके ऊपर बिस्तर का गोलियाया बंडल और मोटरी-गठरी। गाड़ी के गेट पर उतरने-चढ़ने वालों की रेलमपेल, हुरा-हुरी। बोगी के भीतर पसरे-डटे यात्रियों और सामान लादे पहुँचे हाँफते नवागतों का परस्पर विरोध-प्रतिरोध, काँव-कीच। एक ओर अकड़भरी बहानेबाजी और इसी के बूते एकाधिक सीट दबाए रखने का गुर्राता हुआ मोह; दूसरी ओर जल्दी से जल्दी सीट, बोझमुक्ति और अन्ततः सफर का इत्मीनान पा लेने की बेचैनी-चिन्ता, जद्दोजहद..."

देर से जारी प्रतीक्षा की एकरसता से उबरकर सभी जिज्ञासा-विकल हो सुन रहे हैं। वह लगातार बोलता चला जा रहा है, "ध्यान से सोचें-समझें तो इन सभी संदर्भों-दृश्यांशों की अपनी अलग-अलग पहचान है—सर्वथा भिन्न-भिन्न ध्वनि-संज्ञाएँ। शब्द-स्वर भी मौलिक, नाद-निनाद भी। सब अपने-अपने स्तर से कुछ न कुछ मौलिक संकेत दे रहे हैं। इसके साथ ही ऐसे सारे तत्त्व आपस में मिलकर एक एकीकृत पहचान भी गढ़ रहे हैं, जिससे..."

"वाह, बंधुवर, मैं तो आपका लोहा मान गया। आपने ऐन हमारे सामने के परिदृश्य को गजब शब्द-भाव दे दिये। दिख रहे दृश्य के चूकते तथ्य जैसे फलक पर अलग से प्रकाशमान हो फैल गए हैं।" चन्द्रप्रकाश के लिए चेहरा सर्वथा अनदेखा किन्तु न यह आत्मीयता अनजानी-सी, न यह स्वर अपरिचित-सा, "आपके चित्रण के आलोक ने तो अद्भुत चमत्कार ही कर डाला। सामने प्रस्तुत चित्र को कई-कई आयामों में उभारकर पसार दिया।"

"धन्यवाद, धन्यवाद, बंधु! मैं हूँ चन्द्रप्रकाश। बनारस हिन्दू विश्वविद्यालय में एम.ए. का छात्र हूँ। लेकिन आप अग्रजतुल्य हैं, कृपया मुझे क्षमा करें, मैंने आपको पहचाना नहीं?"

"जी, मेरा नाम है त्रिभुवननाथ सिंह 'सरोज'। मेरी स्वयं की तो कोई खास साहित्यिक-सामाजिक पहचान नहीं है किन्तु जिनकी यहाँ प्रतीक्षा हो रही है, सौभाग्यवश मैं उनका मित्र हूँ। मुझे मित्रवर श्यामबिहारी मिश्र ने कल ही बताया कि बनारस से वह आनेवाले हैं, तो..."

"सबसे पहले तो मेरा प्रणाम स्वीकार करें।" चन्द्रप्रकाश ने विनत हो हाथ जोड़े, "आप महाकवि प्रसाद के मित्र हैं, और इसके बावजूद यह कह रहे हैं कि आपकी कोई खास पहचान नहीं? ऐसा कैसे हो सकता है? उनका मित्र होना ही विशिष्ट योग्यता की सर्वोच्च पुष्टि है और स्वयं में एक ठोस साहित्यिक परिचय-पहचान भी। इतिहासकार यदि आनेवाले समय में 'प्रसाद के मित्र' कहकर आपका उल्लेख करना चाहे तो स्वयं 'महाज्ञानी इतिहास' तक को भी शायद ही आपत्ति हो।"

सुनने में सभी मशगूल। ध्यान-निमग्न चेहरों पर प्रसन्नता भुरभुराती हुई झरने-खिलने लगी। अबीर-गुलाल की तरह। सरोज के मुखमंडल पर तृप्ति।

"वैसे, तो आपके नाम-उपनाम भी अलग से कुछ शुभ संकेत दे रहे हैं।"

"हाँ, कभी कुछ पंक्तियाँ गढ़ता-बुनता रहा किन्तु घर-गृहस्थी के बोझ ने धीरे-धीरे झुकाते हुए अन्ततः चौपाया बनाकर छोड़ दिया है। अब न तो यह अखंड जुताई रुकने वाली है, न हल थमने वाला या न गर्दन से यह जुआ ही कभी उतर सकेगा।" सरोज बोल तो गए किन्तु अहसास होते ही आगे रुक गए। पलकें झपकाईं और सिर को हल्के झटक लिया। तुरन्त ही जैसे विषाद को छलाँगकर बाहर निकल आए हों! मुस्कुराए, "खैर, यह जानकर बेहद खुशी हुई कि आप बनारस के हैं।"

"बनारस का हूँ तो नहीं, किन्तु सौभाग्यवश पिछले छह माह से वहीं रहने का अनोखा सुख अवश्य लूट रहा हूँ।" चन्द्रप्रकाश के शब्द-शब्द चहक-चमक से भरे हुए। आवाज तृप्त-संतृप्त, "दरअसल, बी.एच.यू. से ही एम.ए. कर रहा हूँ न!...वैसे, आपकी यह बेहद खुशी बता रही है कि आप सम्भवतः वहीं के।"

"बनारस का निवासी नहीं, दामाद हूँ।" सरोज की खिली प्रसन्नता पर छलकते संकोच की लाली दौड़ गई। झूमती भीगी फसलों पर बारिश से तुरन्त धुली बिछलती धूप की तरह।

श्यामबिहारी मिश्र ने अपना सजग-सरसराता हुआ मौन तोड़ा, "अरे भैये, चन्द्रप्रकाश जी, आप तो खुद ठाकुर हैं, ठकुरई पैंतरे आपसे थोड़े छिप सकेंगे! यह जो हमारे त्रिभुवननाथ सिंह 'सरोज' नामधारी मित्र हैं, ऐसे ही पैंतरेबाज हैं। कभी लक्षणा-अभिव्यंजना से बाहर निकलकर बात नहीं करते। अच्छे-खासे रचनाकार हैं किन्तु छपने में कम, छुपने में अधिक रुचि रखते हैं। हमेशा इसी प्रयास में रहते हैं कि जो हैं, उससे कम दिखें। जितना जानते हैं, उससे कम बोलें।"

"यह तो प्रसाद-गुण हुआ—व्यक्तित्व का प्रसाद-तत्त्व!" चन्द्रप्रकाश ने चुटकी ली।

"और नहीं तो क्या! प्रसाद जी ने यों ही मित्र तो बनाया नहीं होगा, गले लगाने से पहले वह इनमें बेशक कुछ न कुछ देख चुके होंगे!" श्यामबिहारी मुस्कुराते हुए थमे। संजीदा हुए और आगे बताने लगे, "दरअसल, यह महाशय बहुत संकोची और गम्भीर अध्येता प्रकार के व्यक्ति हैं। इन्हें यहाँ मंडली के बीच सहज करने के लिए ही मैंने अभी कुछ सुस्वादु बातें कह दीं। वस्तुतः यह कोई पैंतरा-वैंतरा नहीं जानते, एकदम सीधे-सपाट जीव हैं।...आज भी तो इन्हें मैं घर से उठाकर लाया हूँ। प्रसाद जी का नाम सुनकर यह तुरन्त चल पड़े, अन्यथा बहुत ना-नुकर करते।"

स्टेशन पर घंटी लगी। देखते-देखते जहाँ-तहाँ जैसे-तैसे पड़े-खड़े यात्री-सहयात्री गतिशील हो उठे। चन्द्रप्रकाश ने होंठ बिचकाए, "यानी कि अब आधे-पौन घंटे के भीतर ट्रेन हमारे सामने होगी?"

"हाँ, पिछले स्टेशन से खुल चुकने के बाद ही तो घंटी लगती है।"

"अब जो हो, गाड़ी चाहे जब आए, प्रसाद जी को लेने आए हैं तो उन्हें बिना साथ लिये तो यहाँ से हिलेंगे नहीं।" सरोज ने सकुचाते हुए बोलकर अपनी सहज घुलनशीलता का प्रमाण पेश करने का प्रयास किया, "असल में उन्हें देखे वर्षों हो चुके हैं, इसलिए

मिलना बहुत आवश्यक लगा। शहर में प्रवेश के बाद तो वह तमाम विशिष्ट जनों के बीच घिरे होंगे, वहाँ मुझ जैसे व्यक्ति की पहुँच तो बन नहीं सकेगी, इसीलिए जानकारी मिलते ही चल पड़ा। यहाँ से अधिक आसान अवसर भला और कहाँ मिलेगा?"

"अरे, ऐसा नहीं। प्रसाद जी भला कहाँ 'समारोही शेर' हैं, वह तो हमेशा मंच से बचकर निकल लेने वालों में हैं। 'विशिष्टता-प्रदर्शन' तो उनके व्यवहार में है ही नहीं।... पात्र मिल जाए तो वह कविताएँ यहाँ-वहाँ कहीं भी सुना सकते हैं, किन्तु 'मंच' के लिए उनका एक ही उत्तर लगभग पूर्वघोषित और सर्वज्ञात है—'नहीं'। कविता सुनाने के लिए उनकी एकमात्र शर्त होती है आत्मीयता, न कि भारी भीड़ या कोई आयोजनगत भव्यता।" चन्द्रप्रकाश ने बोलते हुए इजाजत लेनेवाले अंदाज में हाथ जोड़कर मिश्र-बंधुओं की ओर ताका, "ट्रेन आने और प्रसाद जी के दर्शन मिलने में अभी कुछ देर है, आप लोग अनुमति दें तो मैं इस संदर्भ का एक ताजा घटना-क्रम आप लोगों को सुना डालूँ? मजा आ जाएगा। इससे पता चल जाएगा कि हमारे प्रसाद जी क्यों मंच से बचते हैं। यह भी कि अपने इस स्वभाव की एवज में वह संपर्कित काव्य-प्रेमियों की भरसक क्षतिपूर्ति करने में भी पीछे नहीं रहते। यह कार्य वह बिना किसी माँग-अनुरोध के ही अपने स्तर से स्वयमेव कर डालते हैं।"

"सुनाइए, सुनाइए। इससे अधिक आनन्दप्रद बात भला दूसरी क्या हो सकती है कि प्रसाद जी की प्रतीक्षा करते हुए हम लोग उन्हीं से जुड़े प्रसंग या संस्मरण सुन सकें!" शुकदेव बिहारी मिश्र ने तीव्र जिज्ञासा-आवेग के साथ अपना लम्बा मौन तोड़ा, "मुझे तो जितनी प्रिय उनकी रचनाएँ लगती हैं, उससे कहीं अधिक आनन्दप्रद उनकी चर्चाएँ।"

"और स्वयं प्रसाद जी अपनी रचना या चर्चा से कहीं अधिक रुचिकर हैं।" गणेश बिहारी मिश्र ने मुस्कुराते हुए जैसे अपनी अत्यन्त संचित अनुभूति निकालकर सबके सामने रखी, "अब तो कुछ दिनों के लिए उनका मूल्यवान सामीप्य भी मिलने ही जा रहा है। गौर करना, एक-एक वाक्य वह ऐसा तराशा हुआ बोलेंगे कि हर बार चकित होकर रह जाओगे।...आयु में वह मुझसे दो-चार साल नहीं, लगभग दो दशक छोटे हैं किन्तु उनकी प्रतिभा का मैं कायल हूँ।"

"लेकिन, भाई साहब, मैं एक बात कहना चाहूँगा..." चन्द्रप्रकाश ने होंठों के कोरों में मुस्कान समेटे हुए हाथ जोड़ लिये, "मैं तो आपके पुत्र क्या, पौत्र के समान हूँ, अन्यथा मत लीजिएगा।"

"बोल जाओ भैये, जो भी बात जेहन में आ गई है, बोल जाओ।" श्यामबिहारी मिश्र ने पीठ पर हाथ रखकर हौसला बढ़ाया, "हम लोग शब्द-संसार के लोग हैं। शब्दकोश के आँगन में क्या कोई शब्द महत्त्व-घनत्व के मामले में किसी भी अन्य से जरा भी कम होता है? उसी तरह रचनाकार भी अन्ततः रचनाकार है, उम्र कम या अधिक होने से क्या होता-जाता है! लेकिन एक बात मैं ध्यान दिला दूँ कि यहाँ कोई ऐसा लम्बा संस्मरण न खोल के बैठ जाना कि अनर्थ ही होकर रह जाए। कहीं ऐसा न हो कि ट्रेन आ जाए, इसके बाद यहाँ से आगे भी निकल जाए! प्रसाद जी यहाँ से निकलकर कहीं के कहीं पहुँच जाएँ, और यहीं खड़े-खड़े हम लोग तुम्हारे संस्मरण के घटाटोप में डूबते-उतराते रहें!"

"हिन्दी साहित्य में आप मिश्र-बंधुओं की जबरदस्त धाक है। जहाँ भी चर्चा होती है, आप तीनों एक साथ याद किये जाते हैं, जबकि ऐसा लाभ गुप्त-बंधुओं को नहीं मिल पाता। कम-से-कम मैंने तो कहीं भी एक साथ मैथिलीशरण जी या सियारामशरण जी की आज तक कोई उल्लेखनीय चर्चा न कहीं सुनी है, न पढ़ी है।" बोलते-बोलते चन्द्रप्रकाश को लगा, कहीं 'धाक' शब्द कोई उल्टा भाव न पैदा कर दे! उन्होंने तत्क्षण इसे सुधारने का प्रयास किया, "क्षमा करेंगे, मेरा तात्पर्य यह कि आप तीनों भाइयों का मामला एक अनोखा उदाहरण है।"

"हमारा उदाहरण अनोखा इसलिए है, क्योंकि हमारे बीच का रिश्ता बड़ा चोखा है।" गणेशबिहारी मिश्र ने छूटते ही चुटकी ली। सभी ठठा पड़े।

चन्द्रप्रकाश को यह लग गया कि इस चर्चा को तूल मिलने से बात बिगड़ते देर नहीं लगेगी। लिहाजा वह मुँह बंद किये सिर हिला-हिलाकर सुनता रहा।

ठहाके का वेग थमा तो उन्होंने आगे टिप्पणी की, "हमारी तरह वे लोग एक साथ रहते-चलते भी कहाँ हैं!...हम तीनों भाई यहाँ आज आपको जैसे एक साथ खड़े दिख रहे हैं, क्या आपको गुप्त-बंधु इकट्ठे ऐसे कभी कहीं दिखे हैं? मैथिलीशरण जी मेरे अनुज की तरह हैं, उनका मजाक नहीं उड़ा रहा, किन्तु आपको यह बता दूँ कि हम तीनों भाइयों ने जिस तरह अपने सगे भाईचारे के समानान्तर आपसी मित्रता-भाव विकसित कर लिया है, ऐसा करना उन दोनों ही नहीं, किन्हीं अन्य लोगों के लिए भी सरल नहीं हो सकता। पक्का जुड़ाव सम्भव करने के लिए दो ईंटों को सदा के लिए कठोर संयम और अनुशासन धारण करना पड़ता है। क्या स्वेच्छया उछलने-कूदने और मनमानी उड़ानें भरती रहनेवाली ईंटें कभी जुड़ सकती हैं? आपने किवाड़ की रचना देखी होगी। उसके पल्लों को परस्पर जुड़ने के लिए कितना कटना-छँटना, बसूले से छिलना और कीलों का दर्दनाक प्रहार-प्रवेश सहना पड़ता है!"

अग्रज चुप हुए तो शुकदेव बिहारी ने मुस्कुराकर आग्रह किया, "युवा मित्र, आप प्रसाद जी से सम्बन्धित कोई प्रसंग सुनाने वाले हैं न, सुना ही डालिए।"

"लेकिन, कृपया संक्षेप में ही।" श्यामबिहारी ने आहिस्ते किन्तु लगभग सबको सुनाकर आगाह किया।

गणेश बिहारी ने सिर हिलाकर अनुज को ऐसी टिप्पणी से बरजा।

चन्द्रप्रकाश बताने लगा :

"यह अभी पिछले ही दिनों की बात है। आप लोग तो हमारे हिन्दी विभागाध्यक्ष बाबू श्यामसुन्दर दास को जानते ही हैं। वह जैसे गहन विद्वान, वैसे ही अक्खड़-अडिग स्वाभिमानी। तो हुआ यह कि साहित्यिक-सांस्कृतिक संस्थाओं को मिलने वाला अनुदान इस वर्ष हिन्दी विभाग को अपर्याप्त मिला। अन्य विभागों की तुलना में लगभग नगण्य। आट्र्स कॉलेज ही स्वयं से सम्बद्ध संस्थाओं को यह अनुदान देता है। इसके प्रिंसिपल हैं एक दक्षिण भारतीय महाशय। उनका नाम तो मैं फिलहाल भूल रहा हूँ किन्तु वह 'शास्त्री' उपाधि लिखते हैं। विचित्र व्यक्ति। पक्के नेमी-टेमी, कट्टर शुद्धतावादी। कोई यदि भूलवश उनके कक्ष में जूते-चप्पल पहने घुस आए तो पल भर में दुर्वासा बन बैठें! तो अनुदान के सवाल पर बाबू श्यामसुन्दर दास ने उन्हें अपना प्रतिरोध लिख भेजा।

इस पत्र में उन्होंने हिन्दी विभाग के लिए स्वीकृत राशि अन्य विभागों के समान करने का अनुरोध किया। लगे हाथ अन्तिम वाक्य में यह चेतावनी भी दे डाली कि यह राशि अन्य विभागों के समान नहीं की गई तो इस वर्ष हिन्दी विभाग विश्वविद्यालय में कोई आयोजन नहीं करेगा।

पत्र पढ़ते ही स्वाभाविक रूप से प्रिंसिपल महोदय आगबबूला। इसका पता किसी तरह मुझे चल गया। चूँकि विभागीय हिन्दी समिति का मंत्री मैं ही ठहरा, इसलिए बहुत चिन्ता हुई। दौड़ता हुआ सबसे पहले डॉ. पीताम्बरदत्त बड़थ्वाल के पास जा पहुँचा। उन्होंने भी इसे गम्भीरता से लिया। तत्काल कुछ जरूरी पहल पर तैयार हो गए। इसके बाद कुछ अन्य प्राध्यापक और छात्रों को साथ लेकर हम लोग बाबू श्यामसुन्दर दास से मिले। उन्हें सलाह दी गई—चूँकि मामला हिन्दी से जुड़े आयोजनों के भविष्य का है, इसलिए शास्त्री जी से एक बार तो अवश्य मिल लीजिए। वह भी विद्वान व्यक्ति हैं, आपसे मिलकर प्रभावित हुए बगैर नहीं रहेंगे। अनुरोध का तुरन्त असर हुआ। विभागाध्यक्ष महाशय जाने को तत्काल तैयार हो गए। किन्तु जैसे ही यह ध्यान में आया कि प्रिंसिपल-कक्ष में प्रवेश से पहले तो जूते उतारने होंगे, वह बिदक गए। सीधे इनकार कर दिया। बात जहाँ की तहाँ फँसी रह गई।

परिणाम वही सामने आया, जिसकी आशंका रही। धन के अभाव में हिन्दी समिति शिथिल पड़ गई। तुलसी जयंती का अवसर आया, लेकिन विभाग में एक पत्ता तक नहीं खड़का। मौन छाया रहा। जयंती पर भी गोस्वामी जी का कोई चर्चा-स्मरण नहीं हो पाना अधिकांश लोगों को अखर गया। जल्द ही भारतेन्दु जयंती की तिथि समीप आ गई। मित्रों में जबरदस्त बेचैनी थी कि कहीं यह अवसर भी सन्नाटे की भेंट न चढ़ जाए। सबने मिलकर तय किया और समिति से जुड़े हम कुछ लोग बड़थ्वाल जी के नेतृत्व में बाबू श्यामसुन्दर दास के पास पहुँचे। उनसे अनुरोध किया गया—आप विभागाध्यक्ष बनकर नहीं, समिति के संरक्षक के तौर पर इस पीड़ा को महसूस कीजिए। हम अपने महान पुरखे रचनाकारों को विधिवत् श्रद्धा के दो फूल भी समर्पित नहीं कर पा रहे। बातें उन्होंने धैर्यपूर्वक सुनीं। हमारी भावनाएँ सम्भवत: उन्हें छू भी गईं। उन्होंने औपचारिक अनुमति दे दी किन्तु साथ ही यह टिप्पणी की—बीच में यदि कोई व्यवधान उत्पन्न हो जाए तो फिर मेरे पास न आना।

अब आई आयोजन के लिए हॉल की स्वीकृति के लिए प्रिंसिपल के पास जाने की बारी। तय हुआ कि पाँच व्यक्तियों की टीम उनके कक्ष में जाएगी। सो, हम उनके पास जा पहुँचे। जूते बाहर उतार दिये गए और पूरा प्रतिनिधि मंडल उनके कक्ष के भीतर। प्रिंसिपल ने बाघ की तरह सिर उठाकर देखा, हम सारे लोग स्याह! उन्होंने चश्मे के भीतर आँखें फैलाईं, तो मोटे लेंस के पीछे अजीब बड़ी-बड़ी पुतलियाँ जैसे दहाड़ मारने लगी हों! देखकर भय उत्पन्न हुआ। खैर, हॉल की स्वीकृति के लिए लिखा आवेदन-पत्र उनके सामने निवेदित किया गया। उन्होंने तत्काल उस पर अपना इनकार दर्ज कर दिया—हॉल नहीं दिया जा सकता।

हम लोगों को इतना तो अंदाजा था कि उनसे अब कुछ कटु वचन सुनने पड़ सकते हैं किन्तु एकबारगी ऐसा सोचा तक नहीं गया था कि वह हॉल देने से सीधे इनकार ही कर

देंगे। वहाँ से निकलकर हम लोग विभागाध्यक्ष के पास भी जाने लायक नहीं थे क्योंकि उन्होंने पहले से बरज रखा था। डॉ. बड़थ्वाल ने प्रो वाइस चांसलर के पास चलने की सलाह दी। हम लोग उनके पास भी गए किन्तु कोई लाभ नहीं। उन्होंने प्रिंसिपल साहब के आदेश को बरकरार रखा।

दूसरे दिन किसी ने अँगरेजी के एक स्नातकोत्तर छात्र शशिकान्त की चर्चा की। उसके बारे में बताया कि वह कुलपति पंडित मदनमोहन मालवीय से हमें आसानी से मिलवा सकता है क्योंकि वह उनका परिजन है। हम लोगों ने उसे खोजकर मुलाकात की और मामला बताया। उसने छूटते ही कहा—दादा जी तो स्वयं ही भारतेन्दु हरिश्चन्द्र के प्रशंसकों में हैं। उनकी जयंती के नाम पर कोई स्वीकृति देने में वह जरा भी देर नहीं लगाएँगे। यह सुनकर हम लोगों की हताशा का बड़ा हिस्सा तो तत्काल मिट गया, स्वाभाविक रूप से काफी उम्मीदें भी जाग उठीं। इधर, डॉ. बड़थ्वाल ने हमें समझाया, 'चूँकि पंडित जी हमारे कुलपति हैं, इसलिए उनके पास प्रिंसिपल के विरुद्ध मामला लेकर मेरा जाना उचित नहीं होगा। शशिकान्त के साथ आप लोग ही मित्र के रूप में चले जाएँ तो अच्छा रहेगा।' इसके बाद तो हम लोग उनसे मिलने और उनके सामने अपनी बातें रखने को और अधिक उत्कंठित हो उठे। शशिकान्त ने स्वयं भी उत्साह दिखाया।

तो, उसके माध्यम से हम लोग कुलपति-निवास तक पहुँच गए। वहाँ पंडित जी की जो छवि दिखी, वह सर्वथा अद्‌भुत। शुभ्र-धवल व्यक्तित्व। जैसे सामने कोई दिव्य पारद-प्रतिमा चमचमा उठी हो! मन खिल उठा। उनके इतने समीप पहुँचकर तो हम सचमुच अभिभूत। जैसे कोई चिरप्रतीक्षित स्वप्न साकार हो रहा हो! हममें से प्राय: प्रत्येक व्यक्ति लगभग सम्मोहित। लगा, कि जीवनदृष्टि के विराट और जीवन-लक्ष्य के जनसेवान्मुख होते ही सचमुच व्यक्तित्व भी जाज्वल्यमान हो उठता है। उन्होंने हमारी मानसिक दशा सम्भवत: भाँप ली थी। शशिकान्त से घरेलू शब्दावली में ही बात शुरू की। बीच-बीच में स्नेहिल मुस्कान के साथ हमारी ओर ताक लेते। हमें उसके संगी-साथी के तौर पर ही व्यवहृत करने लगे। शशिकान्त ने मौका देखकर संक्षेप में हमारी समस्या उनके सामने रख दी और मेरी ओर ताककर अपनी बात कह डालने का संकेत दिया। मैंने पूरा प्रसंग उनके सामने रख दिया। उन्होंने हमारी बातें ध्यानपूर्वक सुनीं और हल्के मुस्कुराए। मेरे हाथ में ही आवेदन था, पंडित जी ने इसे माँगा। एक दृष्टि डाली और प्रिंसिपल के आदेश को काटते हुए अपना आदेश लिखा : 'यह हॉल यथासमय भारतेन्दु जयंती के लिए खोल दिया जाए, मैं स्वयं इस सभा में उपस्थित रहूँगा।'

हम लोग वहाँ से खुशी-खुशी निकले और बाबू श्यामसुन्दर दास के पास आए। पंडित जी का आदेश देखकर उनकी नाक-भौं भी सीधी हो गई। इधर, एक नई समस्या उठ खड़ी हुई। भारतेन्दु जयंती समारोह की अध्यक्षता की पूर्व स्वीकृति देने के बावजूद महाकवि निराला पिछली रात अचानक लखनऊ रवाना हो चुके थे। शिवनारायण लाल श्रीवास्तव ने मेरा ध्यान खींचा 'तुम्हारे तो महाकवि जयशंकर प्रसाद से भी अच्छे रिश्ते हैं, उनसे आने का आग्रह करो। वह आ जाएँगे तब तो आयोजन और आनन्दप्रद बन जाएगा।'

मुझे तो प्रसाद जी के स्वभाव का अंदाजा हो चुका था। लग रहा था कि पता नहीं, वह क्या सोचें! बहुत हिम्मत जुटाकर उनके पास गया। वह घर में नहीं मिले। सरायगोवर्द्धन

से नारियल बाजार पहुँचा। मुलाकात हुई। प्रतिष्ठान के सामने बैठकी जमी थी। उन्हें अलग हटाकर अपनी बात बताई। उन्होंने सीधे इनकार तो नहीं किया किन्तु बी.एच.यू. के सार्वजनिक समारोह में अपने शामिल होने का एक कटु अनुभव सुनाने लगे। उस समारोह में वहाँ कुछ छात्रों ने जबरदस्त बवाल काटा था। पूरे समारोह में फब्तियाँ कसने और चिड़िया उड़ाने का उत्पात चलता रहा। उन्होंने सविस्तार यह प्रसंग सुनाते हुए यह भी बता दिया कि उसी के बाद उन्होंने प्रतिज्ञा कर ली है कि अब वह किसी सार्वजनिक समारोह में नहीं जाएँगे। यह सब सुनकर मेरा चेहरा उतर गया। मुझे निराश होते देख वह आगे बोले, 'तुम मेरे निकट आ चुके हो, यदि सोचकर कहो तो मैं अपनी प्रतिज्ञा को तोड़ भी सकता हूँ।' लेकिन, ऐसे में मैं भला कैसे जिद कर सकता था! बहरहाल, उन्होंने स्वयं ही इसकी क्षतिपूर्ति के तौर पर यह आश्वासन दिया कि निराला जी लौट आएँ तो वह एक दिन मेरे यहाँ आएँगे और 'कामायनी' के कुछ अंश सुनाएँगे। मैंने लौटकर मित्रों को पूरी बात बताई। प्रसाद जी के आश्वासन पर सभी झूम उठे। इसके बाद किसी को उनके भारतेन्दु जयंती समारोह में नहीं आ पाने का कोई मलाल न रहा।

खैर, तो भारतेन्दु जयंती समारोह बगैर प्रसाद जी या निराला जी की उपस्थिति के शुरू हुआ। कुलपति पंडित मदनमोहन मालवीय भी किसी आकस्मिक व्यस्ततावश नहीं आ सके किन्तु अपना लिखित शुभकामना-संदेश अवश्य भिजवाया। आचार्य नन्ददुलारे वाजपेयी ने अध्यक्ष पद सँभाला। उन्होंने भारतेन्दु बाबू और उनके युग-योगदान पर विद्वत्तापूर्ण व्याख्यान दिया। प्रसाद या निराला होते तो बेशक बात ही कुछ और होती किन्तु इतनी बाधाओं के बावजूद समारोह सम्पन्न हो जाने की खुशी ने यह मलाल भी धो दिया। कोई हफ्ता भर बाद महाकवि निराला लौट आए। उन्हें जब पूरा मामला बताया गया तो अपने शामिल न हो पाने पर उन्होंने गहरा अफसोस जताया किन्तु इसकी सफलता पर खूब संतोष व्यक्त किया। पीठ ठोंक-ठोंक कर देर तक मुझे शाबाशी और आशीर्वाद देते रहे।

संयोग ऐसा कि एक दिन सरायगोवर्द्धन से लौटते हुए निराला जी ने ही यह संदेश दिया कि सायंकाल यहाँ प्रसाद जी आएँगे। मैंने अपने तमाम इच्छुक मित्रों को जा-जाकर यह सूचना पहुँचा दी। देखते-ही-देखते जानकीवल्लभ शास्त्री, परमानन्द वाजपेयी, ब्रह्मदत्त 'शिशु', शिवनारायण लाल श्रीवास्तव, लक्ष्मीनारायण मिश्र 'संचय' और वाचस्पति पाठक आदि जुट गए। महाकवि प्रसाद के स्वागत-सत्कार की व्यवस्था की कमान निराला जी ने स्वयं सँभाल ली। पाठक जी को भेजकर किसी विशेष दुकान से पान की गिलौरियाँ मँगवाईं। छत पर दरी-चादर लगवाई। वह आए तो निराला ने विनम्रतापूर्वक स्वागत किया। कविता-पाठ का क्रम जानकीवल्लभ शास्त्री के मधुर स्वर से आरम्भ हुआ। निराला संकेत देते गए और वह एक पर एक कई गीत आलाप गए। युवाओं को सुनने के बाद निराला जी ने 'तुलसीदास' के पृष्ठ खोले। उनके पाठ से जैसे पूरा माहौल ही बदल गया। महाकवि प्रसाद के संकेत पर उन्होंने कुछ गीत भी गाए। सबसे अंत में 'कामायनी' के मुद्रित किन्तु खुले पृष्ठ फड़फड़ाए। अन्तिम दो सर्गों का पाठ उन्होंने अत्यन्त भावपूर्ण ढंग से किया। सधा गला, मधुरतम स्वर किन्तु सर्वथा संयत आलाप। कविता के गायन में उजागर होती उनकी सांगीतिक दक्षता भी अलग से चकित करने

वाली। मेरे लिए प्रसाद जी के मुँह से इस तरह विधिवत् काव्य-पाठ सुनने का यह पहला और अविस्मरणीय अवसर रहा।

प्रसाद जी चुप हुए तो जैसे बहता-गूँजता हुआ समय भी थम-ठिठककर थिरने लगा। निराला जी ने गद्‌गद भाव से समापन-टिप्पणी की, "आधुनिक हिन्दी के महाकाव्य का अवतरण हो चुका है। हिन्दी का यह स्वर्णयुग अपने पूर्ण प्रकर्ष पर है। हम लोगों का यह सौभाग्य है कि हमें आज स्वयं 'कामायनी'कार के श्रीमुख से इसके भाव-वैभव की प्रत्यक्ष उपलब्धि हो सकी।"

चन्द्रप्रकाश के संस्मरण का ऐसा रंग जमा कि सभी उसी में जम-से गए। किसी को ट्रेन का खयाल ही न रहा। न कानफाड़ू लम्बी सीटी पर ध्यान गया, न प्लेटफार्म पर उसका धड़धड़ाता हुआ प्रवेश पता चल सका। जब सामान उठाए लोग दौड़ने-भागने और इधर-उधर से टकराने लगे तो सभी जैसे होश में लौटे हों!

"वाह, ठाकुर साब, खूब कमाल किये। प्रसाद जी का ऐसा संस्मरण छेड़ दिये कि इस भीड़ में अब यहाँ खुद प्रसाद जी ही कहीं न भटककर न रह जाएँ!" श्यामबिहारी मिश्र से रहा न गया, उलाहना दे डाली, "मैंने पहले ही मना किया था कि यह रेलवे स्टेशन है। यहाँ हम लोग प्रसाद जी को लिवाने आए हैं। घंटी हो चुकी है, गाड़ी पहुँचने वाली है। यह स्थान और अवसर संस्मरण के लिए कदापि उपयुक्त नहीं है, लेकिन..."

गणेशबिहारी मिश्र ने तेज आवाज में सबको कहा, "अब कोई दूसरी बात नहीं। तुरन्त कुछ लोग आगे निकल लीजिए और कुछ लोग पीछे। प्लेटफार्म पर प्रसाद जी न दिखें तो एक-एक बोगी में भी झाँक लेना होगा। ट्रेन का पिछला हिस्सा यहाँ से बहुत दूर है, युवा मित्र को दौड़कर उधर ही जाना चाहिए।...मैं बूढ़ा हूँ, यहीं जमकर बीच का मोर्चा पकड़ ले रहा हूँ। ऐसा नहीं है कि प्रसाद जी अकेले आए होंगे और कोई अदद झोला लटकाए उतरकर सर्र-से बाहर निकल चुके होंगे!"

आगे की ओर भागते हुए श्यामबिहारी ने फिर बाण चलाया, "इसे कहेंगे 'संस्मरण संकट'! इस युवा साहित्य-प्रेमी ने एक ही चाल में इकट्ठे सबको नचाकर रख दिया। अच्छी-खासी कसरत करा दी।"

ट्रेन से उतरकर यात्रियों के एक पर एक कई गुच्छ बाहर की ओर बढ़ चुके हैं। इसके बावजूद बोगियों से लोगों का उतरना और सामान उतारना कम नहीं हुआ है। आसपास और चारों ओर रेंगते नजर आ रहे हैं—बोझ से लदे यात्री और छोटे-छोटे पहाड़ उठाए कुली।

लम्बी दूरी का दायित्व-भार मिलने पर चन्द्रप्रकाश प्रसन्न। दौड़ते हुए उत्साह छलकाया, "निश्चय ही मैं तेज उड़ान भी भर सकता हूँ और महाकवि के न दिखने पर एक-एक बोगी में झाँकने का काम भी मिनटों में पूरा कर सकता हूँ।"

सवार होने वाले तो अब इक्का-दुक्का ही दौड़ते दिख रहे। उतरे यात्रियों का रेंगता रेला लगभग जस-का-तस। कोई हाथों में बक्सा-बेड उठाए हुए तो किसी के सिर पर बोझ। चेहरों पर गाढ़ी थकान, लेकिन इसके ऊपर खुली हवा के संस्पर्श के छोटे-छोटे राहत-कण भी। चारों ओर फैल रही है ट्रेन के भीतर वाली खास उबासी। यात्रा की ऊब-थकान की अनुभूति जैसे रोम-रोम पर चढ़ आई हो चींटियों की तरह! चारों ओर

विहंगम दृष्टि नचाते गणेशबिहारी बुदबुदाए, "काम चल जानेवाला हो तो लम्बी यात्रा से परहेज ही अच्छा। घंटे-दो घंटे तो ठीक, लेकिन डिब्बे में पूरा-पूरा दिन बंद रह जाना बहुत दर्दनाक हो जाता है। एक तो सट-सटकर बैठे-ठसाये लोगों की छूटती साँसें खींचो; दूसरे, दोनों ओर के गुसलखानों की बदबू से भी दो-चार होते रहो!"

आगे से लौटते श्यामबिहारी ने दूर से तेज आवाज में बताया, "आ गए हैं! आ गए प्रसाद जी!"

"कहाँ?...कहाँ हैं?...खड़े हैं क्या कहीं?" गणेशबिहारी आगे बढ़ने लगे, "काहे खड़े हैं? चलो, चलकर उनका सामान उठा लें हम लोग। बक्सा-वक्सा भी लेकर आए हैं क्या वह?"

"आप बक्सा-वक्सा पूछ रहे हैं! दो-चार नहीं, दर्जनों बड़े-बड़े बंडल और बोझ ढेरियाये हुए रखे हैं। पाँच-छह लोग भी हैं उनके साथ में।"

"तुम वहीं उनके पास चलो।...हमारे बाकी लोग किधर गए? उधर तो कोई और नहीं दिख रहा! बाकी सारे लोग पीछे की ओर ही चले गए क्या?"

"मैंने तो सिर्फ चन्द्रप्रकाश को पीछे जाने को कहा था क्योंकि यहाँ से इंजन तो दिख ही रहा है, गार्ड बोगी सम्भवत: आधा मील से कम दूर नहीं।"

"तो, इसीलिए ज्यादातर लोग पीछे ही दौड़ गए होंगे। खैर, अब जल्दी से उधर चलते हैं।" दोनों भाई आगे बढ़ने लगे। सामने से आते दिख गए प्रसाद। पाँच सहयोगियों के काफिले के साथ। साथ में आधा दर्जन कुली, सामान से लदे हुए।

निकट आकर झुकने लगे तो गणेशबिहारी ने उनके दोनों हाथ पकड़ लिए, "नहीं, ऐसा कदापि नहीं!"

"पंडित जी, आप अग्रज भी हैं और ब्राह्मण भी। मुझे आशीर्वाद ग्रहण करने दें।"

"प्रसाद जी, मैं तो महज ब्राह्मण कुल में जन्मा हूँ, आपने तो अपने बौद्धिक पुरुषार्थ से शब्द-ब्रह्मा का पद अर्जित किया है।...भला ब्रह्मा से बड़ा कौन होगा?" गणेशबिहारी ने प्रसाद को गले लगाया, "मुझे गणेश ही रहने दें, आप शंकर बने रहें।"

"प्रसाद जी, ऐसा न समझिएगा कि केवल हम मिश्र-बंधु ही आपके स्वागत में पहुँचे हैं, यहाँ पूरा काफिला जुटा हुआ है। लेकिन, लगता है, सारे लोग फिलहाल पीछे चले गए हैं आप ही को खोजने। ज्यादातर डिब्बे उधर ही पड़े हैं न!" श्यामबिहारी ने हाथ जोड़कर बताया, "सभी लोग आ जाएँ तो हम लोग एक साथ निकलते हैं बाहर। आपके एक पुराने साथी भी हमारे साथ आए हैं। कोई ऐसा दिन नहीं बीतता जब वह मिलें और किसी-न-किसी बहाने आपकी चर्चा न करें! इसीलिए उनके घर जाकर मैंने आपके आने की सूचना दी। वह इसके लिए बहुत कृतज्ञ हुए और गद्गद भाव से उठकर हमारे साथ हो लिए।"

प्रसाद अचकचाए-से ताक रहे हैं। कुछ पूछते, इससे पहले गणेशबिहारी ने भौंहें उचकाकर सामने इशारा किया। श्यामबिहारी पीछे मुड़े और चहक पड़े, "यह लीजिए, नाम लेते ही..."

"शैतान हाजिर!" लगभग दौड़ते आए सरोज ने मुस्कुराकर वाक्यांश जोड़ दिया।

"जो दिन-रात याद करे, वह शैतान नहीं, आशिक है।" प्रसाद ने सरोज के जुड़े हाथों को पकड़कर बलपूर्वक खोला और अंकवार में भर लिया, "मित्र, सात-आठ

दिन पहले ही मैंने कबीरचौरा आदमी भेजकर तुम्हारा मौलवीगंज का पता मँगवाया है। यह सिर्फ इसीलिए कि मौका मिला है तो कुछ समय फिर साथ गुजर सके। आनन्द आएगा।"

सरोज के चेहरे पर सुखद आश्चर्य का जैसे दृश्यमान तूफान। मिश्र-बंधु तो हक्का-बक्का। गणेशबिहारी ने तुरन्त टोका, "ऐं, यह क्या? यह आप क्या बोल रहे हैं?"

प्रसाद ने बोझ उठाए लोगों की ओर संकेत किया, "सबसे पहले तो हम लोग इनका खयाल करें और बाहर निकलें। सामान रखकर ये लोग सुस्ताएँगे और हम जी भरकर बातचीत..."

सभी चल पड़े। श्यामबिहारी ने आँखें नचाकर प्रेम-पाश कसते हुए चेताया, "प्रसाद जी, आप तो कब के ब्रजभाषा युग से मुक्त हो चुके हैं, अब कोई सवैया-सोरठा पैंतरा न चलें। आप घोषित रूप से आज हमारे अतिथि हैं। आप इसकी मर्यादा-रेखा तोड़ नहीं सकते। कोई किन्तु-परन्तु नहीं, चुपचाप हमारी कोठी चले चलिए।"

प्रसाद चुपचाप सामने देखते बढ़ रहे हैं। कुली और सहयोगी कुछ कदम आगे हो गए हैं। श्यामबिहारी कदमों को तेज करते उन लोगों को दिशा बताने के लिहाज से आगे जाने का प्रयास कर रहे हैं। गेट से बाहर निकलकर सभी एक जगह जमा हो गए। श्यामबिहारी ने एक कुली को सहयोग कर उसका सामान उतरवाया। दोनों हाथ के सामान रख रामानन्द मिश्र ने हाथ बढ़ाया, "श्यामबिहारी जी, आपसे मेरी एक बार मीरजापुर में भेंट है। आपने सम्भवतः मुझे पहचाना नहीं, मैं रामानन्द मिश्र हूँ।"

"अरे, हाँ-हाँ-हाँ, रामानन्द जी, जब से आपको देखा है, तभी से मैं मन-ही-मन अपना स्मृति-कोष उलट-पलट रहा हूँ किन्तु सचमुच अपने बूते आपको पहचान न सका। मुझे क्षमा करेंगे, सचमुच मैं शर्मिन्दा हूँ।" श्यामबिहारी पिघलकर जैसे बह चले हों, "इसे मेरा दंभ नहीं, कृपया स्मृति-भ्रंश ही समझिएगा।"

"भाई साहब, आप हमारे अगुआ रचनाकार हैं। निश्चय ही हमें इसका भान है।"

"मैं आप लोगों के तमाम क्रियाकलापों-प्रयासों की जानकारी लेता रहता हूँ। रत्नाकर रसिक मंडल के माध्यम से प्रसाद जी के नाटकों की मंचीयता सिद्ध कर आपने तो जो योगदान किया है, वह ऐतिहासिक पहल है। आपने तो उन बड़बोले नकचढ़ों के तमाम बारूद-हथगोले ही नाकाम कर दिये हैं, जो अमंचीय बताते हुए प्रसाद जी के नाटकों को नकारने के बहाने पूरा माहौल नष्ट-भ्रष्ट करने पर तुले हुए थे।" श्यामबिहारी ने हवा में मुक्का लहराकर जैसे प्रसंगवश अपना संचित रोष विसर्जित किया।

गणेशबिहारी और प्रसाद साथ-साथ आ पहुँचे।

थसके पसरे कुली सँभलने लगे तो प्रसाद ने दोनों हाथ उठाकर बरजा, "नहीं, नहीं, अभी कोई काम नहीं। दस मिनट आराम कर लो, तब तक पीछे वाले लोग आ जाएँगे। उनसे मिलकर ही चलना अच्छा रहेगा।"

गणेशबिहारी का संकेत पाकर श्यामबिहारी सड़क की ओर लपके तो प्रसाद ने बढ़कर हाथ पकड़ लिया, "आप लोग कोई कष्ट न उठाएँ। मैं सुख बटोरने नहीं, आनन्द बाँटने आया हूँ। सहर्ष आदेश दें कि मैं अपने मित्र के यहाँ अपना शिविर गाड़ सकूँ। अग्रजों के यहाँ रहना यों भी असहज करनेवाला होगा जबकि मित्र तो मित्र हुआ

न!...जब इच्छा करे, तब भर मन गाल-गप्पें और जब जरूरत लगे, तब कंधे पर सिर टेक चार धार नीर!"

गणेशबिहारी ने तेज-तेज सिर हिलाना शुरू कर दिया, "हो न हो, आप हमें ब्राह्मण समझकर ही चलने से बचना चाह रहे हों!"

"पंडित जी, बोल-व्यवहार में जुमले आ जाते हैं, इसका अर्थ यह कदापि नहीं कि मैं कोई जातिगत रूढ़ियाँ स्वीकारने वाला व्यक्ति हूँ। मैं आपको ब्राह्मण मात्र कदापि नहीं मानता। ब्राह्मणत्व को मैं वस्तुतः एक शाश्वत बुद्धि वैभव मानता हूँ।" प्रसाद के बोल-व्यवहारों में निर्णायक दृढ़ता।

श्यामबिहारी का स्वर मुर्झाया हुआ, "आप हमारे ही घर चले चलते तो बहुत खुशी होती। सम्भव हो तो अब भी अपने निर्णय पर विचार करें।"

"असल में सरोज जी की ससुराल काशी के ही कबीरचौरा मुहल्ले में है। चलते समय इनके ससुराल वालों ने बहुत आग्रह किया है कि इन्हीं के यहाँ टिकूँ और साथ रहकर इन्हें जीवन की कुछ व्यावहारिक सीख भी दूँ। इसीलिए एक साथ इन्हें और इनकी ससुराल, दोनों पक्षों को भला कैसे अप्रसन्न कर दूँ? आप लोग कृपया मुझे क्षमा कर दें।"

"लेकिन हम लोगों ने अपने यहाँ आपके रहने-खाने की सारी व्यवस्था कर रखी है।"

"हाँ-हाँ, वो तो ठीक है, लेकिन मैं अपनी कुछ आदतों से भी तो लाचार हूँ! देखिए न, पूरा इन्तजाम साथ लाया हूँ। कुल उन्नीस अददों में सामान बँधा हुआ है। इस ढेर में क्या नहीं है! आटा, चावल, सत्तू, घी, तेल, नमक, मसाले से लेकर आलू और दो दमचूल्हे तक। एक बोरी लकड़ी का कोयला भी।" प्रसाद ने सरोज की ओर इशारा किया, "इनके घर जा भर रहा हूँ, इनका अन्न का एक दाना भी ग्रहण नहीं करूँगा। अरे, जहाँ कन्यादान दिया गया है, वहाँ भोजन?"

"महाकवि, कुछ बात तो है कि आप ही प्रसाद जी हैं।" गणेशबिहारी का चेहरा खिल-सा गया है, "छंद-तुकों में किस्से-कहानी गूँथ-कूँथकर जल्दी-जल्दी जिल्द पर जिल्द बँधवाने-बढ़ाने वालों की आज कहाँ कमी है! दूसरी 'कामायनी' लिखकर कोई दिखाए, तब न जानूँ!"

"ऐसा क्यों कह रहे हैं आप?" प्रसाद ने आँखें मूँदकर दोनों हाथ जोड़ लिये हैं, "अब तक मुझसे जो कुछ भी बन पड़ा है, वह आप सभी लोगों के स्नेह-शुभकामनाओं के बूते ही तो सम्भव हुआ है। मुझे आशीष दें कि भविष्य में मेरी अन्य लेखकीय योजनाएँ भी पूरी हो सकें।"

पर्याप्त सामान और कई लोगों का झुंड देख ताँगे वाले आ-आकर सामने खड़े हो रहे हैं। कुछ ही दूरी पर। खुसुर-पुसुर करते वे इधर से आदेश मिलने की प्रतीक्षा में हैं। गणेशबिहारी ने इसे भाँपते ही श्यामबिहारी को इशारा किया, "हमारे लिए प्रसाद जी की इच्छा और प्रसन्नता ही सर्वोपरि है। मोटरगाड़ी वाला किधर है, बुलाओ। तुम स्वयं साथ जाकर इन्हें गाड़ी से सरोज जी के यहाँ पहुँचा आओ।"

"वो तो मुझसे पूछकर ही गाड़ी लेकर कारखाने की ओर गया है। चक्कों में हवा कम थी।...लेकिन अब तक तो बहुत देर हुई। उसे तो कब का लौट आना चाहिए था।" बोलते हुए श्यामबिहारी जल्दी से सड़क की ओर लपके।

"पंडित जी, गाड़ी का झंझट छोड़ दीजिए। मुझे तो नई जगहों पर पैदल चलना अधिक सुखकर लगता है, इससे चप्पे-चप्पे से साक्षात्कार होता चलता है। लेकिन यह सब उठाकर पैदल तो नहीं ही भटका जा सकता, इसलिए अनुमति दीजिए कि मैं उन ताँगेवालों की प्रतीक्षा का सुखद अंत कर सकूँ।" प्रसाद ने विनयपूर्वक आग्रह किया।

ताँगेवाले कुछ और निकट खिसक आए हैं। गणेशबिहारी हँस रहे हैं, "कोई बात नहीं। मैंने पहले ही कह दिया है कि जिसमें आपको प्रसन्नता हो, वैसी हर बात में मेरी सम्पूर्ण सहमति आपके साथ है।"

अग्रज की हाँक पर श्यामबिहारी लौट आए हैं। उन्होंने सामान लादने में ताँगे वालों को सहयोग करना चाहा, तो प्रसाद ने हाथ पकड़ लिया, "मेरे साथ आए सभी आपके अनुजवत् हैं...तो, उनके बूते से अधिक कार्य-भार होगा, तभी तो आपका जुटना अच्छा लगेगा। और जब वे मुझे ही कहीं हाथ नहीं लगाने दे रहे तो आपको भला कैसे कष्ट उठाने देंगे?"

सामान चार तांगों पर लादकर बाँधा गया। एक पर प्रसाद के साथ सरोज और रत्नशंकर, एक अन्य पर रामानन्द के साथ बाकी लोग। गणेशबिहारी ने हाथ जोड़कर आग्रह किया, "अब आप लोग निकलिए। यात्रा के थके हैं, चलकर आराम-वाराम कीजिए। मेरे जो सहयोगी अब भी आपको प्लेटफार्म पर ही तलाशने में जुटे हैं, उन सबको लेकर मैं सुबह आपके दर्शनार्थ पहुँचूँगा।"

प्रसाद ने शीश नवाकर कृतज्ञता व्यक्त की। देखते-ही-देखते टापें बजने लगीं। ताँगे हवा से बातें करने लगे। सनसनाती गति के साथ हिलते-हिचकोले खाते सरोज ने लंबा मौन तोड़ा, "प्रसाद जी, अफसोस कि मुझे पहले से ज्ञात नहीं रहा अन्यथा मैं उत्तम प्रबंध करता।"

"वह बनावटी होता। न तो सहज, न मेरे लिए स्वीकार्य ही।" प्रसाद ने स्वर हल्का कर लिया, "मिश्र-बंधुओं की कोठी में निश्चय ही कुछ साधन अधिक होंगे, लेकिन मुझे अंदाजा है कि कहाँ मुझे क्लेश मिलेगा और कहाँ आनन्द। उनके यहाँ की कैदबंदी मेरे लिए बहुत कष्टप्रद बन जाती।"

"फिर भी घर में कुछ भी तैयारी कर लेता।"

"तुम चिन्तित काहे होते हो? सब ठीक है, चलो तो!"

"किन्तु कम-से-कम आप लोगों का भोजन तो मैं बनवाकर रखता..."

"फिर ले-देकर वही बेमतलब की बात! मैंने जो मिश्र-बंधुओं को बताया, तुमने सुना नहीं क्या? सचमुच वहाँ पहुँचते-पहुँचते ही मेरा चूल्हा-चौका चालू हो जाएगा। गंगाराम, रणजीत सिंह और जीतन, तीनों मिलकर कैसे एक से एक स्वादिष्ट व्यंजन बनाकर पेश करेंगे, देखना। मैं तुम्हारे आँगन में दूसरा चूल्हा थोड़े ही जलने दूँगा। तुम्हारा और तुम्हारे परिवार का भोजन भी हमारे ही संग होगा।" प्रसाद ने पीठ पर हाथ फेरा।

"अरे भई, आप यह सब क्या-क्या बोले जा रहे हैं, मेरी तो कुछ समझ में ही नहीं आ रहा। चूल्हा-चौका तुरन्त थोड़े ही चालू हो सकेगा! सब्जियाँ वगैरह बनकर रखी होतीं और वहाँ हमारे पहुँचने के साथ ही चपातियाँ सिंकने-निकलने लगतीं। रास्ते की सारी थकान..."

"मैंने तुम्हें कहा न, तुम कोई चिन्ता ही मत करो। सारी बातें पहले से आँकी-समझी जा चुकी हैं और सचमुच उनका मुकम्मल इन्तजाम लेकर चले हैं हम लोग। इस समय के लिए तो कुछ सोचने की आवश्यकता ही नहीं। दर्जन भर लोगों के भोजन के लायक तो घी की पूरियाँ और मगदल झाँपे में चपाचप ठसे हुए हैं।" प्रसाद ने फिर पीठ पर हाथ रखा, "अब सुबह से देखना करामात।"

सरोज को हँसी आ गई, "पता नहीं, 'खातिरदारी के इतिहास' ने इससे पहले कभी ऐसे मेहमान-मेजबान देखे हैं या नहीं! अतिथि अति-उत्साह से भरकर 'अति' करने पर आमादा है और बेचारा स्वागतकर्ता सहमा हुआ है क्योंकि उसके ऊपर अपने घर में आगंतुक के हाथों स्वयं के ही घनघोर स्वागत का खतरा मँडरा रहा है।"

"चलो, अब यह प्रलाप बंद करो। वैसे, मैं मान गया, तुम तो आजकल बातें खूब बनाने लगे हो।"

"कोई भी बात बिगाड़ने से तो यही अच्छा कि बना ही ली जाए।"

"ठीक है, ठीक है, बस..." प्रसाद ने बात बदली, "तो हम लोग कहाँ से गुजर रहे हैं? मौलवीगंज ही चल रहे हैं न?"

"मौलवीगंज में तो हम लोग प्रवेश कर ही चुके हैं, अब अधिक दूर नहीं जाना है।" सरोज ने हाथ लहराकर आगे से दाहिनी ओर इशारा किया, "वहाँ से हम लोग मुड़ जाएँगे, वहीं महेश प्रसाद स्ट्रीट है। केवल सौ-डेढ़ सौ मीटर आगे बढ़ेंगे, बस। सड़क पर ही है अपना छोटा-सा गरीबखाना। क्या करें, जिन्दगी की दौड़ में किसी तरह स्वयं को शामिल किये हुए चलता चला जा रहा हूँ। अखबार में काम कर रहा हूँ। काम चलने भर कुछ मिल ही जा रहा है। कोई बहुत सुखकर स्थिति तो नहीं है किन्तु गृहस्थी की गाड़ी अब तक कहीं फँसी भी नहीं है। कभी लड़खड़ाकर तो कभी खड़खड़ाती हुई किसी तरह आगे ही आगे खिंचती चली जा रही है। कमी-बेशी तो लगी ही रहती है, लेकिन यह है कि आज तक कभी किसी का मुँह ताकना नहीं पड़ा। हँसते-खेलते ठीके-ठाक कटती चली जा रही है।"

ताँगा दाहिने मुड़ा तो तेज झटका पहुँचा। प्रसाद सतर्क रहे, रत्नशंकर को पकड़कर उसे भी सँभाल लिया। मुट्ठी से तर्जनी निकाल सामने लहराते हुए जोर देकर बोले, "पैसा-कौड़ी या सोना-चाँदी नहीं, सबसे बड़ा धन है शान्त और तृप्त मन। उसी तरह असली सम्पन्नता है वास्तविक प्रसन्नता।...तो, किसी भी तरह मन यदि प्रसन्न रह रहा हो, तो आप सच्चे सुखी हैं।"

"चलो, अब जाओ। हो गया।" उठते हुए प्रसाद ने कमर पर गमछी का बंधन ठीक किया। गंगाराम तेल की कटोरी उठाकर जाने लगा। उन्होंने देह सीधी करते हुए आगन्तुकों का गर्मजोश स्वागत किया, "आइए, आइए, निराला जी! आप आ गए तो मेरी यह यात्रा सफल हो गई। चन्द्रप्रकाश को भी लिये आए, इससे और प्रसन्नता हुई।"

हाथ जोड़े निराला और चन्द्रप्रकाश सामने से बढ़ते चले आ रहे हैं। उन्होंने उसी स्वर में चन्द्रप्रकाश को सम्बोधित किया, "युवा मित्र, मैं तुम्हें सूचित नहीं

कर पाया, क्योंकि अंत-अंत तक यात्रा को लेकर अनिश्चय बना रहा। अन्ततः मिश्र-बंधुओं को तार करके सूचना भेजी। उन्हीं लोगों के माध्यम से सरोज जी को भी जानकारी हो सकी।"

दोनों निकट आ गए। चन्द्रप्रकाश ने झुककर हाथ बढ़ाया तो उन्होंने अंकवार में भर लिया, "अरे, युवा मित्र, तुम रचनाकार साथी हो। पाँवों की ओर ताकने की आवश्यकता ही नहीं, हाथ मिला लेना काफी है।" अचानक ध्यान आया तो हाथ पीछे खींच मुस्कुराते हुए जीभ निकाल ली, "तेल लग गया क्या? देखो जरा, कहीं तुम्हारे कपड़े पर दाग तो नहीं लग गए?"

"तेल नहीं, स्नेह कहिए बाबू साहब!" चबूतरे के सामने कुर्सी पर बैठते निराला ने आँखें मूँद लीं। मुस्कान चबाते हुए सिर नचाया, "यदि सचमुच निशान लग गया हो तो इसे हम प्रेम का मुद्रित हो उठना ही कहें। यह तो इस युवक का सौभाग्य कहलाएगा। वैसे, यह लड़का जितना प्रतिभाशाली है, उससे कम भाग्यशाली नहीं। बताइए, जिसे स्वयं आप इतना मानते हों, उससे तो बड़े-बड़ों को स्वाभाविक रूप से ईर्ष्या होने लगेगी।" निराला ने बोलते हुए चन्द्रप्रकाश की पीठ हल्के-से ठोंक दी, "एक ही कमी है कि ठाकुर होकर भी यह कुश्ती-कसरत और अखाड़े-मुगदर से कोसों दूर है। आपसे हाथ मिलाने के नाम पर तो इसे पसीना आ जाएगा। वह भी अभी आपको इस रूप में देखकर।"

प्रसाद ने सिर हिलाकर-हिलाकर अपने कंधों और मसल पर नजर फिसलाई। चमकती-चुहचुहाती पीली-सी चिकनाई। ध्यान गया तो महसूस हुआ, इतनी ही देर में त्वचा धीप चली है। उन्होंने निराला का ध्यान खींचा, "देखिए, पंडित जी, ठंडी हवाएँ लाख मचल रही हों, प्रकृति ने धूप को निस्तेज नहीं हो जाने दिया है। कुछ ही मिनटों पहले जब गंगाराम मालिश करने आया तो कमीज-गंजी उतारते ही ठंडी हवाएँ काँटे की तरह चुभने लगीं, लेकिन आधे घंटे में ही स्थिति अब बदलकर रह गई है। मौसम के नियति-चक्र में पड़कर धूप हल्की भले हो गई हो, निष्ताप कदापि नहीं हुई। कोई है जिसने ऐसे प्रतिकूल हालात में भी उसके प्रभाव को संरक्षित कर रखा है। ठंड है तो उसके ऐन सामने-समानान्तर यह उष्मा भी अपना अस्तित्व लिये खड़ी है।"

अचकचाकर ताक रहे हैं निराला। चन्द्रप्रकाश चुप। प्रसाद ने आगे कहा, "वैसे, मुगदर न सही, अपना यह युवा मित्र कलम भाँजने में तो किसी से पीछे नहीं है, यही क्या कम है?"

"हाँ, वो तो है। साहित्य के प्रति इसमें दीवानगी कूट-कूटकर भरी है। इससे भी बड़ी बात यह कि यह मनुष्य बहुत अच्छा है। इसीलिए तो मैं इसे पसन्द करता हूँ।"

"इसे भी संयोग ही कहा जाएगा कि इसके पहली बार मेरे पास आने से पहले इसके बारे में आपका पत्र मेरे पास आया था। इसके पिता जी इसे ढूँढ़ते हुए आपका पत्र लेकर पहुँचे थे। सम्पर्कियों को बिना बताए यह बनारस से कहीं निकल गया था...। खैर, आपका पत्र देखकर मैं इतना तो समझ ही गया कि मुझे क्या करना है। हालाँकि व्यक्ति-तौर पर मैं इसे जानता नहीं था किन्तु ऐसे हालात में एक पिता की बेचैनी को भली भाँति महसूस कर रहा था। उन्हें भरपूर आश्वासन देकर यह विश्वास

दिला दिया कि वह कहीं आसपास ही गया है और दो-चार दिनों में सकुशल लौटकर आ जाएगा।...बाद में यह महाशय जब पहली बार मेरे पास मिलने आए तो बात पता चली कि उस समय अचानक किसी के साथ मीरजापुर की प्राकृतिक सुषमा देखने चले गए थे।"

"अच्छा, तो इसने आपको यही कारण बताया होगा, है न?"

"हाँ, यही तो बताया इसने।"

"यही तो चालाकी कर दी इसने।"

"चालाकी? भला कैसी चालाकी?"

"भाई साहब, यह प्राकृतिक सुषमा का आनन्द लेने नहीं, वैवाहिक आपदा से बचने के लिए छुपने की नीयत से पलायन कर गया था।" निराला ने मुस्कुराते हुए सिर हिलाया। चन्द्रप्रकाश शर्म-संकोच से गड़ता चला गया।

"चलिए, हो गया। मैं समझ गया। बच्चे की पोल-पट्टी खोलने की आवश्यकता नहीं।"

"बिना बताए समझने पर बात के उलट जाने का खतरा भी कम नहीं। इसलिए कम-से-कम इतना तो संकेत कर ही दूँ कि मनोनुकूल विवाह-प्रस्ताव नहीं होने के कारण इसने वह पलायन-मार्ग पकड़ा था। यह न समझ लिया जाए कि यह विवाह संस्था के प्रति कोई पूर्वग्रह-दुराग्रह रखता है।"

गंगाराम ने चबूतरे पर लाकर मगदल से भरी तश्तरी और लबालब गिलास रखे। प्रसाद ने हाथ जोड़कर ग्रहण करने का आग्रह-संकेत किया।

निराला ने तश्तरी उठा ली, "मुझे अंदाजा था कि आपके साथ-साथ यह बनारसी स्वाद भी अवश्य लखनऊ पहुँचेगा।" उन्होंने मिष्ठान्न उठाकर डाल लिया, मुँह भर गया। घी की चिकनाई और मगदल की मीठी मस्ती जिह्वा से लेकर अंतरतम तक लहराने लगी। तृप्ति-तरंग बनकर। मुँह हल्का हुआ तो चन्द्रप्रकाश से बोले, "मुँह ताकते रहोगे कि हाथ आगे बढ़ाओगे? स्नेहपूर्वक जो उपलब्ध हो जाए, उसे उदारता से ग्रहण करना चाहिए।"

रत्नशंकर ने आकर चरण-स्पर्श किया। निराला ने गोद में भर लिया, "खूब खुश रहो! परम प्रसन्न रहो! और ऐसे ही जिद कर-करके पूज्य पिताजी को यहाँ-वहाँ चलने को बाध्य बनाते रहो!"

"हाँ, ठीक समझा आपने। प्रदर्शनी देखने की इसी की जिद के चलते मुझे यहाँ आना पड़ा।" प्रसाद ने होठ बिचकाए, "मैं सचमुच अभी यहाँ आने की स्थिति में नहीं था। एक तो मौसम प्रतिकूल; दूसरे, व्यवसाय की व्यस्तताएँ। वहाँ मेरी अनुपस्थिति से व्यापार के तो कई कार्य प्रभावित हो ही रहे होंगे।"

"हाँ, वो तो होगा ही। व्यापार है तो आपके न होने का असर तो उस पर बेशक पड़ेगा; किन्तु एक सबसे बड़ी बात यह कि चाहे आधे मन से ही, बाबा विश्वनाथ तो कैलास-केदार के नाम पर कभी-कभी बीच-बीच में काशी छोड़ने को तैयार हो ही जाते हैं किन्तु आपका वश चले तो आप जीवन का एक पल भी काशी से बाहर बिताना पसन्द न करें।"

"हाँ। क्योंकि मुझे तो यही लगता है कि काशी से बाहर पल बीतते नहीं, बल्कि बर्बाद होने लगते हैं।"

विक्टोरिया पार्क। विस्तृत क्षेत्र में लगी है प्रदर्शनी। रंग-बिरंगी कनातों वाला सर्कस जैसा विशालकाय तंबू। पहाड़नुमा गोला ढाँचा। इसमें चारों ओर गेट ही गेट, दर्जनाधिक। रंगीन कपड़े-कागज और झालर-झंडियों से सुसज्जित। 'प्रवेश' के साथ 'स्वागत' और 'निकास' के नीचे 'धन्यवाद' के प्रचलित स्लोगनों वाले सुलेख बैनर। खरीदारी की तैयारी से पहुँचीं महिलाएँ, चमकती आँखें नचा रहे चहकते-फुदकते बच्चे। सिर उठा-घुमाकर भव्यता निरखते बढ़ते पुरुष। सर्वत्र गहमागहमी। कहीं किसी द्वार पर उतावले जिज्ञासुओं की धक्कामुक्की तो कहीं बड़े-बड़े भरे झोले लटकाए निकलते शान्त-तृप्त लोगों का बाहर की ओर निगमन।

पार्क-परिसर में प्रवेश। आगे-आगे चल रहे हैं प्रसाद, धीरे-धीरे। सब कुछ बारीकी से निरखते हुए। जरा-सा पीछे सरोज, रत्नशंकर की नन्ही अँगुली को पकड़े और उसे नियंत्रित किये हुए। सामने से तेजी से पहुँचे चन्द्रप्रकाश ने आकर अभिवादन किया, "सरोज भाई साहब बच्चा को पहले एक राउंड चारों ओर घुमा लेंगे, तभी इसे भी समझ में आ सकेगा कि यहाँ क्या-क्या उपलब्ध है या इनमें से कौन-कौन-सी चीजें खरीदने के योग्य हैं।" चलते हुए धीमे होकर तीनों रुक गए। वह आगे बताने लगा, "वैसे आपको मैं यह बताऊँ कि यहाँ चीजों की दरें बहुत ऊँची है। जो बनारसी साड़ी आपके यहाँ महँगी से महँगी दुकान में दस रुपये के भीतर आ जाती होगी, वही यहाँ पच्चीस-तीस रुपये में बेच रहे हैं। जो पैसे वाले लोग प्रदर्शनी के नशे में डूब चुके हैं, उनके लिए ऊँची दर कोई मायने नहीं रख रही, धड़ाधड़ खरीदे जा रहे हैं। मध्यम या सामान्य वर्ग के लोग भी जाने-अनजाने कुछ न कुछ फँस ही जा रहे। भई, प्रदर्शनी या मेले आदि में जो लोग खरीदारी करने की नीयत से आते हैं, वे कुछ न कुछ धनराशि तो इन्तजाम करके ही निकलते हैं। और जब गाँठ गरम हो तो आदमी ज्यादा कहाँ सोच पाता, थोड़ा-बहुत ऊँच-नीच समझते हुए भी आँख मूँद लेता है और गाँठ ढीलने में देर नहीं करता।" प्रसाद चुपचाप ताकते-सुनते रहे। उसने आगे कहा, "तो इन लोगों को उधर उन स्टॉलों की ओर घूमने जाने दीजिए। तब तक आपको लेकर मैं चलता हूँ गीता प्रेस के स्टॉल पर... इसके सर्वेसर्वा बनकर आए हैं पंडित नन्ददुलारे वाजपेयी।"

प्रसाद ने वाजपेयी के आगमन की बात सुनी तो खिल उठे। कभी सामने जगमगाते प्रदर्शनी-परिसर तो कभी पास खड़े बोलते चन्द्रप्रकाश पर नजरें फेरते रहे। वह आगे बोलता चला जा रहा है, "लकड़ी का सजावटी सामान तो एक से एक आया है। बारीक नक्काशी वाले पीतल के बर्तन और मूर्तियाँ, रंगीन बुनावटों वाले जूट के परदे, भारी-भरकम कक्ष-विभाजक, तो छोटे-मध्यम खिड़की-दरवाजों के परदे। झूले के खास सजावटी-बुनावटी मोटे-मोटे रस्से, मोहक लाल-गुलाबी-हरी फूलदार बुनी जालियाँ, बाँस के सजावटी सामान और खिलौने। कश्मीरी गरम कपड़ों के एक से एक आइटम, पशमीना के शॉल, ढाका के प्रसिद्ध मलमल के अजब-गजब प्रकार—सब-के-सब

भारतीय हस्तकला और बुनाई-दक्षता के नायाब नमूने। लेकिन सबके दाम अंड-बंड। किसी का सामान्य बाजार-भाव से तिगुना दाम तो किसी का चौगुना या उससे भी ज्यादा।"

"यानी ये भारतीय हस्त या बुनाई-गढ़ाई कला ही नहीं, महँगाई-कला के भी नायाब नमूने हैं।" सरोज ने आहिस्ता टिप्पणी की। रत्नशंकर की मचल रही जिज्ञासा के उफान को अँगुली से नियंत्रित करते हुए वह मुस्कुराए।

"तब तो 'महँगाई-कला' भर कह देने से काम नहीं चलनेवाला। इसे तो 'हस्त-सफाई' या 'जेब-झड़ाई कला' के रूप में मान्यता देने की पहल करनी होगी।" प्रसाद ने धीमे किन्तु तीखा-तेज तीर छोड़ा, "जाहिरन ऐसा तो कदापि सम्भव नहीं कि कोई रईस यहाँ आने से रह जाए या आ जाने के बाद चाहकर भी खाली हाथ लौट जाना पसन्द करे।...उधर, प्रदर्शनी या मेले का पारम्परिक आकर्षण ऐसा कि इसका नाम सुनते ही महिलाएँ और बच्चे देखने जाने को मचल उठते हैं। आयोजकों को और क्या चाहिए? लोगों को ठगने-लूटने का यह मौका वे कैसे चूक सकते हैं?...तो, वे खेल कर जाते हैं। दाम दोगुने-चौगुने करके जिज्ञासुओं को लूटने में जुट जाते हैं। अपने बक्से-गुल्लक झाड़-खँगालकर पहुँचे लोग निजी खजाना लुटाने मशगूल तो मेले के खिलाड़ी लूट का अपना खेल चलाने में तत्पर!" प्रसाद ने सरोज पर नजर डाली और प्रदर्शनी की ओर जाने का संकेत दे दिया।

बात समझते ही रत्नशंकर ने पिता का हाथ छोड़कर डग बढ़ा दिया। सरोज नहीं हिले तो कुछ कदम आगे जाकर वह दौड़कर लौट आया और हाथ पकड़कर खींचने लगा। सरोज के कदम सामने वाले गेट की ओर बढ़ चले।

चन्द्रप्रकाश उन्हें साथ लेकर दूसरे द्वार की ओर बढ़ चला। सजे हुए स्टाल, अटा पड़ा सामान। खड़े हैं झुंड के झुंड ग्राहक। कहीं घूँघट काढ़े और बेशकीमती शॉल ओढ़े महिलाएँ तो कहीं अँगुली से किसी स्टॉल की ओर संकेत करते-ठुनकते बच्चे। अपने काम में जुटे दुकानदार। प्रसाद इधर-उधर नजरें डालते, देखते-समझते हुए आहिस्ते-आहिस्ते बढ़ रहे हैं, "यार, सारे आइटम के स्टॉल्स तो दिख गए, किताबों का मोहल्ला यहाँ क्या एकदम कहीं भीतरी गुफा में घुसा-धँसा पड़ा है?"

"अभी कुछ और चलना होगा। उधर, ऐसी भीड़ नहीं है। ठीक ही तो है, ज्ञान के आसन के निकट शान्ति ही अच्छी।" चन्द्रप्रकाश ने दोनों ओर के स्टालों के आसपास की अस्त-व्यस्तता को लक्ष्य किया, "ऐसी हालत यदि किताबों के स्टॉल्स पर उत्पन्न होने लगे तो क्या यह उचित होगा?"

"क्यों नहीं! हालाँकि ऐसा निकट भविष्य में होने के आसार तो नहीं के बराबर हैं किन्तु मैं तो कामना करता हूँ, कभी तो वह दिन आए जब हमारे गाँव-समाज के लोगों के बीच ज्ञान की ऐसी प्यास उत्पन्न हो कि वे पुस्तकें खरीदने के लिए कतार बनाएँ!"

"लेकिन, कतार बनाकर खड़े होने के लिए बाध्य करने वाली पुस्तकें क्या स्तरीय हो सकती हैं?"

"क्यों नहीं! जब शिक्षा का प्रतिशत शत के निकट पहुँचने लगे और इस दौरान आम जन की रुचि क्रमशः परिष्कृत और सुसंस्कृत होती चली जाए तो बेशक ऐसा होकर रहेगा।"

"अरे वाह, प्रसाद जी, सचमुच आप यहाँ?" दूर से नजर पड़ते ही स्टॉल के भीतर बैठे नन्ददुलारे वाजपेयी गद्‌गद हो बोल पड़े। प्रसन्नता जैसे भरे घड़े की तरह औचक फट पड़ी हो! तेज-तेज बोलते-दौड़ते हुए वह बाहर निकल आए, "वाह! आइए, आइए, स्वागत है!"

स्टॉल की ओर मुँह करके खड़े ग्राहक अचकचाकर पीछे मुड़ गए हैं। कार्य में जुटे दर्जनाधिक स्टॉल-कर्मी चकित। सभी ताक रहे हैं।

"मुझे लगा था, चन्द्रप्रकाश जी को आपने आने की बात यों ही कह दी है। मैंने तो उन्हें यही कहा था कि चिरंजीवी रत्नशंकर के कारण आप आवें तो आवें अन्यथा काशी से कहीं बाहर जाने के नाम पर आप बहुत आगा-पीछा करते हैं। इसलिए यह तो सचमुच चमत्कार हो गया।...खैर, बहुत अच्छा लग रहा है कि यहाँ स्वयं आप आए हैं।"

"कब तक अकेले अपनी जिद चलाऊँ?" प्रसाद ने आते ही दोनों जुड़े हाथ पकड़ लिये और गले लगा लिया, "अब तो कुछ बच्चा की भी रखनी ही होगी न!"

"देखिए, मैंने क्या कहा था?" चन्द्रप्रकाश ने साभिवादन सिर हिलाकर आँखें नचाईं।

"वाह, यहाँ तो गीता प्रेस की विशिष्ट उपस्थिति है! आप लोगों को तो यह हॉल जैसा बड़ा घेरा मिल गया है," वाजपेयी के पीछे-पीछे भीतर घुसते हुए प्रसाद ने मुआयना वाली निगाह चारों ओर दौड़ाई, "लगता है, आप लोगों ने दो-तीन स्टॉल ले रखे हैं।"

"चार।" वाजपेयी हँसने लगे, "चारों को मिलाकर एक कर दिया है, इसलिए यह ऐसा विशाल हो सका है।"

"हाँ, गीता प्रेस गोरखपुर जो है, इससे कम से भला कैसे काम चलेगा?" कुर्सी पर बैठते हुए प्रसाद अगल-बगल दृष्टि दौड़ा रहे हैं। पुस्तकों से लदे हुए हैं लकड़ी के दर्जनों कतारबद्ध आदमकद फ्रेम। मोटे-मोटे ग्रंथों के थाक।

"और नहीं तो क्या!" चन्द्रप्रकाश ने 'रामचरितमानस' की बड़ी जिल्दों की ओर संकेत किया, "अयोध्या से लेकर लंका तक का विराट विस्तार है। सरयू से समुंदर तक की लहरें-दर-लहरें हैं। लंका दहन है, अभूतपूर्व राम-रावण युद्ध है, तो इतना सब भला किसी एक स्टॉल के घेरे में कैसे सिमट पाता?"

प्रसाद मुस्कुराकर रह गए। वाजपेयी ने एक सहयोगी को संकेत किया। वह किताब सरियाने का काम रोककर उठा और तेजी से बाहर की ओर निकल गया।

"यह देखिए, कैसा सुखद संयोग है!" चन्द्रप्रकाश ने सामने संकेत किया, "सभी महानुभाव-मान्यवर आ गए।"

"अरे वाह, क्या सचमुच यहाँ? जयशंकर, तुम?" समूह के साथ आ रहे मैथिलीशरण गुप्त लपकते हुए बढ़ने लगे और लगभग चहक उठे।

इसके साथ ही गूँज उठा, "प्रणाम, प्रणाम!"

प्रसाद खड़े होकर अभिवादन विनिमय करने लगे।

समूह में सियारामशरण गुप्त, रूपनारायण पांडेय और अन्य दो युवक। वाजपेयी बाहर गए और सबको साग्रह भीतर ले आए।

"मित्र, सचमुच मैं अब तक यह विश्वास ही नहीं जमा पा रहा कि जो देख रहा हूँ, वह सपना नहीं, सोलह आना सच है।" मैथिलीशरण ने सावधानी से टोपी

उतारकर सामने टेबुल पर रखी। सिर पर हथेली फेरने लगे, "लेकिन अब तो यह स्वीकार ही कर लेना पड़ेगा, हिमालय भी हिल-डुल करता है। इतना ही नहीं, वह तो चलता-फिरता भी है!"

सबकी नजर प्रसाद की ओर, सभी होंठों पर मृदुल मुस्कान।

"हिमालय किसी शौक के तहत पाँव तुड़ाकर नहीं बैठा हुआ है।" प्रसाद कुछ यों मुस्कुराए जिससे हास-भाव नहीं, बल्कि निवेदनपरक विनम्रता का बोध जीवंत हुआ, "उसके ऊपर दरअसल जिम्मेवारियों का ऐसा बोझ लदा हुआ है कि चाहकर भी वह हिल-डुल तक नहीं पा रहा। इसे जो नहीं समझ पाता, वही उस पर गुस्सा कर सकता है, जबकि सचाई जान लेनेवाले को उससे सहानुभूति होगी। यकीन कीजिए, हिमगिरि किसी उष्मा-उच्चांक में ऐंठकर अकड़ा हुआ नहीं, बल्कि अपनी ही ताप-शून्यांक परिस्थितियों से जकड़ा हुआ है।"

कर्मी बाहर से लौटा। लाल भीगे कपड़े से ढका परात जैसा भरा पात्र उठाए हुए।

कुछ ही क्षण बाद कर्मी साग्रह सबको एक-एक पुरवा पकड़ाने लगा। लस्सी देख मुस्कुराए प्रसाद। मैथिलीशरण ने बात समझ ली, "बनारस की ठंडई का तो दुनिया में जवाब नहीं किन्तु बाकी जगहों के लोग भी तो कुछ न कुछ यथासाध्य चलाते ही रहते हैं।"

"नहीं, मैं ऐसा नहीं सोच रहा। मैं तो यह समझने का प्रयास कर रहा हूँ कि यहाँ के लोग भी क्या ठंड में ठंडई खींच लेते हैं?" प्रसाद ने पुरवे पर नजर गड़ाते हुए सिर हिलाया, "बनाया भी बढ़िया है।"

"यहाँ के लोगों का तो नहीं पता किन्तु हमने बगल के एक होटलवाले को कहकर यह अपना इन्तजाम जरूर करवा लिया है कि दिन में वह मेरे लिए दो दर्जन पुरवे तैयार करके रखे। इसमें कोई खास ठंडी चीजें नहीं हैं, बर्फ तो एकदम नहीं। ले-देकर दही एक ठंडा आइटम है, जिसे खाने वाले तो नियम से बारहों माह दोनों टाइम चलाते हैं।" वाजपेयी ने बताया।

"कोई कैफियत तो आपसे पूछ नहीं रहा," मैथिलीशरण ने होंठ बिचकाए, "बात से बात निकल गई, बस!"

"लेकिन कोई बात बे-बात नहीं होती—न निकलने वाली, न निकालने वाली ही।" रूपनारायण पांडेय ने मौका देखकर दहला मारा, "वैसे बात को बेवजह मथने से बात बिगड़ती भी है, इसलिए बात बढ़ाना कोई समझदारी की बात नहीं।"

सभी हँसने लगे। प्रसाद मंद-मंद मुस्कुरा रहे हैं।

"वाह, क्या बात है!" मैथिलीशरण ने हँसते हुए सिर हिलाया, "रूपनारायण जी, बढ़िया बात बना लेते हो। सचमुच यह तो बौद्धिक बहादुरी की बात है। तो, इसी बात पर या इस बतबनव्वल के लिए मेरी बधाई!"

"यह 'बधाई' कोरी बात के रूप में?" रूपनारायण ने आँखें झपकाईं।

"कोरी क्यों भई, हार्दिक। हार्दिक बधाइयाँ।"

"कविवर, कभी-कभी गाँठ भी ढीली किया कीजिए!" वाजपेयी ने हाथ जोड़कर चुटकी ली, "हमेशा 'हार्दिक' ही 'हार्दिक' ठीक नहीं। यह दायित्व-निर्वाह कभी-

कभी 'आर्थिक' या 'द्राव्यिक' भी हो जाया करे तो क्या हर्ज है? सारा भुगतान-भार हृदय के ऊपर लाद देना ठीक नहीं। कुछ बोझ जेब के जिम्मे भी आ जाने दीजिए, अच्छा रहेगा।"

रानी कटरा। रूपनारायण पांडेय का घर। बाहरी कक्ष। दो चारपाई, चार कुर्सियाँ। खिड़की के पास बेंच, बीच में एक टेबुल। सभी साधारण लकड़ी-काठ के। कमरा कोई खास बड़ा नहीं, लेकिन उपस्थितियाँ बड़ी-बड़ी : प्रसाद, मैथिलीशरण, सियारामशरण, निराला। साथ में चन्द्रप्रकाश भी।

चौराहे से मँगाई जलेबियों के बाद घर के दहीबड़े। निराला ने आहिस्ते प्रसाद की ओर दृष्टि उठाई, वह तश्तरी पर नजर गड़ाए कुछ तजबीजते मिले। हल्के तंज किया, "अमां यार, रूपनारायण भाई, यह क्या डिश-एनार्की है? जलेबियों के बाद दही! 'आफ्टर स्वीट्स, ह्वाई दिस कर्ड? इट मींस योर डिश सेंस इज टोटेली मड'! एकदम गड़मड़!"

सभी चुप, स्याह। प्रसाद ने नजर नहीं उठाई, जैसे कुछ सुना ही न हो। रूपनारायण ने सामने आकर हाथ जोड़ लिये, "क्या सचमुच, मेरी इस गलती से स्वाद-भंग हो गया?"

"मीठे के साथ नमकीन मिले तो इससे स्वाद भंग नहीं होता बल्कि उसका तो रंग ही जम जाता है।" प्रसाद ने निर्णायक दृढ़ता दिखाई।

"बाबूसाहब का कहना ही सही है। बेशक इसमें काली मिर्च-जीरा और सेंधा नमक का अनोखा स्वाद ही डॉमिनेट कर रहा है।" निराला ने तुरन्त स्वर बदल लिया, "चलो, 'गड़मड़' को मैंने 'गुडमैड' मान लिया।"

"कल प्रदर्शनी में वाजपेयी जी के स्टॉल पर बैठक को भी इसी दही ने खट्टा कर दिया था," मैथिलीशरण ने याद दिलाया, "बहुत मजेदार बातें चल निकली थीं किन्तु सबको यही खटास निगल गई। जयशंकर, याद करो, तुमने हिमगिरि पर कैसा चमकता-चमचमाता वाक्य कहा था : 'हिमगिरि किसी उष्मा-उच्चांक में ऐंठकर अकड़ा हुआ नहीं, बल्कि अपनी ही ताप-शून्यांक परिस्थितियों से जकड़ा हुआ है...' वाह, अद्भुत। सचमुच सटीक अभिव्यक्ति। यह बात कुछ और आगे विकसित होती, इससे पहले स्टॉलकर्मी मरदुद ठंडई लेकर क्या आ गया, दही पर चर्चा गरमा गई और मूल प्रसंग ही ठंडा गया।"

प्रसाद के ललाट पर सिलवटें उभर आई हैं।

"खैर, तो अब हिमालय से नीचे उतरें हम लोग।" रूपनारायण ने हाथ जोड़ लिये, "यह बड़ी अजीब बात है कि 'प्रेम पथिक' से लेकर 'इंद्रजाल' और 'कामायनी' तक के रचनाकार हमारे बीच साक्षात् विराजमान हैं और हम लोग महाकाव्य के प्रथम वाक्य के पहले ही शब्द में सटे-फँसे हुए हैं!"

सियारामशरण ने मौन तोड़ा, "प्रसाद जी का सोच-संसार सचमुच बहुत बड़ा है। उनके पास एक तरफ 'हिमगिरि का उत्तुंग शिखर' चमक रहा है, तो दूसरी ओर गुनगनाता हुआ 'वरुणा का शान्त कछार' भी। रचनाओं में धामपुर से लेकर काशी, वृन्दावन, मथुरा,

लखनऊ, अमृतसर, कलकत्ता समेत सम्पूर्ण भारत ही नहीं, लंदन तक का उकेरा हुआ कथा कहता भूगोल फैला हुआ है।" सियारामशरण आँखें मूँदे तन्मयतापूर्वक जैसे कोई भावप्रवण कथा-वाचन करते चले जा रहे हों, "उसी तरह, दृश्य-अदृश्य पुराणपुर से निकलकर आए मनु और श्रद्धा ही नहीं, इतिहास की गहन अँधेरी-गहरी पातालपुरी से आए आर्यावर्त के प्रथम सम्राट् इंद्र से लेकर अजातशत्रु, स्कन्दगुप्त, चन्द्रगुप्त तक चलायमान विद्यमान हैं...तो मधुआ, चम्पा-जया-बुद्धगुप्त, बेला-मैकू, गुड़िया-छोटा जादूगर, नन्हकू सिंह-दुलारी, श्रीचंद-किशोरी-निरंजनदेव, बाबा रामनाथ-बन्नो-श्यामदुलारी-इन्द्रदेव-महँगू महतो-मधुबन और हमारे-आपके बीच के चलते-फिरते असंख्य जाने-पहचाने चेहरों से भरी समूची जीवंत दुनिया साँसें ले रही है।"

"बस, बहुत हो गया। अब बस!" प्रसाद उठकर पास गए। सिर पर हाथ धरकर हार्दिक स्नेह लेपने लगे, "अनुज, मैंने तुम्हारे बारे में पहले से यह सब सुन तो रखा था, लेकिन इस हद तक की तुम्हारी अध्ययन-वृत्ति या स्मृति-सामर्थ्य की कल्पना भी नहीं कर सका था। समझ में नहीं आ रहा कि यह मेधा-प्रतिभा की विशिष्टता है या मेरे प्रति तुम्हारा खास अनुराग? सचमुच अपनी रचनाएँ जितनी मुझे याद नहीं, उससे ज्यादा बल्कि समग्र तो तुम्हें।"

"मुगालते में नहीं रहना मित्र!" मैथिलीशरण ने पीछे से तीर छोड़ा, "तुम्हारा यह अनुज जैसे तुम्हारी रचनाएँ घोंट चुका है, उससे जरा भी उन्नीस मेरी नहीं। लेकिन, ऐसा भी कदापि नहीं कि सिर्फ तुम्हारी-हमारी, उसने अब तक जितना कुछ संजीदगी से देख लिया, उनमें से शायद ही कोई रचना या पुस्तक ऐसी हो जिसके बारे में यह सप्रसंग बातें न कर सके। कमोबेश सबका सार-संक्षेप तो तुम इससे तत्काल पा सकते हो।"

सियारामशरण चुप। सिर झुकाए जैसे अपनी प्रशंसा की तीव्र शीतलता से जड़ाते-सिहरते रहे।

"अब बस भी करो यार! खामख्वाह तारीफ को इस कदर बेंत न बना डालो कि उसका बोलना और मेरा इस पर कुछ कह डालना, हम दोनों को भारी पड़ने लगे।" प्रसाद ने मुड़कर आते हुए मैथिलीशरण की आँखों में आँखें डाल दीं, "मुझसे ऐसी भी जलन ठीक नहीं।"

"अब यह लो! इसमें भला जलन की बात कहाँ से आ गई?" उन्होंने सामने से उठाकर टोपी सिर पर रख ली, "वैसे, सोने को लगातार जलने को तैयार रहना ही चाहिए।"

"लेकिन सोने में जल उठना," वाजपेयी ने भौंहें फैलाईं, "तब तो आग में पूरी तरह घिर जाने के बाद ही नींद टूटे तो टूटे, अन्यथा..."

सभी ठठा पड़े। हँसते-हँसते बेहाल।

"वाह, आचार्य, आपने तो वाकई 'सोना' का स्वर्णिम प्रयोग कर दिखाया!" प्रसाद ने हँसी का आवेग कम होने पर धीरे-धीरे बात फिर शुरू की, "आज यहाँ यदि भारतेन्दु बाबू होते तो स्वर्णाभिषेक कर आपको स्नेह-सिक्त कर देते।"

"अच्छा, ऐसा?"

"वह आखिर आधुनिक हिन्दी भाषा-साहित्य के जनक जो हैं! 'जनक' भी दोनों अर्थों में। परम्परा के पिता भी और विदेह भी। अपनी भाषा की बगिया में

चटकने वाली हर कली पर उनकी पितृ-दृष्टि होती, प्रत्येक नवागत फूल डाल के समानान्तर उनकी हृदय-लता में भी खिला करता। वह जीवन भर हर हिन्दी सेवी-प्रयोगधर्मी के प्रत्येक योगदान को गद्‌गद भाव से कृतज्ञतापूर्वक मान-मान्यता देते रहे। शिक्षा की ओर अग्रसर देश के कोने-कोने की स्त्रियों को तो परीक्षा परिणामों के तत्काल बाद डाक से बनारसी साड़ी का पुरस्कार भेजा करते। प्रसंगवश एक प्रसंग सुनाता हूँ।"

"हाँ-हाँ, सुनाइए, सुनाइए!" एक साथ कई आग्रह-स्वर।

"उनके प्रतिदिन के मिलने-जुलने वालों में पंडित सुधाकर द्विवेदी प्रमुख थे।" प्रसाद के शब्द-स्वर में श्रद्धा-भावना की चिकनाई तैरने लगी, "एक दिन सायंकाल सुधाकर जी चौखंबा नहीं आए। भारतेन्दु बेचैन। वह अगले दिन आए तो उन्होंने कारण पूछ लिया। उत्तर में पंडित जी ने तुरन्त एक छंद कह दिया—राजघाट में बँधत पुल जँह कुलीन के ढेर, आज गए कल देखि के आज ही लौटे फेर!"

"अन्तिम वाक्य का अर्थ भी बता डालो मित्र!" मैथिलीशरण जिज्ञासा से व्याकुल।

"हाँ, मुझे अंदाजा है कि हममें से कोई भारतेन्दु बाबू की तरह नहीं है। उन्होंने 'कल' का तात्पर्य 'मशीन' तत्क्षण समझ लिया और तत्काल एक गिन्नी का पारितोषिक दे डाला।" प्रसाद मुस्कुराए, "यों आज यदि वह यहाँ हमारे बीच होते तो मेरा विचार है कि आपको इस प्रयोग पर वह एक नहीं, दो गिन्नी प्रदान करते।"

सभी जिज्ञासापूर्वक मुँह ताक रहे हैं। प्रसाद अपनी बात पूरी करने लगे, "एक गिन्नी तो 'सोना' के लिए जबकि दूसरी 'जल' के लिए। 'सोने में जल उठना' वाक्य के 'जल उठना' में 'जलने' और इसकी 'दाहकता' के समानान्तर बल्कि उसके सर्वथा विपरीत उठती-उमड़ती स्वर्णिम लहरों की बूँदों-बौछारों का 'चमकना-झमकना' और 'शीतलता' भी तो निहित है।"

"जयशंकर, एक बात कहूँ?" मैथिलीशरण भाव-विभोर। उठकर पास आ गए और प्रसाद के दोनों हाथ सम्मानपूर्वक पकड़ लिये, "भारतेन्दु बाबू पितृ-पुरुष हैं, इसलिए यह कहने का साहस तो मैं नहीं जुटा पा रहा कि पलक झपकते ही भाषा की आत्मा में उतर जाने की तुम्हारी क्षमता उनसे जरा भी उन्नीस नहीं, किन्तु यह कहे बगैर आज मैं रह नहीं सकता कि तुम उन्हीं की अगली कड़ी तो अवश्य हो!"

सबके चेहरों पर चमक रहा है समर्थन-अनुमोदन का भाव। वाजपेयी उठकर पास आ गए, "मैथिलीशरण जी, मैं नन्ददुलारे वाजपेयी पूरे होशोहवास में आपको यह सलाह दे सकता हूँ कि आप यदि हमारे 'कामायनी'कार को 'भारतेन्दु से आगे की कड़ी' भी कहना चाहें तो ऐसा आप उद्‌घोषपूर्वक कर सकते हैं। यह वस्तुतः पितृ-पीठ का अपमान-अनादर नहीं, बल्कि उसकी श्रीवृद्धि करना है। हमारे शास्त्र तो ऐसी ही पितृ-कामना निर्धारित करते हैं। वेदों में कहीं ऐसा कहा भी गया है : 'हे ईश्वर, मेरा पुत्र मेरे जीवनकाल में मुझे पराजित करे, तब मेरी मृत्यु हो!' अर्थात् सदा के लिए आँखें मूँदते समय आदर्श पिता को तभी तृप्ति मिलती है जब वह अपनी अगली पीढ़ी को स्वयं से अधिक योग्य, दक्ष और सक्षम देख रहा होता है। दूसरे शब्दों में कहें तो ऐसा सम्भव बनाना ही उसका मूल दायित्व है।"

चौखम्बा मुहल्ला। भारतेन्दु भवन में विशेष चहल-पहल। भव्य सजावट। नारायणचन्द्र के विवाह के दो दिनों बाद इसी के उपलक्ष्य में आँगन में संक्षिप्त किन्तु गरिमामय महफिल। मूल रूप से काशी नरेश महाराज आदित्यनारायण सिंह के सम्मान में यह आयोजन। उपस्थितियाँ सीमित किन्तु अति विशिष्ट। लाल रेशमी लहराती चाँदनी से सजा चौकोर आँगन मोहक मंडप के रूप में परिवर्तित। महाराज व उनके संग-साथ के अमलों के अलावा अन्य प्राय: सभी आगंतुक गहरे परिवारी-सम्बद्ध या कुल-परिधि के ही लोग। सजे-धजे स्त्री-बच्चों की मीठी-मधुर गतिविधियाँ। उल्लास-उछाल से तरंगित शीतल लहरों से भरी संयमित गहमागहमी। हवा पर शहनाई की धुन मध्यम किन्तु तरह-तरह की इत्र-सुगन्धियों की परस्पर होड़ लेती लहरें तेज। पंक्तिबद्ध सिंहासनों जैसे चमचमाते उच्चासन पर दूल्हा-दुलहन की दिव्य जोड़ी। सामने अग्रिम पंक्ति में परिजनों-अतिथियों की पाँत से थोड़ा आगे स्वर्ण छतरी वाले रजत-सिंहासन पर विराजते काशी नरेश।

डॉ. मोतीचन्द्र दरवाजे से अगवानी कर प्रसाद और मैथिलीशरण को साथ लेकर आए। महाराज की ओर बढ़ते हुए दूर से ही झुककर अभिवादन-निवेदन किया, "सरकार, हमारे आज के अतिथियों में ये दो विशिष्ट लोग भी सम्मिलित हैं। दोनों हैं वाग्देवी के साधक-पुत्र। एक तो आपके पूर्वपरिचित प्रिय जयशंकर प्रसाद जी हैं जबकि दूसरे झाँसी से पधारे हैं कविवर मैथिलीशरण गुप्त जी।"

महाराज ने 'सरस्वती-पुत्र' सुना तो विशेष ढंग से जिज्ञासु हो उठे। खड़े हो गए। साग्रह अभिवादन-विनिमय किया, "यह तो हमारा सौभाग्य है कि जयशंकर जी यहीं काशी-भूमि में धूनी रमाये हुए हैं और काव्य-समाधि में शब्द-साधनालीन हैं। झाँसी के गुप्त जी से भी मैं भली भाँति अवगत हूँ। मुझे इस बात का भी पता है कि इनकी शिवमयी आत्मा का वास काशी में ही है जबकि श्रीराममय मानस का अयोध्या में।"

दोनों ने फिर विनम्रता के साथ इन शब्दों के लिए महाराज को आभार प्रदर्शित किया। महाराज के बार-बार आग्रह पर कुर्सियों पर जा बैठे दोनों। परिजनों की ही पंक्ति में।

बाल राधाकृष्ण रूपों में सजे-सँवरे कई-कई बच्चे। ऐसा ही एक मोहक झुंड रुनझुन-रुनझुन खेलता सामने आ गया। सफेद खादी टोपी उतार अपना सिर सहलाते हुए गुप्त ने धीरे से प्रसाद का ध्यान खींचा, "जयशंकर, देखो, भारतेन्दु बाबू के आँगन में हर बच्चा श्रीकृष्ण व बच्ची श्रीराधा के रूप में दिख रही हैं।"

प्रसाद ने जोड़ा, "दरअसल तुम्हारे दिमाग में भारतेन्दु बाबू की वह प्रसिद्ध आत्मघोषणा पैठी हुई है न : 'सखा प्यारे कृष्ण के गुलाम राधारानी के'।"

गुप्त ने धीमे ही किन्तु तीक्ष्ण प्रतिवाद किया, "अब ऐसा भी नहीं कि उसी एक पंक्ति को ध्यान में रखने के चलते ही मुझे यहाँ यह सब इस रूप में दिख रहा है। मेरा तात्पर्य तो मात्र यही कि इस विशिष्ट आँगन में श्रीकृष्ण-भक्ति की ऐसी अर्वाचीन धारा अजस्र प्रवाहित हो रही है कि इसकी व्याप्ति अनेक रूपों में परिलक्षित हो रही है। खैर, तुम मुझे इस परिवार का भारतेन्दु बाबू के बाद का विवरण बता दो।"

"तुम उचित बातें अनुचित स्थानों पर करने में खासे सिद्धहस्त हो चुके हो। यहाँ भला इस माहौल में यह सब विवरण देने की तनिक भी गुंजाइश है?" प्रसाद ने होंठ बिचकाए।

गुप्त एकबारगी झेंप गए। आगे सँभले, "हाँ, क्यों नहीं! हम लोग यहाँ मूर्ति बनकर बैठने तो आए नहीं हैं। धीरे-धीरे ही सही, कुछ न कुछ तो बोले-बतियायेंगे ही। वैसे यह सच है, मैं बातों के उचित होने भर का ध्यान रखता हूँ, स्थान का नहीं। वैसे कोई गम्भीर विषय तो छेड़ नहीं रहा, जरा-सा इतिहास..."

"जरा-सा इतिहास? और, इतिहास गम्भीर विषय नहीं?" प्रसाद आहिस्ते ही किन्तु बिजली की तरह कौंधे, "वाह, यार, कविता की पंक्तियाँ बुनने के लिए तुम्हें शान्तिपूर्ण सर्जनात्मक एकान्त चाहिए और इतिहास का उत्खनन-संकलन-विश्लेषण कर लेना चाहते हो चलते-चलाते? एकदम जैसे-तैसे यानी कि शादी-विवाह के ऐसे शोर-शराबे के बीच भी?"

गुप्त पानी-पानी। झेंप नकारने वाली मुस्कान। टोपी सावधानीपूर्वक सिर पर वापस रखी और कृत्रिम गुस्सा दिखाया, "ज्यादा बनो मत! जरा-सी बात को तानते-तानते 'उत्तुंग शिखर' बनाकर ही दम लेते हो। खैर, अब बताओ भी, मोतीचन्द्र जी भारतेन्दु बाबू के पोते ही हुए न?"

"और नहीं तो क्या! भारतेन्दु बाबू के पोते ही हैं मोतीचन्द्र। असल में भारतेन्दु जी की तो इकलौती संतान एक बेटी ही हुई, जिसका वंश भी यहीं काशी में ही विद्यमान है, जबकि उनके अनुज थे बाबू गोकुलचन्द्र...तो, उन्हीं गोकुल जी के दो पुत्र हुए—कृष्णचन्द्र और व्रजचन्द्र। इनमें छोटे वाले व्रजचन्द्र तो मेरे सहपाठी रहे जिनके दो पुत्रों में बड़े कुमुदचन्द्र हैं और छोटे मोहनचन्द्र। अपने डॉ. मोतीचन्द्र जो हैं, वह बाबू कृष्णचन्द्र के तीन पुत्रों में सबसे बड़े हैं जबकि लक्ष्मीचन्द्र मँझले और आज का दूल्हा वह नारायणचन्द्र सबसे छोटा। मोतीचन्द्र के भी एक पुत्र प्रमोदचन्द्र हैं—भारतेन्दु बाबू के घर-परिवार का यही अब तक का संक्षिप्त खाका है।" प्रसाद ने बहुत महीन स्वर और धीमी गति के साथ समझाया।

"वो जो इतिहास-प्रसिद्ध सेठ अमीचन्द..." गुप्त ने पहले तो अपनी स्मृति को खंगालने का भरसक प्रयास चलाया किन्तु कुछ ही क्षणों बाद जैसे हार मान ली, "खैर, तुम्हीं बता दो, भारतेन्दु बाबू तो सेठ अमीचन्द के वंश-वृक्ष से ही ताल्लुक रखते हैं न?"

"हाँ, भई! बंगाल में जब अँगरेजों का साथ देकर नवाब शिराजुद्दौला को हराने के लांछन में मीर जाफर के साथ सेठ अमीचन्द का नाम भी शामिल हुआ तो बड़ी विचित्र परिस्थिति पैदा हुई। अन्ततः अमीचन्द के परिवार को बंगाल से पलायन करना पड़ा। इसी क्रम में उनके दस पुत्रों में से एक फतहचन्द काशी आ गए। फतहचन्द ने अपने पिता सेठ अमीचन्द की वैभव-प्रतिष्ठा भी देखी थी और उनका मान-मर्दन और भीषण अपमान भी, इसलिए काशी में आकर उन्होंने अपने परिवार की खोई प्रतिष्ठा पाने का संकल्प लिया। उसी दौरान उनके एक और भाई रत्नचन्द्र भी मुर्शिदाबाद से काशी आ बसे। उन्होंने रामकटोरा में जहाँ डेरा डाला, वही इस वंश का काशी में पहला पड़ाव माना गया है। फतहचन्द के बारे में कहा जाता है कि वह जब चलते थे तो उनके आगे-पीछे राजसी ठाठ-बाट चलती, यथा—साथ में चलते नकीब, संतरी और एक निश्चित

संख्या-अनुशासन में सिपाहीगण...तो उन्हीं फतहचन्द के इकलौते पुत्र हुए बाबू हर्षचन्द्र। यह जो आज का 'भारतेन्दु भवन' है, इसका निर्माण उन्हीं बाबू हर्षचन्द्र ने करवाया है। उनके पुत्र हुए बाबू गोपालचन्द्र, और गोपालचन्द्र के दो पुत्रों में बड़े हरिश्चन्द्र और छोटे गोकुलचन्द्र।" हाथ हिला-हिलाकर सधे अंदाज में प्रसाद ने धीरे-धीरे समझाया।

"जयशंकर, मैंने तुम्हारा लोहा मान लिया। तुम किसी दूसरे कुल का वंश-वृक्ष-विवरण भी कितने सहज भाव से बयान कर गए! मैं अपने कुल का भी दो पीढ़ियाँ पहले तक का विवरण देने में लड़खड़ा सकता हूँ..." गुप्त का लहजा प्रशंसा का था।

प्रसाद ने बात को काटा, "यह 'किसी दूसरे' ऐरे-गैरे का थोड़े ही वंश-विवरण है... भई, मैं यह नहीं समझ पा रहा कि तुम आखिर कैसे हिन्दी-सेवी हो? खड़ी बोली हिन्दी के कुल-जनक भारतेन्दु बाबू को 'किसी दूसरे' कह रहे हो?...सम्भव है, मैं स्वयं भी अपनी ही दो-चार पुश्त पहले की वंश-शृंखला ठीक से न बता सकूँ, किन्तु भारतेन्दु बाबू का वंश-वृक्ष तो हमें हर हाल में स्मरण होना ही चाहिए न?"

गुप्त स्वीकारात्मक संकेत में जोर-जोर से सिर हिलाने लगे। प्रसाद ने केहुनियाया, "अंऽह, ऐसे क्या करने लगे?...तुम्हारी टोपी सिर से नीचे कूद पड़ेगी। बच्चे भी यहाँ बहुत हैं, कहीं गिरगिट समझकर तुम पर कंकड़ चला-चला खेलने न लग जाएँ!"

सामने से डॉ. मोतीचन्द्र को आता देख गुप्त चुप रह गए। उन्होंने पास आकर संकेत किया तो दोनों आहिस्ते उठ खड़े हुए। तीनों किनारे-किनारे आहिस्ते निकलने लगे। बाहर आते ही कहीं दूर से रायकृष्ण दास की दबी हुई आवाज आई, "मैं भी स्वयं को आने से रोक न सका। नहीं चाहकर भी यहाँ पहुँच ही गया।"

अचकचाकर इधर-उधर नजरें दौड़ाने लगे गुप्त। मोतीचन्द्र ने मुस्कुराते हुए सामने संकेत किया। वह आँखें नचाते-गड़ाते रह गए, कुछ पता न चला। खैर, दास जल्दी ही बरामदे के पास सीढ़ियों वाले कोने के अँधेरे से स्वयं प्रकट हो गए, "चलो, किसी कमरे में हम लोग जमते हैं।"

गुप्त चौंके, "हाँ, तुम्हारे यहाँ तो छुतका हो गया है न, जयशंकर ने मुझे बताया था। तुम यहाँ काहे आ गए?"

छोटे वाले आँगन से होते हुए चारों जल्दी-जल्दी भीतर के कमरे में घुस गए। दास ने गुप्त को आश्वस्त किया, "हाँ, मित्र, दस दिनों पहले मेरे एक चचेरे भाई चल बसे, लेकिन आज तो दशगात्र सम्पन्न हो चुका। कायदे से सोचो तो छुतका आज समाप्त हो चुका। किन्तु चूँकि त्रयोदशाह अभी बाकी है, इसलिए मैं खुलेआम यहाँ नहीं आ सकता था।" उन्होंने सिर से झूमरदार पगड़ी हटा ली। बाल उतरे हुए थे। मुंड उल्टी हुई हाँडी की तरह गोला और चिकना।

प्रसाद ने धीमे से तीर छोड़ा, "मित्र, तुम्हारा कला-प्रेम आज तो गजब शीश-शिखरित हुआ है। यह कितना अद्भुत, कैसा कलात्मक है!"

"क्या भई?" दास चौंके।

"कला-प्रेम के लिए प्रसिद्ध-प्रतिष्ठित यह तुम्हारा दिव्य शीश-कलश!" प्रसाद मुस्कुराए।

"लेकिन कला-द्रव का क्या हाल है, कलश तो औंधा हुआ है?" गुप्त हँसे।

"कला-द्रव शीश-कलश के उलट जाने के बाद अब हृदय-टंकी को स्थानान्तरित हो रहा है।" प्रसाद ने निदान दिया। सभी ठठा पड़े।

"वैसे यह दिख भी रहा है खुदाई में निकले प्राचीन सभ्यता के किसी साक्ष्य-स्वरूप मृदभाँड़ जैसा ही। सर्वथा संग्रणीय और गवेशणीय।" प्रसाद का यह वाक्य पूरा होने से पहले फिर ठहाका। दास गहरे झेंप गए।

अचानक स्वर बदल लिया गुप्त ने, "हम लोग शब्द और भावनाओं की दुनिया के संवेदनशील प्राणी हैं और हमीं लोग एक मृत्यु-प्रसंग और उसी से जुड़े सिरमुँड़ाई संस्कार का कैसा अमानवीय मजाक उड़ा रहे हैं! मुझे यह उचित नहीं लग रहा।"

दास ने कड़ा प्रतिवाद किया, "नहीं, ऐसी कोई बात नहीं। किसी भी मृत्यु के दस दिनों के बाद तो शोक को हर हाल में 'बस' कह ही देना चाहिए। मैं तो कहूँगा कि मृत्यु के बहाने जीवन को शोक-विह्वल किये रखना ही अमानवीय है। ठहाका तो ऐसा लगना ही चाहिए कि मौत को सचमुच अपनी मनहूसियत का ठीक से पता चल जाए।"

मोतीचन्द्र ने खड़ा होते हुए क्षमा-याचना की, "आप लोग कृपया क्षमा कीजिएगा... उधर मेरी खोज हो रही होगी। मुझे जाना चाहिए।"

सभी अचानक उनके उठने पर थोड़े चौंके किन्तु दूसरे ही पल उनसे सहमत भी हो गए। उन्होंने कुछ कदम आगे जाने के बाद लौटते हुए पूछा, "आप लोग अभी पहली ही पाँत में ज्यौंनार में सम्मिलित होना पसन्द करेंगे या..."

"नहीं-नहीं, डॉक्टर, मेरा सबके सामने इस तरह जाना अच्छा नहीं लगेगा। आखिर अभी त्रयोदशाह बाकी है। अच्छा होगा कि यहीं हम तीन लोगों के लिए व्यवस्था बन जाए। हम लोग यहीं बतियाते-गपियाते हुए गप-गप भी कर लेंगे। मजा आएगा।" दास ने जैसे सबसे आग्रह भी किया।

"हाँ-हाँ, यही अच्छा रहेगा।" गुप्त ने तुरन्त समर्थन ठोंका।

119

भोजन करते हुए तीनों खूब हँसी-ठठा करते रहे। मोतीचन्द्र का आना-जाना जारी रहा। गुप्त के धीरे-धीरे उठ रहे छोटे-छोटे कौर को लक्ष्य कर प्रसाद मुस्कुराए, "मित्र, तुम भोजन भी बहुत किफायत से करते हो।"

"हाँ, क्यों नहीं! हर काम किफायत से ही होना चाहिए। भोजन भी।"

"मतलब कि कोई काम कभी भर दम या भर इच्छा नहीं? हमेशा हर काम टूटा-टूटा, अधूरा-अधूरा-सा?"

"हाँ, धीमा-धीमा अधूरा-अधूरा-सा होगा तो जल्दी पूरा होकर समाप्त तो नहीं होगा। टुकटुक-टुकटुक चलता जाएगा, चलता जाएगा। असल में, मैंने कहीं सुना है कि पूरे जीवन-काल में पेट के लिए भी अनाज का लक्ष्य तय होता है। अब धीमे-धीमे थोड़ा-थोड़ा ग्रहण करो तो धरती पर कुछ लम्बा ठहरने का अवकाश पा लो, अन्यथा ज्यादा-ज्यादा निबटाते चले तो लक्ष्य जल्दी पूरा होना और दुनिया से शीघ्र विदा होने का मुहूर्त सामने आना तय है।"

"तब ऐसा क्यों नहीं करते कि पानी-हवा पर ही काटने का अभ्यास बना लो ताकि अनाज का लक्ष्य हमेशा हाथ में बचा रहे और कभी धरती से छोड़ने की विवशता ही न पैदा होने पाए?" प्रसाद ने जितनी ही अतिरिक्त गम्भीरता से सुझाव रखा, ठहाका उतना ही बेजोड़ फूटा।

हँसते-हँसते दोनों बेदम। स्थिर होने पर गुप्त ने आगे कहा, "वैसे मित्र, देखा तो यही गया है कि जो महान प्रतिभाएँ हुई हैं अथवा प्रतापी हस्तियाँ, वे प्राय: अल्पायु ही हुई हैं। दीर्घायु-शतायु तो प्राय: एकदम नहीं। अपने ही यहाँ देख लो न! स्वयं भारतेन्दु बाबू ने तो केवल पैंतीस साल की आयु पाई, किन्तु काम कितना अधिक कर गए!"

"तो तुम्हारे ही सिद्धान्त के अनुसार क्या ऐसा इसीलिए हुआ कि उन्होंने बहुत जल्दी-जल्दी अपना लेखकीय लक्ष्य पूरा कर दिया था?" प्रसाद की आँखों में तिर्यक व्यंग्य कौंधा।

"अरे, ऐसा कुछ नहीं। प्रकृति हमेशा किसी भी बने-बनाए खाँचे और परिगणित समीकरणों से मुक्त है। ऊपर-ऊपर यह जितनी ही नियमन-चालित दिखती है, भीतर-भीतर यह उससे कहीं अधिक क्षण-क्षण पुनर्नवा-धर्मा है। हर क्षण यह संसार सर्वथा नया होकर सामने आता है—सर्वथा अपूर्व।"

"हाँ, तुम्हारी यह बात कुछ जम रही है कि प्रकृति क्षण-क्षण पुनर्नवा-धर्मा है। मैं तो यहाँ तक कहूँगा कि उसकी समूची कार्य-प्रणाली ही मननशील मनुष्य के लिए एक स्थायी व रहस्यपूर्ण चुनौती है। भारतेन्दु बाबू दीर्घायु नहीं हुए किन्तु आदिकवि वाल्मीकि हों या गोस्वामी तुलसीदास अथवा स्वयं सूरदास या विद्यापति, इनमें से कोई भी कहाँ अल्पायु हुआ है? अपने आचार्य महावीर प्रसाद द्विवेदी को भी तो देख लो न!"

घूमते-घामते मोतीचन्द्र आए तो गुप्त बीच में कौर-विराम कर चुके थे किन्तु बीच में टिके हुए थे। उन्होंने विनम्रतापूर्वक हाथ जोड़ आग्रह किया, "दास जी और प्रसाद जी ने जब अभी तक हार नहीं मानी तो आप ही क्यों थाली-विमुख हो गए हैं? एक दहीबड़ा ही डालता हूँ।"

"अब अंत में दाँत खट्टे मत करो भैये! बहुत हो चुका है।" गुप्त ने थाली के ऊपर दोनों पंजे उलटकर इनकार में सिर हिलाया।

"अरे मित्र, किफायत का एक सूत्र मुझे सूझा है। तुम्हीं इसे आजमाकर लाभ उठा लो न!" प्रसाद ने हिल-हिलकर खाते हुए सिर को गोल-गोल घुमाया।

"क्या मित्र, कहो, कहो न!" गुप्त को लग गया था कि इसमें कोई मजाक भी हो सकता है किन्तु माहौल को खुशनुमा बनाए रखने की गरज से उन्होंने जिज्ञासा पर जोर दिया।

"दो-तीन खंडकाव्य भर की एक-दो शाम की अतिरिक्त खुराक टान लो। इतना तो अपना अनाज बचेगा!" प्रसाद का वाक्य पूरा होते ही दास और मोतीचन्द्र के ठहाके मचलने लगे। गुप्त झेंपने लगे। प्रसाद आँखें मूँदकर मंद-मंद मुस्कुराते रहे।

थोड़ी ही देर में तीनों ने उठकर हाथ धोए। दास ने गमछे से मुँह पोंछते हुए धीमे स्वर में अपना लम्बा मौन तोड़ा, "देखो, भई, तुम दोनों कविगण आपस में तीर छोड़ते रह गए और निशाना सटीक मेरा सधा।"

"क्या भला?" गुप्त की जिज्ञासा छलकी।

"मेरे जितना न तो जयशंकर खा सका, न तुम। तुम लोग आपस में कविताई से भरी बौद्धिक रगड़व्वल करते रह गए और मैं कला-प्रेमी होकर सचमुच बहुत कलात्मक ढंग से भरपूर बल्कि दो शाम की खुराक ले चुका।"

चारों कमरे में आ गए।

मोतीचन्द्र ने दास की ओर ताका, "आप तो महाराज की महफिल में चलेंगे न?"

"यार, मैं यहाँ छुप-छुपकर आया हूँ। कुल-परिधि में गमी हो जाने के बाद त्रयोदशाह से पहले सूतक अर्थात् छुतका रहता है, लेकिन मैं स्वयं को रोक नहीं सका और यहाँ आ गया। मेरा महफिल में इस तरह जाना अच्छा नहीं लगेगा। यह देख लो, आज का ही मुँड़ा हुआ सिर है।" उन्होंने अपने ही सिर पर हाथ फिराया।

प्रसाद कुछ कहना चाह रहे थे किन्तु उन्होंने न जाने क्यों स्वयं को संयमित कर लिया। दास ने इसे मन-ही-मन ताड़ते हुए तीनों की ओर बारी-बारी से दृष्टि फिसलाई, "मुझे यहीं बैठे रहने दें, आप लोग महफिल में जाकर रौनक बढ़ाएँ।"

अलमारी से कुछ पत्रिकाएँ निकालकर ले आए मोतीचन्द्र। उनके सामने रख दीं। दास पन्ने पलटने लगे। प्रसाद व गुप्त को साथ लेकर वह बड़े आँगन की चहल-पहल की ओर बढ़ गए।

थोड़ी देर पहले हुई आपसी चर्चाओं का पुनःस्मरण कर-करके दास अकेले में ही रह-रहकर हँसने लगते। पत्रिका पलटते हुए आँखों के सामने प्रसाद के वार्तालाप-व्यंग्य जैसे मोटे अक्षरों में उभरते रहे। मन में यह अफसोस भी चुभता रहा कि यहाँ पहुँचकर भी महफिल में शामिल होने से वंचित रहना पड़ा। दूसरे ही पल विपरीत भावों ने सुखद अनुभव दिये—यहाँ आकर मित्रों से कैसी बढ़िया संगत हो सकी! दुर्लभ हँसी-मुस्कानों की कितनी मूल्यवान उपलब्धि सम्भव हो सकी!

थोड़ी ही देर में वे तीनों अस्त-व्यस्त मुद्रा में आते दिखे। दोनों ओर से काँखों में हाथ लगाकर प्रसाद को सहारा देते लाते हुए गुप्त और मोतीचन्द्र। दास हड़बड़ाकर खड़े हो गए, "यह क्या? जयशंकर, कहीं तुम्हें चोट तो नहीं लग गई?"

तीनों पास आ गए थे। प्रसाद के चेहरे पर थकान और बेसुधपन की कालिमा गहराती-सी दिखी। कमरे में आकर दोनों ने उन्हें पलंग पर लिटा दिया। गुप्त ने बताया, "महफिल में बैठे-बैठे इसे चक्कर आ गया और यह कुर्सी से लुढ़कर नीचे आ गया। अब बता रहा है कि जोर का जाड़ा लग रहा है।"

"भई, ठंड का तो यह मौसम ही है। इस जनवरी के महीने में ठंड ही तो लग सकती है।" दास ने जानबूझकर मुर्दनी को नकारने के लिए सतर्कता से कह दिया।

"अरे नहीं भैये, इसे तो तेज बुखार आ चुका है। यह देखो, शरीर कैसा तप रहा है!" गुप्त ने फिर से ललाट को छूते हुए बुखार का अंदाजा लेना चाहा, "ताप एक सौ से ज्यादा लग रहा है। इसे लेकर तुरन्त सरायगोवर्द्धन पहुँचा देना चाहिए ताकि कोई परेशानी न बढ़े।"

सहारा देकर डॉ. मोतीचन्द्र ने प्रसाद को घोड़ा-गाड़ी पर चढ़ाया। आँखें अधमुँदी-सी, पलकें काँपती हुई। शरीर तलमलाता हुआ। गुप्त और दास भी ऊपर आ गए। दास

जल्दी-जल्दी प्रसाद के कंधे की चादर देह पर लपेटने लगे। इस क्रम में हाथ मुँह के सामने गया तो विसर्जित हो रही साँसें छू गईं, जो पहले तो लू जैसी महसूस हुईं, फिर गर्म पानी की धार की तरह। उन्होंने तुरन्त उनके तलमलाते सिर को अपने कंधे पर टिका लिया। संयत स्वर में हाँक लगाने लगे, "जयशंकर, जयशंकर, यह अचानक क्या हो गया, मित्र? अभी कुछ ही देर पहले तक तो तुम कितना हँसते-हँसाते, बोलते-बतियाते रहे, यह एकाएक क्या हो गया, भाई?"

डॉ. मोतीचन्द्र ने संकेत से उन्हें चुप रहने को कहा। दास ने तुरन्त मुँह बन्द कर लिया किन्तु उनकी आँखों में चिन्ता चिनगारियों जैसी चिनकती रही।

गाड़ीवान को धीरे-धीरे हाँकने का संकेत मिला। आहिस्ते-आहिस्ते गाड़ी चौक के पास निकल आई। दास ने धीमे स्वर में कहा, "बाँस फाटके होते गोदौलिया निकलाऽ। गिरजाघर तरफ होके सरायगोवर्द्धन निकलल जाईऽ, लेकिन एकदम्मे आहिस्ते-आहिस्ते।"

गुप्त ने जैसे स्वयं को ढाढ़स बँधाया, "देखो न, कैसी बर्फाली शीतलहरी बह रही है! हाड़ तक को कँपकँपा देनेवाली। रात ठिठुर रही है, चौराहे की किसी असहाय वृद्धा-सी! हो सकता है, जयशंकर पर किसी तरह ठंड का ही असर हुआ हो?"

"लेकिन जो लक्षण दिख रहे हैं, उनसे तो मुझे मलेरिया का सन्देह हो रहा है।" दास ने संक्षिप्त हस्तक्षेप किया।

ढलती हुई गाड़ी बाँस फाटक से आगे बढ़ चली। नीचे पहिया कहीं किसी गड्ढे में गया होगा, गाड़ी अचानक झटका खा गई। सभी तलमला गए। प्रसाद को दास ने सँभाला। उसी तरह कंधे पर सिर टिकाये-टिकाये वह कुनमुनाए, तो दास की आवाज भर्रा गई, "मित्र, तुम इसी तरह सिर को टिकाये आराम से बैठे रहो। अब कुछ ही देर में हम लोग सरायगोवर्द्धन पहुँचने वाले हैं।"

प्रसाद ने यह बात सुनी या नहीं, यह जाहिर नहीं हुआ किन्तु गुप्त ने मोतीचन्द्र को आगाह किया, "सरायगोवर्द्धन पहुँचकर घर वालों को ठीक से समझा देना होगा ताकि वह तुरन्त किसी योग्य चिकित्सक से इलाज आरम्भ करा दें। किसी स्तर से कोई गाफिली नहीं होनी चाहिए।"

120

दास और डॉ. मोतीचन्द्र सरायगोवर्द्धन कई दिनों बाद आए हैं। परिसर भाँय-भाँय कर रहा है। दास ने चौंककर देखा, उपवन में फूल तो वैसे ही अदबदाए हुए हैं, जैसे पहले देखे जाते रहे हैं किन्तु आज वे खिले होकर भी निष्प्राण-से लग रहे हैं। हवा बदली हुई है। ऊपर आकाश तक उखड़ा-उखड़ा और खिंचा-खिंचा-सा। एकबारगी ऐसा क्यों लग रहा है? उन्होंने मन-ही-मन सतर्क मनन-मंथन शुरू किया। लगा, प्रसाद को उपवन में टहलता हुआ नहीं देख पाने के चलते ही अपने समग्र वनस्पतियों से लेकर गगन-वायुमंडल तक के परिजनों समेत पूरी प्रकृति आहत है। इसीलिए यह बहुस्तरीय उदासी है, चुभ-चुभ चुभती हुई।

संतू ने उन्हें आया देखा तो लपककर आया। उसका मुँह सूखा-सूखा-सा था। उसने साथ लेकर दोनों को बैठकखाने के बगल वाले कमरे में पहुँचाया।

प्रसाद को शय्या से सटा देख दास का कलेजा धक्क-से रह गया। डॉ. मोतीचन्द्र तो हक्का-बक्का। मर्माहत। यह क्या? आँखें धँसी हुईं और मुँह गरे हुए कपड़े जैसा सूखा-टटाया हुआ। होंठों पर पपड़ी। चादर जैसे शरीर को ढककर नहीं, यों ही खाली शय्या पर पड़ी हुई हो! नीचे शरीर की उपस्थिति का जरा भी भान नहीं। तभी ध्यान गया, इतने के बावजूद गहरे में फँसी आँखों में रत्न जैसी चमक।

मोतीचन्द्र दुख से कातर। दास उद्विग्न। लगा, जैसे सूर्य की किसी टहक वायल पेंटिंग पर धुएँ-धूल की एक मोटी मलिन परत चढ़ गई हो! जैसे किसी महान कलाकृति का यह हश्र देख खुद कैनवास के पाँव थरथरा रहे हों!

"मित्र कृष्ण, मैं तो रणक्षेत्र में अब गिर पड़ा हूँ, तुम कहाँ हो?"

दास चौंके, प्रसाद की वाणी में कोई अन्तर नहीं लग रहा था। वही काव्य-अनुगूँज, वही सांगीतिक माधुर्य, "सुना कि तुम कहीं बाहर निकल गए थे?"

"हाँ, पटना गया था। दो-दो भतीजों की शादी का मामला था। बारह-तेरह दिनों के बाद लौटा तो सबसे पहले तुम्हारी खबर लेने यहाँ आ गया। लेकिन यह तुमको क्या हो गया है? डॉक्टर को नहीं दिखाया?"

"इससे पहले तुम्हें एक अच्छी सूचना तो दे दूँ।"

"क्या भला?"

" 'कामायनी' छपकर आ गई है।"

"वाह, वाह, बधाई! अनन्त अंतरंग बधाई!" दास खिल उठे। आवेगपूर्वक समीप आए।

प्रसाद उठने का उपक्रम करने लगे। दास ने झुककर उठने से रोकते हुए उनका हाथ पकड़कर चूम लिया और इसे ससम्मान अपने ललाट से लगा लिया। प्रसाद की आँखों से तरल छंद फूट पड़े। वह गले मिलने की गाढ़ी उत्कंठा छलका रहे थे। दास और झुक गए। दोनों गले मिलने लगे, "आज से ठीक ग्यारह दिनों पहले तीन फरवरी को प्रयाग से 'कामायनी' की प्रतियाँ यहाँ पहुँचीं तो सबसे पहले मन ने तुम्हें ही याद किया।" बोलते हुए प्रसाद ने स्वयं को संयत करने का प्रयास जारी रखा। सिरहाने से दो प्रतियाँ निकालीं और कलम खोल हस्ताक्षर बनाने लगे, "तुम्हें इसकी पहली ही प्रति भेंट करना चाहता था न!"

"बीसवीं सदी के इस अरुण काव्य-काल में गहन गगन और विराट भुवन जैसे उस विरल विराट कवि-मन—जिससे महाकाव्य-महानायक मनु निकले हैं और आगामी कम-से-कम दो-तीन हजार वर्षों तक समान जिज्ञासा से ग्राह्य-पठनीय 'कामायनी' की यह दर्शन-कथा—ने यदि ग्रंथ छपकर आते ही सचमुच मुझे याद किया है, तो यह तो मेरे लिए अविस्मरणीय और अभूतपूर्व गौरव की ही बात हुई न! सदा-सदा भाव-सम्पन्न बनाए रखने वाली अनोखी उपलब्धि!" दास का गला भर आया।

ज्योंही प्रसाद ने प्रति बढ़ाई, दास ने इसे दोनों हाथों से ग्रहण कर लिया और शीष नवाते हुए पहले अपने मस्तक से सटाया, तत्पश्चात् आँखों से। उत्फुल्लता-कृतज्ञता छलकती रही।

बिस्तर पर लेट चुके प्रसाद ताकते रहे, टुकुर-टुकुर। अशक्त भाव से, थके-थके-से। दास की भाव-भंगिमाएँ निहारते हुए वह तरल तृप्ति से भर उठे।

मोतीचन्द्र को भी हस्ताक्षरित प्रति मिली।

दोनों देर तक चमत्कृत भाव से पुस्तक का मुग्ध अवलोकन करते रहे।

संतू ने आकर टेबुल पर पानी के गिलास और तश्तरी में नाश्ता रखा।

पुस्तक सँभाले बैठे दास ने प्रसाद की ओर चिन्तित दृष्टि उठाई, "क्या बताया है डॉक्टर ने? कौन कर रहा है तुम्हारी चिकित्सा? क्या मलेरिया जैसा कुछ है?"

मद्धिम-सी मुस्कान टिमटिमा उठी, प्रसाद के पस्त चेहरे पर। स्वर प्रयासपूर्वक पुष्ट, "नहीं, मलेरिया नहीं है। कोई छोटा-मोटा रोग कैसे हो सकता है मुझे?...जाँच-रिपोर्ट में सीधे राजयक्ष्मा निकला है।"

जैसे वज्रपात हो गया हो, दास हक्का-बक्का।

डॉ. मोतीचन्द्र का मुँह खुला का खुला रह गया।

वक्र मुस्कान कुछ और तीखी हो गई प्रसाद की, "आखिर मुझे इससे कम भला और क्या हो सकता था?"

"नहीं, ऐसा तो नहीं होना चाहिए। किसी के मुँहजबानी कह देने से कैसे मान लिया जाए? पहले इसकी ठीक से मेडिकल जाँच करानी होगी तभी कायदे से इलाज सम्भव है।" दास ने कहा तो बेफिक्री के साथ किन्तु उनकी चिन्ता और घबराहट छुप नहीं पा रही थी, "मेरी सलाह मान लो तो हम सबका बड़ा कल्याण होगा।"

"क्या भला?"

"यह होमियोपैथी का चक्कर छोड़ दो, इलाज एलोपैथ प्रणाली से कराओ। अवश्य लाभ होगा; बल्कि लाभ-वाभ क्या, सीधे इस रोग से मुक्ति भी पा सकते हो।"

"सुना है, टीबी की एलोपैथ की जो चिकित्सा है, वह बहुत डरावनी और पीड़ादायी है?"

दास असहमति जैसा कुछ दबाए हुए चुपचाप उनका मुँह ताकते रहे। प्रसाद आगे बोले, "बताते हैं कि इसकी चिकित्सा की एलोपैथ में जो प्रणाली है, वह बहुत कष्टदायी है। बित्ते भर की सूई छाती में घोंपते हैं। इसका भी पूरा कोर्स है। इसी से क्षयाक्रान्त फेफड़े को जलाते हैं।"

दास को इस संक्षिप्त विवरण ने भी अंदर तक हिला दिया। उनका सिहरना सबको स्पष्ट दिखा। दूसरे ही पल वह सप्रयास सँभल गए, "मित्र, मुझे तुम एकदम अनाड़ी न समझो। रोगों और उनके इलाज वगैरह के बारे में मुझे भी कुछ तथ्यात्मक जानकारी रहती है। मैं तुम्हें विश्वास दिला सकता हूँ कि तुम जितना समझ रहे हो, यह इलाज उतना पीड़ादायी नहीं है। सौ बात की एक बात, तुम्हें मेरी एक सलाह तो माननी ही होगी।"

प्रसाद सकपकाए। दास रुके नहीं, "कैप्टन चौधरी बहुत अच्छे एलोपैथ हैं। वह मेरे विशेष अंतरंग हैं। तुम्हें उन्हीं की चिकित्सा से निश्चित लाभ मिलेगा, मुझे तो ऐसा ही लग रहा है। दूसरी बात यह कि अब तुम्हें स्वयं को लेकर किसी भी तरह की लापरवाही से बचना ही चाहिए। आखिर तुम्हीं इस घर और इतने बड़े कारोबार के खेवनहार हो। पुत्र रत्नशंकर अवयस्क है, उसे अभी लगातार तुम्हारी छत्रच्छाया मिलनी चाहिए। और मित्र, सबसे बड़ी बात यह कि तुम अब कोई व्यक्ति-मात्र नहीं रहे, विकासशील हिन्दी

भाषा और इसके निर्माणाधीन साहित्य को तुम्हारे ऐतिहासिक योगदान और सक्रिय अभिभावकत्व की अभी नितान्त आवश्यकता है। यह सब देखते-समझते हुए भी तुम आखिर कैसे जानबूझकर अपने इलाज में ढिलाई बरत सकते हो? क्या ऐसा करना किसी भी दृष्टि से उचित कहा जा सकता है?"

121

व्यास को भीतर आता देख प्रसाद मुस्कुराए। बिस्तर से ही आगे की ओर निकले और रेडियो की ओर हाथ बढ़ाया। वॉल्यूम कंट्रोल वाली चाभी को उल्टा ऐंठने लगे। कम होती हुई आवाज बन्द हो गई। ऊपर सिमटा कपड़ा खींचा और इसे लटका-फैलाकर रेडियो ढक दिया। तुरन्त गतिपूर्वक पीछे लौटे और बिस्तर पर धब्ब से पड़ रहे। तेज-तेज साँसों और चेहरे के पीड़ा-चिह्नों में इसी छोटे-से उद्यम से उत्पन्न असह्य थकान झलकने लगी। शरीर में आई शिथिलता भी साफ-साफ गोचर होने लगी।

कुछ देर तक वह आँखें बन्द किये ऊर्जा संचय करते रहे। सामने खड़े व्यास यह दशा देख व्यथित-विचलित। असहाय-से चुपचाप ताकते रहे।

प्रसाद ने अब आँखें खोल लीं। उठने लगे तो व्यास जल्दी से निकट आ गए और हाथ जोड़कर लेटे रहने की विनती की। उन्होंने बात मान ली और बैठने का इशारा किया।

व्यास ने बैठते हुए फिर विनम्रता से दोनों हाथ जोड़े, "मैंने आपमें सदा गुरु की छवि देखी है। यों भी आप मेरे पिता के सहपाठी रहे हैं। मेरा सौभाग्य रहा कि आपने मुझे अपना कृपापूर्ण सान्निध्य दिया।"

प्रसाद का सिर झुका हुआ है। कोई हाव-भाव नहीं, जैसे वह इस वार्तालाप से एकदम अलग हों!

व्यास ने इसे महसूस किया तो कलेजे पर जोरदार धक्का लगा। दूसरे ही पल स्वयं की इस अनुभूति पर ही सन्देह हुआ। हो सकता है, सिर नीचे कर वह कुछ धनात्मक ही सोच रहे हों! फिर कहना शुरू किया, "आपको इस तरह शय्या पर पड़ा देखकर मैं चिन्तित हूँ। आप ठीक से चिकित्सा क्यों नहीं करवा रहे? भला ऐसे गम्भीर रोग का इलाज होमियोपैथी के भरोसे चलाना उचित है? इस रोग का एलोपैथ में अब तक निश्चित इलाज उपलब्ध हो चुका है, फिर होमियोपैथी में जाकर अँधेरे में अनन्त भटकाव झेलने की भला क्या जरूरत?"

प्रसाद चुप हैं।

व्यास रुक-रुककर तेवर अपना ले रहे हैं, "आपका जीवन अब व्यक्तिगत कदापि नहीं रहा। इस पर अब देश-काल का भी भावनात्मक अधिकार हो चुका है। ऐसे में आप अपनी मर्जी से एक दिन भी अपनी सेहत की उपेक्षा नहीं कर सकते। यदि आप इस आम अपेक्षा के विपरीत ऐसी उपेक्षा-नीति चलाना चाह रहे हों, तो यह सर्वथा अनुचित ही कहा जाएगा, बल्कि इसे जनास्था से द्रोह तक करार दिया जा सकता है।"

प्रसाद अब भी चुप।

व्यास को कुछ खटक गया। अब उन्होंने भी वैसे ही मौन ओढ़ लिया।

छोटे-से चुप्पा अंतराल को प्रसाद ने तोड़ा, "व्यास, तुम यहाँ से मेरे नाम आए ढेर सारे पत्र ले गए थे न?"

"हाँ।" व्यास सकपकाए।

कमला देवी ने बरामदे के दरवाजे से भीतर की ओर झाँका। व्यास ने तुरन्त प्रणाम किया। उनके चेहरे पर चिन्ता की रेखाएँ देख उन पर ध्यान गया। वह पीछे लौट गईं। प्रसाद अब मौन थे। व्यास के मन में हलचल मचलती रही। दूसरे ही पल मन के खटके को जाँचने के लिए उन्होंने घुमा-फिराकर सवाल किया, "हाँ, आपको वह सब जल्दी में ही वापस चाहिए क्या?"

प्रसाद कुछ नहीं बोले। यह चुप्पी तलवार की तरह सामने जैसे छप्प्-छप्प् चलती-घूमती रही। अगले ही पल अन्ततः यह मौन माथे पर बिजली की तरह गिरा। आहत व्यास ने स्वयं को सँभालते हुए अपनी बात आगे बढ़ाई, "उन पत्रों को मैंने व्यक्तित्व, विषय-सन्दर्भ और महत्त्व की दृष्टियों से सिलसिलेवार सजा लिया है। इस बार आते समय लेता आऊँगा।"

चुपचाप बात सुन ली उन्होंने।

व्यास को समझ में आ गया था कि वह वस्तुतः पत्रों की फाइल वापस ही माँग रहे हैं। अब से पहले के तमाम भेद-मतभेदों के दौरान भी कभी उन्होंने इसे वापस नहीं माँगा था। आखिर उन्हें अपनी योजना बताकर ही तमाम पत्र माँगे गए थे। इसके तहत उनके ही जीवन और साहित्य पर आगे कुछ काम करना था, लेकिन अब तो यह स्पष्ट ही हो चुका कि उन्होंने इस योजना को अपने स्तर से अस्वीकृत कर दिया है। मन पीड़ा से पिसने-पिराने लगा।

व्यास भारी मन से उठे और प्रणाम कहकर बाहर निकल गए।

122

कैप्टन शरत् कुमार चौधरी का बोल-व्यवहार जितना ही कठोर है, आन्तरिक सोच-स्वभाव उतना ही कोमल। रोगी कैसा भी आ जाए, चाहे जितना भी निर्धन या अशक्त, उसे किसी भी आगत रईस के मुकाबले जरा भी कम तवज्जो नहीं किन्तु कोई भी हो, रोगी या तीमारदार, जरा भी प्रतिकूलता पर डाँटने-ड़पटने में किसी को रियायत नहीं। यह भी है कि जिसे भी कसकर डाँट दिया, उसके प्रति यथाशीघ्र उनका विशेष अनुग्रह प्रकट होना तय हो गया। पूरे कार्य-व्यवहार में कठोर नियमबद्धता और सटीक आत्मानुशासन। शर्ट-पैंट हो या बंगाली पोशाक, होगी अनिवार्यतः क्रीचदार। झकाझक। जूते हों या चप्पल, पॉलिश की ताजा गन्ध मालूम चलती रहेगी। कुर्सी पर सीधे बैठना और सामने आनेवाले व्यक्ति को इसी दृष्टि से बार-बार टोकते रहना जाहिरन किसी को भी आतंकित करने के लिए काफी लेकिन उनके सेवा-कार्य को लेकर किसी के भी मन कोई सन्देह होने का प्रश्न ही नहीं।

क्लीनिक के बाहर कितनी भी भीड़ टूट रही हो, इसकी उन्हें न कोई चिन्ता, न परवाह। पहले से निर्धारित सूची के अनुसार क्रमवार ही देखेंगे और अपनी विस्तारित

शैली में ही। एकदम नियमपूर्वक। सामने पेश मरीज की खूब बारीकी से जाँच-पड़ताल। उससे लगातार बहुत गौर से बातें भी। तरह-तरह से देर तक पूछताछ। इस दौरान कलम का कागज पर चलते रहना प्राय: अबाध। जरूरी सूचनाएँ लगातार दर्ज करते चलेंगे। पर्चे पर संक्षिप्त ही किन्तु रोग का विवरण, उसके गोचर हो रहे लक्षणों का एक-एक वाक्य में स्पष्ट अंकन व अन्तत: इस संदर्भ में तर्कसंगत आकलन करते हुए रोगी की स्वास्थ्यपरक वस्तुस्थिति का विश्लेषण। इस आधार को पुष्ट करते हुए लिखी जा रही दवाओं का औचित्य भी दर्ज। सात-सात, आठ-आठ पन्नों तक का चिट्ठा बन जाता। इसके साथ ही मरीज को परहेज और खान-पान की पूरी सूची, अलग से लिखित रूप में। यह सारी सूची भी वह उसी समय उसके सामने ही स्वयं तैयार करते। ऐसी ही कुछ बातें हैं कि लोगों को उनका गुस्सा-दुत्कार सब सहज स्वीकार है। काशी राज की सेना से अवकाश ग्रहण करने के बाद प्रैक्टिस शुरू करते समय स्वयं उन्होंने भी शायद ही ऐसी कामयाबी की कल्पना की हो। बिना किसी लम्बी-चौड़ी योजना-तैयारी के अपने आवासीय कमरे के काले पड़ चुके महज कुर्सी-टेबुल के बूते क्लीनिक चालू किया जो देखते-ही-देखते क्लिक कर गया।

यों तो थे वह पारम्परिक बंगाली पृष्ठभूमि के, किन्तु बनारसी ठाठ के मामले में किसी भी काशी-वासी से जरा भारी। गोरे-चिट्टे, लम्बे-छरहरे। चुप हों तो गऊ किन्तु बिदक गए तो दागा हुआ साँड़। जिससे खटकी हो, उसके लिए तो पर्याप्त ऐंठू प्रकार के जीव। उसकी तो खैर नहीं। ऐसे में उन्हें सँभाल पाना कठिन ही नहीं, लगभग असम्भव। अमुक व्यक्ति का नाम ले-लेकर वह घंटों झझकते रह सकते हैं। कई बार तो पूरे-पूरे दिन। उससे कई-कई दिनों तक भी टेढ़ियाये रह सकते हैं। जुबान इतनी साफ कि खड़ी बोली बोल रहे हों या बनारसी अथवा इंग्लिश, उच्चारण एकदम मानक और भाषानुकूल। न कहीं कोई बोलीगत लय-विनिलेप, न घरेलू व्यवहार वाली बांग्ला की कोई उच्चारणगत छाया-प्रतिच्छाया। इसके समानान्तर बोलने में असावधानी बरतने पर उनके सामने वाला व्यक्ति कभी भी उनकी तेज झिड़की या धिक्कारती हुई डाँट का शिकार बन सकता था। लेकिन, कहते हैं, उनका हाथ अच्छा निकला। जिसका भी इलाज करते, उसे फायदा हो जाता। डॉक्टरी चल निकली। देखते-ही-देखते व्यस्ततम चिकित्सकों में शुमार होने लगे।

प्रसाद को साथ लिये दास जब कमच्छा में थियासोफिकल सोसायटी वाले परिसर के पास पहुँचे तो देखा, सामने क्लीनिक के बाहर भीड़ उमड़ रही है। दास ने अपने आने की सूचना भिजवाई। चपरासी ने तुरन्त आकर भीतर चलने का संकेत दे दिया। दास को देखते ही कैप्टन चौधरी उठ खड़े हुए। दोनों में घनिष्ठ मित्रवत् बातचीत होने लगी। इस दौरान कैप्टन चौधरी बीच-बीच में प्रसाद को पहचानने का उपक्रम करते हुए देख लेते। दास ने इसे ताड़ लिया। बातचीत को बीच में ही मोड़ते हुए उन्होंने प्रसाद का परिचय दिया। नाम सुनते ही तो चौधरी लपककर आगे आए और उनके दोनों हाथों को अपने हाथों में ले लिया, "अरे बाप रे बाप! आपका 'चन्द्रगुप्त' नाटक और 'कंकाल' उपन्यास मेरे पास है। इसे जब पढ़ा था तब आपका दीवाना हो गया था। अब भी दोनों किताब को बीच-बीच में खोलते रहते हैं। काशी में बैठ कर आपने 'कंकाल' में धर्म

के पाखंड को जो खंड-खंड किया है, वह बेमिसाल है। उसी तरह 'चन्द्रगुप्त' पढ़कर बहुत ताकत मिलती है। लगता है कि आनेवाला समय हमारा ही है।"

दास ने आने का तात्पर्य बताया तो कैप्टन चौधरी ने गहरे सोच में पड़ गए। प्रसाद ने हस्तक्षेप किया, "लेकिन मैं चाहूँगा कि आप किसी की बारी छोड़े बगैर स्वाभाविक रूप से मुझे अपनी प्रद्धति के तहत ही समय दें। तब तक हमें कहीं आराम करने की जगह भर दे दें, बस।"

चौधरी का चेहरा खिल उठा, "मुझे आपसे ऐसे ही न्यायपूर्ण व्यवहार की अपेक्षा थी भी। मैं इसी सोच में पड़ गया था कि आपको किन शब्दों में कैसे कहूँ कि इस मामले में मैं कोई पक्षपात नहीं कर सकता।" उन्होंने बाहर के बरामदे में खुलते दूसरे कमरे की ओर संकेत किया, "वहाँ आपके आराम का पूरा इन्तजाम है, चलिए न!"

दोनों को साथ लिये-दिये वह उस कमरे में जा पहुँचे। साग्रह प्रसाद को पलंग पर और दास को भी गद्देदार आरामकुर्सी पर विराजमान कराया तभी अपने क्लीनिक-कक्ष में लौटे। सुबह से दोपहर और उसके बाद शाम। सबसे अंत में चपरासी ने आकर चलने को कहा। प्रसाद मुस्कुराए, "निस्सन्देह चौधरी जीनियस व्यक्ति हैं।"

प्रसाद से भी चौधरी ने उसी तरह खोद-खोदकर पूछताछ की और भारी-भरकम चिट्ठा बना दिया। दूसरे दिन जाँच के लिए सुबह ही बुलाया।

123

तीन दिनों की अपनी गहन जाँच-पड़ताल के बाद यही निष्कर्ष निकला कि प्रसाद को क्षय रोग है। एक फेफड़ा पूरी तरह आक्रान्त हो चुका है। कैप्टन चौधरी ने रोगी को तो कुछ नहीं बताया किन्तु दास के सामने पूरी स्थिति रख दी।

दास अवसन्न। काटो तो खून नहीं। यह क्या? प्रकृति की यह कैसी लीला है? जो व्यक्ति स्वास्थ्य के प्रति ऐसा सजग और खानपान में इतना वैष्णव, उसे यह कैसा रोग? वह कुछ पल जैसे पत्थर बने रहे। डॉक्टर ने उनकी मनःस्थिति का अंदाजा लगाते हुए आहिस्ते टोका, "आप बहुत अवसाद में आ गए हैं क्या?...तो मैं आपको आश्वस्त कर दूँ कि क्षय रोग है तो घातक, किन्तु यह अब पहले की तरह लाइलाज नहीं रहा। आजकल इसका समुचित इलाज सम्भव हो रहा है। बेशक वह भी एक समय था जब कई राजे-महाराजे तक इसका शिकार बने और इलाज पर पानी की तरह धन बहाकर भी अपनी जान नहीं बचा सके किन्तु इधर स्थिति बदल गई है। अब इसका विधिवत् शमन करना एकदम मुमकिन हो चुका है।"

"मैं दूसरी बात सोचकर चिन्तित हो रहा हूँ..." आवाज में भर्राहट।

"आप दूसरी कोई बात सोचकर परेशान न हों। इसकी कोई आवश्यकता ही नहीं। मैं जो कह रहा हूँ, यह कोई कोरा ढाढ़स नहीं बल्कि प्रामाणिक मेडिकल फैक्ट है। आप इस पर आँख मूँदकर विश्वास कर सकते हैं कि यदि नियमित इलाज चले और अपेक्षित परहेज बरते जाएँ तो कोई कारण नहीं कि क्षय रोग से मुक्ति न मिले। मैं अभी खाने की दवाएँ दे रहा हूँ, इनसे उन्हें लाभ अवश्य होगा, किन्तु..."

"किन्तु?"

"अन्तिम तौर पर सूइयों वाला कोर्स लेना ही होगा।"

"यही तो बात है कि सूइयों से वह पूरी तरह आतंकित हैं।"

"आतंक तो रोग का होना चाहिए, भला इलाज से क्या आतंकित होना!"

"भई, कवि हैं—कल्पनानुभूतियों से असम्भव और अलभ्य तक का प्रत्यक्ष अनुभव-संस्पर्श कर लेने वाले।"

"मैं कुछ समझा नहीं?"

"यहाँ हमारे-आपके सिवा कोई तीसरा व्यक्ति नहीं है, इसलिए मैं अपनी आत्मा की एक अनुभूति आपको बता दूँ?"

"अच्छा, क्या भला?"

"कोई विश्वास करे या नहीं, हमारे जयशंकर प्रसाद वस्तुतः उस कोटि के मनुष्य हैं जिनका अनुभूति-तंत्र अत्यन्त सूक्ष्म प्रभाव-ग्राहक है। उनकी काया अद्‌भुत है। अथाह जल-तल जैसी प्रतिबिम्बोत्पादक। आप सामान्य तौर पर, कम-से-कम चिकित्सकीय सिद्धान्तों के तर्कालोक में तो ऐसी व्यक्ति-संरचना की कल्पना भी नहीं कर सकते। वह बोलते या महसूसते हुए जिस शब्द को धारण करते हैं, वह अपने पूरे प्राणपण के साथ उनके रोम-रोम में व्याप्त हो उठता है, सम्पूर्ण द्रष्टव्यता के साथ। उसकी जीवन्त उपस्थिति-अनुभूति उनके अंग-अंग से बिच्छुरित होने लगती है, विद्युत-कणों-जैसी। हम लोग यह तो जानते हैं कि सामान्यतः आँखें सामने आए दृश्य को ही देख पाती हैं या अन्य ज्ञानेन्द्रियाँ अपने ग्राह्यता-सूत्र के अनुरूप प्रभाव ग्रहण करती हैं जबकि प्रसाद जी क्षण भर की कल्पना मात्र से ही लक्षित वस्तु या पात्र की समस्त ज्ञानेन्द्रियों वाली समग्र अनुभूति एक साथ और अपेक्षया अधिक प्रभविष्णुता-प्रखरता से धारण कर सकते हैं। हम लोग यदि हिमालय की धवलता-उच्चता-शीतलता का अनुभव पाना चाहें तो हमें-आपको बर्फीले हवा-बवंडरों से जूझते हुए झुक-झुक व सँभल-सँभलकर चढ़ाइयाँ नापते-लाँघते हुए वहाँ पहले सदेह पहुँचना होगा और इतना करने के बावजूद वहाँ की कितनी सूक्ष्म अनुभूतियाँ हम लोग धारण कर सकेंगे, यह भी फिलहाल संदिग्ध ही होगा। किन्तु यदि प्रसाद जी चाहें तो इसका ध्यान आने मात्र से ही इसके समग्र भावबोध से शत-प्रतिशत से भी अधिक प्रत्यक्षतापूर्वक लबालब भर सकते हैं। वह यदि आँखें मूँदते हुए मन बनाकर एक बार आत्मा-कंठ से उच्चरित कर दें 'समुद्र' शब्द, तो दूसरे ही पल वह अनन्त नील विस्तार के बीच स्वयं को खड़ा साक्षात् देख सकते हैं, जहाँ चिंग्घाड़ती हुई उठती-उछलती फेनिल श्वेताभ नीलिमा लहरें उन्हें सामने पा शान्त होकर नीचे उतरती-लौटती हुई अपने भीगे होंठों से क्रमशः उनके कंधे-बाँहें-चरण चूमती हुई भी साक्षात् प्रतीत होने लगेंगी।"

"माई गॉड! आप यह सब क्या-क्या कहे-बोले चले जा रहे हैं, मैं जरा भी कुछ नहीं समझ पा रहा? एकदम मेरे सिर के ऊपर से गुजर गई आपकी यह पूरी बात।"

"निस्सन्देह मैं जान रहा हूँ कि ऐसे बता देने मात्र से आपको मेरी यह बात समझ में नहीं आनेवाली है। मुझे अपनी बात सप्रसंग उदाहरण देकर स्पष्ट करनी होगी, अन्यथा आप ही क्यों, यह सब सुनकर कोई अन्य व्यक्ति भी मुझे प्रसाद जी का मित्र नहीं बल्कि

अंधभक्त ही समझकर चुपचाप आगे बढ़ जाएगा। जबकि व्यक्ति तौर पर तो बेशक मैं उनका मित्र ही हूँ किन्तु उनकी कवि-प्रतिभा का सचमुच भक्त। आपको सच बता रहा हूँ, मैं यह मान चुका हूँ कि उनके कवि ने जो 'कामायनी' रची है, उसे आगामी सैकड़ों पीढ़ियाँ अगले कम-से-कम दो हजार वर्षों तक तो एकदम समान जिज्ञासा व मननशीलता के साथ पढ़ेंगी ही पढ़ेंगी, और ऐसा रचनेवाला रचनाकार असाधारण ही हो सकता है।" दास की आवाज के घनत्व में तथ्य-भावनाओं की दग्धता-सान्द्रता धातु-ध्वनि की अनुगूँज बनकर गूँजती रही।

"बताइए, बताइए, अब मैं यह सब पूरा सुनना चाहता हूँ। उदाहरण क्या...?"

"आप बी.एच.यू. वाले बी.एल. साहनी को तो जानते ही हैं न?"

"कौन, वो अँगरेजी वाले प्रोफेसर साहब न? हाँ-हाँ।"

"तो यह घटना मुझे उन्होंने ही सुनाई है—एकदम आँखों-देखी। आप तो जान ही रहे हैं कि प्रो. साहनी अँगरेजी साहित्य के विद्वान हैं किन्तु पड़ोसी होने के नाते उन्हें प्रसाद जी की निकटता व मैत्री-व्यवहार भी सुलभ है। सम्भव है कि उन्होंने समय-समय पर उन्हें 'कामायनी' के अंश भी सुनाए हों, तो 'कामायनी' का जादू प्रोफेसर साहनी के सिर चढ़कर कुछ यों बोलने लगा कि वह इसका अँगरेजी अनुवाद करने की धुन में डूब गए। इसी सिलसिले में वह प्रसाद जी के साथ सुबह-शाम कुछ अधिक ही समय गुजारने लगे। कभी किसी छंद को लेकर, तो कभी किसी शब्द-बिम्ब के भाव-बोध के संदर्भ पर वह अक्सर उनसे ज्ञान-घर्षण करने लगते। इसी क्रम में एक दिन एक खास घटना हो गई। प्रो. साहनी के अनुसार एक दिन सुबह-सुबह गंगा-स्नान के लिए वह प्रसाद जी के साथ दशाश्वमेध घाट के लिए निकले। उन्होंने तो हमेशा की तरह घर में रात भर लेखन-कार्य किया था और पौ फटते ही प्रो. साहनी के साथ निकल पड़े। दोनों ने नहान-सामग्री ले ली और तय कार्यक्रम के अनुसार बेनियाबाग में घुस गए जहाँ कुछ देर टहलने का दैनिक कार्य करने के बाद उन्हें घाट की ओर बढ़ना था। संयोग से मुंशी प्रेमचन्द मिल गए बाग में चक्कर लगाते हुए, तो दोनों में एक-एक कर कई विषयों पर चर्चाएँ होती रहीं। प्रो. साहनी के लिए यह सब लाभप्रद बन गया। सुबह का बाग में टहलना तो इसी तरह हमेशा से लाभप्रद रहा है। कभी मुंशी जी, कभी गौड़ जी, कभी श्यामसुन्दर दास, कभी रामचन्द्र शुक्ल तो कभी सीताराम चतुर्वेदी—प्रसाद से इन सज्जनों की होने वाली हर चर्चा कुछ न कुछ खास दे ही जाती है, जबकि घाट की ओर निकल जाने के बाद तो घाट व स्नानादि के ही संदर्भ तनने लग जाते हैं। उधर कोई काम लायक उपयोगी चर्चा कम ही हो पाती है।"

"हाँ, तो?"

"तो प्रो. साहनी के अनुसार दोनों जब दशाश्वमेध घाट पर पानी में उतरे तो एक अजीब घटना हुई। प्रसाद जी ने डुबकी लगाने के बाद बालों को हल्के झटकते सिर जब बाहर निकाला तो एक विचित्र दृश्य दिखा। उनका भीगा हुआ चेहरा लाल भभूका होकर दमक रहा था—सामने खिल रहे बाल-सूर्य की तरह। लगा, जैसे उन्होंने काशी-गंगा में नहीं बल्कि अग्नि-गंगा में गोता लगाया हो! बालों और त्वचा से टघरती हुई जैसे तरल आग झड़ रही हो! छिटकती-टघरती लाल-लाल बूँदें-लकीरें! सर्वथा रोमांचक सौंदर्य।

यह देख साहनी न केवल स्तब्ध बल्कि किसी हद तक भयभीत भी हो उठे—ऐसा भला कैसे हो सकता है? मन की मथनी घरघराने लगी। उन्हें स्वयं की इस अनुभूति पर सन्देह हुआ, कहीं यह भ्रम तो नहीं? इसके लिए मन ने तर्क भी जुटाया—लगा, यह भ्रम इसलिए हुआ होगा क्योंकि दिलो-दिमाग में तो 'कामायनी' का बढ़िया से बढ़िया अनुवाद कर गुजरने का जुनून मचल रहा है। एक ही भूत सवार है कि सही भावालोक छानना है। इसलिए मस्तिष्क में हर समय 'कामायनी' का काव्यालोक ही तो छाया रह रहा है। दूसरे, प्रसाद जी का व्यक्तित्व इतना सम्मोहक है कि यह रह-रहकर अपनी प्रभाव-परिधि में भी कस ही ले रहा है। ऐसे में आखिर ऐसे दिवा-स्वप्न ही तो दिखेंगे!"

"अच्छा, ऐसा?"

"यही नहीं, इस प्रसंग में बाद का जो विवरण प्रो. साहनी ने सुनाया, उसके अनुसार दोनों जब घाट की सीढ़ियाँ चढ़ते हुए ऊपर आने लगे तो एक दूसरी चिचित्र घटना हो गई।"

"अच्छा, क्या हुआ?"

"प्रो साहनी के अनुसार प्रसाद जिस सरल-रेखा दिशा-गति में सीढ़ियाँ चढ़ रहे थे, एकदम उसी सीध में सामने से एक कुष्ठ-पीड़ित भिक्षुक आता दिख गया। आश्चर्य कि उसे देख लेने के बाद भी वह बगैर दायें-बायें हुए सीधे कुछ इस कदर सोपान-दर-सोपान चढ़ते रहे गोया उससे टकरा ही जाना चाहते हों! यह देख साहनी चौंके। कुछ कहते, इससे पहले भिक्षुक और वह एकदम आमने-सामने खड़े थे। बीच में एक हाथ से भी कम दूरी, यानी लगभग सटकर। कुष्टवाले हाथ को एकटक देखने लगे। इसके बाद तो यह बाजाप्ता प्रत्यक्ष दिखाई पड़ा कि उसे ताकते हुए तीव्र गति के साथ प्रसाद का हाव-भाव बदलने लगा। पास ही भौचक खड़े साहनी। प्रसाद ने पहले कुछ पल उसकी आँखों में आँखें डालकर ताका, तत्पश्चात् उसके टिढुआये गलित उँगली के मामले को समझने का प्रयास करने लगे। तभी दूसरे ही क्षण साहनी का ध्यान प्रसाद के हाथों पर गया। सामने एकटक ताकते हुए वह पत्ते की तरह प्रकम्पित हो रहे थे। उन्होंने भिक्षुक के गलित उँगलियों वाले हाथों की तरह ही अपने हाथ भी सामने कर लिये थे और दहलाने वाली बात तो यह कि उसी की तरह उनके हाथों की उँगलियाँ भी ऐंठने और टिढुआने लगीं। साहनी जितने ही हतप्रभ, उससे अधिक परेशान। अब क्या करें? तभी उन्हें लगा कि अब मूकदर्शक बना रहना कदापि उचित नहीं होगा। उन्होंने सीने में पूरी ताकत बटोरकर जोर से आवाज लगाई। प्रसाद की तन्द्रा टूट गई। वह सिर झटकारते हुए अचकचाए-से मुड़े और ताकने लगे। भिक्षुक काँपता हुआ सामने से हट गया। अब उन्होंने लगभग धकेलते हुए प्रसाद को आगे बढ़ा दिया। वह कच्ची नींद से जागने की तरह आँखें मलकाते हुए कदम घसीटने लगे।" दास के स्वर में गहरा विडम्बना-बोध गूँज रहा था।

भौंहों से लेकर ललाट तक जिज्ञासाएँ भींचे और होंठ गोलियाये कैप्टन चौधरी मुँह ताकते रहे।

दास आगे बोले, "तो, हमारे मित्र का तन-मन ऐसा सूक्ष्म संवेदन-ग्राही है।"

कुछ पल दोनों मौन रहे।

चुप्पी को कैप्टन चौधरी ने तोड़ा, "आप एक काम करें।"

"क्या?"

"ऐसी कोई व्यवस्था बनाइए कि प्रसाद जी को किसी खुले बगीचे में रहने की सुविधा मिल सके। ऐसी जगह में रहने पर कम समय में अधिक लाभ मिल सकता है।"

"तो ऐसे में उनकी दवाएँ यही होंगी न? खाने वाली ही न?"

"बंधु, एक बात ठीक से समझ लीजिए, इस रोग का फिलहाल तो असली इलाज वही सूई वाला कोर्स ही है। खाने की दवाएँ अकेले काम नहीं करेंगी।"

"यही तो पेच है। असल में सूई के नाम से उनको भारी आपत्ति है। किसी ने उन्हें टीबी के उपलब्ध इलाज की पूरी प्रक्रिया ही समझा डाली है और यह बता दिया है कि लम्बी वाली सूई छाती में अनिवार्यत: घुसेड़ी जाती है। इसी के बाद तो वह इससे घनघोर आतंकित हो गए हैं।"

124

व्यास छत पर टहलते-टहलते रुक गए हैं। गंगाभिमुख हो सीधे खड़े, सामने ताकते हुए। अपने में डूबे, लेकिन स्व से बाहर। सामने बहती धाराएँ चमक रही हैं और पसरी हुई अगाध बालुका-राशि चुप। ध्यान जाते ही चमत्कृत रह जाना पड़ा—तीसरे तल्ले की इस ऊँचाई पर हवा के संस्पर्श का शारदीय आवेग-आस्वाद तो आज गजब बदला-बदला हुआ है। पल भर में एकदम शिशु बना दे रही है—ऊपर से ममत्वपूर्ण स्नेहिल आँचल डाल बेतहाशा माथा-गाल चूमती हुई। दूसरे ही क्षण शरारती बालक करार देकर कान उमेठने से लेकर पीठ पर धब्ब-धब्ब रखने तक, किसी व्यवहार में कोई देर नहीं। हृदय ने हँकाकर स्मारित कराया—सृष्टि में प्राण तत्त्व प्रवाहित करने वाली यही तो जीवन-जगत की माँ है और, तिस पर विरल सौभाग्य यह कि यहाँ उसे गंगा से अभिमंत्रित होने का अनोखा अवसर भी सुलभ हो रहा है। ऐसे में तो अमरत्व के मर्म-स्पर्श-सुख की धारा बनी यह साक्षात् महादेवी है।

संगुआ ने नीचे से आकर बताया, "सरायगोवर्द्धन से गंगाराम भइया आयल हउवन।"

व्यास हड़बड़ा गए—प्रसाद जी का यह आदमी तो झंझट का पक्का प्रतीक है। जब कभी कचहरी जाइए, यह मिल ही जाएगा—दोनों काँखों में मुकदमों की मोटी-मोटी फाइलें दबाए, बाज जैसा मुँह ऐंठते इधर से उधर उड़ान भरता हुआ। तो इसे यहाँ उन्होंने क्यों भेजा? सोचते-सोचते माथा चकरा गया। दूसरे ही पल ध्यान आया कि नीचे जल्दी जाकर पता करना चाहिए। पाँव में जैसे पंख लग गए हों, दौड़ते हुए-से तुरन्त सीढ़ियों की ओर लपके।

पीछे-पीछे साथ चल रहे संगुआ आगे बताया, "हाथे में एक ठे झोरा लटकउले हउवन। वोह में कौनो पोथा बुझात हौ। हम मँगली तऽ कहलन कि पंडित जी के हाथे में देवेके हौ।"

माथा ठनका—पोथा? कौन-सा पोथा लेकर आया है वह? अनजाने ही 'तितली' का तिक्त प्रसंग कौंध गया। दिल में कसक-सी उठी : यह 'तितली' तो बिच्छू को भी मात दे चुकी है। ऐसा डंक लगाया है, जिसे इस जीवन में तो शायद ही कभी विस्मृत किया जा सके। इसके चक्कर में कैसा संत्रास झेलना पड़ा! चौतरफा नुकसान भी।

उन जैसे तेजस्वी-ओजस्वी-मनस्वी रचनाकार से, जो अतीत-इतिहास की शताब्दियाँ खंगालने-निचोड़ने और पुराण-उपनिषदों का सागर-मंथन करने में ही अनवरत जुटा हो, गंगा-वरुणा के तटीय गाँव-गली-कस्बों की मौजूदा जिन्दगी पर उपन्यास लिखवा लेना क्या कोई हँसी-खेल की बात है? इसके लिए उन्हें साधने का काम किसी बाघिन को दुहने से कम दुष्कर कहाँ रहा! लेकिन, खैर, उन्होंने इस नाचीज की जिद रखी। उपन्यास का लेखन-कार्य शुरू किया। कितना बढ़िया इसका लेखन व 'जागरण' में प्रकाशन धारावाहिक चलने लगा किन्तु अफसोस कि ऐन पूरा होने से जरा-सा पहले खेल हो गया।

रायकृष्ण दास की तिजारती नजर है ही गजब शातिर। एक कौंध में जो किसी के कलेजे के पास पहुँच जाए और काढ़ ले! उन्होंने कैसे मेरे 'पुस्तक मन्दिर' से खींचकर 'तितली' उपन्यास को अपने 'भारती भंडार' की पुस्तक-सूची में सजाने के लिए अचूक चालें चलीं, यह भला क्या कभी भूलने की बात है? मेरा सारा श्रम बेकार चला गया। घाटा गिरा सो अलग। पाक्षिक 'जागरण' के बारह अंकों में छपे अंशों के समानान्तर पुस्तक के मुद्रित फर्मे बेकार हो गए।

संगुआ आगे बताता रहा, "बइठे के कहली तऽ बोललन कि हमरे लग्गे समय ना हौ। पंडित जी के ई देके हमे तुरंते लउटे के हौ।"

"अच्छा!" सीढ़ियों से उतरते हुए वह कुछ यों बोले, जैसे अनदेखे झोले ने सचमुच उलझा दिया हो!

सीढ़ियों से उतरकर बरामदे में पहुँचते ही गंगाराम ऐन सामने पड़ गया। कैसा तो मुँह बनाए हुए! झोले को कुछ यों लटकाए हुए, जैसे उसका सारा बल इसी पर केन्द्रित हो!

"काऽ हो गंगा, हमार गुरुजी तऽ ठीक-ठाक हउवन नऽ?" बोलते हुए व्यास ने झोले को तजबीजना जारी रखा। लग गया कि कुछ और नहीं, पुस्तकें ही हैं। तुरन्त ही भीतर प्रश्न छलका—लेकिन कौन-सी किताब?

वह झोले को आगे किये हुए तेजी से बढ़ता हुआ पास आ गया, "बाऊस्साहब इहे भेजले हउवन। आपके हाथे में देवेके रहल, इहे बदे संगू भाई के हम ना देली।"

कलेजा धक-से रह गया व्यास का—इसमें ऐसा क्या है जो सिर्फ मेरे ही हाथ में थमाना है? बात खटक गई। यह प्रसाद जी की हिदायत है, जरूर कोई गहरी बात है।

गंगाराम ने हाथ बढ़ाया और झोला पकड़ा दिया। संशय-सन्देह से भरी जिज्ञासा असह्य हो उठी। व्यास ने तत्काल उसके भीतर हाथ डाल दिया। अंदाजा सही निकला, दो किताबें! बाहर निकालते ही माथा सनसना गया—यह तो 'प्लूटार्क्स : पैरेलल लाइव्स' की वही दोनों जिल्दें हैं, जो उनकी पसंदीदा किताबें हैं। कलेजे को धक्का लगा—यानी वह अपने देने-पावने का हिसाब बराबर कर रहे हैं?

दिमाग में बातें कौंधने लगीं। यही तो वे दो पुस्तकें हैं जिनसे उनका गहरा लगाव है। इन्हें अपनी अलमारी में अधिकारपूर्वक वर्षों सजाए-सँजोये रहे। इनके अलावा जब भी कोई पुस्तक यहाँ से मँगाई, उसे पढ़कर अनिवार्यतः लौटाते रहे किन्तु इन्हें नहीं। लम्बे समय के बाद अन्ततः यह मान लेना पड़ा कि अब शायद ये पुस्तकें उन्हीं के पास रह जाएँ! यों तो यहाँ इनका कभी कोई खास प्रयोग-प्रयोजन नहीं बना कि उनसे

माँगने का कभी कोई बहाना भी बनता। हाँ, पूज्य पिताश्री के अनमोल पुस्तक-संग्रह का अंग होने के चलते स्मृति-चिह्न के रूप में अलमारी में इनकी कमी हमेशा अलग से टीस जाती। इसे यही अहसास उत्पन्न कर सहते रहना पड़ा कि पिताश्री की यह विरासत गुरु समान अग्रज रचनाकार के पास ही तो संरक्षित है! वह बीच-बीच में इसकी चर्चा अवश्य करते—यथा : 'यह 'प्लूटार्क्स : पैरेलल लाइव्स' बहुत पुराना ग्रंथ है', 'इसका बहुत ऐतिहासिक महत्त्व है', 'स्वयं शेक्सपियर ने इस ग्रंथ का प्रयोग स्रोत के तौर पर किया है', 'प्लूटार्क जब एथेंस के दार्शनिक एमोनियस और काय चिकित्सक ओनिसाक्रिटीज से शिक्षा ग्रहण कर रहा था तब यानी 66 ईसवी में नीरो सम्राट् पहली बार ग्रीस आया था। प्लूटार्क को रोम-प्रवास के अनेक अवसर मिले थे, जिनसे वहाँ के भूगोल, इतिहास और जनजीवन का उसे पर्याप्त ज्ञान हो गया। इसलिए 'प्लूटार्क्स पैरेलल लाइव्स' में वह रोम और ग्रीस के अपने समकालीन महान व्यक्तित्वों का अधिकतम प्रामाणिक पैरेलल जीवनवृत्त प्रस्तुत कर सका', आदि-आदि। यह सब सुनते हुए लगता कि इस तरह वह शायद यह बताना चाह रहे हों कि इन पुस्तकों को उन्होंने प्रयोजनपूर्वक अभी अपने पास रख छोड़ा है अर्थात् उनके पास इनका अभी इस्तेमाल बाकी है।

बाद में लम्बा समय बीत गया किन्तु पुस्तकें वापस नहीं आईं। बात आई-गई हो गई। किन्तु अब उन्होंने इतनी संजीदगी के साथ इन्हें वापस कर दिया। इससे आखिर वह क्या जताना चाह रहे हैं? यही न कि उनके ऊपर कुछ भी बकाया नहीं रहा?

125

कैप्टन चौधरी की दवा का असर हुआ। स्वयं प्रसाद ने दास को बताया, "मित्र, मैं भीतर से स्वयं को अपेक्षाकृत काफी स्वस्थ और क्रमश: संकट-मुक्त होता हुआ महसूस कर रहा हूँ। लगता है, यह चौधरी महाशय मुझे बचा ही ले जाएँगे।"

"बचाने का काम किसी और से नहीं, बल्कि तुम्हारे स्वयं के हाथों ही सम्भव है।"

"अच्छा! तुम कहना क्या चाहते हो?"

"चौधरी साहब ने यह सलाह दी है कि तुम किसी खुले बगीचे वाली जगह में रहो तो अधिक लाभ होगा। वहीं इलाज भी चलता रहेगा। तुम कहो तो मैं ऐसी व्यवस्था करवा दूँ?"

"अगर ऐसा आवश्यक हो, तो पूछने की भला क्या बात? देख लो, कहीं कोई ऐसा स्थान जँचे तो किराये पर लिया जा सकता है।"

दास ने सिर खुजलाते हुए कहा, "मैंने व्यवस्था देख ली है। सारनाथ में ऐसी एक जगह पता चल गई है। तुमने सहमति दे दी है तो अब मैं आज ही जाकर उसे देख आता हूँ। यह अच्छी बात है कि तुम घर छोड़कर कहीं और रहने पर एक ही बार में सहमत हो गए, वरना मैं तो डर रहा था..."

"डर क्यों रहे थे भई?"

"क्योंकि मुझे यह बात ठीक से पता है कि तुम ओरिजनल नाटककार हो।"

प्रसाद के चेहरे पर मद्धिम मुस्कान आ गई।

देर शाम आकर दास ने सारनाथ वाले प्रस्तावित बगीचे पर अपनी सहमति की मुहर लगा दी। प्रसाद ने टोका, "लेकिन मुझे एक बात समझ में नहीं आ रही कि यहाँ अपने परिसर में भी तो बगीचे जैसी ही हरियाली और खुली हवा है, फिर तुम क्यों मुझे रहने के लिए खामख्वाह सारनाथ भेजना चाहते हो?"

दास की आँखों में सन्देह चमका, "यह क्या? सुबह तो तुमने अपनी उन्मुक्त सहमति दी थी, बिना किसी किन्तु-परन्तु के, अब यह अचानक कैसी बातें करने लगे?"

"अचानक या अकस्मात् की बात नहीं। तुम स्वयं सोचकर देखो कि मैं भला गलत क्या कह रहा हूँ..."

"अरे भई, यहीं रहते हुए तो तुम्हें यह रोग लगा है। इसीलिए तो स्थान-परिवर्तन की चिकित्सकीय सलाह मिली है।"

लखरानी देवी पता नहीं कब से आकर खड़ी थीं। बरामदे में, दरवाजे के उस तरफ। दोनों का ध्यान तब गया जब उन्होंने तेज स्वर में हस्तक्षेप किया, "बच्चा, तूं अब पैंतरेबाजी मत शुरू कराऽ। चुपचाप डॉक्टर के सलाह पर अमल होखे के चाहीं।"

प्रसाद ने किसी बच्चे की तरह ठिठककर चुप्पी ओढ़ ली। वह समीप आ गईं। दास से उन्होंने डॉक्टर की सलाह और सारनाथ के प्रस्तावित बगीचे की पूरी जानकारी ली। प्रसाद होंठ सिले बैठे रहे। भाभीश्री और दास के बीच लम्बी चर्चाओं के बाद अन्तत: सारनाथ जाने का पूरा कार्यक्रम तय हुआ। निश्चय हुआ कि दूसरे दिन बगीचे वाले को अग्रिम किराया भेज दिया जाएगा और वहाँ के लिए तीसरे दिन यहाँ से प्रस्थान। साथ में कमला देवी भी जाएँगी और गंगाराम भी।

बस आ गई। संतू और गंगाराम बँधे हुए सामान लादने लगे।

दास आए तो गंगाराम आग्रह के साथ हँसा, "आप बीच-बीच में सारनाथ आएँगे न?"

"हाँ, क्यों नहीं! बिना जयशंकर के मुझे यहाँ चैन कहाँ मिलने वाला! कोशिश में हूँ कि अपना अधिकतम समय मैं वहीं बिता सकूँ।" दास संजीदा हो गए, "जितनी देर नहीं आ सकूँगा, यहाँ मेरी काया भर अटकी होगी, आत्मा तो वहीं मँडराती रहेगी जहाँ मेरा मित्र होगा।"

दास भीतर जाते, इससे पहले गौड़ आ गए। दोनों बातें करने लगे। गौड़ को आश्चर्य हुआ, "मैं अब भी यह विश्वास नहीं कर पा रहा कि प्रसाद जी यहाँ से हटने और कहीं अन्यत्र प्रवास करने पर राजी भी हो सकते हैं। लेकिन आपके चलते यह असम्भव सम्भव हो रहा है।"

बस पर सामान का बंडल चढ़ाकर लौट रहा संतू आया और पास ही रखी कुर्सियाँ करीब खिसका दीं। यह देख गौड़ मुस्कुराए। इनकार में सिर हिलाकर 'फिलहाल इसकी आवश्यकता नहीं' का बोध कराया। उन्होंने उसे जाने और अपने काम में लगे रहने का संकेत दिया। वह चला गया। दास ने आँखें मूँदकर भरपूर संतोष व्यक्त किया, "खैर, किसी तरह उन्हें राजी तो कर लिया गया है, अब कामना यही है कि इस रोग से यथाशीघ्र मुक्ति मिल जाए।"

गौड़ का मन खाली कुर्सियाँ देख बदल गया। उन्होंने दास को भी संकेत किया और बैठ गए। दोनों इधर-उधर की बातें करने लगे।

अचानक भीतर से संतू घबराया-सा आया, "बाबूसाहेब के तऽ तबीयत फिर बिगड़ गल हौ, आप लोग जल्दी चल के देक्खाऽ! रजाई के ऊपर कम्बल ओढ़ावल गल हौ, तब्बो उनके थरथरी कम ना होत हौ!"

दोनों हड़बड़ाकर उठे। दनदनाकर भीतर गए। प्रसाद बिस्तर पर रजाई-कम्बल में ढके हुए हैं। भाभीश्री सिरहाने खड़ी हैं। आँखें डबाडब, सिर झुका हुआ। कमला देवी गोरतारी बैठीं तलवों पर कपड़ा रगड़ रही हैं। दोनों को देखकर बैठे-बैठे ही उन्होंने सिर पर आँचल थोड़ा आगे खींच लिया। सिर को थोड़ा और अलोत कर अपना काम करती रहीं। भाभीश्री ने दृष्टि उठाकर दोनों की ओर देखा फिर पूर्ववत् हो गईं। दास ने निकट जाकर धीमे पूछा, "इधर कुछ समय से तो बुखार आना बन्द हो गया था, फिर अचानक यह क्या हो गया?"

"बुखार आना तो कभी बन्द नहीं हुआ—हाँ, इसका समय अवश्य बदल गया है। कल तक यह शाम को आता रहा, लेकिन पता नहीं, कैसे आज पूर्वाह्न में ही इसका प्रकोप हो गया! वह भी ऐन इसी समय जबकि सारनाथ की रवानगी होने वाली है!"

"हाँ, इसे तो एक संयोग ही कहा जा सकता है।" दास ने सहमति में सिर हिलाया, किन्तु दूसरे ही क्षण सन्देह से भर उठे, "कहीं ऐसा तो नहीं कि सारनाथ जाने के नाम पर यह भय से उत्पन्न ताप है?"

कमला देवी ने विनम्रतापूर्वक इनकार में सिर हिलाया और संकेत किया कि उनके हाथ तो तलवों को छू रहे हैं, ये बहुत अधिक जल रहे हैं।

गौड़ ने धीमे-धीमे सलाह दी, "अब इन्हें आराम करने दिया जाए। सारनाथ जाने का कार्यक्रम तो कुछ दिन टाल ही देना पड़ेगा।"

126

"डॉक्टर साहेब, बच्चा के न कौनो दोसर डॉक्टर पर विश्वास हौ न अँगरेजी दवाई पर। कृष्णदास जी एक ठे दोसर डॉक्टर के लग्गे इन्ने ले गल रलन, ओकर दवइयो चलल, कुछ फायदो बुझाल लेकिन अब दसन दिन से रोज संझा के इनके बोखार हो जात हौ। कँपकँपी तऽ इनके अइसन छूटत हौ कि कुछ मत पूछाऽ! रजाई पर रजाई ओढ़ा देलो के बाद भी ई काँपत रहऽलन। यही पर बच्चा दू-तीन दिन से आपके नाम रटऽत हउवन—हम्मर दस हजारी मंसबदार डॉक्टर हूबदार के बोलावाऽ! बिना हूबदार के लगले हमार बीमारी ना खतम होई...!" लखरानी ने डॉक्टर का गेट पर ही स्वागत किया और बताती हुई साथ लिये हुए कमरे में आ गईं।

रजाई के नीचे प्रसाद गहरी नींद में हैं। डॉक्टर ने सिर उघारकर देखा, "दवा तो हम दे दे रहे हैं लेकिन इन्हें अभी सोने ही दीजिएगा। रात भर सोए रह जाएँ तब भी कोई बात नहीं, जगाइएगा मत। यह दवा सुबह से भी शुरू हो सकती है, लेकिन यदि कुछ घंटों बाद जग जाएँ तो दवा तत्काल शुरू करा दीजिएगा।"

रत्नशंकर ने आकर अभिवादन किया। डॉक्टर ने आशीषते हुए उसके सिर पर हाथ रखा। भीतर के कमरे से कमला निकलीं, डॉक्टर ने हाथ जोड़ लिये, "भाभीश्री, प्रणाम!"

आँचल सँभालते हुए उन्होंने अभिवादन का उत्तर दिया। आगे बताने लगीं, "बोखार जब बढ़ जात हौ तऽ ई बड़बड़ाये लागत हउवन। अजीब-अजीब हवा-हवाई बात बोले लागत हउवन। येह से मन बहुत घबरा जात हौ। डर लागे लागत हौ। डॉक्टर साहेब, आप इनके जल्दी ठीक कराऽ। इनके स्वस्थ भल बहुत जरूरी हौ।"

रजाई पर रजाई। इतने के बावजूद थरथर काँप रहे हैं ढके लेटे प्रसाद। कभी कट्-कट्, कट्-कट् दाँत बज रहे हैं तो कभी कुछ मद्धिम-सी बड़बड़ाहट। डॉक्टर ने भीतर हाथ डाल काँख से थर्मामीटर निकाल लिया। इसे आँखों के सामने करके नजरें गड़ाईं, "एक सौ चार डिग्री! ओफ्फ, बहुत अधिक बुखार है।"

दवा बनाकर उनका मुँह उघारा और कागज के टुकड़े को वी-आकार में मोड़ एक खुराक डाल डाली। उन्होंने जल्दी-जल्दी स्वयं ही रजाई मुँह पर खींच ली। डॉक्टर ने कुछ पुड़िया सौंपते हुए लखरानी को समझाया, "चार-चार घंटे पर खुराक इन्हें देती रहें, बुखार कम हो जाएगा। लेकिन रोज सायंकाल में बुखार बढ़ क्यों जा रहा है, यही स्पष्ट नहीं हो पा रहा।"

"इहै तऽ चिन्ता के बात हौ।" लखरानी की व्यग्रता व्यक्त।

"अच्छा, तो मैं कुछ घंटे के लिए यहाँ से अनुपस्थित होता हूँ, निकलूँ?"

लखरानी कुछ बोलतीं, इससे पहले ही रजाई के नीचे बड़बड़ाहट थोड़ी तीव्र हो गई, "वेल मिस्टर डॉक्टर, टेक केयर, बाहर खतरा है। बहुत सँभल के निकलना। बच-बचाकर निकल जाओ। अँगरेज लोग बौखला गए हैं। दरअसल, एक गोरे का खून हो गया है नऽ!"

"ठीक है, ठीक है। थैंक्यू प्रसाद जी, आपने अच्छा किया कि मुझे सतर्क कर दिया।" डॉक्टर ने उन्हें आश्वस्त किया और बाहर निकल गए।

प्रसाद ने हाँक लगाई, रतनशंकर आकर सामने खड़ा हो गया। मुँह से रजाई का कोर हटाते हुए उन्होंने आँखें नचाईं। आवाज एकदम महीन, "देखो, बाहर गली में जाकर मामला जल्दी सँभालो, नहीं तो बहुत दिक्कत हो जाएगी..." पास ही खड़ीं लखरानी के ललाट पर बल, आँखें डबाडब। वह बड़बड़ाते हुए बोलते चले जा रहे हैं, "नीचे एक लम्बी नीले रंग की कार से उतर रहा एक गोरा जनाक्रोश का शिकार हो गया है। उसे गोली मार दी गई है। तुम जाकर देखो कि कोई पकड़ा तो नहीं गया? उसकी लाश का क्या हुआ? कहीं प्रमाण न रह जाए!...खड़े-खड़े मेरा मुँह क्या ताक रहे हो, जाओ, जल्दी जाओ। तुरन्त व्यवस्था करो।"

लखरानी का संकेत पाकर रत्नशंकर बोला, "मैं तुरन्त सब व्यवस्था करके लौटता हूँ।"

वह मुँह उघारे स्वगत बोलते चले जा रहे हैं, "मैंने भी ब्लंडर कर दिया। ख्वाहमख्वाह बच्चा को गलत जगह भेज डाला। कहीं कुछ परेशानी न पैदा हो जाए! क्यों जल्दी नहीं लौटकर आ रहा वह?"

थोड़ी देर बाद आया रत्नशंकर तो उन्होंने व्यग्रतापूर्वक प्रश्न किया, "क्या हुआ?"

"आपने सही बताया था। कांड सचमुच हुआ है। लाश उसी कार में रखकर हटा दी गई है। कोई गिरफ्तार नहीं हुआ है। खून के निशान भी धो डाले गए हैं।"

उनके चेहरे पर ही नहीं, आवाज में भी संतोष के भाव मुखर हो उठे हैं, "ठीक, बहुत सही किया बेटा!" दूसरे ही पल आगाह करने लगे, "किन्तु अभी भी सी.आई.डी. वाले आएँगे, सावधान!"

रत्नशंकर ने सहमति में सिर हिला दिया।

127

दास सुबह-सुबह पहुँचे। बिस्तर के पास ही कुर्सी पर बैठे हैं प्रसाद। चेहरा मुरझाया हुआ। झोलंग कुर्ते में शरीर झुरझुराया-सा। बैठने के अंदाज से शारीरिक कमजोरी व्यक्त हो रही है, किन्तु आँखों की चमक में जरा भी कोई अंतर नहीं। मित्र को सामने देखकर वह खुश हुए। मुस्कुराए, किन्तु एक अशक्तता के साथ।

दास अपने चेहरे पर मुस्कान उगाये गतिपूर्वक निकट गए और उनके दोनों हाथों को आहिस्ते पकड़ लिया, "मित्र, आज अभी मैं कैप्टन चौधरी के यहाँ से होता हुआ आ रहा हूँ। उनका कहना है कि तुम्हारा केस अभी नियंत्रण की स्थिति के भीतर ही है। चिकित्सा नियमित चलती रहनी चाहिए। हर हाल में इस रोग से मुक्ति मिलेगी।"

प्रसाद ने हाथ उठाकर अनिश्चय व्यक्त किया, "अब चाहे जो हो, चिकित्सा तो हम लोग चला ही रहे हैं और इसे आगे रोकने भी नहीं जा रहे, लेकिन वही है कि मुझे सीने में सूई नहीं घोंपवानी है। इसके अभाव में चाहे जो हो जाए। दवा जितनी कहें, खाने को तैयार हूँ। कहें, तो चने-चबेने की तरह एकाध सेर भी फाँक लिया करूँ लेकिन सूई नहीं लूँगा। बाप रे बाप, बित्ते भर की सूई सीने में? ना बाबा ना, इसके बदले दूसरा कुछ भी स्वीकार्य होगा, लेकिन सूई..."

गंगाराम आकर कोने में खड़ा है। चुप और उदास। दास भी चुप। जैसे उनके मन के ऊपर विशालकाय चट्टान आ गिरी हो! प्रसाद ने संदिग्ध चुप्पी को ताड़ लिया, "क्यों, क्या बात हुई? क्यों अचानक चुप हो गए? क्या कहा है कैप्टन चौधरी ने? मुझे सूई तो नहीं लेनी पड़ेगी न?"

दास की चुप्पी कठोर होती जा रही है। स्याह और अभेद्य। इस पर प्रसाद की बेचैन जिज्ञासा जैसे अपना सिर पटकने को बेताब, "खुले बगीचे वाले स्थान में प्रवास करने पर केवल खानेवाली दवा से तो काम चल जाएगा न?"

दास की आँखें छलछला आईं, "मेरे मित्र, मैं कैसे झूठ कह दूँ? जिस रोग ने तुम्हें दबोच लिया है, उसकी फिलहाल इकलौती चिकित्सा वही सूइयों वाला इलाज ही है। खुले स्थान में रहने से इतना भर सम्भव होगा कि स्वास्थ्य-लाभ जल्दी होने की सम्भावना बढ़ जाएगी, किन्तु सूइयाँ तो लेनी ही होंगी।"

प्रसाद के मुखमंडल पर वेदना के काले-काले गुच्छे झुक आए। गंगाराम डबडबा गया। वह बहुत आहिस्ते वहाँ से चला गया।

वह एक-दूसरे को रह-रहकर ध्यान से देख लेते किन्तु दोनों ओर व्यथित मौन प्रवाहित होता रहा। बेचैन धारा की तरह।

128

सूर्यनारायण व्यास उज्जैन से काशी आए हैं। मिलने सरायगोवर्द्धन पहुँचे। बिस्तर पर पड़े प्रसाद को देखकर वह दुखद आश्चर्य से भर गए। चिन्ता से बेचैन। देर तक निर्वाक् खड़े ताकते रहे। अशक्त प्रसाद लेटे-लेटे उनकी मानसिक अवस्था का अंदाजा लगाते रहे। बहुत आहिस्ते किन्तु ठोस निश्चयता से बोले, "पंडित जी, स्थान ग्रहण कीजिए।"

वह बैठ गए, "प्रसाद जी, अचानक आपको मैं आज यह किस रूप में देख रहा हूँ! कहाँ तो मैंने यह आशा की थी कि यहाँ पहुँचूँगा तो आप अखाड़े में मुगदर भाँजते हुए या उद्यान में पत्थर की चौकी पर लेटे शरीर में तेल की मालिश कराते मिलेंगे लेकिन यहाँ आकर आपको इस दशा में देख रहा हूँ..."

प्रसाद टुकुर-टुकुर ताकते रहे। चुपचाप। अशक्तता और अवशता के साथ। सूर्यनारायण की वाणी में संशय, भय और क्लेश के मिले-जुले भाव ध्वनित हो रहे थे, "अवश्य ही यह ग्रह-दशा के हेरफेर का परिणाम हो सकता है। आप यदि अन्यथा न लें तो मैं आपकी जन्मपत्री देखना चाहूँगा।"

परदे के उस ओर कमला देवी ने बात सुन ली। तुरन्त भीतर के कमरे में चली गईं। प्रसाद ने हँसकर हवा में हाथ लहराया, "देखिए, भई, ज्योतिष में मेरा विश्वास नहीं जम पाता।"

सूर्यनारायण हँसे, "अच्छा, ऐसा? आप जैसा शास्त्रों का गहन अध्येता यदि किसी भी कारण अविश्वास पाल रहा है, तो यह हमारे लिए एक गम्भीर विचारणीय पहलू है। खैर, इसका विधिवत् विश्लेषण होना चाहिए।"

प्रसाद बिस्तर पर उठने का उपक्रम करने लगे। सूर्यनारायण लपककर पास आ गए। दोनों हाथों से सावधानीपूर्वक कंधों के पास उन्हें पकड़ लिया। उठने में मदद देने लगे। प्रसाद बायें हाथ की कुहनी के बल अधलेटे-से होकर थोड़े उठ गए। तकिए के सहारे। वाणी में पर्याप्त दृढ़ता, "मेरा यह दृष्टिकोण किसी आकस्मिक विचार-बहस से नहीं बना है। बचपन में स्वयं के साथ ही एक ऐसी घटना हो गई जिसकी घर में लगातार उपहासात्मक चर्चाएँ जारी रहीं, लिहाजा मेरी यह मनोवृति निर्मित हो गई। इसे फिर बदलने वाली कोई घटना नहीं हुई।"

"घटना! क्या घटना हुई थी?"

"बात तब की है जब मैं बहुत छोटा था। इतना कि बाद में लगातार घर में इसकी चर्चा न होती रहती तो इसे याद रख पाना भी सर्वथा असम्भव था। कुल की प्रथा के अनुसार काशी के केदार-क्षेत्र और विन्ध्य के मातृ-प्रक्षेत्र में तो मेरा मुंडन-संस्कार हो चुका था किन्तु माता-पिता द्वारा कुछ अन्य तीर्थों के लिए संकल्पित चूड़ा-कर्म के अवसर की प्रतीक्षा में शीश जटाजूट से भर गए थे। तो केश बड़े-बड़े और नाक में झूलती हुई पारम्परिक बुलाक। कमर में रुनझुन बजने वाला नन्हे घुँघरुओं वाला डाँड़ा

भी। बालक ठुमुक-ठुमुक चलता। मृगछौनी दौड़ लगाता रहता। केश हवा से खेलते हुए हिलते-डुलते रहते। घर-आँगन में रुनझुन-रुनझुन गूँजती रहती। उन्हीं दिनों शृंगेरी मठ के एक भविष्य-वाचक आचार्य आए। मठ के साथ मेरे कुल का पुराना भावात्मक जुड़ाव रहा, इसलिए आचार्य का खूब स्वागत हुआ। मेरे पिताश्री उनकी सेवा में स्वयं जुट गए। ऐन उसी समय सामने रुनझुन-रुनझुन खेलते बालक पर आचार्य का ध्यान स्वाभावत: चला गया। उन्होंने अपनी ओर से उत्सुकता दिखाई और दोनों हाथ फैलाए बालक को पुकारने लगे। पिताश्री ने आगे बढ़कर भागते बालक को पकड़ लिया और आचार्य के समक्ष लेकर खड़े हो गए। आचार्य बालक के बालों को प्यार से सहलाने लगे, 'भाई देवीप्रसाद, तुम्हारी यह बिटिया तो प्रतिभा और प्रसिद्धि का शीर्ष छूकर रहेगी। इसका भाग्य पूर्णिमा की चाँदनी से भरी नदी की तरह है। यह जिस कुल में जाएगी, उसे और अपने पितृ-कुल, दोनों को ऐसा यश-विस्तार देगी कि इसकी हम लोग अभी सही-सही कल्पना भी नहीं कर सकते—सचमुच अनोखी और अपूर्व!' वह बोलते हुए बालक के शीश पर कुछ इस तरह हाथ फिरा रहे थे जैसे भविष्यत् सौभाग्य के शुभ अक्षर-बीजों को आशीष-सिक्त कर रहे हों! पिताश्री लगातार मुस्कुराते चले गए। आचार्य को जब यह मुस्कान अर्थपूर्ण लगी तो रुककर उन्होंने जिज्ञासा-दृष्टि स्थिर की। पिताश्री हँस पड़े, 'पंडित जी, लेकिन यह बिटिया नहीं, बालक है।' आचार्य एक पल के लिए स्तब्ध, किन्तु दूसरे ही पल फिर गम्भीर वाचक-मुद्रा में आ गए, 'भाई, यों तो तुम स्वयं देवी के प्रसाद स्वरूप हो। मैं इसमें उस महामाया भगवती की स्पष्ट आकृति देख रहा हूँ जो मूलत: और सम्पूर्णत: ब्रह्मांड इकाई है—सर्वथा इकाई-सत्य, देशकाल-मुक्त और लिंगातीत! जो अपनी ही लीला के सौरभ में डूबकर पुरुष-विग्रह भी धारण कर लेती है। स्मरण करो—कदाचिदाद्या ललिता पुरुषां कृष्ण विग्रहा'!"

"यानी कि चूक हो गई तो बाद में कलाबाजी और लीपापोती भी!" सूर्यनारायण हँसे।

"तो यह घटना बाद में लगातार घर में हास्य-प्रसंग के रूप में सुनाई जाने लगी। मैं जब बड़ा हुआ तो इस घटना की बार-बार होने वाली हास्यपूर्ण चर्चाएँ मेरे मन में भविष्य-वाचन के प्रति सन्देह का कठोर पहाड़ स्थापित कर चुकी थीं। मुझे लगा कि जो सामने खड़े प्रत्यक्ष वर्तमान को सही-सही देख-समझ पाने में विफल हो, उसका बाँचा हुआ भविष्य भला कितना सही होगा?...इसलिए मैं इसे क्षीण-संकल्प-बल वाली एक हीनवीर्य जाति की उपज मानता हूँ। मुझे यह भी लगता है कि फलित ज्योतिष में आसक्ति वस्तुत: अनात्मवाद का समर्थन है और एक प्रच्छन्न नास्तिकता भी।"

सूर्यनारायण चुप रहे। न टिप्पणी पर प्रतिक्रया, न सुनाए गए प्रसंग पर कोई प्रश्न-प्रतिप्रश्न, या न अपेक्षा या औपचारिकतावश कोई हँसी-मुस्कान ही। प्रसाद चुप हुए तो वह धीरे से बोले, "राह चलता व्यक्ति यदि बीच में पड़ने वाले किसी विशाल वटवृक्ष तक को अनदेखा कर आगे निकल जाए तो इसका अर्थ यह कदापि नहीं कि वह अंधा ही हो या देखने-समझने के शऊर से वंचित। उसी तरह, क्या आप ही यह बता सकते हैं कि आज सुबह जब सोकर उठे तो सबसे पहले आपके मन-मस्तिष्क में कौन-सी बात आई थी? या, बिस्तर से उतरकर आप जब आँगन में निकले तो फर्श पर और आसपास क्या-क्या गिरा-पड़ा देखा? अवश्य ही यह सब विवरण अचानक माँगे जाने पर बताने

में कोई भी चूक सकता है। इसका अर्थ यह कदापि नहीं कि आपको देखने-समझने या स्मरण संचित करना ही नहीं आता। हद से हद इसे मानवीय भूल भर कह सकते हैं, अन्यथा यह है सामान्य मानवीय असावधानी। इसे आप महत्त्वहीन के प्रति स्वाभाविक उपेक्षा-भाव भर भी कह सकते हैं।...आपके बचपन वाली घटना में मुझे उल्लिखित आचार्य की असावधानी ही दिख रही है। वैसे, मैं आपको यह बता दूँ कि आधार-तथ्य यदि सही-सही उपलब्ध करा दिये जाएँ तो ज्योतिषीय गणन-फल अंक-गणितीय उत्तरों की तरह ऐसे सटीक हो सकते हैं कि शब्द-शब्द सर्वथा सच साबित हो जाएँ।"

"चलिए, मैं अपने विचारों को बिना उलटे-पलटे भी आपकी बात को एक विचार-पक्ष के रूप में तो स्वीकार कर ही सकता हूँ..." सामने भाभीश्री आकर खड़ी हो गईं तो प्रसाद का कथन बाधित हुआ।

उन्होंने हाथ बढ़ाकर लाल कपड़े में गोलियाई हुई जन्मपत्री सूर्यनारायण की ओर बढ़ा दी, "पंडित जी, ठीक से देखाऽ अउर बतावाऽ कि हम्मर बच्चा पर कौन ग्रह के गलत छाया पड़त हौ? काहे अइसन होत हौ? येके कइसे शान्त कइल जाए?" बोलती हुई वह पास ही नीचे बैठ गईं।

सूर्यनारायण कमजोर कागज का खयाल करते हुए जन्मपत्री को सावधानी से खोलने लगे।

प्रसाद मुस्कुराए, "आपसे एक अनुरोध है।"

भाभीश्री और सूर्यनारायण ने एक साथ उनकी ओर दृष्टि उठाई।

प्रसाद की वाणी तरल हो गई, "देखिए, मैं बीमार होकर बिस्तर पर गिरा हुआ हूँ। पता नहीं, आगे क्या होनेवाला है। यदि आपको भविष्य के कुछ गड़बड़ संकेत मिलें तो ये सब कृपया हमें मत बताइएगा, ताकि बचे हुए क्षण अतिरिक्त तिक्तता में न डूब जाएँ। इसके विपरीत यदि थोड़े-बहुत भी अच्छे संकेत दिखें तो वे सब जरूर कह दीजिएगा, ताकि इससे बीमारी के साथ इस संघर्ष में हमें शक्ति मिल सके।"

भाभीश्री ने आँचल के कोरों से आँखें ढक रखी हैं। संतप्त माहौल मोम की तरह पिघल चला है। सूर्यनारायण ध्यान से जन्मपत्री को देखने लगे। काफी देर तक आँखें गड़ाये रहने के बाद जेब से कलम निकाल कागज पर कुछ लिखने लगे।

प्रसाद मुस्कुराए, "गणितीय उद्यम शुरू कर रहे हैं क्या?"

"नहीं, यहाँ गणना करना सम्भव नहीं है। इसमें कुछ पुराने पंचांग की आवश्यकता पड़ेगी। कुछ समय भी लगेगा। इसलिए फिलहाल मैं इससे आवश्यक सूचनाएँ नोट कर ले रहा हूँ। इसकी गणना अब उज्जैन पहुँचकर ही करूँगा और आपको विधिवत् सूचित कर दूँगा। मुझे अगले माह यूरोप जाना है, इससे पहले यह काम कर लूँगा।" वह सिर झुकाए लिखते हुए बोलते चले जा रहे हैं, "बस, एक मिनट में यह हो जाए तो आपसे कुछ चर्चा करूँगा। आखिर आपसे मिलने ही तो आया हूँ। गणना तो कभी भी कहीं हो सकती है, आपसे प्रत्यक्ष बातचीत का सुख तो अभी सिर्फ यहीं मिलना सम्भव है।...वैसे प्राथमिक तौर पर जन्मपत्री देखकर कोई चिन्ताजनक संकेत नहीं मिल रहे। सब ठीक-ठाक है।" सूर्यनारायण ने दृष्टि उठाई, प्रसाद मुस्कुराते दिखे। विदेह तटस्थता के साथ।

भाभीश्री की आँखें डबडबा गई हैं।

गंगाराम ने आकर धीरे से बताया, "बाहर दो युवक आए हैं। नाम बताया है कुँवर चन्द्रप्रकाश और जानकीवल्लभ। दोनों ने आपको अपना प्रणाम निवेदित किया है।"

प्रसाद हड़बड़ाए किन्तु दूसरे ही पल शारीरिक अशक्तता ने गति तोड़ दी। बिस्तर से जैसे स्वयं को बटोरकर तकिए पर अधिकतम ले गए और केहुनी के बल पर कंधा उठाते हुए सिर ऊँचा किया, "अरे भैये, बुला लो दोनों को। दोनों बहुत होनहार युवक हैं। बी.एच.यू. के छात्र हैं। लंका से चलकर आए होंगे। बुला लाओ, जल्दी बुला लाओ।"

कुछ ही देर में गंगाराम के साथ वे भीतर आ गए।

उन्हें बिस्तर पर पड़ा देख दोनों दुखद आश्चर्य से कातर हो उठे हैं। प्रसाद तकिए पर कुछ और सँभले, "युवा मित्रो, और क्या चल रहा है? बिछावन पर इस तरह पड़े रहना बहुत ऊब पैदा करता है, ऐसे में कोई साहित्यिक साथी आ जाता है तो राहत मिलती है। अब जैसे यहीं मैं देर से कष्ट में था किन्तु आप दोनों के आ जाने से अभी बहुत अच्छा महसूस कर रहा हूँ।"

जानकीवल्लभ शास्त्री की वाणी में पीड़ा छलछला आई, "महाकवि, आपको यह क्या हो गया है? आपको इस रूप में देखकर बहुत कष्ट हो रहा है।"

"मैं बीमार तो पड़ गया हूँ किन्तु जल्दी ही ठीक हो जाऊँगा। चिन्ता की कोई बात नहीं। और क्या चल रहा है? क्या-क्या लिखना-पढ़ना चल रहा है? पढ़ाई कैसी चल रही है?"

चन्द्रप्रकाश पीड़ा में जैसे डूबता-उतराता रहा। हक्का-बक्का होकर उन्हें ताकते हुए। जानकीवल्लभ शास्त्री ने एक नजर में चन्द्रप्रकाश की हालत समझ ली, दूसरे ही क्षण प्रसाद की ओर मुखातिब, "आपकी यह दशा देख अभी मस्तिष्क में कुछ सूझ ही नहीं रहा, सिवाय बुक्का फाड़कर रोने की एक आपात् इच्छा के। मैं जानना चाहता हूँ, आपको बीमारी कौन-सी हुई है? आपकी वह कसरती कंचन काया अब भी आँखों के सामने खिंच-खिंच जा रही जो सबके लिए आकर्षण का केन्द्र रही है।"

प्रसाद थोड़े उदास हो गए किन्तु स्वयं को सँभालने का प्रयास जारी। जानकीवल्लभ की वाग्धारा में जरा भी हिचक-ठिठक नहीं, "कहाँ तो हम लोग आपस में यह चर्चा करते नहीं थकते रहे कि छायावाद के चार में से दो उत्तर-हस्ताक्षर अर्थात् आदरणीय पंत और महीयसी महादेवी जहाँ किसी शस्य-रहस्य या कुंद-कोमल 'छाया' मात्र के चितेरे हैं, वहीं आप और श्रद्धेय निराला जी यानी दोनों अगड़े बेशक किसी झांईं-परछाईं जैसी 'छाया'-वाया नहीं, बल्कि दर्शन-दमक से दीप्त विरल-विराट विचार-आकार की पुंगव-पुष्ट 'काया' के विशालकाय प्रतिनिधि। लेकिन आज तो आपको इस रूप में देखकर हमें चिन्ता हो रही है। कहाँ अब तक हमारी आँखों में बसी आपकी वह विशिष्ट विश्रुत सुदर्शन कंचन काया और कहाँ यह!"

प्रसाद की आँखें चमक उठीं। चेहरा उत्फुल्ल। हँसी अपनी धारा-गति से ही फूटी, किन्तु अशक्तता ने प्रवाह को अधिक मचलने नहीं दिया। अधलेटे टिके वह तकिए पर लड़खड़ाते हुए केहुनी से सन्तुलन बनाने लगे। वाणी में परिस्थितिजन्य गाम्भीर्य,

"यही तो बात है कि काया समय-समय पर कभी कंचन तो कभी कमनीय लगती भर है, असलियत में यह ऐसी होती कदापि नहीं है।" नहीं लग रहा था कि यह एक किसी अशक्त व्यक्ति का स्वर है, "काया हमेशा-हमेशा काँच की होती है—चाहे जैसी चटक-चमकीली दिख रही हो। यह तो हर क्षण छीजती ही जाती है। काल का जरा-सा प्रतिकूल आघात पड़ा नहीं कि पल भर में टुकड़े-टुकड़े होकर बिखर जाने वाली, टन्न् की एक संक्षिप्त विदा-ध्वनि के साथ। इसे कब हवा का कौन छोटा-सा थपेड़ा भी धराशायी कर दे, कोई नहीं जानता।"

चन्द्रप्रकाश ने निवेदनपूर्वक आहिस्ते स्मरण कराया, "महाकवि, अभी नीचे हमें बताया गया कि डॉक्टर ने आपके लिए ढेरों परहेज तय कर दिये हैं ताकि आप शीघ्र स्वास्थ्य-लाभ कर सकें। लोगों से मिलना-जुलना और अधिक बातें करना मना है।"

"लोगों से मिलना-जुलना न हो, बोलना-बतियाना भी नहीं, तब तो बीमारी की ही जय हो गई न! इसलिए मैं इसे मानने को तैयार नहीं हूँ। और फिर कहाँ हम लोग आल्हा-बिरहा की तान ही छेड़ रहे हैं!" कहकर उन्होंने फिर एक ऊँची हँसी तानी, स्वर-शरीर पुन: उसी तरह एक साथ खड़खड़ा उठे। इसे बीच में ही समेट लेना पड़ा। तकिए पर केहुनी लड़खड़ाने लगी। सन्तुलन बनाते हुए टिके रहने में सफल हो गए तो मुस्कुराए, "तुम नवयुवक रचनाकारों पर बहुत बड़ा दायित्व है। भाषा को लेकर जो राजनीति चली जा रही है, वह बहुत घातक है। हिन्दुस्तानी के नाम पर जो अवधारणा प्रस्तुत की गई है, वह आनेवाले समय में हिन्दी की राह में रोड़े अटकाएगी। हिन्दी-हिन्दुस्तानी के इस विवाद के चलते ऐसा भी हो सकता है कि स्वतंत्रता मिल जाने के बाद भी हिन्दी को राष्ट्रभाषा का आसन प्राप्त होने में बाधाएँ उत्पन्न होती रहें!" आग उनकी आँखों में चमकी किन्तु ताप वाणी से फूटता रहा।

जानकीवल्लभ और चन्द्रप्रकाश ने एक-दूसरे की ओर देखा, फिर उनकी ओर ताकने लगे।

प्रसाद सप्रयास उठे। सँभलकर बैठने लगे तो कष्ट चेहरे पर उभरा। रत्नशंकर दिखा तो संकेत देकर निकट बुलाया। उससे आहिस्ता कुछ कहा। उसने तुरन्त तकिए के नीचे से कुछ छपे पृष्ठ निकाले और उन्हें थमा दिये। प्रसाद ने दोनों की ओर पृष्ठों के एक-एक गुच्छ बढ़ाए, "तुम लोग इसे पढ़ना। यह 'नागरी प्रचारिणी पत्रिका' में हाल ही में प्रकाशित मेरे एक नये लेख का प्रिंट है। इन्द्र पर है यह लेख।"

दोनों पन्ने पलट रहे थे। प्रसाद ने धीमे-धीमे बताना शुरू किया, "इन्द्र पर एक नाटक लिखना चाहता हूँ। 'इरावती' का काम अधूरा पड़ा है। स्वस्थ हो लूँ तो पहले 'इरावती' को पूरा करूँगा, तत्पश्चात इन्द्र पर नाटक लिखूँगा। इसके बाद कुछ छोटे-छोटे उपन्यास लिखने की योजना मेरे दिमाग में है। काम तो अभी बहुत बाकी हैं, जिनका पूरा-पूरा खाका मेरे मस्तिष्क में लगभग तैयार है। अब देखें, कब तक उनमें हाथ लगा पाता हूँ!"

चन्द्रप्रकाश ससंकोच मुस्कुराया, "महाकवि, रोग ने आप जैसे कसरती व्यक्ति को भी कैसा अशक्त और कृषकाय बना दिया है! आपको तो हठात् देखने पर पहचानना तक कठिन हो रहा है। किन्तु आपके रचनाकार-मानस की सर्जनात्मक सक्रियता तो गजब बेमिसाल है। आपको क्या बीमारी की सचमुच कोई चिन्ता नहीं?"

प्रसाद ने ठहाका लगाना चाहा, किन्तु दूसरे ही पल सँभल गए। जानकीवल्लभ ने हाथ जोड़ लिये, "आपका हास किसी भी रोग-शोक या मृत्यु का नाश करनेवाला है। यही मृत्युंजय हास तो वस्तुत: 'कामायनी'कार का विराट् जीवनालाप है।"

130

दास देर तक सारनाथ जाने के पक्ष में तर्क देते रहे। प्रसाद टस से मस भी होने को तैयार नहीं, "मित्र, मेरी बात सुनो। यदि कहीं और ही जाकर स्वास्थ्य-लाभ करना अनिवार्य हो तो क्यों नहीं यह 'कहीं और' सचमुच ठीक से कहीं और हो? सारनाथ जैसा आसपास का 'कहीं और' क्यों?"

"मित्र, छायावादी ही नहीं, तुम पक्के मायावादी भी हो। कभी कोई बात इकहरी नहीं कहते। तुम्हारी हर बात के पेट में बात और फिर उसके भी पेट में बात यानी कि पेट-दर-पेट और इसके समानान्तर बात-दर-बात का यह क्रम लगभग अनन्त है।"

"गोकि तुम यह कह रहे हो कि मेरी बातें बात नहीं, बल्कि प्याज जैसी कोई चीज हैं?"

"चलो, अब इस पर मगज-मंथन न चलाओ। खैर, अब यह बताओ कि तुम्हारे दिमाग में है क्या? कहाँ जाना चाहते हो?"

"मुकुन्दी इन्तजाम में लगा है। उससे पत्राचार चल रहा है। वह कलकत्ते के यादवपुर सिनेटोरियम में मेरे रहने की व्यवस्था बनाने में लगा है। मेरे विचार से वहीं रहना ठीक से 'कहीं और' रहना सिद्ध होगा, क्योंकि काशी से दूरी का दर्द वहीं ठीक से कलेजे में चुभ सकेगा।"

दास हक्का-बक्का। मुँह ताकते रहे।

प्रसाद की वाणी में सजल व्यंग्य, "जब विधि की ही इच्छा है कि काशी से मेरा निर्वासन हो, तो यहाँ से पर्याप्त दूर चले जाना अच्छा।" उन्होंने तकिए के नीचे से निकालकर एक पोस्टकार्ड बढ़ाया। दास लेकर उलटने-पलटने लगे। कलकत्ते से आया हुआ यह मुकुन्दीलाल गुप्त का ही पत्र है। वह मन-ही-मन बाँचने लगे।

प्रसाद मुस्कुराए, "कैसा रहेगा मेरा कलकत्ते में प्रवास करना?"

दास ने चुपचाप कुछ पल उनकी ओर ध्यान से देखा फिर होंठ बिचका दिये, "ठीक रहेगा, बशर्ते कि तुम सचमुच यहाँ से बिना किसी हुज्जत के निकल लो और वहाँ भलमनसाहत से पहुँच जाओ।"

"तुम कहना क्या चाहते हो? क्या मैं हुज्जती हूँ?"

"सारनाथ को नकार कर बंगाल को चुनना आखिर क्या व्यक्त करता है?"

"क्या व्यक्त कर रहा है, जरा हमें भी तो अपनी अनुभूति बता दो?"

"अब इस पर भी हुज्जत न करो। चलो, मैं कलकत्ते पर सहमति दे रहा हूँ।"

संयोगवश ऐन उसी समय गंगाराम नारियल बाजार से आ गया। उसने जेब से निकालकर एक पोस्टकार्ड प्रसाद को पकड़ा दिया और झोला लिये भीतर चला गया।

प्रसाद ने पत्र को सीधे दास की ओर बढ़ाया। उन्होंने पत्र लेकर दोनों ओर एक-एक दृष्टि डाली और हँसने लगे, "लो, लगता है, तुम्हारा कलकत्ते से आ गया बुलावा। पत्र मुकुन्दीलाल का ही है।"

"पढ़ डालो, पढ़ डालो। देखो तो लिखा क्या है मुकुन्दीलाल ने!"

"हाँ, मैं पढ़ लेता हूँ, बाँचूँगा नहीं। पढ़कर तुम्हें एक-दो वाक्य में मूल संदेश बता दे रहा हूँ। चाहो तो स्वयं पूरे पत्र का आनन्द ले लो।" दास ने हाथ नचाया।

प्रसाद हँसे, "यार, कलाकार ही नहीं, पक्के कलाबाज भी हो। बात-बात में कितना भाव खाने लग जाते हो!"

मन-ही-मन पत्र पढ़ लेने के बाद दास ने बताया, "चलो, अच्छी बात है, यादवपुर सेनेटोरियम में मुकुन्दीलाल ने तुम्हारे लिए प्रबन्ध बना ही लिया। लिखा है कि स्थान रिक्त नहीं था किन्तु विख्यात चिकित्सक विधान बाबू की सहायता से ऐसी ही परिस्थितियों में तुम्हारे लिए व्यवस्था बन गई है। अब तुम्हें वहाँ केवल पहुँच जाना है।"

131

कलकत्ता जाने की तैयारी पूरी हो गई है। प्रसाद के साथ रहने के लिए कमला देवी और साथ में गंगाराम का जाना तय। स्टेशन जाने के लिए घोड़ागाड़ी दरवाजे पर खड़ी है। लखरानी देवी के दबाव में सामान कम ही बाँधा गया है। उन्होंने इसके लिए तर्क दिया है, "इहाँ के सामान उहाँ काहे ले जइबाऽ? उहैं मुकुन्दीलाल हउवन, ऊ कौनो कमी होवे दीहन?"

दास, व्यास, गौड़ और डॉ. एच सिंह उन्हें विदा करने के लिए आ पहुँचे।

मूठदार छड़ी टेकते प्रसाद आहिस्ता-आहिस्ता बाहर आ रहे हैं। सिर पर लम्बी उजली टोपी। कंधों पर प्रदीर्घ सिलवटों के साथ लिपटी कत्थई चादर, लटकती हुई पूरे शरीर को ढके-छुपाए हुए। जब-जब वह कदम बढ़ा रहे हैं, चादर के नीचे ढाँचा के ढक्-ढक् हिलने का साफ आभास। गौड़ ने दास का ध्यान खींचा, "देखिए न, बाबूसाहब की क्या हालत होकर रह गई है! बीमारी ने तो उन्हें लगभग तोड़ डाला है भई! स्थिति बहुत चिन्ताजनक है।"

डॉ. एच सिंह ने आहिस्ते किन्तु तीव्र गति से प्रतिवाद किया, "इसके बावजूद वह ठीक हो जाएँगे। सेनेटोरियम जा रहे हैं, अब कोई चिन्ता की बात ही नहीं।"

उन्हें गाड़ी पर चढ़ाने में संतू और गंगाराम ने मदद की। लखरानी निकट ही खड़ी हैं। कमला देवी भी आ गईं। वह चढ़कर प्रसाद के निकट जा बैठीं। तभी एक कारखाना-कर्मी लपकता हुआ गाड़ी के निकट आया। प्रसाद की दृष्टि उस पर टिक गई।

वह दनदनाकर गाड़ी पर चढ़ आया। प्रसाद के कान के निकट मुँह लाकर कुछ फुसफुसाने लगा। सभी यह सब बहुत जिज्ञासा से देखते रहे। देखते-ही-देखते प्रसाद के चेहरे के भाव बदलने लगे। अचानक तलमलाते हुए वह उठने लगे, "मुझे नीचे उतारो, नीचे उतारो, नीचे..."

एक साथ कई लोग उन्हें नीचे उतरने में सहायता करने लगे। नीचे आकर वह छड़ी के सहारे खड़े हो गए। कुछ इस तरह लम्बी साँसें भरने लगे गोया कोई लम्बी दूरी दौड़ते

हुए तय करके आ रहे हों! सभी भौचक उन्हें ताके जा रहे हैं। उन्होंने आम जिज्ञासा के ताप की तीव्रता महसूस करते हुए सिर झटकार कर कहा, "मैं काशी छोड़कर कहीं नहीं जाऊँगा भाई! काशी छोड़ना ही मेरे लिए मृत्यु है..." उनकी आँखें ही नहीं, बोली-बानी भी भींग गई हैं।

132

"कौन हैं, पूछो न?" कमला देवी के स्वर में गहरी उदासी। तख्त की गोरतारी पर ठुड्ढी टिकाये वह फर्श पर बैठी प्रसाद के तलवों पर मुलायम कपड़े से संघर्षण करती रहीं।

"एक तो चिरगाँव वाले हैं और दूसरे हैं कोई दाढ़ी वाले सज्जन।"

बिस्तर पर निढाल पड़े प्रसाद ने आँखें खोलीं। संतू जाते-जाते थम गया। वह असहाय भाव से ताकने लगे। संतू पास आ गया। प्रसाद ने धीरे-धीरे हाथ हिलाकर आगंतुकों को भीतर लेकर आने का संकेत दे दिया। वह स्वीकार में सिर हिलाता चला गया। कमला देवी सिर पर आँचल ठीक करती अपने काम में जुटी रहीं।

कुछ ही क्षणों में राजर्षि पुरुषोत्तमदास टंडन और मैथिलीशरण गुप्त भीतर आ गए। तख्त पर पड़े प्रसाद को दोनों फटी-फटी आँखों से ताकने लगे—वज्राघात-विचलन के साथ। आँखों में आश्चर्य पिघलकर तरल हो उठा है। प्रसाद अशक्त भाव से देखे जा रहे हैं।

भावार्द्र टंडन समीप आ गए, "प्रसाद जी, आपने अपनी यह क्या हालत बना ली है? चिकित्सक ने यदि जलवायु-परिवर्तन की सलाह दी है तो किसी पहाड़ पर अथवा किसी सेनेटोरियम में जाने का प्रबन्ध क्यों नहीं करते? क्या दिक्कत है, बताएँ?" बोलते हुए उन्होंने दोनों हाथ जोड़ लिये हैं, "स्वयं के लिए न सही, हिन्दी के लिए ही ऐसा कर दीजिए।"

गुप्त यथावत् पीछे खड़े हैं। उदास और आहत। टंडन ने आगे बढ़कर प्रसाद के दोनों हाथ गहरी आत्मीयता के साथ पकड़ लिये, "आप यह क्यों नहीं समझते, यहाँ इस बिस्तर पर कोई एक साहित्य-सेवी भर नहीं बल्कि हमारी भाषा का भविष्य-स्रष्टा गिरा हुआ है? हिन्दी का सौभाग्य निढाल पड़ा है यहाँ?"

"हिन्दी की परिवार-परिधि देशव्यापी है। आनेवाले समय में उसे राष्ट्रभाषा बनने से कोई रोक नहीं सकता।" प्रकम्पन के बावजूद प्रसाद की आवाज में निर्णायक दृढ़ता अनाहत जैसी, "यह देश बहुत बड़ा है। हिन्दी का भविष्य भी आकाश जैसा है। एक ऐसा आकाश जिसमें हमेशा असंख्य सूर्य और अनगिनत चाँद चमकते रहेंगे। इसलिए उसका भविष्य भी कोई एक व्यक्ति नहीं लिखेगा।"

गुप्त समीप आ गए, "मित्र, तुम्हारी बात सोलह आने सही है, लेकिन हमें अभी तुम्हारी बहुत अधिक आवश्यकता है। तुम्हारा होना वैसे ही आवश्यक है, जैसे तन में प्राणवायु का होना। इसलिए तुम पहाड़ पर चलना स्वीकार करो। पूरा हिन्दी समाज यही चाह रहा है और यह कार्य भी तुम्हारे व्यक्तिगत इन्तजाम पर न रहकर हिन्दी-प्रेमियों के सामूहिक सहयोग-योगदान पर होगा।"

"हाँ-हाँ, यही सर्वोत्तम होगा।" टंडन की आँखें चमक उठीं। संकोची दाढ़ी-मूँछों पर दृढ़ता के भाव हल्के प्रकम्पित हुए, "आप पूरे हिन्दी समाज की भावनाओं-आकांक्षाओं

की कतई उपेक्षा नहीं कर सकते। इस प्रस्ताव पर तुरन्त सहमति जताएँ ताकि इसे सम्भव करने की दिशा में तत्काल पहल शुरू कर दी जाए!"

"आप लोग मुझे किस पहाड़ पर ले जाना चाहते हैं? मैं तो कैलासनाथ के त्रिशूल की नोक पर पहले से हूँ।" प्रसाद का मुखमंडल दीप्त हो उठा, "सब लोग जीवन की विदा-बेला में काशी आने का सपना सजाते हैं, मैं यहाँ से कहीं और चला जाऊँ?"

टंडन ने गुप्त की ओर देखा। वह जैसे एक समूचा तूफान दबाए खड़े रहे। प्रसाद बार-बार दोनों को सामने की कुर्सियों पर बैठने का संकेत देते रहे। दोनों ने पीछे खिसककर स्थान ग्रहण किया। दास आए और बगल में कुर्सी पर चुपचाप बैठ गए। टंडन 'कामायनी' पर अपनी प्रतिक्रिया व्यक्त करने लगे। उनके बोलने का अंदाज कुछ ऐसा कि सामने वाले के लिए इसमें किसी तरह के हस्तक्षेप की न गुंजाइश, न आवश्यकता। प्रसाद सुनते रहे। मुँह बन्द किये। टंडन ने महाकाव्य की कथाभूमि से लेकर प्रतिपाद्य गहन दर्शनभूमि और इस रचना के माध्यम से उजागर रचनाकार की गहन दृष्टि-सृष्टि तथा व्यापक क्षमता-योग्यता तक, सबकी मुक्तकंठ भूरि-भूरि प्रशंसा की। प्रसाद बीच-बीच में स्वीकार-सहमति में सिर भर हिलाते रहे।

लखरानी देवी आईं तो दास उठकर उनके निकट चले गए। दोनों धीमे स्वर में बातें करने लगे। वह तुरन्त ही भीतर चली गईं। दरवाजे से आहिस्ते घुसे प्रोफेसर कृष्णानन्द आगंतुकों को देखकर सुखद आश्चर्य से भर तो गए किन्तु इसे व्यक्त नहीं होने दिया। हाथ जोड़कर सबका अभिवादन किया व एक ओर जा खड़े हुए। टंडन उठे, "हम लोगों को अब निकलने की अनुमति दीजिए। हम फिर आएँगे और इस बार आपको पूर्ण स्वस्थ देख सकेंगे, ऐसा ही विश्वास है और बाबा विश्वनाथ से यही प्रार्थना भी।"

दास ने स्वागती मुद्रा में आग्रह किया, "भाभीश्री का आदेश है, आप लोग रुकें। वह बगैर पानी पिलाए नहीं जाने देंगी।"

गुप्त ने हाथ जोड़ लिये, "टंडन जी को शीघ्र निकलना है। तुम कहो तो मैं इन्हें विदा करके वापस यहीं लौट आऊँ?"

लखरानी हाथ में तश्तरी लिये आ गईं। पीछे-पीछे जल-पात्र पकड़े संतू भी।

दास धीरे से बोले, "भाभी जी आप लोगों के लिए भगवान के भोग का लड्डू ही लेकर आ गई हैं, ग्रहण कीजिए।"

थोड़ी देर में दोनों बाहर आ गए। गुप्त ने निकलते ही कहा, "आपने 'कामायनी' की बहुत सकारात्मक चर्चा की। यह बहुत अच्छा किया। जयशंकर को अभी ऐसा ही मानसिक सम्बल दिया जाना चाहिए।"

टंडन ने दृढ़ता से हाथ हिलाया, "मैंने यह सब मुँहदेखी में यों ही नहीं कह दिया है। यह सच है कि 'कामायनी' के रूप में एक रेयर क्लासिकी हमें प्राप्त हुई है। वह भी इस कोटि की कि इसके बूते हिन्दी स्वयं को विश्व साहित्य के फलक पर दावेदार बनाकर प्रस्तुत कर सकेगी।"

गुप्त चुप। टंडन ने कुछ ताड़ते हुए बारीकी से स्वर बदल लिया, "हालाँकि स्वयं आप भी उनके समकक्ष हैं, किन्तु मुझे लगता है कि मेरे विचारों का मर्म आप समझ रहे होंगे।"

"कौन-सी कृति कितनी क्लासिक है अथवा नहीं है, इसकी सविधि परीक्षा करना-कराना हमारा नहीं, योग्य समीक्षकों का कार्य-दायित्व है। उसी तरह इस सम्बन्ध में कोई भी निर्णय आधिकारिक विद्वान घोषित करेंगे। फिलहाल आप मुझे सिर्फ यह बताएँ..." गुप्त ने जल्दी दिखाते हुए उनका हाथ पकड़ लिया, "क्या मैं लौटकर आपकी ओर से जयशंकर को यह संदेश दे दूँ कि अगली बार का मंगलाप्रसाद पारितोषिक उसे ही देने का निर्णय हो चुका है? ऐसा जानकर उसे बीमारी के विरुद्ध जंग में कुछ आत्मबल मिलेगा।"

टंडन ने गहरी तन्मयता के साथ चेहरे को फैलाया-हिलाया, "मंगलाप्रसाद पारितोषिक तो उन्हें मिलेगा ही। 'कामायनी' के लिए तो उन्हें विश्व का कोई भी बड़ा से बड़ा पुरस्कार मिलेगा। इसे बल्कि यों कहना ज्यादा सटीक होगा कि किसी भी बड़े पुरस्कार की झोली को 'कामायनी' मिलनी चाहिए, क्योंकि इसके नाम के साथ जुड़कर वस्तुत: पुरस्कृत तो स्वयं पुरस्कार होगा।"

गुप्त जैसे सोए से जग रहे हों, "ठीक है, ठीक है, तो मैं यह संदेश अंदर जाकर जयशंकर को दे ही दूँ" वह गतिपूर्वक भीतर आए।

दास और प्रोफेसर कृष्णानन्द मन मारे कुर्सियों में धँसे हुए। उदास, चुपचाप।

बिस्तर के समीप पहुँच गुप्त झुक गए, "जयशंकर, हमारे लिए एक खुशखबरी है।"

तकिए पर प्रसाद ने अशक्त ढंग से सिर घुमाया किन्तु आँखों में जिज्ञासा का तेज तनिक भी मद्धिम नहीं। उन्होंने सप्रयास हर्ष-भाव छलकाते हुए बताया, "मैं अभी टंडन जी के आदेश से लौटकर यह बताने आया हूँ कि अगले वर्ष का मंगलाप्रसाद पारितोषिक तुम्हें देने का निर्णय हुआ है।"

आँखें मूँद लीं प्रसाद ने। अपने चेहरे पर हथेलियाँ कुछ यों फिराने लगे गोया त्वचा पर कोई चिकनाई घिस-मल रहे हों!

गुप्त ने आगे जोड़ा, "तुम शीघ्र स्वास्थ्य-लाभ करो। पुरस्कार लेने के समय मैं भी तुम्हारे साथ चलूँगा। एकदम पक्का," बोलते-बोलते उन्होंने उनकी हथेलियाँ अपने हाथों में ले लीं।

प्रसाद ने आँखें खोलीं। बूँदें टघर कर कपोलों पर आ गईं। गुप्त ने आपद् मुस्कान से छूकर जैसे इन्हें मोती में बदल देना चाहा, "मित्र, तुम्हारा शीघ्रातिशीघ्र स्वस्थ होना हमारे इत्मीनान के लिए भी आवश्यक है। तुम्हारी अस्वस्थता के समाचार से पूरा हिन्दी संसार बेचैन है। यह व्यग्रता चारों ओर दिखाई पड़ रही है। जहाँ जाता हूँ, लोग मुझसे तुम्हारे स्वास्थ्य की ही जानकारी माँगने लगते हैं। पत्रों में भी लोग यही सवाल पूछते हैं कि प्रसाद जी का स्वास्थ्य कैसा है।"

कृष्णानन्द की आवाज भारी हो गई है, "यहाँ प्रसाद जी के पास भी प्रतिदिन ऐसे ही पत्र आ रहे हैं। लोग बार-बार यह सब याद दिला रहे हैं : 'आपका जीवन सिर्फ आपका नहीं है, हिन्दी जगत का है', 'आप अपनी समुचित चिकित्सा कराइए, किसी पहाड़ पर चले जाइए', आदि-आदि। कुछ लोग तो चिकित्सा का व्यय-भार सहर्ष उठाने की भी अपनी इच्छा व्यक्त कर रहे हैं।"

गुप्त ने टोपी उतार ली। सिर से फिराते हुए हथेली चेहरे पर ले आए। उँगलियों से धीरे-धीरे पलकों को मलने लगे। कृष्णानन्द उठे और प्रसाद की ओर बढ़ गए। गुप्त

जिज्ञासु हो उठे। उन्होंने तकिए के नीचे हाथ डाल एक पतली-सी कॉपी निकाली। उसमें कई पत्र दिखे। इनमें से एक को निकाल सरसरी दृष्टि डाली और बढ़ा दिया। प्रसाद अन्यमनस्क ढंग से इनकार में सिर हिलाते रहे। गुप्त बाँचने लगे।

उठकर दास भी पास आ गए। पत्र पढ़ लेने के बाद बोले, "यह तो महाराज कुमार डॉ. रघुवीर सिंह की बहुत भावपूर्ण चिट्ठी है। जयशंकर, मैं गवाही देता हूँ, महाराज कुमार तुम्हारे न केवल शुभेच्छु वरन् परम श्रद्धालु हैं। तुम्हारा नाम सुनते ही उनकी जो भाव-मुद्रा बनती है, वह सामने वाले को भी अभिभूत कर देनेवाली होती है। देखो न, पत्र के शब्द-वाक्यों में कैसी सघन भाव-विह्वलता है! यह वस्तुत: समग्र हिन्दी साहित्य-जगत की एकीकृत भावना की बानगी है। तुम्हें उनके प्रस्ताव का मान अवश्य रखना चाहिए।"

प्रसाद की मद्धिम आवाज में तीव्र पीड़ा तेज झाँस-सी उतर आई है, "पत्र मुझे कृष्णानन्द जी ने पढ़कर सुनाया है। लोगों की ऐसी भावनाएँ मेरे इस जीवन की निस्सन्देह सच्ची उपलब्धि हैं, लेकिन..." पल भर को रुके फिर आगे बोले, "मैंने बहुत ऋण-शोधन किया है मित्र, बल्कि इसी में जीवन का बड़ा हिस्सा खर्च हो गया। हालत यह हो चुकी है कि 'कर्ज' शब्द सुनते ही मेरा दम घुटने लगता है। इसलिए अब और कदापि नहीं। मैं अब किसी का कोई ऋण लेकर नहीं जाना चाहता।"

गुप्त चिन्ता से भर गए, "मैं कोई लम्बी चर्चा छेड़कर तुम्हें कष्ट देना नहीं चाहता किन्तु एक बात कहना जरूरी हो गया है। मुझे कुँवर सुरेश सिंह वाला प्रसंग भी पता है। जलवायु बदलने व स्वास्थ्य-लाभ के लिए अल्मोड़ा आने का उनका निमंत्रण भी तुमने अस्वीकार कर दिया है।"

"तुम्हें यह सब किसने..." प्रसाद बुदबुदाए। कृष्णानन्द की ओर दृष्टि उठाई तो वह सकपका गए।

"मित्र, पिछले पखवारे लखनऊ में कुँवर साहब से मेरी मुलाकात हुई थी। स्वयं उन्होंने बहुत दुखी भाव से यह प्रसंग बताया मुझे।" प्रसाद बीच में कुछ बोलने को हुए तो गुप्त ने साग्रह किन्तु तीव्र प्रतिवाद किया, "जयशंकर, ऐसी भी जोर-जबरदस्ती ठीक नहीं। मुझे अपनी बात तो पूरी कह लेने दो।" प्रसाद ने तकिए पर सिर को ढीला छोड़ दिया, पलकें तेज-तेज गिरने लगीं। गुप्त का आवेग द्विगुणित हो उठा, "कोई शुभेच्छु यदि स्वेच्छया किसी तरह का सेवा-प्रस्ताव कर रहा हो तो इसे तुम 'ऋण' की संज्ञा कैसे दे सकते हो? यह तो सरासर किसी की कोमल भावनाओं को कठोरता से रौंद देना ही हुआ न!...जयशंकर, तुम सब कुछ जानते-समझते हुए भी क्यों अनजान बनकर अपना यह बहुमूल्य जीवन दाँव पर लगा रहे हो, मैं नहीं समझ पा रहा! धर्म-सूत्र से लेकर विज्ञान के सिद्धान्त तक इस एक मान्यता पर एकमत हैं कि सृष्टि-संसार में कुछ भी अकारण या निराधार नहीं है। और हर कर्म का समानुपातिक प्रतिफलन अवश्यंभावी और ध्रुव सत्य है, ठीक वैसे ही, जैसे हर क्रिया के समानान्तर उसके बराबर व विपरीत प्रतिक्रिया निर्धारित।...इसलिए यह तय है कि जो कुछ आज हमें मिल रहा है, वह या तो हमारे ही किसी पूर्व-निवेश की अदायगी है या प्रदाता की ओर से नियति-चक्र के तहत किया जा रहा कोई दूरगामी विनिवेश। इसलिए जिन सहयोग-प्रस्तावों को तुम 'ऋण' समझ रहे हो, वह वस्तुत: 'उऋण' होने की प्रक्रिया के भी उदारण हो सकते हैं।"

बाहर प्रतीक्षा करके थक चुकने के बाद टंडन वापस आ गए। उन्हें देख प्रसाद हिलने-डुलने लगे तो उन्होंने हाथ जोड़ लिये, "ठीक हूँ, मैं ठीक हूँ, कृपया आप परेशान न हों। मैं बैठता हूँ। हालाँकि मेरे लौटने का समय निकला जा रहा है लेकिन गुप्त जी को सम्भवत: अभी कुछ लम्बा कहना-बोलना है।"

"नहीं। लम्बा क्या, मित्र को यही अपना एक छोटा-सा अनुरोध समझाने का प्रयास कर रहा हूँ कि हठ त्यागकर अपना मोल-महत्त्व पहचानें। हिन्दी भाषा-साहित्य को ही नहीं, इस घर को भी इनकी सेवा-उपस्थितियों की अभी नितान्त आवश्यकता है...इसलिए समुचित ढंग से स्वास्थ्य-लाभ के उपाय करें।" गुप्त ने बात समेट ली।

प्रसाद धीरे-धीरे बोलने लगे। हृदय-तंत्री से जैसे सजल आलाप फूट पड़ा हो, "मित्र, कुँवर साहेब ने तुम्हें मेरे पत्र के बारे में नहीं बताया? मैंने उनके सहयोग-प्रस्ताव की कृपा के लिए हृदय से कृतज्ञता व्यक्त की है। इसी क्रम में अपने इस जीवन-विश्वास का भी उल्लेख कर दिया है कि मैं अब काशी छोड़कर कहीं नहीं जाना चाहता। जो कुछ होना हो, यहीं हो।...मेरा यह दृढ़ विश्वास है—येशां क्वापि गतिर्नास्ति तेशां वाराणसी गति:!"

आँखें सबकी भर आई हैं। टंडन का गला भी, "हमारे शास्त्र साक्षी हैं, काशी कभी शिव-विहीन नहीं हुई है, निस्सन्देह वाराणसी भी कभी जयशंकर-विहीन नहीं होगी।"

दोनों प्रणाम कर जाने लगे। प्रसाद की पलकें जब-जब उठ रही हैं, मोती गिर रहे हैं। पास बैठे दास ने दोनों हाथ थाम रखे हैं। कृष्णानन्द स्वगत उठे और उन दोनों के साथ हो लिये। विदा करने के अंदाज में।

133

"डॉक्टर साहेब, हम्मरे झारखंडी के हालत में सुधार काहे नाऽ होत हौऽ? तूं हमे साफ-साफ बतावाऽ, बात काऽ हौऽ? हम्मर मन अब बहुत घबरात हौ..." चिन्ता-विगलित लखरानी ने बाहर आकर घर लौट रहे डॉक्टर हुबदार सिंह को रोका।

"भाभी, आज तऽ सबेरवें से हम इहैं डटल हई। एक पर एक दवा बदल-बदल के देत गइली। अब तऽ बुझात हौ कि प्रसाद जी के ऊपर दवा के असर भी धीरे-धीरे कम होत जात हौ। हमरे तऽ अब कुछ बुझात ना हौ। हम काऽ करी, तूंही बतावाऽ!" डॉक्टर की आवाज भारी हो गई है, "दवा जब चूक जाले तऽ भगवान के दुआ के भरोसा बचलाऽ। अब बाबा विश्वनाथ के जे इच्छा होये।"

भीतर से घबराए निकले राजेन्द्र नारायण शर्मा ने दरवाजे पर से ही हाँक लगाई, "डॉक्टर साहब, लौटिए, बाऊस्साब की परेशानी बढ़ गई है।"

दौड़ते हुए दोनों भीतर आ गए हैं।

पाँव पकड़े बैठी कमला काठ बनी हुई हैं। रत्नशंकर घबराया-सा। रणजीत सिंह, गंगाराम और संतू एक ओर हाथ बाँधे मूर्तिवत खड़े हैं। उदास और निरुपाय।

पास पहुँचकर लखरानी ने बैठते हुए प्रसाद के ललाट पर हथेली धर दी। हुबदार ने हाथ लेकर नाड़ी पकड़ ली है।

प्रसाद के चेहरे पर पीड़ा का बवंडर-सा उठ रहा है। आँखें खोलने में उनका कठोर उद्यम और असह्य दर्द साफ-साफ दृष्टिगत। किन्तु सभी हतप्रभ कि ऐसे में भी उनके मुरझाये हुए होंठ यह खिली हुई मुस्कान कहाँ से लेकर प्रस्तुत हैं? रह-रहकर हिचकी के साथ स्वर-भंग किन्तु भाव घनीभूत। अचानक आँखों का तेज दमक उठा। मुखमंडल प्रकाशमान, जैसे सामने दिख रहे दृश्य को आशु भाषाबद्ध करने लगे हों! लड़खड़ाहट के बावजूद शब्द-वाक्य पूरी तरह अक्षत-अनाहत, "अरे, यह क्या?...मैं यहाँ कैसे पहुँच गया? यह कौन-सा संसार है?...यह कैसा दिवस?...कैसे क्षण?...मैं यह क्या देख रहा हूँ?...क्या यह सचमुच सत्य-दृश्य है?...हिम खंड रश्मि मंडित हैं। मणि-दीप से महाप्रकाश की धाराएँ-महाधाराएँ फूट रही हैं। इनसे टकराकर समीर अति मधुर मृदंग बजा रहा है। जीवन की मुरली बज रही है, मनोहर संगीत उठ रहा है। कामना संकेत बनकर महामिलन की दिशा बता रही है। अप्सरियाँ अंतरिक्ष में रश्मियाँ बनकर नाच रही हैं। आज मांसल होकर सामने साकार खड़ी हो गई है हिमवती प्रकृति पाषाणी। और, इस लास-रास में विह्वल होकर हँस रही हैं कल्याणी।...वह चन्द्र किरीट रजत-नग स्पंदित-सा पुरुष पुरातन, जो देख रहा है मानसी गौरी लहरों का कोमल नर्तन। जड़ और चेतन सभी समरस दिख रहे हैं। अद्भुत आनन्द मचा हुआ है, अखंड और घना!"

हुबदार ने वाग्प्रवाह में बाधा नहीं डाली। वह जब चुप हो गए तो पाँवों को पकड़कर हल्के झिंझोड़ा, "प्रसाद जी, आप स्वप्न देख रहे हैं क्या?"

"नहीं, स्वप्न को सत्य में बदलते..." भावमुद्रा भंग किन्तु तनिक लड़खड़ाहट के साथ चिन्तन की वैसी ही गहन-गतिशील आलाप-मुद्राएँ, "या सटीक कहूँ तो स्वप्न बन चुके एक आदिसत्य को पुनर्नव होते। एकदम सामने साकार।" मुखमंडल की त्वचा तनती-खिंचती जा रही है। देह में पूर्ववत् विकट बेचैनी। वैसी ही गहरी ऐंठन शुरू। चेहरे पर फिर खौलती पीड़ा की अनुकृति बनाती रेखाएँ। वही तीव्र ताप भी। आँखें खुलीं तो बूँदें ढलकने लगीं। दर्द पर नियंत्रण होते ही बोलते हुए वह दृढ़, किन्तु स्वर में कम्पन-विचलन जारी। इसके बावजूद जिज्ञासा तीव्र आवेग से भरी हुई है, "लेकिन आप कौन?...आदिपुरुष मनु?"

"मैं, आपका मित्र हुबदार। कैसा महसूस हो रहा है आपको?"

"डॉक्टर? मित्र हुबदार?" प्रसाद आँखें झपकाने लगे। आवाज में विस्मय-भाव के साथ वही प्रकंपन, "भाई, यह क्या हो रहा है?...अभी तो अचानक लगा कि मैं कहीं दूसरी दुनिया में पहुँच चुका हूँ—सर्वथा अनूठा संसार, दिव्य आलोक से प्रकाशमान। मैंने सामने साक्षात् खड़े देखा इस सृष्टि के आदिपुरुष मनु को—श्रद्धादेवो वह मनुः!... उनके मुखमंडल पर आदिसृजन की आदि-आभा थी, प्रेम-ममता की आदिदीप्ति, लेकिन आश्चर्य कि यह उसी तेज से ठीक-ठीक मेल खा रही थी जो मैं अपने इस घर में बाऊ और भैया-भाभी के चेहरों पर देखता आया हूँ..." बोलते-बोलते तेज हिचकी। तुरन्त स्वयं को सँभालने का प्रयास भी। फिर बोलने लगे, "आदिपुरुष ने दिव्य पुष्पों की बौछार से मेरा स्वागत किया। मेरा नाम लेकर पुकारते हुए भुजाएँ फैलाईं। मैं उनकी ओर जैसे ही बढ़ने को हुआ...इसके बाद...इसके बाद पता नहीं, किसने मेरे पाँव ही दबोच लिये, एक ही बार में मुझे नीचे खींच लिया।"

"आप हमारे बीच ही हैं महाकवि। दरअसल, आप कुछ अस्वस्थ हो गए हैं और हम लोग आपकी चिकित्सा में जुटे हुए हैं। देखिए न, यहीं भाभी हैं। आपकी गृहिणी कमला जी हैं। चिरंजीवी रत्नशंकर है। आपके सभी सेवक-सहयोगी आसपास ही खड़े हैं।"

"अच्छा-अच्छा! खैर, डॉक्टर, आपको मैंने 'कामायनी' भेंट की थी। उसके पन्ने उलट-पलट सके या नहीं...?" छोटी-छोटी हिचकियाँ। जैसे, मँझधार में भँवर से जूझ रही हों हिचकोले खाती साँसें।

"हाँ, बाऊस्साब, पूरा पढ़ गया हूँ। एक नहीं, तीन-चार बार। आपकी भयोह कमला कुमारी चौहान की पाठकीय प्रतिक्रिया या अनुभूति-बात तो मैं नहीं बता सकता क्योंकि वह तो आपके ही काव्य-जगत की नागरिक हैं, लेकिन मैं अपनी सुना सकता हूँ। वैसे, क्या बताऊँ, अब यह भी नहीं समझ पा रहा हूँ। आपके महाकाव्य के तो अधिकांश हिस्से समझ पाने में ही मैं विफल रहा। आप पहले स्वस्थ हो लें, इसके बाद आपसे ही इसे सुनूँगा-समझूँगा..." उनकी बढ़ती हिचकियाँ देख हुबदार के ललाट पर रेखाएँ गहराने लगी हैं। चिन्ता चुहचुहा उठी है। बोलने की सहजता का बनावटीपन और घबराहट के बीच खुराक बनाने की जल्दी साफ-साफ दृटिगोचर।

"मेरे ही भरोसे समझना है, तब तो आप कुछ समझे और कुछ बाकी रहा...।" तकिए पर प्रसाद का शीश छटपट-छटपट। हिचकियाँ बड़ी होने लगी हैं और उनके बीच का अंतराल क्रमश: छोटा। प्रत्येक हिचकी पर पूरा शरीर जैसे निचुड़ जा रहा हो लेकिन हर बार वह स्वयं पर लौट आ रहे हैं। छोटी-सी राहत मिलते ही चेहरे का घूमना और दृष्टि का सबकी ओर बिछलना जारी। चलते हुए खाली मुँह की चटपटाहट से गला सूखने और प्यास का स्पष्ट आभास।

लखरानी का विकल संकेत पाकर रत्नशंकर लोटा लेकर पास आ गया है।

पिता के मुँह में बहुत सँभल-सँभलकर चम्मच से जल डाल रहा है पुत्र। हर घूँट पर मुखमंडल पर तृप्ति-दीप्ति, गंगा की प्रात-लहरों जैसी। लखरानी ने आँचल के कोरों से आँखें ढक रखी हैं किन्तु बूँदें टप्-टप् बाहर छिटक रही हैं। कमला का मुँह खुला है, पलकें तेज-तेज गिर रही हैं। जैसे सामने घटित हो रहा कुछ भी समझ में ही नहीं आ रहा हो! संवेदना हिम हो गई है।

हुबदार ने जल्दी-जल्दी दवा तैयार कर ली। खुराक डालने के लिए हाथ मुँह के पास बढ़ाया। प्रसाद ने सिर झटकार दिया, "अब क्या दवा! डॉक्टर साहब, आप मेरे साथी हैं। बस, एक ही काम करिएगा। जितना सम्भव हो, मेरे घर-परिवार की खबर लेते रहिएगा। हालाँकि जिन्होंने मुझे पाला-सँभाला, वह मातृ-भाभी स्वयं सक्षम हैं, इसलिए मुझे जाते हुए कोई चिन्ता नहीं है। यह घर उनके स्नेहांचल की छाया में रक्षित-संरक्षित रहेगा। लेकिन मेरा बच्चा अभी छोटा है, नादान है। बाहर से उस पर ध्यान रखिएगा..."

प्रसाद की हिचकियाँ तेज और अनियंत्रित हो चली हैं।

कमरे में समय का पहिया थम गया है। सबकी साँसें अटकी हुई हैं। रत्नशंकर की भावुकता बह चली है। वह छोटे-छोटे अंतराल पर पिता के मुँह में चम्मच-चम्मच गंगाजल डाले जा रहा है। हुबदार की आँखें भी संयम के किनारे तोड़ चुकी हैं किन्तु न जाने कैसे आवाज खासी संजीदा, "प्रसाद जी, क्या आपको कुछ कहना है?"

अचानक वाणी प्रच्छन्न हो गई। न स्वर-भंग, न कोई लड़खड़ाहट, "डॉक्टर साहब, पूरा जीवन तो कहता ही रह गया...बताइए, अब तक जो मैंने कहा, क्या वह पर्याप्त नहीं?"

"हाँ, महाकवि, आपका जीवन तो वाग्गंगा बनकर साक्षात् प्रवहमान है—सर्वोच्च हिमालय से लेकर सर्वाध सागर तक। इसकी धारा अक्षर है जो सदानीरा गंगाक्षर ही बनी रहेगी। लेकिन मुझे आपसे कुछ पूछना है, बताएँगे न?" हुबदार ने आगे झुककर दोनों हाथ थाम लिये हैं।

"हाँ...हाँ...मित्र, क्यों नहीं...पूछ लीजिए...पूछिए...!" प्रसाद ने लड़खड़ाता स्वर सँभालते हुए अपनी नासिका को टोया।

सबका ध्यान चला गया, उसमें आई वक्रता देख सभी सन्न। ललाट से लेकर भौंहों-कपोलों और ठुड्डी तक, पूरे चेहरे की त्वचा खिंचती चली जा रही है। पूरी देह में ऐंठन-बेचैनी, किन्तु आश्चर्य कि रह-रहकर फूट रही वाणी एकदम प्रच्छन्न, "शीघ्र प्रश्न कीजिए।"

"महाकवि, आप मुझे आदिकवि के महानायक का शुभनाम बता दीजिए।"

"श्रीराम...श्रीरामचन्द्र जी...भगवान श्रीराम...श्रीराम...।"

वाणी में घंटाध्वनि-सी अनुगूँज, नेत्रों से निर्बन्ध गंगधार। सभी विचलित-व्यग्र। पूरा माहौल उद्विग्न।

"महाकवि, आज देवोत्थान एकादशी है। यह राम-नाम परम मोक्षदायी है। पुनः-पुनः उच्चरित कीजिए।"

"श्री...राम...श्री...रा...म...श्रीऽ...राऽ...मऽ...श्रीऽ...राऽ...म...श्रीऽ...राऽ...मऽ..." हिचकियाँ और लड़खड़ाते उच्चारण साथ-साथ।

"महाकवि, कविकुलगुरु कालिदास के महानायक महादेव जी को गुहारिए... बोलिए...हर हर महादेव! हर हर महादेव!! हर हर महादेव!!! हर हर महादेव!!!!" उद्घोष करते हुए दोनों हाथ ऊपर कर लिये हैं हुबदार ने।

"हर हर महादेव...हर हर...महा...दे...व...ह...र...ह...र...म...हा... दे...व...ह...र...ह...र...म...हाऽ...दे...व...ह...र...ह...र...म...हाऽ...दे...वऽ...!"

प्रसाद की ध्वनि क्रमशः डूबती चली जा रही है। आसपास खड़े-बैठे सारे परिजन-हितैषी बेबस, लाचार और निरुपाय। नियति की नियत-बदनीयत लीला देखे जा रहे हैं टुकुर-टुकुर। सिर धुनने लगी है आशा-दीप की लौ। सभी बेबस आँखों के तटबंध टूट गए हैं। गजब विडम्बना। भरी भीड़ में घुसकर काल सबकी आँखों के सामने शिकार कर रहा है, लेकिन अदृश्य होकर। दिलेर की तरह नहीं, चोर बनकर। कोई चाहकर भी इसमें हस्तक्षेप नहीं कर सकता। रोकना तो दूर, उसे देख या छू पाना तक असम्भव। नियंता की यह कैसी नीति-प्रकृति! नितान्त निष्ठुर।

समस्त रुँधे कंठों से फूट रहा है : 'हर हर महादेव! हर हर महादेव!! हर हर महादेव!!! हर हर महादेव!!!! हर हर महादेव!!!!!'

समवेत स्वर-लहरियों के बीच ही प्रसाद के वाणी-छंद विलीन।

वह शान्त हो गए हैं। आँखें खुली हैं किन्तु उनमें अब महातेज नहीं, महाशान्ति!

अचानक शोक की जैसे आँधी। एक साथ कई तेज रुदन-स्वर। करुण। हृदय-विदारक। पार्थिव पाँवों पर सिर पटक रही शोकविह्वल-विकल कमला का कारुणिक

विलाप, "अइसन नाऽ हो सकेऽ...अइसन नाऽ होई...अइसन कइसे होई...इनके मूर्च्छा आ गल हौ...जगावाऽ ऐ भइया...इनके कोई जगावाऽ...डॉक्टर साहेब इहैं खड़ा हउवन, अइसन कइसे होई...इनके मुँह में दवाई डालाऽ ऐ डॉक्टर साहेब! इनके जगाऽ दऽ ऐ भइया...इनके जगाऽ दऽ! इनके जगाऽ दऽ!! कइसहुँ इनके जगाऽ दऽ!!!"

लखरानी की आँखों से अविरल धाराएँ बह रही हैं। दहाड़ मारकर रोती कमला को झुककर मजबूती से पकड़े वह सँभाल रही हैं, बार-बार यही दुहराते हुए "बहू, तोहरे आँचल में तऽ झारखंडी हमेशा रहिअन...तोहार बच्चा के रूप में!...हमरे गोद हमेशे खातिर उजड़ गल! ईहे गोदी में हम जेकरे पलली-पोसली, बड़ा कइली...हमार उहे बच्चा हमके धोखा देके चल देलन...हमार बच्चा हमरे सामने उठ गल...देख नऽ, हमरे गोदी उजड़ गल...बहू, हमरे गोदी में तऽ आग लग गल।"

कमला के आर्तनाद से सबका कलेजा चाक। डगमगा रहा है महाकाल का महाधैर्य भी।

134

ब्राह्म मुहूर्त। उपवन के मुरझाए उदास लता-गुल्मों में अचानक संचेतना का उन्मेष। नन्ही पत्तियों में स्पंदन। जैसे उनमें प्राण-वायु लौट रही हो! पत्ते-पत्ते में जैसे नये रंग, नव गति, नूतन लय और नवल ताल-छंद का सघन संचार होने लगा हो! जो कई दिनों से अनुपस्थित रह सबको शोकमग्न बनाती रहीं, आसपास उन्हीं चिरपरिचित छंदोबद्ध पदचापों की मधुर ध्वनि-उपस्थिति। वही दृष्टि-सृष्टि, वही साँसें-आसें, वही राग-आग। वही अक्षत मुस्कान, चिरसाहचर्य का वही अमर गान।

गंगाराम की हाँक पर नींद खुल गई। रत्नशंकर ने आँखें मलते हुए दरवाजा खोला। सामने खड़ा वह घबराया-सा हकलाने लगा, "ऊ जे एकठे दाढ़ीवाले पहाड़ जइसन बाबा इहाँ कब्बो-कब्बो आवऽत रलन, ना जाने कब से आके बगइचा में घुसल हउवन। 'हाऽ प्रसाद, हाऽ प्रसाद' बोलत हउवन अउर चारों ओरि भूत जइसन रटऽ-पटऽ रटऽ-पटऽ जमीन धाँगत हउवन...। बड़का-बड़का डेग से परिकरमा करे जइसन। पहिचान के उनके लग्गे जाके परनाम करे लगली तऽ हम्मे अइस्से आँख तरेरके तकलन कि हम काँप गइली अउर जल्दी से उनके लग्गे से दूर भगली।"

रत्नशंकर ने कमरे की खिड़की खोल बाहर दृष्टि दौड़ाई। दिख गए निराला। सचमुच चप्पा-चप्पा धाँग रहे हैं। लगभग दौड़ते हुए। विह्वल और बेचैन। सिर घुमा-घुमाकर चारों ओर दृष्टिपात करते और 'हाऽ प्रसाद, हाऽ प्रसाद' बोलते हुए। पहले तो धक्का-सा लगा किन्तु दूसरे ही पल मन के ऊपर से जैसे शोक-पर्वत हवा होता महसूस होने लगा। शिराओं में अवरुद्ध संजीवनी-धाराएँ पुन:प्रवाहित।

वह लगभग दौड़ता हुआ बाहर आ गया है।

पत्थर की चौकी के पास निराला तो ठहर गए हैं, लेकिन उनकी व्यग्रता गतिमान है। भरी हुई आँखें, बड़ी-बड़ी और लाल। 'हाऽ प्रसाद, हाऽ प्रसाद' का नाद जारी। दृष्टि उठाकर गौर से ताकने लगे तो डर-सा लगा। वह रुका नहीं, आगे बढ़ा। पास पहुँच चरण-स्पर्श। वह जैसे उमड़ पड़े हों! गतिपूर्वक गले लगा लिया। अंकवार में भरे हुए खड़े हैं।

'हाऽ प्रसाद, हाऽ प्रसाद' का विलाप जारी।

गर्दन के पिछले भाग पर गर्म-गर्म बूँदें टपक रही हैं, रत्नशंकर के रोयें भरभरा उठे।

एक कदम पीछे हटकर निराला चौकी को बड़े ध्यान से निहार रहे हैं। कुछ यों, जैसे उस पर साकार देख रहे हों लेटे-अधलेटे प्रसाद को! अचानक वह गतिपूर्वक आगे बढ़े और झुककर ऐसे स्पर्श करने लगे, जैसे अपने साहित्यिक अग्रज का विनम्र अभिवादन कर रहे हों, "हाऽ प्रसाद, हाऽ प्रसाद!"

पितृ-स्मृति स्पंदित। रत्नशंकर भावविह्वल।

निराला ने आँखें मूँद ली हैं। बूँदें टपक रही हैं। आवाज सजल, "बेटा, मुझे घर के भीतर ले चलो।"

"आइए न, यह तो आपका ही घर है!"

कमरा-कमरा और बरामदा-आँगन धाँग रहे हैं निराला। बार-बार निकलते-घुसते हुए। बेचैन और भावविह्वल, "हाऽ प्रसाद, हाऽ प्रसाद!"

लखरानी, कमला, रत्नशंकर, रणजीत सिंह, गंगाराम और संतू—जो जहाँ है, वहीं ठिठक गया है। सबकी भावुकता पिघलकर बह रही है।

कई-कई परिक्रमा कर लेने के बाद वह वैसे ही धड़धड़ाते हुए बाहर निकल आए हैं। फिर उसी चौकी के पास जाकर खड़े हैं, "हाऽ प्रसाद, हाऽ प्रसाद!"

रत्नशंकर, लखरानी, कमला और सभी कर्मी बाहर आ गए हैं।

कुछ पल खड़े रहने के बाद चौकी पर बैठ गए हैं निराला। झुका हुआ सिर दोनों हाथों पर थामे। आँखें खोले, आँसू को निर्बन्ध छोड़े। लखरानी पास आईं, "पंडित जी, तूं हम्मे देखाऽ, हमार तऽ गोदे उजड़ गऽल हौऽ लेकिन हम कहाँ रोवत हई? रोवे से काम चली?...शरीर के जन्म होला, एही से ओकर अंत तऽ तय हौ। इहाँ जे आइल हौ, ओकरे जाहीं पड़ी। धरती पर केहु हमेशा खातिर नइखे आल। इहाँ ना केहु सदा रहल हौ, ना केहु सदा रही।...धरती पर जब-जब भगवान के जन्म भल तब-तब हर बार उनके शरीर के अंत भी भल।...लेकिन इहाँ जिन्दगी के पहिया कभी रुकल ना हौ। ई लगातार घूमते जात हौ। जेकरे सामने चुनौती और दायित्व हौ, ओकरे बहुत बर्दाश्त करे पड़ी। कलेजा पर पत्थर रखहीं के पड़ी। हम तऽ आपन कलेजे के पत्थल बना लेले हई। तूं तऽ खुद विद्वान हउवाऽ, हम तोहें काऽ सिखाई? लेकिन, एक बात हम जरूर कहब कि दुख के दरकिनार कइल जालाऽ। ओह में डूबले रहले से तऽ आगे के रास्ता उलझ जाई न!... हमार झारखंडी हमरे भरोसे घर अउर ई दुनिया छोड़ के गल हउवन।...हम्मे तऽ अब उनके इहे विश्वास के रक्षा करेके हौ। तूं आइल हउवा तऽ अब ई छोटा बच्चा के साहस दाऽ, येकरे आँसू तूं पोंछाऽ, उल्टे तूंही येतना लड़खड़ा जइबाऽ तऽ कइसे काम चली...?"

जटिल मौन से उबरने लगे हैं निराला, "बेटा, 'शंकर' तो सचमुच अंतर्धान हो गए हैं किन्तु उनकी 'जय' सदा-सदा गूँजती रहेगी, और अक्षय 'प्रसाद' का जन-जन में वितरण अनन्त काल तक अबाध चलता रहेगा..."

समीप खड़ा रत्नशंकर आँखें फैलाए जैसे जीवन-सूत्र ग्रहण करने में तन्मय।

निराला की वाणी जैसे आत्मा से फूट रही हो, "प्रसाद जी तुम्हारे पिता ही नहीं, हमारे श्रद्धेय अग्रज भी रहे। मैंने तो उनमें गोस्वामी तुलसीदास की ही छवि सदा देखी—वही

संघर्ष-संघर्षण, वही सृजन-उत्सर्जन, वही मूल्य-मान, वही दान-प्रतिदान!...बेटा, तुम एक काम जरूर करना..." पल भर के लिए वाणी के पंख जैसे भावनाओं के बवंडर में फिर लटपटा गए हों! वह धीरे-धीरे सिर हिलाते हुए इससे उबरने का प्रयास कर रहे हैं। छोटे-से अंतराल के बाद ही फिर मुखातिब हुए, "जीवन में उन्होंने बहुत संकट झेला किन्तु कभी अपने मान-मूल्यों को मलीन नहीं होने दिया। सुँघनी साहु घराने में पैदा होकर भी वह कभी वैभव-बियाबान में गुम नहीं हुए। सदा सरस्वती की समुज्ज्वल साधना में डूबे रहे। वस्तुतः हमारे समय के वह सबसे बड़े साधक थे—सच्चे फकीर!...दुनिया जिसे उनका गुलगुला तोसक-गलीचा समझती रही, हकीकत में वह टुकड़े-टुकड़ियों और पैबन्दों से गूँथी हुई कंथा रही—फकीर की गुदड़ी!...लेकिन अपना दुख-दर्द गा-लहराकर दया बटोरने वालों में वह नहीं थे। उन्होंने 'निज मन की व्यथा मन ही राखो' के संत-सिद्धान्त का आजीवन अक्षरशः निर्वहन किया। जीवन भर दुनिया का दुख-दर्द चित्रित करते रहे किन्तु अपनी व्यथा-कथा कभी संसार के सामने जाहिर नहीं होने दी। प्रेमचन्द जी ने आत्मकथा लिखने के लिए जब बहुत दबाव डाला तो बाध्य होकर इस निमित्त उन्होंने कलम तो जरूर उठाई किन्तु यह कार्य बीस-बाईस पंक्तियों की एक कविता-भर के कलेवर में समेट दिया। उसमें उन्होंने क्या कहा है, जरा सुनो तो..." बोलते-बोलते निराला भाव-विह्वल। बड़ी-बड़ी पलकें मुँद गई हैं किन्तु मोती अबाध छिटक रहे हैं। दाढ़ी पर अटकी-टिकी बूँदों में चमक रही है भाव-विभोर भोर। पृथ्वी-पिंड जैसा प्रदीर्घ शीश हल्के हिल रहा है किन्तु भीतर का तीव्र आलोड़न प्रखर-मुखर। हाथ हिलने लगे हैं। उँगलियाँ हारमोनियम वादन के अंदाज में हवा पर ही बलाघात करने लगी हैं। वह सस्वर गाने लगे :

"मिला कहाँ वह सुख जिसका मैं स्वप्न देखकर जाग गया
आलिंगन में आते-आते मुसक्या कर जो भाग गया
जिसके अरुण कपोलों की मतवाली सुन्दर छाया में
अनुरागिनी उषा लेती थी निज सुहाग मधुमाया में
उसकी स्मृति पाथेय बनी है थके पथिक की पंथा की
सीवन को उधेड़ कर देखोगे क्यों मेरी कंथा की।"

सभी चुप खड़े सुने-ताके जा रहे हैं। आँखें खोल ली हैं निराला ने। मुखमंडल अत्यन्त भावपूर्ण। तिरती-खिंचती उभरती-मिटती रेखाओं का जीवंत अभिव्यक्ति-पृष्ठ बना हुआ। दृष्टि में गहन संवाद-सक्रियता। जैसे स्वयं से भी समानान्तर सघन वार्तालाप चला रहे हों! उन्होंने रत्नशंकर के कंधे पर सस्नेह हाथ रख दिया है, "तो, बाबू साहब की गरिमा की सदा रक्षा होनी चाहिए। जीवन भर उनके शीश और हाथ ऊपर ही रहे। कुछ हो जाए, तुम कभी कहीं हाथ मत फैलाना..."

रत्नशंकर अभिमंत्रित हो रही मूर्ति की तरह निर्निमेष। सर्वथा शान्त, किन्तु भाव-सजग।

निराला के चेहरे पर अविराम उमड़-घुमड़ रहे हैं सजल-कोमल मनोभाव—रंग-बिरंगी रोशनियों में डुबकी लगा-लगा निकल-उड़ रहे मेघ-पक्षियों जैसे। वाणी में स्मृति-तृप्त हृदय का दीर्घ आलाप और अनुभूति-संतृप्त आत्मा की प्रदीर्घ अनुगूँज, "वह चन्द्र किरीट रजत-नग स्पन्दित-सा पुरुष पुरातन। प्रसाद जी सचमुच प्रसाद थे और सदा प्रसाद ही रहेंगे।"

✪✪✪